日華大辭典
（六）

林茂 編修

蘭臺出版社

注音索引

ㄓ

之(ㄓ) 3621
支(ㄓ) 3621
汁、汁(ㄓ) 3625
卮(ㄓ) 3626
枝(ㄓ) 3627
知(ㄓ) 3628
肢(ㄓ) 3634
芝(ㄓ) 3634
胝(ㄓ) 3635
脂(ㄓ) 3635
奲(ㄓ) 3637
梔(ㄓ) 3638
蜘(ㄓ) 3638
織(ㄓ) 3639
直(ㄓˊ) 3642
姪(ㄓˊ) 3651
值(ㄓˊ) 3651
埴(ㄓˊ) 3653
執、執(ㄓˊ) 3654
植(ㄓˊ) 3659
殖(ㄓˊ) 3661
質、質(ㄓˊ) 3662
蟄(ㄓˊ) 3665
擲、擲(ㄓˊ) 3665
職、職職(ㄓˊ) 3665
躑(ㄓˊ) 3668
止(ㄓˇ) 3668
只(ㄓˇ) 3675
旨(ㄓˇ) 3678
址(ㄓˇ) 3680
恉(ㄓˇ) 3682
指(ㄓˇ) 3682
枳、枳(ㄓˇ) 3688
紙(ㄓˇ) 3688
圣(ㄓˋ) 3692
志(ㄓˋ) 3695
制(ㄓˋ) 3696

帙(ㄓˋ) 3698
治、治(ㄓˋ) 3699
炙、炙(ㄓˋ) 3701
峙(ㄓˋ) 3701
致(ㄓˋ) 3702
桎(ㄓˋ) 3705
秩(ㄓˋ) 3705
痔(ㄓˋ) 3705
窒(ㄓˋ) 3705
智(ㄓˋ) 3705
滯(滞)(ㄓˋ) 3707
痣(ㄓˋ) 3708
蛭、蛭(ㄓˋ) 3708
稚(ㄓˋ) 3709
置(ㄓˋ) 3709
雉(ㄓˋ) 3713
製(ㄓˋ) 3713
誌(ㄓˋ) 3715
幟(ㄓˋ) 3715
緻(ㄓˋ) 3715
膣(ㄓˋ) 3716
穉(ㄓˋ) 3716
贄(ㄓˋ) 3716
躓(ㄓˋ) 3716
渣(ㄓㄚ) 3716
扎(ㄓㄚˊ) 3717
紮(ㄓㄚˊ) 3718
劄、劄(ㄓㄚˊ) 3718
閘(ㄓㄚˊ) 3718
鮓(ㄓㄚˇ) 3718
乍、乍(ㄓㄚˋ) 3718
柵(ㄓㄚˋ) 3719
炸(ㄓㄚˋ) 3720
詐(ㄓㄚˋ) 3720
搾(ㄓㄚˋ) 3720
遮(ㄓㄜ) 3723
螫(ㄓㄜ) 3724
蟄(ㄓㄜ) 3726

折、折(ㄓㄜˊ) 3726
哲(ㄓㄜˊ) 3732
慴、慴(ㄓㄜˊ) 3732
摺(ㄓㄜˊ) 3732
磔(ㄓㄜˊ) 3734
褶(ㄓㄜˊ) 3734
謫、謫(ㄓㄜˊ) 3734
囁、囁(ㄓㄜˊ) 3735
懾(ㄓㄜˊ) 3735
者(ㄓㄜˇ) 3735
赭(ㄓㄜˇ) 3739
柘(ㄓㄜˋ) 3739
蔗、蔗(ㄓㄜˋ) 3740
這(ㄓㄜˋ) 3740
鷓(ㄓㄜˋ) 3742
株(ㄓㄨ) 3742
著(ㄓㄨ) 3742
摘(ㄓㄞ) 3744
齋(ㄓㄞ) 3745
宅(ㄓㄞˊ) 3746
窄(ㄓㄞˇ) 3747
砦(ㄓㄞˋ) 3747
債(ㄓㄞˋ) 3747
招(ㄓㄠ) 3748
昭(ㄓㄠ) 3749
朝(ㄓㄠ) 3749
着(ㄓㄠˊ) 3753
沼(ㄓㄠˇ) 3764
召(ㄓㄠˋ) 3764
兆(ㄓㄠˋ) 3765
笊(ㄓㄠˋ) 3766
棹、棹(ㄓㄠˋ) 3766
詔(ㄓㄠˋ) 3767
照(ㄓㄠˋ) 3767
肇(ㄓㄠˋ) 3769
櫂、櫂(ㄓㄠˋ) 3769
州、州(ㄓㄡ) 3770
舟(ㄓㄡ) 3771

周(ㄓㄡ) 3771
洲、洲(ㄓㄡ) 3774
粥、粥(ㄓㄡ) 3775
週(ㄓㄡ) 3775
舳(ㄓㄡˊ) 3776
軸(ㄓㄡˊ) 3776
肘(ㄓㄡˇ) 3777
帚、帚(ㄓㄡˇ) 3777
箒、箒(ㄓㄡˇ) 3777
呪(ㄓㄡˋ) 3777
宙(ㄓㄡˋ) 3778
晝(畫)(ㄓㄡˋ) 3779
酎(ㄓㄡˋ) 3780
皺(ㄓㄡˋ) 3780
籀(ㄓㄡˋ) 3781
占(ㄓㄢ) 3781
栴(ㄓㄢ) 3783
覘(ㄓㄢ) 3783
氈(ㄓㄢ) 3784
譫(ㄓㄢ) 3784
展(ㄓㄢˇ) 3784
斬(ㄓㄢˇ) 3785
嶄(ㄓㄢˇ) 3787
輾(ㄓㄢˇ) 3787
棧(栈)(ㄓㄢˋ) 3787
湛(ㄓㄢˋ) 3787
戰(戦)(ㄓㄢˋ) 3788
綻(ㄓㄢˋ) 3794
蘸(ㄓㄢˋ) 3795
顫(ㄓㄢˋ) 3795
珍(ㄓㄣ) 3796
真(真)(ㄓㄣ) 3798
貞(ㄓㄣ) 3798
砧(ㄓㄣ) 3808
針(ㄓㄣ) 3808
偵(ㄓㄣ) 3810
斟(ㄓㄣ) 3810
榛、榛(ㄓㄣ) 3811

注音索引

注音索引

榛(ㄓㄣ) 3811
箴(ㄓㄣ) 3811
鍼(ㄓㄣ) 3811
枕(ㄓㄣˇ) 3812
診(ㄓㄣˇ) 3813
振(ㄓㄣˋ) 3815
朕(ㄓㄣˋ) 3822
陣(ㄓㄣˋ) 3822
賑(ㄓㄣˋ) 3824
震(ㄓㄣˋ) 3824
鴆(ㄓㄣˋ) 3826
鎮(鎭)(ㄓㄣˋ) 3826
張(ㄓㄤ) 3828
章(ㄓㄤ) 3832
彰(ㄓㄤ) 3833
樟(ㄓㄤ) 3833
掌(ㄓㄤˇ) 3834
漲(ㄓㄤˇ) 3834
丈(ㄓㄤˋ) 3835
杖(ㄓㄤˋ) 3836
帳(ㄓㄤˋ) 3837
脹(ㄓㄤˋ) 3838
障(ㄓㄤˋ) 3839
瘴(ㄓㄤˋ) 3841
爭(爭)(ㄓㄥ) 3841
征(ㄓㄥ) 3842
錚(ㄓㄥ) 3843
徵(ㄓㄥ) 3844
箏(ㄓㄥ) 3847
蒸(ㄓㄥ) 3349
靜(ㄓㄥ) 3851
錚(ㄓㄥ) 3851
整(ㄓㄥˇ) 3851
正(ㄓㄥˋ) 3854
政(ㄓㄥˋ) 3863
症(ㄓㄥˋ) 3867
証(證)(ㄓㄥˋ) 3867
鄭(ㄓㄥˋ) 3869

朱(ㄓㄨ) 3869
侏(ㄓㄨ) 3870
株(ㄓㄨ) 3870
珠(ㄓㄨ) 3872
棶(ㄓㄨ) 3873
豬(ㄓㄨ) 3873
誅(ㄓㄨ) 3874
諸(ㄓㄨ) 3874
藸(ㄓㄨ) 3878
朮(ㄓㄨˊ) 3878
竹(ㄓㄨˊ) 3878
逐(ㄓㄨˊ) 3881
築(ㄓㄨˊ) 3882
燭(ㄓㄨˊ) 3886
主(ㄓㄨˇ) 3886
渚(ㄓㄨˇ) 3893
煮(ㄓㄨˇ) 3893
貯(ㄓㄨˇ) 3897
囑(囑)(ㄓㄨˇ) 3898
佇(ㄓㄨˋ) 3898
住(ㄓㄨˋ) 3898
助(ㄓㄨˋ) 3901
杼(ㄓㄨˋ) 3905
注(ㄓㄨˋ) 3905
柱(ㄓㄨˋ) 3910
苧(ㄓㄨˋ) 3911
祝(ㄓㄨˋ) 3911
註(ㄓㄨˋ) 3913
箸(ㄓㄨˋ) 3914
鑄(鑄)(ㄓㄨˋ) 3915
駐(ㄓㄨˋ) 3917
抓(ㄓㄨㄚ) 3918
爪(ㄓㄨㄚˇ) 3918
捉(ㄓㄨㄛ) 3920
卓(ㄓㄨㄛˊ) 3921
拙(ㄓㄨㄛˊ) 3922
酌(ㄓㄨㄛˊ) 3923
啄(ㄓㄨㄛˊ) 3924

琢(ㄓㄨㄛˊ) 3924
濁(ㄓㄨㄛˊ) 3924
擢(ㄓㄨㄛˊ) 3926
濯(ㄓㄨㄛˊ) 3926
灼(ㄓㄨㄛˊ) 3927
追(ㄓㄨㄟ) 3927
椎(ㄓㄨㄟ) 3935
錐(ㄓㄨㄟ) 3936
贅(ㄓㄨㄟˋ) 3937
畷畷(ㄓㄨㄟˋ) 3938
綴綴(ㄓㄨㄟˋ) 3938
墜(ㄓㄨㄟˋ) 3939
縋(ㄓㄨㄟˋ) 3939
專(專)(ㄓㄨㄢ) 3940
磚(ㄓㄨㄢ) 3942
囀(ㄓㄨㄢˋ) 3942
轉(轉)(ㄓㄨㄢˇ) 3942
撰(ㄓㄨㄢˋ) 3949
篆(ㄓㄨㄢˋ) 3949
賺(ㄓㄨㄢˋ) 3949
饌(ㄓㄨㄢˋ) 3950
諄(ㄓㄨㄣ) 3950
准(ㄓㄨㄣˇ) 3950
隼(ㄓㄨㄣˇ) 3951
準(ㄓㄨㄣˇ) 3951
庄(ㄓㄨㄤ) 3953
莊、莊(莊)(ㄓㄨㄤ) 3953
裝、裝(裝)(ㄓㄨㄤ) 3953
壯(壯)(ㄓㄨㄤˋ) 3955
狀(狀)(ㄓㄨㄤˋ) 3956
撞撞(ㄓㄨㄤˋ) 3957
中(ㄓㄨㄥ) 3960
忠(ㄓㄨㄥ) 3975
衷(ㄓㄨㄥ) 3977

終(ㄓㄨㄥ) 3977
鍾(ㄓㄨㄥ) 3982
鐘(ㄓㄨㄥ) 3982
冢(ㄓㄨㄥˇ) 3984
塚(ㄓㄨㄥˇ) 3984
腫(ㄓㄨㄥˇ) 3984
種(ㄓㄨㄥˇ) 3985
踵(ㄓㄨㄥˇ) 3989
仲(ㄓㄨㄥˋ) 3989
重(ㄓㄨㄥˋ) 3992
眾(眾)(ㄓㄨㄥˋ) 4004

ㄔ

吃(ㄔ) 4006
答(ㄔ) 4006
喫(ㄔ) 4007
嗤(ㄔ) 4007
痴(ㄔ) 4008
鴟(ㄔ) 4009
魑(ㄔ) 4009
黐(ㄔ) 4009
池(ㄔˊ) 4009
持、持(ㄔˊ) 4009
匙(ㄔˊ) 4017
遲(遲)(ㄔˊ) 4018
馳(ㄔˊ) 4020
弛、弛(ㄔˊ) 4021
侈(ㄔˇ) 4022
恥(ㄔˇ) 4023
齒(齒)(ㄔˇ) 4024
褫(ㄔˇ) 4029
尺(ㄔˇ) 4029
叱(ㄔˋ) 4030
斥(ㄔˋ) 4030
赤(ㄔˋ) 4031
勅、敕(ㄔˋ) 4036
熾(ㄔˋ) 4037
叉、叉(ㄔㄚ) 4038

扠(ㄔㄚ) 4040	丑、丑、丑(ㄔㄡˇ) 4086	暢(ㄔㄤˋ) 4128	鍾(ㄔㄨㄥˊ) 4211	注音索引
扔(ㄔㄚ) 4040	醜(ㄔㄡˇ) 4087	稱(稱)(ㄔㄥ) 4128	川(ㄔㄨㄢ) 4211	
差(ㄔㄚ) 4041	臭(ㄔㄡˋ) 4088	瞠(ㄔㄥ) 4130	穿(ㄔㄨㄢ) 4214	
挿(插)(ㄔㄚ) 4054	蟬、蟬(蟬)(ㄔㄢˊ) 4090	蟶(ㄔㄥ) 4130	伝(傳)(ㄔㄨㄢˊ) 4215	
茶、茶(ㄔㄚˊ) 4057	嬋(ㄔㄢˊ) 4090	丞(ㄔㄥˊ) 4130	船(ㄔㄨㄢˊ) 4219	
查(ㄔㄚˊ) 4061	潺(ㄔㄢˊ) 4090	成(ㄔㄥˊ) 4130	椽(ㄔㄨㄢˊ) 4224	
察(ㄔㄚˊ) 4062	禪(禪)(ㄔㄢˊ) 4090	呈(ㄔㄥˊ) 4138	喘(ㄔㄨㄢˇ) 4224	
侘(ㄔㄚˋ) 4063	蟾(ㄔㄢˊ) 4091	承(ㄔㄥˊ) 4139	串(ㄔㄨㄢˋ) 4224	
刹、剎、剎(ㄔㄚˋ) 4063	纏(ㄔㄢˊ) 4091	乘(乘)(ㄔㄥˊ) 4141	釧(ㄔㄨㄢˋ) 4225	
詫(ㄔㄚˋ) 4063	讒(ㄔㄢˊ) 4092	城(ㄔㄥˊ) 4148	春(ㄔㄨㄣ) 4225	
車(ㄔㄜ) 4064	產(ㄔㄢˇ) 4093	程(ㄔㄥˊ) 4150	椿(ㄔㄨㄣ) 4227	
掣(ㄔㄜˋ) 4067	諂(ㄔㄢˇ) 4097	誠(ㄔㄥˊ) 4152	鰆(ㄔㄨㄣ) 4227	
徹(ㄔㄜˋ) 4067	闡(ㄔㄢˇ) 4097	澄(ㄔㄥˊ) 4153	唇(ㄔㄨㄣˊ) 4228	
撤(ㄔㄜˋ) 4070	懺(ㄔㄢˋ) 4098	橙(ㄔㄥˊ) 4155	純(ㄔㄨㄣˊ) 4228	
轍(ㄔㄜˋ) 4070	瞋(ㄔㄣ) 4098	懲(ㄔㄥˊ) 4155	淳(ㄔㄨㄣˊ) 4230	
釵(ㄔㄞ) 4071	臣(ㄔㄣˊ) 4098	逞(ㄔㄥˇ) 4156	脣(ㄔㄨㄣˊ) 4230	
儕、儕(ㄔㄞˊ) 4071	沈、沉(ㄔㄣˊ) 4099	秤(ㄔㄥˋ) 4156	蓴(ㄔㄨㄣˊ) 4230	
柴、柴(ㄔㄞˊ) 4071	辰(ㄔㄣˊ) 4102	出(ㄔㄨ) 4157	醇(ㄔㄨㄣˊ) 4230	
豺(ㄔㄞˊ) 4071	宸(ㄔㄣˊ) 4102	初(ㄔㄨ) 4178	鶉(ㄔㄨㄣˊ) 4231	
抄(ㄔㄠ) 4071	晨(ㄔㄣˊ) 4102	齣(ㄔㄨ) 4187	蠢(ㄔㄨㄣˇ) 4231	
超(ㄔㄠ) 4073	陳(ㄔㄣˊ) 4102	除(ㄔㄨˊ) 4188	窓(窗)(ㄔㄨㄤ) 4231	
鈔(ㄔㄠ) 4076	塵(ㄔㄣˊ) 4104	廚(廚)(ㄔㄨˊ) 4190	瘡(ㄔㄨㄤ) 4232	
巢(巢)(ㄔㄠˊ) 4076	讖(ㄔㄣˋ) 4106	鋤(ㄔㄨˊ) 4191	床(ㄔㄨㄤˊ) 4233	
嘲(ㄔㄠˊ) 4077	娼(ㄔㄤ) 4106	儲(ㄔㄨˊ) 4192	闖(ㄔㄨㄤˇ) 4235	
潮(ㄔㄠˊ) 4077	猖(ㄔㄤ) 4106	雛(ㄔㄨˊ) 4193	創(ㄔㄨㄤˋ) 4235	
炒(ㄔㄠˇ) 4080	菖(ㄔㄤ) 4106	処(處)(ㄔㄨˇ) 4194	充(ㄔㄨㄥ) 4236	
抽(ㄔㄡ) 4082	腸(ㄔㄤˊ) 4106	杵(ㄔㄨˇ) 4198	冲(ㄔㄨㄥ) 4238	
紬(ㄔㄡ) 4083	嘗(ㄔㄤˊ) 4108	楮(ㄔㄨˇ) 4198	沖(ㄔㄨㄥ) 4238	
仇(ㄔㄡˊ) 4083	嫦(ㄔㄤˊ) 4108	楚(ㄔㄨˇ) 4198	舂(ㄔㄨㄥ) 4239	
惆(ㄔㄡˊ) 4083	償(ㄔㄤˊ) 4108	礎(ㄔㄨˇ) 4198	憧(ㄔㄨㄥ) 4242	
愁(ㄔㄡˊ) 4084	長(ㄔㄤˊ) 4109	触(觸)(ㄔㄨˋ) 4199	衝(ㄔㄨㄥ) 4243	
稠、稠(ㄔㄡˊ) 4085	常(ㄔㄤˊ) 4118	綽(ㄔㄨㄛˋ) 4201	虫(蟲)(ㄔㄨㄥˊ) 4247	
酬(ㄔㄡˊ) 4085	場(ㄔㄤˇ) 4123	啜(ㄔㄨㄛˋ) 4201	崇(ㄔㄨㄥˊ) 4249	
疇(ㄔㄡˊ) 4085	廠(ㄔㄤˇ) 4126	揣(ㄔㄨㄞˇ) 4202	寵(ㄔㄨㄥˇ) 4249	
籌(ㄔㄡˊ) 4085	唱(ㄔㄤˋ) 4127	吹(ㄔㄨㄟ) 4202	銃(ㄔㄨㄥˋ) 4250	
躊(ㄔㄡˊ) 4085	帳(ㄔㄤˋ) 4127	炊(ㄔㄨㄟ) 4207		
讎(ㄔㄡˊ) 4086		垂(ㄔㄨㄟˊ) 4208		
		槌(ㄔㄨㄟˊ) 4210		

之（ㄓ）

之〔漢造〕這（之子于歸）、他（卻之不恭，受之有愧）

之繞，辵，辶、之繞，辵，辶〔名〕（漢字部首）走字邊

之繞を掛ける（更甚、誇大）

之繞を掛けて言う（誇大）

田中も伊藤に輪を掛けて間抜けだが、小川は其に之繞を掛けた様な男だ（田中固然是個比伊藤還傻的傻瓜、而小川卻是個比他更傻的小子）

之、此、此れ、是、維、惟〔代〕（文語中也寫作是、之）此，這，此人，這個人、現在，此時

〔副〕（寫作維或惟、用於漢文文章中）惟

〔感〕（用於打招呼或促使注意）喂（=こら）

此は僕の最近の作品だ（這是我最近的作品）

此にサインして下さい（請在這上面簽名）

此か彼かと選択に苦しむ（這個那個不知選擇哪個好）

此ではあんまりじゃ有りませんか（這樣豈不是太過分了嗎？）

此は問題に為る事でも無いかも知れませんが（這也許不算個問題不過…）

世間知らずの人は此だから困る（不通世故的人就是這樣真叫人沒辦法）

此位の冒険は平気だ（冒這麼點風險算不了什麼）

此で私も一安心だ（這樣一來我也可放心了）

今日は此で止めに為よう（今天就到此為止吧！）

では此で失礼（那麼我就此告辭了）

此は私の弟（女房）です（這是我弟弟〔太太〕）

此は私の友人です（這是我的朋友）

此からの日本（今後的日本）

此迄に無い出来栄え（空前的成績）

此迄の事は水に流して下さい（以前的事情不要再提了）

時惟九月十五日（時惟九月十五日）

此、何処へ行く（喂！要去哪裡？）

此此、静かに為て呉れ（喂喂！安靜一點）

此、泣くんじゃない（喂！不要哭）

此此、冗談も好い加減に為ろ（喂喂！少開玩笑了）

此即ち（此即）

此と言う（值得一提的、特別的、一定的）

此と言う道楽も無い（也沒有特別的愛好）

此に依って此を見れば（由此看來）

此は此と為て置いて（這個暫且不說）

此を以って（因此）

此を要するに（要之、總而言之）

支（ㄓ）

支〔漢造〕支撐、支持、分支、支付、支離、地支。〔史〕支那，中國（=支那）

気管支（支氣管）

本支（樹幹和樹枝、本支和分支）

収支（收支）

干支、干支（干支、天干地支–十天干和十二地支的合稱）

十二支（十二地支）

支圧〔名〕〔建〕支承

支圧応力（支承應力）

支院、子院〔名〕〔佛〕（屬於主寺的）支寺院

支援〔名、他サ〕支援

支援を与える（給予支援）

他国を支援する（支援別的國家）

（互いに）支援し合う（相互支援）

支援を求める（求援）

支援火力（火力支援）

支援射撃（火力支援）

巾

支援部隊〔支援部隊〕

支管〔名〕（自來水管、煤氣管等的）支管、分管

支幹〔名〕支幹←→主幹

支給〔名、他サ〕支給、支付、發給
　旅費を支給する（支付旅費）
　規定通り支給する（按規定照發）
　月給十万円を支給する（發給月薪十萬日元）
　被害者には衣服、食糧等を現品で支給した（發給受害者衣服糧食等實物）

支距〔名〕〔測〕支距

支局〔名〕（郵局等）支局，分局、（報社等）分社←→本局
　日本新聞社神戸支局（日本新聞社神戸分社）

支金庫〔名〕國庫（金庫）的分庫

支系〔名〕支系、旁系

支索〔名〕（桅桿的）支索

支持〔名、他サ〕支持、支撐
　一家の生計を支持する（支撐一家生計）
　倒れ然うに為った塀を棒で支持する（用棍棒支撐要倒塌的牆）
　彼に支持票を投じた（投了他的贊成票）
　僕は君の意見を支持する（我支持你的意見）
　彼の行動に支持を与える（對他的行動給予支持）
　大衆の支持を勝ち取る（爭取群眾的支持）
　彼を支持する訳には行かない（不能支持他）
　全世界各国人民の正義の闘争は皆互いに支持し合う物である（全世界各國人民的正義鬥爭都是相互支持的）
　支持価格（日本政府對農產品的國家規定價格）

支社〔名〕（神社的）支社、分公司，分店←→本社
　此の神社は石清水の支社に為っている（這個神社是石清水八幡宮的支社）
　大阪支社（大阪分店）
　支社を設ける（設立分公司）

支出〔名、他サ〕支出、開支←→収入
　金を支出する（支出款項）
　国庫から支出する（由國庫開支）
　支出を切り詰める（縮減開支）
　不必要な支出を削減する（削減不必要的開支）
　支出を見積って収入を計る（量出為入）
　支出が収入をオーバーする（入不敷出、開支超過收入）
　支出金（支出款項）
　支出簿）（支出帳）
　支出オーバー（超支）

支所〔名〕（公司、機關等的）分所、分公司

支署〔名〕（警察署、稅務署等的）分署

支証〔名〕支證（事物事實的認定的根據證據）

支障〔名〕故障、障礙（=差し支え、差し障り）
　支障が出来る（起る、生ずる）（發生故障）
　停電で工事に支障を来す（停電給工程帶來障礙）
　支障無く通行する（通行無阻）
　支障が有る為今日の会合は延期する（今天的集會因故延期）

支場〔名〕（中心試驗場等的）分場

支石墓〔名〕〔考古〕（兩三塊豎石上承一橫石條的）史前墓的遺跡

支線〔名〕（鐵路等的）支線←→本線、幹線、（電線桿旁的）支線，拉線
　此の駅から支線が二本出ている（由這個車站分出兩條支線）
　電柱の支線（電線桿旁的拉線）

支族、枝族〔名〕（由本家分出的）一支、（一個部族的）分族
　Israelの支族（以色列的十二分族）

支隊、枝隊〔名〕支隊、分隊
　支隊は既に敵の背後に回って終った（分隊已經繞到敵人的肩背後去了）

支台〔名〕〔醫〕橋基（橋牙的底托）

支度、仕度〔名、自他サ〕整備、整装
　御食事の支度が出来ました（飯準備好了）
　支度を整えて客の着席を待つ（整備齊全等待客人就席）
　女の御支度は長い（婦女出門的打扮很費時間）
　今支度の最中です（現在正在打扮呢）
　海外出張の支度金と為て十万円貰った（作為國外出差的治裝費領了十萬日元）
　支度金（預備費、治裝費）
　支度部屋（舞台後面的化妝室）

支柱〔名〕支柱、頂梁柱
　支柱を立ててテント(tent)を張る（豎起支柱搭帳篷）
　彼は一家の支柱と為って生計を支えている（他成了一家的頂梁柱）
　支柱根（〔植〕支柱氣根）

支え柱〔名〕支柱
　梁の下に支え柱を施す（在横樑下面加支架）
　一家の支え柱と為っている（成為一家的支柱）

支庁〔名〕（隸屬於都、道、府、縣的）地方行政機關、分廳
　東京都大島支庁（東京都大島分廳）
　北海道の田舎の支庁に左遷される（被降級派到北海道鄉間的分廳去工作）

支店〔名〕支店、分行
　住友銀行東京支店（住友銀行東京分行）
　支店を開設する（開設分行）
　日本にも支店が設けてある（在日本也設有分行）
　支店を出す（設分店）
　支店長（分行經理）

支点〔名〕〔理〕支點←→力点、作用点

支配〔名、他サ〕支配，控制，統治，管轄，左右，決定。〔語法〕限定
　人を支配して荷物を運ばせる（指使人搬運行李）
　境遇に支配される（受環境支配）
　宇宙を支配する法則（支配宇宙的規律）
　支配を受ける（受管制）
　軍人の支配する政府（軍人控制的政府）
　マスコミ(mass communication)を支配する（控制宣傳機構）
　多くの弱小国を支配する（統治許多弱小國家）
　支配的な地位を占める（佔統治地位）
　運命を支配する（左右命運）
　此れは一国の運命を支配する重大問題である（這是決定國家命運的重大問題）
　他動詞は目的格名詞を支配する（他動詞支配著賓格名詞）
　支配人（商店公司等的經理）
　支配下（統治下、控制下）
　支配の法則（〔生〕顯性定律）
　支配者（統治者）
　支配階級（統治階級）
　支配権（支配權、統治權、管理權）

支払う、仕払う、為払う〔他五〕支付、付款
　手形を支払う（支付票據）
　賃金を支払う（發工資）
　支払う可き債務（應付的債務）
　代金は月末に全部支払います（貨款於月底全部付清）
　借金を綺麗に支払った（付清了欠款）
　食事代は支払った（伙食費付過了）
　此の勘定は支払えない（這筆帳付不了）

支払い、支払、仕払い、仕払〔名〕（官方的支付常寫作仕払）支付、付款
　支払を請求する（要求付款）

支払を拒絶する（拒絕支付）
支払を受ける（收到付款）
支払を免除する（免除付款）
支払を遅れる（滯付）
支払の滞り（拖欠）
支払を催促する（催促付款）
支払を停止する（停止付款）
支払を済ませる（付清）
支払期日（付款日期）
支払場所（付款地）
支払先（收款人）
支払条件（支付條件）
支払方式（支付方式）
支払済（付訖）
支払不能（不能支付）
支払引き受け（票據的承兌）
支払協定（支付協定）
支払手形（付款票據）
支払保証小切手（保付支票）
支払銀行（付款銀行）
支払地（付款地）
支払命令（付款指令）
支払拒絶（拒絕付款）
支払保証（保付）
支払渡し（付款交單）
支払停止（停止付款）
支払猶予（緩付、凍結付款）
支払期限（付款期限）

支藩 〔名〕（江戶時代）支藩（由一個藩分出的藩）

支部 〔名〕支部←→本部
県支部（縣支部）
支部を開設する（設支部）

支弁 〔名、他サ〕處理，辦理、支付，開支，付款

経費を支弁する（支付經費）
国庫より支弁する（由國庫開支）
旅費、日当は役所が支弁して呉れる（旅費、每日津貼由機關支付）

支脈 〔名〕（山脈、礦脈、葉脈等的）支脈←→主脈

支離滅裂 〔名、形動〕支離破碎，雜亂無章、不合邏輯，前後矛盾
敗れた軍隊は支離滅裂に為って逃げ去った（打了敗仗的軍隊亂成一團地逃走了）
支離滅裂な話（毫無條理的講話）

支流 〔名〕（河流的）支流←→本流、支派←→主流
利根川及び其の支流（利根川及其支流）
Amazon川には多くの支流が有る（亞馬遜河有很多支流）
此処から支流が分れている（從這裡分出一股支流）
朱子学派の支流（朱子學派的支派）

支那 〔名〕支那（據說是秦的轉音，最初見於佛經、對中國的舊稱、現已改用中国）
支那語（中國語）

支う 〔他五〕支撐，支持（=支える）、（門窗）上栓，上鎖
倒れない様に棒を支ってある（為了不至倒下用棒子支撐）
窓を支う（把窗戶支起來）
鍵を支う（上鎖）

支える 〔他下一〕支撐，支持、阻止，防止
傾いた木を棒で支える（用棍子支撐傾斜的樹）
アーチで屋根を支えている（拱支撐著屋頂）
此の屋根は八本の太い柱で支えてある（這個屋頂有八根大柱子頂著）
病人は看護婦に身体を支えられて入って来た（病人由護士扶著身體走進來了）
一家の暮らしを支える（維持一家生活）
此の国の繁栄を支えいるのは豊富な地下資源だ（這國家之繁榮是靠豐富的地下資源維持的）

敵の攻撃を支える（阻止敵人的進攻）
僅かの兵隊で敵の大軍を支えている（用少數的軍隊阻擋著敵人的大軍）

支え、支〔名〕支持、支撐（物）
垣に支えを為る（給圍牆加上支柱）
心の支えと為る（成為精神支柱）
只生計の支えの為に働くのではない（並不是為了維持生活才工作的）

支える、閊える〔自下一〕堵塞,停滯、阻礙,阻擋、有人使用,無法騰出
溝が支えている（髒水溝堵住了）仕える（服侍,侍奉、當官、服務）
食物が喉に支える（食物卡在喉嚨裡）使える（能使,能用、有功夫）
言葉が支える（話哽於喉、與塞）痞える（堵塞、鬱悶）
支え支え物を言う（結結巴巴地說）
市場が支えて荷が捌けない（市場貨物充斥銷不出去）
電車が先に支えいて進めない（電車堵在前面走不過去）
テーブルがドアに支えて入らない（桌子堵在門上進不去）
仕事が支えていて御茶を飲む暇も無い（工作壓得連喝茶的功夫都沒有）
天井が低くて頭が支える（頂棚低得抬不起頭來）
電話は今支えている（電話現在被佔了線）
手洗いが支えている（廁所裡有人）

仕える、事える〔自下一〕服侍、侍奉、服務、工作
病人に仕えるのに迚も親切だ（服侍病人很周到）
社会に仕える（為社會服務）

使える〔自下一〕（〝使う〞的可能形）能用,可以使用、（劍術等）有功夫
此の鋸は使える（這把鋸子好用）
此の部屋は事務室に使える（這房間可用作辦公室）

彼の男は中中使えますよ（那人很有用處）
使えない男（沒有用處的人）

痞える〔自下一〕（胸口）堵塞、（心裡）鬱悶
胸が痞える（胸口非常悶）

支え、閊え〔名〕堵塞,阻礙（=障り）、支柱,支撐物（=支え）
溝の支えを取り除く（除去髒水溝的故障）
支え柱（支柱）

痞え〔名〕（胸口）堵塞、（心裡）鬱悶
胸の痞えが収まる（心口不堵了、心情舒暢了）

汁、汁（ㄓ）

汁〔漢造〕汁、湯
果汁（果汁=ジュース）
肉汁（肉汁、肉湯）
苦汁（苦水、痛苦的經驗,痛苦的回憶、鹵水）
苦汁、苦塩、苦塩（滷水、鹽滷）
乳汁（乳汁）
胆汁（膽汁）
墨汁（墨汁）
一汁一菜（一湯一菜、簡單的飯菜、粗茶淡飯）

汁液〔名〕汁液、液汁（=汁、汁）
果物の汁液（水果的汁液）

汁〔名〕汁液、湯（=汁）、醬湯（=味噌汁）。〔轉〕（藉別人力量或犧牲別人得到的）利益,好處
汁を絞る（榨出汁液）
蜜柑の汁を吸う（吸橘子汁）
煮出し汁（魚和海帶煮的湯）
汁を吸う（喝湯）
汁と飯（醬湯和米飯）
旨い汁を吸う（自己獨佔大部分利益、佔便宜、得到好處）

汁気〔名〕汁的濃淡程度

屮

小麦粉を塗して汁気を抑える（撒點麵粉把湯調濃）

汁粉〔名〕年糕小豆湯

御汁粉（年糕小豆湯）

田舎汁粉（帶小豆皮的年糕小豆湯）

汁物〔名〕〔烹〕湯菜、燴菜

汁物の調味は難しい（湯菜的調味不容易）

汁椀〔名〕裝湯的木碗

汁，液〔名〕汁液（=汁）、羹湯（=吸い物）、（吃麵條時作佐料用的）湯汁（=出し汁）

汁が多い（汁液多）

汁を吸う（喝湯）

汁が煮詰まる（湯煮濃了）

蕎麦の汁（蕎麵條的澆汁）

露〔名〕露水、涙、短暫（=儚い、果敢無い）

〔副〕一點也（不）（下接否定）（=少しも、ちっとも）

露が下りる（下露水）降りる 下りる 露 汁液 梅雨 梅雨

葉に露が下りる（葉子沾上了露水）

露の玉（露珠）玉 弾 球 珠 魂 霊

露の雫（露珠）雫 滴

露の滴り（露珠）

草の露に濡れる（被草上的露水弄濕了）

目に露を宿す（目中含涙）

目には露が光っている（目中含涙）

露が光る（露珠發亮、眼睛裡閃著眼涙）

袖の露（涙沾襟）

露の命（短暫的生命、人生如朝露）

露の間（一眨眼間）間 間 間 間

露の間も無い（片刻也不、一點也不、絲毫也不=露些かも無い）

露の世（浮生、人生如朝露）

露と消えた（消失了、死了）

露許りの時間（一點兒時間）

貴方に御兄弟が御有りとは露知りませんでした（我一點也不知道你有兄弟）兄弟 兄弟

貴方が留学生とは露知りませんでした（我一點也不知道你是留學生）貴方 貴女 貴男 貴下 彼方

彼は露疑って居ない（一點也不懷疑他）

私は彼女を露程も疑わなかった（我一點也沒有懷疑過他）

梅雨，黴雨，梅雨，黴雨〔名〕梅雨（=五月雨）

梅雨期（梅雨期）

梅雨前線（梅雨鋒面）

梅雨で物が黴びる（梅雨天東西發霉）

梅雨時（梅雨期、梅雨季節=梅雨期）

梅雨時には物が黴びる（梅雨季東西會發霉）

梅雨時は黴易い（梅雨時節容易發霉）

梅雨に為る（入梅雨期=入梅）

梅雨に入る（入梅雨期=入梅）

梅雨の入り（梅雨期=入梅）

梅雨入，入梅、梅雨入，入梅，墜栗花（進入梅雨季）←→梅雨明け

梅雨が明ける（梅雨季結束）明ける 開ける 空ける 飽ける 厭ける

梅雨明け、出梅（梅雨季終了=出梅）←→梅雨入、入梅

梅雨晴れ（梅雨季終了=梅雨明け，出梅、出梅、梅雨期間偶而放晴）

梅雨入晴れ，入梅晴れ（梅雨季終了=梅雨明け，出梅、出梅、梅雨期間偶而放晴）

梅雨上がり（梅雨季終了=梅雨明け，出梅、出梅）

梅雨型（梅雨型天氣）

梅雨冷え（梅雨季的驟冷）

梅雨寒（梅雨季的寒冷）

卮（屮）

卮〔漢造〕古代的一種圓形酒器、酒杯（=杯）

酒卮（酒杯=酒杯）

卮言〔名〕支離破碎之言、隨人意而變缺乏主見之言

卮酒〔名〕斟到酒杯的酒（=杯酒、盃酒）

枝（业）

枝〔漢造〕枝、分枝

　　剪枝（剪枝）

　　結集枝（集結枝）

　　連理枝（連理枝）

　　連枝（相連的樹枝・〔特用於稱呼王公貴族的〕兄弟姊妹）

　　桂林一枝（比喻自己地位不足－晉書）

　　細枝（細枝）

　　南枝（向日的樹枝、日照良好的樹枝）

　　楊枝、楊子（牙籤、牙刷）

枝折り，枝折、栞〔名〕入門（書），指南（書）、書籤、〔古〕（走進深山荒野等時）折曲樹枝（用作回來時的標記）

　　旅行の枝折（旅行指南）

　　英語研究の枝折（英語研究入門）

　　読み止しのページに枝折を挟む（在讀到的書頁裡夾上書籤）

　　枝折カード（書籤卡）

　　枝折り垣、枝折垣（柵欄、竹籬）

　　枝折り戸、枝折戸（柵欄門、柴扉）

枝角類〔名〕〔動〕枝角目

枝幹〔名〕枝和幹、末和本

枝莖〔名〕枝和莖

枝隙〔名〕〔植〕枝隙

枝族、支族〔名〕（由本家分出的）一支、（一個部族的）分族

　　イスラエルの十二枝族（以色列的十二分族）

枝隊、支隊〔名〕支隊、分隊

　　枝隊は既に敵の背後に回って終った（分隊已經繞到敵人的背後去了）

枝垂れる、垂れる〔自下一〕下垂

　　柳が川面に枝垂れている（柳枝垂在河面上）

枝垂れ、垂れ〔名〕（樹枝等）下垂（=枝垂り、垂り）

　　枝垂れ葉、垂れ葉（垂葉）

　　枝垂れ桜、垂れ桜（垂櫻）

　　枝垂れ柳、垂れ柳（垂柳）

枝垂り、垂り〔名〕下垂（=枝垂れ、垂れ）

枝頭〔名〕枝頭（=枝の先）

枝脈〔名〕〔解〕小枝

枝葉、枝葉〔名〕枝與葉。〔轉〕枝節，末節，次要

　　枝葉を出す（長出枝葉）

　　枝葉を添える（付ける）（添枝加葉）

　　枝葉の問題（次要的問題）

　　枝葉に亙る（涉及末節）

　　枝葉末節（枝節問題）

　　枝葉末節に拘泥する（拘泥於枝節問題）

　　討議は中心問題を離れて、枝葉の問題に走って終った（討論離開了中心問題而陷入了枝節問題）

　　議論が枝葉に亙る（議論涉及枝節問題）

え〔名〕樹枝（=枝）

　　松が枝（松枝）

　　梅が枝（梅枝）

枝〔名〕樹枝↔幹、分支、（人獸的）四肢

　　太い枝（粗枝）

　　細い枝（細枝）

　　梅一枝（一枝梅花）

　　枝下ろし（打ち）（修剪樹枝）

　　枝を折る（折枝）

　　枝を揃える（剪枝）

　　枝もたわわに実る（果實結得連樹枝都被壓彎了）

　　枝川（支流）

　　枝道（岔道）

　　枝の雪（螢雪、苦讀）

　　枝を交わす（連理枝）

　　枝を鳴らさず（〔喻〕天下太平）

枝

枝打ち〔名、他サ〕修剪樹枝

枝移り〔名〕（鳥）遷枝、移枝

枝劣り〔名〕枝不如幹、子孫不肖

枝柿〔名〕帶枝的柿子、成串的柿餅

枝枯れ病、枝枯病〔名〕枝枯病

枝川〔名〕支流（=支流）

枝変わり、枝変り〔名〕芽條變異（植物部分枝條發生突變、生出異質的新枝）

枝切り鋏、枝切鋏〔名〕剪枝的剪刀

枝栗〔名〕帶枝的栗子

枝毛〔名〕尖端分叉的頭髮

枝差し、枝差〔名〕樹的形狀（=枝振り）

枝挿し、枝挿〔名〕〔農〕插枝

枝珊瑚〔名〕（枝狀）珊瑚樹

枝下〔名〕從最下枝到地面的長度

枝尺蠖〔名〕〔動〕尺蠖蛾幼蟲

枝炭〔名〕（茶道用）一種細木炭

枝接ぎ〔名〕〔農〕接枝
　枝接ぎ法（接枝法）

枝角羚羊〔名〕〔動〕（北美）叉角羚

枝電流法〔名〕〔電〕分路電流法

枝流れ〔名〕支流（=枝川）

枝肉〔名〕（豬牛屠宰後）剖成兩半的半扇肉、帶骨的腿肉

枝根、支根〔名〕〔植〕（主根分出的）側根（=側根）

枝話〔名〕枝節話、題外話

枝船〔名〕跟隨大船的小船←→本船

枝振り〔名〕樹的形狀（=枝差し、枝差）
　枝振りの良い松（樹型好看的松樹）

枝豆〔名〕毛豆

枝道〔名〕岔道（=岐路）、枝節（=枝葉、枝葉）
　話が枝道に逸れる（話離開主題）

枝分かれ、枝分れ〔名〕〔化〕分支

知（ㄓ）

知〔名、漢造〕知，理智←→情、意、知識、熟人，朋友、知道、知心、掌管、知慧（按當用漢字用於代替〝智〞）

知と行の関係に就いて（關於知和行的關係）

知行合一（知行合一）

知に働けば角が立つ（單憑理智行動就顯得不夠周全）

学界の知を集める（匯集學界的知識）

知的労働者（腦力勞動者）

知人（熟人）

旧知に会う（遇固友）

上知、上智（上智）←→下愚

小知、小智（小聰明、小智慧）←→大知、大智

覚知（知覺、感覺）

通知（通知、告知）

告知（通知、告知）

予知（預先知道）

検知、撿知、見知（一見而知、實地檢查）

賢知、賢智（賢明有智慧）

周知（周知）

衆知、衆智（衆人的智慧、衆所周知）

承知（同意，贊成，答應，知道，允許，原諒）

詳知（詳細知道）

未知（不知道）

無知、無智（沒知識、沒智慧）

報知（報知通知）

察知、（察知、察覺）

感知（感知、察覺）

関知（知曉，有關連、報知，察知）

格物致知（格物致知）

才知、才智（才智）

機知、機智（機智）

窺知（窺探、領會）

奇知、奇智（奇特的智慧、非凡的智慧）

故知、故智（故智）

英知、叡智、叡知（睿智、才智、洞察力）
明知、明智（明智、聰明智慧）
奸知、奸智（奸智）
世知、世智（處事才能）
賢知、賢智（賢明有智慧）
良知（良知）

知育〔名〕智育
　知育に偏する（偏重智育）
　算数や国語は知育に属する学科である（算數語文是屬於智育方面的課程）

知音〔名〕〔古〕知音，知己、熟人，相識
　得難き知音（難得的知心朋友）

知恵、智恵、智慧〔名〕智慧，智能，腦筋，主意
　知恵が増す（長智慧）
　年を取ると知恵が付く（長大就有智慧）
　此の子は中中知恵が有る（這孩子很有智慧）
　知恵の持ち腐れ（雖有智慧而不能應用）
　知恵を絞る（絞腦汁、想辦法）
　知恵が浮かぶ（想出辦法）
　知恵を付ける（替人出主意、灌輸思想、唆使、煽動）
　悪知恵を付ける（替人出壞點子、唆使做壞事）
　旨い知恵も出ない（也想不出個好主意）
　知恵を貸して下さい（請給我出個主意）
　無い知恵を絞る（絞盡腦汁、想盡辦法）
　大男総身に知恵が回りかね（個子大頭腦差、頭腦簡單四肢發達）
　下種の後知恵（愚人的事後聰明）
　知恵者（智者、足智多謀的人）
　知恵の板（七巧板）
　知恵の輪（九連環、連環錯綜的花紋）
　知恵負け（聰明反被聰明誤）
　知恵付く（長智慧）
　知恵袋（全部智慧、智囊，謀士）
　知恵歯（智齒＝知齒）
　知恵熱（小孩長牙時發燒）
　知恵競べ（比智慧、智力測驗）

知解，智解，知解，智解〔名〕智慧來的理解力

知覚〔名、他サ〕知覺、察覺，認識←→感覺
　知覚を失う（失去知覺）
　盲人の知覚は鋭い（盲人的知覺敏銳）
　知覚神経（知覺神經）
　知覚麻痺（知覺麻痺）
　知覚力（知覺力、察覺力）
　人間は視覚の働きに依って外界の事物の形や色を知覚する（人憑著視覺機能認識外界事物的形狀和顏色）

知己、知已〔名〕知己，知心朋友、熟人，朋友，相識（＝知り合い）
　彼は私の知己である（他是我的知心朋友）
　知己の言葉（知心話）
　知己を得る（遇到知己）
　知己の間柄（朋友關係）
　知己を頼って遊学する（依靠朋友去留學）

知遇〔名〕知遇
　知遇に感ずる（感知遇之恩）
　知遇を受ける（受到知遇）
　知遇に報いる（報答知遇之恩）

知計、智計〔名〕賢明的策略

知見〔名〕見識，知識、想法，意見，見解。〔佛〕（領悟的）智慧
　知見を広める（增長見識）
　知見を異に為る（見解不同）

知言〔名〕智慧語言

知行、知行〔名〕知與行
　知行合一（知行合一）

知行〔名〕統治、〔史〕（封建時代作為俸祿封給武士的）領地，采邑，知與行（＝知行）
　知行取り（靠俸祿生活的武士、有采邑的武士）

知行高（俸祿額）

知行合一（知行合一）

知歯、智歯〔名〕智齒（=知恵歯、親知らず）

知事〔名〕知事（都、道、府、縣的首長）、（寺院的）庶務

県知事（知縣、縣長）

東京都知事（都京都知事）

知識、智識〔名〕知識。〔古〕友人，朋友。〔佛〕（為結緣而）布施的財物（=知識物）

知識の幅（知識面）

深くて広い知識淵博的知識）

語学の知識（語學知識）

知識を深める（加深知識）

知識を豊富に為る（豐富知識）

科学の知識に乏しい（缺乏科學知識）

知識を広める（推廣知識）

知識を普及する（普及知識）

知識人（知識分子）

知識階級（知識階級）

善知識（〔佛〕〔引入佛門的〕好朋友、名僧、高僧）

悪知識（〔佛〕〔灌輸反佛思想的〕壞朋友）

知識物（〔佛〕〔為結緣而〕布施的財物）

知識システム（知識系統）

知識欲（求知慾）

知悉〔名、他サ〕知悉、通曉、精通、徹底了解

何事に就いても知悉する事は難しい（什麼都通曉是不容易的）

知者、智者〔名〕精通某事者、足智多謀者、名僧、高僧

彼は歴史方面の知者だ（他是精通歷史的人）

小勢で大敵を悩ます知者（以寡軍纏大敵的足智多謀者）

知者も千慮に一失（智者千慮必有一失、聰明一世糊塗一時）

知術、智術〔名〕思慮周到的計略、巧妙的手段

知将、智将〔名〕足智多謀的大將

知情意〔名〕理智感情意志

知人、知人、知人、知り人〔名〕相識、熟人（=知り合い）

知人を頼って上京する（進京去投奔熟人）

日本には知人が多い（在日本有很多熟人）

道で知り人に会う（在路上遇到熟人）

知性〔名〕才智，智力，智能、理智

知性が有る（有才智）

人間の知性（人類的才智）

知性的な顔（聰明的面孔）

知性に訴える（訴諸理智）

知足〔名〕知足

知足安分（知足安分）

知的〔形動〕智慧的，智力的，理智的，理性的

知的な能力（智力、才智）

知的なゲーム（智力遊戲）

知的な労働に携わる（從事腦力工作）

知的理解丈では駄目だ（只有理性的了解是不行的）

知的交流（智力交流、學術交流）

知得〔名、他サ〕知道，曉得、掌握知識

知得した秘密は洩らす可からず（不應洩漏知道的祕密）

知徳〔名〕智德、知識和道德

知徳を磨く（提高知識和道德）

知日〔名〕了解日本←→侮日、排日

知日家（了解日本的人）

知日派（知日派）

知能、智能〔名〕智力、智慧

知能が低い（智力低）

知能を啓発する（啟發智力）

知能程度（智力程度）

知能テスト（智力測驗）

知能犯（智能犯-運用智慧的犯罪、如詐欺，偽造，貪汙等）←→強力犯

知能権（智能權-無形財產權、如特許權，著作權等）

知能指数（智力指數）

知能検査（智力測驗）

知嚢、智嚢〔名〕智嚢，謀士（=知恵者）、全部智慧（=知恵袋）

知謀、智謀〔名〕智謀

　知謀に富む（足智多謀）

　知謀を巡らす（籌謀策劃）

知名〔名、形動〕有名、出名←→無名

　知名の士が一堂に集まる（知名人士聚集一堂）

　知名度が高い（知名度很高、負有盛名）

　知名度の低い人（不太知名的人）

知命〔名〕知命、五十歳（五十而知天命-論語）

知友〔名〕知己、知心朋友

　知友関係（朋友關係）

知勇、智勇〔名〕智勇

　知勇兼備の名将（文武雙全的名將）

知略、智略〔名〕智謀

　将軍は知略に長けている（將軍足智多謀）

知慮、智慮〔名〕智慮、聰明

　知慮深い人（深謀遠慮的人）

知力、智力〔名〕智力（=知能、智能）

　知力の発達した子供（智力發達的孩子）

　知力を働かせる仕事（腦力工作）

　十二歳の小児の知力しかない（只有十二歲小孩那樣的智力）

　子供は身体の発育と共に知力も増して来る（孩子身體一發育智力也隨著增長）

知らす〔他五〕通知（=知らせる）。〔古、敬〕統治（由知る的未然形+敬語助動詞す構成）（=御治めに為る）

知らず〔連語〕（知る的未然形+助動詞ず）不知、不知道

〔造語〕沒經驗、不覺得

　余人は知らず（別人不知道、別人姑且不談）

　他の人なら知らず彼に限って疑う節は無い（別人我不知道唯有他沒有什麼可疑的地方）

　我知らず（不覺得、不由得）

　寒さ知らず（不覺冷）

　怖い物知らず（無所畏懼）

　其処は暑さ知らずの所だ（那裏非常涼爽）

知らず知らず、不知不識〔連語、副〕不知不覺、終於（=何時の間にか）

　知らず知らずして（自然而然地）

　知らず知らず悪の道に入る様に為る（不知不覺地走入歧途）

　知らず知らずの中に海岸へ来て終った（不知甚麼時候已經來到了海濱）

　知らず知らずに涙が出る（不由得流淚）

知らん顔、知らぬ顔、知らず顔〔名〕假裝不知的神色

知らぬ顔〔名〕假裝不知，漠不關心、生人

　呼んでも知らぬ顔を為る（喊他也裝沒聽到）

　今更知らぬ顔も出来ない（事到如今也不能裝聾作啞了）

　人の困るのを見て知らぬ顔を為ている（見到別人發愁漠不關心）

　知らぬ顔の半兵衛だ（假裝全然不知）

　知らぬ顔でも無し、挨拶するか（也不是生人打個招呼？）

知らん振り〔名〕〔俗〕假裝不知、假裝不知的樣子（=知らん顔、知らぬ顔、知らず顔）

　知らん振りを為る（假裝不知）

　知らん振りを装っている（假裝不知道的樣子）

知った振り、知ったか振り〔名〕假裝知道、不懂裝懂、冒充內行（的人）

　知った振りを為る（不懂裝懂、假裝內行）

　知った振りに言う（假裝知道地說）

彼は何でも知った振りを為る（他什麼都裝懂）

知られる〔連語・自下一〕（知る的被動形）為…所知、有名，聞名，知名

一般に知られている（為一般所知、普遍知道）

和歌山は蜜柑で知られている（和歌山以橘子聞名）

其の町は保養地と為て知られている（那座城鎮作為療養地而出名）

不知火、不知火〔名〕神秘火光

知らしむ可からず〔連語〕不可使知

民は知らしむ可からず、由らしむ可し（民可使由之，不可使知之-論語）

知らせる〔他下一〕通知、告知、使…得知

電話で知らせる（用電話通知）

暗に知らせる（暗中告知）

警察に知らせる（報告警察）

前以て知らせる（預先通知）

一週間前に解雇を知らせる（一個星期之前通知解雇）

其の事はもっと世間に知らせなければならない（必須讓社會進一步知道那件事）

虫が知らせる（預感、事前感到）

知らせ、報せ〔名〕通知、預兆，前兆

採用の知らせが来た（錄用的通知到了）

悪い知らせが有った（噩耗傳來）

追って知らせが有る迄（等到隨後有了通知）

鶏鳴は夜明けの知らせだ（雞鳴是黎明的通知）

虫の知らせ（預感、前兆）

夢の知らせで何か有り然うだと思っていた（由於莫名其妙的預感那時就覺得要發生什麼事）

知り合う〔自五〕相識，結識、互相了解

心を知り合う（彼此知心）

知り合った間柄（彼此互相了解）

知り合い〔名〕相識，結識、認識、熟人，朋友，相識的人

知り合いに為る（結識）

彼の方と御知り合いですか（你認識他嗎？）

知り合いと言う丈で、友人では有りません（只是認識不是朋友）

御知り合いに為れて大変嬉しく思います（認識您我非常高興）

知り合いが多い（熟人多）

会えば話を為る位の知り合い（只是見面說句話的朋友）

長年の知り合い（多年來的熟人、老朋友）

知り顔〔名〕好像知道的神情、似懂的樣子（＝知った風、物知り顔）

知り顔を為ているが実は何も知らない（好像懂得的樣子其實甚麼也不懂）

何でも知り顔に話す（說得好像什麼都懂）

知り抜く〔他五〕洞悉、深知、徹底知道（＝知り尽す）

財界の内幕を知り抜いている人（通曉財界内幕的人）

学校経営の絡繰を知り抜く（洞悉學校經營的鬼把戲）

物知り、物識り〔名〕知識淵博

物知り顔〔名〕無所不知的樣子、博聞多識的面孔

物知り振る〔自五〕假裝博學多識、冒充無所不知

物知らず、物識らず〔名〕無知、不懂事、不學無術（的人）

知る〔他五〕知道，通曉、得知、理解、識別、認識，熟識、懂得，學會、通曉、承認、醒悟到，認識到、感覺、發現、意識到、記住、推測、察知、經歷、體驗、有關、關切、關心

己を知る（知己）

誰も知らない（誰都不知道）

全く知らない（完全不知道）

知らないと言い張る（硬說不知道）

私の知っている所では（據我所知）

知ないで居る（一直不知道）

知る可き事全て知る（該知道的全知道）

新聞で君の外遊を知った（從報紙上得知你出國旅行）

子を持って知る親の恩（有子方知父母恩）

物の良し悪しを知っている人（對東西的好壞有鑑別力的人）

健康の有難味を知る（懂得健康的寶貴）

私を真に知って呉れているのは君丈だ（只有你真正理解我）

知った顔に会う（遇到熟人）

私の知っているAmerica人（我熟識的美國人）

如何して彼の人を知る様に為ったのですか（怎麼認識他的？）

知った顔を為る（裝懂）

France語も多少知っている（法語也多少會一點點）

人を使う骨を知る（通曉用人的訣竅）

知る人ぞ知る（只有會的人懂得）

重要性を知る（認識到重要性）

自己の間違いを知る（認識到自己的錯誤）

天命を知る（知天命）

恩を知る（感恩）

恥を知る（知恥）

自分の欠点を知る（意識到自己的缺點）

財布を落としたのを知らなかった（沒發覺錢包丟了）

家を帰って始めて知った（到了家才發覺）

道を間違えた事を知った（發現走錯了路）

昔の事を知っている人（記得往昔的事的人）

他は推して知る可し（其他可想而知）

其の口振りから計画は旨く行っていない事を知った（從那種口吻察知計畫進行得不太順利）

酒の味を知る（嚐到酒的滋味）

女を知る（和女人發生過關係）

君が落第し様と此方の知った事ではない（你及不及格與我無關）

私の知った事じゃない（與我無關、我管不著）

俺の知った事か（與我何關？我可管不著）

知らざるを知らずと為よ、是知れる也（不知為不知是知也-論語）

知らぬが仏（眼不見心不煩）

知らぬは亭主許り也（唯有丈夫不知道）

知らぬ仏より馴染みの鬼（熟悉的人總比生人好）

知る者は言わず、言う者は知らず（知者不言言者不知-老子）

知る辺〔名〕熟人、親友

知る辺も無き孤児（無親無戚的孤兒）

知る辺を頼って東京へ出た（投靠朋友來到東京）

知れる〔自下一〕被…知道，被察覺，被發覺、明白、判明、認出、識別、可知、可以理解

知れない様に為る（保守秘密）

先生に知れると拙い（被老師知道了可不妙）

新聞に出たので直ぐ世間に知れた（因為上了報所以人們都知道了）

其が知れては困るんだ（那要是洩漏出去就糟了）

如何言う訳か此の事が警察に知れて終った（不知什麼緣故這件事讓警察察覺了）

居所が知れない（下落不明）

死因は未だ知れない（死因至今尚不明白）

如何為るか知れない（會怎麼樣不曉得）

調査の結果彼が二年前に死んでいた事が知れた（調查的結果判斷他是在兩年以前死的）

嘘を付いても直ぐに知れるよ（說謊也會馬上被發覺的）

噂は嘘と知れた（證實傳言是假的）

死体は彼の妻の者と知れた（辨認出屍體是他的妻子）

し

人は其の交わる友で知れる（從所交的朋友便可知其為人）

かも知れない（也許是、也未可知）

本当かも知れない（也許是真的）

然うかも知れない（也許是那樣）

明日は雨に為るかも知れない（明天可能要下雨）

どんなに心配したか知れない（也不知道多麼地惦念著）

知れる〔連語〕（文語知る的未然形+完了助詞り的連體形）知道、已知

我等の知れる如く（如我們所知）

知れ渡る〔自五〕廣泛知道、普遍知道、為人們所共知

一般に知れ渡った事実（為人們所共知的事實）

此の事は日本中に広く知れ渡った（這件事全日本普遍都知道）

知れきった〔連語、連体〕〔舊〕顯然的、明顯的、自明的（=分りきった）

知れた〔連體〕不言而喻的，不說自明的，不問自知的，當然的，不多，有限，沒什麼了不起的

知れた事さ（當然、那還用說）

然う為るのは知れた事だ（形成那種結果是當然的）

知れた事よ、貴様の命を貰いに来たんだ（不用問我是來結束你生命的）

月月の収入と言っても知れた物です（每月的收入說起來也很有限）

彼の将来は知れた物だ（他將來沒多大出息）

学者と言っても知れた物さ（說是個學者也沒什麼了不起的）

素知らぬ、そ知らぬ〔連體〕假裝不知、裝作不知道

素知らぬ振り（假裝不知道的樣子）

隠して置き乍ら素知らぬ顔を為ている（明明藏了起來卻裝作不知道的樣子）

知ろし食す〔他四〕〔古〕知（=御知りに為る）、統治（=御治めに為る）

肢（ㄓ）

肢〔漢造〕肢體、分枝

四肢（四肢）

上肢（上肢）

下肢（下肢）

義肢（義肢）

分肢（分枝）

選択肢（事前準備好的選擇題的供人選擇作答的答案）

肢芽〔名〕〔生〕肢芽

肢骨〔名〕構成四肢的骨骼、上肢骨和下肢骨

肢節〔名〕〔動〕肢節

肢体〔名〕肢體，四肢，手足、手足和身體

肢体を断つ（切斷手足）

着物の上から逞しい肢体の恰好が見える（隔著衣服可以看出健壯體格的樣子）

肢体障害（殘障）

肢体不自由児（殘障兒童、畸形兒）

芝（ㄓ）

芝〔漢造〕蘑菇的一種

霊芝（靈芝）

芝草〔名〕〔植〕羊鬍子草（=幸茸、万年茸、芝）

芝蘭〔名〕靈芝和蘭花

芝〔名〕〔植〕（鋪草坪用的）羊鬍子草

芝を植える（鋪草坪）柴

芝を刈り込む（剪草坪）

芝刈り器（剪草機）

柴〔名〕柴、（作柴燒的）小雜樹

芝居〔名〕戲劇（主要指歌舞伎）。〔轉〕作戲，花招，假裝

芝居を見る（看戲）

素人芝居（業餘演出、票友戲）

芝居の一座（戲班、戲團）

芝居の番付（節目單、戲報）

芝居を演じる（演戲）
芝居が跳ねる（散戲）
芝居を見に行く（去看戲）
村に芝居が掛る（村裡演戲）
芝居熱に浮かされる（熱衷於戲劇、很想當演員）
其の芝居は受けなかった（那齣戲不叫座）
其の芝居は当たった（那齣戲很叫座）
芝居好き（戲迷）
仕組んだ芝居（做好的圈套）
今のは御芝居だよ（剛才那是開個玩笑）
一芝居打つ（耍一個花招、來一手、做一個小動作）
夫婦喧嘩は芝居だった（夫婦打架是假的）
彼女は本当に泣いているんじゃないよ、芝居だよ（她不是在真哭假裝的）
彼は一芝居打って内閣を転覆し様と為た（他想做一個陰謀推翻內閣）
彼の芝居に騙されるよ（別上他的圈套）
芝居掛る（唱戲、假裝、做作、耍花招、裝模作樣）
芝居掛り（好像演戲、戲劇性、假裝、做作）
芝居小屋（戲院、劇場）
芝居気、芝居気、芝居気（想要耍花招、裝模作樣）
芝居者（戲院的清潔工、演員的別名）
芝居茶屋（戲院附設哦飲茶部）
芝居染みる（誇張、做作、裝模作樣）
芝居酒盛（在草坪上席地而坐的酒宴）
芝居絵（取材於歌舞伎的風俗畫）

芝犬、柴犬〔名〕日本種柴犬

芝海老、芝蝦〔名〕〔動〕周氏新對蝦

芝刈り〔名、自サ〕剪草坪
芝刈り機（剪草機）

芝草、芝草〔名〕羊鬍子草（=芝）

芝地〔名〕草坪（=芝生）

芝地にテーブルを持ち出して食事を為る（把桌子搬到草坪上用餐）

芝原〔名〕草原
芝原に寝転んで昼寝する（躺在草原上睡午覺）

芝生〔名〕草坪
芝生を踏む可からず（不許踐踏草坪）
芝生に寝る（躺在草坪上）
芝生撒水器（草坪灑水器）
庭を芝生に為る（庭院裡鋪上草坪）

芝山〔名〕遍植矮草的假山

胝（ㄓ）

胝、胼胝〔名〕胼胝、繭皮
ペン胝（右手中指因握筆起的繭皮）
足に胝が出来た（腳上長繭）
其の話は耳に胝が出来る程聞いた（這些話我已經聽膩了）
もう沢山、耳に胝が出来然うだ（夠了我的耳朵快聽出繭來了）

蛸、鮹、章魚〔名〕〔動〕章魚、夯、搗槌
蛸目玉（又圓又大的眼睛）胼胝、胝（胼胝）
蛸で付く（打夯）
蛸の共食い（同類相殘）

凧〔名〕風箏（=凧、紙鳶）
凧を揚げる（放風箏）蛸章魚鮹胼胝
凧の糸を手繰る（拉風箏線）
凧の糸を繰り出す（撒放風箏線）
凧を降ろす（拉下風箏）

脂（ㄓ）

脂〔漢造〕（動物）油、樹脂、胭脂
皮脂（皮脂）
凝脂（凝脂、白而美的肌膚）
油脂（油脂）
樹脂（樹脂）

虫

獣脂（獣脂、骨脂）

臙脂（胭脂、洋紅、深紅色）

脂肝〔名〕〔醫〕脂肪肝

脂感〔名〕油滑的感覺

脂環式化合物〔名〕〔化〕脂環族化合物

脂膏〔名〕脂膏、辛勞所得

人民の脂膏（民脂民膏、人民的血汗）

脂光石〔名〕〔礦〕脂光石

脂質〔名〕〔生化〕類脂體

脂燭，紙燭、脂燭，紙燭〔名〕紙燭（紙或布捲細塗上蠟的照明用具）

脂蛋白質〔名〕〔生化〕脂蛋白質

脂粉〔名〕脂粉、化粧

脂粉を施す（塗脂抹粉、化粧）

脂粉の巷（煙花柳巷）

脂粉の気（脂粉氣）

脂粉の匂いが漂う（盪漾著脂粉味）

脂肪〔名〕脂肪

植物性脂肪（植物脂肪）

豚肉は脂肪が多い（豬肉脂肪多）

彼は近頃脂肪太りが為て来た（他最近胖得脂肪過多了）

運動して脂肪を取る（做運動去掉脂肪）

脂肪過多症（脂肪過多症）

脂肪細胞（脂肪細胞）

脂肪質（脂肪質）

脂肪組織（脂肪組織）

脂肪体（脂肪體）

脂肪酸（脂肪酸）

脂肪油（脂油）

脂肪太り（虛胖）

脂肪分（脂肪成分）

脂肪分解（脂肪分解）

脂肪沈着（脂肪沉積）

脂肪族（脂肪族）

脂肪ピッチ（硬脂瀝青）

脂油〔名〕油脂、脂肪

脂漏〔名〕〔生化〕脂漏、脂溢

脂、膏〔名〕脂肪，油脂。〔喻〕活動力，工作性

顔に脂が浮く（臉上出油）油

此の牛肉は脂が多い（這塊肥牛肉）

脂が乗る（肥胖、很賣力、感興趣、純熟）

脂の乗った魚が美味しい（肥魚鮮美）

今丁度脂の乗った年頃だ（現在正是活力十足的年齡）

其の問題に入ると脂が乗って来た（一碰到那問題他就興趣高昂起來）

仕事に脂が乗ると大いに捗る（工作一入狀況就很快地完成了）

脂の乗った芸を披露する（表演純熟的技藝）

脂を取る（催逼、逼迫）

高利貸に脂を取られる（被高利貸催逼）

油〔名〕油、髮油。〔轉〕活動力，勁

油で揚げる（用油炸）揚げる上げる挙げる

髪に油を付ける（往頭髮上抹油）油 脂 膏

油が乗る（起勁、有了活力）乗る載る

油が切れる（油用完、力氣用完）切れる着れる斬れる伐れる

此の時計は油が切れた（這個錶沒油了）

機械に油を差す（給機器上油）差す指す刺す挿す射す注す鎖す点す

油を差す（加油、鼓勵、打氣）

油を引く（加油、鼓勵、打氣）引く弾く轢く挽く惹く曳く牽く退く

油を塗る（加油、鼓勵、打氣）

油に水（水火不相容）

油が付く（沾上油）付く撞く吐く附く尽く点く憑く衝く就く突く着く漬く

油を売る（閒聊浪費時間、偷懶、磨蹭）売る得る得る

途中で油を売る（在路上磨蹭）

油を絞る（榨油、譴責、申斥）絞る搾る

一つ油を絞って遣ろう（教訓他一頓吧！）

油を注ぐ（加油，添油、唆使，煽動）注ぐ雪ぐ濯ぐ濺ぐ

火に油を注ぐ（火上加油）

其では火に油を注ぐ様な物だ（那無異是火上加油）

脂足〔名〕（會出汗的）汗腳

脂汗〔名〕（非常痛苦時流的）黏汗、急汗

脂汗を搔く（出黏汗）

苦しくて全身に脂汗が出た（難受時全身出了黏汗）

脂ぎる〔自五〕油光發亮、肥胖

顔が脂ぎっている（臉上油光發亮）

体が脂ぎる（身體肥胖）

脂ぎった男（胖男人）

脂薬〔名〕藥膏、〔俗〕賄賂

脂薬を付ける（擦藥膏）

脂気、油気〔名〕油氣、油性，光澤、肥胖

脂気の物が有るから火に注意しろ（因為有油氣的東西要注意煙火）

脂気の無い髪（沒有光澤的頭髮）

脂気の少ない肌（乾燥的皮膚）

彼の人は脂気が強い（他相當胖）

脂気の有る旨然うな肉（像是很好吃的肥肉）

脂っ濃い、油っ濃い〔形〕油膩、（性情等）執拗,不乾脆

脂っ濃い肉料理（油膩的菜飯）

あんまり脂っ濃くては食べられない（太油膩了不能吃）

彼の人は脂っ濃い（那個人固執）

脂性〔名〕肥胖多油（的體質）←→荒れ性

脂手，油手、脂手，油手〔名〕（沾上油的）油手、（好出汗的）汗手

脂太り、脂肥り〔名〕脂肪多、肥胖（的人）

脂身〔名〕肥肉

牛肉の脂身（肥牛肉）

脂〔名〕樹脂、煙袋油子、眼屎（＝目脂）

松の脂（松脂）

脂が詰まる（煙袋油子堵住了）

目に脂が溜まっている（眼睛上有眼屎）

脂下がる〔自五〕搭拉著煙袋抽菸。〔轉〕洋洋自得、沾沾自喜、裝腔作勢，擺臭架子

何を脂下がっているのだい（你在得意什麼？）

隻（ㄓ）

隻〔接尾〕（助數詞用法）（計算船、箭、鳥的單位）隻

〔漢造〕單的，不成雙的、數量很少

一隻（一隻、一個）

船一隻（一隻船）

一隻手（一隻手）

一隻眼（眼力、鑑別力）

一隻の靴（一隻鞋）

片言隻語（隻言片語）

隻影〔名〕片影（＝片影）

敵の隻影も見なかった（連個敵人的影子都沒看見）

隻眼〔名〕獨眼，一隻眼（＝片目）、（以一隻眼形式）獨具慧眼

一隻眼を持つ（獨具慧眼）

美術に対して一隻眼を備えている（對於美術獨具慧眼）

隻語〔名〕一言半語、片言隻語、一句話

聴衆は隻語も漏らすまいと傾聴した（聽眾聚精會神地聽生怕漏掉一句話）

隻手〔名〕一隻手（＝片手）

隻手の人（單臂人）

隻腕〔名〕單手、單臂（＝片腕）

隻脚〔名〕一隻腳（＝片足）←→双脚

隻脚の人（一條腿的人）

隻句〔名〕片言隻句（=隻語）
片言隻句（片言隻句）

梔（ㄓ）

梔〔漢造〕黃梔（果實可做藥及黃色染料）

梔子、山梔子、巵子〔名〕〔植〕梔子
梔子色（澄黃色）
梔子染め（染成橙黃色〔的衣物〕）

蜘（ㄓ）

蜘〔漢造〕蜘蛛
蜘蛛、蜘蛛（蜘蛛=くも）

蜘蛛〔名〕〔動〕蜘蛛
蜘蛛が巣を掛ける（蜘蛛作繭）
蜘蛛の子を散らす（比喻多數人像四面八方散去-有如破開卵袋的小蜘蛛四處奔跑一般）
蜘蛛の子を散らす様に逃げる（四散奔逃）

雲〔名〕雲、雲彩
雲の切れ目（雲彩縫隙）
空一面の雲（滿天雲彩）
雲が晴れた（雲散了、晴了）
厚い雲の層（厚的雲層）
山陰から大きな雲が湧き上がって来た（從山背後湧出了大塊雲彩）
雲に覆われる（被雲彩遮住、層雲密布）
雲が出て来た（出來雲彩了）
雲が低く垂れている（雲彩低垂）
空には一点の雲も見えなかった（空中看不到一點雲彩）
北風が雲を吹き払った（北風吹散了雲彩）
北風北風
今は心に掛かる雲が無い（現在沒有覆蓋在心靈上的雲彩了、現在沒有精神上負擔了）
雲に梯（達不到的願望、高攀不上、辦不到的事）
雲に汁（雲催雨下、情況好轉）
雲に臥す（山居雲深處、居住在深山中）臥す伏す付す附す賦す
雲に竜に従い、風に虎に従う（雲從龍風從虎、明君之下必有賢臣輔佐）竜 竜
雲無心に為て岫を出づ（雲無心以出岫、悠悠自適、悠然自得）
雲を霞と（一溜煙地跑得無影無蹤）
雲を霞と逃げ去った（一溜煙地逃掉了）
雲を掴む（虛幻無實、不著邊際）
雲を掴む様な話（不著邊的話、不可置信的事、荒誕的事）
雲を衝く（頂天、衝天）
雲（を）衝く様な男（頂天大漢、個子高的男子）
黒い雲（黑雲）
入道雲（積雨雲）

蜘蛛、細蟹、笹蟹〔名〕（來自形似小蟹）蜘蛛、蜘蛛網（=蜘蛛）

笹蜘蛛〔名〕〔動〕尖眼蜘蛛

蜘蛛形類〔名〕〔動〕蛛形網

蜘蛛蟹〔名〕〔動〕蜘蛛蟹

蜘蛛猿〔名〕〔動〕蜘蛛猿

蜘蛛助、雲助〔名〕（江戸時代）（沒有固定住處的）抬轎工人，流浪漢。〔轉〕流氓，無賴（=破落戶）

蜘蛛手〔名〕（道路等像蜘蛛腿伸向四面八方一樣）呈放射狀、心亂如麻，心煩意亂、

舉刀飛舞、用木材作十字形疊成的高架
蜘蛛手に思い乱れる（心亂如麻）
蜘蛛手に刀を振り回す（舉刀飛舞）

蜘蛛の巣〔名〕蜘蛛網
蜘蛛の巣状（蜘蛛網狀）
蜘蛛の巣の様な髪（蓬亂捲縮的頭髮）
其の小屋も今では蜘蛛の巣だらけに為っている（那間小屋現在也全是蜘蛛網了）

蜘蛛の巣コイル（蜘蛛網形線圈）
蜘蛛人手類〔名〕〔動〕蛇尾綱、舊隧足綱
蜘蛛膜、蜘蛛膜、蜘蛛膜〔名〕〔解〕（包腦脊髓外面的）蜘蛛膜
　　蜘蛛膜下出血（蜘蛛膜下出血）

織（ㄓ）

織〔漢造〕織、組織
　　紡織（紡織）
　　染織（染織）
　　交織（混紡＝交ぜ織り）
　　混織（混紡＝交織）
　　機織、機織（織布、織布工、蟋蟀）
　　組織（組織、構造、系統、制度）
織女〔名〕織布的女子、織女星（＝七夕、棚機）←→牽牛
　　織女星（織女星＝機織姫）←→牽牛星
織布〔名〕織布、織的布
　　織布工（織布工人）
織婦〔名〕織布的女子（＝織女）、織布女工（＝機織女）
織機、織機、機〔名〕織布機
　　自動織機（自動織布機）
　　織機で織布を行う（用織布機織布）
　　織機を織る（織布）
　　家に織機が三台有る（家裡有三台織布機）
旗、旌、幡〔名〕旗，旗幟。〔佛〕幡、風箏（＝凧）
　　旗を上げる（升旗）旗機畑畠傍端旗
　　旗を下ろす（降旗）下ろす降ろす卸す
　　旗を広げる（展開旗子）広げる拡げる
　　旗を振る（揮旗、掛旗）振る降る
　　旗を掲げる（掛旗）
　　大勢の人が旗の下に馳せ参じる（許多人聚集在旗下）大勢大勢
　　旗を押し立てて進む（打著旗子前進）

国連の本部には色色の国の旗が立っている（聯合國本部豎立著各國的國旗）立つ経つ建つ
　　旗が風にひらひら翻っている（旗幟隨風飄動）
　　旗を掲げる（舉兵、創辦新事業）
　　旗を巻く（作罷，偃旗息鼓、敗逃，投降，捲起旗幟）巻く撒く蒔く捲く播く
畑、畠〔名〕旱田，田地、專業的領域
　　大根畑（蘿蔔地）
　　畑へ出掛ける（到田地裡去）
　　畑を作る（種田）
　　畑に麦を作る（在田裡種麥）
　　畑仕事（田間勞動）
　　経済畑の人が要る（需要經濟方面的專門人才）
　　其の問題は彼の畑だ（那問題是屬於他的專業範圍）
　　君と僕とは畑が違う（你和我專業不同）
　　商売は私の畑じゃない（作買賣不是我的本行）
畑、畠〔名〕旱田，田地（＝畑、畠）
　　畑を作る（種田）旗側傍端
　　畑で働く（在田地裡勞動）
端〔名〕（事物的）開始、（物體的）先端，盡頭
　　端から調子が悪い（從開始就不順利）
　　岬の端に在る（海角上的盡頭）
端〔接尾〕開始、正…當時
　　寝入り端を起こされる（剛睡下就被叫起來了）
　　出端を挫かれる（一開始就碰釘子）
側、傍〔名〕側、旁邊
　　側から口を出す（從旁插嘴）
　　側で見る程楽でない（並不像從旁看的那麼輕鬆）
　　側の人に迷惑を掛ける（給旁人添麻煩）

ㄓ

側、側

側、側〔名〕側，邊、方面（=一方、一面）、旁邊，周圍（=周り、側）

〔漢造〕側，邊、方面、（錢的）殼、列，行，排

　　川の向こう側に在る（在河的對岸）
　　箱の此方の側には絵が書いてある（盒子的這一面畫著畫）
　　消費者の側（消費者方面）
　　敵の側に付く（站在敵人方面）
　　教える側も教えられる側も熱心でした（教的方面和學的方面都很熱心）
　　井戸の側（井的周圍）
　　側の人が煩い（周圍的人說長話短）
　　当人よりも側の者が騒ぐ（本人沒什麼周圍的人倒是鬧得凶）
　　側から口を利く（從旁搭話）
　　両側（兩側）
　　通りの右側（道路的右側）
　　南側に工場が有る（南側有工廠）
　　労働者側の要求（工人方面的要求）
　　私の右側に御座り下さい（請坐在我的右邊）
　　金側の腕時計（金殼的手錶）
　　二側に並ぶ（排成兩行）
　　二側目（第二列）

側、傍〔名〕側、旁邊、附近

　　テーブルの側に椅子を置く（在桌子旁邊放張椅子）
　　父母の側を離れる（離開父母身邊）
　　側でぼんやり見ている（在旁邊呆呆地看著）
　　駅の側の郵便局（火車站附近的郵局）
　　学校の側に住んでいる（住在學校附近）

将〔副〕又、仍（=又、矢張り）。〔接〕或者、抑或（=或は）

　　雲か霞か将雪か（雲耶霞耶抑或雪耶）将旗　機傍端畑畠畫秦側幡旛
　　散るは涙か将露か（落的是淚呢？還是露水呢？）

機織り、機織〔名〕織布、織布工、蟋蟀（=機織り虫）

織工〔名〕紡織工人

織る〔他五〕織、編織

　　布を織る（織布）折る
　　木綿を織る（織棉布）居る居る
　　羅紗を織る（織呢絨）
　　絹を織る（織綢緞）
　　蓆を織る（編草蓆）
　　綿から糸を作り、糸を布に織る（由棉花紡紗把紗織成布）
　　自動車の往来が、布を織る様に激しい（汽車往來如梭）
　　訪ね来る者織るが如し（來訪者絡繹不絕）

居る〔自五〕（居る的稍舊說法）（有生物的存在）在，有、居住，停留、（動物）生存，生長，生活

〔補動、五型〕（以て居る-在口語中常常說成とる形式、接在動詞連用形下）

（表示行為或動作正在進行中）正在…、著…

（表示狀態或持續性的行為動作或狀態）…著、…了

　　其処に居るのは誰だ（在那裏的是誰？）
　　誰か居るか（有人嗎？）
　　応接間に御客さんが居ります（客廳裡有客人）
　　部屋には誰も居りません（屋裡沒有人）
　　両親は田舎に居ります（父母住在鄉下）
　　長年東京に居った（曾住在東京多年）長年　長年
　　もう二三日此処に居る積りです（我打算在這裡再待兩三天）
　　鰐は熱帯の河や海に居ります（鱷魚生存熱帶的河或海裡）
　　此のカンガルーは元Australiaに居りました（這種袋鼠以前生長在澳洲）

そんな所で何を為て居るのか（你在那裏做什麼呢？）
ラジオを聞いて居る（正在聽收音機）
新聞を読んで居る（正在看報＝新聞を読んどる）
子供等は庭で遊んで居ります（孩子們正在院子裡玩）
其の時彼は食事を為て居りました（那時他正在吃飯）
花が咲いて居ります（花開了、花開著）
窓ガラス壊れて居る（窗子的玻璃碎了）
食事はもう出来て居ります（飯已準備好了）
主任は病気で静養して居ります（主任因病在静養中）
課長は出張していて、未だ帰って居りません（科長出差去了還沒回來）
＊居る和ゐる意義和用法雖完全相同，但用在補動時居ります比居ます語氣較客氣

折る〔他五〕折、折斷、折疊、折彎、彎曲
花を折る（折花）
木の枝を折る（折樹枝）
左腕を折った（折斷了左胳膊）
大腿骨を折った（折斷了大腿骨）
花や木を折らないで下さい（請勿攀折花木）
鉛筆の芯を折って終った（把鉛筆芯弄斷了）
ページの端を折る（把頁角折起來）
折り紙を折る（折疊紙手工）
襟を折る（翻領子）
手紙を三つに折って封筒に入れた（把信疊成三折放進信封裡）
膝を折る（屈膝、屈服）
指を折って数える（屈指計算）
我を折る（屈從、屈服）
腰を折る（挫折鋭氣、打斷話頭）
鼻を折る（挫其鋭氣、使丟臉）
筆を折る（絶筆）
骨を折る（努力、盡力）

織り上がる〔自五〕織成、織完、織好
織り上がり〔名〕織成、織得好壞
織り上がりは綺麗だ（織得漂亮）
織り合わせる〔他下一〕合織、混織、交織（＝織り込む）
絹と木綿を織り合わせる（絲棉混織）
緊密に織り合わされている（緊密地交織在一起）
織り糸、織糸〔名〕織線、線縷
織り色織色〔名〕紡織品的顏色，織的色←→染め色，染色、交織的顏色、藍色
織り方、織方〔名〕織法、織的樣式
織り子、織子〔名〕〔俗〕紡織工人
織り込む〔他五〕織入。〔轉〕編入，穿插
金糸を織り込む（織進金線）
金線を織り込んだ絹布（織入金線的綢緞）
小説の中に織り込む（穿插在小說裡）
皆の意見を織り込んで作ったクラス会の規則（採納大家的意見訂出的班會規則）
織り込み、織込み〔名〕公路交織區段
織り地、織地〔名〕（織物的）質地、料子
織り出す〔他五〕織出、織上
模様を織り出す（織出花樣、提花）
模様を織り出した織物（織上了花樣的織物、緹花織物）
風景を織り出した絹織物（織出風景的絲織物）
織り出し〔名〕織出來的花樣，提花、開始織出的部分，機頭
織り出し模様（織出來的花樣）
織り出し模様の反物（織花綢緞、提花布匹）
織り成す〔他五〕織成，織出。〔轉〕組成，穿插成
織り姫、織姫〔名〕織女、紡織女工、織女星
織り交ぜる、織り雑ぜる〔他下一〕混織，交織。〔轉〕穿插，混雜
エピソードを織り交ぜながら講義を為る（穿插一些小故事進行講課）

悲喜劇を織り交ぜた劇（把悲劇和喜劇穿插在一起的戲劇）

真実と虚偽とを織り交ぜる（把真假混在一起）

織り目、織目 〔名〕（織物）質地的疏密、織眼、線碼

織り目の荒い織物（線碼稀的紡織品）

織り目の現れている外套（露出線碼的大衣）

織り模様、織模様 〔名〕織出的花様

織り元、織元 〔名〕紡織的工廠

織物 〔名〕織物、織品、紡織品

綿織物（棉織品）

毛織物（毛織品）

織物類（紡織品）

織物工業（紡織工業）

織物工芸（紡織工藝）

織物原料（紡織原料）

織物市場（紡織品市場）

織物取引所（紡織品交易所）

直（ㄓˊ）

直 〔名、漢造〕直、直接、直率、値班、便宜（＝安直）

曲と直（曲直）

直と直と為る（以直為直）

其の性直なる人（性格直率的人）

全直（〔海〕全部値勤）

彼の店は直で良い（那個商店便宜）

曲直（曲直、是非）

垂直（垂直）←→水平

鉛直（垂直）

硬直（僵直、僵硬）

剛直、強直（剛直）

廉直（廉潔正直）

愚直（過於正直）

実直（耿直、忠誠老實）

率直（率直、坦率）

安直（便宜、輕鬆）

当直（値班）

宿直（値宿）

日直（每天的値班〔人員〕、白天的値班〔人員〕）←→宿直、夜直

夜直（値夜班）

直明け 〔名〕値完夜班

直営 〔名、他サ〕直接經營

beer会社直営のビヤ、ホール（啤酒公司直接經營的啤酒館）

森永直営の喫茶店（森永糖果公司直接經營的咖啡屋）

直円錐 〔名〕〔數〕直圓錐

直円柱 〔名〕〔數〕直立圓柱

直往 〔名、自サ〕一直向前進

直往邁進（勇往直前）

志を立てたら直往邁進す可きだ（既然立定志向就要勇往直前）

直音 〔名〕〔語〕直音（拗音、促音以外的音）

直下 〔名、自サ〕正下面、筆直降下←→直上

西湖を直下に見下ろす（俯視下面的西湖）

赤道直下の島（正在赤道上的海島）

急転直下（急轉直下）

雲雀が空から矢の様に直下する（雲雀像箭似地從空中筆直降下來）

直下三百メートルの断崖（直下三百公尺的懸崖）

直下に 〔副〕立即、馬上

直上 〔名、自サ〕正上面、一直上去←→直下

直角 〔名〕〔數〕直角

直角に交わる（直角交叉）

此の二線は互いに直角を為している（這兩條線互成直角）

直角三角形（直角三角形）

直角定規（直角規、矩尺）

直角錐 〔名〕〔數〕直角錐

ちょっかくちゅう 直角柱〔名〕直角柱

ちょっかく 直覚〔名、他サ〕直覺、直接感覺
　直覚に由って知り得る（由直覺而得知）
　直覚が当たる（憑直覺猜對）
　電報と言う声で試験に合格したなと直覚した（一聽到喊電報的聲音立即感覺到準是考上了）
　直覚的（直覺得、不經思考的）

ちょっかつ 直轄〔名、他サ〕直轄、直屬
　文部省直轄の学校（教育部直屬的學校）

ちょっかっこう 直滑降〔名、自サ〕（滑雪）直線滑下、一直滑下

ちょっかん 直感〔名、他サ〕直覺、直接感覺
　直感に頼る（靠直覺）
　直感を働かす（運用直覺）
　直感で分る（憑直覺就了解）
　直感が当たる（憑直覺猜對）
　直感に丈た由っては行けない（不能光憑直覺）
　此れは駄目だと直ぐ直感した（立即感覺到事情糟了）

ちょっかん 直諫〔名、他サ〕直言勸諫
　首相に直諫する（向首相直言勸諫）

ちょっかん 直観〔名、他サ〕憑直覺進行觀察
　直観が鋭い（直觀敏銳）
　真理を直観する（直觀真理）
　直観主義（直觀主義）
　直観的（直觀的）
　直観教授（直觀教學）

ちょっきゅう 直球〔名〕〔棒球〕直球
　直球を投げる（投直球）

ちょっけい 直系〔名〕直系、嫡系
　直系の子孫（直系子孫）
　三井直系の会社（三井直系公司）
　直系尊属（直系長輩）
　直系卑属（直系晚輩）

ちょっけい 直径〔名〕〔數〕直徑
　直径三十センチの鍋（直徑三十厘米的鍋）
　地球の直径を測定する（測量地球的直徑）
　其の木は直径三メートル有る（那棵樹直徑有三米）

ちょくげき 直撃〔名、他サ〕〔軍〕直接射擊、直接轟炸
　焼夷弾の直撃を受ける（受到燒夷彈的直接轟炸）
　飛行場を直撃する（直接襲擊機場）
　直撃弾（直接命中彈）

ちょっけつ 直結〔名、自サ〕直接連接，直接聯繫、直接有關聯，直接關聯到。〔電〕直接結合
　産地と直結した仕入れ（和出產地直接聯繫的進貨）
　消費組合は生産者と直結して品物を安く手に入れる（消費合作社和生產者建立直接聯繫廉價買進貨物）
　生活必需品の値上げは家庭生活に直結した問題だ（生活必需品的漲價直接關係到家庭生活的問題）
　実験の成否は人類社会の繁栄に直結している（實驗成功與否直接關係到人類社會的繁榮）
　直結空胴（直接結合空腔諧振器）

ちょくげん 直言〔名、他サ〕直言、直說
　直言を容れる（容納直言、接受直言）
　敢えて直言する（敢進一言）
　直言家（直言不諱的人）

ちょくご 直後〔名、副〕剛…之後、…之後不久、緊跟著，緊接著←→直前
　終戦直後（停戰之後不久）
　君が帰った直後に彼が来た（你剛剛走他就來了）
　朝食直後の出来事（早飯後不久發生的事）
　事件発生直後に現場付近を通った（事件剛發生後就路過了肇事現場）

ちょくぜん 直前〔名、他サ〕即將…之前、眼看就要…的時候←→直後、附近、眼前

屮

试験の直前に（在快要考試之前）
沸騰直前の湯（快要開的水）
出発直前に病気で倒れた（正要出發病倒了）
崩壊直前の状態に在る（處於即將崩潰的狀態）
直交〔名〕（二條直線、直線和平面、平面和平面的）直角相交、（由直交座標所定出的）直角座標
直航〔名、自サ〕（飛機、船舶）直航、直達
此の船は上海へ直航する（這艘船直達上海）
彼は空路Londonに直航した（他直飛倫敦）
直航路（直航路線）
直行〔名、自サ〕一直去，直接去、直達、直率←→曲行
兄は本屋に寄ったが、僕は学校へ直行した（哥哥順便去一夏書店我直接上學去了）
直行で行く（乘直達車去）
此の列車は台南迄直行する（這列車直達台南）
直行の士（正直的人）
直根〔名〕〔植〕直根、主根
直鎖状分子〔名〕〔化〕直鏈狀分子
直裁〔名、他サ〕立刻裁決、親自裁奪
社長の直裁を願う（請總經理親自裁奪）
直截、直截〔名、形動〕（直截為直截之訛）直截了當
簡明直截（簡明扼要）
直截に言えば彼は見込みが無い（直截了當說的話他沒有希望）
直截簡明（直截了當）
表現が直截簡明だ（保線直截而簡練）
直截的（直截了當的）
直三角柱〔名、他サ〕〔數〕直三角柱
直視〔名、他サ〕直視，盯著看、正視，認真看待
前方を直視する（注視前面）

直視出来ぬ程威厳が有る（威嚴得不能仰視）
現実を直視する（正視現實）
事態の直視を怠る（沒有認真看待事態）
直示天秤〔名〕直讀天平
直視プリズム〔名〕〔理〕直視稜鏡
直翅類〔名、他サ〕〔動〕直翅類、直翅目
直翅類の昆虫（直翅類昆蟲）
直射〔名、他サ〕直射，直照、〔軍〕直射，低射←→曲射
日光の直射を受ける（受陽光直射）
西日が直射して眩しい（偏西的陽光迎面照得刺眼睛）
熱い太陽が砂漠を直射していた（強烈的陽光直照著沙漠）
直射日光（直射的陽光）
砲火の直射を受ける（遭受砲火的直射）
直射距離（直射距離）
直射砲（直射砲）
直写〔名、他サ〕照實描寫、寫實
歴史の事実を直写する（照實描寫歷史的事實）
直写主義（寫實主義）
直叙〔名、他サ〕直敘、直截了當地敘述
直証〔名〕〔邏〕直證
直写的（直證的）
直情〔名〕直率、真實的感情
直情径行（心直口快、言行坦率）
直情径行の人（言行坦率的人、直性子的人）
彼は直情径行だ（他言行坦率）
直衝突〔名〕〔理〕正面衝突
直進〔名、自サ〕一直前進、立即前進
船が目的地へ向って直進する（船向目的地一直前進）
直進説（〔生〕直向進化説）
直税〔名〕直接税（＝直接税）

直生胚珠〔名〕〔植〕直生胚珠
直接〔名、副、自サ〕直接←→間接
 直接の原因（直接原因）
 直接（に）面会する（直接會見）
 直接（に）当たって見る（直接試探一下）
 直接の話し合い（直接會談）
 直接間接に色色世話に為った（直接間接地受到很大照顧）
 直接交渉（直接談判）
 直接選挙（直接選舉）
 直接分裂（〔植〕直接分裂）
 直接加硫（〔化〕直接蒸氣硫化法）
 直接行動（直接行動、實力行動）
 直接的（直接的）←→間接的
 直接法（〔語〕〔印歐語等的〕直敘語氣形式）←→間接法
 直接発生（〔動〕直接發育）
 直接染料（〔化〕直接染料）
 直接税（直接税-如所得税、固定資產税）←→間接税
 直接挿入ルーチン（〔計〕開型〔直接插入〕程序）
 直接アクセス（〔計〕直接存取）
 直接製鉄法（〔冶〕直接煉鐵法）
直説法〔名〕（印歐語等）用動詞基本形結尾的用法
直線〔名〕直線←→曲線
 直線距離を測る（測量直線距離）
 直線コースを取る（走直道、抄近路）
 直線美（直線美）
 直線運動（直線運動）
 直線加速装置（〔理〕直線性加速器）
 直線偏光（〔理〕線性偏振光）
直送〔名、他サ〕直接輸送
 産地から消費者へ新鮮な果実を直送する（由產地把新鮮水果直接輸送給消費者）
 ハワイから直送のパイナップル（由夏威夷直接運送的）
直属〔名、自サ〕直屬
 直属の機関（直屬機關）
 彼は私（の）直属の上役（他是我的直屬上級）
直腸〔名〕〔解〕直腸
 直腸炎（直腸炎）
 直腸癌（直腸癌）
 直腸潰瘍（直腸潰瘍）
 直腸鏡（直腸鏡）
 直腸狭窄（直腸狹窄）
 直腸脱出（直腸脫垂）
直通〔名、自サ〕直通、直達
 浦和迄直通のバス（開往浦和的直達公車）
 此の列車は台北直通です（這列車直達台北）
 両市間に直通列車が通じた（兩市間通了直達列車）
 直通電話線（直達電話線）
 重役室直通の電話（直通董事長室的電話）
 此の電話は外線に直通している（這電話直通外線）
直答、直答〔名、他サ〕直接回答、當面回答、立即回答
 社長に直答する（直接回答社長）
 彼は此の事に就いて直答を避けた（關於這件事他迴避立即回答）
 直答を求める（要求直接答覆）
 明日直答する（明天當面答覆）
 社長の直答を聞き度い（想聽聽經理的直接回答）
直読〔名、自サ〕（日本人讀漢文）從上而下直接音讀←→顛読
直な〔連體〕正直的、率直的、便宜的

直熱型陰極〔名〕〔理〕直熱式陰極

直配〔名、他サ〕（由生產者）直接配售（給消費者）

直売〔名、他サ〕（由生產者向消費者）直接銷售
　自家製品を直売する（直接銷售自己的產品）

直販〔名、他サ〕（由生產者向消費者）直接銷售（＝直売）

直播〔名〕（水稻的）直播（＝直播き，直蒔き、直播き，直蒔き）

直播き，直蒔き、直播き，直蒔き〔名、他サ〕直播、直接撥種（不栽苗）
　籾を田に直播きする（把稻穀直播到田裡）
　米を直播きして成功している地方も有る（也有直播稻子而成功的地方）

直披、直披〔名〕親展、親啟
　井上一郎様直披（井上一郎親展）

直筆〔名、他サ〕（書法）直筆、坦率地寫、據實報導←→曲筆
　懸腕直筆（懸腕直筆）

直筆〔名〕親筆、親筆寫的文件（＝直書、親書）←→代筆
　直筆の手紙（親筆信）
　此の書付は彼の直筆だ（這字條是他親筆寫的）

直方体〔名〕〔數〕長方體、直六面體

直巻〔名〕〔電〕串聯

直面〔名、他サ〕面臨、面對
　危険に直面して（面臨危機）
　死に直面する（面臨死亡）
　難局に直面する（面臨難局）
　日の出に直面して左は北（面對日出左邊是北）

直面〔名〕（能劇）不戴面具本來面貌（＝直面）

直毛〔名〕〔動〕直毛
　直毛叢（昆蟲的豎毛簇）

直訳〔名、他サ〕直譯←→意訳
　生硬な直訳（生硬的直譯）
　直訳風の文体（直譯的文體）
　此の文章は直訳したら一寸拙い（這篇文章直譯的話不太好）
　外国の詩を直訳しても文学的な表現には為らない（外國的詩直譯了都不成為其文學的表現）

直喩〔名〕（修辭）直喻法
　直喩の多い文章（直接比喻多的文章）
　直喩で説明する（用直喻法說明）

直輸出〔名、他サ〕直接輸出、直接出口
　直輸出品（直接輸出品）
　直輸出商（直接出口商）

直輸入〔名、他サ〕直接輸入、直接進口
　外国から原料を直輸入する（從外國直接進口原料）
　直輸入貿易（直接進口貿易）

直立〔名、自サ〕直立、聳立、挺立、垂直
　直立不動の姿勢（直立不動的姿勢）
　時計台が空中に直立する（鐘樓聳立空中）
　其の岩は水面から直立する事二十メートルだ（那塊岩石高出水面二十公尺）
　直立猿人（直立猿人）
　直立線（垂直線）

直流〔名、自サ〕〔電、河川〕直流←→交流、曲流、嫡系
　直流回路（直流電路）
　直流高圧配電（直流高壓配電）
　直流低圧配電（直流低壓配電）
　直流発電機（直流發電機）

直留、直溜〔名〕直溜
　直溜ガソリン（直溜汽油）
　直溜アスファルト（純瀝青）

直列〔名〕〔電〕串聯←→並列
　電池を直列に繋ぐ（串接電池）
　直列に繋いだコンデンサー（串聯電容器）
　直列回路（串聯電路）
　直列変圧器（串接變壓器）

直路〔名、副〕直路、直道、直線道路
　直路を通る（走直道）

直〔名〕直接
　手で直に掴む（用手直接抓）
　直に話を聞く（親自聽說）
　直談判（直接交涉）
　直播き（直播）
　直履き（光腳穿鞋）

直に〔副〕直接、親自、貼身
　直に談判する（直接談判、面商）
　直に渡す（親手交付）
　直に頼む（面託）
　地面に直に坐る（席地而坐）
　シャツを着ず直に上着を着る（不穿襯衣、貼身穿上衣）
　素肌に直に着る（貼身穿上、空心穿上）

直挿、直挿〔名〕扦插（把樹枝直接插在土地裡的栽培法）

直頼み、直頼み〔名〕面託、當面請託

直足袋、地下足袋〔名〕（工作時穿的日式）膠皮底布襪子

直談、直談〔名、自サ〕直接談判、直接交涉、面談（＝直談判）
　手紙の遣り取りよりも直談の方が早い（還是直接談判比書信往返來得快）

直談判、直談判〔名、自サ〕直接談判、直接交涉、面談
　社長と直談判を為なければ埒が明かない（不和社長直接談判問題就得不到解決）

直穿き、直穿〔名〕光著腳穿
　下駄を直穿きに為る（光著腳穿木屐）

直火〔名〕直接烘烤（的火）

直彫り〔名〕（沒有底圖）直接雕刻

直焼き〔名〕直接烘烤

直〔名〕直接。〔經〕直接交易（＝直取引）
〔副〕就在眼前，很近、立刻，馬上
　直の御返事を戴き度い（希望得到您的親筆回信〔親自回答〕）
　直談判（直接談判）
　駅迄は直です（車站就在眼前）
　郵便局は家の直隣です（郵局就在我家隔壁）
　学校は此処から直です（學校離這裡很近）
　直参ります（立刻就去〔來〕）
　もう直Christmasだ（眼看就到聖誕節了）
　薬を飲めば直直りますよ（吃了藥馬上就會好的）
　御正月はもう直です（新年馬上就要到了）
　正直（正直、木工測垂）
　高直（高價）
　下直（低價）

直に〔副〕立即，立刻，馬上、容易，動不動就
　直に正月だ（馬上就過年了）
　彼は直に帰って来ます（他馬上就回來）
　此の子は直に物を覚える（這孩子記性很好）
　直に良くなる（馬上就好）
　彼の人は直に怒る（那個人動不動就生氣）
　直に風邪を引く（動不動就感冒）
　然う言う玩具は直に壊れる（那種玩具很容易壞）

直願〔名、自他サ〕直接上訴、越級上訴（＝直訴）

直参〔名〕直接屬於主君的家臣、（江戶時代）直屬於德川將軍俸祿在一萬石以下的武士（旗本，御家人的總稱）←→陪臣

直子〔名〕直系子女

直直〔副〕直接
　直直に面会する（直接會見）
　直直頼む（直接請求）
　社長から（の）直直の頼みが有った（有經理直接的託付）
　直直に御話申し上げ度い事が有ります（我有話想直接和您談）

直直干渉に乗り出す（直接進行干預）

直書〔名、他サ〕親筆，親筆寫的文件。〔史〕（武家文書形式之一）主君直接給臣下寫的文書

直訴〔名、自他サ〕直接上訴、越級上訴、（江戶時代）直接向天皇，將軍告狀

直奏〔名、自他サ〕直接上奏

直孫〔名〕直系子孫

直達〔名、他サ〕直接傳達、直接交付，面呈

直積（出し）〔名〕〔商〕即期裝船、立即裝船

直弟〔名〕緊接在後的弟弟、最大的弟弟

直弟子〔名〕直接弟子、直接受業的門徒
名人の直弟子（名人的直接門徒）

直伝〔名〕直接傳授
直伝の演技（直接傳授的演技）
直伝を受ける（受直接傳授）
師から直伝の剣術の秘技（由老師直接傳授的劍術秘訣）

直道〔名〕〔佛〕悟道最近的路

直取引〔名〕直接交易、現金交易

直納〔名、他サ〕直接交納

直宮〔名〕（與天皇有直系血緣的）皇族

直物〔名〕〔商〕現貨（=現物）
直物相場（現貨行情）

直し物〔名〕需修補的東西（=繕い物）
直し物専門（專門修補）

直物、頓〔副〕〔古〕只顧、一味、一心一意（=只管，一向、一向，頓）
直物我が子の無事を祈る（一心祈禱自己的孩子平安無事）
直物狂い（真正的瘋子）

直門〔名〕直接受教（的人）、門生，門人

直雇い〔名〕直接雇用
本部直雇い（該部門直接雇用人員）

直覧〔名、他サ〕（對別人親自看的敬稱）親覽、親閱

直領〔名〕〔古〕主君直接支配的領地

直話〔名、自サ〕直接談話、親口說的話
此れは当人の直話だ（這是他本人親口說的話）

直渡し〔名〕〔商〕（成交後）立即交貨、交現貨

直ぐ〔形動〕直，筆直、正直，耿直
〔副〕立刻，馬上、容易、輕易、很近，快到
直ぐな道（直路）
直ぐな人（耿直的人）
今直ぐ行く（馬上就去）
彼は来たら直ぐ知らせて呉れ（他若來了馬上告訴我）
着いたら直ぐに手紙を書いて呉れ（到達後馬上給我寫信來）
起きると直ぐに布団を畳む（起床後立刻疊被褥）
見ていないと直ぐに悪戯を為る（一不看好就淘氣）
彼の子は詰まらない事でも直ぐ泣く（那孩子即使是不值得的事也動不動就哭）
直ぐ怒る（輕易發怒、易怒）
直ぐ分る（馬上就明白）
直ぐ人の言う事を信じる（輕易聽信人言）
彼の人の家は直ぐ見付かった（一下子就找到了他的家）
直ぐ手に入る物ではない（不是那麼容易弄得到的東西）
直ぐ壊れる（很容易壞）
学校は直ぐ其処です（學校就在那裏〔距離很近〕）
角を曲がって直ぐの店（拐彎過後第一家商店）
歩いて直ぐです（幾步就到）
直ぐ目の前で（就在眼前）
もう直ぐ夏休みだ（快放暑假了）
もう直ぐ三時だ（快三點鐘了）

直ぐに〔副〕立刻，馬上、容易、輕易（=直ぐ）

直ぐ様〔副〕立刻、馬上（=直ぐに、直ちに）
直ぐ様御返事は出来兼ます（不能立刻答覆）

音が為たのは光を見てから直ぐ樣の事だった（音響是看到火光之後馬上聽到的）

直く〔形〕（文語形容詞〝なほし〟的未然形連用形）正直的

自ら省みて直くんば（如問心無愧）

直き〔形〕（文語形容詞〝なほし〟的連體形）直的、正直的

直き幹（筆直的樹幹）

直き心（純樸的心）

直す、治す〔他五〕改正，矯正、修改，訂正、修理、醫治、恢復、復原、弄正、弄整齊、改變，變更、換算，折合

〔接尾〕重做、重新做

欠点を直す（改正缺點）

悪い癖を直す（改正惡習）

吃りを直す（矯正口吃）

文章を直す（修改文章）

誤りを直す（訂正錯誤）

作文を直す（改作文）

屋根を直す（修理屋頂）

時計を直す（修理鐘表）

病気を直す（治病）

癌を直す薬（治癌藥）

傷を直す（醫治傷口）

彼の医者は必ず彼を直して呉れるだろう（那醫生一定會把他給治好的）

仲を直す（言歸於好、和好如初）

機嫌を直す（恢復情緒、快活起來）

元に直す（恢復原狀）

服装を直す（把衣服弄整齊、正襟）

居住まいを直す（端坐）

曲がった軸を直す（把彎軸弄直）

ネクタイの歪みを直す（調整一下領帶）

時計の針を直す（撥整時間）

椅子を直す（把椅子擺好）

時間割を直す（改時間表）

客を上座に直す（把客人讓到上座）

妾を本妻に直す（把姨太太改為正室）

日本語を英語に直す（把日語譯為英語）

噸をポンドに直す（把噸換成磅）

日本円をドルに直す（把日幣合成美金）

一里をメートルに直すと幾等か

建て直す（重建）

読み直す（重讀）

言い直す（重說）

着物を仕立て直す（重做衣服）

字が汚いので書き直す（字體潦草重寫）

直し〔名〕修正,修改，改正、修理、修鞋匠(=靴直し)、再製酒(=直し酒)、再製甜酒(=直し味醂)、（婚禮後新娘）換裝(=色直し)

原稿の直し（修改原稿）

直しだらけの草稿（改得一塌糊塗的草稿）

此の校正は非常に直しが多い（這校樣修改很多）

直しに出す（拿去修理）

直しが効く（能修理）

直しが効かない（不能修理）

直しを為る（修理）

時計を直しに遣る（把錶拿去修理）

直し屋〔名〕修理工、修理店

直衣、直衣〔名〕〔古〕平安時代貴族男人便服

直る、治る〔自五〕改正過來，矯正過來、修理好、復原、轉變，升格、修改好、（忌諱的說法）死

吃りが直る（口吃矯正過來）

悪癖が直る（壞習慣改過來）

持って生まれた性質は直らない（秉性難移）

間違いは直っているか（錯誤改過來了沒有）

時計が直った（錶修好了）

壊れた道が直る（壞的道路修好了）

直り掛けの病人（快要好的病人）

風邪が直る（傷風痊癒）
傷が直った（傷好了）
病気が一向に直らない（病總是不見好）
仲が直る（言歸於好、和好如初）
席が直る（回到原座）
天気が軈て直るでしょう（天氣不久會恢復的）
市況が直り掛けている（行情在逐漸恢復）
直れ（〔口令〕向前看！）
二等席から一等席へ直る（從二等席改成頭等座席）
本妻に直る（扶正）
此の和歌は此れ以上直らない（這首和歌無法再改了）

直り、直り〔名〕恢復、復原
直りが早い（恢復得快）
此の病気は直りが遅い（這種病好得慢）

直会〔名〕祭祀後分食供品的宴會
直会殿（所）（祭祀後分食供品的宴會場）

直〔接頭〕（接在動詞連用形上）只顧、一直不斷（=只管, 一向、一向、頓、一途に）
直走りに走る（不斷地在跑）
直謝りに謝る（不斷地說道歉）
直泣きに泣く（一直不停地哭）

直押し〔名〕一直地在推、一直不斷堅持下去
直押しに押す（一直不斷推）
直押しに攻める（不斷地進攻）
直押しの一手で説得する（不斷地在勸說）

直隠し〔名〕一直隱瞞
直兜〔名〕〔古〕一律頂盔貫甲（的士兵）
直黒〔名〕漆黑（=真っ黒）
直心〔名〕死心眼、一心一意、癡心、傾心
直麻〔名〕純麻
直騒ぎ〔名〕一直不斷地吵鬧
直白〔名〕雪白（=真っ白）
直攻め〔名〕一直不斷地進攻

直垂〔名〕（鎌倉時代）武士禮服
直登り〔副、自サ〕一直不停地攀登
直走り〔名〕只顧跑、不停地跑
駅迄直走りに走った（一口氣跑到車站）
後をも見ずに直走りに走る（頭也不回地只顧跑）

直向き〔形動〕只顧、一心、不斷地（=一途）
直向きな熱情（由衷的熱情）
直向きな努力（一心一意的努力）
試験を目指して、直向きな勉強を続ける（為考試而繼續專心用功）
山頂目掛けて直向きに突き進む（眼望山頂一直不斷往上爬）

直向性〔名〕〔植〕直向性

直、徒、只、唯、値〔名〕白給，免費、不要錢、普通，平凡，平常，白白，空白
〔副〕只有，只是、僅，只，光，淨
〔接〕但是、不過

唯の酒（不要錢的酒）
唯でも要らない（免費都不要）
其を唯で差し上げます（把這個白送給您）
唯で貰える（白得）
百円です、丸で唯みたいな物です（一百日元簡直像白給似的）
此れは御前に遣るが、唯ではないぞ（把這個給你但可不是白送）
唯より高い物は無い（沒有比白得的東西更貴的了）
彼の人は唯の人ではないらしい（他不像是個一般的人）
唯の体ではない（不是正常的身體、懷孕了）
こんな事を為て唯では置かないぞ（做那種事情就不饒恕你）
其が社長の耳に入ったら、唯では済まないだろう（這若是被經理聽見了就不會放過你的）
唯聞いて見た丈です（只是打聽了一下）

唯命令に従うのみ（只有服從命令）

語学の修得は唯練習有るのみだ（要學好外語只有練習）

唯運を天に任せる他は無い（只能聽天由命）

唯一人生き残る（僅一人保住了性命）

三十人の中で皆出来たのは唯一人でした（在三十人中全部做對的僅有一人）

皆帰って唯一人残った（都回去了只剩下一個人了）

唯泣いて許り居る（光是哭）

若い間は唯勉強さえ為れば良い（年輕的時候光用功就行了）

唯金儲け許り考える（光想賺錢）

遊びに行っても良いですよ。唯御昼には帰っていらっしゃい（你可以去玩不過中午可要回來）

其は屹度面白いよ。唯少し危ないね（那一定很有趣不過有點危險）

直中、只中〔名〕中間，正中（=真ん中）、正當…之際（=最中）

　湖の直中に浮かぶ小島（位在湖正中的小島）

　演説会の直中に暴漢が飛び出して来た（正在開演講會的時候暴徒闖了進來）

直人、徒人、只人、常人〔名〕普通人，平常人。〔史〕（在皇帝面前，臣子自稱）卑職，微臣、官位低的人、俗人，沒出家的人

直ちに〔副〕立即，立刻（=直ぐ）、直接，親自（=直に）

　準備が出来たら、直ちに出発する（準備完畢立刻就出發）

　患者は直ちに病院に運ばれた（患者立刻被送進醫院）

　直ちに御返事は出来兼ねます（難以立刻回答）

　軍隊が直ちに出動する（軍隊馬上出動了）

　直ちに本人と談判する（直接和本人談判）

　アメリカ合衆国は北は直ちにカナダに接している（美利堅合眾國的北部直接與加拿大接壤）

　其処から直ちに結論を出すには根拠が不十分だ（要從那裏直接得到結論證據還不充足）

姪（ㄓˊ）

姪〔漢造〕（兄弟姉妹的兒子）姪子、姪兒、外甥（=甥と姪）、（兄弟姉妹之女）姪女、外甥女（=甥）

姪孫〔名〕姪孫

姪〔名〕（兄弟姉妹之女）姪女、外甥女←→甥

　姪っ子（姪女、外甥女）

　姪を養女に為る（過繼姪女作女兒）

値（ㄓˊ）

値〔漢造〕値、遇上

　価値（價值）

　数値（數值、得數）

　絶対値（絕對值）

　平均値（平均值）

　近似値（近似值）

値遇、値遇〔名〕遭遇、因前世因緣遭遇今生、親近、知遇（=知遇）

値〔名〕值、價錢、價格、價值（=値、値段）

　値が上がる（價錢漲）

　値が下がる（價錢落）

　値が高い（價錢貴）

　値が安い（價錢便宜）

　値が出る（價錢上漲）

　値を決める（作價）

　値を付ける（標價、給價、還價）

　良い値に（で）売れる（能賣個好價錢）

　値を踏む（估價）

　値を聞く（問價）

　千円と値が付いている（標價一千日元）

　値が直る（行情回升）

値を競り上げる（抬高價錢）

値を上げる（抬價）

値を下げる（降價）

値丈の価値が有る（值那麼多錢）

値を探る（探聽價錢）

値を抑える（壓價）

其の値では元が切れます（這價錢虧本）

其は屹度良い値で売れるよ（那一定能賣個好價錢）

其は安い値で売却された（那以賤價處理了）

其の値では只みたいだ（那個價錢簡直像白送一樣）

値上がり、値上り〔名、自サ〕漲價、價格上漲←→値下がり、値下り

品物が値上がりする（東西漲價）

食糧の値上がりは人民の生活に直接響く（糧價上漲直接影響人民的生活）

値上がりを待って生産品を手持ちに為て置く（把產品保留在手裡等待漲價）

物価は値上がり気味だ（物價上漲）

値上げ、値上〔名、他サ〕加價、加薪、提高價格←→値下げ、値下

水道料金の値上げ（自來水費加價）

賃金の値上げを要求する（要求提高工資）

電車賃は百円から百二十円に値上げされた（電車票價從一百日元提高到一百二十日元了）

商品に値上げの札を付ける（商品上標上漲價條）

値下がり、値下り〔名、自サ〕降價、跌價、價格跌落、費用降低←→値上がり、値上り

品物が値下がりする（東西降價）

値下がりを待つ（等待降價）

食料品の値下がり（食品的降價）

物価は平均二割の値下がりだ（物價平均跌落了二成）

値下げ、値下〔名、他サ〕減價、降低價格、費用降低←→値上げ、値上

商品全部半値に値下げ（商品全部減價一半）

料金の値下げ（費用減低）

家賃値下げ運動が起っている（正在掀起要求降低房租的運動）

値打ち、値打〔名〕估價，評價，定價，價格，價錢，價值，身價、品格

値打ちを引き上げる（提高價格）

値打ちを付ける（給價、評價）

値打ちが付く（講好價錢）

此の品は値打ち丈の物は有る（這些東西值那些錢、貨真價實）

彼の作品は非常に値打ちが有る（他的作品非常有價值）

千円の値打ちが有る（值一千日元）

其の本は読む値打ちが有る（那本書值得一讀）

一文の値打ちも無い（一文不值）

其の傷で値打ちが下がる（因為這點瑕疵價值降低了）

紳士たる値打ちが有る（算得上是個教養很好的人）

そんな事を為ると君の値打ちが下がる（做那種事情你的身價就要降低）

人間の値打ちは死んで見なければ分らない（人的身價要蓋棺定論）

値嵩〔名〕價錢高、價格高

値嵩株（高價股份）

値嵩物（高價品）

値切る〔他五〕殺價、講價

うんと値切る（狠狠地殺價）

一千円は八百円に値切る（把一千日元殺價到八百日元）

魚を値切る（壓低魚的價錢）

商品は全部定価が有って値切れない（商品都有定價不能講價錢）

値切り倒す（不能殺價）

値切り屋（愛講價錢的人）

値崩れ、値崩〔名〕〔商〕市場行情突然跌落
　製品のだぶつきに因る値崩れ（因產品過剩而忽然跌價）

値頃〔名〕價錢合適、適當的價錢
　値頃の品が少ない（價錢合適的東西少）
　此れは値頃だ（這個價錢合適）
　何の辺の値頃の品を御望みで御座いますか（您需要多少價錢的東西才合適？）

値鞘〔名〕〔商〕價差、賣價與買價之差

値段〔名〕價格、價錢、行情（＝値、価）
　目玉の飛び出る様な値段（貴得驚人的價格）
　万人向きの値段（大家都買得起的價錢）
　値段が高い（價錢貴）
　値段が安い（價錢賤）
　値段が上がる（價格上漲）
　値段が下がる（價格跌落）
　其の方は少々御値段が張ります（那個價錢貴一點點）
　値段は幾等ですか（賣多少錢？）
　其の値段では損に為る（若是賣那個價錢就會賠錢）
　仰せの値段で差し上げます（照您出的價錢賣給您）
　相当の値段（相當的價格）
　高い値段を付ける（標上高價）
　レディーメードの流行婦人服の値段はピンから切り迄有る（做現成的婦女時裝貴的賤的各種價錢的都有）

値付き、値付〔名〕價錢談妥買賣成交、開價
　値付きが悪い（價錢談不妥不易成交）

値積り〔名、自サ〕估價、評價
　幾等掛るか値積りして見る（估計一下需要多少錢）

値幅〔名〕（一種物品）行情漲落的幅度，高價低價的差額、（兩種以上的物品的）差價
　値幅が狭い（行情平穩、行情漲落不大）
　値幅が開き過ぎている（差價太多）

値引き、値引〔名、他サ〕減價、降價
　一割の値引きで差し上げます（減價一成賣給你）
　少しは値引きしましょう（稍微減點價吧！）
　値引きは一切致しません（概不減價）

値開き〔名〕〔商〕（買價賣價間、行情之間的）差價（＝値違い）
　値開きが多い（差價大）
　値開きが少ない（差價小）

値札〔名〕商品標價條

値踏み、値踏〔名、他サ〕估價、評價（＝値積り）
　専門家に掛け軸の値踏みを頼む（請專家為畫軸估價）
　彼は此の絵を五万円と値踏みした（他評價這幅畫值五萬日元）
　彼の年収を二百万円と値踏みした（他的全年收入估計有兩百萬日元）

値惚れ、値惚〔名〕圖價錢便宜、為廉價所吸引
　値惚れの買物（貪圖便宜買東西）

値待ち、直待ち〔名〕把產品保留在手裡等待漲價

値、価〔名〕價值、價格。〔數〕值
　此の本は一読の値が有る（這本書值得一讀）
　一顧の値も無い（不值一顧）
　値が高い（價錢貴）
　値が安い（價錢便宜）
　値無き宝（無價之寶）
　Xの値を求める（求X的值）

値する〔自サ〕值、值得
　千円に値する（值一千日元）
　出版に値する（值得出版 有出版的價值）
　彼の行為は賞賛に値する（他的行為值得讚揚）
　そんな事は彼に取っては一顧に値しない（對他來說那根本不值一顧）

埴（ㄓˊ）

埴〔漢造〕有黏性的土

埴土〔名〕〔農〕黏質土

埴土、粘土〔名〕黏土、軟泥（取自水底的黑土）

埴〔名〕黏土（古時燒製瓦或瓷器的原料）

埴生〔名〕黏土、黏性土地
　埴生の宿（小土房、陋室）

埴輪〔名〕（日本古代墳墓中的）明器、土俑、陶俑

埴〔名〕黏土、軟泥（＝埴土、粘土）

埴猪口〔名〕（一種低溫燒製的）陶器酒杯。〔罵〕廢物，無能之輩
　あんな埴猪口に何が出来るか（他那樣的廢物能做什麼呢？）

執、執（ㄓˊ）

執〔漢造〕執，操，握，固執，執拗
　固執、固執（固執、堅持）
　確執（固執己見，堅持己見、不和，不睦）

執意〔名〕固執己見，堅持己見（＝決心、意欲）

執事〔名〕執事，管家、（鎌倉、室町和江戸時代的）政務機關的長官或副長官，〔宗〕天主教的助祭，基督教的執事（地位在主教、司祭之下）。〔敬〕（寫在收信人名下）執事

執務〔名、自サ〕辦公、工作
　自宅で執務する（在家裡辦公）
　執務の合間に外出する（工作間外出）
　執務中は余り煙草を吸わない事（在辦公時間儘量不要抽菸）
　執務時間中面会謝絶（辦公時間不會客）
　彼は執務中に新聞を読んでいた為に絞られた（他在辦公時間看報紙挨了責罵）
　執務心得（辦公規則）
　執務時間（工作時間）

執拗〔形動〕執拗、頑固、固執（＝しつこい、片意地）
　執拗に反抗する（頑固反抗）
　執拗な攻撃を加える（給以頑固的攻擊）
　執拗に食い下がる（揪住不放）
　執拗に絡み付く（死纏著不放）
　執拗な態度で質問を続ける（以執拗的態度連續提問）

執權〔名〕掌權，掌權者、（鎌倉時代的）輔佐將軍的執政官，（室町時代的）管領（協助將軍總攬政務的官職）

執行〔名、他サ〕執行
　判決通りの刑を執行する（按判決執行）
　葬儀は委員の手で執行された（葬儀是經委員之手執行的）
　労働組合の執行委員（工會的執行委員）
　執行機関（執行機關）
　執行猶予（緩刑、緩期執行）
　執行命令（執行命令）
　執行部（政黨，工會的執行機關）
　執行力（根據判決強制執行的效力）
　執行吏（執行官、法警）

執行〔名〕（佛事，政治，事務等的）執行（＝執行）、（掌管寺的事務和法會的官名）執行、修行（＝修行）

執り行う〔他五〕執行、舉行，舉辦
　卒業式を執り行う（舉行畢業典禮）
　慰霊祭を執り行う（舉行追悼會）
　政務を執り行う（執行政務）

執政〔名〕執政，攝政、（江戸幕府時代的）老中，（諸侯的）家老
　病気の王の執政と為る（當患病國王的攝政）
　執政府（〔法蘭西第一共和時代的〕執政府）
　執政內閣（〔法國革命時代的〕執政內閣）
　執政官（〔羅馬史中的〕執政官）

執奏〔名、他サ〕（向皇帝）轉奏、轉奏者

執達〔名、他サ〕（把上級的指示）下達、向下轉達
　執達吏（〔舊〕法警、現稱執行吏）

執刀〔名、自サ〕〔醫〕（手術、解剖等時）執刀、操刀
　手術は清水博士の執刀の下に行われた（手術是在清水博士執刀之下施行的）

執筆〔名、自他サ〕執筆，書寫，寫作(=執筆)、(書道)持筆方法、(香道聞香比賽成績的記錄者)執筆

共同執筆(共同執筆)

来月号に執筆する作家(給下月期刊寫稿的作家)

彼は連載小説を執筆中だ(他正在寫連載小說)

執筆を依頼する(求某人寫稿)

執筆者(執筆者)

執筆料(稿酬)

執筆〔名、自他サ〕執筆，書寫，寫作(=執筆)、(鎌倉時代)(訴訟文書的起草清書交付的官職)執筆

執柄〔名〕執政、攝政

執〔漢造〕固執

妄執(〔佛〕固執、執迷)

執する、執す〔他サ〕執著(=執着する、執着する、執心する)

執心〔名、自サ〕迷戀、貪戀

死ぬ迄金儲けに執心する(直到死一味想發財)

彼は彼の女に酷く御執心だ(他對那個女人迷了心竅)

執著、執着〔名、自サ〕(執着是舊式唸法) 執著固執貪戀留戀←→斷念

無くなった時計に執着する(總是忘不了丟的錶)

生に執着する(貪生)

旧習に執着する(固守舊習)

此の世に執着が有って中中死ねない(貪戀人世不肯輕易死去)

現在の地位には執着しない(不留戀現在的地位)

執着心(貪戀心、執著之念)

執念〔名〕執著之念，迷戀心情，記仇心，復仇心

彼は其の計画の遂行に執念を燃やした(他時刻不忘完成那項計畫)

死んだ人の執念の祟りだと言う(據說這是死人的陰魂不散在作祟)

執念深い(固執、執拗、愛記仇)

執る〔他五〕執行，辦公、堅持

政務を執る(處理政務)

役所は午前九時から午後五時迄事務を執っている(機關由早上九點到下午五點半工)

昨日の大火事では消防署長が直接指揮を執った(昨天的大火消防隊長親臨現場指揮)

彼が熱心に筆を執っている(他在一心一意地執筆寫作)

忙しくて筆を執る暇が無い(忙得無暇執筆)

彼は固く自説を執って譲らなかった(他堅持己見不讓步)

取る、採る、執る、捕る、撮る、摂る〔他五〕(手的動詞化)(一般寫作取る)取，執，拿，握，捕、(寫作捕る)捕捉，捕獲，逮捕、(一般寫作取る或採る)採摘，採集，摘伐、(寫作取る)操作，操縱，把住，抓住、(一般寫作執る)執行，辦公、(寫作取る)除掉，拔掉、(寫作取る)摘掉，脫掉、(寫作取る)刪掉，刪除、(寫作取る)去掉，減輕、(寫作取る)偷盜，竊取，剽竊，搶奪，強奪，奪取，強佔，併吞，佔據、(寫作取る)預約，保留，訂閱、(一般寫作採る)採用，錄用，招收、(寫作取る)採取，選取，選擇、(寫作取る)提取，抽出、(一般寫作取る)採光、(一般寫作取る)購買，訂購、(寫作取る)花費，耗費，需要、(一般寫作取る或摂る)攝取，吸收，吸取、(一般寫作取る)提出，抽出、(寫作取る)課徵，徵收、(寫作)得到，取得，領取，博得、(寫作取る)抄寫，記下，描下，印下、(一般寫作撮る)攝影，照相、(寫作取る)理解，解釋，領會，體會、(寫作取る)佔(地方)、(一般寫作取る)擔任，承擔、(寫作取る)聘請、(寫作取る)娶妻，收養，招贅、(寫作取る)繼承、(寫作取る)(棋)吃掉、(寫作取る)(妓女)留客，掛客、(寫作取る)索取，要帳，討債、(一般寫作執る)堅持、(寫作取る)賺，掙、(寫作取る)計算、(寫作取る)鋪床、(寫作取る)

〔相撲〕摔交、(寫作取る)玩紙牌、(寫作取る)數數、(寫作取る)擺(姿勢，陣勢)、(寫作取って)對…來說、(寫作取る)打拍子，調整(步調)

乢

其処の新聞を取って来為さい（把那裏的報紙拿來）

雑誌を取って読み始める（拿起雜誌開始閱讀）

手を取る（拉手）

見本を自由に御取り下さい（樣本請隨意取閱）

手に取る様に聞こえる（聽得很清楚－如同在耳邊一樣）

手を取って教える（拉著手數、懇切地教、面傳口授）

手を取って良く御覧為さい（拿起來好好看看）

御菓子を取って上げましょうか（我替您拿點心吧！）

其の塩を取って下さい（請把鹽遞給我）

郵便屋さんは一日に三回郵便物を取りに来る（郵差每天要來取郵件三次）

駅に預けて有る荷物を取りに行く（到火車站去取寄存的東西）

取りに来る迄預かって置く（直到來取存在這裡）

川から魚を捕る（從河裡捕魚）

森から仔狐を捕って来た（從樹林捉來一隻小狐狸）

猫が鼠を捕る（貓捉老鼠）

此の鯉は村外れの川で捕ったのだ（這條鯉魚是在村邊河邊捉來的）

山に入って薬草を採る（進山採藥）

柴を採る（打柴）

茸を採る（採蘑菇）

採った許りの林檎を食う（剛剛摘下來的蘋果）

庭の花を採って部屋を飾る（摘院裡的花點綴房間）

船の舵を取る（掌舵）

飛んで来たボールを取る（抓住飛來的球）

政務を執る（處理政務）

役所は午前九時から午後五時迄事務を執っている（機關由早上九點到下午五點半工）

昨日の大火事では消防署長が直接指揮を執った（昨天的大火消防隊長親臨現場指揮）

庭の雑草を取る（除掉院子裡的雜草）

此の石が邪魔だから取って呉れ（這塊石頭礙事把它搬掉）

此の虫歯は取る可きだ（這顆蛀牙應該拔掉）

洋服の汚れが如何しても取れない（西服上的油汙怎麼都弄不掉）

魚の骨を取る（把魚刺剔掉）

薬を撒いて田の虫を取る（撒藥除去田裡的蟲）

果物の皮を取る（剝水果皮）

眼鏡を取る（摘掉眼鏡）

帽子を取って御辞儀を為る（脫帽敬禮）

外套を取ってクロークに預ける（脫下大衣存在衣帽寄存處）

時時蓋を取って坩堝を揺り動かす（不時掀開蓋子搖動坩鍋）

此の語は取った方が良い（這個字刪掉好）

一字取る（刪去一個字）

痛みを取る薬（止痛藥）

アスピリンは熱を取る薬です（阿斯匹林是解熱藥）

疲れを取るには風呂に入るのが一番良いです（洗澡是消除疲勞的最好方法）

留守の間に御金を取られた（家裡沒人時錢被偷了）

人の文章を取って自分の名で発表する（剽竊他人文章用自己的名字發表）

脅して金を取る（恫嚇搶錢）

人の夫を取る（搶奪別人的丈夫）

天下を取る（奪取天下）

城を取る（奪取城池）

陣地を取る（攻取陣地）

領土を取る（強佔領土）

3656

早く行って良い席を取ろう（早點去佔個好位置）

込んでいたので、良い部屋が取れなかった（因為人多沒能佔住好房間）

明日の音楽会の席を三つ取って置いた（預約了明天音樂會的三個位置）

御金は後で持って来るから、此の品物を取って置いて下さい（隨後把錢送來請把這東西替我留下）

帰るのが遅く為り然うだから、夕食を取って置いて下さい（因為回去很晚請把晚飯留下來）

子供の為に牛乳を取る（替孩子訂牛奶）

最後の切札と為て取って置く（作為最後一招保留起來）

此の新聞は捨てないで取って置こう（這報紙不要扔掉留起來吧！）

彼から貰った手紙は全部取って有る（他給我的信都保留著）

旅行の為の金は取って有る（旅費留著不動）

週刊雑誌を取る（訂閱周刊雜誌）

世界文学は取って有るか（訂了世界文學嗎？）

入学試験の結果五百名の中六十名しか採らなかった（入學考試的結果五白名中只錄取了六十名）

其の会社は試験して人を採る（那家公司通過考試錄用職員）

彼の学校は留学生を採らない（那所學校不招留學生）

寛大な態度を取る（採取寛大態度）

決を取る（表決）

断固たる処置を取る取る（採取斷然措施）

其は利口な人の取らない遣り方だ（那是聰明人不採取的辦法）

私の文章が雑誌に取られた（我的文章被雑誌採用了）

一番好きな物を取り為さい（選你最喜歡的吧！）

此と其では、何方を取るか（這個和那個選哪一個？）

選択科目では日本語を取った（選修課程選了日語）

次の二つの方法の中何れかを取る可きだ（必須選擇下面兩個方法之一）

私は利口者よりも正直者を取る（我寧選誠實人不選聰明人）

酒は米から取る（酒由米製造）

例に取る（提出作為例子）

米糠からビタミンを取る（從米糠提取維他命）

羊から羊毛を取る（從羊身上剪羊毛）

石炭からgasを取る（從煤炭提取煤氣）

牛乳からcreamを取る（從牛奶提取奶油）

curtainを上げて光を採り入れる（打開窗簾把光線放進來）

壁には明かりを採る為の小さいな窓が有る（牆上有個採光的小窗戶）

彼が熱心に筆を執っている（他在一心一意地執筆寫作）

忙しくて筆を執る暇が無い（忙得無暇執筆）

野菜は角の八百屋から取っている（青菜在拐彎的菜店買）

電話を掛けて饂飩を取る（打電話叫麵條）

料金を取る（收費）

手間を取る（費工夫）

毎月子供に一万円取られる（毎月為孩子要花上一萬日元）

部屋代の外電気代を取られる（除了房租還要交電費）

会費は幾等取るか（會費要多少錢？）

入場料を参百円取る然うです（聽說門票要三百日元）

店が込んでいて、買物に時間を取った（商店裡人太多買東西費了很長時間）

栄養を取る（攝取營養）

取

昼食を取りに行く（去吃午飯）
日に三食を取る（一天吃三餐）
何卒御菓子を御取り下さい（請吃點心）
千円から参百円を取ると七百円残る（從一千日元提出三百日元剩七百日元）
給料から生活費を取った残りを貯金する（從工資提出生活費剩餘的錢存起來）
国民から税金を取る（向國民課稅）
罰金を取る（課罰款）
満点を取る（得滿分）
賄賂を取る（收賄）
学位を取る（取得學位）
英語の試験で九十点を取った（英語考試得了九十分）
競技会で金メダルを取った（在運動場上得了金牌）
正直だと言う評判を取った（博得誠實的評論）
自動車の免許は何時取ったか（什麼時候領到汽車駕駛執照的？）
此の学校を出ると教師の資格が取れる（由這所學校畢業就能取得教師資格）
会社では一年に二十日の休みを取る事を出来る（公司裡一般每年可以請二十天假）
型を取る（取型）
記録を取る（作紀錄）
ノートを取る（作筆記）
指紋を取られる（被取下指紋）
書類の控えを取る（把文件抄存下來）
寸法を取る（記下尺寸）
靴の型を取る（畫下鞋樣）
写真を撮る（照相）
青写真を撮る（曬製藍圖）
記録映画を撮る（拍紀錄影片）
大体の意味を取る（理解大體的意思）
文字通りに取る（按照字面領會）

其は色色に取れる（那可以作各種解釋）
悪く取って呉れるな（不要往壞處解釋）
変に取られては困る（可不要曲解了）
場所を取る（佔地方）
本棚は場所を取る（這書架佔地方）
家具が場所を取るので部屋が狭く為る（家具佔地方房間顯得狹窄）
余り場所を取らない様に荷物を積んで置こう（把行李堆起來吧！免得太佔地方）
斡旋の労を取る（負斡旋之勞）
仲介の労を取る（當中間人）
責任を取る（引咎）
師匠を取る（聘請師傅）
嫁を取る（娶妻）
弟子を取る（收弟子）
養子を取って跡継ぎに為る（收養子繼承家業）
おっと、危ない、此の角を取られる所だった（啊！危險這個角棋差點要被吃掉）
一目を取る（吃掉一個棋子）
客を取る（〔妓女〕留客、掛客）
勘定を取る（要帳）
掛を取る（催收賒帳）
彼は固く自説を執って譲らなかった（他堅持己見不讓步）
月に十万円を取る（每月賺十萬日元）
働いて金を取る（工作賺錢）
何の位の給料を取るか（賺多少工資？）
学校を卒業して月給を取る様に為る（從學校畢業後開始賺工錢）
タイムを取る（計時）
脈を取る（診脈）
床を取る（鋪床）
相撲を取る（摔跤）
さあ、一番取ろう（來吧！摔一交）

歌留多を取る（玩紙牌）

数を取る（數數字）

糸を取る（繅絲）

写真を撮る前にポーズを取る（在照相前擺好姿勢）

陣を取る（擺陣）

私に取っては一大事だ（對我來說是一件大事）

手拍子を取る（一齊用手打拍子）

歩調を取る（使步調一致）

命を取る（要命、害命）

仇を取られる（被仇人殺死）

機嫌を取る（奉承、討好、取悅）

年を取る（上年紀）

取って付けた様（做作、不自然）

取って付けた様な返事（很不自然的回答）

取らぬ狸の皮算用（打如意算盤）

引を取る（遜色、相形見絀、落後於人）

執り成す、執成す、取り成す、取成す〔他五〕調停，調解、勸解，說情、斡旋，關說、舉薦、推薦，應酬，接待

色色取り成して仲直りを為せる（多方調停使言歸於好）

二人の間を取り成して遣る（替兩個人說和）

勘等され掛けた息子を取り成して遣る（為將被父親趕出去的孩子說情）

膨れている妹を、母は何とか為て取り成そうと為たが、頑と為て受け付けない（母親想設法勸說嘟著嘴的妹妹消氣但是她怎麼都不聽）

何にもかも私が取り成して上げます（一切由我替您關說）

社長の方は言い様に取り成して上げよう（經理那方面由我去給你周旋）

取り成して役に付ける（推薦使就負責職位）

客を取り成す（應酬客人）

執り成し，執成し、取り成し，取成し〔名〕調停，調解、勸解，說情、斡旋，關說、舉薦、推薦，應酬，接待

取り成しを頼む（委託調停）

仲直りの取り成しを頼む（託人說和）

取り成しの上手な人（擅於調解的人）

宜しく御取り成しを願います（請您來斡旋一下）

取り成し顔を為る（顯出要來打圓場的樣子）

取り成し手，取成し手、執り成し手，執成し手（調停人、打圓場的人）

仲直りの取り成し手を頼む（請做說和的人）

植（ㄓˊ）

植〔漢造〕種植、移民、排字

移植（移植、移種）

仮植（浮栽、臨時栽植）←→定植

播植，播殖、播植，播殖（播植）

扶植（扶植、灌輸）

腐植（腐植〔質〕）

定植（定植）

入植、入殖（遷入墾荒地區〔殖民地〕）

誤植（誤排、牌錯）

動植物（動植物）

植栽〔名、他サ〕栽植、栽種

植栽林（人工栽種的樹林）

植字，植字〔名、自サ〕（在印刷廠為避免與食事混淆、也叫做植字）〔印〕排字

植字の誤り（排字的錯誤）

植字工（排字工人）

植字機（排字機）

植字〔名、自サ〕鉛字（=活字）、排字（=植字）

植字版（〔排成的〕版）

植樹〔名、自サ〕植樹、種樹

入学記念の植樹（入學紀念的植樹）

屮

街路に桜を植樹する（在街道兩旁種植櫻花樹）
　　植樹祭（植樹節）
　　植樹運動（植樹運動）

植生〔名〕〔植〕植被
　　植生図（植物分布圖）

植虫〔名〕〔動〕植形動物
　　植虫類（植蟲目）

植皮〔名、自他サ〕〔醫〕植皮
　　植皮術を行う（做植皮手術）

植物〔名〕植物↔動物
　　高山植物（高山植物）
　　熱帯植物（熱帶植物）
　　顕花植物（顯花植物、有花植物）
　　園芸植物（園藝植物）
　　植物の分布（植物的分布）
　　植物を研究する（研究植物）
　　植物を採集する（採集植物）
　　植物標本（植物標本）
　　植物学（植物學）
　　植物園（植物園）
　　植物界（植物界）
　　植物解剖学（植物解剖學）
　　植物生態学（植物生態學）
　　植物帯（植物帶）
　　植物群落（植物群落）
　　植物分類学（植物分類學）
　　植物油（植物油）
　　植物成長物質（植物生長素）
　　植物性（植物性）
　　植物相（植物區系＝フロラ）
　　植物採集（植物採集）
　　植物群（植物群）
　　植物極（植物極、營養極）
　　植物誌（植物誌）
　　植物質（植物質）
　　植物ステリン（植物緇醇）
　　植物プランクトン（浮游植物）
　　植物ホルモン（植物激素）

植物、植え物〔名〕種植物（尤指蔬菜）、栽種的花木

植民、殖民〔名、自サ〕植民、移民
　　未開発地域に植民する（移民到未開發的地區）
　　植民政策（植民政策）
　　植民地（殖民地）
　　植民地を開く（開闢殖民地）

植毛〔名、他サ〕〔醫〕植毛、移植毛髮、栽毛
　　植毛術（植毛術）
　　ブラシの植毛工程（刷子的栽毛工藝）

植林〔名、自サ〕植樹造林
　　防風の為に植林する（為了防風而植樹造林）
　　原野に植林する（在原野上造林）
　　植林計画（植樹造林計畫）
　　植林政策（植樹造林政策）

植える〔他下一〕植，種，栽，嵌入，排字、培植，培育
　　花を植える（栽花）飢える餓える
　　友情の木を植える（種植友誼樹）
　　トマトの苗を植える（移栽番茄苗）
　　活字を植える（排鉛字）
　　細菌を培養基に植える（把細菌放在培養液裡培育）
　　種痘を植える（種牛痘）
　　社会主義的道徳思想を植える（培育社會主義的道德思想）
　　火傷の痕に健康な皮膚を植える（往燒傷的上面移植健康的皮膚）

飢える、餓える〔自下一〕飢餓、渴望
　飢饉で農民が飢える（因饑荒農民挨餓）
　知識に飢えている（求知心切）
　愛に飢える（渴望愛情）

植え替える〔他下一〕移植，移種、重排（鉛字）
　他の鉢に植え替える（移種到別的盆裡）

植え替〔名〕移植、移種
　植え替えを為る（移植、移種）

植え込む〔他五〕栽種、嵌入，鑲進
　柱にコンセントを植え込む（在柱子上裝上插座）

植え込み〔名〕樹叢，灌木叢，花草叢，栽植，栽種，嵌入，鑲進
　植え込みの美しい庭（花木好看的庭院）
　植え込みを為る（栽植、栽種）
　植え込みボルト（柱狀螺栓=スタッド）

植え付ける〔他下一〕移植，移栽、插秧。〔轉〕灌輸
　水田に稲を植え付ける（往水田裡插秧）
　此等の思想が彼等の心に確りと植え付けられている（這些思想在他們心中深深紮了根）

植え付け〔名〕移植，移栽、插秧，栽稻
　植え付け反別（種植面積）
　田の植え付けが済んだ（秧已插完）
　植え付けから刈り入れ迄（從插秧到收割）
　植え付け半作（插完秧就等於一半的收成）

植え疱瘡〔名、自サ〕〔俗〕種痘（=種痘）

植穴、植え穴〔名〕（為栽種挖角的）栽種坑

植木〔名〕栽種的樹、盆栽的花木
　庭に植木を植える（在院子裡種樹）
　植木市（花市）
　植木職（花匠）
　植木鉢（花盆）
　植木室（花房、暖房）
　植木屋（花匠、花店）

植女〔名〕〔古〕插秧女（=早乙女）

植わる〔自五〕（植えられる的口語形式）栽上、栽著、栽活
　此れでは植わらない（這樣是種不活的）
　庭に桃が植わっている（院裡種著桃樹）
　苗が見事に植わった（小苗生長得很好）

植ゆ〔他下二〕植，種，栽（=植える）

植う〔自下二〕生、長（=生える、成長する）

殖（ㄓˊ）

殖〔漢造〕繁殖、繁多、移民
　生殖（生殖、繁殖）
　繁殖、蕃殖（繁殖、滋生）
　利殖（謀利、生財）
　増殖（增生、繁殖）
　貨殖（理財、賺錢）
　拓殖、拓植（開墾和移民）
　学殖（淵博的學問、學問的修養）
　入植、入殖（遷入墾荒地區〔殖民地〕）
　播植，播殖，播植，播殖（播植）

殖財〔名〕理財、賺錢（=貨殖、殖貨）

殖産〔名〕發展生產，增加生產、增加財產
　殖産に努める（努力發展生產）
　殖産の早道と為ての投資信託（投資信託是發展生產的捷徑）
　殖産銀行（興業銀行）
　株式投資に由る殖産（利用股票投資增加財產）

殖民、植民〔名、自サ〕植民、移民
　未開発地域に植民する（移民到未開發的地區）
　植民政策（植民政策）
　植民地（殖民地）
　植民地を開く（開闢殖民地）

殖える、増える〔自下一〕增加、增多

四倍に増えた（增加四倍）

体重が増える（體重增加）

雨で川の水が増えた（因為下雨河水上漲）

蠅が恐ろしく増える（蒼蠅繁殖得非常快）

殖え高〔名〕增額、增值

殖やす、増やす〔他五〕繁殖、增殖、增加←→減らす

資本を増やす（增加資本）

人手を増やす（增加人手）

語彙の数を段段増やす（逐漸增加語彙量）

質、質（ㄓˊ）

質〔名、漢造〕內容，實質，質量、性質，品質，素質，秉性，天賦，樸素，質樸，質問，質詢

質が悪い（質量差）

質を良くする（提高質量）

質より量の方が大切だ（量比質重要）

蒲柳の質（蒲柳之質、體質羸弱）

生徒の質が低下している（學生的素質下降）

本質（本質）←→現象

性質（性質、性情、性格）

素質（素質、本質、稟賦、資質、天分）

資質（資質、素質、天賦）

紙質（紙的質量）

脂質（類脂體）

歯質（牙質）

体質（體質、素質）

対質（對質、對證）

天質（天資、天性）

転質（轉押、轉典）

気質（氣質、性情）

基質（基礎物質）

器質（器質、器官形狀的性質）

品質（質量）

水質（水質）

髄質（髓質）←→皮質

皮質（皮質）

泉質（泉質）

銭質（錢的品質）

土質（土質）

木質（木質）

病質（病的性質、易患病的體質）

氷質（冰的質量）

病弱質（虛弱體質）

神経質（神經質）

筋肉質（肌肉質）

美質（優良品質）

悪質（品質壞、性質惡劣）

良質（質量良好）

同質（同一性質）←→異質

等質（性質相同）

糖質（甜度、含糖分的物質）

異質（性質不同）

硬質（硬質）←→軟質

軟質（軟質）

膠質（膠質）

実質（實質、本質）

物質（物質、實體）

形質（性狀，特性、形態和實質）

蛋白質（蛋白質）

文質彬彬（文質彬彬）

質感〔名〕質量的感覺

質疑〔名、自サ〕質疑、質問、提問

質疑に答える（回答質疑）

質疑の有る方は手を挙げて下さい（有疑問的人請舉手）

質疑応答の後議案の採決が行われた（經過質疑答辯後對法案進行了表決）

質実〔名、形動〕質樸、樸實
　質実剛健（質樸而剛毅）
質的〔形動〕質的、質量的←→量的
　質的にも量的にも（無論在質量上和數量上）
　質的に優れた商品（質量好的商品）
　質的変化（質的變化）
質点〔名〕〔理〕質點
　質点系（質點系）
質朴、質樸〔名、形動〕質樸、樸實、純樸
　質朴な風習（質樸的風氣）
　如何にも質朴然うな人（非常樸實的人）
　極めて質朴な青年（非常純樸的青年）
　彼には質朴さが無くなった（他的那種純樸樣子沒有了）
　質朴に見える（看上去很純樸）
質問〔名、自サ〕質問、質詢、詢問、提問
　質問は有りませんか（有沒有問題？）
　此の質問に御答え下さい（請回答這個問題）
　御質問は御最もです（您提的問題很好）
　質問を受ける（受到質問）
　質問を向ける（提出質問）
　質問の矢を放つ（〔紛紛〕提出嚴厲質問）
　矢継ぎ早に質問する（接連不斷地提出質問）
　質問の矢面に立つ（面對紛紛質問、成為眾人質問的目標）
　質問攻めに会う（遇到紛紛質問）
　質問を逸らす（對質問避而不答）
　質問を受け流す（對質問避而不答）
　質問を打ち切る（終止提問、截止質問）
　急所を突いた質問（打中要害的質問）
　釜を掛ける質問（別有策略的質問、想誘出實話的質問）
　意地の悪い質問（故意使人為難的質問）
　質問演説（質問演説）

質問書（徵求意見表）
質問戦（熱烈質問）
質問調査（徵求意見、情況調査）
質料〔名〕〔哲〕內容、時質
　質料は形式を規定する（內容決定形式）
質量〔名〕〔理〕質量、質和量
　質量を計る（測定質量）
　質量不変（保存）の法則（質量守恆定律）
　質量単位（質量單位）
　質量数（質量數）
　質量共に充実（質和量都充實）
　質量欠損（〔化〕質量損失）
　質量作用（〔化〕質量作用）
　質量中心（〔化〕質量中心）
　質量分析器（〔化〕質譜儀）
　質量分析計（〔化〕質量分析計）
　質量力（〔理〕徹體力）
質素〔名、形動〕樸素、簡樸、簡陋←→贅沢
　質素な家（簡陋的房屋）
　質素な服装（樸素的衣服〔裝束〕）
　極めて質素な暮らし（非常簡樸的生活）
　質素に暮す（過樸素的生活）
　質素な食事を為る（吃簡單的飯食）
質〔名、漢造〕質，當、點當、抵押品、當的東西（＝質物）
　質に入れる（當）
　質に置く（當（東西））
　質に入っている（當出去了）
　此の時計は四回質に入った（這錶當過四次了）
　彼はもう洗い浚い質に入れて終った（他已經典當一空了）
　質が流れる（當死）
　質を受け出す（贖當）

질

質札（しちふだ）（當票）

人質（ひとじち）（人質）

質に取る（しちにとる）（當作抵押）

自転車を質と為て取られた（自行車被當作抵押給拿走了）

子供を質と為て差し出す（拿出孩子當抵押）

質入れ〔名、他サ〕典當、抵押

カメラを質入れする（當照相機）

質入れ証券（當票、抵押證券）

質業〔名〕當鋪業

質草、質種〔名〕當的東西

質草が無い（沒有可當的東西）

質草にも為らないがらくた（當鋪都不要的爛東西）

質券〔名〕當票（=質札）

質権〔名〕〔法〕質權、抵押權

質権を設定する（設定質權）

質権者（保有質權的人）

質権設定者（作為債務擔保向債權人提供抵押品的人）

質駒〔名〕〔象棋〕（隨時可以吃掉的）死子

質駒に為っている（隨時可吃掉的棋子）

質流れ〔名〕當死、當死的物品

質流れ処分に為る（取消贖當的權利）

質流れの時計（當死的錶）

質流れと為て売却される（作為當死物品拍賣）

質札〔名〕當票

質札は二、三日中に期限が切れる所だった（當票再過兩三天就到期了）

質店〔名〕當鋪（=質屋）

質物〔名〕抵押品、典當的東西（=質草、質種）

質物通帳（抵押品冊子）

質屋〔名〕當鋪（=質店、七つ屋）

質屋通いを為る（常跑當鋪）

質屋を営業する（開當鋪）

質〔名〕性格，天性、體格，體質、品質，性質

呑気な質（不拘小節的脾氣）

弱い質だ（懦弱的性格）

せっかちな質（急性子）

質の違う人（脾氣不同的人）

兄弟でも全然質が違う（雖然是兄弟性格卻完全不同）

疲れ易い質（容易疲勞的體質）

質の悪い出来物（惡性的腫瘤）

質の違う鶏（品種不同的雞）

質の悪い人（品質惡劣的人）

質す〔他五〕詢問（=質問する、訪ねる）

問題点を質す（詢問問題之點）

専門家に質す（詢問專家）

テストの出題を先生にもう一度質す（再一次向老師詢問出題範圍）

正す〔他五〕改正，訂正、正，端正、糾正，矯正、辨別，明辨

次の文中の誤りを正せ（改正下面文中的錯誤）

硯を正す（擺正硯台）

行いを正す（端正行為）

姿勢を正す（端正姿勢）

服装を正して出席する（整理一下服裝出席）

襟を正す（正襟危坐）

誤りを正す（糾正錯誤）

他人の非を正すのは易しいが、自分の非を正すのは難しい（糾正他人之過易，糾正自己之過難）

大義名分を正す（明辨正當名份）

物事の是非を正す（辨別事物的是非）

糺す、糾す〔他五〕追究、盤查、查明（=取り調べる）

元を糺せば（究其根源…）

罪を糺す（追究罪責）

身元を糺す（調查身分）

政策の欠陥を糺す（調查政策的缺陷）
真偽を糺す（查明真假）
実否を糺す（調查是否屬實）

蟄（ㄓˊ）

蟄〔漢造〕冬眠

啓蟄（驚蟄－二十四節氣之一）

蟄居〔名、自サ〕閉門索居，悶在家裡、入蟄，冬眠。〔轉〕（江戸時代對武士以上的一種刑罰）禁閉，幽禁

終日蟄居して読書に耽る（整天閉居家中埋頭讀書）

蟄虫〔名〕躲在地裡冬眠的蟲

蟄伏〔名、自サ〕蟄伏，冬眠，潛伏，潛藏

蟄竜、蟄竜〔名〕蟄伏的龍、等待時機暫時雌伏的英雄

擲、擲（ㄓˊ）

擲、擲〔漢造〕投擲

投擲（投擲、投擲比賽）
放擲、抛擲（抛棄、放棄）
打擲（打、揍）
乾坤一擲（孤注一擲）

擲弾筒〔名〕〔軍〕擲彈筒

擲る、殴る、撲る〔他五〕毆打、打揍、（接某些動詞下構成）複合動詞）草草行事

横面を殴る（打嘴巴）
殴ったり怒鳴り付けたりする（又打又罵）
滅茶苦茶（散散）に殴る（痛毆、毒打）
そんな事を為ると殴られるぞ（做那樣的事情可要挨揍的）
書き殴る（潦草地寫）

擲り、殴り、撲り〔名〕打，揍、毆打
〔木工〕用斧頭粗削木材

書き殴り（潦草書寫、亂塗）

擲り書き、殴り書き〔名、自他サ〕潦草書寫、亂塗

二、三行殴り書きする（潦草地寫兩三行）

手紙を殴り書きする（潦草地寫信）

擲つ、拋つ〔他五〕扔掉，拋棄、豁出，丟開

手紙を紙屑箱に擲つ（把信扔在紙簍裡）
現職を擲つ（放棄現職）
一命を擲つ（豁出性命）
国の為に命を擲つ（為國捐軀）
彼は凡て擲って其の仕事に従事した（他丟開一切去從事該項工作）

職、職、職（ㄓˊ）

職〔名、漢造〕職業、職務、職位、手藝，技能、官署名（讀作職）、依據（職由）

職を求める（求職、找工作）
職を換える（換工作、改行）
此の不況で多くの人が職を失った（由於這麼蕭條很多人失業了）
職を見付けて遣る（幫忙找個工作）
公職（公職）
降職（降職）
曠職（曠職、空缺）
官職（官職）
閑職（閑差事、不重要的職務）
在職（在職、任職）
校長の職（校長職務）
職に就く（就職）
職に留まる（留職）
職を離れる（離職）
職に殉じる（殉職）
職を解かれる（被解除職務）
職を辞する（辭職）
手に職が有る（有一技之長）
大工職である（木匠手藝）
職を覚える（學手藝、學會手藝）
手に職が有らば真逆の時に足しに為る（要是一技在身萬一的時候會有用處）

教職（教師的職務、教導信徒的職務）
顕職（高官）
兼職（兼職）
重職（重任、要職）
住職（住持的職務）
聖職（聖職，神職、神聖的職務）
世職（世襲的職務）
転職（調職、轉業）
天職（天賦的職務、神聖職責）
本職（本職、專業）
内職（家庭副業、開會或上課時做其他工作）
奉職（供職）
就職（就職、就業）
襲職（承襲職業）
退職（退職）
辞職（辭職）
離職（離職、去職、失業）
免職（免職）
休職（停職）
求職（尋職、找工作）
涜職（瀆職、貪汙）
殉職（殉職、因公犧牲）
汚職（瀆職、貪污）
無職（無職業、沒有工作）
名誉職（名譽職務）
一般職（普通官職）←→特別職
特別職（日本公務員法規定的中央和地方的高級官員-大臣、大使、公使、法官等的職務）←→一般職
技術職（技術職務）
春宮職（平安時代中期以後東宮的傅和東宮學士的總稱）
大膳職（御膳房）
鳶職（土木建築工人、江戶時代的消防員）

居職（在自己店裡或家裡工作的職業-刻字、裁縫、修理鐘錶等）←→出職
出職（出外工作-木瓦匠等）←→居職
手職、手職（手藝、手工）
畳職（草蓆工人）

職安〔名〕免費職業介紹所（＝公共職業安定所）
　職安で失業保険を受ける（在免費職業介紹所享受失業保險）

職位〔名〕職位
　部長・課長・係長と言う職位（部長、科長、股長的職位）

職域〔名〕職務範圍，工作崗位、職業，行業
　職域別に候補者を立てる（按行業分別推舉候選人）
　職域奉公（〔為國家〕做好本崗位工作）
　職域で生産に励む（在工作崗位上加緊生產）

職印〔名〕官印、職名公章
　書類には校長の職印が要る（文件上需要校長的公章）

職員〔名〕職員
　大学の職員（大學的職員）
　学校で職員を勤める（在學校裡當職員）
　彼の事務所は職員が十分で無い（他的辦公室職員不夠用）
　職員録（職員名簿）
　職員室（職員室）

職親〔名〕給殘廢者代替父母進行照顧並安排職業的人
　職親制度（代殘廢者找職業的制度）

職方〔名〕工匠、師傅（主要指木、瓦工）

職蟻〔名〕〔動〕工蟻（＝働き蟻）
　巣を作ったり食物を探したりして働く雌の蟻を職蟻と言う（從事營巢覓食等勞動的雌蟻叫作工蟻）

職業〔名〕職業
　彼の職業は弁護士です（他的職業是律師）

新しい職業に就く（就任新的職業）

其は道楽と為ては良いが、職業には為らない（那作為消遣還可以但不能當作職業）

職業を選ぶ（選擇職業）

職業を換える（轉業、改行）

貴方の職業は何ですか（你的職業是甚麼？）

医者を職業と為る（以醫師為職業）

彼女は職業ダンサーだ（她是職業舞女）

職業に貴賎無し（職業無貴賎）

職業軍人（職業軍人）

職業化（職業化、專業化）

職業別（按行業、分行業）

職業的（職業的、職業上的、職業性的）

職業病（職業病）

職業案内（介紹職業廣告欄）

職業紹介（職業介紹）

職業意識（職業意識）

職業野球（職業棒球）

職業婦人（職業婦女）

職業補導（職業輔導）

職業安定所（職業安定所、職業介紹所＝職安）

職種〔名〕職業的種類、職務的種類、工作的種類

職種を問わず早く就職し度い（不論什麼工作都行希望早日就業）

職種別に（按職業、按職務）

職住近接〔名〕（使）住處靠近工作單位

職掌〔名〕職務、任務

職掌柄（工作的性質）

彼は職掌柄其の方面は良く知っている（由於職務關係他對那方面知道得很詳細）

職掌柄厳しく取り調べねば為らない（由於職責所在必須嚴格審査）

自己の職掌を守る（謹守自己職務）

人の職掌を犯す（侵犯別人的職務）

職制〔名〕編制，組織制度、職務分工制度、〔俗〕（工廠、公司）股長，科長以上的職務

職制を改革する（改革組織制度）

職責〔名〕職責

職責を果たす（盡到職責）

其は課長と為ての職責である（那是科長應盡的職責）

職責を重んじる（重視職責）

彼は職責を全うする為には如何なる危険をも恐れなかった（他為了盡到職責不怕任何危險）

職長〔名〕工頭、領班工、廠主任

職長が現場の監督を為る（工頭在現場監督工作）

職人〔名〕工匠、手藝人

上手な職人（手藝好的工匠）

仕立て屋の職人（裁縫店的手藝人）

職人を雇う（雇工匠）

彼の理髪店では職人が足りない（那理髪店手藝人不夠）

職人気質（手藝人脾氣、手藝人的特性）

職能〔名〕職能，作用、職業機能、業務能力

国会の職能（國會的職能）

副詞の職能（副詞的作用）

職能を検査する（檢査業務能力）

職能給（按照業務能力的工資）

職能組合（職業工會、行業工會）

職能代表制（職業代表制）

職場〔名〕工作單位、工作崗位、車間

職場に出て働く（到車間去工作）

職場迄歩いて通う（步行走到車間上班）

職場を守る（堅守工作崗位）

職場を離れる（離開工作崗位）

職場に近い所へ引っ越す（搬到離工作單位近的地方）

ㄓ

业

職場放棄（放棄職守、罷工）
職場結婚（和在同一單位工作的同事結婚）
職服〔名〕工作服、作業服
職分〔名〕職務、任務、天職、本分
職分を尽す（盡職）
職分を守る（守本分）
此れは私の職分ではない（這不是我的本分）
職分を全うする（完成任務）
職蜂〔名〕〔動〕工蜂
職務〔名〕職務、任務
職務を執行する（執行任務）
職務を怠る（怠慢職守）
職務を忠実である（忠於職守）
職務を遂行する（完成任務）
職務給（按職務付的薪水）
職務執行（執行任務）
職務質問（警察等為執行任務進行盤問）（舊稱不審尋問）
職名〔名〕職業名稱、職務名稱
名刺に職名を印刷する（名片上印刷職稱）
職漁〔名〕職業捕魚、以捕魚為業
職漁船（漁船）
職漁者（漁民）
職歷〔名〕職歷、資歷、職業的經歷
学歷の後に職歷を書く（在學歷的後面寫上資歷）
職階〔名〕職員的等級、職務等級制
職階制を立案する（草擬職務等級制度）
職階給（職務等級工資）
職級〔名〕職級、職責的等級（＝職階）
職給〔名〕工資、薪水
職權〔名〕職權
職權を行使する（行使職權）
職權を濫用する（濫用職權）

議長の職權により君に退場を命ずる（根據議長的職權命令你退出會場）
職權斡旋（勞動委員會會長對勞資糾紛依法行使的強制調停）
職工〔名〕職工、工人（＝工員）
職工に為って働く（當工人）
鉄工場の職工（鐵工廠的工人）
職工組合（工會）
職工服（工作服）

躑（ㄓˊ）

躑〔漢造〕行走緩慢的樣子
躑躅、躑躅〔名、自サ〕停滯不前、躊躇，猶豫（＝躊躇、躊躇う）、杜鵑花（＝躑躅）
躑躅、躑躅〔名〕〔植〕杜鵑花、映山紅
躑躅科（杜鵑花科）

止（ㄓˇ）

止〔漢造〕停止、終止…動作
明鏡止水（沒有任何邪念的平靜心境）
笑止（可笑、可憐）笑止千万（萬分可笑）
静止（靜止）
制止（制止、阻攔）
終止（終止、結束）
中止（中止、停止進行）
休止（休止、停止、停歇）
停止（停止、禁止、停頓）
廃止（廢止、廢除、作廢）
諫止（勸止、勸阻）
阻止、沮止（阻止、組塞）
防止（防止）
拒止（拒絕、防止）
挙止（舉止、動作）
波止場（碼頭）
止音器〔名〕〔樂〕（鋼琴的）制音器

止観〔名〕〔佛〕（天台宗用語）止觀（除卻妄念用明智關照方法）、天台宗（的別名）

止汗剤〔名〕〔藥〕止汗劑←→発汗剤

止瀉剤〔名〕〔醫〕止瀉劑

止血〔名、自他サ〕止血
　血管を絹糸で括って止血する（用絲線繫上血管止血）
　先ず止血してから傷を手当する（先止血然後再處理傷口）
　止血作用（止血作用）
　止血剤（止血劑）

止宿〔名、自サ〕投宿、寄宿、寓居、下榻、過夜
　私は今旅館に止宿中だ（我現在住在旅館裡）
　山口一郎方に止宿している学生（寄宿在山口一郎家的學生）
　止宿人（住宿人、寄宿人、房客）

止水〔名、他サ〕靜水（＝死水）←→流水、活水、止住水流，堵塞漏水
　明鏡止水（沒有任何邪念的平靜心境）
　止水栓（止水栓）

止長、征〔名〕〔圍棋〕征子
　止長知らずに碁を打つな（不懂征子不要下圍棋）

止痛〔名〕止痛
　止痛薬（止痛藥）
　止痛剤（止痛劑）

止揚〔名、他サ〕〔哲〕揚棄（＝アウフヘーベン Aufheben 德）
　封建社会の矛盾を止揚する（揚棄封建社會的矛盾）

止す〔造語〕（接動詞連用形下、構成他五型複合動詞）表示終止或停頓
　本を読み止す（書沒讀完把書讀到中途放下）
　煙草を吸い止した儘で出て行った（把香菸沒吸完放下後就出去了）
　不図言い止して口を噤んだ（說到一半忽然閉口不說了）

差す〔自五〕（潮）上漲，（水）浸潤。（色彩）透露，泛出，呈現。（感覺等）起，發生。伸出，長出。（迷）（鬼神）付體
〔他五〕塗，著色。舉，打（傘等）。（象棋）下，走、呈獻，敬酒。量（尺寸）。〔轉〕作（桌椅、箱櫃等）。撐（蒿、船）。派遣
　潮が差す（潮水上漲）
　水が差して床下が湿気る（因為水浸潤上來地板下發潮）
　差しつ差されつ飲む（互相敬酒）
　顔に赤みが差す（臉上發紅）
　顔にほんのり赤みが差して来た（臉上泛紅了）
　熱が差す（發燒）
　気が差す（內疚於心、過意不去、預感不妙）
　嫌気が差す（感覺厭煩、感覺討厭）
　噂を為れば影が差す（說曹操曹操就到）
　気が差して如何してもそんな事を言えなかった（於心有愧怎麼也無法說出那種話來）
　樹木の枝が差す（樹木長出枝來）
　差す手引く手（舞蹈的伸手縮手動作）
　魔が差す（著魔）
　口紅を差す（抹口紅）
　顔に紅を差す（往臉上塗胭脂）
　雨傘を差す（打雨傘）
　傘を差さずに行く（不打傘去）
　将棋を差す（下象棋）
　君から差し給え（你先走吧!）
　今度は貴方が差す番ですよ（這次輪到你走啦!）
　一番差そうか（下一盤吧!）
　杯を差す（敬酒）
　反物を差す（量布匹）
　棹を差す（撐船）
　棹を差して川を渡る（撐船過河）

差す、射す〔自五〕照射

サ

光が壁に差す（光線照在牆上）

雲の間から日が差している（太陽從雲彩縫中照射著）

障子に影が差す（影子照在紙窗上）

朝日の差す部屋（朝陽照射的房間）

差す、挿す〔他五〕插，夾，插進，插放、配帶、貫，貫穿

花瓶に花を差す（把花插在花瓶裡）

簪を髪に差す（把簪子插在頭髮上）

鉛筆を耳に差す（把鉛夾在耳朵上）

柳の枝を地に差す（把柳樹枝插在地上）

差した柳が付いた（插的柳樹枝成活了）

腰に刀を差している（腰上插著刀）

武士は二本を差した物だ（武士總是配帶兩把刀）

差す、注す、点す〔他五〕注入，倒進，加進，摻進，滴上，點入

水を差す（加水、挑撥離間、潑冷水）

コップに水を差す（往杯裡倒水）

杯に酒を差す（往酒杯裡斟酒）

酒に水を差す（往酒裡摻水）

醬油を差す（加進醬油）

機械に油を差す（往機器上加油）

ランプに油を差す（往燈裡添油）

目薬を差す（點眼藥）

朱を差す（加紅筆修改）

茶を差す（添茶）

差す、鎖す〔他五〕關閉、上鎖

戸を差す（關門、上門）

差す、指す〔他五〕指示、指定、指名、針對、指向、指出、指摘、揭發、抬

黒板の字を指して生徒に読ませる（指著黑板上的字讓學生唸）

地図を指し乍説明する（指著地圖說明）

磁針は北を指す（磁針指示北方）

時計の針は丁度十二時を指している（錶針正指著十二點）

先生は僕を指したが、僕は答えられなかった（老師指了我的名但是我答不上來）

名を指された人は先に行って下さい（被指名的人請先去）

此の語の指す意味は何ですか（這詞所指的意思是什麼呢？）

此の悪口は彼を指して言っているのだ（這個壞話是指著他說的）

船は北を指して進む（船向北行駛）

台中を指して行く（朝著台中去）

犯人を指す（揭發犯人）

後ろ指を指される（被人背地裡指責）

物を差して行く（抬著東西走）

刺す〔他五〕刺，扎，穿、粘捕、縫綴、（棒球）出局，刺殺

針を壺に刺した（把針扎在穴位上）

匕首で人を差す（拿匕首刺人）

ナイフで人を刺して、怪我を為せた（拿小刀扎傷了人）

短刀で心臓を刺す（用短刀刺心臟）

足に棘を刺した（腳上扎了刺）

銃剣を刺されて倒れた（被刺刀刺倒了）

魚を串に刺す（把魚穿成串）

胸を刺す様な言葉（刺心的話）

刺される様に頭が痛む（頭像針刺似地疼）

肌を刺す寒気（刺骨的寒風）

黐で鳥を刺す（用樹皮膠黏鳥）

雀を刺す（黏麻雀）

雑巾を刺す（縫抹布）

畳を刺す（縫草蓆）

靴底を刺す（縫鞋底）

一塁に刺す（在一壘刺殺在、一壘出局）

二、三塁間で刺された（在二三壘間被刺殺）

刺す、螫す〔他五〕螫
  蜂に腕を刺された（被蜜蜂螫了胳臂）
  蜂が手を刺す（蜜蜂叮了手）
  蚤に刺された（被跳蚤咬了）
  蚊に刺された（被蚊子咬了）
  虫に刺されて腫れた（被蟲咬腫了）

刺す、差す〔他五〕刺，扎、撐（船）
  其の言葉が私の胸を刺した（那句話刺痛了我的心）
  肌を刺す寒風（刺骨寒風）
  針で刺す（用針刺）
  此の水は身を刺す様に冷たい（這水冷得刺骨）
  胃が刺す様に痛い（胃如針扎似地痛）
  棹を刺して船を岸に付ける（把船撐到河邊）

為す〔他五〕讓做、叫做、令做、使做（＝為せる）
  結婚式を為した（使舉行婚禮）

〔助動五型〕表示使、叫、令、讓（＝為せる）
  安心為した（使放心）
  物を食べ為した（叫吃東西）
  もう一度考え為して呉れ（讓我再想一想）

止し〔造語〕（接動詞連用形後）表示動作半途中止
  書き止しの手紙（未寫完的信）
  食い止しのパン（吃了一半的麵包）
  本を読み止しに為て儘出て行った（書沒看完就放下出去了）

止まる、留まる、停まる〔自五〕停止，停頓、停留、（寫作止まる）止於，限於
  事故の為会議の進行が止まる（因發生事故會議停頓）
  病気の進行は一時止まっている（病情暫時停止發展）
  現職に止まる（留職）
  妹と母は郷里に止まる事に為った（母親和妹妹決定留在家鄉）
  行く人、止まる人（走的人留下的人）
  用が無いから此処に止まる必要は無い（因為沒有事不需留在這裡）
  ニュースを集める為当分現地に止まる（為了蒐集消息暫時留在這裡）
  単に希望を述べたに止まる（只是表示了我的希望）
  彼の悪事は此れのみに止まらない（他做的壞事不止這些）
  此の習慣は其の地方に止まる（這種習慣只限在那個地區）

止める、留める、停める〔他下一〕停下，停住、留下，留住。（寫作止める）止於，限於
  怪しい音に不図足を止める（聽到可疑的聲音突然停下腳步）
  話を中途で止める（中途把話停下）
  家族を郷里に止めて単身赴任する（把家屬留在鄉間自己走上工作崗位）
  昔の華麗さの影さえ止めていない（昔日的豪華已杳無蹤跡可尋了）
  被害を最小限に止める（把損害限制在最小限度）
  大略を述べるに止める（只是敘述概略）
  彼の新作の批評は此れに止めて置こう（對他的新作品的評論就止於此吧！）

止め〔名〕（殺人後）刺喉嚨（使斷氣）。決定性的一擊
  議論の止めと為る言葉（再也沒有爭辯的話）
  彼は止めの一撃を与え様と踏み込んでアッパーカットを相手の顎に見舞った（他想一下子把對方打垮一探身給對方下巴來個上鉤拳）
  止めを射す（殺人後刺喉嚨使斷氣、決定性一擊、抓住關鍵處使過後不能翻案、最好登峰造極）
  止めを射し、息の根を止める（刺喉嚨使斷氣）
  重要地点を占領して敵の止めを射す（占領重要地點致敵人死命）

止

後で文句の出ない様に止めを射して置く（把重要問題釘死免得以後發生異議）

花の香りは蘭に止めを射す（花的香味要屬蘭花最好）

止まる、留まる、停まる〔自五〕停止，停住、止住，停頓，堵塞，不通、棲息、固定住，釘住，抓住，留住，看到

時計が止まった（錶停了）泊まる

行列はぴたりと止まった（隊伍突然停了下來）

此の列車は次の駅で止まらない（這次列車在下一站不停）

もう三つ止めると動物園だ（再三站就是動物園）

ショー、ウィンドーの前で足が止まる（在櫥窗前停下腳步）

エンジンが止まっている（引擎停了）

噴水は今日は止まっている（噴水池今天沒有噴水）

痛みは止まったか（疼痛止住了嗎？）

脈が止まった（脈搏停了）

出血が中中止まらない（出血止不住）

可笑しくて笑いが止まらない（滑稽得令人笑個不停）

下水が止まる（下水道堵住了）

水道が止まる（水管堵住了）

脱線事故で電車が止まる（因出軌電車不通）

水道工事の為午後十時から午前六時迄水が止まります（因修理水管由下午十點到早上六點停水）

洪水の為交通が止まる（因漲大水交通斷絕）

此の路次は先が止まっている（這條巷子前面走不過去）

雀が電線に止まっている（麻雀棲息在電線上）

蝶が花に止まっている（蝴蝶落在花上）

此のピンで止まらない（用這個圖釘釘不住）

釘が短くて、板が旨く止まらない（釘子太短板子釘不牢）

桶側は箍で止まっている（木桶外面用箍箍住）

電車の吊革に止まる（抓住電車的吊環）

隠れん坊する者、此の指に止まれ（捉迷藏的抓住這個手指頭！）

彼の人の声が耳に止まっていて離れない（他的聲音縈繞在我耳邊）

白いハンカチが目に止まった（看到了白色手帕）

人影が目に止まる（看到人影）

説教を聞いても耳に止まらない（受一頓教訓也只好當耳邊風）

御高く止まる（高高在上、自命不凡、瞧不起人）

泊まる、泊る〔自五〕停泊、投宿，過夜，值宿，值夜班

港に泊まっている船（停泊在港口的船）止まる留まる停まる

友人の家に泊まる（住在朋友家裡）

彼処では泊まる所が無い（那裡沒有住處）

其のホテルには五百名の客が泊まれる（那飯店可住五百客人）

交替で役所に泊まる（輪流在機關值夜班）

止まり，止り、留まり，留り〔名〕停止，停留（的地方）、到頭，盡頭

此の路次は先が止まりに為っている（這條巷子前面不通）

此の辺が止まりだね（已經到了盡頭）

安値の止まり（最低價格）

止まり木，止り木〔名〕（鳥籠裡的）棲木、（酒店等櫃台前酒客坐的）獨腳圓凳

止まりセンター，止りセンター〔名〕〔機〕（dead-center 的譯詞）死點、死頂尖

止まり，止り〔造語〕到頭、盡頭

高くても5千円止まりだ（即使再貴也不會超過五千日元）

講師止まりで教授には為れない（最多做到講師當不上教授）

課長の俸給は二十万円止まりだ（課長的薪水最高是二十萬日元）

此の道は行き止まりだ（此路不通行）

此の列車は神戸止まりだ（這班列車的終點站是神戶）

止まれ〔名〕（止まる的命令形）（口令）立定、停（車信號），紅燈

止まれの号令を掛ける（喊立定的口令）

止まれが出ている（現在是紅燈）

止める、留める、停める〔他下一〕停下，停住，停止，止住，堵住，忍住，制止，阻止，抑制，勸阻，禁止，阻攔，留下，留住，扣留，留心，注目，記住，留在心上，止於，限於

車を止める（把車停下）

タクシーを止める（叫計程車停下）

供給を止める（停止供應）

筆を止める（停筆、擱筆）

手を止める（停手）

ショー、ウィンドーの前で足を止める（在櫥窗前停下腳步）

其の角で止めて下さい（請在那個轉角停下）

血を止める（止血）

痛みを止める（止痛）

堰を造って河の流れを止める（築堤堵住河流）

一寸息を止めて下さい（請忍住氣）

喧嘩を止める（制止吵架）

不作法な行為を止める（制止粗魯行動）

煙草を呑むのを医者に止められた（被醫生制止吸菸了）

幾等止めようと思っても涙が止まらなかった（眼淚怎麼都制止不住地流下來）

大学受験を止める（勸阻不要考大學）

インフレを止める措置を取る（採取抑制通貨膨脹的措施）

ガスを止める（把煤氣關上、停止供應煤氣）

エンジンを止める（把引擎停下）

行くに任せて為ていて止めなかった（任他去沒有強加攔阻）

紙をピンで止める（用大頭釘把紙釘住）

釘で板を止める（用釘子把木板釘住）

ボタンを止める（扣上扣子）

用も無いのに長く止める（並沒有事卻把人長期留下）

警察に止められた（被警察扣留了）

心を止めて見る（留心觀看）

目を止める（注目）

心に止める（記在心裡）

気に止めないで下さい（不要介意）

議論を其の問題丈に止める（討論只限於這個問題）

止めて止まらぬ恋の道（愛情是阻擋不住的）

泊める〔他下一〕留宿、停泊

一晩泊めて下さい（請留我住一宿）止める留める停める

友人を泊める（留朋友住下）

避難民を泊める（收容難民）

旅行者を泊める（留旅客住宿）

彼の旅館は一晩二千円で泊める（那旅館一宿要兩千日元）

彼のホテルは千人の客を泊められる（那旅館住一宿可以住一千名客人）

船を一時港に泊める（把船暫時停在港口）

止め、留め〔名〕止住，留存、禁止、完了。〔木工〕斜接。〔縫紉〕線結

駅止め貨物（留站候領貨物）

局留め電報（留局候領電報）

通行止め（禁止通行）

止め男，止男、留め男，留男〔名〕旅館的攔客員、排解打架的人

止め女，止女，留め女，留女〔名〕旅館的女攔客員、排解打架的女人

止め金，留金、留め金，止金〔名〕金屬卡子、別扣、帶扣、按扣

　　靴の止め金（鞋卡子）
　　ハンドバックの止め金（提包上的卡子）
　　鞄の止め金をかちりと掛ける（束河包み的安鎖嘎搭一聲扣上）
　　止め金を外す（打開別扣）
　　バンドの止め金をぐっと締める（把皮帶扣勒緊）

止句〔名〕（和歌、俳諧等的）禁句

止草〔名〕〔農〕最後一次中耕

止相場〔名〕〔商〕（交易所用語）（上午或下午的）收盤行情、最高和最低限價

止め処，止処，留め処，留処〔名〕限度、止境、盡頭

　　咳が止め処無く出た（咳嗽不止）
　　喋り出したら止め処が無い（一說起來就沒完沒了）
　　涙が止め処も無く流れる（流淚不止）

止めナット〔名〕（locknut 的譯詞）防鬆螺母

止め螺旋〔名〕制動螺絲、安位螺釘

止偏〔名〕（漢字部首）止字旁

止め結び〔名〕（鋼絲頭上的）結子、（防止繩索穿過孔眼的）結

槍止め〔名〕（船下水前船台上的）止滑木、撐柱

　　槍止め支柱（撐柱）

止まる〔自五〕〔俗〕止、已、停止、中止（=止む、已む、罷む）

止める、已める、罷める、辞める〔他下一〕停止，放棄，取消，作罷、（寫作止める、已める、罷める）戒除（寫作止める、已める、罷める）（=止す）辭職，停學（寫作罷める、辞める）

　　止め！〔口令〕停）病める
　　討論を止めて採決に入る（停止討論進入表決）
　　雨が降ったら行くのを止める（下雨就不去）
　　旨く行かなかったら、其で止めて下さい（如果不好辦的話就此停下吧）
　　競走を中途で止める（賽跑跑到中途不跑了）
　　どんな事が有っても私は止めない（無論如何我也不罷休）
　　仕事を止めて一休みしよう（停下工作休息一下吧）
　　喧嘩を止めさせる（使爭吵停息下來）
　　彼を説得して其の計画を止めさせる（勸他放棄那個計畫）
　　旅行を止める（不去旅行）
　　酒も煙草も止める（酒也戒了煙也不抽了）
　　癖を止める（改掉毛病）
　　彼に酒を止めさせよう（勸他把酒戒掉吧）
　　そんな習慣を止めなくてはならぬ（那種習慣必須改掉）
　　仕事を辞める（辭掉工作）
　　会社を辞める（辭去公司職務）
　　学校を辞める（輟學）
　　彼は数年前に学校の教師を辞めた（他幾年前就辭去了學校教師的職務）
　　彼女は品行が悪いので学校を辞めさせられた（她由於品行不好被學校開除了）

病める〔自下一〕疼痛、患病，有病，呈病態

　　頭が病める（頭疼）
　　後腹が病める（產後痛、〔轉〕〔因費錢等〕事後感到痛苦）
　　病める母（患病的母親）
　　病める社会（病態的社會）
　　病める身を横たえる（臥病）

止め、已め、罷め〔名〕停止、作罷

　　こんな詰まらぬ話は止めに為よう（這樣無聊的話不要說了）
　　会は止めに為った（會不開了）
　　此の辺で止めに為て置こう（就到此為止吧）

止む、已む、罷む〔自五〕止、已、停止、中止

雨が止む迄待つ（等待雨停）

痛みが止む（疼痛停止）

二人は争って止まない（二人爭論不休）

声がぴたり止んだ（聲音一下子就止住了）

目的を達成しなければ止まない（不達到目的不罷休）

止むに止まれない（萬不得已）

倒れて後止む（死而後已）

此れは止むを得ずに為た事だ（這是不得已而做的事情）

止む方無し（毫無辦法）

已むを得ない（不得已、無可奈何、毫無辦法）

病む〔自、他五〕患病，得病，煩惱，憂傷（＝患う、煩う）

胃を病む（患胃病）止む已む罷む

胸を病む（患肺病）

病んで医に従う（患病只有從醫）

一寸した事で気を病む（為一點小事就煩惱起來）

其れ位のしくじりで気に病む事は無い（那麼一點失敗無需煩惱）

病む目に突き目（禍不單行）

止み間、止間〔名〕間歇、中止的時候

雨の止み間が無かった（雨下個不停）

止事無い、止ん事無い〔名〕（已む事無い的轉變）

不得已、無可奈何、沒有辦法

〔古〕特別、特殊、尊貴

事此処に居たっては止事無い（事到如今不得已）

止事無き事に由って（由於不得已的事情）

身に止事無く思う人（使人感到不一樣的人）

止事無い生まれ（出身高貴）

止事無き御方（身分高貴的人）

止す〔他五〕停止，作罷（＝止める、已める、罷める、辞める）、戒掉，辭掉

今日の仕事は此れで止そう（今天的工作就到此為止吧）

五時に為ったら仕事を止して、帰ろう（到五點鐘就停止工作回家吧）

冗談は止せ（別開玩笑！）

もう泣くのは止せ（別再哭啦！）

行くのは止した（不去啦）

喧嘩を止し為さい（別吵架啦！）

止せば良いのに（要是不去做不就好啦）

酒を止す（戒酒）

体の為に酒も煙草も止した（為了身體菸酒都戒了）

会社を止す（辭掉公司的職務）

止し〔名〕停止

止しに為る（停止）

もう止しに為よう（現在就停止吧、現在算了吧）

只（ㄓˇ）

只〔漢造〕只（＝只此丈）

只、唯、徒、直、值〔名〕白，免費（＝無料、ロハ）、唯，只，僅，普通，平常

〔副〕白，空（＝空しく、無駄に）、只，僅，光（＝只管、単に、唯、僅かに）。〔古〕直接（＝直に）

〔接〕但是、然而（＝但し）

唯で上げます（免費奉送）上げる揚げる挙げる

此を君に唯で上げます（這個免費送給你）

唯でも要らない（免費也不要、白給也不要）
要る入る射る居る鋳る炒る煎る

唯で貰う事は出来ない（不能白要）

唯で貰う訳には行かない（不能白要）

唯で働く（不要報酬工作、免費工作）

其は唯働きだ（那是白幹的了）

唯で入場出来る（可以免費入場）

ㄓ

子供は唯で入れる（小孩可以免費進去）入れる容れる煎れる炒れる鑄れる居れる射れる要れる

修理代は一年間唯です（一年免費修理）

此が百円とは唯みたいな物だ（這個才一百元好像不要錢似的）

そんな悪口を言うと唯置かないぞ（那麼罵人可不能白饒你）擱く置く措く

もう一度こんな事為たら唯で置かない（要是再做出這種事可不能饒你）

此は唯では済まされない、奢れ（這可不能白拉倒請客吧！）

此を彼が知ったら唯で済むまい（萬一他知道這件事可不會就這麼了事）済む住む棲む澄む清む

其は唯で食べた方が美味い（那還是不加別的東西來得好吃）旨い美味い甘い上手い巧い

唯食いする人（白吃的人＝只食いする人、徒食いする人）

彼は唯の人ではない（他不是個平常的人）人物

唯の体ではない（他不是個正常的身體、他懷孕了）

此は唯事ではない（這非同小可、這不是小事、這可不是鬧著玩的）

唯の鼠ではない（不是好惹的）

唯でさえ暑い（本來就很熱）

唯為らぬ物音が為る（響了嚇人的聲音）

中身は唯の水だった（裡頭只是水）

唯で骨折らせは為ないよ（不會叫你白費力氣的）骨折

彼の男は可惜命を唯捨てた（那傢伙可惜白送了命）捨てる棄てる

語学の習得は唯練習有るのみ（要學好語言只有練習）有る在る或る

唯一つ丈有る（只有一個）

唯一言丈言った（只說了一句話）一言一言一言

唯自分の事を考える（只顧自己）

辺りに人影は無く唯野を渡る風の音が聞こえる許りだった（周圍不見人影只聽見刮過草原的風聲）辺り当り中り人影人影音音音音音

深い意味は無い唯聞いて見た丈だ（沒有什麼特別的意義只不過打聽了一下）聞く聴く訊く利く

君は唯言われた通りに為れば良い（你只照人家說的辦就行了）良い好い善い佳い良い好い善い

彼が何を聞いても少女は唯泣く許りだった（他問少女但她都不回答只是哭個不停）少女少女

唯泣いて許り居る（光是哭）泣く鳴く啼く無く居る入る煎る炒る鑄る射る要る

唯金儲け考える商人（唯利是圖的商人）商人商人商人

唯研究許りしている（光是埋頭研究著）

唯欠伸許りしている（直打哈欠）

皆帰って唯一人残った（都回去了只剩一個人）一人一人一人

友人と言えば唯一人君丈だ（提到朋友只有你一個人）言う云う謂う

唯の一日も休まない（連一天也不休息）一日一日一日一日朔日朔

彼女が唯一人の生き残りだ（她是唯一的倖存者）

驚く勿れ此が唯の十円だ（聽了別吃驚這個只要十元）勿れ莫れ驚く愕く優しい易しい

彼は唯の一度も優しい言葉を掛けて呉れた事が無い（他從來連一句體貼的話都沒跟我說過）

其は良い考えた但彼女がうんと言うが如何か（那真是個好主意就不知道她答不答應）

其は面白いよ但少し危ないよ（那很有趣但是有點危險）如何如何如何如何

唯今〔副〕剛剛、剛才（＝唯今、只今、今し方）

唯今出掛けた所だ（剛剛才出去的）

彼は唯今来た許りだ（他是剛剛來的）

私も唯今来た所だ（我也是剛剛到的）

只今、唯今〔副〕現在（=今）、剛剛，剛才（= 唯今）、馬上（=今直ぐ）

〔副〕我回來了（=唯今帰りました）

唯今八時です（現在是八點鐘）

唯今外出中です（現在外出不在）

社長は唯今会議中です（社長現在正在開會）

唯今から映画を上映致します（現在開始放映電影）

唯今御出掛けに為った所です（剛剛出去）

父は唯今出掛けました（父親剛剛出去）

唯今御紹介に与りました鈴木で御座います（我就是剛才介紹的鈴木）

唯今見えます（馬上就來、馬上找得到）

唯今参ります（馬上就來、馬上就去）

部長は唯今参ります此処で御待ち下さい（部長馬上就來請在這裡稍等一下）

御父さん、唯今。御帰り（爸爸我回來了。您回來了）

只事、唯事、徒事〔名〕常有的事、一般的事、小事

唯事ではない（不是平常的事、非同小可）

此は唯事ではない（這事非同小可）

唯事では済まされない（不能輕易放過）

只只、唯唯〔副〕（只、唯、徒、荁、徂的加強說法）只有、唯有

只只感謝する許りです（只有感謝不盡、唯有感謝而已）

只只驚きの外は無かった（只有大為震驚）

熟練は只只一所懸命に遭る事から成る（欲求熟練只有努力做才行）

只取り〔名〕不花錢白得、白得不還禮

只乗り〔名、自サ〕（不付錢）白坐車〔船〕、坐霸王車

只乗りの客（坐霸王車的乘客）

只働き〔名、自サ〕白做事、做得沒效果、白費力氣、徒勞（=無駄働き）

此れじゃ丸で只働き同様だよ（這簡直和白做一樣）

只奉公〔名〕不要報酬的服務、效勞（=無料奉仕）

只奉公じゃ詰まらない（白效勞沒意思）

只戻り〔名〕空手回來（=素戻り）

只者、徒者〔名〕（後面常接否定語）一般的人、平凡（普通、尋常）的人

只者ではない（不是一般的人）

只物〔名〕普通（尋常）的東西（=並みの品物）

此の皿は只物では無さ然うだ（這個碟子好像不是尋常的東西）

只管、一向〔名〕只顧、一味（=一途に）

一向弁解に勤める（一味地辯白）

一向に勉強する（一個勁地用功）

一向謝るのみ（一味認錯）

彼は一向勉学に励んだ（他一心一意地努力求學）

一向仕事に尽す（全心投入工作）

一向夫の無事を祈る（全心全意祈禱丈夫平安歸來）

一向〔名〕一向，一心，專心、一向宗（淨土真宗的別稱）

〔副〕一向，完全，全然，總（= 全く）、（下接否定）完全，一點也、（=少し）

一向（に）平気だ（完全不在乎）

一向（に）御無沙汰して居ります（一直沒有問候）

一向便りが無い（總沒有來信）

一向存じません（一點兒也不知道）

一向に驚かない（一點也不吃驚）

何事が有ろうとも一向に驚かない（不管發生任何事毫不吃驚）

一向、頓〔形動〕只顧、一心一意（=一途に、一向、只管、直向）

　一向に走る（只顧著跑）

　一向に撮影技術の向上に没頭する（一心一意地埋頭提高攝影技術）

一向き〔名、形動〕一個方向、一個部分、一個側面、一心一意，專心（=直向）

旨（ㄓˇ）

旨〔漢造〕意旨、用意

　要旨（要旨、大意、要點）

　趣旨（趣旨、宗旨、主旨）

　主旨（主旨、主要旨趣、主要意思）

　宗旨（中心教義，教旨、派別，宗派、趣味，愛好）

　聖旨（聖旨、封建皇帝的命令）

　勅旨（日皇的意旨）

　宣旨（宣旨、宣布皇帝的聖旨）

　令旨、令旨（皇后、太子等的命令）

　本旨（宗旨、本意、本來的）意圖

　微旨（深奧微妙的旨趣）

　密旨（秘密的命令）

旨趣、旨趣〔名〕趣旨、意思、內容（=旨、訳）

　此の旨趣御諒承下さい（請您諒解這個意思）

　此の手紙の旨趣は飲み込めない（理解不了這個意思）

旨い、甘い、美味い〔形〕美味的、可口的、好吃的、香的（=美味しい）←→不味い

　旨い料理（美味的菜）

　旨然うに食う（吃得津津有味）

　此の料理は旨い（這個菜好吃）

　此の料理は旨くない（這個菜不好吃）

　此の料理は迚も旨い（這個菜很好吃）

　何か旨い物が食べ度い（想吃點甚麼好吃的）

旨い、巧い、上手い〔形〕巧妙的、高明的（=上手、素晴らしい）←→下手、拙い

　字が旨い（字寫得很棒）

　日本語が旨い（日語說得好）

　此の仕事は旨く遣った（這件工作做得好）

　旨い方法（巧妙方法、竅門）

　旨い口実を立てて（巧立名目）

　旨い事を言う（說得漂亮、花言巧語）

　彼は話が旨い（他能言善道）

　彼は料理が迚も旨い（他很會做菜）

　旨い考えが浮かぶ（想出高招）

　家事を旨く捌く腕が有る（善於安排家務）

　旨く導けば改革の力に成り得る（如引導得當可以變成一股改革力量）

旨い〔形〕有好處的、美好的、順利的、幸運的（=上首尾）

　旨い事は無いか（有什麼好事情沒有？）

　彼奴は旨くない（真不湊巧）

　其奴は旨い話だ（這話太美了）

　余り話が旨過ぎる（未免說得太美了）

　然う旨く行く物ではない（不會那麼順利）

　世の中は兎角旨く行かない物だ（世間事常不能盡如人意）

　話が旨く纏まった（事情很順利地談妥了）

　途中旨行っても、七、八日は掛る（即使路上順利也得七八天）

　何事も旨く運ばない（什麼事都不順利）

　自分では旨く遣ったと考える（自以為得計）

　何も旨く遣れる骨等有りは為ない（沒有任何取巧圖便的竅門）

　明日は遠足か、旨いぞ（明天郊遊去？太美了）

　旨い事には邪魔が入る（好事多磨）

　旨い汁を吸う（佔便宜、撈油水）

　旨い事を為る（討便宜、坐享其成）

旨がる〔自五〕覺得有味道
　旨がって食べる（吃得津津有味）

旨く〔副〕順利地、高明地
　旨く行く（順利進行、成功）
　旨く書く（寫得好）
　今其の様な話を持ち出すのは旨くない（現在說那樣的話是不恰當的）

旨み、旨味、甘味〔名〕美味、妙處、油水，利益
　旨味の有る酒（味道好的酒）
　旨味の無い酒（味道不好的酒）
　魚の味噌漬の美味しい旨味が為る（醬醃的魚有了香味）
　酒の旨味が分る様に為った（懂酒的美味了）
　旨味の無い文章（枯燥無味的文章）
　老優の芸には中中旨味が有る（老演員的演技有絕妙之處）
　旨味の有る商売（有利可圖的生意）
　互いに旨味の有る取引（雙方互利的交易）

旨味〔名〕美味（的東西）

旨酒、旨酒〔名〕美酒、醇酒（=美酒、美酒）

旨煮、甘煮〔名〕〔烹〕一種用肉或青菜等加料酒，醬油，糖燉的菜

旨〔名〕意思、要點、大意、趣旨
　御話の旨は良く分りました（您說的意思我完全明白了）
　此の旨を貴方から彼に伝えて下さい（請你把這個意思轉告給他）
　母から上京する旨の手紙が來た（母親來信說要來京）
　社長の旨を受けて行動する（稟承經理的意旨行事）

旨む、宗〔名〕（常用…を旨と為る的形式）以…為宗旨
　節約を旨と為る（以節約為宗旨）
　服装は質素を旨と為る（服裝最好要樸素）
　文章は簡潔を旨と為る（文貴簡潔）
　正直を旨と為可し（應以正直為宗旨）

胸〔名〕胸，胸部，胸膛，胸脯、心，心臟，心裡，內心，心胸
　胸を張って歩く（挺起胸膛走路）胸棟旨宗張る貼る
　胸から背中に掛けて火傷を為た（從前胸到後背都燒傷了）
　胸を揉む（揉揉胸部）
　母親の胸で乳を吸う（在母親懷裡吃奶、貼著母親胸膛吸奶）乳房
　新鮮な空気を胸一杯に吸う（飽吸新鮮空氣）
　子供を胸に抱き締める（把孩子緊緊抱在懷裡）
　胸に手を当てて反省する（捫心自問）当てる中てる充てる宛てる
　心配で、心配で、胸がどきどきした（因過份擔心心跳得厲害）撲通撲通地跳
　彼の気の毒な人達を思うと胸が痛む（想起那些可憐的人們心裡就難受）痛む傷む悼む
　感動で胸が詰まる（感動得說不出話來）
　其の真心には全く胸を打たれた（完全被他的一片真心誠意感動了）打つ撃つ討つ
　胸の奥から搾り出した様な言葉だった（肺腑之言、發自內心深處的話）
　昔の思い出を何時迄も胸に秘めている（把過去的回憶永遠埋在心裡）
　此の知らせを聞いて、やっと胸を撫で卸した（聽到這個消息總算鬆了口氣）聞く聴く訊く效く
　胸の病気が中中治らない（肺病不容易處理）治る直る
　彼の人は少し胸が悪い（他的肺部不太好）
　胸を患う（患肺病）患う煩う
　胸が痛む（痛心、傷心、難過）痛む傷む悼む
　胸が一杯です（激動、受感動）
　嬉しくて胸が一杯です（滿心歡喜）
　胸が裂ける（心如刀割）裂ける割ける咲ける避ける
　胸が騒ぐ（心驚肉跳、忐忑不安）

胸が透く（心裡愉快、除去了心病）透く 空く 好く 酸く 漉く 梳く 鋤く 剥く 抄く
胸が狭い（度量小、小心眼、心胸狹窄）
胸が潰れる（〔因為憂傷或悲哀而〕心碎）
胸がどきどきする（心驚肉跳、心蹦蹦地跳）
胸が轟く（心跳、心驚肉跳、忐忑不安）
胸が塞がる（心情鬱悶、心裡難受）
胸が焼ける（燒心、吐酸水、胃裡難受、胃口不舒服）
胸が悪い（患肺病，患肺結核、燒心，噁心、心情不好、心裡不舒服、可惡、令人討厭）
胸に一物（有る）（心懷叵測、心裡別有企圖）
胸に聞く（仔細思量）聞く 聴く 訊く 効く 利く
胸に釘（打つ）（〔弱點被揭穿而〕刺痛心胸）打つ 撃つ 討つ
胸に応える（打動心靈、深受感動）応える 答える 堪える
胸に成竹有り（胸有成竹）
胸に畳む（藏在心裡）
胸に手を当てる（置く）（捫心自問、仔細思量）
胸に鑢を掛ける（非常苦惱、苦惱至極）
胸の霧（心中難以拂拭的不安）
胸の炎（愛情的火焰）
胸を痛める（煩惱、苦惱）痛める 悼める 傷める 炒める
胸を打ち明ける（傾吐衷曲）
胸を打つ（感動、打動）打つ 撃つ 討つ
胸を躍らせる（滿心歡喜、心情萬分激動）躍る 踊る
胸を焦がす（焦慮、苦苦思念）
胸を摩る（抑制憤怒）摩る 擦る
胸を突く（動心、嚇一跳、吃一驚）突く 衝く 尽く 搗く 付く 附く 憑く 撞く 就く 着く 潰く
胸を撫で下ろす（放下心來、鬆了口氣）

胸を冷やす（嚇破膽、大吃一驚）
胸を膨らます（滿心歡喜、滿懷希望）膨らむ 脹らむ

棟〔名〕屋脊，房頂、大樑、刀背
〔接尾〕（數房屋的助數詞）棟、幢
　棟が別に為っている（另成一棟、分成兩棟）
　五棟（五棟）
　一棟に十世帯が住む（一棟房子住十戶人家）

址（ㄓˇ）

址〔漢造〕地址、遺址
　遺址（遺址、遺跡）
　旧址（舊址、遺跡、史蹟）
　古址（舊址、一機）
　城址、城趾（城的舊址）
　住居址（〔考古〕居住遺址）
　村落址（集落遺跡）
　平城宮址（平城宮遺址）

址、跡〔名〕遺址
　古い城の址（古城的遺址）後 痕跡 跡迹

跡〔名〕痕跡（=印）、跡象（=形跡）、蹤跡（=行方）、遺跡（=遺跡）、家業（=家督）、（也寫作後）後繼者（=後継）
　足の跡（腳印）
　血の跡（血的痕跡）
　蚊に刺された跡（被蚊子叮了的痕跡）
　跡が付く（留下痕跡）
　其の顔には苦痛の跡が現れていた（他的臉上顯出痛苦的跡象）
　人の入った跡が無い（沒有進去過人的跡象）
　進歩の跡が見える（現出進步的跡象）
　人の跡を付ける（跟蹤、追蹤）
　悪い事を為て跡を晦ます（做了壞事躲起來）
　古い御寺の跡（古寺的遺跡）
　先覚者の跡を訪ねる（訪問前輩的遺跡）

跡を取る（継ぐ）（繼承家業）
彼が私の跡へ座る（他來接替我的工作）
跡を追う（追趕、仿效、緊跟著死去）
跡を隠す（藏起、躲起）
跡を絶つ（絕跡）
跡を弔う（弔唁）
跡を濁す（留下劣跡）
跡を踏む（步後塵、沿襲先例）

跡、迹〔名〕痕跡、蹤跡、跡象、繼承家業的人
車の跡（車印）
傷の跡（傷痕）
彼は公金を横領して跡を晦ました（他盜用公款後消聲匿跡了）
一向悔い改めた跡が見えない（一點也看不出悔改的跡象）
私は此の子に跡を取らせる積りだ（我打算讓這個孩子繼承家業）

跡、痕〔名〕痕跡
腿に手術の跡が有る（大腿上有動過手術的痕跡）

後〔名〕後方，後面（＝後ろ）、以後（＝後）、以前（＝前）、之後，其次，以後的事，將來的事，結果，後果，其餘，此外，子孫，後人，後任，後繼者，死後，身後（＝亡き後）
後を振り向く（向後面看）
後へ下がる（向後退）
後から付いて来る（從後面跟來）
故郷を後に為る（離開家鄉）
後に為る（落到後面、落後）
後に続く（接在後頭、跟在後面）
行列の一番後（隊伍的最後面）
後で電話します（隨後打電話）
此の後の汽車で行く（坐下次火車去）
後二、三日で用事が済む（再過兩三天事情可辦完）
一週間後に帰る（一星期後回去）
御飯を食べた後で散歩を為ます（飯後散步）
もう二年後の事に為った（那已是兩年前的事情）
後に為る（推遲、拖延、放到後頭）
後に回す（推遲、拖延、放到後頭）
彼が一番後から来た（他是最後來的）
後から後から来る（一個接一個地來）
後を見よ（〔書籍上常用的〕見後）
後は何を召し上がります（其次您還想吃甚麼？）
後の所は宜しく（我走以後事情就拜託你了）
後は如何為るか分かった物じゃない（將來的事誰也不知將會如何？）
後は想像に任せる（後來的事就任憑想像了）
例の件は後が如何為りましたか（那件事結果是如何？）
後は如何為るだろう（後果會如何呢？）
後は私が引き受ける（後果我來承擔）
後は明晩の御楽しみ（其餘明天晚上再談）
後は知らない（此外我不知道）
後は拝眉の上（〔書信用語〕餘容面陳）
其の家は後が絶えた（那一家絕後了）
御後は何方ですか（您的後任是哪位？）
後を貰う（再娶續弦）
後に残った家族（死後的遺屬）
後を弔う（弔唁）
後の雁が先に為る（後來居上）
後は野と為れ山と為れ（〔只要現在好〕將來如何且不管他）
後へ引く（擺脫關係、背棄諾言）
あんなに約束したのがから今更後へは引けない（因已那樣約定了事到如今不能說了不算）

一歩も後へ引かない（寸步不讓）

後へも先へも行かぬ（進退兩難、進退維艱）

後を引く（永無休止、沒完沒了）

彼の男の酒は後を引く（他喝起酒來沒完沒了）

咫（ㄓˇ）

咫〔名〕（長度單位）（中國周代的尺度八寸＝24，2公分）咫

咫尺〔名、自サ〕咫尺，很近、謁見

　咫尺の間（近在咫尺）

　宿から五重の塔は咫尺の間だ（從宿舍看五重塔近在咫尺）

　咫尺を弁ぜぬ暗夜（咫尺莫辨的黑夜）

　咫尺を弁ぜぬ程霧が深かった（霧濃得只呎莫辨）

　天顔に咫尺する（謁見皇帝）

咫、尺〔名〕上代尺度的一種（拇指和中指或食指打開的寬度）

咫〔名〕（咫、桄之略）上代尺度的一種（拇指和中指或食指打開的寬度）

指（ㄓˇ）

指〔漢造〕手指、指示

　一指（一個指頭）

　一指、一差（一局、一盤、一次）

　十指（十個指頭、眾人所指）

　屈指（屈指、屈指可數，為數不多，優秀，第一流）

　拇指，拇趾、母指（拇指＝拇，親指、大指）

　食指（食指＝人差し指）

　中指、中指（中指）

　無名指（無名指＝薬指）

　小指（小指頭、妻、妾，情婦）

指圧〔名、他サ〕指壓（用手指或手掌按壓或敲打）

　指圧療法（指壓療法）

　指圧法（指壓止血法）

指揮、指麾〔名、他サ〕指揮（＝指図）

　軍隊を指揮する（指揮軍隊）

　私の指揮を受ける（受我的指揮）

　指揮に従う（服從指揮）

　私の指揮下に在る（在我的指揮下）

　私の指揮下に置く（置於我的指揮之下）

　指揮のシステム（指揮系統）

　楽団の指揮を取る（指揮樂團）

　指揮員（指揮員）

　指揮刀（指揮刀）

　指揮台（指揮台）

　指揮者（指揮者）

　指揮法（指揮法）

　指揮官（指揮官）

　指揮棒（指揮棒）

　指揮旗（指揮旗）

　指揮権（指揮權）

指呼〔名、他サ〕用手指打招呼、很近，眼前

　指呼の間（呼之可聞的距離）

　目的の島は指呼の間に迫った（要去的海島已在眼前）

　指呼の間に望む（近在咫尺）

指顧〔名、自サ〕用手指著回頭看

　指顧して語る（用手指著說）

指向〔名、他サ〕指向、面向、定向

　平和外交を指向する（以和平外交為方針）

　指向性（指向性、有向性、定向性、方向性）

　指向性アンテナ（定向性天線、有向性天線）

指骨〔名〕〔解〕指骨

指示、指示〔名、他サ〕指示、命令、吩咐

　指示を与える（給與指示）

　指示を受ける（接受指示）

　指示を仰ぐ（請示）

明日の予定を指示する（指示明天的計畫）

八時に集合せよとの指示が有った（有指示說要八點集合）

指示代名詞（指示代名詞）

指示板（指示牌）

指示馬力（器示馬力）

指示器（指示器、顯示器、示動器）

指示薬（指示藥）

指し示す〔他五〕指示、出示

進む可き道を指し示す（指示前進的方向）

磁石の針は南北を指し示す（指南針指示南北方向）

指事〔名〕指事（漢字六書之一）

指状〔名〕〔生〕指狀

指状組織（突起）（指狀突起）

指状分裂（指狀分裂）

指掌角皮症〔名〕〔醫〕鵝掌瘋、手癬

指小辞〔名〕〔語法〕指小詞、愛稱

指針〔名〕指針。〔轉〕指南，方針，準則

時計の指針を正しく直す（撥準鐘錶的指針）

血圧計の指針は１２０を示した（血壓計的指針指出一百二十）

行動の指針（行動準則）

受験の指針（應試指南）

此の計画は我国の今後の指針を明らかに為た物である（這個計畫明確了我國今後的方針）

指箴〔名〕規戒的箴言

指数〔名〕〔經、數〕指數

物価指数（物價指數）

指数で表わす（用指數表示）

今月の物価指数は１５０に為っている（本月的物價指數是一百五十）

指数函数（指數函數）

指数級数（指數級數）

指数方程式（指數方程式）

指節〔名〕〔解〕指節

指嗾、示嗾、使嗾〔名、他サ〕唆使、教唆（＝唆す、嗾ける）

人から指嗾される（受人唆使）

君の指嗾に由って彼はとんだ失敗を仕出かした（由於你的教唆他做了一次大失敗）

指定〔名、他サ〕指定

学校指定の旅館（學校指定的旅館）

指定の場所（指定地點）

金曜日を会合の日に指定する（指定星期五為碰頭的日期）

全部指定席です（全是對號入座）

指定席（指定座位）

指摘〔名、他サ〕指摘、指出、揭示

弱点を指摘する（指出弱點）

重要な点を指摘する（指出重點）

人から自分の欠点を指摘されて怒るのは良くない（別人指摘自己的缺點就生氣是不對的）

指頭〔名〕指尖（＝指の先）

指頭大の小石（指尖大的小石子）

指頭で静かに擦り込む（用指尖輕輕地擦抹）

指頭画（指畫）

指頭消毒器（指尖消毒器）

指導〔名、他サ〕指導、教導、領導

学習指導（學習指導）

指導を受ける（接受教導）

勉強の指導を為る（指導學習）

宜しく御指導を願います（請您多加指教）

指導的役割を演じる（起指導作用）

指導の任に当たる（擔任領導）

指導案（教學方案）

指導部（領導部門）

指導者（領導者、領導人、領袖）

指導委員（指導委員、管理委員）

坐

指導教師（指導教師）
指導方針（領導方針）
指導主事（教務主任、主管學校教學的教育委員會職員）
指導要録（指導手冊、學生的成績紀錄卡）
指導案（教學方案）
指導權（領導權）

指南〔名、他サ〕〔舊〕教導、只是
剣術を指南する（教授劍術）
指南を受ける（受教）
指南所（教授所）
指南車（古代中國指南針車）
指南役（武術教師、指導作用）
指南番（武術教師=指南役）
指南極（磁石的南極）

指標〔名〕指標，標識，標誌，目標。〔數〕某數對數的整數部分
景気指標（景氣指標）
生活水準の指標（生活水準的指標）
砂糖の消費量は文化程度の指標に為ると言われる（據說砂糖的消費量是文明程度的指標）
此の問題を指標と為て研究を行う（拿這個問題作目標進行研究）

指名〔名、他サ〕指名、指定
指名を受ける（受到提名）
議長に指名される（被指定為會議主席）
指名權を持っている（有提名權）
御指名に依りまして（根據您的提名）
委員は議長が指名する（委員由會議主席指定）
先生から問題を解く様に指名された（被老師點名解答問題）
指名入札（指名投標）
指名投票（候選人提名投票）
指名手配（通緝）

指命〔名、他サ〕指示、命令（=指令）
上役の指命で工事を担当する（因上級指示擔任工程工作）

指紋〔名〕指紋
渦状指紋（斗印）
蹄状指紋（箕印）
指紋を残す（留下指紋）
指紋を取る（取指紋）
指紋を残さない様に手袋を嵌める（為不留下指紋戴上手套）
泥棒が金庫に指紋を残して行った（小偷在保險櫃上留下指紋走了）
指紋領域（〔化〕指印範圍、指紋區）

指了図〔名〕〔象棋〕下完的棋子位置圖
本日の指了図（今天的棋子位置圖）

指令〔名、他サ〕指令、指示、通知
党員に指令する（向黨員發出指示）
指令を与える（給予指示）
政府から指令を受ける（接到政府的指示）
ストライキの指令を出す（發出罷工的通知）
指令コード（電腦的指令代號）
指令書（書面指示）

指話〔名〕手勢語
指話法（指語法、手勢語）
指話法を使って意志を伝える（用手語的方法來表達意思）

指〔名〕手指、腳指
親指（拇指）
人差し指（食指）
五本の指（五指）
指の先（指尖）
指の背（指背）
指の腹に怪我を為る（手指肚受傷）
足の指（腳趾）
靴の指の所が窮屈だ（鞋的趾處擠腳）

指を鳴らす（彈指）

指を曲げる（屈指）

彼の怠け者は指は一本動か然うと為ない（那懶漢不肯動一根手指）

日本語に掛けては彼に指を屈する（論日語他首屈一指）

指一本を差させぬ（使人無可指責、不准人干涉）

指を折る（屈指）

指を切る（訂立誓約時互相拉小指）

指を銜える（羨慕，垂涎、因循，畏首畏尾）

指を差す（用手指、背地嘲笑、觸摸）

指を染める（染指）

指痕〔名〕（留在書頁上的）指痕、指垢

指痕を付ける（弄上指痕）

酷く指痕の付いた本（沾滿手垢的書）

指穴〔名〕（笛子、滾木球等的）指孔

指板〔名〕〔樂〕（弦樂器的）指板、（門等表面上）防止被手指汙染防護板

指板〔名〕〔樂〕（鋼琴等的）鍵盤、（提琴等的）指板

指絵〔名〕指畫、指畫法、指畫作品

指覆い〔名〕護指套

指折り、指折〔名〕屈指、屈指可數

指折り数えて父の帰りを待つ（屈指計算等待父親回來）

彼は世界でも指折りの学者だ（他在全世界也是屈指可數的學者）

指折りの人物（屈指可數的人物）

そんな人は指折り数える程しか無い（那種人屈指可數）

指金〔名〕戒指（=指輪）、（縫紉用）頂針（=指貫）

指切り、指切〔名〕（兒童間為了表示不失約而相互）拉小指立誓（=拳万）

指切りを為て約束する（打勾約定）

指し切る〔自五〕〔象棋〕走盡棋步、（棋子全用盡）無法採取攻勢

指し切り〔名〕〔象棋〕走盡棋步、（棋子全用盡）無法再下

此の将棋はどうやら指し切りらしい（這盤棋好像已經沒辦法再進攻了）

指先〔名〕指尖

指先が器用だ（手巧）

指先仕事（手工活）

指差す〔他五〕用手指示、受人指責

指差した方角に山が見える（在手指的方向有一座山）

人に指差される様な行為（手人指責的行徑）

指サック〔名〕橡皮指套

指サックを嵌める（套上指套）

指捌き〔名〕〔樂〕（演奏鋼琴等的）運指法、運指技巧（=指使い）

指算〔名〕用手指計算

指尺〔名〕（伸長手指的）扳

指尺で寸法を測る（用扳量尺寸）

指印し〔名〕指標、〔印〕指形參見號

指印〔名〕指紋、手印（=爪印）

指相撲〔名〕（遊戲）壓拇指戲

指使い、指使〔名〕〔樂〕（演奏鋼琴等的）運指法、運指技巧

彼のピアニストの指使いは素晴らしく軽快である（那鋼琴家的運指技巧非常輕快）

指人形〔名〕（遊戲）布袋木偶

指貫き、指貫〔名〕（縫紉用的）頂針

指貫〔名〕（中古公卿、貴族穿的）一種寬褲管，束褲腳的和服裙褲

指弾き〔名、他サ〕用指彈擊

指弾〔名、他サ〕彈指、排斥，非難、斥責

世の指弾を受ける（受到社會的責難）

彼は周囲の人から指弾された（他受到周圍人的排斥）

指輪、指環〔名〕戒指

宝石入りの指輪（鑲寶石的戒指）

婚約の指輪（訂婚戒指）

止

金の指輪を嵌める（戴金戒指）
指輪を抜く（摘下戒指）

指す、差す〔他五〕指示、指定、指名、針對、指向、指出、指摘、揭發、抬

黒板の字を指して生徒に読ませる（指著黑板上的字讓學生唸）
地図を指し乍説明する（指著地圖說明）
磁針は北を指す（磁針指示北方）
時計の針は丁度十二時を指している（錶針正指著十二點）
先生は僕を指したが、僕は答えられなかった（老師指了我的名但是我答不上來）
名を指された人は先に行って下さい（被指名的人請先去）
此の語の指す意味は何ですか（這詞所指的意思是什麼呢？）
此の悪口は彼を指して言っているのだ（這個壞話是指著他說的）
船は北を指して進む（船向北行駛）
非常口を指して行く（朝向太平門去）
台中を指して行く（朝著台中去）
犯人を指す（揭發犯人）
後ろ指を指される（被人背地裡指責）
物を差して行く（抬著東西走）

刺す、差す〔他五〕刺，扎，撐（船）

其の言葉が私の胸を刺した（那句話刺痛了我的心）
針で刺す（用針刺）
肌を刺す寒風（刺骨寒風）
此の水は身を刺す様に冷たい（這水冷得刺骨）
胃が刺す様に痛い（胃痛如針扎）
棹を刺して船を岸に着ける（把船撐到岸邊）

注す、差す、点す〔他五〕注入，倒進，加進，摻進，滴上，點入

水を差す（加水、挑撥離間、潑冷水）
コップに水を差す（往杯裡倒水）
杯に酒を差す（往酒杯裡斟酒）
酒に水を差す（往酒裡摻水）
醬油を差す（加進醬油）
機械に油を差す（往機器上加油）
ランプに油を差す（往燈裡添油）
目薬を差す（點眼藥）
朱を差す（加紅筆修改）
茶を差す（添茶）

差す〔自五〕（潮）上漲，（水）浸潤、（色彩）透露，泛出，呈現、（感覺等）起、發生、伸出、長出。〔迷〕（鬼神）付體。

〔他五〕塗，著色、舉，打（傘等）。〔象棋〕下，走、呈獻，敬酒，量（尺寸）。〔轉〕作（桌椅、箱櫃等）、撐（蒿、船）、派遣

潮が差す（潮水上漲）
水が差して床下が湿気る（因為水浸潤上來地板下發潮）
差しつ差されつ飲む（互相敬酒）
顔に赤みが差す（臉上發紅）
顔にほんのり赤みが差して来た（臉上泛紅了）
熱が差す（發燒）
気が差す（內疚於心、過意不去、預感不妙）
嫌気が差す（感覺厭煩、感覺討厭）
噂を為れば影が差す（說曹操曹操就到）
樹木の枝が差す（樹木長出枝來）
差す手引く手（舞蹈的伸手縮手的動作）
魔が差す（著魔）
口紅を差す（抹口紅）
顔に紅を差す（往臉上塗胭脂）
雨傘を差す（打雨傘）
傘を差さずに行く（不打傘去）
将棋を差す（下象棋）
君から差し給え（你先走吧！）

今度は貴方が差す番ですよ（這次輪到你走啦！）
一番差そうか（下一盤吧！）
杯を差す（敬酒）
反物を差す（量布匹）
棹を差す（撐船）
棹を差して川を渡る（撐船過河）

差す、射す〔自五〕照射
光が壁に差す（光線照在牆上）
雲の間から日が差している（太陽從雲彩縫中照射著）
障子に影が差す（影子照在紙窗上）
朝日の差す部屋（朝陽照射的房間）

差す、挿す〔他五〕插，夾，插進、插放、配帶、貫，貫穿
花瓶に花を差す（把花插在花瓶裡）
簪を髪に差す（把簪子插在頭髮上）
鉛筆を耳に差す（把鉛夾在耳朵上）
柳の枝を地に差す（把柳樹枝插在地上）
差した柳が付いた（插的柳樹枝成活了）
腰に刀を差している（腰上插著刀）
武士は二本を差した物だ（武士總是配帶兩把刀）

差す、鎖す〔他五〕關閉、上鎖
戸を差す（關門、上閂）

刺す〔他五〕刺，扎、穿、粘捕、縫綴。〔棒球〕出局，刺殺
針を壺に刺した（把針扎在穴位上）
匕首で人を差す（拿匕首刺人）
ナイフ(knife)で人を刺して、怪我を為せた（拿小刀扎傷了人）
短刀で心臓を刺す（用短刀刺心臟）
足に棘を刺した（腳上扎了刺）
銃剣を刺されて倒れた（被刺刀刺倒了）
魚を串に刺す（把魚穿成串）

胸を刺す様な言葉（刺心的話）
刺される様に頭が痛む（頭像針刺似地疼）
肌を刺す寒気（刺骨的寒風）
黐で鳥を刺す（用樹皮膠黏鳥）
雀を刺す（黏麻雀）
雑巾を刺す（縫抹布）
畳を刺す（縫草蓆）
靴底を刺す（縫鞋底）
一塁に刺す（在一壘刺殺在、一壘出局）
二、三塁間で刺された（在二三壘間被刺殺）

刺す、螫す〔他五螫〕、（用粘鳥竿）捕捉
蜂が手を刺す（蜜蜂叮到了手）
蜂に腕を刺された（被蜜蜂螫了胳臂）
蚊に刺された（被蚊子叮了）
虫に刺されて腫れた（被蟲咬腫了）
蚤に刺された（被跳蚤咬了）
鳥を刺す（用粘鳥竿捕鳥）

止す〔造語〕（接動詞連用形下、構成他五型複合動詞）表示中止或停頓
本を読み止す（把書讀到中途放下）
煙草を吸い止した儘で出て行った（把香煙沒吸完就放下出去了）
不図言い止して口を噤んだ（說了一半忽然緘口不言了）

為す〔他五〕讓做、叫做、令做、使做（＝為せる）（助動五型）表示使、叫、令、讓（＝為せる）
結婚式を為した（使舉行婚禮）
安心為した（使放心）
物を食べ為した（叫吃東西）
もう一度考え為して呉れ（讓我再想一想）

指し、指〔名〕〔俗〕指名、點名（＝名指し）
差し、差し、尺〔名〕尺（＝物差し）
指し小旗、指指〔名〕冑甲上插的小旗
指し込み、指し込み〔名〕〔象棋〕（與同一對手贏到一定棋子數後）重新讓棋子再下

指し図、指図〔名、他サ〕指示，指使，吩咐，命令，調遣、指定，指名，圖面，設計圖，圖案

　指図を与える（下命令、指使）
　指図を受ける（接到指示、受命）
　指図を仰ぐ（請求指示）
　指図を守る（遵守指示）
　上級機関の指図を従う（聽從上級機關的指示）
　万事御指図を願います（一切請多指教）
　何分の指図が有る迄待つ（等待進一步的指示）
　誰の指図でそんな事を為たのだ（是誰指是你做那種事的）
　医者は硬い物を食べない様指図した（醫生囑咐不要吃硬的東西）
　人に彼是と指図して仕事を遣らせる（這個那個地指使別人做事情）
　家庭内の指図は皆私が遣るのです（家裡的調度都是由我來做的）
　彼は人の指図を聞かない（他不聽別人調遣）
　彼は一人善がりに指図し始める（他自以為是的發號施令起來）
　そんな指図がましい事を言い度くない（我不願說那種命令式的話）
　指図人（指示者，命令者，記名債券上債權人指定的領取人）
　指図人払い（向指定人付款）
　指図文句（證券上的指定權利人的詞句）
　指図式小切手（記名支票、抬頭支票）
　指図証券（記名證券）
　指図書（指示書、命令書、授權證明書）
　指図債券（記名債權、付給指定人的債權）

指し違える〔他下一〕〔相撲〕（裁判員）舉錯指揮扇判敗為勝。〔象棋〕走了一步壞棋，走錯了棋子

指し継ぎ、指継〔名、他サ〕〔象棋〕（接著未下完的棋）繼續下

　明朝八時に指し継ぎしよう（明天早晨八點鐘繼續下吧）

指し手、指手〔名〕〔象棋〕棋步，棋子的走法、（會）下棋的人，（好）棋手

　中中の指し手だ（是個了不起的棋手）

指し物，指物，差し物，差物〔名〕（古代武士在戰場上用作標識或裝飾用插在鎧甲等上的）小旗，裝飾、（也寫作指物）插在頭髮上的裝飾物

　指し物師（屋）（製造細木器的木工、小木匠、小器作）

指し分け、指分〔名〕〔象棋〕平局、（用幾種染料）分別染出

　指し分けに為る（下成平局）

枳、枳（ㄓˇ）

枳、枳〔漢造〕常綠灌木，高數丈，枝多刺，葉橢圓形，花白色，可做藥

枳殼、枳殼〔名〕〔植〕枸橘、枳殼

紙（ㄓˇ）

紙〔名、漢造〕紙、報紙

　御紙の記事で見た（從貴報的消息中看到）
　筆紙（筆和紙）
　用紙（特定用途的紙張、格式紙）
　印紙（印花、油票）
　故紙、古紙（廢紙）
　台紙（襯托照片圖畫的底紙、硬紙襯）
　表紙（封面、封皮）
　麻紙（古時做經卷用的麻紙）
　色紙（書寫和歌俳句等用的方形厚紙籤、補衣服從裡面貼的襯布、烹飪時切成薄的方塊）
　色紙（彩色紙）
　懷紙（帶在懷裡備用的白紙、正式的詩歌用紙）
　懷紙（手紙、擦鼻涕紙）
　原紙（蠟紙、蠶卵紙）
　洋紙（西洋紙）

西洋紙（機器造的洋紙）

和紙（日本紙）

日本紙（用傳統製法製造的日本紙）

半紙（習字寫信用的日本紙）

製紙（造紙）

生紙、生紙（粗製紙、不上膠的抄紙）

白紙（白紙、空白紙、事前沒有成見、原狀）

白紙（白紙、空白紙＝白紙）

油紙、油紙（油紙）

模造紙（模造紙）

上質紙（高級紙）

包装紙（包裝紙）

アート紙（銅版紙、美術印刷紙、照片印刷紙）

外紙（外文報紙、外國報紙＝外字紙）

外字紙（外文報紙、外國報紙）

新紙（新的紙、新聞紙）

新聞紙（報紙、舊報紙）

全国紙（全國報紙）

地方紙（地方報紙）

日刊紙（日刊報紙）

英字紙（英文報）

機関紙（機關報）

タイムズ紙（時報）

業界紙（刊登同業界消息的報紙）

紙価〔名〕紙的價格

洛陽の紙価を高からしめる（致使洛陽紙貴、比喻書籍博得好評而暢銷）

紙器〔名〕紙做的器物

紙器製造業（紙盒製造業）

紙型〔名〕〔印〕紙型

紙型を取る（打紙型）

紙型用紙（紙型用紙）

紙型前校正（最後校對）

紙芸〔名〕（做出水印等的）造紙技藝

紙工品〔名〕紙加工品、紙製品

紙誌〔名〕報刊、報紙和雜誌

各紙誌に載せられる（登載在各報刊上）

紙質〔名〕紙質、紙的質量

紙質は上等だ（紙的質量很好）

此の本の用紙は紙質が落ちるね（這本書所用的紙的質量差了）

費用の関係で紙質を落とす（由於經費的關係降低用紙的質量）

紙上〔名〕紙上、版面，報紙上，雜誌上

紙上の宣言（紙面上的宣言）

紙上の論戦（報紙雜誌上的論戰）

本紙紙上で質問に御答えする（在本報上答覆提問）

其は未だ紙上計画の段階を出ていない（那個計畫仍然停留在紙面上）

紙上を借りて一言御挨拶申し上げます（藉該報版面表示問候）

紙上投票（試驗投票）

紙上の空論（紙上談兵）

紙上結婚式（登報結婚－不再舉行儀式或宴會）

紙数〔名〕頁數、篇幅

紙数に限りが有る（篇幅有限）

其等を全部引用する丈の紙数が無い（沒有足以把那些全都引用上的篇幅）

紙線〔名〕紙捻、紙繩（＝紙縒り、紙撚り）

紙縒り，紙縒，紙捻り，紙捻、紙縒り，紙縒、紙撚、紙捻〔名〕紙捻子（＝観世縒、観世撚）

紙縒りを縒る（撚紙捻子）

原稿を紙縒りで綴じる（用紙捻把原稿訂上）

紙塑〔名〕紙塑、用造紙材料造型

紙塑の人形（紙塑的人偶）

紙燭，脂燭，紙燭，脂燭〔名〕紙或布卷細上塗蠟的照明用具

紙代〔名〕報費

し

紙代据置（報費不漲價）

紙帳〔名〕紙蚊帳（舊時也用於防寒）

紙背〔名〕紙的背面。〔轉〕言外之意，內在含意

眼光紙背に徹する（看穿言外之意）

紙筆〔名〕紙和筆

紙筆に尽せない（非筆墨所能形容）

紙幅〔名〕紙的寬度。〔轉〕紙面、篇幅

紙幅が尽きた（紙面寫滿了）

紙幅を増大する（增加篇幅）

紙幅が許さない（篇幅不容許）

紙幅の関係で大要を述べるに止めた（因篇幅關係只陳述概要）

紙幣〔名〕〔經〕紙幣、鈔票

紙幣を発行する（發行紙幣）

紙幣を偽造する（偽造紙幣）

紙幣を崩して銅貨に為る（把紙幣換成銅幣）

紙幣を百万円宛に束ねる（把鈔票每百萬日元束成一捆）

紙幣発行銀行（紙幣發行銀行）

紙幣濫発（亂發紙幣）

紙幣流通額（紙幣流通額）

紙片〔名〕紙片、紙條（=紙切れ）

紙片が散らばっている（碎紙散亂著）

紙墨〔名〕紙和墨、文章

紙本〔名〕冊頁←→絹本

紙本の墨絵（畫在紙上的水墨畫）

紙魚、衣魚、蠹魚〔名〕〔動〕蛀蟲

紙魚に食われた（被蛀蟲咬了）

折角の晴着を紙魚に遣られた（珍貴的漂亮衣服被蛀蟲咬了）

其の本は紙魚の食い穴だらけだった（那本書全是蛀蟲蛀的洞）

紙魚の食った本（蛀蟲蛀掉的書）

彼の人は年中本を読んでいるが、丸で紙魚だ（他經年累月地讀書簡直是個書蟲）

紙魚形幼虫（蚋形幼蟲）

紙面〔名〕紙面、篇幅、書面、書信、報紙上、雜誌上

限り有る紙面（有限的篇幅）

紙面の都合で割愛する（因篇幅關係而割愛）

紙面が許せば載せる（篇幅如果允許的話就登載）

紙面を節約する（節省篇幅）

紙面を拡張する（擴大版面）

紙面を割く（空出篇幅）

御紙面拝見致しました（來信奉悉）

何れ紙面で御答えする（過幾天用信答覆您）

今日夕刊の紙面で始めて此の事を知った（今天晚上報上才知道這件事）

増産に関する記事が紙面を賑わしている（報上登滿了有關增產的消息）

紙〔名〕紙、（剪刀、石頭、布中的）布

紙を抄く（造紙、抄紙、製紙）

紙を折る（折紙）

紙を畳む（疊紙）

紙を広げる（打開紙）

紙に包む（包在紙裡）

紙を貼る（糊紙）

人情は紙よりも薄い（人情比紙薄）

上紙（包裝紙、封面紙）

神〔名〕神，上帝。〔神道〕（死者的）靈魂

神の恵み（神惠、上帝的恩惠）神紙髪守上

神の罰（神罰、上帝的懲罰）

神を祭る（敬神、祭祀神）祭る纏る奉る祀る

神に祈る（求神保佑、向神禱告）祈る祷る

神ののみぞ知る（只有老天爺知道）

愛の神（愛神）

神を信じない（不信神）

英雄を神に祭る（奉英雄為神、把英雄供到神社裡）

髪〔名〕頭髮、髮型

　髪を梳く（梳髮、梳頭）梳く 透く 抄く 剥く 酸く 漉く 好く 空く 剥く 鋤く

　髪を刈る（理髮）髮 紙 神 守 上 刈る 狩る 駆る 駈る 借る 切る 斬る 伐る 着る

　髪を切る（剪髮、理髮）

　髪を洗う（洗頭髮）

　髪をお下げに結っている（梳著辮子）

　髪にパーマを掛ける（燙髮）

　髪を伸ばす（留長髮）伸ばす 延ばす 展ばす

　髪を下す（削髮為僧）下す 卸す 降ろす

　髪を分ける（分髮）分ける 涌ける 別ける 湧ける

　髪を撫で付ける（用手等理平頭髮）

　髪を結う（挽髮髻）

　髪をセットする（整髮型）

　髪型（髮型）

　日本髪（日本婦女傳統的髮型）

上〔名〕高處、上部、上方、（河的）上游、（京都街道的）北邊、京城附近（身體或衣服的）上半身、（文章的）前半部分，上文，（和歌的）前三句、以前，過去，（身分或地位居）上，上邊、天子，皇帝，君主，朝廷，衙門，上座、（從觀眾看）舞台的右側（演員出場處）←→下

　ずっと上の方（極高處）紙 神 髪 守

　学校はもう少し上の方に在ります（學校在更高一點的地方）

　舟で上に行く（乘船往上游去）

　此の川の二、三百メートル上に橋が有る（這河上游二三百米處有一座橋）

紙糸〔名〕紙線

紙入れ〔名〕錢包、（舊時出門用的裝手紙，藥品，牙籤等的）夾子

紙送り復帰〔名〕〔計〕回車、字盤返回

紙白粉〔名〕（化妝用）香粉紙（＝白粉紙）

紙合羽〔名〕油紙做的防雨斗篷

紙切り、紙切〔名〕剪紙、剪紙刀、當場表演剪紙的技藝之一

　紙切り小刀、紙切小刀（剪紙小刀）

紙切れ、紙切〔名〕紙片、破紙、便條

　条約が紙切れと為る（條約成為廢紙）

　紙切れを捨てるな（別扔紙片）

紙屑〔名〕廢紙（＝反故，反古，反故，反古，反故，反古）

　紙屑を拾う（撿廢紙）

　紙屑同然だ（如同廢紙、一文不值）

　紙屑屋（收買廢紙的〔商店〕）

　紙屑拾い（拾廢紙〔的〕）

　紙屑籠（廢紙簍）

　紙屑買い（收購廢品的人）

紙子、紙衣〔名〕（保暖用的）紙衣裳。〔轉〕衣衫襤褸

　紙子を着て川へ填まる（欠考慮的行為、自取滅亡）

紙細工〔名〕用紙做的工藝品、做紙工作（的人）

紙芝居〔名〕連環畫劇、（拉）洋片

　紙芝居を見る（看連環畫劇）

　紙芝居を為る（演連環畫劇）

　紙芝居屋（拉洋片的）

紙漉き、紙漉〔名〕抄紙（的工人）

　紙漉機（抄紙機）

　紙漉歌（抄紙歌、抄紙時唱的歌）

紙製〔名〕紙製、紙做

　紙製の人形（紙製的偶人）

紙包み、紙包〔名〕紙包。〔轉〕（用紙包的）錢一包

　紙包みに為る（用紙包上）

紙礫〔名〕（用手搓成團的）紙球（扔著玩用）

紙テープ〔名〕紙帶

　紙テープ鑽孔機（紙帶鑿孔機）

　紙テープ絶縁ケーブル（紙包絶縁電纜）

紙鉄砲〔名〕以紙團為子彈的玩具竹槍

紙ナプキン〔名〕紙餐巾

紙粘土〔名〕紙黏土

紙の木〔名〕造紙原料的樹木（如雁皮、葡蟠等）

紙幟〔名〕紙製的鯉魚長旗、（江戶時代）犯人遊街插的罪狀紙牌

紙箱〔名〕紙箱、包裝紙盒

紙挟み、紙挟〔名〕（夾紙用具）紙夾、文件夾

紙花〔名〕紙做的假花、葬儀用的假花（＝紙花、死花、紙花花、死花花）、（供神佛或喜儀贈送的）包著錢的紙包（御捻り）

紙花、死花〔名〕葬儀用的假花（＝紙花花、死花花）

紙花花、死花花〔名〕葬儀用的假花（＝紙花、死花）

紙張り〔名〕紙糊（的東西）

紙パルプ〔名〕紙漿

紙一重〔名〕一紙厚，一紙之隔、些許，很少

    紙一重の差（毫釐之差）

    紙一重の差で勝った（以微小之差得了勝利）

    二人の力の差は紙一重だ（兩個人的力量相差無幾）

紙雛〔名〕折紙的女兒節偶人

紙紐〔名〕紙繩

紙表具〔名〕（用紙）裱褙、用紙裱褙的書畫

紙袋、紙袋〔名〕紙袋、紙製的口袋

紙衾〔名〕紙面稻草蕊被子（＝天德寺）

紙吹雪〔名〕（祝賀或歡迎時撒的）彩色紙屑、紙屑飛舞，如雪的紙屑

紙巻き、紙巻〔名〕用紙捲（的東西）、紙煙，香菸（＝紙巻煙草）

紙屋〔名〕紙店。紙商

紙鑢〔名〕砂紙（＝サンドペーパー）

ざら紙〔名〕粗糙的紙張、低級的印刷用紙、草紙

蛸、鮹、章魚〔名〕〔動〕章魚、夯，搗槌

    蛸目玉（又圓又大的眼睛）胼胝、胝（胼胝）

    蛸で付く（打夯）

    蛸の共食い（同類相殘）

胝、胼胝〔名〕胼胝、繭皮

    ペン胝（右手中指因握筆起的繭皮）

    足に胝が出来た（腳上長繭）

    其の話は耳に胝が出来る程聞いた（這些話我已經聽膩了）胝

    もう沢山、耳に胝が出来然うだ（夠了我的耳朵快聽出繭來了）蛸、鮹、章魚

紙凧、凧〔名〕風箏（＝紙鳶，凧，紙鳶，凧）

紙凧を上げる（放風箏）胼胝蛸，鮹，章魚

紙凧の糸を手繰る（拉風箏線）

紙凧の糸を繰り出す（撒放風箏線）

紙凧を下ろす（拉下風箏）

紙鳶、凧〔名〕（關西方言）（來自形似烏賊）風箏（＝紙凧、凧）

紙鳶、凧〔名〕（關西方言）（僅用於詩歌）風箏（＝紙凧、凧）

    糸切れて雲にも成らず紙鳶（風箏斷了線也成不了雲彩）

至（ㄓˋ）

至〔漢造〕到、最、極點

必至（必至、一定到來）

乃至（至，乃至、或，或者）

四至、四至、四至（所有地，耕作地，寺院等的東南西北四方的境界＝四極、境內）

冬至（冬至）←→夏至

夏至（夏至—二十四節氣之一）

至願〔名〕懇切希望（的願望）

至急〔名、副〕火急、趕快

    至急（に）御返事下さい（請趕快回信）

    至急御出で下さい（請趕快來）

    至急入用（急用）

    至急集合（緊急集合）

    至急用事（急事）

    至急便（快信）

    至急電報（緊急電報＝ウナ電）

    至急報（緊急電報、緊急電話、緊急電訊）

至境〔名〕最高的境界、登峰造極、爐火純青

    芸術の至境（藝術的最高境界）

至近〔名〕最近、極近

    至近の地（最近的地方）

    至近距離で戦う（短兵相接）

    至近距離（最近距離、平射距離）

至近弾（差一點打中的槍砲彈）
至近戦（近戰）
至芸〔名〕最高技藝、絕技
　彼のハムレットは至芸と為れている（他演的哈姆雷特被認為是絕技）
至言〔名〕至理名言、很有道理的話、非常合理的話
　君の言った事は全く至言だ（你說的非常有道理）
　彼の言は至言と言う可きだ（應該說他的話很有道理）
至孝〔名〕非常孝順
　至忠至孝の人（至忠至孝的人）
至幸〔名〕非常幸福
至高〔名〕最高
　彼の演技は至高の境地に在る（他的演技達到了頂峰）
　彼の人徳は至高至善である（他的品德至高至善）
至公至平〔名〕非常公平
至極〔副、接尾〕非常、萬分
　至極結構だ（好極了）
　貴方の仰る事は至極御最もです（您說得對極了）
　至極面白い（非常有趣）
　此れは至極当然な事である（這是理所當然的）
　残念至極だ（遺憾萬分）
　不届き至極の奴だ（真是個很不禮貌的小子）
　至極に詰る（講不出道理、閉口無言）
至日〔名〕冬至、夏至
至純〔名、形動〕最純、純真
　至純な愛国心（純真的愛國心）
　至純な愛の物語（純真愛情的故事）
至上〔名〕至上、無上、高於一切
　芸術至上主義（藝術至上主義）
　至上の喜び（最大的喜悅）
　至上の光栄（無上光榮）
　此の様な御言葉を頂くのは至上の光栄です（聽到您說這番話是我的最大光榮）
　此れが世界中で至上と言われる大建築だ（這在世界上被稱做是最大的建築）
　至上命令（至上命令、須絕對服從的命令）
至情〔名〕至誠，真誠、常情
　愛国の至情（愛國熱忱）
　至情に動かされる（為至誠所感動）
　至情の籠った見舞品（滿懷深情的慰問品）
　至情を吐露する（吐露衷情）
　彼等は何れも憂国の至情に燃えていた（他們都洋溢著憂國的至誠）
　転んで泣いている子を見たら起して遣ろうと思うのが至情だ（看見摔倒了在哭的孩子就想把他扶起來這是人之常情）
至嘱〔名、他サ〕大有希望、寄以很大希望
至心〔名〕誠心、誠意（＝真心）
　至心を以て事に当る（以誠處事）
至人〔名〕極有修養的人、道德高尚的人
至誠〔名〕至誠
　至誠を披瀝する（吐露真情、談出心裡話）
　国を思う至誠に溢れた青年（滿腹熱誠的愛國青年）
　至誠天に通ず（至誠通天）
至聖〔名〕至聖、智德傑出（的人）
至善〔名〕至善
　至誠に達する（達到至善）
　至高至善の人（至高至善的人）
至尊〔名〕至尊，至貴（的人）、皇帝，天皇
　至尊の忍び歩き（天皇微服出巡）
至大〔名、形動〕極大、最大
　至高至大の功績（極大的功績、豐功偉績）
至適〔名〕最適宜
　至適温度（最宜溫度）
　至適条件（最宜條件）

至点〔名〕〔天〕（冬至、夏至的）至點

至当〔名、形動〕最適當、最合理、最恰當
　至当な値段（最合理的價錢）
　然うするのが至当だ（那樣做最適當）
　彼の取った処置は誠に至当と言う可きだ（他採取的措施應該說確實是最恰當不過的）

至道〔名〕正道、奧義

至徳〔名〕最高的美德、很高的品德（的人）

至難〔名、形動〕極難、最難
　至難な（の）業（極難的工作）
　至難な計画（最困難的計畫）
　此の問題を解決するのは至難だ（解決這個問題極為困難）
　法案の実施は至難と予想されている（預料法案的施行極為困難）

至福〔名〕非常幸福

至便〔名、形動〕極為便利、非常方便
　交通至便の場所（交通非常方便的地方）

至宝〔名〕至寶、珍寶、極端珍貴的寶物
　国家の至宝（國家的珍寶）
　彼は此の学校の至宝だ（他是這學校最寶貴的人物）
　我が社の至宝だ（我公司的寶貝）

至味〔名〕極美味

至妙〔名、形動〕非常巧妙、非常美妙
　至妙な（の）技巧（非常巧妙的技巧）
　至妙な（の）芸（非常巧妙的技藝）

至要〔名、形動〕極重要
　至要な問題（極重要的問題）

至論〔名〕極為合理的意見

至る、到る〔自五〕至，到，達，及，到達，到來，來臨
　正午東京に至る（中午到東京）
　福島を経て仙台に至る（經福島到達仙台）
　足跡至らざる無し（足跡無所不至）
　悲喜交交至る（悲喜交集）
　受付時間は九時より正午に至る（受理時間九點到中午）
　微細な点に至る迄注意を払った（直到極細微的地方都加以注意）
　本線は未だ開通の運びに至らない（此線還沒達到通車階段）
　五時に至っても未だ来ない（到五點鐘還沒有來）
　其が元で彼は一大発見を為すに至った（由此他完成了一個很大的發現）
　事此処に至っては策の施しようが無い（事已至此無計可施）

至る所、到る所、至る処〔名、副〕到處（=何処でも）
　世界の至る所から手紙が来た（從世界各地來的信）
　至る所に友達が居る（到處有朋友）
　彼は至る所で持て囃された（他到處受到歡迎）
　人間至る所青山有り（人間到處有青山）
　目下、至る所花盛りだ（現在到處花朵盛開）

至る迄〔連語〕至、到
　今に至る迄（至今）
　三月より六月に至る迄の四か月間（由三月到六月的四個月期間）
　微細な点に至る迄注意を払った（直到細節都加以注意）

至り、至〔名〕至，極，甚，非常、由於
　痛快の至り（極為痛快）
　笑止の至り（可笑之極）
　非常な歓迎振りで感激の至りです（對於熱烈的歡迎至為感動）
　大成功の由、慶賀の至り存じます（聽說你們取得極大成就表示衷心祝福）
　若気の至り、御許し下さい（由於我太幼稚請多原諒）

至って〔副〕極、甚、很、最
〔連語〕至、至於
　此の冬は至って寒い（今年冬天很冷）

私は至って字が下手です（我字寫得很差）

事此処に至っては策の施しようが無い（事已至此無計可施）

争議は八月に至って漸く解決した（爭議到了八月才解決的）

至らぬ〔連體〕不周到、不充分、不成熟

至らぬ意見（不成熟的意見）

至らぬ者ですが宜しく御願いします（我的缺點很多請多關照）

至らぬ所が有りましたら御注意下さい（有不周到的地方請提醒我）

此れと言うのも私の至らぬ為です（這全是由於我照顧不周）

至らぬ持て成しで失礼しました（招待不周不成敬意）

至れり尽くせり〔連語〕無微不至、萬分周到、盡善盡美

至れり尽くせりの持て成し（無微不至的款待）

至れり尽くせりの注釈（全面周詳的注釋）

其のホテルの設備は至れり尽くせりだ（那飯店設備完善）

志（ㄓˋ）

志〔漢造〕志、（與誌通）記錄，紀事，（舊地名）志摩の国、（英國貨幣シリング的音譯）先令

有志（志願，志願參加、志願者，志願參加者）

大志（大志、遠大的志願）

立志（立志）

意志（意志、意向、志向）

異志（異心，二心、高遠的志向）

遺志（遺志）

初志（初志、初衷）

素志（宿願、夙願）

宿志（宿志、夙志）

雄志（壯志、雄心）

闘志（鬥志、鬥爭精神）

本志（意圖、本意）

壯志（壯志）

厚志（厚情、厚誼）

孝志、孝思（孝心）

高志（大志=大志、別人志向的敬稱=懇志）

懇志（深情厚意、懇切關懷）

同志（同志、同一政黨的人）

寸志（寸心，寸意，一點心意，菲儀，薄儀，菲薄的禮品）

篤志（仁慈心腸、樂善好施，熱心公益）

微志（微志、寸心）

薄志（意志薄弱、寸心，薄禮）

弱志（意志薄弱）

三国志（三國誌）

県志（縣誌）

志賀菌〔名〕〔醫〕志賀菌（赤痢的病原體）

志賀菌に由る赤痢（因志賀菌引起的赤痢）

志学〔名〕立志向學、十五歲（出自論語為政篇-吾十有五而志于學）

志願〔名、自他サ〕志願、報名、申請

従軍を志願する（報名參軍）

文学部を志願する（志願入文學院、報考文學系）

志願兵（志願兵、志願軍）

志願者（志願者、報名者、申請人）

志気〔名〕志氣、精神、幹勁（=意気込み）

志向〔名、他サ〕志向、意向（=意向）

我が民族の志向する所（我民族所嚮往）

志士〔名〕志士、愛國志士

明治維新の志士（明治維新的愛國志士）

志操〔名〕節操、操守

彼は志操（が）堅固だ（他操守堅定）

志野〔名〕志野陶瓷（桃山時代創製的一種陶瓷器、有粉紅色的底子上塗有純白的釉）

志望 [名、他サ] 志願、願望

軍人を志望する（志願當軍人）
大学を志望する（志願考大學）
進学の御志望ですか（你打算升學嗎？）
志望者（志願者）

志す [自、他五] 立志、志向、志願（＝思い立つ、目差す）

学問に志す（立志向學）
改革を志す（立志改革）
作家を志す（志願當作家）

志 [名] 志願，意圖、盛情，厚意、（表示心意的）小禮物、（寫在佈施或回敬奠儀封面上表示）略表寸心

志を遂げる（完成志願）
志を立てる（立志）
志を継ぐ（繼承遺志）
志有る者は事竟に成す（有志者事竟成）
志を立てて郷関を出る（立志出郷關）
志を遂げずして空しく死んだ（壯志未酬身先死）
事志と違う（事與願違）
人の志を無に為る（無視別人的盛情、拒絕別人的盛情）
御志有り難いが御断りします（謝謝您的盛情但不能接受）
御志に甘えて然う為せて戴きます（承您的盛情就那麼辦）
此れは本の志ですから御収め下さい（這不過是一點小意思請您收下吧！）

制（ㄓˋ）

制 [名]〔古〕封建帝王的命令、限制，制止，制定，制度、支配，控制、製造

制に応ず（應制、奉詔）
制を称す（稱制、代替帝王執政）
制を矯む（矯制、偽造帝王的命令）
規制（規定、限制、控制）
節制（節制、控制）
統制（統一控制、統一管理）
抑制（抑制、制止）
自制（自己克制）
強制（強制、強迫）
牽制（牽制、制約）
現制（現行制度）
時制（時態、時間計算法）
禁制（禁止、禁止法規）
法制（法律和制度）
体制（體制、結構、方式）
編制、編成（編制、編成）
旧制（舊制度）
新制（新制度、新體制）
学制（學制）
管制（管制）
官制（國家機關的制度）
専制（專制、專斷、獨斷、獨裁）
先制（先發制人）
帝制（帝制）
立憲制（立憲制）
共和制（共和制）
自治制（自治制）
定年制、停年制（退休制度）
六三制（小學六年、初中三年、高中三年的學制）
三年制（三年制）
王制（君主制度）
応制（奉詔作詩等）

制す [他五] 制止、制定、壓制、控制（＝制する）

制する [他サ] 制止、制定（＝制す）

怒りを制する（控制憤怒）
大衆を制する（制止群衆）
逸る気持を制する（抑制躍躍欲試的心情）
勝ちを制する（制勝）

死命を制する（制人死命）

議会で過半数を制する（在議會裡控制過半數）

彼は自分を制する事が出来ない（他控制不住自己）

先んずれば人を制する（先發制人）

制圧〔名、他サ〕壓制

敵を制圧する（壓制敵人）

制圧射撃（壓制射擊）

制外〔名〕制度（規定）範圍以外

制海権〔名〕〔軍〕制海權←→制空權

制海権を握る（掌握制海權）

制海権を失う（失掉制海權）

制海権を取り戻す（奪回制海權）

制空権〔名〕〔軍〕制空權←→制海權

制空権を握る（掌握制空權）

敵から制空権を奪う（從敵人手裡奪取制空權）

制癌剤〔名〕〔醫〕制癌劑、抗癌劑

制酸剤〔名〕〔藥〕解酸劑、抗酸劑、肪酸劑

制腐剤〔名〕防腐劑（=防腐剤）

制規〔名〕規則、法令的規定

制球〔名、自サ〕〔棒球〕制球（投手控制投球的速度等）（=コントロール）

制球力（控制投球能力）

彼は制球に難が有る（他在制球上有缺點）

制御，制馭，制禦〔名、他サ〕控制，駕馭，支配。〔機〕控制，操縱、調解

馬の制御は易しい（馬容易駕馭）

欲望を制御する（控制欲望）

自動制御装置（自動控制裝置）

制御回路（控制電路）

制御器（控制器、調解器）

制御動作（控制作用、調解作用）

制御棒（桿）（原子反應堆的控制棒）

制御されない核変換（不受控制轉化）

制御卓（控制台、操縱台）

制御グリッド（控制柵極）

制御ケーブル（控制電纜）

制御スイッチ（控制開關）

制御レバー（控制桿、操縱桿）

制限〔名、他サ〕限制、限度、極限

数量制限（數量上的限制）

輸入制限（進口限制）

時間に制限が有る（時間上有限制）

制限を付ける（加える）（加以限制）

制限を超える（超過限度）

会員の資格には男女年齢の制限が無い（會員的資格沒有性別年齡的限制）

演説は十五分に制限されていた（演講只限十五分鐘）

制限区域（限制地區、禁區）

制限荷重（〔電〕極限載荷）

制限可能電力（〔電〕限制最大供電量）

制限速度（極限速度）

制裁〔名、他サ〕制裁

道徳的制裁（道德的制裁）

社会的制裁（社會的制裁）

軍事的制裁（軍事的制裁）

制裁を加える（加以制裁）

法律の制裁を受ける（受到法律的制裁）

世論の制裁を受ける（受到輿論的制裁）

制作〔名、他サ〕製作，創作、作品

文学的制作（文學作品）

某氏制作の彫刻（某氏創作的雕刻）

芸術作品を制作する（創造藝術作品）

劇映画を制作する（拍製故事影片）

彼は今展覧会に出す作品の制作に余念が無い（他現在埋頭製作向展覽會場展出的作品）

制札〔名〕（舊時路旁的）公告牌（=立札）

制札が立てて有る（立有公告牌）

制止〔名、他サ〕制止、阻攔（=抑え止める事）
　群衆を制止する（阻攔人群）
　制止し切れない（制止不住）
　人の制止を聞かない（不聽別人的制止）
　友人の制止も聞かず、彼は悪巫山戯を為た（他連朋友的制止也不聽做惡作劇）

制式〔名〕規定（的樣式）（=決まり、規定）

制勝〔名、自サ〕制勝、獲勝
　僅かな差で制勝した（以少許之差而獲勝）

制定〔名、他サ〕制定
　会則の制定に当てる（擔任制定會章的工作）
　法律を制定する（制定法律）
　大蔵省は一連の経済発展の方針、政策を制定した（財政部制定了一系列的發展經濟的方針和政策）

制度〔名〕制度、規定（=掟、決まり）
　教育制度（教育制度）
　社会制度（社會制度）
　議会制度（議會制度）
　人民民主制度（人民民主制度）
　停年の制度（退休制度）
　割引制度（折扣的規定）
　制度を設ける（作る）（建立制度）
　制度を廃止する（廢除制度）
　其の制度は米国の現行制度に倣って作られた（那種制度是仿效美國現行制度制定的）

制動〔名、他サ〕制動
　自動車の制動が利かない（汽車的剎車失靈）
　制動滑降（〔登山〕制動滑降）
　制動機（制動機、剎車閘）
　制動コイル（〔電〕制動線圈）
　制動手（〔鐵〕制動手、司閘員）
　制動装置（制動裝置）
　制動放射（韌致輻射）
　制動力（制動力、閘力、阻尼力、減振力）

制覇〔名、自サ〕稱霸。〔俗〕（在體育比賽中）優勝，獲得冠軍
　空中制覇（稱霸空中）
　海中制覇（稱霸海上）
　制覇を競う（爭奪霸權）
　超大国は何時も世界を制覇しようと為ている（超級大國總想稱霸世界）
　制覇戦（冠軍賽）
　第三回全国運動大会で制覇する（在第三屆全運會上獲得冠軍）

制爆〔名〕抗爆
　制爆剤（抗爆劑）
　制爆性（抗爆性）

制腐法〔名〕〔醫〕防腐法

制服〔名〕制服（=ユニホーム uniform）
　制服の警官（穿制服的警察）
　制服を決める（規定制服樣式）
　制服を着る（穿制服）
　制服組（武官）

制帽〔名〕制帽
　制服制帽の学生（穿戴制服制帽的學生）

制約〔名、他サ〕規定，條件、限制，制約
　入学するには二個国語に精通せねばならぬと言う制約が有る（入學必須具備精通兩種語言的條件）
　時間の制約を受ける（受時間限制）
　字数の制約が有る（有字數限制）
　行動の自由を制約する（限制行動自由）

制欲、制慾〔名、自サ〕節慾（=禁欲）

制輪子〔名〕〔機〕閘塊、閘瓦

制令〔名〕法律制度、制度法規

帙（业丶）

帙〔名〕（古裝書籍的）書套（=文巻）
　帙を紐解く（解開書套）
　帙入りの本（帶套的書）

巻帙（卷帙、書籍）

治、治（ㄓˋ）

治 〔名、漢造〕（也讀作 治）治，治世，太平、治理、醫治、管理、地方政府所在地

開元の治（開元之始）

治国の道（治國之道）

治に居て乱を忘れず（治而不忘亂、居安而不忘亂、太平治世不忘武備）

自治（自治、地方自治）

法治（法治）

文治、文治（用教化或法令治理國家）

統治、統治（統治）

徳治（德治）

政治（政治）

正治（鎌倉時代土御門天皇的年號）

療治（治療，醫治、採取措施）

根治、根治（根治、徹底治好）

全治、全治（治癒、痊癒）

内治、内治（內政）

県治（縣的政治、縣的行政、縣政府所在地）

治する 〔他サ〕治理，統治（=治める）、醫治，治療（=直す）

治する 〔自サ〕痊癒（=直る）
〔他サ〕治理，統治（=治める）、醫治，治療（=直す）

天下を治する（治理天下）

河川を治する（整治河川）

治安 〔名〕治安

治安を維持する（維持治安）

治安を妨害する（妨礙治安）

治安紊乱者（擾亂治安者）

治安維持法（治安維持法、以鎮壓共產主義運動為目的—大正十四年公布、昭和二十年廢除）

治安警察法（治安警察法、以取締集會結社及群眾運動為目的—明治三十三年公布、昭和二十年廢除）

治下 〔名〕統治之下

其の島は某国の治下に在る（那島處於某國統治之下）

立憲治下の国民（立憲政體下的國民）

治外法権 〔名〕〔法〕治外法權

治外法権を撤廃する（廢除治外法權）

治験 〔名〕〔醫〕療效、治療的效驗

治験例（治好的病例）

治験談（治療見效的經驗談）

治効 〔名〕〔醫〕療效、治療的效果

治国 〔名〕治國

治国の要は人民を幸福に為る事だ（治國的要領是使人民幸福）

治国平天下（治國平天下）

治山 〔名〕治山（植樹造林整頓山區）

治山治水（治山治水）

治産 〔名〕〔法〕治理財產

治者 〔名〕統治者、掌權者

治者と被治者の関係（統治者和被統治者的關係）

治術、治術 〔名〕國家統治方法、疾病治療方法

治水 〔名、自サ〕治水（防洪築堤、引水灌溉等）

治水工事に取り掛かる（著手治水工程）

治世、治世 〔名〕治世，太平盛世←→乱世、（君主）治理，統治、在位期間

治世三十年に為て位を譲る（在位三十年後讓位）

治政 〔名〕政治

治績 〔名〕政績、政治上的成就

治績大いに上がる（取得很大政治上的成就）

治定、治定 〔名〕統治平定、確定，必定，結局（=治定）

治天、治天 〔名〕（治天下之略）治國、統治天下

治道 〔名〕國家統治方法、（=治術、治術）、（伎樂）面的一種

治平〔名、形動〕太平（＝泰平）

治民〔名〕統治人民

治癒〔名、自サ〕治癒、治好、痊癒
　盲腸炎は手術後一週間で治癒する（闌尾炎開刀後一個星期就痊癒）
　治癒率（痊癒率）

治要〔名〕統治國家的要點

治乱〔名〕治亂
　治乱興亡常無き世（治亂興亡反復無常的世界）

治略〔名〕政治的方略、治世之策

治療〔名、他サ〕治療、醫療、醫治
　治療が行き届く（醫治周到）
　治療の仕様の無い病気（無法醫治的病）
　目を治療して貰う（請治療眼睛）
　治療を施す（進行治療）
　肺病の治療を為る（醫治肺病）
　其の治療が効き目が有った（那種治療見效了）
　治療学（醫療學）

治まる〔自五〕安定、平息、平定、平靜（＝静まる）
　国が治まる（國家安定）治める 修まる 収まる 納まる
　内乱が治まった（内亂平定下來）
　騒動が静まって国内が治まる（騷動平息國內穩定）
　天下大いに治まる（天下大治）

修まる〔自五〕（品行）端正、改好、改邪歸正
　素行が修まらない（品行不端正）
　放蕩の癖が抜けてやっと身が修まった（放蕩荒唐的毛病總算改邪歸正了）

納まる、収まる〔自五〕容納、受納、繳納、平息、結束、解決、復原、復舊、心滿意足
　食べた物が胃に納まらない（胃裡存不住食物、反胃）修まる 治まる
　剣が鞘に納まっている（劍在鞘內）剣
　果物が箱の中に納まった（水果裝進箱子裡了）
　此の文章は五ページで納まると思う（這篇文章我看五頁就夠了）
　税金が未だ納まらない（税還沒繳納）
　御宅の電気代は未だ納まっていない（您家的電費還沒繳）
　風が納まった（風停了）
　喧嘩が納まった（吵架吵完了）
　痛みが納まらない（止不住痛）
　円く納まれば良い（如能圓滿解決才好）
　腹の虫が納まらない（怒氣未消）
　元に納まる（復原）
　元の地位に納まった（恢復了原來的地位）
　今度は台北で納まって行く様です（這次似乎要在台北住下了）
　彼は今では校長で納まっている（他現在心滿意足地當著校長）
　今では立派な翻訳家で納まっている（今天也算是有名的翻譯家了）
　どんな事が有っても平気で納まり返っている（無論有甚麼都泰然自若）
　然う納まるよ（你別臭美了！）
　無欲で心が納まる（無欲而心滿意足）
　車内に納まる（穩坐在車裡）

治まり、収まり、納まり〔名〕平息、解決、收拾、歸宿
　治まりが付く（得到解決）
　事件は治まりが付いた（事件得到解決了）
　此の騒動は容易に治まりが付き然うも無い（這次風潮看來不容易收拾）
　あんまり取り散らかしてので治まりが付かない（因為弄得亂七八糟簡直無法收拾）
　治まりを付ける（設法解決、使有結局）
　此の身の治まりが付かない（找不到歸宿、沒有安身立命之處）

治める〔他下一〕治理，統治、平定、鎮壓、平息，排解

　　国を治める（治國）治める修める収める納める

　　家を治める（持家）

　　武力を持って治める（以武力統治）

　　水を治める（治水）

　　暴徒を治める（鎮壓暴徒）

　　騒動を治める（平息風潮）

　　内乱を治める（平定内亂）

　　喧嘩を治める（排解爭吵）

　　紛争を円満に治める（圓滿地解決糾紛）

　　二人の仲を丸く治めた（使兩人言歸於好）

修める〔他下一〕學習，研究、修、修養

　　学を修め、業を習う（修習學業）業 業業

　　一芸を修める（學會一門手藝）

　　彼は大学で英文学を修めた（他在大學學習了英國文學）

　　洋裁を一通り修めるのに幾年掛かりますか（裁縫全部學習要花幾年功夫）

　　身を修める（修身）

納める、収める〔他下一〕繳納、收藏，放進、結束，完畢、（接動詞連用形下）表結束

　　注文品を納める（交付訂貨）修める治める斂める

　　月謝を納める（交學費）

　　税金を納める（納稅）

　　屑鉄を国へ納める（把碎鐵獻給國家）

　　会費を納める（繳納會費）

　　利益を納める（收益、獲利）

　　勝利を納める（取得勝利）

　　倉庫に納める（收入倉庫裡）

　　物を箱に納める（把東西裝進箱子裡）

　　遺骨を納める（把遺骨收藏起來）

　　敗兵を納める（收容敗兵）

　　野菜を公共食堂へ納める（把青菜賣給公共食堂）

　　元の所へ納める（歸回原處）

　　ピストルを袋に納める（把手槍收到套裡）

　　贈物を納める（收下禮品）

　　抜身を鞘に納める（把拔出的刀放入鞘裡）

　　干戈（矛）を納める（收兵、結束戰鬥）

　　もう一回で収めましょう（再來一次就結束吧！）

　　もう一杯で収めましょう（再喝一杯來結束吧！）

　　歌い収める（唱完）

　　書き収める（寫到此收尾）

　　舞い収める（舞畢）

炙、炙（ㄓˋ）

炙〔漢造〕烘，烤、親炙

　　膾炙（膾炙、流行一時、人人稱好）

　　残杯冷炙（殘杯冷炙）

　　親炙（親身受到教誨）

炙る、焙る〔他五〕烘、烤、曬

　　餅をとろ火で炙る（用溫火烤年糕）

　　炙って食べる（烤著吃）

　　砂浜で体を日に炙る（在海邊沙灘上曬日光浴）

　　着物を火で炙る（在火上烘衣服）

　　火鉢で手を炙る（在火盆上烤手）

炙子、焙籠〔名〕（架在炭火上烤衣服的）烤籠、（烤魚、肉、年糕等的）烤架

炙り出し、炙出し〔名〕烤墨紙（用明礬水等寫字或繪畫，一烤就顯現出來字畫）

炙り物、炙物〔名〕烤魚、烤肉

峙（ㄓˋ）

峙〔漢造〕聳立、堆積

峙つ〔自五〕（稜立つ之意）峙立、聳立（=聳える）

雪の日本アルプスが峙っている（聳立著覆蓋白雪的日本阿爾卑斯山）

目の前に峙つ山を仰ぎ見る（仰望峙立在眼前的高山）

致（ㄓˋ）

致〔漢造〕導致，招致，以致，達到，興致，傳遞、辭官

引致（拘捕、強制帶走）

韻致（雅緻、雅趣、風雅）

招致（招致、羅致、邀請、聘請）

召致（召集）

情致（情趣、興趣、興致）

誘致（招徠、招致、導致）

拉致、拉致（強行拉走、劫持、綁架）

傷害致死（傷害致死）

一致（一致、符合）

合致（一致、符合、吻合）

極致（極致、極點、頂峯）

興致（興致）

景致（景緻、風趣）

別致（別緻）

雅致（雅緻、別緻）

送致（送交、解送）

致仕〔名、自サ〕辭官還鄉。〔轉〕七十歲（來自中國古代-大夫七十而致仕）

六十歳で致仕する（六十歲退休還鄉）

致死〔名〕致死

過失致死罪（過失致死罪）

傷害致死（傷害致死）

致死量（藥的致死量）

致死遺伝子（致死基因）

致知〔名〕（大學）致知（人類最終理想政治到達的發展階段之一-格物、致知、誠意、正心、修身、齊家、治國、平天下）

致命〔名〕致死、獻出生命

致命的（致命的、要命的）

致命傷（致命傷）

致す〔他五〕〔敬〕做，辦，為（=する、行う）、致，達，及（=至らせる）、招致，招來（=齎す）、致力，盡力（=尽す）

〔補動、五型〕（接在御+動詞連用形或漢語名詞後表示謙恭敬意）做、為（=為る）

如何致しましょうか（怎麼辦好呢？）

私は喜んで然う致します（我很願意那樣做）

書を致す（致書）

富を致す（致富）

高原に思いを致す（騁懷於高原）

死に致す（致死）

不徳の致す所（由於我的不才所致）

今日の隆盛を致した原因は何で有るか（造成今天繁榮昌盛的原因是什麼呢？）

力を致す（致力）

明日御伺い致します（明天來拜訪您）

御願い致します（拜託）

御説明致します（我來說明）

参上致します（前往拜訪）

為る〔自サ〕（通常不寫漢字、只假名書寫）（…が為る）作，發生，有（某種感覺）。價值。表示時間經過。表示某種狀態

〔他サ〕做（=為す、行う）充，當做

（を…に為る）作成，使成為，使變成（=に為る）

（…事に為る）（に為る）決定，決心

（…と為る）假定，認為，作為

（…ようと為る）剛想，剛要、（御…為る）〔謙〕做

物音が為る（作聲、發出聲音、有聲音=音を為る）音音音音

稲光が為る（閃電、發生閃電、有閃電）稲妻

寒気が為る（身子發冷、感覺有點冷）

気が為る（覺得、認為、想、打算、好像）←→気が為ない

此のカメラは五千円為る（這個照相機價值五千元）

彼は五百万円為る車に乗っている（他開著價值五百萬元的車）

こんな物は幾等も為ない（這種東西值不了幾個錢）

デパートで買えば十万円は為る（如果在百貨公司買要十萬元）

一時間も為ない内にすっかり忘れて終った（沒過一小時就給忘得一乾二淨了）

三日も為れば帰って来る（三天後就回來）

さっぱり為た人（爽快的人）

彼の男はがっちり為ている（那傢伙算盤打得很仔細）

頭がくらくらと為てぽっと為る（頭昏腦脹）

幾等待っても来為ない（怎麼等也不來）

仕事を為る（做工作）

話を為る（說話）

勉強を為る（用功、學習）

為る事為す事（所作所為的事、一切事）

為る事為す事旨く行かない（一切事都不如意）

為る事為す事皆出鱈目（所作所為都荒唐不可靠）

何も為ない（什麼也不做）

其を如何為ようと僕の勝手だ（那件事怎麼做是隨我的便）

私の言い付けた事を為たか（我吩咐的事情你做了嗎？）

此から如何為るか（今後怎麼辦？）

如何為る（怎麼辦？怎麼才好？）

如何為たか（怎麼搞得啊？怎麼一回事？）

如何為て（為什麼、怎麼、怎麼能）

如何為ても旨く行かない（怎麼做都不行、左也不是右也不是）

如何為てか（不知為什麼）

今は何を為て御出でですか（您現在做什麼工作？）

委員を為る（當委員）

世話役を為る（當幹事）

学校の先生を為る（在學校當老師）

子供を医者に為る（叫孩子當醫生）

彼を議長に為る（叫他當主席）

彼は娘をピアニストに為る積りだ（他打算要女兒當鋼琴家）積り心算心算

本を枕に為て寝る（用書當枕頭睡覺）眠る

彼は事態を複雑に為て終った（他把事態給弄複雜了）終う仕舞う

品物を金に為る（把東西換成錢）金金

借金を棒引に為る（把欠款一筆勾銷）

三階以上を住宅に為る（把三樓以上做為住宅）

絹を裏地に為る（把絲綢做裡子）

顔を赤く為る（臉紅）

赤く為る（面紅耳赤、赤化）

仲間に為る（入夥）

私は御飯に為ます（我吃飯、我決定吃飯）

今度行く事に為る（決定這次去）

今も生きていると為れば八十に為った筈です（現在還活著的話該有八十歲了）

卑しいと為る（認為卑鄙）卑しい賤しい

此処に一人の男が居ると為る（假定這裡有一個人）

行こうと為る（剛要去）

出掛けようと為ていたら電話が鳴った（剛要出門電話響了）

隠そうと為て代えて馬脚を現す（欲蓋彌彰）表す現す著す顕す

御伺い為ますが（向您打聽一下）

御助け為ましょう（幫您一下忙吧！）

為る〔自、他サ〕成為、發生、做（=為る）

遣る〔他五〕派去，派遣，送去，打發去，（對平輩、晚輩或比自己低下的人或物）給，給予、做、幹、表演、演出、舉行、（維持）生活、經營、吃、喝、玩、排遣、消遣、安慰、學習、研究、划船、搖船、放在（某處）

〔補動、五型〕（接動詞連用型加て的下面）（表示對平輩或晚輩或對動植物）做什麼、給予什麼表示做了給…看

〔接尾、五型〕表示動作完了、表示動作波及到遠方

子供を学校へ遣る（叫孩子上學）
人を代りに遣る（派人代替）
新聞を買いに子供を遣る（打發孩子去買報紙）
手紙を遣る（〔給某人〕寄信）
妹に本を遣る（給妹妹書）
此を御前に遣る（這個給你）
牛に野草を遣る（給牛餵草吃）
此の場合チップ何れ丈遣れば良いですか（這種場合給多少小費合適啊？）
文学を遣る（搞文學）
医者を遣る（做醫師）
遣って見る（做做看）
遣る気が有る（想做、打算做）
如何にか斯うにか遣る（湊合做）
旨く遣って退ける（〔把困難的事〕出色地完成）旨い美味い甘い上手い巧い
一、二、三、さあ遣れ（一二三開始！）
遣る事と言う事が裏腹だ（言行不一致）
遣れる物なら遣って見ろ（能做的話就做做看）
何を遣っているのだ（你在做什麼呢？）
誰から遣るのだ（從誰開始做）
遣る丈遣って見よう（〔我〕盡力而為吧！）
ゆっくり遣れよ（慢點做喲！）
其の新聞社は脚本の懸賞募集を遣っている（那個報社在懸賞徵集劇本）
彼の劇場では何を遣っているのか（那個劇場現在演什麼？）
会議は明日遣る（會議明天舉行）明日明日明日
此丈の収入で五人では遣って行けない（這麼一點收入是不夠五個人維持生活的）
彼の人は料理屋を遣っている（他在經營飯館）
酒を一杯遣る（喝杯酒）
私は煙草は遣らない（我不吸菸）
此の菓子を一つ遣って見為さい（你嚐一嚐這個點心）
歌留多を遣る（玩牌）歌留多加留多骨牌カルタ
ブリッジを遣り度いと思っていた所だ（我正想打橋牌）
酒に憂さを遣る（藉酒消愁）
思いを遣る（消愁解悶）
気を遣る（射精）
学課を遣る（學習功課）
フランス語を遣る（學法文）
船を遣る（划船）
舟は櫓で遣る（船用櫓划）
帽子は何処に遣りましたか（帽子放在什麼地方了？）
呉れて遣る（給你〔他〕）
子供に勉強を教えて遣る（教給孩子用功）
困っているから助けて遣る（因為他困難幫助他）
上着を着せて遣る（給他穿上上衣）
早く起きて遣る（早起給你看）
目に物見せて遣るぞ（叫你嚐嚐我的厲害！）
殴って遣ろうか（揍你一頓吧！）
死んで遣るから（我讓你死）
晴れ遣らぬ空（還沒有完全晴的天空）
眺め遣る（遠眺、注視遠處）

致し方 〔名〕（仕方的鄭重說法）方法、辦法（=仕方、仕様）
　残念だが致し方が無い（可惜沒有辦法）
　致し方無く締めた（不得已死心蹋地）
　其は何とも致し方が無い（那簡直毫無辦法）
致し様 〔名〕辦法（=致し方）
　致し様が無い（沒有辦法）

桎（ㄓˋ）

桎 〔漢造〕腳鐐手銬、窒礙
桎梏 〔名〕桎梏、枷鎖、束縛
　桎梏と為る（成為桎梏）
　桎梏を脱する（掙脫枷鎖）
　僕に取って家庭は慰安の場と言うより寧ろ一種の桎梏だ（對我來說家庭與其說是安慰的場所，寧可說是一種枷鎖。）

秩（ㄓˋ）

秩 〔漢造〕順序、官職，地位、俸祿
秩次 〔名〕秩序、次序（=秩序、秩叙）
秩序、秩叙 〔名〕秩序、次序
　秩序を維持する（維持秩序）
　秩序立った生活を為る（過有秩序的生活）
　社会の秩序を乱す（擾亂社會秩序）
　秩序の有る社会（有秩序的社會）
　秩序正しく並べる（擺得整整齊齊）
　団体の秩序を守る（遵守集體秩序）
　秩序正しく行動する（秩序井然地行動）
　秩序整然と為ている（井井有條）
秩禄 〔名〕根據官職官位賜給的俸給
秩父 〔名〕埼玉縣西部的地名秩父絹的集散地、秩父產的紡織品、姓氏

痔（ㄓˋ）

痔 〔名、漢造〕〔醫〕痔、痔瘡
　痔が起こる（生痔瘡）
　痔を病む（患痔瘡）
　痔を患う（鬧痔瘡）
疣痔（痔瘡=痔核）
穴痔（痔瘻=痔瘻）
痔核 〔名〕〔醫〕痔核（=疣痔）
　痔核脱出（痔核脱出）
痔血 〔名〕〔醫〕痔瘡出血
痔出血 〔名〕〔醫〕痔出血
痔疾 〔名〕〔醫〕痔瘡（=痔）
　痔疾を患う（患痔瘡）
痔瘻 〔名〕〔醫〕痔瘡（=穴痔）

窒（ㄓˋ）

窒 〔漢造〕阻礙。〔化〕氮
窒化 〔名〕〔化〕氮化
　窒化水素酸（氫化氫酸）
　窒化物（氮化物）
　窒化ナトリウム（氮化鈉、亞硝酸鈉）
窒死 〔名、自サ〕窒息而死、悶死
窒素 〔名〕〔化〕氮
　空中から窒素を取る（從空中取氮）
　窒素を固定する（固定氮）
　窒素肥料（氮肥）
　窒素計（測氮管）
　窒素族（氮族）
　窒素同化作用（氮氣同化作用）
窒息 〔名、自サ〕窒息
　ガスで窒息して死ぬ（因瓦斯窒息而死）
　窒息死（窒息死）
　窒息爆弾（窒息彈）
　窒息性ガス（窒息性瓦斯）

智（ㄓˋ）

智 〔名、漢造〕智力，智慧、有智慧的人，聰明人、智謀，計策

智を磨く（磨練智力）

智仁勇（智仁勇）

智余って勇足らず（智有餘而勇不足）

智を回らす（出謀策劃）

大智、大知（大智）

上智、上知（上智）←→下愚

小智、小知（小聰明、小智慧）←→大智、大知

叡智、叡知、英知（睿智、才智、洞察力）

明智、明知（明智、聰明智慧）

奸智、奸知（奸智）

世智、世知（處事才能）

賢智、賢知（賢明有智慧）

衆智、衆知（衆人的智慧、衆所周知）

無智、無知（沒知識、沒智慧）

才智、才知（才智）

機智、機知（機智）

奇智、奇知（奇特的智慧、非凡的智慧）

故智、故知（故智）

智恵、智慧、知恵〔名〕智慧，智能，腦筋，主意

知恵が増す（長智慧）

年を取ると知恵が付く（長大就有智慧）

此の子は中中知恵が有る（這孩子很有智慧）

知恵の持ち腐れ（雖有智慧而不能應用）

知恵を絞る（絞腦汁、想辦法）

知恵が浮かぶ（想出辦法）

知恵を付ける（替人出主意、灌輸思想、唆使、煽動）

悪知恵を付ける（替人出壞點子、唆使做壞事）

旨い知恵も出ない（也想不出個好主意）

知恵を貸して下さい（請給我出個主意）

無い知恵を絞る（絞盡腦汁、想盡辦法）

大男総身に知恵が回りかね（個子大頭腦差、頭腦簡單四肢發達）

下種の後知恵（愚人的事後聰明）

知恵者（智者、足智多謀的人）

知恵の板（七巧板）

知恵の輪（九連環、連環錯綜的花紋）

知恵負け（聰明反被聰明誤）

知恵付く（長智慧）

知恵袋（全部智慧、智囊，謀士）

知恵歯（智齒＝知齒）

知恵熱（小孩長牙時發燒）

知恵競べ（比智慧、智力測驗）

智解，知解、智解，知解〔名〕智慧來的理解力

智計、知計〔名〕賢明的策略

智歯、知歯〔名〕智齒（＝知恵歯、親知らず）

智識、知識〔名〕知識。〔古〕友人，朋友。〔佛〕（為結緣而）布施的財物（＝知識物）

知識の幅（知識面）

深くて広い知識（淵博的知識）

語学の知識（語學知識）

知識を深める（加深知識）

知識を豊富に為る（豐富知識）

科学の知識に乏しい（缺乏科學知識）

知識を広める（推廣知識）

知識を普及する（普及知識）

知識人（知識分子）

知識階級（知識階級）

善知識（〔佛〕〔引入佛門的〕好朋友、名僧、高僧）

悪知識（〔佛〕〔灌輸反佛思想的〕壞朋友）

知識物（〔佛〕〔為結緣而〕布施的財物）

知識システム（知識系統）

知識欲（求知慾）

智者、知者〔名〕精通某事者、足智多謀者、名僧，高僧

彼は歴史方面の知者だ（他是精通歷史的人）

小勢で大敵を悩ます知者（以寡軍纏大敵的足智多謀者）
知者も千慮に一失（智者千慮必有一失、聰明一世糊塗一時）

智術、知術〔名〕思慮周到的計略、巧妙的手段

智将、知将〔名〕足智多謀的大將

智能、知能〔名〕智力、智慧
知能が低い（智力低）
知能を啓発する（啟發智力）
知能程度（智力程度）
知能test（智力測驗）
知能犯（智能犯－運用智慧的犯罪，如詐欺，偽造，貪汙等）←→強力犯
知能権（智能權－無形財產權，如特許權，著作權等）
知能指数（智力指數）
知能検査（智力測驗）

智囊、知囊〔名〕智囊，謀士（=知恵者）、全部智慧（=知恵袋）

智謀、知謀〔名〕智謀
知謀に富む（足智多謀）
知謀を巡らす（籌謀策劃）

智勇、知勇〔名〕智勇
知勇兼備の名将（文武雙全的名將）

智略、知略〔名〕智謀
将軍は知略に長けている（將軍足智多謀）

智慮、知慮〔名〕智慮、聰明
知慮深い人（深謀遠慮的人）

智力、知力〔名〕智力（=知能、智能）
知力の発達した子供（智力發達的孩子）
知力を働かせる仕事（腦力工作）
十二歳の小児の知力しかない（只有十二歳小孩那樣的智力）

滞（滯）（ㄓˋ）

滞〔漢造〕停留、停滯

沈滞（停滯，呆滯，沉悶、不振、停留，停滯，久不升進）
停滞（停滯，停頓、滯銷、呆滯，存食，積食）
渋滞（停滯不前、進展不順利）
凝滞（凝滯、停滯、停頓）
遅滞（遲緩、遲延、延緩、拖延）
延滞（拖延、拖欠）

滞欧〔名、自サ〕旅居歐洲
滞欧中である（正在旅居歐洲）
滞欧十か月（旅居歐洲十個月）

滞貨〔名〕滯銷貨品、積壓的貨物
滞貨の処理（處理滯銷貨品）
滞貨を一掃する（清理滯銷貨品）
駅に滞貨が山積した（車站上積壓的貨物堆積如山）
滞貨金融（〔經〕以滯銷貨為抵押的借款〔銀行信貸〕）

滞京〔名、自サ〕逗留在東京（首都）、留京
三日間滞京の予定（預定在東京逗留三天）
一週間滞京する（留京一週）

滞空〔名、自サ〕〔空〕在空中續航
滞空時間の世界記録を作った（創造了空中續航時間的世界紀錄）

滞在〔名、自サ〕逗留、旅居
代表団御一行は東京で何日間の御滞在ですか（代表團一行在東京要逗留幾天？）
長期滞在向きの旅館（適合長住的旅館）
長期御滞在は割引致します（長期逗留打折扣）
御上京の節は拙宅に御滞在下さい（到東京時請到舍下住些日子）
一週間前から手前共に御滞在で御座います（從一星期前就住在我們這裡）
滞在客（住宿的客人）

滞陣〔名、自サ〕久守（同一）陣地

滞水〔名〕停滯的水流

滞積〔名、自サ〕積壓、積存、滯銷、淤積
生産品が倉庫に一杯滞積している（產品積壓了一倉庫）
滞積土砂（淤積泥沙）

滞船料〔名〕〔商〕（船舶的）滯期費
所定の停泊日数を超過したので滞船料を支払わなければならない（因超過了規定的停泊日數要付滯期費）

滞日〔名、自サ〕在日本逗留、留在日本
滞日中の所感（在日本逗留期間的感想）

滞納、怠納〔名、他サ〕滯納、拖欠、逾期未繳
滞納処分（拖欠稅款的處分）
嘗て税金を滞納した事は無い（從來沒有拖欠稅款）
彼は滞納に為っていた金を完納した（他把拖欠的款項全彌補上了）
滞納者（〔稅金〕拖欠戶）

滞米〔名、自サ〕在美國逗留、留美
滞米三年の後帰朝する（留美三年後回國）
滞米中（逗留在美國期間）

滞洛〔名、自サ〕在京都逗留

滞留〔名、自サ〕逗留、停留、居留、停滯
フランスに（は）半年程滞留する予定です（預定在法國住上半年）
此処で何日間の滞留ですか（在此地逗留幾天？）
滞留期間（逗留期間）
仕事が滞留する（工作停滯不前）

滞る〔自五〕拖延、遲延、耽擱、遲誤、拖欠
事務の滞ったのを片付ける（處理積壓的工作）
交渉が滞って進まない（談判遲遲不進展）
欠勤していたので仕事が山の様に滞っている（因為缺勤了工作積壓如山）
家賃が三ヵ月も滞っている（房租拖欠了三個月）

滞り〔名〕拖延、遲延、耽擱、遲誤、拖欠
家賃の滞りを払う（付拖欠的房租）
会費の滞り分を払った（付清拖欠的會費）
改訂案は滞り無く通過した（修改方案順利通過）

滞む、泥む〔自五〕拘泥（＝拘る）、停滯不前（＝滯る）
旧習に滞む（拘泥舊習、墨守成規）
古に滞む（泥古、食古不化）
師の説に滞んで思う事を主張しない（墨守師傅的學說不肯提出自己主張）
仕事が滞んで捗らない（工作停滯不前）
日が暮れ滞む（太陽遲遲不下山）
浮きが滞む（釣絲沉下後魚標浮在水面不動）

痣（ㄓˋ）

痣〔名〕痣、（被打出來的）青斑，紫斑，紅斑
顔に痣が有る（臉上有痣）
赤い痣（紅痣）
黒い痣（黑痣）
全身痣だらけに為る（全身青一塊紫一塊）
痣が出来る程酷く殴る（打得身上青一塊紫一塊）
殴られて目の周りに痣が出来ている（被打得眼圈發青）

字〔名〕字（閭）（町，村內的小區域名，有〝大字〞〝小字〞）
中野村字吉田１００番地（中野村吉田閭100號）

字〔名〕別名，綽號（＝綽名、渾名）、字（閭）－町，村內的小區域名（＝字）

蛭、蛭（ㄓˋ）

蛭〔名〕〔動〕水蛭
蛭類（水蛭類）
蛭で血を取る（用水蛭吸血）
蛭に塩（樹葉被霜打了、垂頭喪氣）

蛭石〔名〕〔礦〕蛭石

蛭巻き、蛭巻〔名〕纏繞藤條或金屬絲的刀柄或刀鞘

蛭蓆〔名〕〔植〕眼子菜、鴨吃草

蛭類〔名〕〔動〕（Hirudinea 的譯詞）蛭綱

稚（ㄓˋ）

稚〔漢造〕幼小、幼稚

　幼稚（幼稚、年幼、不成熟）

　丁稚（學徒、徒弟）

稚気、穉気〔名〕稚氣

　御祖母ちゃんの笑顔には稚気が有る（老奶奶的笑臉上帶有稚氣）

　酔うと稚気満満と為てはしゃぎ回る（一喝醉了就滿臉孩子氣胡鬧起來）

稚魚〔名〕〔動〕魚苗

　鮭の稚魚（鮭魚苗）

稚児〔名〕嬰兒，幼兒（＝乳飲み子）、參加寺廟祭祀行列的盛裝的童男童女、男色對象的少年。〔古〕（寺院公卿武士家的）童僕

　稚児髷（蝴蝶頭-日本少女的一種髮型）

　稚児輪（蝴蝶頭-日本少女的一種髮型＝稚児髷）

稚児〔名〕〔方〕嬰兒（＝赤子、赤ん坊、嬰児、嬰兒）

　可愛い稚児（可愛的嬰兒）

稚蚕〔名〕〔農〕幼蠶

稚子〔名〕稚子、幼兒、兒童（＝稚児）

稚拙〔名、形動〕幼稚而拙劣←→老巧

　稚拙な絵（幼稚而拙劣的畫）

　極めて稚拙の論（非常幼稚的意見）

稚鰤〔名〕〔動〕鰤的幼魚

稚い, 稚けない、幼い, 幼けない〔形〕年幼的、幼小的、天真無邪的（＝幼い、あどけない）

　稚い幼児（天真的幼兒）若い 幼い

　稚い時に親に別れた（年幼失去雙親）

稚い〔形〕（ない是構成形容詞的接辭）幼稚的、孩子氣的（＝子供らしい、幼い）

置（ㄓˋ）

置〔漢造〕放置、措施

　設置（設置、設立、安裝）

　位置（位置，地位，場所、立場，境遇）

　安置（安置、安放）

　拘置（拘留、拘禁、扣押）

　後置（後置）

　留置（拘留、拘押）

　配置（配置、安置、佈置、佈署）

　布置（佈置、放置）

　放置（放置、置之不顧）

　倒置（倒置、倒裝、顛倒放置）

　処置（處置，處理，治療、措施）

　付置、附置（附設）

　付置（〔數〕賦值）

　措置（措施、處理、處理方法）

置換〔名、他サ〕（數理）置換、調換、取代（＝置き換え）

　AでBを置換する（用A取代B）

　置換出来る（可以取代）

　物質を構成している原子の一部を置換する（調換構成物質的原子的一部份）

　置換基（取代基）

　置換分析法（置換色層法）

置き換える〔他下一〕變換位置、調換、互換、替換

　テーブルを窓際に置き換える（把桌子挪到窗戶跟前）

　一方から他方へ置き換える（從一方面換到另一方面）

　右と左を置き換える（左右互換）

　人の持物を自分の持物と置き換える（把人家的東西跟自己的東西調換一下）

　XをYに置き換える（用X代Y）

置き換え〔名、自サ〕換位置、調換、替換、取代

置く〔自五〕（霜露）下降

置く

〔他五〕放，置，擱，（用被動形置かれる）處於，處在，放下，留下，丟下，設置，設立，雇用，留住，隔，間隔，擺棋，撥算盤，裝上，貼上，當，作抵押

〔補動、五型〕（以動詞連用形+て+置く的形式）表示繼續保持某種狀態表示要預先做好某種準備工作

霜が置く（降霜）

草葉に置く露（草葉上的露水）

本を机の上に置く（把書放在桌上）

天秤棒を取り上げて肩に置く（拿起扁擔放在肩上）

済んだら元の所へ置き為さい（用完後請放回原處）

此の魚は明日迄置けますか（這魚能放到明天嗎？）

此処へ自転車を置く可からず（此處不許放自行車）

不利な状況に置かれていても気が挫けては行けない（儘管處在不利情況下也不要沮喪）

両国の関係は長い間正常でない状態に置かれていた（長期以來兩國關係曾處於不正常狀態）

鞄をうっかり電車に置いて来た（一疏忽把皮包忘在電車上了）

子供を家に置いて出掛ける（把孩子放在家裡出門）

彼の人は手紙を置いて行った（他留下一封信就走了）

仕事を遣らずに置く（丟下工作不做）

言わずに置く方が良かろう（最好放下不去談它）

図書館を置く（設置圖書館）

事務所を置く（設置辦事處）

各省に大臣を置く（各部設大臣）

哨兵を置く（設崗、放哨）

家に女中を置く（家裡雇用女僕）

学生を置く（把房間租給學生在家裡膳宿）

御宅で下宿人を御置きに為りますか（您家裡留客房嗎？）

距離を置く（隔開距離）

間隔を置く（隔開間隔）

一行置いて（隔一行、空一行）

一日置いて次の日（第三天）

相手に三目置かせる（讓對方三個棋子）

算盤を置く（撥打算盤）

算木を置く（占卜、擺筮木）

八卦を置く（擺八卦、卜卦）

屏風に金箔を置く（給屏風貼上金箔）

質に置く（典當、當東西）

抵当に置く（作抵押）

電燈を点けて置こう（開著燈吧！）

其の人を待たして置き為さい（讓他等著）

其を其の儘に為て置く（把它放在那裏不去管它）

室内を埃の立たない様に為て置く（使屋裡不起灰塵）

機械を遊ばして置いては為らない（不能讓機器空閒著）

其の事は、他の人に言わないで置いて下さい（那件事情不要對別人說）

今言った事を頭に置いて置け（剛才說的要記在腦子裡）

其の事は一応考えて置く（那件事情我暫時考慮一下）

今晩其の論文を書いて置こう（今天晚上我要把那篇文章寫一下）

手紙で頼んで置く（先寫信託付一下）

前持って断って置く（預先聲明一下）

兎も角も聞いて置こう（不管怎樣先聽一下）

其の人に電話を掛けて置いて、伺った方が良いでしょう（給他先打電話再去拜訪較好吧）

何とか為て置こう（先想想辦法吧）

五千円に為て置こう（就先算作五千日元吧）

名前は鈴木と為て置こう（名字就先假定為鈴木吧）

此の点は今人民にはっきりと言って置かなければならない（這點現在就必須向人民講清楚）

一目置く（〔圍棋〕先擺一個子，讓一個子、〔轉〕比對方輸一籌，差一等）

重きを置く（著重、注重、重視）

眼中に置かない（不放在眼裡）

気が置けない（沒有隔閡，無需客套，推心置腹、不能推心置腹，令人不放心）

心を置く（留心，留意、故意疏遠）

信を置くに足らぬ（難以置信）

只では置かない（絕不能饒你、不放過）

措く、擱く〔他五〕中止，擱下、除外，撤開，拋棄，丟下

筆を措く（擱筆、停筆）

此の手紙も此処で筆を措く事に為ましょう（這封信也就寫到這裡吧）

御節介は措いて貰おう（你少管閒事吧）

一読、巻を措く能わず（一讀起來就不能釋卷）

恐懼措く能わず（不勝惶恐）

賞賛して措かない（讚賞不已）

捜さずに措かない（決不能不找）

何は扨措く（暫且不談、閒話少說）

此れは措いて他に道は無い（除此之外沒有其他辦法）

君を措いては適任者が無い（除你以外沒有合適的人）

外聞は暫く措いて、随分馬鹿な事を為た物だ（名譽上的影響暫且撤開不談的確是做了一件十分愚蠢的是啊！）

何を措いても此の方面の基礎理論を良く勉強しなくてはならない（首先必須學習這方面的基礎理論）

妻子を措いて家出する（丟下妻子離家出走）

置き、置〔接尾〕每隔、每間隔

一日置きに風呂に入る（每隔一天洗一次澡）

此の薬は四時間置きに飲むのです（這個藥每隔四小時吃一次）

一行置きに書く（隔一行寫一行）

五十metre置きに電柱を立てる（每隔五十米立一根電線桿）

道路の両側には五metre置きに木が植わっている（道路兩邊每隔五米栽著一棵樹）

busは一時間置出ている（公車每隔一小時開一班車）

置き網、置網〔名〕〔漁〕等網（＝待網）

置き石、置石〔名〕（庭園裡點綴用的假山，奇石等）石景、（房簷下鋪的石板）散水。〔圍棋〕（弱手對強手）先擺（兩個以上的）棋子、（故意在鐵軌等上）放置（的）石頭

置き石事故（因在鐵軌上放置石頭引起的事故）

置き傘、置傘〔名〕（放在工作單位或學校裡）備用的傘

置き形，置形、置き型，置型〔名〕（在布上）用紙型塗繪的花樣←→染め型

置き薬、置薬〔名〕（賣藥商人）留下的家庭用藥用後付款

置き口、置口〔名〕（器皿或衣袖等金銀的）鑲邊

置き碁、置碁〔名〕〔圍棋〕讓子棋（弱手先擺兩個以上的棋子再下的棋）

置き火燵，置火燵、置き炬燵，置炬燵〔名〕（放在帶底板的木架裡）可以隨意移動的覆被暖爐←→切り炬燵

置き去り、置去〔名〕扔下、拋開、遺棄

置き去りに為る（扔下、拋開、遺棄、甩掉）

置き去りを食う（被扔下、被拋棄、被甩掉）

置き字、置字〔名〕（古代漢語的）語氣助詞（如焉，矣，乎，也等日本人訓讀漢文時一般不讀出）、（書信中無實際意義的副詞或接續詞等）虛詞（如凡、抑、將又等）

置き捨て、置捨て〔名、他サ〕拋棄、扔掉、遺棄（＝置き去り、置去り）

置き墨、置墨〔名、自サ〕描眉、補鬢、黛

置き違える〔他下一〕擱錯、放錯地方

此の本を彼の本と置き違えた（這本書和那本書放錯地方了）

置き注ぎ、置注ぎ〔名〕向不拿在手裡而放著的杯裡斟酒

置き付け、置付け〔名〕常備、固定不動

置き付けの机（固定不動的桌子）

置き土、置土〔名〕（為改良農田土壤）摻加的土，客土（=客土）、（往低地）填的土，添的土

置き手紙、置手紙〔名、自サ〕留言、留條

彼は留守でしたから私は置き手紙を為て来た（因為他不在家我留了紙條就回來了）

彼女は置き手紙を為て家出を為た（她留下了一封信就從家中出走了）

置き時計、置時計〔名〕坐鐘、座鐘←→掛け時計

置き床、置床〔名〕移動式的壁龕

置き所，置所〔名〕放置的地方（=置き場、置場）

身の置き所が無い（無地容身）

重点の置き所を換える（改換重點）

彼の花瓶は置き所が良くない（那花瓶放的地方不好）

置き戸棚、置戸棚〔名〕小櫥櫃、五斗櫃

置き場、置場〔名〕放置的地方

車置き場（停車場）

材木置き場（木材堆積場）

石炭置き場（堆煤場）

道具置き場（工具房）

退屈で体の置き場も無い（悶得很不知如何消遣）

置き場所、置場所〔名〕放置的地方（=置き場、置場）

置き放し、置きっ放し〔名〕（把東西）丟下不管

置き放しの本（隨便丟在那裏的書）

そんな所へ大切な書類を置き放しに為て外へ出掛けて行けない（不要把重要的文件丟在那個地方就出去了）

置き引き、置引〔名、自サ〕（車裡或候車室等）調包偷竊（的人）

置き札、置札〔名〕（紙牌）扣下不分的牌

置き舞台、置舞台〔名〕（歌舞伎等為使足聲清脆優美鋪在原舞台上的）柏木板舞台

置き文、置文〔名〕留言，留字（=置き手紙、置手紙）、遺書，遺囑

置き土産、置土産〔名〕臨別贈品，留下的禮物。〔轉〕留下的好事，留下的紀念、（諷）留下的麻煩

置き土産に愛用品を置いて行く（臨走時把自己心愛的東西留下作紀念品）

内閣は置き土産に其の法案を提出した（內閣在辭職前提出了那項法案作為最後的紀念）

借金を置き土産に為て行って終った（留下了債務就走掉了）

置き土産は御免だよ（別給我留下麻煩）

置き物、置物〔名〕陳設品，裝飾品。〔轉〕傀儡，花瓶

置物用磁器（陳設用瓷器）

床の間の置物（陳列在壁龕裡的擺設品）

彼は店の置物で商品ではない（那是商店的陳列品不是賣的東西）

家の主任は置物同然だ（我們主任簡直是個傀儡）

名士を置物に為て陰で操る（以著名人士為傀儡在背後進行操縱）

置き屋、置屋〔名〕（關西方言）（藝妓等的）住宿所

置き屋町（妓院街）

置きゃあがれ、措きゃあがれ〔感〕〔俗〕（來自江戶時代商人俗語）算了吧！拉倒吧！別扯了！（=止めて呉れ、好い加減に為ろ）

〝御目出度う〞〝御目出度う〞何て、置きゃあがれ（什麼恭喜發財的算了吧！）

置き忘れる〔他下一〕忘記放的地方、忘了拿回來

万年筆を何処かに置き忘れた（忘掉把鋼筆放在哪裡了）

天気に為ったので傘を置き忘れた（因為天晴了忘了把傘帶回來）

私は先日手袋を御宅へ置き忘れました（前幾天我把手套忘在您家裡了）

置き忘れ、置忘〔名〕忘記放置的地方、忘了拿回來
  電車内の置き忘れは後を絶たない（電車裡忘掉東西的事情不斷發生）
  傘の置き忘れの所を思い出せない（不知把傘放在哪裡想不起來了）
  置き忘れの品を届けて呉れた（把忘了拿回來的東西送來了）

置き渡す、置渡す〔自五〕（霜）降滿地
  霜が置き渡す（下了一地霜）

置いてきぼり、置いてけぼり〔名〕丟下、扔下、甩下、拋棄不管（=置き去り、置去）
  置いてきぼりを食う（被甩、被人丟下）
  皆行って終って、僕一人置いてきぼりに為れた（全都走了把我一個人甩下了）

雉（ㄓˋ）

雉〔漢造〕鳥名，俗稱野雞
雉兎〔名〕雉和兔、獵人
雉，雉子，雉子〔名〕〔動〕雉、野雞、山雞
  焼け野の雉子夜の鶴（野火燎原山雞捨身救其雛，降霜寒夜仙鶴展翼護其子－比喻母親沒有不疼愛子女的）
雉鳩〔名〕〔動〕斑鳩（=山鳩）
雉笛〔名〕引誘野雞用的獵笛

製（ㄓˋ）

製〔漢造〕製造、製品
  調製（調製、製作、製造）
  作製（製作、製造）
  官製（政府製造）
  私製（私人製造）
  自製（自己製造）
  新製（新造）
  精製（精製、京練）
  謹製（謹製）
  金製（金製）
  銀製（銀製）
  粗製（粗製）
  手製（手製、自製）
  特製（特製）
  複製（複製、翻印）
  木製（木製）
  剥製（剥製）
  中国製（中國造）
  和製（日本造）
  日本製（日本造）
  米国製（美國造）
  アメリカ製（美國造）

製する〔他サ〕製造（=作る、拵える）
  麦藁で帽子を製する（用麥稈做帽子）

製塩〔名、自サ〕製鹽
  海水から製塩する（從海水製鹽）
  製塩業（製鹽業）
  製塩所（製鹽場）

製菓〔名〕製造糕點糖果
  製菓会社（糖果公司）

製靴〔名〕製鞋
  製靴工場（製鞋工廠）
  製靴工（製鞋工人）

製革〔名、自サ〕製革
  製革所（製革廠）

製罐〔名〕製造鍋爐、製造鐵罐
  製罐所（鍋爐廠）
  製罐用鉄（鍋爐用鋼板）
  製罐工場（製罐工廠）

製艦〔名〕造艦

製鋼〔名、自サ〕製鋼、煉鋼
  製鋼所（煉鋼廠）
  製鋼法（煉鋼法）

业

製鋼圧延機（軋鋼機）

製材〔名、自サ〕木材加工
　製材所（木材加工廠）
　製材機（木材加工機）
　製材業（木材加工業）

製剤〔名〕〔藥〕製藥

製作〔名、他サ〕製作、製造、生產
　機械を製作する（製造機器）
　若い工員が製作に当たる（青年工人從事製造）
　新型自動車の製作に掛る（著手製造新型汽車）
　製作者（製造者、製造廠商、電影製片人）
　製作所（製造廠、製片廠）
　製作機（製造機）

製糸〔名〕製絲
　製糸工場（製絲廠）

製紙〔名〕造紙
　製紙用パルプ（造紙用紙漿）
　製紙業（造紙業）
　製紙機（造紙機）
　製紙工場（造紙廠）

製絨〔名〕〔紡〕織造尼龍
　製絨所（尼龍工廠）
　製絨会社（毛織品公司）

製織〔名〕〔紡〕織造
　製織機械（織機）

製図〔名、他サ〕製圖、繪圖
　自動車の設計図を製図する（繪製汽車設計圖）
　製図梯尺（繪圖比例尺）
　製図用紙（製圖紙）

製銑〔名〕〔冶〕製鐵、煉鐵（=製鉄）

製造〔名、他サ〕製造、生產
　パルプからで紙を製造する（用紙漿造紙）

原料を加工して商品を製造する（加工原料製造商品）
　製造業（製造業）
　製造原価（生產成本）
　製造コスト（生產成本）
　製造場（所）（製造廠）
　製造元（製造者）

製炭〔名〕燒炭、燒製木炭

製茶〔名〕製茶
　製茶業（製茶業）
　製茶工場（製茶廠）

製釘機〔名〕〔機〕製釘機

製鉄〔名、自サ〕〔冶〕製鐵、煉鐵（=製銑）
　製鉄所（煉鐵廠）
　製鉄のコークス比（煉鐵焦比）

製陶〔名〕陶瓷製造
　製陶術（陶瓷技術）

製糖〔名〕製糖
　製糖業（糖業）
　製糖所（糖廠）

製版〔名、他サ〕〔印〕製版
　製版所（製版場）

製氷〔名、自サ〕製冰、造冰
　人工製氷（人工造冰）
　アンモニアを使って製氷する（用氨造冰）
　製氷所（冰廠）
　製氷工場（冰廠）

製表〔名、他サ〕製表、造表

製品〔名〕製品、產品
　国内製品（國內產品）
　日本製品（日本製品）
　護謨製品（橡膠製品）
　製品工場渡し（廠內交貨）
　製品を市場に出す（把產品拿到市場上）

加工した製品を輸出する（出口加工製品）

製品の種類を増やす（增加產品種類）

製粉〔名、他サ〕製粉

小麦を製粉する（把小麥磨成麵粉）

製粉所（製粉廠、麵粉廠）

製法〔名〕製法、做法（＝拵え方）

独特の製法に由る新薬（獨特製法的新藥）

菓子の製法を教える（教做點心的方法）

製法は秘密に為れている（製法保密不外傳）

製帽〔名〕製帽

製帽工場（製帽工廠）

製本〔名、他サ〕裝訂

辞典の製本（詞典的裝訂）

論文を製本する（把論文裝訂起來）

製本中である（正在裝訂）

製本所（裝訂廠）

製本屋（裝訂商）

製麻〔名〕製麻、麻紡

製麻所（麻紡廠）

製麺〔名〕壓製麵條

製麺機（壓麵機）

製麺所（壓麵廠）

製網機〔名〕織網機

製薬〔名〕製藥，製造藥品、成藥

製薬会社（製藥公司）

製油〔名、他サ〕煉製石油（動植物油）

製油所（煉油廠）

製油工場（製油工廠）

製錬〔名、他サ〕〔冶〕精煉、提煉

粗銅を製錬して純銅に為る（把粗銅煉成純銅）

製錬所（精煉廠）

誌（ㄓˋ）

誌〔漢造〕記錄、雜誌，刊物

日誌（日誌、日記）

地誌（地誌）

墓誌（墓誌）

碑誌（碑誌）

書誌（書誌）

風物誌（風物誌）

植物誌（植物誌）

郷土誌（鄉土誌）

雑誌（雜誌）

会誌（會刊）

機関誌（機關雜誌）

農業誌（農業雜誌）

週刊誌（周刊雜誌）

月刊誌（月刊雜誌）

誌界〔名〕雜誌界

誌上〔名〕雜誌上

其は先月の誌上で見た（在上月的雜誌上看到了）

次号の誌上で発表する（在下期雜誌上發表）

誌上討論会（雜誌上的討論會）

誌代〔名〕雜誌費

誌面〔名〕雜誌篇幅、雜誌上

幟（ㄓˋ）

幟〔漢造〕旗幟（＝幟）

旗幟（旗幟、態度，立場）

旗幟鮮明（旗幟鮮明）

標幟（標幟）

幟〔名〕旗幟，幡（用在陣勢、祭祀等）、鯉魚旗（＝鯉幟）

幟を立てる（插旗幟）

幟が風にはためく（旗幟迎風招展）

緻（ㄓˋ）

业

緻 〔漢造〕細緻
- 細緻（細緻、緻密、精細周密）
- 精緻（精緻、細緻周到）
- 巧緻（精緻、細緻、精巧）

緻密 〔形動〕緻密，細緻、周密，周詳
- 緻密な布地（細密的布料）
- 緻密な頭（細膩的頭腦）
- 緻密な観察（細緻的觀察）
- 緻密な細工（精細的工藝品）
- 緻密な描写（細膩的描寫）
- 緻密な計算（詳細的計算）
- 緻密に考える（慎密地考慮）
- 頭が緻密に働く（想得周到）
- 緻密な計画を立てる（制定周密計畫）

膣（业ˋ）

膣、腟 〔名〕〔解〕陰道
- 膣炎（陰道炎）

穉（业ˋ）

穉 〔漢造〕（同〝稚〞）幼小、幼稚

穉気、稚気 〔名〕稚氣、孩子氣
- 御祖母ちゃんの笑顔には稚気が有る（老奶奶的笑臉上帶有稚氣）
- 彼の笑顔に稚気が溢れている（他的笑容充滿著稚氣）
- 言う事が稚気を帯びている（說話幼稚）
- 稚気満満（孩子氣十足）
- 酔うと稚気満満と為てはしゃぎ回る（一喝醉了就滿臉孩子氣胡鬧起來）

贄（业ˋ）

贄、牲 〔名〕〔古〕供品、犧牲、貢品、見面禮、犧牲品（＝生贄）

生け贄、生贄、犠牲 〔名〕（供神的）犧牲，活祭品、（為某種目的）犧牲品
- 生贄を捧げる（供犠牲）捧げる奉げる
- 神前に生贄を供える（在神前供犠牲）
- 動物を生贄に為る（把動物作供品）
- 政略結婚の生贄と為る（成為政略結婚的犧牲品）

躓（业ˋ）

躓 〔漢造〕摔倒、跌跤（＝躓く、しくじる）
- 顛躓（跌跤）
- 躓顛（跌跤）
- 倒躓（跌跤）

躓く 〔自五〕（意為爪突く）摔倒，絆倒，跌跤、失敗，受挫
- 石に躓いて転んだ（絆在石頭上摔倒了）
- 足元が暗いから注意して歩かないと躓きますよ（因為腳底下黑暗不小心走會絆倒在東西上）
- 事業に躓く（為事業受到挫敗）
- 一度躓くと中中立ち直れない（一旦受挫折不容易翻過身來）
- 躓く度に其丈物事が分る様に為る（經一事長一智）
- 斯う言う人間は躓かない筈が無い（這種人沒有布跌跤的）
- 私は彼に躓いた（我為他栽了跟斗）

躓き 〔名〕絆倒，摔倒，跌倒，跌跤、失敗，受挫
- 一寸した躓きから一生を棒に振った（由於一點點挫折斷送了一生）
- 竜馬の躓き（駿馬有時也失足、智者也難免一失）

渣（业ㄚ）

渣 〔漢造〕渣
- 残渣（殘渣、渣滓＝残り滓）

渣滓 〔名〕渣滓、沉澱物（＝滓、滓，澱）

滓 〔名〕（液體的）沉澱物，渣滓（＝澱）。〔轉〕精粕，無用的東西

茶の滓（茶滓）
　　滓を除く（去掉渣滓）
　　残り滓（殘渣）
　　人間の滓（人類的渣滓）
粕、糟〔名〕酒糟（＝酒糟、酒粕）
　　人間の糟（人類的糟粕、卑鄙的人）
　　糟を食う（受人責備－主要用於劇團）
　　酒の糟（酒糟）
　　豆（の）糟（豆餅）（＝豆粕）
　　糟漬け、糟漬（酒糟醃的鹹菜）
澱〔名〕（液體中的）沉渣、沉澱物
　　水の澱（水裡沉澱物）
　　酒の澱（酒裡沉渣）
　　coffeeの澱（咖啡渣）
　　澱が沈んだ（渣滓沉澱了）
　　澱を立てる（攪起沉渣）
　　澱酒（渾酒）

札（ㄓㄚˊ）

札〔名、漢造〕紙幣，鈔票、小木牌，紙片，信件，文件、憑證、標單
　　百円（の）札（百日元的紙幣）
　　札入れ（錢包）
　　札束（一捆的鈔票）
　　札を数える（數鈔票）
　　札を細かく崩す（把鈔票換成零錢）
　　此の御札を崩して下さい（請把這張鈔票給我換成零錢）
　　百円札（百日元的紙幣）
　　禁札（禁止事項告示牌）
　　金札（金色的牌子、代替金幣的紙幣）
　　銀札（銀色的牌子、代替銀幣的紙幣）
　　表札、標札（名牌、姓名牌）
　　門札（門牌＝表札、標札）

　　書札（書狀、信）
　　芳札（貴函）
　　一札（一張字據、一封信）
　　監札（執照、許可證）
　　鑑札（鑑定書＝極め札）
　　簡札（信、書簡）
　　雁札（信－出自漢書蘇武傳）
　　贋札（假鈔）
　　藩札（江戶時代各藩發行的紙幣）
　　出札（售票）
　　改札（剪票）
　　検札（查票、驗票）
　　入札（投標）
　　開札（開標）
　　落札（得標、中標）
御札〔名〕鈔票（＝札）
札入れ〔名〕錢包（＝金入れ）
　　札入れを落とした（把錢包丟了）
　　札入れを家へ忘れて来た（把錢包忘在家裡了）
札座〔名〕江戶時代掌管各藩紙幣製造的機關
札束〔名〕一捆鈔票、紙幣一捆
　　札束を拾った（拾到一捆鈔票）
　　一百万円の札束（一百萬日元的鈔票一捆）
札片〔名〕〔俗〕鈔票（＝札）
　　札片を切る（隨意花錢、大似揮霍）
　　札片を増刷する（增印鈔票）
札記、箚記〔名〕（摘記讀書心得或感想的）雜記
札〔名〕（魚鱗狀的鐵或皮革的）鎧甲片
札、簡〔名〕（文板的變化）牌子，條子、告示牌，揭示牌、紙牌，撲克牌、護身符、門票、號牌
　　荷物に札を付ける（替行李拴上籤條）
　　其の瓶には毒薬の札が貼って有った（那瓶上貼著毒品的條子）

屮

トラックに〝売物〟の札を付ける（替卡車掛上〝出售品〟的牌子）

トランクに〝東京行き〟の札を付ける（替皮箱掛上〝去東京〟的行李條子）

謂れを記した札を立てる（立一塊説明緣起的告示牌）

札を切る（洗紙牌）

札を配る（分紙牌）

芝居の札（戲票）

下足札（寄存鞋的號牌）

札、簡〔名〕（文板的變化）牌子、條子、告示牌、揭示牌（＝札、簡）

札差〔名〕〔古〕在驛站檢查攜帶品重量（的人）、（江戶時代）代替旗本、御家人領取祿米的商人

札所〔名〕（朝山拜廟者領取護身符的）名剎

西国八十八ヵ所の札所（西國八十八個名剎）

札付き〔名〕價格標籤、價碼、聲名狼藉、臭名昭彰、老牌

札付きの物で無いと安心して買えない（沒有價碼的商品不敢買）

札付きの悪党（聲名狼藉的壞蛋）

札付きのぺてん師（臭名昭彰的騙子）

札止め〔名〕（立揭示牌）禁止入內、（電影院座滿）停止售票、滿座

札止めの盛況である（滿座的盛況）

札元〔名〕拍賣人、拍賣商

紮（ㄓㄚˊ）

紮〔漢造〕綁

結紮（結紮）

血行を止める為血管を結紮する（為阻止血液流通結紮血管）

出血血管を結紮する（結紮出血的血管）

紮げる、絡げる〔他下一〕捆、紮（＝括る）、撩起、捲起（＝捲る）

稲を紮げる（捆稻秧）

大きな荷物を縄で紮げる（用繩子捆大行李）

尻を紮げる（把後衣襟捲起來）

着物の裾を紮げて川を渡った（捲起衣襟過河）

着物を紮げて二階へ上がる（拉起衣裳上樓）

紮、絡〔名〕捆、扎、束

一紮に為る（捆成一捆、紮成一紮）

劄、箚（ㄓㄚˊ）

劄〔漢造〕停留、摘記

駐箚（駐在）

米国駐箚日本大使（日本駐美大使）

箚記、劄記〔名〕（摘記讀書心得或感想的）雜記

閘（ㄓㄚˊ）

閘〔漢造〕堵塞大水的壩

閘門〔名〕（運河、水庫的）閘門

鮓（ㄓㄚˇ）

鮓〔漢造〕可以久藏的醃魚

鮓、鮨、寿司〔名〕（由形容詞酸し而來）壽司、酸飯糰、（寫作鮨）醋拌生魚片

握り寿司、握り鮨（捲壽司）

押し鮨、圧鮨（模壓壽司、大阪式壽司＝大阪鮨、大阪寿司、箱鮨）

散し鮨、散し寿司（散壽司）

巻き鮨、巻鮨、巻き寿司、巻寿司（壽司捲）

五目鮨（什錦壽司）

乍、作（ㄓㄚˋ）

乍、作〔漢造〕忽然（乍冷乍熱）、一會…一會（乍好乍歹）

乍、乍ら〔接助、副助〕（接動詞連用形、形容詞連體形或形容動詞詞幹）邊…邊…、一面…一面…、雖然、儘管

〔造語〕（接體言）原封不動、一如原樣、雖然…但是、儘管…卻、都、全部

歩き乍ら話す（邊走邊談）

震え乍ら語る（一面發抖一面說）
考え事し乍ら歩いている（一面考慮事情一面走著）
新聞を読み乍ら御飯を食べる（一邊看報一邊吃飯）
寝乍ら月見が出来る（可以一面躺著一面賞月）
悪いと知り乍ら嘘を付く（明知不對卻撒謊）
注意してい乍ら間違えた（雖然注意仍弄錯了）
金が有り乍ら貧し然うな生活を為ている（儘管有錢卻過著貧苦的生活）
体は小さい乍ら力が有る（個子雖小卻很有力）
狭い乍らも楽しい我が家（我家雖然狹小但非常和樂）
知っていて乍ら知らない素振り（雖然知道仍假裝不知）
細細乍ら生計を立てる（勉強餬口）
嫌嫌乍ら引き受けた（勉勉強強接受下來）
昔乍らの仕来り（一如往常的習慣）
生れ乍らの盲（天生的盲人）
何時も乍らの冗談（一如往常的談笑）
涙乍らに話す（流著淚訴說）
此の世乍らの地獄（人間地獄）
居乍らに為て知る（坐在家裡就知道）
此のカメラは小型乍ら良く映る（這照相機雖小卻照得清楚）
薄給乍ら七人の子供を大学迄遣った（儘管薪水不多卻把七個孩子都送進了大學）
残念乍ら、今日は御目に掛かれません（實在對不起今天不能和您見面）
如何して良いか我乍ら分らない（如何才好連我自己也不知道）
試験に我乍ら旨く遣ったと思う（連我自己都覺得考得不錯）
御粗末乍ら（怠慢得很）
失礼乍ら御幾つですか（很不禮貌您幾歲了？）
子供を六人乍ら動物園に連れて行く（把六個小孩都帶著去動物園）
二つ乍ら失敗した（兩件事都失敗了）
林檎を皮乍ら食う（連皮吃蘋果）
兄弟三人乍ら政治家に為った（弟兄三人都成了政治家）

乍族、乍ら族〔名〕〔俗〕慣於一心兩用的人、慣於同時做兩件事情的人（如邊看電視邊吃飯）

柵（ㄓㄚˋ）

柵〔名〕柵欄。〔古〕寨柵，寨（＝砦）
柵を巡らした庭（圍著柵欄的庭院）
柵を設ける（設柵欄）
柵で囲う（用柵欄圍上）
柵を乗り越えて乱入する（跳過柵欄闖進來）
牧場の周りには柵が廻らして有る（牧場周圍圍著柵欄）

柵門〔名〕柵門、城柵入口的門

柵、籬〔名〕堰水柵，阻水閘。〔轉〕纏繞物，障礙物
恋の柵（愛情的羈絆）
人情の柵（礙於情面）

炸（ㄓㄚˋ）

炸〔漢造〕火藥爆發、用油煎食物
炸発〔名、自サ〕爆炸、爆發、爆裂
炸薬〔名〕炸藥
炸薬室（炸藥室）
炸薬包（炸藥包）
炸裂〔名、自サ〕爆炸
空中炸裂（空中爆炸）
爆弾が目標に当たって炸裂した（炸彈擊中目標爆炸了）
炸裂した砲弾の破片で負傷した（因為砲彈爆炸的碎片而負了傷）

炸蝦丸（チャーシャワン）〔名〕〔烹〕（中國）炸蝦球
炒飯（チャーハン）〔名〕〔烹〕炒飯（＝焼き飯）

詐（ㄓㄚˋ）

詐（さ）〔漢造〕欺詐、詐騙
　姦詐（かんさ）、奸詐（かんさ）（奸詐）
　譎詐（きっさ）、譎詐（けっさ）（欺詐）
詐害（さがい）〔名、他サ〕〔法〕詐害、詐騙
　詐害行為（さがいこうい）（詐騙行為）
　詐害通謀（さがいつうぼう）（詐騙共謀）
　会社の権利を詐害する目的を以て（以詐騙公司的權利為目的）
詐欺（さぎ）〔名〕詐欺、詐騙、欺騙
　大仕掛の（な）詐欺（おおじかけの（な）さぎ）（大規模的詐騙）
　詐欺に掛る（会う）（さぎにかかる（あう））（受騙）
　詐欺を為る（働く）（さぎをする（はたらく））（欺騙人、做騙術）
　詐欺を見破る（さぎをみやぶる）（揭穿騙術）
　詐欺を金を巻き上げる（さぎをかねをまきあげる）（詐騙金錢）
　詐欺行為（さぎこうい）（詐騙行為）
　詐欺事件（さぎじけん）（詐騙案）
　詐欺犯（さぎはん）（詐騙犯）
　詐欺師（さぎし）（詐騙犯、騙子）
　詐欺取財罪（さぎしゅざいざい）（〔日本舊刑法〕詐財罪）
詐取（さしゅ）〔名、他サ〕詐取、騙取
　金を詐取する（かねをさしゅする）（詐財、騙錢）
　犯人は人の腕時計を詐取して逃走した（はんにんはひとのうでどけいをさしゅしてとうそうした）（犯人騙取了別人的手錶逃跑了）
詐術（さじゅつ）〔名〕騙術、詐騙手段
詐称（さしょう）〔名、他サ〕冒稱、冒充、虛報
　学歴を詐称する（がくれきをさしょうする）（虛報學歷）
　某と詐称する（ぼうとさしょうする）（冒充某人）
　彼は自分の経歴を詐称している（かれはじぶんのけいれきをさしょうしている）（他假報自己的經歷）
　医学博士と詐称して人を騙している（いがくはかせとさしょうしてひとをだましている）（冒稱醫學博士騙人）
　氏名詐称の廉で逮捕された（しめいさしょうのかどでたいほされた）（因為冒名罪被逮捕了）
詐病（さびょう）〔名〕假病、裝病（＝仮病（けびょう）、偽病（にせびょう））
　詐病を使って休む（さびょうをつかってやすむ）（藉病請假）
　彼は詐病を使っている（かれはさびょうをつかっている）（他是在裝病）
詐謀（さぼう）〔名〕圖謀詐騙
詐略（さりゃく）〔名〕陰謀欺騙
詐る、偽る（いつわる）〔他五〕說謊，歪曲、假裝、冒充、欺騙，哄騙
　事実を詐る（じじつをいつわる）（歪曲事實）
　病と詐る（やまいといつわる）（裝病）
　名を詐る（なをいつわる）（冒名）
　大学生と詐る（だいがくせいといつわる）（冒充大學生）
　詐って金を取る（いつわってかねをとる）（騙取金錢）
　世の中を詐る（よのなかをいつわる）（欺騙社會）
詐り、偽り（いつわり）〔名〕假，虛偽、謊言
　詐りの証言（いつわりのしょうげん）（偽證）
　詐りの繁栄（いつわりのはんえい）（假繁榮）
　詐りを言う（いつわりをいう）（撒謊）
　詐り言（いつわりごと）（謊話）
　彼の言葉は詐りではなかった（かれのことばはいつわりではなかった）（他的話並不是謊言）
　詐り人（者）（いつわりびと（もの））（說謊的人）

搾（ㄓㄚˋ）

搾（さく）〔漢造〕壓榨
　圧搾（あっさく）（壓榨、壓縮）
搾取（さくしゅ）〔名、他サ〕榨取、剝削（＝搾り取る（しぼりとる））
　超経済搾取（ちょうけいざいさくしゅ）（超經濟剝削）
　資本家の労働者に対する搾取と収奪（しほんかのろうどうしゃにたいするさくしゅとしゅうだつ）（資本家對工人的剝削和壓榨）
　搾取に由る所得（さくしゅによるしょとく）（來自剝削的收入）
　人民を搾取する（じんみんをさくしゅする）（剝削人民）
　搾取の胸算用は細かい（さくしゅのむなざんようはこまかい）（剝削算盤打得精）

搾取とは、剰余労働に由る製品が他人に占有される事である（剝削就是剩餘勞動的產品被別人佔有）

世界から人が人を搾取する制度を消滅しよう（把人剝削人的制度從世界消滅掉！）

搾取者（剝削者）

搾取階級（剝削階級）

被搾取階級（被剝削階級）

搾取制度（剝削制度）

搾取労働（剝削勞動、血汗勞動）

搾り取る〔他五〕榨取

牛乳を搾り取る（擠牛奶）

小作料を搾り取られる（被榨取佃租）

搾出機〔名〕〔機〕擠壓機

搾線〔名〕〔鐵〕套式軌道的套疊處

搾線に為る（使軌道套疊）

搾乳〔名、自サ〕擠奶

一回分の搾乳量（一次的擠奶量）

搾乳器で搾乳する（用擠奶器擠奶）

搾乳場（牛奶場）

搾乳女（牛奶場女工、擠奶女工）

搾乳用家畜（供取奶用的牲畜）

搾乳装置（擠奶裝置）

搾油〔名、自サ〕榨油

搾油機に掛けて搾油する（用榨油機榨油）

搾油工場（榨油廠）

搾油所（油坊）

搾油作物（油料作物）

搾油用樹木（油料樹）

榨菜、搾菜〔名〕（中國的）榨菜

搾る、絞る〔他五〕榨，擠，擰，動腦筋，絞腦汁、剝削、申斥、染出、集中、縮小、勒緊

手拭いを絞る（擰手巾）

油を絞る（榨油）

絞る様な汗（大量出汗）

牛乳を絞る（擠牛奶）

良く絞ってから干す（擰乾後再曬）

絞って水気を取る（擰乾）

膿を絞り出す（把膿擠出來）

腹が絞られる様に痛む（肚子裡在絞痛）

観客の涙を絞る（引起觀眾流淚）

涙で袖を絞る（淚下沾襟）

声を絞って救いを求める（拼命呼救）

頭を絞る（絞腦汁）

脳味噌を絞る（絞盡腦汁、煞費苦心）

知恵を絞る（想想辦法、開動腦筋）

呻き声を絞り出す（拼命發出呻吟聲）

人民の膏血を絞る（榨取民脂民膏）

税金を絞る（強徵苛捐雜稅）

其の女にすっかり搾られた（被那女子敲得光光了）

幕を絞る（拉開幕）

袋の口を絞る（勒緊袋口）

怠けている者を搾って遣った（責備了懶惰的人）

先生に油を搾られた（被老師狠狠地申斥了一頓）

長い事彼奴を搾った（整了他老半天）

帯を鹿子に絞る（把衣帶染成白斑點花樣）

レンズを絞る（縮小光圈）

問題を其処に絞って話す（把問題集中到那一點上來談）

搾り，搾、絞り，絞〔名〕（擰乾的）濕毛巾、（花瓣的）雜色，斑點、染成擺色花紋、（照相的）光圈

御絞りを出す（給客人拿毛巾一條）

絞りの朝顔（帶斑點的牽牛花）

絞り染めの浴衣（白色花紋的浴衣）

うんと絞りを掛ける（盡量縮小光圈）

絞りを大きくする（放大光圈）

屮

絞り五点六でシャッターを切る（用五點六的光圈按快門）

搾り粕，搾り滓、絞り粕、絞り滓〔名〕榨完油的渣滓

搾り込む、絞り込む〔他五〕擰入、榨入、擠入

　レモン汁をカクテルに搾り込む（把檸檬汁擠到雞尾酒裡去）

搾り汁、絞り汁〔名〕榨取的汁液

搾り出す、絞り出す〔他五〕擰出、擠出、榨出

　汁を搾り出す（榨出汁液）
　声を搾り出す（勉強發出高聲）
　海綿から水を搾り出す（從海綿中擠出水來）

搾り出し、絞り出し〔名〕擠出、（裝牙膏繪圖原料一擠即出的）管，筒

　搾り出し絵の具（管式繪畫原料）
　搾り出す歯磨き（管式牙膏）

搾める、絞める、締める、閉める〔他下一〕繫結、勒緊，繫緊

（常寫作閉める）關閉，合上、管束

（常寫作絞める、搾める）榨，擠，合計，結算

（常寫作絞める）掐，勒、掐死，勒死、嚴責，教訓縮減，節約、（祝賀達成協議或上樑等時）拍手

　帯を締める（繫帶子）
　締め直す（重繫）
　縄を締める（勒緊繩子）
　ボルトで締める（用螺絲擰緊）
　財布の紐を締めて小遣いを遣らない様に為る（勒緊錢袋口不給零錢）
　靴の紐を締める（繫緊鞋帶）
　三味線の糸を締める（繃緊三弦琴的弦）
　ベルトをきつく締める（束緊皮帶）
　褌を締める（束緊兜襠布、下定決心、認真對待）
　桶板は箍で締めて有る（飯桶用箍緊箍著）
　戸を閉める（關上門）
　窓をきちんと閉める（關緊窗戶）
　ぴしゃりと閉める（砰地關上）
　本を閉める（合上書）
　入ったら必ず戸を閉め為さい（進來後一定要把門關上）
　店を閉める（關上商店的門、打烊、歇業）
　社員を締める（管束公司職員）
　此の子は怠けるからきつく締めて遣らねば為らぬ（這孩子懶必須嚴加管束）
　油を搾める（榨油）
　菜種を搾めて油を取る（榨菜籽取油）
　酢で搾める（揉搓魚肉使醋滲透）
　帳面を締める（結帳）
　勘定を締める（結算）
　締めて幾等だ（總共多少錢？）
　締めて五万円に為る（總共五萬日元）
　首を絞める（掐死、勒死）
　鶏を絞める（勒死小雞）
　蛇は獲物に素早く巻き付いて絞めた（蛇敏捷地盤住擒獲物把它勒死了）
　彼奴は生意気だから一度締めて遣ろう（那傢伙太傲慢要教訓他一頓）
　経費を締める（縮減經費）
　家計を締める（節約家庭開支）
　さあ、此処で御手を拝借して締めて戴きましょう（那麼現在就請大家鼓掌吧！）

占める〔他下一〕佔據，佔有，佔領、（只用特殊形）表示得意

　上座を占める（佔上座）
　第一位を占める（佔第一位）
　勝ちを占める（取勝）
　絶対多数を占める（佔絕對多數）
　上位を占める（居上位、佔優勢）
　机が部屋の半分を占める（桌子佔了房間的一半）
　女性が三分の一を占める（婦女佔三分之一）

敵の城を占める（佔領敵人城池）
大臣の椅子を占める（佔據大臣的椅子、取得部長的職位）
此れは占めたぞ（這可棒極了）
占め占め（好極了）
味を占める（得了甜頭）

湿る〔自五〕濕、濡濕
夜露で湿っている（因夜間露水濕了）
湿った海苔（潮濕的紫菜）
湿らないように為る（防潮）為る為る
毎日の雨続きで家の中が湿って気分が悪い（因為每天陰雨連綿室內潮濕不舒服）

搾め滓、搾め粕〔名〕油糟、豆餅
大豆の搾め滓を飼料に為る（拿豆餅作飼料）

搾木、締木〔名〕（榨油用）榨木、油榨
搾木に掛ける（榨油、上榨）

遮（ㄓㄜ）

遮〔漢造〕隱蔽、阻攔、音譯字
遮音〔名〕隔音、防音
遮音と防水の出来る家の構造（能隔音和防水的房屋結構）
遮音装置（隔音裝置）
遮光〔名、他サ〕遮光
電燈を遮光する為に黒い布を笠に巻く（為了遮住燈光燈傘上纏上黑布）
遮光板（〔機〕遮光板）板板
遮光育苗室（遮光育苗室）
遮光幕（〔燈光管制的〕遮光幕）
遮光装置（〔電視機、照相機的〕遮光裝置）
遮光スクリーン（遮光屏）
遮断〔名、他サ〕遮斷、截斷、切斷、攔截、截住、分離、隔離。〔電〕斷路、斷流、截止
外部の音響を遮断する（遮斷外面聲音）
敵の退路を遮断する（切斷敵人退路）
此処は交通が遮断されている（這裡交通被截斷了）
遮断壁（〔坑內的〕隔牆）
遮断容量（斷路容量、遮斷功率）
遮断装置（切斷裝置）
遮断電圧（截止電壓）
遮断周波数（截止頻率）
遮断域（衰減頻帶）
遮断器（〔電〕遮斷器、斷路器、斷路開關）
遮断機（〔鐵〕〔鐵路道口的〕截路機、斷路閘）

遮蔽〔名、他サ〕遮蔽、遮掩、掩蔽
空から灯火が見えないように遮蔽（を）する（〔防空時〕遮擋起來以免從空中看見燈光）
遮蔽物（掩蔽物）物物
遮蔽幕（遮蔽幕）
遮蔽格子（〔無〕廉柵極〔=スクリーン.グリッド〕）
遮蔽作用（〔無〕屏蔽作用）

遮壁〔名〕〔電〕屏壁、隔牆

遮二無二〔副〕胡亂、盲目、不顧前後、死皮白賴
遮二無二勉強する（死皮白賴地用功）
遮二無二相手に突っ掛かる（一直不斷地頂撞對方）
遅刻し然うなので満員電車に遮二無二乗り込んだ（眼看要遲到便死皮白賴地擠進了壅擠的電車）
遮二無二突進する（不顧一切地直往前闖）
遮二無二仕事を片付ける（胡亂處理工作）

遮莫〔副〕縱然如此（=然は有れ、遮莫、然も有らば有れ）

遮莫、然も有らば有れ〔連語〕縱會如此、不管怎樣
遮莫、此からの策を練る可きだ（不管怎樣應該想今後的辦法）

遮る〔他五〕遮、遮擋、遮住、遮蔽、遮斷、遮攔、阻擋

屮

風を遮る（遮風）

光線を遮る（遮擋光線）

密林は日光を遮った（濃密的樹林遮住了陽光）

目に当たらないように光を遮る（遮住亮光使不晃眼）

月は雲に遮られて見えなかった（月亮被雲彩遮住看不見了）

道を遮る（遮路、擋路）

発言を遮る（打斷發言）

人の言葉（話）を遮る（打斷別人的話）

遮る事の出来ない趨勢（不可阻擋的趨勢）

螫（屮ㄜ）

螫〔漢造〕蛇蟲用毒牙或尾針刺入叫螫

螫す、刺す〔他五〕螫

蜂に腕を刺された（被蜜蜂螫了胳臂）

蜂が手を刺す（蜜蜂叮了手）

蚤に刺された（被跳蚤咬了）

蚊に刺された（被蚊子咬了）

虫に刺されて腫れた（被蟲咬腫了）

刺す、差す〔他五〕刺，扎，撐（船）

其の言葉が私の胸を刺した（那句話刺痛了我的心）

肌を刺す寒風（刺骨寒風）

針で刺す（用針刺）

此の水は身を刺す様に冷たい（這水冷得刺骨）

胃が刺す様に痛い（胃如針扎似地痛）

棹を刺して船を岸に付ける（把船撐到河邊）

刺す〔他五〕刺，扎，穿、粘捕、縫綴、（棒球）出局，刺殺

針を壺に刺した（把針扎在穴位上）

匕首で人を差す（拿匕首刺人）

ナイフで人を刺して、怪我を為せた（拿小刀扎傷了人）

短刀で心臓を刺す（用短刀刺心臟）

足に棘を刺した（腳上扎了刺）

銃剣を刺されて倒れた（被刺刀刺倒了）

魚を串に刺す（把魚穿成串）

胸を刺す様な言葉（刺心的話）

刺される様に頭が痛む（頭像針刺似地疼）

肌を刺す寒気（刺骨的寒風）

黐で鳥を刺す（用樹皮膠黏鳥）

雀を刺す（黏麻雀）

雑巾を刺す（縫抹布）

畳を刺す（縫草蓆）

靴底を刺す（縫鞋底）

一塁に刺す（在一壘刺殺在、一壘出局）

二、三塁間で刺された（在二三壘間被刺殺）

差す〔自五〕（潮）上漲，（水）浸潤、（色彩）透露，泛出，呈現，（感覺等）起、發生、伸出，長出、（迷）（鬼神）付體

〔他五〕塗，著色，舉，打（傘等）、（象棋）下，走、呈獻，敬酒，量（尺寸）。〔轉〕作（桌椅、箱櫃等）、撐（蒿、船）、派遣

潮が差す（潮水上漲）

水が差して床下が湿気（因為水浸潤上來地板下發潮）

差しつ差されつ飲む（互相敬酒）

顔に赤みが差す（臉上發紅）

顔にほんのり赤みが差して来た（臉上泛紅了）

熱が差す（發燒）

気が差す（內疚於心、過意不去、預感不妙）

嫌気が差す（感覺厭煩、感覺討厭）

噂を為れば影が差す（說曹操曹操就到）

気が差して如何してもそんな事を言えなかった（於心有愧怎麼也無法說出那種話來）

樹木の枝が差す（樹木長出枝來）

差す手引く手（舞蹈的伸手縮手的動作）

魔が差す（著魔）
口紅を差す（抹口紅）
顔に紅を差す（往臉上塗胭脂）
雨傘を差す（打雨傘）
傘を差さずに行く（不打傘去）
将棋を差す（下象棋）
君から差し給え（你先走吧！）
今度は貴方が差す番ですよ（這次輪到你走啦！）
一番差そうか（下一盤吧！）
杯を差す（敬酒）
反物を差す（量布匹）
棹を差す（撐船）
棹を差して川を渡る（撐船過河）

差す、射す〔自五〕照射
光が壁に差す（光線照在牆上）
雲の間から日が差している（太陽從雲彩縫中照射著）
障子に影が差す（影子照在紙窗上）
朝日の差す部屋（朝陽照射的房間）

差す、挿す〔他五〕插，夾，插進，插放，配帶，貫，貫穿
花瓶に花を差す（把花插在花瓶裡）
簪を髪に差す（把簪子插在頭髮上）
鉛筆を耳に差す（把鉛夾在耳朵上）
柳の枝を地に差す（把柳樹枝插在地上）
差した柳が付いた（插的柳樹枝成活了）
腰に刀を差している（腰上插著刀）
武士は二本を差した物だ（武士總是配帶兩把刀）

差す、注す、点す〔他五〕注入，倒進，加進，摻進、滴上，點入
水を差す（加水、挑撥離間、潑冷水）
コップに水を差す（往杯裡倒水）
杯に酒を差す（往酒杯裡斟酒）
酒に水を差す（往酒裡摻水）
醤油を差す（加進醬油）
機械に油を差す（往機器上加油）
ランプに油を差す（往燈裡添油）
目薬を差す（點眼藥）
朱を差す（加紅筆修改）
茶を差す（添茶）

差す、鎖す〔他五〕關閉、上鎖
戸を差す（關門、上閂）

差す、指す〔他五〕指示、指定、指名、針對、指向、指出、指摘、揭發、抬
黒板の字を指して生徒に読ませる（指著黑板上的字讓學生唸）
地図を指しながら説明する（指著地圖說明）
磁針は北を指す（磁針指示北方）
時計の針は丁度十二時を指している（錶針正指著十二點）
先生は僕を指したが、僕は答えられなかった（老師指了我的名但是我答不上來）
名を指された人は先に行って下さい（被指名的人請先去）
此の語の指す意味は何ですか（這詞所指的意思是什麼呢？）
此の悪口は彼を指して言っているのだ（這個壞話是指著他說的）
船は北を指して進む（船向北行駛）
台中を指して行く（朝著台中去）
犯人を指す（揭發犯人）
後ろ指を指される（被人背地裡指責）
物を差して行く（抬著東西走）

止す〔造語〕（接動詞連用形下、構成他五型複合動詞）表示中止或停頓
本を読み止す（把書讀到中途放下）
煙草を吸い止したまま出て行った（把香煙沒吸完就放下出去了）
不図言い止して口を噤んだ（說了一半忽然緘口不言了）

為す〔他五〕讓做、叫做、令做、使做（=為せる）

〔助動五型〕表示使、叫、令、讓（=為せる）

　結婚式を為した（使舉行婚禮）

　安心為した（使放心）

　物を食べ為した（叫吃東西）

　もう一度考え為して吳れ（讓我再想一想）

螯（ㄓㄠ）

螯〔名〕〔動〕螯（螃蟹等節肢動物的第一對腳）、螃蟹夾子

折、折（ㄓㄜˊ）

折〔漢造〕（也讀作折）折、分開、挫折、責備、死

　曲折（曲折，彎曲、錯綜複雜）

　屈折（屈折，曲折，彎曲，歪曲、折射、不正常）

　九折（羊腸小道、曲折的山路=葛折、九十九折）

　半折、半切、半截（切成一半、一張紙的一半）

　骨折（骨折）

　骨折り（努力，辛苦，盡力，幫忙）

　挫折（挫折、失敗、氣餒）

　面折（當面責問）

　夭折（夭折、死亡）

折角〔名、副〕特意、好不容易，煞費苦心（=態態）、好好地，拼命地（=精精、一生懸命）

　折角の努力が水泡に帰する（煞費苦心的努力變成泡影）

　折角の好意を無に為る（辜負一番好意）

　折角だが御斷りだ（對不起您的美意不能接受）

　折角の休日も雨で潰れた（好容易盼到的假日給雨破壞了）

　折角来たのに居留守を使うとはあんまりだ（特意來到可是居然假裝不在太不像話了）

　折角勉強したのに試験が中止に為った（好不容易用了功卻偏偏不考了）

　折角勉強し給え（好好地用功吧！）

　折角御大事に為さいまし（請好好保重）

折檻〔名、他サ〕責備，痛罵、責打

　惡習の息子を折檻する（痛罵有壞習慣的兒子）

　悪戯っ子を折檻する（責打淘氣的孩子）

折衝〔名、自サ〕折衝、交涉，談判

　折衝を重ねる（反復交涉）

　彼の人は折衝が旨い（他辦交涉很能幹）

　事件は目下折衝中だ（事情目前正在談判中）

　協定の成立は未だ可成の折衝を要する（要達成協議還要進行多次談判）

折線〔名〕〔數〕折線（=折れ線）

折損〔名、自他サ〕折損、挫傷

折中、折衷〔名、他サ〕折中、折衷

　和洋折中の住宅（日西合璧的住宅）

　両案を折中して新しい案を作る（把兩個方案加以折衷訂出新的方案）

　折中策（折衷方案）

　折中主義（折衷主義）

　折中説（折衷論）

折半〔名、他サ〕平分、分成兩份（=二等分）

　利益を折半する（雙方平分利益）

　費用は折半しよう（費用我倆均攤吧！）

折伏、折服〔名、他サ〕折服

折伏、折伏、折伏〔名、他サ〕〔佛〕用說法，祈禱等力量使人屈服

折る〔他五〕折、折斷、折疊、折彎、彎曲

　花を折る（折花）

　木の枝を折る（折樹枝）

　左腕を折った（折斷了左胳膊）

　大腿骨を折った（折斷了大腿骨）

　花や木を折らないで下さい（請勿攀折花木）

鉛筆の芯を折って終った（把鉛筆芯弄斷了）
ページの端を折る（把頁角折起來）
折り紙を折る（折疊紙手工）
襟を折る（翻領子）
手紙を三つに折って封筒に入れた（把信疊成三折放進信封裡）
膝を折る（屈膝、屈服）
指を折って数える（屈指計算）
我を折る（屈從、屈服）
腰を折る（挫折銳氣、打斷話頭）
鼻を折る（挫其銳氣、使丟臉）
筆を折る（絕筆）
骨を折る（努力、盡力）

居る〔自五〕（居る的稍舊說法）（有生物的存在）在，有，居住，停留。（動物）生存，生長，生活

〔補動、五型〕（以て居る-在口語中常常說成とる形式、接在動詞連用形下）

（表示行為或動作正在進行中）正在…、著…

（表示狀態或持續性的行為動作或狀態）…著、…了

其処に居るのは誰だ（在那裏的是誰？）
誰か居るか（有人嗎？）
応接間に御客さんが居ります（客廳裡有客人）
部屋には誰も居りません（屋裡沒有人）
両親は田舎に居ります（父母住在鄉下）
長年東京に居った（曾住在東京多年）長年
もう二三日此処に居る積りです（我打算在這裡再待兩三天）
鰐は熱帯の河や海に居ります（鱷魚生存在熱帶的河或海裡）
此のカンガルーは元オーストラリアに居りました（這種袋鼠以前生長在澳洲）
そんな所で何を為て居るのか（你在那裏做什麼呢？）
ラジオを聞いて居る（正在聽收音機）

新聞を読んで居る（正在看報=新聞を読んどる）
子供等は庭で遊んで居ります（孩子們正在院子裡玩）
其の時彼は食事を為て居りました（那時他正在吃飯）
花が咲いて居ります（花開了、花開著）
窓ガラス壊れて居る（窗子的玻璃碎了）
食事はもう出来て居ります（飯已準備好了）
主任は病気で静養して居ります（主任因病在靜養中）
課長は出張していて、未だ帰って居りません（科長出差去了還沒回來）

＊居る和居る意義和用法雖完全相同、但用在補動時居ります比居ます語氣較客氣

織る〔他五〕織、編織
布を織る（織布）折る
木綿を織る（織棉布）居る居る
羅紗を織る（織呢絨）
絹を織る（織綢緞）
蓆を織る（編草蓆）
綿から糸を作り、糸を布を織る（由棉花紡紗把紗織成布）
自動車の往来が、布を織る様に激しい（汽車往來如梭）
訪ね来る者織るが如し（來訪者絡繹不絕）

折り、折〔名〕折，折疊、折疊物，折縫、時候，時機

〔接尾〕（計算紙盒木盒的助數詞）盒，匣。（作紙張的助數詞）開數

子供の折の思い出（孩子時候的回憶）
其の折私も其処に居合わせた（那個時候我也正在那裡）
上海へ行った折に彼を訪れました（去上海的時候我訪問過他）
忙しく彼に会う折が無い（忙得沒有機會跟他見面）
此れは又と無い折だ（這是難得的機會）

折が有れば早速御訪ね致します（有了機會我就盡早去拜訪您）

折を待つ（等待時機）

折を利用する（利用時機）

折が良い（時機好）

折が悪い（時機不好）

折に触れて（碰到機會、偶而、即興）

折も有ろうに（偏偏在這個時候、偏巧這時）

折も折（正當這個時候、偏巧這時）

折を見て（看機會、找時機、見機行事）

菓子を折に入れる（把點心放在盒裡）

海苔巻きを折に詰める（往盒子裡裝壽司飯捲）

御菓子一折（一盒點心）

折詰の鮨を二折注文する（訂購兩盒壽司）

二つ折の本（對開本的書）

八つ折の本（八開本的書）

二つ折に為る（折成對開）

もう一つ畳むと三十二折に為る（再折疊一次就成三十二開）

折り合う、折合う〔自五〕互相和好，和睦相處，妥協，互相讓步，互相牽就，達成協議

誰とでも折り合って行く（和誰都和得來）

あんな疑い深い人とは折り合い難い（和那樣多疑的人不容易處得來）

当事者同士が折り合う（當事人雙方妥協）

値段が折り合った（價錢談妥了）

御互いに折り合ったら如何か（互相讓一步怎麼樣？）

二人の意見が折り合わないので、其の話は取り止めに為った（因為兩個人的意見相處不下那件事作為罷論了）

折れ合う〔自五〕妥協、互相讓步（=折り合う、譲り合う、妥協する）

両方が折れ合って交渉が纏まった（雙方互相讓步談判達成了協議）

両者共折れ合う様子も無く、気不味い空気が流れた（雙方看來都不肯讓步呈現出一種不諧調的氣氛）

折り合い、折合い〔名〕相處，相互關係、妥協，和解，和好，讓步

夫婦の折り合い（夫妻相處的關係）

君は彼の連中と折り合いは如何か（你和那伙人處得怎樣？）

彼は人と折り合いが悪い（他跟人們處不來）

彼等は折り合いが良い（他們關係好）

折り合いが旨く行く（關係處得好）

彼は妻との折り合いが良くない（他和他太太的關係處得不好）

折り合いが付く（妥協、和解、談妥、達成協議、取得諒解）

折り合いが付いて紛争が解決した（達成諒解、糾紛解決了）

彼等は今迄の所未だ折り合いが付かない（到現在為止他們還沒有達成協議）

折り合いを付ける（講和、說和、調解）

側から折り合いを付けて遣る（從旁給他們說好）

折悪しく〔副〕不合時機、不湊巧、偏偏（=生憎）←→折り好く

出掛けようと思ったら折悪しく彼が遭って来た（我剛要出門偏偏他來了）

折悪しく大雨が降って来た（偏偏下起雨來了）

折悪しく不在で失礼しました（不巧我不在家失迎失迎）

彼は折悪しく私の留守に来た（真不湊巧他在我不在家的時候來了）

僕は折悪しく干渉したのが悪かった（我偏偏冒失插了嘴是我的不對）

折り椅子、折椅子〔名〕折椅 折疊椅（=折り畳み椅子）

折り椅子五脚（五把折椅）

折り板、折板〔名〕（折疊式桌子的）折板、鉸鏈板

折り入って〔副〕誠懇地、懇切地

折り入って頼む（誠懇地拜託）
折り入って御願いし度い事が有ります（我有件事要懇求您）

折烏帽子〔名〕（古時戴用的）折角烏角巾

折り襟、折襟〔名〕翻領，折領，卷領←→詰襟、翻領的西服，普通的西裝
折り襟のシャツ（翻領襯衫）
上着の折り襟（西服上衣的折領）

折折〔名〕時時、隨時、應時
〔副〕時常、常常、有時
四季折折の花（四季裡應時令開的花）
折折彼に遇う（有時見到他）
折折手紙を寄越す（常常來信）
折折映画を見に行く（常去看電影）

折り返す、折返す〔他五〕折回、疊回、翻回、卷回
〔自五〕返回、折回、反復
紙を折り返す（把紙疊成兩層）
袖口を折り返す（卷起袖口）
襟を折り返す（翻領子）
ズボンの裾を折り返す（卷起褲腳）
折り返して聞く（反復打聽）
折り返して三遍歌う（反復唱三遍）
途中から折り返す（中途折回）
終点から折り返す（從終點返回）

折り返し、折返し〔名〕折回，翻回、返回、（詩歌的）疊句，復唱句
〔副〕立即、立刻
表の折り返し（向外的翻折）
裏の折り返し（向裡的翻折）
ズボンの折り返し（翻折的褲腳）
マラソンの折り返し点（馬拉松長跑的折回點）
本のカバーの折り返し（書皮的折回部分）
折り返し電車（區間電車）
折り返しバス（區間公車）
折り返し列車（區間列車）
折り返し運転（區間運輸、區間行駛）

折り重なる、折重なる〔自五〕重疊起來、交錯地壓在一起
木が折り重なって倒れた（樹木交錯地疊著倒在一起了）
急停車したので乗客が折り重なって倒れた（因為來了個急煞車乘客人壓人地疊倒一起）

折り重ねる、折重ねる〔他下一〕折疊起來、折了堆起來
新聞を折り重ねる（把報紙疊好堆起來）
幾重にも折り重ねる（疊成好多層）
木の枝を折り重ねる（把樹枝折下堆起來）

折り菓子、折菓子〔名〕盒裝糕點

折り方，折方、折り形，折形〔名〕折疊的方法，折疊的樣式、疊紙手工（=折紙細工）

折り鞄、折鞄〔名〕折疊式手提皮包、文件皮包、公事皮包

折り紙、折紙〔名〕折疊的紙、摺紙手工、證明書，保證書，社會上的定評
折り紙を折る（摺紙）
折り紙で鶴を作る（用紙疊個鶴）
其の筋の折り紙が付く（得到有關當局的鑑定證明）
折り紙付き（有保證的，可靠的、著名的，有定評的）
折り紙付きの名刀（早有定評的名刀）
折り紙付きの名酒（素有定評的名酒）
折り紙付きの人物（已有定評的人、素負盛名的人）
折り紙付きの悪人（聲名狼藉的壞人、掛了號的壞蛋）
其の人なら信用出来ると折り紙を付ける（如果是他我敢保證可以信任）

折り柄、折柄〔名,副〕正在那時，恰好在那個時候、（接續助詞用法）（書信用語）時值，正當…季節

之

折り柄雨が降り出して試合は中止に為った（正在那時下起雨來比賽就中止了）

折り柄人が通り掛った（恰好那時有人路過那裡）

折り柄の烈風で火は四方に広がった（正趕上刮大風火向四周蔓延了）

酷暑の折り柄（時當盛夏）

気候不順の折り柄（正當氣候不正常的季節）

折り句、折句〔名〕（和歌、俳句、川柳等的）折句、離合體詩（每句句首用題名或事物名的一個字開始）

折り釘，折釘、折れ釘〔名〕（掛東西用的）彎頭釘，鉤頭釘、（不能使用的）彎釘，斷頭釘

折れ釘流（拙劣的書法＝金釘流）

折り子、折子〔名〕（裝訂的）折疊工、折頁工

折り込む、折込む〔他五〕折入，折進、夾入，疊入。〔商〕折扣，扣除

端を二寸折り込む（把邊緣折進去二寸）

広告ビラを新聞に折り込む（把廣告傳單夾在報紙裡）

折れ込む〔自五〕折入內部、折進去

折り込み、折込み〔名〕夾入廣告傳單、夾在報刊裡的宣傳品

折り込み広告、折込み広告（夾在報刊裡的廣告單）

折り込み済み、折込み済み（已折扣）

折り込み鞄、折込み鞄（折疊式的手提皮包、公事皮包、文件皮包）

折り敷く、折敷く〔自五〕支起一條腿跪坐。〔軍〕作跪坐姿勢

〔他五〕折取草樹枝等墊在身下

折り敷け！（〔口令〕跪下！）

行軍中良く草等を折り敷いて寝る（行軍中常常鋪著打來的草睡覺）

折り敷き、折敷〔名〕一條腿跪著的姿勢。〔軍〕跪射姿勢

折敷〔名〕（盛食具、供品用的）木製方盤

折りしも〔副〕正當那時、恰好在那個時候（＝折りから、折柄）

折しも聞こえる人馬の足音（正當那時聽到人馬的腳步聲）

折り尺、折尺〔名〕折尺、折疊尺

折り帖、折帖〔名〕（字帖、碑帖、畫帖等的）折帖、折本（＝折り本、折本）

折助〔名〕〔古〕（武士的）奴僕、跟班、從僕

折助根性（奴僕性格、雇傭觀點）

折り畳む、折畳む〔他五〕折疊。〔印〕折頁

新聞を折り畳む（疊報紙）

着物を折り畳む（疊衣服）

折り畳んでも皺が寄らない（疊起來也不起皺）

昆虫の羽が折り畳まれた（昆蟲的翅膀折疊在一起了）

折り畳み、折畳み〔名〕折疊。〔印〕折頁

折り畳みの出来る家具（折疊式家具）

折り畳み（の）椅子（折疊式椅子）

折り畳みボート（折疊式短艇）

折り畳み式カタログ（折疊式商品目錄）

折り畳みナイフ（折刀）

折り畳み自在の物（可自由折疊的東西）

折り畳み機、折畳み機（折頁機）

折り丁、折丁〔名〕〔印〕（折疊待裝的）折帖（普通以十六頁或三十二頁為一疊）

折り丁を切る（列折帖清單＝把組成全書的扉頁，本文，附錄等疊子作成一覽表）

折り詰め、折詰〔名〕裝在木片或紙板盒裡、盒裝食品

折り詰めの菓子（盒裝點心）

折り詰め（の）弁当（木片盒裝的盒飯）

折り鶴、折鶴〔名〕紙疊的鶴、摺紙手工做的鶴

折り手本、折手本〔名〕折本的樣本、折本字帖、折本畫帖

折り戸、折戸〔名〕折疊式的門

折り取る、折取る〔他五〕折取

枝を折り取る（折取樹枝）

折り箱、折箱〔名〕（用薄木片或厚紙板折成的）小盒

折節〔名〕那個季節、那個時候、隨時（=其の折其の折）

〔副〕正當那時，恰巧在那個時候、有時，時常，偶而（=時時、折折）
　四季折節の眺め（四季應時的景色）
　辞し去ろうと為る折節、雨が降り来る（正要告辭時下起雨來）
　彼の人も折節遣って来る（他也有時候來）
　折節バスで一緒に為る（有時在公車上遇見）

折り本、折本〔名〕（字帖，碑帖，畫帖等的）折本、（裝訂時的）折頁

折り曲げる、折曲げる〔他下一〕折彎、弄彎曲
　針金を折り曲げる（把鐵絲折彎）
　ページの隅を折り曲げる（把書的頁角折起來）

折り曲げ鉄筋、折曲げ鉄筋〔名〕〔建〕彎曲鋼筋

折れ曲がる〔自五〕折彎
　針金が折れ曲がる（折彎鐵絲）

折り目、折目〔名〕折痕，折線、規矩，禮貌
　ズボンの折り目（褲子的折線）
　折り目通りに畳む（按原來的折線疊起）
　折り目の無い紙幣（沒有折痕的紙幣）
　きちんと折り目の付いたズボン（褲線筆直的褲子）
　本に折り目を拵えるな（不要折書頁）
　折り目を正しくせよ（要有規矩）
　折り目正しい（折痕筆挺、循規蹈矩）

折れ目〔名〕折斷的地方、折縫，折痕

折り山、折山〔名〕（折疊布或紙等時）凸起的折痕

折り好く、折好く〔副〕（時間上）恰巧、恰好←→折悪しく
　折り好く彼も来合わせていた（恰巧他也在座）
　折り好く彼は在宅でした（恰好他在家）
　折り好く電車が遣って来た（恰好電車來了）

其の折〔連語〕那時、那個時候（=其の節）
　其の折何卒宜しく（那時請多關照）
　其の折は失礼しました（那時我失禮了、那時真對不起）

折れる〔自下一〕折、折斷、折疊、轉彎、遷就，讓步、消沉，挫折
　風で枝が折れた（樹枝被風颳折了）
　心棒が折れた（軸折斷了）
　鉛筆の芯が折れた（鉛筆心折斷了）
　刀が二つに折れた（刀斷成兩截了）
　此の杖は容易に折れない（這手杖不容易折斷）
　あんまり曲げると折れるよ（彎大了會折的）
　十字路を左に折れて真っ直ぐに御出で為さい（請你從十字路口左拐彎一直向前走）
　道が郵便局の所で右に折れる（道路在郵局那裡向右拐）
　本のページが折れていますよ（書頁折了呀）
　写真が二つに折れている（照片折成兩截了）
　相手が折れて来た（對方讓步了）
　組合の強硬な態度に会社側が折れた（公司方面對於工會的強硬態度讓步了）
　余り言い訳を為れたので此方も折れて仕舞った（因為對方再三辯解道歉我也就讓步了）
　此方から折れて出るのは嫌だ（我們可不能讓步）
　妹が泣くと姉は直ぐ折れて妹の機嫌を取る（妹妹一哭姊姊馬上就軟下來哄她）
　気骨が折れる（操心、勞心）
　気骨の折れる仕事（勞心的工作）
　骨が折れる（費力氣、費勁、困難、棘手）
　骨の折れる仕事（費力氣的工作）

折れ〔名〕（折斷下來的）斷頭、斷片、斷塊
　枝の折れ（斷枝）

木の折れ残り（樹折斷後剩下的樹椿）
折れ釘（斷了頭的釘子）
折れ線グラフ（曲線圖）

折れ屈み〔名〕彎曲、關節、舉止，起居

折れ口〔名〕斷裂面，折斷處，（東京方言）死了人
町内に又折れ口が出た（街道上又發生了喪事）

折ぎ、折〔名〕〔俗〕削薄，薄薄削下的東西、薄木片（＝折板）、用薄木片做的無蓋盒（托盤）

折板〔名〕薄木片、小薄板、木紙
佃煮を折板に包む（把魚醬包在木紙裡）

哲（ㄓㄜˊ）

哲〔漢造〕哲，有智慧、哲學
賢哲（賢人與哲人）
聖哲（聖人和哲人）
明哲（明哲）
先哲（先哲）
前哲（前哲）
十哲（十哲）
中国哲（中國哲學）
印哲（印度哲學）
西哲（西方的哲學家）

哲学〔名〕哲學、人生觀，世界觀
マルクス主義の哲学（馬克思主義的哲學）
中国古代の哲学（中國古代哲學）
レーニンの哲学ノート（列寧的哲學筆記）
ギリシア哲学（希臘哲學）
実証哲学（實證哲學）
大学の哲学科（大學的哲學系）
新しい哲学体系を立てる（建立新的哲學體系）
此れが僕の哲学だ（這就是我的人生觀）
彼には彼一流の哲学が有る（他有他的一套世界觀）

哲学的（哲學的、哲學上的、從哲學觀點）

哲人〔名〕哲人、哲學家
ギリシアの哲人ソクラテス（希臘哲人蘇格拉底）
一代の哲人と仰がれる（被尊為一代哲人）
哲人政治（哲人政治、賢人政治）

哲理〔名〕哲理
哲理を究める（研究哲理）
人生の哲理を説く（講述人生的哲理）

慴、懾（ㄓㄜˊ）

慴〔漢造〕害怕、怕他人的威勢而屈服

慴伏、懾伏〔名、自サ〕懾服
土民を懾伏させる（使土著居民懾服）

摺（ㄓㄜˊ）

摺〔漢造〕屈疊

摺る、刷る〔他五〕印刷
色刷りに刷る（印成彩色）
千部刷る（印刷一千份）
良く刷れている（印刷得很漂亮）
鮮明に刷れている（印刷得很清晰）
此の雑誌は何部刷っていますか（這份雜誌印多少份？）
ポスターを刷る（印刷廣告畫）
輪転機で新聞を刷る（用輪轉機印報紙）

摺る、擦る、摩る、磨る、擂る〔他五〕摩擦、研磨、磨碎、損失，消耗，賠輸
タオルで背中を擦って垢を落とす（用毛巾擦掉背上的泥垢）
鑢で磨ってから鉋を掛ける（用銼刀銼後再用鉋子刨）
マッチを擦って明りを付ける（划根火柴點上燈）
墨を磨る（研墨）
擂鉢で胡麻を磨る（用研缽磨碎芝麻）
株に手を出して大分磨った（做股票投機賠了不少錢）

すっからかんに磨って仕舞った（賠輸得精光）

胡麻を擂る（阿諛、逢迎、拍馬）

擦った揉んだ（糾紛）擦れる、摩れる、磨れる

掏る〔他五〕扒竊、掏摸

掏摸に掏られた（被小偷偷了）掏る磨る擂る刷る摺る擦る摩る為る

掏摸に御金を掏られた（錢被小偷偷走了）

電車の中で財布を掏られた（在電車裡被扒手扒了錢包）

人の懐中を掏ろうと為る（要掏人家的腰包）

為る〔サ自〕（通常不寫漢字、只假名書寫）（…が為る）作，發生，有（某種感覺），價值，表示時間經過，表示某種狀態

〔他サ〕做（=為す、行う）充，當做

（を…に為る）作成，使成為，使變成（=に為る）

（…事に為る）（に為る）決定，決心

（…と為る）假定，認為，作為

（…ようと為る）剛想，剛要

（御…為る）（謙）做

物音が為る（作聲、發出聲音、有聲音＝音を為る）音音音音

稲光が為る（閃電、發生閃電、有閃電）稲妻

寒気が為る（身子發冷、感覺有點冷）

気が為る（覺得、認為、想、打算、好像）
←→気が為ない

此のカメラは五千円為る（這個照相機價值五千元）

彼は五百万円為る車に乗っている（他開著價值五百萬元的車）

こんな物は幾等も為ない（這種東西值不了幾個錢）

デパートで買えば十万円は為る（如果在百貨公司買要十萬元）

一時間も為ない内にすっかり忘れて終った（沒過一小時就給忘得一乾二淨了）

三日も為れば帰って来る（三天後就回來）

さっぱり為た人（爽快的人）

彼の男はがっちり為ている（那傢伙算盤打得很仔細）

頭がくらくらと為てぼっと為る（頭昏腦脹）

幾等待っても来為ない（怎麼等也不來）

仕事を為る（做工作）

話を為る（說話）

勉強を為る（用功、學習）

為る事為す事（所作所為的事，一切事）

為る事為す事旨く行かない（一切事都不如意）

為る事為す事皆出鱈目（所作所為都荒唐不可靠）

何も為ない（什麼也不做）

其を如何為ようと僕の勝手だ（那件事怎麼做是隨我的便）

私の言い付けた事を為たか（我吩咐的事情你做了嗎？）

此から如何為るか（今後怎麼辦？）

如何為る（怎麼辦？怎麼才好？）

如何為たか（怎麼搞得啊？怎麼一回事？）

如何為て（為什麼、怎麼、怎麼能）

如何為ても旨く行かない（怎麼做都不行、左也不是右也不是）

如何為てか（不知為什麼）

今は何を為て御出でですか（您現在做什麼工作？）

委員を為る（當委員）

世話役を為る（當幹事）

学校の先生を為る（在學校當老師）

子供を医者に為る（叫孩子當醫生）

彼を議長に為る（叫他當主席）

彼は娘をピアニストに為る積りだ（他打算要女兒當鋼琴家）積り心算心算

本を枕に為て寝る（用書當枕頭睡覺）眠る

坐

彼は事態を複雑に為て終った（他把事態給弄複雜了）終う仕舞う

品物を金に為る（把東西換成錢）金金

借金を棒引に為る（把欠款一筆勾銷）

三階以上を住宅に為る（把三樓以上做為住宅）

絹を裏地に為る（把絲綢做裡子）

顔を赤く為る（臉紅）

赤く為る（面紅耳赤、赤化）

仲間に為る（入夥）

私は御飯に為ます（我吃飯、我決定吃飯）

今度行く事に為る（決定這次去）

今も生きていると為れば八十に為った筈です（現在還活著的話該有八十歲了）

卑しいと為る（認為卑鄙）卑しい賤しい

此処に一人の男が居ると為る（假定這裡有一個人）

行こうと為る（剛要去）

出掛けようと為ていたら電話が鳴った（剛要出門電話響了）

隠そうと為て代えて馬脚を現す（欲蓋彌彰）表す現す著す顕す

御伺い為ますが（向您打聽一下）

御助け為ましょう（幫您一下忙吧！）

摺れる、刷れる 〔自下一〕印好、印就

摺り足、摺足 〔名〕腳拖地走

　摺り足で歩く（腳擦地悄悄走）

　摺り足で近付いて行く（躡著腳悄悄地走）

摺り餌, 摺餌、擂り餌, 擂餌 〔名〕磨碎的鳥食

摺り鉦, 摺鉦、擦り鉦, 擦鉦 〔名〕（歌舞伎等用的樂器）鉦（=ちゃんぎり）

摺り切り、摺切り 〔名〕刮平、盛得平滿←→山盛り

　匙に摺り切り一杯の塩（平滿一匙鹽）

　茶碗に摺り切り一杯の御飯（一平碗飯）

　大匙で摺り切り二杯分の砂糖（兩大平匙的砂糖）

摺り抜ける、擦り抜ける 〔自下一〕擠過去、蒙混過去

　人込みの間を摺り抜けて前へ出る（從人群中擠到前面）

　群衆を摺り抜けようと企んでいる（企圖欺騙群眾蒙混過去）

　其の場は旨く摺り抜けた（當場巧妙地蒙混過去了）

摺り本, 摺本、刷り本, 刷本 〔名〕印刷本、木版本←→写本。〔印〕（印完以後）還沒裝訂成冊的單頁

摺り物、刷り物, 刷物 〔名〕印刷物、印刷品

　文章を摺り物に為る（把文章印出來）

磔（ㄓㄜˊ）

磔 〔漢造〕分裂身體的刑罰、古時裂牲祭神叫磔

磔する 〔他サ〕（古代一種酷刑、把肢體分裂）處磔刑

磔殺 〔名〕磔刑刺死

磔刑 〔名〕磔刑（=磔）

磔 〔名〕磔刑（古代將人綁在柱子或十字架上刺死的刑罰）

褶（ㄓㄜˊ）

褶 〔漢造〕衣服上的摺痕

褶曲 〔名〕〔地〕褶曲

　此の山脈は地面が褶曲して出来た物である（這座山是由於地面褶曲而形成的）

　褶曲山脈（褶曲山脈）

褶襞、皺襞 〔名〕〔解、動〕褶，殻褶。〔地〕褶皺

　地球表面の褶襞が山脈である（地球表面的褶皺是山脈）

謫、讁（ㄓㄜˊ）

謫 〔漢造〕（也讀作讁）譴責、流放

　流謫、流讁（流放）

　謫発（揭發=摘発）

謫所 〔名〕發配的地方（=配所）

謫居 〔名、自サ〕謫居

囁、囀（ㄓㄜˊ）

囁、囀〔漢造〕想說又頓住不說的樣子

囁く、私語く、耳語く〔自五〕耳語、小聲說話（＝ささめく）

　こっそり囁く（竊竊私語）

　耳元で囁く（傳爾私語、咬耳朵）

　恋を囁く言も出来ない（冶不能談情說愛）

　相手の耳に一言二言囁く（在對方耳邊細語一兩句）

　二人は幾度も互に囁き合った（兩個人互相竊竊私語了好幾次）

囁く、囁く〔自力四〕耳語、小聲說話（＝囁く）

囁き、私語〔名〕私語，耳語，低聲細語（＝私語、私語、私語）、（樹葉的）沙沙聲、（水流的）淙淙聲

　恋の囁き（愛情的喃喃細語）

　小川の囁き（小溪的淙淙聲）

　囁き千里（八丁）（秘事傳千里、隔牆有耳）

懾（ㄓㄜˊ）

懾〔漢造〕恐懼、怕威勢而屈服

懾伏、懾伏〔名、自サ〕懾服

　土民を懾伏させる（使當地居民懾服）

者（ㄓㄜˇ）

者〔漢造〕者，人、（特定的）事物，場所、加強語調

　使者（使者）

　四者（四者）

　侍者（侍者）

　仁者（仁者、仁慈的人、博愛之士）

　信者（信徒、崇拜者、愛好者）

　知者、智者（精通某事者、足智多謀者、名僧、高僧）

　治者（統治者、掌權者）

　王者、王者（帝王、大王，冠軍）

　往者（往者、往時、往事）

　役者（演員、有才幹的人）

　訳者（譯者、翻譯員）

　医者（醫生）

　歯医者（牙醫）

　儒者（儒家）

　学者（學者、科學家）

　筆者（筆者、作者、書寫者）

　勝者（勝者）

　敗者（敗者）

　傷者（傷者）

　生者、生者（生者）

　死者（死者）

　盛者、盛者、盛者（盛者）

　聖者、聖者（聖者、聖人）

　間者（間諜）

　冠者（成年人、年輕人、年輕僕人）

　患者（病人）

　強者（強者）

　弱者（弱者）

　狂者（瘋人）

　行者（修行者）

　業者（工商業者、同業者）

　有力者（有勢力者、有權勢者、某方面的權威人士）

　第三者（第三者、局外人）

　当事者（當事人）

　使用者（使用者、消費者、雇主）

　芸者（藝妓、多才多藝的人、精於技藝的人）

　傾者（近日、近來、不久前）

　賛成者（贊成者）

　文学者（文學家、作家）

　占者（賣卜者）

　撰者（作者、編撰者）

　選者（評選人）

些

前者（前者）

後者（後者、後來人）

巧者（手巧、伶俐）

作者（作者）

者流〔接尾〕…者流、…之流、…之類

俳諧者流（俳諧者流）

長袖者流（長袖者流-指公卿、僧侶）

者〔名〕者、人（＝人）

余所者（外人）物

強か者（不好對付的人）

私の様な者（像我這樣的人）

其の場で死んだ者も有る（也有當場就死了的人）

若い者が重い荷物を担ぐ（年輕人担重擔子）

私は彰化から来た者です（我是從彰化來的人）

十八歳未満の者には選挙権が無い（未滿十八歲者沒有選舉權）

私は村田と言う者ですが、川上先生はいらっしゃいますか（我是村田川上先生在家嗎？）

物〔名〕物質，物體，物品，東西（＝品、品物）、持有物，所有物、產品，製品，飲食物，東西的貨色，成色，價錢，語言，話（＝言葉）、道理、事理（＝訳），費用，經費，重要事物，任何事，天下事（＝事柄、物事），大約，大概（大凡、粗、略），妖怪，靈魂（＝化け物、魂）

身の回りの物（隨身物品、日常用具）回り周り廻り

電気と言う物（電這種東西）言う云う謂う

人間と言う物（人這個東西）人間人間（無人的地方）

革命と言う物（革命這件事）

色色な材料で物を作る（用各種材料製作物品）色色種種種種種種作る創る造る

物が良いが値段が高い（東西好可是價錢貴）良い善い好い佳い良い善い好い佳い

物の値段が高く為った（物價漲了）

此の本はスミスさんの物です（這本書是史密斯先生的東西）

良い物を使って有る（用好的材料）使う遣う有る在る或る

何か欲しい物は有りませんか（有沒有什麼想要的東西？）

彼処で光っている物は何だろう（那裏發光著的是什麼東西？）此処其処彼処何処

物を粗末に為ては行けない（不能糟蹋東西）

現代は物の豊かな時代だ（現代是個物質豐富的時代）

此の布地は物が良い（這衣料質地好）

其等の著書は全部彼の物だ（這些書都是他著作的）

勝利はもう此方の物だ（勝利肯定屬於我們、勝利已經是我們的）此方此方

彼の工具は工員の物だ（那個工具是工人的）

全財産が彼の物と為った（所有的財產都歸於他了）為る成る鳴る生る

此の家は兄の物だ（這房子是哥哥的）家家家家家

日本の物（日本產品、日本貨）日本日本日本日本

彼れは外国の物だ（那是外國貨、那是舶來品）外国外国

物を食べる（吃東西）

何か美味い物は無いか（有沒有什麼好吃的）旨い美味い甘い上手い巧い

物も飲み度くない（什麼也不想喝）

物が良い（東西好）良い善い好い佳い良い善い好い佳い

物が悪い（東西壞）

物が高い（東西貴）

物が安い（東西便宜）安い廉い易い

物を言う（說話、發揮力量、發揮作用）言う云う謂う

一つも物を言わない（一言不發）

此の仕事は経験が物を言う（這種工作要靠經驗）

物も言わずに跳び出した（什麼也沒說就跳出來了）

物を言わさずに（不容分說）

数に物を言わせて強行採決した（靠人多數眾強行通過了）数数

物を言うのが億劫だ（連話都懶得說）

日頃の努力が物を言う（平時的努力有了成果）

経験に物を言わせる（憑經驗辦事）

目に物を言わせる（以目示意、使嘗苦頭）

物が分かる（明白事理、懂事）分る解る判る

物が計る（懂事）計る測る量る図る謀る諮る

彼は物の分らない人だ（他是個不懂事理的人）

彼は物の言い方を知らない（他不善於言詞）

物も言い様で角が立つ（由於措詞不當而得罪人、一樣話不一樣說法）立つ断つ経つ裁つ絶つ発つ

物が掛かる（費錢、花錢）掛る懸る架る繋る係る罹る

物の数に入らない（算不上、不算數、不值一顧、不在話下）入る入る

彼等は物の数に入らぬ（他們不算數、他們算不上優秀）数数

物の数に入る（稱得上）

物の数ではない（數不上、算不了什麼）

物の数とも思わない（不重視、不放在眼裡）

物には程が有る（什麼事都有一定的限度、凡事都有分寸）

物には程度が有る（什麼事都有一定的限度）

何か読む物は有りませんか（有甚麼讀的東西沒有？）

決定的要素は物であって人ではない（決定的因素是物不是人）

物の三日と経たない（不到三天的工夫）內內中裏

物に憑かれた様に（好像鬼魂附了身）

物に憑かれた様に仕事に打ち込む（像著了魔似地拼命工作）

物とも為ぬ、物とも為ない（不理睬、不當一回事、不放在眼裡＝何とも思わない、問題にも為ない）

如何なる困難も物とも為ず只管前に進む（任何困難都不放在眼裡勇往直前）

物に為る（成功、成為優秀人才、學到家了）為る成る鳴る生る

彼の日本語は物に為っていない（他的日文還沒學到家）

もう少しで物に為る（再加把勁就成了）為る成る鳴る生る

物に為らない（學不好、不成功）

物に為っていない（沒學好、沒學會、沒學到家）

物の見事に（卓越地、出色地、漂亮地）

物の見事に遣って退けた（出色地完成了）

物は相談（要辦好事情多找人商量、三個臭皮匠賽過一個諸葛亮）

物は相談だが君一つ此の仕事を遣って見ないか（做事要找人商量但這工作你不親自試試嗎？）

物は試し（做事要試一下、一切事要敢於嘗試、做事要敢做、成功在嘗試）試し驗し

物は試しに其の試験を受けて見為さい（凡事都要試試那項考試你去考考看吧！）

物も言うようで角が立つ（話要看怎麼說說得不好就會有稜角、一樣事兩片唇說得不好會傷人、話要看怎麼說說得不好就會得罪人）

物を言う（說話、發揮力量、發揮作用、奏效、證明）

集団の力が物を言う（集體的力量發揮作用）力力力

経験に物を言わせて（使經驗發揮作用、很好地運用了經驗）

Ψ

疲れて物を言え元気も無い（累得連說話的力氣都沒有了）

人の前も憚らずにつけつけ物を言う（在旁人面前也毫無顧忌地直言不諱）人前

彼に物を言わせる（叫他證明）

物が有る（是-表示強力的斷定）

恐る可き物が有る（有非常可怕的東西）

物には順序と言う物が有る（凡事都有個規律）

物の勢い（必然趨勢）

物に為る（學會、做出、掌握）

日本語を物に為る（學會日語）

物は考えよう（問題看你怎麼想了、無物無好壞是非在人心）

物の上手（優秀的藝術家）

物に感じ易い（多情善感）

物の哀れを知る（多情善感）

物が無ければ影射さず（無風不起浪）

物言えば唇寒し秋の風（不可隨便亂說話免得招災惹禍）

物盛んなれば即ち衰う（盛極必衰）

物は新しきを用い人は古きを用いる（物要新人要舊）

物は言い残せ菜は食い残せ（話到舌尖要留半句）

物先ず腐りて虫之に生ず（物先腐而後蟲生）

物を弄べば志を喪う（玩物喪志）喪う失う

物〔形式名詞〕（-將所接續語詞名詞化，單獨時只是形式名詞，沒有意義，必須依附其他語詞，才能浮現其作用，一般不寫漢字）⟵⟶実質名詞（可寫漢字）

（表示當然的結果）應該、應當（=ものだ）

（表示強調、強力的斷定）是（=ものがある）

（表示回憶、希望、感動）真、常常（=ものだ）

（表示強硬的否定語氣）怎麼會、怎能、哪能（=ものか、もんか、もんかい）

（表示申述理由）因為（=もので、もんで、ものだから、ので）

先生の言う事は良く聞く物だ（老師的話應該好好聽、應當好好聽老師的話）

何でも習って置く物だ（當然不論什麼都得學）

憤りに耐えない物が有る（不勝憤慨）

刮目して待つ可き物が有る（理應刮目相看）

早く見度い物だ（真想早些看到呢！）

彼も偉く為って物だ（他真是出息得不得了、他真是有出息啊！）

彼の車に乗って見度い物だ（真想坐那一輛汽車）

良くも勝って呉れた物だ（真是得到勝利了）

馬鹿な事を為た物だ（真是辦了件糊塗事）

此の国の繁栄は全く大した物だ（這個國家的繁榮實在不得了）

良く行った物だ（是經常去）

昔は此の川で良く泳いだ物だ（以前我常在這條河裡游泳）

彼は学者の物か（他是位學者嗎?他哪能是位學者?）

そんな事が遭って堪る物か（那種事受得了嗎?）

そんな事有る物か（哪會有那種事呢?）

そんな事知る物か（怎能知道那樣的事情呢?）

あんな所へ誰か行く物か（誰會到那樣的地方去呢?）

あんな物を買う物か（誰會買那樣的東西呢?）

疲れて終った物で御電話するのも忘れて終いました（因太疲倦忘了給你電話）

勤めが有る物で失礼する（因為有工作在身失陪了）

病気に罹った物で何や彼やと出費も多い（因為生病種種的花費也多）

物〔接頭〕（接形容詞、形容動詞）不由得、總覺得

物悲しい（悲哀的）悲しい哀しい

物静か（寂靜）

物静かな人（愛靜的人）

物騒がしい（總覺得很吵）

物（造語）表示同類中的一種、表示不尋常的心理狀態、表示有價值，值得

再版物（再版本）

新版物（新版本）

世話物（新劇、當代劇）

冷や冷や物だ（膽顫心驚）

余震で一晩中びくびく物だった（在餘震中提心吊膽地過了一夜）

見物（值得看的東西）見物（遊覽、觀覽）

聞き物（值得聽的話）

買い物（值得買的東西）

もの〔終助〕（多用於婦女兒童、有不滿，怨恨，撒嬌等情緒時申述理由）因為、由於、呀、呢、哪

　だって知らなかったんだもの（因為我不知道嘛！）

　だって知り度いんですもの（因為我想知道嘛！）

　だって寂しいんですもの（因為我很寂寞嘛！）
　寂しい淋しい寂しい淋しい寂寞寂寞

　だって長いこと待ったんですもの（可是我等了那麼長的時間呢！）

　だって嫌いなんだもの（我就是不喜歡哪！）

　凄く綺麗ですもの（太漂亮呀！）

物の〔副〕大約、約莫（=凡そ、大体、精精）

　物の十五分も経たぬ内に倒れて終った（大約不到十五分的工夫就倒了）

　物の五分と経たない内に又遣って来た（不到五分鐘他又來了）五分五分

　物の二里も行った頃（約莫走了二里來路的時候）

　物の二キロも歩いた所（僅僅大約走了二公里）

　物の二、三日も休めば元気に為る（大約休息兩三天就會恢復健康的）

　物の十分間も為れば出来ますよ（大約再有十分鐘就行了）

　物の見事に（非常出色、非常漂亮）

　手術は物の見事に成功した（手術非常成功）

ものの〔接助〕雖然…但是（=けれども）

　承知したものの遣り遂げる自信は無い（雖然承諾下來但沒有把握能夠完成）

　ああは言ったものの内心気が咎める（雖然那麼說出口但內心會愧疚）

　大声で呼んでは見たものの、何の返事も無かった（雖然大聲叫看看但仍沒有什麼回應）

　引き受けは為たものの、如何したら好いのか分らない（雖然接受了但還不知道怎樣做好）

物、者〔名〕〔俗〕〔形式名詞〕（物的約音）表示斷定語氣

　怪しい物だ（靠不住的、可疑的）怪しい妖しい

　そんな言を言う物じゃない（不許說那種話、不許那樣說）言言言言う云う謂う

者共〔代〕（對手下人的卑稱）你們，小子們

〔名〕手下人，眾嘍囉

　者共、用意は良いか（小子們準備好了嗎？）

　者共を集める（集合眾嘍囉）

赭（ㄓㄜˇ）

赭〔漢造〕紫紅色

赭顔〔名〕紅臉（=赤ら顔，赭ら顔）

　白髪赭顔の老人（鶴髪童顔的老人）

赭土〔名〕〔地〕紅土（=赤土）

　赭土は農地に適しない（紅土不適做農田）

赭ら顔、赤ら顔〔名〕（因日曬、飲酒）發紅的臉、紅色的臉

　赭ら顔の男（紅臉的人）

　赭ら顔を為ている（臉色發紅，紅光滿面）

柘（ㄓㄜˋ）

柘、柘 （漢造）落葉灌木，木中有紋，葉厚而尖，可養蠶，汁可做染黄赤色的顏料，實圓似桑葚

柘榴、石榴 〔名〕〔植〕石榴
　石榴の木（石榴樹）
　石榴科（石榴科）

柘 〔名〕〔植〕雞桑、小葉桑（＝山桑）

蔗、蔗（ㄓㄜˋ）

蔗、蔗 〔漢造〕甘蔗（多年生草，莖汁味甜，可供製糖）

蔗糖 〔名〕（正讀應是蔗糖）蔗糖
　蔗糖を精製する（精製蔗糖）

這（ㄓㄜˋ）

這 〔漢造〕這（近指代名詞）

這般 〔代、副〕這般，這等，這些（此の辺、其の辺）、這次，這回（＝此の度、今回、今般）
　這般の事情は明らかに為った（這些情況弄清楚了）
　彼は這般の消息に通じている（他熟悉這方面的消息）
　這般、御指名に預かりました高橋です（我是這次承蒙指名的高橋）

這う、延う 〔自五〕爬、攀爬、趴下
　子供が這う様に為った（小孩會爬了）
　蟹は横に這う（螃蟹横著爬）
　蛇が庭を這う（蛇在院子裡爬）
　蝸牛が木を這う（蝸牛爬樹）
　窓の上に朝顔を這わせる（讓牽牛花往窗上爬）
　南瓜を畑一面に這わせる（讓南瓜蔓滿地爬）
　投げられて土俵に這う（被摔趴在角力場上）
　這えば立て立てば歩めの親心（父母殷切盼望子女長大）

這いずる 〔自五〕爬著走、匍匐向前
　歩こうにも歩けないので這いずっていった（走也走不動只好爬著去了）
　這いずり回る（滿地亂爬）

這入る、入る 〔自五〕進入、闖入、加入、入學、放入、容納、包括在內、收入、裝上
　玄関から入る（從正門進入）
　日が入る（日光照進、日沒）
　力が入る（使得上勁）
　隙間から風が入る（風從縫隙吹入）
　汽船は明日港に入る（輪船明天進港）
　風呂に入る（洗澡）
　耳に入る（聽到）
　目に入る（看見）
　選に入る（入選）
　梅雨に入る（進入梅雨期）
　蹴球で後半に入って間も無く同点に為った（足球進入後半場不久比分就拉平了）
　此の靴は水が入る（這鞋子進水）
　斯うすれば埃が入らない（這麼一來就不進灰塵了）
　此の切符を持って行けば入れる（拿這票就能進去）
　其の家には未だ人が入っていない（這所房子還沒有人住進去）
　汽車が間も無くホームに入って来る（火車馬上就要進站了）
　原子力時代に入る（進入原子能時代）
　無我の境に入る（進入無我的境地）
　無用の者入る可からず（閒人免進、無事莫入）
　盗みに入る（闖進人家盜竊）
　彼の家へ昨夜泥棒が入った（昨天夜裡他家進了賊）
　軍隊に入る（入伍）
　会社に入る（進入公司工作）
　クラブに入る（加入俱樂部）
　党に入る（入黨）
　学習班に入った（進入學習班）
　大学に入る（上大學）

未だ学校に入らぬ（還未上學）

此の部屋には百人入れる（這間屋子能容納一百人）

此の財布には三千円入っている（這錢包裡裝有三千日元）

雑費も勘定に入っている（雜費也算在內了）

私も其の中に入っている（我也包括在內）

此の酒には水が沢山入っている（這酒裡摻有很多水）

月に五万円入る（每月收入五萬日元）

私の手元に入るのは六万円程だ（到我手裡只有六萬日元左右）

情報が入る（得到情報）

新しい薬が手に入った（新藥弄到手了）

入れ歯が入る（鑲上假牙）

ガスが入る（裝上煤氣）

入る〔自五〕進入（＝入る-單獨使用時多用入る、一般都用於習慣用法）←→出る

〔接尾、補動〕接動詞連用形下，加強語氣，表示處於更激烈的狀態

佳境に入る（進入佳境）

入るを量り出ずるを制す（量入為出）

入るは易く達するは難し（入門易精通難）

日が西に入る（日沒入西方）

今日から梅雨に入る（今天起進入梅雨季節）

泣き入る（痛哭）

寝入る（熟睡）

恥じ入る（深感羞愧）

つくづく感じ入りました（深感、痛感）

痛み入る（惶恐）

恐れ入ります（不敢當、惶恐之至）

悦に入る（心中暗喜、暗自得意）

気に入る（稱心、如意、喜愛、喜歡）

技、神に入る（技術精妙）

手に入る（到手、熟練）

堂に入る（登堂入室、爐火純青）

念が入る（注意、用心）

罅が入る（裂紋、裂痕、發生毛病）

身が入る（賣力）

実が入る（果實成熟）

入る、要る〔自五〕要、需要、必要

要るだけ持って行け（要多少就拿多少吧！）

旅行するので御金が要ります（因為旅行需要錢）

此の仕事には少し時間が要る（這個工作需要點時間）

要らぬ御世話だ（不用你管、少管閒事）

返事は要らない（不需要回信）

要らない本が有ったら、譲って下さい（如果有不需要的書轉讓給我吧！）

要らない事を言う（說廢話）

這入口，這入り口、入り口、入口〔名〕入口（＝入り口，入口、入り口，入口）←→出口

這入り込む、入り込む〔自五〕進入、鑽入，爬入、久留

奥へ入り込む（進到裡邊去）

猫が塀の穴から中へ入り込む（貓從牆鑽進裡邊）

旨い所へ入り込んだ物だ（可鑽進了個好地方了）

這葵〔名〕〔植〕圓葉錦葵

這い上がる〔自五〕爬上、攀登

屋根に這い上がる（爬上屋頂）

川から岸に這い上がる（從河裡爬上岸）

毛虫が足に這い上がって来た（毛蟲爬到腳上來了）

朝顔の蔓が塀に這い上がる（牽牛花的蔓攀牆而上）

最高峰に這い上がる（攀登最高峰）

這い出す〔自五〕爬出來、開始爬

穴から這い出す（從洞裡爬出來）

やっとの事で這い出した（好不容易才爬了出來）

這い蹲う〔自五〕匍匐在地、拜倒在地

権威の前に這い蹲う（拜倒在權威腳下）

這い蹲って御礼を述べる（匍匐在地道謝）

這い出る〔自下一〕爬出

垣根の破れから這い出る（從籬笆的破洞爬出）

蟻の這い出る隙も無い（圍得水瀉不通）

這い柏槇〔名〕〔植〕矮檜、圓柏

這い松〔名〕〔植〕伏松

這い纏わる〔自五〕攀纏、攀繞

蔦が建物に這い纏わる（常春藤攀纏在建物上）

這う這う、這這〔副〕連爬帶滾、慌慌張張、倉皇失措、狼狽不堪

這這の体で逃げ出す（倉皇失措地逃走）

皆から非難されて這這の体で引き下がった（受到大家的責難狼狽不堪地退了回來）

鷓（ㄓㄚˋ）

鷓〔漢造〕（鳥名）鷓鴣（形如斑鳩的鳴聲，像說-行不得也哥哥）

鷓鴣〔名〕〔動〕鷓鴣

海人草, 海仁草、海人藻、海人草〔名〕〔植〕鷓鴣菜。〔藥〕（與甘草、大黃合煎的）驅蛔蟲藥

杼（ㄓㄨˋ）

杼〔漢造〕織布機的〝杼〞用以持緯線，〝柚〞用以受經線

杼〔名〕（織機的）杼、梭

杼の音のみ聞える（只聞機杼聲）

著（ㄓㄨˋ）

著〔漢造〕（著為着的本字）明顯、撰述、穿、受、到

著する、着する〔自サ〕到達（=着く）、附著（=くっつく）、執着（=執着、執着）

〔他サ〕穿（=着る）

制服を着する（穿制服）

著〔漢造〕穿上、帶上、佩帶（=着ける、付ける、附ける）、到達（=着く）、執著，固執（=執着、執着）

執着、執着（執着是舊式唸法）（執著、固執、貪戀、留戀）←→断念

無くなった時計に執着する（總是忘不了丟的錶）

生に執着する（貪生）

旧習に執着する（固守舊習）

此の世に執着が有って中中死ねない（貪戀人世不肯輕易死去）

現在の地位には執着しない（不留戀現在的地位）

執着心（貪戀心、執著之念）

著〔名〕著作、著述、寫作

〔漢造〕顯著、著述，著作

太田氏著（太田氏著）

新井白石の著（新井白石的著作）

顕著（顯著、明顯）

原著（原著、原文）

新著（新著、新的著作）←→旧著、前著、近著

旧著（舊著）←→新著、近著

前著（前著、前一部著作〔=旧著〕）←→新著、近著

近著（最近的著作）←→旧著

名著（名著、傑出的著作）

迷著（壞作品、難解的著作-仿名著的讀音的詼諧語）

大著（偉大著作，傑出的著作、〔頁數多或冊數多的〕巨著、〔對他人作品的敬稱〕大作）

高著（〔敬〕尊著、大作）

遺著（遺著、遺作）

共著（共著、合著、共同著作）

合著、合著（合著、共著）

著減〔名、自サ〕銳減、顯著減少←→著増

著増〔名、自サ〕徒増、顯著增加←→著減

著作〔名、自他サ〕著作、著述

著作を従事する（從事寫作）

非常に骨の折れた著作（費盡心血的著作）
彼の主な著作（他主要的著述）
著作で忙しい（忙於寫作）忙しい
多くの本を著作する（著作很多書）
著作に掛かっている（正在寫作）
著作に依って生活する（靠寫作為生）
彼の人には著作が多い（他有很多著述）
此は婦人の著作だ（這本書是婦女寫的）
著作者（著者、作者）（＝著者）、
著作物（著作、作品）（＝著書）
著作家、著作家（作家）
著作家協会（作家協會）
著作権、著作権（著作權、版權）
書物の著作権（書籍的著作權〔版權〕）
文芸著作権（文學藝術的著作權〔版權〕）
国際著作権（國際著作權〔版權〕）
著作権侵害者（侵犯別人著作權者）
著作権審査会（著作權審查會）
著作権所有者（版權所有者）
著作権を獲得する（獲得版權）
著作権を侵害する（侵犯版權）
著作権に拠って出版した書物（根據版權出版的書）
著作権の有る作品（有版權的作品）
著作権の期限が切れた（版權期限屆滿）
著作権所有（〔書籍底頁印的〕版權所有）

著者〔名〕著者、作者
著者不明の書（作者不詳的書）
著者目録（作者目錄）

ちょじゅつ〔名、他サ〕著述、著作、著書
此は彼の人の著述です（這是他的著作）
誰の著述が分からない（不知道是誰的著作）
分る解る判る
中国近代史を著述する（寫中國近代史）

専ら著述を為て暮らす（專靠寫作為生）
著述家（著述家、著作家、作家）
著述業（著述事業）
著述業に従事する（從事著述事業）

著書〔名〕著作、著述
著書を出す（出版著作）
彼の著書は近代文学に関する物が多い（他的著作多是有關近代文學的東西）

著大〔形動〕特別大、大得顯眼
著大な瘤（大得顯眼的瘤）

著騰〔名、自サ〕〔經〕猛漲、暴漲

著聞、著聞〔名、自サ〕著名、聞名

著名〔名ナ〕著名、有名、出名
著名の士（著名人士）
著名な人物（知名人物）
著名な詩人（著名詩人）

著録〔名、他サ〕著錄，寫作、記帳、有關書籍的目錄

著わす、著す〔他五〕著、著作
山田教授の著わした本（山田教授所住的書）
彼は色色の本を著わした（他寫了很多書）

表す，表わす，現す，現わす，顕す，顕わす〔他五〕（寫作現す）顯露、（寫作表す）表現，表示，象徵、（寫作顕す）顯示
彼は突然姿を現した（他突然露了面）
危険な症状を現す（出現危險症狀）
馬脚を現す（露出馬腳）
彼は其の憤激を外に表さなかった（他並沒有把憤怒露出來）
言葉に表せない（用言語表現不出的）
其れを如何言って表して良いか分らない（不知道怎樣用話來表示才好）
悲しみの感情を表した音楽（表示悲痛感情的音樂）
思想を言語で表す（用言語表達思想）
赤い色は危険を表す（紅色象徵危險）

此の記号は何を表すのですか（這記號是代表什麼的？）

善行を顕す（顯示善行）

名を顕す（揚名、出名）

著しい〔形〕顯著，顯然，明顯（＝目立つ、明らかだ）、非常，異常（＝甚だしい）

進歩の跡が著しい（進步的跡象顯著）

誤りである事が著しい（錯誤顯著）

著しく不足する（缺得厲害）

著しい差異が有る（有很大差別）

著しく優っている（優秀得多）優る勝る

著し〔形〕〔古〕顯著、明顯（＝著しい）

摘（ㄓㄞ）

摘〔漢造〕摘出、揭發

指摘（指摘、揭示）

摘菓、摘菓〔名、自サ〕〔農〕（為防止結果過多損傷果樹）摘掉部分果實

摘芽〔名、他サ〕摘除無用的幼芽

摘載〔名、他サ〕摘載、摘錄

あらましを摘載する（摘載概要）

摘取〔名、他サ〕摘取

摘み取る〔他五〕摘取、摘掉、採摘

桃を摘み取る（摘桃子）

悪い芽を摘み取る（摘去壞芽、比喻防患於未來）

やっと出て来た芽を摘み取らない様に（請不要掐剛生出來的樹芽）

摘み取り〔名〕摘取、摘掉、採摘

摘み取り期（摘取期）

摘出〔名、他サ〕摘出，取出、指出

弾丸摘出の手術（取出子彈的手術）

傷口から硝子の破片を摘出する（從傷口取出玻璃碎片）

誤謬を摘出する（指出錯誤）

左の文中より誤りを摘出せよ（指出下列句中的錯誤）

要点を摘出する（摘出要點）

摘心〔名、自サ〕〔農〕摘去幼芽

果樹は摘心した方が実りが良い（果樹摘去新芽結果好）

摘発〔名、他サ〕揭發、揭露

罪悪を摘発する（揭發罪惡）

大胆に汚職を摘発する（大膽揭發貪污行為）

麻薬密輸団が摘発された（麻藥走私集團被揭發出來了）

摘要〔名、他サ〕摘要，提要、摘錄要點

講演の摘要（講演摘要）

公報の摘要（公報摘要）

学習指導要綱を摘要する（摘錄學習指導綱要的要點）

日本文法摘要（日本語法提要）

摘録〔名、他サ〕摘錄、節錄

講演の内容を摘録する（摘錄演講的內容）

講義の摘録を作る（做講義的摘錄）

摘記〔名、他サ〕摘記、摘錄

大要を摘記して置く（把梗概摘錄下來）

回答の大要を摘記すれば次の通りである（答覆的要點摘記如下）

摘む、採む、剪む、抓む〔他五〕摘、採、剪

花を摘む（摘花）

茶を摘む（採茶）

芽を摘む（掐芽）

木の芽を摘む（掐樹芽）

髪を摘む（剪髮）

髪を短く摘む（把頭髮剪短）

枝を摘む（剪樹枝）

爪を摘む（剪指甲）

積む〔他五〕堆積（＝重ねる）、裝載（＝載せる）、積累（＝溜める）

〔自五〕積、堆、疊（＝積る）

石を三つ積む（疊三塊石頭）

机の上に本を山の様に積む（桌上把書堆成山）

御馳走を山と積む（珍饌美味羅列如山）

金を幾等積まれても嫌だ（搬出金山來我也不幹）

船に石炭を積む（把煤炭裝到船裡）

荷物は未だ全部積んでいない（貨還沒全裝上）

馬に積む（馱到馬身上）

金を積む（攢錢）

巨万の富を積む（積累萬貫財富）

経験を積む（積累經驗）

善根を積む（積善）

降り積む雪（邊降邊積的雪）

積んでは崩す（且疊且拆、反復籌劃、一再瞎搞）

詰む〔自五〕稠密、困窘。〔象棋〕將死

目の詰んだ生地（密實的布料）

ぎっしり字の詰んだページ（字排得密密麻麻的書頁）

理に詰む（理屈詞窮）

此の王は直ぐ詰むよ（這老將馬上就被將死啦！）

摘み入れ、摘入〔名〕〔烹〕余魚丸子

鰯の摘み入れ（余沙丁魚丸子）

摘み入れ半平（蒸魚丸子）

摘み切る〔他五〕摘完、摘淨

摘み草〔名〕春季到野外去採摘花草、春遊踏青

子供を連れて摘み草に行く（領著孩子去春遊）

摘む、撮む、抓む〔他五〕捏，掐，抓、拿起來吃、摘取、（以被動式）（被狐狸等）迷上

鼻を摘む（捏鼻子）

箸で豆を摘む（用筷子夾豆）

手で摘んで食べる（用手抓著吃）

御気に召したらもっと御摘み下さい（你若愛吃就請再吃些）

要点を摘んで話す（扼要述說）

狐に摘まれた様だ（如墜五里霧中、莫名其妙）

摘み、撮み、抓み〔名〕捏，抓，撮、（用作助數詞）一撮，一捏、（器物上的）提紐，繩栓。〔烹〕小吃，下酒菜

一摘みの塩（一撮鹽）

鍋蓋の摘み（鍋蓋上的提紐）

ビールの御摘み（配啤酒的小吃）

御摘み〔名〕小吃、下酒菜（=御摘み物）

摘み上げる、撮み上げる〔他下一〕捏上來、捏起來

角砂糖を摘み上げる（捏起方糖）

摘み出す、撮み出す〔他五〕捏出，撿出、揪出去，轟出去

米の中の籾を摘み出す（撿出米裡的稻殼）

静かに為ないと摘み出すぞ（老實點不然就把你揪出去）

摘み菜、撮み菜〔名〕摘下來的菜、間拔下來的菜

摘み菜の御浸し（浸泡摘下來的菜）

摘み物、撮み物〔名〕簡單的酒菜（=御摘み）

ビールの摘み物に塩豆を出す（拿出鹽豆作啤酒的下酒菜）

斎（ㄓㄞ）

斎〔漢造〕齋戒、書齋，書房

潔斎（齋戒沐浴）

書斎（書齋）

書斎人（讀書人、學者）

定斎屋（江湖賣藥者）

斎会〔名〕〔佛〕（聚集僧尼尼姑施齋的）齋會、法會

斎戒〔名、自サ〕齋戒

斎戒沐浴して祈る（齋戒沐浴進行祈禱）

斎館〔名〕祭神時給神官等齋戒沐浴念佛吃齋的殿舍

斎宮、斎の宮〔名〕〔史〕侍神公主（古時天皇即位時選定派往伊勢神宮服務的王室未婚女子）

业

斎日、斎日〔名〕〔佛〕齋戒日

斎日〔名〕〔佛〕齋日、施齋的日子

斎日、忌日〔名〕齋戒日、忌日，忌辰，凶日，忌諱的日子

斎女、斎女〔名〕侍神公主

斎場〔名〕祭壇、祭祀的場所

　　斎場殿（祭殿）

斎服、祭服〔名〕齋服、祭服

　　斎服を着た神主（穿祭服的神官）

斎〔名〕〔佛〕午時的齋食←→非時、素食（＝精進料理）、寺院供應信徒的飯食、作佛事時供應的飯食

斎米〔名〕施捨（給寺院的）米

斎〔接頭〕接於有關祭神名詞之上

斎垣、斎籬〔名〕〔古〕（神社的）圍牆

斎く〔自四〕〔古〕（祭祀前整潔身心）齋戒

斎む、忌む〔他五〕忌諱，禁忌，厭惡，憎惡

　　肉食を忌む風習が有る（有禁忌肉食的風俗）

　　忌む可き風習（可憎的風俗、應廢除的風俗）

斎、忌，忌み〔名〕忌諱，厭惡，齋戒、服喪

　　一年間の忌を明ける（服完一年喪）

斎舘〔名〕（神社本殿旁神官齋戒沐浴用的）齋殿、齋館（＝斎殿）

斎殿〔名〕（神社本殿旁神官齋戒沐浴用的）齋殿、齋館（＝斎舘）

斎敦果〔名〕〔植〕野茉莉

宅（ㄓㄞˊ）

宅〔名〕家，住所，居處（＝住い、家、家、屋敷）、（加御表示）您，您的家、舍下，我家，（妻子稱自己丈夫）我的丈夫

〔漢造〕家、住所、宅第

　　御宅は何方ですか（您家在那裡？）

　　御宅は何人ですか（您家有多少人？）

　　御宅の坊ちゃんは幾つですか（您家男孩幾歲了？）

　　御宅は此の事を御存知ですか（這件事您是知道的吧！）

　　宅では買い食いは許しません（我家不許孩子買零食吃）

　　宅の子供は六つです（我家孩子六歲）

　　宅は只今旅行中です（我丈夫正在旅行）

　　宅は留守です（我丈夫不在家）

住宅（住宅）

自宅（自己的住宅）

私宅（私人住宅）

弊宅（寒舍，舍下、破舊的房屋）

拙宅（敝宅、寒舍、舍下）

居宅（住宅、寓所）

邸宅（邸宅、宮管）

社宅（公司職工住宅）

新宅（新居、新房、新家）

旧宅（舊住宅、以前的住宅）

本宅（主要住處、平常居住的住宅）←→妾宅、別宅

妾宅（妾宅、外家）

別宅（另一所住宅）

小宅（小宅）

帰宅（回家）

貴宅（您家、府上）

宅扱い、宅扱〔名〕（鐵路）從寄件人家送到收件人家的貨運

　　此れは宅扱いで送る（把這件東西交火車站管取管送貨運運送）

宅診〔名〕（私人開業醫在自己家裡）門診←→往診

　　午前は宅診、午後は往診（上午門診下午出診）

宅送〔名、他サ〕送到家

　　宅送品（送到家的東西）

宅地〔名〕住宅用地、已建有住宅的宅地←→農地、農地

　　山を切り開いて宅地に為る（開闢山地充做住宅地）

　　此処は農地で無く宅地だ（此地不是農田是住宅地）

宅地料（住宅用地的地租）
宅地租（住宅地租、地皮捐）

宅配〔名、他サ〕（由專人把商品、雜誌等）直接送到客人家中

宅配便（用車把貨物運送到消費者手中的運送業）

宅料〔名〕房租、住房津貼

窄（ㄓㄞˇ）

窄〔漢造〕不寬闊

窄まる〔自五〕縮窄、縮小、越來越細（尖，小）（＝窄む）
　傷口が窄まって来た（傷口逐漸癒合了）
　尖塔は先が窄まって尖っている（尖塔頂上尖尖的）

窄める〔他下一〕使縮小、收縮、收攏
　傘を窄める（折起傘來）
　目を窄める（瞇縫眼睛）
　肩を窄める（聳肩）
　口を窄める（噘嘴）
　体を窄めて狭い道を通る（扁著身體走過窄道）

窄む〔自五〕縮窄、縮癟、縮小、收縮、癒合
　花が窄む（花萎縮）
　風船が窄む（氣球縮癟）
　窄んだ口（噘著的嘴、抽癟的嘴）
　口の窄んだ壺（小口壺）
　先の窄んだズボン（褲腳收縮的褲子）
　傷口が窄む（傷口癒合）

窄む〔自五〕收縮、越來越窄、合閉（＝窄まる）
　先の窄んだズボン（褲腳越往下越窄的褲子）
　月見草は朝日が射すと窄む（夜來香朝陽一曬就合上）
　夕方に為ると開いていた花が窄む（一到傍晚開著的花就合上）

窄まる〔自五〕收縮，越來越窄小（窄む、窄まる）、〔俗〕縮成一團，縮頭縮腳，萎縮，萎靡

徳利の口が窄まっている（酒壺的口收縮著）
隅の方に窄まって坐る（坐在角落縮成一團）
彼れ以来家で窄まっている（從那以後困居在家）

窄める〔他下一〕縮窄、收攏、合上（＝窄める）
　傘を窄める（把傘合上）
　口を窄めて笑う（抿著嘴笑）
　羽根を窄める（合起翅膀）
　肩を窄める（聳肩）

砦（ㄓㄞˋ）

砦〔漢造〕用土石堆成的營壘

砦、塞、塁〔名〕〔古〕城寨、要塞、堡壘
　山の頂上に砦を築く（在山頂上築堡壘）

債（ㄓㄞˋ）

債〔漢造〕債、欠債、債務、討債、公債
　負債（負債、欠債）
　府債（府的欠債）
　公債（公債）
　社債（公司債務）
　国債（國債、公債）
　外債（外債）
　内債（内債）
　文債（文債-作家沒有寫出自己答應寫的文章）
　書債（筆墨債-未交出的稿件、受託而未寫作的書畫）
　画債（答應別人尚未給畫的畫）
　起債（發行債務、募集貸款）
　募債（募集公債）
　五分債（五分債）

債鬼〔名〕討債鬼、苛薄無情的債主
　債鬼に責められる（追われる）（受債主催逼）
　債鬼門に集る（債主盈門）

債券〔名〕債券

业

国庫債券（國庫債券）
豆債券（小額債券）
流通債券（流通債券、可轉讓債券）
五分利付き債券を発行する（發行年利五厘債券）
債券額（債券票面額）
債券所有者（債券持有者）
債券市場（債券市場）←→株式市場

債権 〔名〕〔法〕債權←→債務
債権確定の訴え（請求確定債權的訴訟）
債権の取り立て（催收欠款、討債）
彼に対して債権が有る（我對他持有債權、他欠我債）
債権国（債權國）
債権証券（債權憑證、借據）
債権者（債權人、債主）
債権行為（債權行為）

債主 〔名〕債主、債權人、討債者

債務 〔名〕債務、債款、欠的債←→債權
保証債務（具保債務）
連帯債務（連帶債務）
持参人払い債務（憑票即付的債務）
指図人払い債務（付給指定人的債務）
債務の取り立て（討債）
債務を償還する（償還債務、還債）
債務を果たす（履行債務）
債務を清算する（清理債務）
莫大な債務を負っている（負了鉅額的債）
債務は山積している（債台高築）
私は彼に債務が有る（我欠他債）
債務不履行（不履行債務）
債務消滅（債務的消滅）
債務証書（借據）
債務返済（清償債務）

債務者（債務人、欠債人）

債る、徴る 〔他四〕〔古〕催促，催逼、徵收（＝取り立てる、催促する）

招 （业ㄠ）

招 〔漢造〕舉手呼人、招待、招來、招供

招じる、請じる 〔他上一〕請進、招待（＝招く）
客を応接間に招じる（把客人請進會客室）
帰国した友人を招じて宴を開く（設宴招待歸國友人）

招ずる、請ずる 〔他サ〕請進、招待（＝招く）
客を応接間に招ずる（把客人請進會客室）
帰国した友人を招じて宴を開く（設宴招待歸國友人）

招宴 〔名、他サ〕招待宴會、設宴招待
招宴を催す（舉行招待宴會）
招宴に応じる（應邀赴宴）

招魂 〔名〕招魂
招魂の儀を執り行う（舉行招魂儀式）
招魂祭（召魂祭典）
招魂社（招魂社－靖國神社、護國神社的舊稱）

招集 〔名、他サ〕招集、招募
招集を掛ける（招集）
会議を招集する（招集會議）
株主を招集する（招集股東）
招集権（招集權）

招請、召請 〔名、他サ〕招請、邀請
各国選手を招請する（邀請各國選手）
招請状（請柬、請帖）
招請講演（邀請講演）
招請国（東道國）

招待、招待 〔名、他サ〕招待、邀請
晩餐に招待する（請吃晚飯）
外賓を招待して園遊会を開く（邀請外賓舉行園遊會）

招待を断る（辭退邀請）
招待を受ける（受到邀請）
招待に応ずる（接受邀請）
招待状（邀請書、請帖）
招待券（招待票）
招待試合（邀請賽）

招致〔名，他サ〕招致、羅致、邀請、聘請
楽団の指揮者を外国から招致する（由外國聘請樂團指揮）
招致運動（邀請運動）

招電〔名〕邀請的電報
結婚式の招電（參加婚禮的邀請電）
招電を接する（接到邀請的電報）
招電を打つ（拍發邀請電）

招聘〔名，他サ〕招聘、延聘、聘請
招聘に応じる（應聘）
外国から音楽家を招聘する（從外國聘請音樂家）

招来〔名，他サ〕招致，導致、邀請，請來
インフレを招来する（引起通貨膨脹）
此の問題は紛争を招来するであろう（這問題可能引起糾紛）
外国の芸術家を招来する（邀請外國的藝術家前來）

招く〔他五〕招呼、招待、招聘、招致
手で招く（用手招呼）
医者を招く（延請醫師）
結婚式に招かれた（被邀請參加婚禮）
宴会に招く（請赴宴會）
酒宴に招く（請赴酒宴）
晩餐に招かれる（被邀去吃晚餐）
招かざる客（沒邀請的客人、不速之客）
専門家を招く（聘請專家）
或る大学に教授と為て招かれる（被聘為某大學教授）

災を招く（招禍、惹禍）
危険を招く（惹出危險）

招き、招〔名〕招待，邀請，招聘、招攬顧客的招牌或裝飾物，（劇場前的）招牌（=招き看板）
招きに応じる（接受邀請、應聘）
招きを断る（拒絕邀請）
御招きに預かり有り難く存じます（承蒙邀請非常感謝）
協会の招きで日本を訪問する（承協會邀請訪問日本）
御招き頂き光栄に存じます（承蒙邀請榮幸得很）

招き猫〔名〕招財貓

昭（ㄓㄠ）

昭〔漢造〕顯明
昭代〔名〕太平盛世、昇平之世
昭和〔名〕昭和（昭和天皇時代的年號）

朝（ㄓㄠ）

朝〔名，漢造〕朝，早晨、朝廷、王朝、朝代、天子，天子的治世，天子統治的國家，君主國、以臣禮覲見
朝を廃する（廢朝、天子不上朝）
朝に仕える（仕於朝、在朝為官）
唐朝の文化（唐朝的文化）
平安朝時代（平安朝時代）
推古朝の仏像（推古天皇時代的佛像）
仏教は西域を経て我朝に渡来した（佛教經西域傳到我國）
朝野の名士（朝野知名之士）
朝に在ろうと野に在ろうと（不管在朝還是在野）
元朝（元朝）
奈良朝（奈良時代的王朝）
早朝（早晨、清晨）
宋朝（宋朝）

今朝、今朝（今天早晨）
参朝（上朝、進宮）
三朝（三代的朝廷、三日、元旦）
廃朝（天子因故不能臨朝）
皇朝（日本的朝廷、日本）
天朝（天朝-古代朝廷的尊稱）
本朝（日本朝廷、日本、正統的朝廷）
異朝（外國的朝廷、外國）
偽朝（偽朝）
聖朝（聖朝）
清朝（清朝）
帰朝（回國、歸國）
入朝（朝貢、朝覲）
亀山朝（龜山天皇時代）
来朝（來日本）

朝する〔自サ〕上朝，入朝、朝貢、（河水）流入（大海）

朝威〔名〕皇威

朝恩〔名〕皇恩

朝家〔名〕皇室、帝王家

朝賀〔名、自サ〕朝賀

朝会〔名〕（學校早晨上課前舉行的）朝會、早會

朝刊〔名〕早報、日報←→夕刊
　朝刊の記事（早報的消息）
　朝刊を配達する（送早報）
　朝刊を読む（看早報）
　新聞の朝刊（報紙的晨刊）

朝紀〔名〕朝廷的紀律（風紀）

朝暉〔名〕朝陽、旭日

朝議〔名〕朝廷的評議（=廟議）
　朝議一決（政府決定）

朝儀〔名〕朝廷的儀式

朝覲〔名〕諸侯等謁見君主、天皇拜謁太上天皇或皇太后

朝見〔名〕朝見、覲見

朝権〔名〕朝廷的權力、朝廷的權威

朝憲〔名〕國憲、憲法
　朝憲紊乱（國憲紊亂）

朝貢〔名、自サ〕朝貢、進貢

朝裁〔名〕朝廷的裁決（裁斷）

朝餐〔名〕早餐（=朝飯）

朝三暮四〔連語〕朝三暮四、蒙混，欺騙、不負責任、勉強餬口，朝不保夕的生活
　朝三暮四も朝四暮三も結果は同じだ（朝三暮四也好朝四暮三也好結果一樣）
　政府の朝三暮四的な態度を攻撃する（攻擊政府反覆無常的態度）
　僅かな商いを為し朝三暮四の助けと為す（做點小生意來補助困難的生活）
　朝三暮四の資（餬口之資）

朝食、朝食，朝餉〔名〕早餐（=朝飯）←→昼餉、夕餉
　朝食を取る（吃早飯）
　朝食を兼ねた昼食（兼作早飯的午飯）

朝臣〔名〕朝臣、朝廷之臣

朝臣〔名〕〔古〕（天武天皇主要為皇族制定的）八種姓氏的第二位

朝政〔名〕朝政

朝夕〔名〕朝夕、早晚
〔副〕經常、始終
　朝夕（は）めっきり寒気を増し…（早晚顯然冷了起來）
　朝夕仕事に励む（始終孜孜工作）
　朝夕御恩を感謝して居ります（始終感謝您的恩情）

朝夕〔名〕早晚。〔轉〕每天，經常
　朝夕は冷え込むでしょう（早晚要涼的吧！）
　朝夕の挨拶を為る（早晚打招呼）
　朝夕努力した甲斐が有って大分腕を上げた（經常的努力沒有白費技術大大提高了）

朝な夕な〔副〕早晚、經常（=朝晩、明け暮れ、常に）
　朝な夕な植え木に水を遣る（早晚給花木澆水）

朝鮮〔名〕朝鮮
　朝鮮海峽（朝鮮海峽）
　朝鮮語（朝鮮語）
　朝鮮民主主義人民共和国（首都ピョンヤン）（朝鮮民主主義人民共和國）（首都平壤）
　朝鮮人参（高麗參）
　朝鮮朝顏（曼陀羅）
　朝鮮薊（朝鮮薊、洋薊）

朝宗〔名、自サ〕諸侯朝見天子、百川匯流入海

朝廷〔名〕朝廷
　朝廷に仕える（在朝為官）

朝敵〔名〕國賊、叛逆
　朝敵と為る（成了叛逆）

朝典〔名〕朝廷的典章、朝廷的制度和儀式

朝服〔名〕朝服（＝朝衣）

朝暮〔名〕朝夕（＝朝夕、明け暮れ）

朝命〔名〕朝廷的命令
　朝命を奉じない（不奉朝命）

朝野〔名〕朝野、全國
　朝野の名士を一堂に会する（集朝野各界名流於一堂）
　朝野を挙げての歓迎（全國各界一致歡迎）

朝来〔副〕早晨以來、從早晨
　朝来の豪雨の為（由於從早晨一直下大雨）
　朝来の雨も晴れて…（從早晨下的雨也晴了）

朝礼〔名〕（學校上課前的）朝會
　毎朝朝礼を行う（每天早晨舉行朝會）

朝令暮改〔連語〕朝令夕改
　朝令暮改の政策（朝令夕改的政策）
　政府の朝令暮改に国民が憤る（人民對政府的朝令夕改感到氣憤）

朝露、朝露〔名〕朝露、早晨露水
　人生朝露の如し（人生如朝露）
　朝露を踏んで野良に出掛ける（踏著朝露下田去幹活）

朝〔名〕朝、早晨、（泛指）早上，午前←→夕、晚
　朝に為る（天亮、到了早晨）
　朝早くから夜遅く迄働く（起早睡晚地工作）
　彼の人は朝が早い（遅い）（他早晨起得早〔晚〕）
　朝が辛い（早晨懶得起來）
　仕事は朝何時ですか（工做早上幾點鐘開始？）
　朝は八時からです（早上八點鐘開始）

朝明け〔名〕黎明、天亮（＝夜明け、明方）
　朝明けの空（黎明的天空）

朝朝〔名〕每天早晨（＝毎朝）
　朝朝の庭掃除（每天早晨打掃院子）

朝な朝な〔副〕每天早晨（＝毎朝）←→夜な夜な
　小鳥の声が朝な朝な聞こえる（天天早晨聽見小鳥叫）

朝雨〔名〕晨雨、早晨下的小雨
　朝雨に傘（蓑）要らず（〔因為很快就會晴天〕早晨下小雨不用帶傘〔蓑衣〕）

朝市〔名〕早市
　此処に朝市が立つ（這兒有早市）

朝起き〔名、自サ〕早起，起得早（＝早起き）←→朝寢、早晨起來時的心情（＝寝起き）
　朝起きは好い（起得早好）
　朝起きする人（起得早的人）
　朝起きの好い子（醒後高興的孩子）
　朝起きは三文の徳（早起三朝當一工、早起好處多）

朝帰り〔名〕（夜晚外宿或在外冶遊後）早晨回家
　隣の人は今日も朝帰りだ（鄰居那個人今天也是早晨回來的）

朝顏〔名〕〔植〕牽牛花、（漏斗形的）男用小便斗
　朝顏の花一時（曇花一現、好景不常）
　朝顏形（〔建〕漏斗形）
　朝顏煉瓦（〔建〕爐腹砌磚）

朝駆け、朝駈け〔名〕早晨驅馬外出。〔古〕清晨向敵人進攻←→夜討ち，早晨出去，凌晨外出採訪

朝駆けの駄賃（輕而易舉、極其容易）

朝霞〔名〕朝霞、早霞

朝風〔名〕晨風

朝方〔名〕早晨、清晨←→夕方

朝方来客が有った（一早就來了客人）

朝方の地震（清晨的地震）

朝木戸〔名〕〔古〕（劇場）早場、清晨開演

朝霧〔名〕晨霧

朝曇り〔名〕早晨（暫時的）天陰

朝曇りの空が朝日に赤く染まる（朝陽映紅了早晨天陰的天空）

朝稽古〔名〕（柔道等）早晨練習

朝酒〔名〕早晨喝酒、早晨喝的酒

朝酒を飲む（喝早酒）

朝寒〔名〕晨寒、早晨起來後感到的涼意

朝潮〔名〕早潮←→夕潮

朝霜〔名〕晨霜、早晨下的霜

朝題目〔名〕早晨念（日蓮宗的）〝南無妙法蓮華經〞七個字←→夕念仏

朝題目に夕念仏（早晨念日蓮宗的〝南無妙法蓮華經〞晚上念念佛宗的〝南無阿彌陀佛〞、喻毫無定見）

朝立ち〔名、自サ〕早晨動身←→夜立ち

朝月夜〔名〕黎明的月亮、有月亮的拂曉←→夕月夜

朝っぱら、朝腹〔名〕〔俗〕（朝腹的促音化、原為早飯前空肚子之意）大清早、一清早（＝朝早く）

朝っぱらから客に押し掛けられた（大清早就來了客人）

朝っぱらから何処へ出掛けるんだ（一大清早你上那裡去？）

朝出〔名〕清晨出去

明日は朝出だ（明天一清早出去）

朝凪〔名〕早晨風平浪靜（的狀況）←→夕凪

朝凪の海で釣りを為る（在早晨風平浪靜的海上釣魚）

朝虹〔名〕早晨出的虹

朝虹は大雨の前触れ（朝虹是大雨的前兆）

朝寝〔名、自サ〕睡早覺←→朝起き

朝寝の人（睡早覺的人）

朝寝を為る（睡早覺）

朝寝坊（睡早覺、起床晚）

朝飯、朝飯〔名〕（朝飯比朝飯說法較粗魯、客氣的說法是朝御飯）早飯←→夕飯、夕飯

朝飯にパンを食べる（早餐吃麵包）

朝飯を食べる（吃早餐）

朝飯を済ます（吃完早餐）

朝飯を出す（端出早餐）

朝飯前（早飯前、輕而易舉，極其容易）

朝飯前の仕事（輕而易舉的工作）

そんな事は朝飯前だ（那太容易了）

あんな奴を負かすのは朝飯前さ（打敗他易如反掌）

朝晩〔名、副〕早晚、日夜，經常

九月に為ると朝晩は涼しく為る（一到九月早晚就涼爽了）

朝晩御全快を御祈りしています（日夜祝願您完全恢復健康了）

朝日、旭〔名〕朝陽，旭日、早晨的陽光

朝日が昇る（旭日東昇）

此の部屋は朝日が差す（這房間早晨有陽光）

朝日影〔名〕早晨的陽光（＝朝日の光）←→夕日影

森の木立の間から朝日影が漏れる（從林木叢中透出早晨的陽光）

朝風呂〔名〕早晨燒好的澡堂、早晨洗澡（＝朝湯）

朝風呂を浴びる（早晨入浴）

毎日朝風呂に入る（每天早晨洗澡）

朝風呂丹前長火鉢（〔早晨洗澡穿棉袍坐在長方火盆前〕喻舒適優閒自在的生活）

朝ぼらけ〔名〕（朝朧気的約音）黎明、拂曉（＝夜明け、曙）

我郷里の朝ぼらけの景色は何とも言えない美しさだ（我的故鄉的黎明風光美麗得無法形容）

朝間〔名〕早晨（的時間）、一清早（=朝の間、朝の間）

朝参り〔名、自サ〕早晨參拜神社（寺院）

朝未だき〔副〕黎明、拂曉（=朝早く）
　朝未だき起き出でて草を刈る（黎明起來去割草）

朝靄〔名〕早晨的薄霧

朝焼け〔名〕朝霞、早霞←→夕焼け
　朝焼けの日は雨に為る（早霞的日子有雨）
　朝焼けが美しい（朝霞美麗）

朝湯〔名〕（就）早晨燒好的澡堂、早晨洗澡（=朝風呂）
　朝湯に入る（早晨洗澡）
　朝湯を使う（早晨洗澡）

朝〔名〕早晨←→昨夜、昨夕
　雪降る朝（降雪的早晨）明日

明日、明日、明日、明日、明日〔名、副〕明日、明天（=明くる日）
　明日又御出で下さい（請明天再來）
　今日は休業致しますので明日又御出で下さい（因為今天休息請明天再來）今日今日
　明日伺います（明天去拜訪）
　明日の百より今日の五十（明天得一百不如今天得五十、天上仙鶴不如手中麻雀）
　明日は明日の風が吹く（明天刮明天的風，不擔心明天的事）
　明日をも知れない命（命再旦夕）
　明日はもっと良く為る（明天會更好）
　明日出発する（明天出發）
　明日はMay dayです（明天是五一勞動節）

着（ㄓㄠˊ）

着〔名〕到達、抵達
〔接尾〕（計數詞用法）（計算衣服的單位）套、（計數順序）着，名
〔漢造〕穿衣、黏貼、到達、沉着、着手。〔圍棋〕着數

東京着三時（三點到達東京）
六時台中着の列車（六點到達台中的火車）
最近着のジャパン・タイムズ（最近到的英文日本時報）
着次第（到了立即…）
洋服一着（一套西裝）
冬服を一着作る（做一套冬服）
第二着（第二名）
彼はレースで何着でしたか（賽跑他跑第幾名？）
彼は惜しくも三着に落ちた（很遺憾他落到第三名）
密着（貼緊，靠緊、不放大的照片）
粘着（黏着）
執着、執着（貪戀，留戀、執着，固執）
終着（最後到達、終點）
土着（土着）
降着、降著（著陸、降落）
膠着（膠着、黏着）
合着（合在一起）
恋着（愛慕、依戀、迷戀）
愛着、愛着（留戀）
到着（到達、抵達）
東京着（東京到達）
同着（同時到達）
撞着（撞着，碰着、牴觸，矛盾）
発着（出發和到達）
先着（先到達）
染着（着色）
落着（著落、解決）
妙着（妙着）
敗着（壞着數）
勝着（致勝的一招）
蒸着（蒸發）

ㄓ

着する、著する〔自サ〕到達（=着く）、附著（=くっつく）、執着（=執著、執着）

〔他サ〕穿（=着る）

制服を着する（穿制服）

着衣〔名、自サ〕穿衣服、穿著的衣服

着衣に血が滲んでいた（身上的衣服滲著血）

着意〔名、自サ〕注意、著想

着駅〔名、自サ〕〔鐵〕到達站

着駅毎に盛んな出迎えを受ける（每到一站都受到熱烈歡迎）

運賃着駅払いの小荷物（到站後付運費的小件行李）

着岸〔名、自サ〕靠岸

着眼〔名、自サ〕著眼，注意，眼光，眼力

着眼が良い（眼光好）

着眼が悪い（眼光壞）

着眼が鋭い（眼力高）

農業に着眼する（注意農業）

良い所に着眼している（看得很對）

彼は其処に着眼したのは流石に偉い（他能看到那點到底高明）

君の着眼の奇抜な事には敬服する（欽佩你眼力機警）

着眼点（著眼點、觀點）

着座〔名、自サ〕就座、入席（=着席）

末席に着座する（坐在末座）

着実〔名、形動〕踏實、牢靠、穩健

着実な性格（踏實的性格）

着実な考え（穩健的想法）

着実な進歩（穩步前進）

着実に仕事を為る（踏踏實實地工作）

仕事振りが実に着実だ（工作作風確實踏實）

焦らずに着実に一歩一歩進む（不焦不躁踏踏實實地穩步前進）

着車〔名、自サ〕（火車）到達、到站

着車ホーム platform（到站的月台）

正午に着車する予定（估計火車中午到達）

着手〔名、自サ〕著手，動手，下手，開始。〔法〕（罪行的）開始，下手

仕事に着手する（動手工作）

調査に着手する（開始調查）

工事の着手が遅れた（動工晚了）

何から着手しようか（從何下手呢？）

工事は未だ着手の運びに至らない（工程還沒有到動工階段）

着手未遂犯（著手未遂犯）

着手〔名〕穿的人

洋服の着手が無い（沒有穿西服的人）

着順〔名〕到達的順序

着順に並ぶ（按到達的順序排列）

着床〔名、自サ〕〔生〕受精卵植入子宮

着色〔名、自サ〕著色、上顏色、塗假色

人工着色（人工染色）

此の花瓶は着色が強過ぎる（這個花瓶的顏色太刺眼）

此の沢庵は着色して有る（這個鹹蘿蔔有假色）

着色電球（彩色燈泡）

着色硝子（有色玻璃）

着色木版（彩色木版）

着色写真（彩色照片）

着色陶器（彩陶）

着色石版刷り（彩色石版印刷）

着色力（著色力、著色強度）

着色中心（〔理〕色〔中〕心）

着信〔名、自サ〕來信，來電、收到的信（電報）、接電話←→発信

着信局（收信局）

着信専用の電話（接話的專用電話）

着陣〔名、自サ〕到達陣地、公卿在客廳各就各位

着水〔名、自サ〕〔空〕降落到水面上

宇宙船が見事に着水した（太空船順利地降到了水面上）

着生〔名、自サ〕〔植〕附生、附著其他物上生長
　着生植物（附生植物）

着席〔名、自サ〕入座、入席（＝着座）
　皆さん、御着席を願います（諸位請入座）
　聴衆が着席するのに随分時間が掛かった（費了很長時間聽眾才坐定下來）

着雪〔名〕（電線等上）積雪

着船〔名、自サ〕〔船〕進港、進港船

着装〔名、他サ〕穿上（衣服）、把機器的零件）安裝上、（把炸彈）安到（飛機上）

着想〔名〕立意、構思、主意
　此の絵は中中着想が良い（這幅畫的構思很好）
　素晴らしい着想が胸に浮かぶ（心中浮現出一個絕妙的主意）
　彼の書く物は着想が奇抜だ（他寫的東西構思奇特）
　彼の着想の斬新さと奔放さには皆が驚いた（大家都對他構思的新穎和豪放感到驚奇）

着帯〔名、自サ〕（婦女懷孕到五個月時）繫腹帶
　着帯式を行う（舉行繫帶式）

着脱〔名、自サ〕裝卸、安上與卸下
　簡単に着脱出来る（可以簡單裝卸）

着弾〔名、自サ〕〔軍〕中彈、中的子彈
　着弾距離（中彈距離、射程）
　着弾距離内（外）（在中彈句離內〔外〕）
　着弾距離を測定する（測量中彈距離）
　此の砲の着弾距離は六マイルである（這座砲的射程是六英哩）

着地〔名、自サ〕著陸、著地、落地、到達地←→発地
　着地に失敗する（〔體〕著地失敗）
　旨く着地する（〔體〕巧妙地著地）
　着地払い（〔商〕到達地付款）

着着（と）〔副〕逐步地、一步一步地、穩步而順利地

工事が着着進む（工程順利進展）
　着着勝利を収める（節節勝利）
　仕事は着着進行している（工作穩步而順利地進行著）
　彼は着着名声を高めていった（他逐步提高了聲譽）

着電〔名、自サ〕來電、電報到達
　十日の着電に依れば（據十日來電…）

着到〔名、自サ〕到達（＝到着）、中世武士到達軍陣通知書（＝着到状）

着荷、着荷〔名〕到貨、貨到
　着荷払い（貨到付款）
　着荷払い（貨到付款）
　春季着荷の売り出し（春季到貨大拍賣）
　当分着荷の見込みは有りません（估計近期不會到貨）
　着荷次第御届け致します（貨到即送上）
　苺が大量に着荷した（運到了大量草莓）

着任〔名、自サ〕到任、上任
　空路着任する（坐飛機上任）
　新任大使は昨日着任した（新任大使昨天上任）

着値〔名〕到岸價格
　神戸着値一噸五千円（神戶到岸價格每噸五千日元）

着発〔名、自サ〕到達和出發。〔軍〕（砲彈）到達目標立刻爆炸
　着発信管（着發引信）

着筆〔名、自サ〕（寫字等）着筆，下筆、（文章等的）寫法
　気の利いた着筆（漂亮的筆法）

着氷〔名、自サ〕（航行中的飛機或船隻因寒雪等）凍上冰

着服〔名、他サ〕穿衣服，穿著的衣服、私吞，侵吞
　寄付金を着服する（侵吞捐款）
　会社の金を着服して逃亡した（侵吞公司錢款而逃跑）

着帽〔名、自サ〕戴帽子、（施工防險）戴上盔形安全帽←→脱帽

着目〔名、自サ〕着眼、注目（＝着眼）
着目に値する（值得注目）

着用〔名、他サ〕穿（衣服）
着用に及ぶ（穿上）
登校の際制服を着用す可し（上學時必須穿制服）
当日は礼服着用の事（那天應穿禮服）

着陸〔名、自サ〕〔空〕着陸、降落←→離陸
夜間着陸（夜間著陸）
無着陸飛行（不著陸飛行）
飛行機が着陸する（飛機著陸）
空港に着陸する（降落在機場）
パラシュートで着陸する（用降落傘著陸）
強制着陸を為せる（迫降）
着陸地（降落地、降落地區）
着陸装置（降落裝置、起落架）

着火〔名、自サ〕發火
着火点（發火點）

着艦〔名、自サ〕〔軍〕（飛機）回到航空母艦上
全機無事着艦する（全部飛機安全回艦）

着京〔名、自サ〕抵京、到達東京（京都）
午後着京する（午後抵京）

着金〔名、自サ〕款送到、款匯到

着剣、着け剣〔名、自サ〕〔軍〕上刺刀
着け剣！（〔口令〕上刺刀！）
着け剣で行進する（上著刺刀列隊前進）

着工〔名、自サ〕開工、動工←→竣工
着工が遅れる（動工晚了）
着工式（開工儀式）

着港〔名、自サ〕到達港口
着港値段（到港價格）

着る〔他上一〕（穿褲鞋襪時用穿く）穿（衣服）。
〔舊〕穿（和服裙子）←→脱ぐ、承受，承擔

着物を着る（穿衣）
洋服を着る（穿西服）
新調の服を着て見る（穿上新做的西服試一試）
着物を着た儘で眠る（穿著衣服睡覺）
外套は何卒着た儘で（請不要脱大衣）
袴を着た事が無い（從沒穿過和服裙子）
罪を着る（負罪）
人の罪を着る（為人負疚）
恩を着る（承受恩情）
人の好意を恩に着る（對別人的好意領情）
笠に着る（依仗…的權勢〔地位〕）

切る、斬る、伐る、截る〔他五〕切，割，剁，斬，殺，砍，伐，截，斷，剪，鑿、切傷、砍傷、切開，拆開，剪下，截下，修剪，中斷，截斷，掛上，限定，截止，甩掉，除去，瀝乾、（撲克）洗牌，錯牌，攤出王牌，衝破，穿過，打破，突破，（網球或乒乓等）削球，打曲球。〔數〕截開，切分、（兩圓形）相切、扭轉、拐彎。〔古〕（用整塊金銀）兌換（零碎金銀），破開

〔接尾〕（接動詞連用形）表示達到極限、表示完結，罄盡（作動詞用通常寫切る、受格是人時也寫作斬る、是木時寫作伐る、是布紙等也寫作截る）

肉を切る（切肉）
庖丁で野菜を切る（用菜刀切菜）
首を切る（斬首、砍頭）
腹を切る（切腹）
木を切る（伐木、砍樹）
縁を切る（離婚、斷絕關係）
親子の縁を切る（斷絕父子關係）
手を切る（斷絕關係〔交往〕）
薄く切る（薄薄地切）
細かく切る（切碎）
短く切る（切短）
二つに切る（切斷、切成兩個）

鋏で切る（用剪子剪）
髪を切る（剪髪）
切符を切る（剪票）
石を切る（鑿石頭）
ナイフで指を切る（用小刀把手指切傷）
斧で右足を切った（用斧頭把右腳砍傷）
肩先を切られる（肩膀被砍傷）
ガラスの破片で手を切られる（守備玻璃碎片劃傷）
肌を切る様な風（刺骨的寒風）
身を切る様な寒風（刺骨的寒風）
身を切られる思い（心如刀割一般）
布地を切る（裁剪衣服料子）
腫物を切る（切開腫包）
封を切る（拆封、拆信）
十ヤード切って呉れ（煩請剪下十碼）
縄を少し切って呉れ、長過ぎるから（繩子太長請將它剪掉一點）
小切手を切る（開支票）
爪を切る（剪指甲）
木の枝を切る（修剪樹枝）
言葉を切る（中斷話題、停下不說）
スイッチを切る（關上開關）
ラジオを切る（關上收音機）
テレビを切る（關上電視機）
電話を切る（掛上電話聽筒）
一旦切って御待ち下さい、番号が違っていますから（號碼錯了請暫時掛上聽筒稍等一下）
電話を切らずに置いて下さい（請不要掛上聽筒）
日限を切る（限定日期）
日を切って回答を迫る（限期答覆）
出願受付は百人で切ろう（接受申請到一百人就截止吧！）

先着順十名で切る（按先到的順序以十人為限）
小数点以下一桁で切る（小數點一位以下捨掉）
露を切る（甩掉露水）
野菜の水を切る（甩掉蔬菜上的水）
濡れた箒の水を切る（甩掉濕掃把上的水）
米の水を切る（瀝乾淘米水）
トランプを切る（洗牌）
さあ、切って下さい（來請錯牌）
切札を切る（攤出王牌）
スペードで切る（用黑桃蓋他牌）
先頭を切る（搶在前頭、走在前頭）
船が波を切って進む（船破浪前進）
空気を切って飛んで来る（衝破空氣飛來、凌空飛來）来る来る
乗用車が風を切って疾走する（小轎車風馳電掣般地飛馳）
肩で風を切る（急速前進、奮勇前進）
行列を切る（從行列橫穿過去）
直線一が円零を切る（〔數〕直線一穿過圓零）
十字を切る（畫十字）
元を切って売る（虧本出售）売る得る得る
百メートル競走で十秒を切る（百米賽跑打破十秒）
球を切る（削球、打曲球）球玉弾珠魂靈
三角形の一辺を等分に切る（把三角形的一邊等分之）
A円がB円を切る（A圓和B圓相切）
ハンドルを切る（扭轉方向盤）
舵を左に切る（向左轉舵）
カーブを切る（拐彎、轉彎）
弱り切る（衰弱已極、非常為難）
疲れ切っている（疲乏已極）

止

ㄓ

腐り切った資本主義（腐朽透頂的資本主義）
読み切る（讀完）
言い切る（說完）
思い切る（死心，斷念、毅然下決心）
夜の明け切らない中から仕事に掛かる（天還沒亮就出工）
小遣いを使い切る（把零用錢花光）
全部は入り切らない（裝不下全部）
人民は政府を信頼し切っている（人民完全信賴政府）
切っても切れぬ（割也割不斷、極其親密）
切っても切れぬ関係（唇齒相依、息息相關、難分難解的關係）
切っても切れぬ間柄（唇齒相依、息息相關、難分難解的關係）
広範な民衆と切っても切れない繫がりが有る（和廣大民眾血肉相連）
口を切る（開口，開封、帶頭發言，先開口說話）
首を切る（砍頭，斬首、撤職，解雇）
札片を切る（隨意花錢、大肆揮霍）
白を切る（裝作不知道）白不知
堰を切った様に（像決堤一般、像洪水奔流一般、像潮水一般）
啖呵を切る（說得淋漓盡致、罵得痛快淋漓）
見えを切る（〔劇〕〔演員在舞台上〕亮相、擺架子、矯揉造作、故作誇張姿態，假裝有信心勇氣）

鑽る〔他五〕鑽木（取火）、用火鐮打火
火を鑽る（鑽木取火、用火鐮打火）

着せる〔他下一〕給…穿上、蒙上，蓋上、鍍上，包上、使蒙受，嫁（禍），加（罪），敗壞（名聲）
子供に晴れ着を着せる（給孩子穿上盛裝）
手伝って外套を着せて遣る（幫著給穿上大衣）
布団を着せる（蓋上被子）
ぐっすり眠っている戦友に毛布を着せて遣る（給酣睡著的戰友蓋上毯子）
錫を着せる（鍍錫）
指環に金を着せる（給戒子鍍上金）
金箔を着せる（包上金箔）
此れは純金かそれとも着せたのか（這是純金還是鍍金？）
錠剤に糖衣を着せる（給藥片包上糖衣）
濡衣を着せる（加罪於人、冤枉好人）
他人に罪を着せる（嫁禍於人）
人に悪名を着せる（敗壞別人名聲）
恩を着せる（使人感恩、硬要人家領情）

着せ掛ける〔他下一〕幫助…穿上衣服
先生に外套を着せ掛ける（幫助老師穿上大衣）

着せ綿〔名〕覆蓋在東西上面的棉花
菊の着せ綿（覆蓋菊花上面的棉花）

着替える、着替える〔他下一〕換衣服
着物を着替える（換衣服）
家に帰ると普段着に着替える（一回到家就換上便服）
元通りのシャツと半ズボンに着替える（換上原來的襯衫和短褲）

着替え、着替〔名、自サ〕換衣服、換的衣服
急いで着替え（を）為る（匆匆忙忙換衣服）
着替え室（更衣室）
此の外には着替えを持っていない（除這件外沒有換的衣服）
外出しますから着替えを出して下さい（我要出門請把換的衣服拿出來）

着重ねる〔他下一〕穿好多層衣服、穿好幾件衣服

着飾る〔他五〕盛裝、打扮
子供達が着飾って園遊会へ行く（孩子們打扮起來去園遊會）
美しい着物を着飾る（穿上漂亮衣服）
けばけばしく着飾る（打扮得花裡花俏）

着崩れ〔名,自サ〕（衣服）穿走樣
　長く着ていたのですっかり着崩れした（因為穿了很久完全穿走樣了）
　着崩れの為ない着付け（穿衣不走樣的穿法）

着草臥れる〔他下一〕（衣服）穿舊、穿破
　着草臥れた着物（穿舊了的衣服、穿破了的衣服）

着心地〔名〕（穿上衣服時的）感覺
　此の着物は着心地が良い（這件衣服穿著覺得舒適）
　着心地の悪い着物（穿上覺得不舒服的衣服）
　新調の洋服の着心地は如何です（新做的西服穿著覺得怎樣？）

着熟す〔他五〕（衣服）穿得合身（適稱）
　上手に着熟す（穿得很合身〔適稱〕）
　和服を着熟す人が少なくなった（能把和服穿得適稱的人少了）

着熟し〔名〕（衣服的）穿法
　着熟しが旨い（很會穿衣服、穿得很合體）
　着熟しが拙い（衣服穿得不適稱）
　彼女は着熟しが上手だ（她很會穿衣服）

着込む〔他五〕穿在裡面，套在裡面，多穿衣服，（着る的加強表現）穿
　もうメリヤスのシャツを着込んでいるのですか（裡頭已經穿上衛生衣了嗎？）
　寒いから着込んだ方が好い（天很冷還是多穿些好）
　重いオーバーを着込んでいる（穿著笨重的大衣）

着込み,着込、着籠、着込み,着込、着籠〔名〕（穿在裡面的）護身鎖子甲

着尺〔名〕（長寬正夠做一件和服用的）衣料 ←→端尺
　フランネルの着尺（法蘭絨的一件衣料）
　着尺地（一件衣料）

着初め〔名〕初次穿（新衣服）
　着初めの袴（初次穿的新和服裙）

　此の服は今日が着初めだ（這件衣服今天頭一次穿）

着倒れ〔名,自サ〕講究穿著（以至傾家蕩產）
　京の着倒れ、大阪の食い倒れ（京都人講究穿大阪人講究吃）

着た切り〔名〕只有身上穿的一件衣服（別無更換的衣服）
　着た切り雀（〔仿舌切雀所造的詞〕只有身上穿的一件衣服的人）
　着た切り雀の洒落（只有身上所穿的一件衣服的好漂亮的人）
　私は着た切り雀だ（我只有身上穿的一件衣服）

着丈〔名〕衣服長度（=対丈）
　着丈が長い（衣服過長）
　着丈は少し短くして下さい（身長請做短一點）

着付ける〔他下一〕穿慣
　洋服を着付ける（穿慣西服）
　着付けた着物（穿慣的衣服）
　洋服は着付けると止められない（西服穿慣了就不想換穿和服）

着付け〔名〕穿慣，穿慣的衣服、穿上的感覺、穿衣的技巧、（給…）穿上衣服（的人）
　着付けの普段着（穿慣了的便服）
　着付けが良い（穿著舒服）
　着付けが悪い（穿著不舒服）
　着付け部屋（試衣室）
　着付けが上手だ（會穿衣服、穿起來顯得漂亮）
　子供達に祝日の晴れ着の着付けを為る（給孩子們穿上節日的盛裝）
　花嫁の着付けを為る（幫助新娘穿衣服）

着道楽〔名〕講究服裝、講究穿著 ←→食道楽
　着道楽の人（講究服裝的人）

着通す〔他五〕（在某期間）一直穿一件衣服不換
　此のオーバーを冬中着通す（把這件大衣穿一冬）

着通し〔名、他サ〕（在某期間）一直穿著
　此のオーバーは冬中着通しだ（這件大衣整整穿了一冬）
　一ヶ月着通ししたシャツ（一直穿了一個月的襯衫）

着流す〔他五〕（穿和服時不穿裙子）只穿外衣

着流し〔名〕（〝能樂〟裝束的）不穿裙子。〔轉〕（男人穿和服時）只穿外衣（不穿裙子）、便裝
　着流しの儘で失礼します（穿著便裝太不禮貌了）
　着流しで外出する（穿著便裝上街）

着馴らす〔他五〕穿慣

着逃げ〔名、他サ〕（把別人衣服）穿著拐跑、穿跑
　どさくさに紛れて人の着物を着逃げした（趁著忙亂把別人衣服穿著拐跑）

着の身着の儘〔連語〕只穿著身上的衣服（別無他物）
　着の身着の儘で焼け出された（家裡失火只穿著身上的衣服跑出來了）
　着の身着の儘で逃げ出す（只穿著身上的衣服逃出來）

着映え〔名〕穿起來顯得漂亮
　着映えの為る洋服（穿上顯得漂亮的衣服）
　着映えが為ない着物（穿起來顯得不漂亮的和服）

着膨れる、着脹れる〔自下一〕穿得鼓起來
　こんな寒い日には着膨れる程着ても暖かくない（這麼冷天穿得鼓起來也不覺得暖和）

着太り〔名〕穿得臃腫，穿得多顯得胖、穿上衣服顯得胖←→着痩せ

着振り〔名〕穿衣的樣子（＝着熟し）
　着振りが良い（穿上衣服好看）

着古す〔他五〕（把衣服）穿舊
　着古した着物（穿舊了的衣服）

着古し〔名〕穿舊、穿舊了的衣服
　着古しの着物を着る（穿舊衣服）

着物〔名〕衣服、（有別於西服的）和服
　着物を着る（穿衣服）
　着物を脱ぐ（脫衣服）
　着物を畳む（疊衣服）
　子供に着物を着せて遣る（給孩子穿衣服）
　着物の襞（衣服的皺褶）
　着物より洋服の方が活動的だ（西服比和服便於活動）

着痩せ〔名、自サ〕穿上衣服反顯得瘦←→着太り
　彼女は着痩せする質だ（她是穿上衣服反顯得瘦的人）

着良い〔連、語形〕容易穿、穿上舒服（＝着易い）
　着良い着物（易穿的衣服、穿上舒服的和服）

着類〔名〕〔舊〕衣服（＝着物、衣類）

着く〔自五〕到達（＝到着する）、寄到，運到（＝届く）、達到，夠著（＝触れる）
　汽車が着いた（火車到了）
　最初に着いた人（最先到的人）
　朝台北を立てば昼東京に着く（早晨從台北動身午間就到東京）
　手紙が着く（信寄到）
　荷物が着いた（行李運到了）
　体を前に折り曲げると手が地面に着く（一彎腰手夠著地）
　頭が鴨居に着く（頭夠著門楣）

付く、附く〔自五〕附著，沾上、帶有、配有、增加、增添、伴同、隨從、偏袒，向著、設有、連接、生根、扎根

（也寫作炗く）點著、燃起、值、相當於、染上、染到、印上、留下、感到、妥當、一定、結實、走運

（也寫作就く）順著、附加、（看來）是
　泥がズボンに付く（泥沾到褲子上）
　血の付いた着物（沾上血的衣服）
　鮑は岩に付く（鮑魚附著在岩石上）
　甘い物に蟻が付く（甜東西招螞蟻）
　肉が付く（長肉）
　智慧が付く（長智慧）
　力が付く（有了勁、力量大起來）

利子が付く（生息）

精が付く（有了精力）

虫が付く（生蟲）

錆が付く（生銹）

親に付いて旅行する（跟著父母旅行）

護衛が付く（有護衛跟著）

他人の後からのろのろ付いて行く（跟在別人後面慢騰騰地走）

君には迚も付いて行けない（我怎麼冶也跟不上你）

不運が付いて回る（厄運纏身）

人の下に付く事を好まない（不願甘居人下）

あんな奴の下に付くのは嫌だ（我不願意聽他的）

彼の人に付いて居れば損は無い（聽他的話沒錯）

娘は母に付く（女兒向著媽媽）

弱い方に付く（偏袒軟弱的一方）

味方に付く（偏袒我方）

敵に付く（倒向敵方）

何方にも付かない（不偏袒任何一方）

引き出しの付いた机（帶抽屜的桌子）

此の列車には食堂車が付いている（這次列車掛著餐車）

此の町に鉄道が付いた（這個城鎮通火車了）

谷へ下りる道が付いている（有一條通往山谷的路）

種痘が付いた（種痘發了）

挿し木が付く（插枝扎根）

電灯が付いた（電燈亮了）

もう明かりが付く頃だ（該點燈的時候了）

ライターが付かない（打火機打不著）

此の煙草には火が付かない（這個煙點不著）

隣の家に火が付いた（鄰家失火了）

一個百円に付く（一個合一百日元）

全部で一万円に付く（總共值一萬日元）

高い物に付く（花大價錢、價錢較貴）

一年が十年に付く（一年頂十年）

値が付く（有價錢、標出價錢）値

然うする方が安く付く（那麼做便宜）

色が付く（染上顏色）

鼻緒の色が足袋に付いた（木屐帶的顏色染到布襪上了）

足跡が付く（印上腳印、留下足跡）

帳面に付いている（帳上記著）

染みが付く（印上污痕）污点

跡が付く（留下痕跡）

目に付く（看見）

鼻に付く（嗅到、刺鼻）

耳に付く（聽見）

気が付く（注意到、察覺出來、清醒過來）

目に付かない所で悪戯を為る（在看不見的地方淘氣）

目鼻が付く（有眉目）

凡その見当が付いた（大致有了眉目）

見込みが付いた（有了希望）

判断が付く（判斷出來）

思案が付く（響了出來）

判断が付かない（眉下定決心）

話が付く（說定、談妥）

決心が付く（下定決心）

始末が付かない（不好收拾、沒法善後）

方が付く（得到解決、了結）

けりが付く（完結）

収拾が付かなく為る（不可收拾）

彼の話は未だ目鼻が付かない（那件事還沒有頭緒）

御燗が付いた（酒燙好了）

実が付く（結實）

ㄓ

ㄓ

牡丹に蕾が付いた（牡丹打苞了）
彼は近頃付いている（他近來運氣好）
今日は馬鹿に付いている（今天運氣好得很）
ゲームは最初から此方に付いていた（比賽一開始我方就占了優勢）
川に付いて行く（順著河走）
塀に付いて曲がる（順著牆拐彎）
付録が付いている（附加附錄）
条件が付く（附帶條件）
朝飯とも昼飯とも付かぬ食事（既不是早飯也不是午飯的飯食、早午餐）
シルクハットとも山高帽とも付かない物（既不是大禮帽也不是常禮帽）
板に付く（純熟，老練，貼附，適當）
手に付かない（心不在焉、不能專心從事）
役が付く（當官、有職銜）

付く〔接尾、五型〕（接擬聲、擬態詞之下）表示具有該詞的聲音、作用狀態
がた付く（咯噔咯噔響）
べた付く（發黏）
ぶら付く（幌動）

付く、点く〔自五〕點著、燃起
電灯が付いた（電燈亮了）
もう明かりが付く頃だ（該點燈的時候了）
ライターが付かない（打火機打不著）
此の煙草には火が付かない（這個煙點不著）
隣の家に火が付いた（鄰家失火了）

付く、就く〔自五〕沿著、順著、跟隨
川に付いて行く（順著河走）
塀に付いて曲がる（順著牆拐彎）

就く〔自五〕就座，登上，就職，從事，就師，師事，就道，首途
席に就く（就席）
床に就く（就寢）床
塒に就く（就巢）
緒に就く（就緒）

食卓に就く（就餐）
講壇に就く（登上講壇）
職に就く（就職）
任に就く（就任）
実業に就く（從事實業工作）
働ける者は皆仕事に就いている（有勞動能力的都參加了工作）
師に就く（就師）
日本人に就いて日本語を学ぶ（跟日本人學日語）習う
帰途を就く（就歸途）
世界一周の途に就く（起程做環球旅行）
壮途に就く（踏上征途）

突く〔他五〕支撐、拄著
杖を突いて歩く（撐著拐杖走）
頬杖を突いて本を読む（用手托著下巴看書）
手を突いて身を起こす（用手撐著身體起來）
がっくり膝を突いて終った（癱軟地跪下去）

突く、衝く〔他五〕刺，戳，冒，衝，攻，抓，乘
槍で突く（用長槍刺）
針で指先を突いた（針扎了指頭）
棒で地面を突く（用棍子戳地）
鳩尾を突かれて気絶した（被擊中了胸口昏倒了）
判を突く（打戳、蓋章）
意気天を突く（幹勁衝天）
雲を突く許りの大男（頂天大漢）
つんと鼻を突く臭いが為る（聞到一股嗆鼻的味道）
風雨を突いて進む（冒著風雨前進）
不意を突く（出其不意）
相手の弱点を突く（攻擊對方的弱點）
足元を突く（找毛病）

突く、撞く〔他五〕撞、敲、拍
毬を突いて遊ぶ（拍皮球玩）
鐘を突く（敲鐘）

玉を突く（撞球）

吐く、突く〔他五〕吐（=吐く）、說出（=言う）、呼吸，出氣（=吹き出す）

　反吐を吐く（嘔吐）
　嘘を吐く（說謊）
　息を吐く（出氣）
　溜息を吐く（嘆氣）

即く〔自五〕即位、靠近

　位に即く（即位）
　王位に即かせる（使即王位）
　即かず離れずの態度を取る（採取不即不離的態度）

漬く、浸く〔自五〕淹、浸

　床迄水が漬く（水浸到地板上）

漬く〔自五〕醃好、醃透（=漬かる）

　此の胡瓜は良く漬いている（這個黃瓜醃透了）

搗く、舂く〔他五〕搗、舂

　米を搗く（舂米）
　餅を搗く（舂年糕）
　搗いた餅より心持ち（禮輕情意重）

憑く〔自五〕（妖狐魔鬼等）附體

　狐が憑く（狐狸附體）

築く〔他五〕修築（=築く）

　周囲に石垣を築く（四周砌起石牆）
　小山を築く（砌假山）

着ける、付ける、附ける〔他下一〕（常寫作着ける）穿上、帶上、佩帶（=着用する）

（常寫作着ける）（駕駛車船）靠攏、開到（某處）（=横付けに為る）

　服を身に着ける（穿上西服）
　軍服を身に着けない民兵（不穿軍裝的民兵）
　制服を着けて出掛ける（穿上制服出去）
　ピストルを着けた番兵（帶著手槍的衛兵）
　面を着ける（帶上面具）
　自動車を門に着ける（把汽車開到門口）

　船を岸壁に着ける（使船靠岸）

着ける、付ける、附ける〔接尾，下一型〕（着ける、付ける、附ける的音便）（接名詞下）賦予、使有、建立

（接某些動詞+（さ）せる、（ら）れる形式的連用形下）經常，慣於、表示加強所接動詞的語氣，（憑感覺器官）察覺到

　意義着ける（賦予意義、使有意義）
　秩序着ける（使有秩序、建立秩序）
　関係着ける（建立關係、使發生關係、拉關係）
　基礎着ける（打下基礎、作為依據）
　行き付けた所（常去的地方）
　遣り付けた仕事（熟悉的工作）
　怒鳴られ付けている（經常挨申斥）
　叱り付ける（申斥）
　押え付ける（押上）
　酷く怒って本を机に叩き付けた（大發雷霆把書往桌子上一摔）
　聞き付ける（聽到、聽見）
　見付ける（看見、發現）
　嗅ぎ付ける（嗅到、聞到、發覺、察覺到）

点ける〔他下一〕（有時寫作付ける）點火、點燃、扭開、拉開、打開

　ランプを点ける（點燈）
　煙草に火を点ける（點菸）
　マッチを点ける（劃火柴）
　ガスを点ける（點著煤氣）
　部屋が寒いからストーブを点けよう（屋子冷把暖爐點著吧！）
　電燈を点ける（扭開電燈）
　ラジオを点けてニュースを聞く（打開收音機聽新聞報導）
　テレビを点けた儘出掛けた（開著電視就出去了）

即ける、就ける〔他下一〕使就位、使就師
　席に即ける（使就席）
　局長の地位に即ける（使就局長職位）
　位に即ける（使即位）
　職に即ける（使就職）
　先生に即けて習わせる（使跟老師學習）

漬ける、浸ける〔他下一〕浸，泡（＝浸す）
　着物を水に漬ける（把衣服泡在水裡）

漬ける〔他下一〕醃，漬（＝漬物に為る）
　菜を漬ける（醃菜）
　塩で梅を漬ける（醃鹹梅子）
　胡瓜を糠味噌に漬ける（把黃瓜醃在米糠醬裡）
　寒い地方では野菜を沢山漬けて置いて、冬に食べる（寒冷地方醃好多菜冬天吃）

沼（ㄓㄠˇ）

沼〔漢造〕沼澤
　湖沼（湖沼）
　池沼（池沼）

沼気〔名〕〔化〕沼氣、甲烷（＝メタン methane）

沼沢〔名〕沼澤
　沼沢地（沼澤地）
　沼沢植物（沼澤植物）

沼鉄鉱〔名〕〔礦〕沼鐵礦

沼〔名〕沼澤、池沼
　底無し（の）沼に嵌まり込む（陷入無底深淵）

沼茅〔名〕〔植〕沼茅

沼尻〔名〕沼澤邊角的狹窄部分

沼杉〔名〕〔植〕落羽松

沼地、沼地〔名〕沼澤地、沼澤地帶

沼縁〔名〕沼澤和陸地的交接地帶

沼〔造語〕沼（＝沼）
　小沼（小沼澤、沼澤）
　隱沼（築堤圍水造成的沼澤、草木繁茂看不見水的沼澤）

召（ㄓㄠˋ）

召〔漢造〕召喚
　応召（應召喚、應徵集合－預備役軍人接到徵集令到指定地點集合）

召喚〔名、他サ〕〔法〕傳喚
　証人を法廷に召喚する（傳喚證人到法庭）
　法廷に召喚される（被傳到法庭）
　召喚状を出す（簽發傳票）
　召喚に応ずる（應傳）
　召喚を受ける（接到傳喚）

召還〔名、他サ〕召還、召回
　大使を召還する（召回大使）
　本国へ召還される（被召回本國）

召集〔名、他サ〕召集
　予備役を召集する（召集預備兵）
　臨時国会を召集する（召開臨時國會）
　召集に応じる（應徵）
　軍隊に召集される（應徵入伍）
　召集令（徵集令）

召請、招請〔名、他サ〕招請、邀請
　各国選手を召請する（邀請各國選手）
　召請状（請帖、請柬）
　召請講演（邀請講演）
　召請国（東道國）

召致〔名、他サ〕召集
　会議に代表を召致する（召集代表開會）
　支店長を召致して相談する積りです（打算召集分行經理來商量）
　民兵を召致する（召集民兵）

召電〔名〕召回的電報
　本国からの召電に接した（接到本國打來的召回電報）

召募、招募〔名、他サ〕招募

召す〔他五〕（呼び寄せる、取り寄せる的敬語）召見，召喚

（食う、飲む、着る、乗る等的敬語）吃喝穿乘

（風邪を引く、湯に入る的敬語）感冒，入浴

（買う的敬語）買

（用御気に召す形式）喜好（=気に入る）

〔古〕接動詞連用形構成敬語

　旦那様が御召しです（主人召喚你呢）

　国王に召される（蒙國王召見）

　御酒を召す（飲酒）

　外套を召していらっしゃい（請穿大衣出去）

　風邪を召す（感冒）

　御風呂を御召し下さい（請去洗澡）

　花を召しませ（請買花吧！）

　此れ、御気に召しますか（您喜歡這個嗎？）

　聞こし召す（聽）

　知ろし召す（知道）

召し〔名〕〔舊〕召見、邀見

　御召しに与る（承蒙邀見）

召される〔自下一〕（為る敬語）做（=為さる、遊ばす）

（召す被動形）被召見

（召す敬語）吃喝穿乘感冒入浴

　御食事を召される（進餐、用飯）

　御覚悟召されよ（您要下定決心）

　国王に召される（被國王召見）

　天国に召される（死）

　御風邪を召される（傷風）

召し上がる〔他下一〕〔敬〕吃、喝、吸煙（=食う、飲む）

　煙草を召し上がりますか（您抽菸嗎？）

　御茶を召し上がれ（請喝茶）

　何を召し上がりますか（您要吃點什麼？）

　たんと召し上がれ（請多多地吃）

召し上がり物〔名〕〔敬〕飲食

　御召し上がり物は何に致しましょうか（您要吃點什麼？）

召し上げる〔他下一〕召見、沒收

　財産を召し上げる（沒收財產）

　領地を召し上げる（沒收領地）

召し人，召人，召人〔名〕〔舊〕（被天皇召去）選年初和歌的人、宮中御歌所的職員的別稱、侍妾

召し抱える〔他下一〕雇用、聘用

　運転手を一人召し抱える（雇用一名司機）

召し具す〔他五〕〔古〕率領（=引き連れる）

召し状、召状〔名〕召見書傳票（=呼び出し状）

召し出す〔他五〕〔舊〕傳喚、起用

　国王の御前に召し出される（被傳喚到國王面前）

召し使う〔他五〕使喚、使用

召し使い、召使〔名〕傭人、男女僕人

　召使を雇う（置く）（雇用僕人）

召し連れる〔他下一〕（貴人）率領（僕從等）

召し捕る〔他五〕〔舊〕逮捕、捉拿

　犯人を召し捕る（逮捕犯人）

召し寄せる〔他下一〕召來，喚來（=呼び寄せる）、使送來（=取り寄せる）

召し料、召料〔名〕高貴人使用的物品

兆（ㄓㄠˋ）

兆〔名、漢造〕徵兆，預兆、苗頭、多數。〔數〕兆（一萬億）

　伝染病流行の兆を見える（出現流行傳染病的苗頭）

　デフレの兆（通貨緊縮的預兆）

　予算は十兆円以内に止める（預算要限在十萬億日元以內）

　前兆（前兆、徵兆、預兆）

　吉兆（吉兆）←→凶兆

　瑞兆（瑞兆、吉兆）

　凶兆（凶兆）

　億兆（億兆，多得無數、萬民，黎民）

兆候、徵候〔名〕徵候，前兆、苗頭、跡象（=兆し、萌し、前触れ）

　病気の初期兆候（生病的初期徵兆）

业

肺炎の兆候が有る（有肺炎的徵兆）
あらゆる兆候から見て（從各種跡象來看）
凶作の兆候を示す（顯出歉收的苗頭）
妊娠の兆候が明らかに為った（懷孕的兆頭已很明顯）

兆民〔名〕眾多人民（=万民）

兆す，萌す〔自五〕萌芽、起…念頭、有預兆，有先兆，有苗頭

草の芽が兆す（草發芽）
悪心が兆す（起壞念頭）
資本主義の崩壊が兆して来た（有了資本主義崩壞的兆頭）
春の兆して来た（有了春意）

兆し，兆，萌し，萌〔名〕先兆，預兆，苗頭，跡象，萌芽，頭緒，端倪，眉目

資本主義経済恐慌の兆し（資本主義經濟危機的先兆）
春の兆しが見える（有了春意）
豊年の兆し（豐收的預兆）
兆しが現れる（有了眉目）
解決の兆しが見えて来た（有了解決的頭緒）

笊（ㄓㄠˋ）

笊〔漢造〕從水裡撈物的竹器

笊〔名〕（竹做的）笊籬，淺筐，（放在小籠裡）涼蕎麥麵條（=笊蕎麦）、不高明的圍棋（=笊碁）

笊で掬う（用笊籬撈）
笊で泥鰌を掬う（用笊籬撈泥鰍）
笊に上げる（撈到笊籬裡）
笊捜査（睜一隻眼閉一隻眼地搜查）

笊碁〔名〕（來自笊漏洞很多）不高明的圍棋、臭棋（=笊）

笊碁を遣る（下臭棋）
僕の碁は笊碁だ（我的圍棋下得很不高明）

笊蕎麦〔名〕盛在小籠上蘸汁吃的蕎麵條（=笊）

笊法〔名〕（俗）（來自笊漏洞很多）有漏洞的法律、不高明的法律

笊耳〔名〕（像笊離漏水似的）聽了也記不住、左耳聽右耳出、如風過耳（=籠耳）←→袋耳

棹、櫂（ㄓㄠˋ）

棹、櫂〔漢造〕搖船的槳

櫂歌〔名〕（船夫的）船歌、漁歌

棹、竿〔名〕竹竿，竿子、釣竿（=釣竿）、船篙（=水竿）、（丈量用）標竿（=間竿）、秤竿，桿秤（=秤竿）、（隱）陰莖，三弦，日本三弦的桿部、（抬箱櫃用的）竿

〔接尾〕（助數詞用法）（用於計算旗桿）桿、（用於計算羊羹）根、（用於計算箱櫃）抬、一竹竿的長度

旗竿（旗桿）
物干し竿（晾衣服的竹竿）
竹の竿（竹竿）
竿に旗を付ける（把旗子拴在竿上）
釣りの竿と糸（釣魚的竿和線）
竿で押す（用篙撐）
竿を操る（撐篙、使篙）
竿で船を進める（用篙撐船）
竿を入れる（打つ）（丈量）
竿秤（桿秤）
旗二竿（兩桿旗子）
箪笥三竿（三個五斗櫃）
二竿秤昇った月（升起兩竹竿高的月亮）
空を渡る雁の一竿（飛過天空的一群雁）

棹さす，棹差す，竿さす，竿差す〔自五〕撐篙，撐船。〔轉〕順水推舟，乘機前進

流れに棹さす（順流撐船）
小船に棹さして川を溯る（撐小船逆流而上）
幸運に棹さす（利用好運氣）
時流に棹さす（隨波逐流、追隨時代潮流）
戦争に棹さして巨利を貪る（利用戰爭的機會大發橫財）

棹立ち、竿立ち〔名、自サ〕（馬受驚用後腳）直立、豎立（=棒立ち）
　馬が竿立ちに為る（馬用後腳豎立起來）

棹秤、竿秤〔名〕桿秤←→皿秤
　棹秤で薪の貫目を量る（用桿秤秤劈柴的重量）

棹縁、竿縁〔名〕木板天井的橫撐

詔（ㄓㄠˋ）

詔〔漢造〕詔（=詔）
　優詔（優渥詔書）

詔書〔名〕（天皇的）詔書
　詔書を渙発する（頒發詔書）
　国会召集の詔書（召集國會的詔書）

詔勅〔名〕詔書
　宣戦の詔勅（宣戰詔書）
　詔勅を賜う（頒發詔書）

詔、勅〔名〕詔、詔書、聖旨
　詔を賜る（降聖旨）

照（ㄓㄠˋ）

照〔漢造〕照、對照、證明書、照片
　残照（夕照、夕陽的餘暉）
　夕照（夕照）
　晩照（夕照、夕陽）
　査照（查驗、檢驗、核對）
　対照（對照、對比）
　参照（參照、參閱、參考）
　護照（護照=旅券查証）
　小照（〔謙〕小照、小照片、小肖像）
　日照（日照）
　日照時間（日照時間）
　日照権（〔法〕日照權－阻止在自己住宅附近南面建造高樓的權利）

照影〔名〕肖像畫，肖像照片、光線照的影子

照応〔名、自サ〕照應、呼應
　首尾が照応している（首尾互相照應著）
　照応の妙を得た文（前後呼應得很妙的文章）

照会〔名、他サ〕照會、詢問、函詢
　照会を受ける（接到照會）
　詳細に就いては事務所宛に御照会下さい（詳細情形請詢問辦事處）
　本人の身元に就いて国元に照会中（關於本人的身世現正向其原籍查詢）
　彼の人物に就いては林氏に御照会を願います（關於他的為人請問林先生）
　成績は学校に照会中だ（成績正向學校查詢中）
　照会状（詢問信）
　照会先（去查詢的地方）

照角〔名〕〔理〕掠射角

照空灯〔名〕〔軍〕探照燈（=サーチライト searchlight）
　照空灯を照らす（照探照燈）
　照空灯で敵機を捕捉する（用探照燈搜索敵機）

照顧〔名、他サ〕反省自問
　脚下を照顧す可し（應反躬自問）

照合〔名、他サ〕對照、校對
　原簿と照合する（與底帳核對）
　書類の照合を終る（核對完文件）
　原稿とゲラを照合する（按原稿校對校樣）galley proof

照り合う〔自五〕互相對照、互相對應

照らし合わせる〔他下一〕核對、對照、查對
　数字を照らし合わせる（核對數字）
　原文と照らし合わせる（對照原文）
　彼等の陳述を照らし合わせると全く符合している（對照他們的供詞完全符合）

照校〔名、他サ〕核對、對證（=照合）

照査〔名、他サ〕對照檢查、參照檢查、檢查

照射〔名、自他サ〕照射

止

レントゲンの照射を為る（照X光）
レントゲンを照射する（照X光）
日光の照射時間が少ない（陽光照射的時間短）
放射線の照射を受ける（受放射線的照射）
太陽燈を照射する（照太陽燈）
照尺〔名〕（步槍等的）標尺、瞄準器
照尺を覗いて照準を付ける（看著標尺瞄準）
照準〔名、自サ〕瞄準
照準を合わせる（瞄準）
照準が狂う（沒瞄準）
目標に照準する（瞄準目標）
照準器（瞄準器）
照準手（瞄準手）
照星〔名〕（槍上的）準星
照度〔名〕〔理〕發光強度
照度計（光度計）
照破〔名、他サ〕識破，看透，看穿。〔佛〕（佛光）照破（黑暗）
優れた眼力を以て照破する（用銳利的眼力看穿）
照魔鏡〔名〕（揭露社會黑暗面的）照妖鏡
照明〔名、他サ〕照明，照亮、舞台燈光
間接照明（間接照明）
部屋の照明を合理的に為る（合理安排房間的照明）
照明弾（照明彈）
舞台照明（舞台照明）
照明効果が素晴らしい（燈光效果非常好）
照明器具（照明器材）
照明係（燈光員）
照門〔名〕〔軍〕（步槍照尺的）V字形缺口
照覽〔名、他サ〕〔敬〕照覽、照鑒
神も御照覽有れ（神其照鑒）
照る〔自五〕照，曬，照耀、晴天

日が照る（太陽照射）
照っても降っても（不管晴天下雨）
照る日も降る日も欠かさず遣って来る（無論晴天雨天都來向不缺席）
照葉狂言、照葉（狂言）〔名〕照葉狂言（用三弦伴奏，〝狂言〞中間夾雜著〝歌舞伎〞的滑稽劇）
照葉樹林〔名〕〔植〕照葉林、常綠木本群落
照る照る坊主、照照坊主〔名〕（舊作照照坊主）（為祈禱明天天晴掛在簷下的小紙人）掃晴娘
明日は遠足だから照照坊主を下げよう（明天要去郊遊把掃晴娘掛在屋簷下吧！）
照り、照〔名〕照，曬、晴天，旱天、（主要指食物上的）光澤。〔烹〕（用料酒糖醬油熬的）醬油糖汁←→降り
夏の照りは強い（夏天陽光強）
一照り照ると道が乾くのだが（稍微一曬路就要乾）
照りが続く（連日晴天）
飴は煉る程照りが出て来る（飴是越攪越發亮）
魚に照りを付ける（給魚沾上醬油糖汁）
日照り、日照、旱〔名〕乾旱。〔轉〕缺乏
日照が続いて田の水が無くなる（久旱不雨田裡的水乾了）
日照で不作が予想される（因天旱估計要欠收）
日照続きの気候（久旱的氣候）
職人日照（缺乏工匠）
女日照（缺乏女人）
日照り雨日照雨（露出太陽下雨＝狐の嫁入り）
照り雨〔名〕太陽雨
照り返す〔他五〕反射、反照
白い色は日光を照り返す（白色反射陽光）
水面が壁に日差しを照り返す（水面把陽光反射在牆上）
照り返し〔名〕反照，反射、反射器，反射鏡，反射裝置

夏の道は照り返しで暑い（夏天的道路因為陽光反射很熱）

庭の照り返しは座敷の中迄差し込んで来た（照射庭院的陽光都反射進室內來了）

電燈に照り返しを付ける（給電燈安上反射裝置）

照り輝く〔自五〕照耀、輝耀

大講堂に無数のシャンデリアが照り輝く（大禮堂中無數的枝形吊燈照耀輝煌）

彼の功績は何時迄も照り輝く（他的功績永照千秋）

照り込む〔自五〕照入，照進、連日乾旱，旱天

部屋に日が照り込んでいた（日光照進屋內了）

日が酷く照り込んだ（太陽毒熱地照進來了）

照り込んで来ると暑さも格別だ（天一早就特別熱）

照り付ける〔自下一〕（陽光）毒曬、暴曬

真昼の日差しが激しく照り付ける（中午的陽光非常毒）

じりじりと照り付ける太陽（照得火辣辣的太陽）

日が彼女の顔にまともに照り付けていた（陽光直射在她的臉上）

照り映える〔自下一〕映照

朝日が照り映える（朝陽映照）

雪の山が夕日に照り映える（雪山映照在夕陽中）

夕日に照り映える紅葉（夕陽映照的紅葉）

照り降り〔名〕晴天和雨天，忽晴忽雨。〔喻〕心情易變，喜怒無常

照り降り雨（忽降忽停的雨天）

照り降り傘（晴雨兩用傘）

照り降りの有る人（喜怒無常的人）

照り焼き、照焼〔名〕〔烹〕紅燒（魚）

鮪の照り焼き（紅燒金槍魚）

照り渡る〔自五〕四射、普照

照り渡る月（普照的明月）

照れる〔自下一〕〔俗〕害羞、羞怯、害臊

若い女の人の前ですっかり照れて仕舞った（在年輕的女人面前覺得十分難為情）

照れ隠し〔名〕遮羞、掩飾難為情

照れ隠しに大声で笑う（大聲笑以遮羞）

答えられないで、照れ隠しに笑って誤魔化す（答不上來以笑來遮羞）

照れ隠しを言う（說自我解嘲的話）

照れ臭い〔形〕害羞、難為情（=決まりが悪い）

大勢の前で褒められるのは一寸照れ臭い（在大家面前受表揚有點不好意思）

照れ性〔名〕好害羞（的性格）、靦腆

照れ屋〔名〕愛害羞的人、靦腆的人

照らす〔他五〕照，照耀、對照，按照，參照

太陽が地球を照らす（太陽照耀地球）

冬の月が夜更けの町を照らしている（冬天的月光照著深夜的街道）

其の辺一面が暖かな日光に照らされていた（整個那一帶都為暖和的陽光照射著）

法律に照らして処分する（依法判處）

先例に照らして決定する（參照先例決定）

彼の無罪は事実に照らして明らかだ（按照事實他顯然是無罪的）

照らし出す〔他五〕照亮、照出

人の顔を照らし出す（照出人的臉）

ヘット・ライトが道に倒れている人を照らし出した（汽車頭燈照出倒在路上的人）

肇（ㄓㄠˋ）

肇〔漢造〕開端

肇国〔名〕肇國、開國（=建国）

櫂、櫂（ㄓㄠˋ）

櫂〔漢造〕搖船的用具，短的叫楫，長的叫櫂

櫂受〔名〕槳架

櫂受が確りしていない（槳架不穩）

櫂拍子〔名〕（划船的）拍子、節奏

櫂拍子を揃えて漕ぐ（節奏整齊地划船）

州、州（ㄓㄡ）

州〔名〕（聯邦國家的）州

〔漢造〕（古行政區劃）州、（聯邦國家的）州、接在人名下表示愛稱、大陸（與洲通）

州の法律（州的法律）
武州（武蔵国）
和州、倭州（大和国）
野州（下野国）
オハイオ州（俄亥俄州）
ミシガン州（密西根州）
欧州（歐洲）
アジア州（亞洲）

州境〔名〕州的邊境

州権〔名〕州具有的法律權利

州際〔名〕州與州之間

州際商業（州際商業）

州政〔名〕州的行政

州俗〔名〕地方習俗

州知事〔名〕州長

オハイオ州州知事に為る（當俄亥俄州長）

州都〔名〕州的首府、省會

ニューヨーク州の州都（紐約州的首府）

州兵〔名〕（中國古代周朝的）州兵、（美國）各州的後備軍，國民警衛隊

州法〔名〕（美國）各州的法律

州、洲〔名〕沙洲、沙灘

三角州、三角洲（三角洲＝デルタ）
砂州、砂洲（沙洲）
州に乗り上げる（船擱淺）
川口近くに州が出来た（近河口處形成了沙灘）
州を離れる（船離開沙洲）

巢、窠、栖〔名〕（蟲、魚、鳥、獸的）巢，穴，窩。〔轉〕巢穴，賊窩。〔轉〕家庭。（鑄件的）氣孔

鳥の巣（鳥巣）酢醋酸簾簣
蜘蛛が巣を掛ける（張る）（蜘蛛結網）
蜘蛛が巣に掛かる（蜘蛛結網）
蜂の巣（蜂窩）
巣を立つ（〔小鳥長成〕出飛、出窩、離巣）
巣に帰る（歸巣）
鳥が巣を作る（鳥作巣）
雌鳥が巣に付く（母雞孵卵）
悪の巣（賊窩）
彼の森は強盗の巣に為っている（那樹林是強盗的巢穴）
其処は丸で黴菌の巣だ（那裡簡直是細菌窩）
二人は彰化で愛の巣を営んで（構えて）いる（兩人在彰化建立了愛的小窩）
巣を構う（作巣，立家、設局，聚賭）

巣、鬆〔名〕（蘿蔔，牛蒡，豆腐等的）空心洞、（鑄件的）氣孔

巣の通った大根（空了心的蘿蔔）

簾、簀〔名〕（竹，葦等編的）粗蓆、簾子、（馬尾，鐵絲編的）細網眼，細孔篩子

竹の簀（竹蓆、竹簾）
葦簾（葦簾）
簾を掛ける（掛簾子）
簾を下ろす（放簾子）
簾を巻き上げる（捲簾子）
水嚢の簀（過濾網）

醋、酢、酸〔名〕醋

料理に酢を利かせる（醋調味）
野菜を酢漬けに為る（醋漬青菜）
酢で揉む（醋拌）
酢で溶く（醋調）
酢が利いてない（醋少，不太酸）
酢が（利き）過ぎる（過份、過度、過火）
酢で（に）最低飲む（數叨缺點、貶斥）

酢でも蒟蒻でも（真難對付）
酢に当て粉に当て（遇事數叨）
酢に付け粉に付け（遇事數叨）
酢にも味噌にも文句を言う（連雞毛蒜皮的事也嘮叨）
酢の蒟蒻のと言う（說三道四、吹毛求疵）
酢を買う（乞う）（找麻煩、刺激、煽動）
酢を嗅ぐ（清醒過來）
酢を差す（向人挑戰、煽惑別人）
州浜、洲浜〔名〕突出海中的沙洲、一種豆粉，糖稀做的棒狀日本點心（橫切面的輪廓類似沙洲）
州浜台（沙洲形盆景–婚禮，節日的裝飾品）

舟（ㄓㄡ）

舟〔漢造〕舟、船
　孤舟（孤舟）
　漁舟（漁舟＝漁り舟）
　扁舟（小船＝小さい舟、小舟）
　輕舟（輕舟、小船）
舟運〔名〕船運、船舶運輸
　舟運の便が良い（有舟楫之便）
舟行〔名、自サ〕行船、乘船前往，乘船遊玩
　此の川は舟行が出来る（這條河可以行船）
　川下迄舟行する（航行到河的下游）
舟航〔名、自サ〕航海
　舟航の便が有る（有舟楫之便）
舟楫〔名〕舟楫
　舟楫の便（舟楫之便）
舟狀骨〔名〕〔解〕舟狀骨
舟艇〔名〕小艇
　上陸用舟艇（登陸艇）
舟遊〔名、自サ〕乘船遊玩（＝舟遊び、船遊び）
舟遊び、船遊び〔名〕乘船遊玩
　湖で舟遊びを為る（在湖裡乘船遊玩）
　舟遊びに行く（乘船遊玩去）

舟、船〔造語〕船
　船荷（船貨）
　船火事（船上火災）
　船方（船員）
　船会社（船公司）
　船形（船形）
舟歌、舟唄、船歌〔名〕船歌（船夫一邊駕船一邊唱的歌曲）
舟人、船人〔名〕船客，乘船人、船夫，水手
舟守、船守〔名〕看守船（的人）
舟、船、槽〔名〕舟，船、（盛水酒的）槽，盆、火箭，太空船、盛蛤蜊肉等用的淺底箱、棺木
　船が港を出る（船出航）
　船をチャーターする（租船）
　船に乗る（乘船）
　船に酔う（暈船）
　船に強い（不暈船）
　船で行く（坐船去）
　船を造る（造船）
　小舟（小船）
　湯船（熱水槽、澡盆）
　酒槽（盛酒槽）
　刺身の船（生魚片的淺底箱）
　船頭多くして船山に登る（木匠多了蓋歪了房子，廚師多了燒壞了湯、指揮的人多了反而誤事）
　船が坐る（穩坐不動、久坐不歸）
　船に刻して劍を求む（刻舟求劍–呂氏春秋）
　船に乗り掛かった（騎虎難下）
　船を漕ぐ（打瞌睡）
舟偏〔名〕（漢字部首）舟字旁

周（ㄓㄡ）

周〔名〕周，圈、周圍（＝周り，回り，廻り，周り，巡り，廻り，回り）。〔史〕（中國）周朝。〔數〕周
〔漢造〕周，周圍、完備、全，普遍、周年
　グラウンドを二周する（繞操場兩圈）

屮

此の公園は一周で五キロメートル有る（繞這公園一周有五公里）

湖の周を測る（測量湖的四周）

円周（圓周）

外周（外周、外圍、外圈）

内周（内側周長、内層的一圈）

周囲〔名〕周圍，四周（=周り、回り、廻り）、環境，周圍的人

周囲を測る（測量四周）

周囲に花を植える（周圍栽上花）

池の周囲を散歩する（在池子周圍散步）

先生の周囲を取り巻く（圍在老師的周圍）

周囲の影響を受ける（受環境影響）

彼は周囲から嫌われている（他被周圍的人所討厭）

周囲が煩い（周圍的人討厭）

子供を不良化せぬ様周囲で気を付ける（周圍的人從旁注意不讓小孩變壞）

周囲の状況が実現を許さない（環境不允許實現）

周囲形成層（〔植〕周圍形成層）

周延〔名、自サ〕〔邏〕周延

周延的な概念（周延性概念）

周縁〔名〕周邊（=周り，回り，廻り，縁）

都市周縁の農村（都市四周的農村）

周縁部（邊緣部分）

周縁光線〔〔理〕邊部光線〕

周縁減光（〔天〕臨邊昏暗）

周回〔名、自サ〕周圍、圍…轉

〔接尾〕（助數詞用法）轉的次數、轉的周數

周回五キロの湖（周圍五公里的湖）

地球を周回する人工衛星（繞著地球旋轉的人造衛星）

周回飛行（轉圈飛行）

周忌〔名〕（每年的）忌辰（=回忌、年忌）

今日は父の三周忌だ（今天是父親的二周年忌辰）

周期〔名〕周期

景気の周期（景氣的周期）

元素の周期律（元素周期律）

太陽の黒点は十一年を周期と為て増減する（太陽上的黑子以十一年為周期而增減）

周期運動（周期運動）

周期彗星（周期彗星）

周期的（周期的、周期性的）

周期律（〔化〕周期律）

周極星〔名〕〔天〕拱極星

周航〔名、自サ〕乘船周遊

世界を周航する（周遊世界）

観光船で瀬戸内海を周航する（坐遊艇周遊瀬戸内海）

周章〔名、自サ〕周章、慌張、狼狽（=慌てふためく）

周章狼狽する（倉皇不知所措）

周章てる、慌てる〔自下一〕驚慌，慌張（=狼狽える、まごつく）、急忙（=非常に急ぐ）←→落ち着き払う

火事や地震の時は慌てては行けない（失火和地震時不要驚慌）

慌てないで、落ち着いて考え為さい（別慌張平心靜氣地想一想）

試験が近付いたので、皆慌て出した（因為考期臨近都慌張起來了）

何も然う慌てる事は無い（何必那麼著慌）

汽車に遅れ然うに為ったので、慌てて駆け出した（因為要趕不上火車急忙跑起來了）

慌てて家を出て来たので、財布を忘れて来た（因為急急忙忙地從家裡出來把錢包忘帶了）

周旋〔名、自他サ〕介紹、斡旋、推薦、仲介（=取り持ち、世話）、旋轉、周遊

友人の周旋に由って（靠朋友的斡旋）

職を周旋する（介紹職業）

周旋の労を取る（進行斡旋）

周旋人（介紹者、中間人）
周旋料（介紹費）
周旋業（經紀業）
周旋所（介紹所、經辦處）
周旋屋（經紀人、代理店）

周知 〔名、他サ〕周知
　此れは周知の事実だ（這是眾所周知的事實）
　周知の如く（如眾所周知）
　会員全部に周知させる（使全體會員都知道）

周転円 〔名〕〔數〕周轉圓

周到 〔形動〕周密、綿密
　用意周到（準備周全）
　周到な計画（周密的計畫）
　彼は計画を練るに当たって周到綿密を極めた（他在訂計畫時非常周密細心）

周年 〔名、副〕整年（=丸一年）、周年、周忌
　〔造語〕（接數詞下）表示某事開始後第…年
　創立十周年記念（創立十周年紀念）
　五周年を記念して祝賀会を催す（為紀念五周年舉辦慶祝會）

周波 〔名〕〔電〕周波（= 周波数）
　周波数（頻率）
　周波数変調（調頻、頻率調制）
　周波数変調通信方式（調頻電信制）
　350から550キロヘルツの周波数で放送する（用三百五十至五百五十千赫的頻率廣播）

周皮 〔名〕〔植〕周皮

周壁 〔名〕（建築物）四周的牆壁
　城の周壁（四周的城牆）

周辺 〔名〕周邊、四周。〔動、解〕下緣
　東京及び其の周辺（東京及其四周）
　都市の周辺に在る農村（城市四周的農村）
　周辺装置（〔計〕外圍設備、輔助設備）

周密 〔形動〕周密、甚密
　周密な計画（周密的計畫）
　観察周密に行う（仔細觀察）
　周密な計算の上で割り出された数（經仔細計算後算出來的數目）

周遊 〔名、自サ〕周遊
　世界を周遊する（周遊世界）
　周遊券（周遊券）

周流 〔名、自サ〕環流、到處流浪
　海流が周流する（海流環流）

周り、回り、廻り 〔名〕旋轉，轉動、走訪，巡視，周圍，四周，繞道，附近，發作，蔓延
〔接尾〕（表示轉圈次數）周，圈、（比較大小，粗細，容量）圈，號、（比較年齡）周期，十二年、經由
　歯車の回りが速い（齒輪轉得快）
　年始回り（拜年）
　御得意回り（走訪顧客）
　役者が地方回りを為る（演員下鄉巡迴演出）
　周りの人人（周圍的人們）
　身の周り（身邊）
　此の木の周りは二メートル有る（這顆樹有兩米粗）
　テーブルの周りに座を占める（圍著桌子坐下）
　池の周りを回る（環繞水池走動）
　幾等か回りに為る（稍微繞腳）
　其方へ行くと道は大変回りに為る（往那邊走就繞大彎了）
　家の回りをうろつく（在房子附近徘徊）
　此の回りは木が沢山有る（附近有許多樹）
　酒は空き腹で飲むと、回りが速い（空肚子喝酒容易醉）
　毒の回りが速い（毒性發作得快）
　火の回りが意外に速かった（火蔓延得出乎意料地快）
　運動場を一回りする（繞運動場一周）
　一回り小さい皿（小一號的碟子）

虫

此の鍋は一回り大きい（這個鍋大一圈）
体が一回りも二周りも大きく為った（身體顯著地長大了）
兄は私より一回り上です（我的哥哥比我大一輪）
西回りの世界一周（經西線繞世界一周）
東京回りで京都へ赴く（經東京到京都）

洲、洲（ㄓㄡ）

洲〔漢造〕洲、大陸
六大洲（六大洲）
アジア洲（亞洲）
欧州（歐洲）
北アメリカ洲（北美洲）

洲、州〔名〕沙洲、沙灘
三角州、三角洲（三角洲＝デルタ）
砂州、砂洲（沙洲）
州に乗り上げる（船擱淺）
川口近くに州が出来た（近河口處形成了沙灘）
州を離れる（船離開沙洲）

巣、窠、栖〔名〕（蟲、魚、鳥、獸的）巢，穴，窩。〔轉〕巢穴，賊窩。〔轉〕家庭。（鑄件的）氣孔
鳥の巣（鳥巢）酢醋酸簾簀
蜘蛛が巣を掛ける（張る）（蜘蛛結網）
蜘蛛が巣に掛かる（蜘蛛結網）
蜂の巣（蜂窩）
巣を立つ（〔小鳥長成〕出飛、出窩、離巢）
巣に帰る（歸巢）
鳥が巣を作る（鳥作巢）
雌鳥が巣に付く（母雞孵卵）
悪の巣（賊窩）
彼の森は強盗の巣に為っている（那樹林是強盗的巢穴）
其処は丸で黴菌の巣だ（那裡簡直是細菌窩）
二人は彰化で愛の巣を営んで（構えて）いる（兩人在彰化建立了愛的小窩）
巣を構う（作巢，立家、設局，聚賭）

巣、鬆〔名〕（蘿蔔，牛蒡，豆腐等的）空心洞、（鑄件的）氣孔
巣の通った大根（空了心的蘿蔔）

簾、簀〔名〕（竹，葦等編的）粗蓆、簾子、（馬尾，鐵絲編的）細網眼，細孔篩子
竹の簀（竹蓆、竹簾）
葦簾（葦簾）
簾を掛ける（掛簾子）
簾を下ろす（放簾子）
簾を巻き上げる（捲簾子）
水嚢の簀（過濾網）

醋、酢、酸〔名〕醋
料理に酢を利かせる（醋調味）
野菜を酢漬けに為る（醋漬青菜）
酢で揉む（醋拌）
酢で溶く（醋調）
酢が利いてない（醋少、不太酸）
酢が（利き）過ぎる（過份、過度、過火）
酢で（に）最低飲む（數叨缺點、貶斥）
酢でも蒟蒻でも（真難對付）
酢に当て粉に当て（遇事數叨）
酢に付け粉に付け（遇事數叨）
酢にも味噌にも文句を言う（連雞毛蒜皮的事也嘮叨）
酢の蒟蒻のと言う（說三道四、吹毛求疵）
酢を買う（乞う）（找麻煩、刺激、煽動）
酢を嗅ぐ（清醒過來）
酢を差す（向人挑戰、煽惑別人）

為〔自、他サ〕成為、發生、做（＝為る）

洲浜、州浜〔名〕突出海中的沙洲、一種豆粉，糖稀做的棒狀日本點心（橫切面的輪廓類似沙洲）、

州浜台（沙洲形盆景-婚禮，節日的裝飾品）

粥、粥（ㄓㄡ）

粥、粥〔漢造〕稀飯

粥〔名〕粥、稀飯

薄い粥（稀粥）

粥を啜る（喝粥）

粥を煮る（煮粥）

粥も啜れない（連粥都喝不上、生計困難）

病人に御粥を食べさせる（讓病人喝粥）

粥腹〔名〕喝了粥的肚子、淨喝粥沒力氣（的肚子）

粥腹を抱えて（抱著吃不飽的肚子、空腹）

粥腹では力が入らない（食不飽力不足）

粥腹で力が出せない（吃不飽使不出力氣）

週（ㄓㄡ）

週〔名〕星期

〔漢造〕星期、一圈

来週の今日（下週的今天）

毎週、掃除当番が回って来る（每天輪到衛生值日）

此の部屋代は週二十ドルです（這房間的房租每週二十美元）

一、二週後の金曜日に又彼が遣って来た（在一兩個星期之後的星期五他又來了）

此の工場では週四十時間五日制です（這工廠是五日工作制每週工作四十小時）

一週（一星期、滿七天）

毎週（每星期）

隔週（每隔一週）

先週（上星期）

前週（上星期）

来週（下星期）

来週中（下星期內）

今週（本星期）

今週中（整個這一星期）

週案〔名〕一週的教學計畫

週央〔名〕一週的中間（多指星期三、四）←→週初、週末

週刊〔名〕週刊

週刊の新聞（週報）

今度から雑誌を週刊に為る（從下期起把雜誌改成週刊）

週刊雑誌（週刊雜誌）

週刊朝日（朝日週刊）

週刊誌（週刊雜誌）

週間〔名〕週間、一個星期

此処に来て今日で四週間に為る（來到這裡到今天四個星期了）

週間天気予報（一週天氣預報）

新聞週間（新聞週）

貯蓄週間（儲蓄週）

交通安全週間（交通安全週）

週休〔名〕一週休息一日、一週的休息日

我我は週休二日制だ（我們是一星期休息兩天）

彼の店では週休制を取っている（那商店是每週休息一天）

週給〔名〕週薪←→日給、月給、年給

週給十五ポンドの店員（週薪十五英鎊的店員）

週給制を取っている（採用週薪制）

週給制度（週薪制）

週日〔名〕（一週中除去星期日的）平日、工作日（=ウィークデー）

週日は暇が無い（平日沒空閒）

週初〔名〕週初←→週央、週末

週内〔名〕本週內、本星期內

週内に立つ予定（準備本週內動身）

ㄓ

ㄓ

週番〔名〕值週、按週輪流的值班
　此処の当番は週番に為っている（這裡的值班是按週輪流）
　週番制（值週制）

週評〔名〕週評、一週來的大事評論
　新聞の週評（報紙上的一週大事評論）

週報〔名〕週報（＝ウィークリー）、每週的報導
　週報を発行する（發行週報）

週末〔名〕週末、星期六、星期六至星期天（＝ウィークエンド）←→週初、週央
　週末を箱根で過す（在箱根度週末）
　週末旅行（週末旅行）

週録〔名〕週間記錄、一星期的記錄

舳（ㄓㄡˊ）

舳〔名〕船頭、船首（＝舳先）←→艫、艢

舳手〔名〕（船艇的）前槳手

舳艫〔名〕船頭和船尾
　舳艫相銜む（舳艫相銜、許多船隻排成一行前進）
　舳艫千里（舳艫千里、許多船排成一行）

舳〔名〕船頭、船首（＝舳先）←→艫、艢

舳先、舳、艢〔名〕船頭、船首（＝船首、舳，船首）←→艫、艢
　南に舳先を向ける（使船頭朝南）
　舳先で水を切って進む（用船頭破浪前進）
　船の舳先に砕ける波（船頭沖開的浪花）
　舳先を回す（調轉船頭）

舳、船首〔名〕船頭、船首（＝舳先）←→艫、艢

軸（ㄓㄡˊ）

軸〔名〕車軸、畫軸、字畫、（數，理）座標軸、（花、草等）莖，蒂、（筆等）桿、（在俳句、川柳等卷末靠近卷軸處寫的）評選者的俳句
〔接尾〕（助數詞用法）（表示畫、信的）軸
〔漢造〕軸。〔理〕運動的中心線。〔數〕對稱直線、座標軸

　車の軸（車軸）
　軸を掛ける（掛字畫）
　対称軸（對稱軸）
　地軸（地軸）
　軸を中心と為て回転する（以軸為中心而旋轉）
　地球は南北両極を軸と為て自転する（地球以南北兩軸為軸心進行自轉）
　花は軸に依って支えられている（花由莖支撐著）
　ペンの軸（鋼筆桿）
　マッチの軸（火柴棍）
　芭蕉の手紙を一軸持っている（有一軸芭蕉的信）
　車軸（車軸、輪軸）
　斜軸（〔礦〕斜軸）
　巻軸（手卷、手卷的最後部分、手卷中最優秀的詩歌、壓軸）
　主軸（〔數、機〕主軸、中心人物）
　枢軸（〔機〕樞軸，支點、機要，樞要，政權的中心）
　中軸（中軸，貫穿中心的軸、中心〔人物〕，核心〔人物〕）
　新機軸（新計畫、新方案、新方式）
　横軸（橫軸、橫車軸、X軸、橫幅）
　縦軸（立軸、縱座標軸、Y軸）

軸足〔名〕（像軸似地）支撐身體的一條腿
　相手の軸足に左外掛けが旨く掛かる（〔相撲〕左腿從外面絆住對方支撐身體的右腿）

軸足虫類〔名〕〔動〕（原生動物）軸足亞綱

軸受、軸承〔名〕門樞。〔機〕軸承（＝ベアリング）
　ドアの軸受（門樞）
　転子軸受（滾柱軸承）
　球軸受（滾珠軸承）
　軸受に油を差す（往軸承上注油）

軸受合金（軸承合金）

軸受球（軸承滾珠）

軸受台（軸承座）

軸受発条（軸承彈簧）

軸木〔名〕畫軸木料、火柴桿、鉛筆桿

軸距〔名〕軸距、輪距

軸索〔名〕〔解〕神經細胞軸突

軸糸〔名〕〔生〕軸絲

軸線〔名〕軸線

軸装〔名〕（字畫等）裱成軸幅

軸柱〔名〕〔動〕軸柱

軸椎〔名〕〔解〕樞椎、第二頸椎

軸継手〔名〕〔機〕聯軸節（=カップリング）coupling

軸捻〔名〕〔醫〕腸扭轉

軸函、軸箱〔名〕〔機〕軸承箱

軸馬力〔名〕〔電〕軸馬力、軸功率

軸比〔名〕〔化〕軸比、軸率

軸物〔名〕軸畫、軸幅（=掛物）

軸率〔名〕〔化〕軸比、軸率（=軸比）

肘（ㄓㄡˇ）

肘〔漢造〕臂彎曲的地方

肘関節〔名〕肘關節

肘、肱、臂〔名〕肘、肘形物

　肘を曲げる（曲肘）

　肘を張る（支開胳膊肘）

　肘で押し退ける（用肘推開）

　肘で押し分けて、割り込む（用胳膊肘推開擠進去）

　肘を枕に為る（曲肘為枕）

　片肘を付いて起き上がる（支起一隻胳膊肘坐起來）

　椅子の肘（椅子扶手）

肘掛け、肘掛〔名〕凭肘、（椅子的）扶手（=脇息）

　肘掛けに凭れる（用肘放在凭肘上）

　肘掛け椅子（扶手椅）

肘笠〔名〕用肘（衣袖）遮雨

　肘笠雨（驟雨、陣雨）

肘金〔名〕肘形門插銷

肘木〔名〕〔建〕（柱上的）肘狀承衡木、（手推磨的）把手，磨棍

肘突き〔名〕（桌子上的）肘墊

肘継ぎ手〔名〕〔機〕肘接頭、彎頭接頭

肘壺〔名〕（嵌入肘形插銷的）金屬帽

肘鉄〔名〕用肘撞人、嚴厲拒絕（=肘鉄砲）

肘鉄砲〔名〕用肘撞人、嚴厲拒絕

　女から肘鉄砲を食う（被女方嚴厲拒絕）

　肘鉄砲を食らわす（予以嚴厲拒絕）

肘枕〔名〕曲肱為枕

　肘枕で昼寝する（曲肱為枕睡午覺）

帚、箒（ㄓㄡˇ）

帚、箒〔漢造〕掃除用的器具

帚、箒〔名〕掃帚

　帚で部屋を掃く（用掃帚掃房間）

　帚で掃く程有る（多得很）

　あんな男は帚で掃く程居る（那樣的男子有的是）

箒、帚（ㄓㄡˇ）

箒、帚〔漢造〕掃除用的器具

箒、帚〔名〕掃帚

　箒で部屋を掃く（用掃帚掃房間）

　箒で掃く程有る（多得很）

　あんな男は箒で掃く程居る（那樣的男子有的是）

箒草〔名〕〔植〕藜

箒星〔名〕〔俗、天〕掃帚星、彗星（=彗星）

呪（ㄓㄡˋ）

呪〔名、漢造〕詛咒（=呪い、呪い）。〔佛〕陀羅尼咒

　巫呪（巫咒）

呪術〔名〕念咒、魔術，妖術

呪術を使う（使魔術）

呪咀、呪詛〔名，他サ〕詛咒（=呪い）

兵営生活を耐え難い物と為て呪咀している（詛咒兵營生活難以忍受）

呪縛〔名，他サ〕用咒語束縛住

呪縛された人（被咒語鎮住的人）

呪縛を解く（解除咒語的束縛）

呪符〔名〕符咒

呪符を焚いて祈る（焚燒符咒祈禱）

呪物〔名〕〔宗〕（原始部落所信仰的）物神、崇拜物

呪物を神聖視する（把物神看做是神聖的）

呪物崇拝（物神崇拜、拜物教）

呪法〔名〕咒法、咒術

呪法を行う（行咒法、念咒）

呪文〔名〕咒文，咒語、詛咒，罵人話

呪文を唱える（念咒）

呪文で縛られる（被咒文所束縛）

呪力〔名〕符咒力

呪う，詛う〔他五〕詛咒、咒罵

人を呪う（詛咒人）

世を呪う（詛咒社會）

彼は私を呪っている（他在詛咒我）

陰で彼を呪う（背地裡詛咒他）

呪われた運命（厄運、命運多舛）

人を呪わば穴二つ（害人者亦害己、兩敗俱傷）

呪い，呪，詛い，詛〔名〕詛咒、咒罵

呪いを掛ける（詛咒〔人〕）

呪いが掛かっている（被詛咒）

呪いが効く（詛咒應驗）

呪いは呪い主に返る（詛咒人者遭詛咒）

鈍い〔形〕緩慢的、遲鈍的、愚蠢的、對女人軟弱、唯命是從

鈍い汽車（慢吞吞的火車）

足が鈍い（走路慢）

仕事が鈍い（工作慢）

決断が鈍い（遲疑不決、優柔寡斷）

電車等が今朝は大変鈍い（電車等今天早晨特別慢）

頭の働きが鈍い（頭腦遲鈍）

頭の回りが鈍い（腦筋轉得慢）

物覚えが鈍い（記憶力差）

万事に鈍い人（對任何事都不敏感的人）

細君に鈍い夫（聽妻子擺布的丈夫）

呪わしい〔形〕令人詛咒的，令人憎恨的、倒霉的

台風が呪わしい（颱風真可恨）

呪わしい出来事（倒霉的事故）

呪われた〔連體〕（來自呪う的被動形）倒霉的、不幸的

呪われた運命（倒霉的運氣、命運多舛）

呪われた人生（不幸的人生）

呪う〔他五〕念咒（詛咒他人或祈求神靈免災）、（用符咒）治病

厄除けを呪う（念咒消災）

病気を呪って治す（用符咒治病）

呪い〔名〕符咒、咒文、護身符、巫術、魔法

物忘れせぬ呪い（驅忘符）

呪いの踊り（巫術的跳神作法）

呪いで病気を治す（用巫術治病）

呪いを為る（行巫術）

呪いを消す（破符咒）

其れは何の呪いですか（你那是搞什麼把戲？）

宙（ㄓㄡˋ）

宙〔名〕空中、背誦

宙に浮ぶ（懸空、浮在空中）

両足が宙にぶら下がる（兩腳懸空）

宙を飛んで帰った（飛一般地跑回來了）

宙を飛ぶ様に彼女の後を追って行った（從她後邊飛也似地追上前去）

宙に迷う（彷徨、徘徊）

辞表の受け手が無くて宙に迷っている（辭呈沒人受理在那裡轉來轉去）

此の文を宙で言える様に為為さい（這篇文章要唸得能夠背誦）

宙返り〔名、自サ〕（在空中使身體）旋轉，翻筋斗（=蜻蛉返り）、（飛機）翻筋斗，特技飛行

宙返りが巧い（善於翻筋斗）

見事に宙返りを為る（翻筋斗翻得漂亮）

宙返り飛び込み（翻筋斗跳水）

大きく宙返りする（翻個大筋斗）

宙返りの巧い飛行士（善於翻筋斗的飛行員）

此のヘリコプターは左右横転宙返りが出来る（這架直升機能左右橫翻筋斗）

宙吊り、宙釣り〔名〕懸空

崖から宙吊りに為る（從懸崖上懸空著）

宙乗り、宙乗〔名〕（雜技團等）空中雜技表演、（歌舞伎）（飾妖怪鬼魂角色利用鋼絲）在空中表演

昼（晝）（ㄓㄡˋ）

昼〔漢造〕晝，白天、午，中午

白昼（白晝、白天）

昼間、昼間〔名〕晝間、白天（=日中）

昼間は働き、夜間は学校へ行く（白天工作夜晚上學）

彼は昼間働いて夜学校へ行く（他白天工作夜間上學）

昼間人口（大城市的白天人口）

昼間学校（白天學校）

蝙蝠は昼間眠る（蝙蝠白天睡覺）

昼間の内に仕事を遣って仕舞おう（在白天裡把工作做完吧！）

昼光色〔名〕日光色（的照明）

昼光色電球（日光燈泡）

昼行性〔名〕〔動〕晝行性

昼行動物（晝行動物、白天活動的動物）

昼餐〔名〕午餐（=昼飯、昼飯）

昼餐会を催す（舉行午餐會）

昼食, 中食, 昼食, 中食、昼食、昼餉〔名〕午飯、午餐（=昼飯、昼飯）

昼食を食べる（吃午飯）

昼食を取る（吃午飯）

昼食は外で済ませました（午飯在外邊吃了）

昼飯、昼飯〔名〕午飯

昼飯時に（在午飯的時候）

昼飯を食べる（吃午飯）

昼眠性〔名〕〔植〕偏日性（葉子有與光線平行的向性運動）

昼盲〔名〕〔醫〕晝盲症

昼夜〔名〕晝夜、白天和夜晚；〔副〕日夜、經常

昼夜の別無く働く（不分晝夜地工作）

映画は昼夜二回上映する（電影白天和晚上上演兩場）

昼夜二回の公演（晝夜公演兩次）

昼夜仕事に励む（日夜努力工作）

親は子供の為に昼夜心を砕く（父母為子女日夜操心）

昼夜を分かたず（不分晝夜、晝夜不停）

昼夜帯（裡面不一樣的婦女衣帶）

昼夜銀行（晝夜營業的銀行）

昼夜兼行（晝夜不停）

昼夜風（白天和夜晚風向不同的風）

昼〔名〕白天（=日中）←→夜、中午（=真昼、正午）、午飯（=昼飯、昼飯）

昼の内に（在白天裡）

夜と無く昼と無く働く（不分白天黑夜地工作）

春から夏に掛けては昼が長い（從春天到夏初白天長）

昼過ぎ（過中午）

御昼の時報だ（正午的報時）

ぼつぼつ昼に為る（快要到中午了）
御昼に為ましょう（吃午飯吧！）

昼行灯〔名〕白天裡點的座燈。〔俗〕不頂用的人，愚蠢的傢伙

昼顔、旋花〔名〕〔植〕日本打碗花、日本天劍

昼興行〔名〕日場戲、白天的演出

昼下がり〔名〕過午（指午後二時時分）
夏の暑い昼下がり（夏天炎熱的過午時分）

昼酒〔名〕白天飲（的）酒

昼過ぎ〔名〕過午（=昼下がり）
昼過ぎから天気が回復する（過午天氣轉晴）
雨は昼過ぎから降り出した（雨從過午開始下起）
昼過ぎには彼等は町を後に為ていた（過午他們離開了市鎮）

昼鳶〔名〕〔俗〕白日作案的竊賊

昼中〔名〕白天（=昼間、昼間）、正午（=真昼）

昼寝〔名、自サ〕午睡（=午睡）
寝転んで昼寝を為る（隨便躺下睡午覺）

昼日中〔名〕白天、大白天（=昼間、昼間、昼中）
昼日中から酒を飲む（從白天就喝酒）

昼前〔名〕午前、接近中午時分←→昼過ぎ、昼下がり
昼前はずっと忙しかった（午前一直很忙）

昼休み、昼休〔名〕午休
昼休みの時間に（在午休時間裡）
昼休みを取る（午休）
昼休みを利用して編み物を為る（利用午休時間編織毛線）
昼休みに学校達は運動場で遊んでいる（午休時間學生們在操場上遊戲）

酎（ㄓㄡˋ）

酎〔名〕〔俗〕燒酒、白酒、蒸餾酒（=焼酎）

皺（ㄓㄡˋ）

皺〔漢造〕皮膚擠緊而顯出了紋

皺胃、皺胃、皺胃〔名〕（反芻動物的）皺胃

皺眉筋〔名〕〔解〕皺眉肌

皺襞、褶襞〔名〕〔解、動、地〕褶皺
地球表面の皺襞が山脈である（地球表面的褶皺是山脈）

皺〔名〕（紡織品、皮革的）縐紋（=皺）
縮緬の皺（縐綢的縐紋）

皺、皺〔名〕（皮膚的）皺紋、（布、紙的）皺褶，折紋
目尻の皺（眼角的魚尾紋）
額に皺を寄せる（皺起眉頭）
顔に皺が寄る（臉上起皺紋）
皺一つ無いズボン（筆直的西裝褲）
アイロンで皺を伸ばす（用熨斗燙平皺紋）
此の生地は皺に為り易い（這塊布料好起皺褶）

皺ばむ〔自五〕起皺紋
皮膚が皺ばむ（皮膚起皺紋）

皺む〔自五〕起皺紋、出皺折
坐っても皺まない生地（坐上也不出皺紋的衣料）
額を皺ませて（皺起額頭）

皺める〔他下一〕弄出皺紋、使出皺折

皺くちゃ〔名、形動〕滿是皺紋、全是褶子
顔を皺くちゃに為る（樂得〔哭得〕滿臉皺紋）
洋服が皺くちゃに為る（西服弄得全是褶子）
皺くちゃ婆さん（滿臉皺紋的老太婆）

皺首〔名〕滿是皺紋的脖子

皺皺〔名、形動〕皺皺巴巴、起皺紋、多褶子（=皺くちゃ）
皺皺のズボン（皺皺巴巴的褲子）

皺だらけ〔名〕滿是皺紋
皺だらけの顔（滿是皺紋的臉）

皺伸ばし〔名〕燙平皺紋，弄平褶子。〔舊〕消遣，散心，解悶
顔の皺伸ばし（弄平臉上的皺紋、整容）

皺伸ばしに温泉へでも行って来よう（到溫泉去散散心吧！）

皺腹〔名〕滿是皺紋的肚皮、老人的肚皮

皺腹を切る（老人剖腹自殺）

皺寄せ〔名、他サ〕不良影響波及其他、使其他方面遭受影響

赤字財政の皺寄せ（赤字財政涉及的影響）

営業不振を従業員の低賃金に皺寄せする（把生意蕭條的影響轉移到降低職工薪資上）

此の雇用制度の皺寄せを誰が受けるかと言う問題が生じた（產生了誰遭受這種雇用制度影響的問題）

緊縮予算の皺寄せで社会保障費の予算を削る事と為った（縮減預算的後果造成了社會保障費預算的削減）

デフレの皺寄せで中小企業が犠牲に為る（中小企業成了緊縮通貨的犧牲品）

籀（ㄓㄡˋ）

籀〔漢造〕大篆、推演文字的意義

籀文〔名〕大篆（漢字書體的一種、篆書的前身）

占（ㄓㄢ）

占〔漢造〕占卜、占據

卜占（占卜）

独占（獨佔、壟斷）

占拠〔名、他サ〕佔據、佔領

建物を占拠する（佔據建築物）

敵の陣地を占拠した（佔領了敵人的陣地）

占者〔名〕賣卜者

占取〔名〕〔法〕（對土地房屋的）侵佔

占筮〔名、他サ〕卜卦

占星術〔名〕占星術、占星學

占卜〔名〕占卜（＝占い）

占有〔名、他サ〕佔有、據為己有

土地を占有する（佔有土地）

不法占有（非法佔有）

占有の申し立て（佔有聲明）

期間以上に占有を継続する（超期繼續佔有）

占有権（佔有權）

占用〔名、他サ〕佔用、獨佔使用

道路を占用する（佔用道路）

占領〔名、他サ〕佔領、佔據

要塞を占領する（佔領要塞）

広い地域を占領する（佔領廣大地區）

敵の占領下に在る（處於敵人佔領之下）

一人で広い部屋を占領している（一個人佔一間大屋子）

二人分の座席を占領する（佔兩個人的座位）

占う，ト う〔他五〕占卜、占卦、算命

吉凶を占う（卜吉凶）

身の上を占う（算命）

其の事に就いて占って貰う（關於那件事求占卦的給占卜一下）

占い，占、トい，ト〔名〕占卦，算命、卜者

占いに運勢を見て貰う（請算命的給算算運氣）

手相占い（相手術）

占い者（師）（占卜者、算卦先生）

占方、占形、ト兆〔名〕龜卜後所出現的形狀

占める〔他下一〕佔據，佔有，佔領、（只用特殊形）表示得意

上座を占める（佔上座）

第一位を占める（佔第一位）

勝ちを占める（取勝）

絶対多数を占める（佔絕對多數）

上位を占める（居上位、佔優勢）

机が部屋の半分を占める（桌子佔了房間的一半）

女性が三分の一を占める（婦女佔三分之一）

敵の城を占める（佔領敵人城池）

大臣の椅子を占める（佔據大臣的椅子、取得部長的職位）

此れは占めたぞ（這可棒極了）

占め占め（好極了）

味を占める（得了甜頭）

締める、閉める、搾める、絞める〔他下一〕繫結、勒緊，繫緊

（常寫作閉める）關閉，合上、管束

（常寫作絞める、搾める）搾、擠、合計，結算

（常寫作絞める）掐，勒、掐死、勒死、嚴責，教訓、縮減，節約、（祝賀達成協議或上樑等時）拍手

帯を締める（繫帶子）

締め直す（重繫）

縄を締める（勒緊繩子）

ボルトで締める（用螺絲擰緊）

財布の紐を締めて小遣いを遣らない様に為る（勒緊錢袋口不給零錢）

靴の紐を締める（繫緊鞋帶）

三味線の糸を締める（繃緊三弦琴的弦）

ベルトをきつく締める（束緊皮帶）

褌を締める（束緊兜襠布、下定決心、認真對待）

桶板は箍で締めて有る（飯桶用箍緊箍著）

戸を閉める（關上門）

窓をきちんと閉める（關緊窗戶）

ぴしゃりと閉める（砰地關上）

本を閉める（合上書）

入ったら必ず戸を閉め為さい（進來後一定要把門關上）

店を閉める（關上商店的門、打烊、歇業）

社員を締める（管束公司職員）

此の子は怠けるからきつく締めて遣らねば為らぬ（這孩子懶必須嚴加管束）

油を搾める（搾油）

菜種を搾めて油を取る（搾菜籽取油）

酢で搾める（揉搓魚肉使醋滲透）

帳面を締める（結帳）

勘定を締める（結算）

締めて幾等だ（總共多少錢？）

締めて五万円に為る（總共五萬日元）

首を絞める（掐死、勒死）

鶏を絞める（勒死小雞）

蛇は獲物に素早く巻き付いて絞めた（蛇敏捷地盤住虜獲物把它勒死了）

彼奴は生意気だから一度締めて遣ろう（那傢伙太傲慢要教訓他一頓）

経費を締める（縮減經費）

家計を締める（節約家庭開支）

さあ、此処で御手を拝借して締めて戴きましょう（那麼現在就請大家鼓掌吧！）

湿る〔自五〕濕、濡濕

夜露で湿っている（因夜間露水濕了）

湿った海苔（潮濕的紫菜）

湿らないように為る（防潮）為る為る

毎日の雨続きで家の中が湿って気分が悪い（因為每天陰雨連綿室內潮濕不舒服）

占めた〔連語、感〕〔俗〕恰合心願，正中下懷、太好了，太棒了←→仕舞った

やぁ、こりゃ占めたぞ（噯呀！這下可好極了）

此れが旨く行きゃ占めた物だ（這要成功的話可太好了）

此れならもう占めたもんだ（這麼一來可好極了）

占めた、旨い方法を考え付いた（好極了想出了一個好主意）

技術の問題さえ解決すれば後は占めたもんだ（只要技術問題解決了其他就好辦了）

占め子の兎〔名〕〔謔〕好極了、正中下懷（＝占めた、旨く行った）

占地、湿地〔名〕〔植〕叢生口蘑

千本湿地（玉蕈――一種傘菌）

栴（ㄓㄢ）

栴 〔漢造〕檀香

栴檀 〔名〕楝，苦楝（＝楝）、旃檀（＝白檀）

栴檀は双葉より芳し（偉大人物從小就與眾不同）

栴檀草 〔名〕〔植〕楝草、鬼針草

覘（ㄓㄢ）

覘 〔漢造〕暗地裡察看

覘視孔 〔名〕窺視孔、（坦克的）展望孔

覘視孔蓋（展望口蓋）

覘板 〔名〕〔測〕覘板、瞄準板

覘く、覗く 〔自五〕露出（一點）

〔他五〕窺視，窺探，往下望，略微掃一眼，稍微看一下

窓から白髪頭丈が覘いている（從窗戶上只露出白髮的頭）

襟から下着が覘いている（從領子裡露出襯衣）

月が木の間から覘いている（月亮從樹間露出來）

畳んだ新聞がポケットから覘いている（從口袋裡露出疊著的報紙）

隙間から覘く（從縫隙窺視）

鍵穴から覘く（從鑰匙孔往裡望）

塀の上から覘く（從牆上往下望）

山の頂上から谷を覘く（從山頂上往下看山谷）

本を覘く（看一看書）

こっそり顔を覘く（偷偷地看〔別人的〕臉）

古本屋を覘いて見よう（逛一下舊書店）

劇なんか覘いた事も無い（戲劇這玩意連瞧都沒瞧過）

英語は本の覘いた丈（英語只是學過一點點）

帰りに映画館を一寸覘いて来た（回來時到電影院看了一眼）

除く 〔他五〕消除，去掉，取消，剷除，刪除，除了，除外、殺死，幹掉

不安を除く（消除不安）

弊風を除く（廢除陋習）

情実を除く（破除情面）

心の憂いを除く（消除心中的憂慮）憂い憂い

畑の雑草を除く（剷除田裡的雜草）畑畠畑畠

名前を名簿から除く（從名冊上刪除名字）

余計な形容詞や句を除くと読める文に為る（刪去多餘的形容詞和句子就會是一篇好文章）

二十年以上も行方不明に為っている光子は戸籍から除かれた（從戶口上銷去了二十多年下落不明的光子）

少数を除いて皆賛成だ（除了少數以外都贊成）

彼を除いて、此と言う者は居ない（除了他以外再沒有合適的人）

邪魔者を除く（把絆腳石除掉）

君側の奸を除く（清君側）

覘き，覘、覗き，覗 〔名〕窺視（＝覗き見）、洋片（＝覗き眼鏡）

一覘きする（窺視一下）

覘き穴（窺視孔）

覘き窓（窺視窗）

覘き鼻（鼻孔朝上的露孔鼻子）

覘ける、覗ける 〔自下一〕能窺視、看得見

〔他下一〕露出（一部分）

顔が覘ける（能看到臉）

顔を覘ける（只露出臉）

覘かせる、覗かせる 〔他下一〕露出，顯露（一部分）。〔相撲〕往對方的腋下淺插

ちらちら（と）覘かせる（若隱若現地露出來）

ポケットからハンカチを覘かせる（從口袋露出手帕）

懐(ふところ)から匕首(あいくち)を覘(のぞ)かせる（從懷裡露出匕首）
筍(たけのこ)が土(つち)の間(あいだ)から顔(かお)を覘(のぞ)かせた（竹筍從土裡冒出了頭）
左(ひだり)を覘(のぞ)かせる（淺插左手）

氈（ㄓㄢ）

氈〔漢造〕用獸毛織成的粗布
氈鹿(かもしか)、羚羊(かもしか)〔名〕〔動〕日本羚羊。〔俗〕羚羊(れいよう)（＝羚羊）

譫（ㄓㄢ）

譫〔漢造〕病中亂說話
譫妄(せんもう)、譫妄(せんぼう)〔名〕〔醫〕譫妄、神智昏迷說胡話
　譫妄状態(せんもうじょうたい)に陥(おちい)る（陷入譫妄狀態）
譫言(うわごと)、譫言(うわごと)、囈語(うわごと)、囈語(うわごと)〔名〕夢囈，夢話，胡話、胡說八道，荒唐話
　熱(ねつ)に浮(う)かされて譫言(うわごと)を言(い)う（燒得直說胡話）
　夢(ゆめ)を見(み)て譫言(うわごと)を言(い)う（做夢說夢話）
　譫言(うわごと)を言(い)うな（別胡說八道）

展（ㄓㄢˇ）

展〔漢造〕展覽、伸展、展閱、發展、展覽會
　親展(しんてん)（親展）
　進展(しんてん)（進展、發展）
　伸展(しんてん)（伸展、擴展、發展）
　開展(かいてん)（展開）
　発展(はってん)（發展，擴展，伸展，活躍，耽溺於酒色）
　美術展(びじゅつてん)（美術展）
　書道展(しょどうてん)（書法展）
　個展(こてん)（個人作品展覽會）
展する〔自サ〕展開，細看，展墓，掃墓
展延(てんえん)〔名、自他サ〕延展
　展延性(てんえんせい)に富(と)んだ金属(きんぞく)（富於延展性的金屬）
展開(てんかい)〔名、自他サ〕開展、展現、散開。〔數〕（函數的）展開
　運動(うんどう)が展開(てんかい)された（運動開展了）
　ゲリラ戦(guerillaせん)を展開(てんかい)する（展開游擊戰）
　議論(ぎろん)を展開(てんかい)する（展開討論）
　両国(りょうこく)の関係(かんけい)も新(あたら)しい局面(きょくめん)を展開(てんかい)し始(はじ)めた（兩國關係也開始展開新的局面）
　舞台(ぶたい)には華(はな)やかな場面(ばめん)が展開(てんかい)する（舞台上展現出絢麗的場面）
　tunnelを出(で)ると眼前(がんぜん)に広広(ひろびろ)と為(し)た平原(へいげん)が展開(てんかい)した（一出隧道廣闊的平原便展現在眼前）
　密集(みっしゅう)している部隊(ぶたい)が展開(てんかい)する（密集的部隊散開）
　敵前近(てきぜんちか)く為(な)って隊(たい)は展開(てんかい)して前進(ぜんしん)する（隊伍接近敵人散開前進）
　$(a+b)^2$ を展開(てんかい)すると $a^2+2ab+b^2$ に為(な)る（$(a+b)^2$ 分解後就成為 $a^2+2ab+b^2$）
展開式(てんかいしき)（展開式）
展観(てんかん)〔名、他サ〕展覽、展示、展出（＝展覽(てんらん)）
　国宝(こくほう)を展観(てんかん)する（展出國寶）
展翅(てんし)〔名、自他サ〕（製作標本時使昆蟲）展開翅膀
　展翅板(てんしいた)（展翅板）
展示(てんじ)〔名、他サ〕展示、展出、陳列
　機械(きかい)の見本(みほん)を展示(てんじ)する（展出機器樣品）
　菊(きく)の展示会(てんじかい)を開(ひら)く（舉辦菊花展覽會）
　夏休(なつやす)みの作品(さくひん)を展示(てんじ)する（展出暑期作品）
展示品(てんじひん)（展品）
展示会(てんじかい)（展覽會）
展色剤(てんしょくざい)〔名〕展色料、載色劑
展性(てんせい)〔名〕〔理〕延展性、可鍛性
　金(きん)は展性(てんせい)に富(と)む（黃金富於延展性）
展転(てんてん)、輾転(てんてん)〔名、自サ〕輾轉、（身體）翻來覆去
　床(とこ)の中(なか)で輾転(てんてん)して煩悶(はんもん)する（在被裡輾轉苦悶）
　寝付(ねつ)けなくて輾転(てんてん)する（翻來覆去地睡不著）
　輾転反側(てんてんはんそく)（碾轉反側、翻來覆去）
展望(てんぼう)〔名、他サ〕展望、眺望、暸望
　車窓(しゃそう)から平野(へいや)を展望(てんぼう)する（從車窗眺望平原）
　展望(てんぼう)の利(き)く場所(ばしょ)に家(いえ)を建(た)てる（在便於眺望的地方建築房屋）

此処から富士山を展望出来る（從這裡可以眺望富士山）

此の丘の上からの展望は素晴らしい（從這個山丘上眺望景色絕佳）

今年のスポーツ界を展望する（展望今年體育界）

未来を展望する（展望未來）

展望車（瞭望車、觀光車）

展望台（瞭望臺）

展望鏡（望遠鏡、潛望鏡）

展望哨（瞭望哨）

展望塔（潛艇的瞭望塔）

展墓〔名、自サ〕展墓、掃墓（=墓参）

展墓の為帰郷する（為掃墓還鄉）

展覧〔名、他サ〕展覽、展示

一般の展覧に供する（供公眾展覽）

生徒の作品を展覧する（展覽學生的作品）

展覧会を見学する（參觀展覽會）

日本画の展覧会を催す（舉行日本畫展）

展覧会（展覽會）

斬（ㄓㄢˇ）

斬〔名、漢造〕砍斷、剪短、斬刑（=斬罪）

斬に処す（處斬〔刑〕）

斬奸状〔名〕〔舊〕鋤奸文書

斬罪〔名〕斬刑、斬首（=打ち首）

斬罪を処する（處斬、判處斬刑）

斬新〔形動〕嶄新、新穎

斬新なデザイン（新穎的設計〔圖案〕）

斬新な教授法（最新的教法）

斬髪〔名、自サ〕〔舊〕理髮，剪髮（=散髮）、披散的頭髮（=散切り）

斬る、切る、伐る、截る〔他五〕切、割、剁、斬、殺、砍、伐、截、斷

肉を切る（切肉）

庖丁で野菜を切る（用菜刀切菜）

首を切る（斬首、砍頭）

腹を切る（切腹）

木を切る（伐木、砍樹）

縁を切る（離婚、斷絕關係）

親子の縁を切る（斷絕父子關係）

手を切る（斷絕關係〔交往〕）

薄く切る（薄薄地切）

細かく切る（切碎）

二つに切る（切斷、切成兩個）

短く切る（切短）

着る〔他上一〕（穿褲鞋襪時用穿く）穿（衣服）。〔舊〕穿（和服裙子）←→脱ぐ，承受，承擔

着物を着る（穿衣）

洋服を着る（穿西服）

新調の服を着て見る（穿上新做的西服試一試）

着物を着た儘で眠る（穿著衣服睡覺）

外套は何卒着た儘で（請不要脱大衣）

袴を着た事が無い（從沒穿過和服裙子）

罪を着る（負罪）

人の罪を着る（為人負疚）

恩を着る（承受恩情）

人の好意を恩に着る（對別人的好意領情）

笠に着る（依仗…的權勢〔地位〕）

斬り合う、切り合う〔自五〕（揮刀）互砍，交鋒、（成十字形）交叉

激しく斬り合う（激烈地揮刀互砍）

斬り合い，斬合い，切り合い，切合い〔名〕（揮刀）互砍，交鋒

悪党仲間の斬り合い（一伙歹徒揮刀互砍）

斬り入る、切り入る〔自五〕殺入，殺進、砍進去，切進去

敵陣に斬り入る（殺進敵人陣地）

木に深く斬り入った斧（砍進樹裡很深的斧頭）

斬り掛かる、切り掛かる〔自五〕（用刀）砍起來、要砍、（用刀）砍上去（來）
口論の末斬り掛かった（爭吵之後用刀砍起來了）
刀を抜いて斬り掛かる（拔刀要砍）
敵が斬り掛かって来た（敵人揮刀砍上來了）

斬り掛ける、切り掛ける〔他下一〕開始砍、將要動手砍、砍下掛起來
木を斬り掛けた所雨が降り出した（將要砍樹卻下起雨來）
首を斬り掛ける（梟首示眾）

斬り方，斬方、切り方，切方〔名〕砍（切、剪、斬）的方法

斬り首，斬首、切り首，切首〔名〕斬首、砍下的首級
斬り首に為る（斬首）

斬首〔名、他サ〕〔古〕斬首，砍頭（=打ち首）
国賊の名を負わされて斬首される（被加以賣國賊的罪名而處斬）

斬り組む、切り組む〔自五〕（二人）互砍，交鋒（=斬り合う、切り合う）
〔他五〕（把木材等）砍出槽口等接合上

斬り込む、切り込む〔他五〕砍進，殺入、砍入，切入。〔喻〕逼問，追問
闇に紛れて敵陣に斬り込む（乘著暗夜殺入敵陣）
あっと言う間に敵陣に斬り込む（一個箭步衝入敵陣、轉瞬間殺入敵陣）
敵陣に斬り込み、障害物を払い除け、困難に充ちた闘争を推し進めた（衝鋒陷陣披荊斬棘進行了極為艱苦的鬥爭）
深く斬り込む（砍進很深）
V字形に斬り込む（V字型地楔入）
矛盾を見付けて鋭く斬り込む（抓住矛盾嚴加逼問）

斬り込み、切り込み〔名〕砍入，殺進。〔烹〕切成大塊醃製的鹹魚肉、加土的砂子（=斬り込み砂利）
斬り込みを掛ける（殺入〔敵陣〕）
斬り込み隊（突擊隊）

斬り込み戦法（滲透戰術）

斬り殺す、切り殺す〔他五〕斬殺、砍死
多くの敵を斬り殺す（殺死很多敵人）

斬殺〔名、他サ〕斬殺、砍死（=斬り殺す）
何者かに斬殺された（被什麼人砍死了）

斬り苛む、切り苛む〔他五〕砍得粉碎、慘殺，凌遲（=凄く切る）

斬り死に，斬死、切り死に，切死〔名、自サ〕（和敵人交鋒）被砍死

斬り捨てる、切り捨てる〔他下一〕切（砍）下扔掉，切掉、（江戶時代武士）任意斬殺（平民）。〔數〕捨去←→切り上げる
大根の尻尾を斬り捨てる（把蘿蔔根切掉）
一刀の下に斬り捨てる（一刀砍死）
端数を斬り捨てる（捨去零數）
小数二位以下を斬り捨てる（捨去小數二位以下）

斬り捨て、切り捨て〔名〕切下扔掉。〔數〕（零數的）捨去、武士斬殺（對自己無禮的）平民
小数三位以下は斬り捨てに為る（小數三位以下捨去）
斬り捨て御免（〔江戶時代武士對平民的〕隨便斬殺、格殺勿論-御免是不受責罰的意思）
斬り捨て御免と言う時代も有った（也曾有過武士隨便斬殺平民的時代）

斬り散らす、切り散らす〔他五〕（衝入敵陣揮刀）大殺大砍、亂砍，亂切

斬り付ける、切り付ける〔他下一〕砍上去（來），殺上去（來）、砍傷，切傷、切下接上，砍下接上、刻上
敵に斬り付ける（向敵人殺上去）
後から頭に斬り付ける（從背後向腦袋砍去）
彼等は労働者の背後から斬り付ける大裏切者だ（他們是些從背後向工人開刀的大叛徒）
肩に斬り付ける（砍傷肩膀）
木の幹に標（文字）を斬り付ける（在樹幹上刻上記號〔字〕）

斬り払う、切り払う、伐り払う〔他五〕砍掉，剪掉，剷除、殺退
- 邪魔の枝を、切り払う（剪掉礙事的樹枝）
- 単身突入して敵を、切り払う（一個人闖進去殺退敵人）

斬り伏せる、切り伏せる〔他下一〕砍倒、征服
- 群がる敵を片っ端から斬り伏せる（把蜂擁上來的敵人一個個地砍倒）

斬り捲る、切り捲る〔他五〕大殺大砍、尖銳地批駁
- 敵を縦横無尽に斬り捲る（把敵人殺得落花流水）
- 逃げる敵を切って切って斬り捲る（把逃跑的敵人殺盡）

斬り結ぶ、切り結ぶ〔自五〕（二人）交鋒
- 秘術を尽して斬り結ぶ（用盡秘訣交戰）

嶄（ㄓㄢˇ）

嶄〔漢造〕山形高峻

嶄然〔副〕嶄然、顯著、突出
- 嶄然頭角を現わす（嶄然顯露頭角、顯著出人頭地）

輾（ㄓㄢˇ）

輾〔漢造〕車輪轉動、事情反覆不定

輾転、展転〔名,自サ〕輾轉、（身體）翻來覆去
- 床の中で輾転して煩悶する（在被裡輾轉苦悶）軋る（發輾軋聲）
- 寝付け無くて輾転する（翻來覆去地睡不著）
- 輾転反側（輾轉反側、翻來覆去）

桟（棧）（ㄓㄢˋ）

桟〔名〕（為防止木板翹曲而釘上的）木條，橫帶、（門窗的）框架、（門窗的）木插栓（=猿）、（地板等下面的）稜木、棧道，木橋（=懸橋、架橋）、（飼養牛羊的）木柵欄
- 桟を打つ（釘上橫帶）
- 窓の桟を嵌める（裝上窗框架）
- 戸の桟を下ろす（插上門的插栓）

桟瓦〔名〕〔建〕波形瓦

桟俵〔名〕（用稻草編的）米袋兩端的圓蓋子（=桟俵法師、桟俵法師）

桟俵法師、桟俵法師〔名〕〔俗〕（用稻草編的）米袋兩端的圓蓋子（=桟俵）

桟道〔名〕棧道（=懸橋、架橋）
- 蜀の桟道（四川棧道）
- 木曽の桟道（長野縣木曽谷地的棧道）

桟橋〔名〕碼頭、（為了上下高處而架設的帶斜坡的）跳板
- 浮桟橋（浮碼頭）
- 仮桟橋（臨時碼頭）
- 桟橋迄見送る（到碼頭送行）
- 船が桟橋に横付けに為った（船靠碼頭了）

桟梯子〔名〕〔海〕舷梯（=タラップ）

桟留（SaoThome葡）〔名〕（印度東海岸著名棉花產地）科羅曼德爾地方的別稱、桟留縞、桟留革
- 桟留革（印度鞣皮－一種有皺紋的高級皮革）
- 桟留縞（印度條紋布）

桟敷〔名〕用木板搭的看台、（劇場、相撲場裡的）樓座
- 桟敷を作る（搭看台）
- 桟敷の前列を占める（佔樓座的前排）
- 千秋楽の日の桟敷を取って置いた（訂下了最後一場的樓座）

湛（ㄓㄢˋ）

湛〔漢造〕清明、深厚、露水多的樣子

湛湛〔形動タルト〕湛湛、深湛
- 湛湛たる利根川の水（湛湛的利根川河水）

湛える〔他下一〕裝滿，充滿。（喻）滿面
- 目に涙を湛える（眼裡充滿淚水）
- 桶に水を湛える（桶裡裝滿水）
- 彼は満面に笑みを湛えて私を出迎えた（他滿面笑容地迎接了我）

称える、讃える〔他下一〕稱讚、讚揚（=褒める、誉める）

業績を称える（稱讚功績）
徳を称える（頌德、稱讚品德）
日本文化の発展に尽した人を称えて文化勲章が贈られる（表彰為日本文化的發展做出貢獻的人授予文化勳章）

戦（戰）（ㄓㄢˋ）

戦〔漢造〕戰鬥，戰爭，競爭，決勝負，體育比賽、發抖

交戦（交戰）
抗戦（抗戰）
好戦（好戰）
会戦（交戰、交鋒）
開戦（開戰）
海戦（海戰）
快戦（痛快的戰鬥、精彩的比賽）
合戦（交戰、戰役、戰鬥）
奮戦（奮勇戰鬥）
紛戦（敵我混戰、戰線混亂）
激戦（激戰、酣戰）
苦戦（艱苦的戰鬥、不利的戰鬥）
決戦（決戰）
血戦（血戰、激戰）
挑戦（挑戰）
作戦（作戰、軍事行動）
策戦（作戰策略、行動計畫）
連戦（連續作戰、連續參加比賽）
冷戦（冷戰）
熱戦（熱戰，訴諸武力的戰爭、比賽的酣戰）
論戦（論戰、辯論）
海戦（海戰）
陸戦（陸上作戰）
空戦（空戰＝空中戦）
観戦（觀戰、參觀比賽）

和戦（和平與戰爭、停戰）
悪戦（艱苦戰鬥）
善戦（善戰、力戰）
宣戦（宣戰）
義戦（正義戰爭）
棋戦（賽棋）
擬戦（模擬戰）
混戦（混戰）
舌戦（舌戰）
接戦（短兵相接、勝負難分的激烈比賽）
拙戦（笨拙的戰鬥或比賽）
乱戦（混戰、不易決定勝負的激烈比賽）
内戦（國內戰爭）
緒戦、緒戦、初戦（戰爭的序幕、第一場比賽）
終戦（停戰、戰爭結束）
野戦（野戰）
応戦（應戰）
休戦（停戰）
参戦（參加作戰）
対戦（對戰、比賽）
大戦（大戰爭、世界大戰）
敗戦（戰敗、比賽輸掉）
不戦勝（因對方棄權不戰而勝）
市街戦（巷戰）
選挙戦（競選運動）
白兵戦（肉搏戰）
思想戦（思想戰）
持久戦（持久戰）
名人戦（國手賽）
経済戦（經濟戰）
殲滅戦（殲滅戰）
遊撃戦（游擊戰）

宣伝戦（宣傳戰）

リーグ戦（循環賽、聯賽）

戦意〔名〕鬥志

戦意が無い（缺乏鬥志）

戦意を失う（喪失鬥志）

戦意を昂揚させる（鼓舞鬥志）

戦意を高める（提高鬥志）

兵士の戦意は衰えた（士氣低落了）

戦域〔名〕戰域、戰區

戦域を拡大する（擴大戰區）

戦域を縮小する（縮小戰區）

戦域指揮官（戰區司令官）

戦雲〔名〕戰雲

欧州に戦雲漲る（歐洲戰雲瀰漫）

戦雲低く垂れ込める（戰雲低垂密布）

戦役〔名〕〔舊〕戰役、戰爭

日露戦役（日俄戰役）

戦役での持久戦（戰役的持久戰）

戦役的呼応の役割（戰役的配合作用）

戦火〔名〕戰火，兵火，戰爭，戰事

戦火が再燃した（戰火重燃起來）

戦火が燃え上がる（燃起戰火、發生戰爭）

戦火を交える（兵火相交、兵戎相見）

銃声が絶えず、戦火が治まらない（槍聲不斷戰火不熄）

戦火の為に全く焼け野原と化した（因戰火完全變成了一片焦土）

今や戦火は全土に広がっていった（現在戰火正在向全土擴展起來）

戦果〔名〕戰果

赫々たる戦果を上げる（収める）（獲得輝煌戰果）

戦果が拡大する（擴大戰果）

戦果公報（戰報）

戦渦〔名〕戰爭漩渦

戦渦に巻き込まれる（被捲進戰爭的漩渦）

戦禍〔名〕戰禍、戰爭的創傷

戦禍を蒙った国（蒙受戰爭創傷的國家）

アジアを戦禍から救う（把亞洲從戰禍中拯救出來）

戦禍を免れる（免受戰爭的災禍）

戦災〔名〕戰災、戰禍

戦災を免れる（免受戰災）

戦災者（受戰爭災害者）

戦災孤児（戰災孤兒）

戦艦〔名〕〔舊〕戰鬥艦，主力艦（＝戰鬥艦）、戰艦，軍艦（＝軍艦）

戦記〔名〕戰記、戰爭或戰鬥的紀錄

戦記物語（戰爭故事、戰爭紀時）

太平洋戦記（太平洋戰爭紀時）

戦旗〔名〕戰旗

戦機〔名〕戰機

戦機の熟するのを待つ（等待戰機成熟）

戦機を捕らえて（抓住戰機）

戦機を誤る（貽誤戰機）

攻撃に転ずる戦機を伺う（窺伺轉向進攻的戰績）

戦技〔名〕戰鬥技術、比賽的技術

戦況〔名〕戰況、戰局

戦況を報告する（報告戰況）

戦況は芳しくない（戰況不利）

戦況ニュース（戰況消息）

戦局〔名〕戰局

戦局が変わった（戰局轉變了）

戦局は有利に展開しつつ有る（戰局正在有利地發展著）

戦局展望（戰局展望）

戦区〔名〕〔軍〕戰區

戦勲〔名〕戰功、軍功

戦後〔名〕戰後、第二次世界大戰以後←→戰前、戰中

戦後のフランス（戰後的法國）

最早戦後ではない（早已不是戰後時期了）

戦後の日本経済の発展は目覚ましい物が有る（戰後日本的經濟發展大有可觀）

戦後派（二次大戰後文學藝術上的戰後派、戰後虛無頹廢派=アプレゲール）←→アバンゲール

戦前〔名〕戰前←→戦後、戦中、比賽前

戦前派（指保持二次世界大戰前的思想生活態度的人=アバンゲール avant-guerre 法）←→アプレゲール apre-guerre 法

戦前の予想を上回る好試合が続出した（不斷出現了超過比賽前的預想的良好比賽）

戦中〔名〕戰爭期間←→戦前、戦後

戦中に生まれた子供（戰爭期間出生的孩子）

戦中派（戰中派、在戰爭期間度過青年時代的日本人）

戦功〔名〕戰功

戦功の有る将校（有戰功的軍官）

戦功により勲章を授与される（因戰功而被授予勳章）

光栄にも戦功を打ち立てた（榮立戰功）

戦国〔名〕〔史〕戰國

戦国時代（戰國時代-中國指自周威烈王23年三家分晉至秦始皇統一中國，即公元403-221年、在日本則指自應仁之亂至豐臣秀吉統一全國的年代，即1467-1568年）

戦債〔名〕（為籌措戰費而發行的）戰爭公債、戰時公債

戦士〔名〕戰士、（從事某種革命運動或事業的）戰士，鬥士，活動家

無名戦士の墓に詣でる（參拜無名戰士）

革命（の）戦士（革命的戰士）

産業戦士（產業活動家）

民族解放運動の戦士（民族解放運動的戰士）

戦史〔名〕戰史

民族解放戦争の戦史（民族解放戰爭的戰史）

戦史に残る（載入戰史）

戦史を飾る（為戰史增添光彩）

戦死〔名、自サ〕陣亡、犧牲、捐軀戰場

名誉の戦死を遂げる（光榮地捐軀戰場）

戦死した人人を記念する（紀念為國捐軀的人們）

戦死者（陣亡者）

戦時〔名〕戰時、戰爭時期

戦時でも平時でも（不論在戰時或平時）

戦時中から（從戰爭期間起）

戦時手当（戰時津貼）

戦時景気（戰時景氣）

戦時色（戰時色彩）

戦時体制（戰時體制）

戦時保険（戰時保險）

戦車〔名〕坦克（=タンク tank）

軽戦車（小型坦克）

重戦車（重坦克）

豆戦車（輕型坦克）

水陸両用戦車（水陸兩用坦克）

対戦車砲（反坦克炮）

戦車隊（坦克隊）

戦車要撃隊（反坦克隊）

戦術〔名〕戰術、策略

巧妙な戦術（巧妙的戰術）

新しい戦術に出る（採取新的戰術）

戦術を転換する（改變戰術）

戦術に優れている（擅長戰術）

戦術で勝つ（以戰術取勝）

我我は戦略上では一切の敵を蔑視しなければならず、戦術上で一切の敵を重視しなければならない（在戰略上我們要蔑視一切敵人在戰術上我們要重視一切敵人）

戦術家（戰術家）

戦術的核兵器（戰術核武器）

戦勝、戦捷〔名、自サ〕戰勝、勝利←→戦敗

戦勝を祝う（慶祝勝利）

戦勝国（戰勝國）

戦勝者（戰勝者、勝利者）

戦敗〔名〕戰敗←→戰勝
　戦敗国（戰敗國）

戦傷〔名〕戰鬥中負傷
　戦傷死（戰鬥中負傷而死）
　戦傷者（傷員）

戦場〔名〕戰場（＝戰地）
　戦場に臨む（上戰場）
　戦場に送り込む（送往戰場）
　戦場と化する（變成戰場）
　戦場の露と消える（戰死疆場、陣亡）

戦地〔名〕戰地，戰場，前方，前線（＝戰場）
　戦地からの通信（戰地來信）
　戦地へ行く（到前線去）
　戦地に在る部隊（前線的部隊）
　戦地勤務（在前線工作）

戦陣〔名〕陣勢，陣法（＝陣立て）、戰場，前線（＝戰場）
　戦陣に臨む（臨陣）
　戦陣に馳せ参じる（奔赴戰場）
　戦陣訓（戰場訓示）

戦塵〔名〕戰塵，征塵，砲火硝煙、戰亂，戰火
　戦塵を洗い落とす（洗掉征塵）
　未だ戦塵に汚れていない若い兵士（身上還沒有染過硝煙的年輕士兵）
　戦塵を避ける（躲避戰亂）
　戦塵収まる（戰火平息）
　戦塵を他所の静かな生活（避開戰亂的安靜生活）

戦勢〔名〕（戰爭或比賽的）形勢、局勢
　戦勢は緊張を極める（形勢非常緊張）
　戦勢は予断を許さない（戰爭局勢難以預料）

戦跡〔名〕戰蹟
　戦跡を訪ねる（訪問戰蹟）

戦績〔名〕戰績、比賽的成績
　戦績を振り返る（回顧比賽的成績）

戦線〔名〕戰線、前線
　労働戦線（勞動戰線）
　外交戦線（外交戰線）
　統一戦線（統一戰線）
　戦線に投入する（投入前線）
　戦線を張る（拉開戰線）
　戦線を短縮する（縮短戰線）
　第二戦線を形成する（形成第二戰線）
　戦線ははっきり分かれていた（戰線清楚地分開了、壁壘分明）
　中国人民とAfrica人民は、同じ戦線での戦友である（中國人民和非洲人民是同一戰線上的戰友）

戦戦恐恐、戦戦兢兢〔形動タルト〕戰戰兢兢、心驚膽顫
　戦戦兢兢としたいじけた気持（戰戰兢兢的畏縮心情）
　スキャンダルがばれはしないかと戦戦兢兢としている（戰戰兢兢唯恐醜聞會暴漏出來）

戦争〔名〕戰爭、戰事、會戰（＝戦い、戦）
　冷たい戦争（冷戰）
　熱い戦争（熱戰）
　小規模な戦争（小規模的戰爭）
　長引く戦争（持久戰）
　全面戦争（全面戰爭）
　戦争に為る（開戰）
　戦争に訴える（訴諸戰爭）
　戦争に勝つ（戰勝、贏得戰爭）
　戦争に参加する（參加戰爭）
　戦争に備え自然災害に備える（備戰防災）
　戦争に由って戦争を学ぶ（從戰爭學習戰爭）
　戦争に付け込んだ不当な金儲け（乘戰爭之機發橫財）
　戦争の傷跡を癒す（醫治戰爭創傷）
　戦争を仕掛ける（挑戰、挑釁）

戦争を無くする為の戦争（為消滅戰爭而進行的戰爭）
戦争を絶滅する（根除戰爭）
戦争を引き起こす（引起戰爭、發動戰爭）
戦争でぼろ儲けする（大發戰爭財）
戦争で荒稼ぎする（乘戰爭之機發橫財）
戦争とはあらゆる力の競争である（戰爭是各種力量的競賽）
民主抗争は大衆の戦争である（民主抗爭是群眾的戰爭）
我々は正義の戦争を支持し、不正義の戦争に反対する（我們擁護正義戰爭反對非正義戰爭）
戦争画（以戰爭為體材的戰爭畫）
戦争景気（戰爭景氣、戰爭繁榮）
戦争ごっこ（兒童的打仗遊戲）
戦争挑発者（戰爭挑釁者）
戦争escalation（戰爭升級）
戦争de-escalation（戰爭降級）
戦争成金（戰爭暴發戶）
戦争熱（戰爭狂）
戦争屋（戰爭販子）
戦争犯罪（戰爭犯罪）
戦争犯罪人（戰犯）
戦争文学（戰爭文學）
戦争物（以戰爭為體材的戰爭讀物）

戦隊〔名〕（海軍的）小型艦隊、支隊（通常以四隻構成）

戦端〔名〕戰端
戦端を開く（啟戰端）

戦闘〔名、自サ〕戰鬥（=戦い）
戦闘に加わる（参加する）（參加戰鬥）
戦闘を開始する（開始戰鬥）
戦闘を交える（交戰）
戦闘の持場（戰鬥崗位）

戦闘の道程（戰鬥的歷程）
戦闘の狼煙（戰鬥的號角）
戦闘の火蓋が切られた（戰鬥開始了）
何時でも戦闘準備を調えている（時時做好戰鬥準備）
戦闘機（戰鬥機）
戦闘爆撃機（戰鬥轟炸機）
戦闘休止線（停火線）
戦闘員（戰鬥員、士兵）
戦闘帽（戰鬥帽）
戦闘力（戰鬥力）

戦馬〔名〕戰馬（=軍馬）

戦犯〔名〕戰犯
戦犯容疑者（戰犯嫌疑份子）
戦犯に指名される（被點名為戰犯）

戦備〔名〕戰備
戦備を整える（作好戰備）
戦備物資（戰備物資）

戦費〔名〕戰費
巨額の戦費を費やす（消耗鉅額戰費）

戦病死〔名、自サ〕（軍人）作戰期間病死、在前線病死

戦法〔名〕戰術、作戰或比賽的方法
積極的戦法に出て敵を撃滅する（採取積極戰術消滅敵人）
戦法を変える（改變戰術）
最後の五十metreで追い抜く戦法を取る（採取最後五十米處趕過去的戰術）

戦没、戦歿〔名、自サ〕陣亡、犧牲（=戦死、討死）
戦歿者（陣亡者）
解放戦争で戦歿した英雄達（在解放戰爭中犧牲的英雄們）

戦友〔名〕戰友
同じ塹壕で戦った戦友達（在同一個戰營裡戰鬥過的戰友們）

戦乱〔名〕戰亂、戰爭動亂

戦乱の巷と為る（變成戰場）
戦乱が起る（發生戰亂）
戦乱の世（戰亂的時代）

戦慄〔名、自サ〕戰慄、顫慄、顫抖（＝戦き震える）
戦慄す可き光景（使人戰慄的景象）
其の有様を見た丈で彼等は戦慄した（光是看到那種情況他們就發抖了）

戦慄く〔自五〕哆嗦、打戰（＝震える）
小犬が寒さに戦慄いている（小狗凍得直哆嗦）
怖くて戦慄く（怕得直哆嗦）
恐ろしさに全身が戦慄く（嚇得渾身顫抖）

戦く〔自五〕發抖、顫慄、打哆嗦、打冷顫（＝戦慄く）
寒さに戦く（冷得發抖）
恐怖に戦く（嚇得發抖）
超大国も不安に戦いている（超級大國也惶惶不可終日）

戦慄〔名〕顫慄、哆嗦
戦慄声〔名〕顫抖的聲音
戦慄かす〔他五〕使顫慄、使打戰、使哆嗦

わなわな〔副、自サ〕哆嗦、發抖、打戰（＝ぶるぶる）
寒くてわなわな震える（冷得直哆嗦）
強盗に襲われてわなわなと震える（遭到強盜的搶劫嚇得直哆嗦）
唇をわなわなさせて怒る（氣得嘴唇直哆嗦）

戦利品〔名〕戰利品（＝分捕り）
戦利品の山（堆積如山的戰利品）

戦略〔名〕〔軍〕戰略
戦略を立てる（制定戰略）
戦略を巡らす（精心策劃戰略）
戦略を誤る（戰略錯誤）
戦略は戦術とは違う（戰略與戰術不同）
戦略家（戰略家）
戦略作成者（戰略制定者）
戦略核兵器制限協定（限制戰略核武器協定）
戦略核抑止力（戰略核威嚇力量）
戦略攻撃兵器（進攻性戰略武器）
戦略配置（戰略佈署）
戦略爆撃（戰略轟炸）
戦略的課題（戰略任務）
戦略的核戦力（戰略核力量）
戦略的均衡（戰略平衡）
戦略的対峙階段（戰略的相持階段）
戦略的核兵器の制限と消滅（限制和消滅戰略核武器系統）
戦略核兵器制限交渉（限制戰略核武器會談）
戦略 missile 体系（戰略導彈系統）
戦略 rocket 部隊（戰略火箭部隊）
戦略兵器運搬手段（戰略武器運載工具）

戦力〔名〕軍事力量、作戰能力、戰爭潛力
戦力無き軍隊（沒有作戰能力的部隊）
戦力を増強する（加強軍事力量）

戦歴〔名〕戰爭經驗、戰鬥經歷
幾多の戦歴を有する革命軍人（有許多戰鬥經驗的革命軍人）
輝かしい戦歴の持ち主（具有光輝的戰鬥經歷的人）

戦列〔名〕戰鬥的隊伍，戰鬥的行列、革命鬥爭的隊伍
戦列を離れる（離開戰鬥行列）
解放闘争の戦列に加わる（參加解放鬥爭的隊伍）

戦、軍〔名〕〔古〕軍隊。〔舊〕戰鬥，戰爭（＝戦い）
戦を為る（作戰、打戰）
戦に行く（從軍）
戦に勝つ（戰勝）
戦に負ける（戰敗）
戦が（に）強い（善戰）

虫

いくさ　おこ
戦を起す（發動戰爭）

いくさ　にわ
戦の庭（戰場）

いくさ
戦ごっこ（打戰遊戲）

いくさ　み　や　はぎ
戦を見て矢を矧ぐ（臨陣磨槍）

そよ
戦がす〔他五〕吹動、使搖動、使顫動

こころ　そよ
心を戦がす（觸動心弦）

あさかぜ　き　は　そよ
朝風が木の葉を戦がす（晨風吹動樹葉）

そよ
戦ぐ〔自五〕（被風吹動）沙沙作響、微微搖動

かぜ　そよ　あし
風に戦ぐ葦（隨風搖動的蘆草）

あお　いね　かぜ　そよ
青い稲が風に戦ぐ（綠色的稻子在微風中搖擺）

そよ
戦ぎ〔名〕搖擺、搖曳、搖動

そよそよ〔副〕和風吹拂的樣子

はるかぜ　　　　　　　ふ
春風がそよそよと吹いている（春風輕輕地吹拂）

たたか　　たたか
戦う、闘う〔自五〕戰爭，戰鬥、鬥爭、競賽，比賽

てきへい　たたか
敵兵と戦う（與敵兵戰鬥）

たたか　　か
戦わずに勝つ（不戰而勝）

たたか　ごと　か
戦う毎に勝つ（每戰必勝）

さいご　ひとり　な　　　　　たたか
最後の一人に為っても戦う（剩最後一個人也要戰鬥）

ひんこん　たたか
貧困と戦う（與貧困做抗爭）

こんなん　たたか　　　つい　じぎょう　せいこう
困難と戦って、終に事業を成功させた（與困難作抗爭終於將事業做成功了）

さむ　　　たたか　　ながらきた　うみ　すす　　い
寒さと戦い乍ら北の海を進んで行く（冒著寒冷向北海前進）

ゆうしょう　めざ　　　たたか
優勝を目差して戦う（為獲取優勝而戰）

せいせいどうどう　たたか
正正堂堂と戦おう（要正大光明地比賽）

ぼこう　めいよ　か　　　たたか
母校の名誉を掛けて戦う（為母校的名譽而奮戰）

たたか　たたかい　たたか　たたかい
戦い, 戦、闘い, 闘〔名〕戰爭，戰鬥、鬥爭、競賽，比賽

たたか　ま
戦いに負ける（戰敗）

たたか　か
戦いに勝つ（戰勝）

たたか　せん
戦いを宣する（宣戰）

たたか　で　ぶじ　かえ
戦いに出て、無事に帰る（出征平安歸來）

たたか　いど
戦いを挑む（挑戰）

たたか　つい　はじ
戦いは遂に始まった（戰爭終於爆發了）

くる　たたか
苦しい戦い（艱苦的戰鬥）

いのちがけ　たたか
命懸の戦い（殊死的戰鬥）

いくさ　ひき　　たたか　おもむ
軍を率いて戦いに赴く（率領軍隊去戰鬥）

たたか　たけなわ
戦いが酣である（正在酣戰）

びょうき　たたか
病気との戦い（與疾病做鬥爭）

ろうし　たたか
労資の戦い（工人和資本家的鬥爭）

りょう　team　たたか　いよいよかいし
AB両チームの戦いは愈愈開始された（AB兩隊的比賽眼看就要開始了）

たたか　ず　　　　　　　　こうせん
戦い好き〔形動〕好戰（＝好戰）

たたか　にわ　　　　　　　せんじょう
戦いの庭〔連語〕〔古〕戰場（＝戰場）

たたか　ぬ
戦い抜く〔他五〕戰鬥到最後、打到底

さいご　いっぺいまでたたか　ぬ
最後の一兵迄戦い抜いた（戰鬥到最後一兵一卒）

たたか　　　たたか
戦わす、闘わす〔他五〕競賽，比賽、爭論

うろ　たたか
烏鷺を戦わす（比賽圍棋）

いけん　たたか
意見を戦わす（爭論意見）

綻（ㄓㄢˋ）

たん
綻〔漢造〕衣縫破裂、事情發生破裂、飽滿

ほころ
綻ばす〔他五〕使綻開、使張開（＝綻ばせる）

またきもの　ほころ
又着物を綻ばせたのね（你又把衣服弄破了）

かお　ほころ
顔を綻ばす（笑逐顏開）

ほころ
綻ばせる〔他下一〕使綻開、使張開（＝綻ばす）

きもの　ほころ
着物を綻ばせる（把衣服弄綻線）

かお　ほころ
顔を綻ばせる（開顏、笑）

かのじょ　くちもと　ほころ
彼女は口元を綻ばせた（她微笑了）

はるかぜ　はな　つぼみ　ほころ
春風が花の蕾を綻ばせる（春風吹開花蕾）

ほころ
綻びる〔自下一〕開綻，綻線、微開，稍稍張開（＝綻ぶ）

そでぐち　ほころ
袖口が綻びる（袖口綻線）

くちもと　ほころ
口元が綻びる（嘴邊現出微笑）

かお　ほころ
顔が綻びる（面泛微笑）

桜の蕾が綻び始める（櫻蕾初綻、櫻花開始開放）

綻ぶ〔自五〕開綻，綻線，微開，稍稍張開（=綻びる）

袖口が綻ぶ（袖口綻線）

編物が綻ぶ（針織品綻開）

ズボンが綻びたので母に繕って貰った（西裝褲開線請媽媽縫好）

綻びた所は早く直さないと穴が大きく為る（綻開線的地方如不補好裂縫就會變大）

梅の蕾が綻び始める（梅花初開）

そろそろ桃の花が綻び始めたね（桃花開始漸漸綻放了呀！）

口元が綻ぶ（嘴邊現出微笑）

嬉しくて思わず口元が綻びた（高興地不由得笑了）

顔が綻ぶ（面泛微笑）

綻び〔名〕開綻、綻線

着物の綻びを繕う（縫補衣服的破綻）

綻びが出来た（綻線了）

暫（ㄓㄢˋ）

暫〔漢造〕暫時、短時間

暫時〔名、副〕暫時、片刻、短時間（=暫く）

暫時に為て（過了一會兒）

暫時の猶予を請う（請暫時延緩）

暫時御待ち下さい（請稍等一下子）

暫定〔名〕暫定、臨時規定

暫定条約（臨時條約）

暫定協定（臨時協定）

暫定数字（暫定的數字）

暫定接収（臨時接管）

暫定議事日程（臨時議程）

暫定案（暫定的方案、試驗性的計畫）

暫定予算（暫定預算、臨時預算）

暫定的（暫定、暫時、臨時性的）

此の規則は暫定措置である（本規則為暫定措施）

暫し〔副〕暫時、片刻、不久（=暫く）

暫しの別れを惜しむ（痛惜暫別）

拍手は暫し鳴り止まなかった（掌聲經久不息）

暫く〔副〕暫時，暫且、不久，一下子，片刻（=暫し、暫時）、半天，許久，好久

暫く辛抱する（姑且忍耐一下）

経費問題は暫く置いて（經費問題暫且放一放）

日が暮れて暫くすると雨に為った（日落不久就下雨了）

手を出すのを暫く待て（且慢動手）

暫くしてから彼が遣って来た（過一下子他來了）

暫く御待ち下さい（請稍等一下子）

暫くでした（好久不見了、久違）

暫く待たされた（〔叫我〕等了半天）

やあ暫くです（久違久違）

暫くして彼の気持はやっと落ち着いた（過了這麼一下子他的心情才平靜下來）

私は暫く振りで先月帰省した（我好久沒回家上個月回去了一次）

暫く前から健康が勝れません（很久以前身體就不好）

暫く御目に掛かりませんが、御元気ですか（好久不見您好嗎？）

暫く振りの上天気だ（好久不見的好天氣）

暫くも〔副〕（下接否定形）絲毫也

暫くも忽せに為ぬ（毫不疏忽）

顫（ㄓㄢˋ）

顫〔漢造〕抖動

顫音〔名〕〔樂〕顫音（=トリル trill）

顫音で歌う（用顫音唱）

顫動〔名、自サ〕顫動

神経の顫動（神經的顫動）

ㄓ

全身を顫動せしめる（使全身顫動）
顫動音（顫動音、顫音）

顫う、震う〔自五〕顫動、震動、晃動
大爆発で大地が顫う（大地因大爆炸而震動）
大地が顫う（大地震動）
寒さに顫う（冷得打顫）

振るう，振う，奮う，揮う〔自五〕振奮，振作、（用〝振るっている〟、〝振るった〟形式）奇特，新穎，漂亮，（用〝振るって〟形式）踴躍，積極

〔他五〕揮，抖，發揮，揮動、振奮、逞能，（一時激動而）蠻幹
士気大いに振るう（士氣大振）振る降る古る
成績が振るわない（成績不佳）
商売が振るわない（買賣不興旺）
振るった事を言う（說漂亮話）
其奴は振るっている（那傢伙真奇特）
奮って参加せよ（踴躍參加吧！）
奮って申し込んで下さい（請踴躍報名）
刀を振るって切り込む（揮刀砍進去）
筆を振るう（揮筆）
着物を振るって埃を落とす（抖掉衣服上的灰塵）
権力を振るう（行使權力）
腕を振るう（發揮力量）
彼は手腕を振るう余地が無い（他無用武之地）
勇気を振るう（鼓起勇氣）
裾を振るって立つ（拂袖而去）
財布の底を振るって（傾囊）
蛮勇を振るう（逞能、蠻幹）

篩う〔他五〕篩、挑選，選拔，淘汰
砂利を篩う（篩小石子）
筆記試験で篩う（用筆試淘汰）

珍（ㄓㄣ）

珍〔名、形動、漢造〕珍奇，珍貴、稀奇，古怪
珍と為るに足る（可為珍奇）
其は珍だ（那真稀奇）
珍中の珍（奇中之奇）
山海の珍（山珍海味）
珍な趣向（古怪的趣味）
珍な話（怪事）
七珍八宝（七珍八寶）
別珍（ビロード、velveteen 後半的轉化）（天鵝絨）

珍果〔名〕稀奇的水果（=珍菓）
珍菓〔名〕稀奇的點心、稀奇的水果（=珍果）
珍貨〔名〕奇貨、珍品
珍客、珍客〔名〕稀客
此れは珍客（貴客臨門、歡迎歡迎）
珍客でも三日目には鼻に付く（稀客也新鮮不了三天、稀客久住會惹人嫌）
珍柄〔名〕（紡織品上）少見的花樣
珍奇〔名、形動〕珍奇、稀奇
珍奇な魚（稀奇的魚）
珍奇な現象（奇異的現象）
珍奇を求める（獵奇）
珍稀〔名、形動〕珍貴稀奇
珍貴〔名、形動〕珍貴
珍器〔名〕珍器（=珍具）
珍肴〔名〕珍貴好吃的食物（=珍膳、珍羞）
珍羞〔名〕珍貴好吃的食物（=珍膳、珍肴）
珍膳〔名〕珍貴好吃的食物（=珍羞、珍肴）
珍饌〔名〕珍奇的料理
珍事〔名〕稀奇事、離奇事、罕見的事
男の五つ子が生まれると言う珍事が起った（發生了一胎生五個男孩的稀奇事）
珍襲〔名、他サ〕珍藏
珍蔵〔名、他サ〕珍藏
珍蔵な書（珍藏的書）
書画を珍蔵している（珍藏書畫）
珍蔵品（珍藏品）

珍獣〔名〕珍奇的野獸、罕見的野獸

珍書〔名〕珍書、珍本

珍籍〔名〕珍籍、珍書

珍本〔名〕珍本、珍籍、罕見的書籍

珍説〔名〕奇說、奇談、妙論
　珍説を吐く（發出妙論）

珍談〔名〕奇談、怪論（=珍説）

珍重〔名、形動、他サ〕珍重，珍視，貴重，寶貴
　斉白石の絵が珍重される（齊白石的畫受到珍視）
　彼は芭蕉の短冊を珍重している（他很珍視芭蕉的詩籤）
　主人は彼を珍重している（主人很器重他）
　珍重な物を拝見する（瞻仰珍貴的物品）

珍鳥〔名〕罕見的鳥

珍答〔名〕奇妙的回答、離題太遠的回答

珍品〔名〕珍品，稀罕品，（歌舞伎）演技失錯，演錯
　其は珍品だ（那可是個稀罕物）

珍物〔名〕珍物珍、品（=珍品）

珍聞〔名〕珍聞、稀奇消息、新聞
　珍聞が有るんだ（可有個新聞）
　其は珍聞だ（那真是個奇聞）
　今日は隣で珍聞を一つ聞き込んで来た（今天在隔壁聽到一件稀奇的消息）

珍紛漢（紛）〔名、形動〕〔俗〕糊裡糊塗（的話）、莫名其妙（的話）、無法理解（的話）
　珍紛漢（紛）な答弁（莫名其妙的答辯）
　難しくて珍紛漢（紛）の話（難得令人無法理解的話）
　君の言う事は珍紛漢（紛）でさっぱり分らない（你說的話糊裡糊塗我一點都不懂）
　そんな事は珍紛漢（紛）だ（那種事我一點都不懂）

珍宝〔名〕珍貴的寶物

珍味〔名〕稀罕的美味、好吃的食品
　山海の珍味（山珍海味）

　季節の珍味（季節的新鮮美味）

珍妙〔形動〕奇妙、出奇
　珍妙な考え（古怪的想法）
　珍妙な顔を為て人を笑わせる（作鬼臉逗人笑）

珍無類〔名、形動〕非常離奇、奇妙絕倫
　珍無類の馬鹿（絕無僅有的傻瓜）
　珍無類の顔（奇妙絕倫的臉）
　珍無類な恰好（非常離奇的打扮）

珍問〔名〕奇問、怪問、離題太遠的疑問

珍優〔名〕丑角、滑稽演員

珍〔名〕高貴，尊嚴，尊貴的東西

珍しい〔形〕新奇的，新穎的、珍奇的、稀奇的、少有的，少見的、珍貴的
　珍しい趣向の玩具（設計新穎的玩具）
　何か珍しい事が有りますか（有什麼新鮮的事沒有？）
　当時は其が非常に珍しかったのだ（當時那是非常新奇的）
　見る物聞く物皆珍しかった（看的聽的都新穎）
　珍しい物（珍奇的東西）
　珍しい植物（珍奇的植物）
　彼が家に居るのは珍しい（難得他留在家裡）
　然う言う話は珍しくない（那種故事並不稀奇）
　そんな事は珍しくも無い（那種事並沒甚麼稀罕的）
　珍しい出来事（少見的事情）
　珍しい現象（罕見的現象）
　やあ、此れは珍しい（哎呀！真是少見）
　実に珍しい事件だ（實在是少有的事情）
　珍しい御客さんが来た（來了稀客）
　今時分に雪が降るとは珍しい事だ（在這個時節下雪真少有）
　珍しい品を有り難う御座います（謝謝您珍貴的禮品）

めずらか〔形動〕珍奇、新穎

貞（ㄓㄣ）

貞〔漢造〕純貞、忠貞、未接觸女性
 不貞（不貞、不忠貞、不守貞節）
 童貞（童貞、修女）←→処女

貞潔〔名、形動〕貞潔
 貞潔な婦人（貞潔的婦女）

貞実〔名、形動〕忠貞
 貞実な妻（忠貞的妻子）

貞淑〔名、形動〕貞淑
 貞淑な（の）夫人（貞淑的夫人）
 貞淑な（の）妻（貞淑的妻子）
 彼女は貞淑の聞えが高い（她以貞淑出名）

貞女〔名〕貞女

貞心〔名〕堅貞、忠貞

貞節〔名、形動〕貞潔
 貞節を守る（守貞節）
 貞節を破る（失身）
 貞節を売る（出賣貞操、賣淫）
 貞節な（の）婦人（忠貞的婦女）

貞操〔名〕貞操、貞潔
 貞操を重んずる（重視貞操）
 貞操の堅い婦人（堅貞的婦女）
 貞操を失う（失身、失節）
 貞操を破る（失身、失節）
 未亡人と為て貞操を守り続ける（堅持守寡）
 貞操帯（貞操帶-歐洲中世紀十字軍出征時為了保護貞操給妻子特製金屬帶鎖的東西）
 貞操蹂躙（蹂躙貞操）

貞婦〔名〕貞婦（＝貞女）

貞門〔名〕〔史〕松永貞德的門人或流派（俳句派別之一、以使用俗話，漢語，滑稽，灑脫的語言為主）
 貞門風（貞德派的俳句作風）

貞烈〔名、形動〕貞烈

貞し〔形シク〕端正、正直（＝正しい）

真（眞）（ㄓㄣ）

真〔名、漢造〕真正、真實、真理、純真、（漢字的）楷書
 真の友（真正的朋友）
 真に国を愛する者（真正的愛國者）
 彼の話は真に迫っている（他的話逼真）
 学問は真を探究する物だ（學問就是探求真理的）
 真で書く（用楷書寫）
 真、行、草（楷書、行書、草書）
 正真（真正）
 迫真（逼真）
 写真（照片，相片，照相，攝影）
 天真（天真）
 純真（純真）

真に〔副〕真地、真正地（＝真に、本当に）
 真に国を愛する者は国の為を捨てても惜しくない（真正愛國的人為國捐軀也在所不惜）

真の〔連體〕真正的
 彼こそ真の学者だ（他才是個真正的學者）
 真の幸福（真正的幸福）

真意〔名〕真意，本心（＝本心）、真正的意思（＝真義）
 彼の辞職した真意が分らない（不知道他辭職的本心）
 私の真意は其処に在るのだ（我的本意就在那裏）
 言葉の真意を探る（探索詞的真正意思）
 真意を掴み兼ねる（抓不住真正的意思）
 彼は自由の真意を履き違えている（他把自由的真意理解錯了）

真義〔名〕真正的意義

民主主義の真義を理解する（理解民主主義的真正意義）

真因〔名〕真正原因
戦敗の真因は何処に在ったか（戰敗的真正原因在哪裡呢？）

真打ち，真打，心打ち，心打〔名〕（曲藝等）演壓軸戲的演員←→前座（墊場戲、二牌演員）
真打ちを勤める（擔任壓軸戲的演員）

真影〔名〕相片、肖像
陛下の御真影（天皇陛下的御照）

真猿亜目〔名〕〔動〕類人猿亞目

真応力〔名〕〔理〕實際應力、有效應力

真果〔名〕〔植〕真果

真価〔名〕真正的價值
真価を発揮する（發揮真正的價值）
私の真価を認めて呉れない（不承認我的真正價值）
天才の真価は同時代人に認められない（天才的真正價值不為同時代人所公認）

真書き、真書〔名〕小楷筆、楷書用筆
真書きで履歴書を書く（用小楷筆寫履歷表）

真書〔名〕楷書體、紀錄事實的文書

真壁〔名〕（普通日式房屋的）明柱牆

真贋〔名〕真假、真偽
骨董品の真贋を見分ける（識別古玩的真假）

真偽〔名〕真假
真偽を糺す（追究真假）
真偽を調べる（調查真假）
噂の真偽を確かめる（核實傳言的真假）
真偽を見分ける（識別真假）
真偽は兎も角と為て（真假姑且不論）
事の真偽は保証し兼ねる（事情的真假難以保證）

真行草〔名〕楷書，行書，草書。〔轉〕（生花、俳句、造園、繪畫等的形式）真行草（比喻端正豪放與兩者之間）

真菌〔名〕〔植〕真菌

真菌類（真菌類）

真菌症（真菌病）

真紅、深紅〔名〕深紅
真紅の大旗（深紅的大旗）
真紅に染まる夕空（夕陽反射得通紅的傍晚的天空）

真空〔名〕〔理〕真空、（勢力，作用達不到的）真空狀態，空白點
真空を生じる（產生真空）
真空に為る（變成真空）
真空室（真空室）
真空乾燥（真空乾燥）
真空蒸留（真空蒸餾）
真空成形（真空成形）
真空放電（真空放電）
真空ポンプ（真空幫浦）
真空濾過機（真空濾器）
真空管（真空管）
真空掃除機（真空吸塵器）
軍隊が撤退して首都は真空状態と為った（軍隊撤出之後首都形成真空狀態）
管理が真空状態に陥る（管理陷入真空狀態）
真空地帯（真空地帶）

真剣〔名〕真刀、真劍；〔形動〕認真、正經（＝本気）
真剣で勝負する（用真刀比賽）
真剣勝負（用真刀比賽、真正的比賽，正式的比賽，嚴肅認真的比賽）
真剣な顔（嚴肅的神情）
真剣に考える必要が無い（沒有認真考慮的必要）
私は真剣なんだ（我可是當真的）
真剣さが足りない（〔工作，學習態度〕不夠認真）
彼は真剣味に乏しい（他缺乏認真活力）

真剣に為ればあんな奴を負かすのは何でもない（如果認真對待的話打敗那種小子不算一回事）

真個、真個〔名〕真正（＝真、誠、実）
真個の英雄（真正的英雄）
紛い無き真個の英雄（不折不扣的真正的英雄）

真骨頂〔名〕本來面目、真正面貌、真正價值
此れこそショパンの真骨頂を示す作品（這才是顯示蕭邦真正價值的作品）
真骨頂を発揮する（發揮真正本領）

真言〔名〕〔佛〕真言、咒文、真言宗（＝真言宗）
真言宗（〔佛〕真言宗-佛教的一派）
真言秘密（真言秘密、陀羅尼）

真宗〔名〕〔佛〕真宗（鎌倉時代由淨土宗分出的佛教的一派，以親鸞為始祖）

真姿〔名〕真正姿態

真摯〔名、形動〕真摯、認真、一絲不苟（＝真面目）
真摯な態度（認真的態度）
真摯に考慮する（認真思考）
真摯に勉学に励む（勤奮學習）
真摯な学究の徒（真摯的科學研究者）

真実〔名、形動〕真實，事實，實在←→虛偽。〔佛〕絕對的真理；〔副〕實在地（＝本当に、全く）
真実を言う（說真話）
真実の姿（真實的姿態）
真実を曲げる（歪曲事實）
真実の所は（真實的情況是…）
真実味が乏しい話（缺乏真實性的話）
真実彼が嫌に為った（實在討厭他）
彼が真実好きなのか（真的愛他嗎？）
真実性（真實性）

真珠〔名〕珍珠
人造真珠（人造珍珠）
養殖真珠（養珠）
真珠を採取する（採珍珠）
豚に真珠を与える（對牛彈琴）
真珠貝（珍珠貝）
真珠光（珍珠光澤）
真珠岩（〔礦〕真珠岩）

真獣類〔名〕〔動〕真獸類綱

真症〔名〕（傳染病等確診為）真性的病←→疑似症

真情〔名〕真情，真實感情，實情，實際情況
真情を吐露する（吐露真情）
実に真情流露だ（實在是真情的流露）
其の手紙には彼の真情が籠っている（在那封信裡充滿了他的真實感情）

真人〔名〕完美無缺的人、仙人（＝仙人）

真髄、神髄〔名〕真髓，精髓、蘊奧
小説真髄（小説精髓）
詩の真髄（詩的蘊奧）
音楽の真髄を味わう（欣賞音樂的深奧意義）

真数〔名〕〔數〕反對數（常用對數 log10x 的 x）

真正〔名、形動〕真正
真正の民主主義を打ち立てる（建立真正的民主主義）
真正果実（〔植〕真果）
真正染色体（〔植〕常染色體）

真正面、真正面，真っ正面〔名〕正對面
図書館は寮の真正面だ（圖書館正對著宿舍）
二人は真正面からぶつかった（兩人撞了個滿懷）
意見が真正面から対立する（意見針鋒相對）

真性〔名〕真性，天性，天資，（醫）真性←→仮性
人間の真性は善だ（人性本善）
真性天然痘（真性天花）
真性半導体（本性半導體、純半導體、無雜質半導體）
真性寄生（〔動〕專性寄生）

真跡、真蹟〔名〕真跡、真的筆跡
宋代名家の真跡（宋代名家的真跡）

真善美〔名〕真善美

真善美の極致に達する（達到真善美的最高境界）

偽悪醜が無ければ真善美は無い（沒有假惡醜就沒有真善美）

真相〔名〕真相

真相を暴露する（暴露真相）

真相を付く（極める）（追查真相）

真相を明らかに為る（弄清真相）

少し宛真相が分かって来た（真相逐漸明白了）

間も無く真相が分かるだろう（不久真相就會大白）

真草〔名〕楷書和草書

真槍〔名〕真矛、真的紅纓槍←→たんぽ槍（包有布頭或皮頭的練習用紮槍）

真俗〔名〕僧侶和俗人、出家和在家

真底、心底〔名〕内心，心底，最底層，最下層〔副〕衷心，從心底（＝心の底から）

真底を打ち明ける（吐露心事）

真底から嫌いだ（從內心裡討厭）

私は真底から感謝しています（我衷心感謝）

真底惚れた（真正愛上了）

真底、心底〔名〕内心、真心、本心

真底を打ち明ける（吐露心事）

真底見届けた（看清真心）

真底を見透かす（看破內心）

相手の真底が分かる（了解對方的本心）

真底から尊敬する（打從心底裡尊敬）

真率〔形動〕直率、坦率

真率な態度（坦率的態度）

真率さを失わない（保持直率風格）

真諦、真諦〔名〕〔佛〕真諦←→俗諦、根本意義

真知、真智〔名〕真的知識、體會真道的人的智慧、真理悟出的智慧、〔佛〕二智之一

真鍮〔名〕黃銅

金着せ真鍮（鍍金黃銅）

真鍮ボタン（黃銅鈕扣）

真束〔名〕〔建〕（桁架）中柱

真束組（單柱桁架）

真電荷〔名〕〔電〕真電荷、純電荷

真読〔名、他〕〔佛〕真讀、全讀（經文）←→転読

真如〔名〕〔佛〕真如（真實如常）（＝法界、法性）

真如の月（真如之月－真如之理，破眾生之謎，如明月照暗月）

真柱、心柱〔名〕（塔的）中心柱、天理教的教主

真破断応力〔名〕〔理〕實際斷裂應力

真発熱量〔名〕〔理〕最低發熱量

真否〔名〕真否、真假

事の真否を確かめる（核對事情的真假）

話の真否を見抜く（看穿所說的真假）

真皮〔名〕〔解、動〕真皮←→表皮

真筆〔名〕真跡←→偽筆、代筆

此の短冊は芭蕉の真筆だ（這幅詩籤是芭蕉的真跡）

此れは真筆ですか、其れとも偽筆ですか（這是真跡還是假跡）

真品〔名〕真品、正品

真物〔名〕真貨、真品（＝本物）

真沸点分留〔名〕〔化〕真沸點分餾

真分数〔名〕〔數〕真分數←→仮分数、帯分数

真勇〔名〕真勇、大勇

将来の為に今の無念を堪えるのが真勇だ（為了將來忍著今天的懊喪才是真勇）

真理〔名〕真理、道理、合理

絶対の真理（絕對的真理）

永久不変の真理（永恆不變的真理）

真理を探究する（探求真理）

君の言には一面の真理が有る（你說的話有一點道理）

君の判断は論理的には真理と言える（你的判斷在邏輯上可以說是合理的）

真肋骨〔名〕〔解〕真肋

真、誠、実〔名〕（來自"真実"）真實，事實，真的（＝本当）、真誠，誠意，誠心，真情（＝真心）；〔副〕（多用真に形式）真，實在，誠然，的確、非常；〔感〕（表示轉變話題，忽然想起某事時的叮囑語氣）真的，實在的，可是的（＝然う然う）

真の話（實話）
嘘か真か調べて見よう（是真是假調查一下）
其は真らしい話だが信じられないね（那好像是真事但卻難以相信）
真を込めて言う（誠懇地說）
真を尽して説明したら、相手も分かって呉れた（經過誠懇地一解釋對方也就諒解了）
此方が丁寧に頼んだので、彼方も真の有る返事を呉れた（由於我懇切請求對方也就給了很有誠意的答覆）
真は宝の集まり所（蒼天保佑誠實人）
真に御尤もです（你說的真對）
真に困ります（實在為難）
御援助真に有り難う存じます（對您的幫助實在感謝）
真に申し訳有りません（實在對不起）
言う事は真に立派だが（說得倒真好聽）
真に疑わしい（大可懷疑）
其は真に御気の毒です（那可太可憐了）
真に寒い（真冷）
真の話、私は国へ一度帰らなければならないのです（說真的我要回一趟老家）

真〔名〕真實，實在（＝真実、本当、真、誠、実）；〔造語〕誠實，真誠，正派，正經、正、純、（接動植物名）標準（的）

冗談を真に受ける（把玩笑當真）
そんな話を簡単に真に受ける物ではない（不要輕易聽信那種話）
真心（誠心）
真顔で話す（一本正經地講）
真人間（真誠的人、正派人）

真上（正上方）
真下（正下方）
真向かいの家（正對面的房子）
真冬の厳しい寒さ（隆冬的嚴寒）
真夜中の十二時（深更半夜十二點）
真白、真白（純白、雪白）
真赤（通紅、火紅）
真新しい（全新、嶄新）
真水（純水、淡水、飲用水）
真鰯（沙丁魚）
真鴨（野鴨）
真玉（美玉、瓊玉）
真榊（美麗的楊桐樹）

真鯵〔名〕〔動〕竹筴魚（＝鯵）
真新しい〔形〕全新、嶄新
真新しい洋服（嶄新的西服）
真穴子〔名〕〔動〕海鰻魚
真烏賊〔名〕〔動〕烏賊、墨魚
真一文字〔名〕筆直、一直（＝真っ直ぐ、一直線）
真一文字に突進する（一直向前挺進）
口を真一文字に結ぶ（緊閉雙唇）
真一文字に並ぶ（排得筆直）
真鰯〔名〕〔動〕沙丁魚
真上〔名〕正上方←→真下
真上を仰ぐ（仰望頭頂上方）
飛行機から爆弾を目標の真上に落とす（從飛機上把炸彈扔在轟炸目標的正上方）
真上から照り付ける太陽の下を我我は黙黙と行進した（我們在當頭照射的陽光下默默前進）
真下〔名〕正下方、正下面←→真上
橋の真下にボートが有った（就在橋底下有一艘小船）
山の真下の町（正在山腳下的市鎮）
真後ろ、真後〔名〕正後面（＝真裏）

真裏〔名〕正後面、正後方、正背後（=真後）

真岡、真岡〔名〕真岡棉布（栃木県真岡地方產的質地結實的一種棉布=真岡木綿）

真麻蘭〔名〕〔植〕劍麻（=ニュージーランド麻）

真顔〔名〕嚴肅的面孔、鄭重其事的神色、一本正經的神色
　嘘を真顔で言う（板著臉撒謊）

真旗魚〔名〕〔動〕旗魚

真仮名〔名〕萬葉假名（藉漢字音訓標注日語發音、例如〝山〞日語讀作〝やま〞、用萬葉假名則寫作〝也末〞、因多見於万葉集、万葉集故名）（=万葉仮名、万葉仮名）

真金〔名〕〔雅〕鐵（=鉄）

真鴨〔名〕〔動〕野鴨、鳧

真鰈〔名〕〔動〕鰈魚、秤魚

真雁〔名〕雁、大雁（=雁）

真木、槙〔名〕〔植〕羅漢松

真水〔名〕（對海水，鹽水而言）淡水、（普通的）飲用水

真北〔名〕正北（=正北）

真南〔名〕正南

真西〔名〕正西

真東〔名〕正東

真際、間際〔名〕正要…時候，快要…以前（=寸前）。就在旁邊，緊接著（=直ぐ側）
　出発の間際に忘れ物を思い出す（正要出發時想起忘掉的東西）
　発車間際に（快要開車時）
　死ぬ間際に（臨死、臨終）
　柿の木の間際に犬小屋が有る（就在柿樹旁邊有個狗窩）

真桑瓜〔名〕〔植〕甜瓜、香瓜

真子〔名〕〔古〕（對妻子，子和情人的親密稱呼）好孩子，可愛的孩子（=良い子、愛し子、愛子）（魚腹内的）魚子←→白子

真鯉〔名〕〔動〕黑鯉魚

真心〔名〕真心、誠心、誠意
　真心の有る人（有誠意的人）
　真心の無い人（沒有誠意的人）
　真心（を）込めて働く（誠心誠意地工作、滿腔熱誠地工作、忠心耿耿地工作）
　真心の籠った看護（精心的護理）
　党の事業に真心を捧げる（對黨的事業赤膽忠心）

真鯒〔名〕〔動〕蛹魚（的一種）

真菰〔名〕〔植〕菰、茭白

真逆〔副〕（下接否定和推量語）決（不）…。怎能，怎會，難道。萬一，一旦
　真逆そんな事は有るまい（決不會有那樣的事、怎會有那樣的事、難道會有那樣的事！）
　真逆そんなに沢山食う者は無かろう（決不會有吃那麼多的人）
　真逆金を貸せとも言えないじゃないか（怎能開口借錢呢？）
　真逆君一人で行くんじゃ有るまいね（決不會是你一個人去吧！）
　真逆君が知らぬ訳でも有るまい（你也絕不會不知道的）
　真逆の時に備える（準備萬一）
　真逆の時には直ぐ知らせて呉れ（一旦有事馬上通知我）
　真逆の時の用意に貯金を為る（儲蓄已備不時之需）

真っ逆様、真逆様〔形動〕頭朝下、倒栽蔥
　木から真逆様に落ちた（從樹上頭向下掉下來）
　真逆様に飛び込む（頭向下跳進去）

真砂、真砂〔名〕細沙（=砂子、砂、沙）
　真砂路（細沙路）
　浜の真砂の数知れず（恆河沙數）

真四角〔名、形動〕正方形（=正方形）
　真四角な顔（方臉）
　真四角に切る（切成正方形）
　骰子の様に真四角な建物（像個骰子似的正方形的建築）

真っ四角、真四角〔名、形動〕正方形（=真四角）

真面目〔名、形動〕認真，踏實，嚴肅（＝真剣、本気）、誠實，正派、正經（＝誠実な事）

　　真面目に考える（認真考慮）

　　真面目に働く（認真地工作）

　　彼は突然真面目に為った（他突然嚴肅起來、他突然認真起來）

　　君は真面目でそんな事を言うのか（你說那話出自本意嗎？）

　　真面目を装って冗談を言う（假裝認真地開玩笑）

　　真面目な顔を為て冗談を言う（做出嚴肅的面孔開玩笑）

　　私が真面目に為って言うけれど、彼は信じない（我認真地說但他卻不相信）

　　良く真面目でそんな嘘が付けるね（你居然一本正經地說出這樣的謊話！）

　　私は真面目だ（我可不是開玩笑的）

　　あんな真面目な人を友達に持つ事は幸福だ（有那樣誠實的人做朋友真幸福）

　　真面目な事を茶化しては行けない（正經的事不許打諢）

　　真面目な生活を為る（過正派的生活）

　　真面目な話を為よう（我們談點正經的事）

　　真面目然うな振りを為る（裝作老老實實的樣子）

　　君の態度は未だ未だ真面目で無いね（你的態度還很不老實啊！）

　　彼の女は真面目だ（那個女人正派）

　　真面目一方の人（道貌岸然的人）

真面目、真面目〔名〕真面目，本來形象，真本領

　　彼は墨絵に於いて真面目を発揮した（他在水墨畫方面發揮了真本領）

真清水〔名〕清水（的美稱）

真鯛〔名〕〔動〕鯛（俗稱加極魚、大頭魚）

真竹、苦竹〔名〕〔植〕苦竹（＝苦竹、呉竹、幹竹，乾竹）

真章魚、真蛸〔名〕〔動〕章魚

真鱈〔名〕〔動〕鱈魚（＝鱈）

真土〔名〕〔農〕優質土、適合耕種的土壤

真艫〔名〕正對船尾方向（＝真向き）、風從船後方照直吹來

真名、真字〔名〕（對仮名而言）漢字、漢字的楷書

　　真名仮名（漢字假名、萬葉假名）

　　真名本（漢字本、用漢字寫得日文書）

真魚板、俎板、俎〔名〕切菜板

　　真魚板に載せる（放在切菜板上、〔轉〕作為問題提出討論）

　　真魚板の上の魚（鯉）（俎上之魚、〔喻〕靜待任人宰割）

真魚鰹〔名〕〔動〕鯧魚

真夏〔名〕盛夏←→真冬

　　真夏の日差し（盛夏的陽光）

　　真夏日（盛夏之日-指最高溫度超過攝氏三十度之日）

真冬〔名〕隆冬、三九天←→真夏

　　真冬日（隆冬季節的白天、隆冬的太陽、整日冰凍的日子、最高氣溫為冰點以下的日子）

真名鶴、真鶴〔名〕〔動〕白頸鶴

真に受ける〔連語〕當真

　　冗談を真に受けてかっと為った（把玩笑信以為真勃然大怒）

真人間〔名〕正經人、正直人、正派人（＝まともな人間、真面目な人間）

　　今日只今から心を入れ換えて真人間に為ります（今天立即脫胎換骨重新做人）

真土〔名〕〔冶〕砂質黏土

真土型（黏土型）

真似〔名、自他サ〕仿效，模仿，學樣子、裝樣子、舉止，動作

　　九官鳥は人の言葉の真似が出来る（八哥能學習人說話）

　　他人の話し振りの真似を為る（模仿別人的說話腔調）

　　子供が医者の真似を為て遊ぶ（小孩子裝扮醫生玩）

　　人の真似が旨い（擅長模仿人）

　　死んだ真似を為る（裝死）

怯えた真似を為てキャアッと言う（裝作害怕的樣子哇地尖叫一聲）

乱暴な真似を為る（舉止粗暴）

馬鹿な真似を為るな（別做糊塗事情）

真似る〔他下一〕模仿、仿效、學樣子

本物を真似て作る（仿照真物製造）

先生の発音を真似る（模仿老師的聲音）

人の作品を真似る（仿冒別人的作品）

真似し鶇〔名〕〔動〕模仿鳥（產於美國南部、善於模仿別種鳥的叫聲）

真鯊〔名〕〔動〕鰕虎魚（＝鯊、沙魚）

真日〔名〕太陽（＝御日様）

真昼〔名〕正中午、大白天、白晝（＝真っ昼間、昼日中）

真昼の太陽が照り付ける（正中午的陽光照射）

真っ昼間、真昼間〔名〕白天、光天化日（＝真昼、昼日中）

真っ昼間に強盗が出る（光天化日出強盜）

不思議な事に真っ昼間に蝙蝠が一匹飛び出した（奇怪的是光天化日飛出了一隻蝙蝠）

真鶸〔名〕〔動〕金翅雀

真二つ〔名〕兩部分（＝真っ二つ）

西瓜を真二つに切る（把西瓜切成兩半）

真っ二つ、真二つ〔名〕（真二つ的口語形式）兩半

西瓜を真っ二つに切る割る（把西瓜切成兩半）

茶碗がテーブルから落ちて真っ二つに割れて終った（飯碗從桌上掉下碎成兩半）

皆の意見が真っ二つに分かれた（大家的意見分成了兩派）

真帆〔名〕滿帆←→片帆

真帆掛けて走る（滿帆孕風行駛）

真鯒、真鯒〔名〕〔動〕鯒魚

真結び〔名〕死結（＝小間結び、細結び）←→縦結び（反扣）

真横〔名〕正側面、正橫（與船的龍骨或飛機機身成直角）

真横を向く（面向旁邊）

ポストは家の真横に在る（郵筒就在我家旁邊）

真夜中〔名〕深夜、三更半夜

真夜中に何しに来たのか（三更半夜你做甚麼來了？）

真夜中迄夜更かしを為る（熬夜到三更半夜）

真夜中一時の急行で立つ（乘半夜一點鐘的快車啟程）

真綿〔名〕絲棉

真綿を引く（抽絲棉）

真綿で首を締める（委婉責備）

真綿で針を包む（笑裡藏刀、口蜜腹劍）

まっ〔接頭〕真、正（＝真）

真っ赤、真赤〔名、形動〕通紅、鮮紅、純粹、完全

真赤な太陽（通紅的太陽）

真赤な花（鮮紅的花）

真赤な血（鮮紅的血）

真赤に燃えているストーブ（燒得通紅的火爐）

私は少し酒を飲むと直ぐ真赤に為る（我喝一點酒就紅臉）

彼の顔は怒りで真赤に為った（他氣得臉通紅）

彼女は恥かしくて赤らめた顔は益益真赤に為ていた（她羞得紅咚咚的臉更加紅潤了）

二人は真赤に為って議論する（兩人面紅耳赤地辯論）

真赤な嘘（彌天大謊）

真赤な贋物（完全是仿冒品）

真っ青、真青〔名、形動〕蔚藍、深藍、蒼白、刷白

真青な海（深藍色的海洋）

鷹が真青な空を飛んでいる（老鷹在蔚藍的天空裡飛翔）

真青な顔を為て、如何したのですか（您臉色蒼白怎麼了？）

恐ろしさに、真青に為る（嚇得臉色蒼白）

真青に為って怒る（氣得臉色蒼白）
顔色が真青だ（臉色蒼白）

真っ暗、真暗〔名、形動〕漆黒、暗淡
月も星も無い真暗な（の）夜（沒有星星和月亮的黑夜）
部屋の中は真暗だった（屋子裡一片漆黒）
目眩で何も彼も真暗に為って終った（頭暈得眼前一片漆黒）
御先真暗だ（前途漆黒一團）

真っ暗闇、真暗闇〔名、形動〕漆黒、黒暗
真暗闇な夜（漆黒的暗夜）
辺りは真暗闇で物音一つ為ない（周圍一片漆黒萬籟俱寂）
洞窟の真暗闇の中を蝙蝠が二、三匹飛んでいた（有兩三隻蝙蝠在漆黒的洞窟裡飛）

真っ向、真向〔名〕正面、前額正中央
真向から断る（直截了當地拒絶）
彼は僕の意見に真向から反対する（他對我的意見毫不客氣地反對）
日が真向から照り付ける（太陽當頭照）
二人の意見は真向から対立している（兩人的意見針鋒相對）
真向からの反撃を与える（予以迎頭痛撃）

真向き〔名〕正面、對著正面（＝真ん前、正面、真向かい）
真向きに座る（面向正面坐）

真向かい、真向い〔名〕正面、正對面
真向かいからタクシーが遣って来た（迎面來了一輛計程車）
家の真向かいに大きなビルが建った（我家對門新蓋了一座大樓）
真向かいに為って話を為る（面對面談話）

真っ最中、真最中〔名〕正中、極盛期（＝真っ盛り）
部屋に入って見ると議論の真最中だった（走進房間一看人們正在爭論著）
冬の真最中に川で泳ぐ（嚴冬時在河中游泳）
友達の家へ遊びに行ったら、兄弟喧嘩の真最中だった（到朋友家去玩正值兄弟吵架方熾時）

真っ盛り、真盛〔名、形動〕最高潮、最盛期
今は大学受験の真盛だ（現在正是大學入試的最盛期）
桜が真盛だ（櫻花正盛開）
狩猟は今が真盛だ（現在正是狩獵的最好季節）

真っ先、真先〔名〕最先、最前面（＝眞先）
真先に手を挙げる（最先舉手）
真先に帰る（最先回去）
真先に申し込む（最先報名）
皆の事を真先に考える（首先考慮大家的事）

真っ正直、真正直〔形動〕非常正直
真正直な人間（非常正直的人）
真正直に遣る必要が無い（無需那般正經的做）

真っ黒、真黒〔名、形動〕烏黒、漆黒
真黒な雲（烏雲）
真黒な髪（烏黒的頭髮）
日に焼けて真黒に為る（太陽曬得烏黒）
煙で燻されて真黒だ（被煙燻得烏黒）

真っ黒い、真黒い〔形〕烏黒、漆黒
真黒い雲（烏雲）
真黒い膚（漆黒的皮膚）

真っ黒け、真黒け〔形動〕黑黝黝、烏黒（＝真黒）

真っ白、真白〔名、形動〕雪白、潔白
真白なのテーブルクロース（潔白的桌布）
山頂に真白な雪が積もっている（山頂上堆積著皚皚的白雪）
彼の老人は頭が真白だ（那位老人白髮蒼蒼）

真っ白い、真白い〔形〕雪白、潔白、純白

真っ芯、真芯〔名〕〔棒球〕（撃球時）球的最中心

真っ直ぐ、真直ぐ、真直〔副、形動〕筆直，一直、正直，耿直，坦率，直率

　真直な道（筆直的路）
　真直に坐る（端坐、坐得筆直）
　真直前を見る（直向前看）
　腕を真直に伸ばす（伸直手臂）
　此の通りを真直御出で為さい（請順著這條大路一直往前走）
　貴方は真直帰りますか（您一直回去嗎？）
　両地間の距離は真直に行って五キロだ（兩地間最短距離是五公里）
　真直に白状する（老實供認、坦白交待）
　彼は心が真直だ（他心地耿直）
　真直に言う（坦率地說）
　真直に物を言う人（直言不諱的人）
　真直な人（正直的人）

真っ最中、真最中〔名〕最盛時刻、正當中（＝真っ盛り，真盛，直中）

　冬の真最中（隆冬、嚴冬）
　戦闘の真最中（戰鬥方酣）
　部屋に入って見ると議論の真最中だった（走進房間一看人們正在熱烈爭論）

真っ盛り、真盛〔名〕正盛、盛開（＝真っ最中、真最中）

　狩猟は今が真盛だ（現在正是狩獵的最好季節）
　桜の真盛（櫻花盛開）

真っ先，真っ先、真先〔名〕最先、首先、最前面（＝一番初め、一番先頭）

　真先に手を挙げる（最先舉手）
　真先の車（最前面的車）
　真先に駆け付ける（最先趕到）
　母が真先に起きる（媽媽最先起床）
　列の真先に立つ（站在隊伍最前面）
　皆の事を真先に考える（首先考慮大家的事）

真っ只中、真直中、真っ只中、真只中〔名〕正當中（＝真中，真ん中）、正盛時（＝真っ最中，真最中）

　敵の真直中に飛び込む（衝進敵人正中央）
　大海の真直中に漂流する（漂流在大海中）
　今や戦闘の真直中だ（現在戰鬥正酣）
　議論の真直中に割って入る（在辯論正激烈的時候擠了進來）

真っ当、真当〔形動〕〔俗〕正經、認真（＝まとも、真面目）

　真当な事（正經的事）
　真当な遣り方（正經的做法）
　真当な人（認真的人）

真っ裸，真裸、真裸〔名、形動〕赤身露體、一絲不掛（＝丸裸）

　真裸なの子供（脫得精光的小孩）
　真裸に為る（赤身裸體）
　真裸で部屋から飛び出す（一絲不掛地跑出房間）

真っ平ら、真平ら〔形動〕非常平、絕對平

　真平らな板（非常平的板子）

真っ平、真平〔副〕〔俗〕（平に的強調說法）務必，但願，無論如何都（＝只管、一重に）、絕對不做，斷然拒絕，敬謝不敏，礙難從命（＝真っ平御免）

　真平御免（實在對不起、務請原諒、礙難從命）
　そんな仕事は真平御免だ（那樣的工作我絕對不做）
　そんな事は真平御免だ（那種事怎麼都不做）
　酒はもう真平です（酒是絕對不想喝了）
　もう下らない話は真平だ（再也不會去聽無聊的話了）
　何でも為るが其許りは真平だ（做什麼都行唯有那個怎麼都不做）
　そんな役目は真平だ（那樣的工作礙難從命）
　あんな奴は真平だ（那樣的小子敬謝不敏）

真っ平地、真平地〔名〕（沒有起伏的）坦坦平地

真ん〔接頭〕（真下接 n 音或 m 音開始的造語成分時的形式）正、最

业

真中、真ん中（正中）

真丸い, 真ん丸い, 真円い, 真ん円い（圓溜溜）

真中、真ん中 〔名〕正中、正當中

部屋の真中に坐る（坐在屋子中間）

真中に掛ける（掛在正中）

真中に置く（放在正中）

髪を真中で分ける（把頭髮從正中向左右分開）

真中から二つに切る（從正中切成兩塊）

道の真中を歩く（在路當中走）

真前、真ん前 〔名〕正前方、正前面

駅の真前に銀行が有る（車站正前面有銀行）

自動車の真前を犬が横切った（狗穿過了汽車的正前面）

真丸, 真ん丸, 真円 〔名、形動〕圓溜溜地

真丸な顔（圓溜的臉）

真丸な十五夜の月（夏曆十五的一輪明月）

真丸い, 真ん丸い, 真円い, 真ん円い 〔形〕圓溜（=真丸, 真ん丸, 真円）

真丸い月が出た（圓溜的月亮出來了）

真田 〔名〕緞帶、編帶、編辮子、緞帶式編織（物）

麦藁真田（草帽辮子）

経木真田（木片編辮子）

真田を編む（編辮子）

真田細工（編辮工藝品）

真田虫、條虫（條蟲=条虫）

真田紐（緞帶、編帶、辮子）

真田編（編帶式編織、編辮子）

真葛 〔名〕〔植〕南五味子（=美男葛）

砧（ㄓㄣ）

砧 〔漢造〕搗衣服的石棒

砧、碪 〔名〕（來自衣板）砧、搗衣板

砧を打つ（搗衣、捶衣服）

砧の音（搗衣聲）

砧打ち 〔名〕搗衣服（的人）

砧骨、砧骨 〔名〕〔解〕砧骨

砧木、台木 〔名〕（嫁接用的）砧木、台架，作台架用的木頭

砧木に接木する（嫁接在砧木上）

針（ㄓㄣ）

針 〔漢造〕（裁縫用）針、（醫療用）針、針形物

運針（〔縫紉〕運針法、縫紉法）

磁針（〔理〕磁針）

時針（〔鐘錶的〕時針〔=短針〕）←→分針、秒針

分針（〔鐘錶的〕分針〔=長針〕）←→時針、秒針

秒針（〔鐘錶的〕秒針）←→時針、分針

長針（〔鐘錶的〕長針〔=分針〕）←→短針

短針（〔鐘錶的〕短針〔=時針〕）←→長針

指針（〔羅盤、鐘錶或計量儀器的〕指針、〔轉〕方針，準則）

針圧 〔名〕（唱片再生裝置的）針壓。〔醫〕（動脈止血的）針壓

針音 〔名〕（唱機的）針音

針芽 〔名〕〔植〕針芽

針灸、鍼灸 〔名〕針灸

針灸で病気を治す（用針灸治病）直す 治す

針灸の名人（針灸的名醫）

針灸術（針灸術）

針形 〔名〕針形、針狀

針形葉（〔植〕針形葉）葉葉

針骨 〔名〕〔動〕針骨

針術、鍼術 〔名〕〔醫〕針（灸）術

針術で神経痛を治療する（用針灸治療神經痛）

針術師（針灸大夫）

針小棒大 〔連語、形動〕誇大、誇張、言過其實

危険を針小棒大に言う（把危險說得玄乎其玄）言う 謂う 云う

針小棒大な話（誇大其辭）

針状〔名〕針狀
　針状結晶体（針狀結晶體）

針鉄鉱〔名〕〔礦〕針鐵礦

針入度〔名〕〔化、理〕針入度
　針入度計（透度計）

針峰〔名〕針峰、如針的山峰
　群立する針峰（林立的針峰）

針葉樹〔名〕〔植〕針葉樹←→広葉樹
　此の辺りは針葉樹が多い（這一帶針葉樹多）多い蓋い覆い蔽い被い

針路〔名〕（羅盤上的）方位點、（船的）航向、〔喻〕路線，方向
　針路を北に向ける（航向向北）
　北へ針路を取る（向北航行）取る執る採る撮る獲る捕る盗る
　針路から逸れる（偏航、偏駛）逸れる反れる剃れる
　針路を変える（改變航向）変える替える換える代える孵る返る帰る還る蛙
　針路を定める（制定方針）

針〔名〕縫針、針狀物、（動、植物的）針、刺、釣魚鈎、（助數詞的用法）縫合的針數。〔轉〕帶刺的話，諷刺的話
　ミシン針（縫紉機針）
　刺繡針（繡花針）
　針刺に針が何本か挿して有る（針扎上插著幾根針）挿す差す射す指す鎖す注す刺す
　針の針孔（針孔、針鼻〔=針の耳〕）
　針で縫い取りを為る（用針繡花）摩る摺る掏る刷る擦る磨る
　針の目が大変細かい（針腳很密）
　針を運ぶ（運針、縫紉、做針線活）
　針で刺す様に足が痛んだ（腳痛得跟針扎一樣）
　針が落ちても聞える程静かだった（寂靜得連根針掉在地上都聽得見）
　磁石の針（羅盤針）

時計の針（錶針）
レコードの針（唱針）
注射針（注射用針頭）
留め針（別針、大頭針）
薔薇の針（玫瑰的刺）
蜂は針で敵を刺す（蜜蜂用蜂刺螫敵人）敵敵仇仇
魚に針を取られる（釣魚鈎被魚咬走了）
針に餌を付ける（在魚鈎上放釣餌）付ける附ける就ける撞ける衝ける漬ける
傷口を三針縫う（傷口縫三針）
針を含んだ言葉（帶刺的話）
針刺す許り（〔土地狹小〕只夠立錐）
針の穴から天を覗く（坐井觀天）覗く覘く除く
針の蓆に坐る様（如坐針氈）
針程の穴から棒程の風（針鼻大的孔斗大的風）
針程の事を棒程に言う（小題大作）

針、鍼〔名〕〔醫〕針、針灸
　針を打つ（扎針）打つ撃つ討つ
　針治療師（針灸醫師）針鍼梁鉤
　針麻酔（針灸麻醉）

梁〔名〕房梁、橫梁（=梁）
　梁で棟を支える（用梁支撐屋頂）支える支える仕える閊える痞える使える遭える
　梁には太くて丈夫な木を使う（橫梁要用粗而結實的木材）丈夫 丈夫（男子的美稱丈夫）
　梁受け（承梁木）

針穴〔名〕針刺的孔、小孔
　針穴写真機（無透鏡的針孔照相機）

針穴、針孔〔名〕針孔（=針の耳）
　針穴に糸を通す（往針孔裡穿線）
　針の針穴より小さい（比針孔還小）

針鰻〔名〕〔動〕小鰻鱺（主要指出現在海灘或河口的鰻的幼魚）

針金雀兒〔名〕〔植〕荊豆、荊豆屬植物

針槐 はりえんじゅ〔名〕〔植〕刺槐、洋槐
針金 はりがね〔名〕鋼絲，銅絲，鉛絲，金屬絲、電線
針金切り（鋼絲鉗）
針金差し（〔機〕線規）
骨の針金接合（骨折的鎳縫術）
針金細工（金屬絲工藝品）
針金で縛る（用鉛絲捆上）
電気の通っている針金（通電的電線）
針金ゲージ はりがねgauge〔名〕〔機〕線規、線徑規（=針金差し）
針金綴じ はりがねとじ〔名〕訂書釘、訂書用金屬絲
針金綴じ器（釘書機）
針金虫 はりがねむし〔名〕〔動〕（植物害蟲）線蟲、切根蟲
針桐 はりぎり〔名〕〔植〕刺楸
針供養 はりくよう〔名〕忌針節（二月八日或十二月八日，日本婦女忌針之日，將折斷的針集中起來做佛事）
針毛 はりげ〔名〕（豬等的）鬃毛
針子 はりこ〔名〕（給裁縫店加工的）女縫工
針尖 はりさき〔名〕針尖端
針尖で刺す（用針尖端扎）挿す差す射す指す鎖す注す刺す
針刺し はりさし〔名〕〔縫紉〕針插、針包囊（將棉花或布等包在布內，上面插針，以防生鏽或刺到針）
針立 はりたて〔名〕〔縫紉〕針插、針包囊（=針刺し）
針山 はりやま〔名〕針插（=針刺し）
針仕事 はりしごと〔名〕縫紉、裁縫、針線活
針仕事を為る（做針線活）為る為る
針仕事が旨い（縫紉做得好）旨い巧い上手い甘い美味い
針仕事で暮らしを立てる（靠針線活過日子）立てる建てる断てる裁てる截てる絶てる発て
針千本 はりせんぼん〔名〕〔動〕刺魨
針千本科（刺魨科）
針鼠、蝟 はりねずみ、はりねずみ〔名〕〔動〕刺蝟
針の筵 はりのむしろ〔名〕針氈
針の筵に座した思いだ（如坐針氈）
針の筵に座するが如し（如坐針氈）

針箱 はりばこ〔名〕〔縫紉〕針線盒
鋏を針箱に終う（把剪刀放在針線盒裡）終う仕舞う
針目 はりめ〔名〕〔縫紉〕針腳
針目が不揃いだ（針腳不齊）
針目が解れる（綻線）
針土竜 はりもぐら〔名〕〔動〕針鼴
針水母、鉢海月 はちくらげ、はちくらげ〔名〕〔動〕鉢水母綱動物
針魚、鱵 さより、さより〔名〕〔動〕針魚、鱵
針魚 はりお〔名〕〔動〕針魚（=針魚、鱵）

偵（ㄓㄣ）

偵〔漢造〕探索
探偵（偵探，偵查、奸細，特務，刑警）
内偵（暗中偵查、秘密偵查）
密偵（密探、間諜）
偵察 ていさつ〔名、他サ〕偵察、偵探
敵情を偵察する（偵察敵情）
偵察任務を帯びて出発する（帶著偵察任務出發）
偵察機（偵察機）
偵察飛行（偵察飛行）
偵知 ていち〔名、他サ〕偵悉、探知

斟（ㄓㄣ）

斟〔漢造〕商量
斟酌 しんしゃく〔名、他サ〕斟酌，考慮，酌量、體諒、照顧、客氣
双方の言い分を斟酌する（考慮雙方的理由）
紙面の都合で広告文の長さを斟酌する（因版面有限酌量廣告文章的長度）
彼の人の話は斟酌して聞かないと酷い目に会う（他的話若不打折扣去聽會上大當）
未だ年少な点を斟酌する（體諒年紀還小）
採点に斟酌を加える（打分時加以照顧）
此の点を斟酌して今度丈は許す（體諒這一點只准許這一次）

何の斟酌も無く処罰する（毫不客氣地加以處罰）
何の斟酌する必要が有るもんか（有甚麼需要客氣的）

椹、椹（ㄓㄣ）

椹、椹〔漢造〕桑果

椹〔名〕〔植〕花柏（松杉科常綠喬木）

榛（ㄓㄣ）

榛〔漢造〕落葉喬木，高二三丈，葉擴大，花長穗形，果實可吃

榛〔名〕〔植〕榛木
　榛の実（榛子）
　榛色の目（淡褐色的眼睛）
　紫榛（歐洲榛）

榛の木、榛の木〔名〕〔植〕赤楊

箴（ㄓㄣ）

箴〔名〕箴・勸戒、箴言（=誡め、警め、戒めの言葉）、（古代漢文體的一種）箴

箴言〔名〕箴言、格言
　ソロモンの箴言（所羅門的箴言）

鍼（ㄓㄣ）

鍼〔漢造〕（醫療或縫紉的）針

鍼灸、針灸〔名〕針灸
　針灸で病気を治す（用針灸治病）直す治す
　針灸の名人（針灸的名醫）
　針灸術（針灸術）

鍼術、針術〔名〕〔醫〕針（灸）術
　針術で神経痛を治療する（用針灸治療神經痛）
　針術師（針灸大夫）

針〔名〕縫針、針狀物、（動、植物的）針，刺、釣魚鉤、（助數詞的用法）縫合的針數。〔轉〕帶刺的話，諷刺的話
　ミシン針（縫紉機針）

刺繡針（繡花針）
針刺に針が何本か挿して有る（針扎上插著幾根針）挿す差す射す指す鎖す注す刺す
針の針孔（針孔、針鼻〔=針の耳〕）
針で縫い取りを為る（用針繡花）摩る摺る掏る刷る摩る擦る磨る
針の目が大変細かい（針腳很密）
針を運ぶ（運針、縫紉、做針線活）
針で刺す様に足が痛んだ（腳痛得跟針扎一樣）
針が落ちても聞える程静かだった（寂靜得連根針掉在地上都聽得見）
磁石の針（羅盤針）
時計の針（錶針）
レコードの針（唱針）
注射針（注射用針頭）
留め針（別針、大頭針）
薔薇の針（玫瑰的刺）
蜂は針で敵を刺す（蜜蜂用蜂刺螫敵人）敵敵仇仇
魚に針を取られる（釣魚鉤被魚咬走了）
針に餌を付ける（在魚鉤上放釣餌）付ける附ける就ける撞ける衝ける漬ける
傷口を三針縫う（傷口縫三針）
針を含んだ言葉（帶刺的話）
針刺す許り（〔土地狹小〕只夠立錐）
針の穴から天を覗く（坐井觀天）覗く覘く除く
針の蓆に坐る様（如坐針氈）
針程の穴から棒程の風（針鼻大的孔斗大的風）
針程の事を棒程に言う（小題大作）

鍼、針〔名〕〔醫〕針、針灸
　針を打つ（扎針）打つ撃つ討つ
　針治療師（針灸醫師）針鍼梁鉤
　針麻酔（針灸麻醉）

ㄓ

鍼医（者）〔名〕針灸醫師

枕（ㄓㄣˇ）

枕〔漢造〕枕

枕席〔名〕枕席、寢具（=寢床）
　枕席に侍る（侍枕席、共枕席）
　枕席に侍する（侍枕席、共枕席）侍する 辞する 持する 次する 治する
　枕席を薦める（薦枕席）薦める 勸める 進める 奬める

枕頭〔名〕枕邊、床頭（=枕元、枕許）
　枕頭に侍す（侍於枕邊）
　病人の枕頭に付き切って看護する（片刻不離枕邊地護理病人）

枕〔名〕枕頭，（牙醫診所、理髮店坐椅的）頭靠、枕狀支撐物。〔機〕墊木，軟墊，墊料，車架承樑、（睡覺時）頭部、依據、依靠、根據，（說在前面的）開場白，引子
　長枕（長枕、枕墊）
　高枕（高枕-狹長有木架的婦女用高枕、安心熟睡）
　水枕（〔醫療用橡皮〕水枕）
　枕覆い（枕掛け）（枕套）
　枕付き椅子（帶頭套的椅子-理髮椅、牙醫椅）
　枕の投げ合い（〔兒童臨睡前的〕枕頭戰、打鬧，小爭吵）
　腕を枕にごろりと橫に為る（枕臂而臥）
　草を枕に眠る（枕草而眠）
　頭を枕に載せて寢る（枕著枕頭睡覺）
　頭を枕に付けるや否や寢入って終う（頭一靠枕頭馬上就睡著了）
　彼の枕を高くして遣る（給他墊高枕頭）
　枕を高くして寢る（高枕而臥、〔喻〕放心睡大覺、掉以輕心）寢る 煉る 練る 煉る
　枕を並べて討死する（全部陣亡、全軍覆沒、〔轉〕〔一起尋歡作樂者〕疲憊或酒醉後同宿一處）
　彼は枕も上がらぬ程の大病だった（他得了臥床不起的重病）
　北を枕に為て寢る（頭朝北而臥、〔喻〕死亡）
　城を枕に戰う（據城而戰）戰う 鬪う
　落語の枕（相聲的引子）
　枕に就く（就寢、上床睡覺）就く 付く 附く 撞く 盡く 吐く 衝く 潰く 突く
　枕の下に海（伏枕痛哭、淚浸枕巾）
　枕の波（船中過宿）
　枕の夢（巫山夢）
　枕を上げる（起床）上げる 揚げる 挙げる
　枕を押える（〔武術〕壓住對方頭部）
　枕を交わす（〔男女〕共枕、同床）
　枕を碎く（割る）（〔謔〕絞盡腦汁、費盡心思、凝思苦想）
　枕を探す（乘人熟睡進行偷竊）探す 搜す
　枕を欹てる（躺著側耳傾聽）
　枕を高くする（高枕無憂、安心睡大覺）
　枕を付ける（薦枕、共寢）付ける 附ける 就ける 突ける 潰ける 衝ける 撞ける 盡ける
　枕を直す（〔侍女〕侍枕席、受寵愛）直す 治す
　枕を濡らす（淚濕枕巾）
　枕を引く（娶妻、結婚）引く 退く 惹く 挽く 轢く 牽く 曳く 弾く
　枕を振る（〔相聲演員在說講前〕念劇本）振る 降る
　枕を結ぶ（野宿、露宿）結ぶ 掬ぶ

枕する〔自サ〕枕、枕上睡覺
　石に枕する（枕石而睡）

枕当〔名〕枕巾

枕絵〔名〕春畫、淫畫、春宮圖、黃色圖書（=枕草子）

枕草子〔名〕記事本，備忘錄（=手控え）、春畫，浮畫，春宮圖（=枕絵）

枕貝〔名〕枕貝（海螺的一種、屬腹足類）

枕刀 [名] 枕邊刀（放在枕邊用來護身的短刀）（＝枕太刀）

枕太刀、枕太刀 [名] 枕邊刀（＝枕刀）

枕脇差 [名] 枕邊刀（＝枕刀）

枕カバー [名] 枕套（＝枕覆い、枕掛け）

枕上 [名] 枕邊（＝枕元、枕本）

枕上 [名] 枕邊（＝枕上、枕元、枕許）

枕辺 [名] 枕邊（＝枕元、枕許）

枕元、枕許 [名] 枕邊（＝枕辺）

　子供を枕元へ呼んで来る（把孩子叫到枕邊來）

　枕元に付き添う（服侍枕邊）

枕木 [名] [鐵] 枕木

　枕木を取り換える（換枕木）

　セメントの枕木（水泥枕木）

枕経 [名] [佛] 在死者枕邊念（的）經

枕金、枕金 [名] 身邊準備的錢、（妓女等地）贖身的定金、（旅客等）放枕頭邊的小費

枕言葉、枕詞 [名] 枕詞（在〝和歌〞中冠在某詞上，用來修飾該詞或調整語氣的詞，並無甚麼意義，多由固定的五個音構成，例如あしひきの是〝山〞的枕詞、ひさかたの是〝光〞的枕詞）。[轉] 開場白，引子

　枕詞無しに切り出す（開門見山地說）

枕捜し、枕探し [名] 乘旅客睡覺偷竊財物（的人）（＝邯鄲師）

枕状構造 [名] [地] 枕狀構造（節理）

枕直し [名] 產婦離開產褥恢復正常生活的祝詞、（初生嬰兒）滿月誌喜

枕発条 [名] [機] 彈簧承樑

枕屏風 [名] 立在枕邊的矮小屏風

診（ㄓㄣˇ）

診 [漢造] 診察

　打診（[醫] 叩診，敲診、[轉] 試探，探詢）

　聴診（[醫] 聴診）

　初診（[醫] 初診、初次診察）

　往診（[醫生的] 出診）

　回診（[醫師的] 查病房、巡迴診察）

　宅診（[私人開業醫師在自己家裡] 門診）
　←→往診

　誤診（誤診、錯誤診斷）

　検診（診察、檢查疾病）

診察 [名、他サ] [醫] 診察

　患者を診察する（診察病人）

　医者の診察を受ける（接受醫師診察）

　良く診察して貰う（請仔細診察）

　診察室（診察室）

　診察無料（免費診察）

　診察日（診察日）

診断 [名、他サ] [醫] 診斷。[轉] 判斷

　早期診断（早期診斷）

　正しい診断する（準確診斷）

　胃癌と診断する（診斷為胃癌）

　診断を誤る（誤診）誤る 謝る

　此の病気は診断の仕様が無い（這種病無法診斷）

　彼の医者の診断は外れた事が無い（那醫師診斷從沒有錯）

　医者には私の病気の診断が付かなかった（醫師沒診斷出我的病）

　企業診断（企業診斷-調查企業是否健全）

診脈 [名] 診脈、[轉] 診察

診療 [名、他サ] 診療、診察治療

　外来患者は此処で診療を受ける事が出来る（門診患者可以在此得到診察治療）

　病人を診療するのが医者の務めだ（診察醫治病人是醫師的職責）務める 努める 勤める

　診療所（診療所）

診る、見る、視る、看る、観る、相る、覧る [他上一] 看，觀看、（有時寫作観る、診る）查看，觀察、參觀、（有時寫作看る）照料，輔導，閱讀、（有時寫作観る、相る）判斷，評定、（有時寫作看る）處理，辦理，試試看，試驗，估計，推斷，假定，看作，認為，看出，顯出，反映出、遇上，遭受

[補動、上一型]（接動詞連用形+て或で下）試試看

（用て見ると、て見たら、て見れば）…一看、從…看來

映画を見る（看電影）回る、廻る
ちらりと見る（略看一下）水松海松
望遠鏡で見る（用望眼鏡看）
眼鏡を掛けて見る（戴上眼鏡看）
見るに忍びない（堪えない）（慘不忍睹）
見るのも嫌だ（連看都不想看）
見て見ぬ振りを為る（假裝沒看見）
見れば見る程面白い（越看越有趣）
見る物聞く物全て珍しかった（所見所聞都很稀罕）
一寸見ると易しい様だ（猛然一看似乎很容易）
見ろ、此の様を（瞧！這是怎麼搞的）
風呂を見る（看看浴室的水是否燒熱了）
辞書を見る（查辭典）
医者が患者を見る（醫生替病人看病）
暫く様子を見る（暫時看看情況）
私の見る所に依ると（據我看來）
イギリス人の目から見た日本（英國人眼裡的日本）
博物館を見る（參觀博物館）
国会を見る（參觀國會）
見る可き史跡（值得參觀的古蹟）
子供の面倒を見る（照顧小孩）
後を見る（善後）
此の子の数学を見て遣って下さい（請幫這小孩輔導一下數學）
出来ない学生の数学を見る（對成績差的學生輔導數學）
子供の勉強を見て遣る（留意一下孩子的功課）
新聞を見る（看報）
本を見る（看書）

答案を見る（改答案）
人相を見る（看相）
運勢を見る（占卜吉凶）
政務を見る（處理政務）
政治を見る（搞政治、從事政治活動）
事務を見る（處理事務）
家の事は母が見ている（家裡的事由母親處理）
学会の会計を見る（處理學會的會計工作）
チィーンホテルの会計を看る（負責連鎖旅館的會計事務）
味を見る（嚐味）
機械の具合を見る（看看機器的運轉情況）
刀の切味を見る（試試刀快不快）
総数は百万と見て良い（總共可以估計為一百萬）
遭難者は死んだ物と見る（推斷遇難者死了）
私は十日掛ると見る（我估計需要十天）
人生八十と見て私は未だ二十年有る（假定人生八十我還有二十年）
返事が無ければ欠席と見る（沒有回信就認為缺席）
君は私を幾つと見るかね（你看我有多大年紀？）
疲労の色が見られる（顯出疲乏的樣子）
一大進歩の跡を見る（看出大有進步的跡象）
流行歌に見る世相（反映在流行歌裡的社會相）
憂き目を見る（遭受痛苦）
馬鹿を見る（吃虧、上當、倒霉）
多くの犠牲者を見る（犧牲許多人）
其見た事か（〔對方不聽勸告而搞糟時〕你瞧瞧糟了吧！）
見た所（看來）
見た目（情況、樣子）
見て来た様（宛如親眼看到、好像真的一樣）

見て取る（認定、斷定）

見る影も無い（變得不成樣子）

見るからに（一看就）

見ると聞くとは大違い（和看到聽到的迥然不同）

見るとも無く（漫不經心地看）

見るに見兼ねて（看不下去、不忍作試）

見るは法楽（看看飽眼福、看看不花錢）

見る見る（中に）（眼看著）

見る目（目光、眼力）

見るも（一看就）

見る間に（眼看著）

一寸遣って見る（稍做一下試試看）

一口食べて見る（吃一口看看）

読んで見る（讀一讀看）

遣れるなら遣って見ろ（能做的話試著做做看）

考えても見ろ（你也該想一想嘛！）

目が覚めて見ると良い天気だった（醒來一看是晴天）

起きて見たら誰も居なかった（起來一看誰都不在）

振（ㄓㄣˋ）

振〔漢造〕揮動。〔棒球〕揮棒、奮起

共振（〔電〕共振、諧振）

強振（〔棒球〕用力揮臂、全力揮臂）

三振（〔棒球〕擊球手三擊未中出局〔＝ストラック、アウト〕）

不振（成績不好、形勢不佳、蕭條、不興旺、委靡不振）

振興〔名、自他サ〕振興

産業を振興する（振興產業）

経済振興計画（經濟振興計畫）

振興策（振興方策）

振作〔名、自他サ〕振作、振起

振子、振子，振り子〔名〕〔理〕（鐘等的）擺

複合振り子（複擺）

時計の振り子が止まった（鐘停擺了）止まる留まる停まる泊まる止まる留まる

振り子時計（擺鐘）

振肅〔名、他サ〕振肅、嚴肅

綱紀を振肅する（嚴肅綱紀）

振顫、震顫〔名〕震顫，發抖。〔醫〕震顫

振顫麻痺（震顫性麻痺）

振盪、震盪〔名、自他サ〕震盪、振盪

脳振盪（腦震盪）

薬液を振盪する（搖晃藥水）

振動〔名、自他サ〕振動，搖動。〔理〕震蕩，振動，擺動

窓ガラスが振動する（窗玻璃振動）

振子が振動する（鐘擺擺動）

振動周期（振動週期）

振動子（〔理〕振子、振動器）

振動子強度（振子強度）

振動回路（〔電〕震盪迴路）

振動計（振動器、示振器）

自記振動計（自己振動計）

振動電流（〔電〕震盪電流）

振り動かす〔他五〕擺動、搖晃

脚を振り動かす（搖晃腳）

振り動く〔自五〕搖擺、（像鐘擺似的）擺動

振幅〔名〕〔理〕振幅

振子の振幅を計る（測量擺的振幅）計る測る量る図る謀る諮る

振幅平衡制御（振幅平衡控制）

振幅変調方式（振幅調製、調幅）

振鈴〔名〕振鈴、搖鈴（聲）

振鈴を鳴らす（搖鈴、敲鐘）鳴らす為らす成らす生らす馴らす慣らす均す

ㄓ

乢

議長の振鈴で会議が始まる（大會經主席搖鈴而開始）

振鈴を聞くと議場が静まる（一聽到鈴聲會場就靜了下來）聞く聴く訊く効く利く

振る〔他五〕揮，搖，擺。撒，丟，扔，擲。〔俗〕放棄，犧牲（權力、地位）。謝絕，拒絕，甩。分派。（在漢字旁）注上（假名）。（使方向）偏於，偏向。（單口相聲等）說開場白。〔經〕開（票據，支票）。抬神轎，移神靈

手を振る（揮手、擺手、招手）

旗を振る（搖旗）

ハンカチを振る（揮手帕）

首を振る（搖頭）

バットを大振りを振る（用力揮球棒）

脇目も振らず（目不斜視）

タクトを振る（揮動指揮棒）

骰子を振る（擲骰子）

料理に塩を振る（往菜上撒鹽）

大臣の地位を振る（犧牲大臣的地位）

百万円を棒に振る（白扔一百萬日元、沒拿到一百萬日元）

試験を振る（放棄〔升學〕考試）

客を振る（謝絕客人）

男を振る（拒絕男人求愛）

女に振られる（被女方甩了）

役を俳優に振る（給演員分配角色）

番号を振る（編號碼）

仮名を振る（注上假名）

玄関を少し東に振って建てた方が良い（把正門建得稍偏東一點較好）

台風が進路を北に振る（颱風向偏北移動）

枕を振る（來一段開場白）

為替を振る（開匯票）

降る〔自五〕降下、落（雨，雪，灰，霜等）

雨に降られる（被雨淋了）降る振る古る

降っても照っても（不管晴天雨天）

雨が降ったり止んだりした（雨時下時停）

降って湧いた様（宛如天降、突然出現）

降って湧いた様な災難だ（這是天降的災難）

降って湧いた様な幸運（天降的幸運）

降る程（多得很）

彼の娘には縁談が降る程有る（替她介紹對象的多的是）有る在る或る

降らぬ先の傘（未雨綢繆）傘笠嵩暈瘡量

振る〔自五〕擺架子、裝模作樣

嫌に振る（太自命不凡、也太神氣）

全然振らない人（一點都不造作的人、坦率的人）

彼は何処か振っていて気に障る男だ（他有些造作令人討厭）

振る〔接尾〕（接名詞、形容詞詞幹下、構成五段活用動詞）擺…的架子、裝作…的樣子

学者振る（擺學者的架子）

高尚振る（裝高尚的樣子）

偉振る（裝作了不起）

振舞う〔自五〕（在人面前）行動、動作

〔他五〕請客、款待、招待、宴請

偉然うに振舞う（擺臭架子）

我侭勝手に振舞う（為所欲為）

他人に対して親切に振舞う（對別人熱情相待）

遠慮無く振舞う（隨便行動）

愛想良く振舞う（舉止和藹可親）愛想愛想

彼に一杯振舞って遣ろう（請他喝一段）

客に夕食を振舞う（請客人吃晚飯）

振舞〔名〕舉止，動作，請客，款待

立居振舞（舉止動作）

紳士らしい振舞（像個紳士的舉止）

彼女に怪しからぬ振舞を為る（對她動手動腳的）

馬鹿な振舞を為る（做愚蠢的動作）

振舞が鷹揚だ（舉止大方）

落ち着いた振舞（穩重的舉止）

御祝儀振舞（喜慶宴客）

振舞水（夏天施給行人的解渴水）

振舞酒（請客的酒）

振舞酒に酔う（別人請客喝醉）

田中さんの振舞酒で皆大いに酔った（田中先生請喝酒大家全都酩酊大醉）

振〔接尾〕（作助數詞用）把、口

刀二振（刀兩把）

一振の太刀（一把大刀）

振り，振，風〔名〕振動，擺動，樣子，打扮，假裝，裝做，動作，姿勢，陌生

腕の振り（胳膊的擺動）

尾を一振り振った（擺動一下尾巴）降る振る

手を一振り振った（揮動一下手）

形振り構わず（不講究打扮）

人の振り見て我振り直せ（借鏡別人糾正自己）

知らない振りを為る（裝不知道）

寝た振りを為る（裝睡）

死んだ振りを為る（裝死）

分らないのに分かった振りを為てはならない（不要不懂裝懂）

落ち着いた振りを為る（故作鎮靜）

振りを付ける（設計姿勢、教給動作）

振りの客（陌生的客人）

私共では振りの御客様は御上げ致しません（我們不接待生客）

振り，振〔造語〕（強調時也說っ振り）樣子，狀態、情況、樣式、風格、表示經過的時間，經過…之後又…、份量，形狀，體積

生活振り（生活狀況）

話し振り（說話的樣子）

生徒の勉強振りを見る（看學生的學習情況）

枝振りが良い（樹枝長得好看）良い好い善い佳い良い好い善い佳い

飲み振りが良い（喝得很痛快）

益荒男振り（〔和歌的〕豪放的風格）益荒男丈夫

三日振り（隔三天、三天之後）

久し振り（好久）

五年振りに会った（闊別五年之後又見面了）会う遭う逢う遇う合う

此は十年振りの暑さだ（這是十年來沒有過的炎熱）

五日振りの食料（夠五天用的食糧）

大振りの容器に盛る（裝進大容器裡）盛る漏る洩る守る

大振りの体（大個子）

稍小振りだ（個子稍小一點）

振り返す、振返す〔自五〕（舊病）復發。（冷，熱）重來。（問題）死灰復燃

暑さが振り返す（又熱起來）

無理を為たので病気が振り返す（由於蠻幹病又犯了）

振り返し、振返〔名〕舊病復發。（已經平息的問題）死灰復燃

振り合う，振合う、触り合う，触合う〔自五〕（寫作触り合う）相融。（寫作振り合う）互相揮動

袖触り合うも他生の縁（偶然碰見也是前世姻緣）

手旗を振り合って合図する（互相揮動手旗打信號）

手を振り合って別れる（互相揮手告別）別れる分れる解れる判れる

振り合い、振合〔名〕（和其他）比較、均衡

他との振り合いを考える必要が有る（要考慮和其他方面的均衡）他他

他所の店との振り合いも有り、然う御安くも仕兼ねます（由於要照顧同業的關係不能把價格減得那麼低）

振り合いが付かない（不均衡）

向こうとの振り合いで、此方も減らそう（要與對方保持平衡我方也減少一些吧！）此方

振り上げる、振上げる〔他下一〕搖起、舉起、揚起、揮起

　拳を振り上げる（揮起拳頭）
　斧を振り上げる（拿起斧頭）
　頭を振り上げる（抬起頭來）
　小旗を振り上げる（揮起小旗）
　にっこり無邪気に笑われて、振り上げた手の遣り場に困った（〔他〕天真一笑我舉起的手就無處可放〔打不下去〕了）
　鞭を振り上げる（揚鞭、揮起鞭子）
　子供を肩の上に振り上げる（把小孩舉到肩上）

振り下ろす、振下ろす〔他五〕（舉起拳頭、棍棒）往下打、打下去

　鉈を振り下ろす（舉起劈刀劈下去）

振り当てる、振当てる〔他下一〕分配、分派

　分担を決めて仕事を振り当てる（決定分工後分配工作）
　役を振り当てる（分配角色）役役
　其の役を振り当てられた俳優（分配到那個角色的演員）

振り当て、振当〔名〕分配、分派、攤派

振り売り，振売，振れ売り，振売〔名〕擔貨叫賣（的商人）、貨郎

　振り売りの声（貨郎的叫賣聲）

振り起こす、振起す〔他五〕奮起、振起、鼓起

　元気を振り起こす（振起精神）

振起〔名、自他サ〕振起、奮起

振り落とす、振落す〔他五〕抖落、揮去、摔下

　雪を服から振り落とす（從衣服上把雪抖掉）
　馬が彼を振り落とした（馬把他摔下去了）
　バスから振り落とされる（從公車上摔下來）

振るい落とす、振い落す〔他五〕抖掉、震掉

　着物の塵を振るい落とす（抖掉衣服上的灰塵）
　靴の中に入った砂を振るい落とす（抖掉鞋裡的沙子）

振り返る、振返る〔自五〕回頭看，向後看，回過頭去（看）、回顧（過去）

　今来た道を振り返って見る（回頭看走過來的路）
　名残惜し然うに振り返る（依依不捨地回頭看）
　余り見慣れた風景なので誰も振り返って見ようとも為なかった（因為是看慣了的風景誰也不想回頭看一眼）
　振り返って見る（回頭看、向後看、回顧）
　五十年の昔を振り返る（回顧五十年的過去）
　過去を振り返り、将来を展望する（回顧過去展望將來）

振り替える、振替える〔他下一〕挪用,調撥,調換、（帳目）轉入，轉帳

　被服費を旅費に振り替える（把治裝費撥作旅費）
　定期預金に振り替える（轉為定期存款）

振替〔名〕調換、〔經〕過戶，匯劃，轉帳，轉讓、（通過郵局的）轉帳存款（=振替貯金）

　振替が利く（可以調換）利く效く聞く聴く訊く
　振替で金を送る（用轉帳匯款）送る贈る
　振替伝票（轉帳傳票）
　振替勘定（過戶帳目）
　振替貯金（〔通過郵局的〕轉帳存款）
　御注文には振替貯金を御利用下さい（訂貨請利用轉帳存款）
　振替貯金口座（轉帳存款戶頭）

振り替わり〔名〕〔圍棋〕捨小得大

　振り替わりの手を打つ（棄子爭先、失之東隅收之桑榆）打つ撃つ討つ

振り掛ける、振掛ける〔他五〕撒上

　植物に虫取粉を振り掛ける（往植物上撒驅蟲粉）
　肉に胡椒を振り掛ける（把胡椒撒在肉上）

塩を振り掛けて食べる（撒上鹽吃）

振り掛け、振掛〔名〕飯上撒上魚粉，紫菜，食鹽的混合食品（用來代替菜餚）

振り掛け器（〔撒胡椒粉等的〕調味瓶）器

振り翳す、振翳す〔他五〕揮起，抖起，揮舞。〔喻〕大肆標榜（宣揚）（自己的）主義，主張

刀を頭上に振り翳す（雙手舉刀過頭）

大上段に振り翳す（雙手舉刀過頭〔要砍對方的姿勢〕）

デモクラシーを振り翳す（大肆宣揚民主主義）

振り方、振方〔名〕揮，抖的方法、處置，對待（方法）

バットの振り方（〔棒球〕球棒的揮法）

身の振り方（安身之計、前途）

身の振り方を彼に一任した（把我的前途託付給他）

振り仮名、振仮名〔名〕注在漢字右側表示該字讀法的日文字母

姓名には振り仮名を付ける事（在姓名旁要注上假名）

漢字に振り仮名を付ける（在漢字旁邊注上假名〔日文字母〕）

振り仮名を忘れずに（別忘了注上假名）

振り冠る〔他五〕舉過頭

刀を振り冠る（〔雙手〕把刀揮過頭）

振り切る、振切る〔他五〕甩開，掙開，掙脫，斷然拒絕。〔俗〕（比賽中）甩下（對方）

振り切って逃げる（掙脫開逃跑）

引き止めるのを振り切って出掛ける（斷然拒絕勸阻而走出）

執拗に食い下がる相手を振り切ってゴールインする（甩掉緊跟著的對手而進入決勝點）

振り事、振事〔名〕（歌舞伎中）有節拍的動作，舞蹈（=所作事）

振り駒〔名〕〔象棋〕擲棋子（決定誰先走）（下棋前由一人投擲五枚〝步〟的棋子，如果出的〝步〟多，則由擲者先走，如果棋子反面〝金〟多，則由對方先走）

振り込む、振込む〔他五〕存入、撥入

昨日受け取った小切手を当座預金に振り込む（把昨天收到的支票轉入活期存款裡）

振り放け見る、振放見る〔他上一〕〔古〕抬頭遠望

天の原振り放け見れば（仰望天空）

振り絞る、振絞る〔他五〕竭盡全力、拉著嗓子喊

声を振り絞って救いを求める（拉著嗓子呼救）

最後の力を振り絞る（用盡最後的力氣）

振り捨てる、振捨てる〔他下一〕拋棄、丟下、甩下、扔下不管

妻子を振り捨てて外国へ行く（拋下妻子到外國去）行く往く逝く行く往く逝く

彼は嘗ての悪い気風を振り捨てて終った（他已經改掉了過去那種壞習慣）

未練を振り捨てる（拋掉留戀的心情）

振り袖、振袖〔名〕長袖（的和服）（青年婦女的盛裝）

振り袖姿の娘（穿長袖和服的姑娘）

振り出す、振出す〔他五〕搖出，晃出、發出，開出（發票）、煎藥，往熱水裡浸藥

籤を振り出す（搖出籤）

小切手を振り出す（開出支票）

振り出し、振出〔名〕（升官圖等的）出發點、開始，開端，最初。〔經〕開出（支票，匯票，期票等）、浸劑，湯藥（=振出薬）

振出に戻る（回到出發點）

振出が良い（旗開得勝）良い善い好い佳い良い善い好い佳い

彼は新聞記者を振出に為て世に出た（他從當記者開始走入了社會）

彼は大工が振出です（他最初是個木匠）務める勉める

氏は山形県を振出に各県の知事を務めた（他從山形縣開始歷任各縣的知事）勤める努める

振出が良かった途中で崩れた（開頭不錯中途不行了）

振出の日付（開票日期）

振出局（開票郵局）

振出の局と日付を調べる（核對開票郵局和日期）

振出薬（〔把藥袋浸入熱水中浸出藥力的〕浸劑、湯藥）

振出薬を飲む（吃湯藥）

振出人（〔經〕〔支票等的〕發票人）

小切手の振出人（支票的發票人開支票人）

振出し〔名〕分液漏斗

振り立てる、振立てる〔他下一〕用力甩動、搖動（頭，尾）、發出（大聲）

牛が尾を振り立てる（牛直搖尾巴）

髪を振り立てて走る（甩動頭髮跑）

頭を振り立てて踊る（搖晃著頭跳舞）

蟹が鋏を振り立てる（螃蟹豎起夾子）

大声を振り立てて叫ぶ（大聲喊叫）大声

振り付け、振付〔名〕（配合音樂）創作和教給（演員）歌舞伎，舞蹈動作（的人）

踊りの振り付け（教給舞蹈動作〔的人〕）

振り付け師（創作和指導舞蹈動作的人）

振り鼓、振鼓〔名〕撥浪鼓（玩具）、雙撥鼓（日本雅樂器之一，把兩個小鼓橫成十字形穿在杆上，搖杆撥擊）

振り時計、振時計〔名〕擺鐘（用擺的擺動調節時計的鐘）

振り飛ばす〔他五〕用力遠扔、拋到遠處、拋開

振り流し込み〔名〕〔化〕減水（作用）、抗濕、抗腐蝕

振り放す，振放す、振り放つ，振放つ〔他五〕甩開，掙開、甩下，拉開距離

手を振り放して逃げる（睜開手逃跑）

好敵手を振り放してゴールインする（甩下強敵跑入決勝點）

振り払う〔他五〕抖落、揮去

塵を振り払う（抖掉灰塵）

振り解く〔他五〕抖開、甩開、掙脫開

縄を振り解く（抖開繩子）

押えた手を振り解いて駆け出す（睜開壓住的手而跑開）

振り撒く，振撒く〔他五〕撒、散佈、分給許多人

香水を振り撒く（撒香水）

幻想を振り撒く（散佈幻想）

塩を振り撒いて清める（撒鹽怯除）

金を振り撒く（撒財、揮金如土）金金

愛嬌を振り撒く（對誰都滿面春風〔獲得好感〕）

振り混ぜ器〔名〕〔化〕震盪器、振動器、混合器

振り回す，振回す〔他五〕揮舞，揮起，鑑用，隨便使用、顯耀、賣弄

ステッキを振り回す（揮舞手杖）

拳骨を振り回す（揮拳）

権力を振り回す（濫用職權）

肩書きを振り回す（顯示頭銜）

知識を振り回す（顯耀知識）

自分の才能を振り回す（賣弄自己的才華）

振り乱す，振乱す〔他五〕披散（頭髮）

髪を振り乱す（披頭散髮）

振り向く，振向く〔自五〕（向後）回頭、回顧，理會

名前を呼ばれて振り向いて見る（有人叫名字回過頭去看）

声を掛けても振り向きも為ず行って終った（叫了他一聲可是他連頭都不回就走了）

振り向いても見ない（連理都不理）

振り向く人も無い（誰都不理會）

振り向ける、振向ける〔他下一〕轉向後面、（把錢）用在…上，充當…用

積立金を機械購入に振り向ける（把公積金用來購置機器）

輸出に振り向けられる余剰物質（轉為出口的剩餘物資）

振り分ける、振分ける〔他下一〕分成兩半，分成兩部分、分配

髪を真中から振り分ける（從當中分開頭髮）

荷物を振り分けて担ぐ（把東西搭載肩上扛）
半分宛に振り分ける（分成兩半）
公平に振り分ける（公平分配）

振り分け、振分〔名〕分開、分成兩個、分成一前一後地擔、分配、搭在肩上的行李（=振分荷物）。〔古〕（從頂上左右分開垂下的）兒童髮型（=振分髮）

髪を振分に為る（把頭髮從頭頂上左右分開垂下-古兒童髮型）
荷物を肩に振分に為て運ぶ（把東西搭載肩上一前一後地搬運）
振分荷物（〔旅行時〕搭在肩上〔一前一後〕的行李）
振分髪（〔古〕〔從頂上左右分開垂下的〕兒童髮型）

振るう，振う，奮う，揮う〔自五〕振奮、振作、（用〝振るっている〟、〝振るった〟形式）奇特，新穎，漂亮

（用〝振るって〟形式）踴躍，積極

〔他五〕揮，抖、發揮、揮動、振奮、逞能，（一時激動而）蠻幹

士気大いに振るう（士氣大振）振る降る古る
成績が振るわない（成績不佳）
商売が振るわない（買賣不興旺）
振るった事を言う（說漂亮話）
其奴は振るっている（那傢伙真奇特）
奮って参加せよ（踴躍參加吧！）
奮って申し込んで下さい（請踴躍報名）
刀を振るって切り込む（揮刀砍進去）
筆を振るう（揮筆）
着物を振るって埃を落とす（抖掉衣服上的灰塵）
権力を振るう（行使權力）
腕を振るう（發揮力量）
彼は手腕を振るう余地が無い（他無用武之地）
勇気を振るう（鼓起勇氣）
裾を振るって立つ（拂袖而去）

財布の底を振るって（傾囊）
蛮勇を振るう（逞能、蠻幹）

震う、顫う〔自五〕顫動、震動、晃動
大爆発で大地が震う（大地因大爆炸而震動）

篩う〔他五〕篩、挑選，選拔，淘汰
砂利を篩う（篩小石子）
筆記試験で篩う（用筆試淘汰）

振れる〔自下一〕振動、偏向、會（能）揮動（球棒等）
地震で電燈が振れる（電燈因地震晃動）
振子の様に振れる（像鐘擺似地擺動）
磁針が稍西に振れる（磁針稍偏西）
バットが振れている（會揮動球棒）

触れる〔自下一〕（身體的一部份）觸碰，接觸（=触る）、觸及，涉及，提到，談到，感觸到，遇到，碰到（某時機）、觸犯

〔他下一〕觸碰，接觸（=触る）、通知（=触れ回る）

陳列品に手で触れるな（勿摸展品）
手で品物に触れる（手碰東西）
彼は要点には触れなかった（他沒有觸及到要點）
其の事には触れないで呉れ（請不要提那件事）
時間が無いので簡単にしか触れられない（因為沒有時間只能簡單地談一下）
目に触れる（看到）
耳に触れる（聽到、聽見）
電気に触れる（觸電）
雷に触れる（觸雷）雷雷
折りに触れては然うする事も有る（遇機有時也會那麼做）
事に触れて意中を示す（遇事順便說出心裡話）
法律に触れる（違法）
怒りに触れる（觸怒）
肌を触れる（男女發生關係）

機械に手を触れるな（別摸機器）
　　会合の時日を人人に触れる（通知人們開會的日期）人人人人

振れ〔名〕振動，擺動、偏轉、偏斜、偏差
　　磁石の振れ（磁力的偏差）
　　振れの角度（偏斜的角度）
　　メーターの振れを見る（看儀表的擺動）

振れ〔名〕〔攝〕（按快門時相機）移動、動彈、搖晃
　　カメラ振れ（相機搖動）

触れ〔名〕布告，告示、接觸
　　御触れが出る（出告示）
　　触れを出す（貼出布告）
　　触れを回す（傳告示）回す 廻す

振れの角〔名〕〔理〕偏向角、偏離角、偏差角

振れる〔自下一〕〔攝〕按快門時（照相機）動彈
　　カメラが振れた（照相機動了）

朕（ㄓㄣˋ）

朕〔代〕（皇帝的自稱）朕

陣（ㄓㄣˋ）

陣〔名〕陣勢、陣地、行列、戰鬥，戰役
〔漢造〕陣勢、陣地、作戰、（一段時間）陣
　　長蛇の陣（長蛇陣）
　　背水の陣（背水之陣）
　　陣を布く（擺陣）布く 敷く 如く
　　陣を撤去する（撤出陣地）
　　陣を張る（設陣地、野營）張る 貼る
　　敵の陣を襲う（襲擊敵人陣地）
　　雁が陣を為して飛ぶ（雁成行而飛）飛ぶ 跳ぶ
　　大阪夏の陣（大阪夏季戰役）
　　陣中の歿する（戰鬥中陣亡）
　　陣を取る（布陣、擺陣、佔地盤）取る 攝る 撮る 獲る 捕る 執る 盗る

　　早く行って良い陣を取る（早去佔個好地盤）
　　戰陣（陣勢，陣法〔陣立て〕戰場，前線〔=戰場〕）
　　先陣（前鋒，先鋒、先驅、先登者，突擊隊，最先進入敵陣者）
　　円陣（圓形的陣容〔戰鬥隊形〕、站成一個圓圈）
　　堅陣（堅固的陣地）
　　報道陣（〔報社等〕報導組的陣容記者團）
　　出陣（出征，上陣←→帰陣、〔轉〕出場，參加〔比賽〕）
　　帰陣（回陣、回到自己的陣營）←→出陣
　　一陣（一陣、頭陣，先鋒、全軍）
　　一陣の風（一陣風）

陣する〔自サ〕佔位置、佈陣（=陣取る）

陣営〔名〕陣營、陣地
　　保守陣営（保守陣營）
　　資本家陣営（資本家陣營）
　　陣営を張る（紮營）張る 貼る
　　敵の陣営を脅かす（威脅敵人的陣地）
　　陣営を撤去する（撤出陣地）
　　我が陣営に引き入れる（引入我方陣營）
　　東西何れの陣営にも属さない国国（不屬於東西任何一個陣營的各國）

陣笠〔名〕（古時在戰場上下級士兵戴的）草笠形盔。〔轉〕普通士兵。〔喻〕（微不足道的）小人物，（政黨的無足輕重的）一般成員，普通議員
　　彼は保守政党の陣笠（他是保守黨的普通議員）
　　陣笠議員（沒有權勢的議員）
　　陣笠連（普通黨員）

陣鉦、陣鐘〔名〕古時在戰場指揮部隊的鐘、鑼

陣形〔名〕陣形，隊形、（象棋或圍棋）陣形，布局
　　攻擊の陣形を整える（擺好進攻的隊形）整える 調える

陣所〔名〕陣營、陣地

陣太鼓〔名〕陣鼓

陣太鼓を打ち鳴らす（擂陣鼓）

陣立て〔名〕（作戰時）擺陣，戰鬥佈署、構成、組成

内閣の陣立てを為る（組閣）

陣地〔名〕陣地

砲兵陣地（砲兵陣地）
陣地を占領する（佔領陣地）
陣地を失う（失守陣地）
陣地を死守する（死守陣地）
我が軍は敵の陣地を奪った（我軍奪取了敵人的陣地）
頑強な抵抗を試みた後、敵は陣地を撤退した（敵人在作了頑強的抵抗之後從陣地撤退了）
陣地戦（陣地戰）

陣中〔名〕陣地之中、戰陣之中

敵の陣中に突っ込む（衝進敵人陣地）
陣中生活（前線生活）
陣中勤務（陣地値勤〔放哨〕）
陣中に歿する（陣亡）
陣中見舞（慰問前線將士）

陣痛〔名〕〔醫〕（分娩時的）陣痛。〔轉〕（事物產生前的）苦悶，艱苦，困難

陣痛が起こる（開始陣痛、發生陣痛）起る興る熾る怒る
陣痛を覚える（感到陣痛）覚える憶える
其の国は今革命の陣痛期に在る（那個國家現正處於革命的艱苦時期）在る有る或る
長い陣痛を経て内閣が誕生した（經過很長一段的周旋内閣成立了）

陣頭〔名〕前線，隊伍的最前列。〔轉〕（各種工作的）第一線，先頭

陣頭に立つ（站在隊伍的最前列、身先士卒、帶頭）立つ経つ発つ絶つ截つ裁つ断つ建つ起つ
陣頭に馬を進める（策馬當先）進める勧める薦める奨める

社長自ら陣頭に立って社員を指揮する（總經理親臨第一線指揮公司職員）
陣頭に立つ事無く常に影武者と為て活躍する（不站在前面而經常在幕後活動）
陣頭指揮（前線指揮、第一線指揮）
陣頭指揮に当たる（站在前線指揮）当る中る

陣取る〔自五〕佔領陣地，紮營、佔地盤、佔座位

敵は山の上に陣取った（敵人在山上紮了營）
彼女は入口に陣取って彼等の到着を待った（她在入口處佔據座位等著他們來）
二階に陣取って酒宴を始めた（佔據樓上的席位開始了宴會）

陣取り〔名〕擺陣，布陣（=陣立て）、佔陣遊戲（一種兒童遊戲，分為兩組，互相搶奪陣地）

陣羽織〔名〕（古時在戰爭中穿在鎧甲外面的）無袖外罩，披肩

陣羽織を着る（穿上無袖外罩）着る切る斬る伐る
陣羽織姿の応援団長（身穿無袖外罩的啦啦隊長）

陣風〔名〕暴風、一陣風

陣風線（〔氣〕陣風線）

陣法〔名〕〔軍〕部署

攻撃陣法（進攻部署）

陣没、陣歿〔名、自サ〕陣亡、戰死

彼は南方で陣歿した（他在南方陣亡）
陣歿者（陣亡者）者者

陣幕〔名〕搭營房的帳幕

陣門〔名〕營門

陣門に降る（投降）降る下る

陣屋〔名〕〔舊〕兵營，營地，衛兵室、莊園主的住宅，莊頭辦事處、（江戶時代）（沒有居城的）小諸侯宅邸

陣容〔名〕部署，陣勢、陣容、人員配備

陣容を立て直す（重新部署）
陣容を一新する（刷新陣容）
内閣の陣容を整える（整頓内閣的陣容）整える調える

堂堂たる陣容を誇る野球チーム（以堂堂的陣容而自豪的棒球隊）

陣列〔名〕陣勢、（部隊的）部署

陣列を立て直す（重新部署、重整陣勢）

陣〔名〕（分娩前的）陣痛

賑（ㄓㄣˋ）

賑〔漢造〕熱鬧、救濟

殷賑（繁華、旺盛、富裕）

賑恤〔名〕賑恤

賑恤金（賑恤金）

賑賑しい〔形〕非常熱鬧

祭りの太鼓の音が賑賑しく聞えて来る（傳來廟會很熱鬧的鼓聲）

賑やか〔形動〕熱鬧，繁華，繁盛，吵吵鬧鬧、（有說有笑）非常開朗、熱鬧

賑やかな通り（熱鬧的街道）

外が賑やかだ（外面很熱鬧）

大阪の町は東京より賑やかだ（大阪的街道比東京熱鬧）

賑やかな人（非常開朗的人）

彼が居ると迚も賑やかだ（有他在場非常熱鬧）

隣から賑やかな笑い声が聞える（聽到鄰居非常熱鬧的笑聲）

賑やかす〔他五〕〔俗〕使熱鬧起來、使活躍起來、使談笑風生

賑わう、賑う〔自五〕熱鬧，擁擠，繁華，興旺，興隆，興盛

村は御祭りで賑わった（村子因節慶很熱鬧）

大売出しで賑わっている店（因大拍賣顧客擁擠的商店）

歳暮で往来は賑わっている（因為年底街上很擁擠）歳暮歳暮

市が賑わう（市場興旺）

大阪は昔から商業都市と為て賑わって来た（大阪從很久就作為商業城市繁華起來了）

賑わい、賑い〔名〕熱鬧、繁華、興旺

村は御祭りの様な賑わいです（村里像節慶那樣熱鬧）

展覧会は大変な賑わいだった（展覽會熱鬧極了）

東京駅の賑わいは想像以上だ（東京車站的熱鬧情況超過想像）

賑わしい、賑しい〔形〕熱鬧、繁盛（=賑やかだ）

御祭りで賑わしい村（因節慶而熱鬧的村莊）

賑わす、賑す〔他五〕使熱鬧，使繁盛。〔古〕賑濟，救濟

大売出しで通りを賑わす（因大拍賣使街道熱鬧起來）

子供が家庭を賑わす（小孩為家庭增添生氣）

食膳を賑わす（使餐桌豐富多彩、在餐桌擺滿佳餚）

罹災者を賑わす（賑濟災民）

貧民を賑わす（賑濟貧民）

賑わせる、賑せる〔他下一〕使熱鬧，使繁盛（=賑わす）

賑わわす、賑わす〔他五〕（賑わす的強調形式）使熱鬧，使繁盛（=賑わす）

震（ㄓㄣˋ）

震〔漢造〕震動、地震、震驚

地震（地震）

強震（強震-按日本地震八級分法的五級左右）

弱震（微震）

微震（微震、微弱的地震）

激震、劇震（強震、劇烈的地震-七級地震）

余震（餘震、大地震後的小震）

予震（前震、初期微震）

震域〔名〕震區、地震的區域

震央〔名〕〔地〕震中

震央は相模湾であった（震中是相模灣）

震央距離（震中距）

震音〔名〕〔樂〕震音（=トレモロ）。〔醫〕震顫

震害〔名〕震災、地震災害
震害は予想以上に大きい（地震災害比預想的程度還嚴重）

震駭〔名、自サ〕震駭、驚駭、震驚
世人を震駭させた事件（使世人震驚的事件）
一世を震駭させる（使當代為之驚駭）一世

震撼〔名、自他サ〕震撼
世界を震撼させる大事件（震撼世界的大事件）
天地を震撼する様な大音響（驚天動地的大聲響）

震源〔名〕震源、根源
震源は相模湾だ（震源是相模灣）
争議の震源に為る（成為糾紛的根源）
震源地（震源地，震央，〔喻〕動亂的中心）
震源地は何処か（震源地是在哪裡？）
其の事件の震源地は中東であった（那次事件的中心是中東）

震災〔名〕震災、地震的災害、（特指）關東大震災
震災を受ける（受到震災）
震災に会う（遭受震災）会う遭う逢う遇う合う
震災の多い土地（震災多的地方）多い蓋い覆い蔽い被い
震災予防（預防震災）

震顫、振顫〔名〕震顫，發抖。〔醫〕震顫
震顫麻痺（震顫性麻痺）

震旦〔名〕〔古〕（古讀震旦）震旦（古代印度對中國的稱呼）

震天動地〔連語〕驚天動地
震天動地の大事件（驚天動地的大事件）

震度〔名〕〔地〕震度
震度が大きい（震度大）
震度を測る（測量震度）測る計る量る図る諜る諮る
震度五の地震（震度五級的地震）
震度階（級）（震度級）

震盪、振盪〔名、自他サ〕震盪、振盪
脳震盪（脳震盪）
薬液を震盪する（搖晃藥水）

震動〔名、自他サ〕震動
地震で家が震動する（房子因地震晃動）
震動を感じる（感覺到震動）
此の車は震動が酷い（這輛車震動得很厲害）
地震の震動波（地震的震動波）
震動時間（震動時間）

震波線〔名〕〔理〕地震線

震幅〔名〕〔地〕（地震的）震幅
此の間の地震は震幅が大きかった（上次地震震幅大）
二十センチの震幅に耐える様に建築して有る（建築得能經得起二十公分的震幅）

震う、顫う〔自五〕顫動、震動、晃動
大爆発で大地が震う（大地因大爆炸而震動）

振るう，振う、奮う、揮う〔自五〕振奮，振作、（用"振るっている"、"振るった"形式）奇特，新穎，漂亮、（用"振るって"形式）踴躍，積極

〔他五〕揮，抖、發揮，揮動、振奮，逞能，（一時激動而）蠻幹
士気大いに振るう（士氣大振）振る降る古る
成績が振るわない（成績不佳）
商売が振るわない（買賣不興旺）
振るった事を言う（說漂亮話）
其奴は振るっている（那傢伙真奇特）
奮って参加せよ（踴躍參加吧！）
奮って申し込んで下さい（請踴躍報名）
刀を振るって切り込む（揮刀砍進去）
筆を振るう（揮筆）
着物を振るって埃を落とす（抖掉衣服上的灰塵）

権力を振るう（行使權力）

　　腕を振るう（發揮力量）

　　彼は手腕を振るう余地が無い（他無用武之地）

　　勇気を振るう（鼓起勇氣）

　　裾を振るって立つ（拂袖而去）

　　財布の底を振るって（傾囊）

　　蛮勇を振るう（逞能、蠻幹）

篩う〔他五〕篩、挑選，選拔，淘汰

　　砂利を篩う（篩小石子）

　　筆記試験で篩う（用筆試淘汰）

震い〔名〕顫慄，哆嗦（=震え、慄え）、瘧疾（=瘧）

　　震い筆（顫抖的筆跡）

　　震い病（瘧疾）

震い声〔名〕顫聲

震え声〔名〕顫聲，顫抖的聲音、〔樂〕顫音

　　震え声で言う（顫抖地說）言う謂う云う

震い付く〔自五〕一把摟住、摟在懷裡

　　此は震い付き度い様な良い柄です（這個料子的花樣真令人愛）

　　彼女は震い付き度い程の美人（那個女人長得太漂亮）

震える〔自下一〕顫動、震動、發抖、哆嗦

　　手が震える（手哆嗦）

　　ぶるぶる震える（渾身發抖）

　　彼は感動の余り声が震えた（他感動得聲音發抖了）

　　怖がって震える（嚇得哆嗦）

　　彼は両脚が震えて立って折れ然うにも無い（他兩腿發抖簡直站不住了）

　　窓がびりびり震える（窗戶震得嘩啦嘩啦直響）

震え、慄え〔名〕顫抖、哆嗦、發抖

　　震えが来る（發抖）来る来た

　　寒さで震えが止まらない（凍得直哆嗦）

　　余り吃驚したので未だ震えが収まらない（因為過分吃驚還在發抖）収まる納まる修まる修

震え上がる〔自五〕（因非常害怕）膽戰心驚、（因寒冷等）發抖

　　寒くて震え上がる（凍得哆嗦）

　　其の大声に彼は震え上がった（他被大聲嚇得直哆嗦）大声大声

　　怖がって震え上がる（嚇得發抖）

　　火の気が無くて震え上がる（沒有火凍得發抖）

震え出す〔自五〕發抖起來、顫凍起來

震わす〔他五〕使哆嗦（發抖、振動）（=震わせる）

震わせる〔他下一〕使哆嗦（發抖、振動）

　　彼女は声を震わせて歌った（她抖著聲唱歌）歌う詠う唄う謡う謳う

　　怒りで体を震わせる（氣得全身發抖）

鴆（ㄓㄣˋ）

鴆〔名〕鴆（一種有毒的鳥）、鴆酒（=酖酒）、鴆毒（=酖毒）

鎮（鎮）（ㄓㄣˋ）

鎮〔漢造〕鎮壓、抑制、安定

　　重鎮（重鎮、〔某界的〕重要人物，權威）

　　文鎮（文鎮、鎮紙）

　　風鎮（掛在畫軸上的墜子-用玉石等製成）

鎮圧〔名、他サ〕鎮壓、壓平（翻耕的地面）

　　暴動を鎮圧する（鎮壓暴動）

　　デモ隊鎮圧の為警官隊が出動した（為了鎮壓遊行隊伍出動了警察隊）

　　鎮圧器（壓地器）器器

鎮火〔名、自他サ〕撲滅火災、救火、火災熄滅

　　消防車が出動して鎮火に努める（出動救火車大力救火）努める勤める務める勉める

　　独りでに鎮火した（火災已經自然熄滅了）

　　火事は三十分の後鎮火した（火災經過三十分鐘熄火了）

鎮咳〔名〕〔醫〕止咳
 鎮咳劑（止咳藥）

鎮痙〔名〕〔醫〕鎮住痙攣
 鎮痙劑（鎮痙劑）

鎮護〔名、他サ〕鎮護、保衛、保佑（國家不受外敵侵犯或災難）
 鎮護の神（鎮護之神）

鎮魂〔名〕安魂
 鎮魂歌（安魂曲）
 鎮魂祭（安魂祭）
 鎮魂ミサ曲（安魂彌撒曲）ミサ彌撒

鎮座〔名、自サ〕（在某處）供有…神佛、〔謔〕端坐、坐鎮
 伊勢の皇大神宮には天照大神が鎮座する（在伊勢皇大神宮裡供俸著天照大神）
 其の社殿には日本武尊が鎮座在す（在那座神殿裡供俸著日本武尊）在す坐す
 顔の真中に鎮座する団子鼻（擺在臉中央的蒜頭鼻子）

鎮子、鎮子〔名〕（掛在幛幔或畫軸上的）墜子

鎮守〔名〕鎮守、守護寺院的神（社）、守護當地的神（社）
 鎮守将軍（鎮守將軍）
 村の鎮守の神様（村子的守護神）
 鎮守の森（當地守護神社院內的森林）
 鎮守府（〔舊〕鎮守府-戰前設在橫須賀、吳、舞鶴、佐世保各軍港的海軍司令部）
 鎮守府司令長官（鎮守府司令官）

鎮静〔名、自他サ〕鎮静，平静、平定，鎮壓下去
 心を鎮静に為る（穩定心神）
 其の地方は鎮静に帰した（那個地方平定了）
 痛みが鎮静する（不痛了）
 暴動を鎮静する（平定暴動）
 鎮静剤（鎮静劑）
 鎮静作用（鎮静作用）

鎮西〔名〕九州的古稱

鎮台〔名〕〔舊〕鎮台（明治初年駐在各地的陸軍部隊-相當於後來的師團）。〔古〕駐在地方的常備軍（或其長官）

鎮痛〔名〕〔醫〕止痛
 鎮痛剤（鎮痛劑）

鎮定〔名、自他サ〕平定、鎮壓下去
 反乱を鎮定する（平定叛亂）
 東北一帯はすっかり鎮定した（東北一帶完全平定了）

鎮撫〔名、他サ〕鎮撫、平定
 反乱軍を鎮撫する（平定叛軍）

鎮まる、静まる〔自五〕静起來，變平静、平静，平定，平息、（風等）息，漸微，睡覺，供奉
 嵐が止んで外は静まった（暴風雨已停外面平静了）止む已む病む
 暴動が静まる（暴動平息了）
 怒りが静まる（氣消了）
 風が静まった（風息了）
 火の手が静まる（火勢減弱）
 子供が静まった（孩子睡了）
 此の宮に静まる神（這座廟裡供的神）

鎮める、静める〔他下一〕使鎮静，使寧静、鎮，止住，鎮定，平息、供（神）
 気を静める（鎮定心神、使心緒寧静）沉める
 心を静める（鎮定心神、使心緒寧静）
 子供達の騒ぎを静める（使孩子們的喧鬧静下來）
 痛みを静める（鎮痛、止痛）
 怒りを静める（息怒）
 騒乱を静める（平息騒亂）
 喧嘩をやっとの事で静める事が出来た（好容易才算把吵架排解開了）

沈める〔他下一〕使沉沒、把…沉入水中
 船を沈める（把船沉入水中）
 敵の艦を沈める（擊沉敵艦）敵艦敵艦

体を沈める（低下身去）

椅子に身を沈める（深深地坐在椅子上）

死体を海底に沈める（使屍體沉入海底）

鎮め〔名〕鎮護、鎮護者

国の鎮め（國家的柱石、軍隊）

鎮め物（工程奠基儀式時埋入土中的鎮物－裝入壺裡的偶人、鏡子、刀劍等物物）

張（ㄓㄤ）

張〔接尾〕（數弓、琴等帶弦物件的單位）張、（數蚊帳、幕布等的單位）頂，架

〔漢造〕伸張、說大話、堅持己見

一張の琴（一張琴）

蚊帳を一張買う（買一頂蚊帳）買う飼う

拡張（擴張、擴充、擴大）←→縮小

緊張（〔肌肉、神經、精神等〕緊張、〔局勢、關係等〕緊張）

伸張（伸張、擴展）

誇張（誇張、誇大）

出張（出差）

主張（主張、論點）

張桿〔名〕帳桿、帳子的支撐桿

張筋〔名〕〔解〕張肌

張三李四〔連語〕張三李四、平凡的人（=熊公八公）

張付、貼付、貼附〔名、他サ〕（習慣讀法是貼附）黏貼、貼上（=張り付ける）

印紙を貼附せよ（貼上印花）

張り付く，張付く、貼り付く〔自五〕貼上、黏上

ぴったり貼り付いて中中剥がれない（黏得結結實實的很難剝下來）

汗で肌着が体に貼り付く（由於出汗襯衣黏在身上）

張り付ける，張付ける、貼り付ける〔他下一〕貼上、黏上

封筒に切手を貼り付ける（把郵票貼在信封上）磔

膠で貼り付ける（用骨膠黏上）

塀にビラを貼り付ける（往牆上貼傳單）

切り傷に絆創膏を貼り付ける（傷口上貼上橡皮膏）

張本〔名〕張本，根源、禍首，罪魁，主犯（=張本人）

張本人〔名〕禍首、罪魁、（真正）肇事者

事件の張本人（肇事者）

暗殺計画の張本人（策畫暗殺的禍首）

張力〔名〕〔理〕張力

糸の張力を試験する（測驗線的張力）

表面張力（表面張力）

張る〔自五〕伸展，延伸、覆蓋、膨脹，緊張，（負擔）過重，（價格）過高、裝滿

〔他五〕伸展，擴張，鋪開，張掛，牽拉（繩索等）、設置，開設、盛滿（液體），鋪設、擺開（陣勢），固執，堅持（己見），毆打、壯觀瞻，好虛榮，講排場，保持面子、對抗、較量，追求，爭女人，蒙上，賭，監視，警戒

根が張る（扎根）

木の芽が張る（樹木發芽）

蜘蛛の巣が張る（結蜘蛛網）

暖めた牛乳に膜が張る（煮過的牛奶上覆蓋一層奶皮）

薄氷が張った（凍上了一層薄冰）薄氷

乳が張る（奶脹、乳房發脹）乳乳

腹が張る（腹脹、肚子脹）

気が張る（精神緊張）

仕事が張る（工作太忙）

荷が張る（負擔過重）

値が張る（價錢過高）値値

経費が張る（費用浩大）

欲が張る（貪心太大）

肩が張る（肩膀痠痛、膀大凌人）

荷が少し張り過ぎた（貨物裝得太滿了）

大衆の中に根を張る（扎根在群眾之中）

幕を張る（張掛帳幕）
翼を張る（展翅）
帆を張る（揚帆）
テントを張る（搭帳篷）
ネットを張る（撒網）
肘を張る（撐起〔架起〕臂肘）
胸を張って歩く（挺起胸膛走路）
カンバスを枠に張る（將畫布繃在畫框上）
煙幕を張る（施放煙幕）
勢力を張る（擴張勢力）
電線を張る（拉上電線）
縄をぴんと張る（把繩子拉緊繃直）
蜘蛛が巣を張る（蜘蛛結網）
綱を張って洗濯物を干す（牽拉繩子曬乾衣服）
弓に弦を張る（拉上弓弦）
弓を張る（拉弓、張弓）
宴を張る（設宴）
非常線を張る（設置警戒線）
店を張る（開設商店）
露店を張る（擺攤販）
桶の水を張る（桶裡裝滿水）
床を張る（鋪地板）床床
天井を張る（鑲天花板）
タイルを張る（鋪磁磚）
壁にベニヤ板を張る（牆上貼膠合板）
陣を張る（擺開陣勢）
論陣を張る（展開辯論）
強情を張る（固執己見）
逃げを張る（堅持要逃跑）
意地を張る（固執己見、意氣用事）
頬ぺたを張る（打耳光）
見えを張る（擺排場、壯觀瞻、撐門面）

大関を張り続ける（保住大關的稱號）
相手の向うを張る（跟對方較量）
彼の女を二人で張る（兩個人爭那個女人）
太鼓を張る（蒙上鼓皮）
千円を張る（賭一千日元）
相場を張る（投機）
警察が表で張る（警察在門外監視）
星を張る（看住嫌疑犯）
女を張る（對女人嚴加管束）
体を張る（不惜生命地做）

貼る〔他五〕貼、黏、糊
窓に紙を貼る（糊窗戶紙）張る
ビラを貼る（貼標語）
切手を貼る（貼郵票）
膏薬を貼る（貼藥膏）

張る〔接尾、五型〕（接在體言後構成五段動詞）拘泥、過於，過份
形式張る（拘泥形式）
武張る（逞威風）
四角張る（道貌岸然、一本正經、不圓滑）
嵩張る（〔重量輕而〕體積龐大）
欲張る（貪得無厭）

一閑張り〔名〕透瓏漆器、凸花漆器（胎上貼多層紙或布，把胎抽去，漆上紅漆，由江戶時代飛來一閑所創始而得名）

しゃちこ張る〔自五〕〔俗〕（鯱張る的口語形式）
拘謹、呆板、嚴肅、緊張、道貌岸然、不可侵犯
そんなにしゃちこ張るな（不要那麼嚴肅）
しゃちこ張った儀式（呆板的儀式）
しゃちこ張って座る（拘謹地坐著）
彼のしゃちこ張った律儀面が私は大嫌いなんだよ（那道貌岸然的嚴肅面孔我最討厭了）

張り、張〔名〕張力，拉力、緊張而有力、勁頭，信心

〔接尾〕（作助數詞用）（計算弓、燈籠等）只，張

此の弓は張りが強い（這張弓拉力大）

彼の声は張りが有る（他的聲音響亮有力）

張りの有る顔（剛毅的面孔）

此の頃どうも仕事に張りがでない（最近工作總是不起勁）

息子を亡くした、すっかり心の張りが無く為った（兒子死了心全散了）

弓一張り（一張弓）

提灯五張り（五只燈籠）

張り、張 〔接尾〕（接在表示人數的數詞後面）形容弓的強度、（接在名詞或人名下）表示相似或模仿

五人張りの弓（〔五個人才能將弓拉滿的〕五人拉力的弓）

漱石張りの小説（夏目漱石式的小說）

彼の役者は雁治郎張りだ（那個演員的表演很像雁治郎）

団十郎張りの顔（團十郎式的臉型）

張り合う 〔自五〕競爭、爭持

〔他五〕（為戀愛而）爭風、爭奪

二人が張り合っていて、妥協する見込みが立たない（兩個人互相競爭沒有妥協的希望）

二人で彼女を張り合う（兩個人為她爭風吃醋）

社長の椅子を張り合う（互相爭奪總經理的位置）

クラスの首位を張り合う（爭奪班裡的第一名）

張り合い 〔名〕競爭、有趣味，有意義，起勁

両方の張り合いが激しく為る（雙方競爭激烈起來）

何を言っても黙っていては張り合いが無い（說什麼都不回應真叫人洩氣）

仕事が忙しければ忙しい程張り合いが有る物だ（工作越忙做得越起勁）

張り合いの有る生活を送る（過有意義的人、日子過得很有趣）

進行が鈍いので張り合いが無い（因為進展緩慢令人洩氣）鈍い鈍い

張り合いが抜ける（洩氣）

張り合い抜け（洩氣、氣餒、不積極、喪失信心）

張り上げる 〔他下一〕大聲喊叫、拉開嗓子喊

声を張り上げて叫ぶ（大聲喊叫）呼ぶ

有らん限りの声を張り上げる（拉開嗓子喊）

声を張り上げて泣く（大聲哭泣）泣く啼く鳴く無く

張り板 〔名〕貼曬紙或布的木板

張り扇 〔名〕（說唱藝人打拍子用的）外面糊上紙套的扇子

張り替える 〔他下一〕重新黏上（紙、布）、拆洗（衣服）

障子を張り替える（重黏紙拉門）

弓の弦を張り替える（充新拉上弓弦）

其の椅子は張り替えなければならない（那把椅子該換個新套了）

張り替え 〔名〕重黏，重新黏、拆洗衣服

襖の張り替えを為る（重黏拉門）摺る掏る刷る摩る擦る擂る磨る

張り替えが出来ない（不能重黏了）

張り形、張り型 〔名〕陰莖造型的淫具

張り紙，張紙、貼り紙 〔名〕貼紙，糊紙、招貼，廣告，標語，付籤，飛簽

貼り紙細工（貼紙工藝品）

工員募集の貼り紙を出す（貼出招收員工的廣告）

注意す可き箇所に貼り紙を付ける（在應注意的地方貼上付籤）

張り切る 〔自五〕拉緊、繃緊、緊張、衝勁十足，精神百倍

凧の糸がぴんと張り切っている（風箏的線繃得緊緊的）

張り切ったギターの糸（繃緊了吉他琴弦）

此の工場の従業員は皆張り切っている（這個工廠的工人全都幹勁十足）工場

張り切って働く（緊張地工作）

張り切った気持（緊張的情緒）

張り切った肩の肉（緊張的〔隆起的〕肩部肌肉）

あんまり張り切ると、後で疲れるよ（過度緊張事後會感到疲勞的）

張り切った気分が緩む（緊張的心情鬆弛下來）緩む弛む

張り切りボーイ〔名〕做事特別賣力的人（尤指大賣力氣以取悅於上司的人）

張り切れる〔自下一〕（因過度緊張膨脹牽拉而）綻開、脹破、掙斷、裂開

張り包み〔名〕包布家具

張り包みの椅子（包布的椅子）

張り子〔名〕紙糊的東西。〔轉〕貌似強大而實際軟弱的東西，外強中乾的事物

張り子の虎（紙老虎）

張り子では有るまいし、濡れたって大丈夫だ（又不是紙糊的淋濕了也不要緊）

帝国主義と全ての反動派は張り子の虎である（帝國主義和一切反動派都是紙老虎）

其の国の自動車産業の実力は未だ張り子の域を出ない（該國的汽車工業的實力仍然只是貌似強大而已）

張り込む〔自、他五〕埋伏，暗中監視、（下決心）豁出錢來（購買貴重物品）、（將剪報等）貼進（剪報冊）裡、（將黏在箱子外面的紙邊）摺向箱內黏好

私服を一人張り込ませて置く（埋伏下一個便衣）

町の所所には、刑事や憲兵が張り込んでいた（大街上到處埋伏著刑警和憲兵）

上等の背広を一着張り込む（豁出錢來買一套高級西服）

ボーナスを張り込んで、全集を買う（把獎金豁出去買一套全集）

張り込み〔名〕埋伏、暗中監視

犯人は張り込み中の警官に取り押さえられた（犯人已被埋伏的警察捕獲了）

張り裂ける〔自下一〕（因膨脹而）破裂，爆裂。〔轉〕悲痛（憤怒）達到極點

風船が張り裂ける（氣球爆破了）

喉も張り裂けん許りに叫ぶ（幾乎把嗓子喊破）

胸も張り裂け然うな気持です（肺都要氣炸了、悲痛欲絕、肝膽欲裂）

胸も張り裂けん許りに泣き悲しむ（哭得死去活來）

張り倒す〔他五〕（用巴掌等）打倒

相手を張り倒す（把對方打倒）

張り出す、張出す〔自、他五〕使…突出、使向外伸出←→凹む。（相撲等）寫在選手排行榜之外

張り出した額（額頭突出）

軒を張り出す（把屋簷修得伸出一些）

庇を大きく張り出す（使屋簷向外伸出一大截）

張り出す，張出す、貼り出す〔他五〕公布、揭示

成績を張り出す（公布成績）

壁に告示を張り出す（在牆上貼告示）

生徒の作品を張り出す（把學生作品貼出去展覽）

張り出し、張出し〔名〕突出的部分。〔相撲〕正榜以外公布出來的力士等級名單

窓は張り出しに為っている（窗戶突出牆外）

張り出しの座敷（挑出的客廳-指突出於底層牆外的房間）

張り出し舞台（舞台的幕前部分）

張り出し窓（〔建〕凸窗、凸肚窗）

張り出し額（額頭突出）

船尾張り出し（船尾突出部）

張り出し受け（〔建〕托座、牆上突出來的燈架）

壁の張り出しランプ（壁燈）

張り出し縁側（陽台）

ㄓ

張り出し横綱（副榜横綱、相撲選手排行榜外的横綱）

張り出し，張出し，貼り出し，貼出し〔名〕布告、廣告

掲示板の張り出しを読む（看布告板上的告示）

絵が張り出しに為る（優秀學生的圖畫被展出）

張り綱〔名〕〔海〕牽索，穩索，拉桿。〔空〕拉條，撐條、馬韁繩（=端綱）

張り詰める〔自下一〕鋪滿，佈滿，全面覆蓋、緊張

池に氷が張り詰めている（池水裡凍了一層冰）

tileを張り詰める（鋪一層磁磚）

今迄張り詰めていた気持が緩んだ（一直緊張著的心情鬆弛下來了）

連日連夜張り詰めた作業に身を投じた（整日整夜投身在緊張的工作中）

張り手〔名〕〔相撲〕用巴掌打對方的臉（他的一種招數）、講排場（闊氣）的人，交際廣，出風頭的人

張り手を嚙ます（給對方一巴掌）嚙ます咬ます

張り飛ばす〔他五〕一巴掌把對方打一個趔趄、狠狠地揍

張り抜き〔名〕紙糊的東西（=張り子）

張り番〔名〕看守，守衛、看守人，警衛員

店の張り番を為る（看守商店）

張り番を立てる（設警衛）建てる経てる発てる絶てる截てる裁てる断てる

雇われて畑の張り番を為る（被雇去看莊稼）畑畠畑畠

張り札，張札，貼り札，貼札〔名〕招貼、廣告、告示、標籤

貸間の貼り札を出す（貼出出租房間的廣告）

面会謝絶の貼り札を為る（貼出謝絕會客的條子）

無用の者入る可からずと言う貼り札が有る（貼著閒人免進的條子）

其の瓶には毒薬と貼り札が為て有る（那個瓶子上貼著毒藥字樣的標籤）

貼り札無用（禁止張貼）

張りぼて〔名〕（關西方言）紙糊的戲劇用小道具（=張り子）

張り間、梁間〔名〕〔建〕跨度，跨距。〔空〕隔間，機艙，架間

張り混ぜ、貼り雑ぜ〔名〕將各種書畫圖片等裱糊在一起

貼り雑ぜの屏風（裱糊著各種書畫的屏風）

張り回す〔他五〕四周張掛（幕布等）、周圍貼滿

ぐるりに幕を張り回す（周圍掛上一團帳幕）

張り店，張店、張り見世，張見世〔名〕妓女排列在門前待客（的妓院）←→陰店

張り巡らす〔他五〕圍上，圈圍、佈滿，遍布

全国に捜査網を張り巡らす（在全國佈下搜查網）

右側は鉄条網を張り巡らした飛行場だ（右邊是用鐵絲網圍起來的機場）

多国籍企業の子会社は全世界に広く張り巡らされている（跨國公司的子公司遍布全世界）

張り物、張物〔名〕漿洗布料（把洗淨漿好的布塊貼在板上繃起來曬乾）、紙糊大道具（在木架上糊紙或布象徵岩石與樹木）

天気の良い日に張り物を為る（在天氣好的日子裡漿洗）

張り物屋（洗衣店、漿洗店）

張り物人（漿洗工）

張り紋〔名〕貼上的家徽（=切り付け紋）

めり張り、めり張、乙張り〔名〕音調的高低，抑揚（=乙甲）、馳張，伸縮，增強與減弱

此の作品の欠点は乙張りが無い事だ（這部作品的缺點是沒有高潮和低潮）

章（ㄓㄤ）

章〔名〕（文章或詩歌的）章，章節，徽章

〔漢造〕章程、圖章、徽章、文章、章節

章を追って読む（逐章讀）

此の論文は三つの章に分かれている（這篇論文分為三章）

章を改めて述べる（另在一章敘述）

校章（校徽）

会員章（會章）

章を断ち義を取る（斷章取義）

標章（標章、標幟、徽章）

憲章（憲章）

肩章（肩章）

印章（圖章）

帽章（帽徽）

勲章（勳章）

腕章（臂章）

記章（紀念章）

徽章（徽章、胸章、證章）

旗章（旗徽旗幟）、

褒章（獎章、獎牌）

文章（文章）

紋章（徽章、飾章）

詞章（詞章-韻文和散文的總稱）

玉章（好的詩文、〔對他人書信的尊稱〕華函，玉音）

第一章（第一章）

序章（序章、序論部分）

章句〔名〕（文章的）章和句、段落

章句を分ける（分成段落）

章節〔名〕（論文等的）章節

章節に分けて論じる（分章節論述）

章節毎に要点を記す（每個章節記下要點）

章題〔名〕（書籍）章節的標題

章程〔名〕章程，規章、條例，規則

章動〔名〕〔天〕章動

日週章動（周日章動）

章魚、蛸、鮹〔名〕〔動〕章魚、夯，搗槌

蛸目玉（又圓又大的眼睛）

蛸で付く（打夯）

蛸の共食い（同類相殘）

蛸部屋（章魚棚-指原北海道被強迫勞動的工人所住宿舍、現泛指條件惡劣的工房）

胝、胼胝〔名〕胼胝、繭皮

ペン胝（右手中指因握筆起的繭皮）

足に胝が出来た（腳上長繭）

其の話は耳に胝が出来る程聞いた（這些話我已經聽膩了）凧

もう沢山、耳に胝が出来然うだ（夠了我的耳朵快聽出繭來了）蛸、鮹、章魚

凧〔名〕風箏（= 凧、紙鳶）

凧を揚げる（放風箏）蛸章魚鮹胼胝

凧の糸を手繰る（拉風箏線）

凧の糸を繰り出す（撒放風箏線）

凧を降ろす（拉下風箏）

彰（ㄓㄤ）

彰〔漢造〕彰明

表彰（表彰、表揚）

顕彰（表彰、表揚）

彰徳〔名〕彰顯其德、彰德（中國河北北部的城市-現在的安陽市）

樟（ㄓㄤ）

樟〔漢造〕常綠喬木，高五六丈，葉卵形，花淡黃色似碗豆，木材紋很細，有香氣，可製樟腦，當醫藥用

樟脳〔名〕樟腦、潮腦

衣類に樟脳を入れて箪笥に終う（衣服裡放進樟腦收在櫥櫃裡）終う仕舞う

樟脳丁機（〔藥〕樟腦酊劑）

樟脳精（樟腦精）

樟脳油（樟腦油）

樟，楠、樟，楠〔名〕樟木、樟樹

掌（ㄓㄤˇ）

掌〔名、漢造〕手掌、掌管

掌を反す（〔易如〕反掌）反す還す返す帰す孵す

掌を指す（〔瞭如〕指掌）指す差す刺す注す鎖す射す挿す

合掌（合掌、〔建〕架成人字形〔的木材〕）

落掌（接到、收列、到手〔=落手〕）

職掌（職務、任務）

分掌（分擔）

車掌（乘務員、列車員、〔隨車〕售票員）

掌握〔名、他サ〕掌握

政権を掌握する（掌握政權）

生徒を良く掌握している（很了解學生的情況）

部下を掌握する（控制部下）

がっちり掌握する（緊緊掌握）

掌管〔名〕掌管（=掌る事）

掌記〔名〕書記（明治初期）修史館的職員

掌骨〔名〕〔解〕掌骨

掌上〔名〕掌上

掌上の舞（掌上舞）

掌状〔名〕〔植〕掌狀

掌状脈（掌狀脈）

掌状複葉（掌狀複葉）

掌大〔名〕（形容地方狹小）掌大

掌大の地（巴掌大的地方）

掌中〔名〕掌中

掌中に収める（收入掌中、歸己所有）収める治める治める修める

彼の人の掌中に陥る（落入他的掌中）

彼は僕の掌中に在る（他在我手心裡握著）在る有る或る

実権を掌中に握る（掌握實權）

掌中に帰する（歸自己所有）帰する記する規する期する

掌中の玉（最珍貴的東西、最寵愛的孩子、掌上明珠）

掌中の玉と慈しむ（愛如掌上明珠）

掌中本（袖珍本、袖珍版）

掌帆長〔名〕〔海〕帆纜長

掌部〔名〕〔解〕掌

掌編、掌篇〔名〕掌篇、短文（=コント conte）

掌編を募集する（徵求短文）

掌紋〔名〕掌紋（和指紋一樣用作現場檢證等）

掌理〔名、他サ〕掌理、掌管、管理

雑務を掌理する（管理雜務）

掌〔名〕掌、手掌（=掌）

掌の中（掌中）

政権を掌の中に握る（政權握在掌中）

掌を返す（反掌）

彼等は掌を返す様に背き去った（他們很輕易地背離走掉了）

其は掌を返す様に容易である（那易如反掌）

掌を指す（瞭如指掌、毫無疑問）

彼が犯人である事は掌を指す様に明白だ（毫無疑問他就是犯人）

掌、手の平〔名〕手掌

掌に載せて持つ（放在手掌上拖著）

掌で重さを量る（用手稱量分量）量る計る測る図る謀る諮る

掌を返す（反掌、〔喻〕〔態度等〕突然改變，翻臉不認人）

掌る、司る〔他五〕掌管，管理、主持，擔任（=担当する、支配する）

国政を司る（掌管國政）

事務を司る（主持工作）

漲（ㄓㄤˇ）

漲〔漢造〕大水的樣子、湧起、瀰漫

漲溢〔名〕漲滿溢出

漲る〔自五〕（水）漲滿、充滿，瀰漫

池に水が漲る（池裡水漲滿）

青春のエネルギーが漲っている（充滿著青春的活力）

靄が空に漲る（煙霧瀰漫）

同情に漲る心（充滿同情的心）

丈（ㄓㄤˋ）

丈〔名〕長度

〔接尾〕（助數詞用法）（日本長度單位的）丈（約3、03米）

〔漢造〕丈、對老人的尊稱。〔劇〕對演員的敬稱、（男子的）身長

此の反物は丈が足りない（這塊布不夠長）

五十丈の飛瀑（五十丈的飛瀑）

一丈（一丈）

方丈（一方丈的房間、〔佛〕方丈，住持）

岳丈（岳父）

菊五郎丈（〔歌舞伎演員〕菊五郎）

丈夫〔名〕（男子的美稱）丈夫（＝丈夫、益荒男）

丈夫〔形動〕（身體）健康，壯健、堅固，結實

体を丈夫に為る（使身體健壯起來）為る為る

御蔭様で丈夫です（託您福我很健康）

丈夫で居る（〔身體健康）

母は元通りすっかり丈夫に為った（母親恢復得完全和過去一樣健康）

子供は田舍に居ると丈夫に育つ（孩子在鄉村裡會健康地成長起來）

丈夫な箱（結實的箱子）

丈夫に出来た靴（做得結實的鞋子）

此の織物は丈夫で長持ちする（這個料子結實耐用）

其は体裁を構わず丈夫一方に出来ている（那件東西做得不講外表只求結實）

気を丈夫に持つ（振作起來、不灰心）

丈夫、益荒男〔名〕男子漢，大丈夫、壯士、勇猛的武士（＝益荒猛男）

丈夫振り（丈夫氣概、男子漢的氣派）

大丈夫〔形動〕牢固，可靠、安全，安心，放心，不要緊

〔副〕（單用詞幹）一定、沒錯

〔名〕好漢、男子漢、大丈夫（＝大丈夫、大丈夫、丈夫、益荒男）

動かしても大丈夫な様に確り縛って置け（要捆結實使它搖動也無妨）

戸締まりは大丈夫かね（門鎖得牢固嗎？）

此れなら大丈夫だ（如果這樣就沒錯啦）

そんなに無理して大丈夫かね（這樣勉強幹不要緊嗎？）

さあ、もう大丈夫だ（啊！現在算是安全了）

彼に任せて置けば大丈夫だ（交給他就放心啦）

此の水は飲んでも大丈夫でしょうか（這水喝也行吧！）

此の建物は地震に為っても大丈夫だ（這建築即使發生地震也沒問題）

大丈夫明日は天気だ（明天一定是好天氣）

自転車で行けば大丈夫間に合う（騎自行車去一定來得及）

彼は大丈夫成功する（他一定會成功）

彼の人には大丈夫任せて置ける（交給他做沒錯）

大丈夫、大丈夫〔名〕好漢、男子漢、大丈夫（＝丈夫、益荒男）

丈余〔名〕一丈有餘

丈余の雪（一丈多厚的雪）

丈余の鯉幟（一丈多長的鯉魚幟）

丈六〔名〕〔佛〕立高丈六或坐高八尺的佛像、盤腿坐

丈六の弥陀（八尺高的彌陀佛坐像）

膝を丈六を組む（盤膝而坐）

丈〔名〕身長，高度（＝高さ）、長度，尺寸，長短（＝長さ）、罄其所有（＝有る限り、有り丈、全部）

丈が高い（身材高）

身の丈が六尺の大男（身高六尺的大漢）

稲の丈が伸びる（稻子漲高）伸びる延びる

ㄓ

丈

水辺には丈の高い蘆が生い茂る（水邊長著很高的蘆葦）水辺水邊

着物の丈が短い（衣服的尺寸太短）

スカートの丈を縮める（改短裙子的長度）

丈が足りますか（長度夠不夠？）

此の外套は私には丈が長過ぎる（這件外套我穿太長）

心の丈を打ち明ける（傾訴衷腸、把心裡話全說出來）

丈比べ〔名、自サ〕〔舊〕（小孩子）互比身高、比身材高低（＝背比べ）

丈〔副助〕（表示只限於某範圍）只，僅僅（＝許り、のみ）

（表示可能的程度或限度）儘量，儘可能，儘所有

（以…ば…丈、…なら…た丈、…丈其丈的形式，表示相應關係）越…越

（以…丈に形式）正因為…更加

（以…丈の事有って形式）值得、不愧、無怪乎、沒有白費

夏の間丈開く（只在夏季開放）

二人丈で行く（就兩個人去）行く往く逝く行く往く逝く

皆出掛けて、私丈（が）家に居た（全都出去了就我一個人在家）

彼丈来ていない（只有他沒有來）

君に丈話す（只告訴你）良い好い善い佳い良い好い善い佳い

毎日家から駅迄歩く丈でも良い運動だ（每天只從家走到車站也是很好的運動）

只上辺を飾る丈の事だ（只不過是裝飾門面罷了）

中国語丈でなく、英語やフランス語でも差し支え有りません（不僅限於中文用英語或法語都無妨）

中国人丈でなく、日本人に就いて然う言えるのでは無いか（不僅對中國人對日本人不也可以這麼說嗎？）

此の事丈を取って見ても並大抵の困難ではないでしょう（就以這件事來說其困難也非同小可了）

出きる丈遣って見る（儘量試試看）

要る丈取り為さい（需要多少儘量拿吧！）要る居る鋳る入る煎る炒る射る

有る丈の金は皆使い果たして終った（所有錢都用光了）終う仕舞う

何卒御好きな丈召し上がって下さい（您喜歡吃什麼就請您吃吧！）

此の問題に関心を持っている人が何れ丈有るだろう（關心這個問題的人究竟有多少呢？）

練習すれば練習する丈上手に為る（越練習越進步）上手下手

値段が高ければ高い丈、品物も良く為る（價錢越貴東西就越好）

建物が高い丈其丈眺めが（も）良い（建築物越高眺望起來風景越好）

試験の前丈に、風邪を引かないように気を付けて下さい（正因為考試之前請更加注意不要感冒）

予想しなかった丈に喜びも大きい（因為沒有想到所以更感到高興）喜び悦び歡び慶

一生懸命勉強した丈の事有って今度の試験は良く出来た（努力用功總算值得這次考試成績很好）

彼の人はスポーツの選手丈有って、体格が良い（他不愧是個運動選手體格很好）

杖（ㄓㄤˋ）

杖〔漢造〕拐杖、杖刑

鳩杖、鳩杖（鳩頭杖－舊時日皇賜予元老的拐杖）

杖刑〔名〕杖刑

杖罪〔名〕杖罪

杖術〔名〕以杖代劍的武術（江戶初期創始-代表流派：如神道夢想流、今枝新流、東軍流、源氏天流）

杖罰〔名〕用杖打的刑罰

杖〔名〕手杖，拐杖。〔轉〕依靠，靠山。〔古〕（拷打犯人的）杖，棍棒。〔古〕（也寫作〝丈〞）長度單位（約三米）、（梨子的）蒂（＝臍）

　杖を付く（拄拐杖）付く就く吐く撞く尽く漬く突く衝く附く

　杖とも柱とも頼む一人息子（唯一依靠的獨生子）

　杖に縋るとも人に縋るな（寧可拄枴杖也不依靠人）

　杖の下に回る犬は打てぬ（出手不打笑臉人）

　杖程掛かる子は無い（像拐杖那麼可靠的兒子不太多）

　杖も孫程掛かる（拐杖也趕得上孫子可靠）

　杖を挙げて犬を呼ぶ（舉棍叫狗、〔喻〕效果適得其反）

　杖を曳く（散步、遊逛、遠足）曳く引く牽く轢く挽く惹く退く弾く

　郊外に杖を曳く（在郊外散步）

　曽遊の地に杖を曳く（訪問曾經遊覽過的地方）

　秋に此の地に杖を曳く者が多い（秋季到這裡來遊逛的人很多）多い蓋い覆い掩い蔽い被い

杖竹〔名〕當拐杖的竹子、竹子拐杖

杖柱〔名〕手杖和柱子。〔轉〕唯一的依靠，離不開的依仗

　杖柱と頼む（恃為唯一的依靠）頼む恃む

　彼女は杖柱と頼む一人息子に死なれた（他所依靠的獨子死了）

帳（ㄓㄤˋ）

帳〔漢造〕帳幕、帳本

　開帳（〔俗〕開龕〔在特定日期打開佛龕使眾人參拜〕、〔俗〕設賭局）

　几帳（圍屏、幔帳－舊時用於間隔居室的用具）

　几帳面、木帳面（規規矩矩、一絲不苟、自律嚴格、注意周到）

　記帳（記帳，登帳、在帳冊上簽名，記上姓名）

　錦帳（錦作的帳幕－用於間隔室內空間）

　紙帳（白紙作成的蚊帳－也用來禦寒）

　台帳（商家的總帳，流水帳，底帳〔＝大福帳〕、原始帳簿〔＝元帳〕、〔劇〕腳本，劇本〔＝脚本〕）

　元帳（簿記的分類帳〔＝原簿〕）

　手帳、手帖（筆記本、雜記本）

　日記帳（日記本、〔簿記〕日記帳，流水帳）

　通帳（〔存款、賒帳、賒售、計畫供應等的〕摺子〔＝通い帳〕）

　通い帳（〔買東西的〕記帳本，帳簿、存摺〔貯金帳〕）

　貯金通帳（存摺）

　預金通帳（存摺）

　筆記帳（筆記本）

　練習帳（練習本、練習簿）

　大福帳（〔舊〕流水帳、總帳〔＝台帳〕）

　出納帳（現金出納帳、〔舊稱〕流水帳）

　奉加帳（捐獻簿）

　閻魔帳（〔佛〕生死簿、〔學生〕計分簿、〔警察的〕犯罪手冊）

　写真帳（影集、相冊、相片簿〔＝アルバム〕）

　蚊帳、蚊屋（蚊帳）

帳合い，帳合、丁合い，丁合〔名〕核對帳目、登帳，記帳

　此の店は帳合いが厳格だ（這家商店嚴格娥對帳目）

　帳合いを為る（登帳）磨る擂る擦る摩る刷る掏る摺る

　帳合いを取る（查書中有無掉頁、登帳計算損益）取る獲る捕る執る撮る摂る盗る採る

帳外〔名〕帳幕之外、沒被記入帳簿

帳消し〔名〕消帳，清帳，勾帳、頂帳，兩清，互相抵消

　帳消しを為る（消帳）

　此で帳消しだ（這就清帳了）

　残りの一万円と利子を払えば帳消しに為る（再付剩下的一萬日元和利息就結清了）

ㄓ

坐

利益の一部は損失の為帳消しに為った（部分利益因損失而抵消了）利益利益

今日奢って貰ったから此で帳消しだよ（今天你請我這就算帳清了）

死は万事を帳消しに為る（一死萬事休）

帳締め、帳締〔名〕結帳、決算

帳尻〔名〕帳尾、〔轉〕結算的結果

　帳尻が合う（帳尾符合）合う遇う逢う遭う会う

　帳尻を誤魔化す（蒙混帳尾）

　帳尻を合わす（核對帳尾）

　貿易の帳尻（貿易的差額）

　帳尻の決済（差額的結清）

帳台、帳代、丁台〔名〕宮殿式建築鋪設家具的一種

帳付け，帳付、帳付け，帳付〔名〕記帳、記帳員、賒帳，掛帳

　店に座って帳付けを為る（坐在店裡記帳）

　旅館の帳付け（旅館的管帳員）

帳綴じ〔名〕把紙訂上作帳簿（的人）

帳内〔名〕帳幔內側、帳面範圍

帳場〔名〕（商店或旅館等的）帳房、交款處

　帳場で勘定を払う（在帳房付款）

　貴重品を帳場に預ける（把貴重物品寄存在帳房）

帳簿〔名〕帳簿、帳本

　帳簿に記入する（登帳）

　帳簿に載っている（帳上記著）載る乗る

　帳簿を調べる（査帳）

　帳簿を付ける（記帳）

　帳簿を整理する（清理帳目）

　帳簿を誤魔化す（蒙混帳目）

　帳簿を締め切る（結帳）

　帳簿面では幾等かの損失に為っている（帳面上有一些損失）面面

　帳簿価格（帳簿上的價格）

　帳簿組織（帳簿體制）

帳面〔名〕帳本、筆記本

　帳面に付ける（記帳、記在帳本上）

　物を帳面で買う（賒購、記帳買東西）買う飼う

　帳面を付けて置いて下さい（請給我記在帳上）

　帳面に売上高を記入する（把銷售額記上帳）

帳面面〔名〕帳面（上的數字）

　帳面面を誤魔化す（偽造〔竄改〕帳面上的數字）

　帳面面を合わせる（核對帳面上的數字）

　帳面面はちゃんと合っている（帳面上的數字完全相符）

　帳面面は良いが一向に儲かったいない（帳面上倒很漂亮可是一點都沒賺頭）

帳面〔名〕帳面

　帳面が合わない（帳面不符）

帳元〔名〕（劇團等的）帳房、老板

帳、帷〔名〕帷、帳、幕（=垂れ絹）

　夜の帳（夜幕）夜夜夜

　辺りに夜の帳が降りた（夜幕籠罩四方）辺り当り中り降りる下りる

　夜の帳の低く垂れる頃（夜幕低垂時）

脹（ㄓㄤˋ）

脹〔漢造〕脹

　膨脹、膨張（〔理〕膨脹、增加，擴大發展）

　鼓脹、鼓腸（〔醫〕腹脹）

脹満〔名〕〔醫〕氣鼓、膨脹

脹らす，脹す、膨らす〔他五〕鼓起（=膨らませる）

　怒って頬を膨らす（因生氣而噘起嘴來）

脹らし粉，脹し粉、膨らし粉〔名〕發酵粉（=ベーキング、パウダー）baking powder

脹らせる，脹せる、膨らせる〔他下一〕使膨脹、鼓起

膨らます，脹ます、膨らます〔他五〕吹鼓、使膨脹

　風船を膨らます（把氣球吹鼓）
　胸を膨らます（鼓起胸膛、充滿希望）
　タイヤを膨らます（吹鼓輪胎）
　頬を膨らます（噘嘴、不滿意）

脹らめる、膨らめる〔他下一〕鼓起、使膨脹

脹ら雀〔名〕肥胖的小麻雀，凍得膨起羽毛的麻雀、一種膨起的少女髮型、一種少女繫帶方式、一種家徽，花紋的名稱

〔動〕一種大形蛾

脹らむ，脹む、膨らむ〔自五〕鼓起、膨脹、凸起（＝膨れる、脹れる）←→萎む、萎びる

　腹が膨らむ（肚子鼓起-吃飽、懷孕）
　膨らんだ財布（鼓鼓的錢包）
　ポケットが膨らんでいる（口袋裝得鼓鼓的）
　蕾が未だ膨らんでいない（花蕾還未鼓起）
　桜の蕾が大分膨らんだ（櫻花含苞待放）
　懐中が膨らむ（腰纏累累）
　パンが如何しても膨らまない（麵包怎樣也發不起來）
　夢が膨らむ（夢想越來越大）

脹らみ，脹み、膨らみ〔名〕膨脹、膨起、（帆因風）鼓起

　膨らみが出来る（鼓起、腫起）
　婦人の豊かな胸の膨らみ（婦女豐滿的胸部）
　腹の膨らみ（肚子的鼓起處）

脹れる、膨れる〔自下一〕腫脹，鼓出、（因生氣而）噘嘴，不高興

　膝が膨れたズボン（膝蓋鼓起的褲子）
　踵の肉刺が膨れて来た（腳後跟的泡腫起來了）
　腹が膨れる（吃飽、懷孕）
　叱られると直ぐ膨れる（一挨申斥就馬上把嘴噘起來）

脹れ、膨れ〔名〕膨脹，鼓起、（鑄件的）氣孔，氣泡

　表面に膨れの有る鋳物（表面有氣泡的鑄件）

脹れ上がる、膨れ上がる〔自五〕膨脹，鼓起。〔醫〕腫脹，腫起

脹れ面、膨れ面、脹れっ面、膨れっ面〔名〕（因生氣不滿而）噘著嘴的臉、（不高興）鼓起兩腮的表情

　叱られる直ぐ膨れっ面を為る（一挨申斥就噘起嘴來）一言一言一言
　彼は膨れっ面を為て長い事一言も喋らなかった（他繃著臉半天也沒說一句話）

脹れ脛、膨脛、腓〔名〕腓、腿肚（＝腓）

障（ㄓㄤˋ）

障〔漢造〕障礙、遮蔽物

　罪障（〔佛〕〔成佛的障礙〕罪障、罪孽）
　五障（〔佛〕〔女人不能成佛的〕五障、〔修行上的〕五種業障）
　故障（故障，障礙，毛病，事故、異議，反對意見）
　報障（〔佛〕三障的第三個）
　屏障（屏障）

障害、障碍、障礙、障碍、障礙〔名〕障礙，妨礙。〔醫〕障礙，損害，毛病，故障。〔體〕跨欄（＝ハードル）

　障礙にぶつかる（遇到障礙）
　予期せぬ障礙（預想不到的障礙）
　教育を阻む障礙（阻礙教育的障礙）
　障礙を突破する（衝破障礙）
　障礙を打つ勝つ（克服障礙）
　障礙を築く（設置障礙）排する廃する配する拝する
　如何なる障礙を排しても目的を貫く決心だ（決心排除一切障礙也要達成目的）貫く貫く
　障礙を乗り越える（跨過障礙）
　障礙物（障礙物）物物
　言語障礙（語言障礙）
　情緒障礙（情緒障礙）

ㄓ

機能障礙（機能障礙）

胃腸障礙を起す（胃腸發生障礙）起す興す熾す

三千メートル（三千米跨欄）

障礙競走（跨欄〔障礙物〕賽跑）

障礙レース（跨欄賽跑）

障害点、障碍点〔名〕〔電〕（電路的）障礙點、故障點

障害点発見装置（故障探測器）

障子〔名〕（日式房間為採光在木框上貼紙的）拉門，拉窗。〔舊〕（日式房屋的）拉門，隔扇，屏風的總稱

ガラス障子（玻璃拉門〔窗〕）

障子を張る（貼紙拉門）張る貼る

障子を開ける（開拉門〔窗〕）開ける明ける空ける厭ける飽ける

障子を締める（關拉門〔窗〕）締める閉める占める絞める染める湿る

障子紙（拉門紙）

障屏画〔名〕屏風畫

障壁〔名〕障壁，隔斷、隔扇。〔轉〕障礙，隔閡

障壁画（隔扇畫）

関税障壁（關稅壁壘）

言語障壁（語言障礙）

障壁を設ける（設置障礙、製造隔閡）設ける儲ける

障壁を取り除く（消除隔閡）

障泥、泥障〔名〕（馬具）鞍韉

障泥を打つ（用鐙敲打鞍韉催馬前進）打つ擊つ討つ

障る〔自五〕妨礙，障礙，阻礙、有害，有壞影響

そんなにレテビ許り見ていては、勉強に障りますよ（那樣老看電視會妨礙學習的）

発表すると、何か障る事でも有りますか（若是發表出去會有什麼妨礙嗎？）

時候が障る（時令不佳、影響健康）

品質に障る（影響品質）

夜更かしは体に障る（熬夜對身體有害）

光線が余り強いと目に障る（光線過強對眼睛有害）

何か御目に障りましたか（有什麼不順眼的嗎？有什麼看不順眼的嗎？）

彼の声は耳に障る（他的聲音刺耳）

触る〔自五〕觸，碰，摸、（也寫作障る）觸犯，觸怒

指で触る（用手指觸摸）障る

其に触っては行けない（不要觸摸它）

陳列品に触らないで下さい（請勿觸摸展品）

触る可からず（不許觸摸）

誰か私の肩に触った者が有る（有人碰了我的肩膀一下）

濡れた手で電燈に触ると危ない（用濕手碰電燈很危險）

傷に一寸触っても、酷く痛い（稍微碰一下傷口會很痛）一寸一寸

人の痛い所に触る（觸到人的痛處）

彼奴の言う事が気に触る（他說的話真令人惱火）

癪に触る奴だ（那小子真討厭）

彼の様な人に触らない方が良い（最好不要觸犯那種人）

触らぬ神に祟り無し（你不惹他他不犯你、少管閒事不落不是、明哲保身、敬而遠之）

寄ると触ると（人們到一起就）

寄ると触ると其の噂だ（一到一塊兒就談論那件事）*触る比触れる更多用於口語談話中

障り、障〔名〕故障，事故，障礙，妨礙、壞的影響、月經

事が何の障りも無く運んだ（事情毫無故障地進行了）

障りが有る為欠席する（因故缺席）

障りが有って行けない（因故不能去）

レテビが勉強の障りに為る（看電視影響學習）為る成る鳴る生る

嵐が作物の障りに為る（暴風雨對作物有害）

暑さの障りだ（是中暑啦）
気候の障りだ（是受氣候的影響、是時令的關係）
暑さの砌御障りも有りませんか（在這盛暑季節你生活得很好嗎？）
子供は何の障りも無く成長する（孩子健全地成長）
月の障り（月經）

触り、触〔名〕觸碰，觸動，接觸，觸感，觸覺。〔轉〕接觸時給人的印象，待人接物的態度、（淨琉璃用語）最精彩的部份，最動人的一段，最值得聽的地方、談話或故事的最重要地方
絹は手触りが良い（絲織品摸起來柔軟平滑）
障り
触りの良い人（接觸時給人好印象的人、和藹可親的人）
触りを聞かせる（演唱最精彩的一段）
触りを語る（演唱最精彩的一段）
此処の処が此の話の触りだ（這個地方是這段話的重點）
触り三百（管閒事落不是-原意是碰一下損失三百文）

障り〔名〕（さ是接頭詞）障礙、阻礙、妨礙

瘴（ㄓㄤˋ）

瘴〔漢造〕山林間溼熱毒氣、南方的熱病和其毒氣
瘴疫〔名〕瘴癘
瘴気〔名〕瘴氣
　瘴気の災を受ける（受瘴氣之害）
瘴癘〔名〕瘴癘、瘴毒
　瘴癘の気を触れる（接觸瘴氣）
　瘴癘の地（瘴癘流行的地方）

争（爭）（ㄓㄥ）

争〔漢造〕爭、爭奪、競爭
　競争（競爭、競賽）
　闘争（〔矛盾雙方〕鬥爭，爭鬥，〔兩個階級的〕鬥爭）

紛争（糾紛、爭端）
内争（內鬨、內部糾紛）
戦争（戰爭、戰事、會戰）
力争（力爭）
抗争（抗爭、對抗、反抗）
訌争（內鬨）
政争（政爭，政治鬥爭、爭奪政權）
論争（爭論、辯論、論戰）

争議〔名〕爭議，爭論，爭執，爭端、工潮，勞資糾紛（＝労働争議）
　争議を調停する（調停爭端）
　争議を起こす（發動工潮）起す興す熾す
　争議を打ち切る（停止爭議）
　会社と従業員の間に争議が起こった（公司和職工之間發生了爭議）起る興る熾る怒る
　争議権（爭議權、罷工權）
　争議破り（破壞罷工）

争訟〔名〕訴訟、打官司、通過訴訟相爭

争奪〔名、他サ〕爭奪
　世界選手権を争奪する（爭奪世界冠軍）
　デビスカップ争奪戦（台維斯杯爭奪戰）
　我が軍は敵と争奪戦を繰り返した（我軍和敵人反覆展開了爭奪戰）

争端〔名〕爭端
　其が為に争端が開かれた（因此發生了爭端）開く啓く拓く披く

争点〔名〕爭論點
　哲学上の争点（哲學上的爭論點）

争闘〔名、自サ〕爭鬥（＝争い）
　官僚の世界は大小の権力の争闘の場なのである（官僚世界就是大小權力進行鬥爭的比賽場）

争覇〔名、自サ〕爭霸，稱霸、奪錦標
　政権の争覇を廻って争いが絶えない（圍繞爭奪政權鬥爭不已）廻る回る巡る

ㄓ

争覇戦（錦標賽）耐える堪える絶える

争乱〔名〕天下大亂

　争乱の世（亂世）

争論〔名、自サ〕爭論，辯論（=論争）、爭吵

　争論を展開する（展開辯論）

　争論を繰り広げる（展開辯論）

　家庭内での争論が絶えない（家裡不斷爭吵）耐える堪える絶える

争う〔他五〕爭，爭奪、鬥爭、奮鬥、爭論，爭辯，競爭，對抗

　先を争う（爭先）

　分秒を争う（爭分奪秒）

　一分を争う時だ（是分秒必爭的時刻）

　勝ち負けを争う（爭勝負）

　財産を争う（爭財產）

　此は一刻を争う問題だ（這是刻不容緩的問題）

　法廷で争う（在法庭上奮鬥）

　最後の勝利を勝ち取る迄争う（為爭取最後勝利而奮鬥到底）

　正義の為に敢えて争う（為正義而敢於奮鬥）

　詰まらぬ事で争う（為無謂的事情爭論）

　二人は時時学会で争う（兩個人時常在學會上爭論）

　決勝で強敵と争う事に為った（在決賽時和勁敵競爭）

争い、争〔名〕爭，爭論，爭吵，糾紛，不和，競爭

　争いが起こる（發生爭論〔糾紛〕）起る興る熾る怒る

　主導権争い（爭奪主導權）

　学問上の争い（學術上的爭論）

　争いの種を播く（散布不和之種子）播く蒔く撒く捲く巻く

　順位争い（名次的競爭）

争って〔連語、副〕爭先恐後地

　先を争って買い求める（爭先購買）

　電車のドアが開くと、待っていた人人は争って乗り込んだ（電車的門一開等車的人們就一擁而上）人人人人

争われない〔連語〕不容爭辯、不可否認、確確實實

　争われない事実（不可否認的事實）

　年は争われない（年齡是不留情的）

　親譲りの才能は争われない（父母遺傳的才能是不容否認的）

　顔も声もそっくりで、流石父子は争われない（面容和聲音都一模一樣到底父子關係是不可否認的）母子

争で、如何で〔副〕如何，怎樣、總得，無論如何

　如何で此の儘引き込んで居られよう（怎麼能這樣就退縮不前呢？）

　如何で忘れ得可き（怎麼能忘掉呢？）

　如何で試みん（總得試一試）

争でか、如何でか〔副〕如何、怎麼、怎樣

　如何でか知る可き（怎能知道）

　我身だに知らざりしを、如何でか人に知る可き（連我還不知道別人怎能知道呢？）

征（ㄓㄥˋ）

征〔漢造〕征伐，討伐、遠征，出征

　出征（出征、上戰場）

　親征（親征、〔帝王〕親自征伐）

　遠征（遠征、到遠處去〔比賽、登山、探險等〕）

征する〔他サ〕征伐、征服

　敵を征する（征服敵人）征する制する製する

征衣〔名〕征衣，戎裝，出征時穿的服裝（=戎衣）、旅行裝，旅行時的服裝（=旅衣）

征夷〔名〕征伐未開化民族、特指征伐蝦夷

征夷大将軍〔名〕〔史〕（奈良時代為征服蝦夷而設的）征夷大將軍、（鎌倉時代以後掌握軍政實權的）幕府將軍

征戦〔名〕征戰

　征戦万里（遠征萬里）幾人幾人

古来征戦幾人や帰る（古來征戰幾人回）帰る返る還る孵る替える代える換える変える

征鳥〔名〕飛去的鳥、候鳥、老鷹等猛禽類

征途〔名〕征途、旅途

征途に登る（登上征途〔旅途〕）登る上る昇る

部隊は今暁征途に就いた（部隊今天拂曉踏上的征途）就く附く付く衝く突く漬く尽く撞く

征途は険しいと知りつつも、険しければ険しい程突き進む（明知征途有艱險越是艱難越向前）

銅鑼や太鼓、爆竹の音に送られて征途に就いた（在鑼鼓鞭炮聲中踏上了征途）贈る送る

征討〔名、他サ〕征討（＝征伐）

反乱軍を征討する（征討叛軍）

征馬〔名〕征馬，軍用馬、旅行用的馬

征伐〔名、他サ〕征伐，征討（＝征討）、懲罰、驅除、消滅

征伐に行く（出征）行く往く逝く行く往く逝く

蚊を征伐する（滅蚊、消滅蚊子）

征服〔名、他サ〕征服、克服、戰勝、攻佔

人類の自然征服（人類對自然的征服）自然自然

困難を征服する（克服困難）

科学テーマを征服する（克服科學項目）

敵を征服する（征服敵人）

科学は宇宙の征服を目指している（科學正在以征服宇宙為目標）

自然を認識、征服する人類の能力は限り無い物であろうか（人類認識和征服自然的能力是無限的嗎？）

征野〔名〕戰場（＝戦場）

征旅〔名〕征旅，出征的軍隊、征程，出征軍的行程

征路〔名〕征途、旅途（＝旅路）

征路に就く（踏上旅途）就く附く付く衝く突く漬く尽く撞く

征矢、征箭〔名〕（古時在戰場上使用的）矢、箭

鉦（ㄓㄥ）

鉦〔名〕鉦

鉦を打ち鳴らす（鳴鉦）

鉦鼓〔名〕〔古〕（戰時用的）鉦和鼓、鐙鼓（青銅製雅樂器之一）。〔佛〕（念經等時敲的）鐙

鉦〔名〕鉦、鉦鼓（佛具之一）

鉦や太鼓で探す（敲鑼打鼓地到處尋找、大找特找）探す捜す鉦印金鐘矩

金、鉄、銀、銅〔名〕金屬的總稱、礦石，礦物、貨幣，金錢，金子，錢（＝御金）

此のドアは木でなく金で出来ている（這個門不是木頭的是鐵做的）鐘鉦 矩印

金が沢山有る（有很多錢）有る在る或る

金が要る（需要錢）要る入る射る居る鋳る炒る煎る

金が掛かる（花費、需要用錢）掛る係る繋る懸る架る罹る

金を払う（付錢）払う掃う祓う

金を借りる（借錢）

金を儲ける（賺錢、掙錢、發財）儲ける設ける

金を損する（虧本、賠錢）

細かい金（零錢）

有り余る金が有る（有的是錢、有餘錢）

手元に金が無い（手頭沒有錢）

金に困っている（手裡沒錢、正在為錢發愁）

無闇に金を使う（亂花錢、浪費錢）遣う使う

大いに金を儲けた（發了大財、賺了大錢）

金を集める（湊錢）

金を寄付する（捐錢、捐款）

金を調達する（籌款、籌措款項）

金を生かして使う（有效地使用金錢）生かす活かす

金を殺して使う（亂花錢、花錢沒效果）

ㄓ

金が敵（かたき）　（錢能要命，財能喪生、〔隱〕和財無緣，財神爺老不降臨）仇敵

金が物を言う　（錢能通神）言う云う謂う

金で釣る　（用錢誘惑）釣る吊る

金に糸目を付けない　（不吝惜金錢）

金に目が眩む　（利令智昏）眩む暗む

金に目が無い　（貪財、就喜歡錢）

金の切れ目が縁の切れ目　（錢了緣分盡、錢在人情在、錢盡不相識）

金の貸借は不和の元　（親戚不過財、過財兩不來）

金の蔓　（礦脈、生財之道）蔓鶴弦

金の生る木　（搖錢樹）生る鳴る成る為る

金の番人　（守財奴）

金の世の中　（金錢萬能的世界）

金の草鞋で尋ねる　（踏破鐵鞋到處尋找）尋ねる訪ねる訊ねる訪れる

金の草鞋で探す　（踏破鐵鞋到處尋找）探す捜す

金は天下の回り物　（貧不生根富不長苗，〔喻〕貧富無常）

金を食う　（費錢）食う喰う食らう喰らう

金を工面する　（籌款）

金を算段する　（籌款）

金を強請る　（勒索錢）

金を握らせる　（行賄、賄賂）

金を寝かす　（荒著錢、白存著錢）

金を無心する　（乞錢）

先立つ物は金　（萬事錢當先）

地獄の沙汰も金次第　（錢能通神、有錢能使鬼推磨）

時は金也　（時間就是金錢）

鐘（かね）〔名〕吊鐘、鐘聲

鐘が鳴る（鐘響）鐘金鉦矩為る成る鳴る生る

鐘を鳴らす（敲鐘、打鐘）

鐘を撞く（撞鐘）撞く衝く付く附く着く憑く就く

鐘を鋳る（鑄鐘）鋳る居る入る要る射る炒る煎る

除夜の鐘（除夕的鐘聲－十二月三十一日寺院裡敲的鐘）

時報の鐘を聞いてから家を出たのだ（是聽到報時的鐘聲後離開家的）聞く聴く効く利く

合図の鐘が鳴る（信號鐘響了、信號鐘聲響了）

矩（かね）〔名〕曲尺（=矩尺）←→鯨（くじら）。〔舊〕直線、直角

印（かね）〔名〕烙印（=燒印、烙印）

鉦叩き、鉦叩（かねたたき、かねたたき）〔名〕敲鉦（的人）、念經乞討（的人）、鉦槌。〔動〕吟蛩

鉦、銅鑼（どら、どら）〔名〕鑼

銅鑼を鳴らす（鳴鑼）

出帆の銅鑼が鳴り響いた（開船的鑼響了）

銅鑼焼（豆餡烤餅）

徴（ㄓㄥ）

徴〔名〕徴兆，前兆（=兆し）、徴用

〔漢造〕標識、跡象、徴用，徴收

インフレの徴 が見える（已經出現通貨膨脹的徴兆）inflation

暴風雨の徴 有り（有暴風雨的前兆）

其は飢饉の徴 である（那是鬧饑荒的前兆）

徴 に応ずる（應徴）

象徴（象徴）

特徴（特徴、特色）

明徴（明確證明）

瑞徴（瑞兆、吉兆）

追徴（追徴、追加徴收）

増徴（加徴）

徴 する〔自、他サ〕徴，根據、依據、徴集、徴求、參考、徴收、召，召見

前例に徴して（根據前例）徴する 弔する 朝する 寵する

歴史に徴して明らかである（徴諸歷史是明顯的）

今迄の結果に徴すれば（根據歷來的結果）

各方面の意見を徴する（徴求各方面的意見）

此に就いては何等徴す可き文献が無い（關於這點沒有任何可供參考的文獻）

料金を徴する（收費）

徴されて上京する（應召進京）

徴候、兆候〔名〕徴候，前兆，苗頭、跡象（＝兆し、萌し、前触れ）

病気の初期兆候（生病的初期徴兆）

肺炎の兆候が有る（有肺炎的徴兆）

有らゆる兆候から見て（從各種跡象來看）

凶作の兆候を示す（顯出歉收的苗頭）

妊娠の兆候が明らかに為った（懷孕的兆頭已很明顯）

徴収〔名、他サ〕徴收

税金を徴収する（徴收税金）

所得税の徴収を免除する（免徴所得税）

税の徴収歩合（税的徴收比例）

徴集〔名、他サ〕徴集、召集

鉄製品を徴集する（徴集鐵製品）

予備兵を徴集する（召集預備兵）

徴集延期（緩期召集）

徴集免除（免除徴集）

徴証〔名〕證據、憑證（＝徴，験，証）

徴償〔名〕請求賠償

徴税〔名、自〕徴税、徴收税款

徴税の成績が悪い（徴税成績不佳）

徴税目標（徴税指標）

徴税令書（徴税通知單）

徴発〔名、他サ〕徴發、徴用（人、馬等）

車馬を徴発する（徴用車馬）

食糧の徴発（徴發糧食）工場工場

戦争中徴発を受けて工場へ行った（戰爭期間被徴去工廠工作）行く往く逝く行く往く逝

徴憑〔名〕憑證。〔法〕證據

徴兵〔名〕徴兵

徴兵を行う（實行徴兵）

徴兵に応ずる（應徴入伍）

徴兵に取られる（被徴去當兵）取る採る盗る摂る撮る執る捕る獲る

徴兵と志願兵（徴兵和志願兵）

徴兵を忌避する（逃避兵役）

徴兵を免除される（被免除兵役）

徴兵法案（兵役法）

徴兵年齢（徴兵年齡）

徴兵免除（免除兵役）

徴兵免除の特典（免除兵役的優惠）

徴兵忌避（逃避兵役）

徴兵検査（徴兵檢查）

徴兵検査の通知（徴兵檢查通知）

徴兵検査を受ける（接受徴兵檢查）

徴兵検査に合格する（徴兵檢查合格）

徴兵制度（徴兵制度）

徴兵制度を布く（施行徴兵制度）布く敷く如く

其の国では徴兵制度が行われている（那個國家實行著徴兵制）

徴兵適齢（徴兵年齡、應徴年齡）

徴兵適齢に達する（到達應徴年齡）

徴兵適齢者（兵役適齡者）者者

徴兵猶予（緩期應徴）

徴兵猶予の特典（緩期應徴的優惠〔特殊照顧〕）

徴募〔名、他サ〕徴募、徴集、招募

義勇兵を徴募する（徴募義勇兵）

业

徴募に応じる（應徵）
強制徴募を行う（實行強制徵募）

徴用 〔名、他サ〕徵用

徴用を受ける（被徵用）
徴用されて軍需工場で働く（被徵去軍需工廠做事）
徴用解除（解除徵用）
徴用工（徵用工）
徴用船（徵用船）船船

徴す、記す、誌す 〔他五〕書寫、記載、銘記

氏名を記す（寫上姓名）
特に記す可き事も無い（沒有特別值得記載的事情）
其の事は歴史に記されてない（那事歷史沒記載）
心に記す（銘記在心）
胸に記して忘れない（記在心裡不忘）

印す、標す 〔他五〕做記號、加上符號（＝印を付ける）

赤鉛筆で印して置く（用紅筆畫上符號）印す 標す 記す
チョークで印して置く（用粉筆畫上符號）
本に年月日を印す（把年月日刻在樹上）
登頂記念に山頂の岩に年月日を印して帰った（為紀念爬到山頂在岩石上做了年月日的記號就回來了）

徴、験 〔名〕徵兆，徵候（＝兆し）、效驗、效力（＝効目）

雪は豊年の験と言う（據說瑞雪兆豐年）
験 徴 印 記 標 首 首級
薬の験が現れた（藥奏效了）

印、標 〔名〕符號、標識、徽章、證明、表示、紀念、商標

爪印（爪印）標、印 徴、験 首、首級
チョークで印を付ける（用粉筆做個記號）
星の印を付ける（加上星形符號）
間違えない様に印を付けて置く（打上記號以免弄錯）
印に其のページを折って置く（折上那一頁當記號）
正しい答に印を付けよ（在正確答案上打上記號）答え応え堪え
鳩は平和の印である（鴿子是和平的象徵）
松は操の印である（松樹是節操的象徵）操 節
会員の印を付けている（配戴著會員的徽章）
彼に金を渡したのは信任の印を示す物だ（把錢交給他那就是信任的一種證明）
受け取った印に印を押して下さい（請您蓋上印章作為收到的證明）
改心の印も見えない（沒有悔悟的證明）
改心した印に煙草を止める（戒煙表示悔改）
生きている印（活著的證據）
妊娠の印（懷孕的證明）
誰か来た印に煙草の吸殻が有る（有煙頭證明有人來過）
友情の印と為て品物を贈る（這禮品用作友誼的表示）
愛情の印（愛情的表示）
感謝の印と為て（作為感謝的表示）
本の御礼の印に（微表謝意）
箱根へ行った印に（作為去箱根的紀念）
阿里山に行った印のステッキを買う（買拐杖當去過阿里山的紀念）
ばつ印（X記號－ばつ寫作X、表示否定、不要或避諱的字所用的符號）
鷹標（鷹牌）
松標の醤油（松牌的醬油）

記、誌 〔名〕記錄

印 〔名〕印（＝印、押手）

首、首級 〔名〕（立功的證據）首級

首級を挙げる（〔在戰場上〕取下敵人的首級）

御首級頂戴（要你的腦袋）

徴る、償る〔他四〕〔古〕催促、催逼、徵收

箏（ㄓㄥ）

箏〔名〕箏、十三弦琴

箏曲〔名〕箏曲、古琴曲
　箏曲千鳥を演奏する（演奏箏曲千鳥）
　箏曲教授（教授箏曲）

箏、琴〔名〕箏、古琴
　箏を弾く（彈箏）弾く引く退く惹く挽く轢く牽く曳く
　箏を習う（學彈箏）学ぶ

事〔名〕事情，事實，事務，事件，事端。（接雅號筆名等下）即，一樣，等於，就是

（用〝…た事が有る〟形式）表示經驗、

（用〝…事に為る〟形式）表示主觀的決定，打算，習慣

（用〝…事に為る〟形式）表示結果是、就是、規定，決定

（用〝…事は無い〟形式）表示沒有必要，無需

（用〝…無い事には〟形式）表示假定，如果不

（用〝…と言う事だ〟或〝との事だ〟形式）表示據說，聽說

（用〝…事だ〟形式）表示最好

（用〝…丈の事は有る〟形式）表示值得，沒有白，有效

（接形容詞連體形下）構成副詞

（接動詞，助動詞連體形下作為一句的結尾語）表示間接的命令，要求，規定，須知

（接名詞，代名詞，助動詞連體形下）作形式名詞用法

　去年の事だ（是去年的事）言琴異
　事の真相（事情的真相）
　恐ろしい事（可怕的事情）
　不愉快な事（不愉快的事情）
　何の事か分らない（不知什麼事）
　何の事も無い（沒什麼事）
　其れは当たり前の事です（那是當然的事）

自分の事は自分で為る（自己的事情自己做）

私に出来る事なら何でも致します（只要是我能辦到的事什麼我都做）

然う為ると事が面倒に為る（那麼做的話事情可就麻煩了）

然う為ると事が簡単に為る（那麼做的話事情可就簡單了）

大変な事に為った（事情鬧大了）

毎日の事（每天的事情、每天的工作）

事に当たる（辦事、工作）

事を構える（借端生事、借題發揮）

変な事に為ったぞ（真成了怪事）

どんな事が有っても（不管發生什麼事也…）

此れからが事なんだ（將來可是件事〔要麻煩〕）

事が事だから面倒だ（因為事情非同小可所以不好辦）

一朝事有る時には駆け付ける（一旦有事趕緊跑上前去）

事此処に至っては何とも仕方が無い（事已至此毫無辦法）

事の起こりは野球の試合であった（事件是由棒球比賽引起的）

一難去って迄一難とは此の事だ（這事可真是所謂一波剛平一波復起）

僕の事は心配するな（不要擔心我的事）

試験の事はもう話すのを止めよう（關於考試的事別提了）

彼奴の事だから信用出来ない（因為是他所以不能相信）

私と為た事が何と言うへまを為たのでしょう（我這個人怎麼這麼糊塗呢？）

無料とは唯の事だ（免費就是不要錢）

豊太閤事豊臣秀吉（豐太閤即豐臣秀吉）

一度行った事が有る（曾經去過一次）

洋行した事が有る（出過國）

食べた事が無い（沒有吃過）

出

彼は笑った事が無い（他沒有笑過）
行った事は行ったが会えなかった（去是去過了可是沒見到）
明日彼に会う事に為ている（決定明天去見他）
毎朝冷水摩擦を為る事に為ている（每天早晨一定用冷水擦身）
酒を飲まない事に為ている（堅持不喝酒）
結局百万円損した事に為る（結果虧了一百萬日元）
彼とは明日会う事に為っている（跟他約定明天見面）
明日の朝九時に出発する事に為っている（決定明晨九點出發）
別に急ぐ事は無い（不必特別急）
慌てる事は無い（無需驚慌）
用心しない事には危険だ（如果不注意就危險）
有ると言う事だ（聽說有）
直に上京するとの事だ（聽說馬上就進京）
花が咲いたと言う事だ（聽說花開了）
矢張り自分で遣る事だ（最好還是自己做）
人一倍働く事だ（最好是比別人加倍工作）
合格したければ良く勉強する事だ（要考上最好是好好用功）
来た丈の事は有る（沒有白來一趟）
高い金を出した丈の事は有る（沒有白花大價錢）
早い事遣って仕舞え（趕快作完吧！）
長い事話した（說了好久）
旨い事遣った（做得好）
此処で遊ばない事（不要在此玩耍、禁止在此遊戲）
道路で遊ばない事（不許在馬路上玩耍）
枝を折らない事（不許折枝、禁止攀折）
早く行く事（早點去、要快去）

印鑑持参の事（務必帶印鑑）
今月中に納付の事（務必在本月內繳納）
死ぬ事は嫌だ（不願意死）
已める事が出来ない（不能罷休）
電車が無くて帰る事が出来ない（沒有電車不能回去）
残念な事には行かれない（可惜的是不能去）
此処で下車する事が有る（有時在這裡下車）
事と為る（從事、專事）
事有る時（一朝有事）
事有る時は仏の足を戴く（臨時抱佛腳）
事有れかし（唯恐天下不亂）
事が延びれば尾鰭が付く（夜長夢多）
事志と違う（事與願違）
事細かに（詳詳細細）
事だ（糟糕、可不得了）
事とも為ず（不介意、不在呼、不當回事）
事に触れて（一有事、隨時）
事も有ろうに（偏偏、竟會）
事を起す（起事、舉兵）
事を運ぶ（進行、處理）
事を分けて（詳細說明情由）
大仕事（大事業、重大任務、費力氣的工作）
見事、見ん事（美麗，好看、精彩、巧妙、整個，完全）
出来事（偶發的事件）

異〔名、接頭〕異、特異、不同、別的
異に為る（不同、不一樣）
人生観を異に為る（人生觀不一樣）
立場を異に為る（立場不同）
攻守所を異に為る（攻守異位）
意見を異に為る（意見不同）
首足所を異に為る（身首異處、被砍頭）
異国（異國、異鄉）

言〔接尾〕言、語、話（=言葉）
- 一言二言（一言兩語、隻言片語）
- 独り言（自言自語）独り一り
- 彼女は何時もぶつぶつ独り言を言う（她總是喃喃自語）
- 私にも一言言わせて下さい（請讓我也說句話）
- 二言目には人を貶す（他一說話就損人）
- 二言三言も言わぬ内に（沒說上兩三句話的工夫）

蒸（ㄓㄥ）

蒸〔漢造〕蒸
- 燻蒸（熏蒸）

蒸化〔名、他サ〕蒸發、汽化

蒸気〔名〕〔理〕蒸氣、汽，蒸氣，水蒸氣。〔舊〕汽船，火輪
- 水銀の蒸気を吸って中毒する（吸水銀蒸氣而中毒）
- 蒸気を起こす（使發生水蒸氣）起す興す熾す
- 蒸気を止める（停止蒸氣）止める已める辞める病める
- 蒸気が通っている（通著蒸氣）通う通る
- 蒸気圧（汽壓、蒸氣壓力）
- 蒸気brake（汽閘）
- 蒸気釜（汽鍋、鍋爐）
- 蒸気機関（蒸汽機）
- 蒸気機関車（蒸氣機車）
- 蒸気殺菌（蒸氣消毒〔滅菌〕）
- 蒸気turbine（蒸氣渦輪機）
- 蒸気風呂（蒸汽浴）
- 蒸気pump（汽幫浦）
- 蒸気が走る（火輪在跑）
- ぽんぽん蒸気（小汽艇）
- 陸蒸気（火車）
- 蒸気蒸留（〔化〕蒸氣蒸餾）
- 蒸気船（汽船）
- 蒸気トラップ（濾水閥、凝氣閥）
- 蒸気nozzle（蒸氣噴嘴）

蒸散〔名、自サ〕〔植〕蒸發作用
- 蒸散係数（蒸發係數）
- 蒸散計（蒸發計、蒸發儀）
- 蒸散流（蒸發流）

蒸着〔名〕〔理〕蒸發（=蒸発）

蒸発〔名、自サ〕〔理〕蒸發，汽化。〔俗〕失蹤，溜之大吉，逃之夭夭
- 水は蒸発して雲と為る（水蒸發為雲）
- 熱は水を蒸発させる（熱使水蒸發）
- アルコールが蒸発した（酒精汽化了）
- 蒸発熱（汽化熱）
- 蒸発皿（蒸發皿）
- 人間蒸発（失蹤、逃之夭夭）
- 蒸発（残留）岩（〔地〕蒸發岩）

蒸留、蒸溜、蒸餾〔名、他サ〕蒸餾←→乾留
- 海水を蒸留して真水を取る（蒸餾海水以取淡水）取る獲る捕る執る撮る摂る盗る採る
- 焼酎は芋を蒸留して造る（燒酒是蒸餾薯類釀造的）造る作る創る
- 蒸留酒（蒸餾酒）酒酒
- 蒸留器（蒸餾器）器器
- 蒸留水（蒸餾水）水水

蒸籠、蒸籠〔名〕蒸籠
- 蒸籠で饅頭を蒸す（用蒸籠蒸豆沙包）

蒸かす〔他五〕蒸
- 薩摩芋を蒸かす（蒸白薯）
- 御飯を蒸かす（蒸飯）

更かす、深かす〔他五〕（以夜を更かす的形式）熬夜
- 読書に夜を更かす（看書看到深夜）夜夜夜

歌留多で夜を更かす（玩了大半夜紙牌）吹かす蒸かす

吹かす〔他五〕噴（煙）。〔轉〕吸煙、使（引擎）快轉、（在人前）顯擺，炫示，擺架子

煙草を吹かす（抽香煙）

只吹かす丈で吸い込まない（只往外噴不往裡吸）

葉巻を吹かし乍話す（一邊抽著雪茄一邊說話）

エンジンを吹かす（使發動機快轉）

役人風を吹かす（擺官架子）

先輩風を吹かす（擺老資格、以老資格自居）

蒸かし、蒸し〔名〕蒸、蒸的東西

蒸かし器（蒸鍋、蒸龍）

蒸かし立て、蒸し立て〔名〕剛蒸好、剛蒸好的東西

蒸かし立ての芋（剛蒸好的白薯）

蒸ける、化ける〔自下一〕蒸透，蒸好、發霉、風化

芋が良く蒸けた（白薯蒸透了）

米が蒸ける（米發霉了）

石灰が蒸ける（石灰風化）

更ける、深ける〔自下一〕（秋）深、（夜）闌

秋が更ける（秋深、秋意闌珊）老ける 耽る 蒸ける

夜が更ける（夜闌、夜深）

老ける、化ける〔自下一〕老、上年紀、變質、發霉

年寄老けて見える（顯得比實際年紀老）老ける 化ける 耽る 更ける 深ける

彼女は老けるのが早い（她老得快）早い 速い

彼は年より老けて見える（他看起來比實際年齡老）

彼は年齢よりも老けている（他比實際歲數看起來老）

三十に為ては彼は老けて見える（按三十歲說他面老、他三十歲顯得比實際年紀老）

彼は此の数年来めっきり老けた（他這幾年來顯著地蒼老）

米が老けた（米發霉了）

芋が良く老けた（白薯蒸透了）

石灰が老ける（石灰風化）石灰石灰

耽る〔自五〕耽於，沉湎，沉溺，入迷、埋頭，專心致志

飲酒に耽る（沉湎於酒）老ける 更ける 深ける 吹ける 拭ける 噴ける 葺ける

贅沢に耽る（窮奢極侈）

空想に耽る（想入非非）

小説を読み耽る（埋頭讀小說）

蒸す〔他五〕蒸（=蒸かす）、熱器

〔自五〕悶熱（=むしむしする）

此は鳥肉を蒸して作った料理です（這是把雞肉蒸後做成的菜）

冷たく為った御飯を蒸す（把已涼的飯蒸一下）

床屋では、鬚を剃る前に、熱く蒸したタオルを顔に当てます（理髮店裡刮臉前把蒸熱的毛巾放在臉上）

今日は朝から随分蒸しますね（今天從早上起就夠悶熱的了）

今日は何て蒸す事でしょう（今天多麼悶熱呀！）

一寸蒸しますね（有點悶熱呀！）一寸一寸

東京の夏は蒸す日が多いのです（東京的夏天悶熱的日子多）蔽い 被い 覆い 蓋い 多い

産す、生す〔自五〕生、長（=生れる、生える）

苔を生す（長綠苔）

蒸し〔名〕〔紡〕汽蒸、蒸汽定型

蒸し暑い〔形〕悶熱

日本の夏は蒸し暑い（日本的夏天悶熱）

昨夜は蒸し暑くて、良く眠れなかった（昨晚悶熱得沒睡好）昨夜昨夜

此の部屋は狭くて蒸し暑いです（這房間又窄又悶熱）

蒸し桶〔名〕〔紡〕煮布鍋、精練鍋、閘缸

蒸し菓子、蒸菓子〔名〕蒸製（的）日本點心（如豆沙包之類）

蒸し返す〔他五〕重蒸，再蒸，回籠、舊事重提，老調重彈
　御飯を蒸し返しましょう（把米飯再熱一下）
　今日の事を彼は又蒸し返して来た（他今天又提出了昨天的事）
　君の話は先程の議論を蒸し返す丈だ（你的話只不過是把剛才的議論重複一遍罷了）
　昔の喧嘩を蒸し返す（恢復從前的爭吵）

蒸し返し〔名〕重蒸，回籠、重複、恢復、（舊作）改編
　論争の蒸し返し（重複過去的爭論）

蒸し釜、蒸釜〔名〕蒸鍋

蒸し鰈、蒸鰈〔名〕（蒸熟陰乾，供冬天烤來吃的）鰈魚乾

蒸し器、蒸器〔名〕蒸鍋、蒸籠

蒸し薬〔名〕溫薰劑

蒸し鮨、蒸鮨〔名〕蒸壽司（大阪名稱）

蒸しタオル〔名〕熱毛巾、蒸氣消毒毛巾

蒸し直す、蒸直す〔他五〕重蒸，再蒸，回籠、舊事重提，老調重彈（=蒸し返す）

蒸し鍋〔名〕蒸鍋

蒸し煮〔名〕〔烹〕燜
　鳥の蒸し煮（燜雞）
　蒸し煮に為る（用文火燜燒）為る為る

蒸し練り〔名〕〔紡〕（絹絲的）蒸氣精練

蒸し箱〔名〕〔機〕蒸氣箱、汽櫃

蒸し風呂、蒸風呂〔名〕蒸汽浴（如土耳其澡堂）
　此処に居ると蒸し風呂に入った様だ（這裡像蒸籠一樣）入る入る居る炒る煎る鑄る要る射
　電車の中は蒸し風呂だ（電車裡像蒸籠一樣、電車裡非常悶熱）

蒸し物〔名〕〔烹〕蒸熟的菜餚 蒸製的日本點心（=蒸し菓子）

蒸し焼き、蒸焼〔名〕〔烹〕（將材料裝在密閉的器皿中）烤（熟的菜餚）
　蒸し焼きに為る（〔放在烤盤裡〕烤）摺る掏る刷る摩る擦る擂る磨る
　蒸し焼き鍋（烤盤）

蒸し羊羹〔名〕蒸製的羊羹

蒸らす〔他五〕蒸，燜（飯）、（把已熟的飯用微火或在熄火的爐上）繼續燜
　御飯を蒸らす（燜飯）

蒸れる〔自下一〕蒸透，燜透，蒸熟、悶，熱而潮濕，熱氣籠罩
　御飯を蒸れる（飯蒸透了）
　ビニールで食物を包むと蒸れて腐り易い（用塑料包食物由於不透氣容易腐壞）

群れる〔自下一〕群聚、聚集、聚眾（=群がる、叢がる，叢る，簇がる，簇る）
　鷗が海辺に群れて飛ぶ（海鷗在海邊群聚飛翔）

蒸れ腐れ〔名〕（木材）乾朽、（水果等）捂爛

蒸す〔他四〕蒸（=蒸す）

諍（ㄓㄥ）

諍〔漢造〕忠告、爭吵、控訴

諍い〔名〕〔舊〕爭論、爭吵、口角、拌嘴（=口論、喧嘩）
　諍いを起こす（發生爭論）起す興す熾す
　諍いは後を絶たない（不斷發生爭吵）絶つ立つ断つ裁つ截つ発つ経つ建つ
　諍い果てての（棒）千切り木（賊走關門）

錚（ㄓㄥ）

錚〔漢造〕金屬相擊聲、喻人剛正不阿

錚錚〔形動タルト〕傑出，錚錚佼佼、（琵琶等樂器）鏗鏘，響亮的弦聲
　錚錚たる人物（傑出的人物）
　相手は何れも錚錚たる学者達であった（對方都是傑出的學者們）

整（ㄓㄥˇ）

整〔漢造〕整齊、整理、整頓
　調整（調整、調節）

整形〔名、他サ〕〔醫〕整形

屮

胸部の膨らみを整形して大きくする（作整形手術使胸部鼓起來）

整形外科（整形外科）

整形手術（整形手術）

整合〔名、自他サ〕調整，校正，矯正、使合適。〔電〕匹配，耦合

不揃いな歯を整合する（矯正不整齊的齒列）

機械の各部を整合する（調整機器的各個部份）

整合インピーダンス（匹配阻抗）

整合回路（匹配電路）

整合絞り（〔波導管中的〕匹配膜片、匹配窗）

整合箱（匹配箱）

整合変成器（匹配用變量器）

整骨〔名〕〔醫〕整骨、接骨（=骨接ぎ）

脱臼したので直ぐ整骨して貰った（因為脱臼了馬上請醫師矯正過來了）

整骨院（接骨醫院）

整枝〔名、自サ〕〔農〕整枝、剪枝

整肢〔名〕〔醫〕整肢

整肢療育（整肢治療）

整式〔名〕〔數〕整式

整粛、斉粛〔形動〕整肅、恭謹慎重

整除〔名、他サ〕〔數〕整除、除盡

整除出来ない（不能整除、除不盡）

整色乾板〔名〕〔攝〕正色底片（=オーソクロマティク、プレト）

整数〔名〕〔數〕整數←→分数、小数

整数論（〔整〕數論）

整斉、斉整〔形動タルト〕整齊

整斉たる隊列（整齊的隊伍）

整斉花冠（〔植〕輻射對稱花冠）

整然、井然〔形動タルト〕井然、整齊、有條不紊

井然たる秩序（秩序井然）

井然と並ぶ（排得整整齊齊）

井然と為た町並み（整齊的街道）依る因る撚る拠る寄る由る

田畑は用水路に依って井然と区切られている（田地照水田劃分得整整齊齊）

整層積み〔名〕〔建〕整層組裝施工法、整層吊裝法

整地〔名、他サ〕（建築之前）平整地基，整理用地（=地均し）、（耕種之前）平整土地

整地を為て売り出す（平整土地出售）

整腸〔名〕〔醫〕整腸

整腸剤（〔藥〕調整胃腸的藥、胃腸藥）

整調〔名〕（賽艇）尾槳（手）、領槳

整調を漕ぐ（に為る）（划尾槳、當尾槳手）

整頓〔名、自他サ〕整頓、整理、收拾

部屋の整頓に気を付ける（注意收拾屋子）

机の上を整頓する（整理桌子上）

ちゃんと整頓している（收拾得整整齊齊）

隊列を整頓する（整隊、排好隊）

室内は整理整頓の事（室内要整理整頓）

整髪〔名、自サ〕理髪（=理髪）

整版〔名、他サ〕（對活字版而言，木版、瓦版等）整塊版。〔印〕製版（=製版）

整版本（整版本）

整備〔名、自他サ〕整備、配備、備齊、齊備、擴充、充實、加強、提高、整頓、整理、維修、修整、組裝、保養、休整

グラウンド整備員（運動場維修員）

ジェット機の整備員（噴射機地勤人員）

港湾整備計画（港口擴充計畫）

自動車の整備を為る（維修汽車）為る為る

書類を整備する（備齊文件）

工場の消火設備は良く整備されている（工廠的防火設備備置得很齊全）工場工場

部隊の整備訓練を行う（進行整訓部隊）

大規模な水利網が整備された（大規模的水利網修建好了）

長江河口の航道の整備も進められ、各港湾の機械化も著しく高まった（長江的航道

正在整修各個港口機械化的程度也有顯著的提高）

地方の小都市でも道路はきちんと整備されていました（連地方上的道路都鋪設得很整齊）

整風〔名〕（中國共產黨的）整風
　整風運動を行う（進行整風運動）

整復〔名、他サ〕〔醫〕整骨、正骨
　整復術（正骨術）

整綿機〔名〕梳棉機

整容〔名〕整容、調整姿勢
　整容法（整容法－一種體操前的準備動作）

整理〔名、他サ〕整理，整頓，收拾、淘汰、裁減（人員）、（紡織品的）最後加工（如起毛、剪毛、上光等程序）
　原稿を整理する（整理原稿）
　資料を整理する（整理資料）
　交通を整理する（整頓交通）
　残品を整理する（清理存貨）
　家財を整理する（處理雜物家具）
　会社が人員の整理を為る（公司實行裁員）
　工場の人員を整理する（裁減工廠的人員）
　工場工場

整流〔名、他サ〕〔電〕整流、調整水（氣）流
　整流器（整流器）
　整流回路（整流電路）
　整流作用（整流作用）
　整流子（整流子）
　整流電流（整流電流、換向電流）

整列〔名、自他サ〕整隊，排隊，排列。〔電〕校正，定位，定向，對直線
　四列に整列する（排成四行）
　整列して待つ（排隊等候）待つ俟つ
　整列乗車を実行する（實行排隊上車）
　整列コイル（校正線圈、微調線圈）

整う、調う、斉う〔自五〕齊備，完備

（常寫作**整**う）整齊，完整，勻稱，協調
（常寫作**調**う）（協議等）達成，談好，商妥
　準備が整う（作好準備）
　食事の用意が整った（飯準備好了）
　目鼻立ちが整っている（五官端正、眉目整齊）
　色の塗り方が整っている（顔色塗得均勻）
　整った文章（完整無缺的文章）
　整った服装を為ている（衣履整齊）
　隊形が整う（隊形整齊）
　足並みが整う（步調整齊）
　調子が整う（協調）
　商談が調う（交易談妥）
　協議が調う（達成協議）
　縁談が調う（婚事談妥）

整える、調える、斉える〔他下一〕（常寫作**整**える）整理，整頓，使整齊、備齊，整備好
（常寫作**調**える）達成（協議），談妥
　服装を整える（整理服裝）
　部屋を整える（把房間收拾整潔）
　身形を整える（打扮整齊）
　隊列を整えてから行進を開始する（整頓好隊伍後開始遊行）
　行間を整える（〔印〕整版）
　旅装を整える（備齊旅裝）
　旅行費を整える（備齊旅費）
　夕食の用意を整える（準備好晚飯）
　準備を整える（作好準備）
　交渉を調える（達成協議）
　商談を調える（談妥交易）
　縁談を調える（婚事談妥）

正（ㄓㄥˋ）

正〔名〕正，正直←→邪，邪。〔理〕正，正數←→負、正式←→副、（書籍的）正編←→續。〔哲〕（三段式的）正體

〔漢造〕（也讀作 正）正，正確，正當，更正，糾正、正好，恰好，本來的，正統的，主要的，正面的、（同位官階中）居正位的←→從、長、首長（官銜的一種）、正月

正を踏む（正直、走直路）踏む履む

正に帰す（歸正）帰す規す記す期す

正の原子価（正價）

正の電荷（正電荷）

加え算の結果符号は正に為る（加法得數的符號是正數）為る成る鳴る生る

契約書は正副二通必要だ（合約需要正副兩份）

中正（中正、公正）

方正（方正、端正）

公正（公正、公平、不偏）

更正（更正、更改、改正）

校正（校對）

改正（改正、修改、修正）

規正（矯正、調整）

矯正（矯正、糾正）

匡正（匡正、矯正、改正）

粛正（整頓、肅清）

是正（訂正、更正、改正、矯正）

補正（補正、補充改正）

訂正（訂正、改正、修訂）

修正（修正、修改、訂正、改正）

至正（極為正直）

検事正（檢察官職名的一種、地方檢察官之長）

正員〔名〕正式成員

学会の正員と為る（成為學會的正式成員）為る成る鳴る

正塩〔名〕〔化〕正鹽、中式鹽

正音〔名〕正確的聲音、奈良，平安時代從中國新傳入的漢音（對照於古來傳入的和音之語）

正価〔名〕實價（＝正札）

全て正価で御願いして居ります（一切貨物都是明碼實價）

正価販売（實價銷售）

正貨〔名〕〔經〕正幣、硬幣、本位貨幣←→紙幣，補助貨幣

正貨準備（正幣準備）

正貨輸送点（正幣輸送點）

発行された紙幣の金額に同じ丈の正貨を持つ（保有與紙幣發行額相同數量的正幣）

正課〔名〕正課、正規課程

外国語を正課に為る（把外國語列為正課）為る為る

音楽は正課に為っていない（音樂不屬於正課）

正歌劇〔名〕〔劇〕正歌劇、大歌劇（=グランド、オペラ）

正解〔名、他サ〕正解、正確的解釋、正確的解答（答案）

離騒に正解を施す（正確地註解離騷）

此の問題の正解は次号に載せる（這個問題的正確答案登在下期上）載せる乗せる伸せる熨

正格〔名〕正規，正式規格、〔語法〕（日語動詞的）正格活用←→変格

正格旋法（〔樂〕正格旋律法）

正確〔名、形動〕正確、準確

正確な判断（正確的判斷）

正確に答える（正確地回答）

此の時計は正確だ（這個錶走得準）

政策は人民の実践の中で、詰まり経験の中で、始めて其が正確か否かが証明される（政策必須在人民的實踐中也就是經驗中才能證明其正確與否）

正角定規、正角定木〔名〕矩尺、直角尺

正角図法〔名〕〔數〕保角射影法、保形射影法

正角錐〔名〕〔數〕正角椎（體）

正角柱〔名〕〔數〕正角柱（體）

正割〔名〕〔數〕正割
正割法則（正割法則）

正眼、青眼〔名〕〔擊劍〕正眼（刀尖對準對方的眼睛）←→大上段
青眼の構え（刀尖對準對方眼睛的姿勢）

正看護婦〔名〕正式護士（＝正看）（對比於準看護婦-準護士：中學畢業後，學習護士二年，在府，縣等地方考試及格的護士）

正甲板〔名〕〔船〕正甲板

正気〔名〕正氣
天地に正気有り（天地有正氣）
正気の歌（正氣歌）

正気〔名ナ〕（對醉酒或發瘋等而言）精神正常，神智清醒、意識、理智←→狂気
其は正気の沙汰とは思えない（那簡直不像是精神正常的人做的）
正気を失う（發瘋、昏過去、不省人事）
正気付かせる（使清醒過來）
正気を失わずに居る（頭腦還清醒、還有理智）
正気を返って見ると事の重大さに驚いた（清醒過來一看對事態的嚴重性大吃一驚）
彼の男は正気かしら（那人精神正常嗎？他莫非發了瘋〔喝醉了〕不成）
水を吹き掛けたら正気付くだろう（噴點水會清醒過來吧！）

正規〔名〕正規，正式規定。〔機〕正常，額定，正規，標準
正規化する（正規化）化する科する嫁する架する課する擦る
正規の服装（正規服装）
正規の教育（正規教育）
正規の手続きを経る（經過正規手續）
正規の手続きを踏む（經過正規手續）
正規には外出を許されていない（按正式規定是不許外出的）
正規軍（正規軍）

正規戦争（正規戰争）
正規兵団（正規兵團）
正規化アドミッタンス（歸一化導納）
正規曲線（正規曲線、常態曲線）
正規出力（額定輸出）
正規隙間（正常空隙）
正規馬力（額定馬力、公稱馬力）
正規公布（正態分布）
正規流量（額定流量）
正規連鎖店（〔商〕正規連鎖、正規連環商店-即以多設分店，統一經營，統一管理，統一進貨，薄利多銷等方式經營的商店）

正義〔名〕正義、正確的意義
正義感（正義感）
正義観（正義觀）
正義の軍隊（正義的軍隊、正義之師）
正義の闘争（正義的鬥爭）
正義の為に戦う（為正義而戰）戦う闘う
正義は我に在り（正義在我這邊）挺する呈する訂する
正義は何処に居ったか（正義何在？）居る要る入る射る炒る鋳る煎る
正義の戦争に由って不正義の戦争に反対する（用正義戰争反對非正義戰争）
正義の為に敢然と身を挺する精神（為了正義毅然挺身而出的精神、見義勇為的精神）
各国人民の正義の闘争は、皆互いに支持し合う物である（各國人民的正義鬥爭都是互相支持的）

正逆交雑〔名〕〔生〕正反交、反交

正教〔名〕正教，正統的宗教←→邪教、東正教，希臘正教（＝ギリシア正教）

正教員〔名〕正式教員、正規的教員

正教会〔名〕〔宗〕東正教教會、希臘正教教會

正業〔名〕正業、正常職業
正業を営む就く（從事正當職業）付く着く突く附く憑く衝く点く吐く搗く

业

やくざの生活から足を洗って正業に就く（擺脫流氓生活改邪歸正）

人を正業に就かせる（使人務正）

正極 [名]〔理〕正極

正極性（正極性）

正訓 [名]（按漢字本來意義的）正確讀法

正系 [名] 嫡系、正統、正支←→傍系

正系の出身（嫡系出身）

正劇 [名]〔劇〕正劇、正統戲劇

正弦 [名]〔數〕正弦（＝サイン）

正弦関数（正弦函數）関数函数

正弦曲線（正弦曲線）

正弦弧（正弦弧）

正弦波（正弦波）

正弦電流（正弦電流）

正誤 [名] 正確和錯誤、勘誤，訂正錯誤

解答の正誤は自分には分からない（解答得對不對自己不知道）分る解る判る

正誤を要する箇所（需要勘誤的地方）

正誤表（勘誤表）

正孔 [名]〔電〕空穴（半導體結晶缺少價電子的地方）

正孔蓄積効果（儲恐效應）

正孔伝導（空穴電導）

正攻 [名] 正攻，從正面進攻、正規的進攻，堂堂正正的進攻

正攻法を用いる（用正攻法進攻）

正攻法で行く（用正攻法進攻）行く往く逝く行く往く逝く

実力に差が有り過ぎて、正攻法では迚も勝ち目が無い（實力相差懸殊用正攻法很難取勝）

正鵠、正鵠 [名] 鵠的，靶心，箭靶的正中心、要點，重點，問題的核心

正鵠を射る（擊中目標、打中要害）居る要る入る射る炒る鋳る煎る

正鵠を得た処置（處理得當）

正鵠を失する（沒擊中目標、有失中肯）

正号 [名]〔數〕正號、加號（＝プラス記号）←→負号

正坐、正座 [名、自サ] 正坐、端坐

正坐して本を読む（端坐地讀書）読む詠む

正座 [名]（主賓坐的）正座、上座、首席

正座に座る（坐在正座）

正妻 [名] 正妻、正室（＝本妻）

正朔 [名]〔古〕正朔，元旦、歷

正酸 [名]〔化〕正酸、原酸

正餐 [名] 正餐、正式午〔晚〕餐（＝本餐）

正餐は晩に為る事が多い（正餐大多是在晚上）多い覆い被い蔽い蓋い

正三角形、正三角形 [名]〔數〕等邊三角形

正史 [名] 正史←→稗史

正矢 [名]〔數〕正矢

正使 [名] 正使←→副使

正視 [名他サ] 正視、正眼看、〔生理〕視力正常

事態を正視する（正視事態）

正視するに忍びない（不忍正視，慘不忍睹）忍ぶ偲ぶ

正視眼（正常眼）

正視レンズ（正視鏡片）

正字 [名] 正字，正體字←→俗字、略字、漢字的正規用法←→当て字

正字法（正字法-文字的書寫或拼寫規則）（＝正書法）

正字法の規則（正字法的規則）

正式 [名、形動] 正式、正規（＝本式）←→略式

正式の手続（正式手續）

正式の党員（正式黨員）

正式な（の）学校教育を受ける（受正規的學校教育）

正式に願い出る（正式提出申請）

正式な訪問（正式訪問）

正軸 [名]〔機〕正軸

正室 [名] 正室（＝本妻）←→側室、主房客廳（＝表座敷）

正四面体 [名]〔數〕正四面體

正邪〔名〕正邪、是非曲直、好人和壞人
　事の正邪を弁えない（分辨不清事情的是非曲直）
　正邪曲直（是非曲直）
　人の正邪を見分けるのは難しい（辨別好人與壞人很難）

正社員〔名〕（日本商社的）正社員、正式社員

正射影〔名〕〔數〕正投影
　正射影法（正投影法）

正射図〔名〕〔建〕正投影圖
　正射図法（正投影圖法）

正斜方形〔名〕〔數〕正斜方形、菱形（=菱形）

正出〔名〕嫡出（=嫡出）←→庶出

正閏〔名〕平年和閏年、正統和非正統

正書〔名〕正楷、楷書（=楷書）
　正書法（正字法-文字的書寫或拼寫規則）（=正字法）

正晶〔名〕〔化〕正晶體

正条植え〔名〕〔農〕條植、條播

正常〔名、形動〕正常←→異常
　正常な心理狀態（正常的心理狀態）
　正常に復する（恢復正常）復する服する伏する
　正常に戻る（恢復正常）
　正常のパトロール任務を行う（執行正常巡邏任務）
　正常に行動する（正常地行動）
　精神病者は正常な社會生活が出来ない（精神病患者不能過正常的社會生活）
　正常価格（正常價格）
　正常液体（正常液體）
　正常能率（正常效率）
　正常速度（正常速度）
　正常運転（正常運轉〔操作〕）

正触媒〔名〕〔化〕正催化劑

正数〔名〕〔數〕正數←→負數

正正堂堂〔形動タルト〕堂堂正正、正大光明、光明磊落
　正正堂堂と戦う（光明正大地戰鬥）戰う闘う
　正正堂堂たる試合態度（光明磊落的比賽態度）
　正正堂堂の陣を布く（佈堂堂正正的陣勢）布く敷く若く
　胸を張って正正堂堂と歩こう（挺起胸膛來光明正大地走吧！）
　彼の行動は正正堂堂たる物だ（他的行動光明磊落）

正積図法〔名〕〔地〕等積投影法

正積方位図法〔名〕〔地〕等積方位投影法

正切、正接〔名〕〔數〕正切
　正切電流計（正切電流計）
　正切目盛板（正切刻度尺）

正装〔名、自サ〕正裝、禮服、禮裝
　正装して宴会に臨む（穿上禮服參加宴會）臨む望む
　広間は、正装した男女で一杯居た（大廳裡擠滿了穿著禮服的男女）男女男女

正則〔名、形動〕正規，正式←→變則，法則，正當的規則。〔數、化〕正則，正規
　正則に基づいて外国語を研究する（按照正規研究外國語）
　正則の教育を受ける（受正規的教育）
　正則関数（正則〔正規〕函數）関数函数
　正則溶液（正規溶液）
　正則液体（正常液體）

正続〔名〕（書籍的）正編與續編

正多角形〔名〕正多角形、正多邊形

正多辺形〔數〕正多邊形、正多角形（=正多角形）

正多面体〔名〕〔數〕正多面體

正大〔形動ノ〕正大光明
　公明正大（光明正大）
　天地正大の気（天地正氣）

選挙は正大に遣る可きだ（選舉應該政大光明地進行）

正断層〔名〕〔地〕正斷層←→逆断層

正嫡〔名〕正妻、嫡出子

正中〔名〕（物體的）中心，中央（＝真ん中）、中正，不偏不倚、（射擊等）中的，正著，正中、〔天〕（日月等）到達子午線，過南北線（＝南中）

　正中線（正中線）

　正中面（正中面）

正調〔名〕正調、正確的調子、正統腔調←→変調

　正調追分（正調追分曲）

正長岩〔名〕〔礦〕正長岩

正長石〔名〕〔礦〕正長石、鉀長石

正伝〔名〕正傳（＝正しい伝記）、（某流派的）正傳，正統

　阿Q正伝（阿Q正傳）

　狩野派の正伝（狩野畫派的正統、正統的狩野派）

正殿〔名〕（宮廷的）宮殿（＝表御殿）、（宮廷的）子宸殿、神社的大殿（＝本殿）

正電（気）〔名〕〔電〕正電、陽電（＝陽電気）

正当〔名、形動〕正當、合理、合法、公正

　正当に評価する（公正地評價）

　正当な手段により（用正當的手段）

　正当な理由が有る（具有正當理由）

　君の方が正当だとしても、そんな事を言う物じゃない（即使你有理也不應該說那樣的話）

　正当化（使正當化、使合法化）

　目的は必ずしも手段を正当化しない（目的不一定會使手段合法化）

　侵略者は強盗の論理に由って其の侵略行為を正当化しよう為している（侵略者試圖用強盜的邏輯把它們的侵略行為加以合法化）

　正当防衛（正當防衛、合法的自衛）

　正当防衛だと申し立てる（主張為合法的自衛）

正答〔名自サ〕正確的回答←→誤答

正統、正統〔名〕正統

　正統の君主（正統的皇帝）

　正統の教義（正統的教義）

　彼は家が一族の中で一番正統だ（他家在族中是最正統）

　正統劇（正統戲）

　正統政府（正統政府）

　正統主義（正統主義）

　正統派（正統派）（＝オーソドックス）

　正統派の信仰（正統派的信仰）

　正統派基督教（正統派基督教、原教旨主義）キリスト

正投手〔名〕〔棒球〕正式投手、可靠的投手

正道〔名〕正道，正確的道路（＝正しい道）、公正（正當）的道理，大道理（＝正当な道理）

　正道に導く（引導上正道）

　正道に立ち返らせる（使之回到正道上來）

　正道を踏み外す（離開正道〔走上邪路〕）

正南〔名〕正南

正の相関〔名〕〔數〕正相關

正のレンズ〔名〕〔理〕正透鏡

正犯〔名〕〔法〕煮飯←→従犯

正反合〔名〕〔哲〕正反合

正反対〔名、形動〕正相反、完全相反（＝全く反対）

　目的と正反対の方向に（へ）進む（朝著和目標完全相反的方向前進）

　彼の性格は私と正反対だ（他的性格和我正相反）

正比〔名〕〔數〕正比←→逆比、反比

正比例〔名、自サ〕〔數〕正比例、正比←→反比例

　価値は品質に正比例する（價值和品質成正比）

　正方形の一辺の長さと周りの長さは正比例に関係に有る（正方形一邊的長度和周圍的長度為正比例的關係）

彼の声は、其の問題の誇張に正比例して甲高い（他的聲音與其話題的誇張成正比更加尖銳）

正妃〔名〕〔古〕正妃（帝王的正妻）

正否〔名〕正確與否、對不對

行為の正否を良く考える（仔細考慮行為對不對）

正否を確かめる（確定是否正確）

正賓〔名〕正賓、正客（＝正客、正客）

正負〔名〕〔數〕正號和負號、正數和負數

正服〔名〕正式服裝、禮服

正副〔名〕正副

正副二名の委員長が選ばれた（選出正副委員長二人）

書類を正副二通作成する（把文件製成正副二份）

履歴書は正副二通を差し出す事（要提出履歷書正副兩份）

正文〔名〕（文章或文件的）正文，本文、標準文本（國際條約中在條文解釋上用作根據的文本）

条約の正文を保管する（保管條約的標準文本）

正篇、正編〔名〕（書籍等的）正篇、正編、正集←→続編

正編に入れる（列入正篇）

正片麻岩〔名〕〔礦〕正片麻岩、火成片麻岩

正方〔名〕正方向、正方形、（德行）方正，端方

正方行列（〔數〕方陣）

正方晶（〔礦〕正方晶格）

正方晶系（〔化〕四方晶系）

正方錐（〔礦〕正方錐體）

正方形〔名〕正方形

正方形に切る（切成正方形）切る斬る伐る着る

正方形板（正方形板）

正硼酸〔名〕〔化〕正硼酸

正北〔名〕正北

正北風（正北風）風風

正門〔名〕正門（＝表門）

正門から入る（從正門進去）

正理、正理〔名〕正確的道理

正路〔名〕正路，正確的道路（＝正道）←→邪路、大道，公路，正規的道路

正六面体〔名〕〔數〕正六面體

正論〔名〕正論、正確的言論

君の意見は正論だ（你的意見是正確的）

正論を述べる（發表正確言論）述べる陳べる宣べる延べる伸べる

正論を吐く（發表正確言論）吐く履く掃く穿く刷く佩く

堂堂たる正論を吐いて満場の拍手を浴びる（發表堂堂的正論博得滿場的掌聲）

正〔漢造〕正、（時間）正，整、（位階中的）正位

弾正（〔史〕彈正、巡察彈正－日本實行律令制時，法院的法官職稱）

賀正（〔賀年卡等用語〕賀年、慶賀新年）

正覚〔名〕〔佛〕正覺

正覚を得る（得正覺）得る得る売る

正覚坊〔名〕〔動〕綠蠵龜（＝大海龜、蠵龜）、〔俗〕喝大酒的人，酒徒

正月〔名〕正月（＝睦月）、新年、〔轉〕過年似的熱鬧（愉快）

正月二十日（正月二十）二十日二十日

正月の晴れ着（新正穿的盛裝）

御正月の飾り（新年的裝飾）

御正月を祝う（慶祝新年）

正月を迎える（迎新年）迎える向える

正月の休み（新年休假）

町には正月気分が溢れていた（街上充滿了新年的氣氛）

正月草草（剛過完新年）草草匆匆

目の正月を為る（飽眼福）

舌の正月（口福、解饞）

ㄓ

正株〔名〕〔經〕（在交易所中實際進行交易接的）實物股票（=実株）←→空株、空株

正客、正客〔名〕主賓，主要客人，（茶會時坐在上座的）客人
　　正客は上座に座る（主賓坐在上座）

正金〔名〕正幣,硬幣,金銀幣（=正貨）←→紙幣、現金現款（=現金）
　　正金に引き換える（兌現、換成硬幣）
　　正金輸送点（正幣輸送點）
　　正金即時払い（馬上付現）
　　正金で払う（以現金支付、付現）

正絹〔名〕純絲（織品）（=本絹）
　　正絹の靴下（純絲襪子）
　　正絹ネクタイ（絲領帶）

正舷〔名〕（日本釣船等）前部的總稱

正午〔名〕正午
　　正午一寸過ぎ（剛過正午）
　　正午の時報（正午的報時）
　　正午の太陽（正午的太陽）
　　正午のサイレン（正午的汽笛）

正子〔名〕〔天〕子夜

正時〔名〕（時刻的）整點
　　特急雲雀号は上野駅を正時と三十分に発車する（雲雀號特別快車在整點和半點從上野車站發車）

正直〔名、形動〕正直,直率,老實。〔木工〕測錘
　　馬鹿正直（過於老實）
　　三度目の正直（〔比賽或算命等〕事不過三、以第三次為準）
　　正直な（の）人（老實人）
　　正直に間違いを認める（老實地認錯）認める
　　子供は正直だ（小孩說實話）
　　正直に白狀する（老老實實地坦白）
　　正直に言って、困っているんだ（老實說我正在為難）

　　正直な所、彼は信用出来ません（說實在的他不可靠）
　　正直に言えば、私は一寸驚いた（老實說我真有點吃驚）
　　正直者（老實人、誠實的人）
　　正直一遍（一味正直-沒有別的本領）
　　正直の頭に神宿る（神佛保佑老實人、老實人不吃虧）
　　正直は一生の宝（誠實為一生之寶、幸福來自誠實）
　　正直者が損を為る（正直人吃虧〔倒霉〕）
　　正直者が馬鹿を見る（正直人吃虧〔倒霉〕）

正真〔名〕真正（=本当、本物）
　　正真の品物（真品、真東西）
　　正真正銘（真正、道道地地）
　　正真正銘の気違い（真正的瘋子）
　　正真正銘の保守主義者（道道地地的保守主義者）
　　正真正銘の馬鹿（真正的糊塗蟲）

正銘〔名〕真正、道道地地（=正真正銘）

正体〔名〕原形,真面目,本來面目,意識,神志
　　正体を表わす（現原形）表す 現す 著す 顕す
　　正体を暴く（揭穿真面目）暴く 発く
　　正体を隱す（掩蓋本來面目）
　　其が彼の男の正体だ（那就是他的真面目）
　　化物の正体（妖怪的本來面目）
　　正体が無く為る迄飲む（〔喝酒〕喝到不省人事的程度）
　　正体無く眠る（沉沉大睡、睡得像死人一般）
　　正体を失う（失去知覺）
　　正体が無く為る（人事不省）

正体〔名〕真相,本來面目（=本体）、長子,太子

正肉〔名〕（去掉皮、骨、內臟的）淨肉

正日〔名〕（正忌日之略）人死後第四十九日、一周年忌辰的當日、每年的忌辰

正念〔名〕〔佛〕正念、本心，真心（=正気、本気）

正念場〔名〕（歌舞伎）（絕對不許失敗的）重要場面。〔喻〕關鍵時刻，緊要關頭

中東の平和問題は、愈愈正念場を迎えようと為ている感が深い（中東和平問題大有面臨最關鍵時刻之感）

正麩、漿麩〔名〕（用麵粉做麵筋時剩下的澱粉）漿糊粉

正麩の煮た糊を作る（煮漿糊粉做漿糊）作る造る創る

正風〔名〕正派的風格、（俳句）松尾芭蕉的風格（=蕉風）

正札〔名〕標記價格的紙簽，價目簽，價目牌、明碼實價

一万円と言う正札を付いている（標著一萬日元的價目牌）

正札を付ける（貼〔栓〕上價目牌）

此の値段は正札だ（這個價錢是實價）

此は正札ですから値引き出来ません（這是實價不能折價）

正札付（明碼實價，定價（的商品）。〔轉〕惡名昭彰，名符其實）

店に有る品は皆正札付です（商店裡的貨全是明碼〔不二價〕）

正札付値段（明碼實價）

正札付の悪党（臭名昭彰的壞蛋）

正札付の山師（名符其實的大騙子）

正法〔名〕〔佛〕正法，佛法、釋迦死後五百年←→像法、末法

正本〔名〕正本，正件。〔劇〕（導演用）腳本，劇本、（〝淨琉璃〞等未加省略的）完整的版本

条約の正本と副本（條約的正本和副本）

正本通りに上演する（照劇本上演）

正本〔名〕〔法〕正本（根據法院判決的原本繕製的文件，與原本具有同等效力）、正本，原本（抄本或副本的底本）

条約の正本は両国政府が保管する（條約的正本由兩國政府保存）

正米〔名〕〔經〕現米、現貨大米←→空米

正米取引（現米交易）

正味〔名〕實質，內容，淨剩部分、淨重、實數、實價、不折不扣的價格，買進價格，批發價

頭や骨を取ると正味は半分にも為らない（去掉頭和骨頭剩下的還不到一半）

正味五キロ（淨重五公斤）

一袋正味の三ポンド有る（每袋淨重三磅）

一日正味八時間働く（一天實際工作八個小時）一日一日一日一日

正味二万円儲けた（淨賺了兩萬日元）

正味の値段（買價、批發價、不折不扣的價格）

正味は八掛けだ（批發價是訂價的八折）

正目〔名〕〔舊〕淨重

正目五百グラム（淨重五百公克）

正目、柾目〔名〕直木紋（通過幹心鋸開，木紋筆直的）縱斷面木材←→板目、鋼紋筆直的刀坯

正目紙、柾目紙〔名〕（紙紋規整，印彩色畫用的）潔白厚紙、（桐、杉等）直木紋的薄木板（用於貼飾箱櫃錶面）

正面〔名〕正面←→側面、背面、對面、直接，面對面

建物の正面（建築物的正面）

正面から見るより横の方が良い（旁影比從正面看好看）

正面から攻撃する（從正面攻擊）

正面玄関（正門）

正面を見詰める（凝視前面）

僕の正面に早川君が座っている（我的對面坐著早川君）

正面から眺める（從對面眺望）

正面から行ったので成功しない（直接去做的話不會成功）

正面から皮肉を浴びせられた（當面被人挖苦了一頓）

正面切る（從正面、不客氣、正經八百、鄭重其事）

正面切って挨拶する（鄭重地問候）

正面切って抗議出来ない弱み（不能從正面提出抗議的弱點）

正面衝突（正面衝突、直接衝突）

正面衝突を引き起こす（引起正面衝突）

会期の延長を巡って両党の正面衝突が予想される（預料圍繞延長會期問題兩黨會發生正面衝突）

正面〔名、形動〕（真面的轉變）正面、正經，正派，認真，規規矩矩

二人は正面にぶつかった（兩人撞了個正著）

正面に相手の顔を見る（從正面看對方的臉）

風を正面に受けて進む（頂風〔迎風、逆風〕前進）

正面な人間（正經人、正派人）

正面な商売（正經的買賣、不是歪門邪道的買賣）

正面な話を為よう（說點正事吧！）

正面な仕事に就け（找個正經的事做！）

正面に取る（信以為真）取る撮る採る執る捕る摂る獲る盗る

正面に暮らす（規規矩矩地過日子）

此の二、三日正面に食事していない（這兩三天沒好好吃飯）

人の話は正面に聞く物だ（應該認真聽人家講話）聞く聴く訊く効く利く

病気許りしていて正面に学校には行っていない（老在生病都沒好好上學）

正しい〔形〕正確、正當、正直、（姿勢）端正，正確

正しい答え（正確的回答）

彼の英語は正しい（他的英語很正確）

此は正しければ、昨日の新聞に書いて在った事は間違っている（如果這是正確的話昨天報上寫的就錯了）

君の言う事は全く正しい（你說的完全正確）

正しい行い（正當的行為）

正しい心（正直的心）

正しい選挙が行われる事が望ましい（期望進行正當的選舉〔活動〕）

正しい行いを為ていれば何も恐れる物は無い（只要做得正確就無所畏懼）

礼儀正しい人（彬彬有禮的人）

正しい姿勢（端正的姿勢）

毎日規則正しい生活を為ている（每天過著有規律的生活）

正す〔他五〕改正，訂正、正，端正、糾正，矯正、辨別，明辨

次の文中の誤りを正せ（改正下面文中的錯誤）

硯を正す（擺正硯台）

行いを正す（端正行為）

姿勢を正す（端正姿勢）

服装を正して出席する（整理一下服裝出席）

襟を正す（正襟危坐）

誤りを正す（糾正錯誤）

他人の非を正すのは易しいが、自分の非を正すのは難しい（糾正他人之過易糾正自己之過難）

大義名分を正す（明辨正當名份）

物事の是非を正す（辨別事物的是非）

質す〔他五〕詢問（=質問する、訪ねる）

問題点を質す（詢問問題之點）

専門家に質す（詢問專家）

テストの出題を先生にもう一度質す（再一次向老師詢問出題範圍）

糺す、糾す〔他五〕追究、盤查、查明（=取り調べる）

元を糺せば（究其根源…）

罪を糺す（追究罪責）

身元を糺す（調查身分）

政策の欠陥を糺す（調查政策的缺陷）

真偽を糺す（查明真假）

実否を糺す（調查是否屬實）

正しく〔副〕的確、確實、正是、沒有錯（=確かに、正に）

其は正しく彼の仕業だ（那確是他做的）

其の時正しく彼の姿が見えた（當時我分明看見了他）

此は正しく私の失くした時計だ（這正是我丟失的錶）

経済は正しく危機に直面している（經濟確實面臨到危機）

正しく十年前（正是在十年前）

正に、方に、当に、将に〔副〕（也寫作方に、当に）真正，的確，確實，實在

（也寫作方に、当に、将に）即將，將要

（常寫作当に，下接文語助動詞可し的各形）當然，應當，應該

（也寫作方に）方，恰，當今，方今，正當

彼こそ正に私の捜している人だ（他才正是我在尋找的人）

正に貴方の仰る通りです（的確像您說的那樣、您說的一點不錯）

御手紙正に拜受致しました（您的來信確已收到）

金一万円正に受け取りました（茲收到一萬日元無誤）

此れは正に一石二鳥だ（這真是一舉兩得）

正に出帆先と為ている（即將開船）

花の蕾は正に綻びんと為ている（花含苞待放）

彼は正に水中に飛び込もうと為ていた（他正要跳進水裡）

正に死ぬ所だ（即將死掉）

両国は正に戦端を開かんと為ている（兩國將要開戰）

アフリカは正にアフリカ人のアフリカである可きだ（非洲應當是非洲人的非洲）

正に罪を天下に謝す可きである（應該向天下謝罪）

今や正に技術革命を断行す可き時である（當今必須堅決進行技術革命）

時正に熟せり（時機恰已成熟）

正に攻撃の好機だ（正是進攻的好機會）

正木、杜仲、柾〔名〕〔植〕歐衛矛、衛矛

正夢〔名〕（與現實）應驗的夢、與事實吻合的夢、靈夢←→逆夢

政（ㄓㄥˋ）

政〔漢造〕（也讀作政）政治、國家某一部門主管的政務、家務

国政（國政）

大政（大政、國家大政）

行政（〔對立法、司法而言的〕行政、〔行政機關執行的〕政務）

王政（王政-封建帝王的統治、君主政體、君主制度）

仁政（仁政）

神政（神權政治）

新政（新政）

親政（〔帝王〕親自執政）

共和政（共和政治）

市政（市政）

司政（掌管地方行政）

善政（善政、仁政）

悪政（惡政、苛政）←→仁政、善政

徳政（德政、〔史〕〔鎌倉幕府末期，為了挽救武士的窮苦，廢除武士的借貸合同，返還抵押品的〕德政令）

財政（財政、〔個人的〕經濟情況）

農政（農業行政）

郵政（郵政）

民政（民政、文官管理政治）←→軍政

軍政（〔佔領軍的〕軍政，軍事統治、軍事行政）

内政（內政）

家政（家政、家事、家務事）

苛政（苛政、虐政）

政 〔漢造〕政治、政務

政(せっしょう)（〔史〕攝政〔者〕）

太政官(だじょうかん)、太政官(だいじょうかん)（〔史〕太政官-昔日統轄中央，地方各官廳，總理政務的官衙，相當於內閣）

政界(せいかい) 〔名〕政界、政治舞台

政界の大立者(おおだてもの)（政界的大人物）

政界の動(うご)き（政界的動態）

政界に乗(の)り出(だ)す（進入政界、登上政治舞台）

政界に入(い)る（進入政界、登上政治舞台）入(い)る

政界を退(の)く（退出政界、退出政治舞台）退(しりぞ)く退(の)く退(ひ)く

政界を去(さ)る（退出政界、退出政治舞台）去(さ)る然(さ)る

政客(せいかく)、政客(せいきゃく) 〔名〕政客、政治家、政界人士

彼(かれ)の家(いえ)は政客(せいかく)の出入(でい)りが激(はげ)しい（他家裡政界人士出入頻繁）激(はげ)しい烈(はげ)しい劇(はげ)しい

政況(せいきょう) 〔名〕政況、政情、政局

政況頓(とみ)に活発(かっぱつ)（政局突然活躍）

政教(せいきょう) 〔名〕政治和教育、政治和宗教

政教分離(せいきょうぶんり)（政教分離）

昔(むかし)のローマ(Roma)法皇(ほうおう)は政教(せいきょう)の中心(ちゅうしん)であった（古時羅馬教皇是政教中心）

政局(せいきょく) 〔名〕政局，政治局勢、政務、政事

政局の動(うご)き（政局的動向）

政局を打開(だかい)する（打開政治局勢）

政局を安定(あんてい)させる（穩定政治局勢）

政局は混乱(こんらん)を極(きわ)めている（政治局勢非常混亂）極(きわ)める究(きわ)める窮(きわ)める

政局に当(あ)たる（當政、執政）当(あ)る中(あ)る

政局を担当(たんとう)する（當政、執政）

政経(せいけい) 〔名〕政經、政治和經濟

大学(だいがく)の政経学部(せいけいがくぶ)に入(はい)る（進入大學的政經系）

政見(せいけん) 〔名〕政見、政治上的見解

政見の一致(いっち)を見(み)る（政見上取的一致）

政見を発表(はっぴょう)する（發表政見）

政見を異(こと)に為(す)る（政見不同）異(こと)異(い)

政権(せいけん) 〔名〕政權

政権を握(にぎ)る（掌握政權）

政権を取(と)る（取得政權）取(と)る盗(と)る摂(と)る撮(と)る執(と)る捕(と)る獲(と)る採(と)る

政権を握(にぎ)っているグループ(group)（當權派）

政権を奪(うば)う（奪取政權）

政権を争(あらそ)う（爭奪政權）

政権を失(うしな)う（喪失政權）

政権の座(ざ)に在(あ)る実権者(じっけんしゃ)（執政的當權者）

政権の盥回(たらいまわ)し（輪流執政）

政権欲(せいけんよく)（政權慾望、政治野心）

政権欲に燃(も)えている（一心一意想取得政權）

政綱(せいこう) 〔名〕政綱、政治綱領

新(あたら)しい政綱を決定(けってい)する（制定新的政綱）

政綱の一端(いったん)を述(の)べる（對政綱作簡單的陳述）述(の)べる陳(の)べる延(の)べる伸(の)べる一端(いったん)一端(いっぱし)

政策(せいさく) 〔名〕政策

外交政策(がいこうせいさく)（外交政策）

対外政策(たいがいせいさく)（對外政策）

政策を立(た)てる（制定政策）立(た)てる建(た)てる経(た)てる発(た)てる截(た)てる裁(た)てる断(た)てる絶(た)てる

政策を換(か)える（改變政策）換(か)える代(か)える替(か)える変(か)える孵(か)える帰(か)える返(か)える還(か)える

政策を転換(てんかん)する（改變政策）

政策を実行(じっこう)する（執行政策）

政策は政党(せいとう)の有(あ)らゆる実際行動(じっさいこうどう)の出発点(しゅっぱつてん)である（政策是政黨的一切實際行動的出發點）

政治(せいじ) 〔名〕政治

独裁政治(どくさいせいじ)（獨裁政治、專制政治）

専制政治(せんせいせいじ)（專制政治、獨裁政治）

官僚政治(かんりょうせいじ)（官僚政治）

政治に携(たずさ)わる（從事〔參與〕政治）

政治に関係する（参予政治、干預政治）

政治に関係しない（不參與政治、脫離政治）

明るい政治を行う（實行廉潔政治）

政治を弄ぶ（玩弄權勢、玩弄政治策略）弄ぶ 玩ぶ

政治に関心を持つ（關心政治）

専ら政治を遣る人（專作政治的人）

政治を血を流さない戦争であり（政治是不流血的戰爭、戰爭是流血的政治）

政治スト（政治性罷工）

政治折衝（政治談判）

政治革命（政治革命）

政治結社（政治結社）

政治献金（政治捐款）

政治屋（政客）

政治ブローカー（政治掮客）

政治ごろ（政治流氓）

政治哲学（政治哲學）

政治心理学（政治心理學）

政治経済学（政治經濟學）

政治意識（政治意識、政治覺悟）

彼等は政治意識が発達している（他們富有政治思想〔頭腦〕）

政治運動（政治運動）

政治運動に参加する（參加政治運動）

政治家（政治家、〔俗〕愛玩弄花招的人，玩弄權術的人）

職業政治家（職業政治家、政客）

プロレタリアート政治家（無產階級政治家）

素人政治家（非專業政治家）

机上の政治家（空談政治家）

彼は中中の政治家だ（他算得上是個政治家）

彼は政治家だから気を付ける（他是個策略家你可要注意）

政治学（政治學）

政治学博士（政治學博士）博士博士

政治学者（政治學家）

政治活動（政治活動）

政治活動を為る（作政治活動）為る為る

人民を政治活動に参加させる（讓人民參加政治活動）

政治季節（政治季節、政治活動頻繁季節）

政治教育（政治教育）

大衆の間で、生き生きと為た、実際に即した政治教育を行う（在群眾中間進行生動的切實的政治教育）

政治権力（政治權力、政權）

武力に由る政治権力の奪取（武裝奪取政權）

政治工作（政治工作、政工）

政治借款（政治借款-以充作政治費用為目的的借款）

政治的（政治的，政治上的，政治性的、富有策略的，權謀術數的）

政治的な問題（政治性的問題）

政治的な解決を図る（謀求政治性的解決）図る謀る諮る計る測る量る

政治的に自覚が高い（政治上覺悟高）

彼は政治的には左翼である（他在政治上是左派）

政治的の素姓のはっきりしない人物だ（一個政治面目不清的人）

政治的支配（政治上的控制）

政治的自覚（政治覺悟）

政治的提案（政治上的倡議）

政治的ぺてん師（政治騙子）

政治的見通し（政治遠見）

政治的責任（政治上的責任）

政治的シンボル（政治象徵）

政治的ルート（政治軌道）

政治的無関心（對政治漠不關心、脫離政治）

止

ㄓ

政治的手腕（政治手腕、運籌權術的手腕）
政治闘争（政治鬥爭）
政治闘争の最高の形態は、政治権力を戦い取る闘争である（政治鬥爭的最高形式是奪取政權的鬥爭）
政治犯（政治犯）

政事〔名〕政事、政務

政商〔名〕有政治靠山的商人、和政治家勾結的商人

政情〔名〕政情、政局
政情の安定（政局的穩定）
政情に通じている（通曉政界情況）

政戦〔名〕政權爭奪戰、政治和戰爭
内閣が総辞職して政戦が酣と為る（内閣總辭後政權爭奪戰進入高潮）

政争〔名〕政爭、政治鬥爭、爭奪政權（＝政戰）
政争に巻き込まれる（被捲入政爭）
政権を回って政党間に激しい政争を起っている（圍繞著政權問題政黨之間展開了激烈的政治鬥爭）
土地問題を政争の為の具と為ては為らない（不能把土地問題當作政治鬥爭的工具）

政体〔名〕政體
立憲政体（立憲政體）
共和政体（共和政體）
人民民主政体を取る（採取人民民主政體）取る盗る摂る撮る執る捕る獲る採る

政談〔名〕政談，政論、（以政治事件或法院裁判事件為題材的）政治故事，政談作品
政談を為る（談論政治）
政談演説を遣る（發表政論演講）
大岡政談（大岡政談）

政庁〔名〕官廳、政府機關

政敵〔名〕政敵、政治上的敵手
政敵を倒す（做垮政敵）

政党〔名〕政黨
政党政治（政黨政治）

政党禁止の解除（解除黨禁）
政党を作る（組織政黨）作る造る創る
政党に加盟する（加入政黨）
政党に籍を置く（参加政黨）置く擱く措く
革命を行うからには、革命政党が必要である（既要革命就要一個革命黨）

政道〔名〕〔舊〕政道、政治之道（＝政治）
御政道に対して口を挟むな（對政治別插嘴）

政派〔名〕政黨内的派別，派系
政党政派（政黨的派系）

政費〔名〕行政費、行政事務上的費用
政費の削減（縮減行政費用）

政府〔名〕政府、内閣，中央政府
現政府（現在的政府）
仮政府（臨時政府）
新しい政府を樹立する（成立新政府）
人民政府は、人民に奉仕する政府である（人民政府是為人民服務的政府）
政府党（政府黨、執政黨）
政府職員（政府職員、國家幹部）
政府当局（政府當局）
政府筋（官方人士）
時の政府（當時的内閣）
長続きしない政府（短命内閣）
政府は与党と協議した（内閣和執政黨進行了協商）

政変〔名〕政變（＝クーデター）、内閣的更換
政変が起こる（發生政變）起る興る熾る怒る
政変に由って新内閣が出来た（由於政變產生了新内閣）

政務〔名〕政務、行政事務
政務多忙の時（政務繁忙的時候）
政務多端の時（政務繁忙的時候）
政務を見る（執行政務、辦公）

政務を執る（執行政務、辦公）取る盗る摂る
撮る執る捕る獲る採る

政務次官（政務次官-輔佐大臣，參與制定政策，規劃並處理政務）

政務官（政務官-輔佐大臣，擔當和國會聯繫的官員，一般由國會議員擔任）

政友〔名〕政友←→政敵

政略〔名〕政略，政治策略、策略，計謀，權宜之計

一時的政略から出た措置（出於暫時的政略而採取的措施）

政略と為て極めて拙為る物である（作為政治策略來看很不高明）

政略を用いる（施展策略）

政略結婚（政略結婚-為了拉政治關係的婚姻、

實用主義的結婚-為了貪求個人利益或地位而結成的婚姻）

政令〔名〕政令、政府的命令

新しい政令を公布する（公布新的政令）

政論〔名〕政論

政論を闘わす（進行政治論戰）

政論家（政論家、政治評論家、時事評論家）

政所〔名〕〔史〕（行政）公署，官衙、（平安時代以後親王及公卿的）家務管所，莊園管理所、（鎌倉、室町幕府的）財政民政公署、〝摂政〟〝関白〟之妻的尊稱（＝北政所）

政〔名〕政治、政務

政を執る（執政）

政つ〔他四〕執政

症（ㄓㄥˋ）

症〔漢造〕病症

病症（病症、病的性質）

炎症（炎症、發炎）

重症（重病）←→軽症

軽症（輕病、小病）

既往症（既往症、既往病歷）

狭心症（狹心症、心絞痛）

不妊症（不孕症）

蓄膿症（蓄膿症、副鼻竇炎）

症候〔名〕〔醫〕症候、症狀、病狀

結核の症候が現れる（顯出結核的症狀）
現れる表れる顕れる

症候学（症狀學）

症候群〔名〕綜合病症、合併症狀

症状〔名〕〔醫〕症狀、病情

自覚症状（自覺症狀）

此等の症状から医者は結核と診断した
（由於這些症狀醫師診斷為結核）

流感の症状を示す（現出流行感冒的症狀）
示す湿す

症例〔名〕〔醫〕病例、病症

コレラの症例（霍亂的病例）

症例研究（病例研究）

証（證）（ㄓㄥˋ）

証〔名〕證明、證據、證明書

〔漢造〕證據、證件

後日の証と為て（作為日後的證據）

学生証（學生證）

検疫済の証（檢疫驗訖證）

明証（明證，明確的證據、證明）

口証（言證、口頭證明）←→物証、書証

物証（物證）←→人証

人証（人證）←→物証、書証

書証（書面證據、證據文件）←→人証、物証

考証（考據、考據）

公証（公證、公證人的證明）

引証（引證）

反証（反證）

保証（保證、擔保）

偽証（偽證、偽證罪）

㐧

立証（作證、證實、證明）

確証（確證、確實的證據）

実証（確證，確實的證據、證實）

免許証（執照、許可證）

保険証（保險證）

受領証（收據）

証する〔他サ〕證明（＝証明する）、保證（＝受け合う）

書証を証する書面（證明書面證據的書面材料）証する 称する 賞する 消する 銷する

此の事実丈では彼が犯人である事を証する事は出来ない（光憑這個事實不能證明他是犯人）

生命の安全を証する（保證生命的安全）

証印〔名、自サ〕（加蓋）證明的印章

受領の証印を捺す（蓋上收訖的印章）捺す 押す 推す 圧す

証印税（〔舊〕證印稅－請求更換地券時繳納的稅，現在稱登錄稅）

証歌〔名〕（為證明某些不常見的詞彙或用法等）引證的歌

証券〔名〕〔經〕（有價）證券。〔法〕證書，單據

有価証券（有價證券）

流通証券（流通證券）

証券業（證券業）

証券取引所（證券交易所）

証券市場（證券市場）市場 市場

証券会社（證券公司）

船荷証券（提貨單）

保険証券（保險單）

証言〔名、他サ〕證言、作證

目撃者の証言（目擊者的證言）

無罪を証言する（證明無罪）

証人は自分の知っている事を証言しなければならない（證人必須就自己所知作證）

被告に有利な証言を述べる（說對被告有利的證言）述べる 陳べる 宣べる 延べる 伸べる

陳述は本当だと証言する（證明陳述完全屬實）

証言者（證明人）者 者

証言台（〔法庭的〕證人台）

証拠〔名〕證據、證明

物的証拠（物證）

証拠を挙げる（舉出證據）挙げる 上げる 揚げる

証拠を集める（收集證據）

証拠を握る（抓住證據）

証拠を湮滅する（毀滅證據）

証拠が不十分だ（證據不足）

何を証拠にそんな事を言うのか（你根據什麼說那種話？）言う 云う 謂う

証拠物件を押収する（扣押證據物件）

欠伸は眠い証拠だ（哈欠是睏的證明）

証拠金（押金、保證金）

証拠書類（書面證據）

証拠立てる〔他下一〕證明、證實、提出證據

証悟〔名〕〔佛〕證悟

証左〔名〕佐證、證據、證人

証左を求める（要求證據）

証左と為る（成為證據、當證人）為る 成る 鳴る 生る

証紙〔名〕驗訖（收訖）的標籤

検査済の証紙を貼った品（貼有驗訖標籤的商品）

収入証紙（收訖標籤）

証書〔名〕證書、字據

卒業証書（畢業證書）

借用証書（借據）

証書を作成する（立字據、寫成證書）

証書に調印する（在證書上蓋章）

証書面（證書的字樣、字據的內容）

証跡、証跡〔名〕證跡
　犯罪の証跡を発見する（發現犯罪的證跡）
　証跡を晦ます（隱藏滅跡）晦ます暗ます眩ます

証人〔名〕〔法〕證人、保人，保證人
　目撃者を証人に立てる（以目撃者為證人）
　僕が疑われたら証人に為って呉れ（如果我被懷疑的話就請你作證人）
　証人と為て召喚される（被傳來作證人）
　証人台に立つ（站在證人台上）
　僕が証人に為って就職させた（我當保人讓他就業了）

証票〔名〕憑證、證據、單據，收據
　品質証明の証票（品質合格證）
　買い上げの証票を渡す（交給收購的單據）

証憑〔名〕憑證、證據（＝証拠）
　証憑の確かさが無い（缺乏作證據的可靠性）

証本〔名〕（可以作為依據的）考證本
　源氏物語の証本（源氏物語的考證本）

証明〔名他サ〕證明、證實、證據
　無罪を証明する（證明無罪）
　医者の証明を要する（需要醫師證明）
　幾何の問題を証明する（求證幾何題）
　此の事実は彼の理論をはっきりと証明した（這一事實清楚地證明了他的理論）
　本校の生徒である事を証明する（證實是本校的學生）
　証明書（證明書）
　証明が不十分だ（證據不足）

証〔名〕（來自明かす的連用形）證據，證明、清白的證據
　証を立てる（作證、見證）立てる建てる経てる絶てる断てる点てる閉てる発てる
　身の証を立てる（證明自己的清白）証 灯

鄭（ㄓㄥˋ）

鄭〔名〕中國春秋時代國名、殷勤審慎

鄭重、丁重〔名、形動〕鄭重、殷勤、誠懇
　鄭重な挨拶（鄭重的寒暄）
　鄭重な態度を取る（採取敬重的態度）
　招かれて鄭重な持て成しを受けた（被邀請去受到殷勤的態度）
　鄭重を極める（極其鄭重）
　言葉使いが何時も鄭重で穏やかである（說話總是懇摯和藹）
　鄭重に葬る（厚葬）

朱（ㄓㄨ）

朱〔名〕朱色，朱紅色（＝赤）、朱墨，紅筆（＝朱墨）。〔礦〕硃砂、（也寫作銖）銖（江戶時代貨幣單位，等於一兩的1/16
〔漢造〕朱色、紅筆
　満面に朱墨を注ぐ（〔生氣或用力時〕滿臉通紅）注ぐ告ぐ次ぐ接ぐ継ぐ灌ぐ雪ぐ濯ぐ
　一両二分三朱（一兩二分三朱）
　朱に交われば赤く為る（近朱者赤）
　朱を入れる（用紅筆批改〔文章、詩歌〕）入れる容れる
　俳句に朱を入れて返す（修改俳句後退回）
　丹朱（朱紅色、朱砂，辰砂，丹砂）

朱色、朱色〔名〕朱紅色

朱印〔名〕紅色官印（戳記）、（武家時代將軍用於公文的）紅色官印，蓋有紅色官印的公文（＝御朱印）
　朱印船（〔史〕江戶時代領有紅色官印許可證從事國外貿易的船隻）

朱夏〔名〕（五行思想紅色屬於夏）夏的異稱

朱鞘〔名〕朱色刀鞘

朱字〔名〕紅色寫的字←→白字

朱子学〔名〕朱子學（宋時由周敦頤，程明道程，伊川等開始、由朱子集大成的致之格物學說，江戶時代奉為官學）

朱儒、侏儒〔名〕侏儒（＝一寸法師）

侏儒症（〔醫〕侏儒症、矮小症）

朱書〔名、他サ〕朱書、紅筆寫（的東西）
　注意書きを朱書する（用紅筆寫注意事項）
　本文の脇に朱書で註を加える（在正文旁邊用紅筆加註）加える銜える咥える

朱唇、朱脣〔名〕朱唇、（抹了口紅的）紅唇
　朱唇を綻ばせる（綻開朱唇、女人微笑）

朱墨、朱墨〔名〕朱墨
　朱墨で書く（用朱墨寫、用紅筆寫）

朱珍，繻珍，朱珍，繻珍〔名〕素花緞

朱泥〔名〕宜興陶器

朱点〔名〕用紅色寫記的點

朱肉〔名〕紅印泥

朱塗り〔名〕塗成紅色（的東西）
　朱塗りの手箱（紅漆的小匣）
　テーブルは朱塗に為て有る（桌子是塗成紅色的）

朱引き〔名〕（古抄本訓讀漢字固有名詞時畫的）紅線、（江戶時代）（區分府內、府外畫的）紅線

朱筆〔名〕朱筆、用紅筆批改
　朱筆を入れる（用紅筆批改〔文章、詩歌〕）

朱門〔名〕朱門、紅門、富豪（顯貴）之家人

朱欄〔名〕朱欄、朱漆欄杆

朱廊〔名〕塗紅色的走廊

朱楼〔名〕塗紅色的大樓

朱雀，朱雀，朱雀〔名〕南方之神（中國漢代，東方配青龍，西方配白虎，北方配玄武，南方配朱雀）

朱鷺，鴇，鵇，桃花鳥，朱鷺〔名〕（鳥名）朱鷺（又名紅鶴）、淺粉色

朱華、唐棣、棠棣〔名〕〔植〕唐棣、粉紅色

朱欒、朱欒〔名〕（葡zamboa）〔植〕朱欒、柚子、文旦

朱、赤、紅、緋〔名〕紅，紅色。（俗）共產主義（者）
〔造語〕（冠於他語之上表示）分明，完全
　私の好きな色は赤です（我喜歡的顏色是紅色）

信号の赤は止まれと言う意味です（信號的紅色是停止的意思）
赤の御飯を炊いて御祝いを為た（做紅小豆飯來慶祝）
彼は赤だ（他是共產主義者）
赤の団体（共產主義者的團體）
赤裸（赤條精光）
赤の他人（毫無關係的人、陌生人）
赤恥（當眾出醜、丟人現眼）

朱、赤、緋〔名〕紅、紅色（=朱、赤、紅、緋）
　朱に染まって倒れた（滿身是血倒下了）

垢〔名〕（皮膚上分泌出來的）污垢，油泥、水銹（=水垢）
　垢だらけの体（滿是污垢的身體）
　御風呂に入って垢を落とす（洗個澡把污垢洗掉）入る入る
　爪の垢（指甲裡的污垢）
　心の垢（思想上的髒東西）
　鉄瓶に垢が付いた（水壺長了水銹）付く着く突く就く附く憑く衝く点く吐く搗く尽く撞く潰く

淦〔名〕船底的積水.船底污水
　船の淦を汲み出す（淘出船底污水）

銅〔名〕〔俗〕銅（=銅、銅）
　銅の鍋（銅鍋）

銅、赤金〔名〕銅（=銅、銅）
　銅の薬缶（銅水壺）

侏（ㄓㄨ）

侏〔漢造〕矮小的人

侏儒、朱儒〔名〕侏儒（=一寸法師）
　侏儒症（〔醫〕侏儒症、矮小症）

侏儒、低人、矮人〔名〕（低人的音便）矮子、矮個子（=小人）

株（ㄓㄨ）

株〔接尾〕（助數詞用法）（計算草、樹的）株

〔漢造〕（樹砍後的）殘株

二、三株（兩三株）

守株（株守，守株待兔、墨守成規）

株〔名〕（樹的）殘株，樹根（＝切り株根）、（植物的）株，棵，根（＝根元）、〔商〕股分、股子、股票、（職業等上的）特權，地位（＝御株）、擅長，拿手好戲，地位

〔接尾〕（用於計算植物）株，棵、（用於計算股分）股

木の株を掘り起こす（刨樹樁）

株から、又芽が出た（從樹樁上又發芽了）

木の株に躓く（讓樹根絆倒了）

稲の株（稻棵）

萬年青の株を分ける（分萬年青的根）

菊の株を移す（移植菊花根）移す遷す映す写す

親株（老股）

旧株（舊股）

子株（新股）

新株（新股）

人気株（當紅股票）

優先株（優先股）

採算株（核算股票）

店頭株（門市股票、零售股票）

場外株（場外股票）

株の値上がり（股票上漲）

株の落下（股票下跌）

株が上がる（股票上漲）上がる挙がる揚がる騰がる

株が下がる（股票下跌）

株を買う（購買股票）買う飼う

株を募る（招股）

株を払い込みを為る（繳納股金）擦る刷る摺る掏る磨る揺る摩る

株を募集する（招股）

株に手を出して磨って終った（作股票投機賠了錢）

相撲の年寄株（相撲的顧問的權利）

御株を奪う（學會旁人的拿手好戲、頂了別人的地位）

一株の白菜（一棵白菜）

桜を二株植える（栽了兩棵櫻桃樹）植える飢える餓える

一株に付三円の配当を受ける（每一股領三日元紅利）

株が上がる（聲譽高漲、聲望好起來）上がる挙がる揚がる騰がる

株を上げる（提高聲譽）上げる揚げる挙げる

御株〔名〕〔俗〕專長、擅長的技能、拿手好戲、（獨佔的）地位

人の御株を奪った（搶了別人的地位、學會了別人拿手玩意）

女の御株を奪ってミシンを掛ける（搶做女人的行當踩縫紉機）

御株を奪われた（取られた）（自己的拿手玩意被人學去了、被人搶了行當）

又御株が始まった（他那一套拿手戲又開始了）

愚痴は彼の人の御株だ（發牢騷是他的老毛病）

株価〔名〕股票價格、股票行市

平均株価（平均股票行情）

株価が上がる（股票價格上漲）

株価が下がる（股票價格下跌）

株金〔名〕〔經〕股金、股款

株金を払い込む（繳納股金）

株券〔名〕〔經〕股票（＝株、株式）

記名株券（記名股票）

無記名株券（無記名股票）

株券の投げ売り（拋售股票）

株券名義を書き換える（更換股票的名義、過戶）

株式〔名〕股、股份、股票、股權
　株式を募る（招股）
　株式を募集する（招股）
　株式を応募する（認股）
　株式を譲渡する（出讓股份）
　株式取得権（股權）
　株式を発行する（發行股票）
　株式売出価格（股票出售價格）
　株式市場（股票市場）市場市場
　株式資本（股票資本）
　株式相場（股票行情）
　株式仲買（股票經紀、股票掮客、介紹買賣股票）
　株式割当（分配股票）
　株式会社（股份公司、股份有限公司）
　株式会社を一つ立てる（成立一個股份公司）
　組織を株式会社に為る（把組織改為股份有限公司）為る為る
　株式取引（股票交易、股份交易）
　株式取引所（股票交易所）

株立ち〔名〕（從同一個根上）叢生的草木

株主〔名〕〔商〕股東
　株主総会（股東總會、股東全會）

株間〔名〕〔農〕株距

株分け〔名、他サ〕（植物移植時的）分株、分棵、分跟
　菊の株分けを為る（菊花分棵〔分根〕）

株〔名〕樹的殘枝（＝株、切り株）

杭〔名〕（樹幹砍掉後的）殘枝
　杭を守る（株守、墨守成規不能通達應變）、守る護る守る盛る洩る漏る

珠（ㄓㄨ）

珠〔漢造〕珍珠、珠子
　真珠（珍珠）
　宝珠（寶珠，珠寶、〔佛〕如意寶珠〔宝珠の玉〕）
　念珠、念珠（〔佛〕念珠〔＝数珠、数珠〕）
　連珠、聯珠（連珠，連接成串的珠子、連珠般的美麗詞句、連珠棋，五子棋〔五目並べ〕）
　数珠、数珠（〔佛〕念珠〔＝念珠、念珠〕）

珠芽〔名〕〔植〕珠芽、零餘子、小鱗莖

珠玉〔名〕珠玉，珍珠和玉石、〔喻〕詞藻華麗的詩文，珠璣
　珠玉を鏤めて有る小箱（鑲嵌著珠玉的小匣）
　此の小説は近代文学の珠玉と言われている（這部小說被稱為現代文學的傑作）
　珠玉編（珠玉篇）

珠孔〔名〕〔植〕珠孔
　珠孔受精（珠孔受精）

珠算、珠算〔名〕珠算←→筆算、暗算
　珠算の練習を為る（練習珠算）為る為る

珠心〔名〕〔植〕珠心
　珠心胚（珠心胚）

珠皮〔名〕〔植〕珠被

珠柄〔名〕〔植〕珠柄

珠簾〔名〕珠簾、用珠玉裝飾的簾子（＝珠簾）

珠、玉、球〔名〕玉，寶石，珍珠、球，珠，泡、鏡片，透鏡、（圓形）硬幣、電燈泡、子彈、砲彈、台球（＝撞球）。〔俗〕雞蛋（＝玉子）。〔俗〕妓女，美女。〔俗〕睪丸（＝金玉）。（煮麵條的）一團、（做壞事的）手段，幌子。〔俗〕壞人，嫌疑犯（＝容疑者）。〔商〕（買賣股票）保證金（＝玉）。〔俗〕釘書機的書釘。〔罵〕傢伙、小子
　玉で飾る（用寶石裝飾）霊魂弾
　玉の台（玉石的宮殿、豪華雄偉的宮殿）
　玉の様だ（像玉石一樣、完美無瑕）
　玉と為って砕く共、瓦と為って全から じ（寧可玉碎不為瓦全）表示否定的意志
　硝子珠、ガラス珠（玻璃珠）
　糸の球（線球）
　毛糸の球（毛線球）
　露の珠（露珠）

シャボン玉（肥皂泡）
球を投げる（投球）
球を打つ（擊球）
玉を選ぶ（〔喻〕等待良機）
額に珠の様な汗が吹き出した（額頭上冒出了豆大的汗珠）
眼鏡の珠（眼鏡片）
十円玉（十日元硬幣）
玉が切れた（燈泡的鎢絲斷了）
玉の跡（彈痕）
玉に当る（中彈）
玉を込める（裝子彈）
玉を突く（打撞球）
馬の玉を抜く（騸馬）
饂飩の玉を三つ（給我三團麵條）
女の玉に為て強請を働く（拿女人做幌子進行敲詐）
玉を繋ぐ（續交保證金）
玉に瑕（白圭之瑕、美中不足）
玉を転がす様（如珍珠轉玉盤、〔喻〕聲音美妙）
玉を抱いて罪あり（匹夫無罪懷璧其罪）
玉の杯底無きが如し（如玉杯之無底、華而不實）
玉磨かざれば光無し（器を成さず）（玉不琢不成器）

偶、適〔副〕（常接に使用、並接の構成定語）偶然、偶而、難得、稀少（=偶さか）
偶の休日（難得的休息日）
偶の休みだ、ゆっくり寝度い（難得的假日我想好好睡一覺）
偶の逢瀬（偶然的見面機會）
偶に来る客（不常來的客人）来る
偶には遊びに来て下さい（有空請來玩吧！）
彼とは偶にしか会わない（跟他只偶而見面）
偶に一言言うだけだ（只偶而說一句）

偶に遭って来る（偶然來過）
偶に有る事（偶然發生的事、不常有的事）
偶には映画も見度い（偶而也想看電影）

魂、霊〔名〕魂、靈魂（=魂）

茱（ㄓㄨ）

茱〔漢造〕喬木名，吳茱萸莖可做藥，山茱萸果實可食
　　吳茱萸（〔植〕吳茱萸）
　　山茱萸（〔植〕山茱萸、蜀酸棗）

茱萸、胡頹子〔名〕〔植〕茱萸、胡頹子屬植物（蔓胡頹子、秋胡頹子）

猪（ㄓㄨ）

猪〔漢造〕野豬

猪牙船〔名〕（江戶時代）（一種只能坐一兩個人的細長的）河船

猪口、猪口〔名〕小磁酒杯、（酒杯形的）小菜碟
　　猪口で三杯飲む（用小磁酒杯喝三杯）飲む呑む
　　酒を猪口に注ぐ（往酒杯裡斟酒）注ぐ告ぐ次ぐ接ぐ継ぐ注ぐ灌ぐ雪ぐ濯ぐ
　　猪口を干す（乾杯）干す保す乾す補す
　　猪口を開ける（乾杯）開ける開ける
　　猪口の遣り取りが盛んだ（一再推杯換盞）
　　酒の肴を猪口に盛り付ける（把酒菜裝在小碟裡）

猪口才〔名、形動〕〔俗〕賣弄小聰明、愛多嘴、不知深淺、冒冒失失
　　猪口才な奴（冒失鬼）奴奴
　　猪口才な事を言う奴だ（這傢伙專門賣弄小聰明）言う云う謂う
　　猪口才な事を言うな（別多嘴多舌）

猪突〔名、自サ〕莽撞、冒進、蠻做（=無鉄砲）
　　猪突猛進する（盲目冒進）
　　猪突的に（莽撞地）

猪尾助〔名〕〔俗、蔑〕矮子，小個子、咋咋呼呼的人

虫

猪勇 [名] 蠻勇

猪首、猪頸 [名] 脖子粗短（的人）、[古] 把盔戴在後腦殼上

猪 [名] 野豬（=猪）

豚 [名][動] 豬
- 子豚（小豬）
- 食用豚（肉用豬）
- 豚を飼う（養豬）
- 豚の様に太る（胖得像豬）
- 豚小屋（豬圈）
- 豚小屋肥（豬舍肥）
- 豚に真珠（投珠與豬、毫無意義）

猪独活 [名][植] 獨活

猪 [名][動] 野豬

猪武者 [名] 勇猛莽撞的武士

猪の子、豕 [名][古] 野豬（=猪）、豬（=豚）

誅（ㄓㄨ）

誅 [名、漢造] 誅、殺、誅戮
- 誅に伏する（伏誅）伏する 復する 服する
- 族誅（[史] 誅族、滅族、誅連九族－中國古代的一種刑罰）
- 天誅（天誅、天罰）

誅する [他サ] 誅戮、殺掉、討伐
- 逆賊を誅する（誅戮叛賊、討伐叛賊）誅する 註する 注する 沖する

誅求 [名、他サ] 誅求
- 苛斂誅求して人民に恨まれる（亂徵暴斂招致人民怨恨）恨む 怨む 憾む

誅殺 [名、他サ] 誅戮

誅伐 [名、他サ] 誅伐、討伐

誅罰 [名、他サ] 處罰

誅滅 [名、他サ] 誅滅

誅戮 [名、他サ] 誅戮
- 謀反人を誅戮する（誅殺造反人〔叛徒〕）

諸（ㄓㄨ）

諸 [漢造] 諸

諸悪 [名] 各種壞事
- 諸悪の根源（各種壞事的根源）

諸因 [名] 各種原因

諸員 [名] 諸位、大家
- 諸員の努力に由って成功裏に大会を終わった（由於大家的努力順利地結束了大會）

諸縁 [名] 各種因緣

諸王 [名] 諸王，各國之王、皇子皇孫

諸家 [名] 各家，各種學派、各家，家家，很多人家
- 諸家の意見を聞く（聽取各種學派的意見）聞く 聴く 訊く 効く 利く
- 此の点は既に諸家に由って論じ尽くされている（關於這一點各家已經徹底論述過了）

諸掛かり [名] 各種費用、雜費
- 諸掛かりを済まして千円残った（付清各種費用之後剩下一千日元）
- 人数が増えたので諸掛かりが嵩む（人數增加了所以各種費用增多）人数 人数 人数
- 諸掛かり先払い（雜費預付）
- 諸掛かり買手持ち（雜費由買方負擔）

諸学 [名] 各種學問
- 諸学百科（各種學科、[社會上的] 各種世事）

諸巻 [名] 各卷、數卷
- 万葉集の初めの諸巻（萬葉集開頭的幾卷）

諸行 [名][佛] 諸行、萬物、一切現象（=万物）
- 諸行無常（諸行無常）

諸口 [名] 各種項目（戶頭）、（簿記上的）各項科目，兩個以上的科目

諸君 [名、代]（一般為男性用語、但對長輩不用）諸君、各位
- 満場の諸君！（先生們！女士們！）
- 紳士淑女諸君！（各位先生女士！）
- 諸君に宜しく（請代問大家好）
- 諸君の努力を期待します（期望大家努力）

諸軍 [名] 各路大軍體育、比賽的各種團體

連合国の諸軍が集結する（盟國各軍集結起來）

競技会に参加の諸軍（參加比賽的各個體育團體）

諸兄〔名、代〕諸兄、各位兄長←→諸姉

在京の諸兄に宜しく伝え下さい（請向京都各位兄長問好）

諸姉〔名、代〕〔敬〕諸姉←→諸兄

謹んで諸姉の御健康を祈る（謹祝各位姉姉健康）祈る祷る

諸兄姉〔名〕各位兄姉、各位兄長、各位前輩

諸兄姉の御助力を乞う（請求各位前輩給予幫助）乞う請う斯う

諸芸〔名〕各種技藝、各種技能

諸芸に通じる（精通各種技藝）

諸芸に熟達している人（熟悉各種技藝的人）

諸経費〔名〕各種費用、雜費（＝諸掛かり）

諸経費が嵩み過ぎる（各種費用增加得太多了）

諸賢〔名、代〕許多賢人、諸君，諸位先生

諸賢の御協力を頂き度い（希望諸位先生予以協助）

諸言〔名〕緒言、序論、前言

諸言に研究の経過を述べる（在緒言中敘述研究的經過）述べる陳べる宣べる延べる伸べる

諸元〔名〕各種因素。〔機〕（機器的）各種尺寸重量等

諸元表〔名〕各種因素表（記載鐵路車廂，船舶，飛機等的形式，號數，尺寸，重量，定員，性能等的一覽表）

諸彦〔名、代〕許多優秀人物、列位，諸位先生（對多數男性的稱呼）

読者諸彦の御批評を仰ぎ度い（希望諸位讀者給予批評）

諸公〔名、代〕諸公、諸位、各位

代議士諸公（諸位議員）

大臣諸公の御列席を頂く（蒙各位部長臨席）頂く戴く

諸侯〔名〕〔史〕諸侯（＝大名）

九州の諸侯（九州的諸侯）

諸港〔名〕諸港、各港口

船は横浜、神戸、門司の諸港に寄港する（船在横濱神戸門司各港停泊）

諸豪〔名〕各豪族、許多能手，眾能將

京極氏、浅井氏等の諸豪（京極氏淺井氏等各個豪族）

プロ、レス界の諸豪（職業摔角界的眾多能手）

諸国〔名〕（世界）諸國，各國、（國内）各地方

中近東諸国（中近東各國）

欧米諸国を旅行する（旅行歐美各國）

諸国行脚（周遊各國）

諸国を流浪する（流浪國内各地）

諸国の大名（各地的諸侯）

諸山〔名〕諸山，各山、諸寺院

アルプスの諸山（阿爾卑斯群山）

諸山の高僧（各寺院的高僧）

諸子〔名〕〔史〕諸子（孔子、孟子以外的思想家）

〔代〕諸子、諸君

諸子百家（諸子百家）

諸子の卒業を心から御祝い申し上げる（衷心祝賀諸君畢業）

生徒諸子は良く勉強せよ（諸位同學要努力用功）

諸氏〔代〕〔敬〕諸位、諸位先生

諸氏の御協力で此の事業は完成した（這個事業在諸位先生協助之下完成了）

諸寺〔名〕諸寺、各寺院

諸事〔名〕諸事、萬事

諸事を友人に託して外遊する（把萬事託付給朋友出國旅行）

諸事万端抜かりの無いように気を付ける（一切事情都要小心以免出錯）

諸事万端（各種事情、一切事情）

諸事節約（萬事節約、一切從簡）

諸式、諸色〔名〕日用商品，生活必需品、各種商品。〔轉〕物價

結納の諸式（聘禮用的各種物品）

此処は諸式が高い（此地日用品貴）

諸式万端（一切用品）

諸式が上がる（物價上漲）上がる揚がる挙がる騰がる

近頃諸式が値下がりした（最近物價下跌了）

諸車〔名〕各種車輛

此の通りは諸車通行止めに為っている（此路禁止各種車輛通行）

諸車の通行を禁ずる（禁止各種車輛通行）

諸車通行禁止（〔牌示〕禁止各種車輛通行）

諸種〔名〕各種、種種

諸種の事情により会は解散した（由於種種情況會解散了）

博覧会には諸種の機械が出品されている（博覽會上陳列著各種機器）

諸宗〔名〕〔佛〕各宗派、各種宗旨

浄土教の諸宗（淨土教的各宗派）

諸処、諸所〔名〕各處

諸処に草が萌え出て来た（各處草都發芽了）

諸書〔名〕各種各樣的書、種種的書

諸将〔名〕諸將、各將領

諸嬢〔名〕各位小姐

諸生〔名〕諸生、眾門生

諸政、庶政〔名〕庶政、各方面的政務

諸政を一新する（使庶政為之一新）

諸勢〔名〕許多軍隊、眾軍

諸勢を引き連れた大将（統率眾軍的大將）

諸節〔名〕各節令、各種節令的活動

月齢及び諸節を記入する欄（記有月令及各節令的專欄）

諸説〔名〕諸說，各種意見、各種傳說

諸説を集大成する（集諸說之大成）

諸説入り乱れる（諸說紛紜）

彼の失踪に付いては諸説紛紛と為っている（關於他的失蹤眾說紛紜）

諸説を総合する（綜合各種意見）

諸説紛紛（眾說紛紜）

諸相〔名〕諸種形象、各種姿態（樣子）

学生生活の諸相を描く（描寫學生生活的各種情況）描く画く書く描く

諸他〔名〕另外許多、其他

諸他の理由は別と為て（其他許多理由權且不論）

諸多〔名〕諸多、許多

諸大夫〔名〕〔古〕（親王的）事務官，執事，（武士家族五位的）武士

諸天〔名〕〔佛〕欲界的六欲天，色界的十八天和無色界的四天的總稱、天上的眾神、天體

諸手当〔連語〕各種津貼、各種補助

給料の外に諸手当が付きます（除薪水外還有各種津貼）

諸点〔名〕諸點，各點、各節、各項、各地點

以上の諸点を総括すれば（總合以上各點）

以上の諸点に就いて御答え下さい（請就上述各項給予答覆）

伊呂波仁の諸点を通って出発点に戻る（經過甲乙丙丁各地返回出發點）

諸島〔名〕諸島、群島、列島

ハワイ諸島（夏威夷諸島）

諸道〔名〕各種技藝，許多技能、各方面、諸事。〔古〕（行政區劃的）各道

諸道に通じている（通曉各種技藝）

貧は諸道の妨げ（窮則諸事難成）

諸等数〔名〕〔數〕複名數

諸等数の足し算（複名數的加法）

諸等数の引き算（複名數的減法）

諸等数を単名数に直す（把複名數化為單名數）直す治す

諸人、諸人〔名〕諸人，眾人、大家，全體（＝一同）

諸派〔名〕各黨派、各派系

国会の諸派（國會中的各黨派）

諸派の代議士（各黨派的議員）

諸派の代表者が集まる（各黨派的代表聚集在一起）

諸般〔名〕各種、種種
　諸般の準備を整える（作好各項準備）
　諸般の事情により会期を延長する（由於各種情況延長會期）

諸費〔名〕諸費、各種費用、各種經費、各項開銷
　軍事関係の諸費を削減する（削減有關軍事的各種經費）

諸病〔名〕各種疾病、百病
　此の薬は神経系統の諸に効き目が有る（此藥對神經系統的各種疾病有效）

諸仏〔名〕諸佛
　諸仏に祈る（向諸佛祈禱）祈る祷る

諸物、庶物〔名〕諸物、各種東西、各種物件
　諸物を一括する（歸納各種物件）
　諸物崇拝（拜物教）

諸方〔名〕各方、各處（=方方、彼方此方）

諸法〔名〕〔佛〕諸法，森羅萬象、各種法律（法則）

諸本〔名〕各種版本
　土佐日記の諸本の系統（土佐日記各種版本體系）

諸流〔名〕諸流派，各種流派、各河流，許多河流
　仏教の諸流（佛教的各流派）
　大小の諸流が合して大河と為る（許多大小河流匯合成為大河）

諸訳〔名〕〔舊〕複雜情況、種種情況
　恋の諸訳（戀愛的複雜情況）

諸〔名〕〔俗〕全面、迎面、到處都
　北風を諸に受ける（迎面頂著北風）北風北風
　諸に腐っている（完全腐朽了）
　塀が諸に倒れた（圍牆整個倒了）

諸、両〔造語〕兩，兩個、諸多，眾多、共同，一起
　両手、諸手（兩手、雙手=両手、両手）
　両腕、諸腕（兩臂=両腕）
　両膝、諸膝（雙膝=両膝）
　両袖、諸袖（雙袖）
　両刃、諸刃（兩面刃=両刃）
　両矢、諸矢（雙箭、兩隻箭）
　両差，両差し、諸差，諸差し（摔角時雙手插入對方兩腋下的招數）
　諸人、諸人（大家、眾人、全體、許多人）
　両肌，諸肌、両膚，諸膚（整個上半身的皮膚）
　諸寝（一起睡、同床）

諸腕，両腕、両腕〔名〕雙臂，雙手、得力助手
　両腕を上げる（舉起雙臂）上げる挙げる揚げる
　両腕を広げる（展開雙臂）
　両腕を伸ばす（伸出雙臂）伸ばす延ばす展ばす
　人の両腕と為る（成為別人的得力助手）
　彼の両腕と為る（成為他的得力助手）

諸子〔名〕〔動〕諸子（鯉科淡水魚）

諸声〔名〕互相呼喊的聲音、一齊呼喊的聲音
　諸声に唱う（齊聲合唱）歌う唄う謡う謳う詠う

諸腰、諸腰〔名〕腰上的大小兩刀

諸差，諸差し，両差，両差し〔名〕相撲時兩手插入對方腋下的招數
　両差に為る（把兩手插入對方腋下）

諸手、両手、両手、両手〔名〕雙手、雙臂←→片手
　両手を広げる（伸開雙手）
　両手を突いて謝る（雙手伏地賠罪）突く衝く付く附く憑く謝る誤る謬る
　両手を合わせて祈る（合掌祈禱）合せる併せる祈る祷る
　両手で持つ（用雙手拿）
　両手に花（一個人獨占兩個好東西、樣樣得便宜、一箭雙鵰）

业

両手に汗を握る（兩隻手捏一把汗、提心吊膽）

両手を上げて賛成する（舉起雙手表示贊成） 上げる 挙げる 揚げる

君の両手は我手を取る（你的雙手抓我的手） 盗る 獲る 撮る 採る 摂る 取る 捕る

諸共〔名〕一起、一同、連同、共同

死なば諸共（に）（死就死在一起）

親子諸共（に）検挙された（父子一起被捕了）

乗組員は船諸共海底の藻屑と為った（船員和船一起都沉到海底了）

諸縄結び〔名〕雙蝴蝶結

諸刃，両刃、両刃〔名〕雙刃、兩面刀←→片刃

両刃の剣（雙刃劍、有益又有害的推理）剣 剣

諸白〔名〕（酒麴和米都是用精白稻米釀成的）上等酒←→片白（白米和黑麴所釀的酒）

諸肌、諸膚、両肌、両膚、両膚、両肌〔名〕左右兩個肩膀的皮膚←→片肌、片膚

両膚を脱ぐ（露出上半身、竭盡全力、全力以赴）

両膚を脱ぐ（露出上半身、竭盡全力、全力以赴）

両膚脱ぎに為る（上半身全都露出來）生る 鳴る 成る 為る

諸膝、両膝、両膝〔名〕雙膝

両膝を突く（雙膝跪下）突く 衝く

両膝を突いて謝る（雙膝跪下謝罪）謝る 誤る 上げる 挙げる 揚げる

敵は両膝を突き、両手を上げて降参した（敵人雙膝跪下舉起雙手投降了）両手 両手 両手

諸鬢〔名〕雙鬢、兩鬢

諸味、醪〔名〕未過濾的酒或醬油

諸諸、諸〔名〕諸多、種種、許許多多

諸諸の賞品を受ける（領到各種獎品）

庭には諸諸の花が咲いている（院子裡百花盛開）

諸諸の原因が重なって病気に為る（因種種原因湊在一起而生病）

科学者、芸術家其の他諸諸の人士が集まる（科學家藝術家及其他各界人士聚集一堂）

諸向き〔名〕各種方向。〔植〕裏白的異名

諸目〔名〕兩眼、雙眼

諸矢、両矢〔名〕雙箭、（射箭時同時握的）兩隻箭（＝甲矢と乙矢）

諸社〔名〕各地眾多的神社

諸撚糸〔名〕〔紡〕多股線、織物的經絲

諸業〔名〕諸事、萬事

瀦（ㄓㄨ）

瀦〔漢造〕水窪（＝水溜り）

瀦留、貯留〔名、自サ〕（水）存積、存水

朮（ㄓㄨˊ）

朮〔漢造〕多年生草，莖高二三尺，花有紫碧紅各色，根微褐色，肉白，可入藥

朮、朮〔名〕〔植〕蒼朮（菊科多年生草根入藥）

竹（ㄓㄨˊ）

竹〔漢造〕竹

石竹、瞿麦〔植〕石竹）

新竹、新竹（新長的竹子）

爆竹（爆竹、鞭炮）

斑竹（有斑紋的竹子—如雲紋竹、紫竹）

孟宗竹、孟宗竹〔植〕孟宗竹、江南竹、毛竹）

筮竹（筮竹、卜筮—占卜用的五十支竹筮）

糸竹、糸竹（絲竹、管弦、音樂）

紫竹（〔植〕紫竹、黑竹）（＝黒竹）

黒竹（〔植〕烏竹、紫竹）

竹簡、竹簡〔名〕竹簡

竹琴〔名〕三弦琴的一種，明治十九年，田村與三郎（號竹琴翁）發明

竹工〔名〕竹製工藝、竹工，製造竹器工人

竹枝〔名〕竹枝

竹紙〔名〕竹內的薄膜、一種薄的上等日本紙、（中國）宣紙、雁皮紙（=雁皮紙）

竹醉日〔名〕陰曆五月十三日（中國俗說這天種竹子會特別繁茂）（=竹迷日）

竹席〔名〕竹蓆、涼蓆（=竹蓆）

竹亭〔名〕竹亭

竹刀〔名〕竹刀，竹子做的刀、（練習擊劍用的）竹刀（=竹刀）

竹刀〔名〕（練習擊劍用的）竹劍（=撓い竹）
　竹刀競技（竹劍比賽）
　竹刀打（用竹刀交鋒、用手背反掌打）
　竹刀竹（做竹劍用的竹子、竹劍〔=竹刀〕）
　竹刀弦（〔固定竹劍尖端皮革的〕皮弦）

竹馬〔名〕竹馬
　竹馬の友（竹馬之友）

竹馬〔名〕竹馬、（竹）高蹺
　竹馬に跨る（騎竹馬）
　竹馬に乗る（踩高蹺）乗る載る
　竹馬経済（不穩固的經濟）
　日本の経済は竹馬経済だ（日本的經濟是不穩定的經濟）

竹帛〔名〕竹帛、書籍、史書
　名を竹帛に垂れる（名垂史冊）垂れる足れる
　竹帛に名を留める（青史留名）留める止める

竹夫人〔名〕竹夫人（夏天入寢納涼用的竹籠）

竹葉〔名〕竹葉、酒的異稱、旅行等時放入酒的小筒、便當
　竹葉紙（像雁皮紙薄的東西）

竹林、竹林〔名〕竹林、竹叢（=竹藪）
　竹林の七賢（中國晉代的竹林七賢）

竹輪〔名〕圓筒狀魚糕（把魚肉攪碎後塗抹在竹簽上烤或蒸成圓筒狀的一種食物）

竹〔名〕〔植〕竹。〔樂〕竹（竹製樂器）
　竹の葉（竹葉）
　竹を割る（劈竹子）

　木に竹を継いだ様だ（很不協調、不銜接）継ぐ告ぐ接ぐ注ぐ次ぐ

　竹製品（竹器）

　竹籠（竹笥、竹籃、竹轎）

　竹筏（竹排）

　糸竹の道を学ぶ（學絲竹之道、學音樂）

　竹のカーテン（〔舊〕竹幕-仿〝鐵幕〞之稱）

　竹を割った様（心直口快、性情爽朗，乾脆）

　竹を割った様な男だ（性情爽直的男子）

丈〔名〕身長，高度（=高さ）、長度，尺寸，長短（=長さ）、罄其所有（=有る限り、有り丈、全部）
　丈が高い（身材高）
　身の丈が六尺の大男（身高六尺的大漢）
　稲の丈が伸びる（稻子漲高）伸びる延びる
　水辺には丈の高い蘆が生い茂る（水邊長著很高的蘆葦）水辺水辺
　着物の丈が短い（衣服的尺寸太短）
　スカートの丈を縮める（改短裙子的長度）
　丈が足りますか（長度夠不夠？）
　此の外套は私には丈が長過ぎる（這件外套我穿太長）
　心の丈を打ち明ける（傾訴衷腸、把心裡話全說出來）

丈〔副助〕（表示只限於某範圍）只，僅僅（=許り、のみ）

（表示可能的程度或限度）儘量，儘可能，儘所有

（以…ば…丈、…なら…た丈、…丈其丈的形式，表示相應關係）越…越

（以…丈に形式）正因為…更加

（以…丈の事有って形式）值得、不愧、無怪乎、沒有白費

　夏の間丈開く（只在夏季開放）
　二人丈で行く（就兩個人去）行く往く逝く行く往く逝く
　皆出掛けて、私丈（が）家に居た（全都出去了就我一個人在家）

乢

彼丈来ていない（只有他沒有來）

君に丈話す（只告訴你）良い好い善い佳い良い好い善い佳い

毎日家から駅迄歩く丈でも良い運動だ（每天只從家走到車站也是很好的運動）

只上辺を飾る丈の事だ（只不過是裝飾門面罷了）

中国語丈でなく、英語やフランス語でも差し支え有りません（不儘限於中文用英語或法語都無妨）

中国人丈でなく、日本人に就いて然う言えるのでは無いか（不僅對中國人對日本人不也可以這麼說嗎？）

此の事丈を取って見ても並大抵の困難ではないでしょう（就以這件事來說其困難也非同小可了）

出きる丈遣って見る（儘量試試看）

要る丈取り為さい（需要多少儘量拿吧！）要る居る鋳る入る煎る炒る射る

有る丈の金は皆使い果たして終った（所有錢都用光了）終う仕舞う

何卒御好きな丈召し上がって下さい（您喜歡吃什麼就請您吃吧！）

此の問題に関心を持っている人が何れ丈有るだろう（關心這個問題的人究竟有多少呢？）

練習すれば練習する丈上手に為る（越練習越進步）上手下手

値段が高ければ高い丈品物も良く為る（價錢越貴東西就越好）

建物が高い丈其丈眺めが（も）良い（建築物越高眺望起來風景越好）

試験の前丈に、風邪を引かないように気を付けて下さい（正因為考試之前請更加注意不要感冒）

予想しなかった丈に喜びも大きい（因為沒有想到所以就更感到高興）喜び悦び歡び慶

一生懸命勉強した丈の事有って今度の試験は良く出来た（努力用功總算值得這次考試成績很好）

彼の人はスポーツの選手丈有って、体格が良い（他不愧是個運動選手體格很好）

岳〔名〕山岳、高山

浅間の岳に立つ煙（淺間山上冒出的煙）

茸〔名〕〔植〕蘑菇（＝茸、菌、蕈）

松茸（松茸）

茸を刈る（採蘑菇）

茸、菌、蕈〔名〕（"木の子"之意）蘑菇

茸が生えた（長蘑菇了）

茸を採る（採蘑菇）

茸狩り（採蘑菇）

茸雲（原子彈爆炸後的蘑菇雲）

茸採った山は忘れられぬ（守株待兔）

竹縁、竹緣〔名〕（用竹板鋪的）竹走廊

竹垣〔名〕竹牆、竹籬笆

竹冠〔名〕（漢字部首）竹字頭

竹釘〔名〕竹釘

竹細工〔名〕竹器工藝、竹工藝品、細竹器

竹細工を作る（製作精緻的竹器）作る造る創る

竹竿、竹竿、竹竿〔名〕竹竿

竹竿に洗濯物を干す（把洗的衣服曬在竹竿上）干す乾す補す保す

竹簀〔名〕竹蓆、竹簾

竹筒、竹筒〔名〕竹筒、竹管

竹筒小筒〔名〕酒筒、裝酒的竹筒

竹蜻蛉〔名〕（兒童玩具）竹蜻蜓

竹蜻蛉を回す（捻放逐蜻蜓玩）回す廻す

竹蜻蛉を飛ばす（捻放逐蜻蜓玩）飛ばす跳ばす

竹似草〔名〕〔植〕博落回（毒草名）

竹の皮〔名〕竹皮、竹殼

竹の皮に包む（用竹皮包上）

竹の皮草履（竹皮製草鞋）

竹の子、筍、笋〔名〕筍

筍が出た（長出筍來）

雨後の筍（雨後春筍）

干し筍（乾筍）

筍の衣（筍衣）衣衣

筍生活（過日子如剝筍衣、靠變賣身邊物品度日）

筍の親勝り（子勝其父、青出於藍）

竹の子医者、筍医者（庸醫、江湖醫師、不成熟的醫師）

竹梯子〔名〕竹梯

竹箆〔名〕竹篦、竹抹刀

竹箆〔名〕〔佛〕戒尺、竹板（為防止參禪者打瞌睡而敲打的用具）

竹箆返し、竹箆返し（立刻還擊、馬上報復）

相手の皮肉に竹箆返しを為る（立即還擊對方的挖苦）

竹箒〔名〕竹掃把

竹光〔名〕竹刀、鈍刀（用在嘲笑刀刃不鋒利）

中身はどうせ竹光だろう（裡面裝的莫非是鈍刀）

竹屋〔名〕竹子店，賣竹人、竹造小屋

竹屋の火事（喻氣得暴跳如雷）

竹矢来〔名〕竹柵欄、竹圍牆

竹矢来を組む（編竹柵欄）組む汲む酌む

竹薮、竹藪〔名〕竹林、小竹叢

竹薮に筍を取りに行く（到竹林裡採竹筍）

竹薮に矢を射る（徒勞、白費力氣）射る居る炒る煎る要る入る鋳る

竹槍〔名〕竹槍、竹矛

百姓が竹槍を持って押し寄せた（農民拿著竹槍湧上來了）百姓百姓

竹槍戰術（竹槍戰術、喻落後戰術）

竹楊枝〔名〕竹柄牙刷

竹叢、篁〔名〕竹林、竹叢（=竹薮、竹藪）

竹柏、梛〔名〕〔植〕竹柏

逐（ㄓㄨˊ）

逐〔漢造〕驅逐、逐次、競爭

駆逐（驅逐、趕走）

放逐（放逐、流放、逐出）（=追い払う）

角逐（角逐，競爭、逐鹿）（=競り合い）

逐一〔副〕逐一，一個一個地（=一一）、詳盡地，仔細地

逐一説明する（一一說明）

草案を委員会で逐一検討する（在委員會上逐一審查草案）

事件の内容を逐一報告する（詳細匯報事件的内容）

逐語〔名〕（翻譯或解釋等）逐字逐句

逐語的に解釈する（逐字逐句地解釋）

逐語訳〔名、他サ〕直譯、逐字譯←→意譯

逐字〔名〕逐字（=逐語）

逐次〔副〕逐次、依次、逐步、按照順序（=順次、段段）

逐次番号を書き入れる（按次序寫上號數）

選挙の結果が逐次発表される（選舉結果逐步發表出來）

分冊に為て逐次発行する（分冊逐次發行）

会議の模様に就いては逐次御報告致します（關於會議的情況逐次向您報告）

逐次刊行物（按期出版的刊物）

逐日〔副〕逐日、按日、每日、一天天地（=一日一日と）

成績は逐日調べる可きである（成績應該每天檢查）

逐条〔副〕逐條、逐項

議案を逐条審議する（逐條逐項審議議案）

命令を逐条守る（逐條遵守命令）守る守る

新しい規定を逐条的に説明する（逐條地解釋新規定）

逐電、逐電〔名、自サ〕逃跑、逃之夭夭

公金を横領して逐電する（侵占公款逃之夭夭）

家にも寄らず、其の場から逐電した（家也沒回從那裏就逃跑了）

逐年〔副〕逐年、年年（=年と共に）

屮

人口が逐年増加して行く（人口逐年増加）行く往く逝く行く往く逝く

ちくろく
逐鹿〔名〕逐鹿，爭奪政權，（議員）競選

逐鹿戦（競選活動）

おお
逐う，追う〔他五〕趕開，趕走，推走，轟走，驅逐、追趕、追逐、追求。〔轉〕催逼，忙迫，驅趕、隨著（時間）按照（順序）

蠅を追う（趕蒼蠅）

彼は公職を追われた（他被開除了公職）

猫が鼠を追っている（貓在追老鼠）

私達は全速力で先發隊の後を追った（我們用最快速度追趕先遣部隊）

泥棒は追われて路地に逃げ込んだ（小偷被追跑進巷子裡了）

牧草を追って移動する（追逐牧草而移動）

理想を追う（追求理想）

流行を追う（趕時髦）流行流行

個人の名利許りを追う（一心追求個人名利）

毎日仕事に追われて休む暇が無い（每天被工作趕得沒有休息時間）

此の頃ずっと翻訳の仕事に追われている（目前一直忙於翻譯工作）

掛け声を掛けて牛を追う（吆喝著趕牛）

日を追って改善される（逐日得到改善）

条を追って説明する（逐條說明）

其等の事件が年代を追って記録されている（那些事件是按年代紀錄下來的）

追いつ追われつ（你追我趕、互相追逐著）

二羽の燕が追いつ追われつ飛んで行く（兩隻燕子乎相追逐著飛去）

二つの工場が追いつ追われつ生産性を高めている（兩家工廠你追我趕地在提高生產率）

負う〔他五〕負，背（口語中多用背負う、背負う）、負擔，擔負，遭受，蒙受（常用形式負う所）多虧，借助，借重，有賴於

重荷を負う（負重擔）重荷

子供を背中に負う（把孩子背在背上）負う追う

薪を負うて山を下る（負薪下山）薪

人民に対して責任を負う（向人民負責）

大任を負わせる（委以重任）

責任を負い切れない（負擔不起責任）

債務を負う（負債）

借金を負う（負債）

義務を負う（擔負義務）

重い傷を負って倒れていた（負了重傷倒在那裏）

罪名を負う（背上罪名）

罪を負わされる（被加上罪名）

不名誉を身に負わされる（被別人抹黑）

此の成功は彼の助力に負う所が多い（這次成功借助於他的幫助的地方很多）

彼に負う処が少なくない（借重他地方很多）

負うた子に教えられて浅瀬を渡る（大人有時可以受到孩子的啟發）

負うた子より抱く子（背的孩子沒有抱的孩子親、喻先近後遠人情之常）抱く

負うと言えば抱かれると言う（得寸進尺、得隴望蜀）

築（ㄓㄨˊ）

ちく
築〔漢造〕修築

修築（修築、修理）

構築（構築、建築）

建築（建築，修建，建造、建築物）

新築（新建、新建的房屋）

改築（改建，重建、修改）

増築（増建、増設）

ちくこう、ちっこう
築港、築港〔名、自サ〕築港，修築港口、海港，碼頭

離れ島の築港（孤島上的港口）

築港工事（修築港口的工程）

築城〔名，自サ〕〔軍〕築城，修築城堡、修築陣地

築造〔名，他サ〕修築、營造（＝建造）
　要塞を築造する（修築要塞）

築庭〔名，自サ〕修築庭園、營造庭園（＝造園）

築堤〔名，自サ〕築堤，修壩、堤壩
　築堤工事に取り掛かる（開始築堤工程）
　築堤資料（築堤材料）
　川に築堤を設ける（在河中修個堤壩）設ける 儲ける

築く〔他五〕築，構築，修建、建立、構成、（逐步）形成，積累
　堤防を築く（築堤）
　土台を築く（打基礎）
　要塞を築く（修建要塞）
　城を築く（築城）
　富を築く（積累財富）
　周りに人山を築く（周圍聚集了很多人〔人山人海〕）
　不動の地位を築く（奠定牢固的地位）
　此の友誼は御互いの信頼の上に築かれた物である（這種友誼是建立在互相信任的基礎上的）

築き上げる〔他下一〕築成，建成、辦成
　偉大な民主主義国家を築き上げる（建成偉大的民主主義國家）
　今の中国を一層強大な物に築き上げる（把現在的中國建設得更加強大）
　一方為らず苦労して築き上げた今日の地位（費盡千辛萬苦奠定的今天的地位）

築く〔他五〕修築（＝築く）
　周囲に石垣を築く（四周砌起石牆）
　小山を築く（砌假山）

付く、附く〔自五〕附著，沾上、帶有、配有、增加、增添、伴同、隨從、偏袒、向著、設有、連接、生根、扎根

（也寫作吳く）點著，燃起、值、相當於、染上、染到、印上、留下、感到、妥當、一定、結實、走運

（也寫作就く）順著、附加、（看來）是
　泥がズボンに付く（泥沾到褲子上）
　血の付いた着物（沾上血的衣服）
　鮑は岩に付く（鮑魚附著在岩石上）
　甘い物に蟻が付く（甜東西招螞蟻）
　肉が付く（長肉）
　智慧が付く（長智慧）
　力が付く（有了勁、力量大起來）
　利子が付く（生息）
　精が付く（有了精力）
　虫が付く（生蟲）
　錆が付く（生銹）
　親に付いて旅行する（跟著父母旅行）
　護衛が付く（有護衛跟著）
　他人の後からのろのろ付いて行く（跟在別人後面慢騰騰地走）
　君には迚も付いて行けない（我怎麼冶也跟不上你）
　不運が付いて回る（厄運纏身）
　人の下に付く事を好まない（不願甘居人下）
　あんな奴の下に付くのは嫌だ（我不願意聽他的）
　彼の人に付いて居れば損は無い（聽他的話沒錯）
　娘は母に付く（女兒向著媽媽）
　弱い方に付く（偏袒軟弱的一方）
　味方に付く（偏袒我方）
　敵に付く（倒向敵方）
　何方にも付かない（不偏袒任何一方）
　引き出しの付いた机（帶抽屜的桌子）
　此の列車には食堂車が付いている（這次列車掛著餐車）

出

此の町に鉄道が付いた（這個城鎮通火車了）
谷へ下りる道が付いている（有一條通往山谷的路）
種痘が付いた（種痘發了）
挿し木が付く（插枝扎根）
電灯が付いた（電燈亮了）
もう明かりが付く頃だ（該點燈的時候了）
ライターが付かない（打火機打不著）
此の煙草には火が付かない（這個煙點不著）
隣の家に火が付いた（鄰家失火了）
一個百円に付く（一個合一百日元）
全部で一万円に付く（總共值一萬日元）
高い物に付く（花大價錢、價錢較貴）
一年が十年に付く（一年頂十年）
値が付く（有價錢、標出價錢）
然うする方が安く付く（那麼做便宜）
色が付く（染上顏色）
鼻緒の色が足袋に付いた（木履帶的顏色染到布襪上了）
足跡が付く（印上腳印、留下足跡）
帳面に付いている（帳上記著）
染みが付く（印上污痕）污点
跡が付く（留下痕跡）
目に付く（看見）
鼻に付く（嗅到、刺鼻）
耳に付く（聽見）
気が付く（注意到、察覺出來、清醒過來）
目に付かない所で悪戯を為る（在看不見的地方淘氣）
目鼻が付く（有眉目）
凡その見当が付いた（大致有了眉目）
見込みが付いた（有了希望）
判断が付く（判斷出來）
思案が付く（響了出來）

判断が付かない（眉下定決心）
話が付く（說定、談妥）
決心が付く（下定決心）
始末が付かない（不好收拾、沒法善後）
方が付く（得到解決、了結）
けりが付く（完結）
収拾が付かなく為る（不可收拾）
彼の話は未だ目鼻が付かない（那件事還沒有頭緒）
御燗が付いた（酒燙好了）
実が付く（結實）
牡丹に蕾が付いた（牡丹打苞了）
彼は近頃付いている（他近來運氣好）
今日は馬鹿に付いている（今天運氣好得很）
ゲームは最初から此方に付いていた（比賽一開始我方就占了優勢）
川に付いて行く（順著河走）
塀に付いて曲がる（順著牆拐彎）
付録が付いている（附加附錄）
条件が付く（附帶條件）
朝飯とも昼飯とも付かぬ食事（既不是早飯也不是午飯的飯食、早午餐）
シルクハットとも山高帽とも付かない物（既不是大禮帽也不是常禮帽）
板に付く（純熟，老練、貼附、適當）
手に付かない（心不在焉、不能專心從事）
役が付く（當官、有職銜）

付く、点く〔自五〕點著、燃起

電灯が付いた（電燈亮了）
もう明かりが付く頃だ（該點燈的時候了）
ライターが付かない（打火機打不著）
此の煙草には火が付かない（這個煙點不著）
隣の家に火が付いた（鄰家失火了）

付く、就く〔自五〕沿著、順著、跟隨
　　川に付いて行く（順著河走）
　　塀に付いて曲がる（順著牆拐彎）

就く〔自五〕就座，登上，就職，從事、就師，師事，就道，首途
　　席に就く（就席）
　　床に就く（就寢）床
　　塒に就く（就巢）
　　緒に就く（就緒）
　　食卓に就く（就餐）
　　講壇に就く（登上講壇）
　　職に就く（就職）
　　任に就く（就任）
　　実業に就く（從事實業工作）
　　働ける者は皆仕事に就いている（有勞動能力的都參加了工作）
　　師に就く（就師）
　　日本人に就いて日本語を学ぶ（跟日本人學日語）習う
　　帰途を就く（就歸途）
　　世界一周の途に就く（起程做環球旅行）
　　壮途に就く（踏上征途）

突く〔他五〕支撐、拄著
　　杖を突いて歩く（撐著拐杖走）
　　頬杖を突いて本を読む（用手托著下巴看書）
　　手を突いて身を起こす（用手撐著身體起來）
　　がっくり膝を突いて終った（癱軟地跪下去）

突く、衝く〔他五〕刺，戳、冒、衝、攻，抓，乘
　　槍で突く（用長槍刺）
　　針で指先を突いた（針扎了指頭）
　　棒で地面を突く（用棍子戳地）
　　鳩尾を突かれて気絶した（被擊中了胸口昏倒了）
　　判を突く（打戳、蓋章）
　　意気天を突く（幹勁衝天）
　　雲を突く許りの大男（頂天大漢）
　　つんと鼻を突く臭いが為る（聞到一股嗆鼻的味道）
　　風雨を突いて進む（冒著風雨前進）
　　不意を突く（出其不意）
　　相手の弱点を突く（攻擊對方的弱點）
　　足元を突く（找毛病）

突く、撞く〔他五〕撞、敲、拍
　　毬を突いて遊ぶ（拍皮球玩）
　　鐘を突く（敲鐘）
　　玉を突く（撞球）

吐く、突く〔他五〕吐（=吐く）、說出（=言う）、呼吸，出氣（=吹き出す）
　　反吐を吐く（嘔吐）
　　嘘を吐く（說謊）
　　息を吐く（出氣）
　　溜息を吐く（嘆氣）

即く〔自五〕即位、靠近
　　位に即く（即位）
　　王位に即かせる（使即王位）
　　即かず離れずの態度を取る（採取不即不離的態度）

漬く、浸く〔自五〕淹、浸
　　床迄水が漬く（水浸到地板上）

漬く〔自五〕醃好、醃透（=漬かる）
　　此の胡瓜は良く漬いている（這個黃瓜醃透了）

着く〔自五〕到達（=到着する）、寄到，運到（=届く）、達到，夠著（=触れる）
　　汽車が着いた（火車到了）
　　最初に着いた人（最先到的人）
　　朝台北を立てば昼東京に着く（早晨從台北動身午間就到東京）
　　手紙が着く（信寄到）
　　荷物が着いた（行李運到了）

体を前に折り曲げると手が地面に着く（一彎腰手夠著地）
頭が鴨居に着く（頭夠著門楣）

搗く、舂く〔他五〕搗、舂
米を搗く（舂米）
餅を搗く（舂年糕）
搗いた餅より心持ち（禮輕情意重）

憑く〔自五〕（妖狐魔鬼等）附體
狐が憑く（狐狸附體）

築き上げる〔他下一〕築起，砌上，累積，築完，砌完
塀を築き上げる（疊牆）
社会の富を築き上げる（累積〔創造〕社會財富）

築磯〔名〕〔漁〕人工魚礁（多為沉下海底的廢船等）

築地〔名〕〔古〕（填平河，湖，海等造成的）陸地，人造陸地（=埋立地）、東京都中央區的一個地名（明治初年曾為外僑居住區）

築地〔名〕瓦頂板心泥牆（立柱夾板，表面塗有灰泥，上面加蓋瓦頂的牆）。〔古〕公卿
築地を巡らす（周圍修築瓦頂板心泥牆）巡らす廻らす
築地女郎（公卿貴族家的女僕）

築山〔名〕（庭園內的）假山
築山に松を植える（在假山上栽松樹）植える飢える餓える

燭（ㄓㄨˊ）

燭〔名〕燈燭。〔電〕燭光（光度單位）
〔漢造〕（也讀作燭）燈燭
手に燭を取って案内する（手持燈燭引路）
十燭の電球（十燭光的燈泡）
華燭（〔洞房〕花燭）
銀燭（銀蠟台、美麗的燈光）
紙燭，脂燭、紙燭，脂燭（用紙或布細卷上面塗蠟的照明用具）
手燭（手提式帶把的蠟台）
蝋燭（蠟燭）

燭台〔名〕燭台、蠟台
銀の燭台（銀蠟台）
燭台に灯を点す（點著蠟燭）点す灯す

燭火〔名〕燈火

燭花〔名〕燈火的火焰

燭架〔名〕燭台

燭光〔名〕（光度單位）燭光、蠟燭的光
五十燭光の電球（五十燭光的燈泡）
燭光を頼りに暗がりを進む（靠蠟燭的亮光在黑暗中前進）

主（ㄓㄨˇ）

主〔名〕主人（=主、主）、主君，主公（=君）、首領，主腦人物，主眼，主體，中心，主要之點。〔宗〕（耶穌教）主，基督
〔漢造〕（也讀作主、主）為主者、居首者、主公、東道、主體、主持者、中心、主要之點

主客膝を交えて談笑する（賓主促膝談心）
主を仰ぐ（尊為主公）仰ぐ扇ぐ煽ぐ
主が主なら従も従（有其主必有其僕）
主に為る（當領導）為る成る鳴る生る
主たる目的（住要目的）
主と為す（為主）為す成す生す
商売は儲けるのが主だ（做生意主要是賺錢）儲ける設ける
壁に掛ける絵は油絵を主に為る（掛在牆上的畫以油畫為主）摩る擦る摩る刷る磨る摺る擂る
勉強が主で運動は従だ（用功為主運動次之）
主の祈り（主的祈禱）祈り禱り
主我を愛す（主愛我）
戸主（戶主、家長）
故主（故主、舊主）
祭主（主祭人，主持祭祀的人、〔伊勢神宮的〕神官長）
債主（債主，債權人、討債者）
喪主（喪主）

亭主（〔一家的〕主人、〔茶道的〕東道主、〔俗〕丈夫）

店主（老板、店主人）

金主（財主，出資者，財政後盾，〔江戶時代放款給諸侯的〕財主，富豪）（關西叫銀主）

庵主（古讀作庵主）（庵室的主人）

暗主（昏君）←→明主

天主（〔宗〕天主、上帝）

君主（君主、國王、皇帝）

盟主（盟主）

明主、名主（名君、明君、英明的君主）

法主、法主、法主（〔佛〕法主－一個宗派的長老、法事主持人）

謀主（首謀者）

賓主（賓主）

坊主（〔俗〕僧，和尚，禿頭，光頭。〔山或樹〕光禿、男孩子的愛稱，自己男孩的卑稱。〔花牌〕二十點的牌。〔史〕〔武士家中的〕司茶者〔＝茶坊主〕）

主たる〔連體〕主要的（＝主な）
事故の主たる原因は機械の老朽である（意外的主要原因是機器太舊了）

主として〔副〕主要是（＝主に）
其は主として気候の変化に由る（那主要是由於氣候的變化）
入学試験では主として学力の検査を行う（入學考試主要是進行學力檢查）

主位〔名〕主要地位、領導地位←→客位
主位に立つ（居主要〔領導〕地位）立つ経つ発つ断つ建つ裁つ起つ截つ
主位概念（主位概念、中心概念）

主意〔名〕主旨，主要意旨，中心意思、（對以理智或感情為主而言）以意志為主、主公（主人）的意思
此は主意と為て運動を実行する（以此為主旨來展開運動）
此は児童の福祉を図るのが主意である（這以謀求兒童福利為主旨）図る謀る諮る計る測る

主意主義（〔哲〕唯意志論）
主意的な学説（唯意志的學說）
主意説（〔哲〕唯意志論）

主遺伝子〔名〕〔生〕主要基因

主因〔名〕主要原因←→副因
貿易不振の主因は生産不足だ（貿易不振的主要原因是生產不足）
不況の主因は生産過剰に在る（蕭條的主要原因在於生產過剰）有る在る或る
死亡の主因ははっきりしない（死亡的主要原因不清楚）

主演〔名、自サ〕主演、主角←→助演
映画に主演する（在電影中演主角）
チャップリン主演の映画（卓別林主演的電影）
主演俳優（演主角的演員）

主応力〔名〕〔理〕主應力
主応力面（主應力平面）

主音〔名〕〔樂〕主音、基音（＝トニック、キーノート）

主恩〔名〕主人之恩、主君之恩
犬は主恩を忘れない（狗不忘主人恩）
主恩に報いる（報答主人之恩）

主家〔名〕主人之家、主君之家
主家が没落する（主人家沒落）住む棲む済む澄む清む
主家を離れる（離開主人家）離れる放れる

主家、母屋〔名〕主房、正房、上房←→庇、離れ
主家を息子に譲って老人夫婦は離れに住む（老倆口把主房讓給兒子自己住在廂房裡）

主我〔名〕〔哲〕我，自我、自私
主我を確立させる（確立自我）
主我主義（利己主義）
主我的な人間（自私的人）

主客、主客〔名〕賓主，主人和客人、主體和客體。〔語法〕主語和賓語，主格和賓格、主要和次要
主客共に（賓主一起）

主

虫

主客は酒を酌み交わして歓談する（賓主舉杯暢飲）

主客（を）転倒している（把主要和次要搞顛倒了、喧賓奪主、本末倒置）

主格〔名〕〔語法〕主格

主格と為る語（成為主格的詞）

主幹、主監〔名〕（樹木的）主幹、主任，主管，主持者，主腦人物

雜誌編輯の主幹（雜誌的主編）

主管〔名、他サ〕主管、主管者

此の業務は彼の主管に属する（這個業務歸他主管）

主管事項（主管事項）

此の局の主管は誰か（這個局的主管人是誰？）

主観〔名〕〔哲〕主觀←→客觀

主観に走る（偏於主觀）

其は各人の主観に依って違う（那因每人主觀不同而異）

自然は主観を離れて存在する（自然脫離主觀意識而存在）自然自然

主観を捨てる（丟掉主觀）捨てる棄てる

主観に頼っては公平な判断は出来ぬ（只憑主觀不能做出公平的判斷）

主観性（主觀性）

主観化（主觀化）

主観的（主觀的）←→客觀的

主観的に言えば（主觀地說）

主観的に見る（主觀地觀察）

主観論〔〔哲〕主觀主義）

主観論者（主觀主義者）

主眼〔名〕主要之點、主要目標、主要著眼點（＝要）

教育の主眼（教育的著重點）

其は我我の生活改善を主眼と為ている（那是把改善我們的生活作為重點的）

主眼点（要點、著重點）

主義〔名〕主義、主張

安全第一主義（安全第一主義）

早起き主義（早起的主意）

僕は帽子を被らない主義だ（我向來不戴帽子）

主義主張を貫く（貫徹自己的主義）貫く貫く抜く

主義を曲げる（改變主義〔主張〕）曲げる枉げる

主義者（抱一定主義的人、社會主義者）

主記憶装置〔名〕〔計〕主存儲器

主教〔名〕〔宗〕主教（＝ビショップ）

主業〔名〕主要業務←→副業、內職

主君〔名〕主君、主人

主君を仕える（事君、侍候主人）仕える使える遣える遭える問える瘁える支える

主計〔名〕會計（員）（原指日本軍隊中的會計官員）

主計の係を為る（擔任會計）為る為る

主計簿（會計簿）

主系列星〔名〕〔天〕主序星

主権〔名〕〔法〕主權

主権が侵犯される（主權受到侵犯）

主権を確立する（確立主權）

完全な主権を確保する（確保完整的主權）

主権国（主權國）

主権在民（主權屬於人民）

主権者（主權者、最高統治者）

主語〔名〕〔語法〕主語←→述語、客語。〔邏〕主辭

主根〔名〕〔植〕主根

主査〔名〕調查主任、主持調查者←→副查

主査に為って調査を進める（擔任調查主任進行調查）

主宰〔名、他サ〕主宰、主持

会を主宰する（主持會議）

雜誌を主宰する（主持辦雜誌）

会の主宰者（主持會議的人）

主宰者（主持者）

主菜〔名〕主菜、主要副食品

主祭〔名〕〔宗〕主祭、主持祭祀者

主催〔名、他サ〕主辦、舉辦

新聞社が主催する座談会（報社舉辦的座談會）

学会の主催で（由學會舉辦、在學會舉辦之下）

主催者（東道主）

主催国（東道國）

主剤〔名〕〔醫〕主劑、主要藥劑

アスピリンを主剤と為た錠剤（以阿斯匹靈為主劑的藥片）

主産地〔名〕主要產地

主産物〔名〕主要物產

主旨〔名〕（文章或計畫等的）主旨、主要旨趣、主要意思（＝主な意味）

婉曲に主旨を暈かして言う（委婉而含糊其辭地說主要旨趣）

主旨を述べる（敘述主要意思）述べる陳べる宣べる延べる伸べる

主事〔名〕（機關或學校中在首長下）主持事務者、總管、幹事、主任

指導主事（〔教育委員會巡迴考察學校的〕指導主任、視學）

事務主事（事務主任）

学校の主事（學校的教導主任）

主事会（幹事會）

主辞〔名〕〔邏〕主辭（＝主語）←→賓辭

主治〔名〕主治、主持治療

主治医（主治醫師）

主治功能（主治功能）

主軸〔名〕〔數〕主軸、〔機〕主軸、〔喻〕中心人物

放物線の主軸（拋物線的主軸）

主軸が折れた（主軸斷了）

チームの主軸（球隊的主將）

主車輪〔名〕〔空〕（飛機滑行的）主機倫

主従〔名〕主從，主要和從屬的、（也讀作しゅじゅう）主僕

二人は主従の関係だ（兩個人是主僕關係）

主従二人で旅に出る（主僕二人外出旅行）

主従は三世（主僕關係因緣深）

主従〔名〕〔舊〕主僕

主将〔名〕〔體〕（運動隊的）隊長←→副将、（也寫作首将）（軍中的）主將

野球部の主将（棒球隊的隊長）

主唱〔名、自他サ〕（由中心人物）提倡、主要提倡

彼の主唱する新文学運動（主要由他提倡的新文學運動）

主上〔名〕〔古〕皇上、天皇

主情〔名〕（情感勝過理智）易動感情、重感情

主情性（富於感情、激動）

主情的（易動感情的、激起感情的）

主情主義（〔哲〕唯情論、感情主義）

主色〔名〕基本色調、主色（指紅，橙，黃，綠，藍，靛，紫）←→副色

黄色を主色と為て背景を描く（以黃色唯基本色調畫背景）黃色黄色描く画く

主色を配合して種種の色を出す（配合主色調出各種顏色）種種種種種種

主食〔名〕主食←→副食

米を主食と為る（以米為主食）為る為る

主食代用品（主食代用品）

主神〔名〕（神社裡供的）主神

此の神社の主神は応神天皇（這個神社供的主神是應神天皇）

主審〔名〕〔體〕（兩個以上裁判中的）主裁判、主要裁判←→副審

主震〔名〕〔地〕主震

主人〔名〕家長，一家之主、丈夫、主人、東家，老板，店主

主人を呼べ（叫你們家長來）

主人の有る女（有夫之婦）

御主人は御在宅ですか（您丈夫在家嗎？）

主人は唯今外出しています（我丈夫現在不在家）

主人の席に就く（就主人席位）就く付く着く突く附く憑く衝く点く吐く搗く

主人気取りで居る（以主人自居）

召使は主人の命を従う（僕遵主命）従う随う遵う順う

主人役（東道主）

主人持ち（有雇主的人）

喧しい主人の下で働く（在愛吹毛求疵的老闆手下工作）

主人公（〔敬〕家長、〔小説等的〕主人公，主要角色）

隣の主人公は会社員だ（隔壁的當家者是公司職員）

劇の主人公（劇中的主角）

主税局〔名〕（大藏省內主管徵收國稅的）主税局

主成分〔名〕主要成分

此の薬の主成分は何ですか（這種藥的主要成分是什麼？）

本剤はヨードを主成分と為る（此藥以碘為主要成分）

主席〔名〕主席、主人的席位

外交団の主席（外交使節團的主席）

共和国政府の主席（共和國政府的主席）

主席団（主席團）

主節〔名〕〔語法〕主句

主戦〔名〕主戰，主張戰爭、戰鬥的主力

主戦論（主戰論）

主戦投手（〔棒球〕主力投手）

主膳〔名〕（律令制）司宮中膳食之職、大膳職，內膳司的總稱

主訴〔名、自サ〕主訴（病人向醫師述說的主要症狀）

主艙口〔名〕〔海〕主艙口

主体〔名〕（行為或作用的）主體、（組織體的）核心←→客体

言語主体（說話人、寫字人）

此の団体は労働者を主体と為ている（這個團體以工人為核心）

主体性（主體性、獨立性、自主性）

主体性を確立する（確立主體性）

主体的（主動的、積極的）

主題〔名〕（文章或作品等的）主題，中心思想，主要內容、（樂曲的）中心旋律

労働者の生活を主題と為た劇（以工人生活為主題的戲劇）

バイオリンが第一主題を演奏する（小提琴演奏第一主題）

主題歌（〔電影等的〕主題歌）

主断面〔名〕〔理〕主截面

主知〔名〕〔哲〕主知

主知的（智力的、理智的）

主知派（理智派）

主知主義（唯理智論）

主著〔名〕（某人的）主要著作、代表作

先生の主著を読む（讀老師的主要著作）

主張〔名、他サ〕主張、論點

自分の主張を通す（堅持自己的論點、貫徹自己的主張）

主張を曲げる（讓步）曲げる柱げる

頑と為て主張を曲げない（堅決不讓步）

何処迄も主張する（堅持己見到底）

弁護士は被告の無罪を主張する（律師主張被告無罪）

僕の主張は通らなかった（我的主張沒有通過）

強硬論を主張する（主張強硬論）

主潮〔名〕主要思潮、基本傾向

此の時代の主潮は写実主義であった（這個時代的主要思潮是寫實主義）

主調〔名〕〔樂〕主調，基調。〔美〕基調

主調を奏でる（奏基調）

主調音（主音）

赤を主調と為た作品（以紅色為基調的作品）

主点〔名〕要點，主要點。〔理〕（光的）主點
　法案の主点を検討する（研究法案的主要點）

主都〔名〕省，道，州或殖民地，保護國的有官廳的都市、廣域地方的中心都市

主動〔名〕主動
　主動的な勢力と為って団体を動かす（形成主導的勢力來推動團體）
　主動者（主動者、領導者）
　主動者と為る（當領導者）為る成る鳴る生る

主導〔名〕主導、主動
　主導的な勢力と為る（變為主導力量）
　主導性を発揮する（發揮主觀能動性）
　主導権（主導權、領導權）
　主導権を握る（掌握領導權）
　主導権を奪う（爭奪領導權）
　主導力（領導力、領導者）

主祷文〔名〕〔宗〕（基督教）主禱文

主任〔名〕主任
　会計主任（會計主任）
　三年のクラス主任を為ている（擔任三年級的主任）
　主任技師（主任技師）

主脳、首脳〔名〕首腦、首領、導人物
　政党の首脳（政黨的領導人）
　首脳部（首腦部、領導幹部、領導的人們）
　首脳会談（首腦會談）
　首脳者（首腦人、領導人）

主犯〔名〕〔法〕主犯、正犯←→共犯
　彼が主犯だ（他是主犯）
　主犯は其の場で逮捕された（主犯當場被逮捕了）

主歪み〔名〕〔理〕主應變

主筆〔名〕主筆
　副主筆（副主筆）

新聞の主筆（報紙的主筆）

主錨〔名〕〔海〕船首錨

主賓〔名〕賓主，主人和客人、主賓，主要客人←→陪賓
　今日の宴会の主賓（今天宴會的主賓）
　校長を主賓と為て晩餐会を催す（以校長為主賓舉行晚餐會）

主婦〔名〕（家庭的）主婦、女主人
　主婦と為る（當主婦）
　一家の主婦と為て忙しく立ち働く（作為一家的主婦忙碌地工作）一家一家
　主婦を勤める（管理家務）勤める努める務める勉める

主部〔名〕主要部分。〔語法〕主要部分（主語與其修飾語）
　機械の主部（機器的主要部分）

主文〔名〕〔法〕（判決等的）主文、（一段文章中的）主要部分
　裁判長が主文を読み上げる（首席法官宣讀判決主文）

主平面〔名〕〔數〕主平面

主弁〔名〕〔機〕主閥

主峰〔名〕（山脈中最高的）主峰
　アルプスの主峰（阿爾卑斯山的主峰）

主砲〔名〕〔軍〕（軍艦上口徑最大的）主砲。〔棒球〕第四號擊球員

主謀、首謀〔名〕主謀
　叛乱の首謀は彼だ（叛亂的主謀是他）
　首謀者（禍首、罪魁、主謀人）
　此の謀叛の首謀者は誰か（這次叛變的主謀人是誰？）
　クーデターの首謀者の一人（政變禍首之一）

主脈〔名〕（山脈或礦脈等的）主脈。〔植〕中脈

主務〔名〕主管（的人）、主管的事務
　主務者（主管人）
　主務大臣（主管大臣）
　主務官庁（主管官廳、主管機關）

主馬寮〔名〕主馬寮（以前宮內府的一個局，負責管理馬匹和馬車等）

主命、主命〔名〕主人（主君）的命令
　主命に依って江戸に上る（根據主人的命令到江戶去）上る登る昇る

主役〔名〕〔劇〕主角←→端役、脇役。〔轉〕（事件的）主要人物
　主役を勤める（演主角）
　主役を割り当てられる（被分配當主角）

主薬〔名〕〔醫〕主藥、主劑
　ビタミンを主薬と為た錠剤（以維他命唯主劑的藥片）

主用、主用〔名、他サ〕主人的事情、主要的事情、主要使用
　主用を果す（完成替主人辦的事）
　主用を帯びて旅行する（為了替主人辦事而遠出）
　今度の上京は此が主用です（這就是我這次來京的主要事情）
　主用薬（主要服用的藥）薬藥

主要〔名ナ〕主要
　主要な役割（主要的作用、主要的任務）
　主要な（の）人物（重要人物）
　主要競技種目（主要比賽項目）
　主要産物（主要物產）
　主要点（〔理〕基點）
　主要波（〔地〕〔地震的〕主波、基波）

主翼〔名〕〔空〕（飛機的）主翼←→尾翼

主流〔名〕主流←→支流、（學術思想等的）主要流派（傾向）、（組織內的）多數派
　揚子江の主流（長江的主流）
　此の学説が学界の主流と為った（這個學說成了科學界的主流）
　時代思潮の主流（時代思潮的主流）
　主流派（主流派、多數派）

主稜〔名〕（山脊的）主峰

主量子数〔名〕〔理〕主量子數（表示電子軌道大小的數值）

主力〔名〕主力，主要力量、主力軍
　数学の勉強に主力を注ぐ（把主要力量放在學習數學上）注ぐ灌ぐ雪ぐ濯ぐ
　敵の主力は我が左翼に迫った（敵軍的主力軍迫近了我方左翼）迫る逼る
　主力株（〔經〕主要股票）注ぐ告ぐ次ぐ接ぐ継ぐ
　主力艦（〔軍〕主力艦-狹義指旗艦、廣義包括戰艦，航空母艦）

主和音〔名〕〔樂〕主和音

主典〔名〕（律令制）四等官的最下位（上有長官、次官、判官）

主〔名〕〔舊〕主人、主君

主思い〔名〕思君、念主（的人）
　彼は中中主思いの男だ（他是位很思念主人的人）

主殺し〔名〕弒君、殺死主公
　主殺しの大罪を犯す（犯弒君的大罪）犯す侵す冒す

主筋〔名〕〔舊〕主人血統、主君系統
　彼は主筋に当たる家の娘と結婚した（他與主人家的小姐結了婚）

主面〔名〕（裝做）主人的神氣

主取り〔名〕（重新）取得主人、（武士等）侍候主人

主、重〔形動〕主要，重要、〔轉〕大部分，多半
　主な人物（主要的人物）
　主な特徴（主要的特徴）
　主な物産（主要的物產）
　子供を主に為て考える（以孩子為主〔中心〕來考慮）
　彼の会社は主に外国と取引を為ている（那家公司主要做對外貿易）
　東京の大学生は主に地方から出ている（東京的大學生大部分來自地方）

面、面〔名〕臉，面孔（=顔）、表面（=面、表）
　面長（長臉）
　池の面（水池表面）
　水の面（水面）

主な、重な〔連體〕重要的（=主、重）

今年の主（おも）なニュース（今年的主要新聞）
大豆（だいず）は蛋白質（たんぱくしつ）が主（おも）な成分（せいぶん）だ（大豆以蛋白質為主要成分）

主に〔副〕主要是、多半
主にトラック（truck）を生産（せいさん）している（主要生產卡車）
夏（なつ）は主（おも）に田舎（いなか）で暮（く）らします（夏天差不多在鄉下過）

主立つ、重立つ（おもだつ）〔自五〕為主、佔重要地位
主立（おもだ）った人物（じんぶつ）（重要人物、有頭有臉）
主立った学科（がっか）（主要學科）
此（こ）の地方（ちほう）の主立った産物（さんぶつ）（當地的主要物產）
主立った事（こと）は皆（みな）片付（かたづ）けた（重要的事情都料理好了）

主立った、重立った（おもだった）〔連體〕主要的、佔首要地位的
主立った人（ひと）（主要人物）
主立ったメンバー（menber）が皆揃（みなそろ）った（主要的人員都來齊了）
主立った事（こと）（重要的事）

主（あるじ）〔名〕（一家或商店、旅館等的）主人、物主，所有者（=持（も）ち主（ぬし））
一家（いっか）の主（あるじ）（一家之主）一家一家（いっかいっけ）
主（あるじ）は不在（ふざい）で奥（おく）さんに会（あ）った（主人不在會見了太太）会う遭う逢う遇う合う
主顔（あるじかお）に振（ふ）る舞（ま）う（擺出一副主人的面孔、作威作福）
主気取（あるじきど）りで居（い）る（擺出主人公的姿態）
借家（しゃくや）の主（あるじ）（房東）借家借家（しゃくやしゃっか）
車（くるま）の主（あるじ）（車主）

主（ぬし）〔名〕主人，物主（=物主（ものぬし））、丈夫（=夫（おっと））、相傳久住在山湖森林裡的有靈氣的動物。〔轉〕長住某處的人
〔代〕〔舊〕（第二人稱的敬稱）您（=御主（おぬし））、女人對男人的愛稱（=貴方（あなた））
〔接尾〕（接動詞連用形下表示動作者）主，者，人。〔舊〕（接人名後表示敬意）先生
主（ぬし）の無（な）い傘（かさ）（沒主的傘）
手紙（てがみ）の主（ぬし）（寫信的人）

主有（ぬしあ）る女（おんな）（有夫之婦）
彼（かれ）は学校（がっこう）の主（ぬし）だ（他是學校的老人了）
御主（おぬし）に言（い）い度（た）い事（こと）が有（あ）る（我想和您說句話）
拾（ひろ）い主（ぬし）（拾得者）
落（お）とし主（ぬし）（失主）

御主（おぬし）〔代〕〔舊〕〔方〕你（=御前（おまえ））

渚（ㄓㄨˇ）

渚〔漢造〕水中的小洲
渚、汀（なぎさ）〔名〕水濱、岸邊、海濱（=波打（なみう）ち際（ぎわ））
汀（なぎさ）伝（つた）いに散歩（さんぽ）する（沿著海濱散步）
汀（なぎさ）に立（た）って沖（おき）の船（ふね）を眺（なが）める（站在岸邊眺望海上船隻）

渚、汀（みぎわ）〔名〕汀，水邊，河濱，湖濱，海濱（=汀（なぎさ）、水際（みずぎわ））
汀（みぎわ）に遊（あそ）ぶ水鳥（みずとり）（在水邊遊玩的水鳥）水鳥（すいちょう）水鳥（みずとり）

煮（ㄓㄨˇ）

煮〔漢造〕煮、燉、熬
煮沸（しゃふつ）〔名、他サ〕（煮沸（しょうふつ）的習慣讀法）煮沸
五分間（ごふんかん）の煮沸（しゃふつ）（煮沸五分鐘）
衣類（いるい）を煮沸（しゃふつ）して消毒（しょうどく）する（把衣服煮沸消毒）
煮沸滅菌（しゃふつめっきん）する（煮沸滅菌）
煮沸器（しゃふつき）（煮沸器）器（うつわ）器（き）

煮（に）〔名〕煮（的火候）。〔造語〕煮、燉的食品
煮（に）が足（た）りない（煮得不到火候）
水煮（みずに）（水煮、清燉）
下煮（したに）（先煮、先下鍋燉〔的食品〕）
クリーム（cream）煮（に）（奶油烤〔魚、肉〕）
鯖（さば）の味噌煮（みそに）（醬燉青花魚）
雑煮（ぞうに）（煮年糕-用年糕和肉菜等合煮的一種醬湯或清湯食品）

二、弐（に）〔名〕二，二個、第二，其次。（三弦的）中弦，第二弦。〔棒球〕二壘手、不同。〔漢造〕（人名讀作二（に））二，兩個、再，再次、並列、其次，第二、加倍

に

二足す二は四（二加二是四）

二の膳（正式日本菜的第二套菜）

二の糸（三弦的中弦）

二の次（第二、次要）

二の矢を番える（搭上第二支箭）使える遭える仕える支える悶える痞える

二の足を踏む（猶豫不決）

二の句が告げない（愣住無言以對）

二の舞（重蹈覆轍）

二に為て一でない（不同、不相同、不是一回事）

一も二も無く（立刻、馬上）

二郎、次郎（次子＝次男）

信二、信二（信二）

丹〔名〕紅土，紅顏料、紅色，朱色、塗成紅色的東西

丹塗り橋（油成紅色的橋）

丹の鳥居（〔神社前的〕紅色華表）

尼〔名、漢造〕尼僧、尼姑（＝尼）

比丘尼（比丘尼）

修道尼（修女）

尼〔名〕尼姑（＝比丘尼）、修女（＝修道尼）。〔俗〕〔罵〕臭娘們，臭丫頭

尼に為る（削髮為尼）尼天甘雨海女亜麻

此の尼奴（這個臭娘們！）

此の尼、出て行け（你這個臭娘們！滾出去！）

荷〔名〕（攜帶或運輸的）東西，貨物、行李、負擔，責任，累贅

荷を送る（寄東西、運行李）

荷が着く（貨到）

荷を運ぶ（搬東西）

荷を引き取る（領取貨物〔行李〕）

馬に荷を付ける（替馬裝載貨物）

荷が重過ぎる（負擔過重）

子供が荷に為る（小孩成了累贅）

肩の荷を卸す（卸下肩上的負擔〔責任〕）

荷を担う（負擔責任、背上包袱）

年取った母親の世話が荷に為っていた（照料年邁的母親曾是他的負擔）

社長を辞めて荷を卸した（辭去經理卸下了重擔）

荷が下りる（卸掉負擔、減去負擔）

荷が勝つ（責任過重、負擔過重）

荷が勝ち過ぎる（責任過重、負擔過重）

此は私には荷が勝った仕事だ（這項工作對我來說負擔過重）

似〔造語〕（接在體言後面）似、像

御父さん似（像爸爸）

他人の空似（沒有血統關係而面貌酷似）

煮合い〔名〕混和在一起煮（燉）（的食品）

煮上がる〔自五〕煮好、煮透

煮え上がる〔自五〕煮開、煮好，煮透

水が煮え上がる（水煮開了）

煮上げる〔他下一〕煮熟、煮爛

良く煮上げてから碗に取る（煮得爛熟後盛碗裡）取る撮る採る執る捕る摂る獲る盗る

煮梅〔名〕糖煮梅子、一種鹹醃梅子

煮売り、煮売〔名〕賣熟菜、賣熟的飯菜

煮売り屋（小飯館）

煮売り酒屋（兼賣飯菜的小酒店）

煮売り茶屋（兼賣熟菜的茶館）

煮返す〔他五〕回鍋、重煮（＝煮直す）

冷えた汁を煮返して呉れ（把涼了的湯再熱一下）

煮返し〔名〕回鍋、重煮（的食品）

汁の煮返しを飲む（喝再熱過的湯）飲む呑む

煮方〔名〕煮法，烹調法、煮的程度、（日式飯館擔任烹調的）廚師，烹調師

煮方が悪い（煮法不好）

煮方に骨が有る（烹調有訣竅）

煮方が足りない（煮得不夠）

煮凝り、煮凝〔名〕〔烹〕肉凍、魚凍、（鰈魚、比目魚等）魚肉凍

煮溢す〔他五〕（將鍋裡的湯汁等）煮滿出

煮零れる、煮溢れる〔自下一〕鍋溢出來、煮沸的湯汁溢出鍋外

煮零れ、煮溢れ〔名〕煮沸時溢出的湯汁

煮え零れる、煮え溢れる〔自下一〕煮得溢出

　鍋が煮え溢れている（鍋裡的東西煮得一出來了）

煮込む〔他五〕（把各種東西一起）燉，熬，雜燴，煮熟，煮透

　御田を煮込む（燉雜燴）

　塩鮭の粗を大根と一緒に煮込む（把鹹鮭魚骨架和蘿蔔一起燉透）

煮込み〔名〕熬，燉、燉的食品

　物の煮込み（燉雜碎）

　煮込みが足りない（燉得不夠火候）

　煮込み御田（燉雜燴-大鍋熬魚糕，豆腐，芋頭等）

煮頃〔名〕煮得正好

　芋の煮頃（芋頭煮的正是火候）

煮転がし、煮転ばし〔名〕（把湯汁）煮乾的芋頭，慈菇、（邊煮邊翻把湯汁煮乾的）不帶湯的菜

煮魚〔名〕燉魚、熬魚←→焼き魚

煮冷まし〔名〕煮後待冷、煮後放涼的食物（飲料）

煮染める〔他下一〕〔烹〕紅燒、（用醬油）煮（燉、熬）

　魚を煮染める（燉魚）魚 魚 魚 魚

　煮染めた様な手拭い（沾滿油污的手巾、非常骯髒的手巾）

煮染め、煮染〔名〕〔烹〕紅燒的菜

煮染め〔名〕（用草、花、樹皮等的）煎汁染色（的東西）

煮汁〔名〕〔烹〕煮出來的湯、煮東西的湯

煮過ぎる〔自上一〕煮過頭、煮過火

煮炊き、煮焚き〔名,自サ〕做飯、炊事、烹飪（=炊事）

　自分で煮炊きする（自己做飯）

　男でも煮炊きが出来ないと困る（男人若不會做飯很不方便）

煮出す〔他五〕煮（熬）出（滋味）

　昆布を煮出す（煮出海帶的滋味）

煮出し〔名〕熬出味道、（用鰹魚和海帶煮的）調味汁（=出し、出し汁、煮出し汁）

　鰹の煮出しを取る（煮出鰹魚湯）取る撮る採る執る捕る摂る獲る盜る

煮立つ〔他五〕煮開、滾（=煮え立つ）

　湯が煮え立つ（水滾開了）

　煮え立ったら火から卸して下さい（煮開了就請從火上拿下來）

煮え立つ〔自五〕煮開、翻滾、沸騰、開得要溢出來（=煮立つ、煮え上がる）

　御湯が煮え立っている（水燒開了）

煮立てる〔他下一〕煮開、煮得滾開

　煮立ててから味を付ける（煮開後再加佐料）

　湯を煮立てる（把水煮開）

煮付ける〔他下一〕煮到沒有湯、乾燒的菜

　魚を煮付ける（乾燒魚）

煮付け、煮付〔名〕不帶湯的菜、乾燒的菜

　野菜の煮付け（乾燒的蔬菜）

煮詰まる、煮詰る〔自五〕（湯汁）煮乾。〔喻〕（問題）接近解決，（討論或計畫等）進入最後階段

　汁が煮詰まる（湯煮乾了）

　問題は此処迄煮詰まって来た（問題已經討論到這種地步了）

　話も大分煮詰まって来た様だから、そろそろ結論を出そう（討論已經進行得差不多了該做出結論了吧！）

煮詰める〔他下一〕（把湯汁）煮乾，熬乾。〔轉〕（把問題）歸納一下，澄清一下

　三分の二に煮詰める（熬成三分之二）

　砂糖を煮詰めて飴を作る（熬糖做糖果）

　豆をとろ火でゆっくり煮詰める（用文火把豆子慢慢煮乾）

　議論を煮詰める（把議論澄清一下）

　事柄を煮詰めて簡潔に述べよう（把事情歸納一下簡潔地說吧！）

煮溶かす〔他五〕（加水）煮化

煮溶ける〔自下一〕煮化

煮直す〔他五〕重新煮

煮抜き〔名〕（煮飯時的）米湯（=御粘）、海帶上放豆腐（用文火長時間）煮的一種菜。煮雞蛋（=煮抜き卵、茹で卵）

煮花〔名〕剛沏的茶（=出花）

煮浸し〔名〕〔烹〕烤後燉的香魚、鯽魚

煮含まる〔自上一〕（味道滲入內部）煮透、燉透

煮含める〔他下一〕（使味道滲入內部）煮透、燉透

煮干し、煮干〔名〕〔烹〕（做湯汁的）小雜魚乾、小沙丁魚乾（=煮干し鰯）

煮豆〔名〕（醬油加糖）煮的豆、煮糖豆

煮物〔名〕〔烹〕煮（的菜）

　　台所で煮物を為ている（在廚房做菜）

煮焼き〔名、他サ〕烹調、燒煮食物、做菜燒飯

煮麵、入麵〔名〕醬油煮掛麵

じぶ煮〔名〕〔烹〕將野獸或雞肉滾上麵粉放入糖和醬油等調製的汁裡煮成的菜

ごった煮〔名〕〔烹〕雜燴菜。〔轉〕大雜燴

煮える〔自下一〕煮熟，煮爛、（水）燒開、（凝固的東西受熱）化成泥糊狀、非常氣憤、

　　大吵大鬧，大騷動（=煮え繰り返る）

　　芋が煮える（芋頭熟了）

　　くたくたに煮える（煮得十分熟爛）

　　丁度良く煮えている（煮得正好）

　　此は良く煮えていない（這還沒有煮好）

　　コール、タールが煮える（瀝青化了）

　　心が煮える（怒火中燒）

煮え、煮〔名〕煮熟、煮的程度

　　煮えが足りない（沒有煮透、煮得欠火候）

　　煮えが悪い（煮得不好、煮得不到火候）

　　生煮え（煮得半生、帶生）

煮え返る〔自五〕煮開，開鍋，沸騰、非常氣憤、怒火中燒，翻騰

　　煮え返った湯（滾開的水）

　　悔しく腹の中が煮え返る様だ（悔恨得肚子裡直翻騰）

　　腹の中が煮え返る程憤慨した（氣得肚子直翻騰）

　　会場は煮え返る様な騒ぎであった（吵得會場像開了鍋似的）

煮え加減、煮加減〔名〕煮的程度

　　煮え加減は如何ですか（煮得怎樣了？）

　　煮え加減が足りない（煮得不透、煮得不夠火候）

煮え切らない〔形、連語〕曖昧不明、猶豫不決、不乾脆

　　煮え切らない態度（猶豫不決的態度、搖擺不定的態度）

　　煮え切らない男（不乾脆的人）

　　何度聞いても煮え切らない返事しか返って来ない（不管問多少次回答總是含含糊糊的）

煮え崩れる〔自下一〕（飯、菜、肉等）煮得稀爛

煮え繰り返る〔自五〕（煮え返る的強調形式）翻滾，沸騰、非常氣憤

　　御湯が煮え繰り返る（水開得翻滾）

　　彼の言葉を聞いて胸が煮え繰り返った（聽了他的話心裡氣得直翻騰）

煮え滾る〔自五〕沸騰、煮得翻滾、開得要溢出來（=煮え返る）

　　煮え滾った湯（滾開的水）

煮え湯〔名〕開水

　　煮え湯を飲まされる（被親信出賣）

煮る〔他上一〕煮、燉、熬、烹

　　煮た魚（燉的魚）

　　大根を煮る（煮蘿蔔）

　　良く煮る（充分煮）

　　ぐたぐた煮る（咕嘟咕嘟地煮）

　　肉は良く煮た方が良い（肉燉得爛些較好）良い好い佳い善い良い好い佳い善い

　　自分の物だから煮て食おうと焼いて食おうと勝手だ（因為是自己的東西我愛怎麼做就怎麼做）

　　煮ても焼いても食えない（非常狡猾、很難對付）

彼は煮ても焼いても食えない奴だ（他是個很難對付的傢伙）

似る〔自上一〕似、像

娘は母親に良く似ている（女兒很像媽媽）

私も似た話を聞いた事が有る（我也曾聽到過類似的話）

私は父よりも母の方に余計似ている（我與其說像父親倒不如說更像母親）

彼等は性格が良く似ている（他們性格很相似）

似而非也（似是而非）

似ても似付かぬ（毫不相似、毫無共同之處）

貯（ㄓㄨˇ）

貯〔漢造〕貯存

貯金〔名、自他サ〕存款、儲蓄（＝預金）

貯金を預け入れる（〔存入〕存款）

貯金を引き出す（提取存款）

貯金を使い果す（把存款用光）

貯金を奨励する（獎勵儲蓄）

毎月一万円宛貯金する（每月儲蓄一萬日元）

百万円貯金して有る（存有一百萬日元）

郵便貯金（郵政儲蓄）

積立貯金（儲蓄存款）

自由貯金（自由儲蓄）

貯金通帳（存摺）通帳 通帳

貯銀〔名〕儲蓄銀行（＝貯蓄銀行）

貯水〔名、自サ〕貯水、蓄水

発電の為川を堰き止めて貯水する（為了發電攔河蓄水）

貯水池（蓄水池、水庫）

貯水池のダム（水庫的壩）

貯水池の水量が余程減った（水庫裡的水減少了好多）

貯精嚢〔名〕〔動〕儲精囊

貯蔵〔名、他サ〕儲蓄、儲存

長期の貯蔵に堪えない（不能長期儲存）堪える 耐える 絶える

貯蔵の効く食品（能儲存食品）効く 利く 聞く 聴く 訊く

食糧を貯蔵する（儲存糧食）

冷凍貯蔵（冷凍儲藏、冷藏）

穀物の貯蔵庫（糧食倉庫）

商船の食料貯蔵室（商船的食品儲藏室）

貯蔵減（儲存耗損）

貯蔵細胞（〔生〕補充細胞）

貯蔵組織（〔植〕貯藏組織）

貯炭〔名、自サ〕存煤，儲存煤、儲存的煤

貯炭量が激減した（存煤量大減）

貯炭式ストーブ（能存煤的火爐）

貯炭場（堆煤場）場 場

貯炭船（〔供應其他船隻煤炭的〕煤倉船）船 船

貯蓄、儲蓄〔名、他サ〕儲蓄

収入の中から千円を貯蓄する（從收入中儲蓄一千日元）

将来の備えて貯蓄する（儲蓄以備將來）備える 供える 具える

貯蓄を奨励する（獎勵儲蓄）

貯蓄心が有る（有儲蓄精神）

貯蓄債券（儲蓄債券）

貯蓄銀行（儲蓄銀行）

貯蓄預金（定期儲蓄存款）

貯木〔名、他サ〕貯藏木材

貯木場（貯木場）

貯木池（貯木池）

貯留、瀦留〔名、自サ〕（水）積存、存水

貯留岩（〔地〕儲集岩石）

貯える、蓄える〔他下一〕儲藏，貯存、儲備，保存、留，留藏

万一の用意に蓄える（儲藏起來以防萬一）

食糧を蓄えて有る（貯存著糧食）有る在る或る

金を蓄える（積蓄金錢）

精力を蓄える（養精蓄鋭）

力を蓄える（保存力量）

口髭を蓄える（蓄鬚、留鬍子）

妾を蓄える（納妾）

美酒を蓄えている（藏著好酒）

貯え，貯、蓄え，蓄 〔名〕儲蓄，貯存，存貨，積蓄，存款

食糧の蓄え（糧食的貯存）

倉庫に蓄えが十分有る（倉庫裡有充分的存貨）有る在る或る

一円の蓄えも無い（一日元的存款都沒有）

可也の蓄えが有る（有相當的存款）

嘱（囑）（ㄓㄨˇ）

嘱 〔名〕委託

〔漢造〕囑咐、注視

山口氏の嘱に拠る（根據山口先生的委託）拠る由る依る因る縁る撚る縒る寄る選る

委嘱（委託）

嘱する 〔他サ〕囑，囑託、盼望，期望

後事を嘱する（託付後事）嘱する食する

田中氏に嘱して祝意を述べる（囑託田中先生代致賀詞）述べる陳べる宣べる延べる伸べ

将来を嘱する（盼望將來）

彼は我我の嘱する所の若人だ（他是我們所盼望的青年）若人若人

嘱言 〔名〕傳話，帶口信，託付後事（的話）

嘱託 〔名、他サ〕囑託，委託，（接受囑託而作某工作的）特約人員，特約顧問

学校の校医を嘱託する（委託某人當學校的校醫）

嘱託殺人（委託殺人）

会社の嘱託に為る（當公司的特約顧問）為る成る鳴る生る

嘱託教員（兼職教員）

嘱望、属望 〔名、他サ〕盼望、期待、期望

彼は皆に嘱望されている（他受到大家的期待）

前途を嘱望されている青年（前途有為的青年）

ファンの嘱望する名選手（愛好者寄予希望的著名運動員）

嘱目、属目 〔名、他サ〕矚目，注目，觸目，寓目

嘱目に値する（值得注目）

彼の言動は万人の嘱目する処である（他的言行是萬人所矚目的）

嘱目の風景（寓目的風景）

嘱目吟（觸目吟）

佇（ㄓㄨˋ）

佇 〔漢造〕久立、盼望

佇立 〔名、自サ〕佇立

夕闇の中に佇立する人影が有った（有一個佇立在薄暮中的人物）人影人影

佇む 〔自五〕佇立，站著、徘徊、閒蕩（=彷徨う）

庭に佇む（佇立在庭園裡）

花の下に佇む（佇立在花下）

佇い 〔名〕佇立著的樣子、（自然景色的）靜止的樣子，靜止狀態

庭木の佇いも優雅だ（庭園樹木的姿態也很優美雅緻）

雲の佇いにも秋が感じられる（在雲彩形狀中也能感到秋意）

住（ㄓㄨˋ）

住 〔名〕居住、住處（=住処、住まい）

〔漢造〕停住、居住、住宿、住持

彼は東京の住である（他住在東京）

衣、食、住の三つは人間に取って最も重要な物だ（衣食住對人來說是最重要的）

止住（止住、居住）
衣食住（衣食住、吃穿住）
居住（居住、住址，住處）
定住（定居，常住，落戶、固定的住處）
安住（安居、安於現狀）
永住（常住、久居、落戶）
常住（〔佛〕常住←→無常、經常居住，長期居住、平常，時常，經常）
移住（移住，移居、〔動〕候鳥定期遷棲，魚群洄游）
転住（遷居、搬家）
先住（原住，土著、〔佛〕以前的住持←→後住、現住）
先住民（原住民、主著）
現住（〔佛〕現世、住持、現在居住〔的地方〕）
原住民（原住民、主著）
後住（〔佛〕後來的住持）
当住（現在的住持、現在居住的人、嫡系，正支）
住する〔自サ〕居住（=住む）、停留
　此の地方に住する人民は温和である（住在這裡的人民温和）
　安易な境地に住する（停留在安逸的地方）
住家〔名〕住宅（=住処、住まい）
住家、住処、栖〔名〕住處，家（=住まい）、巢穴，壞人聚居的地方
　仮の住処（落腳處，寓居之所，下榻的地方、暫時棲身之所）
　住処を捜す（尋覓住處）捜す探す
　悪魔の住処（惡魔之家、壞蛋聚居之所）
　盗賊の住処（賊窩）
　此の家は今は狐狸の住処と為っている（這房子現在成了狐狸窩）狐狸
住血虫〔名〕〔醫〕血内寄生蟲
住血吸虫〔名〕〔醫〕吸血蟲
　住血吸虫症（吸血蟲病）

住血原虫病〔名〕〔醫〕弓型體病
住戸〔名〕〔建〕住戶
　住戸密度（住戶密度）
住持〔名〕〔佛〕住持（=住職）
　寺の住持に為る（當寺院的住持）
住所〔名〕住所、住址（=住家、住処、栖）
　住所の不可侵（住所的不可侵犯）
　住所を変更する（改變住址）
　住所と氏名を書き込んで下さい（請寫上住紙和性命）
　友達の住所を尋ねる（打聽朋友的住址）尋ねる訪ねる訊ねる
　左記の住所に転居した（搬到下列住紙）
　住所不定（無一定住紙）
　住所録（通信錄）
　手紙を住所録に出ている住所に当てて出した（按照通信錄上的住址寄了信）
住職〔名〕〔佛〕住持（的植物）
住生活〔名〕住房（情況）
住僧〔名〕住持
住宅〔名〕住宅
　簡易住宅（簡易住宅）
　外交官の住宅（外交公寓）
　住宅を建てる（建住宅）
　住宅向きの建物（適合作住宅的建築物）
　当地では住宅が不足している（本地住宅不夠）
　住宅地区（住宅區）
　住宅問題（住宅問題）
　住宅事情（住宅情況）
　住宅地（住宅區）
　有名な住宅地（有名的住宅區）
　金満家の住宅地（富翁的住宅區）
　住宅難（房荒）

住宅難は社会問題と為っている（房荒成了社會問題）

住人〔名〕〔舊〕居住的人、住在當地的人

此の地の住人と為って三年に為る（住在當地已經三年）

住民〔名〕居民

此の地方の住民は農業を主な職と為ている（此地的居民以農耕為主要職業）

住民税（〔市、鎮、村對居民課的〕居民税）

住民票（〔市、鎮、村備置的〕居民卡）

住む、棲む〔自五〕居住、（寫作棲む、但一般不用漢字）（動物）棲息，生存

田舎に住む（住在郷下）

都会に住む（住在城市）

人の住んでいない家（沒有人住的房子）

貴方は何方に住んでいらっしゃいますか（您住在哪裡？）

住めば都（地以久居為安、不論哪裡住慣了就會產生好感）

水に棲む動物（水棲動物）

カンガルーはオーストラリアに沢山棲んでいる（袋鼠在澳洲很多）

公害で汚く為った川には魚も棲まなく為った（由於公害弄髒了河水連魚都沒了）

済む〔自五〕完結，解決，了結，過得去，能對付，對得起

映画が済んだ（電影演完了）

婚礼は目出度く済んだ（婚禮圓滿結束）

無事に済む（平安了事）

済んだ事は仕方が無い（事已過去無法挽回）

キャンディ等は無くても済む（沒有糖果也過得去）

借りずに済むなら借りは為ない（不借能過得去的話就不借了）

冬服無しで済む（沒有冬裝也過得去）

其れは金で済む問題ではない（那不是用金錢可以解決的問題）

少なくて済む支出（低廉的開支）

兄が学校で使った本が有ったので、新しいのを買わずに済んだ（因為有哥哥在學校用過的書所以我不買新書也可以了）

其れで済むと思うのか（你以為那樣就過得去嗎？）

遅く為って済みません（來晩了對不起）

澄む、清む〔自五〕清澈，澄清←→濁る、晶瑩，光亮←→曇る、（聲音）清晰悅耳←→濁る、清淨，寧靜←→濁る、（陀螺）穩定地旋轉、發清音

水が清んでいた底迄良く見える（水很清可以清楚地看到水底）

今夜は月が良く清んでいる（今晩的月亮分外亮）

清んだ目（水汪汪的眼睛、亮晶晶的眼睛）

清んだ声（清晰悦耳的聲音）

笛の音色が清む（笛聲清晰繚繞）

心が清んでいる（心情寧靜）

独楽が清む（陀螺穩定地旋轉〔宛如静止〕）

大阪は〝おおざか〞と濁らないで、〝おおさか〞と清んで言う（大阪不讀作濁音おおざか而發清音おおさか）

住み荒らす〔他五〕（把房子）住壞、糟塌

長年住み荒らした家（多年住壞了的房屋）

住み替える〔他下一〕搬家，遷居，更換住處。〔轉〕（傭工等）改換工作地點，到新的雇主家裡去工作

借家を住み替える（搬到另租的房子去）

住み替わる〔自五〕房子裡住的人更換、更換住處

住み心地〔名〕住著的心情

此の家は住み心地が良い（這房子住得舒暢）

此の家は住み心地が悪い（這房子住得不痛快）

住み心地の良い家（住著舒暢的房子）

住み込む、住込む〔自五〕住在雇主的店裡或家中（區別於早去晚歸上下班）

主人の家に住み込んで働く（住在雇主家裡做事）

地主の家に住み込んで長年作男を為ていた（住在地主家裡當了多年長工）

良家に家庭教師と為て住み込む（住在善良人家當家庭教師）

住み込み、住込み〔名〕（住在雇主的店裡或家裡的）住宿傭工、住入，住進

住み込みの女中（住宿女僕）

従業員募集。但し住み込みの出来る方（徵求職員但限於能住宿者）

住み込みですか通いですか（是住宿還是通勤？）

仕事場に住み込みを為て二か月間も技術革新の実験を遣っていた（住在工作室裡足足做了兩個月技術革新試驗）

住み着く〔自五〕住穩、住慣、安居、定居、落戶

農村に住み着く（在農村安家落戶）

余所から入って来た猫が到頭住み着いて終った（從外面來的貓終於在家裡住下來了）

住み手〔名〕住戶、居住者

住み手の無い家（沒有人住的房子）

住み成す〔自五〕居住（的情況）（=住まう、住む）

心細く住み成す（住得不踏實）

心に区区住み成す（住得很有風趣）

ひっそりと住み成す（寂靜地居住）

住み慣らす、住慣す〔自五〕住慣

長年住み慣らした家（長年住慣了的房子）
長年　長年

住み慣れる、住み馴れる〔自下一〕住慣

住み慣れた土地は離れ難い（住慣了的地方不願意離開）

何処に居ても直ぐ住み慣れる

住み憎い〔形〕住不慣、難以居住、住得難受←→住み良い、住み易い

此の土地は雨が多く、夏は暑く、冬は寒くて、大変住み憎い。此処に住んだ人でなければ其の住み憎さは分からない（這個地方多雨冬冷夏熱住不慣。不在此地住過的人不了解其中住不慣的滋味）

住み良い〔形〕住著舒服、適宜居住、住著精神舒暢←→住み憎い

此処は一年中暖かく、人人も親切で大変住み良い処です（這裡一年四季氣候溫暖人們也親切是個居住舒暢的地方）

住まう〔自五〕居住（=住む）

田舎に住まっている（住在鄉下）

瀟洒な家に住まって閑雅な生活を為ている（住在雅緻的房子裡過著閒靜的生活）

住まい，住い、住居〔名〕居住、住址、住所，居住的房子

田舎住まい（住在鄉下）

アパート住まい（住公寓）

独り住まい（獨居）

マンションに住まいを構える（住在高級公寓裡）

彼は今宿屋住まいを為ていた（他現在住旅館）

御住まいは何方ですか（您住在哪裡？）

仮住まい（臨時住居的地方、下榻處）

侘住まい（寂靜的住宅）

結構な御住まいですね（您的房子太好了）

此の建物は住まい向きに出来ている（這建築蓋得適合住家）

住居〔名〕住所、住宅（=住処、住まい）

住居を移転する（遷居）

住居を侵害する（侵犯〔他人〕住宅）

住居を定める（定居〔在某處〕）

住居変更届（遷居報告）

住居手当（住宅補貼）

住居址（〔考古〕居住遺址）

助（ㄓㄨˋ）

助〔漢造〕幫助、協助

　救助（救助、搭救、搶救、拯救、救護）

　扶助（扶助、幫助、扶養）

　援助（援助）

　補助（補助）

　贊助（贊助、幫助、支持、支援）

　自助（自助）

　内助（內助、妻子）

　神助（神助）

助液〔名〕〔攝〕助液、副溶液

助演〔名、自サ〕演配角 ←→ 主演

助監督〔名〕〔電影〕助理導演。〔棒球〕副領隊

助教〔名〕助理教員、代課教員（舊稱代用教員）

助教授〔名〕（大學的）副教授

　英文学部助教授（英文系副教授）

　講師から助教授に為る（由講師升為副教授）為る成る鳴る生る

助教諭〔名〕（日本中小學的）副教諭（在資格上低於教諭的正式教員）

助言、助言〔名、自サ〕忠告，建議，勸告、出主意，從旁教導

　助言を求める（徵求意見）

　人の助言を聞かない（不聽旁人的忠告）

　弱い方に助言する（給軟弱一方出主意）

　助言を与える（出個主意、給予指教）

　余計な助言を為る人だ（亂出主意的人、亂管閒事的人）

助酵素〔名〕〔化〕輔酶

助祭〔名〕〔宗〕（天主教的）輔祭、副主祭（地位次於司祭）

助剤〔名〕（染色的）助劑

助細胞〔名〕〔植〕輔助細胞

助産〔名〕〔醫〕助產

　助産婦（助產士）

　助産院（產科醫院）

助士〔名〕助手、副手

　機関助士（〔機車等的〕副司機）

助詞〔名〕〔語法〕助詞

助辞〔名〕〔語法〕助詞（＝助詞）、助辭，助語（助詞，助動詞的總稱）

　〔語法〕（漢文的）助詞，虛字（之，乎，者，也等）（＝助字）

助字〔名〕〔語法〕（漢文的）助詞，虛字（之，乎，者，也等）

助手〔名〕助手、（大學的）助教

　運転助手（副司機）

　助手を勤める（當助手）勤める努める務める勉める

　君には誰か助手が無くては行けない（你得有個助手）

　運転助手席（副司機座位）

助色団〔名〕〔化〕助色團

助触媒〔名〕〔化〕助催化劑、促進劑、助聚劑

助数詞〔名〕〔語法〕助數詞、量詞（如枚、台）

助成〔名、他サ〕助成、助長、促進、推動

　政府が学術研究を助成する（政府促進學術研究）

　其の同盟は世界平和を助成するだろう（那個聯盟勢將促進世界和平）

　助成金（獎金、津貼、補助金）

助勢〔名、自サ〕援助、支援、幫助

　友人に助勢する（幫助朋友）

　同志の助勢を受ける（得到同志的幫助）

　犯行を助勢する（幫助犯罪）

助走〔名、自サ〕〔體〕（擲標槍、跳高、跳遠前的）助跑

　彼は勢い良く助走して跳躍した（他精神抖擻地助跑以後跳了起來）

　助走路（助跑道）

助奏〔名、自サ〕〔樂〕助奏（＝オブリガート obligato）

　バイオリン violin の助奏で始まる（以小提琴的助奏開始）

助炭〔名〕火盆罩（木框貼紙的方罩子，能使炭火持久，並防止火星飛散）

助長〔名、他サ〕助長、促進
　運動は健康を助長する（運動促進健康）
　政府は国内産業助長の道を講じた（政府採取了發展國內產業的措施）
　文芸創作に於ける公式化を助長した（助長了文藝創作中的公式化）
　そんな事を為ると反って彼等の悪習を助長する（那樣做反而會助長他們的惡習）

助動詞〔名〕〔語法〕助動詞（日語中為附屬詞之一，有活用，接在動詞，形容詞，名詞或其他助動詞下，補助敘述意義，表示說話人的判斷，立場等）

助命〔名〕救命，饒命。〔喻〕撤回免職命令，留職
　助命を請う（請求饒命）請う乞う斯う
　彼に助命の沙汰が有った（有命令免了他的死刑）
　死刑囚の助命を嘆願する（給死刑犯請求免死）
　我我は首に為った井上君の助命を局長に懇願した（我們請求局長收回井上的免職命令）

助役〔名〕（市長、鎮長、村長等的）副手，助手，助理。〔鐵〕站長助理，副站長
　村の助役を勤める（當村裡的助理）

助力〔名、自他サ〕幫助、協助、支援
　君の助力が欲しい（希望得到你的幫助）
　彼等は私の仕事に快く助力して呉れた（他們對我的工作爽快地給予了支援）
　人の助力に頼る（依靠別人的幫助）
　私は外部からの助力を得るだろう（我將得到外部的支援）
　助力者（支援者、幫助者）

助ける〔他下一〕〔俗〕幫助、幫忙（=助ける、手伝う）

助〔名〕幫助，幫忙，援助（=助け、加勢）。（歌藝團體中擔任主角的）重要配角，幫腔的。（流氓隱語）情婦
　〔接尾〕〔俗〕表示具有某種特徵的人（常含貶意）、表示金錢
　助を頼む（求助、求人幫忙）頼む恃む
　助を求める（求援）
　助に来て呉れ（請你來幫我一個忙）
　助に出る（扮演配角幫腔）
　凸助（凸額頭，前額凸出的人、淘氣包）
　飲み助（酒鬼、酒徒）
　ちび助（矮個子、小矮子）
　寝坊助（睡懶蟲、愛睡懶覺的人）
　露助（俄國鬼子-明治時代對俄國人的蔑稱）
　夫承知之助（唯唯諾諾貌）
　円助（一元錢）
　半助（半元錢，五角錢、〔轉〕半調子，二百五）

助、介、亮、輔、弼、佐、次官〔名〕〔古〕（根據日本大寶令設於各官署輔佐長官的）次官、長官助理

助郷〔名〕（江戶時代當驛站的人馬不敷用時）隨時支援人馬的村莊

助宗鱈、助惣鱈〔名〕〔動〕小型鱈魚、明太魚（=明太魚、介党鱈）

助太刀〔名、自サ〕（報仇或決鬥時的）幫手。〔轉〕幫助，幫手
　助太刀を頼む（懇求幫助）
　微力乍ら人に助太刀（を）為る（助人一臂之力）
　喧嘩の助太刀を為る（幫忙打架、拉偏架）

助っ人〔名〕〔俗〕（助人的轉變）幫手、幫忙的人、幫腔助勢的人（=助太刀）

助け番〔名〕（流行語）青年流氓集團的女頭目、候補值班員

助平，助兵衛、助平，助兵衛、助平，助兵衛〔名ナ〕〔俗〕（好兵衛的轉變）好色、色迷，色鬼，登徒子
　助平な話を為る（說下流話、說猥褻話）
　助平ったらしい人（色鬼）
　助平根性（好色的劣根性、利慾薰心的劣根性）
　つい助平根性を起こして失敗した（手癢想找便宜卻碰碰到了釘子）

ㄓ

でれ助け 〔名〕〔俗〕懶惰漢，窩囊廢、笨蛋，呆子、色鬼，色迷，愛調戲婦女的人（助兵衛、助兵衛）

仕様の無いでれ助けだ（是個沒有辦法的窩囊廢）

でれ助けには何を遣らせても間に合わない（讓呆子做什麼都沒有用）

厭らしいでれ助け（討厭的色鬼）厭らしい嫌らしい否らしい

助かる 〔自五〕得救，脫險、免以災難、省力，省事，省錢、輕鬆，得幫助

助かったのは彼一人だった（只有他一人得救了）

彼の人はもう助かりません（那個人已經沒救了）

此の病気に罹って助かる者は殆ど居ない（得了這種病幾乎都沒有倖存的）

金は盗まれたが時計は助かった（錢被偷了而手錶卻免於災難）

怪我が酷いので助からないでしょう（傷勢嚴重恐怕沒救了）

其で大変費用が助かる訳です（因此大大節省了費用）

御米の値が下がって助かる（米價下跌省了錢）

電気洗濯機を使うので助かる（因為使用電動洗衣機省事多了）

然う為て下されば大変助かります（您那樣做給我幫了個大忙）

此丈仕事を手伝え御母さんが助かるだろう（能幫助做這些工作你孃孃就輕鬆了）

困っている所へ五万円貰ったので大いに助かった（正在為難的時候得了五萬日元給我幫了大忙）

雨が降ると涼しく為って助かる（一下雨天氣涼爽起來真痛快）

助ける 〔他下一〕幫助、援助、救助、輔佐、救濟，資助

父の仕事を助ける（幫助父親做事情）

消化を助ける（幫助消化）

弱きを助け強きを挫くは彼の主義（抑強扶弱是他的主義）

田中さんの奥さんは御主人の研究を助けて終に完成させた（田中夫人幫助丈夫做研究終於完成了）

肥料を遣って苗の成長を助ける（施肥助苗生長）

此の運動は児童の発育を大いに助ける（這個運動非常有助於兒童的發育）

病人の命を助ける（救助病人的生命）

〝助けて〟と呼びました（叫喊〝救命呀！〟）

溺れ掛っていた人は、其処を通った船に助けられた（眼看要淹死的人被路過的船救了上來）

今日の所は助けて下さい（今天就饒恕我吧！）

課長を助けて事務を処理する（輔佐科長處裡事務）

若い当主を助ける（輔佐年輕的戶主）

貧乏人を助ける（救濟窮人）

困っている者を助ける（救濟困難的人）

助け、助 〔名〕幫助，援助、救助，救濟、救命

友人の助けを借りて（借助朋友的支援）

助けを求める（求助）

ちっとも助けに為らない（連一點點忙都幫不上）

此の本は日本の事情を知り度い人のは助けと為るでしょう（這本書對想要了解日本情況的人很有幫助）

助けに来る（來救助）来る来る

助けに行く（去救助）行く往く逝く行く往く逝く

水害地から助けを求めて来た（從水災地區來求救）

助けを呼ぶ（呼救）叫ぶ

命許りは御助けを（饒了我的命吧！）

助け合う 〔他五〕互相幫助

友人は助け合う可きだ（朋友應互相幫助）

互いに助け合って（互相幫助）

助け合い 〔名〕互相幫助

助け合いの精神（互助精神）

助け上げる 〔他下一〕救上來

助け起こす 〔他五〕（把人）扶起、救起

助け親 〔名〕救命恩人

助け出す 〔他五〕救出，救起，挽救

助け船 〔名〕救生船，救援船，幫助，幫忙

大至急に助け船を出す（急速派遣救生船）

助け船を求める（求助、支援）

質問に答えられない生徒に先生が助け船を出す（老師替答不出問題的學生援助）

彼は巧みに私に助け船を出して呉れた（他很巧妙地幫了我解圍）

父に叱られると母が助け船を出して呉れた（受父親責備母親就出來解圍）

杼（ㄓㄨˋ）

杼 〔漢造〕織布機的〝杼〞用以持緯線，〝柚〞用以受經線

杼 〔名〕（織機的）杼、梭

杼の音のみ聞える（只聞機杼聲）

注（ㄓㄨˋ）

注 〔名〕（也寫作註）註解、註釋

〔漢造〕注入、注目、注釋

注を入れる（加注）

注を付ける（加注）

朱で注を書き込んである（有紅筆加的注）

頭注、頭註（〔加在書籍本文上方的〕眉批）←→脚注

脚注、脚註（脚注）

割注、割註（行間的小注）

集注（集中注入）

集注、集註（〔古典作品的〕集注、集解）

注する、註する 〔他サ〕註解、註釋、說明

朱で注する（用朱筆注釋）注する 註する 沖する 誅する

易を注する（註解易經）

注意 〔名、自サ〕注意，留神，當心，小心，仔細，謹慎、提醒、警告、警惕、防備

注意して見る（仔細看）見る 観る 診る 視る 看る

注意が足りない（不夠注意）

人の注意を引く（引人注意）引く 弾く 曳く 惹く 挽く 牽く 轢く 退く

注意を払う（給予注意）

健康に注意する（注意健康）

食物に注意する（注意飲食）

信号に注意する（注意信號）

注意して行き為さい（當心點去）

足元に注意する（當心脚底下）

御忘れ物の無いように御注意願います（請當心不要遺失東西）

先生に注意される（受到老師的警告）

警察から注意を受けた（受到警察的警告）

忘れていたら、私に注意して下さい（我要是忘了提醒一下）

万一の注意丈は為て置いた方が良いよ（至少應該防備萬一）

注意力（注意力）

注意力が足りない（注意力不夠）

注意力を集中する（集中注意力）

注意報（〔氣〕警報）

大雨注意報（大雨警報）大雨大雨

濃霧注意報（大霧警報）

強風注意報（大風警報）

注意人物（受監視的人、需注意的人、危險人物）

注音符号 〔名〕（1918年中國制定的）注音符號

注解、註解 〔名、他サ〕註解、註釋

注解を付ける（加註解）付ける憑ける着ける漬ける附ける突ける浸ける衝ける就ける

古典を読むには注解が必要だ（讀古典書需要有註解）

注記、註記〔名、他サ〕注記、注釋

注記を付ける（加注釋）

上欄に注記する（在上欄加注釋）

文末の注記を参照せよ（請看文章末尾的注釋）

注記付きの源氏物語を読む（讀加注釋的源氏物語）読む詠む

注脚、註脚〔名〕注脚

注視〔名、他サ〕注視

世界注視の的と為る（成為世界注視的目標）

満場の注視を浴びる（受到滿場的注視）

奇術師の手先を注視する（注視魔術家的手法）

注射〔名、他サ〕注射、打針

予防注射（打預防針）

ビタミンの注射を為る（注射維他命）

カルシウムを注射する（注射鈣）

静脈注射（靜脈注射）

注射液（注射液）

皮下注射（皮下注射）

筋肉注射（肌肉注射）

注射器（注射器）

注射避妊法（注射避孕法）

注釈、註釈〔名、他サ〕注釋、注解

詳細な注釈（詳細的注解）

注釈を付ける（加注釋）

注釈付きの本（帶注解的書）

一言注釈を為る（注上一句話）一言一言一言

源氏物語を注釈する（注釋源氏物語）

注進〔名、他サ〕緊急報告

逸早く注進に及ぶ（趕緊打報告、及時向上反映）

注進が相次いで至った（緊急報告雪片飛來）至る到る

注水〔名、自サ〕注水、澆水、灌水

火薬庫に注水する（往火藥庫上膠水）

消防隊が盛んに注水する（消防隊大力地澆水）

注水治療法（〔醫〕灌水療法）

注疏、註疏〔名〕注疏、詳細解說

注腸〔名、自サ〕〔醫〕灌腸、浣腸

注入〔名、他サ〕注入（=注ぎ込む事）。〔轉〕灌輸

水を試験管に注入する（把水注入試驗管裡）

思想を注入する（灌輸思想）

知識を注入する（灌輸知識）

政治に新しい時代精神を注入する（替政治灌輸新的時代精神）

注入教育（填鴨式教育）

注目〔名、自他サ〕注目、注視

注目を値する（值得注目）

余り注目されない（不太被人注目）

此の事実に注目して欲しい（希望注視這個事實）

世人の注目を避ける（躲避世人的眼光）

世界の注目を浴びる（受到全世界的注目）

痛痛しい遺児の姿が一同の注目を引いた（孤兒的可憐相引起大家的注視）

彼は警察から注目されている（他被警察盯注）

注文、註文〔名、他サ〕訂貨，定貨，訂購，訂做、希望，要求，願望

料理を注文する（訂菜、叫菜）

注文して作った服（定做的衣服）

注文に応じる（接受訂貨）

注文が殺到している（訂貨應接不暇）

注文を集める（徵集訂貨）

注文を取り消す（取消訂貨）

注文を取り損なう（沒有弄到訂貨）

注文を促す（催促訂貨）

新刊書を数冊日本へ注文する（向日本訂購幾本新版書）

御注文は全て順番で御取り扱いします（訂貨一律按照次序處理）

尚御注文の程願い上げます（希望您再來訂購）

注文を付ける（提出要求）

君に一つ注文が有る（對你有個要求）

注文の難しい男だ（是個難以使他滿足的人）

注文通りに行けば結構だ（若能如願以償就好了！）

世の中の事は注文通りには行かない（天下事不能盡如人意）

人に物を頼む時には、彼是注文を付けては行けない（託人辦事的時候不能提出這樣那樣的要求）

どんな御注文にも応ずる覚悟です（決心應付您的任何要求）

注文取り（〔向主顧〕徵求訂貨〔的人〕、催收欠款，要帳〔的人〕）

注文取りに御用聞きを遣る（派人去徵求訂貨）

注文取りに回る（到各處去徵求訂貨）

注文流れ（訂貨後買主不來提取〔的人〕）

注文流れの上着（訂貨後沒來取的上衣）

私の服は注文流れだ（我穿的衣服是別人訂做後沒來取的）

注油〔名，自サ〕上油、加油

モーターに注油する（替馬達上油）

注油器（加油器）

注し油，注油，差し油，差油〔名〕（往機器上）上油，加油、上的油，加的油

注連〔名〕（掛神殿前表示禁止入內或新年掛門前取意吉祥的）稻草繩（=注連繩）

注連、標〔名〕稻草繩（=標繩、注連繩、七五三繩）、（圈圍地段的）標樁，標誌、禁止出入、（走山路時前面的人折曲樹枝等所做的）路標

注連を張る（拉上稻草繩-掛神殿前表示禁止入內或新年掛門前取意吉祥）

注連を張って出入りを禁ずる（用標樁攔上禁止出入）

注連飾り、標飾り、〔名〕（新年掛在門上或神前作裝飾用的）稻草繩

家の門に注連飾りを為る（在屋門前掛稻草繩）門

注連縄、標縄、七五三縄〔名〕（掛神殿前表示禁止入內或新年掛門前取意吉祥的）稻草繩（按三五七股向左搓合間加紙穗）

注連縄を張る（拉上稻草繩）

地鎮祭の行われる場所は注連縄を張って祭壇が設けられている（舉行奠基儀式的地方拉上稻草繩設立了祭壇）

注ぐ、灌ぐ〔自五〕流，流入、（雨雪等）降下，落下

〔他五〕流，注入，灌入，引入，澆，灑，倒入，裝入、（精神、力量等）灌注，集中，注視

川水が海に灌ぐ（河水注入海裡）灌ぐ注ぐ灌ぐ雪ぐ

雨がしとしとと降り灌ぐ（雨淅瀝淅瀝地下）

滝壺に数千丈の滝が灌ぐ（萬丈瀑布落入深潭）

田に水を灌ぐ（往田裡灌水）

涙を灌ぐ（流淚）

鉛を鋳型に灌ぐ（把鉛澆進模子裡）鉛鉛

鉢植に水を灌ぐ（往花盆裡澆花）

コップに水を灌ぐ（往杯裡倒水）

世界状勢に心を灌ぐ（注視國際情勢）心心

注意を灌ぐ（集中注意力）

溢れん許りの情熱を社会主義建設に灌いでいる（把洋溢的熱情傾注在社會主義建設中）

㐂

濯ぐ、雪ぐ〔他五〕雪恥（=雪ぐ）、洗刷（=洗い落とす）

恥を雪ぐ（雪恥）恥辱

注ぐ〔他五〕注、注入、倒入（茶、酒等）（=注ぎ入れる）

茶碗に御茶を注ぐ（往茶碗裡倒茶）

杯に酒を注ぐ（往杯裡斟酒）杯盃 杯盃

もう少し湯を注いで下さい（請再給倒上點熱水）

次ぐ〔自五〕（與継ぐ、接ぐ同辭源）接著、次於

地震に次いで津波が起こった（地震之後接著發生了海嘯）

不景気に次いで起こるのは社会不安である（蕭條之後接踵而來的是社會不安）

田中に次いで木村が二位に入った（繼田中之後木村進入了第二位）

殆ど毎日の様に戦闘に次ぐ戦闘だ（差不多天天打仗）

勝利に次ぐ勝利の道を突き進んだ（從一個勝利走向一個勝利）

大阪は東京に次ぐ大都市だ（大阪是次於東京的大城市）

其に次ぐ成果（次一等的成績）

英語に次いで最も重要な外国語は日本語だ（次於英語非常重要的外語是日語）

接ぐ、継ぐ〔他五〕繼承、接續、縫補、添加

王位を接ぐ（繼承王位）

志を接ぐ（繼承遺志）

父の仕事を接ぐ（繼承父親的工作）

骨を接ぐ（接骨）

布を接ぐ（把布接上）

若芽を台木に接ぐ（把嫩芽接到根株上）

靴下の穴を接ぐ（把襪子的破洞補上）

夜を日に接いで働く（夜以繼日地工作）

炭を接ぐ（添炭、續炭）

告ぐ〔他下二〕〔古〕告（=告げる）

国民に告ぐ（告國民書）告ぐ継ぐ次ぐ注ぐ接ぐ

注ぎ口、注口〔名〕（裝罐醬油或酒等用的）漏斗

注ぎ込む〔他五〕注入，倒進，灌入、灌輸、花掉（許多錢），投入（大量資金）

瓶に醬油を注ぎ込む（往瓶裡倒醬油）

一般大衆に絶えず社会主義思想を注ぎ込む（向一般大眾不斷地灌輸社會主義思想）

全財産を事業に注ぎ込む（把全部財產投到事業上）

侵略者は戦争莫大な軍事費を注ぎ込んだ（侵略者為戰爭花掉了大量軍費）

注す、差す、点す〔他五〕注入，倒進，加進，摻進，滴上，點入

水を差す（加水、挑撥離間、潑冷水）

コップに水を差す（往杯裡倒水）

杯に酒を差す（往酒杯裡斟酒）

酒に水を差す（往酒裡摻水）

醬油を差す（加進醬油）

機械に油を差す（往機器上加油）

ランプに油を差す（往燈裡添油）

目薬を差す（點眼藥）

朱を差す（加紅筆修改）

茶を差す（添茶）

差す〔自五〕（潮）上漲,（水）浸潤、（色彩）透露，泛出，呈現、（感覺等）起，發生、伸出，長出。〔迷〕（鬼神）付體。

〔他五〕塗，著色、舉，打（傘等）。〔象棋〕下，走、呈獻，敬酒、量（尺寸）。〔轉〕作（桌椅、箱櫃等）、撐（蒿、船）、派遣

潮が差す（潮水上漲）

水が差して床下が湿気る（因為水浸潤上來地板下發潮）

差しつ差されつ飲む（互相敬酒）

顔に赤みが差す（臉上發紅）

顔にほんのり赤みが差して来た（臉上泛紅了）

熱が差す（發燒）

気が差す（内疚於心、過意不去、預感不妙）

嫌気が差す（感覺厭煩、感覺討厭）

噂を為れば影が差す（說曹操曹操就到）
樹木の枝が差す（樹木長出枝來）
差す手引く手（舞蹈的伸手縮手的動作）
魔が差す（著魔）
口紅を差す（抹口紅）
顔に紅を差す（往臉上塗胭脂）
雨傘を差す（打雨傘）
傘を差さずに行く（不打傘去）
将棋を差す（下象棋）
君から差し給え（你先走吧！）
今度は貴方が差す番ですよ（這次輪到你走啦！）
一番差そうか（下一盤吧！）
杯を差す（敬酒）
反物を差す（量布匹）
棹を差す（撐船）
棹を差して川を渡る（撐船過河）

差す、射す〔自五〕照射
　光が壁に差す（光線照在牆上）
　雲の間から日が差している（太陽從雲彩縫中照射著）
　障子に影が差す（影子照在紙窗上）
　朝日の差す部屋（朝陽照射的房間）

差す、挿す〔他五〕插，夾，插進，插放、配帶、貫，貫穿
　花瓶に花を差す（把花插在花瓶裡）
　簪を髪に差す（把簪子插在頭髮上）
　鉛筆を耳に差す（把鉛夾在耳朵上）
　柳の枝を地に差す（把柳樹枝插在地上）
　差した柳が付いた（插的柳樹枝成活了）
　腰に刀を差している（腰上插著刀）
　武士は二本を差した物だ（武士總是配帶兩把刀）

差す、鎖す〔他五〕關閉、上鎖
　戸を差す（關門、上閂）

差す、指す〔他五〕指示、指定、指名、針對、指向、指出、指摘、揭發、抬
　黒板の字を指して生徒に読ませる（指著黑板上的字讓學生唸）
　地図を指しながら説明する（指著地圖說明）
　磁針は北を指す（磁針指示北方）
　時計の針は丁度十二時を指している（錶針正指著十二點）
　先生は僕を指したが、僕は答えられなかった（老師指了我的名但是我答不上來）
　名を指された人は先に行って下さい（被指名的人請先去）
　此の語の指す意味は何ですか（這詞所指的意思是什麼呢？）
　此の悪口は彼を指して言っているのだ（這個壞話是指著他說的）
　船は北を指して進む（船向北行駛）
　台中を指して行く（朝著台中去）
　犯人を指す（揭發犯人）
　後ろ指を指される（被人背地裡指責）
　物を差して行く（抬著東西走）

刺す〔他五〕刺，扎，穿、粘捕、縫綴、（棒球）出局，刺殺
　針を壺に刺した（把針扎在穴位上）
　匕首で人を差す（拿匕首刺人）
　ナイフで人を刺して、怪我を為せた（拿小刀扎傷了人）
　短刀で心臓を刺す（用短刀刺心臟）
　足に棘を刺した（腳上扎了刺）
　銃剣を刺されて倒れた（被刺刀刺倒了）
　魚を串に刺す（把魚穿成串）
　胸を刺す様な言葉（刺心的話）
　刺される様に頭が痛む（頭像針刺似地疼）
　肌を刺す寒気（刺骨的寒風）
　黐で鳥を刺す（用樹皮膠黏鳥）
　雀を刺す（黏麻雀）

雑巾を刺す（縫抹布）

畳を刺す（縫草蓆）

靴底を刺す（縫鞋底）

一塁に刺す（在一疊刺殺在、一疊出局）

二、三塁間で刺された（在二三疊間被刺殺）

刺す、螫す〔他五〕螫

蜂に腕を刺された（被蜜蜂螫了胳臂）

蜂が手を刺す（蜜蜂叮了手）

蚤に刺された（被跳蚤咬了）

蚊に刺された（被蚊子咬了）

虫に刺されて腫れた（被蟲咬腫了）

刺す、差す〔他五〕刺，扎，撐（船）

其の言葉が私の胸を刺した（那句話刺痛了我的心）

肌を刺す寒風（刺骨寒風）

針で刺す（用針刺）

此の水は身を刺す様に冷たい（這水冷得刺骨）

胃が刺す様に痛い（胃如針扎似地痛）

棹を刺して船を岸に付ける（把船撐到河邊）

止す〔造語〕（接動詞連用形下、構成他五型複合動詞）表示中止或停頓

本を読み止す（把書讀到中途放下）

煙草を吸い止した儘で出て行った（把香煙沒吸完就放下出去了）

不図言い止して口を噤んだ（說了一半忽然緘口不言了）

為す〔他五〕讓做、叫做、令做、使做（＝為せる）

〔助動五型〕表示使、叫、令、讓（＝為せる）

結婚式を為した（使舉行婚禮）

安心為した（使放心）

物を食べ為した（叫吃東西）

もう一度考え為して呉れ（讓我再想一想）

注し薬、注薬、差し薬〔名〕注射藥、點眼藥水

柱（ㄓㄨˋ）

柱〔名〕〔數〕圓柱體、（琴或琵琶等的）弦柱

〔漢造〕柱、柱子、柱石

支柱（支柱，支棍、支持物、〔礦〕〔礦坑內的〕支柱，支架）

円柱（圓柱、圓柱體）

石柱（〔建〕石柱）

脊柱（〔解〕脊柱）

鉄柱（鐵柱、鐵架）

氷柱（冰柱〔＝氷柱〕）

標柱（標竿、路標、水準標尺）

電柱（電線桿〔＝電信柱〕）

天柱（〔想像中支撐天的〕天柱、〔轉〕〔維持社會的〕道義）

門柱（門柱、大門兩側的柱子）

柱趾〔名〕〔建〕柱腳、墩身、柱的基座

柱状〔名〕柱形

柱状図（柱狀圖）

柱状節理（〔地〕柱狀節理）

柱石〔名〕柱石、棟樑

国家の柱石（國家的柱石）

柱舌類〔名〕〔動〕柱舌族、柱舌亞目

柱体〔名〕〔建〕柱身

柱頭〔名〕〔建〕柱頭，柱頂。〔植〕柱頭

方円柱頭（方圓柱頭）

柱梁〔名〕柱和梁。〔轉〕台柱（的人）

柱列〔名〕〔建〕周柱式、（周柱式建築的）柱列

柱聯〔名〕柱上對聯

柱廊〔名〕柱廊

柱〔名〕〔建〕柱、支柱。〔轉〕靠山，頂梁柱。〔動〕閉殼肌、干貝（＝貝柱）

〔接尾〕（計算遺骨或神位的助數詞）尊、位、具

ギリシア建築の柱は美しい（希臘式的柱子建築美觀）

テントの柱を立てる（支起帳棚的支柱）

風で電信柱が倒れた（電線桿被風颳倒了）

杖とも柱とも頼む人（唯一可以仰仗的人）

一家の柱を亡くす（失去了一家之主）亡くす無くす失くす

二柱の神を祭る（供奉兩尊神）祭る祀る奉る纏る

五柱の遺骨が故郷に帰る（五具遺骨返回家鄉）

火柱（火柱、柱狀火焰）

大黒柱（房屋的支柱，頂梁大柱，〔轉〕台柱，柱石，擎天柱，中流砥柱）

柱掛け〔名〕掛在柱上的裝飾品（多為竹木、陶器、繪畫）

柱暦〔名〕掛在柱子上的日曆

柱時計〔名〕（掛在柱上或壁上的大型）掛鐘

柱間〔名〕〔建〕柱間（柱與柱之間的距離）

苧（ㄓㄨˋ）

苧〔漢造〕苧麻（多年生草，葉卵形，莖皮可搓繩，織夏布）

苧、麻〔名〕（與緒同源）。〔植〕麻，蕁麻、麻，蕁麻的纖維，麻線，麻繩

苧環〔名〕（把紡好的麻線由裡向外繞成中空的）麻線球。〔植〕洋牡丹，樓斗花。〔烹〕碗蒸雞肉麵

苧環蒸し、小田卷蒸し〔烹〕碗蒸雞肉麵－碗底放麵條，上面加雞肉等，然後打一個雞蛋蒸熟）

苧，苧麻、苧麻〔名〕〔植〕苧麻、蕁麻

祝（ㄓㄨˋ）

祝〔漢造〕（也讀作祝）慶祝、祝賀、祭主、祈禱

奉祝（慶祝、祝賀〔國家大典〕）

慶祝（慶祝、祝賀）

巫祝（巫祝、巫師〔＝巫女〕）

祝す〔他五〕慶祝、慶賀（＝祝する）

祝する〔他サ〕慶祝、慶賀

誕生を祝する（祝壽、做生日）祝する宿する

祝意〔名〕賀意、祝賀、賀忱

祝意の述べる（表示賀意）述べる陳べる宣べる延べる伸べる

国旗を掲げて祝意を表する（掛國旗表示祝賀）表する評する

祝意を籠めて贈り物を為る（滿懷賀忱贈送禮品）擦る刷る摺る掏る磨る擂る摩る

祝宴〔名〕喜宴、慶賀的宴會

祝宴を催す（設喜宴）

祝宴を開く（設喜宴）

祝宴を張る（設喜宴）張る貼る

婚礼の祝宴に列する（參加婚禮的喜宴）

祝筵〔名〕喜宴（席上）

祝筵に列する（參加喜宴）

祝賀〔名、他サ〕祝賀、慶賀

祝賀を受ける（接受祝賀）

祝賀の挨拶を為る（致賀辭）為る為る

新会社の創立を祝賀する（祝賀新公司成立）

創立記念日を祝賀して賛歌を作る（慶祝創立紀念日做讚歌）作る造る創る

祝賀式（慶賀典禮）

祝賀会（慶祝會）

祝賀会を催す（舉行慶祝會）

祝婚〔名〕賀喜、慶祝結婚

祝婚歌（賀喜歌）歌歌

祝祭〔名〕慶祝和祭祀

祝祭を行う（舉行慶祝和祭祀）

祝祭日（慶祝日和祭祀日、〔政府規定的〕節日）

祝祭日は学校が休みだ（節日學校放假）

祝詞〔名〕祈禱詞（＝祝詞）、祝賀詞（＝祝辭）

祝詞を上げる（向神祈禱）上げる挙げる揚げる

祝詞を述べる（致賀辭）述べる陳べる宣べる延べる伸べる

祝詞〔名〕〔神道〕祈禱文

祝詞を上げる（誦禱文）上げる挙げる揚げる

祝辞〔名〕賀詞

祝辞を述べる（致賀詞）述べる陳べる宣べる延べる伸べる

知名人の祝辞が朗読された（朗讀了知名人士的賀詞）

祝日、祝日，祝い日〔名〕（政府規定的）節日

国民の祝日（國民的節日）

祝日を祝う（慶祝節日）

祝捷、祝勝〔名〕慶祝勝利

祝捷会を催す（開祝捷會）

祝典〔名〕慶祝儀式

記念祝典（紀念典禮）

盛大な祝典を上げる（舉行盛大的慶祝典禮）上げる挙げる揚げる

祝電〔名〕賀電

祝電を打つ（拍賀電）打つ撃つ討つ

祝電を読む（宣讀賀電）読む詠む

祝電が続続舞い込んだ（賀電紛紛拍來）

祝禱〔名,自サ〕〔宗〕（基督教）禮拜末尾的祝福、賜福

祝禱を捧げる（禱告）捧げる奉げる

牧師が祝禱している間会衆は跪いて祈る（在牧師祝福時到會的人們跪下祈禱）

祝杯、祝盃〔名〕慶祝的酒杯

祝杯を挙げる（舉杯祝酒）上げる挙げる揚げる

祝福〔名、他サ〕慶祝、（基督教的）祝福，賜福

成功を祝福する（慶祝成功）

牧師が祝福を与える（牧師給予祝福）与える能える

祝文〔名〕〔宗〕（向神的）祈禱文、祝賀文

祝文を朗読する（朗讀祝賀詞）

祝砲〔名〕禮炮

二十一発の祝砲を打つ（鳴禮炮二十一響）打つ撃つ討つ

祝融〔名〕祝融，火神、火災，火警

祝融の災い（火災）災い禍厄

祝〔漢造〕慶賀

祝儀〔名〕慶祝儀式，典禮、婚禮、祝辭、（表示賀意的）贈品，喜儀（＝引出物）、小費，酒錢（＝心付、花、チップ）

祝儀を行う（舉行慶祝儀式〔典禮〕）

祝儀を述べる（致賀辭）述べる陳べる宣べる延べる伸べる

祝儀唄（祝賀歌）

祝儀花（典禮時的插花）

後で祝儀を遣る（隨後給小費）

祝言〔名〕祝詞，賀詞（＝祝辞）、喜事、婚禮

祝言を述べる（致賀辭）述べる陳べる宣べる延べる伸べる

昨日彼の家に祝言が有った（昨天那家辦喜事了）昨日昨日

祝言の客（賀喜的客人）

祝言を済まして新婚旅行に出掛ける（行完婚禮就去作新婚旅行）済む住む棲む澄む清む

祝言を挙げる（舉行婚禮）上げる挙げる揚げる

祝着〔名〕慶祝、祝賀

男子御出生の由祝着に存じます（聽說您生個男孩恭喜恭喜）

祝着至極に存ずる（非常可喜可賀）

祝着千万（恭喜恭喜）

祝う〔他五〕祝賀，慶賀、慶祝、祝福，祝願、送賀禮、致賀詞

国の独立を祝う（慶祝國家獨立）

御正月を祝う（慶賀新年）

一家は雑煮を祝う（全家吃煮年糕迎接新年）

友人の結婚に紅茶セットを贈って祝う（贈送一套茶具祝賀朋友結婚）

御祝い申し上げます（向您祝賀）

美辞麗句の限りを尽くして祝う（說盡美好的言詞祝賀）

祝い、祝〔名〕祝賀，慶祝、賀禮，祝賀的禮品

建国三十周年の御祝い（慶祝建國三十周年）

新年の御祝いを申し上げます（恭賀新禧）

御祝いの言葉を述べる（致賀辭）

御祝いを電報を送る（拍賀電）贈る送る

祝い状（賀信）

結婚の御祝いを贈る（贈送結婚禮品）

此は本の御祝の印です（這只是表示我一點祝賀之心意、奉上菲禮略表賀忱）

祝い返し、祝返し〔名〕（接受禮物後）回禮、回贈的禮品

祝い事、祝事〔名〕喜慶事

家に祝い事が有る（家裡有喜慶事）有る在る或る

全国的な祝い事（舉國慶祝的喜事）

祝い酒、祝酒〔名〕喜酒、慶祝的酒

一同に祝い酒を振る舞う（用喜酒款待大家）

祝い箸、祝箸〔名〕喜慶事用的兩端尖的長筷子

祝〔名〕〔古〕侍奉神佛的專職人員

祝、寿〔名〕〔古〕慶祝（＝祝い）

註（ㄓㄨˋ）

註、注〔名〕註解、註釋

〔漢造〕注入、注目、注釋

注を入れる（加注）

注を付ける（加注）

朱で注を書き込んである（有紅筆加的注）

頭注、頭註（〔加在書籍本文上方的〕眉批）←→脚注

脚注、脚註（腳注）

割注、割註（行間的小注）

集注（集中注入）

集注、集註（〔古典作品的〕集注、集解）

註する、注する〔他サ〕註解、註釋、說明

朱で注する（用朱筆注釋）注する註する沖する誅する

易を注する（註解易經）

註解、注解〔名、他サ〕註解、註釋

注解を付ける（加註解）付ける憑ける着ける漬ける附ける突ける浸ける衝ける就ける

古典を読むには注解が必要だ（讀古典書需要有註解）

註記、注記〔名、他サ〕注記、注釋

注記を付ける（加注釋）

上欄に注記する（在上欄加注釋）

文末の注記を参照せよ（請看文章末尾的注釋）

注記付きの源氏物語を読む（讀加注釋的源氏物語）読む詠む

註脚、注脚〔名〕注腳

註釈、注釈〔名、他サ〕注釋、注解

詳細な注釈（詳細的注解）

注釈を付ける（加注釋）

注釈付きの本（帶注解的書）

一言注釈を為る（注上一句話）一言一言一言

源氏物語を注釈する（注釋源氏物語）

註疏、注疏〔名〕注疏、詳細解說

註文、注文〔名、他サ〕訂貨，定貨，訂購，訂做，希望，要求，願望

料理を注文する（訂菜、叫菜）

注文して作った服（定做的衣服）

注文に応じる（接受訂貨）

注文が殺到している（訂貨應接不暇）

注文を集める（徵集訂貨）

注文を取り消す（取消訂貨）

注文を取り損なう（沒有弄到訂貨）

注文を促す（催促訂貨）

出

新刊書を数冊日本へ注文する（向日本訂購幾本新版書）

御注文は全て順番で御取り扱いします（訂貨一律按照次序處理）

尚御注文の程願い上げます（希望您再來訂購）

注文を付ける（提出要求）

君に一つ注文が有る（對你有個要求）

注文の難しい男だ（是個難以使他滿足的人）

注文通りに行けば結構だ（若能如願以償就好了！）

世の中の事は注文通りには行かない（天下事不能盡如人意）

人に物を頼む時には、彼是注文を付けては行けない（託人辦事的時候不能提出這樣那樣的要求）

どんな御注文にも応ずる覚悟です（決心應付您的任何要求）

注文取り（〔向主顧〕徵求訂貨〔的人〕、催收欠款，要帳〔的人〕）

注文取りに御用聞きを遣る（派人去徵求訂貨）

注文取りに回る（到各處去徵求訂貨）

注文流れ（訂貨後買主不來提取〔的人〕）

注文流れの上着（訂貨後沒來取的上衣）

私の服は注文流れだ（我穿的衣服是別人訂做後沒來取的）

箸（ㄓㄨˋ）

箸〔名〕箸、筷子

竹の箸（竹筷子）箸端橋嘴

箸を付ける（下箸）付ける着ける漬ける就ける附ける突ける浸ける衝ける憑ける

箸を下ろす（下箸）下す卸す

箸を取る（拿筷子）取る撮る採る執る捕る摂る獲る盗る

箸を置く（放下筷子）置く擱く措く

日本や中国では、箸で食事を為る（在日本和中國用筷子吃飯）擦る刷る摺る掏る磨る擂る

箸が転んでも可笑しい年頃（動不動就發笑的年齡－多指十七八歲的女孩）

箸で銜める様（諄諄教誨－務使徹底理解）

箸に目鼻（痩皮猴）

箸にも棒にも掛からぬ（無法對付）

箸の上げ下ろしにも小言を言う（對一點點小事都挑毛病、雞蛋裡面挑骨頭）言う云う謂う

箸より重い物を持たない（養尊處優、毫無工作經驗）

箸を持って食う許りだ（飯來張口－喻照料得無微不至）

橋〔名〕橋、橋樑

橋を渡る（過橋）橋嘴端箸渡る涉る亘る

橋を渡す（搭橋、架橋）

川に橋を架ける（在河上搭橋）架ける掛ける懸ける駆ける翔ける駈ける搔ける

橋の上を歩く（在橋上走）

橋の番人（看橋人、守橋人）

橋の袂に佇む（佇立橋畔）

其の川には橋が二つ掛かっている（那條河上架有兩座橋）川河皮革側

橋の下を潜る（從橋下鑽過去）潜る潛る下舌

御乗り換えの方は此の橋を御渡り下さい（換車旅客請過此天橋）

橋が無ければ渡らぬ（中間沒有搭橋人、事情不好辦）

端〔名〕端，頭、邊，邊緣、片斷、開始、從頭、盡頭、零頭，斷片

棒の端（棍子頭）

紐の両端（帶子的兩端）

道の端を歩く（靠路邊走）
端迄見えぬ（看不到邊）
紙の端を切って形を揃える（把紙邊剪整齊）
汚れた食器をテーブルの端に寄せる（用過的餐具收拾到桌邊上）
言葉の端を捕らえて難癖を付ける（抓住話的片斷挑剔）
端から順順に問題を解いて行く（從頭一個個地解決問題）
本を端から端迄読む（從頭到尾把書看完）
木の端（碎木頭、木頭斷片）
布の切れ端を合わせて、布団を作る（拼起碎布做被子）

嘴〔名〕喙、鳥嘴（＝嘴）

嘴、喙〔名〕〔動〕喙、鳥類的嘴
嘴が黄色い（黃口小孩、乳臭未乾）
嘴を入れる（插嘴、管閒事）
嘴を挟む（插嘴、管閒事）挟む鋏む挿む剪む
嘴を鳴らす（咬牙、咬牙切齒）鳴らす為らす生らす慣らす馴らす均す

箸置き、箸置〔名〕箸架、箸枕、箸台（用膳過程中放筷子用的小枕狀支架）

箸紙〔名〕把紙摺疊成袋狀以便放入筷子的東西

箸箱〔名〕筷子盒

箸休め〔名〕〔烹〕（加在兩味主菜之間的）小吃、小菜、小食品

鋳（鑄）（ㄓㄨˋ）

鋳〔漢造〕鑄
改鋳（改鑄、重新鑄造、另行鑄造）
新鋳（新鑄）

鋳貨〔名〕鑄造（的）貨幣

鋳塊〔名〕〔冶〕鑄塊、鑄錠
鋳塊鋳型（鑄模、鑄型）

鋳金〔名〕鑄造（美術）器物

鋳鋼〔名〕鑄鋼、鋼鑄件

鋳床〔名〕〔冶〕鑄床

鋳造〔名、他サ〕鑄造←→鍛造
活字を鋳造する（鑄造鉛字）
貨幣を鋳造する（鑄造貨幣）

鋳鉄、鑄鉄〔名〕鑄鐵（＝キャスト）
鋳鉄法（鑄鐵法）
可鍛鋳鉄（可鍛鑄鐵）
鋳鉄所（鑄鐵廠、鑄造車間）

鋳る〔他上一〕鑄、鑄造
釜を鋳る（鑄鍋）

居る〔自上一〕（人或動物）有，在（＝有る、居る）、在，居住、始終停留（在某處），保持（某種狀態）

〔補動、上一型〕（接動詞連用形＋て下）表示動作或作用在繼續進行、表示動作或作用的結果仍然存在、表示現在的狀態

子供が十人居る（有十個孩子）
虎は朝鮮にも居る（朝鮮也有虎）
御兄さんは居ますか（令兄在家嗎？）
前には、此の川にも魚が居た然うです（據說從前這條河也有魚）
ずっと東京に居る（一直住在東京）
両親は田舎に居ます（父母住在鄉下）
住む家が見付かる迄ホテルに居る（找到房子以前住在旅館裡）住む棲む済む澄む清む
一晩寝ずに居る（一夜沒有睡）
兄は未だ独身で居る（哥哥還沒有結婚）未だ未だ
自動車が家の前に居る（汽車停在房前）
見て居る人（看到的人）
笑って居る写真（微笑的照片）
子供が庭で遊んで居る（小孩在院子裡玩耍）
映画を見て居る（在看電影）立つ経つ建つ絶つ発つ断つ裁つ截つ
鳥が飛んで居る（鳥在飛著）飛ぶ跳ぶ

彼は長い間此の会社で働いて居る（他長期在這個公司工作著）

花が咲いて居る（花開著）咲く裂く割く

木が枯れて居る（樹枯了）枯れる涸れる嗄れる駆れる狩れる刈れる駈れる

薬が効いて居る（藥見效）効く利く聞く聴く訊く

工事中と言う立札が立って居る（立起正在施工的牌子）言う云う謂う

時計は壊れて居て使えない（錶壞了不能用）壊れる毀れる使う遣う

食事が出来て居る（飯做好了）

彼は中中気が利いて居る（他很有心機）効く利く聞く聴く訊く

戸に鍵が掛かって居る（門鎖上了）掛る係る繋る罹る懸る架る

居ても立っても居られない（坐立不安、搔首弄姿、急不可待）

歯が痛くて居ても立っても居られない（牙疼得坐立不安）

居ても立っても居られない程嬉しかった（高興得坐不穩站不安的）

炒る、煎る、熬る〔他五〕炒、煎

豆を炒る（炒豆）入る居る要る射る鋳る

玉子を炒る（煎雞蛋）

射る〔他上一〕射、射箭、照射

弓を射る（射箭）入る要る居る鋳る炒る煎る

矢を射る（射箭）

的を射る（射靶、打靶）

的を射た質問（擊中要害的盤問）

明るい光が目を射る（強烈的光線刺眼睛）

彼の眼光は鋭く人を射る（他的眼光炯炯射人）

入る〔自五〕進入（＝入る-單獨使用時多用入る、一般都用於習慣用法）←→出る

〔接尾、補動〕接動詞連用形下，加強語氣，表示處於更激烈的狀態

佳境に入る（進入佳境）

入るを量り出ずるを制す（量入為出）

入るは易く達するは難し（入門易精通難）

日が西に入る（日沒入西方）

今日から梅雨に入る（今天起進入梅雨季節）

泣き入る（痛哭）

寝入る（熟睡）

恥じ入る（深感羞愧）

つくづく感じ入りました（深感、痛感）

痛み入る（惶恐）

恐れ入ります（不敢當、惶恐之至）

悦に入る（心中暗喜、暗自得意）

気に入る（稱心、如意、喜愛、喜歡）

技、神に入る（技術精妙）

手に入る（到手、熟練）

堂に入る（登堂入室、爐火純青）

念が入る（注意、用心）

罅が入る（裂紋、裂痕、發生毛病）

身が入る（賣力）

実が入る（果實成熟）

要る、入る〔自五〕要、需要、必要（＝必要だ、掛かる）

金が要る（需要錢）

要らなく為った（不需要了）

間も無く要らなく為る（不久就不需要了）

要らない物を捨て為さい（把不要的東西扔掉吧！）

要るだけ持って行け（要多少就拿多少吧！）居る煎る炒る鋳る射る要る入る

要る丈上げる（要多少就給多少）

旅行するので御金が要ります（因為旅行需要錢）

此の仕事には少し時間が要る（這個工作需要點時間）

此の仕事には可也の人手が要る（這個工作需要相當多的人手）

御釣りの要らない様に願います（不找零錢）

要らぬ御世話だ（不用你管、少管閒事）

要らない所へ顔を出す
返事は要らない（不需要回信）
要らない本が有ったら、譲って下さい（如果有不需要的書轉讓給我吧！）
要らない事を言う（說廢話）

鋳掛け、鋳掛〔名、他サ〕焊、焊接
穴の開いた鍋を鋳掛けに遣る（把漏鍋拿去焊）開く明く空く飽く厭く
鋳掛け師（焊鍋匠）
鋳掛け屋（焊鍋匠）

鋳型〔名〕鑄模，翻砂模型。〔印〕鑄字模
鋳型に注ぎ込む（注入鑄模中）
鋳型枠（型〔砂〕箱）
鋳型に嵌める（鑲在模子裡、用死板的教育法把受教者弄成同一類型的人）嵌める填める食める
生徒を一つの鋳型に嵌めようと為る（要把學生用一個模子鑄出來）

鋳口〔名〕〔冶〕（鑄型的）澆口

鋳込む〔他五〕鑄、澆鑄
溶鉄を鋳型に鋳込む（把熔化的鐵澆進模子裡）

鋳縮み〔名〕〔冶〕收縮、冷縮

鋳潰す〔他五〕回爐、熔毀
銅像を鋳潰す（熔毀銅像）

鋳直す〔他五〕（貨幣或金屬器物）改鑄、重鑄

鋳直し〔名〕（貨幣或金屬器物）改鑄、重鑄

鋳肌〔名〕〔冶〕鑄件表面
鋳肌掃除（鑄件表面清理）

鋳引け〔名〕〔冶〕（鑄件）縮孔

鋳減り〔名〕〔冶〕（熔鑄時的）火耗、熔煉損耗

鋳物〔名〕鑄器、鑄件、鑄造物、模鑄件←→打ち物
鋳物師（鑄工）
鋳物師（〔古〕鑄工）（=鋳物師）
可鍛鋳物（韌性鑄件）
鋳物用コークス（鑄造用焦炭）

鋳物部品（鑄件）
鋳枠〔名〕〔冶〕砂箱、型箱、型框

駐（ㄓㄨˋ）

駐〔漢造〕駐在
進駐（進駐、軍隊進入外國領土）

駐英〔名〕駐英
駐英大使（駐英大使）

駐在〔名、自サ〕駐在、警察派出所。〔俗〕派出所的警察
海外に駐在する外交官（駐在國外的外交官）
駐在武官（駐在國外的武官）
駐在所（警察派出所）
駐在さん（派出所的警察）

駐箚〔名、自サ〕駐在
我が国に駐箚せる各国の使節（駐在我國的各國使節）
アメリカ駐箚大使（駐美大使）
米国駐箚日本大使（日本駐美大使）

駐車〔名、自サ〕停車
此処に駐車しては行けない（此處不准停車）
駐車違反の罰金を払う（繳納違反停車規則的罰款）払う掃う拂う祓う
其の道路には駐車する場所が無かった（那條道路沒有停車的地方）
駐車場（停車場）場場
駐車禁止（禁止停車）

駐屯〔名、自サ〕駐屯、駐紮
駐屯軍を置く（派軍駐紮）置く擱く措く
国境地帯に駐屯している部隊（駐在邊境的部隊）
駐屯地（駐地）

駐日〔名〕駐日、駐在日本
駐日中国大使（中國駐日大使）

駐兵〔名、自サ〕駐軍、駐紮軍隊

駐兵権(駐軍權)

駐米〔名〕駐美
　駐米中国大使(中國駐美大使)

駐留〔名、自サ〕〔軍〕留駐、長期駐軍
　軍隊が駐留する(軍隊駐紮下去)
　占領地の駐留軍(佔領地的駐軍)
　在日米国駐留軍(美國留在日本的駐軍、駐日美軍)

駐輦〔名〕皇帝出行中間停留(＝駐駕)

抓（ㄓㄨㄚ）

抓〔漢造〕以指取物

抓る〔他五〕掐、擰(＝捻る、捻じる)
　股を青痣の出る程抓る(把大腿掐出淤血來)
　我が身を抓って人の痛さを知れ(推己及人)

抓む、摘む、撮む〔他五〕捏，抓，撮、拿起來吃、摘取、(用撮まれる的形式)被迷住，迷惑
　鼻を撮む(捏鼻子)
　箸で豆を撮む(用筷子夾豆)
　手で撮んで食べる(用手抓著吃)
　御気に召したらもっと御撮み下さい(你若愛吃就請再吃些)
　要点を撮んで話す(扼要述說)
　狐に撮まれた様だ(如墜五里霧中、莫名其妙)

抓み，抓、摘み、撮み〔名〕捏，抓，撮。(用作助數詞)一撮，一捏。(器具上的)提紐，繩栓。〔烹〕小吃，下酒菜
　一撮みの塩(一撮鹽)
　鍋蓋の撮み(鍋蓋上的提紐)
　ビールの御撮み(配啤酒的小吃)

抓み洗い、撮み洗い〔名、他サ〕(不全洗)只洗髒的地方
　洋服を撮み洗い(只洗西裝髒的地方)

抓み食い、撮み食い〔名、他サ〕(不用筷子)抓著吃、偷吃、〔俗〕吞沒(公款)
　撮み食いは行儀が悪い(抓著吃不禮貌)
　子供が撮み食いを為る(孩子偷吃)
　公金を撮み食いする(吞沒公款)
　撮み食いの味は格別(偷吃味道特別香)

抓み出す、撮み出す〔他五〕捏出，檢出、揪出去，轟出去
　米の中の籾を撮み出す(檢出米裡的稻穀)
　静かにし無いと撮み出すぞ(老實點不然就把你揪出去)

抓み菜、撮み菜〔名〕間拔下來的菜
　撮み菜の御浸し(新泡的摘下來的菜)

抓み物、撮み物〔名〕〔烹〕小吃、簡單酒菜(＝御撮み)
　ビールの撮み物に塩豆を出す(拿出鹽豆作啤酒的下酒菜)

抓まれる〔自下一〕(抓む、摘む、撮む的被動形式)被…迷住(＝憑かれる)
　狐にでも抓まれたのか(莫非被狐狸迷住了不成)
　何だか狐にでも抓まれた様な話だ(這話簡直令人莫名奇妙)

抓める〔他五〕掐、擰(＝抓る)

爪（ㄓㄨㄚˇ）

爪〔漢造〕指甲、足甲、鳥獸的掌趾

爪牙〔名〕爪牙，爪和牙。〔轉〕毒手。〔轉〕幫兇
　相手の爪牙に掛かる(遭到對手的毒手)掛る懸る係る罹る
　爪牙を脱する(逃脫毒手)脱する奪する
　爪牙を研ぐ(要下毒手)研ぐ磨ぐ砥ぐ
　爪牙の臣(爪牙之臣)

爪甲〔名〕爪、趾甲(＝爪)

爪痕〔名〕爪痕
　生生しい颱風の爪痕(颱風過後的慘狀、颱風留下的嚴重災情)

爪痕〔名〕爪痕，爪抓過的傷痕、指甲印。〔轉〕傷痕，痕跡
　台風の爪痕(颱風造成的災害痕跡)

爪繞〔名〕(漢字部首)爪字旁

爪母〔名〕〔解〕甲床

爪（つま）〔漢造〕（接名詞或動詞之上）爪、指甲、趾甲

爪音（つまおと）〔名〕（彈）琴聲、馬蹄聲
　澄（す）んだ爪音（つまおと）（清澈的琴聲）澄む清む済む住む棲む
　駒（こま）の爪音（つまおと）（馬蹄聲）

爪掛（つま）け、爪掛（つまがけ）〔名〕木屐罩（＝爪皮、爪革）、（多雪地方用稻草或蒲草編的拖鞋式的）雪鞋

爪掛（つめが）け〔名〕（辭典等為了便於翻閱在裁口上按字母印的）指甲狀挖口

爪皮（つまかわ）、爪革（つまがわ）〔名〕（防泥、水用的）木屐罩（＝爪掛け、爪掛）

爪木（つまぎ）〔名〕（折下來作薪柴用的）樹枝、柴枝

爪櫛（つまぐし）〔名〕細齒梳子

爪繰（つまぐ）る〔他五〕（用指甲或指尖）捻、數
　数珠（じゅず）を爪繰（つまぐ）る（捻念珠、數佛珠）

爪紅（つまくれない）、端紅（つまくれない）〔名〕〔植〕鳳仙花的古稱（＝鳳仙花（ほうせんか））、（信紙或扇面等頭上染成的）紅邊

爪紅（つまべに）〔名〕〔植〕鳳仙花的別稱（＝鳳仙花（ほうせんか））、紅指甲油
　爪紅（つまべに）を差（さ）す（染紅指甲）差す注す刺す指す射す挿す点す鎖す

端紅（つまべに）〔名〕（信紙或扇面等頭上染成的）紅邊

爪琴（つまごと）、妻琴（つまごと）〔名〕箏、（不知從何處傳來的）箏聲

爪先（つまさき）〔名〕腳尖
　爪先（つまさき）で立（た）つ（用腳尖站立）
　頭（あたま）の天辺（てっぺん）から爪先（つまさき）迄（まで）（從頭頂到腳尖）
　爪先（つまさき）の角張（かどは）った靴（くつ）（方頭鞋）
　此（こ）の靴（くつ）は爪先（つまさき）が当（あ）たる（這雙鞋擠腳）当る中る
　爪先（つまさき）の向（む）いた方（ほう）へ行（い）く（信步而行）行く往く逝く行く往く逝く
　爪先（つまさき）を良（よ）く見（み）てから進（すす）め（走路要小心腳跟前。〔轉〕行事要現實點）
　爪先上（つまさきあ）がり、爪先上（つまさきあ）り（蹺起腳尖、慢坡，慢坡路，緩慢的上坡）
　爪先上（つまさきあ）がりの坂（さか）（緩慢的上坡）
　此処（ここ）から段段（だんだん）爪先上（つまさきあ）がりに為（な）る（從這裡漸漸上坡）

爪先立（つまさきだ）つ〔自五〕用腳尖站立、墊腳（＝突（つ）き立（た）つ）

爪調（つましら）べ〔名〕（彈琴前用紙爪）調整音調、對音調

爪立（つまだ）つ〔自五〕用腳尖站立、墊起腳
　爪立（つまだ）って歩（ある）く（墊著腳走路）
　爪立（つまだ）って手（て）を上（うえ）に伸（の）ばすと天井（てんじょう）に届（とど）く（墊起腳來把手往上一伸就碰到天花板）

爪立（つまだ）てる〔他下一〕用腳尖站立、墊起腳
　爪立（つまだ）てて待（ま）つ（墊著腳等待、佇立以待、渴望）待つ俟つ

爪弾（つまはじ）き〔名、自他サ〕（嫌惡或排斥等時）彈指。〔轉〕嫌惡，厭惡，輕蔑，蔑視，排斥
　彼（かれ）は皆（みな）に爪弾（つまはじ）きされている（他遭到大家厭惡）
　仲間（なかま）を爪弾（つまはじ）きしては行（い）けない（不能排斥同伴）

爪弾（つまび）き、爪弾（つめび）き〔名、他サ〕用指甲彈
　ギターを爪弾（つまび）きする（用指甲彈吉他）

爪楊枝（つまようじ）〔名〕牙籤（＝小楊枝（こようじ））
　爪楊枝（つまようじ）で歯（は）を穿（ほじ）る（用牙籤剔牙）

爪（つめ）〔名〕（人的）指甲，趾甲，（動物的）爪、指尖、（彈琴時套在指上的）撥子、（用具等上的）鉤子、（錨的）爪、（布襪上的）別扣
　手（て）の爪（つめ）（指甲）
　爪（つめ）を切（き）る（剪指甲）切る斬る伐る着る
　爪（つめ）の垢（あか）（指甲泥）
　赤（あか）く染（そ）めた爪（つめ）（染紅的指甲）
　爪（つめ）で引（ひ）っ掻（か）く（用爪搔、用指甲撓）
　爪（つめ）を研（と）ぐ（〔貓〕磨爪）研ぐ磨ぐ砥ぐ
　爪印（つめいん）（指印）
　爪クラッチ（つめclutch）（爪形離合器）
　爪螺旋回（つめねじまわ）し（爪板子）
　爪（つめ）が長（なが）い（貪婪、貪得無厭）溢す零す
　爪（つめ）で拾（ひろ）って箕（み）で溢（こぼ）す（滿地撿芝麻、大簍撒香油，喻把辛辛苦苦積存的東西隨便浪費掉）
　爪（つめ）に爪（つめ）無（な）く、瓜（うり）に爪（つめ）有（あ）り（爪字無爪，瓜有爪－為辨別爪瓜二字的一種說法）

卅

爪に火を点す（拿指甲當蠟燭、喻非常吝嗇）点す灯す

爪の垢程（喻少得可憐）

爪の垢を煎じで飲む（〔甚至煎飲人家的指甲垢來〕百般仿效、亦步亦趨、東施效顰）

爪を嚙む（咬指甲、忍氣吞聲）嚙む咬む

爪を立てる所も無い（無立錐之地）

爪を研ぐ（躍躍欲試）

能有る鷹は爪を隠す（喻真正有能耐的人不外露、真人不露相）

詰め、詰〔名〕裝，包裝，塞子，（關西方言）盡頭。〔象棋〕將軍，將死。〔轉〕最後關頭，末了，完工階段

瓶に詰めを為る（塞上瓶塞）

穴に詰めを為る（堵上窟窿）

橋の詰め（橋頭）

彼は橋の詰めに立っている（他站在橋頭）

後一手で詰めに為る（再一步就將死）

詰めを怠る（末了疏忽了、功虧一簣）

詰め、詰〔接尾〕裝，包裝。〔俗〕全憑，一整套、清一色、連續、繼續、派在某處工作

箱詰めの蜜柑（箱裝的橘子）

一箱二ダース詰めのビール（一箱裝兩打的啤酒）

十個詰め一箱（一箱裝十個）

五百字詰めの用紙（一頁五百字的稿紙）

規則詰め（以規章約束人、清規戒律）

立ち詰め（佇立不動）

電車は混んでいて終点迄立ち詰めだった（電車裡很擁擠一直站到終點站）

本店詰めである（在總店工作）

警視庁詰めの記者（駐在警視廳採防的記者）

此れ迄台北詰めで為たが、今月から台中詰めに為りました（以前是派在台北工作從本月起調到台中工作）

爪印〔名〕（代替印章蓋的）指印、手印（=拇印）

爪印を捺す（蓋指印）捺す押す推す圧す

爪印〔名〕（書中的要點疑問處或優秀和歌上所加的）指甲痕

爪形〔名〕指甲痕，爪痕、爪形、指印（=爪印）

爪形〔名〕指甲痕

爪切り〔名〕指甲刀、指甲剪

爪切り鋏み（指甲剪）

爪草〔名〕〔植〕瓜槌草、腺漆姑草

爪糞〔名〕指甲裡的泥垢（=爪の垢）

爪車〔名〕〔機〕爪輪、棘輪（=ラチェット ratchet）

爪竿〔名〕（搭遊艇等用的）鉤竿、有鉤的篙

爪付き〔名〕帶爪、有爪

爪付き座金（〔機〕止推墊圏、保險墊圏）

爪付き鎖（吊爪鏈、帶爪鉤鏈）

爪の垢〔名〕指甲裡的泥垢、〔喻〕一點點（小事）

爪の垢程の事にも腹を立てる（對一點點小事也發火）

良心何て爪の垢程も無い（沒有一點良心、喪盡天良）

爪の垢を煎じで飲む（〔甚至煎飲人家的指甲垢來〕百般仿效、亦步亦趨、東施效顰）

爪判〔名〕指印、手印（=爪印）

爪半月〔名〕〔解〕指甲弧形、半月瓣指甲弧形

爪磨き、爪磨〔名〕修指甲，修腳趾甲（=マニキュア manicure、ペディキュア pedicure）、指甲銼

爪蓮華〔名〕〔植〕黃花萬年草（景天屬多年生草，葉厚質多肉，秋開穗狀小白花）

捉（ㄓㄨㄛˊ）

捉〔漢造〕捉

把捉（掌握、抓住）（=把握）

捕捉（捕捉，捉拿、〔轉〕捉摸，理解）

捉脚〔名〕〔動〕（頭足類的）捉脚（如烏賊等能捲纏抓取的前肢）

捉まる、摑まる、捕まる〔自五〕抓住、揪住、逮住

犯人を摑まった（犯人住住了）

彼の人に摑まったら逃げられない（如果被抓住就跑不掉）

吊り革に摑まる（抓住電車吊環）

私にしっかり掴まっておいで（緊緊揪住我）

赤ん坊が物に掴まって立つ（嬰兒揪住東西站起來）

捉まる〔自五〕〔方〕抓住、揪住、逮住（＝捉まる、掴まる）

捉まえる、掴まえる、捕まえる〔他下一〕抓住、捉住、揪住

袖を掴まえて放さぬ（抓住袖子不放）

縄を掴まえて上がる（抓住繩子爬上去）

犯人を掴まえる（抓住犯人）

猫を掴まえる（把貓捉住）

車を掴まえる（叫住汽車）

給仕を掴まえてカクテルを注文する（叫住服務員要雞尾酒）

其の点をしっかり掴まえなくては為らない（必須牢牢地掌握這一點）

人を掴まえて長談義を為る（揪住人喋喋不休）

勉強している人間を掴まえて酒を飲ませるなんて（竟揪住正在用功的人喝酒真是的）

捉まえる〔他下一〕〔方〕抓住、捉住、揪住（＝掴まえる、捕まえる、捉まえる）

捉える、捕える，捕らえる〔他下一〕擒獲、捉拿、抓住、領會

犯人は未だ捕えられない（犯人還沒有逮住）

警官が暴徒の大半を捕えた（警察把大多數的暴徒逮捕了）

夏に為ると子供達は蝉や蜻蛉を捕えて遊ぶ（到了夏天孩子們捉蟬蜻蜓等玩）

襟首を捕える（緊緊抓住脖領）

袖を捕えて放さない（緊緊抓住袖子不放）

レーダーが敵機を捕える（雷達捕捉敵機）

捕え難い生態（很難掌握的動態）

文章の意味を正しく捕える（正確掌握文章的含意）

良い機会を捕えて外国へ渡った（抓住好機會出國了）

恐怖に捕えられる（陷入恐怖）

絶望が彼を捕えた（他陷入絕望了）

彼は彼女の美しさに捕えられた（他被她的美貌迷住了）

私は縄に足を捕えられた（繩子纏住了我的腳）

卓（ㄓㄨㄛˊ）

卓〔名〕桌、桌子（＝机、テーブル）

〔漢造〕高出、高超、卓越

卓を囲む（圍桌〔而坐〕）

卓を叩く（拍桌子）叩く敲く

一卓の料理（一桌菜）

卓上の電話（桌上的電話）

卓越〔名、自サ〕卓越、超群

同輩に卓越する（在同輩中出類拔萃）

彼は卓越した技術の持主だ（他有卓越的技術）

人物技量共に卓越する（人物和本領都很高超）

卓越風（〔氣〕盛行風）風風

卓球〔名〕乒乓球（＝ピンポン）

卓球試合（乒乓球比賽）

卓球を遣る（打乒乓球）

卓見〔名〕卓見、卓識

卓見の士（卓見之士）

彼は卓見が有る（他有卓見）

彼は卓見を持っている（他有卓見）

卓才〔名〕卓才、大才、有卓越才能（的人）

卓子〔名〕桌、桌子（＝机、テーブル）、〔機〕工作台

卓識〔名〕卓識、卓見、高見

卓出〔名、自サ〕傑出、卓越、超群

卓出した画才（傑出的繪畫才能）

卓上〔名〕卓上、案頭、〔機〕台式

卓上に花を飾る（把花擺在桌上）

卓上電話（桌上塾上）

卓上カレンダー（桌曆）

卓上万力（台式虎鉗）

卓上型（〔機〕台式）

卓説〔名〕卓見、高見、卓越的論述
　彼の卓説は学会でも評判に為った（他的卓説在學會也博得了好評）
　卓説を吐く（發表卓見）吐く履く掃く穿く刷く佩く
　名論卓説（名言卓見）

卓絶〔名、自サ〕卓絕、卓越、出類拔萃
　卓絶した意見を述べる（陳述卓越的意見）述べる陳べる宣べる延べる伸べる
　古今に卓絶した作品（卓越古今的作品）

卓然〔名タルト〕卓然、傑出

卓抜〔名、形動、自サ〕卓越、傑出、超群
　彼は卓抜した才能を持っている（他有卓越的才能）

卓筆〔名〕優秀的筆跡或文章

卓布〔名〕（鋪在飯桌上等的）桌布（=テーブルクロス tablecloth）

卓面〔名〕〔理〕平行雙面、軸面（體）
　結晶の卓面（結晶的軸面體）

卓立〔名、自サ〕傑出、鶴立雞群、超出一般水準

卓論〔名〕卓見、高論
　卓論を吐く（發表高論）吐く履く掃く穿く刷く佩く

卓袱〔名〕中國式的飯桌，八仙桌，湯麵、滷麵、日本式的中國菜（=卓袱料理）
　卓袱饂飩（湯麵、滷麵）

卓袱料理（〔以魚肉為主要材料的〕日本式中國菜）（=長崎料理）

卓袱台〔名〕矮腳飯桌

卓袱屋〔名〕（橫濱和神戶等港口以外國人為對象的）小酒館、妓院

拙（ㄓㄨㄛˊ）

拙〔名〕拙（=下手、拙い事）、（自謙）拙，敝（=私）
　〔漢造〕拙、自謙
　巧みと拙が入り交じっている（巧拙混在一起）

　其の策は拙の拙為る物だ（那是再拙不過的辦法）
　拙、言う可からず（拙不可言）
　拙に御任せ下され（請委託給我）

巧拙（巧拙）

古拙（古拙-古樸而少修飾）

愚拙（愚拙、〔自謙〕愚拙，不敏）

拙悪〔名〕拙劣（=下手）

拙詠〔名〕拙劣的詩歌、（自謙）拙詩，拙歌

拙技〔名〕拙技
　拙技を御目に掛ける（請看拙技）

拙稿〔名〕拙稿、敝稿

拙作〔名〕拙劣的作品、（自謙）拙作，拙著

拙策〔名〕笨拙的計畫（辦法）、（自謙）拙策，愚策
　そんな事を為るのは拙策だ（那樣做法是很笨拙的）

拙者〔名〕〔俗〕（舊時武士或醫生等的自我謙稱，也用於候文）鄙人（=私）
　そんな難しい事は拙者には分からん（那樣的難題在下不懂）
　拙者一人で参る（在下一個人去）

拙守〔名〕（體育）笨拙的守備

拙戦〔名〕笨拙的戰鬥（比賽）

拙僧〔名〕（僧人的自謙）山僧、小僧

拙速〔名ナ〕拙而速（雖然品質不高但速度快）←→巧遅
　拙速を尊ぶ（崇尚拙而速）尊ぶ貴ぶ尊ぶ貴ぶ
　私は拙速主義だ（我是拙素主義）

拙宅〔名〕舍下、敝宅、寒舍
　拙宅へも御出掛け下さい（也請到舍下來）

拙著〔名〕拙著
　拙著に拠れば（根據拙著的話）

拙筆〔名〕（謙稱自己的筆跡）拙筆

拙文〔名〕拙劣的文章、（自謙）拙文，拙作

拙劣〔名、形動〕拙劣、笨拙

極めて拙劣な演技（非常笨拙的演技）
滑稽な程拙劣だ（拙劣得可笑）
随分拙劣な遣り口だ（十分拙劣的手法）
実に拙劣な文章だ（實在是差勁的文章）

拙論〔名〕拙劣的議論，差勁的論文、（自謙）拙論，我的論文

拙い〔形〕拙劣，笨拙，不佳，不高明、（自謙）愚拙，不敏、運氣不佳、命運不好

拙い芸を御見せしました（請您看了不高明的技術、獻醜了）
拙い文を書く（寫拙劣的文章）
拙い者で御座いますが（我本是個笨拙的人）
拙い私を御導き下さい（請教導我這個笨拙的人）
武運拙く討ち死にした（武運不佳、陣亡了）
拙い鳥は先に飛び立つ（笨鳥先飛）
拙さは勤勉で補え（勤能補拙）

拙い〔形〕笨拙、拙劣、不高明（＝下手だ、不味い）
←旨い，巧い，上手い，上手、素晴らしい

拙い言い訳（站不住腳的藉口、不能自圓其說的辯解）
拙い翻訳（不高明的翻譯）
拙い言い回し（笨拙的措辭、不能自圓其說的辯解）
文章が拙い（文章不好）
私は日本語が拙い（我的日語說得不好）
拙い事を遣る（幹傻事）
ピアノは良かったけれど、歌が拙かったな（鋼琴彈得很好可是歌唱得不高明）
字が拙ければ、タイプライターで打ちましょう（字若是寫得不好就打字吧！）

不味い〔形〕難吃，不好吃→旨い，甘い，美味い，美味しい，醜，難看，不妙，不合適，不恰當

熱が有るので食事が不味い（因為發燒飯食不香）
風邪を引くと口が不味い（得感冒吃東西沒味道）
此の料理は不味くない（這菜不難吃）
悪い事を聞いて飯を不味くした（聽到壞消息吃飯不香了）
不味い顔を為ている（面相長得難看）
不味い事に為った（糟糕了、不妙了）
今話しては不味い（現在談不合適）
今遣っては不味い（現在做不恰當）
彼を怒らせたら不味い（要是惹他發了火可不妙）
こんな事を為ては不味いなと思いながら、遣って終った（明知不合適卻做了這樣事）
不味く行っても一万円は売れる（最壞也能賣一萬日元）
こんな事が彼に知れては不味い（這種事他知道了可不妙）

酌（ㄓㄨㄛˊ）

酌〔名、漢造〕酌、酌酒、喝酒

御父さんに御酌を為て上げる（給父親斟酒）
上げる挙げる揚げる
細君の酌で飲む（由妻子侍候喝酒）飲む呑む
晩酌（晚酌、晚飯時喝〔的〕酒）
手酌（自酌）
独酌（自斟自飲）
斟酌（斟酌，酌量，考慮，體諒，照顧，客氣）
参酌（參酌、斟酌）
媒酌、媒妁（作媒，介紹婚姻，媒人，媒妁，婚姻介紹人）

御酌〔名〕斟酒、陪酒的侍女、雛妓，未成年的藝妓（＝半玉）

御酌を為ましょう（我來給您斟酒吧！）

酌人〔名〕斟酒的人（＝酌婦）

酌婦〔名〕（小酒館的）女招待（特指低級飯店中從事不正當職業的女招待）

酌量〔名、他サ〕酌量、斟酌、酌情、體諒（＝斟酌）

情状酌量の余地無し（沒有酌情體諒的餘地）

酌量す可き事情（值得斟酌的情況）

年少である事を酌量する（體諒他年輕）

彼の不行跡は酌量減軽の余地無し（他的行為不端沒有酌情減輕處罰的餘地）

酌み量る〔他五〕〔古〕配量、推測、體諒、考慮

酌む、汲む〔他五〕汲水，打水。〔轉〕汲取，攝取、酌量，體諒，（也寫作酌む）斟（酒，茶等）

バケツで水を汲む（用水桶打水）

御茶を汲む（酌む）（斟茶）

酒を汲んで旧交を温める（斟酒重溫友情）

困難な家庭事情を汲んで生活扶助を為す（體諒他家庭經濟困難情況給予生活補助）

組む〔自五〕合夥、配成對、互相扭打、扭成一團

〔他五〕交叉起來、編組，編造、編排、辦理匯款手續

彼と組んで仕事を為る（和他合夥做工作）

十人位組んで旅行する（十個人左右結伴旅行）

今度の試合では彼と組む（這次比賽和他配成一組）

二人が四つに組む（兩個人扭成一團）

腕を組む（交叉雙臂）

手を組む（兩手交叉）

肩を組む（互相抱著肩膀）

足を組む（盤腿而坐）

紐を組む（編織細繩）

筏を組む（扎木排）

櫓を組む（搭望樓）

活字を組む（排字）

スケジュールを組む（編制日程）

徒党を組む（結黨、聚眾）

為替を組む（辦理匯款手續）

酌み交わす〔他五〕對飲、對酌、互相敬酒、交杯換盞

酒を酌み交わし乍語る（一邊對飲一邊談敘）

啄（ㄓㄨㄛˊ）

啄〔漢造〕啄、鳥吃東西

啄木〔名〕〔動〕啄木鳥（=啄木鳥、啄木鳥 啄木鳥 啄木鳥）

啄木鳥、啄木鳥、啄木鳥、啄木鳥〔名〕〔動〕啄木鳥

啄長魚、駄津〔名〕〔動〕頜針魚

啄む〔他五〕啄

鳥が木の実を啄む（鳥啄樹上的果實）

琢（ㄓㄨㄛˊ）

琢〔漢造〕琢磨（玉石）

彫琢（雕琢、推敲，琢磨）

琢磨〔名、他サ〕磨（玉石）、鑽研（學問、技藝）。〔機〕研磨

切磋琢磨の甲斐有って目出度く合格した（沒白切磋琢磨榮獲錄取）

琢く、磨く、研く〔他五〕刷淨，擦亮、磨光，磨鍊，鍛鍊，打扮，修飾

歯を磨く（刷牙）

靴を磨く（擦皮鞋）

廊下をぴかぴかに磨き上げる（把走廊擦得閃閃發亮）

腕を磨く（鍛鍊技術、鍛鍊本領）

技を磨く（練本事）

刀を磨く（磨刀）

レンズを磨く（磨鏡片）

玉磨かざれば器を成さず（玉不琢不成器）

玉磨かざれば光無し（玉不琢不亮）

彼は毎朝中国武術を磨く（他每天早上練中國功夫）

彼は柔道の試合に負けたので、〝技を磨いて又来ます〟と言った（因為他在柔道比賽輸了所以說〝還要練些好本事再來〟）

彼の娘は少し磨けば見られる様に為る（那個姑娘稍微打扮就好看了）

濁（ㄓㄨㄛˊ）

濁〔漢造〕（也讀作濁）濁、混濁←→清、污濁〔語〕濁音

清濁（清濁、正邪，好壞、清音和濁音）

污濁（污濁）

污濁（〔佛〕污濁）（=污濁）

混濁、溷濁（混濁）

連濁（〔語〕連濁－日語中兩個單詞相結合時，下一個單詞的清音變成濁音，如草和花相結合讀作草花）

鼻濁音（鼻濁音－が行濁音）

半濁音（〔語〕半濁音－日語假名的〝パ〞行音）

半濁点（半濁音符號－半濁音假名右上角的〝。〞）

比濁計（濁度計）

濁音〔名〕〔語〕濁音（五十音圖中カ，サ，タ，ハ各行假名上，加濁點ガ，ザ，ダ，バ各行的音）←→清音

濁音符〔名〕濁點（加在濁音假名右上邊的雙點〝〞）

濁酒、濁酒，濁醪、濁酒，濁り酒〔名〕濁酒、粗酒（未經過濾白色混濁的粗製酒）←→清酒

濁酒を密造する（私製濁酒）

濁水、濁水，濁り水〔名〕濁水、渾水←→清水

濁世、濁世〔名〕〔佛〕污濁世界，塵世、紅塵、現世，人世間

濁世〔名〕〔佛〕濁世、現世、紅塵

濁世末代（末世、末代）

濁世塵土（塵世、紅塵）

濁声、濁声，訛声、濁声，濁り声〔名〕啞嗓子、嘶啞的聲音

代議士候補が濁声を張り上げる（議員候選人用啞嗓高喊）

濁声、訛声〔名〕嘶啞的聲音，混濁的聲音、（不同於標準發音的）怪腔

彼の古くなり濁声に為ったプレーヤー（那聲音嘶啞了的陳舊電唱機）

訛の有る濁声で喋る（用帶有地方口音的怪腔說）

濁点、濁点，濁り点〔名〕〔語〕濁音點、濁音符、表示濁音的符號（加在濁音假名右上邊的雙點〔〝〕）（=濁音符）

濁点を打つ（打上濁音符）打つ撃つ討つ

濁乱〔名〕社會秩序紊亂

濁乱、濁濫〔名〕〔佛〕社會秩序紊亂

濁流〔名〕濁流

濁流が渦巻く（濁流打漩渦）

轟轟と流れる濁流にざんぶと跳び込んだ（縱身跳進翻滾的濁流裡）

濁す〔他五〕使（水、空氣等）渾濁、含糊（其詞）

煙草の煙が部屋の空気を濁す（香煙的煙霧把空氣弄髒）

水を濁す（把水弄渾）

言葉を濁してはっきり答えない（含糊其詞不明確回答）

御茶を濁す（含糊其詞、蒙混過去、馬虎過去、支吾搪塞）

立つ鳥跡を濁さず（旅客臨行應將房屋打掃乾淨。〔轉〕君子絕交不出惡言）

濁らす〔他五〕弄渾、弄濁（=濁す）

井戸水を濁らす（把井水弄渾）

空気を濁らす（把空氣弄濁）

濁らかす〔他五〕弄渾、弄濁（=濁らす）

濁る〔自五〕渾濁，污濁，不清、不透明、（嗓音）變嘶啞、（聲音）不清晰、不鮮明、生煩惱、起邪念、（目光）混濁、（社會）混亂，污濁←→澄む

〔自、他五〕發濁音、打濁音符號

井戸の水が濁る（井水渾濁）

空気が濁っている（空氣污濁）

風邪で声が濁る（因為感冒聲音變沙啞）

ピアノの音が濁る（鋼琴的聲音不清晰）

色が濁っている（顏色不鮮明）

心が濁る（心懷邪念）

濁った心を持っている（居心不良、心地骯髒）

目が濁る（目光渾濁）

濁った世の中（濁世、亂世）

此の字は濁らないと駄目だ（這個字非念作濁音不可）

〝ざ〟は〝さ〟の濁った音だ（ざ是さ的濁音）

濁り〔名〕渾濁，污濁（的東西）、（社會上的）俗氣，庸俗、污點。〔佛〕邪念，煩惱、濁點、濁音符號（＝濁красные、濁点，濁り点）、濁酒，粗酒（＝濁酒、濁酒，濁醪，濁酒，濁り酒）

濁りの染まらない心（一塵不染的純潔的心）

世の濁りを染まる（染上庸俗俗氣）

濁りが中中取れない（污點不容易去掉）

心に濁りが有る（心中有邪念）

濁りを打つ（打上濁音符號）

濁り江、濁江〔名〕濁水海灣（湖灣）

濁りガラス〔名〕毛玻璃、磨砂玻璃

濁り測定〔名〕〔化〕比濁法

濁り度〔名〕〔化〕混濁度

擢（ㄓㄨㄛˊ）

擢〔漢造〕提拔、聳起

抜擢（提拔、提升、選拔）

擢用〔名、他サ〕擢升、提拔、提升（＝抜擢）

新人を擢用する（提拔新手）

擢ん出る、抽ん出る、抜きん出る〔自他下一〕出類拔萃，特別高超，突出優秀（＝優れる、秀でる）、選出

衆に擢ん出る（出人頭地）

彼の成績は擢ん出ている（他的成績出類拔萃）

芸術家と為て擢ん出ている（作為藝術家出類拔萃）

技術の点では彼が一際擢ん出ている（在技術上他確是出類拔萃）

濯（ㄓㄨㄛˊ）

濯〔漢造〕洗滌、拔除罪惡、山上沒有草木的樣子

洗濯、洗濯（洗滌、洗濯）

濯ぐ、雪ぐ〔他五〕雪恥（＝雪ぐ）、洗刷（＝洗い落とす）

恥を雪ぐ（雪恥）恥辱

注ぐ、灌ぐ〔自五〕流，流入、（雨雪等）降下，落下

〔他五〕流，注入、灌入、引入、澆、灑、倒入、裝入、（精神、力量等）灌注、集中、注視

川水が海に灌ぐ（河水注入海裡）灌ぐ注ぐ 灌ぐ雪ぐ

雨がしとしとと降り灌ぐ（雨漸瀝漸瀝地下）

滝壺に数千丈の滝が灌ぐ（萬丈瀑布落入深潭）

田に水を灌ぐ（往田裡灌水）

涙を灌ぐ（流淚）

鉛を鋳型に灌ぐ（把鉛澆進模子裡）鉛 鉛

鉢植に水を灌ぐ（往花盆裡澆花）

コップに水を灌ぐ（往杯裡倒水）

世界情勢に心を灌ぐ（注視國際情勢）心 心

注意を灌ぐ（集中注意力）

溢れん許りの情熱を社会主義建設に灌いでいる（把洋溢的熱情傾注在社會主義建設中）

濯ぐ、漱ぐ、滌ぐ、洒ぐ、雪ぐ〔他五〕洗濯、漱口、雪除，洗掉

洗濯物を良く濯ぐ（用水好好洗滌的衣物）

瓶を濯ぐ（洗滌瓶子）

口を漱ぐ（漱口）

恥を雪ぐ（雪恥）

汚名を雪ぐ（恢復名譽）

濯ぎ〔名〕（用清水）洗濯，洗滌、洗腳（熱）水

濯ぎが足りない（用清水洗滌得不充分）

洗濯物の濯ぎを良くして石鹸分を落とす（好好洗滌洗過衣物上的肥皂）

濯ぎを貰って足を洗う（要一盆洗腳水洗腳）

濯ぐ〔他五〕洗滌，洗刷、漱口

着物を濯ぐ（洗刷衣服）
口を濯ぐ（漱口）

灼（ㄓㄨㄛˊ）

灼〔漢造〕焚灼、光明
焼灼（〔醫〕燒灼術）

灼骨〔名〕〔古〕（中國商代及東亞）占卜的方法（焚燒獸骨後看其表面的模樣來占卜吉凶）

灼然〔形動タリ〕判然，明顯，輝耀，閃耀

灼然〔形動〕〔古〕（神佛的靈驗等）顯著、非常明顯

灼熱〔名、自サ〕燃燒，加熱、灼熱，炎熱、熱烈
灼熱した鉄を叩いた鍛える（錘鍊加熱的鐵）
灼熱の恋（熱戀）
赤道直下では灼熱の太陽が輝いている（在赤道正下面炎熱的太陽照射著）輝く耀く
灼熱鉄をも熔かす酷暑（炎熱如蒸的酷暑）熔かす溶かす鎔かす融かす解かす梳かす
灼熱減量（〔化〕燒灼減量）

追（ㄓㄨㄟ）

追〔漢造〕追趕、追溯、追加
急追（趕緊追趕、迅速追擊、猛追猛打）
窮追（窮追、追至無可逃脫、徹底追問）

追憶〔名、他サ〕追憶、回憶（=追懐）
追憶に耽る（沉湎在回憶中）耽る更ける老ける深ける
往事を追憶する（緬懷往事）

追懐〔名、他サ〕追憶、回憶（=追憶）
楽しかった学生時代を追懐する（回想快活的學生時代）
追懐の情に堪えない（令人非常追思）堪える耐える絶える
過去への追懐（緬懷過去）

追想〔名、他サ〕追憶、回憶、追念
故人を追想する（追念死者）

追想録（回憶錄）

追加〔名、他サ〕追加、添補、補上
会費を追加する（追加會費）
予算に追加する（追加在預算裡）
名簿に新入会員を追加する（把新入會的會員補在名冊裡）
追加条項（附加條項）
追加注文（追加訂貨、補充訂貨）
追加録音（〔電影〕重錄、再錄音）
追加予算（追加預算）

追刊〔名、他サ〕續刊、增刊、追加刊印

追完〔名、他サ〕〔法〕追補、追加完成、隨後完成、隨後補上
其の届出の追完する事が出来る（可以追補那個申報手續）

追記〔名、他サ〕補記、補寫
追記を書く（補寫）書く描く欠く掻く斯く
原稿の終りに補足を追記する（把原稿的末尾寫上補充部分）

追起訴〔名、他サ〕〔法〕（刑事案件中檢察官的）追加起訴、補充起訴

追求〔名、他サ〕追求、追加要求，補充要求（=追加請求）、追究，追溯，溯及（=追及）
幸福を追求する（追求幸福）
資本家は利潤の追求に腐心する（資本家為追求利潤絞盡腦汁）
超過分を追求する（補充要求超額部分）

追い求める〔他下一〕追求
全人類解放の思想を追い求める（追求解放全人類的思想）
寝ても醒めても自由を追い求める（對自由夢寐以求）
一途に享楽を追い求める（一味追求享樂）
一途一図

追及〔名、他サ〕追趕、追上，趕上（=追い掛ける、追い付く）、追究（=追い詰める）
二位走者の追及を退ける（不許跑在第二名的趕上）退ける除ける

責任を追及する（追究責任）

追究、追窮 〔名、他サ〕追究

　真理を追究する（追求真理）

　事件の真相を追究する（追究事件的真相）

　其以上追究す可きでない（不應該進一步追究）

　其以上は追究され無かった（並沒有進一步加以追究）

追給 〔名、他サ〕補發（＝追い払い）隨後發給、補發的工資

　不足分を追給する（補發短欠部分）

追啓 〔名〕（書信用語）再啟、又及（＝追伸）

追伸 〔名、他サ〕（書信用語）再啟、又及（＝追って書き）

追書、追って書き 〔名〕（書信本文後的）附言、再啟、再者、又及（＝追伸、二伸）

　終いの方に追って書きが為て有る（信末尾寫著附言）

追陳 〔名、他サ〕（書信用語）再啟、又及（＝追伸）

追白 〔名〕再啟、又及（＝追伸）

　其の手紙には追白が有る（那封信上有再啟）

追擊 〔名、他サ〕追擊（＝追い擊ち）

　敵を追擊する（追擊敵人）

　直ちに追擊に移る（馬上轉入追擊）移る遷る映る写る

　追擊砲（〔軍〕〔追擊敵人時用的〕艦首或艦尾炮）

　追擊討伐（追剿）

追い擊ち，追擊、追い討ち，追討 〔名、他サ〕追擊

　厳しい追い擊ち（窮追猛打）

　追い擊ちを掛ける（追擊窮寇、打落水狗）掛ける懸ける架ける翔ける駆ける駈ける

　敵に激しく追い擊ちを掛けた（向敵人進行了猛烈的追擊）

追呼 〔名、他サ〕（追捕犯人時）從後面的喊叫聲、從後面邊喊邊叫追捕

　犯人と為て追呼されている（被當作犯人從後面追喊）

追行 〔名、他サ〕追趕、隨後處理

追考 〔名、他サ〕隨後考慮、事後斟酌、回頭細想

追孝、追孝 〔名〕祭拜祖先、慎終追遠

追号 〔名〕諡名（＝諡、贈名）

追諡 〔名〕追諡（的諡號）

追試 〔名、他サ〕（把別人實驗結果照樣）再加以實驗，再證實一下、補考（＝追試驗）

　追試を受ける（參加補考）

追試驗 〔名、他サ〕補考

　追試驗を受ける（參加補考）

　病気欠席者には追試驗を受けさせる（讓因病缺席者參加補考）

追從 〔名、自サ〕追隨，迎合，跟著…跑、模仿，仿效，步後塵

　人の後に追從する（跟著別人跑）

　観客に追從する丈では劇の進步は無い（一味迎合觀眾戲劇就不會有進步）

　他人の追從を許さない作品（別人效法不了的作品）

追從 〔名、自サ〕奉承、逢迎、諂媚

　御追從を言う（說奉承話）言う云う謂う

　御追從を並べる（說奉承話）

　御追從笑い（諂媚的笑）

　上役に追從して出世を狙う（拍上級馬屁一心想要往上爬）

追叙 〔名、他サ〕死後授予勳位

追衝 〔名、他サ〕衝撞

　追衝競漕（衝撞賽艇）

追賞 〔名、他サ〕事後獎賞、死後嘉獎，獎賞死者功績

追頌 〔名、他サ〕追頌（死者）、（為死者）歌頌功德

追蹤 〔名、他サ〕追蹤，追跡（＝追跡）、追憶，回憶，憶舊（＝追憶）

追随 〔名、自サ〕追隨，跟隨，跟著跑，步後塵，當尾巴、仿效，效法

　徒に先人に追随するのみで新しさが無い（一味跟著前人跑沒有新鮮味道）悪戲

政治的にブルジョア階級に追随している（在政治上變成資產階級的尾巴）

追随主義（尾巴主義）

彼の演技は他の追随を許さない（他的演技別人效法不了、他的演技別人望塵莫及）他他外

追惜〔名、他サ〕悼念、追念

追跡〔名、他サ〕追跡、追蹤、跟蹤追趕

犯人を追跡する（追緝犯人）

追跡して捕える（追捕）捕える捉える

飽く迄追跡する（窮追）

追跡機（驅逐機）

追跡基地（〔火箭或衛星的〕地上跟蹤基地）

追跡調査（跟蹤調查）

追跡子（〔化〕追蹤原子、〔計〕追蹤程序）

追跡權（〔法〕公海追補權-外國船隻在沿岸國領海犯了屬於沿岸國裁判管轄權的罪刑時，沿岸國軍艦可以從領海向公海繼續追捕的權利）

追跡元素（〔化〕示蹤元素）

追善〔名、他サ〕〔佛〕（為死者）祈冥福、做佛事

追善を営む（做佛事）

追善供養を為る（做佛事）為る為る

追訴〔名、他サ〕〔法〕追訴、追加訴訟、補充控告

彼は余罪が發覺して追訴された（他被發現還有其他罪刑而受到追加控訴）

追走〔名、他サ〕追趕

先頭の走者を激しく追走する（拼命追趕跑在前面的人）

追走曲（〔樂〕兩重輪唱曲、卡農曲）（=カノン）

追複曲〔名〕〔樂〕輪唱曲、加農曲（=カノン）

追送〔名、他サ〕補送，馬上送去、送行

追贈〔名、他サ〕（死後）追贈（官位、勳章等）

生前の功に対し正二位を追贈する（對生前的功勞追贈正二位）

追体験〔名、他サ〕隨後體驗、體驗別人的經驗

追奪〔名、他サ〕追奪、死後剝奪（官位）。〔法〕追回，收回（主張自己是真正權利者，把已轉讓或買賣於他人的權利或物品追回）

追奪擔保（〔賣主對買主的〕追回擔保、保證不會被別人追回的擔保）

追弔〔名、他サ〕追悼（=追悼）

追弔会（追悼會）

追悼〔名、他サ〕追悼

追悼の辞（悼詞）

追悼会を催す（舉辦追悼會）

追悼の意を表す（表示追悼之意）表わす現わす著わす顯わす

追悼式（追悼式）

追悼歌（輓歌）

追徴〔名、他サ〕追徵、追加徵收

税金を追徴する（追徵稅金）

追徴金（〔對漏稅者或受賄者的〕追繳金）

乗り越し追徴金（〔鐵〕過站補票費）

追討〔名、他サ〕追討、討伐、掃蕩

賊徒を追討する（討伐匪徒）

追討軍（討伐軍）

追い討ち，追討，追い撃ち，追撃〔名、他サ〕追擊

厳しい追い撃ち（窮追猛打）

追い撃ちを掛ける（追擊窮寇、打落水狗）掛ける懸ける架ける翔ける駆ける駈ける

敵に激しく追い撃ちを掛けた（向敵人進行了猛烈的追擊）

追突〔名、他サ〕（車等）從後面撞上、衝撞

列車が追突する（列車從後面撞上）

追突事故（衝撞事故）

追儺〔名〕（古時宮中在除夕舉行的）驅鬼儀式、（立春夜裡）撒豆驅鬼（=追儺、鬼遣い，鬼遣）

追儺、鬼遣い，鬼遣〔名〕（古代宮中每年除夕舉行的）驅鬼儀式、（民間在立春前夕，口中邊喊福は中、鬼は外，邊撒豆子）驅鬼，打鬼（=追儺、鬼打ち）

追認〔名、他サ〕追認、事後承認

业

追認を受ける（得到事後承認）
事実を追認する（追認事實）

追念〔名、他サ〕追憶，緬懷、遺憾、懊悔

追納〔名、他サ〕補繳、追繳、事後繳納
不足額を追納する（補繳不足款項）

追肥、追肥，追い肥〔名〕〔農〕追肥←→基肥、基肥
トマトに追肥を遣る（給番茄施追肥）
追い肥を施す（施追肥）

追尾〔名、他サ〕尾隨、跟隨、追蹤
追尾電報（轉送電報-收報人不在時要求轉送到其他住址的電報）
追尾ミサイル（〔軍〕響尾蛇飛彈）

追福〔名、他サ〕〔佛〕（為死者）祈冥福、做佛事（＝追善）

追歩〔名〕（舞蹈）隨步、跟隨的舞步

追捕、追捕〔名、他サ〕追捕

追慕〔名、他サ〕眷戀，懷念（過去的時代）、追慕，景慕（死去或遠離的人）
故人を追慕する（想念死去的人）
昔日を追慕する（眷戀往昔）
氏は今尚人人に追慕されている（他至今仍未人們所景仰）
追慕の情に堪えない（令人非常懷念）堪える耐える絶える

追放〔名、他サ〕放逐，驅逐（出境）、驅除、肅清、洗刷、開除、革職、清洗（＝パージ）。〔古〕流放，充軍
国外に追放する（逐出國境）
国連から追放される（被驅逐出聯合國）
三名のスパイは好ましからざる人物と宣告されて国外に追放された（三名間諜被宣布為不受歡迎人物而被驅逐出境）
悪役を村から追放する（從村裡肅清瘟疫）
悪書追放（清除壞書）
学校から追放する（從學校中開除、逐出校門）
現職から追放する（革職、撤職）

公職追放（開除公職）
追放解除（解除清洗）

追約〔名〕本契約伴隨成立的契約（如附加保證、抵押等）

追録〔名、他サ〕補寫，添寫、附錄，補寫部分
調査表に後から分かった分を追録する（把後來了解到的部分補寫在調査表上）

追う、逐う〔他五〕趕開，趕走，推走，轟走，驅逐、追趕、追逐、追求。〔轉〕催逼，忙迫、驅趕、隨著（時間）按照（順序）
蠅を追う（趕蒼蠅）
彼は公職を追われた（他被開除了公職）
猫が鼠を追っている（貓在追老鼠）
私達は全速力で先発隊の後を追った（我們用最快速度追趕先遣部隊）
泥棒は追われて路地に逃げ込んだ（小偷被追跑進巷子裡了）
牧草を追って移動する（追逐牧草而移動）
理想を追う（追求理想）
流行を追う（趕時髦）流行流行
個人の名利許りを追う（一心追求個人名利）
毎日仕事に追われて休む暇が無い（每天被工作趕得沒有休息時間）
此の頃ずっと翻訳の仕事に追われている（目前一直忙於翻譯工作）
掛け声を掛けて牛を追う（吆喝著趕牛）
日を追って改善される（逐日得到改善）
条を追って説明する（逐條說明）
其等の事件が年代を追って記録されている（那些事件是按年代紀錄下來的）
追いつ追われつ（你追我趕、互相追逐著）
二羽の燕が追いつ追われつ飛んで行く（兩隻燕子乎相追逐著飛去）
二つの工場が追いつ追われつ生産性を高めている（兩家工廠你追我趕地在提高生産率）

負う〔他五〕負，背（口語中多用背負う、背負う）、負擔、擔負、遭受、蒙受、(常用形式負う所)多虧、借助、借重、有賴於

　　重荷を負う（負重擔）重荷子供を背中に負う（把孩子背在背上）負う追う

　　薪を負うて山を下る（負薪下山）薪

　　人民に対して責任を負う（向人民負責）

　　大任を負わせる（委以重任）

　　責任を負い切れない（負擔不起責任）

　　債務を負う（負債）

　　借金を負う（負債）

　　義務を負う（擔負義務）

　　重い傷を負って倒れていた（負了重傷倒在那裏）

　　罪名を負う（背上罪名）

　　罪を負わされる（被加上罪名）

　　不名誉を身に負わされる（被別人抹黑）

　　此の成功は彼の助力に負う所が多い（這次成功借助於他的幫助的地方很多）

　　彼に負う処が少なくない（借重他的地方很多）

　　負うた子に教えられて浅瀬を渡る（大人有時可以受到孩子的啟發）

　　負うた子より抱く子（背的孩子沒有抱的孩子親，喻先近後遠人情之常）抱く

　　負うと言えば抱かれると言う（得寸進尺、得隴望蜀）

追い〔名〕追、追趕、(錢已付清)另外再多付的錢（＝追い銭）

追っ〔接頭〕（追い轉變冠於動詞上）表示追趕的意思、也用於加強語氣

　　追っ掛ける（追上去、趕上去）

　　追っ払う（轟走、趕出去）

　　先頭の者に追っ付く（追上最前面的人）

　　追っ付かない（趕不上）

追って〔副〕隨後，回頭，過一會兒、(接續詞用法，也寫作〝追而〞、書信用語)再者、再啟、附啟

　　追って御知らせします（隨後通知您）

　　詳細は追って御通知申し上げます（詳情容後奉告）

　　其に就いては追って述べる事に為よう（關於這點留待以後敘述）

　　追って落ち着いたら知らせて下さい（再者安頓妥當時請告知）

追い上げる、追上げる〔他下一〕趕到上面去、緊緊追趕、追上、趕上

　　若手が追い上げて来る（年輕人趕了上來）来る繰る刳る

追い追い、追追〔副〕逐漸、不久、漸漸地

　　追い追い（と）寒く為って来る（逐漸地冷起來）

　　病気に追い追い（に）良く為る（病慢慢地見好轉）

　　設備の改善は追い追い遣って行く事と為よう（改進設備一步一步地來吧！）

　　追い追い御分かりに為ります（不久您就會明白了）分る解る判る

追い落とす、追落す〔他五〕追趕使落下，追趕使陷入…之中、驅散、攻陷、劫路、剪徑、打劫

　　敵軍を追い落とす（擊潰敵軍）

追い落とし、追落し〔名〕驅散，攻陷，路劫，劫路者（＝追い剥ぎ、追剥）

追い返す、追返す〔他五〕逐回，擊退，趕回去、拒絕，謝絕（客人等）

　　攻めて来た敵を追い返した（擊退侵犯的敵人）攻める責める

　　帝国主義者を其の古巣へ追い返す（把帝國主義者趕回他的老家去）

　　来訪の客を追い返す（把來訪的客人擋回去－不予接見）

追い掛ける、追掛ける〔他下一〕追趕、(以追い掛けて形式)緊接著，緊跟著

　　敵が退けば我我は追い掛ける（敵退我追）

　　逃げて行く泥棒を追い掛ける（追趕逃走的小偷）

　　追い掛けて連れ戻す（追上帶回來）

前の車を追い掛けて呉れ（給我追上前面的車）

電報に追い掛けて手紙も出した（拍完電報接著馬上又發了信）

もう一つ追い掛けて頼み度い事が有る（接著還有一件事要拜託的）

追っ掛ける〔他下一〕〔俗〕追趕、緊接著，緊跟著（＝追い掛ける）

追っ掛け〔名〕追趕（＝追い掛け）、（副詞性用法）隨後，緊接著，接連著。〔電影〕追蹤的場面

追っ掛けもう一本電報を打って遣ろうか（緊接著再給他打一個電報吧！）

追っ掛け継ぎ〔名〕〔木工〕嵌接

追っ掛け追っ掛け、追っ掛け引っ掛け〔副〕頻仍、連續地、緊接著、接二連三地、一次又一次地

追っ掛け引っ掛け使いを出した（一次又一次地派人去了）

追っ掛け引っ掛け事故を起こる（接二連三地發生事故）起る興る熾る怒る

追っ掛ける〔他下一〕〔俗〕追趕、緊接著，緊跟著（＝追い掛ける）

追い金、追金〔名〕（錢已付清後）另外再多付的錢（＝追い銭、追銭）

追い銭、追銭〔名〕（錢已付清後）另外再多付的錢

盗人に追い銭（賠了夫人又折兵）盗人盗人

追川〔名〕〔動〕丁斑（硬骨魚目，鯉科淡水魚）

追い切り、追切り〔名〕〔賽馬〕（比賽前兩三天的）調練、訓練

追い崩す〔他五〕追上打垮、追上擊潰

敵を追い崩す（追擊敵人把他打垮）

追ぐり〔名〕〔方〕（穿在牛鼻上的）鼻環

追い越す、追越す〔他五〕趕過、超過（＝追い抜く）

先頭の人を追い越す（趕上前面的人）

トラックが並んで走っていたトロリー、バスを追い越した（卡車超越了和它並排跑的無軌電車）

其の船はボートに追い越された（那條船被小艇趕了過去）

此の道は狭いから、前の車を追い越そうと為ても追い越せる物じゃない（因為這條路很窄想超車也超不過去）

息子の背丈は私を遥かに追い越した（我兒子的個子遠遠超過了我）

此の方面の技術は、もう二、三年で世界水準を追い越すであろう（這方面的技術再有兩三年將超過世界水準）

追い越し、追越〔名〕趕過、超過、超車

追い抜く、追抜く〔他五〕趕過、超過（＝追い越す、追越す）

goalの一寸前で後ろにぴったり付いて来た人に追い抜かれた（在決勝點眼前被後面緊追上來的人超過去了）

弟は兄を追い抜いてどんどん大きく為る（弟弟的個子長得很快趕上哥哥了）

追い抜き競争〔名〕（自行車比賽）追逐賽

四千メートル団体追い抜き競争（四千米團體追逐賽）

四千メートル個人追い抜き競争（四千米個人追逐賽）

追い込む、追込む〔他五〕趕進，攀進、逼入，使陷入、（賽跑等）接近終點最後加點油、（工作等）到緊要關頭作最後努力。〔印〕緊排，擠排，移前（把剩餘的字排入前行或前頁的空白）、使（病毒等）內攻

鶏を小屋に追い込む（把雞趕進籠裡）

相手を窮地に追い込む（使對方陷入窘境）

不利な地位に追い込まれる（被迫處於不利地位）

敵は極めて困難な立場に追い込まれている（敵人被逼得日子很不好過）

整風運動は病を治して人の救う為であって、人を死に追い込む為の物ではない（整風運動是為了治病救人而不是把人整死）

此の行を前ページに追い込む事（這一行要擠進前頁裡）

病を追い込む（使病內攻）

追い込み、追込〔名〕趕進，塞進、（決定勝負的）最後關頭、（飯店等）讓多數客人擠進一個房間

裡、站票席（=追い込み場）。〔印〕緊排，擠排，移前（把剩餘的字排入前行或前頁的空白）

　　追い込みの段階（最後緊要階段）

　　最後の追い込みを掛ける（到了最後僅要關頭特別要加油）

　　愈愈追い込みに入る（快要進入需要加點油的最後階段）

　　追い込み部屋（大房間、集體客房）

追い込み桟敷、追込み桟敷〔名〕（劇場等樓座後面）最遠的看台

追い込み場、追込み場〔名〕（劇場為盡量容納觀眾不設座位的）散座、站票席

追い込み連、追込み連〔名〕（劇場等無座位的）站票席觀眾

追い敷き、追敷〔名〕〔商〕（交易所的）追加保證金（=追い証、追証）

　　追い敷きを入れる（繳追加保證金）

　　追い敷き金、追敷金（追加保證金）

追い証、追証〔名〕〔商〕（交易所的）追加保證金（=追い敷き、追敷）

　　追い証金、追証金（追加保證金）

追い縋る、追縋る〔自五〕追上纏住，追上拉住，緊跟在後、央求、哀求，苦苦懇求

　　泣きながら母に追い縋る子供（邊哭邊追纏媽媽的孩子）

　　追い縋って頼んで見たが、聞いては呉れなかった（苦苦地哀求了但他還是沒有答應）

追い刷り、追刷〔名〕增印、追加印刷

追い迫る〔自五〕追逼、緊追、逼近

追い炊き、追炊〔名〕（已煮的飯不夠吃時）再煮飯、另煮飯

追い出す、追出す〔他五〕趕出，逐出，轟出，推出，驅逐出去、清除出去，解雇

　　追い出して終え（把他趕出去！）

　　侵略者を追い出せ！（把侵略者趕出去！）

　　帝国主義者は既に中国大陸から追い出された（帝國主義者已經被趕出中國大陸）

　　前門から狼を追い出し乍後門から虎を引き入れる（前門驅狼後門進虎）

自分で出て行かないなら、追い出して遣ろう（你要是自己不出去就你趕出去）

労働者階級の裏切り者を労働組合から追い出す（把工人階級的叛徒從工會中清除出去）

会社を追い出されて仕事も無く、困っている（被公司解雇又沒工作正在發愁）

追い出し、追出〔名〕趕出，驅逐、解雇、（戲劇或相撲等散場時的）散場鼓。〔數〕消去（法）

　　追い出し算（消去算法）

追い立てる、追立てる〔他下一〕趕走，轟走，驅逐、趕搬家，趕騰房

　　犬を追い立てる（把狗轟走）

　　馬を追い立てる（趕馬）

　　追い立てるようで済みませんが、他の約束が有るので失礼します（對不起我並不是要趕您走因為另有約會我失陪了）他他

　　借家人を追い立てる（逼房客騰房）借家借家

追い立て、追立〔名〕趕走、轟走、逼走、驅逐

　　追い立てを食う（被人趕走、被房東趕搬家）食う喰う食う喰う

追っ立てる〔他下一〕趕走，轟走，驅逐、趕搬家，趕騰房（=追い立てる、追立てる）

追い払う〔他五〕轟走，趕走，驅逐，清除、解雇，辭退、逼搬家（=追い立てる、追立てる）

　　雀を追い払う（趕麻雀）

　　裏切者を追い払う（把叛徒清除出去）

　　苦悩を追い払う（消除煩惱）

　　家から鼠を追い払う（消滅家裡的老鼠）

　　アジアから全ての侵略者を追い払おう（把一切侵略者從亞洲趕走）全て凡て総て

　　会社を追い払われた（被公司解雇了）

　　彼か家主に追い払われた（他被房東趕出來了）

追っ払う〔他五〕〔俗〕轟走，趕走，驅逐，清除、解雇，辭退、逼搬家（=追い払う）

追い払い、追払〔名、他〕補交、補繳、追繳、追付

ㄓ

税金の追い払いを認める（准許補交税金）認める 認める

追い散らす、追散らす〔他五〕驅散

野次馬を追い散らす（驅散看熱鬧閑的）

敵を追い散らす（驅散敵人）

野良犬を追い散らす（驅散野狗）

追い捲くる、追捲くる〔他五〕趕開、驅散（=追い払う）、（常用追い捲くられる形式）追趕，催逼

寄せて来た敵を追い捲くった（把逼近的敵人一下子驅散了）

仕事に追い捲くられる（被工作追逼）

人間らしからぬ生活に追い捲くられている（過著如牛馬般生活的逼迫）

追い註文、追註文〔名〕追加訂貨

三国演義十冊の追い註文を出す（補訂十本三國演義）

追い使う、追使う〔他五〕任意驅使、殘酷使用、片刻不停地支使

地主に牛馬の様に追い使われた（被地主當作牛馬一般地殘酷驅使）

追い付く、追い着く〔自五〕趕上，追上、來得及

前の人に追い付く（追上前面的人）

急いで彼に追い付こうじゃないか（我們趕快追上他吧！）

生産の倍加したが未だ注文に追い付かない（雖然加倍生產但趕不上訂貨的需要）

今更後悔しても追い付かない（現在後悔也來不及了）

追っ付く〔自五〕〔俗〕趕上，追上、來得及（=追い付く、追い着く）

追っ付け〔副〕〔俗〕緊跟著、很快地、一下子、不久、立刻、馬上

追っ付け来るでしょう（他很快就會來的）

待って居れば追っ付け帰って来るだろう（等一等看一下子就會回來的）

追っ付けメーデーだ（很快到就到五一勞動節了）

追い詰める、追詰める〔他下一〕追逼、窮追、追得走投無路

袋小路に追い詰める（追到死胡同裡）

窮地に追い詰められる（被逼得無路可走）

敵は追い詰められて降参した（敵人被追得走投無路投降了）

徹底的に追い詰めて遣っ付ける（窮追猛打）

追い詰められた悪党は何でも仕出かす（狗急跳牆）

追い手、追手〔名〕追兵、追趕者、追捕者（=追っ手、追手）

追っ手、追手〔名〕（追い手、追手的促音便）追兵、追的人、追捕者、追緝者

追っ手を掛ける（派人追趕）

追っ手が迫る（追捕者逼近）迫る逼る

逃走者に追っ手が掛かる（有人追捕逃跑者）

追っ手を撒く（甩掉追捕者）撒く 蒔く 播く 巻く 捲く

追い風，追風、追い手，追手〔名〕（手是風的古語）順風（=追い風、追風）

追い風を受けて帆走する（順風揚帆行駛）

追い風に帆を掛けた様に（一帆風順地）

追い風の所為で船足が速く為る（由於颳起順風船走得快起來）

風は追い風である（風向是順風）

追い風に帆を揚げる（順風駛船、喻事物順利進行或盡情發揮特長）上げる 挙げる 揚げる

追い風、追風〔名〕順風（=追い風，追風、追い手，追手）←→向い風

風は追い風だ（風向是順風）

追い風を受けて帆走する（乘風揚帆行駛）

追い風に乗って船足が速い（順風使船速加快）速い 早い

追い波、追波〔名〕順潮、順船向的浪潮

追い縄、追縄〔名〕（捕捉牧馬用的）套索、套繩

追い退ける〔他下一〕趕開、趕走（=追い払う）

追い剥ぎ、追剥〔名〕剪徑，路上打劫、劫路賊，劫路的強盜

追い剥ぎを遭る（路上打劫）

追い剥ぎを働く（路上打劫）

追い剥ぎに為る（當劫路賊）為る成る鳴る生る

追い剥ぎに出会う（遇到劫路賊）

昔此の辺には追い剥ぎが屢出没した（從前這一帶劫路賊常出沒）

追い歯車、追歯車〔名〕〔機〕棘齒輪（=爪車、ラチェット ratchet）

追い羽子、追羽子〔名〕（兩個或幾個女孩子再一起）打羽毛毽子（新年時的一種遊戲）追い羽根

追い羽根、追羽根〔名〕（兩個或幾個女孩子再一起）打羽毛毽子（新年時的一種遊戲）

追い羽根を突く（打羽毛毽子）突く衝く付く附く着く憑く就く

追い腹、追腹〔名〕（封建時代臣僕再自己主人死後）剖腹殉死

追い腹を切る（剖腹殉主）切る斬る伐る着る

追い伏せる〔他下一〕追上壓倒、猛追到底

追い星、追星〔名〕〔動〕珍珠斑（金魚等生殖時期由於內分泌作用再雄魚皮膚上出現的角質斑點）

追い回す，追回す，追い廻す，追廻す〔他五〕到處追趕（=彼方此方追い掛ける）、尾追，糾纏，緊跟著追、殘酷驅使，片刻不停地支使（=追い使う）

泥棒猫を追い回す（到處追趕偷嘴的貓）

女の尻を追い回す（追逐女人）

仕事に追い回されて息付く暇も無い（被工作趕得喘不過氣來）

追い回し，追い廻し〔名〕緊追、追逐、殘酷驅使、（一種四面立竿張網然後追魚入網的）捕魚裝置。〔劇〕（由鼓和三弦組成的）追趕場面的伴奏、（商店等的）雜役，跑腿

追い水、追水〔名〕（插秧後向田裡）補灌的水

追い遣る、追遣る〔他五〕趕走，驅走（=追い払う）、逼到…地步，趕到…地方去

遠くに追い遣る（趕到遠處去）

死地に追い遣る（逼入死地、逼到絕路）

地主は小作人を如何にも為らない境地に追い遣った（地主把佃農逼得走投無路）

社長に気に入られないので、彼は酷い処に追い遣られた（因為社長不喜歡他他被派到極壞的地方去了）

追分〔名〕岔路，岔道，岔道口（=分かれ道）、追分小調（=追分節）

追分節〔名〕追分小調（一種調子哀淒的小曲，起源於長野縣追分的馬夫曲）

椎（ㄓㄨㄟ）

椎〔漢造〕椎形物

脊椎（〔解〕脊椎）

胸椎（〔解〕胸椎）

腰椎（〔解〕腰椎）

尾椎（〔解〕尾椎）

薦椎、仙椎（〔解〕薦椎）

椎管〔名〕〔解〕椎管

椎間板〔名〕〔解〕椎間盤

椎間板ヘルニア hernia（〔醫〕椎間盤突出）

椎骨〔名〕〔解〕椎骨

頸椎骨（頸椎骨）

椎〔名〕〔植〕米櫧

椎茸〔名〕〔植〕香菇、香蕈、香菌、冬菇

乾し椎茸（乾香菇）

椎、槌、鎚〔名〕槌、錘子、榔頭（=ハンマー hammer）

蒸気槌（蒸氣錘）

空気槌（氣錘）

金槌（鐵錘）

木槌（木槌）

槌で釘を打ち込む（用錘子釘釘子）

議長が槌で机を叩く（主席用槌子敲桌子-警告維持會場次序）叩く敲く

槌を打つ（用錘子打）打つ撃つ討つ

槌で庭を掃く（趕快準備款待貴賓、恭維、說奉承話）掃く吐く佩く履く刷く

土〔名〕土、土地、土壤、土質、地面，地表

祖国の土を踏む（踏上祖國的土地）

黒い土（黑土）

良く肥えた土（肥沃的土壤）

土を盛って田畑を造る（墊土造田）

土を掛ける（蓋土、培土）
土を搔いて見る（扒開土看）
土の匂いに溢れる（鄉土氣息十足）
土の中に埋める（埋在土裡）
土の様な顔色（面如土色）
土を掘る（掘地）
土を起こす（翻地）
蔓草が土を這う（蔓草爬地）
稻の穗が垂れて土に付き然うだ（稻穗垂得快要觸地了）
土一升（に）金一升（寸土千金、喻地價昂貴）
土が付く（〔相撲〕輸、敗）
土積りて山と為る（積土成山、滴水成池、集腋成裘）
土に帰る（歸土、入土、死）
土に灸（白費力）
土に（と）為る（死）
異郷の土と為る（死於他鄉）

錐（ㄓㄨㄟ）

錐〔漢造〕錐子、錐體
　立錐（立錐）
　円錐（圓錐）
　角錐（角錐、稜錐）
錐形〔名〕錐形
　角錐形（角錐形）
　円錐形（圓錐形）
錐状〔名〕錐狀
　錐状体（錐狀體）
　錐状火山（錐形火山）
錐体〔名〕〔數〕錐體
　円錐体（圓錐體）
　角錐体（角錐體）
錐脱〔名〕脫穎而出、嶄露頭角（＝穎脫）
錐面〔名〕〔數〕錐面
錐〔名〕錐、鑽

錐で穴を開ける（用錐子鑽出孔眼、鑽孔）開ける明ける空ける飽ける厭ける
螺旋錐（木工用麻花鑽）錐霧桐限
腹が錐で揉む様に痛む（肚子像錐子扎似地疼痛）
錐嚢を脱す（錐囊中脫穎而出、口袋裡藏不住錐子）脱す奪す
錐の囊中に処るが如し（如錐處囊中－史記平原君列傳）居る折る織る居る
錐を立つ可き地（立錐之地）

限〔名〕〔商〕交貨期限（＝限月）
　先限（期貨交易）
　中限（下月尾交易）
　当限（限月內交貨）
　五月限（五月內交貨、五月底以前交貨）

限，限り、切り〔名〕切，切開，切斷、（常寫作限）限度，終結，段落、（能樂、淨琉璃的）煞尾←→口、歌舞伎的最後一齣戲（＝切り狂言）、王牌（＝切り札）

人の欲には限が無い（人的慾望是無止境的）
話し出したら限が無い（說起來沒完沒了）
一一数え上げると限が無い（不勝枚舉）
そんな事を気に為たら限が無い（那種事介意起來沒完沒了）
甘やかせば限が無い（驕寵起來沒完沒了）
軍備競争には限が無い（軍備競賽沒有止境）
限の無い仕事（沒完沒了的工作）
限の無い厄介事（糾纏不休的麻煩事）
丁度限が良い（正好到一段落）良い好い善い佳い良い好い善い佳
仕事に限を付ける（把工作做到一個段落）付ける附ける漬ける就ける着ける突ける衝ける
一先ず此で限を付けよう（姑且到此為止吧！）
限の良い所で止め為さい（在到一個段落時就放下吧！）

葡pinta
ピンから限迄（從開始到末尾、從最好的到最壞的）

裏切り（〔名〕叛變、背叛、通敵、倒戈（＝内通、内応））

桐〔名〕〔植〕梧桐、梧桐花葉的紋章（家徽）、琴的別稱（因琴用桐木製造）、（舊時一個一兩的）金幣的別稱（因上面鑄有梧桐花葉的紋章）

桐は軽く、柾目が美しく、艶が有り、湿気や熱気を防ぐ事が出来る（桐木材質輕紋理美觀色澤鮮亮還能防潮防熱）桐霧限錐

霧〔名〕霧、霧氣（＝飛沫、繁吹）

霧が降りる（下霧、起霧＝霧が出る）降りる下りる

霧が掛かる（下霧、有霧＝霧が立つ）掛かる斯かる架かる懸かる罹る繋る懸る

霧が深い（霧大、霧濃、大霧瀰漫）

霧が晴れる（霧散了）

霧が立ち込める（霧籠罩著）

霧を吹く（噴霧、噴水滴）吹く拭く噴く葺く

着物に霧を吹く（往衣服上噴霧）

錐揉み〔名〕捻鑽（鑽孔）、（飛機）迴旋下降，旋轉下降

煙を吹き乍錐揉みの状態で墜落する（飛機邊冒煙邊迴旋下降）煙煙

飛行機を態と錐揉み降下させる（故意把飛機迴旋下降）

贅（ㄓㄨㄟˋ）

贅〔名〕浪費、奢侈

〔漢造〕多餘、無用、奢侈浪費

贅を尽くす（非常鋪張浪費）

贅を極める（窮奢極慾）極める究める窮める

贅する〔自サ〕贅言、說多餘的話

然う言う事は此処に贅する迄も無い（那樣的事用不著在這裡贅言）

贅句〔名〕無用的文句、不必要的話（＝贅語）

贅言〔名、自サ〕贅言、贅述、廢話

贅言に要しない（不需贅言）要する擁する

斯う言えば贅言かも知れない（這樣說也許是廢話）斯う請う乞う

贅語〔名〕贅言、廢話（＝贅言）

贅説〔名〕贅言、贅述

贅沢〔名、形動〕奢侈，奢華、浪費、鋪張、奢望、過分的要求←→質素

贅沢な食事（豪華的美食、盛饌）

贅沢な生活（奢侈的生活）

贅沢を為る（奢侈、浪費）為る摩る擦る刷る摺る掏る磨る為る成る鳴る生る

調味料を贅沢に使う（浪費佐料）使う遣う

贅沢三昧に暮らす（過非常奢侈的生活）

口が贅沢である（過份地講究飲食、口味過高）

贅沢品（奢侈品）

贅沢税（奢侈稅）

此以上望むのは贅沢だ（再提出進一步要求便是奢望了）望む臨む

贅沢を言えば切が無い（奢求起來沒有止境）

贅沢は言わない（我的要求不高、我不做過份要求）

貰って置き乍ら贅沢言うな（既然到手了就別挑剔了）

贅肉〔名〕贅疣，肉瘤（＝瘤）、肥肉

運動不足で贅肉が付く（由於運動不足而長肥肉）付く附く着く憑く就く衝く

随分と贅肉の付いた男（一身肥肉的人）

体操等為て贅肉を取る（做體操等去掉肥肉）取る撮る採る執る捕る摂る獲る盗る

贅肉を落とす（去掉肥肉）

経営の贅肉を落とす（去掉經營上的包袱）

贅物〔名〕贅疣，多餘的東西、奢侈品

贅文〔名〕贅文、衍文、多餘的詞句

贅弁〔名〕廢話、強詞奪理

贅疣〔名〕贅瘤，肉瘤。〔轉〕多餘的東西

贅六、贅六、才六 〔名〕〔俗〕（才六、菜六的轉變）人精子（東京人對京都、大阪人的蔑稱）

ぜいろくこんじょう
贅六根性（精打細算的本性）

畷、畷（ㄓㄨㄟˋ）

てい　てつ
畷、畷〔漢造〕連結、田間的道路

なわて　なわて
畷、縄手〔名〕田埂，畦道，阡陌（=畦道、田圃道）、又直又長的道路、（寫作縄手）細長的繩子

綴、綴（ㄓㄨㄟˋ）

てい　てつ
綴、綴〔漢造〕連結、縫補

ていおん　てつおん
綴音、綴音〔名〕兩個以上的單音互相前後結合的東西

ていじ　てつじ
綴字、綴字〔名〕綴字（使用拼音文字的造句或作文）（=綴り、スペリング）

ていじほう
綴字法（綴字法）

つづ
綴る〔他五〕縫上，連綴、裝訂成冊，訂好、寫，作文、拼字，拼音，綴字

着物の破れを綴る（把衣服的破處縫上）
書類を綴る（把文件訂上）
文章を綴る（作文章）
思い出を文に綴る（把回憶寫成文章）
血と涙で綴られた、農奴の苦難の歴史（農奴用血和淚寫成的辛酸歷史、農奴的一本血淚帳）
各語を正しく綴る（正確地拼寫各個詞）
御名前はローマ字で如何綴るのですか（您的名字羅馬字怎麼拼？）

つづ　　つづり
綴り、綴〔名〕裝訂成冊、拼字，拼音，綴字

書類一綴り（文件一冊）
一綴りの詩作（一冊詩稿）
綴りを間違える（拼錯）
単語の綴り（單詞的拼法）

つづ あ
綴り合わせる〔他下一〕拼在一起、綴在一起

小布を綴り合わせて座布団を作る（把零碎布拼在一起做成坐墊）作る造る

つづ あ
綴り合わす〔他五〕拼在一起、綴在一起（=綴り合わせる）

つづ かた　つづりかた
綴り方、綴方〔名〕（小學的）作文，造句，（字母的）拚寫法，拼字法，綴字法

綴り方を書く（寫作文）
綴り方練習帳（作文簿）
Romaじ つづ かた
ローマ字の綴り方（羅馬字的拼法）

つづ　　つづれ
綴れ、綴〔名〕破爛衣服，襤褸的衣服，打補丁的衣服（=襤褸）、仿織錦（=綴れ織り）

身に綴れを纏う（身穿破爛衣服）

つづ お　　つづれおり
綴れ織り、綴織〔名〕〔紡〕仿織錦、葛絲

つづれ にしき　つづれにしき
綴れ錦、綴錦〔名〕（一種有大型花鳥，人物花樣的）織錦

とじる
綴じる〔他上一〕訂綴，訂上、（把夾克的裡和面）縫在一起

此の本は糸で綴じて有る（這本書是用線訂綴的）有る在る或る
新聞を綴じて置く（把報紙訂起來）置く擱く措く
裏表の縫代を綴じ合わせる（把裡面的窩邊縫在一起）

とじる
閉じる〔自、他上一〕關，關閉←→開く、結束，告終

戸が自動的に閉じた（門自動關上了）綴じる
貝の蓋が閉じる（貝殼閉上）
窓が閉じた儘開かない（窗戶關著開不開）
箱の蓋を閉じ為さい（把盒子蓋蓋上）
本を閉じ為さい（合上書吧！）
此れで会を閉じる事に致します（會就開在這裡）
式は十一時に閉じます（儀式十一點結束）
幕を閉じる（結束）
偉大な生涯を閉じた（結束了偉大的一生）

とじ
綴〔名〕訂（書），裝訂成冊、（衣服等的）接縫，縫合

綴が緩んだ（訂線鬆了）
横綴（橫訂）
洋綴（洋裝）
和綴（線裝）

とじいと
綴糸〔名〕（訂書等的）訂線、（做衣服的）縫線

とじがね
綴金〔名〕訂書釘

綴金でノートを綴じる（用訂書釘把筆記本釘好）

綴じ器〔名〕釘書機、裝訂器

綴釘、綴り釘〔名〕鉚釘

綴釘で繫ぐ（用鉚釘鉚上）

綴り釘工（鉚釘工）

綴じ込む〔他五〕訂在一起，合訂、插入活頁

新聞を綴じ込んで置く（把報紙訂在一起）

ノートの後ろに白紙を綴じ込む（在筆記本後面加上白紙頁）

綴じ込み〔名〕訂在一起，合訂、合訂本

新聞の綴じ込みを作る（把報紙訂在一起）

綴じ込みに為っている定期刊行物（定期刊物合訂本）

ルーズ、リーフ式綴じ込み表紙（活頁式合訂封面）

綴じ込み表紙（合訂本書皮）

綴り込み〔名〕匯訂成冊、卷宗，檔案，文件冊

此等の書類は事務所に綴り込みに為て有る（這些文件在辦公室有訂成冊的卷宗）

綴り込み番号（卷宗號碼）

綴暦〔名〕（訂成書形的）暦書

綴じ代、綴代〔名〕裝訂多出的紙邊、裝訂費（＝綴じ代）

綴じ付ける〔他五〕縫

綿入れを綴じ付ける（縫棉衣）

綴じ直す〔他五〕重新裝訂

綴針〔名〕綴針

綴蓋〔名〕鍋上的鍋蓋

破鍋に綴蓋（破鍋配破蓋、喻夫婦般配）

綴じ本〔名〕（裝訂）成冊的書、成本的書←→折本、卷子本

綴目〔名〕（用線等）訂上的地方、訂線處

本の綴目が外れた（書的訂線綻開了）

本の綴目が緩んだ（書的訂線鬆了）

綴り目〔名〕訂合處、接縫，縫口

墜（ㄓㄨㄟˋ）

墜〔漢造〕墜下，墜落，失掉，喪失

擊墜（擊落、打下）

失墜（失掉、喪失〔威信、權威〕）

墜死〔名、自サ〕摔死

飛行機事故で墜死する（因飛機失事摔死）

墜落〔名、自サ〕墜落、掉下

真逆様に墜落する（頭向下墜落、摔個倒栽蔥）

飛行機が墜落する（飛機失事）

墜落して死ぬ（摔死）

墜落死（摔死）

縋（ㄓㄨㄟˋ）

縋る〔自五〕扶，拄，靠，憑，倚，抱住，摟住，纏住。〔轉〕依靠，依賴

杖に縋る（拄著拐杖）

人の腕に縋って歩く（扶著別人的胳膊走）

椅子に縋って立つ（扶著椅子站立）立つ建つ経つ絶つ断つ発つ裁つ

肩に縋って泣く（摟著肩膀哭）泣く鳴く啼く無く亡く

子供が母の首に縋って離さない（小孩摟住母親的脖子不放）離す放す話す

人に縋る様な者は成功しない（依靠他人者一事無成）

彼は人に縋らない（他不依賴人）

私は縋る人が無い（我無依無靠）

彼は人に縋られると直ぐ助けて遣る（他向有求於己的人總是立即予以援助）

今と為っては彼の情に縋るより外は無い（事到如今只好求情於它了）

溺れる者は藁にも縋る（溺水者抓稻草、急病亂求醫）（＝溺れる者は藁をも攫む）

縋り付く〔自五〕摟住，抱住，纏住不放、依靠，依賴

両手で柱に縋り付く（兩手抱住柱子）

子供が母親に縋り付く（孩子纏住媽媽不放）

最後の一案に縋り付く（依靠最後的方案）

専（專）（ㄓㄨㄢ）

専〔漢造〕專於一個方面、獨佔、任意、專門學校的簡稱

経専（〔舊〕經濟專門學校的簡稱）

医専（醫學專科學校）

女専（女子專門學校）（＝女子専門学校）

専意〔名〕專心、專心一致（＝専心）

専一、專一〔名、形動〕專一、熱心、一心一意、特別注物

学生は勉強専一に為なければならない（學生應專心用功）

気候不順の折から御自愛専一に（願います）（時令不正請特別保重）

専横〔名、形動〕專橫（＝我が儘、欲しい儘）

専横な態度（專橫〔高壓〕的態度）

部下に対して専横な振る舞いを為る（對部下專橫跋扈）為る為る

極めて専横の決定だ（這是非常專橫的決定）

専科〔名〕專科、專攻的學科

文学が私の専科です（文學是我專攻的學科）

専科の教員（專科教員）

専科生（專科生）

専管〔名〕專屬、專有

専管権（專屬權）

専管居留地（專屬居留地）

専管漁業区域（專屬漁區）

専業〔名〕專業，專門的職業、獨佔事業，壟斷事業（＝独占業）

医を専業と為る（以行醫為專業）

専業の隊列（專業隊伍）

専業農家（專業農家－專靠農業收入維持生活的農戶）

専決〔名、他サ〕專斷，擅長，獨斷專制（＝専断）、（規定）專由某人裁決

大臣の専決事項（專由部長裁決的事項）

専検〔名〕（舊制）專門學校入學資格審定考試（＝専門学校入学資格検定試験）

専権〔名〕專權、擅權

専行〔名、他サ〕獨斷專行、專橫獨行

独断専行（獨斷獨行）

専攻〔名他サ〕專攻、專修、專門研究

貴方の御専攻は何ですか（您專門研究哪一科目？）

原子物理学を専攻する（專攻原子物理學）

専攻科目（專業課、專攻科目）

専攻分野（專門研究的領域）

専攻論文（專題問文）

専恣、擅恣〔形動〕專橫（＝専横）

専修〔名、他サ〕專修、專攻

哲学を専修する（專攻哲學）

専修科（專修科）

専修大学（專科大學）

専修科目（專修課程、專攻學科）

専従〔名、自サ〕專職、職業者

組合専従者（職業工會工作者）者者

農業専従者（專門從事農業的人）

専心〔名、自サ〕專心、一心一意、全心全意

学問に専心する（專心於學問）

鋭意専心研究している（專心致志地研究）

政治に一意専心している（一心一意地做政治）

何事にも専心しなければ、成功は覚束無い（無論做什麼事如果不全心全意地去做就很難成功）

専制〔名〕專制，獨裁、專斷，獨斷，專制作風

専制君主（專制君主）

専制政治（專制政治）

彼の人の専制に対して不満を抱く（對他的專制作風感到不滿）抱く擁く懷く抱く

専政〔名〕專政、專制政治

専属〔名、自サ〕專屬

劇場専属のオーケストラ（劇場的專屬樂隊）
専属の歌手（專屬歌手）
専属漁業区域（專屬漁業區）
専属経済区域（專屬經濟區）
専属要員（專屬辦事人員）
専属管轄区（專屬管轄區）

専断、擅断〔名ナ、他サ〕專斷、擅長、剛愎自用
擅断な（の）行い（獨斷獨行的行為）
擅断を戒める（慎勿剛愎自用、戒獨斷獨行）戒める 誡める 警める 忌ましめる 縛める
擅断な処置を取る（採取專制的措施）取る 採る 盗る 捕る 執る 獲る 撮る 摂る

専任〔名〕專任、專職
専任講師（專任講師）
専任の理事（專職的理事）

専念〔名、他サ〕一心一意，專心一致、一心禱念，專心祈求
療養に専念する（一心一意地養病）
研究に専念する（專心從事研究）
工員のの技術訓練に専念する（專心致力於工人的技術訓練）
病気平癒を専念する（一心祈禱病快痊癒）

専売〔名〕專賣、獨家經銷
煙草は国家が専売する（香煙由國家專賣）
此は当店の専売する（這是本店獨家經銷的）
愛国心は君の専売じゃないよ（愛國心並不是你一個人的專利呀！）
専売品（專賣品）
専売権（專賣權）
専売特許（專利、專利權）
専売特許を得る（取得專利權）得る 得る
専売特許を認可する（批准專利權）
専売特許権出願中（正在申請專利權）
専売特許権所有者（專利權取得者）

専売特許証（專利證）
専売特許品（專利品）
専売特許登録簿（專利登記簿）

専務〔名〕專職，專任、常務，專務理事，專務董事（=専務取締役-位於社長和副社長之下、常務取締役之上）
専務車掌（〔專職〕列車長）

専門〔名〕專門、專業、專長
果物を専門に売る（專賣水果）売る 得る
彼の専門は天文学だ（他的專業是天文學）
数学は私の専門ではない（數學不是我的專業）
其は専門外だ（那不屬於我的專業）
此の店は洋服が専門です（這家商店專賣西裝）
専門店（專營商店）
専門誌（專業雜誌）
専門技術（專門技術）
専門医（專門醫師）
専門学校（專科學校）
専門語（專門用語、術語）
専門化する（專門化）化する 課する 科する 架する 嫁する 掠る
専門家（專家）（=エキスパート）
歴史専門家（歷史專家）
言語学専門家（語言學專家）
専門家の意見を聞く（聽取專家的意見）聞く 聴く 訊く 効く 利く
専門家裸足の知識を持っている（有專家都比不上的知識）裸足 跣

専有〔名、他サ〕專有、獨佔、壟斷（=独占）←→共有
利益を専有する（壟斷利益）利益 利益
専有権（獨佔權、專制權）
専有者（獨佔者、專制者）者 者

専用〔名、他サ〕專用、專門使用、愛用（某種東西）
婦人専用の手洗所（婦女專用廁所）

市長専用の電話線（市長的專用電話線）

専用機（專機）

専用車（專車、專用列車）車 車

国産品を専用する（專用國產品、愛用國產品）

專ら、專〔副〕專門，主要，專，淨，專門，獨攬

其は專ら外国へ輸出される（那種東西專向外國輸出）

專ら読書に日を送っている（光以讀書度日）送る 贈る

專ら仕事に精を出す（專心致志做事情）

少しも利己的でない、專ら他人に尽くす（毫不利己專門利人）

彼が辞職すると言う噂が專らだ（人們老在傳說他要辭職）

権勢を專らに為る（專權跋扈）擦る 刷る 摺る 掏る 磨る 擂る

磚（ㄓㄨㄢ）

磚〔漢造〕用黏土燒成方形的建築材料

磚茶、磚茶〔名〕磚茶、茶磚

磚子苗、莎草〔名〕〔植〕海灘苔草

囀（ㄓㄨㄢˇ）

囀〔漢造〕聲音清脆而好聽

囀る〔自五〕（小鳥）婉轉地叫，啁啾喳喳地叫，歌唱，鳴囀。〔蔑〕（婦女和小孩等）吱吱喳喳，多言多語，喋喋不休

囀る鳥（鳴鳥、鳴禽）

小鳥の囀る声（小鳥鳴叫聲、小鳥歌唱聲）

雀の囀る声で目が醒める（因麻雀啁啾喳喳的叫聲而醒來）醒める 覚める 冷める 褪める

カナリアは一日中囀り止まない（金絲雀整天鳴囀不止）カナリア 金絲雀

鶯が上手に囀っている（黃鶯巧轉）止まる 留まる 泊まる 止まる 留まる

灌木や竹藪には、虎鶫等が常に群を為して囀る（在灌木叢和竹林裡畫眉等常結群歌唱）

良く囀る人だ（是一個喋跌不休的人）

囀り〔名〕（小鳥的）鳴聲，婉轉的鳴叫聲，吱吱喳喳聲，歌聲、（婦女或小孩等的）喋喋不休、多嘴多舌，嘰嘰喳喳

転（轉）（ㄓㄨㄢˇ）

転〔名〕轉音、（漢詩裡起，承，轉，合的）轉（＝転句）

〔漢造〕旋轉、倒轉、轉換、轉變、漢詩絕句的第三句

"じゃあ"は"では"の転（"じゃあ"是"では"的轉音）

反転（反轉，翻轉，掉頭，返回，折回，轉印、〔電〕〔極性或磁性〕顛倒、〔數〕反演）

公転（〔天〕公轉）←→自転

自転（〔天〕自轉←→公転、自行轉動）

好転（好轉）←→悪化

流転、流転（〔佛〕生死轉迴、不斷地變遷變化）

動転（流轉，變遷，變化、〔佛〕輪迴、流浪）

逆転（逆轉，反轉，倒轉，倒過來、反過來、倒退、惡化、〔飛機〕翻筋斗、顛倒回翔）

移転（遷移，搬家，〔權利等的〕轉讓，轉移）

栄転（榮昇、榮遷、升遷、高昇）

有意転変（有意轉變）

変転（轉變、轉化、變化）

起承転結（〔特指絕句的〕起承轉合、〔轉〕〔事物的〕順序，次序）

転じる〔自、他上一〕轉變，改變，轉換（方向、狀態等），遷居、調職（＝転ずる）

劣勢に転じる（轉為劣勢）

方向を転じる（改變方向）

姿を転じる（改變形象）

話題を転じる（改變話題）

居を転じる（遷居）

災いを転じる福と為す（轉禍¥為福）

転ずる〔自、他サ〕轉變，改變，轉換（方向、狀態等）、遷居、調職

部隊は方向を転じて敵の右翼へ向かって進撃した（部隊改變方向向敵軍的右翼進攻了）

講師は話題を転じて海外の情勢に就いて述べ始めた（演講者改變話題開始講述海外的形勢）

道を転ずる（改道）転ずる展ずる点ずる

志を転ずる（改變志向）

禍が転じて喜びと為る（轉禍為喜）

敗を転じて勝と為す（轉敗為勝）

形勢が良い方に転じた（形勢好轉了）

居を転ずる（遷居）

転位〔名、自他サ〕轉變位置，轉移。〔理〕（原子）錯位，位錯，轉移。〔理〕（分子）重排、（導線）換位、（齒輪）移距

胎児転位法（胎兒倒轉術）

転位論（原子錯位理論）

転位反応（〔化〕重新排列、分子重排作用）

転移〔名、自他サ〕（地方或部位等）轉移，挪動。〔醫〕轉移，擴散。〔理〕（物質形態的）轉變

胃癌が肝臓に転移する（胃癌轉移到肝臟）

転移点（〔理〕轉移點、轉變點）

転意、転義〔名、自サ〕〔語〕轉義 改變原意←→原義、本義

〝御目出度い〟と言う言葉は〝馬鹿〟と言う意味に転義した（〝憨厚〟這個詞轉為〝傻瓜〟的意思了）

転音〔名〕〔語〕轉音、音的轉變（如酒和樽組成的詞讀作酒樽、船和歌的複合詞讀作船歌）

転化〔名、自サ〕轉化、轉變

戦争は長期戦に転化した（戰爭變成長期戰）

精神は物質に転化出来る（精神可以轉化成物質）

転化糖（〔化〕轉化糖）

転科〔名、自他サ〕（學生）轉科、轉換科系

転訛〔名、自サ〕轉訛

言葉の音が転訛する（語音轉訛）

転訛語（轉訛詞、訛化詞）

転嫁〔名、他サ〕轉嫁、推諉

責任を部下に転嫁する（把責任推卸給部下）

自分の誤りを認めず他人に転嫁する（自己不認錯推諉給他人）

責任転嫁（推卸責任）

転回、転廻〔名、自他サ〕回轉，轉變。〔體〕回旋，旋轉。〔樂〕（和音中，上下音的）轉換

向きを転回する轉變方向）

百八十度の転回を為る（來一個一百八十度的轉變）為る為る

転回運動（旋轉運動）

空中転回（空中旋轉）

転学〔名、自サ〕轉學、轉校（=転校）

家庭の事情で転学する（因家庭因素轉學）

地方の中学から転学する（從地方中學轉學）

転学して来た生徒（轉學來的學生）

転官〔名、他サ〕調換職位（官職）

転換〔名、自他サ〕轉換、轉變、調換

転換点（轉折點）

方針を転換する（轉變方針）

方向を転換する（轉換方向）

百八十度の転換（一百八十度的轉變）

方向転換して敵の背後へ迂回する（轉換方向繞到敵人背後）

重工業から軽工業への転換（由重工業轉向輕工業）

転換期（轉換期、轉變期）

転換器（〔電〕轉換器、轉換開關匣）

転換レバーlever（〔鐵〕轉轍桿）

転換炉（原子反應爐）

転帰〔名〕〔醫〕轉換期、險象

ㄓ

ち

死の転帰を取る（現出死的險象）

胃潰瘍は屢死の転帰を取る（胃潰瘍常常出現死的險象）

転帰を経過する（過了危險期、轉危為安）

転記〔名、他サ〕轉記、過帳

必要事項は新しい帳簿に転記した（必要事項已過到新帳上）

転機〔名〕轉機、轉折點

此を転機と為て新生活に切り換える（以此為轉機開始新生活）

其は私の生涯の転機であった（那是我一生的轉折點）

政局に一転機を画する（政局出現一個轉折點）

転居〔名、自サ〕遷居、搬家（=引越）

今般左記へ転居しました（現已遷往下列住址）

彼の転居先は不明で手紙が戻って来た（他新遷的住址不明信被退回來）

父の仕事の都合遠くへ転居する（為了便於父親工作家遷到遠處去了）

転住〔名、自サ〕遷居、搬家（=転居）

此の町を引き払って東京に転住する（從這個城鎮搬到東京去）

転宅〔名、自サ〕遷居、搬家

今度左記へ転宅しました（現已遷往左開地址）

転教〔名、自サ〕背教

転教者（背教者）者者

転業〔名、自サ〕轉業、改行

本屋から飲食店に転業した（書店改營飯店）

俳優に転業する（改行當演員）

喫茶店から花屋に転業した（從茶館改營花店了）

転鏡儀〔名〕〔測〕轉鏡儀、轉鏡經緯儀

転筋〔名〕腿肚抽筋（=腓返り）

転勤〔名、自サ〕轉職、調動工作

転勤を命ずる（下令調動工作）

四月から支店の方へ転勤した（從四月起調到分店去了）

父は東京から北海道へ転勤する（父親從東京調到北海道去）

転句〔名〕（漢詩絕句"起、承、轉、結"的第三句）轉句

転結〔名〕（漢詩絕句第三，四句的）轉句和結句

転語〔名〕〔語〕轉化詞

転向〔名、自サ〕轉變方向、（思想）轉變，背叛（特指背叛共產主義）。〔機〕旋轉

台風が北へ転向した（颱風向北轉了）

其の外野手は最近投手に転向した（那個外野手最近轉變為投手了）

俳優から監督に転向する（由演員變成導演）

彼は観念論から唯物論へ転向した（他從唯心主義轉向了唯物主義）

共産党から転向した（背叛了共產黨）

転向者（〔共產黨的〕叛徒）

転向派（投降便捷分子）

転向輪（〔機〕轉向輪）

転向装置（導向裝置）

転校〔名、自サ〕轉校、轉學（=転学）

父親が転任するので私も転校する（因父親調動工作我也轉學）

町の学校に転校する（轉學到城鎮學校）

転校届（轉學申請）

転桁索〔名〕〔海〕轉帆索

転合、転業〔名〕〔方〕惡作劇、開玩笑、捉弄人（=悪巫山戲）

転座〔名〕〔生〕（染色體）易位

転載〔名、他サ〕轉載、轉登、轉錄

無断で転載する（擅自轉載）

無断転載を禁ずる（禁止擅自轉載）

本人の承諾を経て転載する（經本人同意後轉載）

其の記事は朝日新聞からの転載だ（那條消息是從朝日新聞轉載的）

転子 〔名〕〔解、動〕（大腿骨的）轉子（或粗隆）、轉節

転子 〔名〕（移動重物時墊在下面的）滾棍、滾棒、滾軸
　転子搬送機（滾軸運輸機）
　転子軸受け（滾軸軸承）（=ローラ、ベアリング roller bearing）

転質 〔名〕〔法〕轉押、轉典

転写 〔名、他サ〕臨摹，描繪、謄寫，轉抄
　此の絵は司馬江漢の真筆を転写した物である（這幅畫是臨摹司馬江漢的真跡的）
　転写する間に原本に面影が無く為った（在轉抄中失去了原書的本來面貌）
　転写紙（謄寫紙）

転車台 〔名〕〔鐵〕（轉換機等方向的）轉車台、旋車盤

転借 〔名〕轉借（=転貸、転貸）
　転借の本を直接持主に返す（把轉借的書直接還給原主）
　彼は八年間其の屋敷を転借していた（他轉借那棟房屋已有八年了）

転貸、転貸 〔名、他サ〕轉租、轉賃（=又貸し）
　家の転貸を許さず（房屋不准轉租）
　転貸借（〔法〕〔土地或房屋等〕轉租）（=又貸し）
　転貸借を禁ずる（禁止轉租）

転手 〔名〕（琵琶、三弦琴桿上端的）弦軸

転軫 〔名〕（琵琶、三弦琴桿上端的）弦軸（=転手）

転宿 〔名、自サ〕換住宿處、換旅館
　在京中二度程転宿した（在京期間換了兩次旅館）

転出 〔名、自サ〕（由中央向地方）調職，調出、（向外省或外縣）遷出←→転入
　関西の支店へ転出する（調往關西分店去）
　此の一か月に数十名の者が他県へ転出した（這個月有數十人遷往外縣去了）
　転出証明（外遷證明）
　転出先（外遷地點）
　転出届（外遷申請〔書〕）

転乗 〔名、自サ〕換乘（別的車或船）
　バスに転乗する（換乘公車）

転職 〔名、自サ〕調職，調動工作、轉業，改行
　中央から地方へ転職した（從中央調到地方去）
　職員から教師に転職する（從職員改行當教師）
　転職者（轉業人員、調動工作的人）者者

転身 〔名、自サ〕轉身、改變身份、改變信仰、改變職業
　勤め人から商人に転身する（從職員改行為商人）商人商人商人商人
　見事な転身を遂げた（他改變得十分徹底）

転進 〔名、自サ〕〔軍〕轉移、撤退（退却的體面說法）
　ガダルカナルから転進する（從瓜達爾卡納爾島退卻）Guadalcanal

転生 〔名〕〔佛〕轉生、轉世
　彼は神の転生だと言われている（據說他是神的轉世）

転成 〔名、自サ〕轉變、轉變為
　品詞の転成（品詞的轉變）
　連用形から転成した名詞（由連用形轉成的名詞）
　転成語（轉成語-如 嵐 轉變成暴風雨、テンプラ tempero 轉變成日語天麩羅）

転石 〔名〕岩石露頭分離滾到山腹或河川、滾動的石頭

転籍 〔名、自サ〕遷移戶口、轉學籍
　婚姻の為東京へ転籍した（因為結婚把戶口遷往東京）
　此の生徒は四月に転籍したのだ（這個學生是四月份轉學的）

転節 〔名〕〔動〕（昆蟲腳上位於基節與腿節之間的）轉節

転戦 〔名、自サ〕轉戰
　各地に転戦して功を立てる（轉戰各地建立功勳）

転送 〔名、他サ〕轉送、轉寄、轉遞

郵便を転居先宛転送する（把郵件轉寄到新遷的地址）

御転送を請う（請轉寄）

転送先（轉遞地址）

転属〔名、自サ〕改變原籍、改變隸屬關係

今度航空隊へ転属した（這次改屬於航空部隊了）

転退職率〔名〕調職、離職率、退職的比率

転地〔名、自サ〕轉地、易地、換地方（療養）

子供の健康の為に転地する（為了兒童的健康轉移地方）

脚気には転地が良い（脚氣病以異地療養較好）

転地療養（轉地療養）

高原へ転地療養に行く（到高原去轉地療養）

青島へ転地療養に行く事を勧めます（我勸你到青島去易地療養）

転地療法（轉地療法、易地療法）

転置〔名、他サ〕倒置

転置法（〔語法〕倒置法）

転注〔名〕（漢字六書之一）轉注

転調〔名、自サ〕〔樂〕轉調、換調

ハ長調からト長調に転調する（從C大調轉為G大調）

転轍〔名、他サ〕〔鐵〕轉轍、轉軌、扳道岔

車を転轍する（使火車轉軌）

転轍棒（轉轍杆）

転轍手（轉轍員、扳道工人）

転轍器（〔鐵〕轉轍器、道岔）（＝ポイント）

転轍器を返す（扳道岔）

貨車入れ換えの為転轍器を倒す（為貨車轉軌扳道岔）

転路器〔名〕轉轍器（＝転轍器）

転転〔副、自サ〕輾轉，轉來轉去、滾轉貌

転転と学校を換える（輾轉地換學校）

住居を転転と変える（左一次右一次地搬家）

勤め先を転転と為る（左一次右一次地換工作地點）

親戚から親戚へ転転と借金を為て歩く（從這家親戚到那家親戚轉來轉去地去借錢）

此の品物は転転と為て又私の手に帰った（這個東西轉來轉去又回到我的手裡了）

丸い石が転転と為て河の中に落ちた（卵石滾轉滾到了河裡）

ボールは外野へ転転した（球滾轉滾到了外野）

転倒、顛倒〔名、自他サ〕顛倒、跌倒、驚慌失措，神魂顛倒

本末を顛倒する（本末顛倒）

今や彼等の地位は顛倒した（現在他們的地位顛倒過來了）

仰向けに顛倒した（仰面跌倒了、跌個四脚朝天）

階段に踏み外して顛倒する（踩空樓梯跌倒）

驚いて気が顛倒する（嚇得神魂顛倒）

気も顛倒する許り驚いた（差一點嚇暈了）

転動〔名、自サ〕轉動、滾動

転得〔名、他サ〕〔法〕轉得、轉手得到（別人一旦取得的物品或權利）

転読〔名、他サ〕〔佛〕（讀大部頭經時）跳著讀←→真読

大般若経を転読する（跳著讀大般若經）

転入〔名、自サ〕遷入（某地）、轉入（某學校）

東京から横浜へ転入する（從東京遷入橫濱）

新学期に転入を希望する者に対して試験を行う（對於在新學期希望轉入本校的人進行考試）

転入学（轉學）

転任〔名、自サ〕轉任、調職、調動工作

三月末に地方支店に転任する（三月末調到地方分店去）

横浜領事館に転任を命ぜられる（奉命調往橫濱領事館工作）

転任地（調往地點）

転任先（調往地點）

転把〔名〕把手（=把手）

転売〔名、他サ〕轉賣、轉售
闇で買った米を転売する（倒買從黑市買來的米）

転付〔名、他サ〕〔法〕（財產或權利的）轉讓、（把自己的債務人）轉給（自己的債權人）

転部〔名、自サ〕（學生）轉院，轉系、（文娛活動等）改變所屬小組

転覆、顛覆〔名、自他サ〕（車船等）顛覆，翻倒、推翻（政府）
汽車が脱線顛覆した（火車脱軌翻覆了）
嵐が舟を顛覆させた（暴風吹翻了船）
革命に因って旧政府は顛覆された（由於革命舊政府被推翻了）
政府の顛覆を謀る（企圖顛覆政府）

転変〔名、自サ〕轉變、變化
転変常無し（變化無常）
転変する世相を傍観する（靜觀世態轉變）
我我に此の転変極まり無い時代に生きているのだ（我們生活在這個風雲變幻的時代）

転補〔名、他サ〕轉任（其他職務）
軍司令官に転補する（轉任軍司令員）

転封〔名、他サ〕轉封（其他領地）

転摩機〔名〕〔機〕轉筒、滾筒

転迷開悟〔名〕〔佛〕轉迷惑為開悟

転免〔名、他サ〕調職與免職

転喩〔名〕（修辭）轉喻、換喻

転用〔名、他サ〕轉用、挪用
施設費を人件費に転用する（把設備費移作人事費用）
予算の転用は許されない（預算不准轉用）

転落、顛落〔名、自サ〕滾下、墜落、暴跌
列車から顛落して死亡した（從火車上滾下摔死了）
夜の女に顛落する（淪為娼妓）
十万円に顛落する（暴跌到十萬日元）

第五位に顛落する（突然降到第五位）

転輪羅針儀〔名〕陀螺羅盤、回轉羅盤

転炉〔名〕〔冶〕轉爐
転炉鋼（轉爐鋼）
転炉法（轉爐煉鋼法）

転た〔副〕深受（感動）、越發、益加
転た感慨に堪えない（非常感慨之至）
転た今昔の感に堪えない（不勝今昔之感）
山川草木転た荒涼（山川草木轉荒涼）

転た寝〔名、自サ〕假睡、打個盹
眠く為れば肘を枕に転た寝（を）為る（睏了就曲肱為枕打了個盹）
本を読む乍ら転た寝する（邊看書邊打瞌睡）
机に凭れて転た寝する（靠著桌子打個盹）
転た寝の夢を醒まされる（假睡的夢被驚醒）

転寝〔名〕（不蓋被子）躺下、（穿著衣服）睡覺、隨隨便便睡

転び寝〔名〕合衣而睡，隨隨便便睡（=転寝）、假睡，打盹（=転た寝）

転び寝〔名〕合衣而睡、打盹，小睡（=転た寝、転寝、転び寝）

転かす、眩かす〔他五〕旋轉，扭轉、使發暈
子供をくるりと廻して目を眩かした（把小孩快速旋轉得發暈了）
目を眩かす様な深い谷（令人頭暈的深谷）

転く、眩く〔自五〕旋轉、發暈
目が眩く（目眩）

転す、倒す〔他五〕〔方〕推倒，碰倒（=倒す、転ばす）、轉移，挪走（=移す）。〔俗〕竊取，賒起來（=くすねる）
うっかり歩いている子供を倒す（沒留神把走著的小孩碰倒了）
足を倒す（滑倒）
そっと人の物を倒す（竊取別人的東西）

転ける、倒ける〔自下一〕（關西方言）跌跤、摔倒（=転ぶ、倒れる）
石に躓いて倒ける（絆在石頭上摔倒）

転がす〔他五〕滾動，轉動、扳倒，翻倒，推翻，推進（事物）。駕駛（汽車）

　球を転がす（滾球）

　石を山頂から転がし落とす（把石頭從山頂上滾下來）

　ビール樽を転がして運ぶ（滾著搬運啤酒桶）

　花瓶を転がす（把花瓶翻倒）

　後ろから足を払って転がす（從後面伸出腳絆倒）

　一転がして置いて（姑且先推進一下）

　車を転がす（駕駛汽車、驅車）

転がる〔自五〕滾動、倒下，躺下，（用転がっている形式）擺著，扔著，放著

　ボールが転がる（球滾動）

　床の上で転がり回る（在地板上亂滾）

　寝転がる（〔隨便地〕躺下）

　コップ転がって床に落ちた（杯子倒了摔到地板上）

　滑って転がる（滑倒）

　石に躓いて転がる（被石頭絆倒）

　草原に転がって休む（躺在草地上休息）

　足下に転がっている（在腳底下扔著）

　こんな石なら其の辺に幾等でも転がっている（這樣的石頭有的是在那裏放著）

　鉛筆を失くしたんだが、何処か其の辺に転がっていないかね（我的鉛筆不見了沒有丟在那裏嗎？）

　何処にでも転がっている様な物ではない（並不是俯拾即有的東西、是很少見的東西）

転がり込む〔自五〕滾入，滾進來，急急忙忙跑進來。〔轉〕（意想不到地）突然來到，突然得到，從天上掉下來。〔轉〕（因生活困難等）跑到別人家裡（住下去）

　球が庭へ転がり込んだ（球滾進院子裡來了）

　犬に追われて、慌てて家の中へ転がり込む（被狗追得急急忙忙地跑進家裡）

　思い掛けぬ遺産を転がり込む（得到一筆意外的遺產）

　大金が転がり込む（得到一筆大財）

　私の家へ厄介者が転がり込んで来た（我家突然來了一個麻煩的食客）

　兄の家に転がり込む（跑到哥哥家裡住下去）

転がり摩擦〔名〕〔理〕滾動摩擦

転げる〔自下一〕滾動、倒下、躺下、（用転げっている形式）擺著，扔著，放著転がる

転げ込む〔自五〕滾入，滾進來，急急忙忙跑進來。〔轉〕（意想不到地）突然來到，突然得到，從天上掉下來。〔轉〕（因生活困難等）跑到別人家裡（住下去）（=転がり込む）

転ばす〔他五〕滾轉、弄倒

　転ばして落とす（滾落）

　毬を転ばす（滾球）

　足を抄って転ばす（絆腿摔倒、絆到〔對方的〕腿摔倒）抄う 掬う 救う

転ぶ〔自五〕滾轉（=転がる）、倒下，跌倒。〔轉〕趨勢發展、事態變化、（江戶時代信奉基督教的人受鎮壓而）改信佛教、藝妓與客人共宿

　鞠が転ぶ（球滾）

　転ぶ様に走る（滾轉地跑）

　躓いて転ぶ（絆倒）

　ばったり地上に転ぶ（突然倒在地上）

　転んで又起きる（跌倒又爬起來）

　転んだ人を起こして遣る（把跌倒的人扶起來）

　子供が滑って転んだ（小孩滑倒了）

　彼は転んで片足を折った（他跌倒摔斷了一條腿）

　何方へ転んで損は無い（倒向哪邊都不吃虧）何方何方何方

　転ばぬ先の杖（未雨綢繆、事先做好準備）

　転んでも徒では起きない（總忘不了撈一把、雁過拔毛）

転び〔名〕滾轉，跌倒、（江戶時代）由耶穌教改信佛教的人

転柿、枯露柿〔名〕（去皮）柿餅（=干柿）

転がす〔他四〕〔古〕滾動，轉動、扳倒，翻倒，推翻、推進（事物）、駕駛（汽車）

転ばす〔他四〕〔古〕滾動，轉（＝転がす）動、扳倒，翻倒，推翻、推進（事物）、駕駛（汽車）（＝転がす）

転ける、倒ける〔自下一〕（關西方言）跌跤、摔倒（＝転ぶ、倒れる）
　石に躓いて倒ける（絆在石頭上摔倒）

転ぶ〔自五〕滾轉（＝転がる）、跌倒（＝転ぶ）

倒けつ転びつ〔連語、副〕跌跌撞撞地、連爬帶滾地
　息を切らして倒けつ転びつ走っていった（上氣不接下氣連爬帶滾地跑掉了）

撰（ㄓㄨㄢˋ）

撰〔漢造〕寫作，編輯，著述、（與選同）選擇
　勅撰（奉敕撰集）←→私撰
　私撰、私選（私人選編）
　自撰、自選（自己的作品自己選編）
　精撰（精撰）
　新撰（新撰、新編）
　改撰（改撰）
　杜撰（杜撰，沒有根據地編造，錯誤百出、〔做法等〕粗糙，草率，不細緻）

撰する〔他サ〕撰寫、著作、編撰
　本を撰する（著書）撰する宣する選する僭する

撰者〔名〕（書籍或文章的）撰者，作者、（詩歌集的）編選者

撰修〔名、他サ〕撰修、編修（＝編修）

撰集、撰集〔名〕〔古〕詩歌或作品選集←→家集
　近代日本文学撰集（近代日本文學選集）

撰述〔名、他サ〕撰述、著述（＝述作）

撰進、選進〔名〕精選獻上（天皇等）

撰定〔名〕編撰、從眾多詩歌文章中選出好的

撰文〔名、自サ〕撰文

撰ぶ、選ぶ、択ぶ〔他五〕選擇，挑選、選舉。〔古〕撰著，編著
　良いのを択ぶ（挑選好的）
　二つに一つを択ぶ（二者選一）
　候補者の内から択んで任命する（從候選人中選派）
　生きて恥を受けるよりは寧ろ死を択ぶ（與其活著受辱不如選條死路、可殺不可侮）
　人民代表を択ぶ（選舉人民代表）
　議長に択ばれた（被選為議長）
　…と択ぶ所が無い（沒有區別、沒有差別）
　然う言う言い方無作法と択ぶ所が無い（那種說法等於不禮貌）

篆（ㄓㄨㄢˋ）

篆〔名〕（漢字書法）篆書（＝篆書）

篆刻〔名、他サ〕篆刻、刻字
　篆刻師（刻字匠）

篆字〔名〕篆字、篆書

篆書〔名〕篆書、篆字

賺（ㄓㄨㄢˋ）

賺〔漢造〕騙、騙取、獲利

賺す〔他五〕（用好話）哄，勸（＝宥める、賺す、騙す）、誑騙，哄騙（＝騙す、瞞す）
　子供が泣いているから賺して遣り為さい（孩子哭了去哄哄吧！）
　赤ん坊を賺して寝付かせる（哄嬰兒睡覺）
　脅しつたり賺しつたりして、遂にうんと言わせた（連嚇帶哄終於使他答應了）
　子供を宥め賺す（哄孩子）
　やっと賺して帰して遣った（好不容易勸他回去了）
　賺して金を取る（騙錢）

透かす，透す、空かす〔他五〕留開縫隙，留出空隙，留出間隔、間伐，間拔、透過（…看）、空著肚子。〔俗〕放悶屁
　雨戸を少し空かして置く（把板窗打開一小縫）賺す（哄騙）
　板を空かして打ち付ける（把板子隔開釘上）

业

羽目板を空かして打ち付ける（把護牆板稀開釘上）

行間を空かさずに組む（行間不留空隙排字）

樹木は空かさなければならない（樹木必須間伐）

庭の立木を空かす（間伐庭園的樹木）

木の枝を空かす（間伐樹枝）

枝を空かして風通しを良くする（疏剪樹枝使通風良好）

木の間を空かして見る（透過樹縫看）

木の間を空かして日を射し込む（陽光透過樹縫射了進來）

ガラスを空かして見る（透過玻璃看）

ランプを空かして見る（迎著油燈看）

卵を明りに空かして見る（迎亮檢查雞蛋）

腹を空かす（餓肚子、不吃東西）

御腹を空かして食事を待つ（餓著肚子等候開飯）

腹を空かせた儘食事を待つ（空著肚子等候開飯）

子供達は御腹を空かして母親の帰りを待っていた（孩子們空著肚子等媽媽回來）

誰が空かした（有人放悶屁了）

賺す、騙す〔他五〕哄（＝宥める）

子供を騙して寝付かせる（哄孩子睡覺）

騙す、瞞す〔他五〕騙，欺騙，蒙騙，誆騙（＝欺く）、哄（＝宥める）

騙し易い人（容易騙的人、容易上當受騙的人）

騙され易い人（容易騙的人、容易上當受騙的人）

易易と騙される（輕易地受騙）

騙して物を取る（騙取東西）

其の手で僕を騙す気何だね（你是想用那招來騙我吧！）

子供を騙して寝付かせる（哄孩子睡覺）

騙すに手無し（對欺騙束手無策、只有欺騙別無辦法）

饌（ㄓㄨㄢˋ）

饌〔漢造〕飲食、陳設食品

饌米〔名〕上供用的米（＝洗米、供米）

諄（ㄓㄨㄣ）

諄〔漢造〕教人很誠懇的樣子

諄諄〔形動タルト〕諄諄

諄諄と（為て）説く（諄諄教誨）説く解く

諄諄と諭す（諄諄訓誡）

諄諄（と）〔副・自サ〕囉嗦，嘮叨，冗長，令人厭煩，不果斷，想不開，蘑菇，慢吞吞

諄諄同じ事を言う（沒完沒了地說重複劃）言う云う謂う

分かり切った事を諄諄説明する（誰都曉得的事還囉哩囉嗦地解釋）

諄い〔形〕囉嗦，嘮叨，冗長乏味，喋喋不休，（味道）過於濃厚，油膩

諄く念を押す（囉囉嗦嗦〔沒完沒了〕地囑咐）押す推す圧す捺す

彼の文章は諄い（他的文章冗長乏味）文章文章

諄い男だな、もう分かったよ（你真囉嗦已經知道啦！）分る解る判る

諄い味（過濃的味道）

諄諄い〔形〕囉嗦，嘮叨，冗長乏味，喋喋不休，（味道）過於濃厚，油膩（＝諄い）

准（ㄓㄨㄣˇ）

准〔漢造〕仿照、允許

批准（批准）

准尉〔名〕（舊日本陸軍位於專少尉之下的）准尉

准看護婦〔名〕準護士（中學畢業後，學習護士二年，在府縣等地方考試及格的護士）←→正看護婦

准許〔名〕准許、許可、批准（＝許可）

准后、准后〔名〕平安時代以降，天皇近親，攝政，關白，太政大臣及其他有功勞的公卿，武官，僧侶等的優遇特設的稱號（= 准三宮、准三宮）

准三宮、准三宮〔名〕平安時代以降，天皇近親，攝政，關白，太政大臣及其他有功勞的公卿，武官，僧侶等的優遇特設的稱號

准三后、准三后〔名〕平安時代以降，天皇近親，攝政，關白，太政大臣及其他有功勞的公卿，武官，僧侶等的優遇特設的稱號（= 准三宮、准三宮）

准士官〔名〕准士官（舊陸海軍將校和下士官之間的判任官，享士官的待遇）

准將〔名〕〔軍〕准將

准片麻岩〔名〕〔地〕副片麻岩（水成片麻岩）

准える、擬える、準える〔他下一〕比作，比喻（= 擬える、準える、准える）

人生を夢に擬える（把人生比作是一場夢）

准える、擬える、準える〔他下一〕比作，比喻（= 比べる）、模擬，仿造（= 似せる、真似る、擬える、準える、准える）

人生を旅に擬える（將人生比作旅行）

人生をマラソンに擬える（將人生比作馬拉松賽跑）

少女を花に擬える（把少女比作花朵）

外国の流行に擬えた洋服（仿造外國流行式樣的西服）

動物の形に擬えたビスケット（模擬動物形狀製成的餅乾）

古い中国の話に擬えて書いた小説（仿造中國古代故事寫成的小說）

隼（ㄓㄨㄣˇ）

隼〔漢造〕猛禽，像鶩而較小，性兇猛，常捕食鳥兔

隼〔名〕〔動〕隼，游隼、動作敏捷而勇猛（的人或動物）

隼の様な目の人（眼力敏銳的人、目光炯炯的人）

隼人〔名〕隼人（古代住在九州南部薩摩，大隅地方的民族）

隼人瓜〔名〕〔植〕佛手瓜

準（ㄓㄨㄣˇ）

準〔漢造〕標準、依照、准，次

規矩準縄（準則、標準、規矩準縄）

標準（標準、水準、基準）

基準（基準，標準、準則、準縄）

規準（標準、準則、準縄、規範）

水準（水準、水平面、水平器、〔地位、價值、質量等的〕水準、〔標準〕高度、〔標準〕程度）

準じる〔自上一〕按照，以…為標準、按…看待（= 準ずる）

正社員に準じて扱う（給予正式職員的待遇）

先例に準じる（按照先例）

収入に準じて税金を出す（按收入多少交税金）

準ずる〔自サ〕按照，以…為標準、按…看待

収入に準じて会費を出す（按收入的多少納會費）

以下此に準ずる（以下準此）

利益は出費に準ずる（利益按出資的多少分配）

会員に準ずる（按會員看待）

先例に準ずる（參照前例）

準安定〔名〕〔理〕準穩定亞穩定次穩定介穩定

準安定状態（亞穩定狀態）

準位〔名〕〔理〕水位，水平，水平面、電平、能級

準会員〔名〕準會員、非正式會員

準海損〔名〕〔商〕（保險的）準海損

準急〔名〕〔鐵〕準快車（= 準急行列車）（現稱快速列車）

準拠〔名、自サ〕依照，按照、遵照、根據、依據

従来の慣習に準拠して実施する（遵照過去的習慣遵行）

学習指導要領に準拠した教科書（按照學習指導要領編寫的教科書）

準拠す可き規定が無い（沒有可遵循的規則）
歴史上の出来事に準拠を求める（在歷史上的事件中找根據）

準禁治産、準禁治産〔名〕〔法〕準禁治產（給無能力管理財產的人指定監護人

準決勝（戦）〔名〕〔體〕半決賽
準決勝に進む（進入半決賽）
準決勝出場者（參加半決賽的選手）

準血族〔名〕法定血緣

準現行犯〔名〕〔法〕準現行犯

準膠質〔名〕〔化〕介膠體

準鉱物〔名〕〔地〕準礦物、似礦物

準社員〔名〕準社員（公司的非正式職員）

準尺〔名〕水準（標）尺

準準決勝（戦）〔名〕〔體〕四分之一決賽
準準決勝出場者（參加四分之一決賽的選手）

準縄〔名〕準繩，榜樣，規則、水平儀和墨線
規矩準縄に取られる（拘泥於規矩準繩、墨守成規）

準星〔名〕〔天〕類星體、類星射電源

準世帯〔名〕非正式戶（人口普查用語如下宿人、病院入院者等）←→普通世帯

準線〔名〕〔數〕準線

準戦体制〔名〕準戰時體制、按照戰時的體制

準粗面〔名〕〔地〕似粗面狀

準則〔名〕準則、標準
法律は行為の準則だ（法律是行為的準則）
会員の守る可き準則（會員守則）
退職金の準則を決める（規定退職金的標準）
準則主義（準則主義-法律中規定一定的條件，凡合乎條件的不經官署許可即可設立法人的主義，商法中的公司即按此主義設立）

準等割〔名〕〔動〕近等（卵）裂

準内地米〔名〕準內地米（日本從美國，義大利等國進口的類似日本米的稻米）

準備〔名、他サ〕準備、預備

下準備（事先準備）
受験準備（應試準備）
準備に忙しい（忙於準備）
試験の準備を為る（準備考試）
食事の準備が出来ています（飯預備好了）
防寒の準備を為る（做越冬準備）
心の準備を為る（做精神準備）
何一つ準備して無かった（什麼也沒準備）
準備運動（預備運動）
準備体操（準備體操）
準備金（儲備金）
其の銀行には金貨準備金が有る（那家銀行有黃金儲備）
損失の備える準備金（準備虧損的儲備金）
準備銀行（儲備銀行）
連邦準備銀行（美國的聯邦儲備銀行）

準平原〔名〕〔地〕準平原

準由〔名、自サ〕按照根據
本規定に準由して（按本規定）

準用〔名、他サ〕〔法〕（按類似情況）準用、適用
此の場合には婚姻に関する本条の規定を準用する（這種情況準用關於婚姻的本條規定）
正式の規則が出来る迄現在の内規を準用する（在正式規定制出以前適用現在的內部規定）

準える、准える、擬える〔他下一〕比作、比喻（=擬える、準える、准える）
人生を夢に擬える（把人生比作是一場夢）

擬える、准える、擬える〔他下一〕比作，比喻（=比べる）、模擬，仿造（=似せる、真似る、擬える，準える，准える）
人生を旅に擬える（將人生比作旅行）
人生をマラソンに擬える（將人生比作馬拉松賽跑）
少女を花に擬える（把少女比作花朵）

外国の流行に擬えた洋服（仿造外國流行式樣的西服）

動物の形に擬えたビスケット（模擬動物形狀製成的餅乾）

古い中国の話に擬えて書いた小説（仿造中國古代故事寫成的小說）

庄（ㄓㄨㄤ）

庄、莊〔名〕莊園、別墅

〔漢造〕（寫作庄）莊園、（寫作莊）莊重

庄厳（莊嚴〔＝莊厳〕、〔佛〕裝飾〔佛像、佛堂〕）

庄厳（莊嚴）

庄園、荘園〔名〕〔史〕莊園

庄園の領主（莊園的領主）

庄園制度（莊園制度）

庄屋〔名〕（江戸時代）莊頭、村長

昔庄屋を勤めた家柄（過去當過村長的門第）

荘、荘（莊）（ㄓㄨㄤ）

荘、庄〔名〕莊園、別墅

〔漢造〕（寫作庄）莊園、（寫作莊）莊重

荘厳（莊嚴〔＝莊厳〕、〔佛〕裝飾〔佛像、佛堂〕）

荘厳（莊嚴）

荘園、庄園〔名〕〔史〕莊園

庄園の領主（莊園的領主）

庄園制度（莊園制度）

荘厳〔名、形動〕莊嚴（＝荘厳）

〔名、他サ〕〔佛〕裝飾（佛像、佛堂）

荘厳〔名、形動〕莊嚴

荘厳な天安門広場（莊嚴的天安門廣場）

荘厳な音楽（莊嚴的音樂）

荘厳を極める（非常莊嚴）極める究める窮める

荘〔漢造〕（也讀作荘）莊重、佛像或佛堂的裝飾、郊外住宅、旅館，公寓、商店、莊園、莊周

別荘（別墅、牢獄）

山荘（山莊、山中的別墅）

旅荘（旅館）

富士荘（富士公寓）

茶荘（茶莊）

銭荘（〔中國古代〕錢莊-清末衰微）

老荘（老子和莊子）

荘子〔名〕莊子、莊周

荘重〔名、形動〕莊重、莊嚴、嚴肅

荘重な音楽（莊重的音樂）

儀式は荘重な物であった（儀式舉行得很嚴肅）

裝、装（裝）（ㄓㄨㄤ）

装〔名〕裝，裝飾，化裝、裝訂，外觀

〔漢造〕（也讀作裝）裝束、裝扮、裝飾、裝幀

装を凝らす（精心打扮）

装を新たに為る（裝飾一新、換裝）

装を改めて再版を出す（重新裝訂）

衣装、衣裳（〔外出或典禮用的〕服裝、〔劇〕劇裝，劇服）

服装（服裝、服飾）

旅装（旅裝、行裝）

盛装（盛裝、華麗的裝扮）

正装（正裝、禮服、禮裝）

軽装（輕裝）

軍装（軍裝，軍人穿的服裝、武裝，作戰服裝）

武装（武裝、軍事裝備）

変装（化裝、喬裝、改裝）

扮装（裝扮，化裝，打扮、扮演）

男装（女扮男裝）←→女装

女装（男拌女裝）←→男装

クロース装（布裝、布封面）

革装（皮裝）

装

和装(穿日式服装，日式服装打扮、日本式裝訂←→洋裝)

洋装(〔穿〕西裝,西服、〔書籍的洋裝←→和裝)

装威〔名〕示威、威脅

装威行列(示威遊行)

装威面会(登門威脅)

装荷〔名〕〔電〕充電、負載

装荷コイル(負載線圈、加感線圈)

装荷ケーブル(加感電纜)

装画〔名〕(書的封面或封底上的)裝幀畫

装具〔名〕化妝用具、服飾品、武裝用具(如彈帶，配劍等)、登山用品、室內用具

登山の装具(登山用品)

装甲〔名、他サ〕披戴盔甲。〔轉〕裝甲

装甲の騎士(披戴盔甲的騎士)

輸送列車を装甲する(替運輸列車裝上鐵甲)

装甲板(裝甲鋼板)

装甲部隊(裝甲部隊)

装甲自動車(裝甲車)

装粧品〔名〕(婦女用)化妝品等小百貨(=小間物)

装飾〔名、他サ〕裝飾(=飾り、装い)

装飾を施す(加以裝飾)

花で装飾して有る(以花裝飾著)有る在る或る

装飾に用いる(用在裝飾)

装飾品(裝飾品)

装飾音(〔樂〕裝飾音)

装飾用電球(裝飾用燈泡)

装身具〔名〕(帶在身上的)裝飾品、服飾用品(=アクセサリー)

紳士用装身具店(男子服飾用品店)

装束、装束、装束〔名〕裝束,服裝(特指禮服、盛裝)、室內裝飾

火事装束(救火服裝)

晴れの装束(節日的盛裝、漂亮的服裝)

白装束の花嫁(身穿白禮服的新娘)

装束を付ける(著盛裝)

装弾〔名、自サ〕裝子彈

装置〔名、他サ〕裝置,裝備,安裝、舞台裝置(=舞台装置)

安全装置(安全裝置)

冷暖房装置(冷暖氣設備)

自動記録装置(自動記錄裝置)

装置して有る(配備著)有る在る或る

自然に発火する装置に為っている(這是一種自然發火裝置)

彼の劇場は装置が整っている(那個劇場的舞台裝置齊備)

装着〔名、他サ〕(身上)穿著,穿戴上、安裝,裝上

アクアラングを装着する(戴上水中呼吸器)

チェーン装着の車(裝上鏈子的汽車)

装丁、装訂、装幀〔名、他サ〕裝訂、裝幀

装丁が立派だ(裝訂漂亮)

金文字総革に装丁する(裝訂成全皮面燙金)

どんな装丁に致しましょうか(替您如何裝訂呢？)

装蹄〔名、自サ〕掛馬掌、釘蹄鐵

装蹄師(釘馬掌匠)

装填〔名、他サ〕裝填(子彈、底片等)

銃に弾薬を装填する(往槍裡裝子彈)

フィルムを装填する(裝底片)

装入〔名、他サ〕裝入

鉛筆の芯を装入する(裝入鉛筆心)

装備〔名、他サ〕裝備、配備

レーダーが装備して有る(裝備著雷達)有る在る或る

登山隊は装備を整えて出発した(登山隊整裝出發了)

核兵器を装備する(裝備核武器)

二十インチ砲九門を装備している（裝備著九門二十英吋的大砲）

装薬〔名〕〔軍〕裝藥

一回分の装薬（一次裝火藥量）

装う〔他五〕穿戴，打扮、假裝，偽裝（=装う）、盛（飯、湯等）

御飯を茶碗に装う（往碗裡盛飯）

装い〔名〕打扮

装う〔他五〕穿戴，打扮、假裝，偽裝

美しく装った娘（打扮得很漂亮的姑娘）
色取り取りの衣装を装った子供達（穿戴得花花綠綠的孩子們）
派手に装う（打扮得很華麗）
晴れ着で身を装う（穿上漂亮衣服）
平気を装う（故作鎮靜）
貧乏を装う（裝窮）
留守を装う（裝不在家）
冷静を装う（假裝冷靜）
客を装って泥棒に入る（偽裝客人潛入行竊）

装い、装〔名〕裝束，服裝、梳妝打扮、裝飾，修飾

夏の装い（夏季服裝）
大地の緑の装い（大地的綠裝）
冬の装いを為た鳥（換上冬裝的鳥）
男の装いを為る（扮成男裝）
けばけばしい装い（過份花俏的打扮）
上品な装いを為る（打扮得很雅致）
装いを凝らす（精心打扮）
装いを新たに為る（粉刷一新）
装いも新たに花花しく開店する（門面修飾一新大張旗鼓地開始營業）

壮（壯）（ㄓㄨㄤˋ）

壮〔名〕壯、壯年

〔漢造〕壯、強建、壯年

志を壮と為る（以壯其志 認為壯志凌雲）
壮に為て一家を成す（壯年而成一家）
大言壮語（說（不能實現的）豪言壯語）
勇壮（雄壯）
悲壮（悲壯、壯烈）
広壮、宏壮（宏壯、宏偉）
勇壮（雄壯）
豪壮（雄壯、豪華壯麗）、
強壮（強壯、健壯）
少壮（少壯）
青壮年（青壯年）

壮快〔名、形動〕壯觀、暢快、雄壯痛快

壮快な気分（精神暢快）
壮快なヨット、レース（雄壯痛快的快艇比賽）

壮観〔名、形動〕壯觀

全く壮観です（真是壯觀）
壮観此の上も無い景色（非常壯觀的景象）

壮挙〔名〕壯舉

人類史上に於ける偉大な壮挙（人類歷史上偉大的壯舉）
世界一周飛行の壮挙（環球飛行的壯舉）

壮健〔形動〕健壯、健康、硬朗（=丈夫、達者）

頗る壮健である（十分健壯）
壮健で無い（不健康）
私は極めて壮健です（我很健康）
何時も御壮健で何よりです（一向很硬朗這比什麼都強）

壮言〔名〕豪語、誇口、大話（=壮語）

壮言大語（豪言壯語、大話、牛皮）（=大言壮語）

壮語〔名、自サ〕豪語、誇口、大話（=壮言）

大言壮語（豪言壯語、大話、牛皮）
大言壮語する人（大言不慚的人）

壮行〔名〕壯行、送行

壮行会を開く（開歡送會）

壮行の宴を設ける（設宴餞行）
壮行の宴を張る（設宴餞行）
壮行の辞（送別辭）

壮士〔名〕壯士。〔舊〕（為政客等服務的）打手，無賴
壮士一度去って、又帰らず（壯士一去兮不復返）
右翼の壮士（右翼勢力的打手）

壮志〔名〕壯志

壮者〔名〕壯年人
彼の丈夫な事壮者を凌ぐ（他硬朗得勝過壯年人）

壮絶〔名、形動〕非常壯烈、氣壯山河
壮絶な最期を遂げた（壯烈犧牲）
両軍の戦いは壮絶を極めた（兩軍的戰鬥空前激烈）

壮大〔形動〕雄壯、宏大
壮大な建築（雄偉的建築物）
其の構想は実に壮大だ（那個構想實在宏大）

壮丁〔名〕成年男子、壯丁，徵兵適齡者
壮丁を集めて訓練する（徵集壯丁加以訓練）
壮丁名簿（壯丁名冊）

壮途〔名〕壯途、首途、踴躍出發
月世界探検の壮途に就く（踏上探險月球的壯途）

壮図〔名〕壯志、宏圖（＝壯挙）
壮図を抱く（胸懷壯志）

壮年〔名〕壯年
壮年に達する（達到壯年）
私も壮年と言われる年に為った（我也到了稱做壯年的年齡了）

壮美〔名〕壯美、壯麗

壮夫〔名〕壯夫、壯丁

壮齢〔名〕壯齡、壯年

壮麗〔名、形動〕壯麗、壯觀
壮麗な史詩（壯麗的史詩）
壮麗な建築（壯麗的建築物）
目を奪う様な壮麗さ（壯麗奪目）
遠近の松に積む雪は壮麗だった（遠近松樹上的積雪很壯觀）

壮烈〔名、形動〕壯烈
壮烈な戦い（壯烈的戰鬥）
壮烈な最期を遂げた（壯烈犧牲）

状（狀）（ㄓㄨㄤˋ）

状〔名〕書面，信件、狀況，情況，情形
〔漢造〕狀況、信件，文件
本状（此信、這封信）
此の状持参の者に御渡し願います（請交給拿這封信去的人）
状を具して訴え出る（具狀申訴）
其の状言う可からず（那種情況無法形容）
連鎖状球菌（鏈球菌）
荷為替信用状（押匯信用狀）
実状、実情（真情、實際情況、實際狀況）
情状（情況、狀況、情形）
行状（行為，品行、行狀-死者一生的歷史）
凶状、兇状（罪狀、犯罪的經歷）
罪状（罪狀）
白状（坦白、招認，供認，認罪）
書状（〔舊〕書信、信件）
免状（許可證，執照〔＝免許状〕、畢業證書）
免許状（許可證、執照）
賞状（賞狀、獎狀）
案内状（通知、請帖）
信用状（信用狀）
告訴状（訴狀）
連判状（集體簽名的公約）

状況、情況〔名〕情況、狀況（＝有様）
此の情況では今月完成が覚束無い（按這個情況看來本月很難完成）
情況に依って判断する（根據情況判斷）
情況を知る（掴む）（了解情況）

御地の情況を御知らせ下さい（請把你處境的情況告訴我）
情況判断を誤る（錯誤估計形勢）
情況証拠（〔法〕情況證據）
情況証拠で有罪を宣告された（憑情況證據被宣布有罪）

状景、情景〔名〕情和景、情景，光景
情景を合せて述べる（情景並敘）
悲愴な情景（悲慘的情景）
名状す可からざる興奮の情景（無法形容的激動的情景）

状差し〔名〕信袋（通常掛在牆上）
状差しに手紙を挿して置く（把信插在信袋裡）

状勢、情勢〔名〕情勢、形勢（＝成り行き）
世界情勢（世界形勢）
情勢の変化（形勢的變化）
情勢が良く為れば（形勢如果轉好的話）
現下の情勢に鑑みて（鑑於目前的形勢）
情勢判断を誤る（錯估形勢）
事は其の時の情勢次第だ（事情要看當時的形勢而定）
情勢分析（形勢分析）

状態、情態〔名〕狀態、狀況、情形，樣子
生活情態（生活狀況）
健康情態が良くない（健康情況不佳）
今の情態で進んで行けば五カ年計画は四カ年で完成出来る（按現在情形進行下去的話五年計畫可以四年完成）
両国は戦争状態に在る（兩國處在戰爭狀態中）
外出出来る様な状態じゃない（情況不允許外出）
此の情態では大学進学は難しい（憑這種樣子難以進大學）
目下の情態では（按當前的情況來說）
酷い情態だ（嚴重的情況、糟透了）

状態図（〔化〕狀態圖、平衡圖、金相圖）
状態方程式（〔理〕狀態方程）

状箱〔名〕（裝信用）信箱、（傳信用的）信匣
主人から預かった状箱を差し出す（拿出主人交給的信匣）

状挟み〔名〕（攜帶用的）信件匣

状袋〔名〕〔舊〕信封（＝封筒）
状袋に筆で宛名を書く（用毛筆在信封上寫上收信人姓名）

状貌〔名〕容貌、風姿（＝風貌）

撞、撞（ㄓㄨㄤˋ）

撞、撞〔漢造〕相碰、敲打

撞木〔名〕撞鐘槌
撞木で鐘を撞く（用撞鐘槌撞鐘）

撞木鮫〔名〕〔動〕雙髻鮫
撞木鮫科（雙髻鮫科）

撞木杖〔名〕丁字形拐杖
撞木杖を付いて歩く（拄著丁字形拐杖走路）

撞球〔名〕撞球、打彈子（＝撞球、玉突き，玉突、ビリヤード billiards）
撞球場（撞球房、彈子房）

撞球、玉突き、玉突〔名〕撞球、台球（＝撞球）
撞球の球（撞球的球）
撞球のゲーム取り（撞球記分員）game と
撞球を為る（打撞球）
撞球台（撞球台）
撞球棒（撞球桿）

撞着〔名、自サ〕撞到，碰到、牴觸，矛盾
前後撞着する（前後矛盾）
自家撞着（自相矛盾）
矛盾撞着（矛盾）

撞く、突く〔他五〕撞、敲、拍
毬を撞いて遊ぶ（拍皮球玩）
鐘を撞く（敲鐘）
玉を撞く（撞球）

付く、附く

〔自五〕附著，沾上，帶有，配有，增加，增添，伴同，隨從，偏袒，向著，設有，連接，生根，扎根

（也寫作点く）點著，燃起，值，相當於，染上，染到，印上，留下，感到，妥當，一定，結實，走運

（也寫作就く）順著、附加、(看來)是

- 泥がズボンに付く（泥沾到褲子上）
- 血の付いた着物（沾上血的衣服）
- 鮑は岩に付く（鮑魚附著在岩石上）
- 甘い物に蟻が付く（甜東西招螞蟻）
- 肉が付く（長肉）
- 智慧が付く（長智慧）
- 力が付く（有了勁、力量大起來）
- 利子が付く（生息）
- 精が付く（有了精力）
- 虫が付く（生蟲）
- 錆が付く（生銹）
- 親に付いて旅行する（跟著父母旅行）
- 護衛が付く（有護衛跟著）
- 他人の後からのろのろ付いて行く（跟在別人後面慢騰騰地走）
- 君には迚も付いて行けない（我怎麼冶也跟不上你）
- 不運が付いて回る（厄運纏身）
- 人の下に付く事を好まない（不願甘居人下）
- あんな奴の下に付くのは嫌だ（我不願意聽他的）
- 彼の人に付いて居れば損は無い（聽他的話沒錯）
- 娘は母に付く（女兒向著媽媽）
- 弱い方に付く（偏袒軟弱的一方）
- 味方に付く（偏袒我方）
- 敵に付く（倒向敵方）
- 何方にも付かない（不偏袒任何一方）
- 引き出しの付いた机（帶抽屜的桌子）
- 此の列車には食堂車が付いている（這次列車掛著餐車）
- 此の町に鉄道が付いた（這個城鎮通火車了）
- 谷へ下りる道が付いている（有一條通往山谷的路）
- 種痘が付いた（種痘發了）
- 挿し木が付く（插枝扎根）
- 電灯が付いた（電燈亮了）
- もう明かりが付く頃だ（該點燈的時候了）
- ライターが付かない（打火機打不著）
- 此の煙草には火が付かない（這個煙點不著）
- 隣の家に火が付いた（鄰家失火了）
- 一個百円に付く（一個合一百日元）
- 全部で一万円に付く（總共值一萬日元）
- 高い物に付く（花大價錢、價錢較貴）
- 一年が十年に付く（一年頂十年）
- 値が付く（有價錢、標出價錢）値
- 然うする方が安く付く（那麼做便宜）
- 色が付く（染上顏色）
- 鼻緒の色が足袋に付いた（木屐帶的顏色染到布襪上了）
- 足跡が付く（印上腳印、留下足跡）
- 帳面に付いている（帳上記著）
- 染みが付く（印上污痕）汚点
- 跡が付く（留下痕跡）
- 目に付く（看見）
- 鼻に付く（嗅到、刺鼻）
- 耳に付く（聽見）
- 気が付く（注意到、察覺出來、清醒過來）
- 目に付かない所で悪戯を為る（在看不見的地方淘氣）
- 目鼻が付く（有眉目）
- 凡その見当が付いた（大致有了眉目）
- 見込みが付いた（有了希望）

判断が付く（判斷出來）
思案が付く（想了出來）
判断が付かない（眉下定決心）
話が付く（說定、談妥）
決心が付く（下定決心）
始末が付かない（不好收拾、沒法善後）
方が付く（得到解決、了結）
けりが付く（完結）
収拾が付かなく為る（不可收拾）
彼の話は未だ目鼻が付かない（那件事還沒有頭緒）
御燗が付いた（酒燙好了）
実が付く（結實）
牡丹に蕾が付いた（牡丹打苞了）
彼は近頃付いている（他近來運氣好）
今日は馬鹿に付いている（今天運氣好得很）
ゲームは最初から此方に付いていた（比賽一開始我方就占了優勢）
川に付いて行く（順著河走）
塀に付いて曲がる（順著牆拐彎）
付録が付いている（附加附錄）
条件が付く（附帶條件）
朝飯とも昼飯とも付かぬ食事（既不是早飯也不是午飯的飯食、早午餐）
シルクハットとも山高帽とも付かない物（既不是大禮帽也不是常禮帽）
板に付く（純熟，老練、貼附，適當）
手に付かない（心不在焉、不能專心從事）
役が付く（當官、有職銜）

付く、点く〔自五〕點著、燃起
電灯が付いた（電燈亮了）
もう明かりが付く頃だ（該點燈的時候了）
ライターが付かない（打火機打不著）
此の煙草には火が付かない（這個煙點不著）
隣の家に火が付いた（鄰家失火了）

付く、就く〔自五〕沿著、順著、跟隨
川に付いて行く（順著河走）
塀に付いて曲がる（順著牆拐彎）

就く〔自五〕就座，登上、就職、從事、就師、師事、就道，首途
席に就く（就席）
床に就く（就寢）床
塒に就く（就巢）
緒に就く（就緒）
食卓に就く（就餐）
講壇に就く（登上講壇）
職に就く（就職）
任に就く（就任）
実業に就く（從事實業工作）
働ける者は皆仕事に就いている（有勞動能力的都參加了工作）
師に就く（就師）
日本人に就いて日本語を学ぶ（跟日本人學日語）習う
帰途を就く（就歸途）
世界一周の途に就く（起程做環球旅行）
壮途に就く（踏上征途）

突く〔他五〕支撐、拄著
杖を突いて歩く（撐著拐杖走）
頬杖を突いて本を読む（用手托著下巴看書）
手を突いて身を起こす（用手撐著身體起來）
がっくり膝を突いて終った（癱軟地跪下去）

突く、衝く〔他五〕刺、戳、冒、衝、攻、抓、乘
槍で突く（用長槍刺）
針で指先を突いた（針扎了指頭）
棒で地面を突く（用棍子戳地）
鳩尾を突かれて気絶した（被擊中了胸口昏倒了）
判を突く（打戳、蓋章）

㔫

意気天を突く（幹勁衝天）

雲を突く許りの大男（頂天大漢）

つんと鼻を突く臭いが為る（聞到一股嗆鼻的味道）

風雨を突いて進む（冒著風雨前進）

不意を突く（出其不意）

相手の弱点を突く（攻擊對方的弱點）

足元を突く（找毛病）

吐く、突く〔他五〕吐（＝吐く）、說出（＝言う）、呼吸，出氣（＝吹き出す）

反吐を吐く（嘔吐）

嘘を吐く（說謊）

息を吐く（出氣）

溜息を吐く（嘆氣）

即く〔自五〕即位、靠近

位に即く（即位）

王位に即かせる（使即王位）

即かず離れずの態度を取る（採取不即不離的態度）

漬く、浸く〔自五〕淹、浸

床迄水が漬く（水浸到地板上）

漬く〔自五〕醃好、醃透（＝漬かる）

此の胡瓜は良く漬いている（這個黃瓜醃透了）

着く〔自五〕到達（＝到着する）、寄到，運到（＝届く）、達到，夠著（＝触れる）

汽車が着いた（火車到了）

最初に着いた人（最先到的人）

朝台北を立てば昼東京に着く（早晨從台北動身午間就到東京）

手紙が着く（信寄到）

荷物が着いた（行李運到了）

体を前に折り曲げると手が地面に着く（一彎腰手夠著地）

頭が鴨居に着く（頭夠著門楣）

搗く、舂く〔他五〕搗、舂

米を搗く（舂米）

餅を搗く（舂年糕）

搗いた餅より心持ち（禮輕情意重）

憑く〔自五〕（妖狐魔鬼等）附體

狐が憑く（狐狸附體）

築く〔他五〕修築（＝築く）

周囲に石垣を築く（四周砌起石牆）

小山を築く（砌假山）

中（ㄓㄨㄥ）

中〔名〕〔舊〕期間（＝間）

〔結尾〕表示整個期間或區域

此の間中（這期間）

世界中又と無い（全世界獨一無二）

家中搜した（家裡全找遍了）

一晚中眠れなかった（整晚都沒睡覺）

夏中熱海に居た（在熱海待了整個夏天）

一日中働いた（工作了一整天）

中〔名〕中央，當中，中庸，中間、中等、（對上下而言的）中卷。

〔接尾〕在…之中、在…裡面、正在…、正在…中

〔漢造〕中、中間、中庸、內部、中途、射中、中國、中學

北中南の三峰（北中南三峰）峰峰

中を失わず（不偏不倚、保持中庸）

二派の中を取る（採取兩派的中間路線）

成績は中位です（中等成績）

乗客中の一人（乘客中的一位）

級中で一番だ（在班裡數第一）

来月中に上京する（下月裡進京）

今日中に仕上げねばならない（今天裡必須做完）

授業中（正在教課）

会議中（正在開會）

学校は今休暇中です（現在學校正在放假）

修繕中に付休業（因為修理內部停止營業）

正中（（物體的）中心，中央、中正，不偏不倚、（射擊等）中的，正著，正中。〔天〕（日、月等）到達子午線，過南北線（=南中））

南中（〔天〕南中，南中天，天體經子午線、到中天）

身中（身中）

人中（眾人之中，〔上唇正中凹下的部分〕人中）

陣中（陣地之中、戰陣之中）

塵中（塵世、灰塵之中）

心中（心中、內心）

心中（〔古〕守信義、（相愛的男女因不能結婚等感到悲觀而）一同自殺，情死。〔轉〕兩個以上的人同時自殺）

胸中（胸中、內心、心裡）

囊中（囊中、口袋裡、錢包裡）

腦中（腦裡、心裡）

市中（市內，市區，〔經〕市場）

車中（車中）

社中（社裡，社內，公司內部，〔劇團或戲班的〕同行，同夥）

船中（船中、船裡、船上）

連中、連中（夥伴，一夥，同夥、〔演藝團體的〕成員們）

簾中（簾內、貴夫人、夫人-對公卿，大名的妻子的敬稱）

講中、講中（參加標會的人們、遊山拜廟的團體）

口中（口中、嘴裡）

女中（女傭，女僕，〔飯館或旅館等的〕女服務生，〔古〕女子，婦女）

書中（書中，信中，文中、書信）

暑中（暑期、炎暑期間-指三伏天）

十中八九、十中八九（十之八九、十有八九）

集中（集中、作品集內）

最中（正在最盛期、正在進行中）

在中（在內、內有）

寒中（隆冬季節，三九天裡、嚴冬，嚴寒的冬天）

閑中（閒暇無事的時候）

忙中（忙中）←→閑中

寰中（天子直接統治的土地，寰宇之內、天下，世界）

眼中（眼中、眼裡、心目中）

忌中（居喪期間-普通為四十九天）

道中（〔舊〕途中、旅途中、妓女盛裝在妓館區遊行（=花魁道中））

途中（途中、中途）

土中（土中）

相談中（協商中）

進行中（進行中）

今週中（本週內）

命中（命中）

的中、適中（射中，擊中，猜中）

百発百中（百發百中，彈無虛發、準確無誤）

一発必中（一發必中、必定說中）

十発五中（十發五中）

個中、箇中（個中、此中）

訪中（訪中）

日中（白天，晝間、中日，日本和中國）

日中（白天、日間（=日中））←→夜中

夜中（夜半、半夜、子夜、午夜）

夜中（一夜、整夜）

夜中（夜間）

中印国境（中印邊界）

一中（第一中學）

付属中（附中、附屬中學）

中位〔名〕中等、當中
　中位以上（中等以上）
　中位以下（中等以下）
　成績は中位だ（成績中等）

中位〔名〕中等、適中
　中位の成績（中等成績）
　中位のメロン（中等的香瓜）
　中位の声で話す（用不高不低的聲音說話）

中尉〔名〕〔軍〕中尉

中緯度高圧帯〔名〕〔氣〕副熱帶無風帶

中陰〔名〕〔佛〕七七（人死後四十九天）（＝中有）

中有〔名〕〔佛〕（人死後）四十九天（＝中陰）

中衛〔名〕〔體〕（排球或籃球等的）中衛

中央〔名〕當中，中間、中心，中樞、中央，首都←→地方
　町の中央に在る病院（市鎮當中的醫院）
　部屋の中央にテーブルを据える（把桌子放在屋子中間）
　市の中央を成す繁華街（形成市中心的繁華街）
　船の中央部（船的中樞部）
　中央から遠く離れている地方（遠離首都的地方）
　中央委員（中央委員）
　中央機関（中央機關）
　中央放送局（中央廣播電台）
　中央政府（中央政府）
　中央アジア（中亞、亞洲中部）
　中央アフリカ（中非、非洲中部）
　中央アメリカ（中美、美洲中部）
　中央胎座（〔生〕基底胎座）
　中央値（〔數〕中值、中數、中位數）
　中央装置（〔電子計算機的〕中樞裝置）←→末端装置
　中央集権（中央集權）←→地方分権

中央線（〔鐵〕中央線）

中欧〔名〕中歐、歐洲中部

中押〔名〕（圍棋或象棋）（因勝負分明，棋局已定）中途停局
　中押で勝つ（中途停局獲勝）

中音〔名〕不高不低的聲音、〔樂〕中音←→高音、低音

中夏〔名〕國家中央，京師、誇稱自己國家、中華（＝中華）、仲夏，陰曆五月（＝仲夏）

中華〔名〕中華
　中華人民共和国（中華人民共和國）
　中華民国（中華民國）
　中華蕎麦（中國麵條）
　中華料理（中國菜、中餐）

中果皮〔名〕〔植〕中果皮（果實的外果皮與內果皮之間的厚肉部分，如桃子的可食部分）

中外〔名〕中外、國內外
　中外に声明する（向國內外聲明）

中隔〔名〕〔解〕中隔、隔膜
　鼻中隔（鼻中隔）鼻鼻

中核〔名〕核心、中心、骨幹
　事件の中核を抉る（挖掘事件的核心）
　四十代が社会の中核を成している（四十多歲的人構成社會的核心）

中学〔名〕中學、初中（＝中学校）
　中学を卒業する（中學畢業）
　中学生（中學生）

中学年〔名〕小學三，四年級

中学校〔名〕中學、初中（＝中学）

中形、中型〔名〕中型、中型花樣、大型花樣的浴衣←→大型、小型
　中形の鍋（中型的鍋）
　中形車（中型車）車車
　四十近いから中形では派手だろう（近四十歲的人大型花樣的浴衣太漂亮了吧！）

中浣、中澣〔名〕中旬

中間〔名〕中間，二者之間、（事物進行的）中途

二人の意見の中間を取る（採取兩個人折衷的意見）

其の中間に一つの島が有る（在那中間有個島嶼）

橇は木と木の中間を縫って滑る（雪橇從樹中間滑過）

私の家は駅と学校の中間に在る（我家在火車站和學校的中間）

交渉の中間報告（談判的中間報告）

中間判決（〔法〕中間判決）

中間子（〔理〕介子）

中間色（中間色）

中間小説（中產階級趣味的小說）

中間内閣（過渡內閣、看守內閣）

中間生成物（〔化〕中間產物）

中間地層（〔地〕夾層、間層〔作用〕）

中間体（〔化〕中間體、中間物）

中間利得（居間謀利）

中間形態（〔動〕中間形態）

中間音（〔樂〕中間音、半音）

中間派（中間派、中立派）

中間階級（中間階層）

中間圏（〔氣〕〔大氣的〕中圈、中層）

中間商人（經紀、掮客、代理商）

中間宿主（〔生〕中間宿主）

中間動物（〔動〕中間動物-原生動物和腔腸動物中間的一種動物）

中間期（〔植〕分裂期間）

中間軸（〔機〕副軸、中間軸）

中間景気（〔經〕暫時的繁榮）

中間貿易（〔經〕居間貿易）

中間駅（〔鐵〕中間站、〔大站間的〕小站）

中間試験（期中考試）

中間搾取（中間剝削）

中間読物（消遣讀物、輕鬆愉快的讀物）

中間層（〔氣〕〔大氣的〕中圈、中層）（=中間圏）

中間選挙（中期選舉）

中間〔名〕中間，不上不下，〔史〕武士的僕役長（=中間男）

中間男（〔史〕武士的僕役長）

中の間〔名〕（一棟房屋）中央的房間、（在內客廳和屋裡）中間的房間

中気〔名〕〔舊〕中風、癱瘓（=中風）

中気に罹る（中風）

祖父は中気で倒れた（祖父因中風病倒了）

中気病（中風症）

中期〔名〕中期，中葉。〔經〕在成交的下月底交現貨的交易（=中限）←→前期、後期、初期、末期。〔植〕中期

十七世紀中期（十七世紀中期）

江戸中期の文学（江戶中葉的文學）

中脚〔名〕〔動〕（昆蟲的）中足

中級〔名〕中級

中級の組（中級班）

中級程度の教育を受けた人（受過中等教育的人）

中級英語（中級英文）

中級英文法（中級英文文法）

中級品（中等貨）品品

中距離〔名〕中距離

中距離弾道弾（中距離彈道飛彈）

中距離競走（中距離賽跑-指四百米到二千米賽跑）

中距離選手（種距離賽跑選手）

彼は中距離界の第一人者（他是中距離賽跑冠軍）

中共〔名〕中共、中國共產黨

中京〔名〕名古屋市的別稱

中京工業地帯（以名古屋為中心的中京工業地帶、名古屋工業地帶）

屮

中胸〔名〕〔動〕（昆蟲的）中胸（有中足和前翅的第二或中胸節）

中限〔名〕〔商〕在成交的下月底交現貨的交易

中限〔名〕〔商〕下月底到期的貨幣、下月底交割的定期交易、近期貨←→先限、当限

中近東〔名〕（從西歐角度說的）中東和近東的總稱（廣義也包括印度）

中空〔名〕空中，半懸空、中空，空心，內部空虛

　中空の一角を指す（指空中的一角）

　中空を聳え立つ（聳立在空中）

　此の柱は中空に為っている（這根柱子是空心的）

　中空溶岩（空心的熔岩）

中空〔名〕空中，半懸空、中途，半途、懸空，兩頭不靠岸，遲疑不決，首鼠兩端，忽視，玩忽，隨隨便便、沉不下心，心不在焉

　中空に浮いている様な気が為る（好像飄在半空）

中宮〔名〕正宮（皇后，皇太后，太皇太后的總稱）、中宮，皇后的宮殿

中軍〔名〕（大將親自率領的）中軍

中啓〔名〕（大扇骨上半截呈弓形向外張開的）一種半開的折扇

中景〔名〕〔美〕中距離取景

中継〔名、他サ〕中繼、轉播（=中継放送）

　中継線（中繼線）

　中継局（電報中繼局）

　中継港（轉運港）港港

　マラソン中継所（馬拉松接力所）

　舞台中継（舞台轉播）

　現場中継（現場轉播）現場現場

　ラジオ、テレビ同時中継放送（收音機電視同時轉播）

　木曽山中から中継する（從木曽山中轉播）

　全国中継で放送する（全國聯播）

中継ぎ、中次ぎ〔名、他サ〕（從中間）接上，接合、中繼，轉播。〔商〕中轉，轉口、（蓋和筒一樣長的）裝抹茶的茶葉筒、（在繼承人成人以前）臨時繼承（家產）、轉達，傳達

　竿を中継ぎする（接上桿子）

　中継ぎした竿で栗を落とす（用接上的桿子打栗子）

　二本のパイプを中継ぎする（把兩根管子接上）

　放送の中継ぎ（轉播）

　中継ぎ貨物（轉口貨）

　中継ぎ貿易（轉口貿易）

　中継ぎ港（轉口港）

　中央からの命令を中継ぎする（傳達中央的命令）

　電話の中継ぎを頼む（請傳一下電話）

中堅〔名〕中堅、骨幹、中軍，主力軍。〔棒球〕中鋒（=センター）

　中堅幹部（重要幹部）

　中堅作家（重要作家）

　画壇の中堅と為て活躍する（作為骨幹活躍於畫壇）

　敵の中堅を撞く（攻擊敵軍主力）

　中堅手（中鋒）

中元〔名〕（陰曆七月十五日）中元節。〔轉〕中元節禮品

　中元の御祝儀（中元節的禮品）

　中元大売り出し（中元節大拍賣）

　御中元を貰う（接受中元節禮品）

中言〔名〕（站在中間）傳話，傳舌、（別人談話中）插嘴

中原〔名〕中原

　中原に鹿を逐う（中原逐鹿）

中原の鹿〔連語〕中原之鹿、〔喻〕眾人爭奪的地位

　中原の鹿を射止める（射中中原之鹿、把眾人爭奪的地位弄到手）

中古〔名〕〔史〕（歷史時代劃分中，上古與近古之間的）中古（日本指平安時代，有時也包括鎌倉時代）、半舊，半新，半新不舊（=中古）

中古品〔名〕半舊貨
中古文〔名〕中古文
中古車〔名〕中古車、半新不舊的汽車
中古〔名〕半舊、半新（=中古）
　中古の写真機を買う（買半新的照相機）
　中古の衣類（估衣）
　中古の自動車（半新的汽車）
中耕〔名、他サ〕〔農〕中耕
　中耕機（中耕機）
中項〔名〕〔數〕中項
中興〔名、他サ〕中興、復興
　中興の祖（復興之祖）
中高年〔名〕中老年、中年和老年
　中高年層（中老年層）
中刻〔名〕〔古〕（一刻即現在的二小時，把它分為上刻，中刻，下刻時的）中刻←→上刻、下刻
中国〔名〕（亞洲）中國、中華人民共和國
　中国人（中國人）
　中国語（中國語、中國話、漢語）
　中国服（中國服裝）
　中国医（中醫、漢醫）
　中国国民党（中國國民黨）
中国〔名〕國家的中央，首都所在地。〔古、地〕中國（指日本山陽，山陰兩道）。〔史〕距京都較近的諸侯國←→近国，遠国。〔史〕（分諸侯國為大，上，中，下四級的）中等國
中国地方〔名〕〔地〕中國地方(指岡山、広島、山口、島根、鳥取五縣)
中腰〔名〕（從跪坐到站起來的中間姿勢）稍微彎腰、略微傾身、蹲的姿勢
　呼び掛けられて中腰の儘振り向く（一打招呼他稍微傾斜身體回了一下頭）
　中腰を長く続けたので腰が痛い（蹲了好久覺得腰酸）
中佐〔名〕〔軍〕中佐
中座〔名、自サ〕（會議、集會、交談等時）中途退席

　途中で中座する（中途退席）
中産階級〔名〕中產階級、小資產階級(=プチ、ブル)〔法 petit bourgeois〕
　中産階級の市民（中產階級市民）
中止〔名、他サ〕中止、停止進行
　外国行きを中止した（停止出國）
　今日の試合は雨の為中止に為った（今天的比賽因雨中止了）
　会談を一時中止する（暫時停止會談）
　警官は会の中止を命じた（警察勒令停止開會）
　中止法（〔語法〕中頓-連用形的一種用法：如字を書き，本を読む。
　山は高く、水は深い中的書き和高く）
中指、中指〔名〕中指
中耳〔名〕〔解〕中耳
　中耳炎（中耳炎）
中食、昼食〔名〕〔舊〕中飯、午飯、午餐（=昼めし）
　中食は外で済ませました（午飯在外面吃了）
中食、昼食〔名〕午飯、午餐(=昼飯、中食、昼食)
　中食を食べる（吃午飯）
　中食を取る（吃午飯）
中軸〔名〕中軸，貫穿中心的軸。〔轉〕中心，核心（人物）
　地球を南北に貫く中軸（貫穿地球南北的中軸）貫く　貫く
　会社の中軸と為る（成為公司的中心人物）
　中軸打線（〔棒球〕〔球隊的〕核心打球力量）
　中軸骨格（〔動〕主軸骨骼）
中執〔名〕中央執行委員會（=中央執行委員会）
中手骨〔名〕〔解〕掌骨
中秋〔名〕中秋（舊曆八月十五日）
　中秋の名月（中秋節的明月）
中習者〔名〕美容師的實習生、實習美容師
中旬〔名〕（一月中的）中旬←→中旬、下旬

中

来月中旬に結婚式を挙げる（下月中旬舉行婚禮）

中暑〔名〕中暑

中小〔名〕中小

中小国（中小國家）

中小企業（中小企業）

中小商工業者（中小工商業者）

中称〔名〕〔語法〕（指示代名詞的）中稱（如其処、其方等）←→近称、遠称

中傷〔名、他サ〕中傷、毀謗、誣衊

酷い中傷を受ける（受到惡毒的中傷）

人を中傷するのは良くない（毀謗別人不好）

中宵〔名〕夜半、半夜

中症、中症〔名〕中風（＝中風）

中将〔名〕〔軍〕中將

中白、中白〔名〕潮白糖，次白糖、淡黄醬、中等米

中心〔名〕中心，當中、中心，焦點，重點、要點、中心地，中心人物。〔數〕中心、心中，內心。〔機〕旋轉軸、重心，平衡

記念碑は広場の中心に建っている（紀念碑建立在廣場的中心）

関東は台風の中心から外れた（關東地區離開了颱風的中心）

議論の中心ははっきりしない（議論的焦點不明確）

君の議論は中心を外れている（你的議論離開了話題的中心）

彼の質問は問題の中心点ぬ触れる物だ（他的質問觸及到問題的核心）

中心議題（中心議程）

中心工作（重點工作）

彼は猜疑の中心と為っている（他是被懷疑的重心人物）

此の会の中心と為るのは彼だ（本會的中心人物是他）

世界金融の中心（世界金融的中心）

東京は文化の中心だ（東京是文化中心）

市の中心部には高層建築を建ち並んでいる（在市中心建有成排的高層樓房）

中心人物（中心人物）

中心に線を引く（在中心畫一條線）

与えられた点を中心に円を描く（以已知的點為中心畫一條線）描く描く

中心軸（中軸）

中心大いに心配している（心中非常憂慮）

体の中心を失う（失去身體的平衡）

片足で立って体の中心を取る（用一隻腳站著保持身體平衡）

中心力（〔理〕中心力、有心力）

中心示度（〔氣〕中心氣壓）

中心地（中心地）

中心角（〔數〕圓心角）

中心体（〔生〕〔細胞分裂時出現的〕中心體）

中心柱（〔植〕中柱）

中心粒（〔植〕中心粒）

中心球（〔生〕中心球）

中心噴火（〔地〕中心噴發）

中震〔名〕中震（震度四級的地震）

中進工業国〔名〕普通工業國

中新世〔名〕〔地〕中新世、中新統

中新世初期（中新世初期）

中新世後期（中新世後期）

中腎〔名〕〔動〕中腎、午非氏體

中枢〔名〕中樞，中心、樞紐，關鍵

脳中枢（腦中樞）

東京の中枢丸の内（東京的中心丸之內）

政治の中枢（政治的樞紐）

会社の中枢（公司的關鍵人物）

中枢神経（中樞神經）←→末梢神経

中枢神経組織（中樞神經組織）

中枢神経系統（中樞神經系統）

ちゅうすう 中数〔名〕〔數〕中數、平均値

ちゅうせい 中世〔名〕〔史〕（古代和近代之間的）中世（在日本指鎌倉，室町時代）
中世は武家の手に政権の落ちた時代である（中世是政權落在武士手裡的時代）
中世紀（中世紀）

なかつよ 中つ世〔名〕〔古〕中世（＝中世）

ちゅうせい 中正〔名、形動〕中正、公正
中正な（の）意見を持つ（持公正的意見）
裁判は中正を尊ぶ（審判貴公正）尊ぶ 貴ぶ 尊ぶ 貴ぶ

ちゅうせいしょくぶつ 中生植物〔名〕〔植〕中生植物、中生代植物

ちゅうせいそう 中生層〔名〕〔地〕中生層

ちゅうせいだい 中生代〔名〕〔地〕中生代
中生代初期（中生代初期）
中生代後期（中生代後期）

ちゅうせいどうぶつ 中生動物〔名〕〔動〕中間動物（原生動物和腔腸動物中間的一類動物）

ちゅうせい 中性〔名〕（非酸非鹼或非男非女的）中性
中性洗剤（中性洗衣劑）
中性土壌（中性土壌）
塩は中性である（鹽是中性）
彼は男でも女でもない、中性だ（那小子不男不女是個中性）
乱暴で中性の様な女（不男不女的粗暴女人）
中性子（〔理〕中子）
遅発中性子（緩發中子）
反中性子（反中子）
重中性子（雙中子）
光中性子（光激中子）
熱中性子（熱中子）
中性子爆弾（中子彈）
高速中性子炉（快中子堆）
中性子星（中子星）星星

中性子過剰（中子過剰-核內中子數超過質子數）
中性子線（中子束）
中性子線回折（中子衍射）
中性反応（〔化〕中性反應）
中性赤（〔化〕中性紅）
中性花（〔植〕無性花、天蕊花）
中性耐火物（〔化〕中性耐火材料）
中性洗剤（中性洗衣劑）
中性脂肪（〔化〕種性脂肪）
中性微子（〔理〕中微子）
反中性微子（反中微子）

ちゅうぜい 中背〔名〕中等身材、身材適中、不高不矮
中肉中背の人（不胖不瘦中等身材的人）
すらりと為た中背（苗條的中等身材）

ちゅうぜつ 中絶〔名、自他サ〕杜絕、中斷
外国との往来は戦争で中絶された（和外國的來往因戰爭而中斷了）
病気の為研究を中絶するの止む無きに至った（因病不得不中斷了研究）

ちゅうせっきじだい 中石器時代〔名〕〔考古〕中石器時代

ちゅうせん 中線〔名〕〔數〕（三角形的）中線

ちゅうせんきょく 中選挙区〔名〕（位於大，小選舉區之間的）中選舉區

ちゅうそう 中層〔名〕（上層和下層之間的）中層、中層，四五層的樓房←→高層、（海洋等的）中等深度、〔植〕胞間層
中層雲（〔氣〕中層雲-地上二公里至七公里之間的雲層）雲雲
中層アパート apartment building（四，五層的公寓）

ちゅうそくこつ 中足骨〔名〕〔解〕蹠骨

ちゅうそつ 中卒〔名〕中學畢業〔生〕（＝中学卒業）

ちゅうそん、ちゅうぞん 中尊、中尊〔名〕立在正中央的神像

ちゅうたい 中退〔名、自サ〕中途退學（＝中途退学）
大学を中退する（大學中途退學）

ちゅうたい 中隊〔名〕〔軍〕中隊、連隊（普通三至四小隊為一中隊，四中隊為一大隊）←→大隊、小隊

中隊に編制する（編成連隊）
中隊長（連長）
砲兵中隊（砲兵連）
中隊教練（連隊教練）
騎兵中隊（騎兵連）
飛行中隊（飛行連）

中堆石〔名〕〔地〕中磧

中大脳〔名〕〔動〕中腦

中裁ち、中裁〔名〕〔縫紉〕中間截法（十歲至十五六歲孩子穿的和服的裁剪法）

中段〔名〕（上段和下段之間的）中段，中層。〔擊劍〕平舉。〔鐵〕（臥鋪的）中鋪
下足箱の中段に靴を入れる（把鞋放在鞋櫃的中層）
坂の中段に上がる（上道半山坡）
刀を中段に構える（平舉刀的姿勢）

中断〔名、自他サ〕中斷
交渉が中断した（談判中斷了）
話を中断する（打斷話題、停下話題）
故障の為放送が中断した（因為故障廣播中斷了）

中短波〔名〕〔無〕中短波

中腸〔名〕〔動〕中腸（無脊椎動物，特別是節足動物的腸的中部，也叫作胃，主要是吸取食物作用）

中天〔名〕中天、空中（＝中空）
月が中天に昇った（月亮昇到空中）
中天に掛かる美しい虹（掛在空中的彩虹）

中点〔名〕〔數〕中點

中伝〔名〕（對初伝、奧伝而言的）中傳、中等階段的傳授

中殿〔名〕中央宮殿、神殿、神社的拜殿和本殿中間的殿舍、清涼殿的異稱

中途〔名〕中途、半途、半路
中途から引き返す（中途折回）
仕事の中途で止める（中途停止工作）

其の話は話し出すと中途では止められない（那個話題一說起來就停不下來）
中途半端（半途而廢、沒有完成、不夠完善、不夠徹底）
中途半端な品物（不完整的東西）
中途半端な遣り方（不徹底的辦法）
中途半端な仕事（半途而費的工作）
中途半端に為て置く（做到半途放下來、半途而廢）
彼の男は中途半端な事は為ない（他做事從不半途而廢）
中途退学（中途退學）
大学を中途退学した青年（在大學中途退學的青年、大學肄業青年）

中東〔名〕（從西歐角度說的）中東←→極東、近東
中東諸国（中東各國）

中等〔名〕中等、中級
中等の品物（中等貨）
中等教員（中學教員）
成績が中等以上（成績在中等以上）
中等大（中型、中等大小）
中等大の体格（中型身材）

中頭〔名〕〔人類學〕中頭（型）

中堂〔名〕建築物的中央、中央的建築物、中央的宮殿、宰相辦公處所、宰相。〔佛〕本尊安置的殿堂（特指延曆寺的根本中堂）

中道〔名〕中庸之道，穩健的道路、中途，半途
中道を歩む（走穩健的道路）
中道政治（穩健的政治、不偏不倚的政治）
彼は病気の為中道に為て倒れた（他因生病工作進行到中途就死了）

御中道〔名〕〔俗〕（登富士山）只登到一半、沒爬到山頂
御中道巡り（逛半山）

中毒〔名、自サ〕中毒
食中毒（食物中毒）
ガス中毒（煤氣中毒）

ニコチン中毒（尼古丁中毒）

中毒症状を呈する（顯出中毒症狀）

ガスに中毒して死ぬ（因煤氣中毒而死）

食べた魚に中毒した（吃魚中毒）

コカインを常用すると中毒を起こる（常用可卡因就會引起中毒）

中毒症（中毒症）

中毒死（中毒而死）

中毒疹（中毒疹-因中毒身上出現的斑疹）

中毒量（中毒量）

中とろ〔名〕（金槍魚的）不肥不瘦的生魚肉

中納言〔名〕〔史〕中納言（太政官的次官，首相助理）

中南米〔名〕中南美

中南米諸国民（中南美各國人民）

中二階〔名〕〔建〕比一般兩層樓低的兩層樓、閣樓，一樓與二樓之間的一層樓

デパートの中二階（百貨公司的中樓）

中二階の有る家（有閣樓的房子）

中肉〔名〕不胖不瘦、中等品質的肉←→上肉、並肉

中肉の人（不胖不瘦的人）

牛の中肉を二キロ下さい（替我秤二斤中等牛肉）

中日〔名〕春分，秋分，中日，中國和日本

中日平和友好条約が東京で調印された（在東京簽訂了中日和平友好條約）

中日〔名〕（相撲或戲劇等演出期間的）正當中的一天

夏場所の中日（〔相撲〕夏季賽會的中間一天）

中人〔名〕（澡堂等用語）中小學生

中年〔名〕中年←→青年、壮年、老年、初老

中年の人（中年人）

中年を過ぎた女（已經過了中年的婦女）

此の職業は中年からでは駄目だ（這種職業從中年開始不行）

中年太り（中年的體胖）

中脳〔名〕〔解〕中腦

中農〔名〕中農←→大農、小農

彼は中農の家に生れた（他出生於中農家庭）

中波〔名〕〔無〕中波←→長波、短波

中波受信機（中波收音機）

中破〔名、自サ〕中等程度的破壞（修理一下還能使用）、半破←→大破、小破

中胚葉〔名〕〔生〕中胚層

中巾、中幅〔名〕〔縫紉〕（介於寬幅與窄幅之間的）中幅布面

中盤〔名〕（圍棋、象棋、棒球等比賽中）最激烈的局面，高潮局面←→序盤、終盤。〔轉〕（爭勝負的）中間階段，高潮階段

中盤の上手い棋士（善於在中局制勝的棋手）
旨い上手い巧い美味い甘い

選挙戦も中盤を過ぎて愈愈最後の追い込みに入った（競選高潮已過終於進入最後階段）

選挙は今や中盤戦に入った（競選現已進入高潮階段）

中火〔名〕文火←→強火、とろ火

中火で肉を焼く（用中火烤肉）

中飛〔名〕〔棒球〕對中鋒打出的飛球（=センター、フライ）

中鼻〔名〕〔人類學〕中型鼻

中ヒール〔名〕（婦女穿的）半高跟鞋←→ハイヒール、ローヒール

中ピッチ〔名〕半軟瀝青

中錨〔名〕〔海〕中錨、流錨

中部〔名〕中部

揚子江は中国の中部を流れる大河である（長江是流經中國中部的大河）

中部地方（中部地區）

中部日本（日本中部）

中部太平洋（太平洋中部）

中部アメリカ（美國中部）

中風、中風〔名〕〔醫〕中風，癱瘓（=中気）、傷風，感冒，傷寒中風

中風に罹る（患中風）

中風質（中風體質）

中伏〔名〕（三伏的一個）中伏

中腹〔名〕半山腰
　山の中腹に茶店が有る（在半山腰上有個茶館）
　富士の中腹以上は雲に包まれていた（富士山半山腰往上被雲彩壟罩著）
　中腹部（中腹部）

中っ腹〔名〕生了一點氣、心中不愉快、心裡悶口氣
　中っ腹に為っていたのでつい子供を叱り付けた（因為心裡不愉快就把孩子訓了一頓）

中分〔名〕中分、折衷，同等、中等，中流

中米〔名〕中美（＝中央アメリカ）

中米〔名〕中等米

中編、中篇〔名〕（長篇和短篇之間的）中篇、（分上中下三篇的）中篇
　雜誌に中篇小説を發表する（在雜誌上發表中篇小説）
　中篇作品（中篇作品）

中細〔名〕（毛線等）不粗不細

中細〔名〕中間細←→極細、極太
　中細ノズル（歛散噴嘴）
　中細に為る（中間漸細）

中本〔名〕中型版本、（江戶時代）滑稽小説的別稱（如浮世風呂等）

中膜〔名〕〔解〕（血管）中層

中名辞〔名〕〔邏〕中名詞、中項

中門〔名〕（宮廷、神社、寺院的）中門、二門

中夜〔名〕半夜、冬至的異稱

中油〔名〕〔化〕中級油

中庸〔名〕中庸、（四書之一）中庸
　中庸の道（中庸之道）
　中庸を守る（堅守中庸之道）守る護る守る盛る洩る漏る

中葉〔名〕中葉，中世、一種不薄不厚的淡黃色日本紙。〔植〕胞間層
　唐代の中葉（唐朝中葉）
　日本が開国したのは十九世紀中葉である（日本隊外開放是在十九世紀中葉）

中立〔名、自サ〕自立
　交戰中の二国に對して中立を守る（對交戰中兩國保持中立）
　中立的立場を取る（採取中立的立場）
　中立を宣言する（聲明中立）
　中立を取り消す（取消中立）
　中立を侵す（侵犯中立）侵す犯す冒す
　中立地帯（中立地帶）
　中立国（中立國）
　中立化（中立化）
　或る地域を中立化する（使某地區中立化）
　或る国が中立化する（某國中立化）
　中立国（中立國）
　東西両陣営の何れにも属しない中立国（不屬於東西兩個陣營任何一方的中立國）
　中立国領海（中立國領海）
　中立国旗（中立國國旗）旗旗
　中立国船証（戰時中立國船通行證）
　中立主義（中立主義）
　非武裝中立主義（非武裝中立主義）
　中立主義者（中立主義者）
　擬似中立主義（偽裝中立主義）

中略〔名、他サ〕中略、中間省略一部份←→上略、下略、前略、後略
　中略して次に移る（中略轉入下段）
　数節中略（中間略去數節）

中流〔名〕中游←→上流、下流。中等（階層）←→上流、下層
　川の中流（河的中游）
　中流は川幅が広い（中游河寬）
　中流階級の人（中等階級的人）

此の学校の生徒は中流の家庭の者が多い（這個學校的學生中等家庭的子弟居多）
　中流階級（中等階級）
中竜〔名〕（古生物）中龍
中量級〔名〕〔體〕中量級（拳擊、摔跤等運動員的體重級別）←→ 重量級、軽量級
中老〔名〕中年人，五十歲左右的人。〔史〕中老（次於家老的重臣）。〔史〕（將軍或諸侯的）內宅女侍（地位在老女之下）
中臈〔名〕〔史〕中臈（宮中女官名，位於小上臈和下臈之間）
中労委〔名〕中勞委（由勞動大臣任命的七名委員組成的調解勞資糾紛的機關）(= 中央労働委員会)
中肋〔名〕〔植〕（葉的）中脈
中和〔名、自サ〕中正溫和。〔化〕中和。〔理〕中和，平衡，抵銷
　酸とアルカリを中和させる（使酸與鹼中和）
　毒性を中和させる（使毒性中和）
　中和価（〔化〕中和值）
　中和熱（〔化〕中和熱）
なか〔名〕裡面，內部←→ 外，當中、其中、中間。〔俗〕東京吉原，大阪新町的妓院。〔俗〕（記者在機關）採訪中。〔商〕下月底到期的期貨、下月底交割的定期交易，近期貨 (=中限)
　鞄の中から本を取り出す（從皮包裡拿出書來）
　中に何が入っているか（裡面裝著什麼？）
　戸は中から開いた（門由裡面開了）
　箱の中へ入れる（放到箱子裡）
　雪の中を歩いて帰る（冒著雪走回來）
　泳ぐ中で泳ぎを覚える（在游泳中學游泳）
　御忙しい中を来て頂いて恐縮です（您在百忙之中撥冗前來不敢當）
　中で一番良い子（其中最好的一個孩子）
　中でも酷いのは（尤有甚者）
　此は数有る中の本の一例です（這只是很多之中的一個例子）
　中一日置いた（中間隔一天）
　中に立つ（居中、居間）
　森の中を通って行く（穿過森林）
　中の兄（二哥）
　中の息子は戦死した（二兒子陣亡了）
　人込みの中に割って入る（擠進人群裡去）
　中に入って貰う（請當中間人）
　橋の中程迄来る（走到橋中間）
　正月中の七日（正月十七，正月中間的第七天）七日七日
　中の品（中等貨）
　中の方を向く（面向中間）
　中を取る（折衷、取乎中）
　中を行く（折衷、取乎中）
御中、御腹〔名〕〔俗〕（原來是婦女用語）肚子、胃腸
　御中が痛い（肚子痛）
　御中が空いた（肚子子餓了）空く好く漉く梳く酸く剥く抄く透く抄く
　御中が大きい（肚子大了、懷孕了、有孩子了）
　御中を壊す（腹瀉、鬧肚子）毀す
　僕は御中（が）一杯だ（我吃得很飽了）
御中〔名〕（用於寫給公司、學校、機關團體等的書信）公啟
　台湾大学御中（台灣大學公啟）
中でも、中に、中にも〔副〕其中尤以…
　此のクラスは一体に成績が悪い、中でも数学が酷い（這個班級整體來說成績不好其中尤以數學最差）
中には〔副、連語〕其中、（許多）之中
　中には良い本も悪い本も有る（其中也有好書也有壞書）
　彼の兄弟の中には一人位大学を出る者が有っても良さ然うな物だ（在他們兄弟當中那怕有一個大學畢業的也好）
中石〔名〕〔礦〕脈石、夾石
中入り、中入〔名〕（相撲或演劇等的）幕間休息
　中入り後の取組（幕間休息後的比賽）

ㄓ

中入り綿(なかはいりわた)（衣服或衣帶等中間的棉絮）

中打ち(なかうち)〔名〕（切下兩邊魚肉後剩下的）中間骨頭的背脊部分(=中落ち(なかおち))、

（把蟲蛀的厚紙剝成兩張中間填上新紙的）襯補(うらうち)←→裏打ち

中落ち(なかおち)〔名〕（切下兩邊魚肉後剩下的）中間骨頭的背脊部分(=中打ち(なかうち))

中売り(なかうり)〔名〕在遊藝場或劇院裡巡迴賣飲食（的人）

中表(なかおもて)〔名〕（摺疊布料等時）把面疊在裡面←→外表(そとひょう)

中折れ(なかおれ)、中折(なかおれ)〔名〕中央折入（凹下）、呢帽，禮帽(=中折れ帽子(なかおれぼうし)，ソフト)

中折れを被る（戴禮帽）

中垣(なかがき)〔名〕鄰居間的籬笆（牆）

中着(なかぎ)〔名〕穿在汗衫和外衣中間的衣服

中潜り(なかくぐり)〔名〕〔茶道〕（茶室的內庭和外庭間的）中門(=中門(ちゅうもん))

中口(なかぐち)〔名〕中央的入口、中傷、站在中間向雙方說彼此的壞話（=中言(なかごと)）

中の口(なかのくち)〔名〕〔舊〕（大門與廚房後門之間的）便門、旁門(=内玄関(ないげんかん))

中窪(なかくぼ)〔名〕中間低窪、中間凹下(=中低(なかびく))

中刳り(なかぐり)〔名〕鏜削、鏜（孔）

　中刳盤(なかぐりばん)（鏜床）

　中刳旋盤(なかぐりせんばん)（車鏜床）

　中刳ボール盤(なかぐりボールばん)（鑽鏜床）

　中刳作業(なかぐりさぎょう)（鏜孔）

中黒(なかぐろ)〔名〕間隔號（〝。〞）(=中点(なかてん))、箭翎斑紋的一種（兩端白中間黑）、中黑家徽（圓圈中有一黑色橫道的家徽）

中点(なかてん)〔名〕間隔號（〝。〞）(=中黒(なかぐろ))

中ポツ(なかポツ)〔名〕間隔號（〝 〞）(=中黒(なかぐろ))

中子(なかご)〔名〕（東西的）中心，內部、（瓜果的）瓤子、（刀）柄腳（插入刀柄裡的部分、）套在大匣內的小匣。〔機〕泥蕊，花子

　引き中子(ひきなかご)（車板泥蕊）

　掻き中子(かきなかご)（刮板泥蕊）

　緩衝中子(かんしょうなかご)（緩衝泥蕊）

　生中子(なまなかご)（濕泥蕊）

　親中子(おやなかご)（主體泥蕊）

　吊り中子(つりなかご)（吊蕊）

　中子乾燥炉(なかごかんそうろ)（型蕊烘爐）

　中子押え(なかごおさえ)（泥蕊撐）

　中子砂(なかごすな)（型蕊砂）

　中子定盤(なかごていばん)（型蕊板）

　中子取り(なかごとり)（泥蕊盒）

　中子造型機(なかごぞうけいき)（型蕊機）

中頃(なかごろ)〔名〕（某時期或時代等的）中間、中間部分、正中附近

　六月の中頃(ろくがつのなかごろ)（六月中旬左右）

　秋の中頃(あきのなかごろ)（仲秋）

中潮(なかしお)〔名〕（介於大潮和小潮之間的）中潮

中敷き(なかじき)、中敷(なかじき)〔名〕（墊在鞋裡的）鞋墊、鋪在（屋子）中央（的東西）

中仕切り(なかしきり)、中仕切(なかしきり)〔名〕（屋裡的）隔板，隔斷，間壁、〔機〕（煙道）隔離壁，隔離板

中しこ鉋(なかしこかんな)〔名〕〔機〕半精刨、次光刨

中島(なかじま)〔名〕江河（湖海）中的小島

中州(なかす)、中洲(なかす)〔名〕河中沙洲

中席(なかせき)〔名〕（藝曲）中旬演出、中旬演出的藝曲←→上席(かみせき)、下席(しもせき)

中仙道(なかせんどう)、中山道(なかせんどう)〔名〕中山道（江戶時代，江戶通往各地的五條大道之一，由江戶日本橋經現埼玉，群馬，長野，埼阜等縣，在滋賀縣草津和東海道會合直達京都）

中底(なかぞこ)〔名〕（鞋的）內底、鞋墊

中剃り(なかぞり)〔名〕剃掉頭頂的頭髮

　中剃り初(なかぞりはじめ)（〔江戶時代〕男孩七，八歲時開始剃去頭頂的頭髮〔的儀式〕）

中高(なかだか)〔名ナ〕中間高，中間高出。〔商〕下月底交割的期貨行情比本月底和下下月底交割的期貨行情高←→中低(なかびく)

　中高の鼻(なかだかのはな)（鷹勾鼻）

中タップ(なかtap)〔名〕〔機〕（絲錐的）第二錐

中弛み(なかだるみ)〔名、自サ〕中間鬆弛（鬆懈）。〔商〕中間退縮、（電線等）中間鬆弛（搭拉下來）

　仕事の中弛み(しごとのなかだるみ)（工作一半鬆懈下來）

彼の芝居は長過ぎて一寸中弛みしたが後半は迫力を盛り返した（那齣戲太長中間有些不緊湊但後半重新顯出緊張動人）

市況は一寸中弛みの状態だ（市場情況一時有些呆滯）

中務省〔名〕〔古〕中務省（（舊官制的八省之一，掌管詔令，表奏，監修國史）

中積み〔名〕（把貨）往中間堆

中手〔名〕〔農〕中稻、中期上市的瓜果或蔬菜。〔圍棋〕點眼（使對方子變成死子）。〔解〕掌

中手骨（掌骨）骨骨

中砥〔名〕中粒度磨刀石

中直り、仲直り〔名、自サ〕和好，言歸於好、（寫作**中直り**）（久病臨終前）稍見好轉，迴光返照

夫婦の中直りを為せる（讓小倆口和好）

彼等は中直りが出来た（他們已言歸於好了）

子供達は喧嘩を為たが直ぐ中直りした（小孩們雖然打了架但很快又和好了）

中中〔副〕頗，很，相當，非常，（下接否定語，有時也可把否定語省掉）輕易，容易，簡單。〔感〕〔古〕是、誠然（=然うです、如何にも）

中中時間が掛かる（頗費時間）

彼は中中の勉強家だ（他非常用功）

去年の冬は中中寒かったですね（去年冬天相當冷）

中中勉強に為る（很有參考價值）

敵も中中遣るね（敵人力氣也不小啊！）

中中怒らない（不輕易生氣）

此の仕事を仕上げるのは中中だ（完成這項工作可不簡單）

彼は中中帰らない（他老不回來）

あんな人は中中有るまい（像他那種人很少見）

此は中中出来ない事ですね（這實在難能可貴〔很難辦到〕）

然う為るのは中中容易な事ではない（那樣做可不是件容易事）

此の問題は難しくて中中出来ない（這個問題很難怎麼都答不上來）

中に就きて〔連語、副〕就中、尤其

中庭〔名〕（建築物之間的）中庭、院子、裡院（=内庭）

学校の中庭に美しい芝生が有る（校園中庭有美麗的草坪）

中抜き〔名〕〔體操〕懸垂穿腿後翻成後懸垂

中塗り〔名〕（牆壁或漆器等）塗第二層（中間一層）、底子上加塗一層

中値、仲値〔名〕〔商〕（高價與低價之間的）中間價、（買價與賣價之間的）折中價、平均價

中働き、仲働き〔名〕兼做内宅和廚房雜物的女傭←→下働き、在後台為主角服務的下級演員

中低〔名〕中間低窪，中間凹下（=中窪）、塌鼻子

中蓋〔名〕（容器的）内蓋

中程〔名〕（場所或距離的）中間、（程度）中等、（時間或事物進行的）途中，半途

名古屋は東京と大阪の中程に在る（名古屋大致在東京和大阪的中間）

公園の中程に大きな建物が有る（公園的中間有一座大建築物）

何卒中程へ願います（請往内走）

何卒中程へ御詰め下さい（請往内擠一擠）

中程の品（中等貨）

成績はクラスの中程です（成績在班上算中等）

彼の人の生活状態は、此の町では中程と言う処で、決して困っては居ないのです（他的生活在這條街算中等絕沒有困難）

中程で止める（半途而廢）

試合の中程で雨が降り出した（比賽到半途下起雨來了）

話の中程に席を立つ（話說到一半就離席了）

中幕〔名〕（歌舞伎）（第一齣戲與第二齣戲中間演的）獨幕劇

中身、中味〔名〕内容，容納的東西、刀身

中身を空に為る（把裡面的東西倒空）

中身は全然違う（〔表面相似而〕内容完全不一樣）

彼の演説は中身が有る（他的演講有内容）

立派な服装を為ている中身は空っぽだ（穿得很闊氣肚子裡卻空空如也）

形丈は変えて中身を変えない（換湯不換藥）

中身を摩り替えて歪曲する（偷天換日、偷樑換柱）

中身の無い紋切り型の物（〔文章〕空洞無物的八股調）

彼の話はてんで中身が無い（他說的話空洞得很）

中見出し〔名〕（插在文章中的）小標題

中昔〔名〕中世、中古

中休み、中休〔名、自サ〕中間休息、中途休息、（比賽中上下半場的）休息時間

仕事の中休み（工間休息）

一寸中休み（を）為て疲れを休めよう（中間休息一下歇歇疲勞）

中許し、中許〔名〕（傳授茶道或插花等技藝的）中間階段的傳授許可（初許和奧許之間的許可）

中綿〔名〕（衣服或棉被的）棉絮

中、裏、内、家〔名、代〕内、中、裡←→外、之内，以内、時候，期間（＝間），家，家庭（＝家），自己人，自己的丈夫，妻子、内心。〔古〕宮裡或天皇的尊稱。〔佛〕佛教，佛經，（方言）我

内へ入る（進入裡面）

十人の内九人迄が賛成する（十人之中有九人贊成）

内から錠を掛ける（從裡面上鎖）

内から錠を掛けて置く（從裡面上鎖）

多数の内から選び出す（從多數裡選出）

拍手の内に壇上に上る（在鼓掌聲中登上講壇）

クラスの内で彼が一番背が高い（在班上他個子最高）

此も私の仕事の内です（這也是我工作範圍之内的事）

若い内に勉強しなければならない（必須趁著年輕用功）

暗い為らない内に早く帰ろう（趁著天還沒黑快回去吧！）

御喋りを為ている内に家に着いた（說著說著就到家了）

二、三日の内に出発する（兩三天以内出發）

三日の内に遣り遂げる（三天以内完成）

内を建てる（蓋房子）

三階建の内（三層樓房）

内へ帰る（回家）

内へ遊びにいらっしゃい（到我家來玩吧！）

今夜は内に居ます（今晚在家）

内程良い所は無い（沒有比家裡再好的地方）

内を持つ（成家、結婚）

内を外に為る（經常外出不在家、老不在家）

内の者（家人、我的妻子）

内中で映画を見に行く（全家人去看電影）

内の人（我的丈夫）

内の子に限ってそんな事は無い（我家小孩不會做那種事）

内の奴（我的老婆）

一応、内に相談して見ます（這要和家裡人商量一下）

彼は内の者だ（他是自家人）

内の中の盗人は掴まらぬ（燈底下暗内賊捉不著）

内の社長（我們經理）

其の計画は内で立てよう（那項計畫由我們來制定吧！）

内の学校（我們學校）

抑え切れない内の喜び（抑制不住内心的喜悅）

内に省みて疚しくない（内省不疚）

熱情を内に秘める（把熱情埋藏在心裡）

中る、当る、当たる〔自五〕（光線）照射，曬、取暖、擔任，（課堂上）被問、（果實）腐壞、抵抗，

對抗、對待、刺探、試探、對照、查看、相當於、位於、中、說對、猜對←→外れる、中毒、受害、適用、合適、接觸、沾染、遭、挨

日が当る（有陽光）

隣のビルが建って日が当らなく為った（旁邊蓋起了大樓遮住了光線）

火に当る（烤火）

当番に当る（值日）

英語の時間に当った（英文課上被詢問了）

箱詰の蜜柑が全部当った（裝箱的橘子全爛了）

当る可からざる勢い（銳不可當之勢）

辛く当る（苛刻對待）

方方当って見たが値段は同じだ（打聽過好幾家價錢都一樣）方方方方

電話で当って見よう（打電話了解一下）

直接本人に当って見為さい（直接問一問本人吧！）

此の中国語に当る英語は何ですか（相當於這句話的英語怎麼說）

学校は京都市の西北に当る（學校在京都市的西北方）

弾が足に当った（子彈射中了腿）

彼の予測が当った（他猜對了）

其の非難は当らない（那種指責不對）

暑さに当る（中暑）

河豚に当って死んだ（吃河豚中毒身亡）

其の規則は此の様な場合にも当る（那項規則也適用於這種場合）

雨が当らない様にシートで覆いを為る（用防水布蓋上以免淋雨）

馬鹿が当る（遭報應）

当るを幸い（隨手、順手）

当って砕けよ（不管成敗幹它一場）

中り，当たり，当り〔名〕碰、撞、觸感、待人接物、頭緒、著落、試做、射中、命中率←→外れ、成功。〔圍棋〕叫吃。〔棒球〕擊球、（釣魚）上鉤。〔造語〕平均、每、（接在他詞下、不單用）中毒、受害

当りの柔らかい酒（味道柔和的酒）辺り

彼は当りが柔らかい（他很隨和）

犯人の当りが付いた（犯人有了線索）

当りを付ける（〔正式做之前〕試做）

弾の当りが良い（子彈打得準）

今度の企画は当りを取った（這次計畫獲得很大的成功）

大当り（非常成功）

素晴らしい当り（〔球〕打得好）

当りが有る（魚碰鉤了）

一畝当りの収量（每畝的平均產量）

一人当り二冊（每人兩冊）

食当り（食物中毒）

暑気当り（中暑）

忠（ㄓㄨㄥ）

忠〔名、漢造〕忠、忠實、忠誠

国に忠を尽くす（為國盡忠）

職務に忠である（忠於職務、認真工作）

尽忠（盡忠）

不忠（不忠）

誠忠（忠誠）

忠愛〔名〕忠誠和仁愛、衷心的愛、真誠的愛

忠諫〔名、自サ〕忠諫、忠誠規勸

忠義〔名ナ〕忠義

忠義な人（忠義的人）

忠義を尽くす（盡忠）

忠義の武士（忠義的武士）

忠義立て（盡忠、假裝忠誠）

要らざる忠義立て（多餘的忠誠）

忠勤〔名〕忠勤、忠實勤奮

忠勤を励む（勤奮、孜孜從事）

ㄓ

忠君〔名〕忠君
　忠君愛国（忠君愛國）

忠犬〔名〕（對主人）忠實的犬

忠賢〔形動〕忠義賢明

忠言〔名〕忠言、忠告
　人の忠言は受け入れ難い物だ（別人的忠告是難以接受的）
　忠言に従う（聽從忠告）
　忠言耳に逆らう（忠言逆耳）

忠孝〔名〕忠孝
　忠孝両全（忠孝兩全）

忠告〔名、自サ〕忠告、勸告
　忠告を聞く（聽從忠告）
　忠告を与える（給予忠告）
　兄に忠告する（勸告哥哥）
　忠告を耳に入れない（聽不進勸告）
　人の忠告を受け入れる（接受旁人的勸告）
　勉強する様にと忠告する（勸他用功）

忠魂〔名〕忠魂、忠義精神
　忠魂碑（忠魂碑）

忠士〔名〕忠義之士、忠義的武士

忠死〔名、自サ〕盡忠而死、為忠義而死

忠実〔名、形動〕忠實，誠實（＝忠実やか）、如實，照原樣
　忠実な社員（忠實的職員）
　職務に忠実である（忠於職守）
　忠実に勤務する（忠實地服務）
　忠実に訳する（如實地譯出、忠實於原文地翻譯）
　忠実に写し取る（照原樣地抄寫、不走樣地抄寫）
　忠実度（〔通訊或電視〕逼真度、保真度）
　高忠実度（高保真度接收機〔收音機〕）

忠実〔名、形動〕勤懇，勤快、忠實，認真，誠懇，表裡一致、健康，健壯
　忠実に働く（勤懇地工作）
　彼は忠実な人で少しもじっとしていない（他是個勤快的人）
　ジャーナリストは手忠実、足忠実、口忠実でなくてはならぬ（新聞記者必須手勤腿勤口勤）
　筆忠実の人（愛動筆寫的人）
　忠実に勤める（誠誠懇懇地工作）勤める努める務める勉める
　忠実に日記を付ける（認真地寫日記）
　忠実で暮らしている（身體健康地過日子）
　忠実事（正經事、認真的事）←→徒事

忠実やか〔形動〕忠實、誠懇、認真、勤懇、勤快
　忠実やかに働く（勤懇地工作）
　忠実やかに世話を為る（誠懇地照料）

忠邪〔名〕忠奸、忠與奸

忠純〔形動〕忠義沒私慾

忠恕〔名〕忠恕、忠實體貼

忠心〔名〕忠心

忠臣〔名〕忠臣←→逆臣

忠臣蔵〔名〕以四十七人赤穗浪士為主君報仇為主題的淨琉璃、歌舞伎腳本、講談等的總稱

忠信〔名〕忠信

忠誠〔名〕忠誠
　忠誠の人（忠誠的人）
　忠誠を誓う（立誓忠誠）
　忠誠を尽くす（竭盡忠誠）

忠節〔名〕忠誠
　忠節を尽くす（盡忠）
　忠節を誓う（立誓效忠）

忠直〔形動〕忠義正直

忠貞〔形動〕忠義和貞節

忠僕〔名〕忠僕、忠實的僕人

忠勇〔名〕忠勇
　忠勇なる兵士（忠勇的戰士）
　忠勇無双（忠勇絕倫）

忠良〔名、形動〕忠良

忠良な臣民（忠良的臣民）

忠霊〔名〕忠魂

十万の忠霊此処に眠る（十萬忠魂長眠於此）

忠霊塔（忠魂塔）

忠烈〔名〕忠烈

衷（ㄓㄨㄥ）

衷〔漢造〕衷、内心

折衷、折中（折衷、折中）

苦衷（苦衷、痛苦或為難的心情）

微衷（微衷、一點心意）

私衷（私衷）

和衷（和衷、同心）

衷情〔名〕衷情、真情、真心（＝真心）

衷情を打ち明ける（吐露真情）

災害地の代表が政府に衷情を訴える（災區代表向政府傾訴衷情）

衷心〔名〕衷心、内心

衷心からの歓迎（由衷的歡迎）

衷心より感謝する（衷心感謝）

衷心より哀悼の意を表す（衷心表示哀悼之意）

衷心忸怩たる物が有る（内心很不好意思）

終（ㄓㄨㄥ）

終〔漢造〕終了、結束、最後

有終（有終、貫徹始終）

始終（開始和結尾、自始自終、一貫，經常，總是，不斷）

臨終（臨終、臨死）

最終（最終、最後、最末尾）

歳終（歳終、歳暮、年終、年底）

終圧〔名〕〔機〕終壓

終映〔名、自他サ〕（電影院）放映完了、結束放映

終焉〔名〕臨終，臨死，絕命（＝最期）、度晚年，老後生活

終焉を告げる（死、告終）

此処は彼の終焉の地である（這裡是他絕命之處）

此処は終焉の地と為て落ち着く（定居在這裡以度晚年）

終演〔名、自サ〕（戲劇等）演完、散戲、演出完畢←→開演

本日は八時終演の予定（今天預定八點鐘演完）

終会〔名〕散會、會議結束

首尾良く終会に為った（會議圓滿結束）

終刊〔名、他サ〕（報紙或雜誌的）最後一期、終刊←→創刊

終刊号（終刊號、最後一期）

終巻〔名〕終巻、末巻←→首巻

エンサイクロペディヤの終巻は未だ出ていない（百科全書的末卷還沒有出版）

此の全集は昨年終巻が出て完結した（這套全集去年出了末卷就齊了）

終期〔名〕終期，末期、〔法〕終期（法律行為失效期）、滿期，期限屆滿、〔植〕末期

国会も終期に近付いた（國會已臨末期）

契約の終期を待って立ち退きを要求する（等待合約期滿要求搬走）

終業〔名、自サ〕收工，下班，結束工作、學完（一學期或一學年的）課程←→始業

今日は八時に終業する（今天八點鐘收工）

終業時間を繰り上げる（提前下班時間）

終業式（〔學期末或學年末的〕結業式）

終曲〔名〕（交響曲、奏鳴曲、協奏曲、組曲的）最後樂章、（歌劇各幕的）終曲（＝フィナーレ）

華やかな終曲が始まる（歡鬧的終曲開始了）

終局〔名〕〔圍棋〕終局、結局

激しい寄せの内終局に至った（激烈的收邊之後到了終局）

終局を告げる（告終）

悲惨な終局（悲慘的結局）

戦争も終局に近付いた（戰爭也快結束了）
其の争議も目出度く終局を迎えた（那個爭議也圓滿結束了）

終極〔名〕最後、末了
終極の目的（最終的目的）
終に終極の時は来た（終於到最後）
交渉は終極点に達した（談判到了末尾）
終極点（終點）

終決〔名、自サ〕完結、結束
紛争は終決した（糾紛結束了）

終結〔名、自サ〕終結，完結（＝終決）。〔邏〕歸結
←→仮設
争議が終結した（糾紛結束了）
討論を終結させる（結束討論）
次の様な終結に為る（歸結如下）

終航〔名、自サ〕（船或飛機等）結束航行

終講〔名、自サ〕結束講課、最後一次講課

終歳〔名〕全年，整年、一年到頭，經常地

終止〔名、自サ〕終止、結束
争議の終止に因って工場は再び活気付いた（由於勞資糾紛結束了工廠又活躍起來）
終止形（〔語法〕〔日語用言,助動詞的第三活用形〕終止形）
終止符（句點、終結，結束）
紛争に終止符を打つ（結束糾紛）

終始〔副、自サ〕末了和起頭、從頭到尾，始終一貫
終始善戦した（始終頑強鬥爭）
彼は革命家を持って終始した（他革命革了一輩子、他把一生獻給了革命）
低調な試合に終始した（比賽始終不活躍）
彼は終始沈黙を守った（他始終一言未發）
終始一貫（始終一貫）
終始一貫其の方針を堅持した（自始自終堅持了那個方針）
同じ態度で終始一貫する（始終保持同樣態度）

終始一貫自力で遣る（始終堅持自立更生）

終日、終日、終日、終日〔副〕終日、整天（＝一日中）
←→終夜、終夜、終夜
終日読書に耽る（整天埋頭讀書）
終日待ち続けていた（等了一整天）
終日為す処も無く（終日無所事事）
終日雨が降る（下了一整天的雨）
終日終夜（整天整夜）

終車〔名〕（汽車或電車當日的）末班車，末趟車、最後一次列車
停留場に駆け付けた時は終車の出た後だった（跑到汽車站時末班車已經開走了）

終宿主〔名〕終宿主

終助詞〔名〕〔語法〕終助詞、結尾助詞、感動助詞（用於句尾的助詞，表示疑問，感嘆或禁止等、文語用ばや、なむ、がな、かな、かし等、口語用か、な、ぞ、とも、よ、ね、さ、の等）

終章〔名〕（論文或小說等的）最後一章、末章
←→序章

終身〔名〕終身、一生
終身独身で過した（一輩子沒有結婚）
終身官（終身官吏）
終身懲役（無期徒刑）
終身保険（死亡保險）
終身雇用制度（終身僱用制度）
終身刑（無期徒刑）

終審〔名〕〔法〕終審、最後審判
終審で無罪の判決を受けた（在終審時被宣判無罪）
終審裁判所（終審法庭）

終生、終世〔名、副〕終身、一生、畢生
終生の事業（畢生事業）
終生忘れない（終身不忘）
此は私の終生の恨みだ（這是我的終身大恨）

終成〔名〕成就

終戦〔名〕停戰、戰爭結束（特指第二次世界大戰中日本戰敗）←→開戰

　終戦後の日本（〔二次世界大戰〕戰後的日本）

　終戦を迎える（迎來戰爭的結束）

　終戦後（戰爭結束後）

終息、終熄〔名、自サ〕息止，根除、終結，結束

　悪疫が終息する（瘟疫根除）

　コレラは今以って終息していない（霍亂至今還未撲滅）

　戦火が終息した（戰爭結束了）

　内乱が終息する（內亂平息）

終端〔名〕終點、終點站

終段〔名〕〔劇〕尾聲

終着〔名〕最後到達←→始発、終點

　終着の列車（最後到達的列車）

　終着駅（終點站）

終点〔名〕終點、終點站。〔化〕（滴定的）終點←→起点、始点

　私は終点迄行きます（我到終點站）

　終点で降りる（在終點站下車）

　此の線は新宿が終点だ（這條線新宿是終點站）

終電（車）〔名〕（當天的）末班電車、最後一次電車←→始発電車

　終電に乗り遅れる（沒趕上末班車）

終禱〔名〕〔宗〕晚禱

終年〔名〕整年、一生，終身

終脳〔名〕〔解〕端腦

終バス〔名〕（當日）末班公車

　終バスに乗り遅れる（沒趕上末班公車）

終発〔名〕（火車、電車、汽車等）末班的發車←→始発

　終発の急行に間に合った（趕上了末班快車）

終板〔名〕〔解、動〕（運動神經的）終板

終盤〔名〕（象棋或圍棋）接近決定勝負的局面，殘棋、〔轉〕（選舉等的）最後階段←→序盤、中盤

　勝負は終盤に入った（誰勝誰負到了最後階段）

　プロ野球の終盤戦（職業棒球的決賽）

　選挙戦は終盤に入った（選舉進入最後階段）

　終盤戦（〔圍棋等決定勝負的〕最後局面，殘局、〔工作的〕收尾階段，尾聲）

終尾〔名〕煞尾、末尾

終篇、終編〔名〕（書或刊物等）最後一篇、末篇←→初編

終幕〔名、自サ〕〔劇〕最後一幕，最後一場←→序幕、散戲、閉幕←→開幕。（轉）（事件）結束

　終幕の情景（末場的情景）

　終幕は十時だ（十點鐘散戲）

　終幕近き国連総会（接近閉幕的聯合國大會）

　事件も此で終幕と為った（事件也就此結束了）

終末〔名〕煞尾、完結（＝終わり、終い）

　此の小説の終末は悲惨過ぎる（這部小説的結尾太悲慘了）

　終末論（〔宗〕末世論）

終夜、終夜、終夜，終宵、終宵〔名、副〕終夜、一夜、整夜、徹夜、通宵（＝夜通し）←→終日、終日、終日、終日

　電車は終夜運転する（電車整夜行駛）

　雨が終夜降り続く（雨連續下了一夜）

　終夜営業（通宵營業）

　終夜燈（整夜點的佛燈、整夜開的電燈）

　終夜仕事に取り組む（通宵工作）

　終夜虫が集く（終夜蟲聲喞喞）

　久し振りに会った友人と終夜語り明かす（和久未見面的朋友談了一整夜）

終油礼〔名〕〔宗〕（天主教徒臨終的）塗香油儀式、塗油式

ㄓ

終了〔名、自他サ〕終了，完了、作完、期滿，屆滿
　試合終了（比賽結束）
　二学期が終了した（第二學期完了）
　重要任務を終了した（執行完了重要任務）

終漁〔名、自サ〕（該年）漁期已過

終列車〔名〕（當日的）最後一次火車、末班火車
　終列車に乗り遅れる（沒趕上末班火車）
　終列車が通り過ぎて夜も更けて行く（末班車駛過後夜也深了）

終〔名〕終，最後，死，臨終
　終の住処（最後的棲身之所）
　終の別れ（訣別、永別）
　終の煙（火化的菸）

対〔名〕（兩件東西一樣）成對，成雙、對句（＝対句）
〔接尾〕（接在數詞下用作助數詞）一對、一雙
　対に為る（配成對）
　対に為さない（不成對）
　対の屏風（一對屏風）
　対に着物（兩件一樣的衣服）
　大小で対に為っている夫婦の茶碗（一大一小成為一對的鴛鴦茶碗）
　花瓶一対（一對花瓶）
　一対の花瓶（一對花瓶）
　一対の茶碗（一對茶杯）

終ぞ〔副〕（下接否定語）從（未）
　終ぞ聞いた事が無い（從未聽過的事）
　終ぞ見た事の無い人（從未見過的人）
　彼は終ぞ嘘等吐いた事は無い（他一向沒撒過謊）

終に、竟に、遂に〔副〕終於，竟然、直到最後（＝到頭、最後迄）
　終に完成を見た（終於完成了）
　終に約束を果たさなかった（終於沒有踐約）
　終に口を利かなかった（直到最後一言未發、終於沒有開口）
　方方探して終に見付け出した（到處尋找終於找到了）
　終に革命が起きた（終於爆發了革命）起きる
　終に承知した（終於答應了）
　何度も電話を掛けたのに、相手は終に來なかった（打了好幾通電話對方始終沒有來）
　彼の人は一生終に結婚しなかった（那人終身都沒結婚）
　台湾のアタック隊員は終に世界の最高峰ーチョモランマ峰の頂上に立った（台灣登山隊員終於踏上了世界最高峯-珍穆朗瑪峯）立つ 経つ 建つ 絶つ 発つ 絶つ 断つ 裁つ 截つ

終う、仕舞う、了う〔自五〕完了，結束（＝終わる）。〔他五〕做完、弄完（＝終える済ます）、收拾起來，放到……裡面、關閉。〔補動，五型〕（用 "…て仕舞う"、"…で仕舞う" 的形式）完了、表示無可挽回或事出意外
　仕事が早く仕舞った（工作很快就結束了）
　仕事を仕舞う（做完工作、結束工作）
　勉強を仕舞ってから遊ぶ（做完功課再玩）
　箱に仕舞う（放到箱子裡）
　道具を仕舞う（把工具收拾起來）
　着物を仕舞う（把衣服收拾起來）
　品物を蔵に仕舞って置く（把東西放到倉庫裡）
　布団を押し入れに仕舞う（把被子放到壁櫥裡）
　物事を胸に仕舞って置く（把事情藏在心裡）
　店を仕舞う（關門、打烊、收工、歇業）
　一日で読んで仕舞った（一天就讀完了）
　金皆使って仕舞った（錢都花光了）
　直ぐ読んで仕舞う（馬上就讀完）
　仕事を遣って仕舞った（工作做完了）
　早く食べて仕舞え（快點吃完）
　死んで仕舞った（死了）

財布を落して仕舞った（把錢包丟了）
忘れて仕舞う（忘掉了）
盗まれて仕舞った（被偷去了）
たった二日で出来て仕舞った（只用兩天就做出來了）
仕舞った（事を為た）（糟了）

終い，終、仕舞い，仕舞、了い，了〔名〕結束、最後、賣完、化妝，打扮
仕舞い際に（到了末尾、最後）
映画を仕舞い迄見る（一直把電影看完）
仕舞いから二番目（倒數第二）
長い説教を仕舞い迄聴く（一直聽完冗長的說教）
仕舞い迄歌う（直到唱完）
議論を為ていて仕舞いには到頭喧嘩に為った（吵著吵著最後終於打起來了）
彼は一番仕舞いに来た（他是最後來的）
僕の言う事を仕舞い迄聞いて下さい（請聽我說完）
休暇も仕舞いに為った（休假也過完了）
手紙の仕舞いには健康を祈ると書いて有った（信的末尾寫著祝您健康）
人間もああなっちゃ御仕舞いだ（人若沉淪到那樣就算完蛋了）
今日は此れで御仕舞い（今天到此為止）
店仕舞いを為る（關門、打烊）
もう御仕舞いに為よう（就此停止吧！）
大根は今日は御仕舞いに為りました（蘿蔔今天賣完了）
肉はもう御仕舞いです（肉已經賣光了）
彼の娘は綺麗に御仕舞いを為ている（那小姐打扮得很漂亮）
仕舞い込む（放進、裝入、收拾起來）
仕舞い忘れる（忘了收拾起來）
仕舞風呂（大家洗完的最後的洗澡水）
仕舞湯（大家洗完的最後的洗澡水=仕舞風呂）

仕舞店（舊貨商、拍賣貨底的商店）
仕舞物（賣剩下的貨、貨底）

終える〔他下一〕做完、完成、結束（相對的自動詞是終わる）←→始める
〔自下一〕〔俗〕完成、結束（=終わる）
取材を終える（採訪完畢）終える負える追える
歴史的使命を終える（完成歷史使命）
やっと仕事を終えた（好不容易把工作做完）
戦闘を終えて直ぐ行軍に移る（打完一仗馬上開拔）
最後に〝不思議の国のアリス〟を上映して会を終えた（最後放映〝愛麗絲漫遊奇境〟閉會）
宿題は終えた（作業作完了）
会が終えたのは十二時過ぎだった（開完會已經過了十二點鐘）

終わる〔自五〕完、完畢、結束、終了←→始まる。〔他五〕〔俗〕做完、完結、結束（=終える）←→始める、（接於其他動詞連用形下，構成複合動詞）…完
授業が終わる（下課、放學）
仕事が終わる（工作結束、完工）
芝居が終わる（散戲）
会議が終わる（散會）
一日が終わる（一天過去）
冬ももう終わった（冬天也已經過去了）
今月ももう終わった（這個月也已經過去了）
万事終わる（萬事休矣、一切都完了）
敵の企みは失敗に終わった（敵人的陰謀以失敗告終了）
食事が終わってから庭を散歩した（飯後在院子裡散步了）
街並が終わると畑に為る（大街道盡頭就是田地）
日本語の勉強が終わったら日本歴史を研究する積りです（學完日語後我打算研究日本歷史）
一生を終わる（結束一生、死）

此で放送を終わります（廣播到此結束）

今日の仕事を終わった（結束了今天的工作）

此を以って私今日の講義を終わります（就此結束我的講課）

読み終わる（讀完）

書き終わる（寫完）

もう食べ終わった（已經吃完了）

仕事を仕終わってから直ぐ行く（工作作完馬上就去）

終わり、終り〔名〕終，終了、末尾，結束，結局，到最後、終點，盡頭←→始め

始めから終わり迄（從頭到尾、自始自終）

終わり迄聞く（聽到最後、聽完）

終わりに近付く（接近終點、接近尾聲）

学期は終わりに近い（學期快結束了）

終わりに臨んで一言申し上げます（最後我再說上一句）

何時迄しても終わりの無い仕事だ（這是件做到何年何月都無法完成的工作）

此の本は終わりの方に為ると興味が無く為る（這本書到了末尾就沒意思了）

終わりが大切（要慎終如始）

終わりを告げる（告終、宣告結束）

試験も終わりを告げた（考試也結束了）

会議も終わりを告げた（會議也結束了）

階級の存在する社会では、階級闘争は終わりを告げる事が無い（在有階級存在的社會裡階級鬥爭不會結束）

終わりを慎む事始めの如くんば、敗るる事無し（慎終如始則無敗事－老子）

終わりを全うする（有始有終）

彼は革命家と為て終わりを全うした（他作為一個革命家保持了晚節）

終わり値、終り値〔名〕〔商〕（交易市場的）收市價格、收盤（＝引き値）

終わり初物、終り初物〔名〕（和早熟、最初上市的一樣鮮美的）晚熟的蔬菜（水果）

鍾（ㄓㄨㄥ）

鍾〔漢造〕聚集（鍾愛），年老的狀態(龍鍾)

鍾愛〔名、他サ〕鍾愛、寵愛

我が子を鍾愛する（寵愛自己的孩子）

父の鍾愛を受ける（受父親的鍾愛）

鍾愛の娘（寵愛的女兒）

鍾馗〔名〕鍾馗（傳說中能驅邪的神）

鍾馗の様な怖い顔（其貌可怕）怖い恐い強い

鍾寵〔名、他サ〕鍾愛、寵愛（＝鍾愛）

鐘（ㄓㄨㄥ）

鐘〔漢造〕鐘

晩鐘（晚鐘傍晚寺院或教會敲得鐘）

梵鐘（寺院的鐘、鐘樓上的鐘）

半鐘（〔通知火警的〕小型吊鐘、警鐘）

時鐘（報時鐘）

自鳴鐘（〔古〕自鳴鐘）

鐘鼓〔名〕鐘和鼓

鐘状〔名〕〔植〕鐘狀

鐘声〔名〕鐘聲

寺院の鐘声を聞える（傳來寺院的鐘聲）

鐘鼎〔名〕吊鐘和鼎

鐘堂〔名〕鐘堂、鐘樓

鐘銅〔名〕鐘銅、青銅

鐘乳石〔名〕〔礦〕鐘乳石

鐘乳体〔名〕〔植〕鐘乳體

鐘乳洞〔名〕鐘乳岩洞

鐘乳洞が出来る（形成鐘乳岩洞）

鐘楼、鐘楼〔名〕鐘樓

鐘楼に登って鐘を撞く（登上鐘樓撞鐘）

鐘楼守（鐘樓看守的人）

鐘楼〔名〕〔舊〕鐘樓

鐘〔名〕吊鐘、鐘聲

鐘が鳴る（鐘響）鐘金鉦矩為る成る鳴る生る

鐘を鳴らす（敲鐘、打鐘）

鐘を撞く（撞鐘）撞く衝く付く附く着く憑く就く

鐘を鋳る（鑄鐘）鋳る居る入る要る射る炒る煎る

除夜の鐘（除夕的鐘聲-十二月三十一日寺院裡敲的鐘）

時報の鐘を聞いてから家を出たのだ（是聽到報時的鐘聲後離開家的）聞く聴く効く利く

合図の鐘が鳴る（信號鐘響了、信號鐘聲響了）

金、鉄、銀、銅〔名〕金屬的總稱、礦石，礦物，貨幣，金錢，金子，錢（＝御金）

此のドアは木でなく金で出来ている（這個門不是木頭的是鐵做的）鐘鉦 矩印

金が沢山有る（有很多錢）有る在る或る

金が要る（需要錢）要る入る射る居る鋳る炒る煎る

金が掛かる（花費、需要用錢）掛る係る繋る懸る架る罹る

金を払う（付錢）払う掃う祓う

金を借りる（借錢）

金を儲ける（賺錢、掙錢、發財）儲ける設ける

金を損する（虧本、賠錢）

細かい金（零錢）

有り余る金が有る（有的是錢、有餘錢）

手元に金が無い（手頭沒有錢）

金に困っている（手裡沒錢、正在為錢發愁）

無闇に金を使う（亂花錢、浪費錢）遣う使う

大いに金を儲けた（發了大財、賺了大錢）

金を集める（湊錢）

金を寄付する（捐錢、捐款）

金を調達する（籌款、籌措款項）

金を生かして使う（有效地使用金錢）生かす活かす

金を殺して使う（亂花錢、花錢沒效果）

金が敵（錢能要命，財能喪生、〔隱〕和財無緣，財神爺老不降臨）仇敵

金が物を言う（錢能通神）言う云う謂う

金で釣る（用錢誘惑）釣る吊る

金に糸目を付けない（不吝惜金錢）

金に目が眩む（利令智昏）眩む暗む

金に目が無い（貪財、就喜歡錢）

金の切れ目が縁の切れ目（錢了緣分盡、錢在人情在、錢盡不相識）

金の貸借は不和の元（親戚不過財、過財兩不來）

金の蔓（礦脈、生財之道）蔓鶴弦

金の生る木（搖錢樹）生る鳴る成る為る

金の番人（守財奴）

金の世の中（金錢萬能的世界）

金の草鞋で尋ねる（踏破鐵鞋到處尋找）尋ねる訪ねる訊ねる 訪れる

金の草鞋で探す（踏破鐵鞋到處尋找）探す捜す

金は天下の回り物（貧不生根富不長苗﹛喻﹜貧富無常）

金を食う（費錢）食う喰う食らう喰らう

金を工面する（籌款）

金を算段する（籌款）

金を強請る（勒索錢）

金を握らせる（行賄、賄賂）

金を寝かす（荒著錢、白存著錢）

金を無心する（乞錢）

先立つ物は金（萬事錢當先）

地獄の沙汰も金次第（錢能通神、有錢能使鬼推磨）

時は金也（時間就是金錢）

鉦〔名〕鉦、鉦鼓（佛具之一）

鉦や太鼓で探す（敲鑼打鼓地到處尋找、大找特找）探す捜す鉦印金鐘矩

かねくよう
鐘供養〔名〕新鐘鑄造後舉行的初撞儀式

かねせいどう
鐘青銅〔名〕〔化〕鐘青銅

冢（ㄓㄨㄥˇ）

ちょう
冢〔漢造〕（通塚）高大的墳

ちょうえい　ちょうえい
冢塋、塚塋〔名〕墳墓

つか　つか
冢、塚〔名〕塚，土塚，墳墓、（埋東西或作標記用的）土堆

　　つか　きず
　　塚を築く（造墓）

　　いちりづか
　　一里塚（一里的里程碑）

　　かいづか
　　貝塚（〔考古〕貝塚）

　　ありづか
　　蟻塚（蟻塚、蟻塔）

つか
束〔名〕〔古〕四指並排的長度，一握長，一把長。〔古〕把，捆（=束）。〔建〕（棟和樑之間的）短柱（=束柱）。〔印〕（裝訂時）印張的厚度，書的厚度、很少，一點點

　　とつか　　けん　　　　　　　　けんつるぎ
　　十束の剣（十把長的劍）劍劍

　　つか　ま
　　束の間（轉瞬、瞬息、轉眼間、一剎那）

つか
柄〔名〕（刀劍等的）把，柄、筆桿（=筆の軸）

　　かたな　つか　て　か
　　刀の柄に手を掛ける（手按刀柄）

　　とうしん　つか　つ
　　刀身に柄を付ける（給刀身安上柄）

　　つか　とお　　さ
　　柄も通れと刺す（深刺到刀把）

　　つかみじか　ふで
　　柄短き筆（短桿的筆）

　　つか　にぎ　　と
　　柄を握る（取る）（技藝精湛）

塚（ㄓㄨㄥˇ）

ちょう
塚〔漢造〕高大的墳

ちょうえい　ちょうえい
塚塋、冢塋〔名〕墳墓

つか　つか
塚、冢〔名〕塚，土塚，墳墓、（埋東西或作標記用的）土堆

　　つか　きず　　　　　はか
　　塚を築く（造墓）墓

　　いちりづか
　　一里塚（一里的里程碑）

　　かいづか
　　貝塚（〔考古〕貝塚）

　　ありづか
　　蟻塚（蟻塚、蟻塔）

つか
束〔名〕〔古〕四指並排的長度，一握長，一把長。〔古〕把，捆（=束）。〔建〕（棟和樑之間的）短柱（=束柱）。〔印〕（裝訂時）印張的厚度，書的厚度、很少，一點點

　　とつか　　けん　　　　　　　　けんつるぎ
　　十束の剣（十把長的劍）劍劍

　　つか　ま
　　束の間（轉瞬、瞬息、轉眼間、一剎那）

つか
柄〔名〕（刀劍等的）把，柄、筆桿（=筆の軸）

　　かたな　つか　て　か
　　刀の柄に手を掛ける（手按刀柄）

　　とうしん　つか　つ
　　刀身に柄を付ける（給刀身安上柄）

　　つか　とお　　さ
　　柄も通れと刺す（深刺到刀把）

　　つかみじか　ふで
　　柄短き筆（短桿的筆）

　　つか　にぎ　　と
　　柄を握る（取る）（技藝精湛）

つかあな
塚穴〔名〕墓穴（=墓穴）

　　つかあな　ほ　　　　　　　　　ほ　ほ
　　塚穴を掘る（挖墓穴）掘る彫る

つかつく
塚造り〔名〕營塚鳥

腫（ㄓㄨㄥˇ）

しゅ
腫〔漢造〕腫、〔醫〕體內增殖物

　　すいしゅ　　　　　　　　　　　　　　むく
　　水腫（〔醫〕水腫、浮腫）（=浮腫む）

　　ふしゅ　　　　　　　　　　　　　　　むく
　　浮腫（〔醫〕水腫、浮腫）（=浮腫む）

　　きんしゅ
　　筋腫（〔醫〕肌瘤）

　　にくしゅ
　　肉腫（〔醫〕肉瘤）

　　がんしゅ
　　癌腫（〔醫〕〔胃癌、肺癌、子宮癌等的總稱〕腫瘤、癌）

　　ばくりゅうしゅ
　　麦粒腫（〔醫〕麥粒腫、〔俗〕針眼）

しゅちょう
腫脹〔名、自サ〕〔醫〕腫脹

　　ぜんしん　しゅちょう　み
　　全身に腫脹が見える（全身出現腫脹）

　　がんめん　しゅちょう
　　顔面が腫脹している（面部腫脹）

しゅもつ　　　　　　　　　　　　　　　でもの
腫物〔名〕〔醫〕腫瘤（=出来物）

　　しゅもつ　せっかい
　　腫物を切開する（切開腫瘤）

は　もの
腫れ物〔名〕腫包、腫塊、癤子、腫疙瘩

　　か　　さ　　　　　は　もの　　な
　　蚊に刺されて腫れ物に為る（被蚊子叮得腫了一個包）

　　くび　は　もの　　で　き
　　首に腫れ物が出来た（脖子上長了個疙瘩）

　　は　もの　ふ　き
　　腫れ物が吹って切れた（腫物破潰了〔出頭了〕）

　　は　もの　ふ　　よう
　　腫れ物に触れる様（提心吊膽、小心謹慎）

腫れ物に触れる様な心遣いの必要な男だ（他是一個需要小心對待的人）

腫瘍〔名〕〔醫〕腫瘍、腫瘤
脳腫瘍（腦瘤）
良性腫瘍（良性瘤）
腫瘍学（腫瘤學）

腫れる〔自下一〕腫、腫脹
肩が腫れた（肩膀腫了）
瞼が酷く腫れ上がっている（眼皮腫得很高）
腫れた顔（腫臉）
淋巴腺が腫れる（淋巴腺腫大）
足が腫れている（腳腫了）

晴れる、霽れる〔自下一〕晴，消散、放晴，停止←→曇る、消除、開朗，愉快
空が晴れた（天晴了）
天気が晴れたり曇ったりする（天氣時晴時陰）
今日は晴れ然うだ（今天彷彿要晴）
雨が晴れた（雨停了、放晴了）
三日も降ったのに未だ晴れ上がらない（連下了三天雨還不放晴）
疑いが晴れる（疑雲消散）
嫌疑が晴れる（嫌疑消除）
君の言葉で疑いがすっかり晴れた（經你這麼一說疑惑全消了）
散歩を為ると気が晴れるよ（散散步心情會愉快起來）

腫れ、腫〔名〕腫、腫脹
腫れが酷い（腫得嚴重）
腫れが引いた（消腫）

腫れ上がる〔自五〕腫起來
淋巴腺が腫れ上がり、小さな瘤が出来ている（淋巴腺腫起來形成了一個小瘤）

晴れ、晴〔名〕晴，晴天、隆重、盛大、公開，正式、消除
明日は晴れだったら、ハイキングに行こう（明天如果是晴天就去郊遊吧！）

天気予報に依ると、今日は晴れ後曇りだ（天氣預報說今天是晴轉陰）
晴れの卒業式（隆重的畢業典禮）
晴れの結婚式を挙げる（舉行盛大的結婚儀式）
晴れの初舞台を踏む（首次正式登台表演）
晴れの場所で演説を為せられる（被迫在公開場合當眾演講）
晴れの姿（身著盛裝）
列座の人人は今日を晴れと着飾っていた（列席的人們全都抓住今天這個機會身著盛裝）
晴れの身と為る（嫌疑消除）
秋晴れ（秋天的晴天）

腫らす〔他五〕使…腫脹
泣いた目を腫らした（把眼睛哭腫了）

晴らす〔他五〕解除，消除、雪除
疑いを晴らす（解除疑慮）
気を晴らす（消愁解悶）
心に積もっていた憂さを晴らす（出出壓在心頭的悶氣）
長年の恨みを晴らす（雪除多年的仇恨）

種（ㄓㄨㄥˇ）

種〔名，漢造〕種類、種子、種植。〔生〕（動植物分類的）種
第二種（第二種）
各種の品物（各類東西）
此の種の事件（這類事件）
二十種の色（二十種顏色）
此の種の人間も少なく有りません（這類人也不少）
此の動物の種は何だろう（這個動物是什麼種？）
種の起源（種的起源）
播種（〔農〕播種）

人種（人種，種族、〔俗〕〔生活環境或愛好等不同的〕階層）

各種（各種、各樣、種種、每一種）

核種（〔理〕原子核素）

多種（多種、種類多）

亞種（〔生〕亞種）

變種（〔生〕變種）←→原種

原種（為取種子而播種的種子、〔改良品種前的〕動植物原種）←→變種、改良種

改良種（〔動植物的〕改良品種）←→原種、變種

品種（〔農〕品種、種類）

雜種（雜種，混合種，混血兒，混雜的種類，各式各樣的種類）

種概念 〔名〕〔邏〕種概念←→類概念

種間雜種 〔名〕〔生〕種間雜種

種牛、種牛 〔名〕〔農〕種牛

種芸 〔名〕種植農作物或草木

種差 〔名〕〔邏〕種差

種子 〔名〕種子（=種）

　草花の種子を採取する（採取花草的種子）

　種子植物（種子植物）

種子骨 〔名〕〔解〕籽骨（肌腱內的小成骨中心）

種子軟骨 〔名〕〔解〕籽軟骨

種子島 〔名〕（江戶時代末期從葡萄牙傳入的）火繩槍

種種 〔副、名ナ〕種種、各種、多種、多方

　種種の理由を挙げて（舉出種種理由）

　種種雜多の物（各種各樣的東西）

　種種慰める（多方安慰）

　種種樣樣の飲み物（各種各樣的飲料）

　種種の方法（各種辦法）

　種種相（各種現象、各種表現、不同方面）

　社会の種種相（社會上各種現象）

種種 〔名〕種種、樣樣、各種各樣（=色色、樣樣）

　種種の雜事に追われる（忙於各種雜務）

種種、色色 〔名、形動、副〕種種、各種各樣、各式各樣、形形色色（=樣樣）

　デパートで色色な物を買った（在百貨店買了各樣東西）

　其れは色色に解釈出来る（那可作種種解釋）

　色色な（の）人が集る（聚集了各色人等）

　色色遣る事が有る（有種種要做的事）

　色色と考えて見たが名案が浮かばない（左思右想有種種要做的事）

　友達と色色話を為た（和朋友們東南西北地聊了一陣）

　色色（と）慰めて遣る（多方進行安慰）

　世間は色色だ（世上的人形形色色）

　色色と有り難う（謝謝你種種幫助）

種小名 〔名〕〔生〕（生物學名在屬名之後的）種名

種族 〔名〕〔生〕種族、部族

　種族保存の本能（種族保存的本能）

　種族免疫（〔醫〕種族免疫、自然免疫）

　異なった種族の間に交渉が生ずる（不同部族之間發生糾葛）

種畜 〔名〕〔農〕種畜

　種畜場（種畜場）場場

種虫 〔名〕〔動〕孢子蟲

種痘 〔名、自サ〕〔醫〕種痘、接種牛痘

　強制種痘（強制種痘）

　種痘を受ける（接受種痘、被種痘）

　種痘すると跡が残る（種了痘就留下疤痕）

　種痘を植える（種牛痘）植える飢える餓える

種皮、種被 〔名〕〔植〕種皮

　種皮に覆われている種子（被種皮包覆著的種子）覆う蔽う被う蓋う

種苗 〔名〕種和苗、幼魚

　種苗を育成する（培育種苗、育種和育苗）

種阜 〔名〕〔植〕種阜

種別 〔名、他サ〕類別、分類、按種類區分

採集した植物を種別する（把採集的植物按種類加以區分）

種別に依って名称を変える（按照分類而改換名稱）

種名〔名〕〔生〕種名

種目〔名〕項目、種類

営業種目（營業項目）

競技の種目（比賽項目）

彼の会社は広い種目に亘って取引を為している（那家公司的營業項目很廣）

種卵、種卵〔名〕〔農〕種卵

種類〔名〕種類

種類が違う（種類不同）

有らゆる種類の花（各種花）

一種類三つ宛貰いましょう（每一種我要三個）

同じ種類の昆虫（同種的昆蟲）

酒でさえ有れば種類を選ばない（只要是酒哪種都行）

工作機械には沢山の種類が有る（車床有很多種類）

品物を種類別に為る（把東西按種類分開）

種姓、素性、素姓、素生〔名〕出身，血統，門第（=生まれ、血筋、家柄、育ち）、來歷，經歷，身世（=身元、来歴、由緒）、秉性（=生まれ付きの性質）

素性が卑しい（出身卑賤）

物腰に素性の良さが窺われる（從待人接物就可知出身之好）

彼は素性が良い（他出身好）

彼の人は氏も素性も無い人だ（他是個出身低微的人）

素性の良い犬（出身純的犬）

素性の分から無い人（來歷不明的人、陌生人）

素性の知れない出物（來歷不明舊貨）

素性の知れない人（來歷不明的人、陌生人）

素性を調べる（調查身分血統）

素性を隠す（隱瞞身世）

素性を暴く（揭露身世）

素性を明かす（坦白交代來歷）

彼は如何しても素性を明かさなかった（他怎麼也不吐露自己的身世）

素性は争われない物だ（秉性難移）

素性が素性だからぬ（天生的秉性改不了、到底是出身說明問題）

種〔名〕（植物的）種子、（果實的）果核、（動物的）品種、（引起喜怒哀樂、不和、憂慮等的）根源，起因，原因，原料，材料、（新聞的）材料，題材、（會談的）話題、（魔術等的）機關，秘密，訣竅、湯裡的材料

種を蒔く（播種）蒔く撒く播く巻く捲く

種を取る（留取種子）取る撮る採る執る捕る摂る

西瓜の種（西瓜籽）

桃の種を取る（取出桃核）

此の頃は種の無い葡萄が沢山有ります（最近有很多無子的葡萄）

種の良い馬（良種馬）

種を取る為に飼う（作種畜飼養）飼う買う

玩具が子供達の喧嘩の種（玩具成了孩子們吵架的原因）

不和の種を蒔く（種下不和的種子）

パンの種（酵母）

菓子の種を仕込む（準備做點心的原料）

其の料理屋で食べさせる物は種が良い（那家飯館使用真材實料）

新聞の種に為る（成為新聞材料）

新聞の種を漁る（搜索新聞材料）

話の種が尽きた（沒可說的了）

種を握っている（掌握了秘密〔內情〕）

種の無い手品は出来ない（沒有訣竅變不了戲法）

種を明かす（揭露秘密、洩漏老底）

屮

種を上がる（機關〔秘密〕被揭穿）上がる挙がる揚がる騰がる

蒔かぬ種は生えぬ（不種則不收、不勞則不獲）

胤、種〔名〕父方的血統

　胤違いの兄弟（異父同母的兄弟）兄弟兄弟

　彼等は胤は同じだが腹が違う（他們同父不同母）

　胤を宿す（懷孕）

　彼の胤を宿す（懷孕他的孩子）

　因果の胤（非婚生子女）

　一粒種（獨生子）一粒一粒

　一粒種の男の子（獨生子）

種明かし〔名、自サ〕揭穿秘密、說出內幕、洩漏老底

　種明かしを為れば何でも無い事だ（一揭穿秘密什麼也不是）

種油〔名〕菜籽油

種板〔名〕〔攝〕原板、底板

種芋〔名〕種芋（做種子用的芋頭、馬鈴薯、甘藷等）

種馬、種馬〔名〕〔農〕種馬

　種馬牧場（種馬牧場）

種下ろし〔名、自サ〕〔農〕播種（=種蒔き）

種牡蠣〔名〕（繁殖用的）種牡蠣

種紙〔名〕蠶紙，蠶卵紙、〔俗〕（照片的）印相紙，相片紙

　種紙を掃き立てる（清掃蠶紙、把幼蠶從蠶紙上移走）

種変わり、種変り〔名〕異父同母（的兄弟姊妹）（=種違い）、（植物的）變種

種切れ〔名、自サ〕種子用盡、（寫作或談話）沒材料

　話が種切れに為った（無話可談了）

種結晶〔名〕〔化〕晶種、子晶（物）

種麴〔名〕種麴

種仕掛け〔名〕變戲法的訣竅，機關，消息

種じゃが〔名〕播種用的花生、土豆種（=種馬鈴薯）

種酢〔名〕種醋（用酒造醋時加入的醋酸）

種違い〔名〕異父同母（的兄弟姊妹）（=種変わり、種変り）

種付け〔名、自サ〕（家畜的）良種交配、配種

　牛の種付け料は幾等ですか（牛的配種費多少錢？）

種取り〔名〕（植物或蔬菜的）採種子，留種、（為繁殖而留的）種畜、採訪新聞材料（的人）

　種取りを為る（留種）

　種取り用の家畜（配種用的家畜）

　種取りに行く（去採訪新聞）

　種取りの為歩き回る（為採訪新聞材料而四處奔走）

種無し〔名〕無子，無核、無子（的人），無子嗣（的人）

　種無し西瓜（無子西瓜）

　種無しに為る（虧老本、失去老本）

種離れ〔名〕離核

　種離れの良い果實（離核的果實-如桃等）

　種離れしない桃（黏核的桃）

種火〔名〕火種

　種火は消しないで下さい（請不要熄掉火種）

種豚〔名〕種豬

種本〔名〕藍本參考書、

　教師の種本（教師手冊〔便覽、指南〕）

　彼の講義の種本を見付かった（找到了那本講義的藍本了）

　彼の人の著書を種本に為て講義する（以他寫的書為藍本講課）

種蒔き〔名、自サ〕播種

　畑に種蒔きに行く（去田地裡播種）

　八十八夜前後に種蒔きを為る習慣だ（習慣上在五一〔立春後八十八天〕前後播稻種）

　種蒔き機（播種機）

種物〔名〕種子、有肉蛋和炸大蝦的湯麵、（區別於普通冰水的）加果子露，小豆等的冰水

種物商（經營種子的商人）
種籾〔名〕〔農〕稻種
種綿〔名〕籽綿、帶籽綿花
種〔造語〕（接在動詞連用形下）表示材料、把子、把柄、內容、東西
　御笑い種（笑柄）
　質種（可當的東西）
　言い種（藉口、話把子）
　語り種（談話的材料〔內容〕）

踵（ㄓㄨㄥˇ）

踵〔漢造〕腳後跟、跟在後面
踵骨〔名〕〔解〕踵骨、跟骨
踵〔名〕腳後跟（＝踵）、鞋後跟
　踵を上げて爪立つする（抬起腳後跟翹著腳）
　踵に出来る靴擦れ（腳後跟上鞋磨的傷）
　踵の高い靴（高跟鞋）
　靴の踵が減る（鞋後跟磨薄）減る 経る
踵〔名〕踵、鞋後跟
　踵を返す（往回走）
　踵を巡らす（往回走）
　踵を返して広い道を前進して行った（回過頭來踏上了大道）
　踵を接す（接踵）
　踵を接して現れる（相繼出現）現れる 表れる 顕れる
踵〔名〕踵、鞋後跟（＝踵、踵）
　踵を返す（返回、折回、往回走）
　踵を接す（接踵而至）
　踵を巡らす（向後轉、返回）
　踵を巡らさず（瞬間、一刹那、極短的時間）

仲（ㄓㄨㄥˋ）

仲〔漢造〕居間、仲（兄弟排行第二）、仲（孟季之間）
　伯仲（伯仲、不分上下）

仲夏〔名〕仲夏（指夏季第二個月、陰曆五月）
仲秋〔名〕仲秋（指舊曆八月）
仲春〔名〕仲春（指舊曆二月）←→初春、季春
仲冬〔名〕仲冬、陰曆十一月的異稱
仲介〔名、他サ〕居間，從中介紹（＝仲立ち）、（國際法）居間調停
　株の売買を仲介する（介紹買賣股票）
　貸し家の仲介を為る（介紹租賃房屋）擦る 刷る 摺る 掏る 磨る 揩る 摩る
　仲介の労を取る（從中斡旋、居間調停）取る 撮る 採る 執る 捕る 摂る 獲る
　仲介国（居間調停國）国 國
　仲介者（中人、居間人、調停人）
　仲介者の手を経て（經居間人之手）
仲兄〔名〕仲兄、二哥
仲裁〔名、他サ〕調停，說和，勸解，從中調解。〔法〕仲裁
　仲裁に立つ（從中說和）
　喧嘩を仲裁する（勸架）
　仲裁の労を取る（出面調停）
　家庭争議を仲裁する（調停家庭糾紛）
　仲裁人（調停人、說和人）
　仲裁に付す（提交仲裁）付す 附す 伏す 臥す 賦す
　仲裁裁定（〔為了解決勞資糾紛，勞動委員會根據"勞資關係調整法"所進行的〕仲裁裁定）
　仲裁裁判（〔國際法〕仲裁裁判、調停裁判）
　仲裁裁判で決定する（由仲裁裁判來決定）
　仲裁裁判に付す（提交調停裁判）
仲商〔名〕陰曆八月的異稱
仲人〔名〕說和人，調停人，媒人，介紹人（＝仲人）
　仲人と一緒に御詫びに行く（和說和人一起去陪禮道歉）行く 往く 逝く 行く 往く 逝く
　見兼ねて仲人を買って出た（因看不過去主動出面進行調停）
　結婚の仲人に為る（作結婚的介紹人）

屮

仲人に頼まれる（受託當媒人）
仲人〔名〕媒人、婚姻介紹人
  仲人を為る（作媒）
  彼は仲人が巧い（他善於作媒）旨い上手い巧い美味い甘い
  仲人は宵の口（媒人做完早退席、喻結婚儀式完了不要再打擾新婚夫婦）
  仲人口（〔俗〕媒人嘴巴、媒人說的話）
  仲人口は当ては為らない（媒人的嘴靠不住〔不能全信〕）
  仲人口は半分に聞け（媒人的話只有一半可信）
仲陽〔名〕仲陽、仲春（指陰曆二月）
仲〔名〕交情、友誼、（人與人的）關係
  仲の良い友人（親密的朋友）良い好い佳い善い良い好い佳い善い
  仲が悪い（關係不好、不和）
  仲を取り持つ（居間調解）
  彼との仲が悪く為った（和他失和了）
  二人は血を分けた仲だ（他倆有血緣關係）
  二人は犬猿の仲だ（他二人如水火不相容）
  仲を裂く（離間、使不和睦）裂く咲く割く
  仲を直す（言歸於好）直す治す
中〔名〕裡面，內部←→外、當中、其中、中間。〔俗〕東京吉原，大阪新町的妓院。〔俗〕（記者在機關）採訪中。〔商〕下月底到期的期貨、下月底交割的定期交易，近期貨（=中限）
  鞄の中から本を取り出す（從皮包裡拿出書來）
  中に何が入っているか（裡面裝著什麼？）
  戸は中から開いた（門由裡面開了）
  箱の中へ入れる（放到箱子裡）
  雪の中を歩いて帰る（冒著雪走回來）
  泳ぐ中で泳ぎを覚える（在游泳中學游泳）
  御忙しい中を来て頂いて恐縮です（您在百忙之中撥冗前來不敢當）
  中で一番良い子（其中最好的一個孩子）
  中でも酷いのは（尤有甚者）
  此は数有る中の本の一例だ（這只是很多之中的一個例子）
  中一日置いた（中間隔一天）
  中に立つ（居中、居間）
  森の中を通って行く（穿過森林）
  中の兄（二哥）
  中の息子は戦死した（二兒子陣亡了）
  人込みの中に割って入る（擠進人群裡去）
  中に入って貰う（請當中間人）
  橋の中程迄来る（走到橋中間）
  正月中の七日（正月十七、正月中間的第七天）七日七日
  中の品（中等貨）
  中の方を向く（面向中間）
  中を取る（折衷、取乎中）
  中を行く（折衷、取乎中）
仲居〔名〕（飯店或妓院的）女招待
仲買〔名〕〔商〕居間、掮客，經紀人（=ブローカー）
  仲買業（經紀業、牙行）
  仲買人（掮客、經紀人）
  株式仲買人（股票經紀人）
  仲買手数料（〔付給經紀人的〕傭金、回扣、經手費）
  仲買口銭（〔付給經紀人的〕傭金、回扣、經手費）
  仲買を為る（當經紀人〔掮客〕）
仲仕〔名〕搬運工人
  沖仲仕（〔貨輪與駁船之間的〕裝卸工人）
仲違い〔名、自サ〕不和、失和、感情破裂
  兄弟二人は最近仲違いを為た（兄弟兩人最近失和了）
  最早仲違いする様な事は無かった（再也不會失和了）
仲立ち，仲立〔名〕居間（介紹或幹旋）、搭橋，媒介，媒妁，牙人，經紀人

結婚の仲立ちを為る（作媒人）
　　蠅や蚊は伝染病の仲立ちを為る（蚊蠅是傳染病的媒介）
　　人人は貨幣を仲立ちと為て食料品や衣料を入手する（人們以貨幣為媒介取得食品和衣著）
　　私が仲立ちを為て二人を引き合わせた（我從中介紹他們認識）
　　仲立ち口（媒人嘴）
　　取引の仲立ち（介紹買賣）
　　仲立ち営業（經紀業、牙行）
　　仲立ち人（媒人、居間人、經紀人）
　　仲立ち車（〔機〕惰輪、空轉輪、中間輪）

仲立〔名〕仲介

仲直り、中直り〔名、自サ〕和好，言歸於好，（寫作中直り）（久病臨終前）稍見好轉，迴光返照
　　夫婦の中直りを為せる（讓小倆口和好）
　　彼等は中直りが出来た（他們已言歸於好了）
　　子供達は喧嘩を為たが直ぐ中直りした（小孩們雖然打了架但很快又和好了）

仲値、中値〔名〕〔商〕（高價與低價之間的）中間價、（買價與賣價之間的）折中價、平均價

仲働き、中働き〔名〕兼做內宅和廚房雜物的女傭←→下働き、在後台為主角服務的下級演員

仲間〔名〕夥伴，一夥，同事，同仁，同類
　　飲み仲間（酒友）
　　商売仲間（合夥做生意的人、同行業的人）
　　仲間の不幸を悲しむ（物傷其類）
　　仲間に入る（入夥、合夥）
　　不良の仲間（流氓的夥伴）
　　仲間を裏切る（出賣夥伴）
　　我我は同じ仲間だ（我們是一家人）
　　君も其の仲間だろう（你也是那一夥的吧！）
　　儲かる話なら仲間に入り度い（如果是賺錢的事算我一份）
　　仲間取引（同行交易）
　　山茶花は椿の仲間だ（山茶花是茶花的同類植物）
　　仲間入り（入夥、合夥、參加倒一夥當中）
　　禁煙家の仲間入りを為る（加入禁菸的行列）
　　五大国の仲間入りを為る（列為五大國）
　　其の仲間入りは御免だ（我可不參加那一夥）
　　私にも其の仕事の仲間入りを為せて呉れないか（能否也讓我參加這項工作）
　　仲間内（夥伴們、夥伴關係）
　　仲間内丈の会合です（只是夥伴們的集會）
　　仲間同士（一夥、同夥）
　　入札前に仲間同士で談合したらしい（投標前同夥好像商量過）
　　仲間外れ（外圍者、被大夥排斥在外、被當作局外人）
　　仲間外れに為さる（被大夥排斥在外）
　　彼の子は乱暴なので何時も子供達から仲間外れに為れている（那孩子太野小孩們經常不和他在一起）
　　仲間受け（同夥間的聲望）
　　仲間受けが良い（為同夥所愛戴、受夥伴們歡迎）
　　仲間倒し（損害夥伴〔的人〕）
　　仲間値段（〔商〕同行價格、內部價）
　　仲間喧嘩（同室操戈、同伴互相爭吵）
　　仲間買（夥伴人共同出資購買〔的東西〕）
　　仲間割れ（拆夥、同伴間發生分裂）
　　自由党は仲間割れして二つの小党に為った（自由黨分裂成兩個小黨）
　　其が為に仲間割れと為った（由於這個原因關係破裂了）
　　長い間親しくしていた友達と到頭仲間割れして終った（終於和多年的好友分手〔分道揚鑣〕了）
　　仲間算用（同伴間算帳〔分贓〕）
　　仲間褒め（同夥間互相吹捧）

仲見世、仲店〔名〕神社或寺院内的商店街、通往神社或寺院正殿道路兩旁的商店街
　浅草の仲店（淺草觀音堂前的商店街）

仲良し〔名〕相好，和好、好朋友，相好的人
　仲良し同士（相好、好朋友）
　隣の子と仲良しに為る（和鄰居的孩子成了好朋友）
　彼は誰とでも仲良しだ（他和誰都友好）
　子供達は仲良し同士で遊ぶ（孩子們和要好的小朋友在一起玩）

仲合〔名〕〔舊〕交情、情誼、親密關係
　夫婦の仲合（夫妻的情誼）

重（ㄓㄨㄥˋ）

重〔名〕重大、（常用御重形式）套盒，疊層食盒（＝重箱）
〔接尾〕（助數詞用法）重、層
〔漢造〕（也讀作ちょう）重，沉、穩重、巨大、重要，尊貴、厲害、懇切、重複、重疊
　任務は重且大（任務重大）
　五重の塔（五層塔）
　軽重、軽重（輕重）
　敬重（敬重、尊重）
　過重（過重）
　荷重（負荷，負載，負荷量，載重量）
　加重（加重）
　慎重（慎重、穩重、小心謹慎）
　自重（自重，自愛，慎重、保重、珍重）
　持重（持重、慎重）
　貴重（貴重、寶貴、尊貴）
　尊重（尊重、重視）
　珍重（珍重，珍視，貴重，寶貴）
　厳重（嚴重、嚴格、嚴厲）
　鄭重、丁重（懇摯，誠懇，敬重，殷勤、很有禮貌，鄭重其事）

　提げ重、提重（提盒、帶提梁的套盒）

御重〔名〕（重箱的鄭重說法）（盛食物用的）套盒、重疊式木盒

重悪〔形動〕極惡
　重悪人（極惡人）

重圧〔名〕重壓、沉重的壓力
　重圧を加える（施加重壓）
　悪税の重圧に喘ぐ（掙扎在苛捐雜稅重壓之下）
　当局の重圧を受けて労働運動は沈滞している（受到當局的重壓工人運動停滯不前）
　経済的重圧を受ける（受到經濟上的沉重壓力）

重亜硫酸塩〔名〕〔化〕亞硫酸氫鹽、酸式亞硫酸鹽

重囲、重囲〔名〕重圍
　敵の重囲を破る（突破敵人的重圍）
　重囲に陥る（陷入重圍）

重営倉〔名〕（舊日本陸軍對犯罪士兵的一種懲罰）重禁閉←→軽営倉

重液〔名〕〔化〕重液、重介質
　重液選鉱（重液選礦、重介選礦）

重縁〔名〕親戚聯婚、親上加親
　親族の娘を嫁を貰うので重縁に為る訳だ（因為娶親戚的女兒作媳婦所以是親上加親）
　重縁を結ぶ（親上加親）結ぶ掬ぶ

重恩、重恩〔名〕重恩、厚恩、深厚的恩義
　重恩を受けた主君（受過重恩的主公）

重科〔名〕重罪、重罰，重刑

重火器〔名〕重火器（指機關槍、自動砲等）←→軽火器

重化学工業〔名〕重化學工業（把化學工業包括到重工業之內的說法）

重加算税〔名〕（對偷漏稅等的）加重稅

重過失〔名〕重大過失
　重過失罪（〔法〕重過失罪-如在汽油庫吸菸而引起火災等）

重課税〔名〕重税、加重税

重且大、重且つ大〔連語〕重大、既重且大
　我我の使命は重且大である（我們的使命非常重大）

重患〔名〕重病（患者）
　重患を患う（患重病）患う煩う
　重患の付き添いは大変だ（護理重病患者麻煩得很）

重感染〔名〕〔醫〕重感染

重器〔名〕（國家的）重要寶物、寶貴人物

重機〔名〕重機槍（＝重機関銃）、重工業用機槍
　重機を据えて掃射する（架上重機槍掃射）据える吸える饐える喫える

重機関銃〔名〕重機關槍←→軽機関銃

重軌条〔名〕重鋼軌

重騎兵〔名〕〔軍〕重騎兵

重級数〔名〕〔數〕多重級數

重禁錮〔名〕〔法〕重監禁

重金属〔名〕〔礦〕重金屬←→軽金属
　金、銀、鉄等の重金属（金銀鐵等重金屬）

重金主義〔名〕〔經〕重金主義（十六，七世紀重視金銀的經濟思想）

重苦〔名〕沉重的苦惱
　税金の重苦に堪え切れない（受不了捐税的重壓）

重苦しい〔形〕（心情等）沉悶，鬱悶，不舒暢、（言語或行動等）呆板，笨拙、（衣服等）笨重、（氣味等）濃郁
　重苦しい空気（沉悶的空氣）
　重苦しい嫌な天気だ（鬱悶的討厭的天氣）
　気分が重苦しい（心情鬱悶、覺得不舒服）
　何だか胸が重苦しい（胸部有些不舒暢）
　会議は重苦しい雰囲気に包まれている（會議籠罩著沉悶的氣氛）
　騒ぎが一通り片付いてからも、重苦しい空気が長い事家の中に漂っている（吵鬧大體上結束之後很長時間家中還充滿著沉悶的空氣）
　重苦しい言い方を為る（口齒笨拙）
　重苦しい文体（艱澀的文章）
　重苦しい色（暗淡的顔色）色色
　此の味は重苦しい（這個味道太膩）
　こんな暖かい日に外套は重苦しいから着まい（這麼暖和的日子裡穿大衣太笨重了不穿吧！）

重刑〔名〕重刑、重的刑罰
　重刑を科す（課以重刑）科す課す嫁す化す貸す架す
　利敵行為の為懲役十年の重刑を処せられる（因利敵行為被判處十年的重刑）

重軽傷〔名〕重傷和輕傷
　乗客五十名が重軽傷を負った（五十名乘客分別受了重傷和輕傷）負う追う

重圏〔名〕〔地〕重圈

重言〔名〕重説一次、重複詞（如豌豆豆、日日、白い白墨、石を投石する等）、疊詞（如滔滔、悠悠）

重元素〔名〕〔化〕重元素

重厚〔名、形動〕（性格等）沉著、穩重←→軽薄
　年を取るに連れて重厚と為る（年齡越大越穩重）
　重厚な人柄の人（為人穩重的人）

重合〔名、自サ〕〔化〕聚合（作用）
　噴霧重合（噴霧聚合）
　重合開始剤（聚合引發劑）
　重合ガソリン（聚合汽油）
　重合抑制剤（阻聚劑）
　重合促進剤（聚合促進劑）
　重合調節剤（聚合調節劑）
　重合度（聚合度）
　重合率（聚合速率）
　重合度分布（〔化〕分子量分布）
　重合体（〔化〕聚合體多聚物）
　重合同族体（〔化〕同系聚合物）
　重合油（〔化〕聚合油、厚油）

重ね合わせる〔他下一〕疊合、疊加、重疊在一起

重ね合わせ〔名〕疊合、疊加

重なり合う〔自五〕互相重疊、互相壓上
　半分宛重なり合っている（彼此互相壓著一半）
　屋根が藁に重なり合う様に葺かれる（屋瓦頂互相壓著鋪在上面）葺く吹く拭く噴く

重工業〔名〕重工業←→軽工業
　重工業を興して産業を発展させる（振興重工業發展產業）興す起す熾す
　重工業を先に興す（先發展重工業）
　重工業都市（重工業城市）

重構船〔名〕〔船〕重構船、全實船、標準強力船

重格子〔名〕〔理〕超點陣、超（結晶）格子

重甲板船〔名〕〔船〕重甲板船

重鉱物〔名〕〔地〕重礦物

重刻〔名、他サ〕重刻、再版

重婚〔名、自サ〕〔法〕重婚
　重婚罪を犯す（犯重婚罪）犯す冒す侵す
　法律で重婚は禁じられている（法律上禁止重婚）

重根〔名〕〔數〕等根

重罪〔名〕〔法〕重罪
　重罪に科す（課以重罪）
　スパイ行為の重罪に因って処刑される（由於犯間諜行為的重罪而被處死）
　重罪犯人（重罪犯人）

重刷〔名、他サ〕增印、加印

重殺〔名、他サ〕〔棒球〕雙殺（＝ダブル、プレー）double play

重酸素〔名〕〔化〕重氧

重視〔名、他サ〕重視、認為重要←→軽視
　重視するに足りない（不足重視）
　語学教育を重視する（重視外語教育）
　此の学校では語学と数学を重視する（這所學校重視外語和數學的教育）

重歯類〔名〕〔動〕重牙類

重酒石酸カリウム kalium〔名〕〔化〕酒石酸氫鉀

重酒石酸塩〔名〕〔化〕酒石酸氫鹽

重重〔副〕重疊、屢次、再三、很、甚

　重重恐れ入りました（太對不起了）
　重重御侘びします（深深〔再三〕表示歉意）
　私の方が重重悪いのです（全都是我的不是）
　重重の不始末（一再的不檢點）
　其は重重存じて居ります（那點我深深知道）

重重しい〔形〕莊重，嚴肅，鄭重，沉重，笨重，吃力←→軽軽しい
　重重しい雰囲気（嚴肅的氣氛）
　重重しい口調で述べる（以嚴肅〔鄭重〕的語調講）述べる陳べる宣べる延べる伸べる
　顔付が重重しい（面孔嚴肅、板著面孔）
　重重しく構える（擺出一副莊重的樣子）
　重重しく言う（嚴正地說）言う云う謂う
　重重しい足取りで歩く（邁開沉重的步伐、用莊重的步伐走）

重ね重ね〔副〕屢次，一次又一次，三番兩次，衷心
　重ね重ねの来訪（屢次來訪）
　重ね重ね不幸に遭った（屢遭不幸）遭う会う逢う遇う合う
　重ね重ね御世話に為りました（屢蒙關照、多承關照）
　重ね重ねの御厚意に与り実に恐縮です（承蒙厚愛真不好意思）
　重ね重ね御侘びします（衷心表示歉意）
　重ね重ね御礼を申し上げます（表示衷心的謝意）

重縮合〔名〕〔化〕緊縮

重出、重出〔名、自サ〕重出、重複出現
　此の記事は後にも重出している（這段消息在後面還重複出現）
　重出記入（重複登載）

重症〔名〕重病←→軽症
　彼は重症だ（他的病很重）

患者の中で数名は重症である（病患中有幾位是重病）
　重症患者（重病者）

重唱〔名、他サ〕〔樂〕重唱
　五重唱（五重唱）
　三人で三重唱を為る（三人三重唱）三人三人
　重唱歌（重唱歌曲）歌歌

重傷〔名〕重傷（=大怪我）←→軽傷
　重傷を負う（負重傷）負う追う
　其の事件で死者二名と重傷者三名を出した（在那件事件中死二人重傷三人）

重傷、重手〔名〕重傷（=深手）
　重傷を負う（負重傷）

重賞〔名〕重賞
　重賞を懸ける(懸重賞)掛ける懸ける架ける翔ける駈ける駆ける
　重賞レース（賞金很高的賽馬）

重障児〔名〕重殘兒童（=重度身体障害児）

重勝式〔名〕〔賽馬〕複勝式

重商主義〔名〕〔經〕重商主義（=マーカンディリズム）
　十六、七世紀の欧州では、諸国は重商主義を取っていた（在十六七世紀的歐洲各國採取了重商主義）
　重商主義者（重商主義者）者者

重晶石〔名〕〔礦〕重晶石

重色〔名〕重塗一層顔色、另一次顔色

重職〔名〕重任、要職、責任重大的職務
　社長の重職に就く（任總經理要職）就く衝く付く附く着く憑く突く搗く漬く

重心〔名〕〔理〕重心、平衡、重點
　重心を失う（失去平衡）
　重心を保つ（保持平衡）
　重心が取れない（不能保持平衡）
　両手で重心を取って綱渡りする（用兩手保持平衡走鋼絲）

重臣〔名〕重臣（主要指當過總理大臣的人）

彼は国家の重臣と為て貢献した（他作為國家的重臣做出了貢獻）
　重臣会議（（〔史〕〔二次大戦前由〝西園寺公望〟發起的〕重臣會議）

重信〔名〕〔電〕幻象
　重信回路（幻象線路）
　重信装荷（幻象加感）

重水〔名〕〔化〕重水

重水素〔名〕〔化〕重氫、氘

重星〔名〕〔天〕聚星

重税〔名〕重税
　重税に苦しむ（苦於重税）課する架する化する科する嫁する
　重税を課する（課以重税）
　此のカメラには重税が掛かっている（這個照相機上了重税）

重責〔名〕重責、重大責任
　主将の重責を果たす（完成主將的重任）
　重責を負う（擔負重責）
　私は此の重責に堪えられない（我擔負不了這個重大責任）堪える耐える絶える

重積分〔名〕〔數〕多重積分

重戦車〔名〕〔軍〕重坦克

重祚、重祚〔名、自サ〕（天皇一旦退位後又）重新踐祚、復辟
　昔の天皇は重祚する事が有った（往昔的天皇曾復辟過）

重奏〔名、他サ〕〔樂〕重奏
　二重奏（二重奏）

重曹〔名〕〔化〕小蘇打、碳酸氫鈉、重碳酸鈉
　胃酸過多の為重曹を飲む（因胃酸過多服用小蘇打）飲む呑む

重創〔名〕重傷

重層〔名〕重層、多層、復層
　重層感（多層感）
　重層建築（多層建築）
　重層上皮（復層上皮）

重装備〔名〕〔軍〕重裝備（大砲或重機槍等）
　重装備で行軍する（帶重裝備行軍）

重測鉛〔名〕〔測〕深水測深錘
　重測鉛線（深水測深錘線）

重体、重態〔名〕病危、病篤
　重体に陥る（病危）
　負傷して重体だった（因負傷而性命垂危）

重大〔形動〕重大、重要、嚴重
　重大な責任（重大的責任）
　重大な結果を来たす（帶來嚴重後果）
　重大声明を発表する（發表重要聲明）
　重大視する（重視）視する死する資する

重代〔名〕子子孫孫、世代相傳
　家重代の宝物（傳家寶）宝物宝物
　重代の家臣（代代相傳的家臣）

重炭安〔名〕〔化〕碳酸氫氨（= 重炭酸アンモニウム）

重炭酸アンモニウム〔名〕〔化〕碳酸氫氨

重炭酸塩〔名〕〔化〕碳酸氫鹽、重碳酸鹽

重炭酸カリウム〔名〕〔化〕重碳酸鉀、碳酸氫鉀

重炭酸ソーダ〔名〕〔化〕碳酸氫鈉、小蘇打

重炭酸ナトリウム〔名〕〔化〕重碳酸鈉、碳酸氫鈉、小蘇打

重置法〔名〕〔數〕疊合法

重窒素〔名〕〔化〕重氮

重鎮〔名〕重鎮、（某界的）權威，重要人物
　法曹界の重鎮（司法界的泰斗）
　会社の重鎮（公司的重要人物）
　彼は理論物理界の重鎮である（他是理論物理界的權威）

重詰め〔名〕裝在多層食盒裡（的飯菜）
　御萩の重詰め（內裝豆沙年糕的多層食盒）
　正月料理を重詰めに為る（把新年吃的飯菜裝在多層食盒裡）

重訂〔名、他サ〕重訂、再訂
　重訂版（重訂版）

重点〔名〕〔理〕重點←→支点、力点、重點

　英語に重点を置いて勉強する（把重點放在英語上來學習）
　重点配給（優先配售）
　重点主義（重點主義、集中力量做的主義）
　生産は重点主義で行われる（生產按重點主義做）
　重点的（有重點的）
　予算の重点的な配分（預算的重點分配）
　資材を重点的に配給する（有重點地分配資材）

重電機〔名〕重型電機、大型電機←→軽電機

重土〔名〕〔化〕重土，鋇氧，氧化鋇、〔農〕黏土

重度〔名〕程度嚴重
　重度身障者（嚴重殘廢）

重盗〔名〕〔棒球〕雙重盜壘

重任、重任〔名、自他サ〕重要任務、連任
　重任を帯びている（身負重任）
　重任を引き受ける（承擔重任）
　使者の重任を果たす（完成使者的重任）
　会長の任期は二年と為る、但し重任を妨げない（會長的任期規定為二年但可以連任）

重農主義〔名〕〔經〕重農主義
　重農主義者（種農主義者）者者

重爆〔名〕重轟炸機（= 重爆撃機）
　重爆で渡洋爆撃を為る（用重轟炸機過海洋轟炸）

重拍脈〔名〕〔醫〕重脈、複脈

重箱〔名〕（裝食品用的）多層方木盒、套盒
　重箱に弁当を詰めて御花見に行く（往多層方木盒裡裝上飯菜去賞花）
　重箱面（方臉）
　重箱の隅を杓子で払え（不必挑剔細節）
　重箱の隅を楊枝を穿る（挑剔細節、雞蛋裡挑骨頭）

じゅうばこよ　じゅうばこよみ
重箱読み　重箱読〔兩個漢字，上一個按音讀，下一個按訓讀的讀法，如重箱、団子等〕
ゆとうよ
←→湯桶読み

じゅうばつ
重罰〔名〕重罰

じゅうばつ　　くわ
　重罰を加える（加以重罰）

じゅうばつ　　しょ
　重罰に処せられる（被處於重刑）

じゅうはん
重犯〔名〕重犯罪，嚴重的犯罪、重犯，屢教不改的犯人←→初犯、再犯
しょはん　さいはん

そんぞくころ　　　じゅうはん　おか
　尊属殺しの重犯を犯す（犯殺害長輩親屬的重罪）犯す冒す侵す
おか　おか　おか

じゅうはん　　ごそう
　重犯を護送する（押送重罪犯人）

ぜんかろくはん　　じゅうはん
　前科六犯の重犯（有前科六次的屢教不改的犯人）

じゅうはん
重版〔名、他サ〕重版、再版、翻印（本）

こ　ほん　じゅうはんまたじゅうはん　い　ありさま
　此の本は重版又重版と言う有様だ（這本書左一版右一版地再版）

じゅうはん　　こ　ほど じゅうはん　　めいちょ
　十版を超える程重版した名著（再版超過十版的名著）

じゅうび
重美〔名〕重要美術品（=重要美術品）（現稱重文）
じゅうようびじゅつひん　　　　　　じゅうぶん

じゅうびょう
重病〔名〕重病

じゅうびょう　かか
　重病に罹る（患重病）

じゅうびょうかんじゃ
　重病患者（重病患者）

じゅうふか
重負荷〔名〕〔電〕重負載

じゅうふかちょうせい
　重負荷調整（調節重負載）

じゅうふかはんのう
重付加反応〔名〕〔化〕加成聚合作用

じゅうふく、ちょうふく
重複、重複〔名、自サ〕重複

じゅうふくてん
　重複点〔數〕多重點

はなし　ちょうふく
　話を重複する（說話重複）

ちょうふく　さ
　重複を避ける（避免重複）

ちょうふく　きら　　せつめい
　重複を嫌わず説明する（不厭其煩地反覆說明）

こ　ほん　さんけつちょうふく
　此の本は三頁重複している（這本書三頁重複）

ちょうふくいんし
　重複因子〔生〕重複基因

ちょうふくじゅせい
　重複受精〔植〕〔被子植物的〕雙重受精

じゅうぶん
重文〔名〕〔語法〕並列句（如花は咲き、鳥は歌う）
たんぶん　じゅうようぶんかいさん　　じゅうようぶんかざい
←→単文、重要文化遺産（=重要文化財）

じゅうぶん　　してい　　　　　ぶつぞう
　重文に指定された仏像（被指定為重點保護文物的佛像）

じゅうへいきん
重屏禁〔名〕〔法〕重禁閉

じゅうべん
重弁〔名〕〔植〕（花）重瓣、疊瓣←→単弁
たんべん

じゅうべんか　　　かはな
　重弁花（重瓣花）花花

じゅうべんい
　重弁胃（〔動〕重瓣胃-反芻偶蹄類的胃的一部份）

じゅうぼいん
重母音〔名〕〔語〕重母音、重元音

じゅうほう
重宝〔名〕貴重寶物

でんか　じゅうほう
　伝家の重宝（傳家寶）

じゅうほう　いだ　もの　やこう
　重宝を懐く者は夜行せず（懷貴重寶物者不夜行）懐く抱く擁く抱く
いだ　いだ　いだ　だ

ちょうほう
重宝〔名〕寶貝、寶物、珍寶

〔名、形動〕便利、方便、適用

〔名、他サ〕珍視、愛惜、心愛

おいえ　ちょうほうまさむね　めいとう
　御家の重宝正宗の銘刀（傳家寶岡崎正宗鍛造的寶刀）

ちょうほう　もの
　重宝な物（方便的東西）

ちょうほう　じしょ
　重宝な辞書（適用的辭典）

これ　ひじょう　ちょうほう
　此は非常に重宝だ（這非常方便適用）

くち　ちょうほう　もの
　口は重宝な物さ（嘴可以隨便說嘛！）

い　もの　いただ　ちょうほう
　良い物を頂いて重宝している（人家送給我一件好東西我非常珍惜）

ちょうほう
調法〔名、形動〕方便、便利、適用

ちょうほう　だいどころどうぐ
　調法な台所道具（適用的廚房用具）

ふちょうほう　　ぶちょうほう
　不調法、無調法（不周、大意、失禮、笨拙）

ちょうほう　　ちょうほう　　う
重宝がる、調法がる〔他五〕珍視、珍惜、器重（=重んじる）
おも

どこ　い　　　　　ちょうほう　　　　じんぶつ
　何処へ行っても調法がられる人物（到哪裡都受器重的人）

てさき　きよう　　みな　　ちょうほう
　手先が器用なので皆から調法がられる（因為手巧受到大家器重）

じゅうほう
重砲〔名〕〔軍〕重砲←→軽砲
けいほう

じゅうほう　よ　　ほうげき
　重砲に由る砲撃（重砲轟擊）

じゅうほう　はっしゃ
　重砲を発射する（發射重砲）

じゅうほうへい
　重砲兵（重砲兵）

重役〔名〕重位，重任者，重要職位，（公司的）董事和監事的通稱

　　総監督の重役を仰せ付ける（被任命為總監的重任）

　　重役に為る（當董事）

　　重役会議を開く（召開董事會）

　　重役会（董事會）

重訳、重訳〔名、他サ〕再譯

　　フランスの小説を英訳のテキストから重訳する（由英譯本轉譯法國小說）

重油〔名〕重油、柴油←→軽油

　　重油を焚く（燒重油）焚く炊く

　　重油機関（柴油機）

重用、重用〔名、他サ〕重用

　　インテリを重用する（重用知識份子）

　　彼は社長に重用されている（他受到經理的重用）

重要〔名、形動〕重要、要緊

　　此の地は交通上重要に為った（此地成為交通要道）

　　重要な役割を勤める（擔任重要腳色）勤める努める務める勉める

　　其は左程重要でない（那不太重要）

　　君に重要な話が有る（有要緊的話對你說）

　　私には時間が最も重要だ（對我來說時間是最要緊的）

　　重要書類（重要文件）

　　重要物資（重要物資）

　　重要性（重要性）

　　重要文化財（重要文物、重點文物、珍貴文化遺產）

　　重要視（重視、認為重要）

　　大いに重要視する（非常重視）

　　私は何物にも増して友情を重要視する（我比什麼都重視友誼）

重利〔名〕重利，很大的利益。〔經〕複利

重硫酸塩〔名〕〔化〕硫酸氫鹽、酸式硫酸鹽

重量〔名〕重量（=重さ）、分量重←→軽量

　　重量を計る（量重量）計る測る量る図る謀る諮る

　　重量は何キーロ有るか（有幾公斤重？）

　　重量トン（英噸、重量噸）

　　重量分析（重量分析）

　　重量級（〔體〕重量級）

　　重量感（重量感）

　　重量挙げ（〔體〕舉重）

　　重量挙げを遣って体を強くする（練舉重強壯身體）

　　重量挙げ選手（舉重選手）

重力〔名〕〔理〕重力

　　反重力（反重力）

　　重力に因って物体は落下する（物體因重力而下落）

　　重力波（重力波）

　　重力電池（重力電池）

　　重力ダム（重力水壩）

　　重力加速度（重力加速度）

　　重力単位（重力單位）

　　重力異常（重力異常、重力反常）

　　重力換算係数（重力換算係數）

　　重力子（引力子）

　　重力質量（引力質量）

重労働〔名〕重體力勞動（指土木、建築、搬運、採煤等）←→軽労働

　　重労働三年の刑を受ける（被處重體力勞動三年的徒刑）

重禄〔名〕〔古〕高額俸祿、優厚的俸祿

重九〔名〕陰曆九月九日重陽節（=重陽）

重五〔名〕陰曆五月五日端午節（=端午）

重三、重三〔名〕陰曆三月三日日本的女兒節（=上巳）

重畳、重畳〔名、自他サ〕重疊、最好，好極，非常滿意

　　重畳たる山岳（重疊的山巒）

御無事で何より重畳です（您平平安安太好了）

重陽〔名〕（陰曆九月九日）重陽

重陽の節句（重陽節）

重陽子〔名〕〔化〕氚核、重氫核

重籐，滋籐、重籐，滋籐〔名〕背上纏著藤皮的弓

重籐の弓（纏藤皮的弓）

重〔接尾〕（接在數詞下）重、層

一重（單層、單衣）

八重（八層、多層）

紐を二重に掛ける（把繩子繞上兩圈）

絵，画〔名〕畫、圖畫、繪畫、（電影，電視的）畫面

色刷りの絵（彩色印畫）

絵を描く（畫畫）

随分古い絵だ（非常古老的畫、很老的影片）

絵がはっきりしない（畫面不清楚）

絵の様な黄山（風景如畫的黄山）

絵が上手だ（善於畫畫）

絵が下手だ（不善於畫畫）

絵が分る（懂得畫、能鑑賞畫）

絵が分らない（不懂得畫、不能鑑賞畫）

風景を絵に為る（把風景畫成畫）

絵に書いた様に美しい（美麗如畫）

絵に書いた餅で飢えを凌ぐ（畫餅充飢）

絵模様（繪紋飾）

絵地図（用圖畫標示的地圖）

油絵（油畫）

影絵影画（影畫、剪影畫）

影絵芝居（影戲、皮影戲）

写絵、映絵（寫生的畫、描繪的畫、剪影畫、〔舊〕相片、幻燈）

移絵（移畫印花、印花人像）

掛絵（掛的畫）

挿絵（插畫繪圖）

下絵（畫稿、底樣、〔請帖，信紙，詩籤等上的〕淺色圖畫）

浮世絵（浮世繪－江戶時代流行的風俗畫）

屏風絵（屏風畫）

風刺絵（諷刺畫）

枝〔名〕樹枝（＝枝）

松が枝（松枝）

梅が枝（梅枝）

枝〔名〕樹枝←→幹、分支、（人獸的）四肢

太い枝（粗枝）

細い枝（細枝）

梅一枝（一枝梅花）

枝下ろし（打ち）（修剪樹枝）

枝を折る（折枝）

枝を揃える（剪枝）

枝もたわわに実る（果實結得連樹枝都被壓彎了）

枝川（支流）

枝道（岔道）

枝の雪（螢雪、苦讀）

枝を交わす（連理枝）

枝を鳴らさず（〔喻〕天下太平）

江〔名、漢造〕水灣，海灣，湖泊（＝入江）。〔古〕河，海

入り江、入江（海灣）

難波江（大阪附近的難波灣）

柄〔名〕柄、把

傘の柄（傘柄）柄絵江枝餌荏重会恵慧

斧の柄（斧柄）

柄を挿げる（安柄）

柄を挿げ替える（換柄）

柄の長い柄杓（長柄勺）

柄の無い所に柄を挿げる（強詞奪理）

餌〔名〕餌，餌食（=餌）。〔轉〕誘餌，引誘物
　魚が餌に掛かる（魚上鉤）
　釣針に餌を付ける（把餌安在鉤上）
　兎に餌を遣る（餵兔子）
　鶏が餌を漁る（雞找食吃）
　金を餌に為て騙す（以金錢作誘餌來欺騙）

餌〔名〕餌食。〔轉〕誘餌。〔俗〕食物
　魚に餌を遣る（餵魚）魚肴魚魚
　金を餌に為る（以金錢為誘餌）
　景品を餌に客を釣る（以贈品為誘餌招來顧客）
　餌が悪い（吃食不好）
　餓鬼に餌を遣れ（給孩子點吃的吧！）

餌〔名〕〔俗〕餌（=餌）

重い〔形〕（分量）重，沉重、（心情等）沉重，不舒服、（腳步或行動等）遲鈍，懶得動彈、（情況或程度等）重大，重要，嚴重←→軽い
　重い石（沉重的石頭）
　体が重い（身體重）
　鉄は水より重い（鐵比水重）
　荷物には軽いのも有れば、重いのも有る（擔子有輕有重）
　重い荷物を選んで担ぐ（選重擔挑）
　心が重い（心情沉重）
　気が重い（精神鬱悶）
　彼の人は口が重い（他嘴緊〔不愛講話〕）
　頭が重い（頭沉）
　足が重い（腿沉、懶得走路）
　腰が重い（懶得動彈）
　尻が重い（屁股沉）
　重い足を引き摺る（拖著沉重的腳步）
　気持が重く為る（心情沉重起來）
　産が重い（難產）
　責任が重い（責任重大）
　罪が重い（罪重、罪情嚴重）
　重い病気に罹った（患了重病）
　病気が重く為る（病情惡化）
　彼の傷は別に重くない（他的傷勢並不嚴重）
　重い役を勤める（擔任重要職務）
　彼の人は重く見られている（他很受重視）
　人民の利益の為に死ぬのは、泰山よりも重い（為人民利益而死死有重於泰山）

思い〔名〕思想，思考，思索，感覺，感懷，感情，想念，思念，懷念，願望，意願，志願，思慕，愛慕，戀慕，憂慮，憂愁，煩惱
　思いに沈む（沉思）重い
　思いに耽る（沉思）
　思いを凝らす（凝思、苦心思索）
　思いを述べる（吐露心思、表達思想）
　思いを廻らす（反復思考、左思右想）
　全局に思いを廻らす（胸懷全局）
　思いは千千に砕ける（千思萬想）
　他人に依って思いの儘に為れる（任人擺布）
　一日三秋の思い（一日三秋之感）
　不快な思いを為る（感覺不愉快）
　誠に至れり尽せりの態度に唯頭の下がる思いでした（那種無微不至的態度真是令人衷心感激）
　寒い思いを為る（覺得冷）
　面白い思いを為る（覺得有趣）
　恥ずかしい思いを為る（覺得羞恥）
　悲しい思いを為る（感覺悲傷）
　楽しい思いを為る（感覺快樂）
　苦しい思いを為る（感覺痛苦）
　蘇生の思いを為る（有再生之感）
　溜飲が下がる思いでした（覺得非常痛快）
　嫌な思いを為せない（不使人難堪）
　断腸の思い（悲痛到極點）
　思いを台湾に馳せる（想念台灣）

祖国に思いを馳せ、世界に眼を放つ（胸懷祖國放眼世界）

彼は随分母思いだ（他是個非常想念母親的人）

思いが叶う（如願以償）

思いを遂げる（如願以償）

思いの儘に為る（隨心所欲）

去るも留るも君の思いの儘だ（去留悉聽君便）

思いが残る（夙願未遂）

思いを打ち明ける（吐露衷曲）

限り無い思いを寄せる（抱無限的思慕）

思いを晴らす（雪恨）

そんな思いを為る必要は無い（不必那麼憂愁）

思い内に有れば色外に現れる（思有於內色形於外、思於中則形於色-大學）

思い半ばに過ぎる（思過半矣、可想而知-易經）

此の一事を見ても彼の考え方の幼稚さは思い半ばに過ぎる者が有る（只看這一件事他的幼稚想法就可想而知了）

思いも寄らない（意想不到、出乎意外、不能想像）

思いも寄らない事だ（真是出人意外）

思い邪無し（思無邪-論語）

思いを掛ける（思慕、懷念）

思いを寄せる（思慕、懷念）

思いを焦がす（渴慕、熱戀）

思いを晴らす（雪恨、消愁、得遂心願）

思いを遣る（解悶、散心）

主、主 〔形動〕主要，重要。〔轉〕大部分，多半

主な人物（主要的人物）

主な特徴（主要的特徵）

主な物産（主要的物產）

子供を主に為て考える（以孩子為主〔中心〕來考慮）

彼の会社は主に外国と取引を為ている（那家公司主要做對外貿易）

東京の大学生は主に地方から出ている（東京的大學生大部分來自地方）

面、面 〔名〕臉，面孔（=顏）、表面（=面、表）

面長（長臉）

池の面（水池表面）

水の面（水面）

面、面 〔名〕臉，面孔（=顏）、表面（=面、面）、假面具（=面、仮面）、體面、顏面（=面目）

面を上げる（抬頭、仰起臉）

笑みを面に表す（面露笑容）表す現す著す顕す

面を振らず（頭也不抬、專心致志、埋頭苦幹、一往直前）

面起こし（有面子、恢復名譽）←→面伏せ

面伏せ（沒面子丟臉）←→面起こし

恥ずかしさに面を伏せる（害羞得低下頭）

面を冒す（不憚冒犯）冒す犯す侵す

面を冒して諌める（立諫）諌める勇める

面に負ける（見而生畏）

面つれなし（恬不之恥）

面に出さない（不動聲色）

面を被る（戴假面具）

海の面（海面）

海の面は油を流した様だ（海面平靜如鏡）

重き 〔名〕（文語形容詞重し的連體形，作體言用）重、重要

重きに避けて軽きに就く（避重就輕）

重きを置く（著重、注重、重視、置重點於）

重工業に重きを置く（著重重工業）

重きを置くに足らない（不足重視）

此の学校では外国語に重きを置いています（這個學校注重外語）

重きを為す（為重、受重視、有分量、佔重要地位）

政治理論家と為て重きを為す（作為一個政治理論家他居於重要地位）

出版界に重きを為している（在出版界佔重要地位）

重げ〔形動〕沉重的樣子、吃力的樣子

荷物を重げに担いでいる（很吃力似地扛著東西）

重さ〔名〕重量、分量

重さを計る（秤重量、衡量輕重）

手で重さを計る（用手量分量）

重さが足りない（重量不足）

重さ十キーロ有る（重量有十斤）

随分な重さ（很重、很有分量）

重し、重石〔名〕鎮石，壓板，壓重物，壓東西的石頭。〔轉〕鎮住人的威力、秤陀、砝碼

漬物に重しを為る（用鎮石壓鹹菜）

重しが利く人（能鎮住人的人、有威信的人）利く効く聞く聴く訊く

彼の人は重しが利かない（他壓不住人、他沒有威信）

重石〔名〕酸鹽礦物（如灰重石、鐵重石等）

重たい〔形〕〔俗〕（分量）重，沉、（心情等）沉重，沉悶

此の鞄は重たいね。何が入っているの（這個皮包很重裡面裝的什麼？）

重たければ持って上げようか（要是重的話我來給你拿吧！）

段段重たく為った（漸漸地重起來了）

気分が重たい（心情不舒暢）

頭が重たい（頭沉、頭昏）

瞼が重たい（眼睛睏得睜不開）

胃が重たい（覺得胃往下墜）

そんなに責任を持たせられると気持が重たく為るよ（叫我承擔那麼重的責任我覺得肩膀太沉了）

重な、主な〔連體〕重要的（=主、重）

今年の主なニュース（今年的主要新聞）

大豆は蛋白質が主な成分だ（大豆以蛋白質為主要成分）

重み、重味〔名〕重量，分量，沉重的感覺、重要性、威信，威望，莊重

屋根の重みが柱に掛かる（屋頂的重量壓在柱子上）

人の重みで桟敷が落ちた（因為人的分量過重看台塌了）

重みの有る人（有威信的人）

重みの有る態度（莊重的態度）

彼の言う事は重みが有る（他說的話有分量）

其の国はOPEC諸国に於いて重みの有る地位を占めている（那個國家在石油輸出國組織中佔有舉止輕重的地位）

＊オペック-Organizaion of Petroleum Exporting Countries

重る〔自五〕（分量或病情等）加重、變沉重

重り、錘〔名〕秤陀，秤錘、砝碼（=分銅）、（釣絲、漁網等的）鉛墜、（壓東西用的）重物，壓鐵（=重し）

釣り糸に錘を付ける（釣線上栓上鉛墜）付ける附ける搗ける漬ける憑ける着ける突ける

小石を錘に為る（用小石頭壓東西）擦る磨る掏る刷る摺る摩る播る

重んじる〔他上一〕重視，注重。〔古〕敬重（=重んずる）←→軽んじる

衛生を重んじる（注重衛生）

礼儀を重んじる（注重禮節）

老人を重んじなければならない（必須敬重老人）

重んずる〔他サ〕重視，注重、尊重，器重，敬重←→軽んずる

証拠を重んずる（重證據）

責任を重んずる（責任感強）

健康を重んずる（注重健康）

衛生を重んずる（講究衛生）

農民程実際を重んずる物は無い（農民是最講究實際的）

何よりも国家の利益を重んずる可きである（應該重視國家的利益高於一切）

各国其其の習慣を重んずる（尊重各國的習慣）

人民に重んじられている（受到人民的尊重）

学識の高い人と為て重んずる（作為一位學識淵博的人加以器重）

彼は会社で大いに重んじられている（他在公司裡頗受器重）

重口〔名〕嘴笨、口訥、言語遲鈍（＝口重）

重口の人（言語遲鈍的人）

重立つ、主立つ〔自五〕為主、佔重要地位

主立った人物（重要人物、有頭有臉）

主立った学科（主要學科）

此の地方の主立った産物（當地的主要物産）

主立った事は皆片付けた（重要的事情都料理好了）

重立った、主立った〔連體〕主要的、佔首要地位的

主立った人（主要人物）

主立ったメンバーが皆揃った（主要的人員都來齊了）

主立った事（重要的事）

重荷、重荷〔名〕重載，重貨，重擔。〔轉〕（精神上的）重擔，重責，重任，包袱，沉重負擔

重荷を担う（擔重擔）担う荷う

心の重荷に為る（成為精神上的負擔）

精神上の重荷に為る（成為精神上的負擔）

重荷に堪えない（不堪重負）

重荷を負いて遠き道を行く（任重道遠）

心の重荷を除く（解除思想包袱）

心の重荷を取り去る（解除思想包袱）

重荷が到頭自分の肩に伸し掛かって来た（重擔終於落到了自己的肩上）

人に重荷を背負い込ませる（使人挑起重擔）

彼は家族と言う重荷を背負っている（他擔負著家庭的重擔）

重荷に小付け（重擔之上更加負擔）

重荷を下ろす（卸下重擔）

重荷を下ろした様な気が為る（如釋重負）

重馬場〔名〕〔賽馬〕（因為下雨）難跑的跑馬場

重目〔名〕略重、有點重、稍重些

手荷物の重量制限には少し重目だ（稍重於隨身行李的限量標準）

八銭切手にはちと重目だ（貼八分郵票稍微超重）

二個口に為て軽目と重目とは分けます（分成兩部分一份較輕一點一份比較重一點）

重湯〔名〕稀飯、稠米湯

病人に重湯を飲ませる（給病人稀飯喝）

やっと重湯が飲めるように為った（剛能喝點稀飯了）

重なる〔自五〕重疊，重複，重重、（事情或日期等）湊在一塊，碰在一起

落ち葉が重なる（落葉重重）

テーブルの上に皿が五枚重なっている（桌子上五個碟子疊在一起）

利子が利子が重なる（利上加利）

急に電車が止まって、人人は重なって倒れた（因為電車急刹車車上的人們一個壓一個地摔倒了）

良い事が重なって起る（好事重重）

約束が三つ重なっている（三件約會碰在一起了）

重なる不運に元気を失くした（由於連遭不幸精神振不起來了）

元日と日曜日が重なる（元旦和星期日碰在一起）

不幸は重なる物だ（禍不單行）

重なり〔名〕重疊、重複

重なりを避ける（避免重複）

重なりの積分（〔數〕重疊的積分）

重なり角〔名〕〔機〕重疊角

重ね，重、襲ね，襲 〔名〕重疊，重疊的東西。
〔古〕襯袍（=下重ね）、一件又一件重疊地穿（的衣服）

〔接尾〕（助數詞用法）套、層

　　重ねの羽織を着る（穿一套短和服外衣）

　　冬着一重ね（一套冬服）

　　一重ねの紙（一疊紙）

　　一重ねの綿（一層棉花）

　　板紙三枚重ねの厚さ（厚紙三層的厚度）

　　三重ねの箪笥（三層的衣櫃）

重ねて 〔副〕重複、再一次

　　重ねて御目に掛かりましょう（我將再一次來拜訪您）

　　重ねて御手紙を差し上げます（我將再次寫信奉告）

　　重ねて言う迄も無い（不需要重複地說、不待贅言）

　　リベリア共和国政府は重ねて言明する（賴比瑞亞共和國政府重申〔再次聲明〕）

重ね掛ける 〔他下一〕（重疊地，一層壓一層地）掛上、搭上、蓋上

　　瓦を重ね掛ける（一塊壓一塊地上瓦）

　　スレートが屋根に重ね掛けられて有る（屋頂一層壓一層地蓋上石板瓦）

　　庭の周りに下見板を重ね掛ける（往院子四周一塊壓一塊地圍上牆板）

重ね着 〔名、他サ〕（一件又一件地）重疊地穿、套著穿

　　シャツを三枚重ね着する（套著穿了三件襯衫）

重ね詞 〔名〕（為了強調而）重複的詞，反復的話、

　　重疊語遊戲（即連著說字頭相同的詞彙：如生麦，生米，生卵等）

重ね切断 〔名〕〔機〕搭接、疊接

重ね継ぎ手 〔名〕重疊接、搭接頭、搭接接縫

重ね梁 〔名〕〔建〕組合梁

重ね巻き 〔名〕〔機〕疊繞〔法〕

重ね巻き電機子（疊繞型轉子）

重ね餅、重餅 〔名〕（正月供神用的大小兩個的）雙層年糕、（相撲等）合抱著摔倒

　　階段から重ね餅に為って落ちた（從樓梯上兩個人疊在一起跌下來）

　　両力士が重ね餅に倒れた（兩個大力士合抱著摔倒）

重ね溶接 〔名〕〔機〕搭接焊

衆（眾）（ㄓㄨㄥˋ）

衆 〔名〕眾多，眾人、一夥人

〔漢造〕（也讀作棻）眾多，眾人、〔佛〕（〝僧伽〞的譯語）眾僧

　　衆を頼む（恃眾）頼む侍む

　　衆を率いる（率眾）

　　衆に勝る力量（勝過眾人的力量）勝る優る

　　衆に抜きんでる（出眾）抜きんでる抽んでる擢んでる

　　若い衆（年輕的人們）

　　（御）子供衆（孩子們）

　　大衆（〔佛〕眾僧徒，眾生〔=大衆〕、大眾，群眾）

　　大衆、大衆（〔佛〕眾僧徒，眾生）

　　群衆（群眾、人眾）

　　観衆（觀眾〔=見物人〕）

　　聴衆（聽眾）

　　民衆（民眾、大眾、群眾）

衆意 〔名〕眾人之意

衆院 〔名〕眾議院（=衆議院）

　　本日の衆院は本会議が無かった（今天眾議院沒有舉行正式會議）

衆怨 〔名〕眾人的怨恨

衆寡 〔名〕眾寡、多數和少數

　　衆寡敵せず（寡不敵眾）

衆議 〔名〕眾人合議、大家公議、大家的意見

　　衆議一決（した）（大家都商定了）

衆議に従う（服從大家意見）

衆議に掛ける（提交大家合議）

衆議統裁（〔委員會等〕眾議後由主席決定〔不按多數決定〕）

衆議院〔名〕（日本國會的）眾議院（=衆院）

衆議院議員（眾議院議員）

衆議院議長（眾議院議長）

衆愚〔名〕一群愚人

衆愚は度し難い（群愚不可救藥）

衆愚政治（群愚政治-對墮落的民主政治的嘲笑說法）

衆言〔名〕眾口、多數人的意見

衆口〔名〕眾人之口

衆口一致して（全體一致、異口同聲）

衆口金を鑠かす（眾口鑠金）

衆庶〔名〕庶民、大眾

衆心〔名〕多數人的心、多人想法

衆人〔名〕眾人、許多人

衆人環視の中で（在眾目睽睽之中）

衆説〔名〕眾人之說、多數人的意見

衆知、衆智〔名〕眾人的智慧

（寫作衆知）周知，眾所周知（=周知）

衆知を集めて対策を練る（集思廣益研究對策）

衆敵〔名〕眾多的敵人

衆敵たりとも恐れず小敵たりとも侮らず（敵眾亦不懼敵少亦不悔）

衆徒、衆徒〔名〕眾僧

衆道、衆道〔名〕男色、男娼（=若衆道）

衆評〔名〕群眾的評論

衆評が一致している（大家的評論是一致的）

此の出来事に対して衆評は等しく厳しい（大家對此事件評論都很嚴厲）

衆望〔名〕眾望

衆望を荷う（負眾望）荷う担う

衆望の有る人（負眾望的人）

衆望を荷って登場（負眾望而上台）

衆目〔名〕眾目

衆目的と為る（成為眾目之的）

其は衆目の見る所だ（這是有目共睹的）

彼の正しい事は衆目の一致する処である（大家一致認為他是正確的）

衆力〔名〕眾人之力

衆力を頼んで（仰仗大家的力量）

衆論〔名〕輿論、眾人的意見

衆論が期せずして一致する（大家的意見不期而同）

衆生〔名〕〔佛〕眾生

衆生を済度する（度濟眾生）

縁無き衆生は度し難い（無緣的眾生是難以度化的、喻是個不可救藥的人）

吃（イ）

吃〔漢造〕說話不流利（口吃）、進飲食（吃飯）、受（吃驚），費（吃力），緊張急迫（吃緊）

吃音〔名〕口吃、結巴（＝吃り）
　吃音を矯正する（矯正口吃）

吃緊、喫緊〔名、形動〕吃緊、緊迫、重要、嚴重
　吃緊の問題（緊迫的問題、嚴重問題）
　治水は吃緊の事業である（治水是緊要的事業）
　吃緊事（要緊的事）

吃水、喫水〔名〕〔船〕吃水（深度）（＝船足）
　吃水の浅い船（吃水淺的船）
　吃水の深い船（吃水深的船）
　吃水五メートルの船（吃水五米的船）
　船首、船尾の吃水が一様である（船首船尾吃水一樣）
　吃水線（吃水線）

吃る〔自五〕口吃、結巴
　酷く吃る（結巴得厲害）
　吃り乍ら言う（期期艾艾地說）
　吃る癖が有る（說話有結巴的毛病）
　吃らない様に落ち着いて話し為さい（慢慢說免得結巴）

吃り〔名〕口吃，結巴、口吃的人
　吃りは直る（口吃可以矯正）
　彼の人は酷い吃りだ（他口吃得很厲害）

吃〔名〕〔俗〕口吃、結巴（＝吃り）

点る，灯る，燈る，点る，灯る〔自五〕燈火亮、點著
　電灯の点っている部屋（點著電燈的房間）
　小屋にはランプが薄暗く点っていた（小屋裡點著暗暗的油燈）
　港一面に灯が明明と点っている（整個港口燈火輝煌）
　明かりが点る（燈亮了）
　蝋燭が点る（蠟燭亮了）
　川邊の宿に色取り取りの灯が点る（河邊的旅館點著各種顏色的燈）
　仏壇の蝋燭の火が点る（佛龕的蠟燭點著）
　町にはもう灯が点っている（街上已經點上了燈）

吃逆，噦、吃逆，噦〔名、自サ〕打嗝
　吃逆が出る（打嗝）
　吃逆を抑える（抑制住打嗝）

吃驚，喫驚、吃驚，喫驚〔副、自サ〕吃驚、嚇一跳
　吃驚して目を覚ます（驚醒）
　本当に吃驚した（真嚇死人）
　吃驚して口も利けない（嚇得說不吃話來）
　値段を聞いて吃驚した（一聽價錢嚇了一跳）
　吃驚して気絶する（嚇得昏倒）
　吃驚して返答に窮する（嚇得無言以對）
　吃驚する程高い値段でした（價格貴得令人吃驚）
　皆さん吃驚為さったでした（大家受驚了吧！）
　急に国へ帰って家族を吃驚させた（突然回到老家把全家嚇了一跳）
　急に嚇かされて吃驚した（突然被嚇了一大跳）
　吃驚仰天（大吃一驚、異常吃驚）
　山の中で突然熊が現れたので吃驚仰天した（在山上熊徒然出現而大吃一驚）
　吃驚仰天して口も利けない（嚇得連話都說不出來）

笞（イ）

笞〔名〕笞刑（五刑之一）、鞭子（＝笞、楚，笞、鞭、策）

笞刑〔名〕笞刑
　笞刑を二十受けた（挨了二十大板）

笞杖〔名〕（律令制下）笞刑和杖刑（五刑之一）

笞、楚〔名〕笞（刑具）。〔轉〕嚴厲的懲罰

笞、鞭、策〔名〕鞭子，皮鞭、棍子，教鞭
　笞を揚げる（揚鞭）
　笞を振る（揮鞭）

笞を鳴らす（抽響鞭子）

笞で打つ（用鞭子抽打）

笞で打たれる（挨鞭子抽）

笞を受ける（挨鞭子抽）

笞を加える（鞭打）

笞を当てて馬を飛ばす（加鞭策馬）

彼の男はびしびし笞を呉れて遣る必要が有る（那傢伙得狠狠地用鞭子抽）

愛の笞（愛情的鞭策）

先生が笞で黒板の字を指し示す（老師用教鞭指點黒板上的字）

喫（イ）

喫〔漢造〕吃、吸

満喫（吃足，飽嘗、充分領略，充分玩味，充分享受）

喫する〔他サ〕吃，喝，抽、遭受，受到

茶を喫する（飲茶）

煙草を喫する（抽煙）

惨敗を喫する（惨遭失敗）

一驚を喫する（吃一驚）

喫煙〔名、自サ〕吸煙、抽煙

喫煙の為体を悪くする（因為抽煙損傷身體）

此処では喫煙は禁じられている（這裡禁止吸煙）

喫煙セット（成套的吸煙用具）

喫煙室（吸煙室）

喫煙家（吸煙者、煙癮大的人）

喫緊、吃緊〔名、形動〕吃緊、緊迫、重要、嚴重

吃緊の問題（緊迫問題、嚴重問題）

治水は吃緊の事業である（治水是緊要的事業）

吃緊事（要緊的事）

喫茶、喫茶〔名〕飲茶、喝茶

喫茶店（茶館，咖啡館-供應咖啡，紅茶，點心或簡單飲食的飲店）

喫水、吃水〔名〕〔船〕吃水（深度）（=船足）

吃水の浅い船（吃水淺的船）

吃水の深い船（吃水深的船）

吃水五メートルの船（吃水五米的船）

船首、船尾の吃水が一様である（船首船尾吃水一様）

吃水線（吃水線）

喫驚，吃驚，喫驚，吃驚〔副、自サ〕吃驚、嚇一跳

吃驚して目を覚ます（驚醒）

本当に吃驚した（真嚇死人）

吃驚して口も利けない（嚇得說不吃話來）

値段を聞いて吃驚した（一聽價錢嚇了一跳）

吃驚して気絶する（嚇得昏倒）

吃驚して返答に窮する（嚇得無言以對）

吃驚する程高い値段でした（價格貴得令人吃驚）

皆さん吃驚為さったでした（大家受驚了吧！）

急に国へ帰って家族を吃驚させた（突然回到老家把全家嚇了一跳）

急に嚇かされて吃驚した（突然被嚇了一大跳）

吃驚仰天（大吃一驚、異常吃驚）

山の中で突然熊が現れたので吃驚仰天した（在山上熊突然出現而大吃一驚）

吃驚仰天して口も利けない（嚇得連話都說不出來）

嗤（イ）

嗤〔漢造〕譏笑、笑的樣子

嗤笑〔名、自サ〕嗤笑、冷笑、嘲笑（=嘲笑う、嘲り笑う、嘲笑）

人の嗤笑を顧みず（不顧別人的嘲笑）

嘲笑〔名、他サ〕嘲笑、譏笑、奚落

世間の嘲笑の的と為る（成為社會嘲笑的目標）

世の嘲笑を買う（受到一般人的嘲笑）

嘲笑う〔他五〕嘲笑（＝嘲り笑う）
　人の失敗を嘲笑う（嘲笑別人的失敗）

嘲る〔他五〕嘲笑、譏笑、奚落
　人を嘲る（嘲笑人）
　人の失敗を嘲る（嘲笑別人的失敗）
　卑怯だと言って嘲る（嘲笑說儒弱）
　嘲り笑う（嘲笑）

嘲り〔名〕嘲笑
　人の嘲りを受ける（受人嘲笑）
　嘲り顔を為る（作嘲笑的表情）

痴（イ）

痴〔漢造〕呆傻、痴情、熱中
　愚痴（愚蠢，無知，牢騷，抱怨）
　白痴（白癡）
　音痴（五音不全的人、不懂音樂的人、低能的人、某種感覺遲鈍的人）
　情痴（痴情、淫蕩、迷於色情甚至喪失理性）
　書痴（書迷）

痴漢〔名〕流氓、色情狂
　痴漢が出没する（不時出現流氓）

痴愚〔名〕癡呆，呆傻（＝馬鹿、愚か）。〔心〕痴愚（介於白痴與魯鈍之間的精神薄弱狀態）

痴情〔名〕癡情、色情
　痴情が元で傷害事件を起す（由於迷戀女色鬧出一場毆傷事件）
　痴情関係（男女關係）

痴人〔名〕痴人、愚人、蠢人
　永久平和は痴人の夢だろうか（永久和平是痴人的夢想嗎？）
　痴人夢を説く（痴人說夢話、不足憑信）

痴態〔名〕痴態、醜態
　痴態を演ずる（出醜、丟臉、出洋相）
　酔っ払いが痴態を演ずる（醉漢做出醜態）

痴鈍〔名、形動〕呆傻遲鈍
　痴鈍な男（遲鈍的人）

痴呆〔名〕痴呆、白痴（＝阿呆，阿房）

　痴呆症（癡呆症、白痴症）

痴話〔名〕情話，枕邊話。〔轉〕（男女間的）色情事
　痴話狂い（因爭風吃醋而瘋狂、熱中於爭風吃醋）
　痴話喧嘩（因爭風吃醋而吵架）

痴れる〔自下一〕（一時）發呆（＝惚ける）
　酒に酔い痴れる（喝醉昏過去）

痴れ言〔名〕〔舊〕蠢話、胡言（＝馬鹿げた言葉、戯言）
　痴れ言を言う物ではない（不要胡說、別說蠢話）

痴れ事、痴事〔名〕蠢事，荒唐事（＝馬鹿げた事、愚かな事）
　何と言う痴れ事を仕出かしたのだ（幹出多麼蠢的事）

痴れ者、痴者〔名〕白痴，傻瓜（＝馬鹿、阿呆）、（某方面的）內行（＝強か者）、無賴、壞蛋、粗暴的人
　此の痴れ者（這個白癡）
　風流の痴れ者（搞風流勾當的行家）
　其の道の痴れ者（那一方面的內行）

痴、烏滸、尾籠〔名、形動〕愚蠢、癡呆、糊塗（＝馬鹿）
　痴の沙汰（愚蠢透頂，糊塗到家，狂妄，不知分寸）
　今日の代議士が民意を代表すると思うのは痴の沙汰である（認為現在的議員代表民意那才是愚蠢透頂）
　あんなに口を出すのは痴の沙汰だ（那樣多嘴也太不知分寸了）
　彼が干渉するとは痴の沙汰だ（他竟然擅加干涉未免太狂妄了）

痴がましい、烏滸がましい〔形〕愚蠢可笑的（＝馬鹿馬鹿しい）、狂妄的，不知分寸的（＝差し出がましい）
　痴がましい振舞を為る（舉止愚蠢可笑）
　痴がましい言い方（狂妄的說法）
　痴がましい話ですが、私に遣らせて下さい（我也許太不自量力請讓我來做吧！）

意見を言うのも痴がましいが、まあ述べて見ましょう（談不上是什麼意見不過我來談一下吧！）

彼は痴がましくも其れを一人で出来ると言った（他竟不自量力地說他獨自一人可以完成它）

あんな奴が大臣に為り度い何て、全く痴がましい（那傢伙居然想當部長簡直太不知分寸了）

鵄（イ）

鵄〔名〕老鷹（=鳶、鳶）、貓頭鷹（=木菟）、魚尾形脊瓦裝飾（=鵄尾、鵄尾、蚩尾）

鵄尾、鵄尾、蚩尾〔名〕〔建〕（宮殿佛殿等屋脊兩端的）魚尾形脊瓦裝飾

魑（イ）

魑〔名〕從山林木石產生的精靈（=魑魅）

魑魅〔名〕魑魅、山林木石的妖怪

魑魅〔名〕魑魅、鬼怪

魑魅魍魎（魑魅魍魎、妖魔鬼怪）

黐（イ）

黐〔名〕黏鳥膠、黏蟲膠（=鳥黐）、發黏（=粘る）

黐〔名〕〔植〕細葉冬青（=黐の木）、（用細葉冬青等的樹皮熬成的）黏膠（=鳥黐）

黐で鳥を刺す（用黏膠黏鳥）

鳥黐（黏鳥膠、黏蟲膠）

餅〔名〕年糕、黏糕

餅を搗く（搗製年糕）餅 糯 望 黐

餅は餅屋（〔喻〕無論做什麼事還得靠行家）

糯〔名〕做年糕的穀類←→粳

望〔名〕望（農曆十五日）、滿月，圓月（=望月、望月）

望の日（陰曆十五）

黐の木〔名〕〔植〕細葉冬青

黐竿〔名〕黏鳥蟲用塗黏膠的竹桿

池（イ／）

池〔漢造〕池

城池（城池、城和池）

金城湯池（銅牆鐵壁、堅固的據點）

金城鐵壁（銅牆鐵壁、堅固的據點）

臨池（習字）

墨池（硯的盛水處、木工的墨斗）

電池（電池）

貯水池（蓄水池、水庫）

用水池（用水池）

濾過池（濾水池、過濾池）

養魚池（養魚池）

池魚〔名〕池中之魚

池魚の殃（池魚之殃）

池沼〔名〕池沼

池沼の多い地方（池沼多的地方）

池心〔名〕池塘中心

池水〔名〕池中的水

池中〔名〕池中

池亭〔名〕池畔的亭子（=東屋）

池塘〔名〕池塘

池頭〔名〕池邊、池畔（=池の畔）

池畔〔名〕池畔（=池の畔）

池辺〔名〕池邊

池〔名〕池子、水池、墨池（硯台貯水處）←→陸（研墨部分）

水を池に引く（把水引到池裡）

池の面（池面）

池に落ちる（墜入池中）

硯の池（硯池）

池坊〔名〕（插花最大的流派）池坊流（池坊專慶為始祖）

持、持（イ／）

持、持〔名、漢造〕（對歌、下圍棋等）平局，和局（=引き分け、相碁、持ち合い）、持有

此の碁は持に為り然うだ（這盤棋要成和局

イ

把持（把持、抓住）

支持（支持、支撐、擁護、贊成）

護持（守護、捍衛）

固持（堅持、固執）

加持（佛爺的保佑、掐訣念咒、祈禱佛爺保佑）

維持（維持）

所持（所有、攜帶）

保持（保持）

扶持、扶持（幫助，協助、武士的俸祿）

持する〔他サ〕保持、遵守

　権威を持する（保持權威）

　自説を固く持する（堅持己見）

　国際間の勢力は平衡を持している（國際間的勢力保持著平衡）

　恭謙己を持する（謙恭持己）

　満を持する（持滿、拉滿弓弦而不將箭射出、保持極限狀態、作好準備等待時機）

　戒を持する（守戒）

持戒〔名〕〔佛〕持戒←→破戒

持格〔名〕〔語法〕領格

持久〔名、自サ〕持久

　堅忍持久（堅忍持久）

　持久する力が無い（沒有持久力）

　持久的な戦争（持久戰）

　持久に依って勝利を勝ち取る（憑持久制勝）

　持久力（持久力、耐力）

　持久性ガス弾（持久性毒氣彈）

　持久性記憶装置（〔計〕永久儲存器-切斷電源後消息不消失）

　持久策（持久政策）

　持久戦（持久戰）

持経〔名〕〔佛〕帶在身邊常唸的經（常指法華經）

　持経者（經不離身的人）

持碁〔名〕〔圍棋〕平局、和局

　第二局は持碁に為った（第二盤成了平局）

持国天〔名〕〔佛〕四大天王之一（持劍守護東方）

持斎〔名、自サ〕〔佛〕持齋，午後不吃東西、齋戒

持参〔名、他サ〕帶來（去）

　持参弁当（便當自帶）

　木村君持参の品物（木村君帶來的東西）

　昼食は持参する事（午飯自備）

　預金を下ろすには通帳と印鑑を持参して下さい（提取存款請帶來存摺和印章）

　会費は当日持参（會費當天帶來）

　持参金（新娘帶來的陪嫁錢）

　持参金目当ての結婚（貪圖陪嫁錢的結婚）

　多額持参金付きの女（帶來巨額陪嫁錢的女人）

　彼は持参金欲しさに彼女と結婚した（他想要得到陪嫁錢才和她結了婚）

　持参人（來人、持件人）

　持参人に返事を持たせて遣る（把回信交給來人）

　持参人払い手形（憑票即付的票據）

持将棋〔名〕〔象棋〕和棋、不分勝負

持説〔名〕（平素）所持的意見（主張）（=持論）

　此れが僕の持説だ（這是我一貫的主張）

持続〔名、自他サ〕持續、繼續、堅持

　悪天気はもう暫く持続する物と思われる（看來壞天氣還要持續一些日子）

　彼の勉強は持続力が無い（他不能堅持用功）

　躍進を持続する（持續躍進）

　其の協会は長く持続し無かった（那協會沒有維持多久）

　持続性（連續性）

　持続記号（〔樂〕持續符）

持病〔名〕老病、老毛病、宿疴

　持病が起こった（老病犯了）

　頭痛が私の持病だ（頭痛是我的老病）

持病が直らぬ（老毛病沒有改）

直ぐ怒り出すのが彼の持病だ（動不動就生氣是他的老毛病）

持仏〔名〕自己崇拜的佛（像）

持仏を安置して拝む（供上佛像叩拜）

持仏堂（供奉自己崇拜的佛像或自家祖先牌位的佛堂）

持薬〔名〕常服藥、常備藥

僕は胃散を持薬を為ている（我常帶著胃散）

持論〔名〕一貫的主張

持論を曲げない（堅持一貫的主張）

持論通り実行する（按照一貫的想法去實行）

持たせる〔他下一〕交給，給予，令…有（拿），使送去，維持，使持久，使擔當（費用）

子供に刃物を持たせるな（不要讓孩子拿刀剪什麼的）

弟に魚籠を持たせて魚釣りに行く（讓弟弟拿著魚簍一塊去釣魚）

弟に世帯を持たせる（讓弟弟成家）

使いに手紙を持たせて遣る（派人把信送去）

注射で持たせる（靠注射維持）

塩で持たせてある（用鹽醃著）

機械を長く持たせる（延長機器的壽命）

千円で次の給料日迄持たせなければならない（不得不靠一千日元來維持到下次發工資的日子）

彼に費用を持たせる（讓他出錢）

気を持たせる（引誘、勾引、使抱希望）

持たせ振り〔名〕（北海道等的方言）故意逗弄、賣弄風情、故弄姿態、裝模作樣（＝思わせ振り）

そんなに持たせ振りしないで、出し物は早く出せ（別逗弄人了該拿出來的東西快點拿出來吧！）

持たす、凭す〔他五〕讓（別人）拿著（＝持たせる）

若い者に荷物を持たす（讓年輕人拿行李）

持つ〔他五〕持，拿、攜帶，持有，抱有，懷有，負擔，承擔，擔負

〔自五〕（也寫作保つ）保持，維持，支持，持久

確り持て（牢實拿住！）

箱を一人で持とうとしたが、重くて持て無かった（想一個人把箱子拿起來但很重沒能拿起來）

其れは私が御持ちましょう（那個讓我來拿吧！）

生憎今日は御金を持っていない（不湊巧今天沒帶錢）

弁当を持って来る（帶便當來）

時計を持たずに出掛けるのですか（你出門不帶錶嗎？）

持って生まれた性質（天生的性質、秉性）

東京で所帯を持つ（在東京安家）

子供を持てば親の苦労が分る（有了孩子就懂得作父母的辛苦了）

全国は支店を持つ（全國各地設有分店）

自信を持つ（有自信）

悪意を持つ（懷有惡意）

彼も同じ様な考えを持っている（他也有同樣的想法）

もっと勇気を持て（要有更大的勇氣！）

興味を持てば持つ程早く上手に為ります（越感興趣越能很快地純熟起來）

重い責任を持つのは苦労だが張り合いが有る（擔負很重的責任雖然辛苦但有意義）

交通費は会社を持って呉れる（交通費由公司負擔）

先生に為ると直ぐ三年生のクラスを持たされた（一當上老師就讓我負責三年級的班）

此の靴は長く持ちます（這雙鞋很耐穿）

暑いから此の魚は明日迄持つまい（天氣熱這條魚恐怕放不到明天）

彼とは座が持たない（和他在一起興味索然）

夏は休まなければ体が持たない（夏天不休息身體支持不了）

彼の会社は貴方の力で持っている様な物だ（那個公司好像靠你的力量支持著）

持ちつ持たれつ（互相幫助、你幫我我幫你）

持ちも提げも為らぬ（既不能拿又不能提、喻無法處理）

持って行く、持って行く、持ってく〔連語、他五〕拿去，拿到，導致，使成為，使達到，維持，保持

誰か私のナイフを持って行った（有人把我的小刀拿走了）

此の茶碗を台所へ持って行って下さい（請把這碗拿到廚房去）

此の議論を結論に迄持って行くのは中中難しかった（這個爭論很不容易導致結論）

到頭此の計画の実現に迄持って行ったのは大した物だ（終於把這計畫付諸實現真了不起）

今の成績を卒業迄持って行けるかなあ（現在的成績能保持到畢業嗎？）

持って行って（加上）

其処へ持って行って自分も病気に為った（這時更加上自己也生起病來）

持って生まれた〔連語、連體〕天生的、生就的（=生まれ付きの）

此れは彼の持って生まれた性質である（這是他生就的性情）

持って来る〔連語、カ變〕拿來，帶來、來提出、拿去，拿到（=持って行く）

水を一杯持って来て呉れ（給我拿杯水來）

証明書を持って来ました（我把證件帶來了）

悪い知らせを持って来た（帶來了不好的消息）

相談を持って来る（前來商量）

忙しい時に難しい問題を持って来られた（正在忙的時候前來提出了個難題）

持って来て、持って行て（不幸又、剛巧又）

転んだ所へ持って来て…（剛摔了一交不巧又…）

持って来い〔連語〕正合適、理想、再好不過

子供の遊びには持って来いの場所（對孩子玩耍是個再好不過的地方）

本を読もうと思う時の留守番は持って来いの役だ（正想要看書的時候讓我來看家是個正合適的差事）

彼の性質は政治家に持って来いだ（他的性格當個政治家最合適）

持っての外〔連語〕荒謬，豈有此理，毫無道理，令人不能容忍、意外

俺に謝れ等とは持っての外だ（要我道歉真是豈有此理）

そんな事は持っての外だ（那樣的事是令人不能容忍的）

地方出身者を馬鹿に為るのは持っての外だ（捉弄從外地來的人是毫無道理的）

彼は持っての外の立腹振りだった（真沒想到他發了那麼大的脾氣）

持ち、持〔名〕持久性，耐久性、擔任，負責。〔俗〕負擔、（下棋等）勝負不分、平局、持有、所有、（接尾詞用法）大量具有、適合…用

此の炭は持ちが良い（這種木炭經燒）

彼の靴は持ちが悪い（那種鞋不耐穿）

此の食品は持ちが良くない（這種食品不易長期保存）

乙組は私の持ちです（乙班是我負責）

費用は主催側（の）持ちだ（費用由主辦單位負擔）

医療費は国家持ちです（醫療費用由國家負擔）

マッチは御持ちですか（你有火柴嗎？）

力持ち（有力氣的、大力士）

癇癪持ち（脾氣暴躁的人）

金持ち（有錢的人）

婦人持ちの時計（坤錶、女用手錶）

持ち合う〔自五〕勢均力敵，雙方保持均勢。〔商〕行市保持平衡

〔他五〕湊錢，分擔

高値で持ち合っている（保持高價）

費用は皆で持ち合った（費用是由大家湊的）

持ち合い〔名〕互相支持，互相幫忙、勢均力敵，均勢。〔商〕（行市）平穩

彼の家は持ち合い所帯だ（那是個大家共同來維持的家庭）

持ち合いが現在迄続いている（均勢一直保持到現在）

持ち合いの勝負（平局、不分勝負）

相場は持ち合いである（行市平穩）

持ち合わせる〔他下一〕現在持有、隨身帶有、現有

そんな大金は持ち合わせて居りません（現在沒有帶那麼多的錢）

品は沢山持ち合わせている（目前存貨很多）

傘を持ち合わせていたので俄か雨にも濡れなかった（因為帶著雨傘下了驟雨也沒淋濕）

持ち合わせ〔名〕持有，現有（的東西）、現有的錢

持ち合わせの品（現有貨品、庫存品）

生憎持ち合わせが無い（不湊巧現在沒有存貨）

今持ち合わせが無いから、明日御払いします（現在手裡沒有錢明天付給您吧！）

持ち倦む〔自五〕難以處理（=持て余す）

持ち倦んでいる物（無用的累贅東西）

彼の店は品物を持ち倦んでいる（那家商店貨物銷不動）

持ち上がる〔自五〕舉起，抬起，升起，隆起，膨起、發生，出現、（級任老師）隨學生升級繼續做班導師

重くて持ち上がらない（太重舉不起來）

地震で地面が持ち上がる（地面因地震鼓起）

何か持ち上がったのか（發生什麼事了嗎？）

其の問題が又持ち上がった（那個問題又出現了）

困った事が持ち上がっている（發生了麻煩的事）

持ち上げる〔他下一〕舉起，抬起，拿起。〔俗〕捧，奉承，抬舉，過分誇獎

荷物を持ち上げる（舉起行李）

蛇が鎌首を持ち上げた（蛇抬起了鐮刀形脖子）

芸術の方面で頭を持ち上げる事は容易ではない（在藝術方面出人頭地是不容易的）

彼の人は、人に持ち上げられても、好い気に為らない（人家捧他他也不得意忘形）

そんなに持ち上げても駄目だよ（你那麼樣捧我也沒有用）

持ち上げ車（起重機車）

持ち上げ弁（〔機〕升降閥）

持ちゃげる〔他下一〕〔俗〕舉起，抬起，拿起。〔俗〕捧，奉承，抬舉，過分誇獎（=持ち上げる）

持ち味、持味〔名〕原味，固有味道、個性，固有的特色，獨特的風格

持ち味を生かした料理（不失原味的菜餚）

持ち味を生かした名演技（發揮了演員個性的名演技）

此の映画には原作の持ち味が良く出ている（這部影片充分表現出原作的獨特風格）

持ち扱う〔他五〕處理難以處理難以應付用手擺弄試著使用

姉の箸を引っ手繰って持ち扱い難い奴を無理に持ち扱っている（把姊姊的筷子奪過來試著使用這不聽使喚的傢伙）

持て扱う〔他五〕苦于處置，難以對付（=持て余す）、處理，應付，照顧（=取り扱う）

持ち家，持家、持ち家，持家、持ち屋，持屋〔名〕房產←→借り家、借家、借家、借家

彼の持ち家（他的房子）

持ち送り〔名〕〔建〕隅撐、托座、樑拖、翅拖、肘拖

飾り持ち送り（拖飾）

持ち送りを付ける（用樑拖支撐）

持ち重り、持重り〔名〕拿起來覺得重、拿起來沉甸甸的、有分量

持ち重りが為る（有分量）

持重〔名、自サ〕持重、慎重

持重説（持重的論調）

持ち帰る〔他五〕拿回、帶回

此の本は日本から持ち帰った物です（這本書是從日本帶回來的）

持ち替える〔他下一〕換手、換拿、更換（=持ち直す）
持ち替えなくても良いよ（不用換手了）
ハンマーを右手から左手に持ち替える（把槌子從右手換到左手）
三度細君を持ち替えた（結了三次婚）

持ち掛ける〔他下一〕提出、倡議、先開口
皆に旅行の話を持ち掛ける（向大家提出旅行的事）
彼に相談を持ち掛ける（向他提出商量）
旨く持ち掛けて彼に泥を吐かせる（拿話套他說出隱私）

持ち方〔名〕拿法
君の持ち方は逆だ（你的拿法反了）

持ち株、持株〔名〕〔經〕持有的股票
持ち株を売る（出售持有的股票）
持ち株会社（控股公司）

持ち切る〔自五〕始終拿著不放、一直拿到底、始終保持同一狀態、始終談論一件事、全部拿著、維持到底，支持到底
最後迄持ち切った（一直拿到最後）
重く持ち切れない（太重拿不到底）
村中は其の話で持ち切っている（全村裡都在談論那件事）
荷物が多くて持ち切れない（東西多得拿不了）
多過ぎて両手に持ち切れない（太多了兩隻手拿不了）
援軍が来る迄城は持ち切れない（城堡支持不到援軍趕來）

持ち切り〔名〕（某期間）始終談論一件事
何処へ行っても彼の噂で持ち切りだ（無論到哪裡都在談論關於他的風傳）
クラスでは今見学旅行の話で持ち切りです（在班上現在淨談論參觀旅行的事）
新聞は其の事件の話で持ち切りだった（報紙那時淨在談論那個事件）

持ち腐れ、持腐れ〔名〕（拿著有用的東西）不能利用、不去利用
彼れ程の才能も持ち腐れに終った（那麼大的才能終於沒有發揮出來而埋沒了）
彼の資料を使わない何て、宝の持ち腐れだ（不去利用那份資料真是抱著金碗挨餓）
宝の持ち腐れ（空藏美玉、懷才不遇、英雄無用武之地）

持ち崩す〔他五〕敗壞品行、糟蹋
酒に身を持ち崩す（因為喝酒而身敗名裂）
尊い生命を持ち崩す（糟蹋寶貴的生命）
身代を持ち崩す（糟蹋財產）

持ち越す〔他五〕遺留下來，留待下次解決，留待繼續完成、維持下來
前年から持ち越した仕事（由上年遺留下來的工作）
宿題を翌日に持ち越さない事（不要把作業拖到第二天）
結論は明日に持ち越す（結論留待明天作出）
此の問題は来週迄持ち越された（這個問題留待下周解決）
冬を持ち越す（維持過冬、熬過冬天）

持ち堪える〔他下一〕維持、堅持、支撐得住、挺得住
最後迄持ち堪える（堅持到最後）
堤防は持ち堪えるだろう（堤防能夠挺得住吧！）
氷は持ち堪えるだろうか（冰經得住嗎？）
医者が来る迄持ち堪えて欲しい（希望醫生來到以前挺得住）
攻撃が激しく、陣地を持ち堪える事が出来ない（因為攻擊很激烈陣地挺不住）

持ち駒、持駒〔名〕〔象棋〕手裡的棋子，贏來歸自己使用的棋子、
隨時可以調遣使用的人員，儲備的人材，備用的手段措施
持ち駒は二枚（手裡的棋子有兩個）

持ち駒が沢山有る（備用的措施很多、儲備很多人材）

持ち駒の豊富なチーム（預備隊員充足的球隊）

持ち込む〔他五〕攜入，拿進，帶入、提出

危ない物を汽車に持ち込む（把危險物品攜入火車裡）

此の様な世間の悪い習しを学校に持ち込まないで下さい（不要把這種社會上的壞習慣帶到學校裡來）

縁談を持ち込む（提親事）

苦情を持ち込む（訴苦、抱怨）

面倒な問題を持ち込まれて困っている（人加提出了麻煩的問題正在傷腦筋）

持ち込み〔名〕攜入，拿進、帶入

危険物の持ち込みは御断りします（請勿帶進危險品）

持ち込み原稿（送上門來的稿件）

持ち込み荷物（乘客隨身攜帶的行李）

持ち込み渡し（〔商〕目的地指定地點交貨）

持ち去る〔他五〕拿走、帶走

持ち時間〔名〕（老師每週）任課時間、（下一盤圍棋或象棋的）規定時間

持ち出す〔他五〕拿出去，搬出去、侵吞、挪用、提出、控告、掏腰包、分擔一部分費用、開始有

そっと持ち出す（悄悄拿到屋外去）

布団を持ち出して干す（把被子拿到外邊去晾曬）

庭へ椅子を持ち出した（把椅子搬到院子裡去）

火災の際は此の箱を先ず持ち出さねば為らぬ（發生火災時必須首先把這個箱子搬出去）

会社の金を持ち出す（盜用公司公款）

会議に持ち出す（提到會議上）

談話の中に商売上の事を持ち出す（在提話中談到買賣上的事）

組合が賃金のベース、アップの要求を持ち出した（工會提出了增加基本工資的要求）

彼は急に会社を辞め度いと言う話を持ち出した（他突然提出想辭去公司的職務）

法廷に持ち出す（向法院控告）

今の所家から持ち出さなくては遣って行けない（目前家裡不補貼我還不能維持生活）

自信を持ち出す（開始有了信心）

昨年から所帯を持ち出した（從去年開始成了家）

漸く勉強に興味を持ち出した（逐漸對學習開始感興趣了）

持ち出し、持出し〔名〕持出，拿出、帶出、掏腰包，分擔費用的一部分。〔縫紉〕掩襟←→見返し。〔建〕樑拖，翅拖

非常持ち出し（發生意外時首先搬出室外的東西）

図書の持ち出し禁止（禁止將圖書帶出館外）

幹事を為ると持ち出しだ（當幹事就要掏腰包）

会費で不足の分は僕の持ち出しに為よう（會費不夠的部分由我來拿吧！）

持ち直す〔自、他五〕改變拿法，用另外一隻手拿、恢復，好轉，見好，復元

本を右手に持ち直す（換右手拿書）

父の病気も段段持ち直して、どうやら一人で歩ける様に為った（父親的病也漸漸好轉總算自己能走路了）

天気は持ち直した（天氣恢復正常了）

景気が持ち直した（景氣好轉起來）

持ち荷、持荷〔名〕存貨，庫存品、擁有的貨物、攜帶的貨物、搬運的貨物

持ち逃げ、持逃げ〔名、他サ〕攜帶（她人財物）潛逃

公金を持ち逃げする（攜帶公款潛逃）

持ち主、持主〔名〕持有者，所有人，物主（=所有者）

家の持ち主（房屋的主人）

ホテルの持ち主（旅館的主人）

美貌の持ち主（美貌的人）

美声の持ち主（嗓子好的人）

持ち主の分らない品物（物主不明的東西）

落とした物の持ち主を捜す（尋找遺失物的所有人）

此の本の持ち主は小林さんです（這本書是小林的）

持ち場、持場〔名〕工作崗位，職權範圍，管轄區域

持ち場に就く（就工作崗位）

持ち場を捨てる（放棄職守）

最後迄持ち場に踏み止まる（堅守崗位到底）

持ち場を争う（爭奪職權範圍）

自分の持ち場に帰る（回到自己的工作崗位上）

仕事中は自分の持ち場を離れるな（工作時間不要擅離崗位）

持ち運ぶ〔他五〕搬運、挪動（=運ぶ）

荷物を持ち運ぶ（搬運貨物）

持ち運び、持運び〔名〕搬運、挪動

持ち運びの出来る機械（能夠搬運的機器）

嵩張っていて持ち運びに不便だ（體積太大搬運不便）

持ち番、持番〔名〕值班、所值的班

持ち札、持札〔名〕（撲克）手上的牌

四枚以上の揃った持ち札（四張以上同花的牌）

持ち古す〔他五〕使用舊

持ち古した万年筆（用舊了的鋼筆）

持ち分、持分〔名〕（攤派，分派的）分配額，分擔量、（合辦企業個人的）權利，股權、（擁有的）股票，債券

自分の持ち分を自由に使う（隨便使用自己的份額）

持ち前、持前〔名〕天性，生性，秉性，天生、（應該享有的）份額（=持ち分）

持ち前の性質（天生的性格）

持ち前だから、仕方が無い（生性如此沒有辦法）

彼は持ち前の負けん気で、到頭最後迄走り抜いた（他秉性倔強終於跑到了終點）

持ち回る〔他五〕拿到各處去

大切な書類だから、矢鱈に持ち回っては困る（因為是重要的文件到處亂拿可不好）

原稿を方方の出版社へ持ち回る（把原稿拿到好些出版社去轉）

彼は絵を友人の間に持ち回ったが、売れなかった（他把畫拿到朋友那裡走了一遭但沒有賣出去）

持ち回り、持回り〔名〕（在有關者之間）巡迴，輪流、（將議案等給有關人員）輪流徵求意見表決法

会場の持ち回り（會場的輪換）

持ち回りの優勝カップ（循環優勝杯）

持ち回りで議長に為る（輪流當主席）

此の役は持ち回りに為っている（這職務是輪流當的）

持ち回り閣議（將議案分發給閣員簽具意見進行表決的巡迴式內閣會議）

持って回る〔自五〕兜圈子、繞遠。〔他五〕拿著…到處走

持って回った言い方を為るな（你說話不要兜圈子了）

持ち物、持物〔名〕攜帶物品（=所持品）、所有物

持ち物を受付に預ける（把攜帶的東西存在衣帽間）

持ち物に御注意下さい（請注意隨身攜帶的東西）

彼の家は友人の持ち物です（那房子是朋友的）

人の持ち物を勝手に使う（隨便使用他人的東西）

持ち寄る〔他五〕各自帶來湊在一起

資料を持ち寄る（各自帶來資料）

料理の材料を持ち寄る（各自帶來做菜的材料）

意見を持ち寄る（各自提出自己的意見）

持てる〔自下一〕能拿，能有，能保持、受歡迎，吃香

やっと車が持てた（好容易才有了汽車）

此の石は重くて持てない（這石頭太重拿不動）

座が持てない（冷場、不叫座）

持てない客（不受歡迎的客人）

青少年達に持てる選手（受青少年歡迎的運動員）

彼の作家は若い人に持てる（那作家很受青年人歡迎）

彼は女に持てない（他對女人沒有吸引力）

持てる〔連體〕（〝る〟是文語完了助動詞〝り〟的連體形）富有（＝持っている）←→持たざる

持てる者の悩み（富有者的苦惱）

持てる階級（富有的階級）

持てる国（富有的國家）

持て〔連語〕〔古、方〕（持って的轉變）持，拿著（＝…を持って）

火等急ぎ起して、炭持て渡るもいとつきづきし（急忙把火生著拿去燒紅的木炭〔通過走廊〕走去的情景〔也和冬天的清晨〕非常和諧）

持て余す〔他五〕無法對付、難以處理、不好打發

約束より早く来過ぎて時間を持て余した（比約定時間來得過早了不知該如何消磨時間）

料理が多くて持て余す（菜太多吃不過來）

彼の子には親も持て余している（那孩子連他父母也無法對付）

彼は仕事が無くて体を持て余している（他沒有事做閒得難受）

持て余し者（討厭的人、麻煩的人、不可救藥的人）

彼の此の近所での持て余し者だ（他是鄰近一帶討人嫌的人）

持て成す〔他五〕對待，接待（＝取り扱う）、款待，招待（＝歓待する）

御客さんを持て成す部屋（接待客人的房間）

にこにこと客を持て成す（笑容滿面地接待客人）

音楽で持て成しました（請客人聽音樂）

御客を手料理で持て成す（親手做菜款待客人）

色色な山海の珍味を並べて外国の友人を持て成しました（擺下了種種山珍海味招待外國朋友）

持て成し〔名〕對待，接待、款待，招待

手厚い持て成しを受ける（受到熱情的接待）

粗末な持て成しを受ける（受到簡慢的接待）

彼は客の持て成しが上手だ（他很會接待客人）

彼処の店はどうも持て成しが悪い（那商店服務態度很不好）

彼に夕食の持て成しを為る（請他吃晚飯）

茶菓の持て成しを受ける（被邀請吃茶點）

何の御持て成しも出来ませんが、是非遊びにいらっしゃって下さい（沒有什麼好招待的請你務必來玩）

何の御持て成しも致しませんで、失礼しました（招待不周失禮得很）

持て映やす、持て囃す〔他五〕極端稱讚、特別誇獎、歡迎，珍視

持て映やされて得意に為る（受到讚揚而神氣起來）

ピアノの名手と為て世界中に持て映やされる（作為出色的鋼琴家受到全世界讚賞）

彼の雑誌は若い人達に持て映やされている（那雜誌很受青年人歡迎）

匙（イ′）

匙、匙〔名〕（來自茶匙的字音）匙、匙子（＝スプーン）

茶匙（茶匙）

大匙（大匙）

小匙（小匙）

スープ用の大匙（喝湯用的大匙）

一匙の砂糖（一匙糖）

匙に山盛り一杯（盛得滿滿的一匙）

匙で掬う（用匙舀）

匙で掻き回す（用匙攪拌）

匙で薬を盛る（用匙盛藥）

砂糖をもう二匙入れて下さい（請給我再放兩匙糖）

匙を投げる（認為不可救藥而放棄、認為無法挽救而死心、束手無策）

医者が匙を投げる様な病気（不治之症）

彼の男には匙を投げた（對他真是束手無策、他真是不可救藥）

匙加減（斟酌劑量、斟酌處理、處理的分寸）

旨く匙加減して投薬する（適當地斟酌劑量給藥）

匙加減を間違える（下錯藥量）

叱り方の匙加減（申斥的分寸）

匙加減を誤る（處理不當、弄錯分寸、估計錯誤）

匙沢瀉（〔植〕水澤瀉、歐澤瀉、車古菜）

遲（遅）（イ／）

遲〔漢造〕遲、遲緩
　巧遲（巧而慢）

遲延〔名、自サ〕延遲、耽擱、遲誤、誤點
　遅延する事無く（毫不拖延地）
　大変（大幅に）遅延して済みません（耽擱很久對不起）
　崖崩れの為列車が三時間程遅延した（由於山崖崩塌火車誤點三小時左右）
　遅延回路（〔電〕延遲電路）
　遅延時間（〔計〕延遲時間、滯後時間）
　遅延記憶装置（〔計〕延遲線存儲器）

遲角〔名〕〔電〕滯後角

遲緩〔名〕遲緩、緩慢

遲疑〔名、自サ〕遲疑、猶豫
　遅疑逡巡する（遲疑不前）
　遅疑して攻撃の時機を失う（遲疑不決失掉進攻機會）

遲効〔名〕遲效←→速効
　遅効性肥料（遲效性肥料）

遲刻〔名、自サ〕遲到、晚到
　五分遅刻した（遲到了五分鐘）
　学校に遅刻した（上學遲到了）
　もう少しで遅刻する所だった（差一點沒遲到）
　交通事故の為今朝は遅刻の生徒が多い（因為交通事故今天早晨遲到的學生很多）
　約束の時間に遅刻する（誤了約定時間）

遲参〔名、自サ〕遲到、誤點
　遅参して申し訳御座いません（我來遲了實在抱歉）
　出掛けに来客が有り、思わぬ遅参を致しました（剛要出門來了客人沒想到竟來遲了）

遲日〔名〕（春季的）天長、永晝

遲進児〔名〕智力發育晚的兒童
　学業遅進児（學習進步慢的兒童）

遲速〔名〕快慢
　仕事の遅速を争う（比工作的快慢）

遲滯〔名、自サ〕遲緩、遲延、延緩、拖延
　事務が遅滯する（工作遲遲不進）
　遅滯無く払って下さい（請立即付款）
　期日迄に遅滯無く納める（如期交納）
　本件は些かの遅滯をも許さない（此件不得稍有拖延）
　遅滯日数（拖延日數）
　遅滯角（〔電〕落後角、移後角）

遲達〔名〕（郵件、報紙等）遲到
　遅達の郵便物（遲到的郵件）

遲遲〔形動タルト〕遲遲
　仕事は遅遅と為て進まない（工作遲遲不進）
　計画の実現は遅遅たる物だ（計畫實現得很慢）
　春日遅遅（春日遲遲）

遲鈍〔名、形動〕遲鈍、愚笨
　遅鈍な男（遲鈍的人）

遲配〔名、他サ〕（配售、發薪等）誤期

米の遅配（米的配售誤期）
郵便の遅配（郵件投遞遲誤）
遅配に為っている給料（到期不發的工資）

遅発〔名、自サ〕（火車等）晚開、晚爆
　列車は十分遅発した（火車晚開了十分鐘）
　遅発爆弾（定時炸彈）
　遅発雷管（定時雷管、晚爆雷管）
　遅発中性子（〔理〕緩發中子）

遅払い〔名〕（工資、貸款等的）遲付
　給与の遅払い（推遲發薪）

遅筆〔名〕寫得慢、下筆慢←→速筆
　彼の小説家は遅筆で有名だ（那小說家以寫得慢而聞名）

遅脈〔名〕〔醫〕脈搏緩慢

遅らす、後らす〔他五〕延遲（＝遅らせる、後らせる）←→速める
　時計を十分遅らす（把錶撥慢十分鐘）

遅らせる、後らせる〔他下一〕推遲，延遲，拖延、撥慢（＝遅らす、後らす）←→速める
　卒業を一年遅らせる（延遲一年畢業）
　返事を遅らせる（推遲答覆）
　夕食を三十分遅らせる（把晚飯推遲三十分鐘）
　新葉の発育を遅らせるか又は妨げる（推遲或阻礙新葉的發育）
　時計を十五分遅らせる（把鐘錶撥慢十五分鐘）

遅れる、後れる〔自下一〕遲，晚，慢，誤，遲到、耽誤，落後，差勁
　汽車に遅れる（沒趕上火車）
　約束の時間に一時間遅れる（比約定時間晚了一個小時）
　学校に遅れる（上課遲到）
　汽車が二十分遅れた（火車誤點二十分鐘）
　返事が遅れて失礼しました（回信晚了很對不起）
　彼は遅れて遣って来た（他來得晚）
　彼の人は遅れて許り居る（他總是遲到）
　一日遅れば一日丈損（晚一天就耽誤一天）
　今年は季節が遅れている（今年節氣晚）
　作物が遅れている（莊稼成熟得晚）
　此れから遅れ無い様に為て呉れ（以後請不要遲到啦）
　遅れた国（落後的國家）
　智恵の遅れた子（智力發育較晚的孩子）
　時代に遅れる（落後於時代）
　流行に遅れる（落後於流行）
　妻に遅れる（死於妻子之後）
　遅れまいと先を争う（爭先恐後）
　殆ど一世紀遅れている（幾乎落後一個世紀）
　経済的には貧しく、文化的にも遅れている（一窮二白）
　五メートル遅れて二着でゴールイン（落後五米以第二名進入決勝點）
　僕は数学が一番遅れている（我的數學最差勁）
　此の点では世界の先進諸国より遥かに遅れている（這一點比世界的先進國家還遠遠落後）
　此の時計は一日に三分宛遅れる（這鐘錶每天慢三分鐘）
　僕の時計は五分遅れている（我的錶慢五分鐘）

遅れ、後れ〔名〕晚，落後、畏縮。〔電、理〕落後，滯後時間，滯差
　一時間の遅れ（晚一個小時）
　三分遅れで発車（晚三分鐘開車）
　時代遅れの思想（落後於時代的思想）
　流行遅れの服（不流行的服裝）
　遅れを取る（落後、輸給別人）
　競争に遅れを取る（在競爭上落後）
　外国にも遅れを取らない（也不落後於外國）
　遅れを取り戻す（把落後彌補上）

イ

病気で一学期休んだ遅れを取り戻す（把因病耽誤的一學期補上）

遅い、鈍い〔形〕慢，不快，遲緩，遲鈍←→速い

　足が遅い（走得慢）

　進歩が遅い（進步慢）

　遅い汽車ですね（火車跑得真慢）

　時計が段段遅く為り出した（錶漸漸地走得慢起來了）

　悟りが遅い（悟性遲鈍）

　理解が遅い（理解得慢）

　遅い助けは助けに為らぬ（遠水救不了近渴）

　遅かりし由良之助（坐失良機、後悔莫及）

遅い、晩い〔形〕晚，不早，夜深，過時，趕不上，來不及←→速い

　帰りが遅い（回來得晚）

　もう時刻が遅い（時間已經不早了）

　此の辺は春の来るのが遅い（這一帶春天來得晚）

　もう遅いから早く寝る（已經夜深了趕快睡吧！）

　夜遅く迄働く（工作到深夜）

　遅く迄起きている（直到夜裡很晚也不睡）

　今から行ってはもう遅い（現在去已經晚了）

　急がないと汽車に遅く為るよ（你要不快一點就趕不上火車了）

　遅く為りました（我遲到了〔請原諒〕）

遅生まれ〔名〕生得晚、晚生的人（指四月二日至十二月底出生的兒童-按日本學制早生的七歲即可入學）

遅生り〔名〕晚熟、晚結果

　遅生りの桃（晚桃）

　遅生り玉蜀黍（晚熟玉米）

遅かれ早かれ〔連語、副〕遲早、早晚、總有一天

　彼は遅かれ早かれ成功するに違いない（他遲早一定會成功）

　遅かれ早かれ人は皆死ぬ物だ（人遲早都要死的）

　其れは遅かれ早かれ実現する筈だ（那是早晚會實現的）

遅く（と）も〔副〕最遲、最晚

　遅く（と）も来月初め迄には帰る（最遲在下月初以前回來）

　遅く（と）も今晩中に御届けします（最遲在今晚給您送到）

遅なわる〔自五〕〔方〕遲到、來晚（=遅くなる）

遅咲き〔名〕晚開、晚開的花

　遅咲きの花（晚開的花）

　遅咲きの梅（晚開的梅花）

遅知恵〔名〕智力發育晚、腦筋遲鈍、事後聰明

　遅知恵の人（腦筋遲鈍的人）

　馬鹿の遅知恵（糊塗蟲事後聰明）

遅出〔名〕晚班、晚上班←→早出

遅寝〔名〕晚睡、睡得晚←→早寝

遅場〔名〕晚稻田、水稻收成晚的地方←→早場

　遅場米（晚稻米）

遅番〔名〕晚班←→早番

　今日は遅番だ（今天上晚班）

遅蒔き、遅蒔〔名〕晚播，晚種的品種、已過時機，下手太晚

　遅蒔きの胡瓜（晚種的黃瓜）

　今からでは遅蒔きだ（現在下手已經晚了）

　遅蒔き乍ら遣って見ましょう（晚是晚了做做看吧！）

　遅蒔き乍ら会に出席した（儘管晚了還是出席了會議）

遅渡し〔名〕〔商〕遲交、誤期交貨

馳（イ〞）

馳〔漢造〕馳騁，快跑、款待、美味料理

　背馳（背道而馳、相反）

馳駆〔名、自サ〕馳驅、奔走

　馳駆して急を告げる（馳驅告急）

　馳駆の労を厭わない（不辭奔走之勞）

馳走〔名〕奔走、款待，宴請，盛饌，美味（現在一般用〝御馳走〟形式）

御馳走〔名、他サ〕好飯菜，好吃的東西，盛饌、酒席、款待，宴請

御馳走に呼ぶ（請客吃飯）

御馳走に為る（被請吃飯）

私は時時彼の所で御馳走に為る（我常在他那裡吃飯）

御馳走（を）為る（請客、擺盛筵）

寿司を御馳走する（請吃壽司）

急度御馳走に為りに参ります（我一定去叨擾您）

冬は火が何よりの御馳走だ（冬天火是最好的款待）

美味しい空気が一番の御馳走です（新鮮的空氣是最好的盛饌）

御馳走が山程出る（飯菜豐盛）

色色な御馳走が出た（拿出各式各樣好吃的東西）

何の御馳走も有りません（沒有甚麼好飯菜）

正月の御馳走を買う（買過年的吃喝）

御馳走様〔連語、感〕承您款待了，叨擾叨擾。〔俗〕對炫耀自己愛人（豔遇）的人的取笑語

御馳走様（多謝您的款待，我已經吃飽了）

どうも御馳走様でした（承您款待了、謝謝）

馳せる、走せる〔自下一〕馳、跑。〔他下一〕驅（車）、策（馬）

車を馳せて会場へ急ぐ（驅車馳向會場）

馬を馳せる（策馬奔馳）

名声を馳せる（馳名）

思いを故国に馳せる（緬懷故國）

天下に名を馳せる（馳名天下）

馳せ，馳、走せ〔漢造〕馳、奔跑

馳せ帰る（跑回去）

馳せ着ける（急忙趕到）

馳せ集まる〔自五〕跑來集合、緊急集合、策馬馳來集合

急を聞いて馳せ集まった同士（聞急報趕來集合的人們）

馳せ超える〔自下一〕策馬馳過

馳せ参じる〔自上一〕急馳而來、火速趕來（=馳せ参ずる）

国家の一大事と許り馳せ参じる（因認為是國家大事趕緊跑來）

馳せ参ずる〔自サ〕急馳而來、火速趕來（=馳せ参じる）

国家の一大事と許り馳せ参ずる（因認為是國家大事趕緊跑來）

馳せ着ける〔自下一〕跑到、策馬趕到

現場に馳せ着ける（趕到現場）

馳せ回る〔自五〕到處奔走、四出奔走、跑來跑去

資金調達に彼方此方を馳せ回る（為籌措資金到處奔走）

選手達が青青と為た芝生の上に散開して馳せ回っている（運動員們在綠油油的草坪上散開來回奔跑）

馳せ向かう〔自五〕馳向、奔向

台中駅へ馳せ向かう（奔赴台中車站）

敵へ馳せ向かう（奔向敵人）

馳せ戻る〔自五〕馳回、跑回、奔回

直ちに出発地に馳せ戻る（馬上跑回出發地）

家へ馳せ戻る（跑回家）

弛、弛（イ／）

弛、弛〔漢造〕解放弓弦、鬆懈

弛緩、弛緩〔名、自サ〕（習慣讀作弛緩）弛緩，鬆弛，渙散、〔醫〕無力，衰弱

筋肉が弛緩する（肌肉鬆弛）

君の精神は少し弛緩している（你的精神有些渙散）

弛張、弛張〔名、自サ〕弛張，一弛一張，忽鬆忽緊、寬大和嚴格

弛張熱（〔醫〕弛張熱一一天內的體溫差在攝氏一度以上的熱型）

弛度〔名〕（電線等的）弛度

イ

弛し、懈し〔形ク〕沒精神，無精打采（＝だるい）、頭腦遲鈍，不靈活，不機靈

弛む〔自五〕鬆弛、弛緩、鬆懈
　弛まぬ努力を払った（作了堅持不懈的努力）
　倦まず弛まず勉強する（孜孜不倦地學習）

弛み〔名〕鬆弛、弛緩、鬆懈
　弛み無く仕事を為る（堅持不懈地工作）
　弛み無く努力する（堅持不懈地努力）

弛む〔自五〕鬆弛，鬆懈，不振、彎曲，下沉
　弛んだ綱（鬆弛的粗繩子）
　弛んだ肌（鬆弛的皮膚）
　弛んだ二重顎（鬆弛的雙層下巴）
　目の皮が弛む（眼皮鬆弛）
　天井が弛んだ（天花板下沉了）
　君は近頃如何してそんなに弛んでいるのか（你近來怎麼這麼精神不振了呢？）
　試験が済んだら弛んで仕舞った（考試一完精神就鬆懈了）

弛み〔名〕鬆弛、鬆懈、弛緩
　縄に弛みを付ける（放鬆繩子）
　天井に弛みが出来た（天花板出現下沉）
　心の弛みを直せ（振作起鬆懈的精神來！）

弛い、緩い〔形〕鬆的，不緊的，緩慢的，不急的，不陡的、不嚴的、稀薄的，不濃的
　靴が弛い（鞋肥大）
　紐の結び方が弛い（繩繫得鬆）
　帯が弛い（帶子鬆）
　帽子が弛い（帽子曠）
　弛い調子（徐緩的調子）
　弛いスピード（慢速）
　弛いカーブ（慢彎）
　弛い坂（慢坡、不陡的坡）
　取締りが弛い（管理不嚴）
　弛い粥（稀粥）
　水で弛く溶く（用水稀釋）
　便が弛い（大便稀）
　弛い便を為る（拉肚子、下痢）
　腹が弛い（腹瀉）

弛む、緩む〔自五〕鬆弛，鬆懈，鬆動、緩和，放寬、軟化、變稀、疲軟
　糸が弛む（線鬆弛了）
　ベルトが弛んだ（帶子鬆了）
　機械のボルトが弛んだ（機器的螺栓鬆動了）
　仕事が一段落して気が弛む（工作告一段落精神鬆懈了）
　努力が弛む（鬆勁）
　寒さがめっきり弛んで来た（冷勁大見緩和了）
　制限が弛む（限制放寬）
　バターが弛む（黃油軟化了）
　便が弛む（便稀、瀉肚）
　相場が弛む（行市疲軟）

弛み、緩み〔名〕緩和、鬆弛、遲緩
　気の弛み（疏忽）
　心の弛み（粗心、馬虎）
　心に弛みを覚る（感覺精神鬆懈）
　弛み無く働く（不鬆勁地工作）

弛まる、緩まる〔自五〕緩和、鬆弛、遲緩（＝弛む、緩む）
　寒さが弛まる（冷勁緩和）
　警戒が弛まる（警惕鬆弛）

弛める、緩める〔他下一〕放鬆，放寬、鬆懈，鬆弛，疏忽、緩和，放慢、稀釋
　紐の結び目を弛める（把繩結放鬆）
　心を弛める（鬆弛）
　気を弛める（疏忽）
　警戒を弛める（放鬆警惕）
　スピードを弛める（放慢速度）
　攻撃の手を弛める（緩和攻擊）
　取締りを弛める（放寬管理）
　湯で弛める（用熱水稀釋）

侈〔イ〜〕

侈〔漢造〕奢侈（=奢る、侈る）

驕奢（奢侈、奢華、豪奢）（=贅沢）

奢侈（奢侈）（=贅沢）

侈奢（奢侈）

侈る、奢る〔自五〕（也寫作侈る）奢侈、奢華、鋪張浪費、過於講究。

〔他五〕請客、作東

奢った生活を為ている（過著奢侈的聲或）驕る、傲る

着物に奢り過ぎる（過分講究穿）

こんなに御馳走を出すとは豪く奢った物だ（擺出這樣的酒席來太闊氣了）

彼は口が奢っている（他講究吃、他口味高）

今日は僕が奢るから一杯遣ろう（今天我請客我們去喝一杯吧！）

何を奢ろうか（我請你吃點什麼好呢？）

牛鍋を奢り給え（請我吃牛肉火鍋）

今度は私が奢る番だ（這次輪到我請客了）

此れは僕が奢る（這個我請客）

今晩の芝居は誰が奢ったのか（今晚的戲票是誰請的客？）

驕る、傲る〔自五〕驕傲、傲慢

勝って驕らず（勝而不驕）

成功したとて驕るな（成功了也不要驕傲）

驕る者は久しからず（驕者不長久、驕者必敗）

恥（チ~）

恥〔漢造〕恥、陰部

羞恥（羞恥）

廉恥（廉恥）

無恥（無恥）

破廉恥（厚顔無恥、寡廉鮮恥）

厚顔無恥（厚顔無恥）

恥丘〔名〕〔解〕陰阜

恥垢〔名〕〔生理〕陰垢、包皮垢

恥骨〔名〕〔解〕尺骨

恥辱〔名〕恥辱

大衆の面前で恥辱を受ける（當眾受辱）

恥辱を忍ぶ（忍辱）

恥辱を雪ぐ（雪恥）

恥部〔名〕陰部。〔轉〕可恥部分，黑暗面

貧民窟は都会の恥部である（貧民窟是城市的黑暗面）

恥毛〔名〕陰毛

恥、辱〔名〕恥、恥辱、羞恥、丟人

恥知らず（不知恥、不要臉）

恥を掻く（出醜、丟人）

恥も外聞も無い（顧不得體面）

皆の前で彼に恥を掻かせる（讓他在人前出醜、在大庭廣眾面前使他丟臉）

此奴は酷い恥曝しだ（這太丟人了）

恥を忍ぶ（忍辱）

恥を隠す（遮羞）

恥を雪ぐ（雪恥）

君がそんな事を為れば私等の恥に為る（你如果做這種事會給我們丟臉）

其れは男の恥だ（那是男子漢的恥辱）

恥を恥共思わない（恬不知恥）

内輪の恥を世間に曝すな（家醜不可外揚）

恥の上塗り（再次丟臉、恥上加恥）

聞くは一時の恥、聞かぬは末代の恥（求教是一時之恥不問是終身之羞、要不恥下問）

恥入る、恥じ入る〔自五〕深感羞愧

然う仰られて恥入ります（被您這麼一說我深感羞愧）

恥入った顔付き（深感慚愧的神色）

恥赫く〔自五〕羞得面紅耳赤

恥曝し〔名〕丟臉、出醜

好い恥曝しだ（太丟人了）

恥曝しは止めて呉れ（別再做丟人的勾當了）

此の恥曝し奴（你這個丟臉的東西）

恥知らず〔名、形動〕不知恥、不要臉、臉皮厚
　彼は恥知らずだ（他恬不知恥）
　御前の様な恥知らずは見た事が無い（沒見過像你這樣不要臉的人）

恥じる、羞じる、愧じる〔自上一〕害羞、羞愧、慚愧
　恥じて頭を下げる（羞得低下頭來）
　恥じて顔を赤らめる（害臊得臉紅起來）
　人目を恥じる（羞於見人）
　何を恥じる事が有ろうか（害什麼臊啊！）
　英雄たるに恥じない（不愧為英雄）
　私の為た事は天地に恥じない（我之所為無愧於天地）

恥ずかしい、羞ずかしい〔形〕害羞，害臊，難為情，不好意思、慚愧，可恥
　何が恥ずかしいの（害什麼臊嘛！）
　少し恥ずかしく思う（有點不好意思）
　君はそんな事を為て恥ずかしくないか（你做那種事不覺得害臊嗎？）
　恥ずかしくて顔を真赤に為る（羞得滿臉通紅）
　御恥ずかしい次第です（太慚愧了、慚愧極了）
　誰に聞かれても恥ずかしくない（被誰聽見也無愧於心）
　海外に輸出しても恥ずかしくない製品（即使出口也不至於丟臉的產品）

恥ずかしがる〔自五〕害羞、害臊
　恥ずかしがる事は無い（不用害羞）
　彼は矢鱈に恥ずかしがる（他動不動就害羞）
　彼女は恥ずかしがって言葉も出ない（她害羞得說不出話來）
　恥ずかしがらずにどしどし質問し為さい（不要不好意思請多多提出問題）

恥ずかしからぬ〔連語〕體面的、不丟臉的、當之無愧的
　紳士と為て恥ずかしからぬ（不愧為紳士）
　恥ずかしからぬ身形を為ている（打扮得很體面）
　学校で恥ずかしからぬ成績である（在學校學習成績很不錯）

恥ずかしがり（屋）〔名〕好害羞的人、靦腆的人、怕見陌生人的（＝照れ屋）

恥ずかしげ〔形動〕害羞、羞答答、難為情
　彼女は恥ずかしげに話す（她羞答答地說）

恥ずかしさ〔名〕羞愧、害羞（的程度）
　恥ずかしさの余り赤面する（害羞之餘面紅耳赤）

恥らう、羞らう〔自五〕害羞（＝恥かしがる）
　花も恥らう乙女（羞花之貌的少女）

恥らい、羞らい〔名〕害羞
　恥らいの色を見せる（現出害羞的樣子）

歯（齒）（イ〜）

歯〔漢造〕牙、牙形物、年齡
　唇歯（唇與齒、休戚與共的關係）
　乳歯（乳齒）←→永久歯
　永久歯（永久齒、恆齒）
　義歯（假牙＝入れ歯）
　犬歯（犬齒）
　門歯（門齒）
　臼歯臼歯（臼齒＝奥歯←→前歯〔門牙〕）
　抜歯（拔牙）
　切歯（門牙）
　切歯扼腕（切齒扼腕）
　鋸歯（鋸齒）
　年歯（年齡）

牙〔漢造〕牙齒、（古時用象牙裝飾的）將軍棋。〔古〕牙行
　歯牙（牙齒、言詞）
　犬牙（犬齒）
　爪牙（爪牙、毒手）
　牙銭（介紹買賣所得的佣錢＝口錢）

歯炎 〔名〕〔醫〕牙炎

歯音 〔名〕〔語〕齒音

歯科 〔名〕牙科
　歯科医（牙醫）
　歯科医学（牙科學）
　歯科医院（牙科醫院）
　歯科器具（牙科器械）

歯牙 〔名〕牙齒。〔轉〕言辭，議論
　歯牙学（齒科學）
　歯牙に掛くるに足らず（不足掛齒）
　歯牙にも掛けない（不足一提）
　人の事は歯牙にも掛けない（別人的事提也不提）

歯芽 〔名〕〔解〕牙胚、成牙質
　歯芽細胞（成牙質細胞）

歯学 〔名〕〔醫〕牙科學
　歯学部（牙科系）

歯冠 〔名〕〔醫〕齒冠
　歯冠を被せる（套上齒冠）

歯軌条 〔名〕齒軌
　歯軌条鉄道（齒軌鐵道）

歯弓 〔名〕〔解〕牙弓

歯鏡 〔名〕〔醫〕牙鏡

歯齦 〔名〕〔解〕牙齦（=歯茎）
　歯齦炎（牙齦炎）
　歯齦出血（牙齦出血）

歯茎 〔名〕牙齦、牙床（=歯齦）
　歯茎から血が出る（牙齦出血）
　歯茎を剥き出して笑う（露出牙床笑）
　歯茎の腫物（牙齦腫塊）

歯茎音 〔名〕〔語〕齒齦音

歯頸 〔名〕〔解〕齒頸

歯垢 〔名〕牙垢（=歯屎）
　歯垢掃除具（牙垢清除具）

歯滓 〔名〕牙垢（=歯屎）

歯屎 〔名〕牙垢、牙石（=歯滓）

歯石 〔名〕〔醫〕牙石、牙垢
　歯石を取る（去掉牙石）
　歯石が付く（長牙垢）

歯塩 〔名〕牙垢（=歯石）

歯腔 〔名〕〔解〕齒腔

歯骨 〔名〕〔解〕牙骨
　歯骨折（牙骨折）

歯根 〔名〕〔解〕牙根

歯式 〔名〕〔生〕齒式（表示動物牙齒種類和數目的公式）

歯質 〔名〕〔解〕牙質

歯状 〔名〕齒狀
　歯状構造（齒狀結構）
　歯状装飾（齒形裝飾）

歯唇音 〔名〕〔語〕唇齒音（=唇齒音）

歯神経 〔名〕〔解〕牙神經

歯髄 〔名〕〔解〕牙髓
　歯髄炎（牙髓炎）

歯舌 〔名〕〔生〕（軟體動物的）齒舌

歯槽 〔名〕〔解〕齒槽
　歯槽膿漏（齒槽膿漏）

歯朶、羊歯 〔名〕羊齒、羊齒類植物的總稱

歯痛、歯痛 〔名〕齒痛
　歯痛が為る（牙痛）
　歯痛を起す（牙疼起來）
　酷い歯痛だ（牙疼得厲害）
　歯痛で苦しむ（牙疼得難受）

歯肉、歯肉 〔名〕〔解〕牙齦（=歯茎）
　歯肉炎（齒齦炎）

歯列 〔名〕〔醫〕齒列
　歯列を矯正する（矯正齒列）
　歯列矯正（齒列矯正）
　歯列弓（齒弓）

歯並び 〔名〕齒列（=歯列、歯並）
　歯並びが良い（牙齒長得很整齊）

歯並、歯並み〔名〕歯列、牙齒的排列（=歯並び）
　綺麗な歯並（整齊的牙齒）
　歯並が揃っている（牙齒長得整齊）
　歯並が悪い（牙齒不整齊）

歯〔名〕齒，牙，牙齒、（器物的）齒
　歯の根（牙根）
　歯の跡（牙印）
　歯を磨く（刷牙）
　歯を穿る（剔牙）
　歯を埋める（補牙）
　歯を入れる（鑲牙）
　歯を抜く（拔牙）
　歯が痛む（牙疼）
　歯が生える（長牙齒）
　歯が一本抜けている（掉了一顆牙）
　此の子は歯が抜け代わり始めた（這孩子開始換牙了）
　歯を剥き出して威嚇する（齜牙咧嘴進行威嚇）
　歯車（齒輪）
　鋸の歯（鋸齒）
　櫛の歯（梳子的齒）
　下駄の歯（木屐的齒）
　歯が浮く（倒牙、牙根活動、令人感到肉麻）
　歯が立たない（咬不動、比不上，敵不過，不成對手）
　歯に合う（咬得動、合口味、合得來）
　歯に衣を着せない（直言不諱、打開窗戶說亮話）
　歯の抜けた様（殘缺不全、若有所失，空虛）
　歯の根が合わない（打顫、發抖）
　歯の根も食い合う（親密無間）
　歯の根を鳴らす（咬牙切齒）
　歯亡び舌存す（齒亡舌存、剛者易折柔者長存）
　歯を食い縛る（咬定牙關）
　歯を切す（咬牙切齒）
　歯を出す（斥責、怒斥）

刃〔名〕刃、刀刃（=刃）
　刃が鋭い（刀刃鋒利）
　刃が鋭くて良く切れる（刀刃鋒利好切）
　刃を付ける（開刃）
　庖丁の刃（菜刀的刀刃）
　剃刀の刃（刮鬍刀刃）
　刃の付いた刀（開了刃的刀）
　刃が欠ける（毀れる）（被刀刃傷到）
　刃が切れなくなった（刀刃變鈍了）
　ナイフには鋭い刃が付いていた（這把刀有鋒利的刀刃）
　ナイフの刃が捲くれる（小刀刃變捲了）
　刃を拾う（磨刀）
　刃を研ぐ（磨刀）

刃〔名〕（焼刃的轉變）刀刃、刀具、刀劍
　刃を交える（交鋒）
　刃に血塗らずして（兵不血刃）
　刃に伏す（自殺、自刎）
　敵の刃に倒れる（死於敵人刀下）
　刃に掛って死ぬ（被刀殺死）
　刃に掛ける（用刀殺、刀斬）
　彼は刃の下を潜って来た人だ（他是死裡逃生的）
　刃から出た錆は研ぐに砥石が無い（自作自受、自食其果）
　刃の錆は刃より出でて刃を腐らす（自作自受、自食其果）
　刃を迎えて解く（迎刃而解）

羽〔名〕羽，羽毛（=羽）、翼，翅膀、（箭）翎、勢力，權勢（=羽振り）
　孔雀の羽（孔雀的羽毛）
　鷹の羽音（老鷹拍翅膀的聲音）
　蝉の羽（蟬翼）
　矢羽（箭翎）

羽が利く（有權勢）

葉〔名〕葉（=葉っぱ）

葉が落ちる（葉落）

木の葉（樹葉）

楡の葉が出る（楡樹長葉子了）

木の葉がすっかり無く為った（樹葉都掉了）

葉を出す（生葉、長葉）

木の欠いて根を断つな（修剪樹枝不要連根砍斷）

葉のこんもり茂った松の木（葉子茂密的松樹）

葉の出る前に花の咲く木（先開花後長葉的樹）微風微風

派〔名、漢造〕派、派別、流派、派生、派出

派が違う（流派不同）

一つの派を立てる（樹立一派）

二つの派を分れる（分成兩派）

流派（流派）

支派（支派）

自派（自己所屬的黨派）

分派（分派，分出一派、小流派、分出的流派）

末派（藝術或宗教的最末流派、分裂出來的宗派、小角色，無名小輩）

左派（左派=左翼）←→右派

右派（右派、保守派=右翼）

各派（各黨派、各流派）

学派（學派）

宗派（宗派、教派、流派）

党派（黨派、派別、派系）

統派（統派）

硬派（強硬派，死硬派、政經新聞記者、不談女色的頑固派、暴徒、看漲的人，買方）←→軟派

軟派（鴿派，穩健派=鳩派、報社的社會部文藝部，擔任社會欄文藝欄的記者、色情文藝，喜愛色情文藝的人、專跟女人廝混的流氓、空頭）

鷹派（鷹派、強硬派）

鳩派（鴿派、主和派、溫和派）←→鷹派

何派（哪一派）

主流派（主流派、多數派）

反対派（反對派）

反動派（反動派）

ローマン派（浪漫派）

実権派（實權派、當權派）

歯医者〔名〕牙醫

歯医者に掛かる（請牙科醫生看病）

歯入れ〔名〕換木屐的齒、換木屐齒的人

歯欠け〔名〕缺齒、掉了牙齒（的人）

歯形、歯型〔名〕齒形、牙印

歯形を付ける（咬上牙印）

歯形を取って入歯を作る（取齒型做假牙）

歯形敷居（齒形門檻）

アプト式鉄道の歯形レール（齒軌鐵路的齒形鐵軌）

歯固め〔名〕（新年期間吃年糕，鹿肉等）祈禱長壽、乳兒玩具（供出牙前乳兒咬或吸吮-以堅固牙齦）

歯鰹〔名〕〔動〕條鰹、東方狐鰹

歯噛み〔名、自サ〕（悔恨得）咬牙切齒、（睡覺時的）咬牙

歯噛みを為て悔しがる（咬牙切齒地悔恨）

歯軋り〔名、自サ〕（悔恨得）咬牙切齒、（睡覺時的）咬牙

騙されたと知って、彼は歯軋りして悔しがった（知道自己受騙以後他懊悔得咬牙切齒）

夜中に歯軋りを為る（夜裡咬牙）

歯痒い〔形〕令人焦急的、令人不耐煩的、令人懊悔的

彼が愚図愚図しているのが歯痒い（他慢騰騰的急死人）

彼は何時も煮え切らず、全く歯痒い（他老是猶豫不定真把人急死人了）

此の度の失敗は実に歯痒い（這次失敗真叫人懊悔）

歯切れ〔名、自サ〕牙咬東西時的感覺、（說話時的）發音，口齒，（動作、行動）乾脆，爽快

此の真桑瓜は歯切れも好いし甘味も有る（這甜瓜又脆又甜）

歯切れの悪い漬物（不脆的鹹菜）

歯切れが好い（口齒清脆）

彼の話し振りはどうも歯切れが悪い（他的口齒有些不清）

歯切れの良い男（爽快的人）

歯切り〔名、自サ〕咬牙（=歯軋り）

歯切り盤（齒輪機床）

歯車〔名〕〔機〕齒輪（=ギア）

遊び歯車（空轉齒輪）

中間歯車（二檔齒輪）

食い違い歯車（交錯軸齒輪）

歯車の歯（齒輪的齒）

歯車が噛み合わなかった（齒輪沒有咬合）

此の会社で僕は巨大な歯車の一つの歯の様な存在に過ぎない（在這公司裡我不過是巨大齒輪上的一個齒）

歯車駆動（齒輪傳動）

歯車pump（齒輪幫補）

歯車減速装置（齒輪減速箱）

歯黒め〔名〕（把鐵浸在酒和醋裡的氧化液）染黑牙齒的液體（=御歯黒、鉄漿）

御歯黒、鉄漿〔名〕（古時已婚婦女用鐵漿）染黑牙齒、（染牙齒用的）鐵漿（用鐵片泡在醋或茶裡製成）

御歯黒を付ける（用鐵漿染黑牙齒）

御歯黒花〔名〕〔植〕馬兜鈴（=馬の鈴草、馬兜鈴）

歯応え〔名〕咬勁，嚼頭、令人起勁，有勁頭、反應

歯応えが有る（有咬勁）

豆腐は歯応えが無い（豆腐沒有咬頭）

柔らかくて歯応えの無い菓子（軟得沒有嚼頭的點心）

此の仕事は多少歯応えが有る（這工作有點幹頭）

少し歯応えの有る本を書いて呉れないか（能否給我們寫一些有點看頭的書？）

彼奴はさっぱり歯応えが無い（他一點反應也沒有）

歯先円〔名〕〔機〕齒頂圓

歯止め〔名〕〔機〕制動器、〔喻〕制止

歯止めを掛ける（關制動器、刹車）

歯止めを離す（打開制動器）

歯止め装置（制動裝置）

インフレの歯止め（通貨膨脹的抑制）

歯無し〔名〕沒有牙的人、掉了牙的人

歯抜け〔名〕掉牙，牙齒脫落的人、缺齒兒，脫齒兒

歯抜け婆さん（沒有牙齒的老太太）

歯磨き〔名〕刷牙、牙膏，牙粉，牙刷（=歯磨き楊枝、歯ブラシ）

歯磨き用のコップ（刷牙用杯子）

煉り歯磨き（牙膏）

歯磨き粉（牙粉）

歯磨き楊枝（牙刷）

歯向かう、刃向かう〔自五〕張牙欲咬，持刀欲砍、抵抗，反抗

犬が歯向かって来る（狗張著牙齒咬來）

そんな腕前で歯向かう気か（就你這點本事敢來砍我）

権力者に歯向かう（反抗當權者）

当局に歯向かう（對當局進行抵抗）

歯、齢〔名〕年紀、年齡（=年齢）

齢正に八十の老人（整八十歲的老人）

六十の齢を重ねる（年滿六十）

一百年の齢を保つ（年達百歲高齡）

弱い〔形〕弱、軟弱、衰弱、薄弱、脆弱、懦弱、怯懦、不擅長、(行情)疲軟←→強い

体が弱い（身體弱）
度の弱い眼鏡（度數淺的眼鏡）
弱い酒（不強烈的酒）
光が弱い（光線弱）
力が弱くて持ち上がれない（力量弱舉不起來）
ウイスキーに水を割って弱くする（給威士忌對水使它不那麼強烈）
直ぐ破れる弱い生地（易破的不結實的衣料）
ビニールは熱に弱い（乙烯塑料不耐熱）
気が弱くて一人で何も出来ない（因為怯懦獨自什麼也做不了）
酒に弱い（不能喝酒）
船に弱い（好暈船）
此の子は数学が（に）弱い（這孩子數學成績差）
頭脳が弱い（頭腦不靈）
英語に弱い（對英語不擅長）
将棋が弱い（下不好日本象棋）
心臓が弱い（臉皮薄）

歯する〔自〕為伍、在一起（＝立ち並ぶ）

私はこんな手合と歯するのを恥と為る（和那路人在一起我以為是恥辱）

褫（イ˅）

褫〔漢造〕奪、解脫、革除職位
褫奪〔名、他サ〕褫奪、剝奪

官位を褫奪する（褫奪官位）
公民権を褫奪する（剝奪公民權）

尺（イ˅）

尺〔名〕尺（＝物差し，物指し）、尺寸，長度（＝長さ）
〔漢造〕（也作助數詞用法）尺、極短（讀作尺）

尺で売る（按尺賣）
尺を当てて寸法を測る（用尺量尺寸）
尺で高さを測る（用尺量高度）
布の尺が短い（布的尺寸不夠）
布の尺が足りない（布的尺寸不夠）
尺を取る（打つ）（量尺寸）
尺で鯛を釣る（姜太公釣魚、願者上鉤）
尺も短き所有り、寸も長き所有り（尺有所短寸有所長-楚辭）
尺を枉げて尋を直ぶ（枉尺直尋、棄小節而取大義、捨小益而取大利-孟子）
曲尺矩尺（木工用曲鐵尺、〔長度單位〕尺-約為30、3cm）
鯨尺（鯨尺-舊時布尺、等於37、8公分）
三尺（三尺、三尺長的和服腰帶、三尺長的刀劍）
縮尺（縮尺）←→現尺（原物大小的尺寸）
現尺（原物大小的尺寸）
間尺（每間六尺有標記的丈繩）
間尺（尺寸、計算、比率）
剣尺（劍尺-把曲尺的一尺二寸分為八等分的尺-用於量佛像，刀劍，門戶用）
咫尺（咫尺，極近、謁見）

尺貫法〔名〕（日本固有的）度量衡制（即長度用〝尺〞、重量用〝貫〞、容積用〝升〞、的度量衡制、來源於中國、1959年已宣布改用國際公制）

尺骨〔名〕〔解〕（前臂內側的）尺骨

尺骨動脈（尺骨動脈）
尺骨神経（尺骨神經）

尺締、尺〆〔名〕（日本的）木材體積單位（約為0、33立方米）

尺進〔名〕尺進

尺進有って寸退無し（只進不退）
寸退尺進（退寸進尺、退一步進十步）

尺寸、尺寸〔名〕極少

尺寸の地（尺寸之地）
尺寸の地も失い度く無い（寸土也不想喪失）

イ

尺地、赤地〔名〕尺地、寸土
　建て込んだ都心部には尺地の余裕すらない（在蓋滿了房屋的市中心連寸土餘地也沒有）

尺度〔名〕尺、尺寸，長度。〔轉〕標準，尺度
　尺度を当てて布の長さを測る（用尺量布的長度）
　尺度を測る（量長度）
　球面に為った所は尺度を測り難い（成球面形的地方難測尺寸）
　川幅の尺度を測る（測量河面寬度）
　文明の尺度（文明的標準）
　優劣を決める尺度（決定優劣的尺度）
　国民の所得が国の繁栄の一つの尺度だ（國民的收入是國家繁榮的一個尺度）
　批判の尺度が違うから結論が反対に為るんだ（因為批判的標準不同所以結論相反）
　詩人とか画家とか言う者は、他の人人同じ尺度で測る事は出来ない（詩人或畫家這樣的人不能用和其他人同樣的標準來衡量）
　尺度ベクトル（〔數〕標準矢量）

尺取虫、尺取り虫〔名〕〔動〕尺蠖

尺八〔名〕〔樂〕尺八，簫、（書畫用寬一尺八寸的）紙，絹
　尺八を吹く（吹尺八）
　尺八絹本（一尺八寸的絹本）

尺素〔名〕絹，帛，書翰，尺牘，短信

尺牘〔名〕尺牘（＝手紙）
　尺牘文（書翰文、書簡文）

尺、差し、指し〔名〕〔舊〕尺、尺度（＝物差し、物指し）

叱（彳丶）

叱〔漢造〕申斥、責備

叱正〔名、他サ〕〔謙〕指正，斧正、指斥，斥責
　御叱正を請う（請指正）
　宜しく御叱正下さい（請多加指正）
　師の叱正を受ける（受到老師的斥責）

叱責〔名、他サ〕斥責、申斥
　叱責を受ける（受到申斥）
　子供を叱責する（責備孩子）
　彼の不注意を厳しく叱責する（嚴厲譴責他的疏忽大意）

叱咤〔名、他サ〕申斥，叱責、叱咤，指揮（軍隊）
　父は顔色を変えて叱咤した（父親翻臉大聲責備）
　三軍を叱咤する（叱咤三軍）
　大佐は軍の先頭に立って叱咤した（上校站在部隊前面進行指揮）
　叱咤激励（叱咤激勵）

叱〔名〕〔俗〕牢騷、怨言（＝小言）
　叱を食う（挨説）

叱る、呵る〔他五〕責備、規戒
　厳しく叱る（嚴厲叱責）
　子供を無闇に叱るのは良くない事だ（隨便責備孩子是不好的）
　私は子供の時悪戯っ子だったので、良く叱られた（我小時候因為是個小淘氣所以時常挨申斥）
　そんな事を為ると叱られる丈じゃ済まないぞ（做那種事的話不光挨一頓申斥就算完事）

叱り、呵り〔名〕斥責，責備、申斥（江戸時代對平民的最輕的刑罰）
　御叱りを受ける（受到責備）

叱り付ける〔他下一〕斥責、狠狠申斥
　悪戯っ子を叱り付ける（狠狠地申斥淘氣的孩子）

叱り飛ばす〔他五〕嚴厲斥責、狠狠申斥

斥（彳丶）

斥〔漢造〕排斥、指責、偵察
　排斥（排斥、抵制）
　擯斥（擯斥、擯除、擯棄、排斥）
　指斥（指責、排斥）

斥候〔名〕〔軍〕斥候、偵察（兵）
　斥候は敵陣深く潜入した（偵察兵深深潛入敵人陣地）
　斥候を出す（派出斥候）
　騎馬で斥候に出る（騎馬去偵察）

敵の斥候を捕らえる（捉住敵人的偵察兵）

斥力 〔名〕〔理〕斥力←→引力

斥ける、退ける 〔他下一〕斥退，使退去、擊退、打退、拒絕，排除，撤銷

悪人を斥ける（斥退壞人）

随員を斥けて密談する（退去左右的人進行密談）

敵を攻撃を斥ける（擊退敵人的進攻）

彼の意見を斥ける（不採納他的意見）

要求を斥ける（拒絕要求）

無能の役人を斥ける（撤銷無能的官員）

反対者を斥ける（排除反對者）

赤（イ丶）

赤 〔漢造〕（也讀作〝しゃく〞）赤，紅、光著，什麼也沒有、真心，真誠，共產主義，革命思想

赤銅 〔名〕紅銅，紫銅、紅銅色，紫銅色（＝赤銅色）

赤銅の胸像（紫銅的胸像）

赤銅色 〔名〕紅銅色，紫銅色

赤銅色の膚（紫銅色的皮膚）

漁師は赤銅色に日焼けしている（漁夫被曬成紫銅色）

赤緯 〔名〕〔天〕赤緯

赤緯圏（赤緯圈）

赤衛軍 〔名〕赤衛軍（十月革命初期的蘇聯武裝部隊）

赤鉛鉱 〔名〕〔礦〕鉻鉛礦

赤鉄鉱 〔名〕〔礦〕赤鐵礦

赤銅鉱 〔名〕〔礦〕赤銅礦

赤褐色、赤褐色 〔名〕紅褐色

赤外線 〔名〕〔理〕紅外線

赤外線乾燥（紅外線乾燥）

赤外線スペクトル（紅外線光譜）

赤外線吸収スペクトル（紅外線吸收光譜）

赤外線分光計（紅外線分光儀）

赤外線写真（紅外線照相術）

赤外部 〔名〕〔理〕（光譜的）紅外線部分

赤外分析法 〔名〕〔化〕紅外線分析

赤外放射 〔名〕〔理〕紅外線放射

赤感性 〔名〕〔理〕紅敏性

赤軍 〔名〕（主要指蘇聯的）紅軍-現稱為ソビエト軍

赤降汞 〔名〕紅降汞、紅色的氧化汞

赤手 〔名〕空手（＝空手）

赤手空拳（赤手空拳）

赤酒 〔名〕紅酒、紅葡萄酒

赤十字 〔名〕紅十字

赤十字社（紅十字會）

赤十字記章（紅十字徽章）

赤縄 〔名〕（中國唐代）夫婦由月老以紅線牽線-出自〝續幽怪錄〞的故事

赤色 〔名〕紅色（＝赤色）、（接頭詞用法）表示社會主義，共產主義

赤色土

赤色リトマス試験紙（紅色石蕊試紙）

赤色組合（紅色工會）

赤色インターナショナル（紅色國際、第三國際＝コミンテルン）

赤色過酸化鉛（紅鉛、鉛丹、四氧化三鉛）

赤色酸化水銀（氧化汞）

赤心 〔名〕赤心、丹心

赤心を披瀝する（披肝瀝膽）

赤心を推して人の腹中に置く（推心置腹-後漢書）

赤誠 〔名〕赤誠（＝真心）

赤誠を尽くす（竭盡赤誠）

赤誠天に通ず（赤誠通天）

赤雪 〔名〕紅雪（寒帶或高山恆雪帶、雪上繁殖紅色藻類、故雪呈紅色）

赤卒 〔名〕〔動〕紅蜻蜓

赤鉄隕石 〔名〕赤鐵隕石

赤沈 〔名〕〔醫〕紅血球沉降速度（＝赤血球沈降速度）

赤沈検査（紅血球沉降速度檢查）

赤道〔名〕赤道
  天球赤道（天球赤道）
  赤道を横切る（穿過赤道）
  赤道海流（赤道海流）
  赤道儀（赤道儀）
  赤道無風帯（赤道無風帶）
  赤道祭（慶祝穿過赤道－輪船通過赤道時按慣例舉行的慶祝活動）
  赤道低圧帯（赤道無風帶）
  赤道ギニア（赤道幾內亞共和國）
  赤道座標（〔天〕赤道座標）
  赤道前線（〔氣〕赤道鋒）
赤熱〔名、他サ〕赤熱
  赤熱温度（赤熱溫度）
  赤熱硬性（熱硬性）
  赤熱脆性（熱脆性）
赤貧〔名〕赤貧
  赤貧洗うが如し（赤貧如洗）
赤方偏移〔名〕〔天〕紅移
赤面〔名、他サ〕臉紅、害臊、慚愧
  誠に赤面の至りです（實在不勝慚愧之至）
  人の前で赤面する（在人前害臊）
赤面〔名〕赤紅臉、（歌舞伎中扮演反派角色的）大花臉，淨角
赤痢〔名〕〔醫〕赤痢、痢疾
  アメーバ赤痢（阿米巴赤痢）
赤燐〔名〕〔化〕紅磷
赤露〔名〕〔舊〕紅色俄羅斯、蘇俄
  赤露軍（蘇聯紅軍）
赤化〔名、自他サ〕赤化、共產主義化
  赤化防止に躍起と為る（拼死地防止赤化）
赤禍〔名〕赤禍、共產主義運動
赤経〔名〕〔天〕赤經
赤血球〔名〕〔解〕紅血球
  赤血球減少症（紅血球減少症）
  赤血球増加症（紅血球增多症）
  赤血球沈降速度（紅血球沉殿速度）
赤血ソーダ〔名〕〔化〕鐵氰化鈉
赤黒色〔名〕黑紅色
赤目魚眼奈太〔名〕〔動〕蜡子鯔
赤棟蛇、山棟蛇〔名〕〔動〕赤楝蛇
赤〔名〕紅，紅色、〔俗〕共產主義（者）
〔造語〕（冠於他語之上表示）分明，完全
  私の好きな色は赤です（我喜歡的顏色是紅色）
  信号の赤は止まれと言う意味です（信號的紅色是停止的意思）
  赤の御飯を炊いて御祝いを為た（做紅小豆飯來慶祝）
  彼は赤だ（他是共產主義者）
  赤の団体（共產主義者的團體）
  赤裸（赤條精光）
  赤の他人（毫無關係的人、陌生人）
  赤恥（當眾出醜、丟人現眼）
垢〔名〕（皮膚上分泌出來的）污垢，油泥、水銹（＝水垢）
  垢だらけの体（滿是污垢的身體）
  御風呂に入って垢を落とす（洗個澡把污垢洗掉）入る入る
  爪の垢（指甲裡的污垢）
  心の垢（思想上的髒東西）
  鉄瓶に垢が付いた（水壺長了水銹）付く着く突く就く附く憑く衝く点く吐く搗く尽く撞く潰く
淦〔名〕船底的積水、船底污水
  船の淦を汲み出す（淘出船底污水）
銅〔名〕〔俗〕銅（＝銅、銅）
  銅の鍋（銅鍋）
銅、赤金〔名〕銅（＝銅、銅）
  銅の薬缶（銅水壺）
赤赤と〔副〕火紅地、熊熊地

西の空が赤赤と焼けている（西方的天空照得火紅）

赤赤と燃えるストーブ（熊熊地燃燒著的火爐）

赤痣〔名〕紅痣、紅斑、血管瘤

赤甘鯛〔名〕〔動〕日本方頭魚、日本加吉、馬頭魚

赤蟻〔名〕〔動〕赤蟻、黃蟻

赤家蚊〔名〕〔動〕赤家蚊（傳染日本腦炎的媒介）

赤芋〔名〕〔植〕紫芋、紅薯

赤色〔名〕紅色（＝赤い色）

赤色の織物（紅色的織物）

赤鰯〔名〕鹹沙丁魚，乾沙丁魚、生了鏽的佩刀

赤浮草〔名〕〔植〕滿江紅

赤嘘〔名〕大謊、明明白白的謊話（＝真っ赤な嘘）

跡形も無い赤嘘（彌天大謊）

赤鱏、赤鱝〔名〕〔動〕赤魟

赤貝〔名〕〔動〕魁蛤

赤蛙〔名〕紅蛤蟆（總稱）

赤樫〔名〕〔植〕血櫧

赤合羽〔名〕（江戶時代下層武士穿的）紅色桐油紙雨衣

赤金、銅〔名〕銅（＝銅）

銅の薬缶（銅水壺）

銅色（棕褐色）

銅色の肌（棕褐色皮膚）

赤蕪(ら)〔名〕〔植〕紅蕪菁

赤紙〔名〕紅紙、〔俗〕（舊日徵兵）入伍的通知單（＝召集令狀）

赤狩り、赤狩〔名〕對共產主義者，社會主義者的鎮壓

赤枯れ、赤枯〔名，自サ〕（草木）枯槁成紅色

赤瓦〔名〕紅瓦、紅色洋灰瓦

赤木〔名〕剝去皮的木頭↔黑木、（花梨、紫檀之類的）紅木、硬木

赤切符〔名〕〔舊〕三等火車票、三等車乘客

赤切符で旅行する（坐三等車旅行）

赤靴〔名〕赤褐色皮鞋、棕黃色皮鞋

赤熊〔名〕〔動〕棕熊（＝羆）

赤熊〔名〕（用做拂塵、矛纓等）染成紅色的白熊毛、〔轉〕紅頭髮、用捲髮做的假髮

赤黒い〔形〕紅黑的

赤黒い顔（紅黑色的臉）

赤毛〔名〕紅頭髮。〔劇〕扮西洋人的紅色假髮、紅毛（的馬）

赤毛の馬（紅馬）

赤毛猿〔名〕〔動〕獼猴

赤ゲット〔名〕紅毛毯、（蔑）鄉下佬，土包子、不熟悉西洋風俗習慣的出國者

赤ゲットを遣る（當了土包子、當了老趕、露怯）

ニューヨークへ行って赤ゲット振りを發揮する（到紐約去大出洋相）

赤啄木鳥〔名〕〔動〕大斑啄木鳥

赤子、赤兒、赤子〔名〕嬰兒、乳兒（＝赤ん坊）

赤子に乳を遣る（餵嬰兒奶）

赤子の手を捻る様（像擰嬰兒的手一般、輕而易舉、不費吹灰之力）

赤子を裸に為る（使無力者更加孤立無援）

赤子〔名〕赤子，嬰兒（＝赤子、赤児、乳飲み子）。〔古〕人民

赤子の心（赤子之心）

赤ん坊〔名〕嬰兒，乳兒（＝赤子、赤児、乳飲み子、赤子）。〔喻〕幼稚，不懂事

男の赤ん坊が産まれた（生了個男孩子）

年寄りを赤ん坊扱いする（把老年人當吃奶的孩子看待）

彼奴は未だ赤ん坊も同然だ（他還幼稚得很）

赤行嚢〔名〕（郵局間傳遞掛號信件等重要郵件的）紅郵袋（現在稱為〝赤郵袋〞）

赤郵帶〔名〕（郵局間傳遞掛號信件等重要郵件的）紅郵袋（＝赤行嚢）

赤米〔名〕略帶紅色的劣等陳米、一種略帶紅色的秈米

赤砂糖〔名〕紅糖

赤錆〔名〕（鐵等生的）紅銹

赤錆病（麥子等作物的紅銹病）

赤錆びる〔自上一〕生紅銹、長紅銹

赤残〔名〕赤字、入不敷出（=赤の残高）

赤地〔名〕紅底色、（紡織品的）紅底
　赤地に金模様（紅底金花）
　赤地に白菊を染め抜く（紅底上染出白色的菊花）

赤地〔名〕赤地、不毛之地

赤字〔名〕赤字，虧空，入不敷出←→黒字、（校對稿樣時寫的）紅字，校正的字。〔轉〕（校完後的）校樣
　商売は赤字だ（買賣虧本）
　家計が赤字だ（家庭經濟入不敷出）
　今月も赤字に為る（這個月也入不敷出）
　十億円に上る赤字を出す（出現十億日元以上的赤字）
　赤字を埋める（弭補赤字）
　事業の赤字を無くす（消滅生意的赤字）
　赤字公債（為彌補財政赤字而發行的赤字公債）
　赤字財政（赤字財政、入不敷出的財政）

赤潮〔名〕紅潮、赤褐色的潮水（因為微生物異常繁殖而形成的現象）

赤鹿〔名〕〔動〕赤鹿（大型無斑點）

赤白髪〔名〕略帶紅色的白髪

赤白珪石〔名〕〔礦〕紅白硅石（耐火磚原料）

赤信号〔名〕紅燈，停止信號，危險信號，恐慌之兆←→青信号
　赤信号を見て車を止める（看見紅燈把車停住）
　水不足の赤信号（缺水的危險信號）

赤新聞〔名〕〔俗〕（主要報導低級趣味的）黃色報紙、下流報紙（=エイロー、ペーパー）

赤杉〔名〕〔植〕紅杉

赤墨〔名〕朱墨（=朱墨）
　赤墨で書く（用紅筆寫、用朱墨寫）

赤刷り〔名〕用紅色印、用紅字印
　赤刷りに為る（用紅色印）

赤線区域〔名〕〔舊〕紅線區域、妓院多的地區（來自警察的地圖上用紅線勾畫）

赤大根〔名〕〔植〕紅蘿蔔。〔喻〕偽裝的進步分子，假革命派，口頭革命派

赤出し〔名〕〔烹〕（大阪風味的）加魚肉的醬湯、紅醬湯

赤玉〔名〕紅玉、琥珀、（台球）紅球

赤茶ける、赤っ茶ける〔自下一〕（因掉色或變色而）發紅、變成紅褐色
　洋服が赤茶けている（西裝掉色發紅了）
　赤茶けた畳（變得發紅的草蓆）

赤茶（色）〔名〕赤褐色、棕紅色

赤ちゃん〔名〕嬰兒（=赤ん坊、赤子、赤児、赤子）、〔喻〕不懂世故的人
　家の赤ちゃん（我家的小娃娃）
　兎の赤ちゃん（兔娃娃）

赤ちん〔名〕〔俗〕紅藥水（=マーキュロ、クローム）（原意為ヨードチンキ-紅色的碘酒）

赤土〔名〕（含有鐵質的）紅黏土、褐土、赭土

赤照〔名〕〔劇〕（表現日出或失火等的）紅色燈光

赤点〔名〕不及格的分數（=落第点）（來自用紅字寫）

赤電車〔名〕〔俗〕（以紅燈為標識的）末班電車（=終電車）

赤電話〔名〕紅色公用電話（正式名稱為〝委託公衆電話〟）

赤蜻蛉〔名〕〔動〕紅蜻蜓（的泛稱）

赤茄子〔名〕〔植〕番茄（=トマト）

赤荷証券〔名〕〔商〕（用紅字印的）附有保險的提貨單（=赤船荷証券）

赤船荷証券〔名〕〔商〕（用紅字印的）附有保險的提貨單（=赤荷証券）

赤塗り、赤塗〔名〕塗成紅色（的東西）

赤の御飯、赤の飯、赤飯〔名〕（有喜慶時吃的）紅小豆飯

赤の飯〔名〕（有喜慶時吃的）紅小豆飯（=赤の御飯、赤の飯、赤飯）、〔植〕馬蓼

赤の他人〔連語〕毫無關係的人、陌生人、路人
　彼の人は私の弟で有りません、赤の他人ですよ（他不是我的弟弟是毫無關係的人）

俺と御前とは赤の他人だ（現在我和你就算斷絕關係了）

赤禿〔名〕（沒頭髮的）禿頭、（沒草木的）禿山

赤恥〔名〕（當眾）出醜
　赤恥を搔く（出醜、丟臉、出洋相）
　赤恥を搔かせる（使人當眾出醜）
　人前で赤恥を晒す（當眾出醜）

赤旗〔名〕紅旗
　踏切番が赤旗を振る（平交道信號員搖動紅旗）
　労働者が赤旗を立てて demonstration 行進を為る（工人們舉著紅旗遊行示威）

赤旗〔名〕紅色的旗（＝赤い旗）、革命的紅旗（＝赤旗）、停止前進的信號旗

赤肌、赤膚〔名〕脫皮後變紅的皮膚、裸體（＝素裸、丸裸）、光禿禿的山

赤裸〔名〕裸體，一絲不掛（＝丸裸、真っ裸、素っ裸、素裸）、裸麥，青稞（＝裸麦）
　赤裸の男が大の字に寝ている（裸體的男子四肢伸展像個大字地睡著）
　赤裸の酔い何れが道端に倒れている（脫得精光的醉漢倒在路旁）

赤裸裸〔名、形動〕赤裸裸（＝丸裸）、坦率，毫不隱瞞（＝率直、剝き出し）
　赤裸裸の肉体（赤裸裸的肉體）
　赤裸裸な告白（毫不隱瞞的坦白）
　赤裸裸の事実（赤裸裸的事實）
　赤裸裸の侵略（赤裸裸的侵略）
　赤裸裸に申し上げます（坦率地向您說）

赤鼻〔名〕紅鼻子、酒糟鼻子（＝石榴鼻）

赤腹〔名〕〔動〕赤腹鶫、〔動〕石斑魚（＝鯎，石斑魚）、〔動〕蠑螈（＝井守，蠑螈）、〔俗〕赤痢（＝赤痢）

赤鬚〔名〕紅鬍鬚（的人）、洋鬼子（對歐美人的鄙稱）、〔動〕日本歌鴝

赤葡萄酒〔名〕紅葡萄酒

赤札〔名〕（表示廉價品價碼的）紅標籤，廉價品、已售品（的標籤）

赤斑〔名〕（動物皮的）紅斑紋、紅斑點

赤斑蚊〔名〕〔動〕赤斑蚊

赤下手、赤下手〔名〕拙笨透頂、極其笨拙（＝全くの下手）

赤倍良、赤遍羅〔名〕〔動〕（淺海產的）遍羅（魚）

赤帽〔名〕（特指運動會時戴的）紅帽子、車站搬運工人（的俗稱）（來自頭上戴著紅帽子）

赤子子〔名〕〔動〕紅子子、（餵魚用的）魚蟲

赤本〔名〕（江戶時代）紅皮帶插圖的故事書、粗俗低級的書

赤間石〔名〕（山口縣厚狹郡產紅小豆色的）紅石（用來製硯或庭園點景）

赤松〔名〕〔植〕（日本）赤松（＝雌松）

赤味噌〔名〕黃醬、鹹醬 ↔ 白味噌

赤剝け〔名、自サ〕（皮膚）磨破露出紅肉、磨破的紅肉
　皮膚が赤剝けして迚も痛い（皮磨破了很疼）
　転んで肱が赤剝けに為った（跌了一交胳膊磨破了）

赤紫〔名〕紫紅（色）

赤紫蘇〔名〕〔植〕（紅）紫蘇

赤目〔名〕紅眼睛，眼球充血、（翻開下眼皮）做鬼臉（＝あかんべえ）、〔動〕鱲子魚（＝赤目魚）

赤芽芋〔名〕〔植〕（葉柄帶紫色的）芋頭

赤芽柏〔名〕〔植〕野梧桐

赤芽細胞〔名〕〔生〕有核紅血球

赤門〔名〕朱門，紅漆門、東京大學（的別名）
　赤門派（東京大學派）
　赤門出の人（東京大學出生的人、東京大學畢業生）

赤魚（鯛）〔名〕〔動〕魳（魳科硬骨魚）

赤い〔形〕紅、紅色，革命，左傾
　赤い花が咲いている（開著紅花）
　夕焼けが赤い（晚霞火紅）
　赤く塗る（塗成紅色）
　恥ずかしくて顔が赤く為った（羞得臉紅了）
　顔を赤くして怒った（氣得面紅耳赤）
　林檎は熟すると赤く為る（蘋果成熟了就變成紅色）

イ

彼の人は赤い（他思想左傾）
此の新聞は少し赤い（這報紙有點左傾）
大学に入ってから、彼の人は赤く為った様だ（他進了大學後似乎思想左傾起來了）
赤い組合（紅色工會）
赤い羽根（紅羽毛、捐助社會救濟基金者的標識）

赤さ〔名〕紅（的程度）

赤ばむ〔自五〕發紅、變成紅色
木の葉が赤ばんで来た（樹葉紅起來了）

赤む〔自五〕發紅（＝赤く為る、赤らむ）
恥ずかしさに顔が赤む（羞得面紅耳赤）

赤み、赤味〔名〕紅色、紅的程度（＝赤さ）
赤味が差す（有點發紅、現出紅色）
赤味を帯びる（帶有紅色）
赤味上戸（喝了酒馬上就臉紅的人）

赤み走る〔自五〕發紅、現出紅色（＝赤味が差す）
彼の顔が赤み走って来た（他的臉紅起來了）

赤身〔名〕（動物的）紅肉，瘦肉←→白身、（木材中心帶紅色的部分）木心（＝心材）←→白太（邊材）
赤身の刺身（紅色生魚片）

赤らむ〔自五〕變紅、紅起來（＝赤く為る、赤む）
興奮に顔が赤らむ（興奮得臉紅起來）
彼女は赤らんだ頬に両手を当てた（她用兩手捧變紅了的臉蛋）

赤ら顔、緒ら顔〔名〕（因日曬、飲酒）發紅的臉、紅色的臉
赤ら顔の男（紅臉的人）
赤ら顔を為ている（臉色發紅、紅光滿面）

赤める〔他下一〕使紅、發紅（＝赤くする、赤らめる）
恥ずかしさに顔を赤める（羞得紅起臉來）

赤らめる〔他下一〕使紅（＝赤くする、赤める）
照れて顔を赤らめる（曬得紅起臉來）
耳元迄顔を赤らめる（臉紅到耳根、面紅耳赤）
彼女は頬を赤らめた（她的臉上泛出紅暈）

勅、敕（イ、）

勅、敕〔名、漢造〕詔敕、詔命、敕旨
勅を奉じて（奉詔）
奉勅（奉詔）
密勅（密詔）
神勅（神諭）
違勅（違反敕令）
遺勅（遺敕、遺命）

勅額〔名〕御筆匾額、御賜匾額

勅願〔名〕日皇的祈禱
勅願寺（敕願寺）

勅勘〔名〕日本天皇的斥責

勅許〔名〕日皇批准
勅許を仰ぐ（請日皇批准）
勅許が下りだ（日皇批下來）

勅語〔名〕詔書、詔敕
教育勅語（"明治天皇發的"教育詔書）
勅語奉読（捧讀詔書）

勅号〔名〕日皇賜給高僧的稱號

勅裁〔名〕天子的裁決

勅旨〔名〕日皇的意旨
勅旨を奉ずる（奉旨）

勅使〔名〕欽差

勅書〔名〕敕書

勅定、勅詝〔名〕敕命、聖旨（＝勅、詔）

勅撰〔名、他サ〕奉敕撰集←→私撰
勅撰和歌集（敕撰和歌集）

勅選〔名〕敕選、日皇選任
勅選議員（〔舊〕敕選貴族院議員）

勅宣〔名〕敕命的宣旨（＝勅、詔）

勅題〔名〕御題匾額、日皇出的（新年詩歌）題
勅題を賜る（賜給御題）

勅答〔名、自サ〕日皇（對奏摺的）答覆、回奏
勅答申し上げる（回奏）

勅任〔名〕〔舊〕日皇任命、簡任

勅任官（簡任官）

勅任教授（簡任教授）

勅任議員（日皇任命的貴族院議員）

勅封〔名、他サ〕詔書封印、天皇命令封印沒有天皇允許不能開封

勅命〔名〕敕命、聖旨

勅諭〔名〕天皇的告諭

軍人勅諭（對軍人下的告諭）

勅令〔名〕〔舊〕敕令、聖旨

緊急勅令（緊急敕令）

勅、詔〔名、自サ〕聖旨、詔書

勅を賜わる（降聖旨）

熾（イヽ）

熾〔漢造〕燒、燃燒很盛

熾烈〔名、形動〕熾烈、激烈、熱烈

熾烈な競爭（激烈的競爭）

熾烈な戰闘（激烈的戰鬥）

熾烈な愛情を捧げる（獻出熾熱的愛情）

熾、燠〔名〕炭火、餘燼

真っ赤な熾（通紅的炭火）

熾を搔き立てる（拔起餘燼）

熾を起す（使餘燼復燃）

熾火、燠火〔名〕通紅的炭火

熾す、起す，起こす〔他五〕生火←→消す

火鉢に火を起す（在火盆裡生火）

ストーブに火を起して下さい（請把暖爐生起來）

起す、起こす〔他五〕喚起、扶起、生起、發起、翻起、發生

明日六時に起して下さい（請在明天六點鐘把我叫起來）

子供が寝ているから起さない樣に（孩子睡了請不要吵醒他）

深い眠りから起される（從酣睡中被喚醒）

大風で倒れた木を起す（把大風颳倒的樹扶起來）

傾いた船を起す（把傾斜的船扳正）

転んだ人を起して遣る（把摔倒的人扶起來）

貧困から身を起す（從貧困中起家）

疑いを起す（起疑心）

癇癪を起す（發脾氣）

自棄を起す（自暴自棄起來）

肅然と為て尊敬の念を起させる（令人肅然起敬）

嫌な感じを起させる（令人生厭）

元気を起させる（使振作起來）

悪い料簡を起す（生起壞念頭）

連鎖反応を起す（引起連鎖反應）

本の表紙を見て好奇心を起した（看了書的封面引起了好奇心）

戦争を起す（發動戰爭）

革命を起す（發起革命）

事を起す（鬧事、惹事生非）

花札を起す（掀開紙牌）

暴動を起す（掀起暴動）

運動を起す（掀起運動）

問題を起す（鬧出問題）

摩擦を起す（鬧摩擦）

分裂を起す（鬧分裂）

故障を起す（發生故障）

水力で電力を起す（利用水力發電）

此の自動車は良く事故を起す（這汽車常闖禍）

飛行機が事故を起す（飛機失事了）

訴訟を起す（提起訴訟）

筆を起す（起稿）

畑を起す（翻地）

荒地を起す（開墾荒地）

石を起す（起石頭）

木の根を起す（刨出樹根）

コンクリートの蓋を起す（搬開混凝土蓋子）

下痢を起す（引起痢疾）

疲労の余り視力障害を起した（過度疲勞引起視力減弱）

目の炎症を起した（眼睛發炎）

胸部併発症を起し易い（容易引起胸部併發症）

寝た子を起す（沒事找麻煩、觸動舊傷疤）

興す、起す、起こす〔他五〕興辦、創辦、創建、振興←→滅ぼす

土木工事を起す（大興土木）

水利事業を起す（興修水利）

企業を起す（興辦企業）

事業を起す（創辦事業）

学校を起す（創辦學校）

工場を起す（建立工廠）

新聞を起す（創辦報紙）

会を起す（成立會）

実業を起す（振興實業）

国を起す（振興國家）

熾る、起る、起こる〔自五〕（火）著起來、著旺

七厘に火が起った（小炭爐裡火著起來了）

火が起っている（火著旺了）

起る、起こる〔自五〕發生、發作（＝生じる、出来る）

起り得る事態（可能發生的事態）

戦争が起る（發生戰爭）

事件が起る（發生事件）

騒動が起る（鬧風潮）

地位に変化が起る（地位起了變化）

火事が起った（失火了）

風が起って来た（刮起風來）

物体を摩擦すると熱と電気が起る（摩擦物體就發生熱和電）

満場嵐の様な拍手が起った（滿場響起暴風雨般的掌聲）

地震は如何して起るのですか（地震是怎樣發生的？）

後から後から色色な事が起った（種種事情接踵而起）

何が起ろうと彼は平気だ（不管發生什麼事他都滿不在乎）

彼はリューマチが起って臥せっています（他因為風濕病發作躺在床上）

興る、起る、起こる〔自五〕興起、振興、興旺←→滅びる

新しい産業が起った（新的工業興建起來了）

其の国が起ったのは十八世紀の半ばだった（那國家的興起是在十八世紀中葉）

叉、叉（ㄔㄚ）

叉、叉〔漢造〕叉、交叉、印度的鬼神、（讀作叉）簪，髮簪（＝簪）

音叉（音叉）

交叉、交差（交叉）

三叉、三差（三叉＝三叉）

夜叉（梵語 yaksa 的音譯）（夜叉、惡鬼）

叉骨〔名〕〔動〕（鳥胸的）叉骨

叉銃〔名〕〔軍〕架槍

叉銃休憩する（架槍休息）

叉状〔名〕叉狀

叉状に分岐する（分成叉狀）

叉状電光（叉狀閃電）

叉状分岐（〔植〕叉狀分枝）

叉柱〔名〕〔海〕叉柱、槳叉

叉手網〔名〕（捕魚用）三角形叉網

叉焼〔名〕〔烹〕叉燒肉（＝焼き豚）

叉焼麺（叉燒麵）

叉〔名〕叉子、分岔、叉狀物

木の又に腰掛ける（坐在樹叉上）
道の又（岔路口）
三つ又（〔電〕三通）
川が此処で又に為る（河流在這裡分岔）

又、亦、復〔名〕他、別、另外

〔造語〕（冠在名詞上表示間接、不直接延續等義）再、轉、間接

〔副〕又，再，還，也，亦，（敘述某種有關聯的事物）而，（表示較強的驚疑口氣）究竟，到底

〔接〕（表示對照的敘述）又，同時，（連接兩個同一名詞或連續冠在兩個同一名詞之上）表示連續、連續不斷之意，（表示兩者擇其一）或者，若不然

又の名（別名）
又の世（來世）
又の日（次日、翌日、他日、日後）
又に為ましょう（下次再說吧！）
では又（回頭見！）
又聞き（間接聽來）
又従兄弟、又従姉妹（堂兄弟或姉妹、表兄弟或姉妹）
又請け（間接擔保、轉包）
又売り（轉賣、倒賣）
又買い（間接買進、轉手購入）
先食べた許りなのに又食べるのか（剛剛吃過了還想吃呀！）
明日又御会いしましょう（我們明天再見吧！）
彼は又元の様に丈夫に為った（他又像原來那樣健壯了）
一度読んだ本を又読み返す（重看已經看過一次的書）
又痛む様でしたら此の薬を呑んで下さい（若是再痛的話請吃這個藥）
彼の様な人が又と有ろうか（還有像他那樣的人嗎？）
又と無いチャンス（不會再有的機會）

今日も又雨か（今天還是個雨天）
私も又そんな事は為度くない（我也不想做那種事）
彼も又人の子だ（他也並非聖人而是凡人之子）
弟は又兄貴に輪を掛けた勉強家だ（而弟弟卻是個比哥哥更用功的人）
夫は病気勝ちだが、妻は又健康其の者だ（丈夫常生病而妻子卻極為健康）
此れは又如何した事か（這究竟是怎麼回事？）
何で又そんな事を為るんだ（為什麼做那種事）
君は又大変な事を為て呉れたね（你可給我闖了個大亂子）
外交官でも有り、又詩人でも有る（既是個外交官同時又是個詩人）
人民中国は第三世界に属していて、超大国ではない、又其に為り度くも無い（人民中國屬於第三世界不是超級大國並且也不想當超級大國）
夢の様でも有るが又夢でも無い（似乎是做夢可又不是夢）
消しては書き、書いては又消す（擦了又寫寫了又擦）
出掛け度くも有り、又名残惜しくも有る（想走又捨不得走）
一人又一人と（一個人跟著一個人）
又一つ又一つと（左一個右一個地）
勝利又勝利へ（從勝利走向勝利）
町の南には山又山が重なっている（市鎮的南邊山連著山）
彼が来ても良い、又君でも良い（他來也行若不然你來也行）

股〔名〕股，胯。〔解〕髖，胯股，腹股溝
大股に歩く（邁大步走）
小股に歩く（邁小步走）
股を広げて立つ（叉開腿站立）立つ建つ経つ裁つ断つ絶つ発つ起つ截つ

イ

全国を股に掛ける（走遍全國、〔轉〕活躍於全國各地）掛ける 翔ける 搔ける 欠ける 駈ける 賭ける

人の股を潜る（鑽過他人胯下・受胯下之辱）潜る 潜る 懸ける 架ける 描ける 駈ける 駆ける 書ける

叉木、股木〔名〕分叉的樹

扨（ㄕㄚ）

扨、扠、偖〔副〕一旦，果真（＝其の時に為って）

〔接〕（用於結束前面的話，並轉入新的話題）那麼，卻說，且說（＝所で）

（用於表示接著前面的話繼續談下去）然後，於是，那麼，就這樣（＝其処で、そして）

〔感〕（用於要採取某種動作時的自問，猶豫或勸誘）呀，那麼，那可）（＝さあ）

扨机に向かうと、勉強する気は無くなった（〔本想用功但〕一旦坐在桌子前又不想用功了）

会い度いと思っていながら、扨会って見ると話が無い（本想見一面但果真見了面又沒有話可談）

扨と為ると、遣る気が失せる（真到要幹的時候又不想幹了）

扨此で御暇致します（那麼我這就要告辭了）

此は良いと為て、偖次は…（這個就算行了那麼下一個呢？）

扨話変って（那麼轉變一下話題、那麼談談另外的事）

扨、話を元に戻して（戻すと）（〔那麼〕言歸正傳）

鍋に水を入れます扨其処で、其の鍋を火に掛けて十五分位熱します（鍋裡放進水然後把鍋坐在火上燒十五分鐘左右）

扨、如何したら良いでしょう（呀！這可怎麼辦好呢？）

扨、此には困った（呀！這可不好辦了）

扨、そろそろ帰ろうか（那麼現在就回去吧！）

扨、何れから手を付けようか（那麼可從哪一個著手呢？）

扨置く、扨置く〔他五〕暫且不管，暫且不提，姑且不說，暫放一邊、不用說，慢說

遠い昔の事は扨置き…（遠的暫且不說）

冗談は扨置き、本題に入ろう（先別開玩笑談談正題吧！）

余談は扨置き、本題に戻ります（閑話休題言歸正傳）

彼の事は扨置いて、君は一体如何するんだ（他怎麼樣且不必說你到底打算怎麼辦？）

彼は日本語は扨置き、独逸語も出来る（他別說日語德語也會）

贅沢は扨置いて、食うにも困っている（慢說奢侈連吃飯都成問題）

朝起きたら何は扨置き其れを為為さい（早晨起來首先要做那件事）

何は扨置き時間を守らなければならない（首先必須遵守時間）

扠（ㄕㄚ）

扠〔漢造〕日造漢字

扠、扨、扠〔副〕一旦、果真（＝其の時に為って）

扠机に向かうと、勉強する気は無くなった（一旦坐到桌子前又不想用功了）

会い度いと思っていながら、扠会って見ると話が無い（本想見一面但果真見了面又沒話可說）

扠と為ると、遣る気が失せる（真到要做的時候又不想做了）

扠、扨、偖〔接〕那麼，卻說，且說（＝所で）、那麼，於是，然後（＝其処で、其れなら、そして）

扠此で御暇致します（那麼我這就要告辭了）

此は良いと為て、扠次は（這個就算行了那麼下一個呢？）

扠話変って（那麼轉變一下話題）

扠、話を元に戻して（戻すと）（那麼言歸正傳）

鍋に水を入れます扠其処で、其の鍋を火に掛けて十五分位熱します（鍋裡放進水然後把鍋坐在火上燒十五分鐘左右）

扨、扨、偖〔感〕呀、那麼、那可（＝さあ、さあ此れから）

扨、如何為たら良いでしょう（呀！這可怎麼辦好呢？）

扨、此には困った（呀！這可不好辦了？）

扨、そろそろ帰ろうか（那麼現在就回去吧！）

扨、何れから手を付けようか（那麼要從那一個著手呢？）

扨置く、扨措く〔他五〕暫且不管、姑且不說

遠い昔の事は扨置き（遠的暫且不說）

冗談は扨置き、本題に入ろう（先別開玩笑談談正題吧！）

余談は扨置き、本題に戻ります（閒話休提言歸正傳）

彼の事は扨置いて、君は一体如何するんだ（他怎麼樣且不必說你到底打算怎麼樣？）

彼は日本語は扨置き、Deutsch語も出来る（他別說日語德語也會）

贅沢は扨置いて、食うにも困っている（慢說奢侈連吃飯都成問題）

朝起きたら何は扨置き其れを為為さい（早晨起來首先要做那件事）

何は扨置き時間を守らなければ為らない（首先必須遵守時間）

扨又、偖又〔接〕再者、另外還

扨又次の様な場合が有るかも知れない（另外也許還會發生如下的情況）

扨又此処に一つ御願いが有ります（另外這裡還有一件事情請您幫忙）

扨扨〔感〕哎呀呀

扨扨強情な奴だ（哎呀呀可真是個頑固的傢伙）

扨扨困った事に為った（哎呀呀可真糟糕了）

扨も〔接〕（扨的強調形式）那麼、那樣

〔感〕〔舊〕哎呀呀、真是（＝扨扨）

扨も立派な人物じゃのう（真是一個出色的人物）

扨も、扨も、不思議な事だわい（哎呀呀真是一件怪事）

差（ㄔㄚ）

差〔名、漢造〕（也讀作差、差）差別、差異、差距、差額、差數、差遣

年齢の差（年齢的差別）

甲乙の差（甲乙的差別）

工業と農業の差を縮める（縮小工農差別）

尚大きな差が有る（還存在著很大的差距）

比べて見れば差が分る（比一下就看出差別來）

資本主義国家では貧富の差が酷い（在資本主義國家裡貧富懸殊）

何方に為ろ、大した差は無い（哪一個都沒有多大區別）

両者には雲泥の差が有る（兩者有天壤之別）

相手に依って待遇に差を付ける（按照對象待遇上加以區別）

一点の差で負けた（以一分之差輸了）

十四対十三の僅かの差で相手に勝った（以十四比十三微小之差戰勝了對方）

輸出入の差（進出口差額）

差を求める（求差數）

大差（顯著的不同、很大的差別）

千差万別（千差萬別）

誤差（誤差、差錯）

落差（落差、差據）

交差、交叉（交叉）

公差（公差）

光差（光差）

較差、較差（較差、明顯差別、比差、變程）

示差（示差）

視差（視差）

自差（偏差、偏向、歧離）

時差（時差、錯開時間）

偏差（偏差，偏度，偏轉，偏曲）

変差（變差、磁偏角）

参差（參差不齊）

差別、差別（差別、區別）

差圧計〔名〕差壓計

差異、差違〔名〕差異、差別、區別、不同之點（＝相違、違い）

両者の意見に其れ程差異は認められない（兩者意見之間看不出有很大差別）

差異法（〔邏〕差異法）

差し違える、差違える〔他下一〕〔相撲〕誤判

差益〔名〕餘利、差額利益、收支相抵的盈餘←→差損

差益国庫納付金（上繳國庫利潤）

差損〔名〕〔商〕（買賣結算時收不抵支的）虧損差額←→差益

差損金（虧損款項）

差額〔名〕差額

貿易の差額（貿易差額）

売値と仕入れ値の差額（賣價與買進價的差額）

差額を埋め合わせる（彌補差額）

差額を支払う（支付差額）

差額ベッド（徵收差額費用的病床）

差等〔名〕差等、差別、等級

実績に依って差等を付ける（按照實際成績分等級）

差等を設けない（不分等級）

差動〔名〕〔理、機〕差動、差示

差動アンプ（差動放大器）

差動電位計（差動電位計）

差動歯車（差動齒輪、差示齒輪）

差動滑車（差動滑車）

差動ブレーキ（差動閘）

差動装置（差動裝置）

差動変圧器（差動變壓器）

差配〔名、他サ〕代管房地產的人、分派工作，負責管理

人の所有地を差配する（經管別人的地產）

此の家は誰が差配しているのですか（這房子是誰在經管呢？）

地所の差配（土地的經管人）

御用の方は差配迄（有事請找經管人）

差配人（經管人、代管人）

差配所（管理處、代管所）

事務員を差配して宣伝に乗り出す（分派職員去進行宣傳）

工事の現場は彼に差配させる（工地派他負責指揮）

差分方程式〔名〕〔數〕差分方程式

差別、差別〔名、他サ〕差別、區別、歧視

老若の差別無く（不分老幼）

男女の差別無く（不分男女）

上下差別無く（不分上下）

差別を付ける（加以區別、加以區分、加以歧視）

両者の間に差別は付けない（在兩者之間不加區分）

彼は人に対して差別を設けない（他對人一律看待）

彼は敵味方の差別も知らない（他連敵我都分不清）

人に依って差別する（因人而異、因人而區別對待）

人種的差別に反対する（反對種族歧視）

差別的（差別的、歧視的）

差別関税（差別關稅）

差別待遇（差別對待、歧視）

差率税〔名〕分級課稅（制）

差す〔自五〕（潮）上漲，（水）浸潤、（色彩）透露，泛出，呈現、（感覺等）起，發生，伸出，長出。〔迷〕（鬼神）付體

潮が差す（潮水上漲）

水が差して床下が湿気る（因為水浸潤上來地板下發潮）

差しつ差されつ飲む（互相敬酒）
顔に赤みが差す（臉上發紅）
顔にほんのり赤みが差して来た（臉上泛紅了）
熱が差す（發燒）
気が差す（內疚於心、過意不去、預感不妙）
嫌気が差す（感覺厭煩、感覺討厭）
噂を為れば影が差す（說曹操曹操就到）
気が差して如何してもそんな事を言えなかった（於心有愧怎麼也無法說出那種話來）
樹木の枝が差す（樹木長出枝來）
差す手引く手（舞蹈的伸手縮手的動作）
魔が差す（著魔）

差す〔他五〕塗，著色，舉，打（傘等）。〔象棋〕下，走，呈獻，敬酒，量（尺寸）。〔轉〕作（桌椅、箱櫃等），撐（篙、船），派遣

口紅を差す（抹口紅）
顔に紅を差す（往臉上塗胭脂）
雨傘を差す（打雨傘）
傘を差さずに行く（不打傘去）
将棋を差す（下象棋）
君から差し給え（你先走吧！）
今度は貴方が差す番ですよ（這次輪到你走啦！）
一番差そうか（下一盤吧！）
杯を差す（敬酒）
反物を差す（量布匹）
棹を差す（撐船）
棹を差して川を渡る（撐船過河）

差す、射す〔自五〕照射

光が壁に差す（光線照在牆上）
雲の間から日が差している（太陽從雲彩縫中照射著）
障子に影が差す（影子照在紙窗上）
朝日の差す部屋（朝陽照射的房間）

差す、挿す〔他五〕插，夾，插進，插放，配帶，貫，貫穿

花瓶に花を差す（把花插在花瓶裡）
簪を髪に差す（把簪子插在頭髮上）
鉛筆を耳に差す（把鉛夾在耳朵上）
柳の枝を地に差す（把柳樹枝插在地上）
差した柳が付いた（插的柳樹枝成活了）
腰に刀を差している（腰上插著刀）
武士は二本を差した物だ（武士總是配帶兩把刀）

差す、注す、点す〔他五〕注入，倒進，加進，摻進，滴上，點入

水を差す（加水、挑撥離間、潑冷水）
コップに水を差す（往杯裡倒水）
杯に酒を差す（往酒杯裡斟酒）
酒に水を差す（往酒裡摻水）
醤油を差す（加進醬油）
機械に油を差す（往機器上加油）
ランプに油を差す（往燈裡添油）
目薬を差す（點眼藥）
朱を差す（加紅筆修改）
茶を差す（添茶）

差す、鎖す〔他五〕關閉、上鎖

戸を差す（關門、上閂）

差す、指す〔他五〕指示、指定、指名、針對、指向、指出、指摘、揭發、抬

黒板の字を指して生徒に読ませる（指著黑板上的字讓學生唸）
地図を指し乍説明する（指著地圖說明）
磁針は北を指す（磁針指示北方）
時計の針は丁度十二時を指している（錶針正指著十二點）
先生は僕を指したが、僕は答えられなかった（老師指了我的名但是我答不上來）
名を指された人は先に行って下さい（被指名的人請先去）

サ

此の語の指す意味は何ですか（這詞所指的意思是什麼呢？）

此の悪口は彼を指して言っているのだ（這個壞話是指著他說的）

船は北を指して進む（船向北行駛）

台中を指して行く（朝著台中去）

犯人を指す（揭發犯人）

後ろ指を指される（被人背地裡指責）

物を差して行く（抬著東西走）

刺す〔他五〕刺，扎、穿、粘捕、縫綴。〔棒球〕出局，刺殺

　針を壺に刺した（把針扎在穴位上）

　匕首で人を差す（拿匕首刺人）

　ナイフ(knife)で人を刺して、怪我を為せた（拿小刀扎傷了人）

　短刀で心臓を刺す（用短刀刺心臟）

　足に棘を刺した（腳上扎了刺）

　銃剣を刺されて倒れた（被刺刀刺倒了）

　魚を串に刺す（把魚穿成串）

　胸を刺す様な言葉（刺心的話）

　刺される様に頭が痛む（頭像針刺似地疼）

　肌を刺す寒気（刺骨的寒風）

　黐で鳥を刺す（用樹皮膠黏鳥）

　雀を刺す（黏麻雀）

　雑巾を刺す（縫抹布）

　畳を刺す（縫草蓆）

　靴底を刺す（縫鞋底）

　一塁に刺す（在一壘刺殺在、一壘出局）

　二、三塁間で刺された（在二三壘間被刺殺）

刺す、螫す〔他五〕螫

　蜂に腕を刺された（被蜜蜂螫了胳臂）

　蜂が手を刺す（蜜蜂叮了手）

　蚤に刺された（被跳蚤咬了）

　蚊に刺された（被蚊子咬了）

　虫に刺されて腫れた（被蟲咬腫了）

刺す、差す〔他五〕刺，扎、撑（船）

　其の言葉が私の胸を刺した（那句話刺痛了我的心）

　肌を刺す寒風（刺骨寒風）

　針で刺す（用針刺）

　此の水は身を刺す様に冷たい（這水冷得刺骨）

　胃が刺す様に痛い（胃如針扎似地痛）

　棹を刺して船を岸に付ける（把船撐到河邊）

止す〔造語〕（接動詞連用形下、構成他五型複合動詞）表示中止或停頓

　本を読み止す（把書讀到中途放下）

　煙草を吸い止した儘で出て行った（把香煙沒吸完就放下出去了）

　不図言い止して口を噤んだ（說了一半忽然緘口不言了）

為す〔他五〕讓做、叫做、令做、使做（=為せる）

　結婚式を為した（使舉行婚禮）

為す〔助動五型〕表示使、叫、令、讓（=為せる）

　安心為した（使放心）

　物を食べ為した（叫吃東西）

　もう一度考え為して呉れ（讓我再想一想）

差し、指し、尺〔名〕〔舊〕尺（=物差、物指）

差し〔名〕〔俗〕指名（=名指し）

差し，差、指し，指〔名〕二人相對、二人同抬、（謠曲中不按拍子唱的）流水道白，過門誦唱

　差しで飲む（二人對飲）

　差しで話し合う（二人單獨會談）

　差しで話そう（兩個人談吧！）

　差しの会談を行う（舉行單獨的會談）

　差しで荷物を担ぐ（兩個人一同抬東西）

差し，差、指し，指〔接頭〕（接動詞上）用於加強語氣、明確地表示行動的結果

　差し出す（伸出、提出）

　差し支える（妨礙）

　差し押える（查封、沒收）

差し換える（更換）

差し掛かる（剛好經過）

差し，差、指し，指〔接尾〕（接語數詞下）表示舞蹈的量詞

一差し舞う（舞一曲）

何れ一差し御覧に入れよう（那麼就舞一曲請您看吧！）

差し，差、注し，注〔造語〕插入，注入、放入的容器。〔相撲〕用手插入對方的腋下（＝差し手）

箸差し（筷子筒）

水差し（水瓶、水壺）

油差し（油壺）

状差し（信插）

団扇差し（扇插）

両差し（相撲用手插入對方的腋下的著數）

差し，差、緡〔名〕古代穿銅錢用的繩

一差しの銭（一串銅錢）

刺し，刺〔名〕測米質的糧探子（＝米刺し）

差しを使って米の質を調べる（用探子取樣檢查米的質量）

止し〔造語〕表示動作半途中止

書き止し（未寫完的信）

食い止しのパン（吃了一半的麵包）

本を読み止しに為たまま出て行った（書沒看完就放下出去了）

差し合う，差し合う〔自五〕（兩件事撞在一起）發生抵觸不方便（＝差し支える）、相遇（＝出会う）

其の日は差し合って出席出来ません（那天因為另外有事不能出席）

君の計画は僕の計画と差し合う（你的計畫和我的計畫衝突）

昨日大通りで思い掛けなく友人に差し合った（沒想到昨天在大街上碰見了朋友）

差し合い，差合〔名〕抵觸，妨礙，頂撞，觸犯

其の日は差し合いが有って伺えません（那天因為另外有事不能前往）

差し合いの有る話は止そう（觸犯別人的話別講吧！）

斯う申して御差し合いが有ったら御免下さい（我這樣說如果觸犯了您請多原諒）

差し合わせ〔名〕二人抬（＝差し，差、差し担い，差担い）

差し担い，差担い〔名〕二人抬（＝差し，差）

二人が差し担いで物を運ぶ（兩人抬運東西）

差し上げる，差上げる〔他下一〕舉起。〔敬〕給，贈給（与える的自謙語＝上げる）（比上げる更對收受者尊敬）←→頂く、戴く（領受）（貰う的自謙語）

子供を高く差し上げる（把孩子高高舉起）

大きな石を頭上高高と差し上げた（把大石頭高高舉過頭頂）

手を差し上げて合図を為た（舉起手來打信號）

恩師に記念品を差し上げる（贈送紀念品給恩師）

此れは貴方に差し上げるのです（這是送給您的）

此の本を貴方に差し上げます（把這本書贈送給您）

後程此方から御電話を差し上げます（回頭由我給您回電話）

御茶でも差し上げましょうか（給您來杯茶吧！）

何を差し上げましょうか（您要買點什麼？您需要什麼東西？）

直ぐ差し上げます（馬上給您拿來）

今晩何処かで夕食を差し上げ度いと思います（我想今天晚上請您在哪裡吃晚飯）

差し上げる，差上げる〔補動、下一型〕〔敬〕給，贈給（為て遣る的敬語）（比上げる更客氣）

部屋を暖かく為て差し上げました（把房間給您暖和了）

御友達に記念の品を送って差し上げましょう（給您的朋友寄點紀念品去吧）

何を為て差し上げましょうか（您要我替您做點什麼？）

差し上る，差上る、差し昇る，差昇る〔自五〕（太陽等）升起（=昇る）

　差し昇る朝日の様な国（如旭日方升的國家）

　空に差し昇る真紅の太陽の様に（如一輪紅日升起似地）

　太陽が東の空に差し昇る（太陽在東方升起）

差し足，差足〔名〕躡腳、〔賽馬〕飛馳

　抜き足差し足で歩く（躡手躡腳地走）

差し当たる，差当る〔自五〕面臨、際遇

差し当たり，差当り〔副〕目前、當前、眼前（=差し向き）

　生活の方は差し当たり困る事は無い（生活方面目前不會發生困難）

　差し当たり此れで間に合う（目前這就解決問題、目前這個就夠用了）

　差し当たり必要な品丈を買い為さい（只買目前必需的物品吧）

　差し当たり外に名案も無さ然うだ（目前另外似乎沒有更好的方案）

　差し当たりの問題を解決しなければならない（必須解決當前的問題）

差し当たって，差当って〔連語、副〕目前、當前

　差し当たって何が必要ですか（當前急需什麼？）

　差し当たっての準備と為て此れを遣り為さい（作為當前的準備把這個做一下）

　其れは差し当たっての大問題だ（那是當前面臨的重大問題）

差し油，差油〔名〕（往機器上）上油、上的油

差し入れる，差入れる、射し入れる，射入れる〔他下一〕（差し是接頭詞）插入，投入、裝進、（給被拘留或監禁的人）送東西

　手紙をポストに差し入れる（把信投入郵筒裡）

　新聞を戸の間から差し入れる（把報紙從門縫投入）

　囚人に本や衣類を差し入れる（給在押犯人送書籍或衣服）

差し入れ，差入れ〔名、自サ〕插入，投入、裝進，放進、（給被拘留或監禁的人）送東西，送的東西。〔轉〕給離不開工作崗位人送食物

　差し入れ字幕（插入字幕）

　郵便物差し入れ口（信箱的投信口）

　料金差し入れ口（公用電話等收費箱的交費口）

　差し入れ弁当（給被拘留的人送的簡單飯菜）

　差し入れ物（給被拘留或監禁的人送的東西=差し入れ，差入れ）

　差し入れ屋（給被拘留或監禁的人包送東西的人）

　留置されている者に差し入れを許す（准許給被拘留的人送東西）

　家族が食事の差し入れを為る（家屬給被拘留的人送飯）

差し入る，差入る〔自五〕（光線）射入、射進（=差し込む，差込む）

　光線が差し入る（光線射入）

差し込む，差込む〔自五〕（胸腹部）突然劇痛、絞痛

　差し込む様な痛み（絞著似的痛）

　急に胃が差し込む（突然胃部絞痛）

　横腹が差し込む（肋部突然一陣劇痛）

　急に差し込んで来た、御腹を押さえてしゃがみ込んだ（突然絞著痛起來按著肚子蹲下了）

差し込む，差込む、射し込む〔自五〕射入、（潮）上漲

　月光が窓から差し込む（月光從窗外射進）

　真っ暗闇に一筋の光が差し込む（黑暗中照進一縷光線）

　部屋一杯に朝日が差し込んでいた（早晨的陽光已射滿屋子裡）

　潮が差し込んで来る（潮水漲上來）

差し込む，差込む、插し込む、刺し込む〔他五〕插入、扎進

　プラグを差し込む（插上插頭）

楔を差し込む（扎進楔子）

錠に鍵を差し込んで開ける（把鑰匙插進鎖裡打開）

鳥は翼の下に頭を差し込んだ（鳥把頭縮在翅膀下）

差し込み，差込み〔名〕插入，扎進，插頭，插座、插入物，插入鏡頭，夾入的廣告，（胸腹部）突然劇痛，絞痛

アイロンのスイッチは差し込みに為っている（電熨斗的插頭是插銷式的）

差し込み帳（活頁文件夾）

差し込み台紙（活頁貼像簿）

差し込み便器（病人床上用的便盆）

差し込みに継ぐ（插上插頭）

差し込み口金（卡口接頭）

差し込み受け口（卡口插座）

差し込みプラグ（電源插頭）

腹に激しい差し込みが起こる（腹部發生劇烈的絞痛）

差し俯く，差俯く〔自五〕（俯く的強調形式）俯首、低頭

差し置く，差置く、差し措く、差措く〔他五〕（置く的強調形式）擱置、拋開不管置之不理、忽視，不理睬

其の儘に差し置く（就那樣拋開不管）

仕事を差し置いて外出する（丟下工作到外面去）

其の分には差し置かれない（這種情況我不能置之不理）

何を差し置いても、此れ丈は遣らねばならない（別的都可丟下不管唯有這個不能不做）

此の話は差し置いて貴方の質問に御答えしましょう（這話暫且拋開不管先來回答您的問題吧）

目上の人を差し置いて出しゃばる（目無長上擅出風頭）

課長を差し置いて部長と相談する（越過科長直接找部長商量）

上役を差し置いて勝手に遣る何て不都合千万だ（無視上司隨便亂搞太不像話）

差し送る，差送る〔他五〕（差し是接頭詞）送給、寄給（=送る）

慰問の品を戦地の将兵へ差し送る（寄慰問品給戰地的官兵）

差し押さえる，差押える〔他下一〕（押さえる的強調形式）按住，扣住、扣押，查封，沒收

逃げ出しそうなら差し押さえて置け（要是他要逃跑你就把它按住）

敵の資産を差し押さえる（查封〔凍結、沒收〕敵人的資產）

証拠物件と為て書類を差し押さえる（查抄〔沒收〕文件作證據）

彼は財産を差し押さえられた（他的財產被扣押〔查封、查抄〕了）

差し押さえ，差押え〔名〕〔法〕扣押、查封、凍結、沒收

動産差し押さえ（扣押動產）

全財産差し押さえ（扣押〔查封〕全部財產）

抵当物件の差し押さえ（沒收抵押品）

差し押さえを食う（財產被扣押〔查封、凍結〕）

差し押さえを解除する（解除扣押〔凍結、查封〕）

差し押さえ状（扣押令）

差し押さえ財産（扣押財產、被沒收的財產）

差し押さえ調書（扣押記錄）

差し押さえ人（扣押人）

差し押さえ品（沒收的物品）

差し替える，差替える、差し換える，差換える〔他下一〕更換、替換、調換、換插

御茶を差し替える（換新茶葉）

別の活字に差し替える（換成別的鉛字）

新しいのと差し替える（調換新的）

新聞の記事を新しいニュースと差し替える（把報紙的報導換上新消息）

イ

　　映画を差し替える（更換影片）
　　簪を差し替える（換插簪子）
　　花瓶の花を差し替える（換插花瓶裡的花）
　　刀を差し替える（換佩刀）

差し替え，差替え，差し換え，差換え〔名〕交換（的東西）、換佩（的刀）。〔印〕改版，更換排版的鉛字
　　来週より映画差し替え（從下周起更換新片）
　　熟練工の差し替えは速い（熟練工人改版改得快）

差し掛かる，差掛る〔自五〕來到，靠近，路過，逼近，臨近、緊迫、垂懸
　　汽車がトンネルへ差し掛かる（火車就要開進隧道）
　　船が海峡に差し掛かっている（船正在駛過海峽）
　　峠に差し掛かると雨が降って来た（來到山頂上的時候下起雨來了）
　　別に差し掛かった用も無い（並沒有甚麼急迫的事情）
　　約束の日が差し掛かって来た（約定日期逼近了）
　　そろそろ雨季に差し掛かろうと言う時でした（不久就要來到雨季的時候）
　　君の身に大難が差し掛かっている（你正在大難臨頭）
　　木の枝が塀に差し掛かっている（樹枝垂懸在牆上）

差し掛ける，差掛ける〔他下一〕遮蓋、罩上（＝翳す）
　　御客さんに傘を差し掛ける（給客人打傘）

差し掛け，差掛け〔名〕遮蓋，覆蓋，搭連在主房上的單坡檐屋（偏房）（＝差し掛け小屋）
　　車庫を差し掛けに為て作る（搭連主房蓋車庫）
　　差し掛け屋根（單坡屋頂、庇檐屋頂）

差し翳す，差翳す〔他五〕（舉手、扇等）遮掩、遮光
　　額に手を差し翳す（用手放在額上遮光）

差し固める，差固める、鎖し固める〔他下一〕緊閉、嚴加防衛，嚴加警戒
　　城門を差し固める（緊閉城門）
　　国境を差し固める（嚴守邊境）

差し金，差金〔名〕操縱，教唆，唆使，授意，（牽引舞台上鳥蝶的）金屬細線
　　其の筋の差金で書いた記事（在有關方面授意下寫的報導）
　　急度彼奴の差金だ（一定是那傢伙慫恿的）
　　君は誰の差金でそんな事を為るのだ（是誰教唆你做那樣的事？）

差し金，差金、指矩〔名〕曲尺、矩尺、木工角尺（＝曲尺）
　　差金を当てる（用曲尺量）

差し金，差金〔名〕〔俗〕訂金（＝内金）、差額（＝差金）

差金〔名〕〔商〕差額、差價、收付餘額
　　差金稼ぎの投機（賺取差額的投機）
　　差金決済（付清差額）
　　差金取引（不進行實物交易只收付行情差價的交易）

差し紙，差紙、指し紙，指紙〔名〕（江戸時代）（官廳的）傳票

差し交わす，差交わす〔他五〕（差し是接頭詞）互相交錯、互相交叉（＝交わる）
　　枝を差し交わす（樹枝交錯）

差し木，差木〔名〕頂門杠（＝心張棒）

差し切る，差切る〔自五〕〔賽馬〕超過其他的馬取勝

差し切り，差切り〔名〕〔賽馬〕超過其他的馬取勝

差し薬，差薬、注し薬，注薬〔名〕眼藥水、注射藥

差し含む〔自五〕含淚、淚汪汪（＝涙ぐむ）
　　試合に負けて涙差し含み乍帰る（比賽輸了所以含淚回家）

差し繰る，差繰る〔他五〕調配、安排（＝繰り合わせる）
　　人員を差し繰る（調動人力、抽調人員）
　　当日は他にも用事が有りますが、差し繰って其方へ伺います（那天雖然另外還有事情但我要勻出時間到您那兒去）

差し繰り，差繰り〔名〕調配，安排(=繰り合わせ)、周轉，籌畫(=遣り繰り)

時間の差し繰りが付かない（勻不出時間來）

金の差し繰り（資金周轉、籌畫錢）

差し毛，差毛〔名〕（動物的）雜色毛

差し肥，差肥〔名〕基肥

差し越える，差越える〔他下一〕（差し是接頭詞）超出、僭越，越級行事

人を差し越えて前へ出る（超越別人到前面去）

差し越えた事を為る（做僭越的事）

差し越す，差越す〔自、他五〕超過，越級行事(=差し越える)。〔舊〕寄來，送來(=寄越す)

御差し越しの品（送來的物品）

手紙を差し越す（寄信來）

差し障る，差障る〔自五〕妨礙，阻礙、觸犯，得罪，影響(=差し支える，差支える)

人に差し障る様な事を為るな（不要做妨礙人的事）

差し障り，差障り〔名〕妨礙，阻礙、冒犯，觸怒

差し障りが起こる（發生阻礙）

差し障りが有って出席出来なかった（因故沒能出席）

後二、三日で退院しても差し障りは無いでしょう（再過兩三天出院也沒有妨礙吧！）

差し障りの無い事を言う（說不會妨礙的話）

其れを言うと差し障りが有る（說那個有妨礙）

差し障りが有ったら御許して下さい（如有冒犯之處請原諒）

差し潮，差潮〔名〕漲潮(=上げ潮)←→引潮

差し迫る〔自五〕迫近、逼近、迫切

差し迫った必要（迫切的需要）

差し迫った問題（急待解決的問題）

差し迫った危険（迫在眉睫的危險）

時間が差し迫っている（時間緊迫）

約束の日が差し迫って来た（約定的日期迫近了）

差し添い，差添い〔名〕助理、護理、隨從(=付き添い)

差し添い人（隨從人員、助理人員）

差し添え，差添え〔名〕助理、護理、隨從(=差し添い，差添い)、（古時武士等大刀外配戴的）短刀(=脇差)

差し出す，差出す〔他五〕伸出、寄出、提出、派出

友情の手を差し出す（伸出友誼之手）

手を差し出して取ろうと為る（想要伸出手去拿）

頭を差し出して盗み見る（探出頭窺視）

其の木は大きな枝を川の上に差し出している（那棵樹的大枝伸出在河上）

手紙を差し出す（寄信）

書留で差し出す（用掛號寄出）

名刺を差し出す（遞交名片）

願書を差し出す（提出申請書）

報告書を差し出す（提出報告書）

命を差し出す（獻出生命）

使いを差し出す（派人去）

差し出し人、差出人〔名〕寄信人←→受取人

差し出る，差出る〔自下一〕向前，越出，越分，多事，多嘴

此の線を差し出るな（不要越出這條線）

御前の差し出る幕じゃない（這不是你多嘴的時候、用不著你多管閒事）

差し出た事を為るな（你不要多管閒事）

差し出た言い草を為る（說越分的話）

彼の人は何へでも差し出る（他什麼閒事都要管）

差し出る杭は打たれる（彈打出頭鳥）

差し出，差出〔名〕越分，僭越、多嘴

差し出がましい，差出がましい〔形〕出風頭的、多管閒事的

差し出がましい男だ（是個愛管閒事的人）

イ

　差し出がましい口を利く（事を言う）（多嘴、說越分的話）

　差し出がましい事を為るな（不要多事！少管閒事！）

　差し出がましい様ですが、斯う為ては如何でしょうか（我好像是多事要是這樣做您看怎樣？）

差し出口，差出口〔名〕多嘴、多舌、插嘴

　傍から差し出口を為る（從旁插嘴）

　要らぬ差し出口を為ると承知しないぞ（瞎多嘴可不答應）

差し出者，差出者〔名〕〔俗〕多嘴多舌的人、愛管閒事的人、愛出風頭的人

差し立てる，差立てる〔他下一〕豎起、寄發、派遣

　旗を差し立てる（立起旗子）

　注文品を差し立てる（寄發定貨）

　郵便物を差し立てる（寄郵件）

　差し立て局（寄出郵局）

　使者を差し立てる（派遣使者）

　迎えの車を差し立てる（派車迎接）

差し知恵，差知恵〔名、自サ〕從旁指點、替出主意、教唆（＝入れ知恵）

　親の差し知恵（父母給出的主意）

差し乳，差乳〔名〕（奶量過多）自然流出的奶汁、奶頭突出的乳房

差し支える，差支える〔自下一〕妨礙、妨害、不方便

　良く眠らないと、明日の仕事に差し支える（如果覺睡得不好就會影響明天的工作）

　彼の身体は勤務に差し支えない（他的身體情況並不妨礙工作）

　遊びも良いが明日の勉強に差し支えては行けません（玩也可以但不要影響明天的學習）

　金に差し支えている（錢不方便）

　誰が来ても、差し支えていると言って呉れ（不管誰來你就說我有事情忙）

　明日の日曜日は、仕事が差し支えて映画を見に行けなかった（明天星期天我因事情忙沒能去看電影）

　降雪の為交通が差し支えた（因為下雪交通受阻了）

　色色差し支える事が有って、止した（有種種障礙作罷了）

差し支え，差支え〔名〕妨礙、妨害、不方便

　今差し支えが有って面会出来ない（現在有事情不能會見）

　昨日は差し支えが有って来られなかった（昨天因故沒能來）

　急に差し支えが出来て出席致し兼ねます（因為突然發生一點事情不能出席）

　思わぬ所に差し支えが出来た（意想不到的地方出了問題）

　明日なら、差し支えは有りません（要是明天沒有問題）

　御差し支えが有れば後程又伺いましょう（如果您不方便的話回頭我再來）

　差し支え無い（沒關係、無妨、可以）

　何時でも差し支え無い（什麼時候都可以）

差し付ける，差付ける〔他下一〕頂上，頂住、擺在面前，放在眼前，諷刺，挖苦

　彼は僕の胸先にピストルを差し付けて脅迫した（他把手槍頂在我的胸口威脅我）

　子供は母親の胸に顔を差し付けて泣く（孩子把臉頂在母親懷裡哭）

　証拠を目の前に差し付けられて、犯人はぐっと詰まった（被人把證據擺在面前犯人弄得無話可說）

　実は僕に差し付けているのだ（其實是在諷刺我呢？）

差し土，差土〔名、自サ〕（給花壇等）添土、添加的土

　花壇に差し土（を）為る（給花壇添土）

差し詰め，差詰め〔名〕緊迫、末尾，最後階段

〔副〕目前，當前、總之，結局

　差し詰め生活には困らない（目前生活還不成問題）

差し詰め不自由は感じて居ません（當前並不感覺不方便）

差し詰め貴方で無ければ出来ないと言う訳ですね（總而言之還是非你不可挴）

差し詰め引き詰め、差詰引詰〔副〕（古代戰鬥中）拉滿弓緊張奮戰的樣子

差し詰め引き詰め散散に射る（拉滿弓紛紛射出）

差し貫く，差貫く〔他五〕（差し是接頭詞）貫徹（＝為遂げる）

自分の主張を差し貫く（貫徹自己的主張）

差し手，差手〔名〕〔相撲〕把手插進對方腋下（的招數）

差す手〔名〕（舞蹈）向前伸（的）手←→引く手（舞蹈收手的動作）

差す手引く手（舞蹈伸手回手的動作、一切，各方面）

差す手引く手に気を配る（各方面的關心）

差す手引く手旨く込んだ（諸事順利）

差し止める，差止める〔他下一〕禁止、停止，阻止，中斷

記事を差し止める（禁止發表消息）

出入りを差し止める（禁止出入）

新聞の発行を差し止める（禁止發行報紙）

彼は外出を差し止められた（他被禁止外出）

彼は辞職を差し止められた（他的辭職沒被批准）

送金を差し止める（停止匯款）

通行が差し止められた（交通被阻止）

差し止め，差止め〔名〕禁止、停止，阻止

通行の差し止め（停止通行）

記事の差し止めを解除する（解除禁止發表消息的禁令）

差し荷，差荷〔名〕（二人）抬的貨物，抬的東西

差し糠，差糠〔名〕（往醃鹹菜的伴鹽米糠裡）添加米糠

差し覗く，差覗く〔他五〕窺視、稍微看一下（＝覗く）

隙間から差し覗く（從縫隙窺視）

本を差し覗く（看一看書）

差し伸べる，差伸べる、差し延べる，差延べる〔他下一〕伸出

援助の手を差し伸べる（伸出援助之手）

友情の手を差し伸べる（伸出友誼之手）

手を差し伸べて取る（伸出手去拿）

差羽、鵟〔名〕〔動〕鵟（古名-晨風）

差し歯，差歯〔名〕裝木屐齒，木屐的齒、鑲牙，鑲的假牙

差し挟む，差挟む〔他五〕夾進、插進、依持，依杖

鉛筆を耳に差し挟む（把鉛筆夾在耳朵上）

本の間に栞を差し挟む（把書籤夾在書裡）

前後より差し挟んで敵を撃つ（從前後夾擊敵人）

両軍が川を差し挟んで対峙する（兩軍隔河對峙）

傍から人の話に口を差し挟む（別人說話從旁插嘴）

言葉を差し挟む（插話）

疑いを差し挟む（挾疑、懷疑）

異議を差し挟む（持異議）

疑いを差し挟む余地が無い（無置疑餘地）

意図を差し挟んでいる（懷有不良企圖）

差し控える，差控える〔自下一〕（差し是接頭詞）在身旁伺候、等候

左右に差し控える（侍立左右）

客が応接間に差し控えている（客人在客廳裡等候著）

差し控える，差控える〔他下一〕節制，控制、保留，避免

食事を差し控える（節制飲食）

少し差し控え為さい（稍微控制一下吧！少出風頭吧！）

差し出口を差し控える（不多嘴）

如何なる発言をも差し控える（避免任何發言）

発表を差し控える（暫緩發表、不發表）

言い度い事を言わずに差し控えている（把要說的話保留起來不說）

差し控え，差控え〔名〕暫緩，保留，慎重，節制、等候。〔法〕債務償還期的延展

差し引く，差引く、差っ引く〔他五〕扣除，減去、抵補，相抵

給料から前渡し分を差し引く（從薪水中扣除預支部分）

収益から費用を差し引く（從收益中減去費用）

手形の割引料を差し引く（扣除票據的貼息）

風袋と破損を差し引いて置かなければならない（必須扣除皮重和損耗）

借金を今度の収入で差し引く（用這次收入抵補欠債）

損益を差し引くと利益に為る（損益相抵有盈餘）

彼の長所短所を差し引くと、長所の方が勝っている（他的優缺點相比較優點佔上風）

差し引き，差引き〔名，自他サ〕扣除，減去、相抵，結算，漲落，升降

前渡し分は差し引きに為る（扣除預支的部分）

収入から支出を差し引きする（從收入中扣除支出）

此の金は月給から差し引きして頂き度い（這筆錢從我的月薪中扣除）

此の話は差し引きして聞かなければならない（這話必須打個折扣來聽）

差し引き損に為るか得に為るか（相抵結果是盈是虧）

差し引き千円の不足だ（結算結果虧欠一千日元）

差し引き僕の損だ（兩下相抵是我吃虧）

収支差し引き多少の利益が有る（收支相抵略有盈餘）

差し引き残額（残高）（結算餘額）

潮は一定の時間に差し引きする（潮水在一定時間漲落）

熱の差し引きが激しい（身體發燒忽高忽低）

差し引き勘定（收支相抵、結算結果）

差し響く，差響く〔自五〕（差し是接頭詞）聲響所及、發生影響

砲声が村に迄差し響く（砲聲震到村子裡）

物価の変動は直ちに生活に差し響く（物價的變動馬上影響生活）

年は記憶力に差し響く（年齡對記憶力有影響）

差し響き，差響き〔名〕（差し是接頭詞）音響，響聲、影響

地震は天候に差し響きが有ると言うが、本当かね（據說地震對天氣有影響是真的嗎？）

此れ位の傷なら値段には何の差し響きも無い（只是這麼一點瑕疵對價錢不會有任何影響）

差し前，差前〔名〕（古時個人配戴用的）腰刀、配劍（＝差し料，差料）

差し料，差料〔名〕腰刀、佩刀、配劍（＝差し前，差前）

差し招く，差招く、麾く〔他五〕（差し是接頭詞）揮手招呼，招手叫（＝招く）、指揮

彼は遠方から私を差し招いた（他從遠處揮手招呼我）

兵を差し招く（指揮軍隊）

差し回す，差回す〔他五〕（差し是接頭詞）派遣、打發（＝回す、差し向ける）

大使館から差し回された自動車（從大使館派遣來的汽車）

使いを此方に差し回して下さい（請派人到這裡來）

差し回し，差回し〔名〕派遣、調撥

大使館差し回しの自動車でhotelへ向かう（坐大使館派來的汽車到旅館去）

差し身，差身〔名〕〔相撲〕（用自己拿手的插手法）迅速把手插入對方腋下

差し水, 差水〔名〕添水，摻水、添加的水，摻進的水、河水微漲，摻進井裡的汙水

差し向かい, 差向い〔名〕（多指夫妻或情侶二人）相對、相向

差し向かいに坐る（相對而坐）

差し向かいで話す（面對面談話）

妻と差し向かい食事を為る（和妻子對坐吃飯）

夫婦差し向かいで暮している（夫婦倆相依為命地生活著）

差し向き, 差向き〔副〕當前、眼前（=差し当たり, 差当り）

差し向き何を為る事も無い（眼前無事可做）

差し向き三万円が是非必要だ（當前急需三萬日元）

差し向きの用件も無い（也沒有當前急務）

此れ丈有れば差し向き不自由は無い（有了這些眼前就夠用了）

差し向ける, 差向ける〔他下一〕派遣，打發、指向，對準

追討軍を差し向ける（派遣追擊部隊）

出迎えの自動車お駅に差し向けた（派汽車到車站去迎接了）

弟を君の方へ差し向けるから、詳細の話を頼む（打發弟弟前往你那裡請把詳情告訴他）

銃口を敵へ差し向ける（把槍口對準敵人）

差し戻す, 差戻す〔他五〕送回、交回、退回

事件を第一審に差し戻す（把案件送回第一審重新處理）

書類を差し戻す（退回文件）

差し物, 差物、指し物, 指物、挿し物, 挿物〔名〕（古時戰場武士）鎧甲上的小旗或裝飾物、木器家具，插在頭髮上的裝飾物

差物師（屋）（木工、小木匠）

差矢法〔名〕〔礦〕插樁法

差し遣る, 差遣る〔他五〕〔舊〕推開（=押し遣る）

故障した車を道端へ差し遣る（把拋錨的車推到路旁）

差し遣わす〔他五〕派遣、差遣（=遣わす）

各国へ文化使節団を差し遣わす（向各國派遣文化代表團）

差遣〔名, 他サ〕差遣、派遣（=派遣）

特使を差遣する（派遣特使）

差し湯, 差湯〔名〕（浴池為保持熱度）加熱水、（泡茶因茶濃）續熱水

差し湯が利く（把茶沖淡些正合口）

差し許す, 差許す〔他五〕（差し是接頭詞）允許、許可（=許す）

傍聴人の発言を差し許す（容許旁聽者發言）

特に差し許された（特別得到允許）

差し渡し, 差渡し〔名〕直徑、（二人）相對（=差し向かい）、直接

差し渡しも一間も有る火鉢（直徑足有一米八的火盆）

此の湖は差し渡し三里有る（這湖直徑有三日里）（約十二公里）

差し渡しの従兄弟（親堂兄弟、親表兄弟）

挿（插）（ㄔㄚ）

挿〔漢造〕插入（刺進）、安插（安置）、插秧（栽植）

挿花〔名〕插花（=生け花, 生花, 活け花, , 活花）

挿し花、挿花〔名〕插花（=生け花, 生花, 活け花, , 活花）、別再扣孔上的花

挿画〔名〕插圖（=挿し絵、挿絵）

挿画の多い本（插畫多的書）

挿図〔名〕插圖（=挿し絵、挿絵）

挿図第一（第一圖）

挿し絵、挿絵〔名〕插圖、插畫（=挿画）

色刷りの挿し絵（彩色印刷的插畫）

写真の挿し絵（照片插圖）

美しい挿し絵入りの雑誌（帶有美麗插圖的雜誌）

挿し絵の説明（插圖的說明）

挿し絵を入れる（加插圖）

イ

此の本には挿し絵が沢山有る（這本書裡有很多插圖）
新聞小説には毎日挿し絵が入る（報紙上的連載小説每天都有插圖）
挿し絵画家（插圖畫家）

挿管〔名〕〔醫〕插管〔法〕

挿弾子〔名〕〔軍〕彈夾

挿入〔名、他サ〕插入、裝入
　フイルムを挿入する（裝底片）
　契約文に一句挿入する（契約裡插入一句）
　挿入薬（〔醫〕坐藥=挿し薬、挿薬、座薬、坐薬）
　挿入句（〔語〕插入語）
　挿入辞（〔語〕中綴、中加成分）

挿話〔名〕（與正題沒有直接關係的）插話，插曲，小故事（=エピソード）
　聴衆を退屈させない様に挿話を挿し挟む（為了不使聽眾厭倦夾雜一些小故事）
　次に様な隠れた挿話が有ります（還有這樣一段沒有公開的插話）

挿み語，挿語，挟み詞，挟詞〔名〕插入句、話中插入一定音節用做黑話（如僕の机則說成僕のぼ机つくえ）

挿頭〔名〕〔古〕（在帽子上或頭髮上的）插花

挿頭す〔他五〕（往帽子上或頭髮上）插花、裝飾

挿す、差す〔他五〕插，夾，插進，插放、配帶、貫，貫穿
　花瓶に花を差す（把花插在花瓶裡）
　簪を髪に差す（把簪子插在頭髮上）
　鉛筆を耳に差す（把鉛筆夾在耳朵上）
　柳の枝を地に差す（把柳樹枝插在地上）
　差した柳が付いた（插的柳樹枝成活了）
　腰に刀を差している（腰上插著刀）
　武士は二本を差した物だ（武士總是配帶兩把刀）

差す〔自五〕（潮）上漲，（水）浸潤，（色彩）透露，泛出，呈現，（感覺等）起，發生，伸出，長出。〔迷〕（鬼神）付體
　潮が差す（潮水上漲）
　水が差して床下が湿気る（因為水浸潤上來地板下發潮）
　差しつ差されつ飲む（互相敬酒）
　顔に赤みが差す（臉上發紅）
　顔にほんのり赤みが差して来た（臉上泛紅了）
　熱が差す（發燒）
　気が差す（內疚於心、過意不去、預感不妙）
　嫌気が差す（感覺厭煩、感覺討厭）
　噂を為れば影が差す（說曹操曹操就到）
　気が差して如何してもそんな事を言えなかった（於心有愧怎麼也無法說出那種話來）
　樹木の枝が差す（樹木長出枝來）
　差す手引く手（舞蹈的伸手縮手的動作）
　魔が差す（著魔）

差す〔他五〕塗，著色，舉，打（傘等）。〔象棋〕下，走、呈獻，敬酒，量（尺寸）。〔轉〕作（桌椅、箱櫃等）、撐（蒿、船）、派遣
　口紅を差す（抹口紅）
　顔に紅を差す（往臉上塗胭脂）
　雨傘を差す（打雨傘）
　傘を差さずに行く（不打傘去）
　将棋を差す（下象棋）
　君から差し給え（你先走吧！）
　今度は貴方が差す番ですよ（這次輪到你走啦！）
　一番差そうか（下一盤吧！）
　杯を差す（敬酒）
　反物を差す（量布匹）
　棹を差す（撐船）
　棹を差して川を渡る（撐船過河）

差す、射す〔自五〕照射
　光が壁に差す（光線照在牆上）

雲の間から日が差している（太陽從雲彩縫中照射著）

障子に影が差す（影子照在紙窗上）

朝日の差す部屋（朝陽照射的房間）

差す、注す、点す 〔他五〕注入，倒進，加進，摻進，滴上，點入

水を差す（加水、挑撥離間、潑冷水）

コップに水を差す（往杯裡倒水）

杯に酒を差す（往酒杯裡斟酒）

酒に水を差す（往酒裡摻水）

醬油を差す（加進醬油）

機械に油を差す（往機器上加油）

ランプに油を差す（往燈裡添油）

目薬を差す（點眼藥）

朱を差す（加紅筆修改）

茶を差す（添茶）

差す、鎖す 〔他五〕關閉、上鎖

戸を差す（關門、上閂）

差す、指す 〔他五〕指示、指定、指名、針對、指向、指出、指摘、揭發、抬

黒板の字を指して生徒に読ませる（指著黑板上的字讓學生唸）

地図を指し乍説明する（指著地圖說明）

磁針は北を指す（磁針指示北方）

時計の針は丁度十二時を指している（錶針正指著十二點）

先生は僕を指したが、僕は答えられなかった（老師指了我的名但是我答不上來）

名を指された人は先に行って下さい（被指名的人請先去）

此の語の指す意味は何ですか（這詞所指的意思是什麼呢？）

此の悪口は彼を指して言っているのだ（這個壞話是指著他說的）

船は北を指して進む（船向北行駛）

台中を指して行く（朝著台中去）

犯人を指す（揭發犯人）

後ろ指を指される（被人背地裡指責）

物を差して行く（抬著東西走）

刺す 〔他五〕刺，扎，穿、粘捕、縫綴。〔棒球〕出局，刺殺

針を壺に刺した（把針扎在穴位上）

匕首で人を差す（拿匕首刺人）

ナイフで人を刺して、怪我を為せた（拿小刀扎傷了人）

短刀で心臓を刺す（用短刀刺心臟）

足に棘を刺した（腳上扎了刺）

銃剣を刺されて倒れた（被刺刀刺倒了）

魚を串に刺す（把魚穿成串）

胸を刺す様な言葉（刺心的話）

刺される様に頭が痛む（頭像針刺似地疼）

肌を刺す寒気（刺骨的寒風）

黐で鳥を刺す（用樹皮膠黏鳥）

雀を刺す（黏麻雀）

雑巾を刺す（縫抹布）

畳を刺す（縫草蓆）

靴底を刺す（縫鞋底）

一塁に刺す（在一壘刺殺在、一壘出局）

二、三塁間で刺された（在二三壘間被刺殺）

刺す、螫す 〔他五〕螫

蜂に腕を刺された（被蜜蜂螫了胳臂）

蜂が手を刺す（蜜蜂叮了手）

蚤に刺された（被跳蚤咬了）

蚊に刺された（被蚊子咬了）

虫に刺されて腫れた（被蟲咬腫了）

刺す、差す 〔他五〕刺，扎、撐（船）

其の言葉が私の胸を刺した（那句話刺痛了我的心）

肌を刺す寒風（刺骨寒風）

針で刺す（用針刺）

此の水は身を刺す様に冷たい（這水冷得刺骨）

　胃が刺す様に痛い（胃如針扎似地痛）

　棹を刺して船を岸に付ける（把船撐到河邊）

止す〔造語〕（接動詞連用形下、構成他五型複合動詞）表示中止或停頓

　本を読み止す（把書讀到中途放下）

　煙草を吸い止した儘で出て行った（把香煙沒吸完就放下出去了）

　不図言い止して口を噤んだ（說了一半忽然緘口不言了）

為す〔他五〕讓做、叫做、令做、使做（＝為せる）

　結婚式を為した（使舉行婚禮）

為す〔助動五型〕表示使、叫、令、讓（＝為せる）

　安心為した（使放心）

　物を食べ為した（叫吃東西）

　もう一度考え為して呉れ（讓我再想一想）

挿し木、挿木〔名〕（花木、果樹等的）插枝、插條

　柿の挿し木を為る（插柿樹的條）

　此の木は挿し木が出来る（這樹可以插條）

　挿し木苗（插枝的苗）

　挿し木床（插枝的苗床）

挿し櫛、挿櫛〔名〕（女人裝飾用）插在髮上的梳子

挿し薬、挿薬〔名〕坐藥（＝座薬、坐薬）

挿し口、挿口〔名〕（木桶等的）塞子

挿し穂、挿穂〔名〕〔植〕插穗（扦插繁殖法、從植物體取下葉枝芽等）

差し込む，差込む〔自五〕（胸腹部）突然劇痛、絞痛

　差し込む様な痛み（絞著似的痛）

　急に胃が差し込む（突然胃部絞痛）

　横腹が差し込む（肋部突然一陣劇痛）

　急に差し込んで来た、御腹を押さえてしゃがみ込んだ（突然絞著痛起來按著肚子蹲下了）

差し込む，差込む、射し込む〔自五〕射入、（潮）上漲

　月光が窓から差し込む（月光從窗外射進）

　真っ暗闇に一筋の光が差し込む（黑暗中照進一縷光線）

　部屋一杯に朝日が差し込んでいた（早晨的陽光已射滿屋子裡）

　潮が差し込んで来る（潮水漲上來）

挿し込む、刺し込む、差し込む，差込む〔他五〕插入、扎進

　プラグを差し込む（插上插頭）

　楔を差し込む（扎進楔子）

　錠に鍵を差し込んで開ける（把鑰匙插進鎖裡打開）

　鳥は翼の下に頭を差し込んだ（鳥把頭縮在翅膀下）

差し込み，差込み〔名〕插入，扎進，插頭，插座、插入物，插入鏡頭，夾入的廣告、（胸腹部）突然劇痛，絞痛

　アイロンのスイッチは差し込みに為っている（電熨斗的插頭是插銷式的）

　差し込み帳（活頁文件夾）

　差し込み台紙（活頁貼像簿）

　差し込み便器（病人床上用的便盆）

　差し込みに継ぐ（插上插頭）

　差し込み口金（卡口接頭）

　差し込み受け口（卡口插座）

　差し込みプラグ（電源插頭）

　腹に激しい差し込みが起こる（腹部發生劇烈的絞痛）

挿げる、箝げる〔他下一〕插入、穿入、安上

　下駄の鼻緒を挿げる（穿上木屐帶）

　人形の首を挿げる（安上木偶的頭）

挿む、挟む〔他五〕插、夾、隔

　両軍川を挟んで睨み合う（兩軍隔河對峙）

　テーブルを挟んで二人は相対して坐った（二人隔桌相對而坐）

疑いを挟む余地が無い（不容置疑）

栞を本の間に挟む（把書簽夾在書裡）

煙草を指に挟む（把香煙夾在指間）

箸で饅頭を挟む（用筷子夾豆包）

本を小脇に挟む（把書夾在腋下）

文の間に図表を挟む（文章中間插入圖表）

人の話の途中で言葉を挟む（別人正在說話時從旁插嘴）

一言口を挟んだ（插了一句話）

鋏む、剪む〔他五〕剪

髪を剪む（剪頭髮）

枝を剪む（剪樹枝）

挿み、挟み〔名〕插、夾、隔

鋏、剪刀〔名〕剪刀、剪票鉗（=パンチ）

鋏で切る（用剪刀剪）剪刀

鋏が良く切れない（剪刀不快）

鋏一挺（一把剪刀）

切符に鋏を入れる（剪票）

鋏と糊の仕事（剪貼的工作沒有創造性的編輯工作）

馬鹿と鋏は使い様（傻子和剪刀、看你會不會用-如果會用都能發揮作用）

茶、荼（ㄔㄚˊ）

茶〔名漢造〕（也讀作荼）茶、茶樹、茶葉、茶水、茶道（=茶の湯）、茶話會（=ティー、パーティー）、茶色（=茶色）。〔喩〕嘲弄，愚弄，戲弄

山腹に茶を植える（在山腰種茶樹）

茶を摘む（採茶）

紅茶（紅茶）

緑茶（綠茶）

麦茶（麥茶）

煎茶（煎茶，烹茶，烹茶用的茶葉）

抹茶（粉茶、末茶=挽茶、碾茶、散茶）

散茶（綠茶粉、剛沏好的茶、江戶吉原最高級的妓女）

山茶（山茶〔=椿，山茶，海石榴〕、山上野生的茶樹）

挽茶、碾茶（綠茶末）

粉茶（茶葉末）

番茶（粗茶）

粗茶（粗茶、〔謙〕茶）

渋茶（帶澀味的濃茶、廉價的苦茶）

新茶（新茶）

古茶（舊茶）

喫茶（飲茶）

茶の葉の屑（茶末）

固形茶（茶磚）

花を入れた茶（花茶、箱片）

茶を煎じる（煎茶）

茶を入れる（沏茶、泡茶）

茶の入れ方が旨い（茶沏得得法 很會沏茶）

茶を入れ換える（重沏茶）

入れ立ての熱い茶を飲んで暖まる（喝杯剛沏好的熱茶暖和暖和）

茶を出す（沏茶、泡茶）

客に茶を出す（給客人獻茶）

茶を注ぐ（倒茶、斟茶）

茶を運ぶ（端茶）

茶を飲む（喝茶）

茶を飲み乍話す（邊喝茶邊閒談）

御茶を進める（讓茶、請人用茶）

もう茶が出なくなった（茶已經沒有顏色了）

此の茶はもう出ない（這茶再也沏不出味道來了）

薄い茶（淡茶）

濃い茶（濃茶）

茶がきつい（茶很濃）

茶を点てる（點茶）

御茶の稽古を為る（學習茶道）

茶と菓子（茶點）
人を御茶に呼ぶ（邀請人參加茶話會）
御茶に招かれる（應邀出席茶話會）
茶のオーバー（茶色大衣）
茶の靴（茶色鞋子）
焦茶（濃茶色、深棕色）
海老茶葡萄茶（栗色、絳紫色）
鶯茶（鶯歌綠、茶綠色）
人を茶に為る（嘲弄人）
臍で茶を沸かす（笑破肚皮、可笑至極）
御茶〔名〕（茶的鄭重說法）茶、茶道、茶會、（工作中間的）休息。〔方〕（農忙季節）早午餐中間增加的一餐
　御茶を入れる（沏茶）
　御茶を注ぐ（倒茶）
　御茶を御上がり下さい（請喝茶）
　御茶の稽古を為る（學習茶道）
　御茶の先生（茶道的教師）
　御茶に招く（請去吃茶點）
　御茶に呼ばれる（被請去吃茶點）
　もう御茶だよ（該休息啦！）
　御茶に為る（〔工作途中〕休息一下，喝杯茶）
　御茶を濁す（支吾搪塞、敷衍了事、蒙混過去）
　御茶を濁して置く（搪塞過去、敷衍過去、蒙混過去）
　何時も御茶を濁して、はっきり答えない（老是支吾搪塞不明確回答）
　御茶を挽く（藝妓等招不到客人閒呆著-來自沒有客人的藝妓做磨茶葉末的工作）
　御茶請け（喝茶時吃的點心）
　御茶漬（泡飯）
　御茶子（〔舊〕劇場女招待）
　御茶の子（點心，茶食〔=御茶請け〕、輕而易舉，容易得很，算不了一回事）
　綱渡り等は御茶の子だ（走繩索算不了什麼）
　御茶の子さいさい（容易得很）
　御茶挽き（〔俗〕空閒著沒有客人（的藝妓））
茶入れ、茶入〔名〕茶葉罐
茶罐〔名〕茶葉罐
茶筒〔名〕茶葉筒
茶壺〔名〕茶葉罐
茶色〔名〕茶色
　茶色の服（茶色西服）
茶宇〔名〕（原為印度Chaul地方產的）一種薄絲織品（做和服裙子的料子）（=茶宇縞）
茶請け〔名〕（喝茶時吃的）點心、茶食（=茶菓子）
　漬物の茶請けで渋茶を飲む（就鹹菜喝苦茶）
御茶請け〔名〕（茶請け的鄭重說法）（喝茶時吃的）點心、茶食
茶臼〔名〕（研茶用的）茶磨
茶園、茶園〔名〕茶園、茶田（=茶畑、茶畠）
　茶園で茶摘みが始まる（茶園開始採茶）
茶菓、茶菓〔名〕茶點、茶和點心
　茶菓を供する（供應茶點）
　茶菓を出す（端出茶點）
　茶菓を用意する（預備茶點）
　茶菓の用意有り（備有茶點）
　来客を茶菓で持て成す（用茶點招待客人）
　クラス会の為茶菓を準備する（為開班會準備茶點）
茶菓子〔名〕（喝茶時吃的）點心、茶食（=茶請け）
茶会〔名〕茶會、茶道會（=茶の湯の会）
　茶会を催す（舉行茶會）
　茶会に呼ばれる（被邀去參加茶道會）
茶返し〔名〕（衣服）裡、面都是茶色
茶掛け、茶掛〔名〕〔茶道〕茶室裡掛的書畫
茶籠〔名〕盛茶具的竹籃
茶化す〔他五〕〔俗〕開玩笑、挖苦、嘲弄、蒙混，支吾，搪塞，欺騙（=茶に為る）
　茶化し口調で（用開玩笑的口吻）
　人の真面目な話を茶化す（拿人家的正經話開玩笑）

彼は何を言っても直ぐ茶化して仕舞う（無論和他談甚麼他總是沒正經的）

人を余り茶化す物ではないよ（可不要太嘲弄人啊）

旨く茶化して逃げる（巧妙地支吾過去）

彼の真意を聞こうと為たが、旨く茶化して逃げられて仕舞った（本想問問他的真意他卻巧妙地支吾過去了）

茶に為る〔連語〕嘲弄（＝茶化す）

人を茶に為る（嘲弄人）

御茶に為る（〔工作途中〕休息一下，喝杯茶）

茶滓〔名〕茶葉渣（＝茶殼）

茶殼〔名〕茶葉渣（＝茶滓）

茶褐色〔名〕褐色、棕色

茶褐色の背広（茶褐色的西服）

茶褐藥〔名〕〔化〕三硝基甲苯（＝トリニトロトルエン trinitrotoluene）

茶釜〔名〕（茶道用）燒水的鍋

茶釜で湯を沸かす（用茶道鍋燒開水）

茶粥〔名〕茶粥、茶水煮的粥

茶気〔名〕對於茶道的素養、風雅，灑脫，倜儻，愛開玩笑，好詼諧

茶気が有る（愛開玩笑）

茶気満満たる人（一張口就開玩笑的人）

茶気を遣る（開玩笑）

茶器〔名〕茶器，茶具、茶道用具

茶利き〔名〕品茶、品茶人

茶利きを為る（品茶）

茶利〔名〕滑稽的詞句（動作）、（淨琉璃）滑稽故事

茶利を入れる（插進一句逗人發笑的話）

彼は話の横合から直ぐ茶利を入れる（人家一說話他就從旁插嘴逗哏）

茶利場（滑稽場面）

茶業〔名〕茶業（指產茶、販茶、製茶）

茶業組合（茶業公會）

茶巾〔名〕〔茶道〕擦茶具用的麻布

茶巾捌き鮮やかに茶を点てる（擺弄茶巾的手法很麻利地點茶）

茶家〔名〕茶道家、以教茶道為職業的人

茶原種農場〔名〕茶原種農場

茶漉し、茶漉〔名〕濾茶網

茶匙〔名〕茶匙（＝ティー、スプーン）、小茶勺（＝茶杓）

砂糖を茶匙一杯加える（加上一匙糖）

茶杓〔名〕〔茶道〕（撮取抹茶用的）小茶勺、（舀開水用的）柄勺

茶事〔名〕茶事，關於茶道的事、茶會

茶室〔名〕茶室、舉行茶會的屋子

茶渋〔名〕茶垢

茶渋の付いた茶碗（掛了茶垢的茶杯）

茶商〔名〕茶葉商人、茶葉鋪

茶人、茶人〔名〕愛好茶道的人，精通茶道的人。〔轉〕風流人物，風雅的人。〔轉〕有怪癖的人，古怪的人

あんな醜婦と結婚する何て、茶人だね（和那樣醜八怪結婚真夠古怪的啊！）

茶席〔名〕〔茶道〕點茶的座位、點茶室、茶會

茶筅〔名〕〔茶道〕（攪和抹茶使起泡沫的）圓筒竹刷

茶筅髪（在後腦殼上扎成茶刷式的一種男人髮型、在頂上結成茶刷式髮髻的一種寡婦髮型）

茶筅羊歯（〔植〕鐵角蕨）

茶素〔名〕（生化）茶碱

茶蕎麥〔名〕（蕎麵加茶粉作成的）蕎麥麵條

茶代〔名〕茶錢、（旅館，酒館等的）酒錢，小費（＝チップ）

茶代を置いて店を出る（放下茶錢走出茶館）

茶代を出す（給小費）

茶代を取らない（不要小費）

茶代廃止（不收小費）

茶托〔名〕茶托、茶碟

黒塗りの茶托に載せて茶を出す（放在黑漆茶托上端出茶來）

茶出し〔名〕小茶壺（＝急須）

茶断ち〔名,自サ〕（向神佛許願在一定期間或一生）戒茶，不喝茶（參見塩断ち）

茶立て虫〔名〕〔動〕蛀木器的小甲蟲

茶棚〔名〕茶具架

茶簞笥〔名〕茶櫃、碗櫃

茶茶〔名〕〔俗〕（從旁插嘴）搗亂，妨礙（=邪魔）。〔方〕茶
　茶茶を入れる（搗亂）
　人の話にを入れる（從旁插嘴、妨礙人家說話）

茶漬け、茶漬〔名〕茶水泡飯、（自謙）粗茶淡飯
　茶漬けを搔き込む（急忙吃一口茶泡飯）
　茶漬けに為て食べる（用茶泡飯吃）
　本の茶漬けですが（只是粗茶淡飯、太簡慢了）

茶っぽい〔形〕帶褐色、淺褐色，淺棕色

茶摘み、茶摘〔名〕採茶
　茶摘み時（採茶季節）
　茶摘み歌（採茶歌）

茶亭〔名〕茶亭、茶棚、茶館（=掛け茶屋）

茶店、茶店〔名〕茶館、茶攤、茶棚
　茶店で暫く休んで行こう（在茶館休息一會兒吧！）

茶庭〔名〕〔茶道〕茶室庭院（布置有踏石、石燈籠、洗手盆、板凳等）

茶道、茶道〔名〕茶道（日本特有的沏茶，喝茶的規矩、用以休養心神，學習禮法）（=茶の湯）
〔史〕（日本武家中）掌管茶道的人（=茶坊主）

茶の湯〔名〕茶道、品茗會（=茶道、茶道）

茶道具〔名〕茶具
　茶道具一式（一套茶具）

茶所〔名〕產茶地
　宇治は茶所だ（宇治是產茶名地）

茶の木〔名〕茶樹
　茶の木畑（茶園、茶田）

茶の子〔名〕喝茶時就的點心、春分或秋分祭祀時供的點心、（在農村）早飯前的點心。〔轉〕容易得很、輕而易舉、易如反掌

御茶の子さいさい（算不了一回事）
　此の上に未だ一升や二升は御茶の子さ（在這以上再喝一升兩升的算不了什麼）

御茶の子〔名〕點心，茶食〔=御茶請け〕、輕而易舉，容易得很，算不了一回事

御茶の子さいさい〔名〕輕而易舉，容易得很，算不了一回事

茶の間〔名〕（家庭中鄰近廚房的）餐室、茶室（=茶室）
　茶の間で御茶を飲む（在餐室裡喝茶）

茶飲み、茶飲〔名〕愛喝茶的人、茶碗（=茶飲み茶碗）
　茶飲種（喝茶時的談話材料）
　茶飲み茶碗（喝煎茶用的茶碗、茶杯）
　茶飲友達（茶友、老伴，老夫婦）
　茶飲仲間（茶友）
　茶飲話（茶話、閒談、聊天）

茶話〔名〕茶話、閒談、喝茶聊天（=茶飲話）
　ゆっくり茶話でも為よう（請喝杯茶閒聊一會兒）

茶話、茶話〔名〕茶話、閒談
　茶話会（茶話會）

茶羽織〔名〕一種婦女穿的短和服外衣

茶博士〔名〕茶道的權威、茶道的名人

茶箱〔名〕茶葉箱、茶具箱

茶柱〔名〕（豎著浮在茶杯裡面的）茶葉梗
　茶柱が立つ（茶葉梗立起來-日本人信為吉兆）
　茶柱が立ったから、良い事が有るぞ（茶葉梗立起來了要有什麼好事啦！）

茶畑、茶畠〔名〕茶田、茶園

茶花〔名〕裝飾在茶室裡簡素的花、花茶內的茉莉花
　御茶の中の茶花（茶葉裡的茉莉花）

茶腹〔名〕喝一肚子茶
　茶腹も一時（喝足了茶也可以充饑於一時、有勝於無、有比沒有強）

茶番〔名〕茶房，泡茶的人、鬧劇、餘興。〔轉〕淺薄的花招，一眼看穿的把戲

茶番を遣る（演滑稽劇）

其れは茶番だよ（那是耍花招）

茶番劇（滑稽劇，鬧劇，餘興〔=茶番狂言〕、淺薄的花招，一眼看穿的把戲）

茶番狂言（滑稽劇，鬧劇，餘興）

茶柄杓〔名〕〔茶道〕（舀開水的）小茶勺

茶瓶〔名〕茶壺，水壺。〔謔〕禿頭的人。〔古〕（出門時攜帶的）茶具箱

茶瓶に御湯を入れる（往茶壺裡倒開水）

禿茶瓶（禿頭）

茶瓶頭〔名〕〔謔〕禿頭

茶袋〔名〕（保存茶葉的）茶葉口袋、（放在壺裡的）茶葉袋

茶振舞〔名〕簡單的招待、以茶代酒的招待

茶舖〔名〕茶葉舖、茶葉店

茶箒〔名〕〔茶道〕小羽毛掃把

茶焙じ〔名〕烘茶器

茶坊主〔名〕〔史〕（武士家中的）司茶者，掌管茶道的人，〔罵〕奴顏婢膝的人，狗仗人勢的人，仗勢欺人的人

茶盆〔名〕茶盤

茶味〔名〕茶道的趣味。〔轉〕風雅的趣味

茶目〔名、形動〕鬼頭鬼腦、愛開玩笑，好惡作劇（的人）

茶目っ子（小淘氣鬼）

茶目な子（小鬼、小淘氣）

茶目できょろきょろした目付き（鬼頭鬼腦炯炯發光的眼神）

茶目っ気たっぷりな笑い（十足逗人的笑容）

彼の子は中中茶目だ（那孩子是個大淘氣包）

此の茶目公（你這個小淘氣鬼）

御茶目さん（活寶）

茶目を為る（開玩笑、惡作劇）

茶目を言う（開玩笑、鬧著玩）

茶銘〔名〕茶道用茶葉的名稱（有極無上、無上、別儀等）

茶飯〔名〕用茶水加鹽燜的飯、用水加醬油和酒燜的飯

茶飯事〔名〕常有的事、家常便飯

そんな事は日常茶飯事だ（那是家常便飯的事）

茶屋〔名〕茶莊、茶館、茶室、妓院、(劇院等的)飲茶室

茶屋遊びを為る（冶遊、嫖妓）

茶屋小屋（妓院）

茶屋酒（在妓院喝酒）

御茶屋〔名〕茶葉舖、茶館、飯館。〔茶道〕茶室，品茗室

茶寮、茶寮〔名〕（舉行茶道儀式的）茶室、茶館、吃茶店（=喫茶店）、飯館（=料理屋）

茶炉〔名〕〔茶道〕茶爐

茶碗〔名〕碗，茶杯。〔古〕陶瓷器的總稱

茶飲み茶碗（茶碗）

飯を茶碗に盛る（把飯盛到飯碗裡）

飯茶碗（飯碗）

茶碗酒（碗酒）

茶碗蒸し（蒸雞蛋羹）

査（ㄔㄚˊ）

査〔漢造〕查看、檢查

檢査（檢查、檢驗）

主査（主持調查者）

副査（審查的助手）

踏査（勘查、實地調查）

審査（審查）

考査（審查，考察、考試，測驗）

調査（調查）

捜査（搜查、查找）

巡査（巡查、警察）

査閲〔名、他サ〕查閱、〔軍〕檢閱（=檢閱）

軍事教練を査閲する（檢閱軍事教練）

査閲を受ける（接受檢閱）

査閲官（檢閱官）

査察〔名、他サ〕監察、視察、考察、調查

空中査察（空中監察）

地方行政を査察する為に出張する（出差視察地方行政）
日本は国際原子力機関の査察を受けている（日本受國際原子能機構的監察）

査収〔名、他サ〕查收、驗收、點收
納品を査収する（查收交的貨）
金額を査収する（點收款項）
御査収下さい（請察收）

査証〔名、他サ〕簽證（＝ビザ）、調查證明，檢查證明
入国査証（入境簽證）
査証の有る旅券（經過簽證的護照）
旅券の査証を申請する（申請簽證護照）
旅券を査証して貰う（請求簽證護照）

査照〔名、他サ〕查驗、檢驗、核對
報告を査照する（檢察報告）
受取証を査照する（核對收據）

査定〔名、他サ〕核定、查定、審定、評定
値段を査定する（核定價錢）
所得税を査定する（核定所得税）
税額の査定を為る（核定税額）
成績、素行の査定会議（成績品行的審評會）

査問〔名、他サ〕查問、盤問、訊問
事件の関係者を召喚して査問する（傳喚事件有關人員進行訊問）

察（ㄔㄚˊ）

察〔漢造〕觀察、推測
考察（考察、研究）
高察（明察、高見）
視察（視察、烤茶）
観察（觀察）
監察（監察）
監察医（法醫）
監察眼（觀察力）
診察（診察）
明察（明察、洞察）
洞察、洞察（洞察）
推察（推察、諒察）
賢察（明察）
検察（檢察、檢驗）

察知〔名、他サ〕察知、察覺
察知す可き糸口（可察的線索）
相手の計画を察知する（察覺對方的計畫）
事故の未然に察知した（察覺事故於未然）

察する〔他サ〕推察、觀察、諒察
察する所（據推察）
彼の口振から察すれば（從他的口吻來推察）
私の察する所では（據我的觀察）
噂で察すると彼は正直者らしい（據大家的傳說來推察他似乎是個誠實人）
君の察する通りだ（和你的推測一樣）
僕の察した通りではなかった（並不像我推測的那樣）
察する所君も欲しいのだろう（據我看你也想要吧！）
天下の大勢を察する（觀察天下大勢）
過去を窺い、将来を察する（窺察已往展望將來）
御心中を御察しします（我體諒您的心意）
私の気持を察して下さい（請體諒我的心情）
深く大衆の苦しみを察する（深切體諒群眾的疾苦）
君の境遇は御察し申す（我體諒您的處境）
少しは私の事も察して呉れて良かろう（我希望您對我也能有所體諒）
其の気持は察するに余り有る（這種心情不難體諒）

察しる〔他上一〕推察、觀察、諒察（＝察する）
僕の察した通りではなかった（並不像我推測的那樣）

御心中を御察しします（我體諒您的心意）

私の気持を察して下さい（請體諒我的心情）

察し〔名〕體察，體會、體會，理解

察しが良い（能體諒人、通曉人情、察覺力強、理解力強）

察しが悪い（不善於體諒人、察覺力差）

彼は人の気持み対する察しが無い（他不體諒別人的心情）

察しの有る人（體諒人的人）

察しが付く（想像到、體會到、察覺到）

御察しの通り（像您所想像的、您推測得對）

侘（ㄔㄚˋ）

侘〔漢造〕不得志的樣子

侘び、侘〔名〕幽居，寂居（=侘住まい、侘住居）、（茶道、俳句的理想境地）閒寂，恬靜

侘住まい、侘住居（恬適的生活、幽居、寂靜的住宅）

侘助〔名〕〔植〕唐樫（山茶花的一種）

侘住まい、侘住居〔名〕幽居的生活，閑居的生活，清苦的生活，寂寞的生活，寂靜的住宅

一人で侘住まいを為る（一個人過寂寞〔清苦〕的生活）

裏長屋の侘住まい（陋巷裡聚居的窮苦人家）

侘び寝〔名〕孤眠、孤寂的睡眠

侘び寝の辛さ（孤眠的痛楚）

侘び人、侘人〔名〕生活貧苦（孤寂）的人、失意的人、落魄的人

侘びる〔自、他上一〕感覺悲傷（寂寞）、過孤寂生活、閑靜，恬適、（結尾詞用法）（接動詞連用形下）表示焦急，苦悶，難以實現

田舎暮しを侘びる（在鄉村過孤寂生活）

我が子の帰りを待ち侘びる（焦急地盼望兒子回來）

長い待ち侘びた日が遣って来た（盼望已久的日子來到了）

捜し侘びる（找得心焦）

侘しい〔形〕寂寞的，冷清的，苦悶的，貧困的

侘しい一人暮し（寂寞的單身生活）

侘しく感じる（覺得冷清）

侘しい朝（清淨的早晨）

侘しい山里の景色（寂靜的山村景色）

侘しい恰好（窮相、寒酸相）

侘しいなりを為た男（衣著寒酸的男子）

着る物とて無い侘しい暮らし（連穿的都沒有的貧困生活）

侘しく暮らす（過窮日子）

侘びしらに〔副〕〔古〕寂寞似地

侘びしらに思いに耽る（寂寞似地沉思）

刹、刹、刹（ㄔㄚˋ）

刹、刹、刹〔漢造〕瞬間、食人惡魔、寺院，寺塔，國土，土地

羅刹（梵語 raksasa 的音譯-兇惡、可怕的意思）（羅刹、魔鬼）

古刹（古寺）

名刹（著名寺院）

刹那、刹那〔名〕（來自梵語 ksana 的音譯）刹那、瞬間、頃刻（=瞬間）

刹那の楽しみ（眼前一時的快樂）

ドアを開けた刹那（開門的一刹那）

自動車は衝突の刹那、火を噴いた（汽車發生衝撞的瞬間噴出了火來）

刹那主義（刹那主義-只顧眼前快樂的一時快樂主義）

詫（ㄔㄚˋ）

詫〔漢造〕驚奇、欺騙

詫びる〔他上一〕道歉、謝罪、賠不是（=謝る）

子供の悪戯を詫びる（為孩子淘氣向人道歉）

彼に詫びる（向他賠不是）

心から詫びる（由衷地謝罪）

死んで過ちを詫びる（以死謝罪）

人の為に詫びて遣る（為別人賠不是）

僕は君に詫びなくては為らない（我要向你道歉）

御無沙汰を御詫び申し上げます（久疏問候請原諒）

詫び、詫〔名〕賠不是、道歉、表示歉意（＝謝り、謝罪）

頻りに詫びを言う（再三賠不是）

詫びを入れる（賠不是、道歉）

御詫びの言葉も無い（不知怎樣道歉才好）

御詫び、御詫〔名、自サ〕（詫び的客氣說法）道歉、謝罪、賠不是（＝謝る）

彼に御詫びを為ねば為らない（我該向他道歉）

日頃の御無沙汰の御詫びを申し上げます（久疏問候向您表示歉意）

幾重にも御詫びを致します（向您萬分歉意）

御詫びの為ようも有りません（不知怎樣向您道歉才好）

詫び入る〔自五〕深表歉意

頭を地に付けて詫び入る（叩頭謝罪）

詫び事、詫び言〔名〕謝罪的話、道歉的話

詫び事を言う（說謝罪的話）

頻りに詫び事を言う（再三賠罪）

詫び状〔名〕道歉信、謝罪信

詫び状を書く（寫道歉的信）

詫人〔名〕道歉者、謝罪者

車（ㄔㄜ）

車〔名〕〔象棋〕飛車（＝飛車）、車

〔接尾、漢造〕車、（助數詞用法）（數貨車等的）車數，輛數，車箱數

車上の人と為る（坐上車）

一車分（一車分）

小麦を五十車分（裝五十車小麥）

トラック三十車分の砂利（三十輛卡車的碎石）

馬車（馬車）

馬車馬（拉車的馬）

電車（電車）

転車台（轉車台）

汽車（火車）

列車（列車、火車）

人力車（人力車、黃包車）

人車（人力車輕便、鐵軌手推車）

腕車（人力車）

自動車（汽車）

自転車（自行車、腳踏車）

三輪車（三輪車）

停車（停車、刹車）

駐車（停車）

滑車（滑車、華倫）

水車（水車、水磨、水輪機）

外車（外國產的汽車）

国産車（國產汽車）

乗車（乘車、乘的車）

下車（下車）

降車（下車）

後車（後車）

前車（前車）

船車（車船、車和船）

戦車（戰車、坦克）

洗車（洗車）

絞車（絞車）

鉱車（運礦車）

新車（新車）

中古車（中古車）

廃車（破車、不能使用的車）

配車（調配車輛）

発車（發車、開車）

車扱い〔名〕（鐵路）包車、整車裝載

しゃえい　車影〔名〕車影
　辺りに車影は無かった（附近沒有車的影子）

しゃが　車駕〔名〕（天皇乘的）車，車駕
　工場視察後車駕を県庁に向けられた（天皇視察工廠後車駕開往縣政府去了）

しゃがい　車外〔名〕（汽車、火車、電車的）車外，窗外←→車内
　車外の風景に興ずる（欣賞車外風景）

しゃない　車内〔名〕（汽車、火車、電車的）車内←→車外
　車内に持ち込む（帶入車内）
　車内を清潔に為る（保持車内清潔）
　車内を汚さない様に（注意車内衛生）
　車内での煙草御遠慮下さい（車内請勿吸煙）
　車内灯（車内燈）

しゃじょう　車上〔名〕車上、車内
　車上の人と為る（坐上車）
　車上から見送りの人に挨拶する（從車上向送行的人話別）
　車上荒し（車上的扒手、偷停車場内車上東西的小偷）

しゃちゅう　車中〔名〕車中
　車中の人と為る（坐上車）
　往復の車中で本を読む（在往返的車中看書）
　車中から電報を打つ（從車上打電報）
　大臣の車中談（大臣的車内談話）
　車中泊（車中過夜）

しゃかんきょり　車間距離〔名〕（兩車間的）行車距離
　車間距離を守る（保持行車距離）
　車間距離を十分取っていなかったのが追突の原因だ（沒有保持足夠的行車距離是從後面撞車的原因）

しゃけん　車券〔名〕賽自行車的賭券
　車券を買う（買賽自行車的賭券）
　車券売り場（自行車賭券出售處）

しゃけん　車検〔名〕汽車檢查、車體檢查

しゃけんしょう　車検証（驗車正）

しゃこ　車庫〔名〕車庫
　電車を車庫に入れて置く（把電車存入車庫）
　自動車の車庫を建てる（修建汽車車庫）

しゃこつこう　車骨鉱〔名〕〔礦〕車輪礦

しゃじく　車軸〔名〕車軸、輪軸
　脱線した電車の車軸が折れた（脫軌的電車車軸斷了）
　車軸を流す（大雨傾盆）
　車軸を流す様な大雨と為った（下起了傾盆大雨）

しゃじくも　車軸藻〔名〕輪藻

しゃしつ　車室〔名〕（列車車廂内的）車室

しゃしゅ　車首〔名〕車首、車頭
　車首を東に向ける（把車頭駛向東去）

しゃしゅ　車種〔名〕車型、汽車種類
　車種不明の車（車型不祥的汽車）

しゃしょう　車掌〔名〕乘務員、列車員、（隨車）售票員
　乗客専務車掌（客車列車員）
　電車の車掌（電車售票員）
　バスの車掌（公車售票員）
　車掌が検札に来た（乘務員來查票）
　車掌室（乘務員室）

しゃしん　車身〔接尾〕（賽車等一輛汽車的長度）車身
　一車身の差を付ける（相隔一個車身的距離）

しゃじん　車塵〔名〕車過後掀起的飛塵

しゃせん　車線〔接尾〕（接數詞之後）道路的線道
　四車線（四線道）
　二車線の道路（雙線道道路）
　車線を守る（遵守行車線）
　車線分離線（車道分界線）
　車線幅（車道的寬度）
　車線荷重（車道載荷）

しゃぜんそう　車前草、車前草，おおばこ　大葉子〔名〕〔植〕車前草

しゃそう　車窓〔名〕車窗

車窓の眺め（車窗外的景緻）

車窓から沿線の風景を見る（從車窗觀看沿途的風景）

車窓の景色が次次に移り変わる（車窗外的風景不斷變換）

車窓に映る景色（映上車窗的景色）

車側〔名〕車的側面

車側ブレーキ（邊閘）

車側間隔（車側間距）

車体〔名〕車體、車身（=ボディー）

凸凹道で車体が揺れる（車身在崎嶇不平的道路上顛簸）

自動車が衝突して車体を大破した（汽車撞車車體壞得很厲害）

車体の低い自動車（車身低的汽車）

車体が熱くて触れなかった（車身熱得不能摸）

車体重量（車體重量）

車台〔名〕底盤（=シャシー）、（車）輛數

分解して車台丈に為る（拆開只留底盤）

車台枠（底盤架）

全車台数（車輛總數）

ラッシュ、アワーには車台を増やす（上下班高峰時增加車次）

車地〔名〕〔機〕絞車、捲揚機

単車地（單捲揚機）

複車地（複捲揚機）

車地の綱を緩める（放鬆捲揚機的纜繩）

車地に歯止めを掛ける（掛上捲揚機的制動器）

車地で巻き上げる（用捲揚機捲起）

車轍〔名〕車轍（=轍）

車道〔名〕車路、車行道↔人道、歩道

車道幅員（車路寬度）

車道を横切る（橫穿車行道）

車馬〔名〕車和馬，交通工具，車輛

車馬の交通（車馬往來）

車馬の通行を禁ず（禁止車馬通行）

此の通りは車馬の往来が激しい（這條馬路車輛往來頻繁）

車馬代（車馬費）

車馬賃（交通費）

車夫〔名〕（人力）車夫（=車引き）

御抱えの車夫（自家雇用的車伕）

車幅〔名〕車的寬度

車幅制限（限制車幅）

車力〔名〕人力車夫、拉車的工人

車力を雇って荷物を運ぶ（雇用人力車夫運行李）

車力で引っ越す（用人力車搬家）

車力賃（人力車運費）

車両、車輛〔名〕車，車輛、（助數詞用法）輛

車輛に由る輸送（車輛運輸）

此の通りは車輛通行止めです（此路禁止車輛通行）

事故防止の為車輛を検査する（為防止事故檢查車輛）

衝突事故で前の車輛が脱線した（因撞車事故前面車輛脫軌了）

車輛連結器（車輛聯結器）

車輛渡船（車輛輪渡）

二十車輛（二十輛車）

車輪〔名〕車輪。〔俗〕（演員）賣力表演，認真演出。〔轉〕盡心竭力，拼命幹

着陸車輪（著陸機輪）

八車輪の電車（八個車輪的電車）

車輪の下敷きに為る（被車輪壓過去）

自動車の車輪が泥濘に落ち込んだ（汽車車輪陷入泥濘裡）

大車輪（努力工作、大的車輪、單槓體操的大回環）

車輪に為って相勤めます（勤勤懇懇地工作）

車輪の活動を為ている（大肆活動）
車輪止（〔機〕止車楔）

車〔名〕車（人力車，馬車，汽車，火車等的總稱）、車輪、（明治，大正時代指人力車、現在專指）小汽車、出租小汽車、環，圈、環形，圖形

車を引く（拉人力車）
車が付いているミシン sewing machine（帶輪的縫紉機）
箱に車を付ける（給箱子安上輪子）
車で行く（坐小汽車去）
車を走らせる（開車）
車を飛ばす（飛快車）
車を翻る（翻車）
車を推す（推車）
車に乗る（乗車）
車を降りる（下車）
車を拾う（在街頭叫汽車）
車を御呼びしましょうか（叫車嗎？）
車の両輪（相輔相成）
車を捨てる（下車步行）
車を懸く（年老退隱）
車切り（切成圖片）
車椅子（輪椅）
車座（圍坐）

車椅子〔名〕（病人用）輪椅
車井戸〔名〕用滑車打水的井
車海老、車蝦〔名〕〔動〕對蝦、大蝦
車座〔名〕圍坐
　車座に為る（坐成圓形）
車代〔名〕車費（＝車賃）、（作為謝禮的）車馬費
車賃〔名〕車費
車戸〔名〕（下部裝輪子的）滑動門
車止め〔名〕（交通標識）禁止車輛通行。〔鐵〕路軌終點的車擋
車引き、車曳き〔名〕拉車、拉車的人，人力車伕

車偏〔名〕（漢字部首）車字旁
車虫〔名〕〔動〕輪蟲
車屋〔名〕腳行（＝車宿）、車夫、車匠（＝車大工）
車宿〔名〕腳行，搬運棧-古時人力車貨車的出租店
車宿り、車舎〔名〕〔舊〕（公卿、貴族宅院中的）車棚、外出時歇腳處
車酔い〔名〕暈車
車寄せ〔名〕門廊、門口上下車的地方（＝ポーチ porch）

掣（ㄔㄜˋ）

掣〔漢造〕牽制、阻擾他人做事使他不能自由
掣肘、制肘〔名、他サ〕掣肘、牽制
　掣肘を加える（加以牽制）
　掣肘を受ける（受到牽制）
　人の行動を掣肘する（牽制別人的行動）

徹（ㄔㄜˋ）

徹〔漢造〕通透、到底
　貫徹（貫徹到底）
　透徹（清澈，清新、精闢，清晰）
　一徹（固執、頑固）
徹する〔自サ〕貫徹，透徹、徹夜，通宵、徹底，貫徹始終
　寒気骨に徹する（寒氣徹骨）
　心魂に徹する（深刻人心）
　恨み骨髄に徹する（恨入骨髓）
　御教訓骨身に徹して忘れられません（您的教訓銘刻五中不能忘懷）
　眼光紙背に徹する（眼光識透文中深遠含意）
　工事は夜を徹して行われた（工程徹夜進行了）
　夜を徹して痛飲する（通宵痛飲）
　愛国心に徹する（始終一貫愛國）
　共産主義に徹する（徹底信仰共產主義）
　金儲けに徹する（一心一意攢錢）
徹宵〔名、副〕通宵、徹夜（＝夜通し）

イ

徹宵協議する（整夜商談）
徹宵警戒に当たる（徹夜擔當警戒）
徹宵飲み明かす（喝個通宵）

徹底〔名自サ〕徹底、貫徹、透徹
彼は徹底した菜食主義者だ（他是個徹底的素食主義者）
彼の人は何処迄も徹底している（他做事總是貫徹到底）
命令が徹底しなかった（命令沒有貫徹下去）
私の言う事は先方に徹底しなかった（我說的話對方未能徹底了解）
憲法の精神を全国人民に徹底させる（使全國人民徹底了解憲法的精神）
徹底的（徹底的）
徹底的に消毒を行う（徹底進行消毒）

徹頭徹尾〔連語、副〕徹頭徹尾、從頭到尾、完完全全
徹頭徹尾反対する（徹頭徹尾地反對）
徹頭徹尾相手を押しえて勝った（始終壓倒對方而取勝）
彼は徹頭徹尾と惚け返って、〝僕知らないよ〟を繰り返した（他始終硬裝糊塗反覆說〝我不知道呀！〟）
其れは徹頭徹尾嘘だ（那完全是扯謊）
彼は徹頭徹尾中国人だ（他是地地道道的中國人）
彼は徹頭徹尾教師に向いている（他完全適合於當教師）

徹夜〔名、自サ〕徹夜、通霄（=徹宵、夜通し）
徹夜で勉強する（徹夜用功）
徹夜で看護する（徹夜護理）
今晩は徹夜しないと仕事が片付かない（今晚如不徹夜通宵工作就不做完）
大晦日に徹夜する（大年三十晚上整夜不睡）

徹す、透す、通す〔他五〕穿過，通過，引進，貫徹，堅持，通過，說妥，訂叫，通知
〔接尾〕（接動詞連用形）連續、一貫、一直、到底

針に糸を通す（縫針）
管の詰まりを通す（打通管子堵塞地方）
煙管を通す（通煙袋）
今度此の道にバスを通す然うだ（聽說這條路要通公車了）
筋を通して話し為さい（通情達理地說）
ガラス戸は光を通す（玻璃門透光）
此のレインコートは絶対に雨を通さない（這雨衣決不透雨）
窓を開けて風を通して下さい（請把窗戶打開透透風）
笊を通して水を切る（用笊籬把水空掉）
寒さが着物を通した（寒氣透過衣服）
御客さんを二階へ通す（把客人領進二樓）
客間へ通して下さい（請進來客廳）
御客様を御通し為さい（請客人進來）
三時間通して勉強する（連續用功三個小時）
生涯独身で通す（一輩子不結婚）
此の冬はストーブ無しで通した（這一冬一直沒有生火爐）
二十四時間通して歩いた（連續走了二十四小時）
此の書類はざっと眼を通した丈だ（這文件只是粗看了一遍）
彼は学生時代にずっと一番で通した（他在學生時代一直考第一）
一年間を通して一日も休まなかった（全年一天也沒休息）
其の劇は四十日間通して上演された（那齣戲一直演了四十天）
我意を通す（堅持己見）
無理を通す（蠻幹到底）
遣り度い事を遣り通す人だ（是個想做就做到底的人）
新しい党規約を通す（通過新黨章）
野党側の反対に会って国会を通せなかった（遭到在野黨反對國會沒能通過）
政府案を無修正で通した（原案通過政府的提案）

人を通して希望を申し出る（通過別人提出自己的希望）

仲人を通して結婚を申し込む（通過媒人求婚）

此の門を通して下さい（請讓我通過這門）

先に通して遣る（叫他先過去）

通して呉れ（讓我過去吧！）

切符の無い人は通しません（沒有票的人不能進去）

貴方の事は先方に通して有る（您的事情已經和對方說過了）

もう通して置きましたから、直ぐ出来るでしょう（已經給您定下了馬上就好吧！）

追加の分はもう通したのか（追加的菜已經定了嗎？）

労働を通して青年を教育する（通過勞動教育青年）

社長に通す（通知總經理）

遠く迄見通す（高瞻遠矚）

雨が一週間降り通している（雨連著下了一星期）

子供は終夜泣き通した（小孩哭了一夜）

一晩中勉強し通した（用功了一整晚）

疲れたので朝迄眠り通した（因為疲勞一直睡到早晨）

難しくても遣り通そうと為る（即使困難也想做到底）

如何しても頑張り通す（無論如何也要堅持到底）

徹る、透る、通る〔自五〕通過、穿過、通暢、透過、響亮、被請進室內、知名、通用、通行、了解、前後一貫、客人點的菜由飯館服務員通知帳房或廚房

家の前を通る（走過家門）

右側を通って下さい（請靠右邊走）

山道を通って山村に辿り着いた（走過山路來到一個山村）

此の道は、夜余り自動車が通らない（這條路晚上不太過汽車）

二人並んで通れる位の道幅（兩人並排走得過去的路寬）

工事中だから人を通らせない（因為正在修路不讓人走）

カナダを通って英国に行く（通過加拿大往英國去）

何の道を通って帰ろうか（走哪條路回去呢？）

人込みの中を通る（穿過人群）

トンネルを通ると海が見える（一穿過隧道就看到海）

此の部屋は風がから涼しい（這房間通風很涼快）

此の糸は太過ぎて針穴に通らない（這條線太粗穿不過針眼）

御飯が喉を通らない（吃不下飯）

此の下水は良く通らない（這下水道不通暢）

詰まっていた鼻が通る（不通氣的鼻子通了）

雨が肌迄通る（雨濕透皮膚）

水が通らぬ防水布（不透水的防水布）

此の魚は未だ中迄火が通っていない（這魚做得還不夠火候）

声が通る（聲音響亮）

歌声は隅隅迄良く通る（歌聲響徹各個角落）

もう少し通る声で御願いします（請大聲點）

声は低いけれども、良く通る（聲音雖小但很清朗）

客が奥に通る（客人被請進屋裡）

応接間に通ってから、間も無く主人が出て来た（被引進客廳以後不久主人就出來了）

彼は変り者で通っている（他以怪人著稱）

世界に名の通った商品（世界聞名的商品）

英語は大抵の国で通っている（英語在大多數國家通用）

其の馬鹿馬鹿しい説が世間で通っているから不思議だ（那種荒謬的說法在社會上還行得通可真奇怪）

イ

イ

此の切符で通る（這票就能通用）

私の意見が通る（我的意見得到通過）

彼女は二十歳と言っても通る程若く見えた（她看上去那麼年輕即便説是二十歳人們也會相信）

そんな言い訳を為たって通らない（即便那麼辯解也通不過）

何時も無理が通る思ったら間違いだ（總以為硬幹行得通是錯誤的）

汽車が通る（通火車）

吹雪で汽車が通れなくなった（由於大風雪火車不通了）

片田舎迄busが通る様に為った（連偏僻的鄉村也通公車了）

法案が議会を通る（法案通過議會）

入学試験に通る（入學考試通過）

此の文章はどうも意味が通らない（這篇文章的涵義總有些不懂）

何を言っているか、ちっとも話が通ってない（一點也不明白他在説甚麼？_）

筋の通った遣り方（合理的做法）

其の説明では筋が通らない（那種解釋説不通）

カレー一丁通っているか（一份咖哩飯要了沒有？）

ずっと前に帳場に通った筈だ（早就告訴帳房了）

撤（イさ丶）

撤〔漢造〕除去、取消

撤する〔他サ〕撤退、撤回、撤消

軍を撤する（撤軍）

案を撤する（撤回提案）

供物を撤する（撤下供品）

撤回〔名、他サ〕撤回、撤消（＝取り下げる）

要求（意見、辞表、前言）を撤回する（撤消要求）（意見、辭呈、前言）

提出した議案を撤回する（撤回提出的議案）

撤却〔名、他サ〕撤去、撤退、撤除（＝撤去）

撤去〔名、他サ〕撤去、撤退、撤除

駐留軍を撤去する（撤退駐軍）

障害物を撤去する（拆除障礙物）

路面電車を撤去する（撤除市內有軌電車）

撤収〔名、自他サ〕撤去，撤走。〔軍〕撤退（撤却的委婉説法）

軍隊を撤収する（撤去軍隊）

某地点から撤収する（從某地撤退）

撤饌〔名、他サ〕撤下供品←→献饌

撤退〔名、自他サ〕〔軍〕撤退

敵は市内から撤退し始めた（敵軍開始從市內撤退）

外国軍隊を撤退させる（使外國軍隊撤走）

撤廃〔名、他サ〕撤銷、裁撤

統制撤廃は難しい（撤銷統制有困難）

制限を撤廃する（取消限制）

撤兵〔名.他サ〕〔軍〕撤兵←→出兵

占領地から撤兵する（從佔領地區撤兵）

撤兵を迫る（催逼撤兵）

轍（イさ丶）

轍〔名〕車轍（＝わだち）

前車の轍を踏む（重蹈前車覆轍）

覆轍（覆轍）

前車の覆轍を踏む（重蹈前車覆轍）

轍叉〔名〕〔鐵〕轍叉

轍鮒〔名〕涸轍之鮒

轍鮒の急（轍鮒之急－比喻當前非常困窘急待拯救）

轍〔名〕車轍

轍に従って歩く（順著車轍走）

轍を残す（留下車轍印）

自動車が轍の跡を付ける（汽車留下車轍印）

うねった牛車の轍（彎彎曲曲的牛車轍）

轍の鮒（涸轍之鮒）
前車の轍を踏む（重蹈前車覆轍）

釵（ㄔㄞ）

釵〔漢造〕簪（＝簪）
　玉釵（玉作的髮簪）
釵子〔名〕古代宮廷婦女頭髮上使用的Ｕ字形的金屬製裝飾

儕、儕（ㄔㄞˊ）

儕、儕〔漢造〕等、輩、伴
儕輩、儕輩〔名〕同輩、伙伴（＝仲間）
　儕輩を抜く（出類拔萃、出人頭地）
　儕輩を抜きん出る（出類拔萃、出人頭地）
儕、輩〔名〕輩、儕、一伙、一幫、一類
　掛かる儕を相手に芸術を論ずる事は出来ない（不能以這類人為對象來談論藝術）

柴、柴（ㄔㄞˊ）

柴、柴〔漢造〕燃燒用的木片，枯草
柴胡、茈胡〔名〕〔植〕柴胡（多年生草本，根入藥）
柴門〔名〕柴門（雜木的小枝編成的門）
柴〔名〕柴、（作柴燒的）小雜樹
　柴の庵（毛庵、茅屋）
　柴の扉（柴門）
　柴を刈る（砍柴）
　柴垣（籬笆、柵欄）
芝〔名〕〔植〕（鋪草坪用的）羊鬍子草
　芝を植える（鋪草坪）柴
　芝を刈り込む（剪草坪）
　芝刈り器（剪草機）
柴犬、芝犬〔名〕柴犬（日本一種短毛立耳卷尾的小犬）
柴垣〔名〕（樹枝編的）籬笆
柴刈り〔名、自サ〕砍柴、樵夫
　山へ柴刈りに行く（上山去打柴）

柴栗〔名〕茅栗
柴漬け〔名〕（把茄子、蘘荷、辣椒等切碎泡製的）一種什錦鹹菜
柴笛〔名〕樹葉笛
　柴笛を鳴らす（吹樹葉笛）
柴葺き〔名〕用樹枝葺屋頂、樹枝葺的屋頂
柴山〔名〕矮樹叢生的山、長滿灌木的山

豺（ㄔㄞˊ）

豺〔漢造〕食肉動物，形像狗，狼屬
豺狼〔名〕豺狼（＝山犬と狼）。〔轉〕殘酷成性的人
　豺狼当路（豺狼當道、〔喻〕凶暴的當政者）

抄（ㄔㄠ）

抄〔漢造〕掠奪、抄錄、抄紙
　抄掠（掠奪）
　文抄（文抄）
　詩抄、詩鈔（詩抄）
　雜抄（雜抄）
　史記抄（史記抄）
　手抄（手抄、摘錄）
抄する、鈔する〔他サ〕摘錄、抄襲
抄紙〔名〕抄紙（造紙法之一）
　抄紙機（抄紙機）
抄写〔名、他サ〕抄寫
抄出〔名、他サ〕抄出、摘出、摘錄
　長篇小説から面白い部分を抄出する（從長篇小説中摘錄有趣的部分）
抄造〔名〕抄製（紙張）
抄本、鈔本〔名〕抄本，抄件←→謄本、節，摘錄本←→全本、完本
　戸籍抄本（戶籍的一部分抄本）
　平家物語の抄本（平家物語摘錄本）
抄物〔名〕〔古〕（和歌、漢文、漢詩、佛書等的）摘錄、注釋書
抄物〔名〕室町時代五山僧人講解古典的筆錄
抄訳〔名、他サ〕節譯←→全訳

イ

"戦争と平和"の抄訳("戰爭與和平"的節譯)

抄録〔名、他サ〕抄錄、摘錄
　時事抄録(時事摘錄)
　当時の日記を抄録する(抄錄當時的日記)

抄う、掬う〔他五〕抄、舀，撈、〔商〕賺錢
　浮いた油を抄う(舀出浮油)救う巣くう
　抄い網で魚を抄う(用撈魚網撈魚)
　小川の水を手を抄って飲んだ(用手捧起小河的水喝了)
　相手の足を抄って倒す(抄起對方的腿摔倒)
　氷に足を抄われて転んで仕舞った(腳在冰上一跤摔倒了)

救う〔他五〕救、拯救、搭救、救援、救濟、賑濟、挽救
　命を救う(救命)救う掬う巣くう
　水に溺れ掛けた子供を救う(救起快淹死的孩子)
　急場を救う(急救)
　彼は他の人人を救おうと為て死んだ(他為搶救別人而犧牲了)
　貧民を救う(救濟貧民)
　彼の男はもう救われない(那人已經不可救藥了)
　青少年を非行から救う(挽救誤入歧途的青少年)

巣くう、巣構う〔自五〕築巢、盤踞
　木の上に烏が巣くっている(烏鴉在樹上搭了窩)
　此の辺には不良が巣くっているらしい(這一帶好像盤踞著壞人)

抄い、掬い〔名〕抄取，撈取，掬起，捧取。〔商〕套購
　夜店で金魚抄いを為る(在夜市上撈金魚)救い
　泥鰌抄い(摸泥鰍)
　両手に一抄いの落花生を持って来た(兩手捧來一把花生)
　一抄いの砂(一捧沙子)

一抄いに(一舉、一下子)

抄く、漉く〔他五〕抄、漉(紙)
　紙を抄く(抄紙、用紙漿製紙)透く空く好く梳く剥く鋤く結く
　海苔を抄く(抄製紫菜)

結く〔他五〕結、編織(=編む)
　網を結く(編網、織網、結網)

剥く〔他五〕切成薄片、削尖、削薄、削短
　魚を剥く(把魚切成片)透く空く好く梳く漉く抄く鋤く酸く
　竹を剥く(削尖竹子)
　髪の先を剥く(削薄頭髮)
　枝を剥く(打枝、削短樹枝)

鋤く〔他五〕(用直柄鋤或鍬)挖〔地〕
　畑を鋤く(挖地、翻地)畑畠畑畠剥く梳く漉く酸く好く空く透く剥く抄く
　髪を梳る(梳頭髮)

梳く〔他五〕(用梳篦)梳(髮)
　櫛で髪を梳く(用梳子梳髮)

透く、空く〔自五〕有空隙，有縫隙，有間隙、變少，空曠，稀疏，透過…看見、空閒，有空，有工夫，舒暢，痛快，疏忽，大意←→込む
　戸と柱の間が空いている(門板和柱子間有空隙)鋤く好く漉く梳く酸く剥く剥く抄く
　間が空かない様に並べる(緊密排列中間不留空隙)
　未だ早ったので会場は空いていた(因為時間還早會場裡人很少)
　旅行の季節が過ぎたので旅館は空いている然うです(因為已經過了旅行季節聽說旅館很空)
　歯が空いている(牙齒稀疏)
　枝が空いている(樹枝稀疏)
　座るにも空いてない(想坐卻沒座位)
　バスが空く(公車很空)
　汽車が空いた(火車有空座位了)

手が空く（有空閒）

今手が空いている（現在有空閒）

胸が空く（心裡痛快、心情開朗）

カーテンを通して向こうが空いて見える（透過窗簾可以看見那邊）

レースのカーテンを通して向こうが空いて見える（透過織花窗簾可以看見那邊）

腹が空く（肚子餓）

御腹が空く（肚子餓）

權も空かん男だ（真是叫人大意不得的人）

好く〔他五〕喜好、愛好、喜歡、愛慕（＝好む。好きに為る。好きだ）

（現代日語中多用被動形和否定形，一般常用形容動詞好き，代替好く，不說好きます而說好きです，不說好けば而說好きならば，不說好くだろう，而說好きに為る）

塩辛い物は好きだが、甘い物は好かない（喜歡鹹的不喜歡甜的）

彼奴はどうも虫が好かない（那小子真討厭）

好きも好かんも無い（無所謂喜歡不喜歡）

好いた同士（情侶）

彼の二人は好いて好かれて、一緒に為った（他倆我愛你你愛我終於結婚了）

洋食は余り好きません（我不大喜歡吃西餐）

好く好かぬは君の勝手だ（喜歡不喜歡隨你）

人に好かれる質だ（討人喜歡的性格）

抄き，抄、漉き，漉〔名〕抄紙，漉紙、抄紫菜

手抄き（手抄紙）好き透き隙

特抄き（特製上等紙）

超（イ幺）

超〔漢造〕超過、超脫、（ultra 的譯詞）最，極

出超（出超、貿易順差＝輸出超過）

入超（入超＝輸入超過）

超越〔名、自サ〕超越、超脫。〔哲〕先驗

利害を超越する（超出利害關係）

人力を超越する（非人力所能辦到）

自己を超越する（不考慮自己）

其の見識世人に超越する（其見解超人一等）

超越的態度（超然的態度）

世俗を超越する（超脫世俗）

彼の人は迚も超越している（他非常達觀）

超越論（先驗論）

超越整関数（〔數〕超越整函數）

超音速〔名〕超音速

超音速度計（馬赫錶）

超音速飛行（超音速飛行）

超音速ジェット機（超音速噴射機）

超大型〔名〕超大型

超大型旅客機（超大型客機）

超小型〔名〕超小型

超小型カメラ（超小型攝影機）

超音波〔名〕〔理〕超聲波（振動數每秒一萬六千周以上的音波、人的耳朵聽不見）

超音波偽底像（海洋的深散射層）

超音波発生機（超聲波發生器）

超音波干渉計（超聲波干涉計）

超過〔名、自サ〕超過←→不足

予定時間を超過する（超過預定時間）

紙幣の超過発行（紙幣的超額發行）

見積もりに対して十万円の超過（超過估計十萬日元）

米を超過供出する（超額上交大米）

超過利潤（超額利潤）

超過勤務（加班）

超過額（超額）

輸入超過（入超）

輸出超過（出超）

重量超過（超重）

超過料金（超重費）

超過年齢（超齡）

超人的努力（非凡的努力）

超感覚的〔形動〕超感覺的

超絶〔名、自サ〕超絕、超越

　彼の偉業は古今に超絶している（他的豐功偉績超絕古今）

超巨星〔名〕〔天〕超巨星

　青色超巨星（藍超巨星）

　超絶論（〔哲〕先驗論）

　赤色超巨星（紅超巨星）

超然〔形動タルト〕超然，超脫、不介意，滿不在乎

超勤〔名〕加班（=超過勤務）

　世俗から超然と為ている（超脫世俗）

　超勤手当（加班津貼）

　彼は他人に悪口を言われても超然と為ていた（旁人罵他他也滿不在乎）

超経験論〔名〕〔哲〕先驗論

　超経験論者（先驗論者）

　超然主義を取る（採取超然態度）

超現実主義〔名〕超現實主義（=シュールレアリスム）surréalisme法

　超然内閣（超然內閣、無黨派內閣）

超現実派〔名〕超現實派

超俗〔名〕超俗

超顕微法〔名〕超顯微法

　超俗的な人（超俗的人）

超合金〔名〕〔化〕超合金、超耐熱合金

　超俗的な生活を送る（過超俗的生活）

超高速〔名〕超高速

超促進剤〔名〕〔化〕超催速劑

　超高速度撮影機（超高速度攝影機）

超測微計〔名〕超測微計

　超高速道路（超高速公路）

超大国〔名〕超級大國

　超小型カメラ（超小型攝影機）

超多時間理論〔名〕〔理〕超多時論（日本物理學家朝永振一郎、於1942年發表）

超高周波〔名〕〔無〕超高頻

超克〔名、自サ〕超越、克服

超脱〔名、自サ〕超脫

　苦境を超克する（克服困境）

　世俗を超脱する（超脫世俗）

　煩悩を超克する（克服煩惱）

　俗事を超脱する（擺脫俗事）

超国家主義〔名〕超國家主義

超超〔名〕超超級

　超国家主義者（超國家主義者）

　超超大型爆撃機（超超級大型轟炸機）

超再生（法）〔名〕〔無〕超再生（法）

超短波〔名〕〔無〕超短波、超高頻

超雌〔名〕〔動〕超雌性

　超短波放送（超短波廣播）

超雄〔名〕〔動〕超雄性

　超短波受信機（超短波接收機）

超自我〔名〕超自我（superego 與 ego 共同為精神構造-佛洛伊德）

　超短波送信機（超短波發射機）

　超短波アンテナ（超高頻天線）antena

超自然〔名〕超自然

超長波〔名〕〔無〕超長波

　超自然の現象（超自然現象）

超電気伝導〔名〕〔電〕超傳導、超導電（=超伝導）

　超自然主義（超自然主義）

超伝導〔名〕〔電〕超傳導、超導電

超重合体〔名〕〔化〕高聚物

　超伝導性（超導電性）

超新星〔名〕〔天〕超新星

　超伝導性ケーブル（超導電纜）cable

超人〔名〕超人（=スーパーマン）superman

　超伝導性材料（超導材料）

　超人主義（超人主義-德國唯心主義哲學家尼采所鼓吹）

超 伝導体（超導電體）

超弩級〔名〕超級、特大號（來自英國大型戰艦トレッドノート號-無畏戰艦的漢字譯音 dreadnaught）
　　超弩級艦（超級無畏佔見）
　　超弩級の傑作（絕妙的傑作）

超党派〔名〕超黨派
　　超党派外交（超黨派外交）
　　超党派政府（超黨派政府）

超得作〔名〕（高價攝製、作為主要放映項目的）特製影片

超特急〔名〕特快、超級特別快車
　　超特急で仕上げる（加急完成）

超微細構造〔名〕〔理〕超精細構造

超平面〔名〕〔數〕超平面

超凡〔名、形動〕超凡、非凡
　　脱俗超凡の（な）演題（脱俗不平凡的講演題目）

超邁〔名、形動〕卓越、超絕

超満員〔名〕超滿員
　　バスは超満員であった（公車壅擠不堪）

超流動〔名〕〔理〕超流動性

超える、越える〔自下一〕越過、超過、勝過、跳過
　　山を越える（翻山）肥える
　　国境を越える（越過國境）
　　海山を越えて遣って来た（翻山渡海而來）
　　走り高跳びで二メートルのバーを越える（跳高越過二米橫桿）
　　限度を越える（超過限度）
　　気温が三十度を越える（氣溫超出三十度）
　　九十才を越えた老人（超過九十歲的老人）
　　学識衆に越える（學識超群）
　　常人を越える（勝過一般人）
　　越えて1980年（過了年1980年）
　　順序を越える（跳過順序）
　　兄を越えて弟は家を継ぐ（弟弟跳過哥哥繼承家業）

肥える〔自下一〕肥，胖（=肥る、太る）、肥沃、豐富、（識別好壞的能力）提高
　　丸丸と肥えた豚（肥滋滋的豬）肥える越える請える乞える超える恋える
　　黒黒と為た肥えた土（油黑的肥沃土地）
　　戦争で資本家の懐が肥える（資本家的腰包因為戰爭鼓起來）
　　口が肥えている（口味高、講究吃）
　　舌が肥えている（口味高、講究吃）
　　耳が肥えている（耳朵靈、聽音樂內行--一般的音樂聽不入耳）
　　目が肥えている（眼力高--一般的東西看不上眼）

超す、越す〔自、他五〕越過、跨過、經過、渡過、超過、勝過、搬家、轉移
〔敬〕去（=行く），來（=来る）
　　峠を越す（越過山嶺）漉す濾す
　　山を越す（翻山）
　　川を越す（過河）
　　年を越す（過年）
　　水が堤防を越す（水溢過堤防）
　　冬を越す（越冬）
　　難関を越す（渡過難關）
　　彼の人は五十を越した許りです（他剛過五十歲）
　　不景気で年が越せ然うも無い（由於蕭條年也要過不去了）
　　百人を越す（超過一百人）
　　其れに越した事は無い（那再好沒有了）
　　早いに越した事は無い（越早越好）
　　彼の演説は所定の時間を越した（他的講演超過了預定時間）
　　新居に越す（遷入新居）
　　此処に越して来てから三年に為る（搬到這裡來已經三年）
　　何方へ御越しに為りますか（您上哪兒去？）

イ

宅へも御越し下さい（请您也到我家來吧！）

漉す、濾す〔他五〕濾過（=濾過する）

漉した水（濾過的水）漉す濾す超す越す

砂で水を漉す（用沙子濾水）砂沙

井戸水を漉して使う（井水過濾後使用）使う遣う

絹で漉す（用絹過濾）絹衣布衣

餡を漉して汁粉を作る（過濾豆餡作年糕小豆湯）作る造る創る

鈔（ㄔㄠ）

鈔〔漢造〕謄寫、謄寫而成的文字、掠取

鈔する、抄する〔他サ〕摘錄、抄襲

鈔本、抄本〔名〕抄本，抄件←→謄本、節本，摘錄本←→全本、完本

戸籍抄本（戸籍的一部分抄本）

平家物語の抄本（平家物語摘錄本）

巢（巣）（ㄔㄠˊ）

巢〔漢造〕巢、巢穴

蜂巢（蜂巢=蜂の巣）

蜂巢胃（反芻動物的蜂巢胃=蜂の巣胃）

燕巢、燕巢（燕窩=燕の巣）

卵巢（卵巢）

營巢（營巢、作窩）

賊巢（賊窟）

病巢（病灶）

帰巢性（歸巢性）

巢窟〔名〕巢穴、賊窟（=隠れ家、根城）

盜賊の巢窟（匪窟）

ギャングの巢窟（伙匪的巢穴）

犯罪の巢窟（罪惡的淵藪）

密輸団の巢窟を急襲する（突襲走私集團的巢穴）

巢材〔名〕做巢的材料

巢、窠、栖〔名〕（蟲、魚、鳥、獸的）巢，穴，窩。〔轉〕巢穴，賊窩。〔轉〕家庭、（鑄件的）氣孔

鳥の巢（鳥巢）酢醋酸簾簀

蜘蛛が巢を掛ける（張る）（蜘蛛結網）

蜘蛛が巢に掛かる（蜘蛛結網）

蜂の巢（蜂窩）

巢を立つ（〔小鳥長成〕出飛、出窩、離巢）

巢に帰る（歸巢）

鳥が巢を作る（鳥作巢）

雌鳥が巢に付く（母雞孵卵）

悪の巢（賊窩）

彼の森は強盗の巢に為っている（那樹林是強盗的巢穴）

其処は丸で黴菌の巢だ（那裡簡直是細菌窩）

二人は彰化で愛の巢を營んで（構えて）いる（兩人在彰化建立了愛的小窩）

巢を構う（作巢，立家、設局、聚賭）

巢、鬆〔名〕（蘿蔔，牛蒡，豆腐等的）空心洞、（鑄件的）氣孔

巢の通った大根（空了心的蘿蔔）

簾、簀〔名〕（竹，葦等編的）粗蓆、簾子、（馬尾，鐵絲編的）細網眼，細孔篩子

竹の簀（竹蓆、竹簾）

葦簾（葦簾）

簾を掛ける（掛簾子）

簾を下ろす（放簾子）

簾を巻き上げる（捲簾子）

水嚢の簀（過濾網）

醋、酢、酸〔名〕醋

料理に酢を利かせる（醋調味）

野菜を酢漬けに為る（醋漬青菜）

酢で揉む（醋拌）

酢で溶く（醋調）

酢が利いてない（醋少、不太酸）

酢が（利き）過ぎる（過份、過度、過火）

酢で（に）最低飲む（數叨缺點、貶斥）

酢でも蒟蒻でも（真難對付）

酢に当て粉に当て（遇事數叨）

酢に付け粉に付け（遇事數叨）

酢にも味噌にも文句を言う（連雞毛蒜皮的事也嘮叨）

酢の蒟蒻のと言う（說三道四、吹毛求疵）

酢を買う（乞う）（找麻煩、刺激、煽動）

酢を嗅ぐ（清醒過來）

酢を差す（向人挑戰、煽惑別人）

巣穴、巣孔〔名〕鳥巣、獸窩

巣籠る、巣籠もる〔自五〕（鳥）抱窩、（蟲,蛇等）入蟄，蟄伏

　鶏が巣籠る（雞抱窩）

　蛙が冬に為ると巣籠る（青蛙到冬天就蟄伏）

巣籠り、巣籠もり〔名、自サ〕（鳥）抱窩、（蟲,蛇等）入蟄，蟄伏

巣立つ〔自五〕（鳥）離巢，出窩，出飛、（由學校）畢業、（離開父母）自立

　小鳥が巣立った（小鳥出飛了）

　明春巣立つ大学生（明年春天畢業的大學生）

巣立ち〔名、自サ〕（鳥）離巢，出窩，出飛、（由學校）畢業、（離開父母）自立

　小鳥の小鳥（小鳥出飛）

　今春大学を巣立ちした吉田君（今年春天從大學畢業的吉田君）

巣鳥〔名〕孵卵的母雞

巣箱〔名〕雞窩箱、鳥巣箱、蜂窩箱

巣離れ〔名、自サ〕離巢，出窩，出飛（=巣立ち）

　雲雀の雛が巣離れした（小雲雀出飛了）

巣引き〔名、自サ〕（飼養的鳥禽）抱窩育雛、伏窩、築巢

巣雛〔名〕（沒離巢的）雛鳥、嬰兒

巣くう、巣構う〔自五〕築巣、盤踞

　木の上に烏が巣くっている（烏鴉在樹上搭了窩）

　此の辺には不良が巣くっているらしい（這一帶好像盤踞著壞人）

巣がく、巣掻く〔自五〕（巣を掻く的轉變）蜘蛛結網

嘲（ㄔㄠˊ）

嘲〔漢造〕嘲

　自嘲（自我嘲笑）

嘲笑〔名、他サ〕嘲笑、譏笑、奚落

　世間の嘲笑の的と為る（成為社會嘲笑的目標）

　世の嘲笑を買う（受到一般人的嘲笑）

嘲笑う〔他五〕嘲笑（＝嘲り笑う）

　人の失敗を嘲笑う（嘲笑別人的失敗）

嘲罵〔名、他サ〕嘲諷辱罵

　人を嘲罵する（嘲罵人）

嘲弄〔名、他サ〕嘲弄、嘲笑

　皆儂を年寄りだと思って嘲弄する（大家都把我當上了年紀的人來嘲弄）

　嘲弄的な言葉を吐く（說嘲弄人的話）

　皆に嘲弄されても何とも思わない（被大家嘲弄也毫不在意）

嘲る〔他五〕嘲笑、譏笑、奚落

　人を嘲る（嘲笑人）

　人の失敗を嘲る（嘲笑別人的失敗）

　卑怯だと言って嘲る（嘲笑說懦弱）

　嘲り笑う（嘲笑）

嘲り〔名〕嘲笑

　人の嘲りを受ける（受人嘲笑）

　嘲り顔を為る（作嘲笑的表情）

潮（ㄔㄠˊ）

潮〔漢造〕海潮、思潮、潮流

　干潮（退潮、低潮=引潮）

　満潮（滿潮）←→干潮

　思潮（思潮）

風潮（潮流、時勢）
紅潮（臉紅、月經）
高潮（滿潮、高潮，極點）

潮位〔名〕潮水的位置
　滿潮時の潮位（滿潮時的水位）
　潮位が上がる（潮位上升）

潮音〔名〕海濤聲

潮解〔名,自サ〕〔化〕潮解
　潮解性の物質（潮解性的物質）

潮害〔名〕潮水損害
　潮害防備林（防潮林）

潮紅〔名〕（臉上）紅暈（＝紅潮）
　消耗性熱の潮紅（消耗熱的紅暈）

潮候〔名〕潮候（＝潮時）
　潮候観測（潮時觀測）
　潮候差（潮時差）
　潮候推算器（潮時推算器）

潮閘〔名〕潮閘

潮港〔名〕潮港

潮差〔名〕〔地〕潮距

潮汐〔名〕潮汐、早潮和晚潮
　潮汐干満の度が激しい（潮汐一漲一落相差很大）
　潮汐学（潮汐學）
　潮汐波（潮汐波）
　潮汐表（潮汐表）
　潮汐摩擦（潮汐摩擦）
　潮汐運動（潮汐運動）

潮波〔名〕〔地〕潮波

潮標〔名〕潮標

潮門〔名〕海潮的閘門

潮流〔名〕潮流，海流。〔喻〕時代的潮流，時潮，趨勢
　潮流が強い（海流急）
　海峡は潮流が速い（海峽的海流快）

　潮流信号所（海流信號站）
　時代の潮流に乗る（趕上時代的潮流）
　時代の潮流に従う（順應時代的潮流）
　時代の潮流に逆らう（逆流而行、倒行逆施、開倒車）
　時代の潮流には勝てない（時代的潮流不可抗拒）

潮齢〔名〕〔地〕潮齡

潮浪〔名〕〔天〕潮汐波

潮〔名〕潮，潮水（＝潮）、海水、清魚湯（＝潮汁）、清燉魚（＝潮煮）
　潮が差す
　潮の様にどっと押し寄せて来る（像潮水般地湧來）
　潮の様な人民の大軍（浩浩蕩蕩的人民大軍）
　潮を煮詰めて塩を造る（熬海水造鹽）

潮汁〔名〕清魚湯

潮煮〔名〕清燉魚
　鯛の潮煮（清燉加級魚）

潮、汐〔名〕潮，海潮、海水。〔轉〕時機（＝潮時）
　潮の差し引き（漲潮和落潮）
　潮の干満（満ち干）（落潮和滿潮）
　潮の変り目（漲落潮之間）
　潮が差す（漲潮）
　潮が引く（退潮、落潮）
　潮が満ちている（滿潮）
　潮が渦巻く（潮水捲起漩渦）
　潮に乗る（趁著潮水）
　潮に乗じて船を出す（趁著漲潮出船）
　潮を待つ（等待漲潮）
　釣りには潮が悪い（潮水情況不適於釣魚）
　潮の香り（海水氣味）
　鯨が潮を吹く（鯨魚噴出海水）
　潮を見て引上げる（伺機退場）

其(そ)れを潮(しお)に席(せき)を立(た)つ（趁此機會退席）

引潮(ひきしお)、引(ひ)き潮(しお)（退潮）←→満(み)ち潮(しお)

上潮(あげしお)、上(あ)げ潮(しお)（漲潮、滿潮）←→落(お)ち潮(しお)、落潮(おちょう)、引潮(ひきしお)、引(ひ)き潮(しお)

塩〔名〕鹽，食鹽、鹹度（＝塩気(しおけ)、辛味(からみ)、塩加減(しおかげん)）

　塩(しお)に漬(つ)ける（醃）付ける 附ける 点ける 衝ける 着ける 就ける 突ける

　魚(さかな)に塩(しお)を振(ふ)る（往魚上撒鹽）振る 降る

　塩(しお)で漬(つ)ける（用鹽醃）

　塩(しお)を振(ふ)る（撒上鹽）

　塩(しお)を一爪(ひとつまみ)入(い)れる（放一撮鹽）

　塩(しお)を含(ふく)んだ風(かぜ)（含著海上濕氣的風）

　塩(しお)が甘(あま)い（淡、不夠鹹）

　塩(しお)が辛(から)い（鹹）辛い

　塩漬(しおづ)けに為(し)た魚(さかな)（鹹魚）

　塩(しお)が利(き)き過(す)ぎている（太鹹）

　塩(しお)を踏(ふ)む（體驗辛酸）

　塩(しお)を撒(ま)く（撒鹽驅鬼避邪、趕走討厭的人）撒く 巻く 蒔く 捲く 播く

　塩(しお)が浸(し)む（嚐盡辛酸、生活經驗豐富）染む

　もう少(すこ)し塩(しお)を利(き)かす（再加點鹽）

　塩味(しおみ)を為(す)る（用鹽調味）

　もっと塩(しお)を利(き)かせた方(ほう)が良(い)い（最好再鹹一點）

　塩(しお)で味(あじ)を付(つ)ける（加鹽調味）

　塩(しお)の煮詰(につ)め作業(さぎょう)（熬鹽）

潮合(しおあ)い、潮合(しおあい)〔名〕漲（落）潮時、機會（＝潮時(しおどき)、汐時(しおどき)）

　潮合(しおあ)いを見(み)る（看機會、伺機）

潮時(しおどき)、汐時(しおどき)〔名〕漲（落）潮時。〔轉〕機會，時機

　潮時(しおどき)を待(ま)つ（等待漲落潮）

　船(せん)を出(だ)すには今(いま)が丁度(ちょうど)良(よ)い潮時(しおどき)だ（現在潮情正適於開船）

　潮時(しおどき)を見(み)る（伺機、看機會）

　潮時(しおどき)を見(み)て口(くち)を切(き)る（伺機發言）

　物(もの)には全(すべ)て潮時(しおどき)と言(い)う物(もの)が有(あ)る（事情都要有個機會）

　其(そ)れを潮時(しおどき)に為(し)て皆(みな)席(せき)を立(た)った（大家都趁機離席了）

潮足(しおあし)〔名〕漲潮或落潮的速度

　速(はや)い潮足(しおあし)（潮漲〔落〕得快）

潮嵐(しおあらし)〔名〕大海風

潮入(しおい)り、潮入(しおいり)〔名、他サ〕潮水流入（海邊的河川池沼）、（貨物）被海水浸濕

　潮入(しおい)りの河(かわ)（潮水倒灌的河川）

　潮入(しおい)り池(いけ)（為了飼養海魚引進海水的池塘）

　潮入(しおい)りの貨物(かもつ)（海水浸濕的貨物）

潮海(しおうみ)〔名〕海←→湖(みずうみ)

潮影(しおかげ)〔名〕（海面上的）漣漪

潮頭(しおがしら)〔名〕潮頭、潮峰

　白(しろ)い潮頭(しおがしら)が見(み)える（看到白色的潮峰）

潮先(しおさき)、汐先(しおさき)〔名〕潮頭，潮峰（＝潮頭(しおがしら)）。〔轉〕開始的時機，動機

潮風(しおかぜ)〔名〕海風、含有潮水氣味的風

　潮風(しおかぜ)に吹(ふ)かれ乍(なが)ら海辺(うみべ)を散歩(さんぽ)する（一面被海風吹拂著在一面海邊散步）

　潮風(しおかぜ)に吹(ふ)き撓(たわ)められた海辺(うみべ)の松(まつ)（被海風吹彎了的海濱的松樹）

潮風呂(しおぶろ)〔名〕用海水燒的洗澡水或澡堂（＝潮湯(しおゆ)）

潮湯(しおゆ)〔名〕用海水燒的洗澡水或澡堂（＝潮風呂(しおぶろ)）

　潮湯(しおゆ)に入(はい)る（洗熱海水浴）

潮型(しおがた)〔名〕潮水漲落的形狀（如大潮、小潮等）

潮上(しおかみ)〔名〕來潮的上方、來潮的方向

潮況(しおきょう)〔名〕（釣魚時）潮情、潮勢

潮汲(しおく)み〔名〕（為了製鹽）汲取海水（的人）

潮曇(しおぐも)り、潮曇(しおぐもり)〔名〕海上陰沉狀態、漲潮時的陰天

潮気(しおけ)〔名〕海上的濕氣

　潮気(しおけ)を含(ふく)んだ風(かぜ)（含有海上濕氣的風）

潮煙(しおけむり)、潮煙(しおけぶり)〔名〕浪花

　潮煙(しおけむり)が上(あ)がる（海水濺起浪花）

潮騒(しおさい)、潮騒(しおざい)〔名〕海濤聲

　遠(とお)くから潮騒(しおさい)が聞(き)こえる（遠處傳來海濤聲）

潮境〔名〕（寒流、暖流的）海流的分界線（=潮目）。〔轉〕分界線，分歧點

四十五歳位が丁度潮境（四十五歳左右正好是由壯年進入老年的分界線）

潮目〔名〕寒流暖流的分界線（=潮境）、夏季海水陽光照射引起的眼疾

潮路〔名〕潮流、海路，水路（=船路）

潮路を辿る（走海路）

八重の潮路（遙遠的航程）

潮瀬〔名〕潮流

潮溜り〔名〕退潮時海水滯留在海灘礁石的低窪處

潮垂れる〔自下一〕被海水浸濕而滴水、無精打采，垂頭喪氣、滿臉淚水

打ち寄せて来た波で服が潮垂れる（波浪打上來衣服濕得滴水）

悪口を言われて潮垂れる（被罵得垂頭喪氣）

旗が薄汚れて潮垂れている（旗子有點髒不好看）

潮津波〔名〕海嘯

潮通し、潮通〔名〕海流、海水暢通

潮通しの良い磯が良く釣れる（海水暢通的海濱好釣魚）

潮留め〔名〕敞開式船塢（無水門，水位隨海潮漲落）

潮泡、潮沫〔名〕〔古〕海水的泡沫

潮濡れ〔名〕被海水浸濕

潮濡れに為る（被海水浸濕）

潮濡れの貨物（被海水浸濕的貨物）

潮干、汐干〔名〕退潮，落潮、趕海、拾潮（=潮干狩り）

潮干狩り（趕海、拾潮-退潮時在海灘捕拾魚介）

潮干狩りに行く（趕海去）

潮干狩りを為る（趕海、拾潮）

潮吹き、潮吹〔名〕鯨魚噴水、蛤蠣、滑稽面孔的男人假面具（=潮吹面、ひょっとこ）

潮間〔名〕退潮後到漲潮前的一段時間

潮間帯〔名〕潮間地帶

潮待ち〔名、自サ〕等待漲潮（出海）、等待時機

潮待ちの間、島に上陸する（在等待長潮時到島上去）

十年も潮待ちしてやっと課長に上がった（等了十年好不容易才升為課長）

潮招き、潮招〔名〕〔動〕沙蟹、招潮蟹

潮回り〔名〕（按陰曆分大、中、小潮等的）潮水漲落情況

潮回りが好い（潮水漲落正常）

潮見柱〔名〕驗潮器

潮水、潮水〔名〕潮水、海水

溺れ然うに為って潮水を随分飲んだ（差點淹死喝了不好海水）

潮焼け〔名、自サ〕彩霞，火燒雲、（皮膚因海風日曬變得）紅黑色

潮焼けの肌（紅黑色的皮膚）

炒（ㄔㄠˇ）

炒〔漢造〕煎、炒（烹調法的一種）

炒める、爆める〔他下一〕〔烹〕炒、煎

白菜を油で炒める（用油炒白菜）痛める 傷める 悼める 撓める

炒めた御飯（炒飯）

痛める〔他下一〕弄痛，使疼痛、令人痛苦，令人傷心

腹を痛めた子供（親生子女）痛める 傷める 悼める 炒める

心を痛める（傷心）

彼女は一人で胸を痛めている（她一個人憂心忡忡）

痛める、傷める〔他下一〕損壞，破壞、傷害，受傷

引越しで家具を痛めた（搬家損壞了家具）

無理を為て体を痛めない様に為為さい（別勉強做以免傷了身體）

炒め，炒、爆め〔造語〕炒

炒め御飯（炒飯）

炒め物（炒菜）

野菜のバター炒め（黃油炒青菜）

炒る、煎る、熬る〔他五〕炒、煎

豆を炒る（炒豆）入る 居る 要る 射る 鋳る
玉子を炒る（煎雞蛋）

入る〔自五〕進入（=入る-單獨使用時多用入る、一般都用於習慣用法）←→出る

〔接尾、補動〕接動詞連用形下，加強語氣，表示處於更激烈的狀態

佳境に入る（進入佳境）
入るを量り出ずるを制す（量入為出）
入るは易く達するは難し（入門易精通難）
日が西に入る（日沒入西方）
今日から梅雨に入る（今天起進入梅雨季節）
泣き入る（痛哭）
寝入る（熟睡）
恥じ入る（深感羞愧）
つくづく感じ入りました（深感、痛感）
痛み入る（惶恐）
恐れ入ります（不敢當、惶恐之至）
悦に入る（心中暗喜、暗自得意）
気に入る（稱心、如意、喜愛、喜歡）
技、神に入る（技術精妙）
手に入る（到手、熟練）
堂に入る（登堂入室、爐火純青）
念が入る（注意、用心）
罅が入る（裂紋、裂痕、發生毛病）
身が入る（賣力）
実が入る（果實成熟）

入る、要る〔自五〕要、需要、必要

要るだけ持って行け（要多少就拿多少吧！）
旅行するので御金が要ります（因為旅行需要錢）
此の仕事には少し時間が要る（這個工作需要點時間）
要らぬ御世話だ（不用你管、少管閒事）
返事は要らない（不需要回信）
要らない本が有ったら、譲って下さい（如果有不需要的書轉讓給我吧！）
要らない事を言う（說廢話）

居る〔自上一〕（人或動物）有，在（=有る、居る）、在，居住、始終停留（在某處），保持（某種狀態）

〔補動、上一型〕（接動詞連用形+て下）表示動作或作用在繼續進行、表示動作或作用的結果仍然存在、表示現在的狀態

子供が十人居る（有十個孩子）
虎は朝鮮にも居る（朝鮮也有虎）
御兄さんは居ますか（令兄在家嗎？）
前には、此の川にも魚が居た然うです（據說從前這條河也有魚）
ずっと東京に居る（一直住在東京）
両親は田舎に居ます（父母住在鄉下）
住む家が見付かる迄ホテルに居る（找到房子以前住在旅館裡）住む棲む済む澄む清む
一晩寝ずに居る（一夜沒有睡）
兄は未だ独身で居る（哥哥還沒有結婚）未だ未だ
自動車が家の前に居る（汽車停在房前）
見て居る人（看到的人）
笑って居る写真（微笑的照片）
子供が庭で遊んで居る（小孩在院子裡玩耍）
映画を見て居る（在看電影）立つ経つ建つ絶つ発つ断つ裁つ截つ
鳥が飛んで居る（鳥在飛著）飛ぶ跳ぶ
彼は長い間此の会社で働いて居る（他長期在這個公司工作著）
花が咲いて居る（花開著）咲く裂く割く
木が枯れて居る（樹枯了）枯れる涸れる嗄れる駆れる狩れる刈れる駄れる
薬が効いて居る（藥見效）効く利く聞く聴く訊く
工事中と言う立札が立って居る（立起正在施工的牌子）言う云う謂う

イ

時計は壊れて居て使えない（錶壞了不能用）
壊れる毀れる使う遣う

食事が出来て居る（飯做好了）

彼は中中気が利いて居る（他很有心機）効く
利く聞く聴く訊く

戸に鍵が掛かって居る（門鎖上了）掛る係る
繋る罹る懸る架る

居ても立っても居られない（坐立不安、搔
首弄姿、急不可待）

歯が痛くて居ても立っても居られない（牙
疼得坐立不安）

居ても立っても居られない程嬉しかった
（高興得坐不穩站不安的）

射る〔他上一〕射、射箭、照射

弓を射る（射箭）入る要る居る鋳る炒る煎る
矢を射る（射箭）

的を射る（射靶、打靶）

的を射た質問（擊中要害的盤問）

明るい光が目を射る（強烈的光線刺眼睛）

彼の眼光は鋭く人を射る（他的眼光炯炯
射人）

鋳る〔他上一〕鑄、鑄造

釜を鋳る（鑄鍋）

炒り子、煎り子〔名〕煮熟曬乾的沙丁魚（=炒り干し,
炒干し、煎り干し, 煎干し）

炒り粉, 炒粉, 煎り粉, 煎粉〔名〕炒米粉（製點心
的材料）

炒り干し, 炒干し、煎り干し, 煎干し〔名〕煮後曬
乾的小魚（=炒り子、煎り子）

炒り豆, 炒豆, 煎り豆, 煎豆〔名〕炒的大豆、炒
豆子

炒り麦〔名〕炒大麥粉（=麦焦がし）

炒り飯〔名〕炒飯（=炒飯、焼き飯）

炒飯〔名〕〔烹〕炒飯（=炒り飯、焼き飯）

炒れる〔自下一〕炒得、炒好

豆が未だ良く炒れていない（豆子還沒炒好）
入れる容れる

抽（イヌ）

抽〔漢造〕抽、吸、拔出

抽出〔名、他サ〕抽出、提取

大豆から油を抽出する（從大豆裡提取油）

両者の共通性を抽出せよ（要抽出二者
的共同點）

見本抽出法（抽取貨樣法）

任意抽出法（隨意抽樣法）

抽出液（提出物）

抽出蒸留（提取蒸餾）

抽出,, 抽斗、引き出し, 引出し〔名〕抽屜、抽
出，提取

抽出を開ける（拉開抽屜）

抽出を閉め為さい（把抽屜關上）

机の抽出にノートを入れる（把筆記放進抽
屜裡）

本を抽出の中に入れる（把書放進抽屜裡）

貯金の引出し（提取存款）

銀行へ預金の引出しに行く（去銀行提取存
款）

抽象〔名、他サ〕抽象←→具象、具体

異なった個体の中に有る普遍的な要素を
抽象する（把不同個體內的共同因素抽象
出來）

抽象概念（抽象概念）

抽象名詞（抽象名詞）

抽象芸術（抽象藝術）

抽象的（抽象的）

抽象画（抽象畫）

抽象派（抽象派）

抽象論（抽象論）

抽選、抽籤〔名、他サ〕抽籤（=籤引）

抽籤で順番を決める（憑抽籤來決定次序）

抽籤に外れる漏れる（沒有抽中籤）

準決勝の組み合わせの抽籤は明日行われる（半決賽的抽籤編組工作明天進行）

抽籤償還（公債的抽籤還本）

抽ん出る、抜きん出る、擢ん出る〔自、他下一〕出類拔萃，特別高超，突出優秀（＝優れる、秀でる）、選出

衆に抽ん出る（出人頭地）

彼の成績は抽ん出ている（他的成績出類拔萃）

芸術家と為て抽ん出ている（作為藝術家出類拔萃）

技術の点では彼が一際抽ん出ている（在技術上他確是出類拔萃）

紬（イヌ）

紬〔名〕捻線綢（用捻絲線平織的結實的絲綢）

紬糸〔名〕（用碎蠶、絲棉捻成的）捻絲線（用於織捻線綢）

仇（イヌˊ）

仇〔漢造〕和自己有怨的人、敵人

仇怨〔名〕冤仇

仇視〔名〕仇視

仇人〔名〕仇人

仇敵〔名〕仇敵（＝仇、冠，仇、敵）

仇敵に巡り会う（遇上仇敵）

仇敵視する（敵視、視為仇敵）

仇敵同士の対決（冤家對頭的決鬥）

仇敵、仇敵〔名〕仇敵（＝仇、敵，仇、冠，仇敵）

仇、冠〔名〕〔古〕（唸作仇、冠）敵人（＝敵）、仇人（＝仇、敵）、仇恨（＝怨み，仕返し）、報仇、危害，毀滅

父の仇を討つ返す（為父報仇）徒

恩を仇で返す（恩將仇報）

其の事を仇に思う（為那事而懷恨）

親切の積りが仇と為った（好心腸竟成了惡冤家）

愛情が彼女の身の仇と為った（她的愛情反而毀滅了她）

仇を恩で報いる（以德報怨）

仇を成す（為る）（加以危害，禍害人、冤枉人、動物禍害人）

仇討ち〔名、自サ〕報仇（＝仇討ち，仇討，敵討ち，敵討，仕返し）

父の仇討ちを為る（為父報仇）

今度の試合で仇討ちを為るぞ（這次比賽一定要復仇）

仇討ち狂言（〔淨琉璃、歌舞伎中〕以復仇為題材的戲劇）

仇討ち，仇討、敵討ち，敵討〔名〕報仇，復仇。〔轉〕奪回，贏回

親の仇討ちを為る（為父母報仇）

此の間の試合の仇討ちを為る（贏回前幾天比賽的敗仗）

仇名、徒名〔名〕風流名聲、虛名（＝浮名）

仇情け，仇情、徒情け，徒情〔名〕一時的親切、易變的愛情，露水姻緣

仇浪、徒浪〔名〕無風起的浪。〔轉〕易變的人心

仇、敵〔名〕仇人、仇敵（＝仇、冠）

不俱戴天の仇（不共戴天的仇人）

目の仇（眼中釘）

仇を討つ（報仇、復仇）

仇を討って恨みを晴らす（報仇雪恨）

仇を取られる（被復仇者殺死）

昔の仇に出会う（遇見昔日的仇人）

江戸の仇を長崎で討つ（張三的仇報在李四身上）

敵〔名〕敵、對手、競爭者

恋の敵（情敵）

商売の敵（商業的競爭者）

此の前の試合で負けたので、今度こそ敵を破らねば為らない（上次的比賽輸了這次一定要戰勝對方）

惆（イヌˊ）

惆 〔漢造〕憂愁悲傷（惆悵）
惆悵 〔名、形動トタル〕惆悵

愁（イヌˊ）

愁 〔漢造〕憂愁
　憂愁（憂愁）
　旅愁（旅愁）
　郷愁（懷念故鄉、思念，懷念，想念）
　悲愁（悲愁、憂愁）
　哀愁（哀愁、悲哀）

愁雲 〔名〕愁雲
　愁雲に閉ざされる（愁雲深鎖）
愁思 〔名〕愁思、憂愁
愁傷 〔名、自サ〕愁傷，悲傷、可憐（=気の毒）
　御愁傷様（〔弔唁用語〕真令人悲傷、我很同情您的悲傷）
　御愁傷の程御察し申し上げます（我想您一定很悲傷）
愁色 〔名〕愁容、憂色
　愁色を湛えた顔（面帶愁容）
愁然 〔形動タルト〕憂愁
　愁然と為て涙を流す（憂愁而流涙）
愁訴 〔名、自サ〕訴苦，哀願。〔醫〕主訴，自訴症狀
　百姓が領主に愁訴する（農民哀求領主）
　不定愁訴（原因不明的自訴症狀）
愁嘆 〔名、他サ〕愁嘆、悲嘆
　家族愁嘆の中で息を引き取る（在家屬們悲嘆中咽了氣）
　愁嘆場（〔劇〕悲嘆場面）
愁腸 〔名〕愁腸（=愁え悲しむ心）
愁眉 〔名〕愁眉
　愁眉を開く（展開愁眉）
　医師の報告を聞いて一同愁眉を開いた（聽了醫師的匯報大家放心了）

愁眠 〔名〕愁眠、草木枯萎倒伏
愁容 〔名〕愁容、愁愁的表情
愁う、憂う 〔自、他下一〕憂愁（愁える、憂える的文語形式）
　愁う可き事態（值得心的局勢）
　国を愁え民を憂う（憂國憂民）
　愁う可き無数の災禍を受けて来た（飽經憂患）
愁い、憂い 〔名〕憂愁，憂鬱、憂慮，掛慮（=愁え、憂え）
　愁いを帯びた顔（愁容滿面）
　愁いの無い生活（無憂無慮的生活）
　後顧の愁い無し（無後顧之憂）
愁える、憂える 〔自、他下一〕擔心、憂慮（=嘆く、心配する）、患（病）
　世を愁える（悲天憫人）
　国を愁える（憂國）
　前途を愁える（擔憂前途）
　我が子の前途を愁える（擔憂孩子的前途）
　愁えるに足りない事だ（不足憂慮的事）
　病状の悪化を愁える（擔心病情惡化）
愁え、憂え 〔名〕擔心、掛慮（=愁い、憂い、心配）
　後顧の愁え（後顧之憂）
　火災の愁え（發生火災之虞）
　凶作の愁え（擔心歉收）
　愁えを抱く（擔憂）
　愁えなく（無憂無慮地）
　危害を蒙る愁えは無い（沒有遭受危害的憂慮）
　愁えを帯びた顔（面帶愁容）
　愁えい沈む（陷於憂傷之中）
　備え有れば愁え無し（有備無患）
　愁えの反面には喜びが有る（黑暗之中自有光明、否極泰來）
　愁えを掃う玉箒（一杯可解千愁）

稠、綢（イヌˊ）

稠、綢〔漢造〕多而密、濃厚

稠密、綢密〔名、形動、他サ〕稠密←→稀薄

人口稠密の（な）都市（人口稠密的都市）

台北は人口稠密の（な）都市だ（台北是人口稠密的都市）

其の辺は人家が稠密である（那一帶人家密集）

酬（イヌˊ）

酬〔漢造〕敬酒、報酬、回答

献酬（敬酒、交杯）

報酬（報酬、收益）

応酬（應答，對答、反駁、還擊、互相爭論、互相敬酒）

貴酬（寫在收信人名字右下邊的敬語—如玉案下等，回信，復函）

酬いる、報いる〔自他上一〕報答，報償，答謝，報復，報仇，回報

功労に報いる（報償功勞）

苦労が報いられる（沒白辛苦）

多年の努力が終に報いられた（多年的努力終於有了收獲）

君の仕事は全然報いられないかも知れない（你的工作也許完全得不到報酬）

此の怨みは必ず報いる（這個仇一定要報）

善に報いるに悪を以てする（以惡報善善將惡報）

悪に報いるに善を以てする（以善報惡惡將善報）

仇に報いるに徳を以てする（以德報怨）

恩を仇で報いる（恩將仇報）

一矢を報いる（針鋒相對、予以還擊）

酬い、報い〔名〕果報、報應、報酬、報答

悪事の報い（惡事報應）

悪人には悪い報いが有る（惡有惡報）

不勉強の報いで試験に不合格でした（由於不用功結果沒考上）

計画に緻密さを欠いていた報いで、成功しなかった（由於計畫欠周密而沒有成功）

悪い事を為れば必ず報いが有る（做惡事必有惡報）

到頭報いを受けた（終於遭了報應）

其れは前世の報いだ（那是前世的報應）

此れは平生僕等に対する君の態度が余り良くない報いだ、好い気味だよ（這是你平素對我們不好的報應活該！）

報いを求める（要求報酬）

報いの無い労働（無報酬的勞動）

疇（イヌˊ）

疇〔漢造〕田的界線、從前、夥伴

範疇（範疇）

文法的の範疇（語法的範疇）

疇夕〔名〕昨晚、昨天（＝疇昔）

疇昔〔名〕從前，過去、昨天、昨夜（＝疇夕）

籌（イヌˊ）

籌〔漢造〕計畫、計數的用具

運籌（運籌）

籌策〔名〕計略，策略，籌算，仲裁，仲介

籌略〔名〕計略、謀計

躊（イヌˊ）

躊〔漢造〕疑惑不解的樣子、徘徊不進的樣子

躊躇〔名、自サ〕躊躇、猶豫（＝躊躇う）

躊躇無く行う（斷然實行）

実行を躊躇する（躊躇不肯實行）

其の点を認めるに躊躇しない（毫不猶豫地承認那點）

躊躇する事無く引き受けた（毫不猶豫地承擔起來）

彼は中へ入って行こうか行くまいかと躊躇していた（是否進去他曾猶豫不决）

躊躇う〔自五〕躊躇、猶豫、游移、遲疑、踟躕不前（＝愚図愚図する）

躊躇わず早く遣り為さい（別躊躇快做吧！）

彼は一寸躊躇ったが又続けて話した（他遲疑了一下接著又說下去了）

彼等は躊躇って誰も進み出ようと為る物が無い（他們都猶豫起來誰也不想上前）

はっきりした返事を躊躇う（躊躇不作明確答覆）

讎（イヌ´）

讎〔漢造〕仇

復讎（復仇、報復）

恩讎（恩仇、恩怨、恩和仇）

讎敵〔名〕仇敵（＝仇、敵）

仇、敵〔名〕仇人、仇敵（＝仇、冦）

不俱戴天の仇（不共戴天的仇人）

目の仇（眼中釘）

仇を討つ（報仇、復仇）

仇を討って恨みを晴らす（報仇雪恨）

仇を取られる（被復仇者殺死）

昔の仇に出会う（遇見昔日的仇人）

江戸の仇を長崎で討つ（張三的仇報在李四身上）

敵〔名〕敵、對手、競爭者

恋の敵（情敵）

商売の敵（商業的競爭者）

此の前の試合で負けたので、今度こそ敵を破られば為らない（上次的比賽輸了這次一定要戰勝對方）

丑、丑、丑（イヌˇ）

丑、丑、丑〔名〕丑

＊十二支的第二：牛

＊五行的：土

＊時刻：午前二時前後

＊月：陰曆一二月

＊方角：北北東

十二支（地支）：子、丑、寅、卯、辰、巳、午、未、申、戌、亥

十干（天干）：甲、乙、丙、丁、戊、己、庚、辛、壬、癸

丑〔名〕（地支的第二位）丑、東北地方。〔古〕丑時（早晨二點或一點至三點）

丑の年（丑年）牛

丑の刻（丑時-早晨一時至三時）

牛〔名〕〔動〕牛

牛を引く（牽牛）

牛を飼う（養牛）

牛を追う（趕牛）

子牛（牛犢）

牛の乳を搾る（擠牛奶）乳乳

食用牛（肉牛）

牛の歩み（行動緩慢）

牛の舌（牛舌）

牛の涎（又細又長、漫長而單調）

牛の尾（牛尾）

牛に経文（對牛彈琴）

牛の群（牛群）

牛は牛連れ馬は馬連れ（物以類聚）

牛二頭（兩頭牛）

牛を馬に乗り換える（見風轉舵）

牛の仔（牛犢）

牛や馬以下の生活（牛馬不如的生活）

牛に引かれて善光寺参り（不知不覺地做了善事）

牛や馬にも及ばぬ（牛馬不如）

牛を食うの気（自幼懷大志）

牛追い牛に追わる（本末顛倒）

牛に汗し棟に充つ（汗牛充棟、藏書多）

牛〔名〕牛(=牛)、牛肉、妓館的僕人(=妓夫)、二十八宿之一
　汗牛充棟（汗牛充棟、藏書多）
　牽牛（牽牛星、牛郎星）
　水牛（水牛）
　野牛（野牛）
　乳牛（乳牛）
　牧牛（牧牛、放牛）
　闘牛（鬥牛、使牛相鬥、鬥牛用的牛）

丑寅、艮〔名〕艮、東北方向(=鬼門)
　丑寅の方角に（在東北方）

丑の時参り〔名〕丑時参拜神社（迷信認為可以把懷恨的人詛咒死）

丑の日〔名〕丑日（日俗立秋前丑日吃燒鱔魚和施灸，女孩在立春前十八日間的丑日塗口紅，因為鰻和丑紅都帶う字）
　今日は土用の丑の日だから鰻の蒲焼を食おう（今天是立秋前的丑日吃烤鱔魚吧！）

丑三つ、丑満〔名〕丑時三刻、午前二點至二點半
　草木も眠る丑三つ時（夜半更深）

醜（イヌ〵）

醜〔名、漢造〕醜，醜陋←→美、形形色色
　醜、言う可からず（醜不可言）
　容貌の美と醜を問わない（不論容貌美醜）
　大衆の前に醜を曝す（當眾出醜）
　美醜（美醜）

醜悪〔名、形動〕醜惡、醜陋
　醜悪な利権争い（醜惡的爭權奪利）
　醜悪な容貌（醜陋的容貌）
　醜悪な行い（醜惡的行為）

醜怪〔名、形動〕醜怪、醜八怪
　鼻持ち為らない醜怪な物（臭不可聞的醜怪的事物）
　醜怪極まる物（極其醜怪的事物）

醜関係〔名〕（男女之間的）醜惡關係
　醜関係を結ぶ（結成醜惡關係）

醜業〔名〕賣淫
　醜業に従事する（賣淫）
　騙されて醜業に就かされる（被騙去賣淫）
　醜業婦（賣淫婦）
　醜業婦上がり（賣淫婦出身）

醜行〔名〕醜惡行為、猥褻行為
　醜行を摘発する（揭露醜惡行為）

醜女、醜女、醜女〔名〕醜女、難看的女人←→美女

醜男、醜男〔名〕醜男、難看的男人

醜状〔名〕醜態、醜陋的傷痕
　財界の醜状を暴く（暴露金融界的醜態）
　醜状を残す（留下難看的傷痕）

醜態〔名〕醜態
　人前で醜態を演ずる（在人前丟臉）
　醜態を曝す（出醜、丟臉）

醜美〔名〕醜和美、醜婦和美女

醜婦〔名〕醜婦(=醜女、醜女、醜女)
　二目と見られない醜婦だ（令人不願再看的醜婦）

醜聞〔名〕醜聞(=スキャンダル)
　驚く可き醜聞（令人吃驚的醜聞）
　醜聞が広まる（醜聞傳開）
　彼の行いに就いて醜聞が流布している（關於她的行為流傳著醜聞）

醜貌〔名〕醜貌

醜名〔名〕臭名
　醜名高い（臭名昭彰）
　醜名を残す（留下臭名）
　醜名を流す（流傳臭名）

醜名、四股名〔名〕綽號，諢名。〔相撲〕力士的藝稱（如双葉山、大鵬等）

醜類〔名〕醜類、醜惡的夥伴
　醜類と交わりを絶つ（和壞蛋們絕交）

醜〔名〕〔古〕醜、對自己的卑稱

醜女(醜女)

醜男(醜男)

大君の醜の御楯(天皇的一塊盾牌、天皇的一介侍衛)

醜い〔形〕醜,難看←→美しい,醜惡,醜陋

彼女は火傷で顔が醜く為った(她的臉因為燒傷變得難看了)

醜い行為(醜惡的行為)

醜い親子兄弟の争い(醜陋的骨肉之間的糾紛)

醜からぬ服装を為ている(穿著體面的服裝)

臭(イヌヽ)

臭〔名、漢造〕(不好的)氣味(=臭い、臭み)、習氣,作風(=感じ)

刺激臭が有る(有刺鼻的味道)

臭気紛紛(氣味沖鼻)

脱臭剤(去臭劑)

官僚臭が強い(官僚習氣大)

彼は未だ学生臭が抜け切らない(他還沒有完全擺脫學生習氣)

悪臭(惡臭、難聞的氣味)

体臭(體臭,身體的氣味、獨特風格或氣氛)

異臭(異臭、怪味)

遺臭(野獸的遺臭、臭跡)

俗臭(俗氣、粗俗)

刺激臭(刺鼻的味道)

ガス臭(瓦斯味)

役人臭(官架子)

貴族臭(貴族習氣)

臭化〔名〕〔化〕溴化

臭化銀(溴化銀)

臭化カリウム(溴化鉀)

臭化水素(溴化氫)

臭化物(溴化物)

臭覚〔名〕嗅覺(=嗅覺)

臭気〔名〕臭氣、臭味(=臭み、臭い)

臭気がむっと鼻を突く(臭氣沖鼻)

臭気を放つ(發出臭氣)

腐敗した物の臭気が室内に立ち込めている(腐爛物的臭味充滿屋內)

臭気止め(除臭劑、防臭劑)

臭銀鉱〔名〕〔礦〕溴銀礦

臭石〔名〕〔礦〕臭灰岩

臭跡〔名〕(獵物的)臭跡、線索

臭跡を嗅ぎ付ける(嗅出臭跡、聞到線索)

臭跡を失う(失掉線索)

臭跡を追う(追蹤臭跡)

臭腺〔名〕〔動〕(海狸等的)臭腺

臭素〔名〕〔化〕溴

臭素を含む(含溴)

臭素で処理する(用溴處理)

臭素中毒(溴中毒)

臭素水(溴水)

臭素酸(溴酸)

臭突〔名〕(類似煙囪的)換氣通道、換氣裝置

臭剝、臭剝〔名〕〔化〕溴化鉀

臭味〔名〕臭味,氣味。〔喻〕習氣,派頭

化学処理を為て臭味を抜く(經過化學處理除去臭味)

官僚の臭味が有る(有官僚習氣)

臭い〔形〕臭、可疑

〔接頭〕(接某些名詞下表示)有…氣味,味道,派頭,樣子

(接某些表示不愉快的形容詞詞幹下)加強意思

臭い匂いが為る(有臭味、發臭)

匂いを嗅いで見たら臭く為っていた(用鼻子一聞已經臭了)

臭ければ食べては行けない(要是臭了就不能吃了)

どうも此の男が臭い(這個男子很可疑)

臭い飯を食う（坐牢）

臭い物（有臭味的東西、缺點，醜聞，醜事）

臭い物に蓋を為る（掩蓋壞事）

臭い物身知らず（自己看不見自己的缺點）

臭い物に蠅が集る（物以類聚）

酒臭い（有酒味）

生臭い臭い（有腥味）

バター臭い（有黃油味、有洋派頭）

ガス臭い（有煤氣味）

彼は学者臭い所が無い（他沒有學究派頭）

面倒臭い（太麻煩，真麻煩）

馬鹿臭い（愚蠢、不合算）

臭み〔名〕臭味、（人的）裝腔作勢，矯揉造作的樣子，討厭的派頭（=嫌味）

此の肉は臭みが有る（這塊肉有臭味）

彼の男は少しも臭みが無い（那人沒有一點討厭的派頭）

臭みの有る演技（矯揉造作的演技）

臭亀、草亀〔名〕〔動〕臭龜子、放屁蟲（=椿象）

きな臭い〔形〕（燒紙、棉等發出的）焦味、有火藥味，有戰爭的氣味，形跡可疑

きな臭い匂い（焦臭味）

何だかきな臭いぞ（有焦味！有糊味！）

戦争のエスカレーションを暗示するきな臭い声明（暗示戰爭升級的火藥味的聲明）

きな臭い男（形跡可疑的人）

生臭い、腥い〔形〕腥、血腥、（出家人）不守清規，帶俗氣

生臭匂が為る（有腥味）

此の魚は迚も生臭い（這條魚很腥）

風も生臭い戦場（腥風血雨的戰場）

生臭坊主〔名〕不守清規的和尚，酒肉和尚，花和尚，有俗氣或俗才的和尚

生臭物〔名〕魚肉類、葷物←→精進物

生臭料理〔名〕葷菜←→精進料理

臭う〔自五〕發臭、有臭味

溝川が臭う（髒水溝發出臭味）匂う（有香味，散發香味、顯得鮮豔、隱約發出）

君、酒を飲んだろう、ぷんぷん臭うぜ（你喝酒了吧？臭味沖鼻子）

ストーブのガスが臭う（爐子發出煤氣味）

匂う〔自五〕有香味，散發香味，發出芳香（=香る，薰る，馨る）。〔雅〕（顏色）顯得鮮豔（美麗）

〔喻〕隱約發出，使人感到似乎…

梅の花が匂う（梅花發出芳香）臭う

此の花は良く匂いますね（這花真香呀！）

匂う許りの美貌（閉花羞月之貌）

朝日に匂う山桜（旭日映照得非常鮮豔的野櫻花）

婚約したんでしょう。隠してもぷんぷん匂うわ（〔女〕訂婚了吧！你瞞也瞞不住啊！）

段段匂って来た、もう少し良く調べよう（漸漸有點意思了再好好調查一下吧！）

臭い、臭〔名〕臭味（=臭気）。〔喻〕（做壞事的）樣子，味道，跡象

嫌な臭い（臭味）匂い、匂（香味，香氣，芳香，氣息，色彩，風格，情趣）

腐った魚の臭いが為る（有爛魚味）

ガスの臭いが為る（有煤氣味）

彼の息は酒の臭いが為る（他的呼吸有酒氣味）

悪い臭いの為る雑草（散發臭味的雜草）

犯罪の臭い（有犯罪的跡象）

不正の臭い（做壞事的跡象）

匂い、匂〔名〕香味，香氣，芳香（=香り，薰り、馨り）、氣息、色彩、風格、情趣（=趣、気韻）、漂亮的光澤，(狹義指）日本刀刃上隱約可見的煙狀花紋

匂い袋（香袋、香囊）

匂いの良い花（香花）

香水の匂いを嗅ぐ（聞香水的香味）

匂いに敏感な人（嗅覺靈敏的人）

花が良い匂いを放った（花發出香味）

匂いが抜けた（走了味）

生活の匂い（生活的氣息）
夏の匂い（夏天的氣息）
人間の匂い（人的氣息）
文学的匂いの為る表現（富有文學風格的表現）
此の本には多少無政府主義の匂いが有る（這書有點無政府主義的色彩）
其の詞には何処と無く古風な匂いが有る（那詞有些陳舊的味道）

臭わせる〔他下一〕散發臭味（=臭わせす）

臭わせす〔他五〕散發臭味

蝉、蟬（蟬）（ㄔㄢˊ）

蝉、蟬〔漢造〕蟲名，雄的能鳴，一名知了

蝉吟〔名〕蟬聲（=蟬語）

蝉蛻〔名,自サ〕蟬蛻，蟬衣、解脫、擺脫
　　超然と為て世俗を蝉蛻する（超然擺脫世俗）

蝉噪蛙鳴〔名〕亂喊亂叫

蝉脱〔名,自サ〕蟬蛻，蟬衣、解脫、擺脫（=蟬蛻）
　　旧套を蝉脱する（擺脫陳規舊套）

蝉〔名〕〔動〕蟬（總稱）、（往高處吊掛東西的）小滑車（=滑車）
　　蝉が鳴く（蟬鳴）
　　蝉の声（蟬聲）
　　蝉の抜け殻（蟬蛻）
　　蝉取り（捕蟬）

蝉時雨〔名〕陣雨聲般的蟬聲、聒耳的蟬聲

みんみん蝉、蛁蟟〔名〕〔動〕蛁蟟（蟬的一種）

嬋（ㄔㄢˊ）

嬋〔漢造〕色態美好的

嬋娟〔形動タルト〕美貌、姿態美好、綽約多姿
　　嬋娟たる美女（綽約多姿的美女）

潺（ㄔㄢˊ）

潺〔漢造〕水流的聲音

潺湲〔形動タルト〕潺湲、（流水）潺潺
　　潺湲たる細流（潺潺細流）

潺潺〔形動タルト〕潺潺（水流的聲音）（=さらさら）

潺潺たる流水（潺潺流水）
不図耳に潺潺水の流れる音が聞えた（忽然間耳中聽到潺潺流水的聲音）
谷川の水が潺潺と流れる（山谷的溪流潺潺）

禅（禪）（ㄔㄢˊ）

禅〔漢造〕禪位。〔佛〕禪，靜坐默念（禪那來自梵語 dhyana 的音譯）、佛教
　　受禅（接受禪讓）←→簒奪
　　坐禅、座禅（打禪、打坐）
　　参禅（參禪、學習坐禪）
　　野狐禅（野狐禪，參禪未悟道卻自以為悟道的人=生禅）

禅家、禅家〔名〕〔佛〕禪宗（=禪宗）、禪寺（=禪寺）、禪僧（=禪僧）

禅学〔名〕〔佛〕禪學、研究禪宗教義的學問

禅刹〔名〕禪寺（=禪寺）

禅師〔名〕〔佛〕禪師
　　沢庵禅師（澤庵禪師）

禅室〔名〕〔佛〕禪室，坐禪的屋子、禪房僧人的居室、（禪宗的）住持、對出家的貴人的敬稱

禅宗〔名〕〔佛〕禪宗
　　禅宗の寺（禪寺）
　　禅宗の僧侶（禪宗的僧侶）

禅杖〔名〕禪杖

禅定〔名〕〔佛〕禪定，坐禪入定、歸依佛法、入山修行
　　禅定に入る（進入禪定）

禅譲〔名〕〔古〕（帝王的）禪讓、讓位←→放伐
　　堯が舜に帝位を禅譲した（堯禪讓帝位給舜）

禅僧〔名〕禪僧、禪宗和尚

禅庭花、前庭花〔名〕〔植〕金萱、橙黃萱草（=日光黃菅）

禅寺〔名〕禪寺、禪宗的寺院

禅堂〔名〕〔佛〕禪堂（=僧堂）

禅尼〔名〕禪尼、尼姑←→禪門

禅房〔名〕〔佛〕禪寺、禪房，禪堂（=禪堂）

禅味〔名〕禪趣、脫俗恬淡之感

禅味を帯びる（帶有脫俗恬淡之感）

禅門〔名〕〔佛〕禪門，禪宗、皈依佛門的男人 ←→禅尼

禅門に入る（皈依佛門、進入禪門）

禅問答〔名〕〔佛〕禪僧所進行的問答、打啞巴禪、所問非所答

禅林〔名〕禪宗的寺院（＝禅寺）

禅話〔名〕〔佛〕禪語

譲る〔他五〕讓給、轉讓、謙讓、出讓、改日

所有権を譲る（出讓所有權）
財産を子供に譲る（把財產轉讓給孩子）
道を譲る（讓路）
互いに席を譲る（互相讓座）
人の意見に譲る（聽從別人的意見）
要求を一歩も譲らない（要求一步也不讓）
私の条件は一歩も譲れない（我的條件一步也不能讓）
別荘を知人に安く譲る（把別墅廉價賣給朋友）
交渉は後日に譲る（談判改日舉行）
話は他日に譲る（話改天再說）
誰にも譲らない（不亞於任何人）
其の点に就いては誰にも譲らない（在那一點上不亞於任何人）

蟾（イ ㄔㄢˊ）

蟾〔漢造〕體比蛙大的兩棲動物

蟾蜍、蟇蛙〔名〕蟾蜍、癩蛤蟆（＝蝦蟇）

纏（イ ㄔㄢˊ）

纏〔漢造〕纏繞

纏繞〔名、自サ〕（植物）纏繞

纏繞茎（〝牽牛花，葡萄，藤等的）蔓莖）
纏繞植物（纏繞植物）

纏足〔名、自サ〕纏足

纏足を為る習慣はもう無く為った（纏足風習已經沒有了）
纏足していない足（天足、大腳）

纏綿〔名、自サ〕纏繞、糾纏

〔形動タルト〕（愛情）纏綿、（事情）糾纏

情緒纏綿と為た場面（難捨難離的場面、一往情深的場面）
纏綿たる事件で容易に解決が出来ない（事情糾纏不清不易解決）

纏まる〔自五〕解決、議定、湊齊，湊在一起、集中起來、歸納起來、有條理、有系統、統一、一致

交渉は纏まらなかった（談判沒達成協議）
相談が纏まった（商量妥當了）
話が纏まったら、直ぐ始めよう（要是談妥了馬上就開始吧！）
彼は著述の纏まぬ内に死んだ（他還沒完成著作就逝世了）
縁談は幾つも有ったが、一つも纏まらなかった（有好幾門提親的可是一門也沒談成）
三十人纏まれば安く為る（湊齊三十個人就便宜）
金が纏まった（錢湊齊了）
金が纏まらない（錢沒湊齊）
大口の金に纏まる（湊成一筆鉅款）
考えが纏まらない（考慮不成熟）
此の論文は良く纏まっている（這篇論文寫得很有系統）
纏まらない話（拉拉雜雜的話）
党内が纏まっている（黨內統一）
意見が次第に纏まって来る（意見漸趨一致）

纏まり〔名〕解決，歸結、一貫、連貫、統一、一致

其の事が纏まりが付いた（那件事解決了）
そんな事では纏まりが付かない（那不能解決問題）
彼は色色な事を始めるが一つも纏まりを付けない（他又做這個又做那個但卻一事無成）

イ

纏まりの無い話（拉拉雜雜的話、漫無邊際的話）

纏まりの無い考え（漫無條理的想法）

彼の仕事は纏まりが付かないと言う欠点が有る（他的工作缺點是雜亂無章）

此のグループは纏まりが有る（這小組內部統一）

此のグループは纏まりが無い（這小組內部不統一）

チームの纏まりを付ける（使代表隊隊內統一）

纏まった（連体）大量的，成批的，成熟的，統一的，有系統的，有條理的，妥當的

纏まった注文（大批的訂貨）

纏まった金（一筆相當多的錢）

五万円の纏まった金を持たないと表へ出られない（不帶上五萬日元就出不了門）

纏まった考え（成熟的想法）

纏まった考えを持たない（沒有成熟的意見）

纏まった話（系統的講話）

確りと纏まったチーム（緊密團結的球隊）

纏める〔他下一〕解決、了結、商定、談妥、總結、概括、調解、調停、匯集、集中、整理、收拾好、統一、使一致

紛争を纏める（解決糾紛）

交渉を纏める事が出来なかった（談判沒能達成協議）

此の話は早く纏めなくては為らない（這事必須趕緊解決）

どうやら纏められるでしょう（總歸可以了結吧！）

討論の結果を纏める（總結討論的結果）

資料を纏める（匯集資料）

データを纏める（匯集數據）

十人纏めて申し込む（十個人匯總申請）

名簿を纏めて提出する（把名單匯總起來提出去）

御金を纏めて一度に払う（把錢湊起一次付出）

幾つかの短篇を一冊の本に纏めて出版する（把幾篇短篇匯集成一本書出版）

リポートを纏めて出す（把報告整理出來提出去）

荷物を纏める（把行李收拾好）

突然の話なので考えを纏める時間も無い（因為事出突然連好好想的時間都沒有）

資料を纏めて本に為る（把資料整理成冊）

意見を一つに纏める（統一意見）

党内を纏める（統一黨內意見）

纏め〔名〕總結、歸納、匯集、匯總、解決、完結、調停、調解

纏めが旨く出来ている（總結得很好）

資料の纏めに掛かる（開始匯集資料）

纏め役（調停人，調解者，仲裁人，公斷人）

口論の纏め役を勤める（排解爭端）

纏う〔自、他五〕纏住，纏繞、纏，裹，穿

晴着を纏う（身著盛裝）

ショールを肩に纏う（肩披圍巾）

襤褸を纏う（衣著襤褸）

喪服を纏う（穿喪服）

黒いベールを頭に纏う（頭纏黑紗）

纏〔名〕纏，裹、〔古〕戰陣中立在大將身旁或營寨的標誌、消防隊的隊旗

纏い付く〔自五〕捲上、纏繞上（=纏わる）

纏わる〔自五〕纏繞，糾纏，有關係，關於（=纏わる）

纏わる〔自五〕纏繞，糾纏、有關係、關於

着物の裾が足に纏わる（和服的下擺纏腿）

母親に纏わる子（糾纏媽媽不放的孩子）

沼に纏わる伝説（關於沼澤的傳說）

此の湖に纏わる物語り（關於這個湖的故事）

讒（イㄢˊ）

讒〔漢造〕無中生有陷害好人的言語

讒する〔他サ〕毀謗、誣陷

同僚に讒せられて職を退く（被同事誣陷而退職）

讒言〔名、自サ〕讒言、毀謗（的話）
讒言で他人を陷れる（讒害他人）
彼の事を讒言した物が有った（有人對他進行了毀謗）
讒言に因り左遷される（受讒言而被降職）

讒者〔名〕毀謗者、造謠中傷者

讒臣〔名〕讒臣

讒訴〔名、他サ〕進讒言、誣告、詆毀（=讒言）
人の讒訴に因って失脚する（因為別人誣告而喪失職位）

讒謗〔名、他サ〕毀謗（=謗る）
罵詈讒謗する（罵詈毀謗）

産（イ乃ˇ）

産〔名、漢造〕生產，分娩、出產，產物、物產、財產
御産（を）為る（生產、生孩子）
初めての御産（初產、第一次生孩子）
彼女の（御）産は重かった（她難產了）
彼女の（御）産は軽かった（她生產順利）
彼は九州の産である（他出生在九州）
青森産の林檎（青森出產的蘋果）
外国産の小麦（外國產的小麥）
此の馬は内蒙古の産だ（這匹馬是内蒙古產的）
此の蜜柑は何処（の）産だか知っているか（你知道這橘子是哪裡產的嗎？）
資本家は搾取に由って産を成したのだ（資本家是靠剝削起家的）
産を破る（破產）
産を傾ける（傾家蕩產）
安産（順產、平安生產）
難産（胎兒難產、事情難產）
流産（流產，小產、半途而廢）

出産（生產、分娩）
助産婦（助產士）
生産（生產、生育、生計）
国産（國產）←→舶来
物産（物產、產物、產品）
水産（水產）
海産（海產）←→陸産
陸産（陸產）←→水產、海產
農産（農產、農產品）
畜産（畜產）
資産（資產、財產）
私産（私有財產）
恒産（固定的資產、固定的職業）
鉱産（礦產）
家産（家產、家財）
破産（破產）
動産（動產）←→不動産
不動産（不動產）
倒産（破產、橫產=逆兒）
道産、道産（北海道的產物、北海道出生）

産する〔自、他サ〕出產、生產（=産出する）
石油を産する国国（出產石油的各國）
此の地方では西瓜を産する（這地方產西瓜）
我が国の近海は色色な魚を産する（我國近海出產各種魚類）
硫化第一銅は輝銅鉱と為て天然に産する（硫化亞銅作為輝銅礦天然產生）
中国で産する胡桃は、量質共に世界第一位である（中國產的核桃產量質量都居世界首位）

御産、お産〔名〕（産的鄭重說法）生產、分娩
昨夜御産を為た（昨天晚上分娩了）
御産で死ぬ（因生孩子而死）
御産が重い（難產）

産院〔名〕產科醫院

産科〔名〕〔醫〕產科
　産科医（產科醫生）
　産科病院（產科醫院）

産学〔名〕產業界和大學
　産学協同（生產與教育協作）
　産学協同体（產學協作體）

産額〔名〕產量、產值（＝生產高）
　産額は五千万円に上る（產值達五千萬日元）
　産額は年年増加する（產量逐年增加）

産官学〔名〕產官學、產業界政府和大學

産休〔名〕產假（＝出產休暇）

産業〔名〕產業
　第一次産業（第一產業-指農林業，畜牧業，漁業等）
　第二次産業（第二產業-指工業，礦業，建築業等）
　第三次産業（第三產業-指商業，服務業等）
　産業を興す（振興產業）
　産業を振興する（振興產業）
　此の地方の産業は農業が中心と為っている（這地方的產業以農業為中心）
　産業家（實業家）
　産業スパイ（商夜間諜）
　産業別人口（按產業區分的人口）
　産業白書（產業白皮書）
　産業革命（產業革命、工業革命）
　産業組合（產業同業公會）
　産業資本（產業資本）
　産業構造（產業結構）
　産業合理化（產業合理化）
　産業別組合（同一工業內跨行業的職工工會）←→職業別組合
　産業予備軍（產業後備軍、失業大軍）
　産業連関表（投入產出表）
　産業廃棄物（工業廢棄物）

産金〔名〕開採黃金、黃金的生產
　産金業（金礦開採業）
　産金熱（淘金熱）

産具〔名〕分娩用具、生產時的必要用品

産気〔名〕將要分娩的預感
　産気を催す（有要分娩的感覺）
　産気付く（將要分娩、覺得陣痛）
　産気付いた女（快要分娩的婦女）

産繭〔名〕產繭產、的繭

産後〔名〕（婦女的）產後←→產前
　産後の肥立ちが悪い（產後健康恢復得很慢）

産前〔名〕產前←→產後
　産前産後の休暇（生產前後的休假）

産児〔名〕生孩子、生下來的孩子，初生嬰兒
　産児の目方を量る（稱初生嬰兒的體重）
　産児制限（節育＝バス、コントロール、産制）

産室〔名〕產房（＝産屋）

産所〔名〕產房（＝産屋、産室）

産出〔名、他サ〕出產、生產
　石油の産出国（石油生產國）
　此の山は木材を産出する（這座山生產木材）
　此の一帯は我国で一番多く茶を産出する（這一帶是我國產茶最多的地方）
　産出高（產量＝産額、生產高）
　産出物（產物、產品＝産物）

産み出す、生み出す〔他五〕生出，產出、產生出，創造出、開始生，開始產
　卵を産み出す（下蛋）
　工夫して新しい考案を産み出す（動腦筋想出新的方法）
　優れた作品を産み出す（創造出好作品）
　勤労人民が産み出した富を浪費する事は犯罪行為に等しい（揮霍浪費勤勞人民創造的財富等於是犯罪行為）

去年買った鳥が卵を産み出した（去年買的雞開始下蛋了）

産褥〔名〕產褥、產床

産褥に付く（坐月子、在產期中）

産褥期（產褥期）

産褥熱（產褥熱）

産制〔名〕節制生育（=産児制限）

産調〔名〕節制生育、計畫生育（=産児調節）

産地〔名〕產地、出生地

産地で買い付ける（在產地購買）

此処は米の産地と為て名高い（此地以產米著稱）

此の絹織物の産地は何処ですか（這絲織品的產地是哪裡？）

産地直売（由產地直接運銷到消費者手中的商業組織形式）

私の産地は台湾だ（我的出生地是台灣）

産痛〔名〕生產前的陣痛（=陣痛）

産道〔名〕〔醫〕產道（嬰兒出生時的經路）

産銅〔名〕產銅、生產出的銅

産投外債〔名〕為投資生產事業而募集的外債

産馬〔名〕產馬、育馬

産馬の中心地（育馬中心地）

産婆〔名〕〔舊〕接生婆、助產市（=助産婦）

産婆さんを呼びに走る（跑去請收生婆）

産婆役（發起者、倡議者、幹旋者）

産婆蛙（歐洲產的產婆蛙）

産品〔名〕產品、生產品（=生産品）

第一次産品（初級產品）

産婦〔名〕產婦

多数の産婦を収容する設備が整っている（具備收容許多產婦的設備）

産婦人科〔名〕〔醫〕婦產科

産婦人科を開業する（開設婦產科醫院）

産物〔名〕產物，物產、成果

此の地方の産物には果物類、陶器等が有る（此地的物產有水果陶器等）

研究の産物（研究的成果）

文化は労働の産物である（文化是勞動的產物）

産別〔名〕按產業區分（=産業別）、全日本產業別工會會議（=産別会議）

産別会議（全日本產業別工會會議=全日本產業別労働組合会議）

産米〔名〕產米、出產大米

産卵〔名、自サ〕產卵、下蛋

鰻は何の様に為て産卵するか（鱔魚是怎樣產卵的呢？）

一年中産卵する（一年到頭產卵）

産卵期の魚（產卵期的魚）

産卵管（昆蟲的產卵管，產卵器）

産量〔名〕產量

農作物の産量は増える一方だ（農作物產量不斷地提高）

産まれる、産れる、生まれる、生れる〔自下一〕生，產、出生，誕生←→死ぬ，產生，出現

子供が生れる（生孩子）

貧しい家に生れる（生在窮苦之家）

貧乏に生れる（生來就窮）

此の様な雄大な場面を見たのは生れて初めてだ（有生以來第一次看到這樣壯觀的場面）

疑問が生れる（產生疑問）

又新しい国が生れた（又出現了一個新國家）

実践から真の知識が生れる（實踐出真相）

生れた後の早め薬（馬後炮，喻不即時的行動）

生れぬ先の襁褓定め（未雨綢繆）

産む、生む〔他五〕（寫作産む）生，產、（寫作生む）產生，產出

子を産む（生孩子）

卵を産む（產卵、下蛋）

傑作を生む（產生傑作）

預金が利子を生む（存款生息）

イ

良い結果を生んだ（產生好的結果）

噂が噂を生む（越傳越離奇）

実践は真の知識を生み、闘争は才能を伸ばす（實踐出真相鬥爭長才幹）

案ずるより産むが易い（事情並不都像想像的那麼難）

生んだ子より抱いた子（生的孩子不如抱來的孩子好、喻只生而不養不如自幼抱來扶養的孩子更可愛）

倦む〔自五〕厭倦，厭煩，厭膩、疲倦

倦まず撓まず（不屈不撓）

人を誨えて倦まず（誨人不倦）教える訓える

長い汽車の旅に倦む（對長途火車旅行感到厭倦）

魯迅は机に向って、一日中倦む事無く筆を揮って戦い続けた（魯迅終日伏在桌子上不倦地揮筆戰鬥）一日一日一日一日

膿む〔自五〕化膿（＝化膿する）

腫物が膿んだ（腫包化膿了）膿む生む産む倦む熟む績む

腫物を膿ませる（使腫包化膿）

傷口が膿む（傷口化膿）

熟む〔自五〕（水果）熟、成熟

柿が熟む（柿子成熟）

真赤に熟んだ桜ん坊（熟得通紅的櫻桃）桜ん坊桜桃

績む〔他五〕紡（麻）

苧を績む（紡麻）

産み、生み〔名〕（常寫作産み）生，生育、（常寫作生み）新創，創立

産みの親（親生的父母）

産みの子（親生的兒女）

会の創立が捗らず、生みの悩みの状態だ（會的創立遲遲不進大有難產之勢）

産みの恩より育ての恩（養育之恩大於生育之恩）

産みの苦しみ（分娩前的陣痛、喻創業之難）

産みの苦しみを経験した事の無い女が、子供の教育の事に口を出すのは烏滸がましい（沒經過養兒之苦的女人對子女的教育問題說長道短未免有些狂妄無知）

産み落とす，産落す，生み落とす，生落す〔他五〕生產、分娩（＝産む）

卵を産み落とす（下蛋）

玉の様な男の子を産み落とす（生下個胖小子）

父無し子を産み落とす（生了個無父之子）

産み込む〔自五〕（鳥蟲）把卵產在…裡（＝産み付ける）

蠅の中には果物の中に卵を産み込む物が有る（有些蠅類把卵產在水果裡面）

産み付ける、生み付ける〔他下一〕把卵產在…上、遺傳給後代

虫が卵を木に産み付ける（蟲把卵產在樹上）

産み月、産月〔名〕臨月、分娩的月份（＝臨月）

産みの親、生みの親〔名〕親生父母，生身父母、創始人

彼が其の術語の産みの親だ（他是那個術語的創始人）

産みの親より育ての親（養育之恩大於生育之恩）

産みの子、生みの子〔名〕親生的孩子

産〔接頭〕出生時的

産声（初生嬰兒的哭聲）初，初心（純真、純樸純潔）

産毛（胎毛）

産神〔名〕掌管生育之神、出生地守護神（＝産土神）

産着，産衣，産衣〔名〕新生嬰兒的衣服、襁褓

生まれて来る赤ん坊の産着を作る（做即將出生嬰兒的衣服）

産毛〔名〕胎毛，胎髮、（臉上等的）汗毛

産毛が生える（長胎毛）

産毛を剃る（剃胎髮）

産声〔名〕初生嬰兒第一次發出的哭叫聲

徳田は沖縄で産声を上げた（德田出生在沖繩）

産土〔名〕出生地、出生地守護神（=産土神、氏神、鎮守の神）

産土参り（詣で）（嬰兒出生後首次參拜出生地守護神的廟）

産土神（出生地守護神）

産剃り〔名〕（生後七日）剃胎髮

産立の祝い〔名〕嬰兒生後第七天的慶祝活動

産女〔名〕產婦（=産婦）

産まず女、石女〔名〕石女、不能生育的女人

産屋〔名〕產房、古時專為生小孩而另蓋的房子

産湯〔名〕新生嬰兒第一次洗澡、洗兒湯，初生嬰兒用的洗澡水（=初湯）

産湯を使わせる（給剛生下來的嬰兒洗澡）

産湯を沸かす（燒洗兒湯）

産す、生す〔自五〕生、長（=生まれる、はえる）

苔が産す（長綠苔）蒸す

蒸す〔他五〕蒸（=蒸かす）、熱器

〔自五〕悶熱（=むしむしする）

此は鳥肉を蒸して作った料理です（這是把雞肉蒸後做成的菜）

冷たく為った御飯を蒸す（把已涼的飯蒸一下）

床屋では、鬚を剃る前に、熱く蒸したタオルを顔に当てます（理髮店裡刮臉前把蒸熱的毛巾放在臉上）

今日は朝から随分蒸しますね（今天從早上起就夠悶熱的了）

今日は何て蒸す事でしょう（今天多麼悶熱呀！）

一寸蒸しますね（有點悶熱呀！）一寸一寸

東京の夏は蒸す日が多いのです（東京的夏天悶熱的日子多）蔽い被い覆い蓋い多い

産霊、産靈〔名〕天地萬物生成（的靈力）

産す霊の神（萬物生成的神）

諂〔イラ〜〕

諂〔漢造〕奉承巴結

諂う〔他五〕阿諛、逢迎、諂媚、奉承（=阿る、媚びる）

人に媚び諂う（向人諂媚）

上役に諂い、下の者を苛める（諂上壓下）

嫌らしい迄に諂い合う（互相肉麻地吹捧）

上役に色色と諂う（對上百般阿諛）

主人に諂って何でも言う事を聞く（奉承主人什麼事都唯唯諾諾）

諂い〔名〕阿諛、逢迎、諂媚、奉承

そんな諂いは嫌いだ（我討厭那種奉承）

諂いは止して呉れ（不要拍馬屁）

外国への諂い（媚外）

諂い者（阿諛者、拍馬的人）

媚びる〔自上一〕獻媚（=色っぽくする）、諂媚（=諂う）

権門に媚びる（諂媚權勢、趨炎附勢）

勢力の有る人に媚びる（巴結有勢力的人）

勢力の有る者に媚びる（巴結有勢力的人）

外国に媚びる（媚外）

重役に媚びる（向董事諂媚）

媚び諂う、媚諂う〔自五〕諂媚、奉承、拍馬屁（=御世辞を言う）

外国に媚び諂う（媚外）

彼は人から媚び諂われる事を喜び（他喜歡別人奉承）喜び歓び慶び悦び

誰にでも媚び諂う（對任何人都奉承）

阿る〔自五〕阿諛、奉承、諂媚、巴結、獻殷勤（=諂う）

権門に阿る（巴結有權勢的人）

世に阿る人（驅炎附勢的人）

阿諛〔名、自サ〕阿諛、逢迎、奉承（=諂い、おべっか）

人に阿諛する（奉承人）

阿諛を事と為る（專事逢迎）

闡〔イラ〜〕

闡〔漢造〕發揮奧義

闡明〔名、他サ〕闡明

我国の外交方針を中外に闡明する（向國內外闡明我國的外交方針）

原則的立場を闡明する（闡明原則立場）

懺（ㄘㄢˋ）

懺〔漢造〕悔改

懺悔〔名、自サ〕（佛教上的〝懺悔〞正確讀法應作〝さんげ〞）懺悔（尤指天主教徒向上帝或神父的懺悔）

我が身の罪を神に懺悔する（向神懺悔自己的罪過）

聴聞僧が懺悔を聞いて呉れる（懺悔神父聽取懺悔）

皆さんに懺悔致します（我向諸位坦白自己的罪過）

懺悔録（懺悔錄）

悔いる〔他上一〕後悔、懊悔

自分の軽はずみな行動を悔いる（對自己的輕率行動感到後悔）

今更悔いても始まらない（事到如今後悔也來不及了）

悔い〔名〕後悔、懊悔

悔いを残す（後悔遺恨）

悔いを千載に残す（遺恨千古）

悔やむ〔他五〕後悔，懊悔，弔唁，哀悼

済んだ事を悔やんでも取り返しが付かない（已經過去的事情後悔也無濟於事）

人の早死にを悔やむ（哀悼別人死得過早）

悔やみ、悔み〔名〕後悔，懊悔，弔唁，哀悼（的話）

失敗が悔やみと為って心に残る（失敗變成悔恨遺留在心中）

（御）悔やみに行く（弔喪去）

悔やみを述べる（表示哀悼）

瞋（ㄔㄣ）

瞋〔漢造〕睜眼怒視

瞋恚、瞋恚〔名〕瞋恚、憤恨（=憤り）

瞋恚の炎を燃やす（燃起憤恨的火焰）

臣（ㄔㄣˊ）

臣〔名〕臣

〔代〕〔自稱〕臣

〔漢造〕臣下

臣と為ての忠節を尽す（盡到為臣的忠貞）

臣が平生の志（臣的生平之志）

臣鎌足（臣跪坐時腳脖朝外拐）

君臣（君臣、君王和臣子）

群臣（群臣）

人臣（人臣）

家臣（〔諸侯的〕家臣、家人=家来）

大臣（大臣，部長，〔史〕太政官的最高級官吏）

忠臣（忠臣）←→逆臣

逆臣（忤逆之臣）

功臣（功臣）

老臣（老臣，年老的家臣、〔身分高的〕家臣，功臣）

旧臣（舊臣）

乱臣（亂臣、叛臣）

近臣（近臣、近侍之臣）

臣下〔名〕臣下（=家来）

臣下の分際で君に逆らう（以臣下的身分反抗君主）

臣子〔名〕臣子

臣事〔名、自サ〕臣事、稱臣

臣従〔名、自サ〕臣事、當臣下←→君臨

国王に臣従する（臣事國王）

臣庶〔名〕臣下和庶民、眾多的臣下

臣籍〔名〕臣籍、臣的身份

皇族から臣籍に降下された（由皇族被降為臣籍）

臣節〔名〕臣節

臣節を全うする（保持臣節）

臣属〔名〕臣屬、臣下身份

臣道〔名〕臣道、為臣之道

臣服〔名、自サ〕臣服

臣僕〔名〕僕從（＝家来、僕）

臣民〔名〕臣民（君主國家的人民）

　日本臣民（日本臣民）

　忠良為る臣民（忠良的臣民）為る成る鳴る生る

臣〔名〕（大身的轉變）臣，臣下。〔史〕古代貴族姓氏之一

沈、沉（チン／）

沈（也讀作沉）〔漢造〕沉、沉著、消沉、日久、沉沉

沈香、沉香〔名〕〔植〕沉香、（香料）沉香

　浮沈（浮與沉〔＝浮き沈み〕、〔人生、社會的〕盛衰，榮枯，變遷）

　自沈（〔船艦〕自己炸沉、自己沉沒）

　擊沈（擊沉）

　消沈、銷沈（消沉）

　清夜沈沈（清夜寂靜）

沈痾〔名〕痼疾、宿病、宿痾

沈鬱〔名、形動〕抑鬱、沉悶

　沈鬱な顔色（悶悶不樂的神色）顔色顔色

　沈鬱な表情（抑鬱的表情）

沈下〔名、自サ〕下沉、沉降

　道路の地盤が約六インチ沈下した（馬路的地基下沉約六英寸）

沈毅〔名、形動〕沉著剛毅

沈魚落雁〔名〕沉魚落雁（喻婦女容貌美麗）

沈み魚〔名〕棲息在水底的魚

沈金彫り〔名〕嵌金雕漆製品

沈吟〔名、自他サ〕低吟，低唱、沉吟，沉思

沈降〔名、自サ〕沉降、沉澱、沉積、下降、下沉（＝沈下）

　土地の沈降（地基下沉）

　沈降硫黄（沉澱硫磺）

　沈降calcium（沉澱磷酸鈣）

　沈降炭酸カルシウム（沉澱碳酸鈣）

　沈降値（〔理〕沉澱值、沉澱數）

　沈降平衡（〔理〕沉澱平衡）

　沈降素（〔化〕沉澱素）素素

　沈降速度（〔醫〕下降速度）

　赤血球沈降速度（血沉速度）

沈香、沉香〔名〕〔植〕沉香、（香料）沉香

　沈香も焚かず屁も放らず（不特別好也不特別壞、一般、普通、平常）焚く炊く放る干る簸る

沈子〔名〕（用鉛、鐵、陶瓷等做的掛在魚網下的）墜子

沈思〔名、自サ〕沉思

　書斎で沈思する（在書齋沉思）

　沈思默考（沉思默想）

　沈思默考に耽る（埋頭於沉思默想）耽る更ける深ける老ける吹ける噴ける拭ける葺ける

沈床〔名〕〔土木〕沉床、沉排、柴排

沈鐘〔名〕（傳說中）沉鐘、沉到水裡的鐘

　沈鐘伝説（沉鐘傳說－認為鐘是靈物的一種傳說、鐘ケ淵的地名就是由此來的）

沈水〔名〕沉入水中、沉香，沉香木（＝沈香、沉香）

　沈水植物（沉水植物）

沈醉〔名、自サ〕沉醉、酩酊大醉

沈静〔名、自サ〕沉靜，安靜，穩定←→興奮、沉滯，蕭條，不振

　商況が沈静する（商情不振）

沈積〔名、自サ〕沉積

　沈積物（沉積物）物物

　沈積岩（〔地〕沉積岩）岩岩

沈設〔名、他サ〕沉設（把水中設備沉到海底一定深度）

　蟹網を沈設する（沉設蟹網）

沈船〔名〕沉船

　沈船搜索（搜索沉船）

沈潛〔名、自サ〕沉下，潛入（水中）、埋頭，專心致志，沉心鑽研

イ

潜水艦は海底に沈潜して敵を襲う（潜艇沈入海底襲擊敵人）

文学研究に沈潜する（埋頭鑽研文學）

深い思索に沈潜する（埋頭深思）

沈滞〔名、自サ〕沉滯，呆滯，沉悶，不振，停留，停滯，久不升進

沈滞した市場（蕭條的市場）市場市場

歌壇の沈滞した空気を破る（打破和歌界的沉悶空氣）

輸出貿易が沈滞して振るわない（出口貿易停滯不振）振う震う揮う奮う篩う

彼は未だ平社員で沈滞している（他還是個普通職員沒有升遷）

沈着〔名、形動〕沉著

沈着な面持ち（沉著的神色）

沈着な態度（沉著的態度）

沈着に行動する（穩重從事）

沈着に事を処する（沉著應付）書する処する

沈丁花、沈丁花〔名〕〔植〕瑞香、露甲

沈沈〔副〕沉沉、寂靜

夜は沈沈と為て深けて行く（夜闌人靜）夜夜夜深ける更ける老ける耽る行く往く逝く行く往く

沈痛〔名、形動〕沉痛

沈痛な口調で（以沉痛的語氣）

沈痛な顔付を為る（露出沉痛的神色）擦る摩る掏る磨る刷る摺る

沈痛な声で戦死の模様を語る（以沉痛的語氣述說陣亡的情況）悼む傷む痛む

此の上無く沈痛な気持を抱いて総理の逝去を悼む（滿懷無比沉痛的心情悼念去世的總理）

沈泥〔名〕淤泥、存泥

沈泥を防ぐ（防止淤泥）

沈溺〔名、自サ〕沉溺

酒色に沈溺する（沉溺於酒色）耽る

沈殿、沈澱〔名、自サ〕沉澱

底に何か沈殿している（底上有沉澱）

固形物は直ぐ沈殿する（固體物馬上就沉澱下去）

雨水に流れた土砂が川底に沈殿する（雨水沖下的泥砂沉澱在河底）雨水雨水

土砂の沈殿が川底を浅くする（泥沙的沉澱使河床變淺）

沈殿物（沉澱物）物物

沈殿剤（沉澱劑）

沈殿防止剤（防沉澱劑）

沈殿池（沉澱池）池池

沈殿価（〔理〕沉澱值、沉澱數）

沈殿岩（〔地〕沉澱岩、水成岩）

沈殿滴定（〔化〕沉澱滴定法、沉澱分析法）

沈澱む、澱む〔自五〕沉澱、凝結、停滯（＝澱む、淀む）

沈澱、澱み〔名〕沉渣、殘渣、沉澱物（＝澱み、淀み）

コーヒーの澱み（咖啡的沉渣）

御茶の澱み（茶底、茶根）

澱、淀〔名〕（流水）淤塞、淤塞處

澱む、淀む〔自五〕淤塞、沉澱、沉澱（物）、停滯，不流暢

淀んだ水（淤水）

溝の水が淀む（溝水淤塞）

バケツの水の底に芥が淀む（水桶的水底下沉澱些髒東西）

淀む事無く意見を述べる（滔滔不絕地發表意見）

空気が淀んで息が詰まり然うだった（空氣不流暢覺得有些憋得慌）

澱み、淀み〔名〕淤水，淤水處、停滯、停頓（常用淀みなく形式）

川の淀みに浮き草が漂っている（河的淤水處漂著浮萍）

淀み無く喋る（不停地說、流暢地講、滔滔不絕地講）

少しの淀みも無く演説を為る（口若懸河地發表演說）

沈没〔名、自サ〕沉沒。〔俗〕醉得不省人事，(吃喝玩樂後)嫖妓，冶遊、(東西)送進當鋪

　船客五十人を乗せた儘沈没する（船上載有五十名乘客一齊沉沒）

　穴を開けて沈没させる（鑿洞使船沉入海底）穴孔開ける明ける空ける厭ける飽ける

　嵐の為に船が沈没した（船因風暴沉沒了）

　沈没船引揚（打撈沉船）

沈湎〔名、自サ〕沉湎、沉溺

　酒色に沈湎する（沉溺於酒色）

沈黙〔名、自サ〕沉默，默不作聲、沉寂

　沈黙を守る（保持沉默、不吭聲）守る護る守る盛る洩る漏る

　沈黙を破る（打破沉默）

　一日中沈黙している（整天默默不語）締める閉める絞める占める染める湿る

　敵の砲火を沈黙せ締める（打啞了敵人的砲火、迫使敵人的砲火沉默下來）

　重苦しい沈黙が一、二分続いた（悶悶的沉默持續了一兩分鐘）

　死の様な沈黙（死一般的沉寂）

　沈黙は承諾の印（沉默表示同意）印 標 徵 驗 記

　沈黙は金、雄弁は銀（雄辯是銀沉默是金）

沈黙、無言、静寂〔名〕沉默、寂靜（=静寂）

　二人が向い合って坐った儘無言は続いた（兩人對面坐著許久不作聲）

　無言を破って大きな物音が為た（很大的響聲打破了寂靜）

　無言を破って彼が口を切った（他開口說話打破了寂靜）

無言、無言、無言〔名〕不說話、沉默

　一日中無言で過ごす（整天沒說話）一日一日一日中中 中 中

　無言の儘坐っている（一聲不響地坐著）坐る座る据わる

　二人は無言で対座した（兩個人默默相對而坐）

　二人の間には無言の内に了解が出来た（兩人無形中有了默契）間 間間間

　互いに無言で会釈した（彼此無言地點了一下頭）

無言劇（啞劇=パントマイム、黙劇）

　無言の行（〔佛〕無言之行）

沈勇〔名〕沉著勇敢

　危急の時沈勇を発揮する（在危急時刻顯出沉著勇敢）

沈淪〔名、自サ〕沉淪、淪落、落魄、零落、沒落

　不幸な境遇に沈淪する（淪落在不幸的境遇裡）

　維新に因って武家の多くは沈淪した（由於明治維新武士家族大都沒落下去了）

沈菜〔名〕〔烹〕（拌有辣椒、薑、蒜等的）泡菜、醃白菜

沈む〔自五〕沉澱←→浮く、浮かぶ、沉下，降落、消沉、鬱悶、衰沉，衰微、痛哭。〔經〕（行情）猛跌、（色調）暗淡

　人が船と一緒に水中に沈む（人和船一起沉入水中）

　太陽が沈む（日落）

　悲しみに沈む（悲傷）悲しみ哀しみ

　気が沈む（心情鬱悶）

　沈んだ顔（鬱鬱不樂的神色）

　母は物思いに沈んでいる（母親在鬱鬱沉思）

　絶望の淵に沈む（陷入絕望的深淵）

　苦界に沈む（淪為娼妓）

　脈が沈む（脈弱）

　金泥が沈んで落ち着きの有る色に為る（金泥暗淡變成不太刺眼的色調）

　沈む瀬有れば浮かぶ瀬有り（〔人生〕榮枯無常、有盛有衰）

沈む球〔連語〕〔棒球〕下墜球

沈み〔名〕沉入（水中）、（魚網等的）墜子

　浮き沈み（浮沉）

　沈み魚（棲息水底的魚）

釣り糸の沈み（釣線上的墜子）

沈める〔他下一〕使沉沒、把⋯沉入水中

　船を沈める（把船沉入水中）

　敵の艦を沈める（擊沉敵艦）敵艦敵艦

　体を沈める（低下身去）

　椅子に身を沈める（深深地坐在椅子上）

　死体を海底に沈める（使屍體沉入海底）

静める、鎮める〔他下一〕使鎮靜，使寧靜、鎮，止住、鎮定，平息、供（神）

　気を静める（鎮定心神、使心緒寧靜）沈める

　心を静める（鎮定心神、使心緒寧靜）

　子供達の騒ぎを静める（使孩子們的喧鬧靜下來）

　痛みを静める（鎮痛、止痛）

　怒りを静める（息怒）

　騒乱を静める（平息騷亂）

　喧嘩をやっとの事で静める事が出来た（好容易才算把吵架排解開了）

沈め石〔名〕大部分埋在土中部份露在外面的庭石

辰（ㄔㄣˊ）

辰〔漢造〕日子、天體、日，月，星的總稱、辰（地支的第五位）

　吉辰（吉日、良辰＝良い日、吉日）

　良辰（良辰、吉日、好日子）

　佳辰、嘉辰（良辰、吉日、佳節）

　三辰（日，月，星〔北斗星〕）

　北辰（北辰、北斗星）

　星辰（星辰＝星）

　生辰（生辰、誕辰＝誕生日）

　誕辰（誕辰、生日＝誕生日）

辰韓〔名〕〔史〕辰韓（三韓之一、古代朝鮮漢江以南的部落國家）

辰砂〔名〕〔礦〕辰砂

辰宿〔名〕辰宿、星座

辰星〔名〕星辰（天狼星之類）。〔天〕（五星之一）水星

辰〔名〕（地支的第五位）辰、辰時（上午七時至九時）、（方位）東南偏東

竜〔名〕龍（＝竜、竜）

辰巳、巽〔名〕（方位）東南。〔史〕指江戶（東京）深川（的煙花柳巷）

　辰巳芸者（江戶深川的藝妓）辰竜

辰巳上がり、巽上がり〔名〕尖聲、高聲

　辰巳上がりの声で物を言う（用又尖又高的聲音說話）言う云う調う

宸（ㄔㄣˊ）

宸〔漢造〕帝王的代稱

宸翰〔名〕宸翰、宸筆、御筆

　明治天皇の宸翰（明治天皇的御筆）

宸襟〔名〕天子之心、聖慮（＝宸慮）

　宸襟を安んじ奉る（安定聖心）

　宸襟を悩ます（擾亂聖心）

宸念、軫念〔名〕皇帝的焦慮、宸慮、聖慮

宸筆〔名〕（皇帝）御筆

　嵯峨天皇の（御）宸筆（嵯峨天皇的御筆）

宸慮〔名〕天子之心、宸慮、聖慮（＝宸襟）

晨（ㄔㄣˊ）

晨〔漢造〕早上

晨鶏〔名〕司晨的雞

　晨鶏暁を告げる（晨雞報曉）

晨明〔名〕黎明、晨星

陳（ㄔㄣˊ）

陳〔漢造〕陳列、陳述、陳舊

　出陳（展出、陳列出去）

　具陳（詳細訴說）

　開陳（陳述）

　新陳代謝（新陳代謝。〔轉〕新舊交替，除舊佈新）

陳じる〔他上一〕陳述、主張、辯解，道歉（＝陳ずる）

詳しく状況を陳じる（詳細陳述情況）詳しい精しい委しい

陳ずる〔他サ〕陳述、主張、辯解，道歉（=陳じる）

詳細に事情を陳ずる（詳細陳述情況）

陳謝〔名、自サ〕道歉

陳謝の手紙（致歉意的信）

陳謝の辞（道歉的話）

陳謝を要求する（要求道歉）

返金の遅延に就いて陳謝する（對拖延不還欠債表示歉意）

陳述〔名、他サ〕陳述，述說。〔法〕口供，供詞，供稱。〔語〕陳述

陳述書を提出する（提出陳述書）

弁護人の冒頭陳述が行われる（首先由辯護人進行陳述）

彼の陳述する処は大体事実に近い（他所供述的大體接近事實）

偽らざる陳述（真實的供述）

陳述の副詞（陳述副詞-否定表現，推量表現等和特殊陳述方式相呼應的副詞）

陳情〔名、他サ〕陳請、請願

陳情を入れる（接受請願）入れる容れる

陳情を撥ね付ける（拒絕請願）

水害地の米作被害に就いて陳情する（就水災地區的水稻受害情況進行請願）

国会に陳情書を提出する（向國會提出請願書）

陳情団が上京する（請願團晉京）

陳状〔名〕陳述狀況（的文書）、申述辯解（的文書）

陳訴〔名〕陳訴

陳套〔名、形動〕陳腐、舊套、老一套

陳套を脱していない（沒有擺脫陳歸舊套）脱する奪する

陳套な趣向（陳腐的趣味）

陳皮〔名〕〔藥〕陳皮（可化痰止咳）

陳腐〔名、形動〕陳腐、陳舊

陳腐な格言（陳舊的格言）

陳腐な文句（陳舊的詞句）

陳腐な洒落（陳腐的詼諧）

陳腐な学説（陳舊的學說）

陳腐な考え（腐朽的思想）

陳弁〔名、他サ〕申述、辯解

約束の時間に遅れた次第を陳弁する（辯解所以爽約遲到的緣故）

陳列〔名、他サ〕陳列

花卉陳列会（花卉陳列會）

商品を陳列する（陳列商品）

売り物と為て陳列する（作為出售商品而陳列）

陳列台（陳列架）

陳列ケース（陳列櫥）

陳列品（陳列品）品品

陳列窓（櫥窗=ショー、ウィンドー）

陳列窓を飾る（裝飾櫥窗）

陳列窓に並べて在る（擺在櫥窗裡）

陳列館（陳列館）

絵画陳列館（繪畫陳列館）

商品陳列館（商品陳列館）

陳べる、述べる、宣べる〔他下一〕敘述、陳述、說明、談論、申訴、闡明

事実を述べる（敘述事實）

事情を述べる（說明情況）

意見を述べる（陳述意見）

感想を述べる（發表感想）

祝辞を述べる（致賀詞）

事件の概要を述べる（敘述事件的概要）

上に述べた如く（如上所述）

はっきり述べて置いた（交代清楚了）

其は平易に述べて有る（淺顯地講述了那個問題）有る在る或る

イ

延べる、伸べる〔他下一〕拉長，拖長、伸展、伸長（＝延ばす、伸ばす）、展開（＝広げる）

期日を延べる（拖延期限）延べる伸べる陳べる述べる

難民に救いの手を伸べる（對難民伸出救援的手）

床を延べる（鋪床）床床

新聞を延べる（攤開報紙）

陳ねる〔自下一〕變陳腐，變陳舊、熟過頭，過份成熟、（孩子）早熟，老成，發育過早

陳ねた大根（老蘿蔔）

陳ねた子供（老氣的孩子）

年の割に陳ねている（按年齡說來發育過早）

捻る、拈る、撚る〔他五〕扭，擰，拈、扭轉、擊敗、深入構思、與眾不同

鬚を捻る（拈鬍鬚）

栓を捻ってガスを出す（擰開關打開煤氣）

栓を捻ってガスを止める（擰開關關煤氣）

スイッチを捻る（扭開關）

電燈を捻る（擰電燈開關）

ガスの栓を捻って開ける（把瓦斯開關鈕開）

頬を捻る（擰臉蛋）

鶏の首を捻る（扭雞的脖子、殺雞）

体を捻る（扭轉身體）

首（頭）を捻る（轉頭、左思右想）

腰を捻る（扭身）

腰を左へ捻る（把腰向左扭）

簡単に捻る（輕易地擊敗）

軽く捻って遣った（輕易地擊敗）

詞を捻る（作詞）

俳句を捻る（絞盡腦汁作俳句）

捻った問題（別出心裁的問題）

此の問題は一寸捻って有る（這問題拐了一大彎）

陳〔名〕（穀物或蔬菜的上年貨）陳，舊，老。〔俗〕陳貨、舊東西、早熟、早成

陳米（陳米）米米米

陳生姜（老薑）

陳者〔連語〕（舊式書簡的開場白）敬啟者

塵（ㄔㄣˊ）

塵〔漢造〕塵、塵世。〔佛〕眾多

黄塵（飛揚的塵土）

黄塵万丈（塵土飛楊）

後塵（後塵）

紅塵（紅塵、俗世）

砂塵，沙塵、砂塵（沙塵＝砂埃）

車塵（車過後掀起的飛塵）

俗塵（塵事、塵世、塵緣、世俗）

微塵（微塵）

六塵（色、聲、香、味、觸、法）

塵埃〔名〕塵埃，塵土。〔轉〕塵世，俗世

塵埃の巷（塵土飛楊的街道）

都会は空気中に塵埃が多い（城市空氣裡塵土多）

塵埃を避けて山林に入る（避開塵世進入山林）

塵埃〔名〕塵埃、灰塵（＝塵芥）

風の強い春の日は塵芥が特に酷い（風大的春天塵埃特別多）

塵煙〔名〕塵霧、煙霧

塵煙〔名〕煙塵

塵煙を立てる（揚起煙塵）

塵芥、塵芥、塵芥〔名〕塵芥，塵垢，垃圾、無價值的東西，草芥

此処に塵芥を捨てる可からず（此處不准倒垃圾）

塵芥箱（垃圾箱）

塵芥掃除人（清潔夫）

塵芥を捨てる（扔掉塵芥）

人を塵芥の様に思う（把人當作草芥）

金を塵芥の様に使う（揮金如土）

塵界〔名〕俗界、塵世

塵界を超脱する（超脱俗界）

塵外〔名〕塵世以外

彼は一人塵外に超然と為ている（他一個人超然於塵世以外）

塵境〔名〕俗界、塵世（＝俗世間）

塵垢〔名〕塵垢，汙垢、世事，俗事

塵事〔名〕塵世、俗事

塵世〔名〕塵世

塵世を避ける（避開塵世）

塵の世〔名〕塵世、世俗

塵の世を離れる（脱離塵世）

塵中〔名〕灰塵之中、塵世

塵中に蠢く人人（在塵世中奔波的人群）

彼は塵中に在って塵に交わらない（他身居塵世而一塵不染）

塵土〔名〕塵世、塵土、毫無價值的東西

塵肺〔名〕〔醫〕塵肺、肺塵埃沉著病（如矽肺、碳肺、石棉肺）

塵霧〔名〕塵霧

塵労〔名〕塵世的勞苦、〔佛〕煩惱

塵労を払い捨てる為山中に籠る（為了擺脱塵世的辛苦而閉居山中）

塵〔名〕塵土，塵埃，塵垢，垃圾（＝埃、塵、芥）、微小、少許、世俗、塵世、骯髒，汙垢（＝汚れ、穢れ）

塵を払う（拂去塵土）

塵を掃き取る（打掃塵土）

塵の山（垃圾山）

塵一つ落ちていない部屋（沒有一點塵土的屋子）

机の上に塵が積る（桌子上一層塵土）

塵は塵箱に捨てよ（垃圾要倒在垃圾箱裡）

塵の身（區區之身）

彼は塵程も私心が無い（他沒有一點私心）

塵程の価値も無い（毫無價值、一文不值）

塵程も頓着しない（毫不介意）

彼の人に良心等は塵程も無い（他一點良心也沒有）

塵の世（塵世）

浮世の塵を逃れる（拋棄紅塵）

山の湯で都会の塵を洗い落とす（用山裡的温泉洗掉城市的汙垢）

鬚の塵を払う（諂媚、奉承）

塵も積もれば山と為る（積少成多）

塵紙〔名〕粗草紙、衛生紙（＝鼻紙、落とし紙）

化粧室の塵紙（廁所裡的衛生紙）

塵溜め〔名〕垃圾堆、垃圾箱（＝塵溜り）

塵っ葉〔名〕〔俗〕灰塵（＝塵）、絲毫，一點

塵っ葉一つ、目に留まらない（看不見一點灰塵）

人の物は塵っ葉一つ取った事が無い（人家的東西絲毫也沒有拿過）

塵塚〔名〕垃圾堆、垃圾場

塵取り〔名〕土簸箕

塵払い〔名〕（用布條等做的）撣子（＝叩き）

塵払いで叩く（用撣子撣）

塵除け〔名〕防塵器，防塵具、無袖外衣的別稱（＝インバネス inverness）

塵除けカバー cover（防塵罩）

塵除け眼鏡（風鏡）

塵、芥〔名〕垃圾、塵土

台所の塵（廚房的垃圾）

ピクニック picnic の人が残した塵（郊遊的人扔下的垃圾）

塵を捨てる（倒垃圾）

目に塵が入った（眼睛進去塵土了）

此処に塵を捨てないで下さい（此處請勿倒垃圾）

床下に塵が沢山溜まった（地板下面積存很多塵土）

塵焼却炉（垃圾銷毀爐）

イ

塵捨て場（垃圾場）

芥〔名〕垃圾（=塵, 芥, 塵）
　芥の如く捨てられた（像垃圾一般被丟掉了）

埃〔名〕塵埃、塵土、灰塵
　埃だらけに為る（弄得滿是灰塵）
　埃を被る（落上塵土）
　机の上の埃を払う（揮去桌上的塵土）払う掃う祓う
　自動車が通ると埃が立つ（汽車一過塵土飛揚）
　テーブルに埃が一面に積もっている（桌子上積滿了塵土）
　埃が収まった（飛塵平息了）収まる納まる治まる修まる

讖（イㄣˋ）

讖〔名〕讖、預言、預兆
　今に為て思えば彼の言葉が讖を成した（現在想起來他的話成了讖語）成す為す生す成す

娼（イㄤ）

娼〔漢造〕娼妓、妓女
　公娼（公娼、明娼）←→私娼
　公娼を廃止する（廢止公娼）
　私娼（暗娼、賣淫婦）←→公娼
　私娼狩りを為る（抓私娼）
　私娼を取り締める（取締私娼）
　私娼を置く（開私娼館）
　私娼窟（暗娼巢穴、賣淫婦聚集處）
　街娼（野妓=ストリート、ガール、夜の女）
　廃娼（廢除公娼）
　廃娼運動（廢除公娼運動）
娼家〔名〕娼家、妓院
娼妓、倡妓〔名〕娼妓、妓女
娼婦、倡婦〔名〕娼婦、妓女（=売春婦）
　娼婦に身を落とす（淪為娼妓）
娼楼、倡楼〔名〕青樓、妓院

猖（イㄤ）

猖〔漢造〕強橫亂行（猖獗、猖狂）
猖獗〔名、自サ〕猖獗
　流感が猖獗を極める（感冒極為猖獗）極める窮める究める
　賊が猖獗する（盜賊猖獗）

菖（イㄤ）

菖〔漢造〕菖蒲
菖蒲〔名〕〔植〕菖蒲。〔植〕蠹實的俗稱
　菖蒲の節句（端午節）
　菖蒲湯（端午節浸以菖蒲的洗澡水或浴池）
　菖蒲酒（用菖蒲泡製的酒）
菖蒲〔名〕〔植〕菖蒲,（俗稱）蝴蝶花（鳶尾屬多年生草、與漢語的菖蒲異物）、菖蒲的古名（=菖蒲）
　菖蒲の節句（端午節）
　六日の菖蒲（明日黃花、雨後送傘-菖蒲是五月五日端午節用的-六日就過時無用了、比喻過了時機失去作用）
　六日の菖蒲、十日の菊（明日黃花）
　今更何の様に御侘びを為たとて、六日の菖蒲、十日の菊だ（事已至今任你如何致歉也是明日黃花不起作用了）

腸（イㄤˊ）

腸〔名、漢造〕〔解〕腸、腸子
　腸が悪い（肚子不好）
　盲腸（〔解〕盲腸、闌尾）
　十二指腸（〔解〕十二指腸）
　直腸（〔解〕直腸）
　脱腸（〔醫〕疝氣=ヘルニア hernia）
　浣腸、灌腸（〔醫〕灌腸）
　大腸（〔解〕大腸、結腸）

小腸（〔解〕小腸）

腸胃カタル〔名〕〔醫〕腸胃卡他、腸胃黏膜炎

腸液〔名〕〔解〕腸液

腸炎〔名〕〔醫〕腸炎

腸炎ビブリオ（腸炎螺旋菌）

腸加答児、腸カタル〔名〕〔醫〕腸卡他、腸黏膜炎

腸カタルを起こす（患腸黏膜炎）起す興す熾す

腸潰瘍〔名〕〔醫〕腸潰瘍

腸管〔名〕〔解〕腸道

腸癌〔名〕〔醫〕腸癌

腸間膜〔名〕〔解〕腸系膜

腸狹窄〔名〕〔醫〕腸狹窄症

腸結核〔名〕〔醫〕腸結核

腸結石〔名〕〔醫〕腸結石（＝腸石）

腸骨〔名〕〔解〕腸骨、髂骨

腸骨盤（髂凹）

腸骨筋（髂肌）

腸鰓類〔名〕〔動〕腸鰓綱

腸重積〔名〕〔醫〕腸套疊

腸出血〔名〕〔醫〕腸出血

腸石〔名〕〔醫〕腸結石

腸腺〔名〕〔動〕腸腺

腸線〔名〕腸線（用貓、羊腸等製的外科縫線）

腸祖動物〔名〕〔動〕原腸祖、原腸幼蟲

腸窒扶斯、腸チフス〔名〕〔醫〕傷寒

腸チフス菌（傷寒菌）

腸チフス患者（傷寒病患者）

腸チフス予防注射（預防傷寒注射）

腸虫〔名〕〔動〕蛔蟲（＝回虫）

腸詰め、腸詰〔名〕臘腸、灌腸、香腸（＝ソーセージ）

腸詰め中毒（臘腸中毒）

腸内バクテリア〔名〕〔生〕大腸桿菌群

腸捻転（症）〔名〕〔醫〕腸扭轉（症）

腸胚〔名〕〔動〕原腸胚

腸胚を形成する（形成原腸胚）

腸部〔名〕腸部

腸閉塞症〔名〕〔醫〕腸梗塞

腸壁〔名〕腸膜

羊の腸壁（羊腸膜-用做香腸的外皮）

腸満、脹満〔名〕〔醫〕鼓腸症

腸網膜〔名〕〔解〕腸網膜

腸盲嚢〔名〕〔動〕腸盲管

腸溶劑〔名〕〔藥〕腸溶劑

腸瘻形成術〔名〕〔醫〕腸造口術

腸〔名〕腸、內臟、瓜瓤。〔轉〕心地，心腸

人の腸（人的腸子）

魚の腸を取り出す（取出魚的內臟）魚魚魚魚

南瓜の腸（南瓜瓤）

腸の腐った男（靈魂腐朽的人、墮落的人）

腸が千切れる（肝腸寸斷、斷腸）

腸が煮え繰り返る（非常氣憤）

腸が見え透く（內心畢露）

腸〔名〕腸子（＝腸）

魚の腸を取る（取出魚腸）取る撮る盗る採る獲る執る捕る摂る

鳥の腸を抜く（掏出雞腸）抜く貫く貫く

棉、綿〔名〕棉、棉花、綿花（＝木棉，木綿，木綿綿）、絲棉（＝真綿）、柳絮

棉を入れる（往衣被塞棉花）容れる居れる炒れる鋳れる炒れる要れる射れる淹れる煎れる

布団に棉を入れる（往被褥裡裝棉花）腸

棉を摘む（摘棉花）積む詰む抓む

棉を打つ（彈棉花）撃つ討つ

古棉を打ち直す（彈舊棉花）

棉の様に疲れる（精疲力盡）

棉の様な雪を降る（下著像棉花般的大雪）振る

柳の棉（柳絮）

腸香、黃鯝魚〔名〕〔動〕黃鯝魚（一種淡水魚、原產於琵琶湖）

腸持ち〔名〕〔古〕（描寫歷史、傳說中人物的活靈魂）有五臟六腑、活（人）
　腸持ちの釈迦（活菩薩、活釋迦牟尼）
　腸持ちの業平（活業平）

嘗（ㄔㄤˊ）

嘗〔漢造〕秋祭名、用嘴辨味、經歷、試驗、曾經
　神嘗祭、神嘗祭、神嘗祭（日皇於十月十七日向伊勢神宮供新穀的祭祀）
　新嘗祭（原為十一月二十三日日皇向天地進獻新穀並自己嘗食的節日現改為勞動感謝日-勤労感謝の日）

嘗て，嘗て，曾て，曾て〔副〕曾經、（下接否定）從來沒有
　曾ては記者だった事も或る（也曾經當過記者）
　曾て何処かで会った事の或る人（曾在什麼地方見過面的人）
　曾て聞いた事の無い事（從來沒有聽到過的事）
　近代史に曾て無い程の人間惨劇だ（幾乎是近代史中前所未有的人間慘劇）

嘗む、舐む〔他下二〕舐、舔、嚐（=舐める、嘗める）
嘗めずる、舐めずる〔他五〕舐嘴唇
嘗める、舐める〔他下一〕舐、舔、嚐、嚐受，經歷，輕視，小看，〔喻〕（火）燒
　犬が私の手を舐める（狗舐我的手）
　飴を舐める（舐軟糖）
　舐めた様に食べて終う（像舐過一樣吃得一乾二淨）
　薬を舐めて見る（嚐一嚐藥）
　一寸舐めて塩加減を見て呉れ（你嚐一嚐鹹淡）
　辛酸を舐める（嚐辛酸）
　相手を舐めて掛る（不把對方放在眼裡）
　若いからと言って舐めるなよ（不要以為年輕就看不起、你別小看我年輕）
　炎が天井を舐める（火苗燒到頂棚）
　火は忽ちの中に数棟を舐め尽した（火舌轉瞬間就吞沒了好幾棟房子）

嘗め味噌、嘗味噌〔名〕〔烹〕（把青菜、魚、肉等加進醬裡拌製的）豆拌醬
嘗め物、嘗物〔名〕〔烹〕味鹹而濃的小菜（或副食醬）

嫦（ㄔㄤˊ）

嫦〔漢造〕嫦娥（相傳是月亮裡的仙女）
嫦娥〔名〕嫦娥、月亮的別稱

償（ㄔㄤˊ）

償〔漢造〕補償、償還
　補償（補償、賠償）
　倍額補償（加倍賠償）
　過剰補償（〔心〕過度賠償-指為克服自卑等心理而發生的過度反應）
　損害を補償する（賠償損失）
　補償を与える（給予賠償）
　補償契約書（賠償合約）
　報償（補償，賠償、報復）
　損害の報償と為て（作為損害的賠償）
　報償金（賠償金）
　弁償（賠償）
　損害を弁償する（賠償損失）
　弁償金（賠償金）
　賠償（賠償）
　現物を賠償する（實物賠償）
　金銭を賠償する（金錢賠償）
　損害を賠償する（賠償損失）
　賠償を取る（索取賠償）
　代償（代償，替別人賠償、賠償，補償、報酬，代價）
　心臓の代償不全（心臟代償機能不全）
　代償の有無に拘わらず（不論有無報酬）
償還〔名、他サ〕償還

公債を償還する（償還公債）
負債の償還（償還債務）
十年後に償還する債券（十年後償還的債券）
償還期限（償還期限）

償却〔名、他サ〕償還，還清（公債等），攤提，折舊（＝減価償却）
買入償却（以購進償清）
公債を償却する（償還公債）
減価償却（折舊）
償却積立金（折舊公積金、減債基金）

償金〔名〕賠款、賠償金（＝賠償金）
交通事故の償金（交通事故的賠償金）
敗戦国は戦勝国に償金を支払う（戰敗國向戰勝國支付賠款）

償う、償う〔他五〕補償，賠償，抵償、贖罪，抵罪
損失を償う（賠償損失）
割ったガラスの代金を償う（賠償把破玻璃的價款）硝子ガラス
罪を償う（贖罪）
前過を償う（贖前愆）

償い、償い〔名〕補償、賠償
罪の償い（贖罪）
金を払って償いを為る（付給金錢作為賠償）為る為る

償う〔他五〕〔方〕賠償（＝償う、弁償する）
損失を償う（賠償損失）惑う纏う

惑う〔自五、接尾〕困惑，迷惑，迷戀，沉溺
行く可きか如何か惑う（是否應該去拿不定主意）
四十に為て惑わず（四十而不惑）
女に惑う（迷戀女人）
悪事に惑う（沉溺於做壞事）
戸惑う（迷失方向張惶失措躊躇）
逃げ惑う（四處亂竄）

長（イオノ）

長〔名〕長、首領、年長，長輩、長處，優點，長（的東西）、長度（不單獨使用）
〔漢造〕長久、長遠、年長，長輩、伸展、首長、（舊地方名）長門國（今山口縣西北部）（＝長門の国）
一家の長（一家之長）一家一家
人に長たる器でない（不是個當領導的材料）
長幼の別を弁える（懂得長幼之別）
長を取り短を補う（取長補短）
僕は此の点では君より一日の長が有る（在這點上我比你高一籌）一日一日一日一日
長短様々の幟（長短不齊的旗幟）
長時間（長時間）
長距離電話（長途電話）
全長千メートリ（全長一千米）
身長百五十センチ（身高一百五十公分）
狭長（細長、窄長）
成長（成長、發育，生長、增長、發展）
生長（生長、發育）
延長（延長、擴展、全長）←→短縮
園長（〔幼稚園或動物園〕園長）
助長（助長、促進）
署長（〔警政署或稅務署〕署長）
所長（〔事務所等〕所長）
消長（消長、榮枯、興衰）
省長（省長）
上長（上級，上司，長上，長者，年長者）
冗長（冗長）←→簡潔
市長（市長）
士長（陸士長、海士長、空士長、消防士長）
止長、征（〔圍棋〕征子）
次長（次長、次官、副部長）

院長（〔醫院等〕院長）

議長（〔國會〕議長、〔會議的〕主持人）

機長（〔飛機的〕機長）

艦長（艦長）

館長（館長）

管長（管長－佛教、神道等一派一宗之長）

官長（長官，機關的首長、〔舊〕〔也寫作翰〕內閣秘書長，內閣官房長官，〔史〕太政官和神祇官之長）

貫長、貫頂（〔佛〕〔天台宗的最高僧職〕貫長、貫頂、貫首）

町長（鎮長）

社長（社長、經理、總經理）

校長（校長）

駅長（火車站長、〔舊時的〕驛站長）

課長、科長（課長、科長）

家長（家長、戶主）

教育長（教育長－都道府縣的教育委員會事務局長）

薩長（〔史〕薩摩藩和長門藩＝薩摩と長門）

防長（〔地〕防長－周防和長門的合稱、相當於今的山口縣）

長じる〔自上一〕成長，長大，長於，善於，年長，年歲大（＝長ずる）

長じて中学校の教員と為った（長大成為中學老師）

絵画に長じている（擅長繪畫）

弟より三歳長じている（比弟弟大三歲）

長ずる〔自サ〕成長，長大，長於，善於，年長，年歲大

長ずるに及んで（長大之後）徴する弔する朝する寵する

長ずるに随って（隨著長大）随う遵う従う

長じて音楽家と為る（長大成為音樂家）

一芸に長ずる（有一技之長）

絵画に長じている（擅長繪畫）

弟より三歳長じている（比弟弟大三歲）

長円〔名〕長圓、橢圓

長円形（橢圓形）

長音〔名〕長音←→短音

オ段長音（オ段長音）

長音符（長音符號）

長音階〔名〕〔樂〕大音階←→短音階

長歌、長歌〔名〕長篇的歌、長歌（和歌的一種體裁、五七，五七反覆後，以五七七結尾）←→短歌

万葉集の長歌（萬葉集裡的長歌）

長唄〔名〕（配合三弦等唱的）三弦曲（江戶時代流行的一種較長的歌曲、也用於歌舞伎的伴奏

長角〔名〕〔植〕長角（果）（十字花科的狹長形果實）

長官〔名〕長官，機關首長、（都府道縣的）知事（＝地方長官）

長官の命を服する（服從首長的命令）命命服する復する伏する

官房長官（內閣官房長官）次官

地方長官（地方長官）

長官〔名〕〔史〕（日本古代行政區的）長官（大寶令中四等官階的首位）

伊豆の長官（伊豆的長官）

長期〔名〕長期、長時期←→短期

長期の滞在（長期逗留）

長期の旅行を計画する（計畫作長期旅行）

長期欠勤（長期缺勤）

長期手形（長期票據）

長期取引（長期交易）

長期予報（長期預報）

長期契約（長期合約）

長期休暇（長期休假）

長期信用（長期信用）

長期信用銀行（長期信用銀行）

長久〔名〕長久

武運長久（戰鬥永遠勝利）

長球面〔名〕（幾何）長球面

長距離〔名〕長途、〔軍〕遠程。〔體〕長距離（指五千米、一萬米）←→中距離、短距離
    長距離バス（長途公車）
    長距離電話（長途電話）
    長距離弾道弾（遠程彈道導彈）
    長距離砲（遠射程砲）
    長距離爆撃機（遠程轟炸機）
    長距離競走（長距離賽跑）
    長距離選手（長距離賽跑選手）

長句〔名〕長句子、（俳句，連歌中的）七七句←→短句

長躯〔名〕高個子
    痩身長躯（痩長的身材）

長駆〔名、自サ〕長驅、（策馬）長驅
    懸軍長駆（懸軍長驅）
    長駆してパリを衝く（長驅攻打巴黎）衝く吐く漬く突く尽く搗く付く附く憑く撞く着く
    ナポレオンの軍隊は長駆イタリアに侵入した（拿破崙的軍隊長驅入侵義大利）

長兄〔名〕長兄、大哥←→次兄

長姉〔名〕大姊

長弟〔名〕大弟（弟弟中年紀最大的）

長子〔名〕長子←→次子、末子

長女〔名〕長女、大女兒←→次女、三女

長男〔名〕長子、大兒子←→次男、三男

長径〔名〕〔數〕（橢圓形的）長徑

長計〔名〕遠算、良計，良策

長頸烏喙〔名〕頸長嘴尖、中國越王勾踐的面相（不屈不撓、能共甘苦、不能共安樂的人）

長欠、長缺〔名、自サ〕（長期欠席、長期欠勤的簡稱）長期缺勤、長期缺席
    長欠児童（長期不上課的兒童）

長剣〔名〕長劍、（鐘錶的）分針，大針←→短剣

長元坊〔名〕〔動〕（日本產）茶隼

長呼〔名、自サ〕（由於音便）發長音（如把披露讀作ひろう）

長江〔名〕長的江河、（中國的）長江，揚子江（=揚子江）

長考〔名、自サ〕長時間考慮
    長考に耽る（埋頭沉思）耽る老ける更ける深ける
    長考三時間に及んだ（考慮了三個小時之久）

長講〔名〕長時間的演講或講話
    長講三時間に亘る（足足講了三個小時）亘る涉る渡る
    長講一席（一次長時間演講）

長広舌〔名〕雄辯之舌、雄辯
    国会で長広舌を振う（在國會上大肆雄辯）振う奮う揮う震う篩う

長舌〔名〕雄辯之舌、雄辯（=長広舌）

長恨〔名〕長恨、終生之恨
    長恨歌（長恨歌）歌歌

長座、長座〔名、自サ〕長坐、久坐（=長居）
    此は思わぬ長座を致しました（不知不覺坐了好久太打擾了）
    つい長座して失礼しました（不知不覺坐了好久真對不起）
    どうも長座致しました（坐太久了對不起）

長詩〔名〕長詩←→短詩

長耳〔名〕長耳朵、耳朵尖，消息靈通（=早耳）

長時間〔名〕長時間
    長時間に亘って討議を為る（長時間進行討論）為る為る亘る涉る渡る
    長時間レコード（慢轉密紋唱片）

長時日〔名〕長時期
    長時日を費やす（費很長的時期）

長日〔名〕（夏天的夜短）日長、長期
    長日植物（長日照植物）

長日月〔名〕長年累月
    三十年の長日月に亘って（經過三十年的漫長歲月）亘る涉る渡る

長翅類〔名〕〔動〕長翅類

長翅目〔名〕〔動〕（昆蟲）長翅目

イ

長軸〔名〕（橢圓形的）長軸
長者〔名〕長者，長老、富翁，富豪。〔史〕驛站站長、娼妓的別稱
　長者を敬う（尊敬長者）
　億万長者（億萬富翁）
　長者番付（富翁名次表）
　長者の万灯より貧者の一灯（窮人佛前獻一燭勝過富人捐萬燈、窮人真誠捐獻的一文勝於富翁沽名釣譽捐獻的百文）
長射程〔名〕長射程
　長射程砲（遠射程砲）
長斜方形〔名〕〔數〕長菱形、長斜方形
長尺物〔名〕特長影片
長寿〔名ナ〕長壽
　長寿を保つ（保持長壽）
　長寿の相が有る（有長壽的相貌）有る在る或る
　長寿番組（〔因獲得好評〕持續很久的節目）
長生、長生き〔名、自サ〕長壽、壽命長（＝長寿）
　九十歳迄長生した（長壽活到九十歲）
　彼は可也長生きした（他活得相當長）
　女は男より長生きする（女人比男人長壽）
　代代長生きです（代代都壽命長）
長命〔名ナ〕長命、長壽（＝長生、長生き、長寿）←→短命
　長命な人（長壽的人）
　長命の血統（長壽的血統）
　彼は長命の相が有る（他有長壽的相貌）
　女は男より長命だ（女人比男人長壽）
　其の内閣は長命であった（那個内閣壽命很長）
長袖〔名〕長袖。（身穿長袖，不事勞動的）僧侶，公卿
　長袖良く舞う（長袖善舞）
　長袖者流（〔蔑〕公卿，僧侶之流）
長袖〔名〕長袖，長袖衣服（＝長袖、大袖）。〔古〕（文官、醫師、文人、僧侶等）不事武事的人

長周期変光星〔名〕〔天〕長周期變光星
長所〔名〕長處、優點
　人の長所を認める（承認人家的優點）認める認める
　其の長所は同時に短所でも有る（那個優點同時也是缺點）
　親切は彼の長所で虚栄が短所だ（親切是他的優點虛榮是他的缺點）
　此の機械の長所は取り扱いが簡単だと言う点に在る（這個機器的優點在於操作簡單）
　長所は短所（長處會變成短處、過分仗恃自己優點優點就可能變成缺點）
長嘯〔名、自サ〕長嘯
長上〔名〕長輩，年長的人、上級
　長上の言に従う（聽從長輩的話）言言従う遵う随う
　長上に対する礼を守る（遵守對上級的禮貌）守る護る守る盛る洩る漏る
長上下〔名〕（江戶時代）武士的禮服
長城〔名〕長城、萬里長城
　万里の長城（萬里長城）登る昇る上る偲ぶ忍ぶ
　長城に登って古代中国人民の偉業を偲ぶ（登上萬里長城緬懷古代中國人民的豐功偉績）
長身〔名〕身材高高個子←→短身
　六尺豊かの（な）長身（足有六尺高的身材）
　長身の男（身材高的男人、大高個子）
　長身痩躯（修長個子、細長個子）
長針〔名〕（鐘錶的）長針、分針←→短針
長水路〔名〕〔體〕（游泳單程五十米以上的）游泳池、長程游泳←→短水路
長征〔名〕（中國紅軍的）長征
　二万五千里の長征（兩萬五千里的長征）
長逝〔名、自サ〕長逝、長眠、逝世
　祖父は昨夜長逝した（祖父昨天夜裡逝世了）

長石〔名〕〔礦〕長石（用作陶瓷器原料、製造玻璃肥料等）

カリ長石〔名〕鉀長石、正長石

長旋法〔名〕〔樂〕大調式

長足〔名〕長足、快步（＝早足）
　化学工業は長足の進歩を遂げた（化學工業取得了長足的進步）
　長足に彼等は仕事に熟練して来ていた（他們很快就對工作熟練起來）

長打〔名〕〔棒球〕長打（二壘以上的安打）（＝ロング、ヒット）←→短打
　長打を放つ（打長打）

長蛇〔名〕長蛇
　長蛇の列を作る（排成很長的隊伍）作る造る創る
　長蛇の陣を張る（擺長蛇陣）張る貼る
　長蛇を逸する（〔把難得的機會等〕失之交臂）

長大〔名〕長大、高大
　長大な体軀（高大的身軀）

長大息〔名、自サ〕長嘆息、長呼一口氣（＝長嘆息）
　思索に暮れて長大息する（怎麼也想不出辦法來長吁一口氣）

長嘆、長歎〔名、自サ〕長嘆（＝長嘆息）
　絶望して長嘆する（絕望而長嘆）

長嘆息〔名、自サ〕長嘆息、長呼一口氣（長嘆、長歎、長太息）

長息〔名、自サ〕長嘆（＝長い溜息）

長短〔名〕長的和短的、長短，長度、長處和短處，優點和缺點、多餘和不足
　長短様々な木（長短不齊的木材）
　物の長短を測る（量東西的長度）物物物計る測る量る図る謀る諮る
　其の長短相半ばす（優缺點參半）
　人夫夫長短有り（人各有優缺點）
　社会は長短相補って成立している（社會是互相取長補短而成立的）

長し短し〔連語〕不是長就是短

何れも長し短しである（每個不是長就是短、每個都不合適）何れ孰れ

長調〔名〕〔樂〕長調
　ニ長調のバイオリン協奏曲（Ｄ長調小提琴協奏曲）

長汀〔名〕長岸、漫長的水濱
　長汀曲浦（蜿蜒漫長的海濱）

長艇〔名〕〔海〕大舢舨、大型駁船

長程〔名〕遠程、遠距離、長距離

長堤〔名〕長堤

長途〔名〕長途
　長途の旅より帰る（長途旅行後歸來）帰る返る還る孵る変える代える換える替える

長刀〔名〕長刀←→短刀、長柄大刀（＝長刀、薙刀）

長刀、薙刀〔名〕（長把刀尖向後彎曲的）長刀
　長刀を振り回す（揮動長刀）
　長刀草履（"穿久變成"長而彎的草鞋）
　長刀酸漿（赤螺的卵囊）

長頭〔名〕〔人類學〕長頭（從上面看前後長的頭形）←→短頭

長頭蓋〔名〕〔人類學〕長頭蓋

長噸〔名〕長噸、英噸（＝2,240磅）

長年〔名〕長年、長期
　長年月（長年累月＝長日月）←→短日月
　長年摂動〔天〕長期攝動）
　長年変化（〔理〕長期變化）

長年、永年〔名〕多年，漫長的歲月、長年累月
　永年の画策して来た（蓄謀已久）
　永年に亘る切実な体験（多少年來的切身體會）亘る渡る渉る
　彼とは永年の付き合いです（和他是多年的交往〔老朋友〕）
　永年着古した寝巻（多年穿舊了的睡衣）寝巻寝間着
　永年補修されなかった（年久失修）
　永年勤続、長年勤続（長期供職＝長年勤務）

長波〔名〕〔理〕長波
　長波放送（長波廣播）

長波の受信機（長波收音機）

長波長〔名〕〔無〕長波長

長髪〔名〕（男子的）長髪

長髪の男（留長髪的人）

長尾〔名〕長尾

長尾鶏、長尾鶏（〔動〕長尾雞＝尾長鳥）

長尾類（〔動〕長尾類－如蝦等）

長鼻類〔名〕〔動〕長鼻類

長鼻類の動物（長鼻類動物）

長符〔名〕（摩斯電碼的）長符

長物〔名〕長物、多餘的東西

無用の長物（無用之物）

無用の長物視する（視為無用之物）視する資する死する

長文〔名〕長篇文章←→短文

長文の手紙（長信）

長文の記事（長篇記事文）

彼は長文を書くのが上手い（他善於寫長篇文章）旨い上手い巧い美味い甘い甘い上手

長編、長篇〔名〕長篇

長篇の詩（長詩）

長篇小説（長篇小説）

長篇漫画映画（長篇漫畫電影）

長方形〔名〕〔數〕長方形、矩形

長毛〔名〕長毛

長毛種の猫（長毛種的貓）種種

長夜〔名〕（冬天的）長夜，漫長的夜晚、通宵達旦

長夜の眠りに付く（長眠、死）付く附く就く撞く憑く搗く尽く突く潰く衝く

長夜の慰めに本を読む（以讀書來消磨漫長的夜晚）

長夜の宴を張る（設長夜宴）張る貼る

長夜の飲（長夜飲）

長幼〔名〕長幼

長幼の序を守る（遵長幼之序）護る守る盛る洩る漏る

長楽〔名〕常樂、（中國漢代）長樂宮（皇太后的住處）

長流〔名〕大河

長老〔名〕長老，耆宿，老前輩，〔佛〕高僧，方丈、〔宗〕長老

画壇の長老（畫壇的老前輩）

長老教会（基督教長老會）

長吻虻、釣虻、吊虻〔名〕〔動〕釣虻（雙翅目釣虻科的總稱）

長庚、夕星〔名〕（傍晚出現在西方天空的）金星、太白星

長〔名〕長，首長，首領（＝長）、出類拔萃的東西

村の長（村長、一村之長）

長と為る（當首領、當頭目）為る成る鳴る生る

鯛は魚の長（鯛是魚中之魁）

長亀〔名〕〔動〕革龜、稜皮龜（最大的一種海龜、稜皮龜科）

長鳥〔名〕〔動〕塘鵝

長ける、闌ける〔自下一〕擅長、年老、（寫作闌ける）高升、（寫作闌ける）正盛，旺盛，過盛，盛期已過

彼は中国語に闌けている（他擅長華語）闌ける長ける炊ける焚ける猛る哮る

彼は音楽に闌けている（他擅長音樂）

彼は語学の才に闌けている（他擅長外語）

世故に闌ける（老於世故）

彼は世故に闌けている（他老於世故）

世才に闌けた人（長於世故的人）

齢闌けて後（老後）後後

年が闌けている（年華正茂）

年闌けた人（上了年紀的人）

日が闌けて起きる（紅日高升才起床）

夜が闌ける（夜深了）

秋も闌けた（秋色已濃）

山里の秋も闌けた（山村的秋色已濃）

春が蘭けた（春意闌珊）

春蘭けて鶯が鳴く（春意深黃鶯啼）鳴く泣く無く啼く

猛る〔自五〕激昂（＝勇み立つ）、狂暴（＝暴れ回る、荒れ狂う）

スタート前に猛る心を鎮める（在開跑之前鎮定雀躍的心情）鎮める沈める静める

猛る獅子（發兇的獅子）猛る哮る焚ける長ける蘭ける

猛り狂う荒波（洶湧的波濤）

海は猛り狂っている（大海在狂吼著）

哮る〔自五〕咆哮、怒吼、大吼大叫

猛虎の哮る声（猛虎的吼聲）哮る猛る炊ける焚ける長ける

声高く哮る（大聲吼叫）

炊ける〔自下一〕煮成飯、做成飯

長い、永い〔形〕（時間、距離）長、長久、長遠

長い年月（漫長的歲月、長年累月）年月

尻が長い（久坐不走）

先が長い（來日方長）

彼はもう長い事は有るまい（他活不長了）

長く交際する（長年交往）

長く御目に掛かりませんでしたね（久違了）

長い間鍛えられた腕前（久經鍛鍊的本領）

夜は幾等長くても何時かは明ける物だ（黑夜雖長但總會天亮）

長い棒（長棍）

長い文章（長文章）

袖が長過ぎる（袖子太長）

気が長い（慢性子、慢吞吞）

道程が長い（路程遠）道程道程

長い目で見る（從長遠看、高瞻遠矚、把眼光放遠）

長い物には巻かれる（胳膊扭不過大腿）

長〔造語〕（形容詞長い的詞幹）長、久

長患い（久病、長年患病）

長の別れ（永別）

面長（長臉）

長の暇を告げる（請長假、辭職）

長さ〔名〕長、長度

長さ二フィート有る（長度有二英尺）

三メートルの長さに達する（長達三米）

長さは同じ位だ（長度差不多一樣）

長さは何程か（有多長？）

此は彼の長の二倍有る（這個有那個二倍長）

春分と秋分の日は昼と夜の長さが同じに為る（春分和秋天這一天日夜一樣長）

長たらしい、長ったらしい〔形〕（長長しい的俗語形）冗長、囉囉嗦嗦

長たらしい説明を省く（略去冗長的説明）

長たらしい演説（冗長的演講）

長たらしく話す（說個沒完沒了、喋喋不休）

長どす〔名〕（賭徒等插在腰間的）長匕首（＝長脇差）

長の〔連語、連體〕長的、長久的

長の別れ（永別）

長の病（久病）

長の年月（漫長的歲月）

長の暇（長假）暇暇

長め、長目〔名、形動〕稍長、長一點←→短め

長めのスカート（長一點的裙子）

髪を長めに刈る（頭髮剪得長一點）

バットを長めに持つ（把球棒放長點拿）

長目飛耳〔名〕觀察敏銳、書籍（＝飛耳飛目）

長める〔他下一〕拉長、拖長（＝長くする）

長らえる、永らえる、存える〔自下一〕長生、繼續活著

生き永らえる（繼續活下來）

戦争中も不思議に生き長らえて（戰爭期間居然也活過來了）

長らく〔副〕久、長久、長時間

長らく御無沙汰しました（久疏問候）

イ

長らくは待たせない（不讓你久等）

彼が死んでから随分長らくに為る（他死了很久）

長雨〔名〕霪雨

長雨が続く（霪雨連綿）

長居〔名、自サ〕久坐

長居（を）為ては行けません（可別坐得太久了）

此の上長居は為て居られません（再也不能久坐了）

長居は無用と彼は早早に立ち去った（覺得不能久坐他便趕快走開了）

長尻、長っ尻〔名〕久坐（＝長居）

長椅子〔名〕長椅子、長沙發（＝ソファー）

長芋、長薯〔名〕〔植〕家山芋

長柄〔名〕長柄，長把、（古代顯貴騎馬時侍者撐的）長柄傘（＝長柄の傘）、長柄酒壺（＝長柄の銚子）、（五米的）長矛（＝長柄の槍）

長柄の煙管（長桿煙袋）

長柄のパラソル（長柄陽傘）

長追い〔名、他サ〕遠追

敵を長追いする（長驅追逐敵人）

長追い無用（不可遠追）

長靴、長靴〔名〕長筒鞋←→短靴

ゴム長靴（膠皮鞋）護謨ゴム

長靴を履く（穿長筒鞋）履く穿く佩く吐く掃く刷く

長靴下〔名〕長筒襪

長首類〔名〕〔動〕蛇頸龍亞目

長言〔名〕長談（＝長話）、長篇文章

長潮〔名〕潮差最小的潮汐

長喋り〔名、自サ〕長談、久談

彼と長喋りを為て汽車に間に合わなくなった終った（和他談得沒完誤了火車）終う仕舞う

長話〔名、自サ〕長談、久談

近所の人と道長話を為る（和鄰居在馬路上聊了半天）

此処では長話も出来ない（這裡不能暢談）

大層長話を致しました（囉囉嗦嗦說了半天真對不起）

長襦袢、長襦袢〔名〕穿在和服下面的長襯衣←→襦袢、ジュバン

長須鯨〔名〕〔動〕長鬚鯨

長ズボン〔名〕長褲

長旅〔名〕長期旅行、長途旅行

長旅に出る（出遠門、做長途旅行）

長旅を終えて帰る（長期旅行後歸來）帰る返る還る孵る変える代える換える替える

長談義〔名〕（講話）囉囉嗦嗦、長篇大論

下手の長談義（又臭又長的講話、老太婆的裹腳布）上手

長談義を聞かせる（令人聽些沒完沒了的話）聞く聴く訊く効く利く

長談〔名〕長談、長時間談話

長丁場、長町場〔名〕（驛站間）路程較長，較長的一段路程、（工作）較長的段落、（歌舞伎）較長的場面

長っ細い〔形〕細長

胴の長っ細い人（上身細長的人）

長っ細い紙切れ（細長紙條）

長月〔名〕陰曆九月的別稱

長続き、永続き〔名、自サ〕持續、持久（＝永続）

此の好天気は永続きするだろう（這個好天氣可能持續下去）

彼は何を遣らせても永続きしない（讓他做什麼也不能持續下去）

長手〔名〕較長（的）。〔建〕順（砌）磚。〔古〕遠路，長途

長手継ぎ目（〔船〕縱接縫、縱向焊縫）

長手積み（〔建〕順磚砌合）

長手控え（〔機〕縱撐）

長手袋（長手套）

長門〔名〕（舊地方名）長門、長州（現山口縣西北部）（＝長州）

長長（と）〔副〕長長地、冗長、長久

彼は長長と其の問題を論じた（那個問題他談論了很久）

長長と喋る（喋喋不休）

長長と横たわる（伸直身體躺著）

先生に長長と説教された（被老師訓了好久）

足を長長と伸ばす（把腿伸得長長的）伸ばす延ばす展ばす

長長と書く（連篇累牘）書く欠く掻く画く斯く

長長御無沙汰しました（久疏問候）

長長御世話に為りました（久承關照）

長長しい〔形〕冗長、囉囉嗦嗦（=長たらしい、長ったらしい）

長長しい説明を省く（略去冗長的説明）

長泣き、長鳴き〔名、自サ〕長時間哭泣、長時間鳴叫

長寝〔名〕睡得久

長葱〔名〕（相對於玉葱〔洋葱〕的）普通的葱

長羽織〔名〕（套在和服上面的）長外掛

長袴〔名〕（江戸時代武士等穿禮服時）後面拖長的長褶裙

長葉草〔名〕〔植〕草地早熟禾

長引く〔自五〕拖長、拖延

時間が長引く（時間拖長）

彼の病気が長引いた（他久病不癒）

交渉が長引いた（談判拖長了）

戦争が長引いた（戰爭拖長了）

長引かせる〔他下一〕拖長、拉長、延長

時間を長引かせる（拖時間）

長火鉢〔名〕（帶抽屜等的）長方形火盆

長火鉢の前に胡坐を掻く（盤腿坐在長方形火盆前面）掻く画く書く欠く斯く

長櫃〔名〕（穿衣服等的）長方形大箱子

長笛〔名〕（中國）長笛

長風呂〔名〕洗澡時間長

長柄〔名〕〔建〕長樺頭

長枕〔名〕長枕，二人枕、（二人）共枕

長道、長路〔名〕遠道，遠路、長途

長道を為る（遠行、出遠門）為る摩る擦る刷る磨る掘る擦る搖る為る成る鳴る生る

長道中〔名〕長期旅行、長途旅行（=長旅）

長虫〔名〕〔動〕長蟲、蛇（=蛇）

長持ち〔名、自サ〕持久，耐久、經久耐用、帶蓋的長方形衣箱

長持ちの為る切地（耐穿的衣料）切地布地裂地

此の花は長持ち（が）為る（這花開得長）

此の種類の布は長持ちしない（這種布不耐穿）

此の天気は長持ちしないだろう（這種晴天不會持續很久）

今の内閣は長持ち住まい（現在的内閣不持久）

晴れ着を長持ちに終う（把華麗的衣服收進箱子裡）終う仕舞う

長物語、長物語り〔名〕長篇故事，長篇小説、長談，暢談（=長話）

長物車〔名〕〔鐵〕無頂平板貨車

長文句〔名〕冗長的叙述、冗長的演講

長文句を並べる（長篇大論）

長屋〔名〕狹長的房屋、（貧窮人住的、一棟房子隔成幾戸合住的）簡陋住宅，大雜院

長屋門（兩側有長條房屋的宅邸大門）門門

裏長屋（後街的大雜院）裏裏

二軒の長屋（兩戶合住的簡陋房）

長屋住まい（住在大雜院、住在簡陋房屋）

長屋住まいに住む（住在大雜院、住在簡陋房屋）住む棲む済む澄む清む

長屋住まいを為る（住在大雜院、住在簡陋房屋）

長病み〔名〕久病不癒、長期患病、纏綿的病（=長患い）

長患い、長煩い〔名、自サ〕久病，長期患病、纏綿的病、疾病的長期折磨

イ

長患いを為る（長期患病）

彼は長患いを為て治った許りだ（他久病剛癒）直す治す

長湯〔名〕洗澡時間長

余り長湯を為たので逆上せて終った（因為在澡堂裡泡得太長暈倒了）

長廊下〔名〕長廊、長的走廊

長脇差〔名〕長腰刀、腰間插著長腰刀的賭徒、（泛指）賭徒

長押〔名〕〔建〕（日式建築）上門框上的裝飾用橫木、架在兩柱間的貼牆橫木

長閑〔形動〕（天氣）晴朗，平靜，悠閒，寧靜，恬靜（＝のんびり）

長閑な天気（晴朗的天氣）

長閑な空（晴朗的天空）

長閑な春の一日（一個暖和的春天）一日一日一日一日

長閑な海（風平浪靜的海面）

長閑な心（悠閒寧靜的心）

心も長閑に散歩する（悠閒自得地散步）

試験が終わり、長閑な気持で一日を送る（考試完了悠然自得地過了一天）送る贈る

長閑けし〔形ク〕〔古〕（天氣）晴朗，平靜，悠閒，寧靜，恬靜（＝長閑）

長閑やか〔形動〕（天氣）晴朗，平靜，悠閒，寧靜，恬靜（＝長閑）

常（イ㚔ノ）

常〔漢造〕經常、一般，普通、道德

日常（日常、平時＝常、日頃、普段）

日常茶飯事（常有的事、很平常的事、毫不稀奇的事、司空見慣的事）

其は日常茶飯事で少しんも怪しむ足らぬ（那是司空見怪的事毫不奇怪）

平常（平常、平素、往常、普通＝通常、普段）

平常の通り行う（照常進行）

平常の状態を保つ（保持常態）

事態が平常に復する（情況恢復正常）復する服する伏する

平常心で臨む（以平常心來對待）臨む望む

非常（非常，特別，極，很，緊急，緊迫）

非常な高い（非常高）

非常な暑さ（非常炎熱）

非常に疲れている（累極了）

非常口（太平門、緊急出口）

非常の時に備える（以備萬一）備える供える具える

恒常（恆常、常例、正常＝常、決まり）

温度を恒常に保つ（保持恆溫）

無常（無常，變幻，死、〔佛〕無常，變化不定）←→常住

人生は無常也（人生無常、浮生若夢）

通常（通常、平常普通＝普通）

通常為替（普通匯款）

通常郵便物（普通郵件-包裹除外）

尋常（尋常，平常，普通，一般，溫和，樸實，老實，乖，正派，堂堂正正）

尋常茶飯事（常事、普通事）

尋常の遣り方（老實的做法）

尋常一様（普通、平常、一般）

正常（正常）←→異常

正常に復する（戻る）（恢復正常）

正常な心理状態（正常的心理狀態）

異常（異常、非常、不尋常）

異常な（の）人物（非常人物）

異常な神経の持主（神經不正常的人）

五常（〔儒〕五常-仁、義、禮、智、信）

綱常（三綱五常、人倫之道）

常圧〔名〕常壓

常圧蒸留（常壓蒸餾）

常飲〔名、他サ〕常飲、常吸

阿片の常飲者（有鴉片癮的人）者者

常打ち〔名〕（在一定的場所）經常演出

　常打ちの芝居（經常上演的戲）

　常打ちの小屋（經常演出的戲棚）

　彼の亭は講談の常打ち館である（那個亭子是常設說書場）亭亭館館

常温〔名〕常溫，恆溫（化學上為攝氏十五度）、（一年的）平均溫度

　部屋の常温（室內的平常溫度）

　地下三十メートルの処でも常温を保たれている（在地下三十公尺的地方也保持著常溫）

　此の薬は常温保存が可能だ（此藥可以在常溫下保存）

　常温圧延（〔機〕冷軋）

　今年の東京地方の常温は昨年より稍低目だ（今年東京地區的平均溫度比去年略低）

　東京の常温は約十四度（東京全年平均溫度約十四度）

常会〔名〕定期的會議

　常会を開く（開常會）開く拓く啓く披く開く明く空く飽く厭く

常角軌道〔名〕〔理〕（射體）軌道。〔數〕軌道

常軌〔名〕常軌、普通做法

　彼の行動は常規を逸している（他的行動溢出常軌）

　常規に従って行動する（按常軌行動）従う随う遵う

　常規を曲げる（歪曲常軌）曲げる枉げる

常規〔名〕常規，常例、標準

　常規を以って律する（用常規衡量）

　人生の常規（人生的常例）

常議員〔名〕常務委員

　常議員会（常務委員會）

常客、定客〔名〕常客、老主顧

　其の方は店の定客です（那位是我們店的老住顧）

　店の定客を大切に為る（好好照顧店裡的常客）

常況〔名〕經常得狀況

　心神喪失の常況に在る者（經常處於神經失常狀態的人）在る有る或る

常勤〔名、自サ〕專職，固定的工作、經常上班←→非常勤

　常勤講師（專職教員）

　常勤の者（專職的人）

常型〔名〕〔生〕同型、等模標本

常香〔名〕不斷香（佛前不間斷燒香）

常衡〔名〕常衡（以16盎司為1磅）

常光線〔名〕〔理〕尋常光線、尋常射線

常座〔名〕〔劇〕常座、定位（能樂舞台上主角和配角上場時、首先站下開始動作或歌唱的地方）

常在〔名、自サ〕常在、常駐

　局の常在員（局常駐人員）

常山の蛇勢〔連語〕常山陣（古兵陣-出自孫子）。〔轉〕文章結構嚴密

常事〔名〕常事、日常之事

　常事を疎かに為ない（不疏忽日常的事）

常磁性〔名〕〔理〕順磁性

　常磁性体（順磁質）

　常磁性共鳴吸収（順磁共振吸收）

常識〔名〕常識

　常識が有る（有常識）在る有る或る

　常識に富む（常識豐富）

　常識に外れている（反常、不合乎常識）

　常識で判断する（憑常識判斷）

　常識を欠く（缺乏常識）欠く掻く書く画く斯く欠しい乏しい

　そんな事は常識でも分かる（那種事憑常識也懂）分る解る判る

　常識以上に一歩も出ない（一點都不超出常識）

　常識を一寸働かせば分かるだろう（多少應用一點常識就會明白了）

常識家（有常識的人）
　　　常識試験（常識測驗）
　　　常識論（常識論、膚淺的見解）
　　　常識的（常識性的、一般的、合乎常識的）
　　　常識的に言って（一般地說來）言う謂う云う
　　　其は極めて常識的な解決法だ（那是很平常的解決方法）極める究める窮める
　　　常識的な解釈（一般的解釋）
常寂光土〔名〕〔佛〕常寂光土
常習〔名〕常習、平常的惡習
　　　麻薬を常習的に使用する（慣用麻醉品）
　　　遅刻の常習者（經常遲到的人）
　　　常習性（〔犯罪等的〕常習性、習慣性）
　　　常習犯（〔法〕慣犯）
常住〔名〕〔佛〕常住←→無常、經常居住，長期居住
〔副〕平常、時常、經常
　　　常住を願う（希望常住）
　　　常住人口が二百万と数えられている（固定人口計有二百萬人）
　　　常住考えている事（經常思考的事）
　　　常用坐臥（行動坐臥、經常）
　　　常住不断（經常、不斷）
常勝〔名〕常勝
　　　常勝のチーム（常勝的隊伍）
　　　常勝将軍（常勝將軍）
常情〔名〕（人之）常情
常食〔名、他サ〕常食、日常的飯食
　　　日本人は米を常食と為る（日本人以米為常食）摺る刷る磨る掏る摩る擦る攬る
常人〔名〕常人、普通人
　　　彼は常人ではない（他不是一般人）
　　　彼女は理智に於いては常人と異なる処が無い（她在理智方面與常人無異）

　　　其は常人の企て及ぶ処ではない（那不是普通人所能企及的）
常数〔名〕一定數值。〔數〕常數（=定数）。〔理〕常數、定數，注定的命運
　　　常数効果（定數效果-指投資的增加表現為社會整個成員收入的增加）
　　　比例常数（比例常數）
　　　ファラデーの常数（法拉第的常數）
　　　避け難き常数なり（無法避免的命運）
常設〔名、他サ〕常設
　　　委員会を常設する（設常務委員會）
　　　常設委員（常務委員）
　　　常設館（經常上映電影的電影院）
　　　常設欄（常設欄）
常染色体〔名〕〔生〕常染色體
常体〔名〕（語法）（日語句末以だ、である結尾的）常體、簡體、普通體←→敬体
常態〔名〕常態
　　　鉄道は常態に復した（鐵路恢復正常）
常談〔名〕（老生）常談、玩笑（=冗談）
　　　常談平話（聊天、閒聊）
常置〔名、他サ〕常設、經常設置
　　　委員を常置する（設置常設委員）
　　　常置委員会（常設委員會）
　　　常置信号機（〔鐵〕固定信號機）
常駐〔名、自サ〕常駐、經常駐在
　　　植民地に軍隊が常駐する（軍隊經常駐紮在殖民地）
常直〔名、自サ〕經常（每日）值班
　　　常直の守衛（經常值班的門衛）
常詰め〔名〕（為應付緊急事態）不分晝夜值勤（的人）
常灯〔名〕（神佛前的）常燈，經常點的燈、（馬路上的）常夜燈，常明燈
常套〔名〕常規、舊例、老一套
　　　常套の文句（陳腔濫調）
　　　常套を脱する（擺脫常規）脱する奪する

常套手段を用いる（用老套的辦法）
常套の目で見る（用老眼光看）
常套語（口頭禪、老一套話）
常套手段（慣用的手段）

常道〔名〕常道、常規、原則作法、普通作法
民主政治の常道（民主政治的常規）
憲政の常道（憲政的常規）
常道を踏み外す（越出常規）
常道を行く（按常規辦事）行く往く逝く行く往く逝く
常道を辿る（按常規辦事）
道の道と為可きは常道に非ず（道可道非常道）
揚げ足を取るのが彼奴の常道だ（抓人短處是他的慣用手法）
大言壮語を常道と為る（慣於吹牛、經常說大話）為る為る
常道論（常規論）

常動曲〔名〕〔樂〕無窮動

常得意、定得意〔名〕常主顧、老主顧
店の常得意（商店的大主顧）
彼の方は私共の常得意です（他是我們的老主顧）

常任〔名、自他サ〕常任、常務
常任の書記（常務書記）
常任委員会（常務委員會）
常任理事（常任理事）

常備〔名、他サ〕常備
災害援助費を常備する（常備救災費）
常備軍（常備軍）軍戰
常備兵役（常備兵役）
常備薬（常備藥）薬薬

常微分方程式〔名〕〔數〕常微分方程式

常不断〔名〕經常、時常（＝普段、何時も、常）

常服〔名〕便服、日常穿的衣服（＝普段着、不断着）

常分散〔名〕〔理〕正常色散

常分数〔名〕〔數〕簡分數、普通分數

常平倉〔名〕〔史〕（奈良時代調整米價的）常平倉

常法〔名〕常法、常用方法、一定之規

常凡〔名ナ〕平凡、平庸、普通
常凡な小説に過ぎない（只不過是平庸的小說）

常命〔名〕〔佛〕（通常的）壽命
常命で死ぬ（善終、活到壽命而死）

常民〔名〕〔民俗學〕普通人民、庶民
常民文化（庶民文化）

常務〔名〕通常的事務，日常的業務，日常工作、常務董事（＝常務取締役）
常務に服する（從事日常工作）服する復する伏する

常宿、定宿〔名〕經常投宿的旅館
東京での常宿は第一hotelだ（在東京經常住的旅館是第一飯店）

常雇い〔名〕長期雇傭（的人）、長工
常雇いの人夫（長期雇傭的精重工人）
常雇いに為る（當長工）為る成る鳴る生る

常用〔名、他サ〕常用、經常使用、繼續使用
常用の万年筆（常用的鋼筆）
此の薬を常用すれば非常に効果が有る（常服此藥非常有效）
常用語（常用詞）
常用対数（〔數〕常用對數）
常用しても副作用の無い薬（連續使用也沒有副作用的藥）
常用漢字（經常使用的漢字、常用漢字－1981年10月1日日本內閣告示第一號 常用漢字表 中所規定的漢字共1945字、只作為日常可以使用的漢字的大體標準、並非硬性規定、從而廢除了以往有關当用漢字的規定）
常用時（民用時）←→天文時

常傭〔名、他サ〕長雇、繼續雇用
常傭事務員（長期雇用的辦事員）
常傭運転手（常雇的司機）

常量分析〔名〕〔化〕常量分析

常緑〔名〕常綠
- 常緑樹（常綠樹）
- 常緑の木（常綠樹）

常例〔名〕常例、慣例
- 常例に従う（遵照慣例）従う遵う随う
- 常例に背く（違背慣例）背く叛く
- 会議終了後会食するのが彼等の常例だ（會議結束後進行會餐是他們的慣例）

常連、定連〔名〕常客，經常來的人們、老伙伴、老搭擋
- 彼は其の料理店の定連だ（他是那家飯店的常客）
- 野球見物の定連（常去看棒球比賽的人）見物（值得看的東西）
- 定連が毎日の様に集まる（老伙伴幾乎每天碰頭）
- 何時もの定連と浅草に出掛けた（與老搭擋一起上淺草去了）

常、恒〔名〕常，平常，尋常，普通，常事，常情，常久
- 常の服（常服、便服）
- 世の常（世上常有的事）
- 常なら千円も為ましょう（平常會值一千日元）
- 常と違って今日は酷く機嫌が良い（和平日不同今天特別高興）
- 此の頃朝寝を為るのが常の為った（最近睡早覺成了常事）
- 人の常と為て恐い物を見たがる（害怕還想看是人之常情）
- 朝、散歩するのを常と為る（早上散步習以為常）
- 先ず世論を作り出すのが常である（總是先製造輿論）世論世論世論
- 常為らぬ人の命（無常的人生）
- 常が大事（平素的表現重要）
- 常無し（無常、短暫、不定）

常為らぬ（ず）（非常，不尋常、無常，無定）
- 常為らぬ彼の様子（他那不尋常的樣子）
- 出席常為らず（不經常出席）
- 常為らぬ世（無常的人生）

常常、常常〔名、副〕平常，平素，素日，常常，經常
- 常常の心掛けが大切だ（平素的用心很重要）
- 偉い人は常常から為て違う（偉大人物平常就不同）
- 常常洋行為度いと思っている（經常想要出國）
- 常常父から然う聞かされている（經常聽父親那樣說）
- 常常自分の無力を痛感している（經常痛覺自己能力有限）

常並み、常並〔名〕尋常、平常、普通、一般（＝世間並み）
- そんな事は常並みの事で驚くには当らない（那種事司空見慣不值得驚慌）

常に〔副〕常、時常、經常（＝何時も、普段）
- 常に有る事（常有的事）
- 常に此の薬を服用する（常吃這種藥）
- 常に点検する（經常檢查）
- 常に巡航する（經常往來巡弋）
- 常に高い目標を目差す（經常樹立高遠的目標、力爭上游）
- 常に準備を怠らない（常備不懈）怠る惰る
- 彼等の判断は常に誤っている（他們的判斷經常錯誤）誤る謝る
- 常に目紛しく変化する（變化無常）
- 事物は常に発展する物である（事物總是發展的）
- 健康には常に気を付けている（經常注意健康）
- 松は常に緑を保っている（松樹長青）
- 人類は常に大きな風波の中で前進する物である（人類總是在大風大浪中前進的）

社会の秩序は常に安定している（社會秩序始終是穩定的）整える 調える

侵入した来る敵を殲滅する備えを常に整えている（隨時準備殲滅入侵的敵人）

或る時代の支配的な思想は常に其の支配階級の思想に過ぎなかった（任何一個時代的統治思想始終都不過是統治階級的思想）

常日頃〔名、副〕（比單獨用常或日頃語氣強烈）平常、平日、素日（＝常常）

常日頃からの心掛けが大切だ（平常的用心很重要）

常日頃から体を良く鍛えて置く（平時好好鍛練身體）

常日〔名〕平日（＝常の日、普段の日）

常、永久〔名、副〕永久、永遠、長久（＝永久、永久しえ、永久しなえ）

常の命（永遠的生命）

常の誉れ（永遠的榮譽）

常に栄える（永遠繁榮）栄える 生える 映える 這える

君の幸福の常に続きますよう祈ります（祝福您永遠幸福）祈る 祷る

常しえ、長しえ、永久しえ〔名、副〕永遠、永久

常しえの幸いを祈る（祝永遠幸福）

常しえに続く（永遠繼續下去）

常しえに眠る（永眠）

常しなえ、長しなえ、永久しなえ、鎮しなえ〔名、副〕永遠、永久（＝常しえ、長しえ、永久しえ）

常しなえの栄光を祈る（祝永遠光榮）

常少女、常処女〔名〕永遠年輕的少女

常常〔名〕（常的強調形式）永久（＝常しえ、長しえ、永久しえ）

常常の命（長壽）

常夏〔名〕（四季）常夏。〔植〕石竹。〔古〕〔植〕紅瞿麥（＝撫子）

常夏の国ハワイ（常夏之國夏威夷）

常滑〔名〕水底石頭長苔易滑的地方、愛知縣常滑市（盛產優質陶土）

常春〔名〕四季常春

常春の国（四季常春之國）

常節〔名〕〔動〕（類似鮑魚可食的）小蛤蠣

常闇〔名〕〔古〕常暗、暗夜難明

常闇の世（黑暗世界、亂世）

常世〔名〕〔古〕萬世，永恆不變、遠方之國，長生不老之國，黃泉、陰間（＝常世の国）

常世の神（長生不老的神仙）

常夜〔名〕常夜、永遠黑暗（＝常闇）

常夜灯〔名〕常夜燈、常明燈

氏神様の御祭で常夜灯が輝く（由於氏族神節常夜燈通明）輝く 耀く

常盤〔名〕（像大岩石一樣）永恆不變、（松、杉等樹的）長綠，長青

常盤の松（萬古長青的松樹）

常盤堅磐（に）（永恆地、永久不變地）

常盤木（"松柏類的"常綠樹）

常盤津（節）（常盤津節-淨瑠璃的一派、由三弦伴奏）

常陸〔名〕〔地〕常陸（舊地方名、現在的茨城縣的大部分）（＝常州）

場（イ夬丶）

場〔名、漢造〕場、場所、場面

場に満つ（滿場）

場を圧す（壓場）圧す 押す 捺す 推す

斎場（齋壇，祭祀的場所＝祭場、殯儀場，舉行葬禮的地方）

祭場（祭壇、祭祀的場所）

壇場（壇場、沒有台子的場所）

劇場（劇場、劇院、電影院）

市場（菜市場，集市＝市場、交易所，交易市場，市場，銷路，銷售範圍）

市場（〔定期或每天的〕市集，市場，（副食雜貨）商場（＝マーケット）

農場（農場）

道場（〔佛〕道場，修行的地方、練武場，教授武藝的場所）

開場（開門、入場、開幕）←→閉場

閉場（閉會、散場、關閉會場）←→開場

会場（會場）

教場（教室、教學場所）

靈場（"寺院或廟宇所在的"靈地＝靈地）

登場（〔劇〕登場，出場，上場，演出，上台←→退場、"新製品或人物等"登場，出現）

退場（退場、退席、下台、退出"會場、議場、劇場、運動場等"）

独壇場（只顯得一個人的場面、一個人獨佔的場面＝独擅場、独り舞台）

検査場（檢驗廠）

一場（一場、一席、一回、一瞬）

一場の夢（一場夢）

第一場（第一場）

工場、工場（工廠）

機械工場（機械廠）

仕上げ工場（加工廠、裝配廠）

下請け工場（承包工廠、附屬車間）

工場で働く（在工廠工作）

工廠（兵工廠、軍火工廠）

海軍工廠（海軍工廠）

場外〔名〕場外，會場以外。〔經〕"交易所的"場外←→場内

場外に溢れ出た観衆（溢出場外的觀眾）

場外ホーマー（〔棒球〕場外還壘球、場外全壘打）

場外取引（場外交易）

場内〔名〕場内←→場外

場内は人でごった返している（場內因為人多亂成一團）

場内を整理する（整理場內）

場内アナウンス（場內廣播）

場内禁煙（場內禁止吸菸）

場況〔名〕〔商〕市場情況

売り過ぎの場況（出手過多的市場情況）

場景〔名〕（劇等）場景、場面的光景

場長〔名〕（工廠、試驗場等的）廠長、場長

場裡、場裏〔名〕場裡，場內、（活動的）舞台，範圍

競争場裡（競爭場上）

社交場裡（社交場上）

国際場裡に活躍する（在國際舞台上積極活動）

場〔名〕場所，地方、座位，席位。〔劇〕場面、場合。〔商〕（股票的）市，盤。〔理〕（作用的）場

私は其の場には居合わせなかった（我當時不在場）

其の場で書いて出して下さい（請當場寫好交來）

其の場で休憩（原地休息）

其の場で処刑する（就地正法）

場を取る（定座、佔座、佔地方）取る捕る執る獲る採る盗る撮る摂る

場を塞ぐ物（佔〔很多〕地方的東西）

早く行って場を取って置いて下さい（請早點去替我定〔佔〕個座位）

二人丈で話し度いから、貴方は一寸場を外して下さい（我們想兩個人單獨談一談請您避開一下）

三幕五場（三幕五場）

芝居の別れの場が一番良かった（劇中離別的場面最好）

前の場より数日後（距前場數日後）

場（の）数を踏む（富有經驗）

其の場に及んで逃げ出す（臨陣脫逃）

此は此の場限りの話に為ましょう（這話不可讓別人知道）

其の場を誤魔化す（當時矇混過去）

彼の服装は此の場には合わない（他的裝扮不合時宜）合う会う遭う遇う逢う

場が立つ(進行交易)立つ 裁つ 断つ 截つ 経つ 起つ 絶つ 発つ 建つ

場が開く(開盤)開く 啓く 拓く 披く 開く 明く 空く 飽く 厭く

磁力の場(磁場)

場合〔名〕場合，時候、情況，狀態

斯う言う場合には(在這種場合下)

いざ戦争と為った場合には(一旦發生戰爭)

雨の場合は中止(遇雨中止)

然う為なければならない場合が良く有る(有時不得不如此)

どんな場合にも慌てては行けない(任何時候都不要慌張)

今は愚図愚図している場合ではない(現在不是磨磨蹭蹭的時候)

場合に拠っては(根據情況)拠る 因る 寄る 縁る 依る 選る 継る 撚る

時と場合を考える(考慮時間和情況)

此の場合何とも仕方が無い(在這種情況下實在沒有辦法)

貴方の場合と私の場合とでは事情が全く違う(你我的情況完全不同)

其は全ての場合に当て嵌るとは限らない(這個不一定在所有的情況下都適用)全て 総て 凡て

場味〔名〕〔商〕市場的潛在傾向、市場情緒、市場氣氛

場当たり、場当り〔名，形動〕(在舞台或集會上為了博得喝采)作花式動作或表演，即興、即席，臨時，權宜

場当たり演説(即席演講、聳人聽聞的演講)

場当たりな(の)答弁(即席答辯、當場答辯)

場当たりを取る(耍花樣博得喝采、採取華而不實的手法)取る 捕る 執る 獲る 採る 盗る 撮る 摂る

彼奴は良く場当たりを遣る(那個小子善於嘩眾取寵)

場当たりな(の)計画(臨時〔權宜〕計畫)

場当たりを言う(說應付場面的話)言う 謂う 云う

場打て〔名〕怯場

場打てが為る(怯場)擦る 掏る 磨る 刷る 摺る 摩る 擂る

場数〔名〕(演出或比賽的)場次、經驗次數

試合の場数を踏む(經歷多次比賽)

場数を踏んだ人(老手、富有經驗的人)

場株〔名〕〔商〕(在交易所)登記的股票、上場的股票

場所〔名〕場所，地方、現場、所在地、席位、座位、地點，位置。〔相撲〕(大會的)會期，會場

以前何も無かった場所に工場が建った(在從前空曠的地方建起了工廠)

クラス会の場所が学生会館に為た(班會的會址定在學生會館)立つ 裁つ 断つ 截つ 経つ 起つ 絶

県庁の在る場所(縣政府所在地)在る 有る 或る

何度も戦争の有った場所(屢經戰爭的地方)

火事の有った場所(失火的地方)合う 会う 遭う 遇う 逢う 在る 有る 或る

置く場所が無い(沒地方放)置く 擱く 措く

此の机は場所を取り過ぎる(這個桌子太佔地方)

座る場所が分からない(不知道該坐那裡？)座る 坐る 据わる 分る 解る 判る

人の場所を取る(佔人家的座位)

場所を明ける(挪出座位)明ける 空ける 開ける 厭ける 厭け

場所を取って置く(佔個座位、留個席位)

映画館は一杯で場所は一つも無かった(電影院客滿一個座位也沒有了)

死に場所を得る(死得其所)得る 獲る 選る 得る 売る

場所が悪い(地點不好)

御宅は良い場所ですね(你家的地點好)良い 好い 佳い 善い 良い 好い 佳い 善い

イ

場所で商売が繁昌するのだ（因為地點好生意興隆）

場所前の人気（大會開始前的盛況）

春場所（春季相撲大會）

場所入り（相撲力士入場〔式〕）

場所柄（地點、位置、場合的情況）

場所柄が悪い（地點不好）

場所柄を弁えない発言（不合時宜的發言）

場所柄で地代が高い（因為地點好所以地價貴）

其を為る場所柄でも時期でもなかった（既非其所亦非其時）

場所塞ぎ（佔地方礙事的東西、障礙物）

場所割（分配地方）

夜店の場所割（夜市攤位的位置分配）

場末〔名〕（遠離市中心的）近郊、郊區、偏僻地區

場末に住む（住在近郊）住む棲む清む澄む済む

此の辺は場末です（這一帶很偏僻）

場席〔名〕〔俗〕座位，席位、空位置

車内が込んでいて腰を下ろす場席も無い（車内很擁擠連個座位都沒有）下す卸す降ろす

場銭〔名〕（劇場等的）租場費、（攤販等的）地皮租

場代〔名〕（會場或比賽等的）租用費、租金

場立ち、場立ち〔名〕〔商〕（交易所內代客買賣的）場內經紀人

場違い〔名〕不合時宜、非著名產地的（產品）

場違いの議論（不合時宜的議論）

場違いの発言を為て非難される（做了不合時宜的發言受到責難）

場違いの蜜柑（非著名產地的橘子）

場帳〔名〕〔商〕（交易所）成交項目登記表（帳簿）

場馴れる〔自下一〕（登上講台或舞台時）不怯場、（因有經驗而）顯得很自然

彼の人の演説は場馴れた物だ（他的演講態度很自然）

場馴れ、場慣れ〔名〕（因有經驗、對登上舞台或講台等）習慣、不怯場

場馴れが為る為る為る（不怯場）

彼の役者は場馴れが為ていないので台詞をとちる（那個演員沒有舞台經驗常常念錯台詞）

場塞ぎ〔名〕礙事、無用的東西，沒有價值的東西、裝填物，加入物，補缺者（=埋め草）

此を此処に置いては場塞ぎだ（這個放在這裡礙事）

場札〔名〕場上的（撲克）牌

場面〔名〕場所，場地，地方，場面，情景、場景、行情，市場的情況

場面が狭い（地方小）

其丈の場面が有れば十分だ（有這麼大的地方足夠了）

悲しい場面（悲哀的場面）

彼の映画の最後の場面は印象的だ（那部電影最後的場面給人留下深刻的印象）

此の劇の場面は京都に為っている（這個戲的場景是京都）

場面気丈（手堅し）（行情堅挺）

ざら場〔名〕〔商〕（交易所在開盤至收盤之間）連續的成交（價格）、連續的買賣交易、砂底的水濱

廠（イオˇ）

廠〔漢造〕沒有牆壁的房屋

工廠（兵工廠、軍火工廠）

海軍工廠（海軍工廠）

工場、工場（工廠）

機械工場（機械廠）

仕上げ工場（加工廠、裝配廠）

下請け工場（承包工廠、附屬車間）

工場で働く（在工廠工作）

廠舎〔名〕（軍隊在演習地臨時用的）簡易營房、板房、棚子

廠舎を建てて重砲を入れる（搭個棚子把重砲放入）建てる立てる起てる経てる截てる裁てる

唱（イォゝ）

唱〔漢造〕唱，呼、歌唱

吟唱、吟誦（吟誦、朗誦）

低唱（低聲唱）←→高唱

提唱（提倡，倡導、〔佛〕〔禪宗〕說法）

万歳三唱（三呼萬歲）

高唱（高聲歌唱、大聲疾呼）←→低唱

主唱（由中心人物提倡、主要提倡）

首唱（首倡、首先提倡）

合唱（〔樂〕合唱，齊唱←→独唱、同呼，一同高呼）

独唱（獨唱＝ソロ）←→合唱

斉唱（〔樂〕合唱，齊唱、齊呼，齊聲高呼）

二重唱（〔樂〕二重唱＝デュエット）

唱歌〔名〕（舊制小學的課程之一）唱歌、音樂課

唱歌が上手だ（唱歌唱得好）上手下手上手い

唱歌を教える（教唱歌）

唱歌を習う（學唱歌）学ぶ

唱歌の先生（音樂老師）

唱歌の時間（音樂課）

唱歌教室（音樂教室）

唱歌集（歌曲集）

唱道〔名、他サ〕倡導、提倡、首倡

社会の平等を唱道する（倡導社會平等）

自由を唱道する（提倡自由）

唱道者（首倡人）者者

唱導〔名、他サ〕〔佛〕說教，勸人入道、倡導，提倡，首倡（＝唱道）

唱法〔名〕唱法、唱歌的方法

唱名、称名〔名〕〔佛〕念佛、稱佛名（念南無阿彌陀佛）

唱和〔名、自サ〕唱和，和詩，一唱一和、唱和，跟著喊

上代には男女の唱和に由る歌が多い（古代男女一唱一和的詩歌很多）男女男女

万歳を唱和する（跟著喊萬歲）由る拠る因る依る寄る縁る選る縒る撚る

唱える〔他下一〕（有節奏地）念,誦、高呼，高喊、提唱，倡導，主張、聲明，提出。〔商〕喊價，報價，開價

念仏を唱える（念佛）

万歳を唱える（高呼萬歲）

新説を唱える（提倡新學說）

規則の改正を唱える（主張修改規則）

不服を唱える（聲明不服）

異議を唱える（提倡異議）

一万円を唱える（報價一萬日元）

商況は高値を唱えている（商情報價漸挺）

称える〔他下一〕稱呼、稱為、叫做

此を新現実主義と称える（這稱為新現實主義）

覇を称える（稱霸）

世界に覇を称えようと為ている（想要稱霸世界）

称え、称〔名〕稱呼、名稱

唱え〔名〕（有節奏地）念、誦

唱え相場、唱え値〔名〕（賣主的）要價

唱う〔他下二〕念、誦、高呼，高喊、提唱，倡導，主張、聲明，提出（＝唱える）

悵（イォゝ）

悵〔漢造〕失意

惆悵〔名、形動トタル〕惆悵（失意）

悵然〔形動タルト〕悵然、悵惘

悵然と為て動かず（悵然不動）

恨然と為て父の亡骸の前に頭を垂れた（在父親靈前非常恨惘地低下頭來）垂れる 足れる

暢（イオヽ）

暢〔漢造〕通達、爽快

流暢（流暢、流利）

流暢な文章（流暢的文章）文章 文章

流暢に喋る（流利地述說）

彼の日本語は実に流暢だ（他的日語說得真流利）実に 実に

暢達〔名ナ〕暢達、通順、流暢

暢達な筆跡（流暢的筆法）

暢達の文（流暢的文章）文 文 文

暢気、呑気〔名、形動〕悠閒，安閒，無憂無慮、不拘小節、不慌不忙、從容不迫、馬馬虎虎、滿不在乎，粗心大意，漫不經心

暢気な顔（無憂無慮的面孔）

暢気な生活（悠閒的生活）

暢気に暮らす（悠閒度日）

学生時代は暢気だ（學生時代最逍遙自在）

田舎生活は暢気だ（鄉下生活悠閒自在）

暢気な人は長生きする（無憂無慮的人能長壽）

彼は独身で暢気に暮らしている（他單身過得自由自在）

何も為ないで楽に暮らせる何て暢気な身分だ（甚麼都不做就能過得很舒服真有福氣）

暢気に構えている（態度不慌不忙，從容不迫）

物事を暢気に考える（把事情看得很樂觀）

明日は試験が有るのに彼は暢気に遊んでいる（明天有考試他卻在不慌不忙地玩）

暢気な質の人（漫不經心的人、樂天派）

自分の年を知らないとは随分暢気な人だ（連自己的歲數都不知道真夠馬虎了）

呑気者、暢気者（逍遙自在的人、無憂無慮的人、漫不經心的人）

彼奴は生来の呑気者だ（那個傢伙是個天生的樂觀派）

暢気者、呑気者〔名〕逍遙自在的人、無憂無慮的人、漫不經心的人

彼奴は生来の暢気者だ（那傢伙是個天生的樂觀派）

暢太郎、呑太郎〔名〕酒鬼，酗酒者，喝大酒的人（＝呑兵衛、飲兵衛）、看霸王戲的人、逍遙自在的人，無憂無慮的人，漫不經心的人（＝呑気者、暢気者）

称（稱）（イㄥ）

称〔名〕稱、名稱、聲譽

〔漢造〕稱讚、名稱、稱（重量）

海内随一の称が有る（有世界唯一之稱）有る 在る 或る

彼は仲間から経営の神の称で呼ばれる（他被同伴們稱為經營之神）

彼は画家と為て古今独歩の称が有る（作為一個畫家他有古今無雙之稱）

仮称（暫稱、臨時名稱）

過称、過賞（過獎、過分稱讚）

名称（名稱）

通称（通稱，一般通用的稱呼、俗稱）

俗称（俗稱，俗名←→学名、〔僧人出家前的〕俗名＝俗名）

族称（族稱－日本從明治維新到第二次世界大戰結束前、劃分國民身分的稱號、有平民，士族，華族之分）

自称（自稱，自封，自詡、〔語法〕第一人稱）

他称（〔語法〕他稱、第三人稱）←→自称、対称

対称（對稱，相稱、〔邏、數〕對稱＝シンメトリー、〔語法〕第二人稱←→自称、他称）

相称（相稱、對稱＝シンメトリー）

総称（總稱）

美称（美稱）

尊称（尊稱、敬稱）

敬称（敬稱，尊稱、敬語稱呼，表示敬意的說法）

愛称（愛稱，暱稱、綽號、給特別列車或快車取的優美名稱－光、秋等）

僭称（僭稱、自封、自我吹噓）

賤称（蔑稱）

一人称（〔語法〕第一人稱、自稱）

称する〔他サ〕稱，名字叫（＝呼ぶ）、假稱，偽稱（＝偽る）、稱讚（＝褒める）

山田と称する男（一個叫山田的男人）称する 証する 抄する 頌する 誦する 賞する

人口七万と称する（據稱人口有七萬）

富士は名山と称するに足る（富士山可稱是名山）

真に教育家と称す可き物は極めて少ない（真正可以稱為教育家的人是很少的）

ハワイは良く太平洋の楽園と称される（夏威夷常被稱為太平洋上的樂園）

病と称する（稱病、撒謊說有病）

ダイヤモンドと称してガラス玉を売り付ける（假稱是鑽石把玻璃強賣給人）

遺族と称して金品を騙し取る（冒充是遺族騙取財物）

称呼〔名、他サ〕稱呼、名稱

学者に依って称呼が区区だ（名稱因學者而各異）依る 因る 拠る 由る 撚る 縒る 縁る 寄る

称呼ははっきりと（明確稱呼）

称号〔名〕稱號、名稱

名誉博士の称号（名譽博士的稱號）博士 博士

公式の称号を定める（規定正式的名稱）

弥陀の称号（彌陀佛的名稱）

称賛、称讚〔名、他サ〕稱讚、讚賞

称讚の辞（讚辭）

称讚を受ける（受到稱讚）

口を極めて称讚する（極力讚揚）

称讚を博する（博得讚賞）

彼の作品は大いに称讚される可きだ（他的作品很值得稱讚）

世の称讚の的と為る（成為大家讚揚的目標）

称道〔名、他サ〕稱道

称美、賞美〔名、他サ〕讚美，稱讚、欣賞、賞識

月を称美する（賞月）

景色を称美する（欣賞風景）

食用と為て称美される（作為食品受到讚賞）

フランスで称美されている魚（在法國受賞識的魚）魚 魚魚魚

称名、唱名〔名〕〔佛〕念佛、稱佛名（念南無阿彌陀仏）

称揚、賞揚〔名、他サ〕稱揚、稱讚（＝称讚）

彼の功績は各方面から称揚された（他的功績受到了各方面的稱讚）

称揚を惜しまない（不惜稱讚）

称える〔他下一〕稱呼、稱為、叫做

此を新現実主義と称える（這稱為新現實主義）

覇を称える（稱霸）

世界に覇を称えようと為ている（想要稱霸世界）

唱える〔他下一〕（有節奏地）念，誦、高呼，高喊、提倡，倡導，主張，聲明，提出。〔商〕喊價，報價，開價

念仏を唱える（念佛）

万歳を唱える（高呼萬歲）

新説を唱える（提倡新學說）

規則の改正を唱える（主張修改規則）

不服を唱える（聲明不服）

異議を唱える（提倡異議）

一万円を唱える（報價一萬日元）

商況は高値を唱えている（商情報價漸挺）

称え、称〔名〕稱呼、名稱

イ

唱え〔名〕（有節奏地）念、誦

称える、讃える〔他下一〕稱讚、讚揚（＝褒める、誉める）
　業績を称える（稱讚功績）
　徳を称える（頌德、稱讚品德）
　日本文化の発展に尽した人を称えて文化勲章が贈られる（表彰為日本文化的發展做出貢獻的人授予文化勳章）

湛える〔他下一〕裝滿，充滿。〔喻〕滿面
　目に涙を湛える（眼裡充滿淚水）
　桶に水を湛える（桶裡裝滿水）
　彼は満面に笑みを湛えて私を出迎えた（他滿面笑容地迎接了我）

称え言、讃え言〔名〕頌德的話

瞠（イㄥ）

瞠〔漢造〕注目、直看、在後瞠眼直看

瞠若〔形動タルト〕瞠若、瞠目結舌
　彼の才気は人人を瞠若たらしめた（他的才華令人驚嘆不已）人人人

瞠目〔名、自サ〕瞠目、驚嘆
　古代人の芸術に只瞠目するのみだ（對古代人的藝術只是驚嘆不止）
　観衆を瞠目させる（使觀眾大為驚嘆）
　瞠目に値する出来事（值得驚嘆的事件）

瞠る、見張る〔他五〕瞠目而視，睜大眼睛直看、看守，監視，戒備
　余りの美しさに目を見張る（因為過於美麗而瞠目而視）
　油断なく見張っていて下さい（請小心地看守著）
　少しの間、荷物を見張っていて下さい（請讓我看守一下子行李）
　入り口で守衛が見張っている（在大門口有警衛看守著）

蟶（イㄥ）

蟶〔漢造〕蟶（生在海水中的軟體動物，殼狹長，肉可吃，味鮮美）

蟶貝、馬刀貝、馬蛤貝〔名〕〔動〕竹蛤（＝剃刀貝）

丞（イㄥˊ）

丞〔漢造〕輔佐、正官的副手、丞相

丞相、丞相〔名〕（中國古時的）丞相、（古時的）大臣（＝首相）
　丞相菅（右大臣菅原道真的別稱）

成（イㄥˊ）

成（也讀作成）〔漢造〕完成、成功、做成、成熟、成果
　落成（落成、竣工）
　完成（完成）
　大成（大成，徹底地完成、全集，集大成、大成就）
　集大成（集大成）
　結成（結成、組成）
　天成（天性、秉性）
　転成（轉變、轉變為）
　老成（老成、老練，久經考驗）
　晩成（晩成）
　促成（促成、人工加速培育）
　速成（速成）
　養成（培養、造就）
　混成（混成、混合）
　作成（寫、作、造成〔表冊、計畫、文件等〕）
　編成、編制（編成，組成、編制，組織）
　変成（變成）
　賛成（贊成、同意）

成案〔名〕成案、成熟的方案
　解決策に就いて成案を得た（關於解決辦法已經有了成案）得る得る売る

成育〔名、自サ〕成長、發育
　植物の成育状態（植物的生長狀態）
　十歳台の子供に非常に速く成育する（十幾歲的孩子發育得非常快）速い早い

せいいん　成因〔名〕成因、原因
　蜃気楼の成因を調べる（研究海市蜃樓產生的原因）

せいいん　成員〔名〕成員（＝メンバー）
　有能な成員を揃える（網羅有能力的成員）
　会の成員は三十名でる（會員是三十名）

せいか　成果〔名〕成果、結果、成績
　立派な成果を挙げる（獲得卓越的成果）挙げる揚げる上げる
　所期の成果を収め得なかった（沒有得到預期的結果）
　自力更生の成果を上げる（取得自力更生的效果）
　研究員達は、労働者、農民と結び付いて研究する様に為ってから、重要な成果を上げている（研究員們自從和工人農民相結合進行研究之後正在取得重要的成果）
　正しい文芸路線の実践の中で輝かしい成果を勝ち取った（正確的文藝路線在實踐中取得了輝煌的成果）

なりはてる　成り果てる〔自下一〕淪落、落魄、沒落
　乞食に成り果てる（淪為乞丐）
　意志の弱さから遂に泥棒に成り果てた（由於意志薄弱終於竊盜）
　彼は見る影も無く成り果てた（他沒落得不成樣子〔不復當年〕了）

なれのはて、なれのはて　成れの果て、成れの果〔連語〕窮途末路、悲慘的下場
　独裁者の成れの果て（獨裁者的窮途末路）
　彼が贅沢の限りを尽した男の成れの果てだ（那是窮極奢侈的人的最後下場）

せいき　成規〔名〕成規、成文的規則

せいぎょ　成魚〔名〕〔漁〕成魚↔稚魚

せいぎょう　成業〔名〕立業，完成事業、畢業，完成學業
　子の成業を待つ（等待孩子畢業）待つ俟つ
　成業の後は直ぐ就職する（畢業以後馬上就業）後後後後

せいきょく　成極〔名〕〔電〕極化
　成極現象（極化現象）

　成極作用（極化作用）
　成極電圧（極化電壓）

せいく　成句〔名〕成語、習語

せいけい　成形〔名、他サ〕〔生〕成形，成體。〔醫〕整形手術（＝整形手術）。〔農〕（在耕地上）培壟造畦、（也寫作成型）模製，壓製成型
　成形組織（成形組織）
　成形型（〔製陶瓷器的〕成形模）
　成形品（模製品、模造品）
　成形プレス（壓型機）
　成形コークス（成形焦炭－用強黏結煤和一般煤經乾溜後製成、供煉鐵用）
　成形収縮（脫模後收縮）
　成形粉（塑料粉）
　成形粉末（塑料粉）

せいご　成語〔名〕成語，習語（＝熟語），典故，古書中的詞句
　故事成語（成語典故）

せいこう　成功〔名、自サ〕成功，成就，勝利、功成名就，成功立業
　相当の成功（相當大的成功）
　赫赫たる成功（偉大的成功）
　非常な成功を収めた（取得了很大的成功）収める納める修める治める
　成功の見込が十分有る（成功的可能性很大）
　君の御成功を祈る（祝你成功）祈る祷る
　少し許りの成功で得意に為っている（稍有成就就沾沾自喜）
　会は成功だった（會開得成功）
　成功裏に任務を完成する（勝利地完成任務）
　失敗は成功の元（失敗是成功之母）元基本素下許
　人工衛星の打ち上げに成功した（人造衛星發射成功、成功地發射了人造衛星）
　鉄道沿線は植樹に由る防砂に成功した（鐵路沿線利用植樹防砂的工作獲得成功）

イ

彼の新しい試みは不成功に終わった（他的新嘗試以失敗而告終）

刻苦数十年遂に成功した（艱苦奮鬥了數十年終於功成名就了）

山田さんはAmericaへ行って成功した（山田到美國去取得了勝利）

成功者（取得成功的人、有成就的人）

彼は当代の成功者の一つだ（他是當代取得成功的人之一）

成婚〔名〕成婚、完婚

御成婚を祝う（祝新婚之喜）

御成婚式（〔皇族的〕結婚典禮）

成算〔名〕成算、（成功的）把握

成算が有る（胸有成竹）

事業を始めたが、全く成算が無い（雖然已經把事業做起來了但是一點把握也沒有）

準備の無い戦いは為ない、成算の無い戦いは為ない（不打沒準備的仗、不打沒把握的仗）

君には成算が有るのか（你有把握嗎？）

成熟〔名、自サ〕（果實的）成熟、（人的發育）成熟、（時機或技術等）成熟

成熟した稲（成熟的稲子）

林檎が成熟する（蘋果成熟）

心身共に成熟する（身心都發育成熟）

成熟児（成熟兒）

成熟期（成熟期）

機運が成熟した（時機成熟了）

成熟分裂（〔生〕成熟分裂）

成書〔名〕成書（已經出版的書）

成心〔名〕成見、先入為主的觀點（＝先入観）

成心を以って人に臨む（以成見待人）臨む望む

成人〔名、自サ〕成年人，大人（＝大人）、成長、長大成人

成人学校（成年人學校）

三人の子は立派に成人した（三個孩子都很好地長大成人了）

少年達は日に日に成人する（孩子們一天一天地成長起來）

成人の日（成人節—一月十五日、慶祝年滿二十歳的男女青年成人自立、日本國民節日之一）

成人病（〔醫〕成人病、老人病—指四十歳以上容易得到的高血壓、癌症、心臟病、糖尿病等）

成績〔名〕成績、成果、效果（＝出来栄え、出来位）

学校の成績（學校的成績）

営業成績（營業成績）

成績が良い（成績良好）

成績が悪い（成績不好）

成績が上がる（成績進步）上がる揚がる騰がる挙がる

素晴らしい成績を上げる（取得非凡的成績）上げる揚げる挙げる

英語の成績が下がった（英語的成績下降了）

英語の成績が落ちた（英語的成績退步了）

此の発動機は立派な成績を示している（這個發動機的效果很好）

成績を発揚し、誤りを正して、来る可き戦いを有利為らしめる（發揚成績糾正錯誤以利再戰）

成績順（按成績順序、以成績優劣為序）

成績表（成績表）

成績考査（成績考核）

成層〔名〕〔地、機〕成層、層形、疊層

成層格子（層形點陣、層形晶格）

成層磁石（疊片磁鐵）

成層鉄心（疊片鐵心）

成層火山（疊層火山）

成層岩（成層岩）

成層鉱床（沉積礦床）

成層圏（〔氣〕平流層、同温層）

成層圏を飛行する（在同溫層飛行）
成層圏飛行機（同溫層飛機）
成層面（〔地〕層面、層理面＝層面）
成体〔名〕發育成熟的動物
成竹〔名〕成竹、計畫（＝成算）
胸に成竹有り（胸有成竹）
其に就いては私の胸中既に成竹が有る（關於那個問題我已胸有成竹）
成虫〔名〕〔動〕成蟲
成虫期（成蟲期）
成虫芽（〔動〕器官芽）
成長〔名、自サ〕（經濟或生產）增長，發展，（人或動物的）成長，發育，生長
経済の安定成長（經濟的穩步發展）
年次経済成長目標（年度經濟發展目標）
成長が止まる（停止發展、發展停滯）止まる留まる停まる泊まる止まる留まる
成長を促す（促進增長）
成長を妨げる（妨礙增長）
高度の成長を遂げた（有了高度的發展）
成長テンポ〔意tempo〕（增長速度）
成長期（生長期）
成長して大人に為る（長大成人）
貧困の中で成長する（在貧困中成長）
荒れ狂う風波の中で成長する（在大風大浪裡成長）
子供はどんどん成長する（孩子長得很快）
成長率、生長率（增長率、〔植〕生長率，生長速度）
安定成長率（穩定增長率）
経済成長率（經濟增長率）
成長株（有前途的股票、〔喻〕前途有發展的人）
彼は政界の成長株だ（他是政界大有前途的人）

成長産業（有發展前途的工業）←→斜陽産業
成鳥〔名〕〔動〕成鳥、成長的鳥
成典〔名〕成典，成文的法典（＝成文律）、規定的典禮儀式
成年〔名〕成年（在日本現行法律上指滿二十歲以上）←→未成年
成年に達する（達到成年）
成敗〔名〕成敗
成敗を期せず（不計成敗）期する規する記する帰する
成敗如何に拘わらず（不論成敗、不管成功與失敗）如何如何如何
成敗〔名、他サ〕審判，裁判、懲罰，懲辦，處罰，處置，斬首，處斬
理非を明かに為て成敗を行う（明辨是非來進行審判）
悪人を成敗する（懲罰犯人）
如何様にも御成敗を願います（請隨意處置）
喧嘩両成敗（打架的雙方各打五十板–打架的雙方都應當受罰）
成敗場（刑場）
成敗者（死刑犯、待決犯）
成否〔名〕成否、成敗
成否を度外視して（不管結果如何）
成否を問わない（不問成功與否）
成否の程は保証し兼ねる（成功與否不敢保證）
事業の成否は今度の計画に依って決まる（事業成功與否就看這次計畫）
実験の成否を固唾を呑んで見守る（屏住聲息注視實驗的成敗）
成分〔名〕〔化〕成份，組成部分。〔數〕成份、（語法）（句子的）成份
水の成分（水的成份）
薬の成分（藥的成份）
化学調味料の成分は何ですか（化學調味品的成份是什麼？）

イ

チベット高原の多くの温泉には、各種の微量元素、放射性元素、其の他の化学成分が含まれている（西藏高原的許多溫泉都含有各種微量元素放射性元素及其他化學成份）

文の成分は主語、述語、修飾語等が有る（句子的成份有主語謂語修飾語等）

成文〔名、自サ〕成文、寫成文章或條款

条約は粗協議を終わり、成文する事に為った（條約已大致達成協議就要寫成條款了）

成文契約（成文合約）

成文憲法（成文憲法）

成文法（成文法）

成文律（成文律）

成文化〔名、他サ〕成文化、使成為條款

慣習的に行われている法を成文化する（使慣行法成為條款）

成約〔名、自サ〕訂立合約、訂立契約

成約を漕ぎ着ける（達到訂合約階段）

成〔漢造〕完成、成功、做成、成熟、成果（=成し遂げる、出来上がる）

成就〔名、自他サ〕成就、成功、完成、實現

念願成就（願望實現）

事業は成就した（事業成功了）

彼は教育の大業成就に与って力が有った（他對教育事業的完成起了很大作用）

大願が成就した（宏願實現了）

彼の人は何一つ成就出来ない（他一事無成）

成道〔名、自サ〕〔佛〕成道、悟道

成道会（成道會-每年十二月八日釋迦牟尼成道之日舉行的佛事）

成仏〔名、自サ〕〔佛〕成佛、死

迷わず成仏せよ（請安息吧！）

此では彼の人も成仏出来ないだろう（這樣的話他會死不瞑目的）

成す〔他五〕形成，構成，完成，達到目的

群を成す（成群）群群

円を成す（形成圓形）

社会を成す（構成社會）

色を成す（作色、發怒）

此等の元素が集まって物質界を成す（這些元素集合起來構成物質世界）

天然の良港を成す（形成天然良港）

形を成していない（不成形）形形形形形

此は意味を成さない（還沒有任何意義）

志を成す（達到志願）

名を成す（成名）名名名

財を成す（治下財產）

産を成す（治下財產）

斯くて今日の大成を成した（這樣有了今日的偉大成就）

災いを転じて福と成す（轉禍為福）

為す〔他五〕〔文〕做，為（=行う）、作，製造（=作る）

善を為す（為善）成す為す生す

悪を為す（作惡）

為す所無く暮らす（無所事事地度日）

為す所を知らず（不知所措）

為せな為る（有志竟成、做就成）

小人閑居して不善を為す（小人閒居為不善）小人小人小人（身材短小的人）

為す事為す事（所作所為）

彼は為す術も無く見て居た（他束手無策只好一旁觀望）

此は人力の為し得る所ではない（這不是人力所能及的）人力人力得る得る

人の為せる業とは思えない（天工巧匠、彷彿不是人力所能做出來的）

成る〔自五〕完成，成功（=出来上がる）、構成（=成り立つ）、可以，允許，容許，能忍受（=許せる、我慢出来る）

（用御…に成る構成敬語）為、做（=為さる）

工事が成る（完工、竣工）成る為る鳴る生る

志有れば終に成る（有志者事竟成）
功成り名遂ぐ（功成名就）
成るも成らぬも君次第（成敗全看你了）
為せば成る為さねば成らぬ（做就能成不做就不能成）
成れば王、敗れれば賊（勝者為王敗者為寇）
此の論文は十二章から成る（這篇文章由十二章構成）
水は水素と酸素から成る（水由氫和氧構成）
国会は二院から成る（國會由參眾二院構成）
負けて成る物か（輸了還得了）
勘弁成らない（不能饒恕）
悪い事を為ては成らない（不准做壞事）
先生が御呼びに成る（老師呼喚）
御覧に成りますか（您要看嗎？）
ホテルには何時に御帰りに成りますか（您什麼時候回旅館？）
成っていない＝成ってない＝成っちゃらん（不成個樣子、不像話、糟糕透了）
彼がホテルだって？丸で成ってないよ（那是飯店嗎？簡直糟透了）
態度が成っていない（態度不像話）
成らぬ内が楽しみ（事前懷著期待比事後反而有趣得很）
成らぬ堪忍するが堪忍（容忍難以容忍的事才是真正的容忍）
成るは嫌成り思うは成らず（〔婚事等〕高不成低不就）

為る〔自五〕變成，成為（＝変わる、変化する）、到，達（＝達する、入る）、有益，有用，起作用（＝役に立つ）、可以忍受，可以允許（＝我慢出来る）、開始…起來（＝為始める）、將棋（棋子進入敵陣）變成金將
（補助動詞）（御…に為る構成敬語）

癖に為る（成癖）癖癖
夜に為る（天黒了）夜夜
盲目に為る（失明）

盲に為る（失明）
金持に為る（致富、變成富翁）
大人に為る（長大成人）大人大人大人大人（城主、大人）
病気に為る（有病）
医者に為る（當醫生）
母と為る（當母親）母母
母親に為る（當母親）
液体が気体に為る（液體變為氣體）固体
御玉杓子が蛙に為る（蝌蚪變成青蛙）御玉杓子蝌蚪蛙蛙
口論が取り組み合いに為った（爭執變成了打鬥）
水が凍って氷に為った（水結成了冰）
偉く為る（發跡）偉い豪い
合計為ると一万円に為る（合計共為一萬元）
全部で百円に為る（一共是一百元）
春に為った（春天到來了）
入梅に為った（到了梅雨期）
梅雨に為った（到了梅雨期）梅雨梅雨五月雨
爽やかな秋晴れに為った（到了秋高氣爽的天氣）秋爽
もう十二時に為る（已經到了十二點）
午後に為る（到了下午）
年頃に為ると美しく為る（一到適齡期就漂亮起來了）
彼は三十には未だ為らない（他還不到三十歲）三十三十未だ未だ
甘やかすと為に為らぬ（嬌生慣養沒有益處）
為に為る（對有好處）
為らぬ中が楽しみ（事前懷著期待比事後反而有趣得很）
苦労が薬に為る（艱苦能鍛鍊人）
此の杖は武器に為る（這個拐杖可當武器用）
幾等努力しても何も為らなかった（再怎麼努力也沒有用）

イ

為らない=為らぬ=行けない=出来ない（沒有、不可、不准、不許、不要、不行、得很）

見ては為らない（不准看）

欲しくて為らない（想要想得不得了）

無くては為らない=無くては為らず=無くては為らぬ=無くては行かず=無くては行かぬ=無くては行けない（必須、一定、應該、應當）

無ければ為らない=無ければ為らん=無ければ為らぬ=無ければ行けない（必須、一定、應該、應當）

為無ければ為らない（必須做）

行か無ければ為らない（一定得去）

為らない様に（千萬不要、可別）

帰ら無ければ為らない（非回家不可）

為れない（成不了）

負けて為る物か（輸了還得了）

為らぬ堪忍するが堪忍（容忍難以容忍的事才是真正的容忍）

堪忍為らない（不能容忍）

もう勘弁為らない（已經不能饒恕）

悪い事を為たは為らない（不准做壞事）

好きに為る（喜好起來）

如何しても好きに為れなかった（怎樣也喜愛不起來）

煙草を吸う様に為った（吸起香菸來了）

子供を持つ様に為ったら親の愛が分る様に為るだろう（有了孩子就會理解父母的愛）

面白く為って来た（變得很有意思）

先生が御呼びに為る（老師召喚）

鳴る〔自五〕響鳴，發聲，著名，聞名

雷が鳴る（雷鳴）雷雷

耳が鳴る（耳鳴）

腕が鳴る（技癢、躍躍欲試）

ベルが鳴っている（鈴響著）

御腹が鳴っている（肚子餓、肚子唱空城計）

もう食事に行く時刻だ、私の腹は鳴っているよ（到吃飯的時候了我肚子叫了）

授業のベルが鳴った（上課的鐘響了）

御中がごろごろ鳴っている、もう食事の時間だ（肚子咕嚕咕嚕叫該是吃飯的時候了）

暫し鳴り止まぬ拍手（經久不息的掌聲）拍手拍手

風景を以て鳴る（以風景美麗見稱）

名声海外に鳴る（名聞海外）

世に鳴る音楽家（聞名於世的音樂家）

生る〔自五〕結果（=実る）、〔古〕生，產，耕作

梅が生る（結梅子）

花丈て実は生らない（只開花不結果）

今年は柿が良く生った（今年柿子結得很好）今年今年

金の生る木何て無い（沒有什麼搖錢樹）

成丈〔名〕盡量、盡可能（=成可く、出来る丈）

成丈多くの問題を研究する（盡量多研究些問題）

成丈出席して下さい（務請出席）

成丈彼の感情を害さないように為給え（盡可能別傷害他的感情）

成可く〔副〕盡量、盡可能（=成丈、出来る丈）

成可く早く御返事下さい（請盡早答覆）

成可く借金は（を）為ない（盡量不借錢）

成可くなら此方が欲しい（可能的話我還是要這個）

成可くなら明日出発し度い（可能的話我想明天動身）明日明日明日

成可く参るように為ます（我盡量設法去）

成程〔副〕誠然，的確，果然、盡可能

〔感〕（用在肯定對方的話、但對尊長一般不用）誠然、的確、可不是

成程私が悪かった（的確是我的不是）

成程良い方法だが実行は困難だ（的確是個好辦法但實行有困難）

なるほど落第する訳だ（當然考不上、當然不及格）

なるほど詰まらない本だ（果然是本無聊的書）

東京はなるほど人間が多い（東京人的確多）

なるほど御尤もだ（的確、你說的沒錯）

なるほどね（可不是嘛！）

なるほど然うですね（可不是那樣嘛！）成り為り 鳴り生り

成り〔名〕成，成就（＝成る事）。〔象棋〕棋子進入對方陣地後取得同樣〝金將〞資格

成り上がる〔自五〕〔俗、蔑〕暴發、暴富、驟貴←→成り下がる

給仕から課長に成り上がる（由工友一躍升為科長）

彼は低い身分から成り上がった（他從微賤身分發跡了）

成り下がる〔自五〕淪落、落魄、沒落、零落（＝落魄れる）←→成り上がる

乞食に成り下がる（淪落為乞丐）

植民地に成り下がる（淪為殖民地）

彼はパンの為に筆を執る迄に成り下がった（他落魄到靠鬻文為生）

成り上がり、成上がり〔名〕〔俗、蔑〕暴發（戶）、暴富（的人）

成り上がり者（暴發戶、一步登天的人）者者

成り掛かる〔自五〕愳要成為（變成）（＝成り掛ける）

暗く成り掛かった（天快黑了）

其を聞いて彼女は気違いに成り掛かった（她聽了那話幾乎發瘋了）

成り代わる、成り代る〔自五〕〔舊〕代理、代替（＝代理する、代わる）

人に成り代わって詫びる（代替別人道歉）

本人に成り代わりまして、厚く御礼を申し上げます（代表本人深表謝意）

成り切る〔自五〕徹底成為

保守主義者に成り切る（成為徹頭徹尾的保守主義者）

（演じる）役に成り切る（演得逼真）

成金〔名〕〔象棋〕（進入敵陣）變成〝金將〞的棋子。〔俗、蔑〕暴發戶，乍富的人

戦争成金（戰爭暴發戶、發戰爭財的人）

新興成金（新暴發戶）

成金根性（勢利眼、諂上欺下）

成金風を吹かせる（炫耀乍富的財力）

成り込む〔他五〕〔象棋〕棋子進入敵陣取得〝金將〞資格

成り駒〔名〕〔象棋〕（進入敵陣）變成〝金將〞的棋子

成り済ます〔自五〕完全變成，完全成為、混充，冒充，完全打扮成

立派な将校に成り済ます（成為一個優秀的軍官）

学生に成り済まして人を騙す（完全打扮成學生來騙人）剣剣 玩具玩具

服装や態度迄すっかり日本人に成り済ましている（連服裝和態度都裝得很像日本人）

子供は玩具の剣を腰を吊るして将軍に成り済ます（小孩腰間掛著玩具刀裝成將軍的模樣）

成り損なう〔他五〕未能成為、沒有成為

一寸の事で軍人に成り損なった（因為一點小事未能當上軍人）

成り立つ〔自五〕成立，談妥，達成，組成，形成、划得來，有利可圖，能維持，站得住。〔古〕成長。〔古〕發跡，成人

縁談が成り立つ（親事說成了）

両者の間に契約が成り立つ（雙方訂立了契約）

相談が成り立った（談妥、達成協議）

日本は大小多数の島から成り立つ（日本由許多大大小小的島嶼組成）

大学は教職員と学生とから成り立つ（大學由教職員和學生組成）

水は水素と酸素から成り立つ（水由氫和氧構成）

商売が成り立つ（買賣有利潤）

其では商売が成り立たない（這麼一來買賣就划不來了）

水と光が無ければ植物の生活が成り立ちません（若沒有水和陽光植物就不能生存）

其位の金では生活が成り立ちません（那一點錢不能維持生活）

次の定理が成り立つ（下面定理能成立）

君の説は成り立たない（你的說法站不住腳）

成り立ち、成立〔名〕成立的經過（情況、由來）、構成，成份，成立

会の成り立ち（會的成立經過）

此処に至る迄の成り立ちを説明する（說明到此為止的經過）

抑の成り立ちから詳しく話す（從最初的由來詳細說明）

国家の成り立ち（國家的構成）

事の成り立ちが遅れる（事情做得太晚）遅れる後れる

成立〔名、自サ〕成立，組成、達成，完成，產生，實現

内閣を成立した（内閣組成了）

両者の間に協約が成立した（兩者之間達成了協議）

其の縁談は成立しなかった（那件親事告吹了）

其の予算は成立しなかった（那個預算沒能夠在國會上通過）

新しい法案が成立した（新法案成立了）

成り行く〔自五〕演變、發展下去、逐漸變成

斯くて翁、漸豊かに成り行く（於是老翁逐漸富裕起來）

此の先我我は如何成り行く事やら（不知道我們今後將成什麼樣子）

成り行き、成行〔名〕動向，趨勢、發展、過程，推移，變遷，演變，結果，結局。〔商〕（不議定價格）按時價訂貨（＝成り行き注文）

事の成り行き（事態的發展）

自然の成り行き（自然趨勢）自然自然

成り行きに任せる（聽其自然）

談判の成り行き（談判的發展情況）

成り行き次第で考えなくてはならない（必須根據情況的發展加以考慮）

成り行きを見た上で決めよう（看看結果如何再做決定）

今後の成り行きが注目される（今後的動向值得注意）

犬は狼の周りを取り囲んで成り行きを見ていた（狗圍在狼的周圍觀察動向）

こんな成り行きに為ろうとは思いも寄らなかった（沒想到結果會是這樣）

成り行き値段（時價）

成り行き売買（時價交易）

呈（ㄔㄥˊ）

呈〔漢造〕呈現、呈獻

露呈（暴露）

進呈（贈送、奉送）

献呈（呈獻、進獻、奉獻）

贈呈（贈呈、贈送、贈給）

送呈（送呈、呈上＝進呈）

謹呈（謹呈、謹贈）

奉献（奉獻、恭獻、謹獻）

呈する〔他サ〕呈、呈送、呈遞、呈現

一書を呈する（呈上一封信）呈する訂する挺する締する

自著を呈する（呈送自己的著作）

先生に愚問を呈する（向老師提個粗淺問題）

活気を呈する（現出活躍氣象）

見るも無惨な情景を呈する（現出慘不忍睹的情景）無惨無残無慚無慙

呈示〔名、他サ〕呈示

呈示払い（〔商〕見票即付）

呈出〔名、他サ〕呈上，提出、呈現

呈上〔名、他サ〕奉上、呈獻（＝進呈）

謹んで総理大臣閣下に一書を呈上する（謹呈總理大臣一封書信）謹む慎む

呈色〔名〕呈現的顏色

呈色反応（〔化〕顯色反應）

承（ㄔㄥˊ）

承〔漢造〕繼承，接續，聽從，接受，（漢詩中的）承句

　継承（繼承）
　　王位を継承する（繼承王位）
　伝承（〔制度、信仰、習俗、口碑、傳說等〕口傳、代代相傳）多い　蓋い　覆い　蔽い　被い
　　田舎には昔から伝承されている話が多い（鄉間有很多早年前口述傳下來的故事）
　拝承（〔謙〕聽、聞=聞く）
　　兼兼御噂は拝承していますが（久仰大名）
　起承転結（〔特指絕句〕起承轉合、〔轉〕〔事物的〕順序，次序）

承引〔名、他サ〕〔舊〕承諾、答應、應允
　外相就任を承引する（答應就任外相）

承句〔名〕（絕句等的）第二句←→起句、結句

承継〔名、他サ〕繼承、承襲（=継承）
　革命の伝統を承継する（繼承革命的傳統）

承合〔名、他サ〕查詢

承前〔名〕承前、接前文、接上回

承諾〔名、他サ〕承諾、答應、應允、允許
　承諾を求める（徵求同意）
　申し出を承諾する（答應提的請求）
　快く承諾する（欣然同意）
　二つ返事を承諾する（馬上應允）
　辞職を承諾する（允許辭職）
　県政府の承諾を得て（得到縣政府的許可）得る　得る
　そんな条件は承諾出来ません（那種條件不能接受）
　肯いて承諾の意を示す（點頭表示答應）肯く　頷く
　沈黙は承諾の印（沉默表示同意）印　標　徵　驗　記　しるし

承諾年齢〔〔法〕承諾年齡按－英國法律規定男十四歲、女十二歲）

承知〔名、他サ〕同意，贊成，答應，知道，許可，允許，原諒，饒恕，寬恕
　二つ返事で承知する（馬上同意）
　互いに承知の上で（在彼此同意之下）
　一緒に行くと言って承知しない（說非要一起去不可）
　何でも思う通りに遣らないと承知しない（不管什麼事非按他所想的那樣辦不可）
　外国に行き度いが母が承知しない（我想要出國可是母親不答應）
　本人に会わなくては承知出来ない（非要見本人不可）会う　遇う　遭う　逢う　合う
　無理に承知させる（非要人同意）
　そんな事は百も承知の筈だ（那種事本來明明知道）
　御承知の通り（如您所知）
　承知の上で遣った事だ（明明知道而做的）
　損を承知で売る（明明知道賠錢而出售）売る　得る
　その話なら承知しています（如果是那件事我知道）
　私が其の運動に加わる事を父は承知しないでしょう（父親不會允許我參加那種運動的）
　嘘を吐くと承知しないぞ（撒謊可不饒你）
　謝罪しなければ承知せんぞ（不賠禮道歉可不行）
　悪口を言うと承知せん（罵人可不饒你）
　誰が何と言おうと此の俺が承知しない（不管別人說什麼反正我不原諒）
　承知尽（彼此同意、互相諒解）
　其は承知尽で遣ったのだ（那是在彼此同意之下做的）
　承知之助（〔俗〕知道了、答應了）
　おっと合点、承知之助だ（啊！知道了，好了，沒意見）

承伝 [名、他サ] 傳承（＝伝承）
民間に残っている承伝を採集する（採集留在民間的傳說）

承認 [名、他サ] 承認、批准、同意
事実を承認する（承認事實）
独立を承認する（承認獨立）
承認を求める（請求批准）
正式に承認する（正式批准）
承認を得る（得到批准）
提出議案を全員で承認する（全體一致批准提案）
此は知事の承認が必要だ（這須得到知事的同意）

承伏、承服 [名、自サ] 服從、聽從（對方的話）
承服出来ない（不能服從）
承服出来兼ねる条件（難以接受的條件）
承服させるに足る（足以說服）
已む無く兄の言葉に承服した（不得已聽從了哥哥的話）
父の言に嫌嫌乍承服する（勉勉強強聽從父親的話）言言

承ける、受ける [他下一] 承接、承蒙、受到、接到、得到、接受、答應、承認、遭受、繼承、接續、認為、理解、奉、迎向、面向

〔自下一〕受歡迎

バケツで雨漏を受ける（用鐵桶接漏雨）馬穴バケツ
ボールをミットで受ける（用皮手套接球）
教えを受ける（受教）
御高配を受ける（承蒙關照）
手厚い持て成しを受ける（受到殷勤的款待）
手紙を受けた（接到來信）
電話を受ける（接電話）
許可を受ける（獲得許可）
治療を受ける（接受治療）
極めて大きな励ましを受け、非常に力付けられた（受到極大的鼓勵獲得了巨大的力量）
注文を受ける（接受訂貨）
試験を受ける（投考、應試）
人からの依頼を受けた（接受了人家的委託）
御受けします（交給我吧！）
受けられない話（不能接受的事）
傷を受ける（受傷）
四面に敵を受ける（四面受敵）
帝国主義の抑圧と搾取を受ける（遭受帝國主義的壓迫和剝削）
侮りを受ける（受侮）
手酷い打撃を受ける（遭受沉痛的打擊）
彼の後と受けて校長と為る（接他的後任當校長）
前文を受けて言う（承上文而言）
冗談を真に受ける（把玩笑當作真事）
命を受ける（奉命）命命
南を受けて建てられた家（朝南蓋的房子）
朝日を受ける（迎著朝陽）
風を胸に受ける（迎風）
大衆に受ける（受群眾歡迎）
其の映画は学生に非常に受けるだろう（那部電影可能很受學生歡迎）
大いに受ける（非常受歡迎）

承け台、受け台 [名] 〔船〕托架，支架。〔機〕搖架、（放電話聽筒的）叉簧

享ける、稟ける、受ける [他下一] 稟承、享受
生を人の世に受ける（生於人世）
恩寵を受ける（享受恩寵）

請ける [他下一] 贖、承包
身を請ける（贖身）
質草を請ける（贖當）
工事を請ける（承包工程）

承る〔他五〕（聞く，受ける，承諾する的自謙說法，來自受け賜る）聽，恭聽，遵從，接受，敬悉，知道，聽說，聽聞

其の計画の内容を承り度い（想聽一聽那個計劃的內容）

一体其は何の役に立つ物か承り度い物ですな（那究竟有何用處我倒願恭聽一下）

御意見を喜んで承ります（樂於遵命）
歓ぶ 喜ぶ 慶ぶ 悦ぶ

委細承りました（敬悉各情）

承る処は拠りますと（據說、聽說）

承れば程無く御洋行為さる然うですが、本当ですか（聽說您不久就要出國是真的嗎？）

承り所〔名〕（百貨公司等接待顧客查詢的）服務台、詢問處

時計修理承り所（修理鐘錶服務台）

乗（乘）（ｲｮｳ）

乗〔接尾〕（助數詞用法）（計算車輛）乘。〔數〕（表示自乘的次數）乘方。

〔漢造〕乘坐、佛法、交通工具。〔數〕乘

万乗（萬乘）

三の三乗（三的三乘方）

配乗（分配車班-調度員給乘務員指定車輛）

陪乗（陪乘、陪同〔身分高的人〕乘車）

搭乗（搭乘〔車、船、飛機等〕）

騎乗（騎馬）

大乗（〔佛〕大乘-以利他主義普渡眾生為宗旨的教義）←→小乘

小乗（〔佛〕小乘）

下乗（下馬，下車，〔在廟宇等處〕禁止乘車馬進入院內）

被乗数（〔數〕被乘數）←→乗数

自乗、二乗（〔數〕自乘、平方）

四乗（四乘方）

試乗（試乘）

史乗（史乘、歷史）

乗じる〔自、他上一〕乘機，抓住機會，鑽空隙，乘車。〔數〕乘（=乗ずる）

虚に乗じる（乘虛而入）

機会に乗じる（乘機）

巧みに敵人の弱点に乗じる（巧妙地利用敵人的弱點）

三に八を乗じる（三乘以八）

乗ずる〔自、他サ〕乘機，抓住機會，鑽空隙，乘車。〔數〕乘（=乗じる）

相手の弱点に乗ずる（抓住對方的弱點）

機会に乗ずる（乘機）

彼は混雑に乗じて逃げた（他趁著混亂逃之夭夭了）

敵に乗ぜられる様な事を為るな（不要讓敵人鑽漏洞）為る為る

自動車に乗じて逃走する（坐汽車逃走）

五に三を乗ずる（五乘以三）

乗員〔名〕（飛機、輪船、列車上的）乘務員（=乗務員、搭乗員）、乘客

船に乗員を配置する（給船配置乘務員）

難破船の乗員を救助する（搭救遇難船上的乘務員）

乗艦〔名、自サ〕搭乘軍艦、所乘的軍艦

航空母艦に乗艦する（搭乘航空母艦）

司令官の乗艦（司令官所乘的軍艦）

乗機〔名〕搭乘飛機、所乘的飛機

乗客、乗客〔名〕乘客、旅客

バスの乗客が増加する（乘公車的人增加）

乗客を制限する（限制乘客）

乗客案内所（旅客訊問處）

乗客係（旅客接待員）

乗客員数（乘客人數）

乗具〔名〕乘馬用具、馬具（如馬鞍、韁繩等）

乗降〔名、自サ〕（車、船的）上下

此の出口から乗降する（從這個出口上下）

乗降場（站台、月台）場場
乗降客（上下的乗客）客客
乗り降り〔名〕上下（車船等）
　電車の乗り降りに注意する（上下電車時留神）
　乗り降り御注意願います（上下車時請留神）
　此の子の乗り降りの世話を頼みます（拜託您照顧一下這個孩子上下車）
　何の駅でも乗り降りの客が多かった（各站的上下車旅客都很多）
乗号〔名〕〔數〕乘號（×）←→除号（÷）
乗根〔名〕〔數〕根
乗算〔名〕〔數〕乘法（=掛算）←→除算
乗車〔名〕乗車券（名）
乗除〔名、他サ〕〔數〕乘除、乘法和除法（=掛け算と割り算）
　加減乗除（加減乘除）
乗数〔名〕〔數〕乘數←→被乗数
乗船〔名、自サ〕乘船，搭船←→下船、搭乘的船
　無賃乗船（免費乘船）
　急いで乗船する（急忙上船）
　九時迄に必ず御乗船願います（務必在九點以前上船）
　乗船賃（船費）
　乗船切符（船票）
　代表団の乗船（代表團所搭乘的船）
乗艇〔名、自サ〕乘艇（潛水艇、救生艇等）
乗馬〔名、自サ〕騎馬、騎的馬
　乗馬に行く（去騎馬）行く往く逝く行く往く逝く
　彼女は乗馬に慣れている（她習慣於騎馬）慣れる馴れる狎れる
　乗馬の稽古を為る（練習騎馬）為る摩る摺る刷る掏る磨る擦る揩る為る成る鳴る生る
　乗馬クラブ（騎馬俱樂部）
　乗馬術（騎馬術）
　彼の乗馬は白毛の駒だ（他騎的是小白馬）

此は将軍の乗馬だ（這是將軍騎的馬）
乗り馬〔名〕乘用的馬（=乗馬）、騎馬（=騎乗）
乗冪〔名〕〔數〕乘冪、乘方
乗法〔名〕〔數〕乘法←→除法
　乗法を習う（學習乘法）習う倣う学ぶ
　乗法表（乘法表）
　乗法関数（積性函數）関数函数
乗務〔名、自サ〕乘務
　乗務員（乘務員）
　バスの乗務員を募集する（招募公車的乘務員）
乗輿〔名〕天子的車馬。〔敬〕天子出行、（一般的）乘物
乗用〔名、他サ〕乘坐、乘騎
　乗用に供する（供人乘坐）供する叫する狂する響する
　此の馬は乗用に適する（此馬適於乘騎）
　乗用車（乘用車、載客車、小汽車）
　乗用エレベータ（載客電梯）
乗る、載る〔自五〕坐、騎、搭乘、登上、參加、上當、登載、附著、附和、趁機、增強
　車に乗る（坐車）
　船に乗る（坐船）
　自転車に乗る（騎自行車）
　馬に乗る（騎馬）
　汽車に乗って行く（坐火車去）
　タクシーに乗って家に帰る（坐出租汽車回家）
　エレベーターに乗って上がり下りする（坐電梯上下）
　彼の自動車に乗ってみたい（我想坐一坐那輛汽車）
　医者は自転車に乗って遣って来た（醫師騎著自行車來了）
　君はジェット機に乗った事が有りますか（你坐過噴射機嗎？）
　屋根へ乗る（登上屋頂）

4142

机の上に本が載っている（桌上放著書）
書類やインキ壺等の載っているテーブル（放著文件和墨水瓶等的桌子）
其の綱は君が載ると切れるだろう（你若爬上那條繩子會斷的）
話に乗る（接受提議）
相談に乗る（參與商量）
私も一口乗ろう（我也算一份吧！）
其の相談には乗り度くない（不願參與那計畫）
計略に乗る（中計上當）
口車に乗る（聽信花言巧語而受騙）
彼はそんな手に乗る男じゃない（他不是上那種當的人）
彼女はおべっか等には乗らない（她不聽信諂媚的話）
彼は直ぐ煽てに乗る（他很容易被人戴上高帽）
歴史に載る（載入史冊）
新聞に載る（登在報上）
此の単語は何の辞書にも載っていない（這單詞那辭典也沒有收錄）
其の国は新しい地図には載っている（新地圖上有那個國家）
其処は地図にも載って居ない小さな山村である（那是地圖上也找不到的小山村）
其の論文は雑誌に載る予定だ（那篇論文準備登在雜誌上）
新聞に私の名前が載らない様に為て呉れ（別把我的名字登在報上）
インクが乗る（墨水印紙）
絵具が良く乗る（水彩很好塗）
白粉が乗る（香粉貼附不掉）
リズムに乗る（附和節奏）
歌が三味線に乗らない（歌跟三弦不調和）
マイクに乗る声（麥克風傳出的聲音）

軽やかリズムに乗って踊る（隨著輕快的節奏跳舞）
ニュースが電波に乗って世界各地へ伝えられる（消息隨著電波傳向世界各地）
調子に乗ってどんどん進む（趁勢不斷前進）
此の勢いに乗って攻め込む（趁著這股勁攻進去）
景気の波に乗って大儲けする（趁著經濟繁榮大發其財）
彼は人気の波に乗っている（他趁勢紅了起來）
油が乗る（肥起來）
脂肪が乗って来た（肥胖起來）
脂が良く乗っている魚（肥厚的魚）
仕事に気が乗る（工作幹得起勁）

乗り、乗〔名〕（墨水粉等）吸附（附著）的情況、（上腺）上的情況、（歌舞伎）合著三弦道白等、謠曲中歌唱與拍子的合拍法

〔接尾〕乗（的人）、（接於人數下）表示能乘坐的人數

白粉の乗りが良い（香粉擦上貼附不掉）良い好い佳い善い良い好い佳い善い
脂肪の乗りが薄い（肉上的脂肪層薄）
自転車乗り（乘自行車〔的人〕）
二人乗りの自転車（兩人乘坐的自行車）
七十人乗りのバス（定員七十人的公車）

乗り合う〔自五〕（和許多人一起）同乘（車、船）

乗り合い、乗合〔名〕（大家）同乘（一輛車或一隻船）←→貸切（包租）、公車、渡船、公共馬車（＝乗合自動車、乗合船、乗合馬車）

乗合自動車（公車＝バス）
乗合馬車（公共馬車）
乗合船（渡船、大家同乘的船）

乗り合わせる、乗り合せる〔自下一〕（和別人）偶然同乘（一輛車或一艘船等）

北海道行の船で彼女と乗り合わせた（在開往北海道的船上和她碰上了）

偶偶乗り合わせた客と親しく為る（和偏巧同乗的旅客熟悉起來）

乗り上げる〔自下一〕（船等）觸礁、擱淺
〔他下一〕把（船等）開到暗礁等上
　船が暗礁に乗り上げる（船坐礁）
　船が浅瀬に乗り上げる（船擱淺）
　バスが歩道に乗り上げる（公車開上人行道）
　船を岩に乗り上げた（把船開上了礁石）

乗り上げ〔名〕〔海〕擱淺
　乗り上げ約款（〔海上保險合約中的〕擱淺條款）

乗り味、乗味〔名〕乘（騎）時的感覺（＝乗り心地、乗心地）

乗り心地、乗心地〔名〕坐（乘）在上面的感覺
　乗り心地が良い（坐〔騎〕著舒服）
　乗り心地が悪い（坐〔騎〕著不舒服）
　乗り心地の良い自動車（坐著舒服的汽車）
　乗り心地を楽しむ（享受乘坐時的舒服感）

乗り良い、乗良い〔形〕容易駕駛、乘著舒服

乗り難い〔形〕難駕駛、乘（坐）著不舒服←→乗り良い、乗良い
　此の馬は乗り難い（這匹馬難騎）
　乗り難い車（坐著不舒服的車）

乗り入る〔自五〕乘車（馬）進入、騎馬攻入、衝進（＝乗り込む）
　敵地に乗り入る（衝進敵人的地盤）

乗り入れる〔自、他下一〕乘車（馬等）進入、（為了聯運等把）定期路線延長到其他路線上
　車を校庭に乗り入れる（坐著車進入校園）
　邸内迄車を乗り入れる（坐著車開進院內）
　バスが団地に乗り入れる（公車開到社區）

乗り入れ〔名〕乘車（馬等）進入
　園内は乗り入れ禁止（園內禁止車馬進入）
　自動車乗り入れ禁止（禁止汽車開入）

乗り打ち、乗打ち〔名、自サ〕（古時）走過貴人門前等不下馬（轎）

乗り移る〔自五〕換乘，改乘。〔迷〕（神靈等）附體
　バスに乗り移る（改坐公車）
　横のボートに乗り移る（改乘旁邊的小船）
　神霊が巫女に乗り移った（神靈附到巫婆了）

乗り後れる、乗り遅れる〔自下一〕耽誤乘（沒趕上）（車船等）。〔轉〕跟不上潮流
　汽車に乗り遅れた（沒趕上火車）
　船に乗り遅れた（沒趕上船）
　もう一寸言う処で乗り遅れた（就差一點沒趕上車〔船〕）

乗り換える〔自、他下一〕換乘，改乘，倒車（船）、倒換（證券等）、改變（主義，主張，政黨等），改行
　別の船に乗り換える（改坐別的船）
　別のバスに乗り換える（改坐別的公車）
　汽車を三度乗り換える（倒三次火車）
　汽車を下りてから船に乗り換える（下了火車之後改搭船）
　台北行きは彰化で乗り換える（去台北在彰化換車）
　利回りの良い株に乗り換える（倒換成利潤大的股票）
　日本酒から洋酒に乗り換えた（不喝日本酒改喝洋酒了）
　彼は今度、外人相手の商売に乗り換えた（他這次改行專做外國人為對象的買賣了）
　牛を馬に乗り換える（轉向得勢〔對己有利〕的一邊）

乗り換え、乗換え〔名〕換乘，改乘、準備的車（馬）
　乗り換えの時汽車を間違えた（換車時搭錯了火車）
　此の線で行くと乗り換えが多い（搭這條線去換車次數多）
　此の列車は乗り換え無しに大阪へ行きます（這列車不換車直達大阪）
　乗り換え場所（換車處）

乗り換え駅（換車站）

乗り換え切符（換車票）

競輪の選手は何時も乗り換えを用意している（自行車選手經常備有預備車）

乗り掛かる〔自五〕正要乗（騎）上、騎在上面、著手，開始做

乗り掛かろうと為る時に汽車が動き出した（正要上車的時候火車開動了）

乗り掛かった時、動き出したので落ち然うに為った（剛一上車就開動了差一點點掉下來）

乗り掛かって相手を押え付ける（騎在對方身上用力按住）

乗り掛かった船（既然開始了只好做到底、一不做二不休）

乗り掛ける〔自下一〕正要乗（騎）上、騎在上面、著手，開始做（＝乗り掛かる）

乗り気〔名〕起勁、熱心、感興趣（＝気乗り）

乗り気に為る（感興趣、有意思）

乗り気に為って仕事を為る（努力工作）

乗り気に為って人の話を聞く（熱心聽別人講話）聞く 聴く 訊く 効く 利く

彼は其の仕事に乗り気に為って食事を忘れる程だ（他熱衷於那工作甚至廢寢忘食）

大して乗り気に為れなかった（沒那麼感興趣）

社長も今度の仕事に大分乗り気の様だ（總經理對這次的工作好像也很感興趣）

乗り切る〔自五〕乗（車、馬、船等）越過、渡過、突破、度過（難關）、充分上膘

馬で川を乗り切る（騎著馬過河）

帆掛舟で大西洋を乗り切る（乘帆船渡過大西洋）

船が嵐を乗り切る（船衝破暴風雨）

海峡を乗り切る（渡過海峽）

最後の難関を乗り切る（度過最後的難關）

脂の乗り切った魚（膘特肥的魚）脂 油 膏

乗り切り、乗切り〔名〕度過（難關等）

乗り組む〔自五〕（作為業務人員）共同乗坐（同一船、飛機等）

アメリカ人の乗り組んだジェット機（美國人駕駛的噴射機）

操縦者が二人乗り組んでいる飛行機（兩個駕駛搭乘的飛機）

彼はAfrica航路の汽船に乗り組んでいる（他在非洲航線的輪船上服務）

其の船には僅かな乗組員しか乗り組んでいなかった（那艘船上只有很少幾個乘務員）

乗り組み〔名〕共同乗坐（同一車、船的人）

此のボートの乗り組みは十人だ（這隻小艇能載十個人）

乗り組みを命ぜられる（被指派為乘務員）

乗組員〔名〕（船、飛機的）乘務員

軍艦の全乗組員（軍艦的全體乘務員）

其の船の乗組員は何名ですか（那艘船有多少船員）

此の飛行機の乗組員はアメリカ人だ（這架飛機的乘務員是美國人）

乗組員名簿（乘務員名冊）

乗り超える〔自下一〕乗（車、馬等）越過、越過，跨過、渡過（難關），超越（前人）

馬で山を乗り超える（騎馬越過山嶺）

自動車で丘を乗り超える（坐著汽車越過山丘）

垣根を乗り超える（跨過籬笆）

自動車は歩道を乗り超えて民家にぶつかった（汽車穿過人行道撞到民宅上）

危機を乗り超える（渡過危機）

難関を乗り超える（渡國難關）

先人を乗り超える（超過前人）

彼は其の不屈の精神で此等の障害を乗り超えた（他以其不屈不撓的精神闖過了重重障礙）

彼は貧乏と病苦を乗り超えてを乗り超えて大発明を成し遂げた（他戰勝了貧窮與疾病完成了偉大的發明）

乗り越す〔他五〕坐過站、越過，跨過（=乗り超える）

居眠りを為て二駅乗り越した（因為打瞌睡坐過了兩站）

目が覚めて見たら駅を三つ乗り越していた（醒來一看已坐過了三站）

乗り過ごす〔自五〕坐過站（=乗り越す）

居眠りして乗り過ごす（因打瞌睡坐過站）

乗り越し〔名、自サ〕坐過站

此の切符で乗り越したんですが、如何したら良いんでしょうか（用這張票坐過了車站您看該怎麼辦？）

乗り越し客（坐過站的乘客）

乗り越し料金（坐過站補票的車費）

乗り込む〔自五〕乘入，乘進、（和大家）共同乘坐，搭乘、乘（車、馬）進入，開進。〔轉〕（軍隊）開進，（劇團，體育團體等）到達，進入

迎えの自動車に乗り込む（坐上前來迎接的汽車）

彼の男は何処で此の客車に乗り込んだのか（那個人是從哪個站坐上這個客車的）

電車が停まると大勢の人がどやどやと乗り込む（電車一停許多人蜂擁而上）

自動車で会場に乗り込む（坐著汽車進入會場）

我が軍は市内へ堂堂と乗り込んだ（我軍浩浩盪盪地開進了市內）

我がチームは張り切って球場へ乗り込んだ（我隊精神飽滿地進入了會場）

一同は堂堂と次の興行地に乗り込んだ（一行浩浩蕩蕩地來到了下一個演出地）

乗り込み〔名〕乘進，坐入、（劇團、體育團體等）到達，進入（演出或比賽地點）

少女歌劇団の名古屋乗り込みが決まる（少女歌劇團決定到名古屋來表演）決める極める

乗っ込む〔自五〕（乗り込む的音便）（魚在產卵期）成群逆流而上

鮒が乗っ込む（鯽魚逆流而上）

乗り熟す〔他五〕駕馭（馬）

其の婦人は実に上手く馬を乗り熟した（那個女人真會駕馭馬）旨い巧い上手い甘い美味い

乗り溢れる〔自下一〕（車裡）人擠得滿滿的（幾乎要掉下來）

乗り捨てる〔他下一〕下車（船）步行、（下去後）丟下，扔掉，拋棄（車、船等）

天安門で車を乗り捨てる（在天安門下車步行）

車を乗り捨てて歩いて行く（棄車步行）行く往く逝く行く往く逝く

小舟が一つ岸に乗り捨てて在った（岸邊扔著一條小船）有る在る或る

船員は難破船を乗り捨てた（船員扔掉了遇難的破船）

盗まれた自動車は橋の袂に乗り捨てて在った（被偷的汽車扔在橋邊）

乗り捨て、乗捨〔名〕下了車（船）丟下不管、被丟下的車（船）

乗り進める〔他下一〕策馬前進

駒を原頭に乗り進める（策馬奔向原野）

乗り初め〔名〕初次乘坐

乗り出す〔自、他五〕乘船等出去、拋頭露面，登上…舞台、親自出馬，積極從事、（把身體）挺出，探出、開始乘（騎）（=乗り始める）

沖に乗り出す（坐船出海）

汽船で日本を乗り出す（坐輪船離開日本）

世の中に乗り出す（在社會上嶄露頭角）

文壇に乗り出す（登上文壇）

政界へ乗り出す（登上政治舞台、在政界嶄露頭角）

学校の経営に乗り出す（親自出馬辦校）

国会は其の問題に乗り出す熱意を示していない（國會沒有表示出積極解決那個問題的誠意）

身を乗り出す（向前探身）

膝を乗り出して談じ込む（促膝而談）

窓から乗り出して外を見る（從窗外探出身體往外看）

家の子も三輪車に乗り出した（我們孩子也騎起三輪腳踏車來了）

自転車に乗り出してから一か月に為った（開始騎腳踏車已經一個月了）

乗り継ぐ〔自、他五〕接著乘坐（其他交通工具）

飛行機に乗り継ぐ（接著改乘飛機）

八マイル毎に馬を乗り継ぐ必要が有る（需要每八英里換馬）

其処からバスを三つ乗り継いで行かなければばらなりません（從那裏接著要換三次公車）

乗り付ける〔自下一〕坐車等直到…跟前，趕到、乘慣，騎馴服（＝乗り馴らす）

玄関迄車で乗り付ける（坐著車直到大門口）

タクシーで式場に乗り付ける（坐著計程車趕到會場）

乗り付けている馬（騎馴服了的馬）

車に乗り付けると歩くのが面倒に為る（坐慣了車就覺得走路麻煩）

私は船に乗り付けているから少しも酔わない（我坐慣了船一點都不暈）

飛行機に乗り付けているから何とも無い（因為坐慣了飛機不覺得怎麼樣）

乗り馴らす〔他五〕騎馴服（＝乗り付ける）

馬を乗り馴らす（把馬騎馴服）

乗り手、乗手〔名〕乘客，騎手、擅長騎馬的人

馬が乗り手を落とした（馬把騎士摔下來）

此の線路は乗り手が少ない（這條線乘客少）

彼は中中の乗り手です（他是個很擅長騎馬的人）

乗り通す〔自五〕乘坐到底、乘著通過

乗り逃げ、乗逃げ〔名〕乘車（船）不付錢跑掉、乘（別人的車等）跑掉、（把別人的車）開跑，拐跑

タクシーの乗り逃げを為る（坐計程車不付錢跑掉）

主人のオートバイで乗り逃げを遣る（坐著主人的摩托車逃跑）

油断して自転車を乗り逃げされた（一大意自行車被人騎跑了）

乗り場、乗場〔名〕乘車（船）的地點、車站、碼頭

駅前のタクシーの乗り場（站前的計程車站）

busの乗り場（公車站）

船の乗り場（船碼頭）

乗り場案内（車站〔碼頭〕指南）

乗り逸れる〔自下一〕沒能（和同伴一起）坐上車（船等）

乗り外す〔他五〕欲乘而踩蹉、失掉乘坐的機會，未能坐上車（船）（＝乗り損なう）

乗り回す〔他五〕乘車（馬等）到處走、兜風

自動車で市内を乗り回す（坐著汽車在室內各地兜風）

自転車を乗り回す人（騎自行車兜風的人）

乗り回る〔自五〕乘車（馬等）到處走、兜風

自転車で市内を乗り回る（騎自行車在市內各處走）

自動車で東京中を乗り回る（坐著汽車道東京各地轉〔兜風〕）

乗り戻す〔他五〕乘車（馬等）返回、倒回

馬を乗り戻す（把馬騎回去）

車を乗り戻す（把車開回去）

乗り物、乗物〔名〕乘坐的東西、交通工具（指電車、汽車、公車等、江戶時代則指轎）

乗り物に乗る（乘車）

其処へ行くのに何か乗り物が有りませんか（到那裏去有什麼交通工具嗎？）

乗り物の便が良い地方（坐車方便的地方）便便

乗っける〔他下一〕〔俗〕使乘上、放在…上（＝乗せる、載せる）

車に乗っけて遣ろう（讓你坐上車吧！）

荷物を乳母車に乗っける（把行李放在嬰兒車上）

乗っ取る、乗り取る〔他五〕奪取、攻佔、侵占、劫持

城を乗っ取る（攻佔城池）
敵陣を乗っ取る（攻佔敵陣）
権力を乗っ取る（奪權）
会社を乗っ取る（霸佔公司）
人の地位を乗っ取る（奪取別人的地位）
旅客機を乗っ取る（劫持飛機）

乗っ取り〔名〕奪取、劫持、侵佔
会社の乗っ取りを謀る（策畫霸佔公司）謀る
図る諮る量る測る計る
航空機の乗っ取り事件（劫持飛機事件）
乗っ取り犯人（劫持者、搶劫者）

乗せる、載せる〔他下一〕（使）乘上、裝上、裝載、使參加、誘騙、記載、刊載、和著拍子
物を棚に載せる（把東西擺在架上）
両手に顎を載せる（雙手托著下巴）
色色の御馳走を沢山載せて有る食卓（擺滿各種菜餚的飯桌）
彼女は其れを手の平に載せて彼に差し出した（她把那東西拖在手心遞給了他）
野菜を載せた車（裝著蔬菜的車）
途中で乗客を載せる（中途招攬乘客）
君の自動車に乗せて呉れ（讓我搭乘你的汽車吧！）
彼の汽船は千人の乗客を載せる事が出来る（那輪船能載運一千乘客）
引き摺る様に為て彼を其の汽車に乗せた（硬拉著他搭上那火車）
其の仕事に私も一口乗せて呉れ（讓我也參加一份那工作吧！）
ぼろい事なら俺も一口乗せて呉れ（若是發財的買賣也算上我一份吧！）
口車に乗せる（用花言巧語騙人）
彼は悪漢共の悪巧みに乗せられた（他中了壞蛋們的奸計）
彼女は迂闊に乗せられた（她一不小心受了騙）
そんな話に乗せられる物か（那種話騙得了我嗎？）
記録に載せる（寫進記錄裡）
歴史に載せる（載入史冊）
地図に載せる（登在地圖上）
小説を新聞に載せる（把小說刊登在報上）
新聞に広告に載せる（在報紙上登廣告）
私の名を新聞に載せない様に為て呉れ（不要把我的名字登在報上）
三味線に乗せて歌う（和三弦唱）

城（ㄔㄥˊ）

城〔名〕〔古〕城（=城）
〔漢造〕京城、城郭、城堡、（舊地名）山城國（=山城の国）

城の内（城內）
王城（王宮、宮城=王宮）
帝城（皇城、宮城=宮城）
宮城（〔舊〕皇宮、皇城-現稱皇居）
不夜城（不夜城）
本城（本城、中心城堡，主將駐所的城堡=根城、本丸）
築城（〔軍〕修築城堡、修築陣地）
籠城（固守城池、閉門不出）
落城（城池陷落、〔轉〕〔事物〕維持不下去而放棄、〔俗〕〔被說服後〕答應）
江戸城（江戸城-明治前德川將軍的駐城、維新後改為皇城）
山城の国（山城國=城州）

城下〔名〕城下、（以諸侯的居城為中心發展起來的）城邑，城市（=城下町）
城下の盟を為る（訂城下之盟）誓為る為る
城下町（〔以諸侯的居城為中心發展起來的〕城邑，城市）
金沢は旧加賀侯の城下町です

城外〔名〕城外
城外の演習場（城外的練兵場）
城外の敵を射る（射城外的敵人）射る居る鋳る煎る炒る入る要る

城中 〔名〕城中、城裡（= 城内）

城内 〔名〕城内、城裡 ←→ 城外
　大阪城の城内を見物する（參觀大阪城的内部）

城郭、城廓 〔名〕城郭。〔轉〕隔閡
　天然の城郭（天然的城郭）
　城郭を構える（構築城郭、〔喻〕使人不易接近）
　城郭を設ける（製造隔閡）設ける儲ける
　彼は人に接するに城郭を設けない（他對人坦率、他平易近人）

城閣 〔名〕城樓
　城閣に登る（登上城樓）登る昇る上る

城塞、城砦 〔名〕城寨、城堡
　堅固な城塞（堅固的城堡）
　城塞は登り難い山に在った（城寨在難登的山上）在る有る或る

城柵 〔名〕（設在城外的）城寨、柵壘（= 砦、塞、壘）

城西、城西 〔名〕城西、西城（東京則指新宿區、世田谷區、澀谷區、中野區、杉並區等）←→ 城東

城東 〔名〕城東 ←→ 城西、城西

城南 〔名〕城南（在東京指大田區、品川區、目黑區一帶）←→ 城北

城北 〔名〕城北（在東京指豐島區、練馬區、板橋區、北區、台東區、荒川區）←→ 城南

城市 〔名〕城邑、城市（= 城下町）

城址、城趾、城跡、城址、城跡 〔名〕（古城的）城址、城的舊址
　今でも城址が殘っている（至今仍保持著城址）
　城址を見物する（參觀城址）見物（參觀）見物（值得看）
　城址は今は公園に為っている（古城舊址現在變成了公園）

城主 〔名〕一城之主，守城之將，（江戶時代）有城郭的諸侯（是諸侯的一種資格）

城將 〔名〕守城的將領

城代 〔名〕〔史〕（城主出陣時）代替城主（諸侯）守城的武士、
　江戶時代代替大名守城的家老（= 城代家老）

城頭 〔名〕城頭，城上、城邊，城附近
　城頭に赤い旗が翻る（紅旗在城頭上飄揚）
　城頭を散步する（在城邊散步）

城府 〔名〕城府，都邑。〔轉〕隔閡
　城府を設ける（有城府、有戒心）設ける儲ける
　人に遇するに城府を設けず（待人胸無城府、為人坦率）遇する寓する

城兵 〔名〕守衛兵、衛戍部隊、警衛部隊、警備部隊

城壁 〔名〕城牆
　城壁に攀じ登る（攀登城牆）
　城壁を設ける（建造城牆）設ける儲ける
　城壁を巡らす（四周圍上城牆）巡らす廻らす回らす

城門 〔名〕城門
　城門には番兵が立っている（城門有哨兵在站崗）立つ裁つ建つ発つ絶つ経つ截つ断つ

城邑 〔名〕城邑，城堡、城市，都市

城壘 〔名〕城壘、城堡
　城壘を陷れる（攻陷城堡）
　城壘を築く（構築城堡）
　城壘を迫る（逼近城堡）迫る逼る

城樓 〔名〕（眺望用）城樓

城 〔名〕城，城堡、（屬於自己的）領域，範圍
　城をを築く（築城、構築城堡）城白代
　城を守る（守城）守る護る守る洩る漏る盛る
　城を囲む（圍城）
　城を攻め落とす（攻陷城池）
　敵に城を明け渡す（把城池讓給敵人、開城投降）
　城に枕に討死する（死守城池、為守城而戰死）

白〔名〕白，白色。〔圍棋〕白子、白色的東西、（比賽時紅白兩隊的）白隊、無罪，清白

　白のブラウス（白色罩衫）城代

　白を黒と言い包める（指黒為白，混淆是非）

　白を持つ（拿白子）

　白優勢（白子佔優勢）

　白を着る（穿白上衣）

　白が勝った（白隊勝了）

　白とも黒とも判然と為ない（還不清楚有罪還是無罪）

　容疑者は白と決まった（嫌疑者斷定為無罪）

代〔造語〕材料，原料，基礎，代替，代用品，價款，費用，水田，分的份

　糊代（貼紙抹糨糊的地方）代白城

　御霊代（祭祀替身）

　飲み代（酒錢）

　代掻き（插秧前平整水田）

　取り代（該拿的份）

程（ㄔㄥˊ）

程〔漢造〕規矩、程序，規定、路程

　規程（規則、章程、規定、準則）

　過程（過程）

　章程（章程、規章、規則、條例）

　上程（提到議程上、向議會提出）

　課程（課程）

　教程（教程，教科書、教學程序，教授方式）

　日程（〔旅行或會議的〕日程、每天的計畫〔安排〕）

　道程（路程，行程，過程，道路）

　行程（行程、路程、旅程）

　旅程（旅程，行程、旅行日程）

　里程（里程、路程）

　路程（路程）

程限〔名〕程度、限度

程度〔名〕程度、適度、限度、水平

　教育程度（教育程度）

　程度が高い（程度高、水準高）

　生活の程度が低い（生活水準低）

　被害の程度（受害的程度）

　彼の国は文化の程度が低い（那個國家文化程度低）

　此の本は小学生の程度を超えている（這本書超過了小學生的程度）

　程度を超えた要求（越過限度的要求）

　子供を叱るのは或る程度に止めた方が良い（管教孩子要適可而止）

　疲労しない程度に運動しなければならない（運動必須不到疲勞的程度）

　酒を飲むのも良いが程度問題だ（喝酒也是可以的但應適度）

程〔名〕限度，分寸、（適當的）程度、情況、情形、（空間，時間，數量的）大致的程度（範圍）

〔副助〕表示大致的程度範圍數量等（舉例比較）表示情況等的程度（下接否定語）表示事物的極限。表示越…越…

　物には程（と言う物）が有る（凡事都有個分寸）

　身の程を知れ（要知道自己的身分）

　冗談にも程が有る（開玩笑也要有個分寸）

　欲張るにも程が有る（不能貪得無厭）

　程を越す（過度、過火）

　程を過ごす（過度、過火）

　程を守る（節制）守る護る守る洩る漏る盛る

　程良く作る（做得適度）作る造る創る

　程を過ごさずに飲む（飲酒不過量）飲む呑む

　其の町には公園と言う程の公園は無い（那個鎮上沒有稱得上是公園的公園、那個鎮上沒有像樣的公園）

　用事と言う程の事は無い（沒有什麼重要的事情）言う謂う云う

彼には財産と言う程の物は無い（他沒有什麼財產）

大発明家と言われる程の人には変人と考えられた人が多い（堪稱大發明家的人大都曾經被認為是怪人）

真偽の程は確かでない（真假〔的情形〕不清楚）

年の程は三十四、五（年齡看樣子三十四，五歲）

実際の程は分らないが、兎に角暑いって話だよ（實際情況不了解不過總之據說是很熱）

程遠からぬ処に小山が有る（在不遠的地方有一座小山）

宵の程は未だ未だ暑さが残っている（傍晚時分還是很熱）

待つ程も無く彼が現われた（沒等多久他就來了）現れる 表れる 顕れる

此の程の陽気は格別だ（最近的時令特殊）

後程参ります（回頭再來、等一下再來）

何千人と言う程集まった（集合了好幾千人）

十日程休む（休息十天左右）

駅迄一キロ有る（離車站有一公里）

慰問品を山程貰う（收到一大堆慰問品）

何れ程の価値が有るか（有多大價值呢？）

林檎を幾つ程上げましょうか（你要幾個蘋果？給您幾個蘋果？）上げる 揚げる 挙げる

今年は去年程暑くない（今年沒有去年那麼熱）

長さが幅程有る（長度和寬度差不多）

憎たらしい程綺麗だ（美麗得令人嫉妒）

貴方は御年程には見えません（您看上去很年輕）

彼程の人なら必ず成功する（若是像他那樣的人一定成功）

我が家程好い処は無い（再也沒有自己的家更好的地方了）

野球程好きな物は無い（我最喜愛棒球）

晴れた春の日に散歩する程愉快な事は無い（在晴朗的春天出去散步是最愉快的事情）

今日程の技術の発達した時代は無い（再也沒有比今天的技術更發達的時代了）

彼程高慢な人は無い（再也沒有比他更傲慢的人了）

早ければ早い程良い（越快越好）

見れば見る程気に入った（越看越喜歡）

人は金持に為る程けち臭く為る（人是越有錢越吝嗇）

飲む程に酔いが回る（越喝越醉）回る 廻る 周る

酔う程に彼の雄弁は尽きる処が無かった（他越醉越辯論個沒完）

此の問題は考えれば考える程分らなく為る（這個問題越想越不明白）

目は口程に物を言う（眼睛能像嘴那樣傳情）

程合、程合〔名〕正好的程度

遊びも程合に為て置け（玩也要有個限度）

程合の甘味（剛好的甜度）

程近い〔形〕不太遠、比較近

学校は此処から程近い処に在る（學校在離這裡不太遠的地方）在る 或る 有る

程遠い〔形〕相當遠、不近

学者と呼ぶには程遠い（還遠不能稱為學者）

此の小説は傑作と言うには程遠い（這部小說遠遠談不上是傑作）

学校は此処から程遠い処に在る（學校離這裡相當遠）

程遠からぬ〔連語〕不太遠（的）

程遠からぬ処に停留場が有る（在不太遠處有公車站）

程無く〔連語、副〕不久、不要多久

車を呼びましたから程無く参りましょう（已經叫車了不久就會來的）

彼は程無く全快しましょう（他不久就會痊癒的）

程に〔連語、助〕（副助詞用法）不久，越…越…。
〔古〕（接續助詞用法）因為

行く程に道が狭く為った（越走路越窄）行く 逝く 往く 行く 逝く 往く

程経て〔連語、副〕過一下子、過不了多久

一人立ち去ると程経て又一人遣って来た（走了一個人之後過一下子又來了一個人）

程程〔副〕適當地，恰如其分地、過得去

客を程程にあしらう（適當地應酬一下客人）
程程の返事を為る（做適當地回答）
彼の身形ならまあ程程と言う処だ（那身裝扮可算過得去）
夜遊びも程程に為ろ（夜裡尋歡作樂要適可而止〔不要過分〕）

程好い〔形〕適當，恰好、含糊

風呂は程好い熱さだ（洗澡水的溫度剛好）
程好い間隔を置いて木を植える（留出適當的間隔來植樹）
程好い返事（含糊其辭的回答）

誠（ㄔㄥˊ）

誠〔漢造〕誠

忠誠（忠誠）
至誠（至誠）
赤誠（赤誠＝真心）
丹誠、丹精（丹誠，真誠、努力，竭力，盡心）

誠意〔名〕誠意、誠懇、誠摯、誠心（＝真心）

誠意が有る（有誠意）有る 在る 或る
誠意を示す（表示誠意、開誠佈公）
誠意を疑う（懷疑是否有誠意）
誠意を欠く（缺乏誠意）欠く 書く 画く 掻く 斯く
誠意が全然無い（毫無誠意）
誠意を以て（誠心誠意地、開誠佈公地）
誠意の籠った自己批評（誠懇地自我批評）
誠意を込めた歓迎（誠摯的歡迎）込める 混める 籠める
誠意と親しみ籠った挨拶（良好的祝福和親切的問候）
誠意に満ちた友好的な雰囲気（誠摯友好的氣氛）

誠実〔名、形動〕誠實、真誠（＝真心、真面目）

誠実な人柄（為人誠實）
誠実を欠く（不誠實、缺乏真誠）欠く 書く 画く 掻く 斯く
人に接するには誠実を旨とす可きである（帶人應以誠實為宗旨）
誠実さと謙虚な態度が必要だ（需要有誠實和謙虛的態度）
誠実な人間に為り、誠実に事を処理し、誠実に物を言う（當老實人辦老實事說老實話）

誠心〔名〕誠心（＝真心、誠意）

誠心誠意（誠心誠意、全心全意）
誠心誠意人民に奉仕する（全心全意為人民服務）
誠心誠意事に当たる（誠心誠意地對待、全心全意地去做）当る 中る

誠信〔名〕誠信（＝誠、実、真、誠実、真実）

誠忠〔名〕忠誠（＝忠誠）

誠、実、真〔名〕（來自〝真実〟）真實，事實，真的（＝本当）、真誠，誠意，誠心，真情（＝真心）

〔副〕（多用〝真〟に形式）真，實在，誠然，的確、非常（＝本当に、実際、非常に）

〔感〕（表示轉變話題，忽然想起某事時的叮囑語氣）真的，實在的，可是的（＝然う然う）

真の話（實話）
嘘か真か調べて見よう（是真是假調查一下）
其は真らしい話だが、信じられないね（那好像是真事但卻難以相信）
真を込めて言う（誠懇地說）
真を尽して説明したら、相手も分かって呉れた（經過誠懇地一解釋對方也就諒解了）

此方が丁寧に頼んだので 彼方も 真の有る返事を呉れた（由於我懇切相求對方也就給了很有誠意的答覆）

真は宝の集まり所（蒼天保佑誠實人）

真に御尤もです（你說的真對）

真に困ります（實在為難）

御援助真に有り難う存じます（對您的幫助實在感謝）

真に申し訳有りません（實在對不起）

言う事は 真に立派だが（說得倒真好聽）

真に疑わしい（大可懷疑）

其は 真に御気の毒です（那可太可憐了）

真に寒い（真冷）

真の話、私は国へ一度帰らなければならないのです（說真的我要回一趟老家）

誠に、実に、真に〔副〕真，實在，誠然，的確，非常（＝本当に、実際、非常に）

誠に怪しからん（實在不像話）

此の雑誌は誠に面白い（這本雜誌實在有趣）

誠に申し訳御座いませんが、もう一度電話を為て下さい（實在對不起請您再打一次電話）

誠に御最もです（所言極是）

誠顔、実顔〔名〕做作的表情，煞有介事的神色，一本正經的神色，莊重的表情

誠心、実心〔名〕真心、誠心、誠意（＝真心）

誠しやか、実しやか、真しやか〔形動〕做作、像真的、煞有介事

誠しやかなポーズ（故做的姿態）

誠しやかな（に）嘘を吐く（謊話說得活裡活現）

誠しやかに言う（做作地說、假惺惺地說、裝模作樣地說、煞有介事地說）言う謂う云う

誠しやかに涙を流す（流鱷魚眼淚、假惺惺地流淚）

澄（イム∨）

澄〔漢造〕澄清

清澄（清澄，清澈，清淨，〔玻璃的〕澄清〔作用〕）

高山の清澄な空気（高山上清晰的空氣）

清澄器（澄清器）器器

清澄剤（澄清劑）

明澄（明徹、澄清）

澄明〔名〕澄清、清澈

澄む、清む〔自五〕清澈，澄清←→濁る、晶瑩，光亮←→曇る、（聲音）清晰悅耳←→濁る、清淨，寧靜←→濁る、（陀螺）穩定地旋轉、發清音

水が清んでいた底迄良く見える（水很清可以清楚地看到水底）

今夜は月が良く清んでいる（今晚的月亮分外亮）

清んだ目（水汪汪的眼睛、亮晶晶的眼睛）

清んだ声（清晰悅耳的聲音）

笛の音色が清む（笛聲清晰繚繞）

心が清んでいる（心情寧靜）

独楽が清む（陀螺穩定地旋轉〔宛如靜止〕）

大阪は〝おおざか〟と濁らないで、〝おおさか〟と清んで言う（大阪不讀作濁音おおざか而發清音おおさか）

棲む、住む〔自五〕居住、（寫作棲む、但一般不用漢字）（動物）棲息，生存

田舎に住む（住在鄉下）棲む住む済む清む澄む

都会に住む（住在城市）

人の住んでいない家（沒有人住的房子）家家家家家

貴方は何方に住んでいらっしゃいますか（您住在哪裡？）何方何方何方

住めば都（地以久居為安、不論哪裡住慣了就會產生好感）

水に棲む動物（水棲動物）

カンガルーはオーストラリアに沢山棲んでいる（袋鼠在澳洲很多）魚

公害で汚く為った川には魚も棲まなく為った（由於公害弄髒了河水連魚都沒了）
魚 魚 魚

済む〔自五〕完結，解決，了結，過得去，能對付，對得起

映画が済んだ（電影演完了）
婚礼は目出度く済んだ（婚禮圓滿結束）
無事に済む（平安了事）
済んだ事は仕方が無い（事已過去無法挽回）
キャンディ等は無くても済む（沒有糖果也過得去）
借りずに済むなら借りは為ない（不借能過得去的話就不借了）
冬服無しで済む（沒有冬裝也過得去）
其れは金で済む問題ではない（那不是用金錢可以解決的問題）
少なくて済む支出（低廉的開支）
兄が学校で使った本が有ったので、新しいのを買わずに済んだ（因為有哥哥在學校用過的書所以我不買新書也可以了）
其れで済むと思うのか（你以為那樣就過得去嗎？）
遅く為って済みません（來晚了對不起）

澄ます、清ます〔他五〕澄清，使清澈，使晶瑩，洗淨，平心靜氣，集中注意力。〔古〕治理，平定。
〔古〕澄清道理，弄清道理
〔自五〕裝模作樣、假裝正經、擺架子、板起面孔、裝作若無其事（滿不在乎）
〔接尾〕（接在其他動詞連用形下面）表示完全成為…

濁り水を清まして上澄みを取る（澄清濁水舀取上部的清水）取る採る捕る執る獲る撮る
刀を研ぎ清ます（把刀磨得光亮）研ぐ磨ぐ砥ぐ
尺八を吹き清ます（簫聲清澈裊繞）
髪を清ます（洗髮）髪紙神守上
心を清ます（沉下心來）
耳を清まして聞く（注意傾聽、聆聽）聞く聴く訊く利く効く
目を清まして見る（盯盯地看、注視）見る看る診る視る観る
一天を鎮め、四海を清ます（平定天下肅清四海）
清まして通り過ぎる（裝模作樣地走過去）
嫌に清ましているね（裝得很神氣呢！）終う仕舞う
彼女はからかわれてつんと清まして終った（人家和她開玩笑她竟然會板起了面孔）
清ました顔を為て悪い事を為る（裝作一本正經做壞事）為る為る刷る摺る擦る掏る磨る擂る
彼は何時も人の物を使って清ました顔を為ている（他總愛用人家的東西卻裝作若無其事的樣子）
幾等催促しても、清ました物だ（不管怎麼催促他總是若無其事的樣子）
自分の悪いのに清まして人の所為に為る（本來自己不對卻若無其事地怪別人）
彼は局長に為り清ましている（他成了一個派頭十足的局長了）

済ます〔他五〕做完，辦完，償清，還清，對付，將就
〔接尾〕（接其他動詞連用形下表示）完全成為

用事を済ましてほっとした（辦完事情放心了）
宿題を済ましてからテレビを見る（做完習題再看電視）
明日迄に済まさなければ為らない仕事が有る（有件工作明天以前非做完不可）
此の儘では済まされない（這樣可不能算完）
借金を済ます（還清欠債）
月に二万円有れば済ます事が出来る（一個月有兩萬日元就能對付過去）
辞書が無ければ一日も済まされない（一天沒有詞典也不行）

昼御飯はパンで済ました（午飯吃點麵包將就過去了）

無しで済ます（沒有也將就過去）

彼は局長に成り済ましている（他成了一個派頭十足的局長了）

澄まし，澄し、清まし〔名〕澄清、洗酒杯的水、裝模作樣，假裝正經、清湯，高湯（＝清まし汁）

清まし屋（裝模作樣的人、假裝正經的人）

澄まし汁，澄し汁、清まし汁，清汁〔名〕〔烹〕清湯、高湯

澄み切る〔自五〕清澈、（心情）開闊，豁然開朗

空が澄み切る（天空清澈、天空晴朗）

澄み切った秋空（秋天晴朗的天空）

澄み切った心境（心胸開闊、豁然開朗的心境）

澄み渡る〔自五〕晴朗、萬里無雲

澄み渡った青空（萬里無雲的蔚藍天空）

橙（ㄔㄥˊ）

橙〔漢造〕〔植〕酸橙

香橙、香橘、九年母（〔植〕香橘）

橙花油〔名〕橙花油（由橙子花提取的香精）

橙〔名〕〔植〕酸橙、橙黃色（＝橙色）

橙酢（橙醋）

橙色〔名〕橙黃色、枯色（＝オレンジ色）

懲（ㄔㄥˊ）

懲〔漢造〕懲罰、懲戒

膺懲（膺懲、討伐、征伐）

膺懲の師を興す（興討伐之師）興す 熾す 起す

懲悪〔名〕懲惡

勧善懲悪（勸善懲惡）

懲役〔名〕〔法〕徒刑

無期懲役（無期徒刑）

懲役十年の判決（判處十年徒刑）

終身懲役に処せられる（被判處無期徒刑）処する 書する

懲役に服する（服徒刑）服する 復する 伏する

懲戒〔名、他サ〕懲戒、懲罰

懲戒処分を受ける（受到懲戒處分）受ける 享ける 請ける 浮ける

不良学生を懲戒する（懲處流氓學生）

懲戒措置（懲戒處分）

懲戒免職（懲戒免職）

懲戒免官（懲戒罷官）

懲治〔名〕懲治

懲罰〔名、他サ〕懲罰

規則違反者を懲罰する（懲罰犯規的人）

懲罰を受ける（受到懲罰）受ける 享ける 請ける

懲罰委員会に掛ける（提交懲罰委員會）掛ける 駆ける 懸ける 架ける 馳ける 翔ける 搔ける

懲罰動議を出す（提出懲罰動議）

懲りる〔自上一〕（因為吃過苦頭）不敢再嘗試、懲前警後

失敗して懲りる（失敗之後再也不敢嘗試）

一回で懲りて終う（做一次就再也不想做下次了）終う 仕舞う

如何だ、懲りたか（怎樣不想再做了吧？）如何 如何 如何

羹に懲りて膾を吹く（懲羹吹齏、〔喻〕失敗過一次就過分地小心起來）吹く 拭く 葺く 噴く

懲りずまに〔副〕不洩氣、不厭倦

懲り懲り、懲り懲り〔名、自サ〕（因為吃過苦頭）再也不敢（不想）…、（叫人）頭痛

借金は懲り懲りだ（再也不敢向人借錢了、吃夠了欠債的苦頭）

あんな所へ行くのは懲り懲りだ（那樣的地方我再也不想去）行く 往く 逝く 行く 往く 逝く

ああ言う人間との付き合いは懲り懲りだ（我再也不想跟那種人來往了）

子供の悪戯には懲り懲りした（小孩子淘氣真叫人頭痛）

懲り性〔名〕〔俗〕失敗一次就不敢再嘗試的性格（＝性懲り）

懲り性も無く（不洩漏、死皮白賴）

性懲り〔名〕（由於痛苦的經驗教訓而）忌憚，不敢再做、懲前警後、一朝被蛇咬十年怕草繩

性懲りも無く良くそんな事を為るね（好了瘡疤忘了疼、你還照樣做那樣的事啊！）為る為る

彼は性懲りも無く又株に手を出している（他不接受教訓又做起股票投機來了）

懲らしめる〔他下一〕懲戒、懲罰、教訓

善を勧め悪を懲らしめる（勸善懲惡）

一寸懲らしめて遣れば大いに彼の為に為る（給他一點懲罰對他很有益處）為る成る鳴る生る

彼の男は懲らしめる必要が有る（有必要教訓他一頓）

生意気だから懲らしめて遣れ（他太狂妄教訓教訓他）

懲らしめ〔名〕懲戒、懲罰、教訓

失敗が良い懲らしめに為る（失敗是很好的教訓）良い好い佳い善い良い好い佳い善い

懲らしめに廊下に立たせて置く（叫他站在走廊以示懲戒）立つ裁つ断つ截つ経つ絶つ発つ建つ

懲らす〔他五〕〔舊〕懲戒、懲罰、教訓（＝懲らしめる）

一つ懲らして遣ろう（教訓他一番）懲らす凝らす

逞（ㄔㄥˇ）

逞〔漢造〕任性放肆、顯揚其力量威勢

逞しい〔形〕（體格等）健壯，強壯，魁梧，（意志等）堅強，雄壯，苗壯

逞しい若者（健壯的年輕人）

逞しい力（強大的力量）

逞しい精神（堅強的精神）

逞しい気魄（雄壯的氣魄）

勤労青年の逞しい向上心（勤勞青年的堅強的進取心）

逞しく成長する（成長茁壯）

逞しゅうする〔他サ〕（逞しくする的音便）任意而為、逞能，猖獗，（使）氣勢旺盛

想像を逞しゅうする（任意想像、發揮想像力）

コレラが猛威を逞しゅうしている（霍亂正在猖獗）

秤（ㄔㄥˋ）

秤、秤〔漢造〕量輕重的用具

秤動〔名〕〔天〕天平動

月の秤動（月球的天秤動）

緯度秤動（緯度天秤動）

経度秤動（經度天秤動）

秤量〔名、他サ〕稱量，稱重、判斷、最大稱重量

秤量十五キロ（最大稱重量十五公斤）

秤、称、衡〔名〕秤、天平

発条秤（彈簧秤）

竿秤、棹秤（桿秤）

皿秤（盤秤、天平）

台秤（磅秤）

秤に掛ける（用秤稱）

秤竿（秤桿）

秤目（秤星、稱量的份量）

秤皿（秤盤、天平盤）

秤錘（砝碼、秤陀）

測り，量り，計り，測，量，計〔名〕稱量，計量、份量，秤頭，限度，盡頭。〔古〕目的，目標

計り不足（份量不夠秤頭不足）

彼の店は計りが良い（甘い）（那商店給的份量足）

計りを誤魔化していた店（少給份量的商店）

計り無し（無邊無際地）

計りも無く（無限度地）

秤りビュレット〔名〕〔化〕稱量滴定管

秤り瓶〔名〕〔化〕稱量瓶

秤目〔名〕秤星，秤桿上的刻度、稱量的份量

　秤目を誤魔化す（秤量時在秤星上搗鬼-少或多給份量）

出（イメ）

出〔名〕出生，出（自某人之腹），出身，出（自某地、某家等）

〔漢造〕出、出現，產生，參加…の出で（是…所生）

　母は藤原氏の出（母親出自藤原氏）

　仙台藩の出（出自仙台藩）

　移出（〔向外地、殖民地〕運出〔貨物〕）

　輩出（〔人才〕輩出、湧現出）

　排出（排出，放出、排泄）

　派出（派出、派遣）

　輸出（輸出、出口）

　選出（選出、選拔出來）

　案出（想出、研究出）

　露出（露出，露天、外露、〔攝〕曝光）

出域〔名、自サ〕出域、越出區域←→入域

　沖縄からの出域（越出沖縄區域）

出エジプト記〔名〕〔宗〕（基督教聖經中的）出埃及記

出捐〔名、他サ〕捐助、捐獻、捐贈…の出捐で（賴…捐贈）

出演〔名、自サ〕演出、露演、登台

　賛助出演（贊助演出）

　御名残り出演（最後一次登台）

　初めて出演する（初次表演、初登舞台）

　芝居に出演する（登台演戲）

　出演契約（演出合約）

　出演者（演出者、演員）

出演料（演出費）

出火〔名、自サ〕起火、發生火災

　出火の警報（火災警報）

　出火の原因を調べる（調查起火的原因）

　昨夜山田氏宅から出火した（昨夜山田家裡發生了火災）

　出火地点（起火地點）

出荷〔名、他サ〕（用車、船）裝出貨物、（往市場）運出貨物←→入荷

　野菜を出荷する（〔往市場〕運出蔬菜）

　今日は出荷が少ない（今天上市的貨少）

　出荷先（發貨目的地）

出芽〔名、自サ〕〔植〕出芽

出格〔名〕破例、破格

　出格の優遇（破例的優待）

出棺〔名、自サ〕出殯

　午後二時出棺の予定（預定下午二點出殯）

出願〔名、自他サ〕申請、聲請、提出請求

　特許を出願する（申請專利）

　旅券の下付を出願する（申請發給出國護照）

　出願期限（申請期限）

出京〔名、自サ〕離京、離開首都、晉京、前往首都（東京）（＝上京）

　父が田舎から出京して来る（父親由鄉下來到東京）

出郷〔名、自サ〕離鄉

　勉学の為出郷し東京に住む（為了求學離鄉住在東京）

出金〔名、自サ〕出錢，支款、支出的金錢←→入金

　強制的に出金させる（強迫出錢）

　資材買い付けの為出金する（為了購買資材而支款）

　出金伝票（支出傳票）

　今月は出金が多い（本月支出錢款多）

出勤〔名、自サ〕上班←→退庁、退社、出勤←→欠勤

　八時に出勤する（八點上班）

僕は毎日電車に乗って出勤する（我每天搭電車上班）

出勤時間（上班時間）

出勤日（出勤日、工作日）

今日は出勤日だ（今天是工作日）

出勤簿（出勤簿、簽到簿）

出勤簿に判を押す（在簽到簿上蓋章）

出家〔名、自サ〕〔佛〕出家、和尚，出家人←→在家、在俗

出家得度する（出家得度）

出家の身で儲けを為る（以出家人的身份賺錢）

出撃〔名、自サ〕出撃←→迎撃、要撃

基地から出撃うる（由基地出撃）

敵陣を爆撃する為出撃する（為轟炸敵人陣地而出撃）

出欠、出缺〔名〕出席和缺席、出勤和曠工

学生の出欠を取る（點學生的名、記學生的出席和缺席）

出欠を調べる（調査工作情況）

出欠常為らず（三天打漁兩天曬網）

出血〔名、自サ〕出血。〔轉〕（戰時兵員的）傷亡。〔轉〕犧牲血本，劇本

内出血（内出血）

負傷して出血する（因負傷而出血）

出血過多の為死ぬ（因出血過多而死亡）

出血が止まらない（出血不止）

敵に大出血を与えた（使敵人遭受巨大傷亡）

味方の多少の出血は已むを得ない（我方略有傷亡是不得已的）

出血大サービス（犧牲血本大減價）

出血受注（〔商〕犧牲血本接受訂貨）発注

出血貿易（〔商〕犧牲血本的進出口）

出血売り出し中（虧本出售）

出現〔名、自サ〕出現

新独立国の出現（新獨立國的出現）

新製品が出現した（新產品出現了）

自動織機の出現に由ってヨーロッパ(Europa)の社会は産業革命へと導かれた（由於自動紡織機的出現歐洲社會走向了產業革命）

出庫〔名、自他サ〕（由倉庫）發出（貨物）、（電車等）出庫←→入庫

製品を出庫する（由倉庫發出產品）

電車が早朝出庫する（電車在大清早出庫）

出庫物〔名〕庫存處理品

出向〔名、自サ〕（奉命）前往，派赴、（臨時）調往，調職

東京へ出向を命ずる（派赴東京）

社命に依って子会社へ出向する（奉公司命調到子公司）親会社

出向く〔自五〕前往、前去

此方から出向きます（由我到您那裏去）

出校〔名、自サ〕（臨時）出校，離校←→帰校、到校,到學校去、〔印〕打出校樣

病気が良く為って今日から出校した（病好了從今天開始到校）

先生の出校日（老師到校日）

出航〔名、自サ〕〔船〕開船、（飛機）起飛

三日五時出航の予定（預定三號五點開船〔起飛〕）

出航停止（〔船隻〕禁止出港）

出航停止を解く（解除禁止出港）

出港〔名、自サ〕（船隻）出港←→入港

出港を停止する（停止出港）

船は朝八時に横浜港を出港した（船在早晨八點開出了橫濱港）

出港税（出港税）

出講〔名、自サ〕（教師）外出講課

出講日（外出講課日）

出国〔名、自サ〕出國←→入国

国際会議出席の為出国する（為參加國際會議而出國）

出国管理（出國管理）
出国許可書（出國許可證）

出獄〔名、自サ〕出獄←→入獄
仮出獄（假釋出獄）
出獄者（出獄者）者者

出差〔名〕〔天〕出差

出札〔名、自サ〕（車站）賣票、售票
午前四時から出札する（由午前四點開始賣票）
出札係（售票員）
出札口（售票口）
出札所（售票處）

出産〔名、自他サ〕生產、分娩、生孩子
男子を出産した（生了個男孩）
出産率（出生率）
出産休暇（產假）
出産届け（出生報告）

出山〔名、自サ〕（隱者）出山（為官）、（僧）走出山寺

出仕〔名、自サ〕（由民間）出來做官，（在機關）供職、上班，出勤
軍令部出仕と為る（被派在軍令部供職）
民間会社から官庁に出仕する（由民間機關到政府機關工作）

出仕事〔名〕外出工作、在外面做的事
床屋さんが出仕事に行っている（理髮師到外面去工作了）

出資〔名、自サ〕出資、投資
新会社に出資する（向新公司投資）
個人出資の事業（個人出資的事業）
出資額に応じて利益を分配する（按出資額分配利益）

出自〔名〕出身、出生的門第
出自を調べる（調查出身）
上流階級の出自（上層階級的出身）

出糸腺〔名〕〔動〕（蜘蛛等的）紡績腺

出糸突起〔名〕〔動〕（昆蟲的）吐絲器

出社〔名、自サ〕到公司上班←→退社
八時に出社する（八點到公司上班）

出処〔名〕去留，居官和為民、（政治家對某事）積極主動和袖手旁觀
出処進退（去留、進退）
出処進退を明らかに為る（明確去留）
出処進退を決める（決定去留）
出処進退を誤る（在去留上犯錯誤）

出所〔名、自サ〕出處（=出処，出所，出処，出所）、（滿刑後）出獄、（到研究所、事務所）上班
此の句の出所はシェークスピアです（這句話出自莎士比亞）
此の風説の出所は分らない（這個傳說的出處不明）
出所不明（出處不詳）
仮出所（假釋出獄）
出所を許される（被釋出獄）

出処，出所、出処，出所〔名〕（事物的）出處（=出所）、出口、該出現的場所（時期）
噂の出処は大凡分っている（大體了解了謠言的來源）
金の出処を突き止める（追查錢的來歷）
駅が余り広いので、出処が分らない（車站太大找不到出口）
此の辺が出処だ（現在是應該出現的時候了）

出た所勝負〔連語〕（不作準備計畫）聽其自然、走一步看一步
出た所勝負だ。何とか為るだろう（聽其自然車到山前必有路）
心配するな。出た所勝負で行こう（不必擔心到時候再說吧愛〔怎麼做就怎麼做吧〕）

出場〔名、自サ〕（參加競選等）入場，進場←→退場、欠場、出場，走出會場（車站）←→入場
選手が出場する（選手入場）
出場資格を取る（取得入場資格）
出場を取り消す（取消進場）

出場券（〔出站時補交車費的補票〕）

出場〔名〕〔劇〕（擔任角色）出場、上場、去處、出去的地方、出處、產地（=出場所）

出場の無い芝居（沒有出場的戲）

出場所（去處，出去的地方，出處，產地）

出色〔名〕出色、卓越

出色の人物（出色的人物）

出色の出来栄えを示した（表現了出色的成績）

今日の試合は出色の出来だった（今天的比賽取得了出色的成績）

出身〔名〕籍貫，（某處）出生的人、出身、（由某校）畢業

九州出身である（籍貫是九州、九州出生的人）

東京出身の者（東京出生的人）

御出身は何方ですか（您原籍是那裏？）

農民出身の大臣（農民出身的大臣）

東大出身（東京大學畢業）

彼の人は台湾大学の出身だ（他是台灣大學畢業的）

出身学校（畢業的學校）

出身校（畢業的學校）

出身校は一橋だ（是一橋大學畢業）

出身者（出生在…的人、畢業於…學校的人、…學校的畢業生、屬於…團體的人）

出身地（出生地）

彼の出身地は北海道だ（他的出身地是北海道、他的籍貫是北海道）

出陣〔名、自サ〕上陣，出征←→帰陣。〔轉〕出場，參加（比賽）

一軍の将と為て出陣する（作為一軍的將領而出征）

全国競技大会に出陣する（參加全國比賽大會）

出陣を祝う（祝賀參加比賽）

出水〔名、自サ〕漲水、發大水

連日の雨で川は非常な出水だ（由於連日陰雨河水漲得很大）

川が出水している（河水漲了）

市内各所に出水が会った（市內到處漲了水）
会う 逢う 遭う 遇う 合う

出水〔名〕（江河等）漲水，發水、洪水（=洪水）

出穂、出穂〔名、自サ〕〔農〕出穗、甩穗

出穂が遅れる（出穗晚）遅れる 後れる

天候の加減で稲が中中出穂しない（因為天氣關係稻子遲遲不出穗）

出穂期（出穗期）

出世〔名、自サ〕〔佛〕（為普度眾生）降生，下凡。〔佛〕（擺脫世俗）出家，出俗，進入佛門、出生、誕生、（在社會上）成功，出息，發跡

立身出世（出息發跡）

出世が早い（發跡得快、地位升得快）

子供の出世を願う（盼望孩子出息）

あんな風では出世出来ない（那個樣子不會有出息）

彼は其の才能と勤勉とに拠って数年為らずして大変な出世を遂げた（他憑著才能和勤奮不到幾年就飛黃騰達了）

出世の為に大学へ入る者が多い（為了飛黃騰達而進大學的人很多）

出世間（〔佛〕出俗，出家，超脫世俗、超然世外）

出世間の心が湧く（產生出俗的心）

出世間的態度を取る（採取超然世外的態度）

出世間の生活を為る（過超然世外的生活）

出世頭（最成功的人、最發跡了的人、發跡最快的人）

大学の同期生の中では田中君が出世頭だ（在大學的同期畢業生中田中是發跡最快的人）

出世作（作家的第一篇名著）

〝丈比べ〟は樋口一葉の出世作だ（〝比高矮〟是樋口一葉的第一篇名著）

出世欲（想要發跡的慾望）

出世魚（隨著成長而改變名稱的魚、鯉魚）

出生、出生〔名、自サ〕出生，誕生、出生地

隣の家に男児が出生した（鄰居生了一個男孩子）

出生届（出生申報單）

出生率（出生率）

出生年月日（出生年月日）

彼の出生は不明である（他的出生地不詳）

出生地（出生地）

出征〔名、自サ〕出征、上戰場

召集を受けて出征する（應征上戰場）

出征軍人（出征軍人）

出征家属（出征軍屬）

出精〔名、自サ〕〔舊〕奮勉、勤奮（＝精を出す）

御出精ですね（你真有幹勁呀！）

出席〔名、自サ〕出席←→欠席

出席を求める（請求出席）

出席を取る（〔學校上課時〕點名）

其の時彼も出席していた（那時他也參加了、當時他也在場）

是非御出席下さいますように（務請光臨）

此のクラスの出席率は迚も悪い（這個班的出席率不好）

出席日数（出席天數）

出席簿（出席簿）

出席者（出席者、參加者）

会は出席者が多かった（會上出席人很多）

出席者が減った（參加者減少了）

送別会には出席者が五十人以上有った（出席送別會的有五十多人）

出船〔名、自サ〕出船、（坐船）出海

出船、出船〔名〕開船、開出的船，出港的船←→入船

出船の時刻が近付く（快到開船的時間）

出船入船の絶え間無い港（出入船隻接連不斷的港口）

出船に良い風は入船に悪い（有一利必有一弊）

出訴〔名、自サ〕（向法院）提出訴訟、控告

出走〔名、自サ〕（賽馬等）開始跑、參加賽跑。〔古〕出奔

此のレースに出走する馬は八頭だ（參加這次賽馬的有八匹馬）

出題〔名、自サ〕（考試、詩歌）出題

試験に出題する範囲は非常に狭い（考試出題的範圍非常窄）

出題者（出題人）者者

入試の化学の出題者は石井教授だと言う事だ（據說入學考試出化學題的石井教授）

出立〔名、自サ〕出發、動身、啟程（＝出発）

今晩近東方面の旅行へ出立する（今天晚上啟程到近東方面去旅行）

出で立つ、出立つ〔自四〕〔古〕出發，動身，啟程（＝旅立つ）、打扮（＝装う）、立身，處世，走進社會（＝出世する）

出で立ち、出立〔名〕啟程，動身（＝出発）、打扮（＝装い）、立身，處世，走進社會（＝出世）

旅の出で立ち（動身旅行）

妙な出で立ちを為る（打扮得古怪）

土方の出で立ち（土木工人的打扮）

出立て〔名〕剛出來

出立ての柔らかい筍（剛長出來的嫩筍）

大学を出立ての青年（剛從大學畢業的同學）

出立ち〔名〕啟程，動身（＝出発）、打扮（＝装い）、開端、出殯

出炭〔名、自他サ〕出煤，產煤、生產木炭

良質な石炭を出炭する（出產良質的煤炭）

出炭量（產煤量）

冬迄に大量に出炭する（冬天以前大量生產木炭）

出張〔名、自サ〕出差、因公前往…

彼は出張している（他出差去了）

出張を命ずる（派去出差）

公用で台中へ出張する（因公前往台中）

英語の出張教授の仕事が見付かった（找到外出教英語的工作）

出張先（出差地）

出張旅費（出差旅費）

出張員（出差人員、〔因公〕外出人員）

出張所（〔機關和公司等設在外地的〕辦事處）

出張る〔自五〕（向外、向前）凸出，突出，到…去（=出張する）

此の門は少し出張っている（這個門有些向外凸出）

客引が駅に出張っている（攬客人到火車站去了）

出張り〔名〕凸出物，突出物、（舞台的）台口（幕前部份）

出っ張る〔自五〕（向外面）突出

外へ出っ張った窓（向外面突出的窗戶）

腹が出っ張っている（肚子鼓出）

前歯が出っ張っている（門牙突出）

軒が道路に出っ張ると建築法違反に為る（屋簷伸出到道路上違反建築法）

出っ張り〔名〕突出物，突出部份。〔機〕凸角

出っ張りが邪魔に為る（凸出部份礙事）

出超〔名〕出超、貿易順差（=輸出超過）←→入超

今年上半期の貿易は出超に為っている（今年上半年對外貿易是出超）

出陳〔名、自サ〕展出、陳列出去

展覧会に見本を出陳する（在展覽會上展出樣品）

出廷〔名、自サ〕出庭、出席法庭←→退廷

原告、被告が出廷する（原告被告出庭）

出廷しない時は欠席裁判を行う（如不出庭即進行缺席裁判）

出典〔名〕（典故的）出處

出典を示す（標出典故的出處）

出典を捜す（尋找典故出處）

此の格言の出典は論語だ（這句格言的出處是論語）

出土〔名、自サ〕〔考古〕（古代文物等）出土

遺跡から土器が出土した（土器從遺跡出土了）

出土品（出土文物）

此方の出土品の御蔭で此の地方の縄文式文化の様子が大分明らかに為るであろう（由於這些出土文物此地的縄文式文化的情況會弄得很清楚了）

出頭〔名、自サ〕（被叫到機關去）露面，到機關去、出人頭地

法廷に出頭する（出庭）

裁判所への出頭命令（〔被傳〕到法院去的命令）

本人の出頭を要する（需要本人出面）要する擁する

出頭を求める（要求出面）

呼び出し状が来たので税務署へ出頭する（因為接到傳票到稅務局去）

出頭人（出人頭地的人）人人人

出動〔名、自サ〕出動

救急車の出動（出動急救車）

軍隊を出動させる（命令軍隊出動）

警官隊が出動する（警察隊出動）

出動命令を受ける（接到出動命令）

出投資〔名〕出資和投資

財政出投資計画（財政出資投資計畫）

出入〔名、他サ〕出入，來往（=出入り）、收支

其処は学生の出入が禁じられている（那裏禁止學生出入）

楽屋への出入は御遠慮下さい（請不要進出後台）

一般人の出入を禁じる（禁止一般人出入）

此の部屋に出入しては行けない（不許進出此屋）

年末は金銭の出入が激しい（年末金錢的出入頻繁）

出入国（出境和入境）

出入国管理（出入境管理）

出し入れ〔名、他サ〕存取，存入取出，取出放入

銀行へ金を出し入れする（向銀行存取金錢）

手が出し入れ出来る位の穴（手能伸進拿出的那麼大的洞）

此の財布は金の出し入れに不便だ（這個錢包拿放錢不方便）

始終出し入れする引き出し（經常拉開的抽屜）

出入り、出入〔名、自サ〕出入〈因買賣或職業關係〉常來常往、收支，金錢出入，有出入，多少有點、爭吵，糾紛、風波、凹凸

人の出入りの激しい家（出入頻繁的人家、門庭若市的人家）

城門を出入りする車（出入城門的車輛）

無用の者は出入り（閒人不可出入）

出入りの医者（常來往的醫生）

出入りの大工（常來往的木匠）

出入りの商人（常來往的商人）

一か月の金の出入りは何れ程か（一個月的收支有多少？）

人数は当日に為って二、三の出入りが有るかも知れない（當天人數或許有二三名出入）

やくざ出入り（打群架）

与太者の間に出入りが有った（流氓們吵起來了）

彼は女出入りの多い人だ（他是個男女關係複雜的人）

海岸線の出入りが少ない地方（海岸線曲折少的地方）

出入り、出入〔名、自サ〕出入（＝出入り）、（數字的）出入、差額、凹凸不平。〔喻〕（待遇）不公平，不公正、（金錢的）收支

人の出入りが激しい（人的出入很頻繁）

此の家に自由に出入りする事を許されている（准許自由出入這間房子）

無用の者は出入り（を）為ては行けない（閒人無進）

人数は二、三人出入りが有るかも知れない（人數上也許有兩三名的出入）

切り口に出入りが有る（切口不平）

出ず入らず〔連語〕借貸相抵，不多不少、恰到好處，無過無不及

此で出ず入らずだ（這就不存不欠清帳了）

紺なら出ず入らずで良い色です（若是藏青色正合適是好的顏色）

何事も出ず入らずに為る（一切都做得適度）

出馬〔名、自サ〕騎馬出席、（親自）出馬，出頭露面、參加競選，當候選人

皇帝は式場に御出馬に為る（皇帝騎馬來到會場）

社長が自ら出馬する（經理親自出馬）

選挙に出馬する（參加競選）

大統領選への出馬が決定的と為る（已確定要參加競選總統）

出梅〔名〕出梅、過了梅雨期←→入梅

出発〔名、自サ〕出發，動身，啟程、開頭，開始做…

早目に出発する（提前出發）

出発の準備を為る（做出發準備）

私は明日東京へ出発する（我明天動身到東京去）

出発に際して（當出發時）

出発間際に（臨出發時）

僕等は汽車の出発間際に駅に着いた（我們在火車快要開車時趕到了車站）

明日から心を入れ換えて出発する（從明天開始重新做人）

出発が良かったので順調に事が運んだ（開頭很順利所以萬事亨通）

出発点（出發點、起點）

イ

マラソン選手が出発点に並ぶ（馬拉松選手排在起跑線上）

君と僕では全然議論の出発点が違う（你和我議論的出發點完全不同）

出発点から間違った計画だった（是個開始就錯了的計畫）

出帆〔名、自サ〕開船

汽船は正午に出帆する（輪船在正午開船）

外国へ向け出帆する（開往外國）

出帆日（開船日）

出版〔名、自サ〕出版

自費で出版する（自費出版）

著書を出版する（出版著作）

出版を引き受ける（接受出版）

其の本は出版された許りである（那本書剛剛出版）

此の小説は現在少なくとも五種類の版が出版されている（這本小説目前至少出版了五種版本）

出版部数（出版部數）

出版目録（出版目録）

出版業（出版業）

出版者（出版者）

出版物（出版物）

出版物を取り締まる（管理出版物）

出費〔名、自サ〕費用、支出、開銷、破鈔

出費を節約する（節約開支）

…に出費を掛けない（不使…破費）

家族が増えたので色色出費が多く為った（因為家裡添了一人各種開銷增加了）

出費が多くて経営が難しい（支出過多經營困難）

物価騰貴で出費が嵩む許りだ（由於物價上漲費用一天天増多）

出品〔名、自サ〕展出作品、展出產品

博覧会に出品する（在博覽會上展出）

可也の出品が有る（展出的作品相當多）

彼が出品した絵は皆入賞した（他展出的畫都得了獎）

出品点数（展出件數）

出品物（展出品、陳列物）物物物

出府〔名、自サ〕（江戸時代）從地方到（幕府所在的）江戸去、進京，到都市去

陳情の為出府する（為了請願而進京）

出兵〔名、自サ〕出兵、出動軍隊←→撤兵

内乱鎮圧の為出兵する（為鎮壓内亂而出動軍隊）

出没〔名、自サ〕出沒

沿岸地方に海賊が出没している（在沿岸地方有海盜出沒）

最近怪しい男が此の辺に出没している（最近有個可疑的人在這一帶出出進進）

出奔〔名、自サ〕出奔、逃跑（=逐電）

郷里を出奔する（逃出家鄉）

主人の金を盗んで出奔する（偷了主人的錢而逃跑）

出門〔名、自サ〕出門←→入門

出門証（出門證）

出藍〔名〕青出於藍而勝於藍

出藍の誉れ（青出於藍而勝於藍的聲譽）

出離〔名、自サ〕〔佛〕出家、超脫世俗

出離〔名〕〔天〕終切（淩日）

出猟〔名、自サ〕出去打獵、出外狩獵

鉄砲を担いで出猟する（扛著槍出去打獵）

出漁、出漁〔名、自サ〕（漁船）出海捕魚

悪天候を押して出漁する（冒著險惡的天氣出船捕魚）

出漁区域（捕魚區）

出力〔名〕（馬達、發電機等的）輸出、輸出功率←→入力

此のmotorは出力が大きい（這個馬達輸出功率大）

出力二十五万kilometer wattの発電所（輸出為二十五萬千瓦的發電站）

出塁〔名、自サ〕〔棒球〕（因安全打等）進到一壘

出廬〔名、自サ〕出廬

　老政治家の出廬を促す（敦促老政治家出廬）

出牢〔名、自サ〕出獄

出ず〔自、他下二〕出仕，出陣，出場，出席，離職，離緣，出家，畢業

出雲〔名〕〔古、地〕出雲（今島根縣東部）

　出雲神社（京都出雲神社）

　出雲大社（出雲大社）

　出雲燒（出雲地區生產的陶器）

　出雲の神（〔宗〕出雲大社所祭的神＝大国主命、婚姻之神）

出す〔他五〕〔古〕拿出、取出、救出、伸出、露出（＝出す）

出でる〔自下一〕出、出來（＝出る）

　流れ出でる（流出來）

出御、出行、出座〔名〕（出る的敬語）（天皇、皇太子等）行幸、出門（＝御出座）

出湯、温泉〔名〕溫泉

　出湯の町（溫泉街）

　出湯の里（溫泉之鄉）

出御〔名、自サ〕啟駕↔還御

　天皇は記念式場に出御為された（天皇啟駕前往紀念會場）

御出で、御出〔名〕（居る、居る的尊敬語）在，在家，住、（出る、来る、行く的尊敬語）去，往，出席，來，駕臨、（来い的親密或親微的尊敬說法）來（＝御出為さい）

　御父さんは御出ですか（你父親在家嗎？）

　今晩御宅に御出に為りますか（今天晚上您在家嗎？）

　台北には久しく御出ですか（你住在台北很久了嗎？）

　明日の会に御出に為るでしょうか（您出席明天的會嗎？）

　何卒此方へ御出下さい（請到這邊來）

　一緒に御出為さい（一起去好嗎？）

　何方へ御出ですか（您往哪裡去？）

　御出を御待ちして居ります（敬候光臨）

　ようこそ御出下さいました（歡迎光臨、歡迎歡迎）

　良く御出に為りました（難得您來、歡迎歡迎）

　坊や、此方へ御出（小寶寶到這裡來）

御出で御出で、御出御出〔名、自サ〕〔俗〕用手招呼（等）

　戸の陰で御出御出（を）為る（在門後作手勢招呼人）

出〔漢造〕出、出現，產生，參加（＝出）

出挙〔名〕付利息

出師〔名〕出師、出兵（＝出兵）

　出師の表（出師表-諸葛亮）

出納〔名、他サ〕出納、收支

　出納を司る（管理出納、做出納工作）司る 掌る

　金銭を出納する（收支金錢）

　出納係（出納員、出納股）

　出納簿（收支簿、〔舊稱〕流水帳）

出す〔他五〕拿出，取出、伸出，挺出，探出、露出，暴露，救出，給，供給，供應，寄，發，郵、發表，刊載，刊登，發刊，出版，展出，展覽、陳列，掛，懸，產生，出、出錢，出資，提出、加速，增加，出席，出場，露面，開航，行、發生，開業，開店，做出（結論），帶來（某種結果），多嘴，插嘴，超過，解雇，趕走

〔接尾〕（接動詞連用形後）（表示開始某動作）…起來、使露出來，使顯出來

　財布を出す（拿出錢包）

　切符を出す（拿出票來）

　懐中からピストルを出す（從懷裡掏出手槍）

　小銭をすっかり出して終う（把零錢全部拿出來）

　手を出す（伸手、〔轉〕使用暴力、動武、參與、發生關係、插手）

　胸を出す（挺起胸膛）

イ

窓から首を出す（從窗子探出頭來）

腕を出す（露出胳膊）

喜びを顔に出す（臉上露出喜悅的表情、喜形於色）

彼は直ぐ悪い癖を出す（他馬上就露出壞毛病）

火事で何も出せなかった（著火了什麼都沒救出來）

許可を出す（給許可）

御酒を出す（供給酒）

彼のホテルでは朝食を出さない（那個旅館不供應早點）

小包を出す（寄包裹）

家へ手紙を出す（寫信到家裡）

雑誌に論文を出す（在雜誌上發表論文）

私の名は出さないで下さい（請不要刊登我的名字）

其の事件が新聞に出された（那個事件上報了）

一冊も本を出していない（沒出一本書）

雑誌を出す（出版雜誌）

展覧会に絵を出す（在展覽會上展出繪畫）

旗を出す（掛旗）

大きな看板を出す（掛出大招牌）

此の山は鉄を出す（這座山產鐵）

本県では大臣を二人出した（本縣出了二位部長）

此の事故で死者十名を出した（這次事故死了十個人）

彼の学校は沢山の良い教師を出した（那個學校出了許多優秀教師）

資金を出す（投資）

学費を出して遣ろう（我供給學費吧！）

僕も一万円は出せるよ（我也能出一萬日元）

此の時計に幾等出しましたか（這隻錶花了多少錢？）

生徒に宿題を出す（給學生出習題）

願書を出す（提出申請書）

速力を出す（加速）

スピードを出す（加快速度）

勇気を出す（鼓起勇氣）

一寸顔を出す丈でも良い（稍露個面就行了）

会には時時顔を出す（時常出席會議）

今日は波が高いから船を出せない（今天因為浪大不能開船）

火事を出す（發生火災）

今度銀座に店を出す（這次在銀座開店）

結論を出す（做出結論）

残りを出さないとうに旨く分けて下さい（請好好分開別剩下）

口を出す（插嘴、多嘴）

余り使い過ぎて足を出して終った（用得太多出了虧空）

雇い人を出す（趕走雇傭人）

女中に暇を出す（解雇女傭人）

急に泣き出す（突然哭起來）

読み出すと止められない（一讀起來就放不下）

急に雨が降り出した（突然下起雨來了）

艶を拭き出す（擦出光澤來）

照らし出す（把…照出來）

曝け出す 〔他五〕暴露、揭露、揭穿、亮出來、完全露出

思想を曝け出す（暴露思想）

内情を曝け出す（把內情完全暴露出來）

自分の無知を曝け出す（暴露自己的無知）

自分の欠点を曝け出す（暴露自己的缺點）

何も彼も曝け出す（把一切和盤托出）

洗い浚い曝け出す（把一切和盤托出）

持ち物を曝け出して見せる（把自己攜帶的東西拿出給人看）

侵略者の凶悪な下心を曝け出した（暴露侵略者的險惡用心）

曝け出すぞと脅し付ける（嚇唬說要揭穿）

出し、出〔名〕用海帶和木魚煮出的湯汁(=出し汁)、利用工具，誘餌，幌子

鰹節の出しを取る（提取木魚湯汁）

人を出しに使う（利用人、巧使用人）

慈善を出しに私腹を肥やす（假借慈善以肥私囊）

出しに使う（巧加利用、當作利用工具）

出し置き〔名〕（從容器中）拿出來放著

出し置きの沢庵（正在曬黃蘿蔔鹹菜）

漬物の出し置きは不味い（拿出來全放著的鹹菜不好吃）不味い拙い

出し惜しむ〔他五〕捨不得拿出

寄付を出し惜しむ（捨不得捐款）

出し惜しみ〔名、他サ〕捨不得拿出來

金を出し惜しみを為る（捨不得拿出錢來）

出し昆布〔名〕煮湯汁用的海帶

出し索〔名〕〔海〕向船外側的拉帆索←→引索

出し渋る〔他五〕捨不得拿出、拿得不痛快

税金を出し渋る（捨不得繳稅、不痛痛快快地繳納稅款）

出渋る〔自五〕遲遲不願出去

出し雑魚〔名〕做湯料用的小沙丁魚乾（煮干）

出し汁〔名〕（用海帶木魚煮出的作湯料用的）湯汁（=出し）

出しっこ〔名〕競相拿出、大家拿出（錢、物等）

出茶〔名〕煮的茶（=煎じ茶）

出し手〔名〕出資金的人

誰も資金の出し手が無かった（誰都不出資金）

出し投げ〔名〕〔相撲〕趁對手撲來時閃身將他抱住摔倒的招數

出し抜く〔他五〕乘機搶先、先下手、欺騙、隱瞞

彼は私を出し抜いて社長に面会した（他瞞著我先和經理見面了）

此の記事で朝日新聞は他社を出し抜いた（在這個消息的報導上朝日新聞搶在其他報社前面了）

友人を出し抜いてこっそり受験勉強を為る（瞞著朋友悄悄地準備考試）

出し抜け〔形動〕突然、沒防備、出乎意料

出し抜けに訪問する（突然訪問）

出し抜けの解散で議員は大慌てだ（因突然解散議會議員大為驚慌）

余り出し抜けだったのでどぎまぎした（因為太突然了弄得手忙腳亂）

出しっ放し〔名〕〔俗〕（東西）用完不收起來、拿出後不收起來

本を出しっ放しの儘外出する（不把書收起來就出去了）

布団は昼も出しっ放しだ（白天也不把被子收起來）

水道を出しっ放しに為る（用完自來水不關好）

出し分、出し前〔名〕應該拿出的部分

出し分を払う（付了自己應該支付的部份）

出前〔名〕（飯店向顧客家）送菜、送外賣（的伙計）

出前は致しません（〔本店〕不送外賣）

御料理出前致します（〔廣告〕送菜上門）

寿司の出前を頼む（請外送一份壽司）

出前持ち（送菜的伙計）

出〔名〕出外、上班，出勤、出現、流出、產量，（水果等）上市、開端、開頭、出身、出生，（由某校）畢業、出場、上場，（茶的）泡出，沏開、（用…出が有る形式）經久，耐用

今日は人の出が多い（今天街上人很多）

雪の為社員の出が悪い（因為下雪公司職員的出勤率不高）

月の出（月出）

此の万年筆はインキの出が悪い（這隻鋼筆寫不出水來）

ガスの出が良くない（煤氣不暢通）

今年は松茸の出が多い（今年松蘑豐收）

今年は苺の出が早い（今年草莓早上市）

出が良い（開端良好）

彼は貴族の出だ（他是貴族出身）

北海道出の人（北海道人）

東大出の人（東京大學畢業的人）

役者が舞台の袖で出を待つ（演員在場門等候上場）

此の御茶は出が良い（這種茶一沏就開）

此の御茶は出が悪い（這種茶沏不開）

使い出が有る（耐用）

使い出が無い（不經用）

百万円も有れば一寸使い出が有る（若有一百萬日元就夠花一陣子）

此の本は中中読み出が有る（這部書可夠讀一陣子、這部書部頭真夠大）

殻付きの南京豆は出が無い（帶皮的花生一剝出來就顯得少了）

此の料理は可也食べ出が有る（這個菜碼真夠大）

立川迄は乗り出が有る（坐電車到立川去就得坐一陣子〔相當遠〕）

出合う、出会う〔自五〕遇見，碰見，偶遇、約會，幽會、配合、適當

学校への途上で友人に出合った（在上學的路上遇見了朋友）

とんでもない事に出合う（遇到意想不到的事）

交通事故に出合う（碰見車禍）

良いchanceに出合う（遇上一個好機會）

山中で熊に出合う（在山裡遇上熊）

二人は町でひょっこり（ばったり）出合った（兩個人在街上打了個照面）

仇同士が出合う（仇人狹路相逢、冤家路窄）

彼女と土曜日の夕方池の端で出合う約束を為た（和她約好星期六傍晚在池畔相會）

私達は駅で出合う手筈だ（我們說好在車站相會）

日本髪は和服と出合っている（日本髮型和車站相會）

者共出合え（小子們上去！）

出合い、出会い〔名〕會合，碰見，不期而遇，邂逅相逢、幽會、（河川等的）匯合處

出合いの場（相遇處）

出合い宿（男女幽會的旅館）

出合い茶屋（幽會酒館）

電話で出合いの場所と時間を打ち合わせる（用電話連繫幽會的地點和時間）

出合い頭（迎頭碰上〔撞上〕）

出合い頭に二人はぶつかった（兩人迎頭撞上了）

出合い頭で君とは気が付かなかった（迎頭碰上時並沒有想到是你）

出会す、出交す、出喰す〔自五〕偶然遇見、碰見（＝出合う、出会う）

人込みの中で友人に出会した（在人群中碰見了朋友）

思わぬ事に出会す（碰到意外的事）

出会〔名〕邂逅（＝出会う事、出会う事）

出し合う〔他五〕互相拿出、大家出（錢、物等）

金を出し合って贈り物を買う（大家出錢買禮物）

費用は各自が出し合った（費用是由每個人攤出）

二人の少年が出し合って五千円拵えた（兩個少年出了五千日元）

出し合い〔名〕各自拿出、大家出（錢、物等）

此の費用は出し合いに為よう（這項費用由大家來出）

出商い、出商人〔名〕行商（＝行商）

出足〔名〕（參觀、採購等）人們到場的情況、（行動）開始（的情況）、起跑（起動）的速度。〔相撲、柔道〕進攻步法

雨も上がって客の出足は上上だ（雨也停了顧客上門的很多）

展覧会の出足は大変良い（前來展覽會的人很多）

雨天の為有権者の出足が悪かった（因為下雨來選舉的人不多）

此の車は出足が良い（這部汽車起動很快）

好調な出足を見せた（開始顯得很順利）

出足が早かったので、依然と為てリード（lead）している（由於起跑快還在領先）

彼の力士は出足が良い（那個力士起腳很得法）

出歩く〔自五〕外出走動、閒蕩

良く出歩く（經常閒蕩）

出歩くのが好きである（喜歡到外面去走動）

出居〔名〕〔古〕（沒有廂房的）客廳、會客室（現在仍可見於農村）

出遅れる〔自下一〕出發晚、動身晚

出し遅れる〔自下一〕錯過拿出的機會，拿晚了、難以開口，不好說出

御土産を出し遅れて到頭持って帰って来た（沒把禮品適時地拿出來終於又帶回來了）

出し遅れ〔名〕錯過時機、拿出來晚了

証文の出し遅だ（失時的證據、馬後炮）

暑中見舞はもう出し遅だ（問候暑安現在已經晚了）

年賀状はもう出し遅だ（寄賀年片已經晚了）

出開帳〔名、自サ〕〔佛〕寺院把佛像移到他處設龕 ←→居開帳

善光寺の出開帳に御参りする（到善光寺移設的佛龕去拜佛）

出帰り〔名〕辭去主人家裡又重新返回工作（＝帰り新参）、離婚後又回到娘家（＝出戻り）

出掛かる、出懸かる〔自五〕將要出來、出來一半

言葉が舌の先迄出掛かっていた（話剛到舌尖上〔沒有說出〕）

出掛ける〔自下一〕出去，出門，走，到…去，要出去，剛要走，剛要…

父は先刻散歩に出掛けた（父親剛才出門散步去了）

彼は出掛けて留守する（他出去了不在家）

御天気だから、何処かへ出掛けよう（天氣很好到哪裡去走走呢？）

明日東京へ出掛ける（明天到東京去）

朝早く仕事に出掛ける（早上很早出去工作）

出掛ける処へ客が来た（剛要出門來了客人）

出掛けた欠伸を抑える（剛要打的哈欠收回去了）

芽が出掛けている（剛要發芽）

出掛け〔名〕（要）出門時、臨走時

出掛けに合格の電報を受け取った（剛要出門就收到了被錄取的電報）

此を出掛けにポスト（post）に入れて呉れ（出門時請把這個給投進信箱裡）

出際〔名〕正要出門、剛要出門的時候（＝出掛け）

出際に客が来たので遅く為った（剛要出門客人來了所以晚了）

出しな〔名〕（要）出門時、臨走時（＝出掛け）

出稼ぎ〔名、自サ〕（在一定期間離鄉）出外做事、出外賺錢（的人）

冬の間は都会へ出稼ぎに行く（冬天到城市裡去做事）

北海道へ出稼ぎに行く（到北海道去賺錢）

出方〔名〕（談判時的）態度，方式。〔古〕（劇場的）接待員，看座位的

先方の出方を見た上で此方の態度を決める（看對方態度如何再決定我方的態度）

回答は此方の出方如何で決まる（回答以我方的態度如何而定）

万事先方の出方次第だ（一切要看對方態度如何）

出語り〔名〕淨琉璃演員登台說唱

大夫が出語りを為る（說唱人登台表演）

出涸らし〔名〕（茶咖啡等經煎沏後）乏味、變淡

出涸らしに為る（茶變淡、乏味）

出涸らしの御茶（淡茶）

出替わり、出替わり 〔名〕（傭人等）更換
　女中が出替わりに為った（換了女傭人）

出来 〔名〕製造，做成，(做出來的)結果，質量，(學校、運動)成績，收成，年收，交易，買賣成交
　京出来の古い湯呑み（京都造的古舊茶碗）
　出来の悪い品（質量低的貨品）
　此の絵は大変出来が良い（這幅畫畫得很好）
　此の服は出来が悪い（這件衣服做得不好）
　仕事に出来不出来が有る（工作時好時壞）
　出来の悪い生徒（成績差的學生）
　此の子供は英語の出来が悪い（這個孩子英語成績差）
　投手の出来は良かった（〔棒球〕今天投手投得很好）
　今年は米の出来が良い（今年的水稻收成好）
　出来値（成交價）

出来合う 〔自五〕〔俗〕（及時）做好，做得、（男女）勾搭在一起，私通（=密通）
　二人は出来合って主家を出た（兩人勾搭上後離開了主家）

出来合 〔名〕現成（=既製品）↔ 誂え、私通
　出来合の薬（成藥）
　出来合の着物（成衣、現成的衣服）
　出来合の夫婦（勾搭上的夫婦、私通後結婚的夫婦）

出来上がる 〔自五〕做完，做好、天性是…，天生就是…。〔俗〕（酒）喝足，酒酣
　何時頃出来上がりますか（什麼時候會做好？）
　家はやっと出来上がった（房子總算已蓋好了）
　研究が出来上がる（研究做好）
　彼は詩人に出来上がっている（他天生就是個詩人）
　嘘は吐けないように出来上がっている（天生就不會撒謊）

出来上がり 〔名〕做得，做好、做出來、做出來的結果（質量、手藝）（=出来映え、出来栄え）
　出来上がりは何時頃に為りますか（什麼時候做出來？）
　出来上がり迄後十日掛かる（還要十天才能做好）
　値段が高い丈有って出来上がりが立派だ（難怪價錢貴做得真好）
　此の洋服の出来上がりを見て呉れ（請看這套西裝的手藝如何？）

出来秋 〔名〕秋收、大秋
　出来秋に為れば米価も下がる（到了秋收米價就下跌）

出来具合 〔名〕做得好壞、做出的成績（=出来映え、出来栄え）
　料理の出来具合を見る（嚐嚐菜做得好壞）
　絵の出来具合は如何かね（畫畫得很麼樣？）
　試験の出来具合は如何でしたか（考試的成績怎麼樣？）

出来心 〔名〕一時的衝動、偶發的惡念
　出来心で盗みを為た（由於一時衝動偷了東西）
　一時の出来心で遣ったのだ（由於一時的衝動做的）
　全く其の場での出来心の結果であった（完全是當場一時心血來潮的結果）

出来事 〔名〕（偶發的）事件、變故
　日日の出来事（每天發生的事件）
　意外な出来事（意外的變故）
　我我は新聞で世界の出来事を知る（我們憑報紙知道世界上發生的事件）
　其の日は大した出来事も無かった（那天沒有什麼了不起的變故）

出来損なう 〔自五〕做壞、弄壞、弄糟
　此の仕事は出来損なった（這個工作弄糟了）

出来損ない 〔名〕做壞，弄壞，弄糟，殘廢。〔俗〕廢物
　出来損ないの御飯（做壞了的飯、夾生飯）

出来損ないの子（先天有缺陷的孩子、沒教育好的孩子）

此の人は丸で出来損ないだ（這個人簡直是廢物）

彼の女は出来損ないだ（她是個廢物）

此の出来損ない奴（你這個廢物！）

出来高〔名〕收穫量、產量。〔商〕成交額

今年の米の出来高（今年水稻的收穫量）

内職の仕事の出来高（家庭副業的產量）

出来高払い制（計件付酬制）

株式の出来高（股票成交額）

出来立て、出来立〔名〕剛做好、剛出來

出来立ての饅頭（剛出爐的豆沙包）

出来立てのほやほや（剛出爐的熱騰騰的食品）

出来値〔名〕〔商〕成交價、成交的價格

出来映え、出来栄え〔名〕做出的結果、做得好，做得漂亮

製本の出来映えは上乗である（裝訂得很漂亮）

此の絵は出来映えが良くない（這幅畫畫得不夠好）

今日の舞台は出来映えが良かった（今天這場戲演得好）

彼の役は申し分の無い出来映えだった（他扮演得很好）

如何だ、此の出来映えを見て呉れ（瞧！做得多麼出色）

出来物〔名〕了不起的人物、出色的人物

彼は中中の出来物だ（他是個很了不起的人物）

出来物〔名〕疙瘩、腫泡、腫瘡、瘢子（=腫れ物、御出来）

顔に出来物が出来た（臉上長了個疙瘩）

出来物が膿を持った（瘢子化膿了）

質の悪い出来物（惡性腫瘤）

出来星〔名〕〔俗〕青雲直上、飛黃騰達（=成り上がり）

出来星のタレント（一步登天的電視演員）talent

出来不申〔連語〕〔商〕（交易所）沒有成交、沒有交易

鐘紡出来不申（鐘紡股票沒有成交）

出来る〔自上一〕做好，做完、做出，建成、形成、出現、產、產生、有、出產、能、會、辦得到、（成績）好、有修養、有人品、有才能、（男女）搞在一起，搞上

食事が出来た（飯做好了）

宿題は全部出来た（習題全都做完了）

遠足の支度が出来た（郊遊準備好了）

出来た事は仕方が無い（過去的事沒有辦法、木已成舟、覆水難收）

木で出来ている（用木頭做的）

石で出来ている（用石頭修的）

此の辺に大分家が出来た（這一帶修建了許多房子）

此の羅紗で上着が出来る（用這塊呢絨可做出一件上衣）ラシャ羅紗 葡raxa

日本で出来た品（日本製的東西）

雨で所所に水溜りが出来た（因為下雨到處形成了水坑）

富士山は一夜に為て出来たのだと言う伝説が有る（據傳說富士山是在一夜之間形成的）

夫婦の間に男の子が出来た（夫婦倆有了一個男孩）

困った事が出来た（發生了難辦的事）

顔に出来物が出来た（臉上生了一個瘢子）

用事が出来て行けなく為った（有事不能去）

近所にチフス患者が出来た（附近發生了傷寒病患者）typhus

東北では大豆が沢山出来る（東北盛產大豆）

茸は湿地に良く出来る（蘑菇在潮濕地產得多）

彼は日本語も出来、英語も出来る（他既懂日語又會英語）

私に出来る事は何でも致します（只要我辦得到什麼都給辦）

イ

出来れば借金は支度無い（可能的話不想跟人借錢）

自分で生活が出来る（自己能夠生活）

一人で帰る事が出来る（能夠一個人回去）

何事でも人間の力で出来ない物は無い（任何事情沒有人力辦不到的）

彼の湖ではボートも釣も出来る（那個湖既能夠划船又能釣魚）湖水

彼は学校が良く出来る（他學習成績好）

僕は英語が良く出来た（我英語成績好）

数学は良く出来なかった（數學成績不好）

何の学課も良く出来る（哪一門成績都好）

若いに為ては出来た人だ（以年輕人來說很有修養）

御主人も良く出来た人だが、奥さんも良く出来た人だ（丈夫固然很能幹妻子也很能幹）

彼の二人は出来たらしい（他們倆大概弄上了）

彼等夫婦は職場で出来た仲だ（他們夫婦是由於同事關係而結合的）

出来る丈（盡可能）

出来る丈急ぐ（盡量快點）

出来る丈の事を為ます（盡力而為）

出来る丈早く来て下さい（請盡可能早一點來）

出来ない相談（辦不到的事情、無米之炊、緣木求魚）

其は到底出来ない相談だ（那無論如何都辦不到）

出来る〔自下一〕做好，做完、做出、建成、形成、出現、產、產生，有、出產、能、會、辦得到、（成績）好、有修養，有人品，有才能、（男女）搞在一起，搞上（=出來る）

出来す〔他五〕〔俗〕做出，鬧出、弄出、完成（超出能力的工作）

大変な事を出来した（鬧出事情來了）

腫れ物を出来す（起疙瘩了）

ズボンに染みを出来しちゃった（褲子上弄出了一塊汙點）

大失敗を出来した（造成了很大的失敗）

到頭出来した（終於做好了）

出来したぞ（真了不起！好極了！）

ど偉い事を出来したもんだ（做得實在了不起、捅了個大簍子）

出来、出来〔名、自サ〕（製品等）做出，完成（=出来上がる）、發生（=起る）

新年号近日中に出来（新年號近日出版）

此は困った事が出来した（這一下可糟糕了！）

一大事が出来した（發生了一件大事）

将来どんな事が出来するか知れない（不知將來會發生什麼事）

出殻〔名〕空殼、渣

繭の出殻（空繭）

コーヒーの出殻（咖啡渣）

茶の出殻（茶葉渣）

出し殻〔名〕煮湯後鍋底剩的渣子、茶根，泡過的茶葉（=茶殻）

出し殻を捨てる（把茶根扔掉）捨てる棄てる

出寄留〔名、自サ〕（離開原籍到外地）寄居

出切る〔自五〕全部出去（=出払う）

もう意見も出切った様だ（意見好像全都提出來了）

出切れ、出切〔名〕分手、斷絕關係

彼と彼以来出切れに為った（從此以後和他斷絕了關係）

出し切る〔自五〕全部拿出

もう自分の力は出し切って終った（自己的力量已經全部拿出來了）

出教授〔名〕到對方那裏去講授（=出稽古）

出稽古〔名〕到外面去傳授技藝、到學習者家中去教藝←→内稽古

僕は毎日出稽古に行く（我每天到外面去教藝）

今日は出稽古で一日中御弟子の家を回る
（今天到外面教課要整天在學生家裡轉）

出嫌い〔名〕腿腳懶、懶得出門的人（＝出無精）

出無精〔名、形動〕腿腳懶、懶得出門的人

彼女は本当に出無精だ（她真腿腳懶）

出無精を決め込む（樂於悶居家中）

出癖〔名〕愛出去、在家裡待不住

出癖が付いて家にじっとして居られない
（出門成了習慣在家裡待不住）

出口〔名〕出口、流水的出口←→入口

出口が分らない（我找不到出口）

出口は此方です（由此出門）

会場の出口が込み合う（會場的出口壅擠）

水道の出口を止める（擰住自來水龍頭）止める止める

出小作〔名〕〔農〕到他村去佃耕（的佃農）←→入小作

出盛る〔自五〕（季節性產品等）大批上市、（出來買東西、看熱鬧的）人多，一窩蜂

今は林檎の出盛る時だ（現在是蘋果大批上市的時候）

人の出盛る場所には掏摸が多い（人多的地方扒手多）

出盛り、出盛、出盛り、出盛〔名〕（水果、蔬菜等的）旺季、人來人往的時候

出盛り期（旺季）

四、五月頃は苺の出盛りだ（四五月間正是草莓大量上市的時候）

葡萄は出盛りを過ぎて柿が出回って来た
（葡萄過了旺季柿子上市了）

銀座は今人の出盛りだ（銀座現在正是人潮壅擠的時候）

出先〔名〕去處，前往的地方，派出機構，駐外機構（＝出先機関）、剛要出去的時候（＝出る矢先）

彼は出先を言わないで行った（他沒有說明前往的地方就走了）

出先機関（〔本國或中央的政府或公司等設在外國或地方的〕派出機構、駐外機構）

出先機関に指令する（指示派出機構、指示駐外機構）

出潮〔名〕漲潮←→入潮

出潮に乗って船出する（趁著漲潮開船）

出潮、出で潮〔名〕漲潮←→入り潮

出渋る〔自五〕遲遲不願出去

出しゃばる〔自五〕〔俗〕出風頭，顯擺自己，多管閒事，多嘴多舌

出しゃばるな（少出風頭）

出しゃばらないように為る（防止炫耀自己）

出しゃばり屋（愛炫耀自己人）

入らぬ所へ出しゃばる（多管閒事）

子供が出しゃばる場所ではない（不是小孩子多管閒事的地方）

余計な事だ、出しゃばるな（不關你事少管閒事）

出しゃばり〔名〕多事、多嘴（的人）

本当に出しゃばりだ（真愛多管閒事）

出しゃばりは止めろ（別多嘴、不要出風頭）

彼の出しゃばりが又何か言い出した（那個多嘴多舌的人又在插嘴說些什麼？）

出職〔名〕（木瓦匠等）出外工作、耍手藝←→居職

出尻、出っ尻〔名〕臀部突出、大屁股

出っ尻の女（大屁股的女人）

出っ尻鳩胸（雞胸脯翹屁股）

出城〔名〕（為監視敵人設在國境上的）小城←→根城

出洲、出洲〔名〕伸入海中的狹長陸地、沙嘴

出好き〔名〕（為閒逛或社交等）愛出門（的人）

出好きな奥さん（愛出門的夫人）

家の奴は出好きで困る（我太太老愛出門真不好辦）

出好きなので彼の年迄丈夫なのでしょう
（因為老愛出去活動所以到了那個年紀還很硬朗呢？）

出過ぎる〔自上一〕突出，過份往前、越份，超越，冒失，多管閒事（＝出しゃばる）、（水等）流出過多，（茶味等）太濃，過釅

前へ出過ぎると危ない（太往前很危險）

此の列の三番目が出過ぎている（這排的第三個人太往前了）

出過ぎた干渉（過份〔不必要〕的干涉）

出過ぎた意見（過份〔不必要〕的意見）

何も知らない癖に出過ぎた事を為るな（什麼都不了解別多嘴多舌）

若造の癖に出過ぎた真似を為るな（一個小孩子少管閒事！）

君がそんな事を言うのは少し出過ぎた話だ（你說那種話可真有點過份了）

出過ぎる様ですが、其は今一度御考えに為った方が良いでしょう（恕我冒昧還是請您再考慮一下好吧！）

彼が貴方の欠点を指摘したのは、出過ぎた事ではない思います（他指出你的缺點我想還不能算是多管閒事）

茶が出過ぎて苦く為った（茶太濃變苦了）

水が出過ぎる（水流得太多）

金が出過ぎる（錢花得太多）

出過ぎ〔名〕冒失、越份

出過ぎ者（冒失鬼、多管閒事的人）

出銭〔名〕開支、花費（=出費）

出揃う〔自五〕全部出齊、來齊，到齊

稲の穂が出揃った（稻穗都出齊了）

人参の芽が出揃わない（胡蘿蔔芽未出齊）

皆出揃った様だから会を始めよう（像是都到齊了開會吧！）

出出し〔名〕開始、開頭、最初

何事も出出しが大切だ（什麼事情都是開頭重要）

出出しは威勢が良かった（開始時非常努力）

芝居の出出しは上上だった（戲劇開頭很不錯）

出出しを間違える（一開頭弄錯了）

出鱈目〔名、形動〕荒唐，胡來，瞎胡鬧、胡扯，瞎說，胡說八道

出鱈目な（の）男（胡說八道的人）

出鱈目に（を）言う（胡說八道、信口開河）

出鱈目で当てに為らぬ（荒唐無稽不可靠）

出鱈目に数える（亂數、胡數）

出鱈目な事を為ては行けない（不可胡來）

彼奴の言う事は全部出鱈目だ（他說的話全都是信口胡說〔瞎扯蛋〕）

彼奴は出鱈目許り言うから、信用しては行けない（他滿口胡說別信他的）

彼の先生の教え方は出鱈目だ（那位老師教法沒有系統）

彼の書く英語は文法が出鱈目だ（他寫的英語語法亂七八糟）

出違う〔自五〕（一來一去）互相交錯

昨夜御訪ねの所出違って失礼しました（昨天晚上您來訪時我偏巧出去了真對不起）

出突っ張り〔名〕同一演員每場演出、一定期間連續出席或外出

最後迄出突っ張りで活躍する（連續地一直活躍到最後）

出尽くす〔自五〕都拿出去、全盤托出

議論が出尽くす（議論都擺出來了）

出直す〔自五〕（一旦回去後）再來，重來、重新開始，重頭做起，重打鼓另開張

又出直して参ります（我回去一下再來）

もう一度裸一貫から出直す（再一次從赤手空拳做起）

彼は事業に失敗し、改めて出直さねばならぬ事に為った（他的事業失敗了還要重打鼓另開張）

出直し〔名〕回來再去

出直しも面倒だから序でに彼の家へ寄って来た（回來再去就麻煩了所以順路到他家裡去了一下）

出直り〔名〕〔商〕（行情）回升

相場は出直りに為った様だ（行情似乎回升了）

出端〔名〕出門的機會（方便），剛要出門（=出掛け）、（能樂）神佛或鬼怪等演員登場時的音樂伴奏、（歌舞伎）主角等登場時在〝花道〞上的表演或伴奏的音樂

出端を失う（失掉出門的機會）

此処は出端が悪い（這裡出門不方便）

出端〔名〕正要出門，剛要出去（＝出際）、剛一開始

出端に客とばったり会って又家へ引き返した（剛要出門就遇到客人於是又折回家來）

出端から良くない（開始就不妙）

人の出端を挫く（一開始就給人潑冷水）

出っ端、出っ鼻〔名〕正要出門，剛要出去，剛一開始（＝出端）、（山、岬等）突出部分，突角，岬角（＝出鼻）

出鼻〔名〕正要出門，剛要出去，剛一開始（＝出端）、（山、岬等）突出部分，突角，岬角（＝出っ鼻、出っ端）

船は伊豆半島の出鼻を回った（船繞過伊豆半島的岬角）

出刃〔名〕（切魚、雞等用的）厚刃尖菜刀（＝出刃包丁）

出刃包丁（〔切魚、雞等用的〕厚刃尖菜刀）

出歯、出っ歯〔名〕暴牙、長暴牙的人

出っ歯の女（暴牙的女人）

出歯亀〔名〕男性變態色情狂、（偷看婦女洗澡等的）色鬼（出自明治末年變態色情狂、暴牙男子池田龜太郎）

出始める〔自下一〕開始出現、剛上市

蜜柑が出始めた（橘子開始上市）

出初め、出初〔名〕（蔬菜等）剛下來、剛上市

出初めの蜜柑（剛摘下的橘子）

出初めの野菜は値段が高い（剛上市的菜價很貴）

出初め、出初〔名〕初次出去，新年後首次出門、（消防隊的）新年消防演習（＝出初め式）

出外れる〔自下一〕離開、走出（村鎮）

町を出外れると一面の田圃だ（一走出城鎮就是一片田地）

出外れ〔名〕（村鎮的）盡頭

村の出外れに茶屋が一軒有る（在村莊盡頭有一家茶館）

町の出外れの川で魚を釣る（在街盡頭的河邊釣魚）

出花〔名〕新沏的茶

番茶の出花（新沏的粗茶）

出花を一つ召し上がれ（請喝一杯新沏的茶）

鬼も十八、番茶も出花（醜女年輕也美粗茶新沏也香）

出払う〔自五〕全部出去

家の者は全部出払って、誰も居無い（家裡人全都出去了沒有人在家）

自動車は生憎すっかり出払っている（不湊巧汽車全都開出去了）

出番〔名〕（輪流）上班，值班、（江戶時代）下班

明日は私の出番だ（明天輪到我的班）

今日から夜の出番だ（從今天起輪上夜班）

楽屋で出番を待つ（在後台等待出場）

出額〔名〕出頭、前額突出

出臍〔名〕肚臍突出、鼓肚臍、氣肚臍

出放題〔形動〕（水）放任自流、信口開河，胡說八道

蛇口が壊れて水が出放題に為っている（龍頭壞了水在自流不止）

出放題に捲くし立てる（信口開河）

其は彼の人の例の出放題さ（那是他習以為常的胡言亂語）

出任せ〔名、形動〕信口開河、隨便胡說（＝出放題）

出任せに喋る（信口開河、隨便胡說）

出任せを言う（隨便說說）

出任せの嘘（隨便撒謊）

出任せに出鱈目を言う（胡說八道）

出窓〔名〕向外凸出的窗戶

出窓を付けると部屋が広く使える（安裝向外凸出的窗戶就能擴大室內的使用面積）

出窓に植木鉢を置く（在凸窗戶台上放花盆）

出丸〔名〕凸出城堡、甕城

出回る、出廻る〔自五〕（產品大量）上市、（某種貨物在商店）經常出現

地方の林檎が盛んに出回って来た（地方的蘋果大量上市了）
出回り高（上市量）
出回り期（上市季節）
贋物が出回る（常見假貨）贋物贗物
出店〔名〕分店，分號（=支店）、攤，貨攤（=露店）
各地に出店を作る（在各地設分店）
夜に為ると焼鳥屋等の出店が並ぶ（一到夜晚烤肉串的就擺出一排攤子）
出道〔名〕出路
出迎える〔他下一〕迎接
父を駅に出迎える（到車站迎接父親）
停車場で沢山の人に出迎えられた（來了許多迎接的人）
主人が親しく玄関迄出迎えた（主人親自到門口迎接）
出迎え、出迎〔名〕迎接、迎接的人
出迎えに来ている（前來迎接）
多数の出迎えが来ていた（來了許多迎接的人）
出迎えを受ける（受到迎接）
出目〔名〕凸眼、凸眼珠（的人）
出目金（凸眼金魚）
出面〔名〕（北海道方言）零工，日工、出面（=出づら面）
出面〔名〕出面、（日工的）工資（=出面）
出戻り〔名〕半途返回、離婚後回到娘家（的女人）
彼女は出戻りだ（她是離婚後回到娘家的女人）
出物〔名〕疙瘩，腫瘡（=出来物、腫れ物）、出賣品，出賣的舊貨（不動産）、〔俗〕放屁（=屁）
出物の家具を買う（買舊家具）
出物腫物所嫌わず（放屁生瘡不擇地方、喻需要面前無法律）
出し物、演し物〔名〕演出節目（=レパートリー）
出し物を披露する（表演節目）

今、第一劇場の出し物は何だろう（現在第一劇場的演出節目是什麼？）
来月の歌舞伎座の出し物は忠臣蔵です（下個月歌舞伎座的演出節目是忠臣蔵）
出様〔名〕（對待的）方式，態度（=出方）、流出的情況
先方の出様に依って此方も態度を変える（根據對方態度如何我方也改變態度）
敵の出様を見る（注視敵方的動向）
血の出様が酷い（血流得厲害）
出養生〔自サ〕轉地療養（到温泉等外地去療養）
出る〔自下一〕出，出去，出來、露出、突出、出沒、有，出現，找出，顯出、通到，走到、開，出發、退出，離開，辭去，離婚，畢業，出身，上班，出席，出場，參加，演出，投身，進入，生，發生，出產，生產、得，得出，來自，出自，刊登，發表，出版，賣出，銷出，超出，超過，支出，發，開銷，（給客人等）端上，上菜，出頭，露面，出風頭，採取…態度，（茶等）泡出，沏出，（速度等）加快
部屋を出る（出屋、出房間）
外へ出る（出外）
涙が出る（流涙）
月が出る（月亮出來）
温泉が出る（湧出温泉）
今日は寒いから、外に出ては行けない（今天冷不要出外）
遣る気が出る（賣力）
舞台へ出る（上台、登台）
旅に出る（出去旅行）
電話に出る（去接電話）
水が出る（漲大水）
何時に家を出ますか（什麼時候出門）
出て行け（滾出去！）
釘が出ている（釘子露出來了）
暇が出る（有時間、賦閒）暇暇
幽霊が出る（鬧鬼）

又例の癖が出た（老毛病又出現了）

幾多の新人が出た（出現了許多新人）

思う事が顔に出る（想在心中露在臉上）

昔街道筋には良く追剥が出た物だ（以前大街上經常出現搶劫）

喜びが顔に出る（喜形於色）

激すると御国言葉が出る（一著急就露出鄉音）

落とした物が出る（丟的東西找到了）

盗まれた時計が出た（被偷去的錶找到了）

此処を真っ直ぐ行くと駅の前へ出る（從這裡一直走就可以走到車站）

何処へ出る道かしら（這是通往哪裡的路呢？）

後三時間で頂上に出るだろう（再三小時就可攀登到頂上）

上海行き急行は十時に出る（開往上海的快車十點鐘開）

船が出る（船開了）

救助船は大波を冒して救助に出て行った（救生船冒著風浪出發營救去了）

社長と喧嘩を為て会社を出る（和總經理吵架離開公司）

そっと出て行く（悄悄走開）

夫婦喧嘩を為て細君に出て行かれた（夫妻吵架妻子出走了）

彼の夫婦は良く喧嘩を為ては出るの出ないのと大騒ぎを為る（那對夫妻一吵架總是離不離的鬧得不可開交）

大学を出る（大學畢業）

学校を出てから、何を為るか未だ決めていない（學校畢業後做什麼還沒有定下來）

会社に出る（到公司去上班）

選挙に出る（参加競選）

東京第一区から出る（從東京第一區参加競選）

父は今日は学校に出ている（父親今天到學校去了）

最初の講義には出られなかった（我未能出席他的第一次講課）

彼は卒業式には出なかった（他未出席畢業典禮）

八重子は歌舞伎座に出ている（八重子在歌舞伎劇場演出）

市役所に出ている（在市政府工作）

政界に出る（投身政界）

社会に出ると、色色辛い事に出会う（一進入社會就會碰到種種苦頭）

彼は実業界に出てから、日が未だ浅い（他入實業界日子還淺）

病気が出る（生病）

火事が出る（發生火災）

芽が出る（發芽）

風邪が引くと熱が出る（一感冒就發燒）

彼の病気は過労から出たのだ（他的病是由於勞累而生的）

此の山から鉄が出る（這座山產鐵）

静岡は茶が出る（静岡產茶）

十を五で割ると二が（と）出る（十除於五得二）

答えが如何しても出ない（怎麼都得不到答案）

此の情報は信ず可き筋から出ている（這個消息來自可靠方面）

此の言葉は中国語から出ている（這個詞出自中國話）言葉 詞

此の伝説は然うした事実から出ない（這個傳說是從哪個事實來的）

其は新聞に出ている（那件事在報上登出來了）

試験の発表を身に行ったら僕の番号も出ていた（去看考試放榜我的號碼也在上面）

私の新著は来月出る（我的新著作下個月出版）

雑誌の三月号が出た（三月號的雜誌出版了）

良い和英辞書が出ていない（好的日英辭典還沒有出版）

貴方の書いた本が出たら、買い度いと思っている（你寫的那本書如果出版我想買）

此の単語は辞書に出ていない（這個單詞辭典上沒有）

一番良く出る本は何れですか（暢銷的書是哪本書？）

此の品は此の頃余り出ません（這種貨最近銷不掉）

此の品物は外国へも出る（這種貨也銷往國外）

高くても五千円を出ない（最貴不會超過五千日元）

彼は四十を出ている（他四十歲出頭了）

彼女は三十を一つ二つ出ていた（她已經三十一二歲了）

今度の作品は前作の域を殆ど一歩も出ていない（這次的作品並不比以前的高明多少）

足が出ないように金を使う（花錢不要超額）

今月は随分出た（本月開銷很大）

出る許りで少しも入らない（光是開支沒有一點收入）

ボーナスは明日出る（明天發獎金）

御菓子や果物が出た（端上點心和水果）

料理が出た（菜上來了）

君の出る幕ではない（不是你出風頭的時候）

彼が如何出るか見物だ（他採取什麼態度）

全く此方の出よう一つだ（完全要看我們態度如何了）

此の御茶は良く出ている（這茶沏出味來了）

此のコーヒーは良く出ていない（這個咖啡味沒煮出來）

速力が出る（速度加快）

スピードが出る（速度加快）

出る杭は打たれた（樹大招風、出頭的椽子先爛）

出る所へ出る（到法院等評理的地方去評理）

出る所へ出て決着を付けよう（我們到評理的地方去解決吧！）

出ると負け〔連語〕〔俗〕必輸、一出場就輸

彼は此の間の競技会では出ると負けだった（他在前幾天的比賽上場場輸）

摩出る〔自下一〕滑出、溜出、溜走

会場から摩出る（溜出會場）

初（ㄔㄨˊ）

初〔漢造〕初，始、首次，最初

太初（太初、太始、開天闢地）

最初（最初、起初、起先、開始、開頭、第一）

当初（當初、最初）

国初（建國當初）

初圧〔名〕〔機〕初壓、原壓力

初位〔名〕（大寶、養老令制）八位以下的最下位的位階。〔佛〕三乘修行的初階

初一念〔名〕初衷、最初的一念

初一念を貫く（貫徹初衷）貫く貫く抜く

初映〔名〕初（首）次上演←→再映

本邦初映（在〔日本〕本國初次上映）

初演〔名、他サ〕初演、首次上演（演奏）

本邦初演（在本國初次上演〔演奏〕）

其の芝居の初演は三十年前だ（那齣戲的首次上演是三十年前）

初夏、初夏〔名〕初夏、夏初、孟夏←→晚夏

初春、初春〔名〕初春，早春，孟春←→晚春、中春、新春，新年、（陽曆）正月

初秋、初秋〔名〕初秋、早秋、孟秋←→晚秋、中秋

初秋の風（初秋的風）

初冬、初冬〔名〕初冬、孟冬←→晚冬

初冬の頃は寒さも然程強くない（初冬時候還不太冷）

初冬の寒さは凌ぎ易い（初冬的還冷還能夠忍受）

初会〔名〕初次會面(=初対面)、首次的會，第一次會議←→納会，(妓女)首次接待的客人，新客

　初会から気が合って友人に為る（初次見面就投緣而結為朋友）

　本日は初会なので準備不足です（今天因為是首次會準備得不夠充分）

　初会の客（新客）

初回〔名〕初次、第一回

　初回に得点を上げる（〔棒球〕在第一局得分）上げる揚げる挙げる

　初回金（〔分期付款的〕第一次付款）

初学〔名〕初學（的人）

　初学の人の為の参考書（初學者使用的參考書）

　初学の為に講義を行う（為初學的人講課）

　初学者（初學者）者者

初学び、初学〔名〕初學（者）

初刊〔名〕初刊、初版←→再刊

初巻〔名〕初卷、第一卷

　全集の初巻が発行された（全集的第一卷發行了）

初感染〔名〕（結核菌等）初次感染

　初感染の患者（初次感染的患者）

初期〔名〕初期←→中期、末期

　明治の初期（明治的初期）

　資本主義の初期（資本主義的初期）

　癌は初期の内に手当を為れば治る（癌在初期就醫療會治好）

　初期微動（〔地震〕初期微動）

初球〔名〕〔棒球〕（投手踏板後投的）第一個球

初級〔名〕初級←→上級、中級

　日本語講習の初級クラス（學習日語的初級班）

　初級会話（初級會話）

　初級英文法（初級英文法）

初給〔名〕最初的工資、最初的薪金

　初給は十万円です（最初的工資是十萬日元）

　初給は何れ位ですか（最初的工資是多少？）

初句〔名〕（和歌、俳句的）第一句、（漢詩的）起句

　初句に心が引かれる（第一句就動人心弦）

初口〔名〕〔舊〕起初、起始、開頭（=初め）

初経〔名〕〔生〕第一次月經

　普通の女性は十三、四歳で初経が有る（一般的女子在十三、四歲時第一次來月經）

初月〔名〕新月、第一個月、一月的異稱

初見〔名〕第一次看到、初次見面。〔樂〕（用首次看到的樂譜）即席演奏（演唱）

　此の書は初見である（這本書頭一次看見）

　初見の人（頭一次會面的人）

　初見で歌う（即席歌唱、視唱）歌う詠う唄う謡う謳う

　僕は初見が余り利かない（我還不能一看譜就能唱）利く効く聞く聴く訊く

　初見演奏（即席演奏）

初弦〔名〕上弦（月）

初光、曙光〔名〕曙光、〔喻〕希望

　東の空に曙光が差して来た（東方的天空出現了曙光）

　平和の曙光（和平的曙光）

　紛争も解決の曙光が見え始めた（糾紛也開始有解決的希望了）

初更〔名〕（五更中的）初更、一更天（午後八點到十點）

　初更の月を見る（看初更的月色）

初校〔名〕〔印〕初校、一校←→再校、三校

　初校を見る（看初校）

　初校本（一校本）

初項〔名〕〔數〕首項

初号〔名〕（報刊的）創刊號，第一號。〔印〕頭號鉛字（=初号活字）

　雑誌の初号（雜誌的創刊號）

見出しを初号活字で組む（用頭號鉛字排標題）

初婚〔名〕初婚、初次結婚←→再婚

初婚の婦人（初婚的婦女）

初婚ですか再婚ですか（是初婚還是再婚？）

彼女は三十五歳で初婚だった（她三十五歳初次結婚）

初刷〔名〕〔印〕初版、第一次印刷

初刷三千部が既に発行された（第一次印刷的三千部已經發行了）

初刷り〔名〕第一次印刷←→後刷り

初刷り本（第一次印刷本）

初刷り〔名〕〔印〕初版，第一版、元旦的報紙，新年之初的出版物

初産、初産、初産〔名〕初產、第一胎

彼女は初産で男の子を儲けた（她頭一胎生了一個男孩）設ける 儲ける

初産児（頭生兒）

初産婦（初產婦）

妻の初産が近い（妻快臨到初產了）

初産の子（頭胎的孩子、第一個小孩）

初志〔名〕初志、初衷

初志を貫く（貫徹初衷）

初志を貫徹する（貫徹初衷）

初志を翻す（改變初志）

初念〔名〕初志、初衷（＝初志）

初出〔名、自サ〕初現、第一次出現←→再出

初出の漢字（首次出現的漢字）

初旬〔名〕初旬、上旬

学校は九月初旬に始まる（學校在九月上旬開學）

初晶〔名〕〔化〕初晶

初診〔名〕〔醫〕初診、初次診察

初診の患者（初診的患者）

初診の際には初診料を払う（初診時要付初診費）

初審〔名〕〔法〕初審、第一審

初審で有罪の判決を受けた（在初審時被判為有罪）

初審裁判所（第一審法院）

初生〔名、他サ〕初生，誕生不久、初次發生，剛發生

初生雛（出生不久的小鳥〔小雞〕）

初生児（〔出生不滿兩星期的〕初生嬰兒）

初生児の体重は一時減少する（初生嬰兒的體重暫時減輕）

初生り〔名〕當年最初結果實、樹木第一次結果

初成鉱床〔名〕〔地〕原生礦床

初戦、緒戦、緒戦〔名〕戰鬥的開始，比賽的開始、首戰、頭一仗、第一場比賽

緒戦で一勝を得る（頭場比賽勝了一次、首戰告捷）得る 得る 売る

緒戦の大勝を持ち続ける（一直保持戰鬥〔比賽〕開始的大勝利）

緒戦で一勝を得る（在第一回合取得一次勝利）

初選〔名〕第一次當選←→再選

初選の代議士（首次當選的議員）

初速〔名〕〔理〕初速、初速度

弾丸の初速（子彈的初速）

初太刀〔名〕（交鋒時的）第一刀

初太刀で相手を切り伏せる（頭一刀就砍倒了對方）

初代〔名〕初代、第一代、開基創業的人

初代の校長（第一任校長）

初代大統領（第一任總統）

此の家の初代は偉い人だった（這家的開基創業者是一個了不起的人物）家 家 家 家 家

初弾〔名〕第一彈、最初發射的子彈

初段〔名〕初段（日本柔道、劍道、圍棋、象棋等的最低級別）、列為初段的人

碁の初段を取る（取得圍棋初段的資格）

彼の将棋は初段の腕前が有る（他下象棋有初段的本領）

初対面〔名〕初次見面
　初対面の客（生客）
　初対面の挨拶を述べる（作初次見面的寒暄）
　彼の人とは其の時が初対面でした（〔我〕和他那時是初次見面）
　初対面から打ち解ける（初次見面就談得很融洽、一見如故）

初潮〔名〕〔生理〕初經、第一次月經
　十四歳の時初潮が有った（十四歳時初次來了月經）

初っ切り、初切〔名〕〔相撲〕第一場比賽（公演時作為餘興演出的一種滑稽角力）、開端，起始
　初切の旨い力士（表演出色的滑稽力士）
　初切から負け続けた（從開始就連吃敗戰）

初っ端〔名〕〔俗〕開頭、開始
　初っ端から猛烈に攻撃する（從開頭就猛烈進攻）

初手〔名〕〔俗〕起始，開頭。〔象棋〕頭一死步
　初手からそんな高い給金は貰えない（一開始拿不到那麼高的工資）
　初手から手違い許りだ（一開始就錯誤百出）
　初手から強く出る（一開始就採取攻勢）

初点〔名〕第一次點燈塔
　初点明治二十四年（第一次點燈塔是明治二十四年）

初伝〔名〕（學術或技藝）最初的傳授、最初一級的傳授←→奥伝

初電〔名〕頭班電車←→終電、（關於某件事的）最初的電報

初度〔名〕初次、第一次

初等〔名〕初等、初級←→中等、高等
　初等教育（初等教育、小學教育）
　初等数学（初等數學）
　初等科（初年級、初等課程）
　初等科向きの本（適合初年級用的書）

初登〔名、自他サ〕初次攀登

初頭〔名〕起初、起始、開頭

本年の初頭（今年年初）
本年度初頭の経済概況（本年度初期的經濟概況）
十九世紀初頭の出来事（十九世紀初發生的事情）

初動〔名〕〔地〕（地震的）初震，最初的震動、（事件未擴大以前）開始活動
　初動消防（立即出動的消防）

初透磁率〔名〕〔理〕起始磁導率

初七日、初七日、初七日〔名〕〔佛〕頭七、首七、死後第七天
　初七日の供養を為る（辦頭七）
　今日は初七日に当たる（今天是頭七）

初乳〔名〕〔醫〕（產婦的）初乳

初任〔名〕初次任職
　初任給（初次任職的薪金）
　初任給は月十五万円だった（初次任職的工資是每月十五萬日元）
　初任給が低い（初任的工資低）
　初任給調整（調整新任職的工資）

初年〔名〕第一年，頭一年、初期
　初年度の帳尻は赤字だった（第一年度的帳尾出了虧損）
　明治初年（明治初期）
　初年兵（當年入伍的士兵）
　初年級（第一年級、初年級）

初発〔名〕起始，開始、初發，開發、開始發生、（電車或火車等的）頭班車←→始発
　天地初発の時（開天闢地的時候）
　初発患者（初次生病的患者）

初犯〔名〕初犯、初次犯罪←→再犯、重犯
　初犯である為執行猶予に為った（因為是初犯所以決定緩刑）

初版〔名〕（印刷物或書籍的）出版、第一版←→再版、重版
　初版を三千部発行する（初版發行三千部）

初版は一週間も経たぬ内に売り切れた（初版不到一星期就賣光了）

初盤〔名〕初灌唱片、初灌的唱片
本邦初盤の交響曲（本國初灌的交響樂曲）

初筆、初筆〔名〕（許多人簽名或動筆時的）初筆、初寫

初便〔名〕最先發出（收到的）信件、（飛機或輪船）初次（在某航線上）就航
国内航空の就航初便（國內航空的首次航行）

初便り、初便り〔名〕初次音信、新年最初的消息

初編、初篇〔名〕初編、初篇、第一編←→終篇

初歩〔名〕初步、初學、入門
初歩から習う（從頭學起）
英語の初歩を教える（教授英語入門）
我我の研究は未だ初歩的段階に在る（我們的研究還處於初步階段）

初幕〔名〕（舞台公演的）最初開幕場面、第一幕←→終幕

初夜〔名〕〔古〕初更、（新婚的）初夜、第一夜、（泛指）第一個月晚
新婚初夜（新婚第一夜）
初夜權（初夜權-古時部族酋長、封建領主、僧侶等在新郎之前與新娘同衾的權利）
入院初夜（住院第一個月晚）
台北滞在の初夜を静かなホテルで過した（在台北逗留的頭一天夜晚是在寂靜的旅館裡度過的）

初訳〔名、他サ〕（作品或文獻的）最初翻譯、初次譯本
本邦初訳の資本論（我國初次翻譯的資本論）

初葉〔名〕（某時代的）初葉，初期←→中葉、末葉、（書等的）第一頁，第一張

初老、初老〔名〕初老（原為四十歲的別名、現指五十上下而言）、剛上年紀、四，五十歲
初老の詩人（〔五十左右〕半老的詩人）
初老に入る（進入五十歲）
初老の紳士（四五十歲的紳士）
初老の四十の坂（初老的四十多歲）

初〔接頭〕初次、最初
初陣（首次上陣、初次上場）
初産（初產、頭產、第一次生產）
初孫（第一個孫子）

初初しい〔形〕未經世故、天真爛漫、純真
初初しい花嫁（嬌滴滴的新娘子）

初陣〔名〕初次上陣、首次參加比賽
初陣に勝利を得る（初賽得勝、旗開得勝）

初、初心〔名ナ〕（與產同詞源）純真，純樸，沒經驗，未經世故，天真爛漫，純潔，情竇初開（的人）
君は全く初だね（你太單純了）
初な娘（純潔的姑娘）

初心〔名〕初志、初衷、初學、不成熟、沒有經驗
初心に帰れ（勿改初志）
初心を抱き続ける（一直抱定初衷）
初心忘る可からず（勿忘初衷）
初心の者に手解きする（對初學者進行指導）
初心者（初學者）
初心者マーク（〔貼在汽車上的〕初學者標誌）
初心者歓迎（〔牌示〕歡迎初學者）
初心者（缺乏社會經驗的人、天真幼稚的人）

初い〔形〕新鮮
初い品（〔舊書店買進後立即出售的〕新鮮貨）品品

初〔名〕最初、首次

〔造語〕開始，最初，首次、新年過後第一次，當年第一次
初の閣議を開く（召開首次內閣會議）
御初に御目に掛かる（初次見面）
初の舞台を踏む（初登舞台）
初恋（初戀）

はつぶたい
初舞台（初登舞台）

はつあき　すず　　　かぜ
初秋の涼しい風（初秋的涼風）

しんぶんきしゃ　　　はつかいけん
新聞記者との初会見（首次會見新聞記者）

にほん　　はつこうかい　えいが
日本で初公開の映画（在日本首次上映的電影）

はつう
初売り（開市）

はつゆき　ふ
初雪が降った（下了第一場雪）

はつもの　やさい　た
初物の野菜を食べる（吃剛上市的青菜）

はつざ
初咲き（花朶初放）

はつもう
初詣で（初次參拜神社〔廟宇〕）

はつひ　　で
初日の出（元旦的日出）

髪〔名、漢造〕髪、頭髪

かんはつ　い
間髪を入れず（間不容髪）入れる容れる

はつかむり　つ
髪冠を衝く（怒髪衝冠）衝く付く搗く潰く
つ　つ　つ　つ　つ　つ　つ　つ　つ
憑く附く尽く就く点く着く撞く吐く突く

どはつてん　つ
怒髪天を衝く（怒髪衝冠）

とうはつ　　　　　かみのけ
頭髪（頭髪＝髪毛）

もうはつ　　　　　　　　　かみのけ
毛髪（毛髪、頭髪＝髪毛）

りはつ
理髪（理髪＝散髪）

けっぱつ
結髪（結髪、束髪、梳頭髪、男子成年）

さんぱつ
散髪（理髪，剪髪，散亂的頭髪，披頭散髪）

ざんぱつ　　　　　　　　　　　さんぱつ
斬髪（〔舊〕理髪、剪髪＝散髪）

ていはつ
剃髪（剃髪、落髪）

ちはつ　　　　　　　　　ていはつ
薙髪（剃髪、落髪＝剃髪）

らんぱつ
乱髪（頭髪蓬亂、披頭散髪、亂蓬蓬的頭髪
　　　みだ　がみ
＝乱れ髪）

どはつ
怒髪（怒髪）

うはつ
有髪（帶髪、不剃頭髪）

はくはつ　しらが
白髪、白髪（白髪）

しらが
白髪（白髪、〔喩白頭到老的結婚禮品〕麻）

きんぱつ
金髪（金髪）

ぎんぱつ　　　　　　しらが
銀髪（白髪＝白髪）

だんぱつ
断髪（剪髪、短髪－婦女髪型之一）

たんぱつ
短髪（短頭髪）

ようはつ
洋髪（西式髪型）

でんぱつ　　　　　　　　　　permanent wave
電髪（〔舊〕燙髪＝パーマネント、ウエーブ）

はつ
発（也讀作發）〔名〕（飛機、車、船）開出、（信、電報）發出，拍發

〔接尾〕（助數詞用法）（子彈計數）發、顆

〔漢造〕發射、發生、發現、開發、發達、發表、發起、出發

おおさかゆ　　ろくじはつ　れっしゃ
大阪行き、六時発の列車（六點開往大阪的列車）

はねだじゅうじはつ　ひこうき　　で　か
羽田十時発の飛行機で出掛ける（乘十點由羽田機場起飛的飛機出發）

Parisはつ　　ほうどう
パリ発の報道（發自巴黎的報導）

ろくがつついたちおおさかはつ　でんぽう
六月一日大阪発の電報（六月一日由大阪發出的電報）

いっぱつ　　たま
一発の弾（一顆子彈）

また　に　はつ　だんがん　う
股に二発の弾丸を受けた（大腿上中了兩顆子彈）

じゅうぶん　　　　　　　うち　さんびゃくよはつ　ほうだん
十分もたたない内に三百余発の砲弾が
じんち　　お
陣地に落ちた（不到十分鐘就有三百餘發砲彈落到了陣地上）

はっそく　ほっそく
発足、発足（出發，動身、開始工作、開始活動）

はっせき　ほっせき
発赤、発赤（局部充血發紅）

はつい　ほつい
発意、発意（想出，發起，提議，決心，立志）

さんぱつ
散発（零星發射、不時發生、零星發生）

れんぱつ
連発（連續發射、連續發生、連續發出）

とっぱつ
突発（突然發生）

じょうはつ
蒸発（蒸發，汽化、失蹤，逃之夭夭）

げきはつ
激発（激發、激起、激動）

げきはつ
撃発（撃發、發射）

さいはつ
再発（復發、重新發作、再發生、又發生、又長出）

ぞくはつ
続発（連續發生、相繼發生）

こうはつ　　　　　　　　　　　　　　　せんぱつ
後発（後出發、後發起）←→先発

せんぱつ
先発（先出發、先動身）

こくはつ
告発（告發、擧發、檢擧）

啓発（啟發、啟蒙、開導）
摘発（揭發、揭露）
早発（從青年發病、提早出發）←→延発
延発（發車晚點、起飛誤點、延期出發）
双発（雙引擎）
創発（突然出現）
初発（起始、開始發生）←→終発
終発（末班的發車）←→始発
始発（頭班車、最先出發）←→終発、終着
四発（四個引擎）
自発（自願、主動、自然產生、出自本心）
遅発（晚開、晚爆）

初明かり〔名〕正月元旦的曙光
初商い〔名〕新年第一次的買賣
初鶯〔名〕初春的鶯啼
初午〔名〕二月的第一個午日（稻荷神社的廟會）
初穂，早穂，最花、初穂〔名〕當年最早結的稻穂（麥穂等）、當年最早結的水果（蔬菜等）、最早供奉神佛的稻物。〔轉〕供奉神佛的金錢（米穀、食品、酒餚等供品）
御初穂〔名〕供神佛的新穀
初買〔名〕新年後初次買東西
初顔合せ〔名〕（商討某一件事情時全體有關人員的）第一次碰頭會、（戲劇或電影等的）初次合演、（相撲等比賽的）第一次交鋒
初風〔名〕每個季節最初颳的風（常指初秋的風）
初鰹〔名〕初夏最早上市的鰹魚（松魚）
初釜〔名〕〔茶道〕年初第一次點茶
初雷〔名〕當年第一次打雷、春雷
初刈り〔名〕稻等穀物當年初次收割、新年等的初次剪髮
初狩り〔名〕初獵、當年狩獵期的初次狩獵
初雁〔名〕秋季第一次從北方飛來的大雁
初着〔名〕新年第一次穿的外出服、第一次上身的新衣服、嬰兒的產衣
初狂言〔名〕新年初次表演的歌舞伎狂言
初子、初子〔名〕頭生子、第一個孩子

初子の子（頭生子、第一個孩子）
初子〔名〕每月的第一個子日（特指新年過後的第一個子日）
初恋〔名〕初戀
　　初恋の思い出（初戀的回憶）
初公演〔名〕初次公演、第一次上演
初公開〔名〕首次公開
初航海〔名〕初次航海、首次航行
　　南極海への初航海（開往南極海的首次航行）
初興行〔名〕首次演出
初声〔名〕（黃鶯等）初唱、初鳴（＝初音）
初氷〔名〕初凍、初結冰
初時雨〔名〕當年第一次下的秋冬之交的小陣雨
初霜〔名〕初霜、秋末第一次下的霜
　　初霜が降りた（下了第一場霜）
初姿〔名〕（婦女）穿著過年的服裝、穿新衣
初硯〔名〕新春試筆（＝書き初め）
初席〔名〕（曲藝等）新年首次演出
初節句〔名〕出生後第一個節日（男為五月五日、女為三月三日）
初蟬〔名〕（當年的）第一次蟬鳴
初空〔名〕首次出現具有該季節特點的天空、元旦早晨的天空，新年的天空
初茸〔名〕〔植〕青頭菌
初土俵〔名〕〔相撲〕第一次出場
　　初土俵を踏む（首次上場摔跤）
初酉〔名〕一酉（十一月第一個酉日、東京下谷〝鷲神社〞的廟會日）
初鶏〔名〕元旦早晨第一個啼叫的雞、早晨最初鳴叫的雞
初鳥〔名〕該季節最初鳴叫的鳥
初荷〔名〕（正月二日）年初第一次（的）送貨
　　旗を立てた初荷の車（插著旗子的年初第一次送貨車）
　　初荷が入る（年初的第一批貨物運到）入る入る
初音〔名〕（杜鵑等的）初唱、初啼

初値〔名〕〔商〕（交易所）新年後最初的行情（行市）

初上り〔名〕首次進京，第一次到東京、當年第一次登山

初幟〔名〕男孩出生最初五月五日掛的祝賀旗幟

初場所〔名〕〔相撲〕（每年一月在東京國技館舉行的）初次正式相撲比賽

初花〔名〕春天最先開的花、各該季節中最先開的花、同類花草中最先開的花、妙齡女郎，十八九歲的少女

初日〔名〕元旦早晨的太陽

初日影（元旦早晨的陽光）

初日出（元旦的日出）

初日〔名〕（連續數日活動的）首日（＝初日）

初日〔名〕（戲劇或電影等上演的）第一天。〔相撲〕（力士連吃敗仗後）首次獲勝

展覧会の初日（展覽會的第一天）

彼の映画は初日からずっと満員だ（那部電影從上映那天起一直滿座）

此の力士は未だ初日が出ていない（這個力士還沒有轉敗為勝）

初日を出す（〔屢敗之後〕首次得勝）

初雛〔名〕女孩生後第一次過三月三日女兒節時陳列的偶人

初舞台〔名〕初登舞台，首次登台表演、首次出場，嶄露頭角

初舞台を踏む（初登舞台）

初舞台に出る（初登舞台）

八歳で初舞台を踏む（八歲就登台表演）

初舞台なので、如何しても緊張する（因為首次登台不免有些緊張）

演説の初舞台（初次登台演講）

初星〔名〕〔相撲〕初次獲勝

初盆〔名〕（人死後）第一次盂蘭會

初参り〔名〕（當年或有生以來）首次參加神社（＝初詣）

初詣〔名、自サ〕（當年或有生以來）首次參加神社（＝初参り）

初孫、初孫〔名〕長孫、第一個孫子（女）、第一個外孫（女）

初繭〔名〕當年初次結出的蠶繭

初耳〔名〕初次聽到、首次聽到、前所未聞（而感覺稀奇）

其は初耳だ（這可是前所未聞）

初耳の話（初次聽到的事情）

初物〔名〕當年最早收成的穀物（蔬菜、水果等），最早上市的時鮮、各季節初次吃到的東西

茄子の初物が出回る（新茄子上市了）

苺の初物を食べる（吃最早上市的草莓）

西瓜は私には初物だ（我今年還是第一次吃西瓜）

初物食い（喜歡嚐新〔的人〕、對任何新鮮東西都感興趣〔的人〕）

初物七十五日（吃新鮮東西據說可以延長壽命七十五天）

初役〔名〕（演員）初次扮演的角色

初湯〔名〕（嬰兒生後）第一次洗澡的水、年初第一次燒的洗澡水（過去多為正月二日）

初雪〔名〕初雪、頭場雪

初雪見（觀賞初雪）

初夢〔名〕正月初一，初二做的夢

初め，初、始め，始〔名〕開始←→終り、起因、前者

〔副〕以前、原先、當初

〔接尾〕（多用"…を始めとして"的形式）以…為首…以及、第一次體驗，當年第一次

始めから終り迄（自始自終、從頭到尾）

物事は始めが大切だ（凡事開頭要緊）

始めから好い加減には出来ぬ（一開始就馬虎不得）

始めの段階（開始階段）

年の始め（年初）

演劇の始めに就いての研究（關於戲劇起源的研究）

後のより始めの方が良い（前者比後者好）

始めは新聞記者だった（原先是個新聞記者）

始め 会員がたった三人だった（起初只有三個會員）

始めそんな話は無かった（當初並沒這麼說）

私は始めは教師に為る積りは無かった（我原先並沒想當教師）

校長（を）始め（と為て）教職員一同（校長以及全體教職員）

首相始め各閣僚（以總理為首的各內閣成員）

其れが僕の煙草の吸い始めだ（這是我有生以來第一次吸煙）

御用始め（官署在年初一月四日首次辦公）

始め有る物は必ず終わり有り（有始必有終）

始めの囁きは後の響み（最初是小聲傳說後來就成為滿城風雨）

始めは処女の如く後は脱兎の如し（始如處女後如脫兔）

初めて、始めて〔副〕初次、（多用"…て始めて"的形式）…之後才…

始めて御目に掛かります（初次見面）

私は当地は始めてです（我是初次來到此地）

私は講壇に立ったのは此れが始めてです（這是我第一次登上講壇）

私は其の時始めて火事の恐ろしさを知った（我那時第一次了解到火災可怕）

始めてに為ては良く出来た（作為第一次來說做得夠好了）

人は健康を失って始めて其の有難味が分る（人喪失了健康以後才知其可貴）

数日経って始めて事実を知った（幾天之後才了解到事實真相）

始まる〔自五〕開始，起始←→終る、發生，引起、起源，緣起、犯（老毛病）、拿出（平生本事）、（開始）執行

授業は八時に始まる（八點鐘開始上課）

討論が始まった（討論開始了）

博覧会は来月三日から始まる（博覽會從下個月三日開始）

此の劇は悲劇に始まって喜劇に終る（這齣戲以悲劇開場以喜劇告終）

両国間に戦争が始まろうと為ている（兩國間即將發生戰爭）

厄介な事が始まった（發生了麻煩事）

此の争いは一寸為た事から始まった（這場爭執是由一點小事引起的）

悪い事は酒から始まる（壞事緣起於酒）

此の習慣は奈良朝時代に始まると言う（據說這種風俗起源於奈良朝時代）

又彼の癖が始まった（他的老毛病又犯了）

そら、又彼の男の十八番が始まった（瞧，他又把拿手好戲亮出來了）

計画が始まっている（計畫已經開始執行）

始まり〔名〕開始，開端、緣起，起源

授業の始まりを知らせる鐘（上課的鐘聲）

此れぞ中国近代史の始まりである（這就是中國近代史的開端）

喧嘩の始まりは斯うだ（吵架的起因是這樣的）

小説の始まりを研究する（研究小說的起源）

初め〔接尾〕（接在動詞連用形後面）表示一年中的第一次、表示生來第一次，頭一次

書き初め、書初め（新春試筆）（正月二日用毛筆寫字的儀式）

御書き初めを為る（新春試筆）

逢い初め（初次遇上）

食べ初め（頭一次吃）

橋の渡り初め（新建好的橋初次通行）

初める〔接尾〕（接動詞連用形下構成下一段活用動詞）開始…、初次…

花が散り初める（花兒開始落）

子供が歩き初める（孩子開始走路、孩子學走路）

梅が咲き初めた（梅花綻蕊了）

染める〔他下一〕染上顏色、塗上顏色。〔轉〕沾染，著手

黒に染める（染成黑色）
布を染める（染布）
毛糸を染める（染毛線）
何色に染めましょうか（染成什麼顏色呢？）
顔を赤く染める（羞紅了臉）
頬を染めて俯く（雙頰羞紅低下頭來）
筆を染める（著手寫）
手を染める（插手某事）
胸を染める（深深印入胸懷、留下深刻印象）

始める〔他下一〕開始，開創，創辦←→終える、犯（老毛病）

〔接尾〕（接動詞連用形下）開始
仕事を始める（開始工作）
生産を始める（投入生產）
新事業を始める（開創新事業）
工事を始める（開工）
第一章から始める（從第一章開始）
新たに始める（重新開始）
君は其の本から始めた方が良い（你最好從這本書開始）
商売を始める資本が無い（沒有作買賣的資金）
習い始める（開始學習）
雨が降り始めた（下起雨來了）
何処から話し始めたら好いのか（從哪裡說起才好呢？）
歩き始める（走起來）
泣き始める（哭起來）
例の癖を又始めた（又犯老毛病了）

齣（ㄔㄨ）

齣〔漢造〕戲劇中的一回
一齣（一個場面、一個鏡頭）
映画の一齣（電影的一個鏡頭）
歴史の一齣（歷史的一個場面）
生活の楽しい一齣（生活中的一個快樂情景）
一齣、一関（〔故事等的〕一段、一席）
落語の一齣を語る（說一段單口相聲）
一齣演説する（發表一席演說）
忠臣蔵の一齣を演ずる（演一段忠臣藏）
会話の一齣（一席會話）

齣、関〔名〕（音樂、曲藝、評書、戲劇等的）齣、段
講談を一齣聞く（聽一段評書）

鏈、鎖、鑠〔名〕鎖鏈，鏈子。〔轉〕聯繫，關係（＝繋がり）
鎖で繋ぐ（用鎖鏈鎖住）腐り鏈、鎖、鑠、齣、関
鎖を外す（解開鏈子）
時計の鎖（表鏈）
犬は鏈で繋いで有る（用鎖鏈栓住狗）
Aの所の鎖を外してBの所に付ける（把A處的鏈子摘下來繫在B處）
中国人民は自分達を縛る鎖を切って立ち上がった（中國人民切斷束縛在自己身上的鎖鏈站起來了）
鎖を絶つ（斷絕關係）
誤解から二人の間の鎖が切れた（由於誤解兩個人之間的關係斷絕了）
説教を一鏈した（講了一番大道理）
鏈鎌（帶鎖鏈的鐮刀-一種武器）
鏈縫（鏈狀花樣的刺繡）
鏈帷子（連環甲、鎖子甲）

齣、駒〔名〕（電影）畫面，鏡頭、（電視圖像的）禎，片格。〔劇〕一場，一段情節、（大學等的）一次講義。〔轉〕斷片
日常生活の一駒（日常生活的一個斷片）

駒〔名〕馬駒、（雅）馬、〔象棋〕棋子。〔樂〕（弦樂器的）琴馬、拿掉木板曝曬時墊在中間的小木片，木墊片、（為了便於移動墊在箱子等下的）小輪、（刺繡用的）工字形線軸。〔動〕知更鳥（＝駒鳥）
駒を止める（停馬）止める已める辞める病める止める留める

イ

栗毛の駒を打ち跨る（騎栗色的馬）

駒を動かす（走棋）

敵の駒を取る（吃掉對方的棋子）取る 捕る 攝る 採る 撮る 執る 獲る 盗る 録る

持ち駒（手裡的棋子）

駒（を）駆ける（放上琴馬）駆ける 掛ける 欠ける 架ける 描ける 翔ける 懸ける 駈ける

駒を外す（取下琴馬）

駒を取り換える（更換琴馬）

駒を支う（墊上木片）

齣落とし、齣落し〔名〕（電影）慢速拍攝（用標準以下速度的攝影法，使放映時動作變快）

齣落としで撮影する（用慢拍攝影）

除（ㄔㄨˊ）

除（也讀作除）〔漢造〕除掉、授官職。〔數〕除

掃除（打掃，掃除、洗廁所、清除〔毒害等〕）

解除（解除、廢除）

駆除（〔用藥劑〕驅除、消滅〔害蟲等〕）

控除、扣除（扣除）

乗除（〔數〕乘法和除法）

加減乗除（加減乘除）

除す〔他五〕除去，消除。〔數〕除。〔古〕任官職、任官職（除舊職任新職之意）（＝除する）

十五を三で除す（十五除以三）

除する〔他サ〕除去，消除。〔數〕除。〔古〕任官職、任官職（除舊職任新職之意）←→乗じる

二十を五で除する（用五除二十）除する 叙する 序する 恕する

除外〔名、他サ〕除外、免除、不在此限

除外例を設ける（設例外）設ける 儲ける

未成年者は除外される（未成年者除外〔不在此限〕）

特殊な事情の場合は除外する（特殊情況時除外）

除害〔名〕除害、除去毒害

亜硫酸ガスの除害設備（二氧化硫的除害設備）

除感作〔名〕〔醫〕（通過逐步增加抗原的注射）避免過敏反應、脫敏

除却〔名、他サ〕除去

除去〔名、他サ〕除去、去掉、消除

手術に由って卵巣を除去する（行手術摘掉卵巢）

障碍を除去する（除去障礙）

車体の泥を除去する（去掉車身的泥）

苦情の種を除去する（消除牢騷的根源）

除菌〔名、他サ〕除菌、消菌

エアクリーナーで除菌する（用空氣清淨機除菌）

除権〔名〕〔法〕（公告過期無人認領時的）權利廢除、權利失效

除権判決（權利失效判決－如宣布丟失支票作廢等的判決）

除号〔名〕〔數〕除號（÷）←→乗号

除算〔名〕〔數〕除法（＝割算）←→乗算

除塵機〔名〕除塵器、集塵器（篩掉纖維屑及破爛布等的旋轉圓筒式裝置）

除塵装置〔名〕除塵設備（使工廠內發生的煙塵排除室外的裝置）

除数〔名〕〔數〕除數←→被除數

除数に八を立てる（以八為除數）

大きな除数で割る（用大的除數除）

除斥〔名、他サ〕排除，去掉、〔法〕（對某陪審員出庭等表示的）反對，忌避

除籍〔名、他サ〕（從名簿或戶籍上）除籍、開除戶籍、開除名籍

軍艦を除籍する（註銷艦籍－使軍艦退出現役）

生徒が除籍される（學生被開除校籍）

除雪〔名、自サ〕除雪

舗道の除雪を為る（清除馬路上的積雪）

除雪作業（除雪工作）

除雪機関車（〔鐵〕除雪機車）

除雪車（鏟雪車）車 車

除草〔名、自サ〕〔農〕除草（=草取り）
　庭園で除草（を）為る（在庭園裡除草）
　除草機（除草機）
　除草剤（除草劑）

除霜〔名、他サ〕〔農〕除霜、防霜（=霜除け）、（電冰箱的）去霜（=霜取り）
　除霜装置（防霜裝置）

除隊〔名、自サ〕〔軍〕退伍←→入隊、入営
　満期除隊（期滿退伍）
　解隊に因る除隊（因遣散退伍）
　病気で除隊に為る（因病退伍）
　除隊の際に職業を与える（退伍時找個工作）際際
　除隊兵（退伍兵、復員軍人）

除虫〔名、他サ〕除蟲、殺蟲
　除虫剤（殺蟲劑）

除虫菊〔名〕〔植〕殺蟲劑（蚊香和殺蟲劑的原料）

除伐〔名〕（幼齡林的）改進伐

除比の理〔名〕〔數〕分比定理

除氷〔名、他サ〕（飛機翼上的）除冰、去冰
　除氷装置（除冰裝置）

除服〔名、自サ〕除服、服喪期滿
　除服出仕する（喪假後上班）

除喪、除喪〔名〕除服、滿服（=除服、忌明け）

除法〔名〕〔數〕除法（=割算）←→乗法
　長除法（長除法）
　短除法（短除法、捷除法）

除幕〔名、自サ〕（石像、銅像、紀念碑等的）除幕、揭幕
　除幕式（除幕禮、揭幕儀式）
　其の銅像の除幕式は昨日行われた（那個銅像的揭幕儀式昨天舉行了）

除名〔名、他サ〕除名、開除
　会員を除名する（開除會員）
　彼を党から除名する（把他開除出黨）
　会費未納の者を除名する（開除不繳會費者的會籍）
　自由党は彼の除名を決議した（自由黨作出了開除他的決議）
　除名処分（開除處分）

除毛器〔名〕刮毛刀（鞣皮用具）

除毛剤〔名〕脱毛劑

除夜〔名〕除夕（=大晦日の夜）
　除夜の鐘（除夕的鐘聲）
　除夜の祭り（除夕的慶祝活動）
　除夜の鐘を聞いて新年の祝杯を挙げる（聽到除夕的鐘聲舉杯慶祝新年）挙げる揚げる上げる

除目、除目〔名〕（平安時代）任命大臣以外的官員的儀式

除く〔他五〕消除，去掉，取消，剷除，刪除、除了，除外、殺死，幹掉
　不安を除く（消除不安）
　弊風を除く（廢除陋習）
　情実を除く（破除情面）
　心の憂いを除く（消除心中的憂慮）憂い憂い
　畑の雑草を除く（剷除田裡的雜草）畑畠畑畠
　名前を名簿から除く（從名冊上刪除名字）
　余計な形容詞や句を除くと読める文に為る（刪去多餘的形容詞和句子就會是一篇好文章）
　二十年以上も行方不明に為っている光子は戸籍から除かれた（從戶口上銷去了二十多年下落不明的光子）
　少数を除いて皆賛成だ（除了少數以外都贊成）
　彼を除いて、此と言う者は居ない（除了他以外再沒有合適的人）
　邪魔者を除く（把絆腳石除掉）
　君側の奸を除く（清君側）

覗く、覘く、臨く〔自五〕露出（一點）

〔他五〕窺視，窺探、往下望、略微掃一眼，稍微看一下

窓から白髪頭丈が覘いている（從窗戶上只露出白髮的頭）除く

襟から下着が覘いている（從領子裡露出襯衣）

月が木の間から覘いている（月亮從樹間露出來）

畳んだ新聞がポケットから覘いている（從口袋裡露出疊著的報紙）

隙間から覘く（從縫隙窺視）

鍵穴から覘く（從鑰匙孔往裡望）

塀の上から覘く（從牆上往下望）

山の頂上から谷を覘く（從山頂上往下看山谷）

本を覘く（看一看書）

こっそり顔を覘く（偷偷地看〔別人的〕臉）

古本屋を覘いて見よう（逛一下舊書店）

劇なんか覘いた事も無い（戲劇這玩意連瞧都沒瞧過）

英語は本の覘いた丈（英語只是學過一點點）

帰りに映画館を一寸覘いて来た（回來時到電影院看了一眼）

除ける、退ける〔他下一〕（寫作退ける）挪開、推開（＝退ける）

（寫作除ける）除掉、去掉（＝除く）

〔接尾〕表示做得出色，精彩，漂亮、表示勇敢或果敢

机の上の本を退ける（把桌子上的書挪走）退ける除ける

一寸、椅子を退けて下さい（勞駕！把椅子挪一挪）

私を除けて皆男です（除了我都是男的）

大きな粒を残して小さい粒を除ける（去掉小粒留下大粒）

日曜日を除けたら、何時来ても良い（除了星期天哪天來都行）

鮮やかに遣って退ける（做得漂亮）

難しい仕事を易易と遣って退けた（把難辦的工作輕而易舉地完成了）

目の前で言って退けた（當面大膽地說了出來）

彼は本人の前で平気で悪口を言って退ける（他竟敢當著本人滿不在乎地說他的壞話）

除け者〔名〕被排擠（出去）的人

除け者に為る（排擠、不許加入、當作外人）

社会の除け者に為る（成為社會的遺棄者）

誰だって除け者に為れるのは好まない（誰都不願意受排擠）

除け物〔名〕除掉的東西、不要的東西

除ける、避ける〔他下一〕避，躲避（＝避ける）、防，防備（＝防ぐ）

車を避ける（躲車）

水溜りを避けて通る（躲開水坑走過去）

議論の矛先を巧みに避ける（巧妙地避開爭論的矛頭）

霜を避ける（防霜）

雷を避ける（避雷）

僕等の家は植え込みで西日を避けている（我們家有樹蔭防避西曬）

除け、避け〔造語〕防、避、遮、擋

霜除け（防霜）

風除け（防風）

泥棒除け（防盜）

弾丸除けの上着（防彈夾克）

日除け（遮光裝置）

泥除け（擋泥板）

塵除け（防塵）

埃除け（防塵）

雷除け（避雷針）

油除け（防油器）

厨（廚）（ㄔㄨˊ）

厨（也讀作廚）〔漢造〕廚、櫥櫃

庖厨（廚房＝厨、台所）

厨芥〔名〕廚房的垃圾
　厨芥処理（廚餘處理）

厨房〔名〕廚房（＝厨、台所）
　船内の厨房（船上的廚房）

厨子〔名〕（兩扇門對開的）櫥櫃、佛龕
　厨子から経巻を取り出す（從櫥櫃裡取出經卷）

厨〔名〕廚房（＝厨房）、廚師（＝料理人）
　厨口（廚房〔通向院子的〕門）

台所、台所〔名〕廚房，炊事房（＝勝手、kitchen）。
〔轉〕財務，（家庭的）經濟狀況
　台所で料理を作る（在廚房做菜）作る造る創る
　冷蔵庫を台所に据える（把冰箱安置在廚房）
　台所仕事（廚房活）
　台所道具（廚房用具）
　会社の台所は火の車だ（公司的財務極其困難）
　一家の台所を預かる（掌管一家的財務）預かる与る

鋤（ㄔㄨˊ）

鋤〔漢造〕鋤頭、根除

鋤骨〔名〕〔解〕犁骨

鋤簾〔名〕〔農〕（一種摟砂土、石子用的）長柄竹箕

鋤く〔他五〕（用直柄鋤或鍬）挖〔地〕
　畑を鋤く（挖地、翻地）畑畠畑畠剥く梳く漉く酸く好く空く透く剝く抄く

梳く〔他五〕（用梳篦）梳（髮）
　櫛で髪を梳く（用梳子梳髮）

透く、空く〔自五〕有空隙，有縫隙，有間隙、變少，空曠，稀疏，透過…看見，空閒，有空，有工夫，舒暢，痛快，疏忽，大意←→込む
　戸と柱の間が空いている（門板和柱子間有空隙）鋤く好く漉く梳く酸く剝く剝く抄く

間が空かない様に並べる（緊密排列中間不留空隙）

未だ早かったので会場は空いていた（因為時間還早會場裡人很少）

旅行の季節が過ぎたので旅館は空いている然うです（因為已經過了旅行季節聽說旅館很空）

歯が空いている（牙齒稀疏）

枝が空いている（樹枝稀疏）

座るにも空いてない（想坐卻沒座位）

バスが空く（公車很空）

汽車が空いた（火車有空座位了）

手が空く（有空閒）

今手が空いている（現在有空閒）

胸が空く（心裡痛快、心情開朗）

カーテンを通して向こうが空いて見える（透過窗簾可以看見那邊）

レースのカーテンを通して向こうが空いて見える（透過織花窗簾可以看見那邊）

腹が空く（肚子餓）

御腹が空く（肚子餓）

杁も空かん男だ（真是叫人大意不得的人）

好く〔他五〕喜好、愛好、喜歡、愛慕（＝好む。好きに為る。好きだ）

（現代日語中多用被動形和否定形，一般常用形容動詞好き，代替好く，不說好きます而說好きです，不說好くば而說好きならば，不說好くだろう，而說好きに為る）

塩辛い物は好きだが、甘い物は好かない（喜歡鹹的不喜歡甜的）

彼奴はどうも虫が好かない（那小子真討厭）

好きも好かんも無い（無所謂喜歡不喜歡）

好いた同士（情侶）

彼の二人は好いて好かれて、一緒に為った（他倆我愛你你愛我終於結婚了）

洋食は余り好きません（我不大喜歡吃西餐）
好く好かぬは君の勝手だ（喜歡不喜歡隨你）
人に好かれる質だ（討人喜歡的性格）

剥く〔他五〕切成薄片、削尖、削薄、削短
魚を剥く（把魚切成片）
竹を剥く（削尖竹子）
髪の先を剥く（削薄頭髮）
枝を剥く（打枝、削短樹枝）

結く〔他五〕結、編織（＝編む）
網を結く（編網、織網、結網）

抄く、漉く〔他五〕抄、漉（紙）
紙を抄く（抄紙、用紙漿製紙）
海苔を抄く（抄製紫菜）

鋤〔名〕〔農〕鐵鏟，窄刀鍬，漿狀鍬。〔烹〕雞素燒，日本式牛肉（雞肉）火鍋（＝鋤燒、寿喜燒）
鋤で掘る（用鍬挖）掘る彫る鋤鍬犁
鋤で草を削り取る（鋤草）
鋤で耕す（鋤地）
一鋤（一鍬〔土〕、一鏟〔土〕）
鳥鋤（雞素燒、雞肉鍋）
魚鋤（魚素燒、魚肉鍋）

鋤き起こす〔他五〕（用鍬等）翻土、翻耕（＝鋤き返す）
畑を鋤き起こして種を播く（翻土播種）播く蒔く撒く捲く巻く

鋤き返す〔他五〕（用鍬等）翻土
土を鋤き返す（翻土）

鋤鍬〔名〕直柄鋤和鐵鍬、農具（的總稱）

鋤鍋〔名〕（吃鋤燒、寿喜燒用的）平底淺鍋（＝鋤燒鍋）

鋤燒、寿喜燒〔名〕〔烹〕雞素燒，日本式牛肉（雞肉）火鍋（雞肉或牛肉加蔥，豆腐等用糖，醬油等調味、邊煮邊吃的一種火鍋）
牛肉鋤燒（牛肉火鍋）
鋤燒鍋（雞素燒用平底鍋）

儲（ㄔㄨˊ）

儲〔漢造〕積蓄
皇儲（皇儲、皇太子）

儲位〔名〕太子（皇太子）的地位

儲蓄、貯蓄〔名、他サ〕儲蓄
収入の中から千円を儲蓄する（從收入中儲蓄一千日元）
将来に備えて儲蓄する（儲蓄以備將來）
儲蓄を奨励する（獎勵儲蓄）
儲蓄心が有る（有儲蓄精神）
儲蓄債券（儲蓄債券）
儲蓄銀行（儲蓄銀行）
儲蓄預金（定期儲蓄存款）

儲け、儲〔名〕賺頭、賺錢、利潤←→損
ぼろ儲け（暴利）襤褸
ぼろい儲け（一本萬利）
ぼろい儲け口（工作輕鬆報酬豐厚的職務、一本萬利的工作）
儲けが少ない（利潤小、賺頭少）
儲けが薄い（利潤小、賺頭少）
其の値段では儲けが無い（按那個價錢賺不到錢）
其の取引で良い儲けを為た（靠那項交易賺了一筆大錢）

設け〔名〕準備、設置、設備
設けの席に就く（坐到準備的席位上）
暖房の設けが有る（有暖氣設備）
特別席の設けは無い（沒有準備特別席）
園内には休憩所の設けが有る（園内沒有休息處）

儲け口〔名〕賺錢的工作、有油水的工作、生財的門路
儲け口を捜す（找生財的門路）捜す探す
儲け口が見付かる（找一個有油水的工作）

儲け仕事〔名〕賺錢的工作（＝儲け口）

儲け仕事なら一口乗り度い（要是賺錢的事情我願意算上一份）

儲け主義〔名〕發財主義、只顧賺錢的思想（=儲け尽）

彼の店は儲け主義だ（那個商店只顧賺錢）

儲け尽〔名〕光想賺錢

彼の男は万事儲け尽だ（那人做什麼都從賺錢出發）

儲け尽で店を大きくする（光為賺錢而擴充商店）

儲の君〔名〕皇儲、皇太子（=儲の宮）

儲け物〔名〕意外的收穫、意外之財

此は儲け物を為たぞ（這可是賺到了）

其は儲け物だ（那可是意外收穫、那可是天上掉下來的）

儲ける〔他下一〕賺錢，發財，得利。〔轉〕得便宜，撿便宜，賺

戦争で儲ける（發戰爭財）

頭で儲ける（動腦筋賺錢）

骨折って儲けた金（辛勤工作賺的錢）

一割儲ける（淨賺一成）

儲けて売る（獲利賣出、高價售出）

此は儲けたぞ（這下賺了）

一番儲けたのは彼奴だ（最佔便宜的是他）

設ける〔他下一〕預備，準備，設立，制定，生，得（子女）

一席設けて客を持て成す（準備酒席招待客人）儲ける

事務所を設ける（設立辦事處）

講座を設ける（開講座）

規則を設ける（制定規章）

一男二女を設ける（生一男二女）

彼の子を設けた（生了一個他的兒子）

儲かる〔自五〕賺，賺錢。〔轉〕得便宜，佔便宜

儲かる商売（賺錢的生意）

一万円儲かった（賺了一萬日元）

不景気で儲からない（由於蕭條賺不到錢）

賠償せずに済んだので儲かった（沒有賠償就了結了佔了便宜）

休みが一日儲かった（撿了一天假日）一日一日一日一日

雛（イメ／）

雛〔漢造〕雛雞、雛鳥、雛兒

鳳雛（鳳凰的幼鳥、年輕的英才、前途無限的年輕人=麒麟兒）

雛妓〔名〕雛妓（=半玉、御酌）

雛禽〔名〕雛禽

雛僧〔名〕小和尚（=小僧）

雛〔名〕（用紙等製的）偶人（=雛人形）

雛〔名〕雛鳥，雛雞（=雛）←→親鳥、（用紙或泥製成、外飾衣服的）古裝玩偶（=雛人形）

〔接頭〕（冠於某些名詞上）表示小巧玲瓏之意

雛鳥の肉は柔らかい（雛雞的肉軟嫩）

三月三日は何処の家でも雛を飾る（三月三日女兒節每個人家都擺出古裝玩偶）

御雛様（偶人）

雛菊（雛菊）

雛形（雛型、模型）

鄙〔名〕鄉下、鄉村、鄉間

姉は鄙には稀な美人だ（姊姊是鄉間罕見的美人）

雛遊び〔名〕擺玩偶遊戲、（三月三日）陳列玩偶（=雛祭り）

雛菓子〔名〕供在偶人架上的點心

雛飾り〔名〕擺玩偶、擺著的玩偶

雛形〔名〕雛型，模型，標本、格式，樣子

東京タワーの雛形（東京塔的模型）

議事堂の雛形を作る（製作國會大廈的模型）作る造る創る

雛形に習って書いて下さい（請照格式寫）

彼に証明書の雛形を見せる（拿出證件的格式給他看）

雛桔梗〔名〕〔植〕細葉沙參、蘭花參

雛菊〔名〕〔植〕雛菊

雛芥子、雛罌粟〔名〕〔植〕虞美人草

雛尖〔名〕日本古時一種禮帽（烏帽子）正面中間凹處稍突起的地方、陰核的別稱

雛壇〔名〕陳列玩偶的架。〔劇〕（歌舞伎的歌唱者或伴奏樂隊所坐的）上下兩層的座位、（相撲場或國會等）高出一層的座席、階梯式觀禮台

　床の間に雛壇を作る（在壁龕設陳列玩偶的架）

　雛壇で見物する（在高座上觀看）見物見物

　閣僚が雛壇に居並ぶ（閣僚列座在高座上）

雛鳥〔名〕雛鳥、雛雞（＝雛、雛）

雛人形〔名〕三月三日女兒節陳列的古裝玩偶

雛の節句〔名〕（三月三日的）女兒節、桃花節、偶人節（＝桃の節句、雛祭り）

雛祭り、雛祭〔名〕（三月三日有女兒的人家、搭設壇架、陳列偶人的）女兒節、桃花節、偶人節（＝雛の節句、桃の節句、雛遊び）

雛、雛〔名〕幼鳥、小雞（＝雛）。〔俗〕雛子，黃口孺子，毛頭小子、（學問或技術等）尚未成熟的人

　彼奴は未だ雛だ（那小子還是一個黃口孺子）未だ未だ

　雛の癖にに生意気な口を利くな（一個毛頭小子不要說狂妄的話）利く効く聞く聴く訊く

雛豆〔名〕〔植〕鷹嘴豆

処（處）（イメ〻）

処〔漢造〕處、未出嫁、未做官、處理、場所

出処〔名〕去留，居官和為民、（政治家對某事）積極主動和袖手旁觀

　出処進退（去留、進退）

　出処進退を明らかに為る（明確去留）

　出処進退を決める（決定去留）

　出処進退を誤る（在去留上犯錯誤）

出処，出所、出処，出所〔名〕（事物的）出處（＝出所）、出口、該出現的場所（時期）

　噂の出処は大凡分っている（大體了解了謠言的來源）

　金の出処を突き止める（追查錢的來歷）

　駅が余り広いので、出処が分らない（車站太大找不到出口）

　此の辺が出処だ（現在是應該出現的時候了）

各処、各所（各處）

居処、居所（居所，寓所、住處，住址）

諸処、諸所（各處）

処す〔自、他五〕處世，應付、處理，科處，處罰（＝処する）

　世に処す道に通じている（精於處世之道）

　事を処す（處事）

処する〔自サ〕處世、應付

〔他サ〕處理、科處，處罰

　世に処する道（處世之道）処する書する署する

　難局に処する（應付難局）

　事を処する（處事）

　有らゆる場合に良く身を処すると言う事は易しい事ではない（在一切場合都能善處自身不是件容易的事）

　死刑に処する（處死刑）

　此の規則を犯すと千円の科料に処せられる（犯這條規則罰款一千日元）

処遇〔名、他サ〕處置和待遇、所處地位

　与えられた処遇に満足しない（不滿足所給的待遇）

　抑留者の処遇問題（拘留人員的待遇問題）

処刑〔名、他サ〕處刑、（特指）處死

　現場で処刑する（就地正法）

　死刑囚を処刑する（把死刑犯處死）

　処刑台（死刑台）

処決〔名、他サ〕（明確、果斷地）處理，處置、（下定）決心

　懸案を処決する（處理懸案）

　大臣の速やかな処決を求める（要求大臣速下決心）

処士〔名〕處士、不出仕的人

野の処士（在野的處士）野野
処士逸民（處士逸民）

処処、所所 〔名、副〕處處、各處、到處
処処の学校（各處的學校）
市内の処処に火災が起こった（市内各處發生了火災）
処処方方を流れ渡る（到處流浪）方方方方
処処方方に問い合わせて見たが、彼の行方は依然と為て分らない（已向各處聯繫問過但他的下落依然不明）分る解る判る

処暑 〔名〕處暑（二十四節氣之一）

処女 〔名〕處女
〔造語〕人跡未到過的地方、第一次的，首次的
処女で通す（終生不嫁）
処女を失う（處女被玷汙）
彼女は処女ではない（她不是處女）
初めは処女の如く、終りは脱兎の如し（始如處女終如脱兎）
処女峰（處女峰）峰峰
処女航海（初航、船第一次航行）
処女地（處女地、未著手的部分）
処女地に鍬を入れる（開墾處女地）
未だ処女地である分野に足を踏み入れた研究（在前人未曾著手的領域開始進行的研究）
処女作（處女作、首次創作、首次發表的作品）
処女林（處女林、原始林）
処女生殖（〔動〕單性生殖、孤雌生殖）
処女水（〔地〕初生水、岩漿水）
処女宮（〔天〕處女座、處女星）
処女膜（〔解〕處女膜）

処世 〔名〕處世
処世術を心得ている（通曉處世方法）
処世の信条を語る（談處世的信條）
処世訓（處世格言）

処断 〔名、他サ〕裁決，裁斷、（斷然）處分，處置
紛争を処断する（裁判糾紛）
処断が当を得ている（處置得當）

処置 〔名、他サ〕處置，處理，措施。〔醫〕（傷、病的）處理，治療
適当に処置する（適當處理）
処置宜しきを得る（處置得當）得る得る
寛大な処置を取る（採取寬大處理）取る執る撮る盗る採る獲る捕る摂る
処置に窮する（無法處理）窮する給する休する
必要な処置を取る（採取必要措施）
処置を誤る（失策、處理錯誤）誤る謝る
処置無しだ（毫無辦法、無術可施）
医者の処置が良く無かった（醫生治得不好）
処置済みの虫歯（已處理過的蟲牙）
応急の処置（應急的處理）

処罰 〔名、他サ〕處罰、處分
厳重に処罰する（嚴懲、嚴厲處罰）
処罰を受ける（受到處分）
交通違反で処罰される（因違反交通規則受到處罰）
此の事で彼を処罰する事は皆反対だった（大家都反對為此事處罰他）
処罰されずに済む（免於處分）済む澄む澄む棲む住む

処分 〔名、他サ〕處分，處理，處置，賣掉，扔掉，懲處，處罰
売却処分（出售處理）
余った物を処分する（處理多餘的東西）
がらくた道具は全く処分に困る（一些破爛家具真沒法處理）
古雑誌を処分する（賣掉舊雜誌）
土地を処分する（出賣土地）

イ

処分品（處理品）品品
厳重に処分する（嚴厲處理）
寛大に処分する（寬大處理）
主謀者を処分する（懲處主謀）
処分を受ける（受到懲處）
不正を働いた学生を処分する（處罰做壞事的學生）

処方 〔名、他サ〕處理方法。〔醫〕處方
薬を処方する（配藥）
処方に依って調剤する（按照處方配藥）
此の薬は医者の処方が無ければ手に入らない（這個藥沒有醫師處方買不到）
処方箋（處方箋）

処務 〔名〕處理事務
処務規定（辦事規程）
処務細則（處理事務細則）

処理 〔名、他サ〕處理、處置、辦理
熱処理（熱處理）
化学処理（化學處理）
きちんと処理する（整理得井井有條、有條不紊地處理）
全てを処理する（料理一切）全て総て凡て統べて
薬品で処理する（用藥物處理）
君が適宜に処理し給え（你適當地處理吧！）
自分の仕事を立派に処理し得ている（能把自己的工作處理得很漂亮）

処 〔造語〕（接動詞連用形下構成體言、有時變成濁音）處、地點
住処、住家、栖（住處）
在り処、在処（下落）
隠れ処（隱居之處）

処、所 〔名〕（所在的）地點，地方，處所，（大致的）地方，位置，部位，當地，鄉土，地方，地區，住處，家，工作地點

〔形式名詞〕事，事情，（某種）範圍、（以所だ、所に、所へ、所を等形式）（正當）…時候，…場面、（某種）情況、（某種）程度、（表示思想、活動的內容）所、（某動作）剛要開始，剛剛
（常以所と為る形式、來自漢語〝所〞的直譯、表示被動）所
（英文等關係代名詞的直譯、僅加強語氣、構成連體修飾語）所
〔接助〕（用た所形式）表示後述事項是前述事項的結果、表示在前述事項範圍內後述事項屬實
〔接尾〕〔古〕（表示貴人的人數）位（=方）

坐る処が無い（沒有坐的地方）
其の店の在る処を教えて下さい（請告訴我那個商店在哪裡？）
バスに乗る処は何処ですか（坐公車的地方在哪裡？）
此は乾燥した処に置く方が良い（這個放在乾燥的地方好）
此処は昔、城の有った処です（這裡是古代有座城的地方）
其の湖は私の家から楽に行ける処に在る（那個湖在從我家一走就到的地方）
洋服の裾の処が破れて終った（西裝下擺那一塊破了）
駅の出口の処で待っていて下さい（請在車站的出口處等我）
処の物知りに聞いて見よう（問問當地的萬事通吧！）
処に因って人間の気質も違う（由於鄉土不同人的脾氣也不一樣）
此の地方は林檎の多く取れる処だ（這個地方是盛產蘋果的地方）
両覇の争奪する処、其処には必ず不穏な情勢が表れる（凡是兩霸爭奪的地方那裏總會出現不穩的局勢）
便利な処（方便的地方）
明日君の処へ行くよ（明天到你那裏去）行く行く
僕の処は家族が多い（我家裡人多）

小野さんの御処は知りません（不知道小野先生的住處）

兄の処に泊まっている（住在哥哥家裡）

此の小説は終りの処が面白い（這部小説的結尾處有趣）

必要な処に線を引いて下さい（請在必要的地方畫上線）

貴方の悪い処は直ぐ怒る事です（你的缺點是動不動就發脾氣）

其処が此の映画の面白い処だ（那裏正是這個影片有趣的部分）

貴方と私では見る処が違うのだ（你和我觀點不同）

君の知る処ではない（不關你的事、不是你應當知道的事）

君の言う処は正しい（你說的對）

其は私の望む処だ（那正是我希望的事）

彼は来ない処を見ると何か急用でも出来たらしい（他也不來看我可能有了什麼急事）

聞く処に依ると改訂版がもう出た然うだ（聽說改訂版已經出版）

私の知っているのは大体こんな処です（就我所知大體就是這樣）

今読んでいる処だ（現在正在念呢！）

門を出ようと為る処で（へ）雨が降り出した（剛要走出大門的時候下起雨來了）門門

私が話している処が遣って来た（正當我說話的時候他來了）

泥棒が逃げようと為る処を警察官が捕まえた（小偷正要逃跑的時候被警察逮捕了）

皆揃った処で膳部が出た（當全部到齊的時候菜就上來了）

御忙しい処を御出で下さいまして有り難う御座います（您在百忙之中來到這裡非常感謝）

良い処に来たね。一緒に御茶を飲まないか（來得正好一起喝茶吧！）

勉強している処を写真に撮られた（正當學習的場面被罩上了相）

既の事に溺死する処だった（差一點就淹死了）

もう少しで轢き殺される処だった（差一點就被軋死了）

昔から御手打ちと言う処だった（早些年的話就該砍頭了）

此方なら御侘びを為なければならない処です（倒是應該由我來向您道歉）

此位の処で許して下さい（請原諒我只能做到這個程度）

早い処頼む（請快一點）

突然悟る処が有った（突然有所醒悟）

見聞した処を述べる（談談所見所聞）

君の言う処が正しい（你所說的對）

思う処が叶う（如願以償）叶う適う敵う

私の知る処ではない（非我所知、我可不知道）

今行く処です（現在正要去）

今帰って来た処だ（現在剛回來）

此から食事に為る処です（現在剛要開飯）

人の嫉む処と為る（成為人之所妒、遭人嫉妒）

敵の攻撃する処と為った（受到敵人攻擊）

其の規定が及ぶ処の対象（那項規定所涉及的對象）

彼女が熱愛する処の生け花（她所熱愛的插花）

遣って見た処、案外易しかった（做起來一看沒想到很容易）

御祝いを上げた処、迚も喜んで呉れた（一給他祝賀把他樂壞了）

彼に話した処、喜んで引き受けた（跟他一說他欣然答應了）

態態行った処、生憎留守でした（特意去了卻偏巧不在家）

尚も調べた処、重大な事実を発見した（再一調查發現了嚴重事實）

一寸見た処、何処も異状は無い（稍微一看哪裡都沒有什麼異狀）

皇子二処（兩位皇子）

只一処深き山へ入りたまひぬ（只有一人進入了深山）

処変われば品変わる（一個地方一個樣、十里不同風百里不同俗）

処に有ろうに（〔哪裡不好〕偏偏、竟然）

処に有ろうにこんなに窮屈な宿屋へ案内したとは（竟然〔把我〕領到這樣狹小的旅館來）

処を得る（適得其所、稱心如意）得る得る売る

所〔副助〕（常用…所じゃない形式）豈止…。豈但…。慢說…（就連…也…）。哪談得上

其所じゃない（豈止是那樣）

痛い所（の騒ぎ）じゃない（豈止是痛-簡直疼得要命）

困る所の騒ぎじゃない（豈止是為難-簡直沒有辦法）

落ち着いて勉強する所じゃない（哪裡能定下心來用功、根本就不能定下心來用功）

所〔接尾〕（接動詞連用形下）值得…的地方，應該…的地方、生產…地方，們

見所（值得看的地方、所見）

聞き所（值得聽的地方、所聞）

掴み所（抓手、抓撓）

置き所が無い（沒有放的地方）

打ち所が悪い（撞的地方不好）

茶所（產茶區）

米所（稻米產地）

幹部所（幹部們）

杵（ㄔㄨˇ）

杵〔漢造〕杵（搗碎東西成粉末的器具）

金剛杵（金剛杵）

杵〔名〕杵

杵で搗く（用杵搗）搗く付く附く尽く就く漬く突く憑く撞く吐く衝く着く点く

杵で当り、杓子で当る（這也不對那也不對、亂發脾氣、吹毛求疵）

杵歌〔名〕搗米歌

杵柄〔名〕搗杵柄

昔取った杵柄（鍛練有素）

楮（ㄔㄨˇ）

楮〔漢造〕楮（桑科落葉亞喬木、皮為日本紙的原料）、紙、紙幣

楮〔名〕〔植〕葡蟠（桑科落葉亞喬木、皮為日本紙的原料）

楚（ㄔㄨˇ）

楚〔名〕〔古〕雜樹林、荊棘（=荊）、鞭子，鞭笞（=鞭）、（樹的）嫩枝（=楚）

〔漢造〕痛，痛苦，鮮明，整潔

〔史〕楚，楚國

痛楚（痛楚、非常痛苦）

苦楚（苦楚、辛苦、苦痛）

清楚（整潔、清秀、秀麗）

四面楚歌（四面楚歌）

楚歌〔名〕四面楚歌

楚囚〔名〕捕虜（=虜、捕虜）

楚楚〔形動タルト〕楚楚、鮮明整潔

楚楚たる姿（衣冠楚楚）

楚楚と為て姿（衣冠楚楚）

楚，楉，杪、楚〔名〕（從枝幹長出的）細長小枝、鞭子、舞樂時舞人拿的白木棒

楚割、魚条〔名〕（把魚肉撕碎曬乾的）魚乾

鯛の楚割（鯛魚乾）

楚、笞〔名〕（刑具）笞。〔轉〕嚴厲的懲罰

楉、細枝〔名〕細枝、枝葉繁茂的灌木

礎（ㄔㄨˇ）

礎〔漢造〕基石、石礎

基礎（基礎、根基、礎石=礎）

定礎（奠基）

礎稿〔名〕粗稿、底稿、初稿

礎材〔名〕礎材、基礎材料

礎石〔名〕礎石、基石基礎、柱腳石

礎石を確り据える（裝好基石）据える吸える饐える

民族独立の礎石を築く（奠定民族獨立的基礎）

東西文化交流の礎石と為る（成為交流東西方文化的基石）

国家興隆の礎石と為らん（讓我們來作國家興盛的柱石吧！）

礎盤〔名〕（禪宗式建築）柱和柱腳石間放置的石或木盤（＝沓石）

礎〔漢造〕〔建〕礎石，柱腳石，房基石。〔轉〕基礎，基石

五重の塔が焼け礎石しか残っていない（五重塔燒了只剩下基石）

礎を築く（建立基礎）

国家の礎と言う可き人（堪稱國家柱石的人）

触（觸）（ㄔㄨ、）

触〔漢造〕接觸

抵触、牴触、觝触（抵觸、觸犯）

接触（接觸、來往，交往，交際）

感触（觸覺，觸感、外界給予的感覺）

触角〔名〕〔動〕觸角

昆虫の触角（昆蟲的觸角）

蝶が触角を動かしている（蝴蝶抖動著觸角）

触角を伸ばす（伸展觸角）伸ばす延ばす展ばす

触角腺（觸角腺）

触覚〔名〕觸覺

指先の触感が鋭敏だ（指尖的觸覺敏銳）

触感麻痺（觸覺麻痺）

触感器官（觸覺器官）

触官〔名〕〔動〕觸覺器官（人的皮膚、昆蟲的觸角等）

触感〔名〕觸感、觸覺的感覺

彼女の手には柔らかく暖かい触感が有った（〔握她手時〕覺得她的手柔軟而溫暖）

触手〔名〕〔動〕觸手、觸器

触手鞘（觸手鞘）鞘鞘

触手を伸ばす（伸出魔展、進行拉攏）伸ばす延ばす展ばす

触手動物（〔動〕有觸手綱）

触鬚〔名〕〔動〕觸鬚

触診〔名、他サ〕〔醫〕觸診、按診、捫診←→聽診、視診、問診

触接〔名、他サ〕接觸（＝接触）

触知〔名、自サ〕觸知

触知し得る物（能觸知的東西、摸得出來的東西）得る得る売る

触媒〔名〕〔化〕觸媒、催化劑

抗触媒（反催化劑）

触媒作用（催化作用）

触媒毒（催化毒）

触発〔名、自他サ〕觸發。〔轉〕（受到）刺激，（引起）感情衝動

触発水雷（觸發水雷）

友人の成功に触発されて（在朋友成功的刺激下）

触吻〔名〕（昆蟲的）觸喙

触法〔名〕犯法、觸犯法律

触法少年（〔不滿十四歲的〕犯法少年）

触毛〔名〕〔動、解〕觸毛

触雷〔名、自サ〕觸雷、觸發機雷

触腕〔名〕〔動〕觸手、觸角、觸器

触る〔自五〕觸，碰，摸、（也寫作障る）觸犯，觸怒

指で触る（用手指觸摸）障る

其に触っては行けない（不要觸摸它）

陳列品に触らないで下さい（請勿觸摸展品）

触る可からず（不許觸摸）
誰か私の肩に触った者が有る（有人碰了我的肩膀一下）
濡れた手で電燈に触ると危ない（用濕手碰電燈很危險）
傷に一寸触っても、酷く痛い（稍微碰一下傷口會很痛）一寸一寸
人の痛い所に触る（觸到人的痛處）
彼奴の言う事が気に触る（他說的話真令人惱火）
癪に触る奴だ（那小子真討厭）
彼の様な人に触らない方が良い（最好不要觸犯那種人）
触らぬ神に祟り無し（你不惹他他不犯你、少管閒事不落不是、明哲保身、敬而遠之）
寄ると触ると（人們到一起就）
寄ると触ると其の噂だ（一到一塊兒就談論那件事）
*触る比触れる更多用於口語談話中

触り、触〔名〕觸碰，觸動，接觸，觸感，觸覺。〔轉〕接觸時給人的印象，待人接物的態度、（淨琉璃用語）最精彩的部份，最動人的一段，最值得聽的地方、談話或故事的最重要地方
絹は手触りが良い（絲織品摸起來柔軟平滑）障り
触りの良い人（接觸時給人好印象的人、和藹可親的人）
触りを聞かせる（演唱最精彩的一段）
触りを語る（演唱最精彩的一段）
此処の処が此の話の触りだ（這個地方是這段話的重點）
触り三百（管閒事落不是-原意是碰一下損失三百文）

触れる〔自下一〕（身體的一部份）觸碰，接觸（=触る）、觸及，涉及，提到，談到、感觸到，遇到，碰到（某時機）、觸犯
〔他下一〕觸碰，接觸（=触る）、通知（=触れ回る）
陳列品に手で触れるな（勿摸展品）
手で品物に触れる（手碰東西）
彼は要点には触れなかった（他沒有觸及到要點）
其の事には触れないで呉れ（請不要提那件事）
時間が無いので簡単にしか触れられない（因為沒有時間只能簡單地談一下）
目に触れる（看到）
耳に触れる（聽到、聽見）
電気に触れる（觸電）
雷に触れる（觸雷）雷雷
折りに触れては然うする事も有る（遇機有時也會那麼做）
事に触れて意中を示す（遇事順便說出心裡話）
法律に触れる（違法）
怒りに触れる（觸怒）
肌を触れる（男女發生關係）
機械に手を触れるな（別摸機器）
会合の時日を人々に触れる（通知人們開會的日期）人人人人

触れ，触、布令〔名〕布告，告示、接觸
御触れが出る（出告示）
触れを出す（貼出布告）
触れを回す（傳告示）回す廻す

触れ合う〔自五〕互相接觸、互相靠緊
心と心が触れ合う（心心相印）
手と手が触れ合った（手牽著手）

触り合う，振り合う〔自五〕（寫作触り合う）相融、（寫作振り合う）互相揮動
袖触り合うも他生の縁（偶然碰見也是前世姻緣）
手旗を振り合って合図する（互相揮動手旗打信號）
手を振り合って別れる（互相揮手告別）別れる分れる解れる判れる

触れ合い〔名〕接觸

人と人の触れ合いを大切に為度い（要珍惜人與人間的交往）

触れ歩く〔自五〕到處傳達，各處通知、逢人便說，到處宣揚，四處吹噓（=触れ回る）

触れ回る〔自五〕到處傳達，各處通知、逢人便說，到處宣揚，四處吹噓

選挙演説の有る事を町内に触れ回る（通知鄰居們有競選演講）

息子の事を触れ回る（四處吹噓自己的兒子）

詐欺師だと触れ回る（四處散佈說他是騙子）

触れ書き、触書〔名〕通知、告示

御触れ書き（通知、告示）

こんな触れ書きが来た（接到這樣的通知）

触れ状、触状〔名〕通知、告示（=触れ書き、触書）

触れ込む〔自五〕（事前）宣揚，宣傳、自我吹噓

面白い見世物だと触れ込む（事先宣傳是有趣的曲藝）

医者だと触れ込んだ（自稱是醫師）

大学出身と触れ込む（吹噓自己是大學畢業）

触れ込み〔名〕（不切實際的）事先宣揚、預先宣傳

彼は洋行と言う触れ込みであった（曾說他是留洋回來的）

彼は華族の子息だと言う触れ込みだった（他宣揚自己是華族的兒子）

大袈裟な触れ込みで客を釣る（用誇大的宣傳來招攬客人）釣る吊る

触れ出し〔名〕事先宣傳、吹噓（=触れ込み）

彼は小説家と言う触れ出しであった（宣稱他是個小說家）

触れ太鼓〔名〕為廣泛宣布某事而打的鼓。〔相撲〕開場前日一邊打鼓一邊在街上廣為宣傳

触れ太鼓を敲く（打鼓）敲く叩く

触れ太鼓の音が景気良く聞えて来た（傳來了喧天的鼓聲）

触れ散らす〔他五〕四處宣傳、到處宣揚

触れ文、触文〔名〕文告、告示文、通知書

触れ役〔名〕（法院的）傳喚者，法警、（巡行街道）大聲宣讀公告的人

綽（ㄔㄨㄛˋ）

綽〔漢造〕綽號、寛裕（綽綽有餘）

綽綽〔形動タルト〕綽綽有餘、從容不迫

綽綽と為て余裕が有る（綽綽有餘）

余裕綽綽と為て試合を進める（滿懷信心地進行比賽）

余裕綽綽たる態度（從容不迫的態度）

綽然〔形動タルト〕綽綽有餘、從容不迫

綽然と為て事に処する（泰然處之）

綽然たる態度（從容不迫的態度）

綽名、渾名〔名〕綽號、外號

人に綽名を付ける（給別人取外號）付ける附ける着ける衝ける吐ける撞ける憑ける潰ける

友達の綽名を呼ぶ（叫朋友的外號）叫ぶ

人を綽名で呼ぶ（用外號稱呼人）

徒名、仇名〔名〕（男女關係的）風流名聲、虛名

啜（ㄔㄨㄛˋ）

啜〔漢造〕啜泣、喝

啜る〔他五〕啜飲，吮吸，小口喝、抽吸

御茶を啜る（喝一口茶）

粥を啜る（喝粥）

鼻を啜る（抽鼻涕）

血を啜る（吸血、吮血）

啜り上げる〔自下一〕啜泣，抽泣，抽搭（地哭）、抽鼻涕

啜り上げて泣く（啜泣地哭）泣く啼く鳴く無く

啜り上げ乍話す（一邊啜泣地哭一邊說）話す離す放す

啜り泣く〔自五〕啜泣、抽泣、抽抽搭搭地哭

啜り泣く声が為る（有抽抽搭搭哭的聲音）為る為る

啜り泣き乍言う（抽抽搭搭地哭著說）

啜り泣き乍寝入る（抽抽搭搭地入睡）

啜り泣き〔名自サ〕啜泣、抽泣、抽抽搭搭地哭

聴衆の間に啜り泣きの声が聞える（在聽眾中聽到了啜泣的聲音）

啜り泣き（を）為乍言う（抽抽搭搭地哭著說）

揣（ㄔㄨㄞˇ）

揣〔漢造〕推量（＝推し量る）

揣摩〔名、他サ〕揣摩、推測

敵の心理状態を揣摩する（揣摩敵人的心理狀態）

揣摩憶測（揣測、臆測）

揣摩憶測〔名、他サ〕揣摩、推測

揣摩憶測を逞しくする（任意揣測）

揣摩憶測に過ぎない（只是揣測）

揣摩憶測を生む（心裡揣測起來）生む産む膿む倦む熟む續む種種種種種種

其の事に就いて種種揣摩憶測を試みる物が有る（有的人對那件事進行種種揣測）

吹（ㄔㄨㄟ）

吹〔漢造〕吹奏、鼓吹

鼓吹（鼓吹，提倡、宣傳、鼓舞，鼓勵）

濫吹（無能冒充有才能、次序紊亂）

吹管〔名〕〔化〕吹管

吹管分析（吹管分析）

吹管突起（〔動〕管形突起）

吹挙、推挙〔名、他サ〕推舉、推薦、推選

彼を会長に推挙する（推舉他為會長）

一同の推挙を受ける（受大家的推舉）

吹奏〔名、他サ〕吹奏

行進曲を吹奏する（吹奏進行曲）

国歌吹奏裏に国旗が掲揚される（在國歌吹奏聲中升起國旗）

吹奏楽（吹奏樂）

吹弾〔名〕奏樂、吹笛彈琴

吹鳴〔名、自他サ〕鳴叫、鳴放、吹奏（＝吹き鳴らす）

汽笛の吹鳴（汽笛的鳴叫）

サイレンが吹鳴する（鳴放汽笛）

吹く〔自五〕（風）吹、颳

〔他五〕（縮攏嘴唇）吹、吹（笛等）、吹牛，說大話、鑄造

風が吹く（颳風）拭く葺く噴く

凄まじく吹く（風狂吹）

良く吹きますね（好大的風！）

潮風に吹かれる（被潮風吹）

風は東から吹いている（颳著東風）

湯を吹いて冷ます（把熱水吹涼）

火を吹いて熾す（把火吹旺）熾す興す起す

蝋燭を吹いて消す（把蠟燭吹滅）

熱い御茶を吹く（吹熱茶〔使涼〕）

笛を吹く（吹笛）

喇叭を吹く（吹喇叭）

口笛を吹く（吹口哨）

法螺を吹く（吹牛）

随分吹く男だね（真是個大吹大擂的小子）

随分吹いて遣った（給他大大吹噓一番）

鐘を吹く（鑄鐘）

噴く、吹く〔自、他五〕（水、溫泉、石油、血等）噴出，冒出、（表面）現出，冒出

血が噴く（往外冒血）拭く葺く

潮を噴く鯨（噴出水柱的鯨魚）

粉が噴いた干し柿（掛了霜的柿餅）粉粉

柳が芽を噴く（柳樹出芽）

葺く〔他五〕葺（屋頂）、屋簷上）插草（做裝飾用）

屋根を葺く（葺屋頂、蓋屋頂）

瓦を四十枚葺く（鋪上四十塊瓦）

菖蒲を葺く（插菖蒲）菖蒲菖蒲

拭く〔他五〕擦、抹、揩

ハンカチで鼻を拭く（用手帕擦鼻子）葺く拭く吹く噴く

雑巾で机を拭く（用抹布擦桌子）

マットで靴を拭く（在擦鞋墊上擦鞋）

そよ吹く〔自五〕微風輕拂、風微微地吹

そよ吹く風（微拂的風）

吹き上がる〔自五〕吹颳到空中、（水）噴起

水が吹き上がって来た（水噴上來了）

吹き上げる〔他下一〕（風）颳起，颳到…上、（水）噴起

岸に吹き上げる（颳到岸上）

其の噴水は十メートルの高さ迄水を吹き上げる（那個噴泉把水噴到十米高）

新聞紙が風に吹き上げられた（報紙被風颳起來了）

吹き上げ、吹上げ〔名〕颳風（的地方）、噴泉，噴水

吹き上げの浜（颳海風的海濱）

吹き上げ機（揚場機）

吹き当たる〔自五〕（風）刮到…上、碰在…上

吹き荒らす〔他五〕（風）狂吹、颳倒（房屋、樹木等）

吹き荒れる〔自下一〕（風）刮得嚴重

風が吹き荒れる（狂風大作）

吹き荒ぶ、吹き荒む、吹き遊ぶ〔自五〕刮大風、（颳風）呼嘯

〔他五〕吹（笛子等）解悶

吹き荒ぶ嵐（呼嘯的暴風、暴風雨）

風が吹き荒ぶ（狂風呼嘯）

退屈凌ぎに尺八を吹き遊ぶ（吹尺八解悶）

吹井, 噴井, 吹き井戸, 噴き井戸〔名〕噴井、自流井

吹き入る〔自五〕（風）往裡刮、刮進來

吹き入れる〔他下一〕（風把東西）刮入、刮進（=吹き込む）

吹き下ろす、吹き降ろす〔自五〕（風）往下刮

山から風が吹き下ろす（風從山上往下刮）

吹き折る〔他五〕吹斷、刮斷

風で吹き折られた枝（被風颳斷的樹枝）

吹き送る〔他五〕（風）吹送、飄送

風に吹き送られる（被風吹來）

牧場から芳香が吹き送られて来る（從牧場飄來芳香）

吹送流〔名〕（氣）（海水）偏流

吹き起こす, 吹き起す、吹き熾す〔他五〕刮起（風）、吹起（火）

大風を吹き起こす（刮起大風）大風大風

火を吹き起こす（把火吹旺）

吹き落とす〔他五〕（風）吹落、刮掉

吹き替え、吹替え〔名〕（貨幣或金屬用具）回爐，重鑄、（歌舞伎或電影）代演，替角、（電影或電視）譯製，配音

其のテレビ番組は日本語で吹き替えに為っている（那個電視節目是用日語配的音）

吹き返す〔自、他五〕風向倒轉、（風把東西）刮回來、恢復呼吸，甦醒、（貨幣或金屬用具）回爐，重鑄

子供が急に息を吹き返した（孩子突然恢復呼吸了）

彼女は息を吹き返した（她甦醒過來了）

吹返し〔名〕風向倒轉，倒刮的風、（和服的）反窩邊、婦女髮型之一

吹き返る〔自五〕（風）倒刮，風向倒轉、（息了的風）又刮起來

吹き掛ける〔他下一〕吹氣，哈氣、誇大、要大價、（風雨等）刮，漲、噴（香水或藥水）、挑釁，找麻煩

手に息を吹き掛けて温める（往手上哈氣取暖）

鏡に息を吹き掛ける（往鏡子上哈氣）

一万円と吹き掛ける（要一萬日元的價錢）

植木に殺虫剤を吹き掛ける（往樹上噴殺蟲劑）

頭に香水を吹き掛ける（往頭上噴香水）

喧嘩を吹き掛ける（找麻煩打架）

吹っ掛ける〔他下一〕〔俗〕吹氣，哈氣、挑釁、索價過高、誇大其詞，大吹大擂（=吹き掛ける）

鏡に息を吹っ掛ける（在鏡子上哈氣）

イ

喧嘩を吹っ掛ける（找碴打架）
馬鹿高く吹っ掛ける（漫天要價）
先ず一万円と吹っ掛ける（張口就要一萬日元）
甘いと見て吹っ掛ける（以為容易對付便大吹大擂）

吹語り、吹語〔名〕自誇、自吹自擂

吹殻、吹殻，吸い殻〔名〕菸頭、菸蒂
吹殻を拾う（撿菸蒂）
吹殻を捨てる（扔掉菸蒂）捨てる棄てる

吹皮、鞴〔名〕風箱（=吹子，吹子，鞴，鞴）

吹子，吹子，鞴，鞴〔名〕風箱
移動鞴（活動風箱）
鞴で吹く（用風箱吹風）
鞴を踏む（用腳踏風箱）

吹き切る〔自五〕（風）完全停息、（膿包等）化膿後破裂

〔他五〕（風把樹枝等）刮斷，（把火）吹滅、（風聲）遮住…聲音

吹っ切れる〔自下一〕腫破出膿。〔轉〕（消除隔閡或病癒後）心情痛快，輕鬆愉快
腫物が吹っ切れる（腫包出膿）
此の点では彼は未だ未だ封建思想が吹っ切れないで居る（在這點上他還遠遠不曾擺脫封建思想）
其の事で私は吹っ切れて新しい道を進むように為った（由於那件事我心情愉快地走上了新的道路）

吹口〔名〕（風）開始刮、（笛等的）吹奏法、（笛的）吹孔

吹き消す〔他五〕吹滅，吹熄（火或蠟燭等）、（被別的聲音）把聲音遮住
蝋燭の火を吹き消す（把蠟燭火吹滅）

吹き零れる〔自下一〕（熱水或湯等）煮開溢出
粥が吹き零れる（粥冒出來）

吹き込む、吹っ込む〔自五〕（風、雨、雪）刮進、吹入

〔他五〕注入，灌輸、教唆、錄音，灌唱片

雨が吹き込むから窓を閉め為さい（把窗戶關上免得雨濺進來）
社会主義思想を吹き込む（灌輸社會主義思想）
子供に悪知恵を吹き込む（教給孩子壞主意）
レコードに吹き込む（灌唱片）
朗読を吹き込む（把朗誦錄下來）

吹き込み〔名〕吹進，吹入、錄音，灌唱片
レコードの吹き込み（灌唱片）

吹き竿〔名〕〔化〕吹（玻璃）用鐵管

吹き冷ます、吹き冷す〔他五〕（把熱東西）吹涼、吹冷

吹き曝す〔他五〕（放在露天下）任風吹雨打

吹き曝し、吹っ曝し〔名〕（放在露天下）任風吹雨打
機械が吹き曝しに為っている（機器放在露天下）
吹き曝しの会場に集まる（聚集在露天會場上）

吹き頻る〔自五〕（風）不停地刮、吹得猛烈

吹き過ぎる〔自上一〕（風）吹過、（風）刮得太大

吹き倒す〔他五〕吹倒，刮倒、吹牛唬人，說大話壓人

吹き出す〔他五〕吹出，噴出，冒出、開始吹（笛）、開始說大話
木が芽を吹き出す（樹冒芽）
尺八を吹き出す（吹起尺八來）

吹き出し〔名〕吹出，噴出、漫畫中圈出人物講話的線條
吹き出し弁（〔機〕吹洩閥）
吹き出し管（〔氣鍋的〕吹洩管）
吹き出し口（噴嘴、噴射器）
吹き出しの多い漫画（寫有很多對白的漫畫）

吹き出す、噴き出す〔自五〕開始颳風、（水、油、火、血）噴出，冒出、（忍不住）笑出來
風が噴き出した（風刮起來了）
傷口から血が噴き出す（從傷口往外冒血）

堪らなく為ってぷっと噴き出した（忍不住噗哧地笑了出來）

噴き出す程幼稚だ（幼稚的可笑）

思わず噴き出した（不由得笑了出來）

吹き立てる〔他下一〕（把火）吹旺、吹得響亮、吹牛，自誇

火を吹き立てる（把火吹旺）

喇叭を吹き立てる（把喇叭吹得很響亮）

法螺を吹き立てる（大吹牛皮）

吹き立て〔名〕剛吹過不久、新鑄造（的）

吹き竹〔名〕吹火竹筒（＝火吹き竹）

吹き玉〔名〕玻璃球，用玻璃吹製的球。〔方〕紙氣球

吹き溜り〔名〕被風刮到一起的雪堆（土堆、樹葉堆）。〔喻〕生活無出路者雲集之處

雪の吹き溜りを取り除ける（剷除雪堆）

東京の其の辺りは言わば人生の敗残者の吹き溜りに為っていた（東京那一帶已成為所謂生活沒有著落的人們雲集之處）

吹き散らす〔他五〕（風把東西）吹散，吹亂、（到處）宣揚，宣傳、說大話

吹き旁〔名〕（漢字部首）〝欠〞字旁的俗稱

吹き付ける〔自下一〕（風）狂吹

〔他下一〕呼出強烈的（氣息）、（風把…）刮到…上、噴上

風の吹き付ける処で働く（在刮大風的地方工作）

酒臭い息を吹き付ける（呼出強烈的酒氣味）

窓に雪を吹き付ける（風把雪刮到窗上）

塗料を吹き付ける（噴塗）

吹き付け、吹付け〔名〕噴（漆或塗料）、噴漆、噴射灌漿

吹き付け法（噴塗法）

吹き付け器、（噴槍、噴漆槍）

吹き付け塗装（噴塗）

吹き付け物、吹付物〔名〕（生花）上了色的插花材料

吹き募る〔自五〕（風）越刮越大

強風は再び吹き募って来た（大風又更加刮得厲害起來了）

吹き募る風雪（越來越大的風雪）

吹き手〔名〕吹笛的人、吹笛的高手

吹き出る、噴き出る〔自下一〕吹出、湧出、冒出

汗が彼の額に噴き出た（他的額上冒出了汗）

彼の顔に面皰が噴き出た（他的臉上長出了粉刺）

吹き出物〔名〕小膿包、小疙瘩、疹子

彼女の顔に吹き出物が出来た（她的臉上長了小膿包）

吹き出物だらけの顔（滿臉疙瘩）

手に出ている吹き出物（手上出的疹子）

吹き通す〔自五〕（風）不停地刮、（風）刮過，吹過

〔他五〕不停地吹（笛）、不停地吹牛（說大話）

風が一日中吹き通した（風颳了一整天）

其の辺は山も森も無いので風が吹き通している（那一帶既沒山又沒樹風一直刮過去）

吹き通し〔名〕通風、通風的地方

吹き通しの悪い部屋（通風不好的房子）

吹き通しの良い部屋（通風好的房子）

吹き通し、吹通し〔名〕（風）不停地刮、不停地吹牛（說大話）

昨夜は風が吹き通しだつた（昨天晚上刮了一夜風）

吹き飛ばす〔他五〕吹跑，刮跑、吹牛，說大話，豪言壯語、趕走，趕跑

息で吹き飛ばす（用嘴吹跑）

風が帽子を吹き飛ばした（吹き出物

風が塵をすっかり吹き飛ばした（風把灰塵全都刮掉了）塵塵

法螺を吹き飛ばす（大吹牛皮）

相手を吹き飛ばす（把對方吹得暈頭轉向）

暑さを吹き飛ばす（消暑、把酷暑趕走）

吹っ飛ぶ〔自五〕〔俗〕（被風）刮跑、化為烏有

強風で帽子が吹っ飛ぶ（帽子被大風颳跑了）

百万円が一晩で吹っ飛ぶ（一百萬日元一夜之間就花光了）

温泉に浸かったので疲れが吹っ飛んだ（洗了溫泉浴疲勞一下子恢復過來了）

首が吹っ飛ぶ（被解雇、腦袋搬家、飯碗打翻）

吹き流す〔他五〕（風把船）吹走（離開航路）

風に吹き流される（〔船〕被風吹得漂走）

吹き流し〔名〕風旗、燕尾旗，風向標、（船桅頂上的）小旗、（氣）風向齒。〔軍〕（飛機的）拖靶、（端午節升的）鯉魚旗、幡、（半圓形圈上繫的）飄帶、（歌舞伎）舞姿之一（女人把手巾蒙在頭上使兩端飄揚）

五月の鯉の吹き流し（五月升的鯉魚旗）

吹き抜く〔自五〕（風）一直刮、刮個不停

一日中吹き抜いて夜はからりと天気に為った（風颳了一整天入夜一晴如洗）

吹き抜き，吹抜き、吹き貫き，吹貫き〔名〕（繫在圓圈上升到桿子上的）飄帶、穿堂風，通風，通風的地方（不穿內衣）空心穿一件和服。〔建〕四周明柱無牆的房屋，中間沒有天花板地板的高層房屋

階段の吹き抜き（樓梯井）

吹き抜ける〔自下一〕（風）刮過、穿過、穿越

吹き値〔名〕〔經〕飛漲（的行情）、（要）謊價

吹き値を待つ（等待暴漲）

吹き値売り（高價出售）

吹き伸ばす〔他五〕（把溶化的玻璃）吹長，吹大、吹製玻璃器皿

吹き場、吹場〔名〕〔冶〕精煉場、鑄造場

吹き離す〔他五〕（風把…）吹分開、吹開

吹き払う〔他五〕吹散、刮跑、吹去

雲を吹き払う（把雲吹散）

塵をふっと吹き払う（呼地一口吹掉灰塵）

吹き降り〔名〕狂風暴雨、風雨交加

一日中吹き降りが酷かった（整整一天風雨交加）

吹き減り〔名〕〔冶〕熔化虧損、重鑄金銀幣時的損耗

吹き捲く〔自五〕（大風）捲起、刮大風

吹き捲る〔自五〕（風）狂吹、狂風大作

〔他五〕誇大其詞、大吹大擂、吹起來沒完

寒風が吹き捲る（寒風凛冽）

盛んに吹き捲る（大吹大擂）

吹き捲る〔他五〕（風把…）掀開、掀走

風が家の屋根を吹き捲った（風把屋頂掀開了）

吹き増さる〔自五〕（風）越刮越大

吹き回す〔自五〕（風向不定）亂刮

〔他五〕（旋風把…）刮得亂轉

吹き回し〔名〕（風的）強弱，大小，風向。〔轉〕一時的心情、（山谷的）旋風

如何した風の吹き回しで此処に来たのかね（是哪陣風把你吹來的？）

風の吹き回しが悪い（心情不佳）

吹き物、吹物〔名〕（雅樂的）吹奏樂器（指笙、笛、尺八、篳篥等）

吹き矢〔名〕吹箭（木管或竹管內放進帶有紙羽的竹製箭頭、用口吹出射小鳥）

吹き屋、吹屋〔名〕鑄造廠，煉鐵廠、鑄造工人，煉鐵工人

吹き破る〔他五〕吹破、刮碎

吹き止む〔自五〕（風）停息

風が吹き止んだ（風停了）

吹き止める〔他下一〕停止吹（笛等）

吹き寄せる〔他下一〕（風把…）刮在一起、（風把…）吹到某處

風が吹き寄せた木の葉（風颳的成堆樹葉）

風がボートを岸の方に吹き寄せた（風把小船刮到岸邊）

吹き寄せ〔名〕（風把…）刮在一起、（吹口哨、樂器等把…）招集在一起、匯集（的東西）

雪の吹き寄せ（吹積的雪堆）

小鳥の吹き寄せを為る（吹哨招集鳥）為る為る

音曲吹き寄せ（樂曲集錦、雜曲演奏會）

吹き寄せ汁（〔烹〕什錦湯）

吹き寄せ柱〔名〕〔建〕群柱

吹き分ける〔他下一〕（風把）吹開、區分開、簸（穀），揚（場），（用扇車）扇（米）、分析，提煉

　米と糠を吹き分ける（把糠和米扇開）

　鉱石から鉄を吹き分ける（從礦石裡提煉鐵）

吹き渡る〔自五〕（風）刮得遠、到處刮風

吹子，吹子、鞴，鞴〔名〕風箱

　移動鞴（活動風箱）

　鞴で吹く（用風箱吹風）

　鞴を踏む（用腳踏風箱）

吹聴〔名、他サ〕吹噓、宣揚、宣傳

　此の事を世間へ吹聴されては困る（這件事不要伸張出去）

　其は吹聴する程の事ではない（那是不值得吹噓的）

　何卒、此の本を御懇意の方方に御吹聴下さい（請把這本書推薦給您的親友）方方方

吹雪く〔自五〕風雪交加、下暴風雪

　不意に吹雪く事が有るので注意して行って下さい（因有時會突然下暴風雪去時請小心）

吹雪〔名〕暴風雪

　花吹雪（落英繽紛）

　吹雪を冒して進む（冒著暴風雪前進）冒す犯す侵す

　吹雪を突く（迎風踏雪）突く撞く衝く

　吹雪を突いて進む（冒著風雪前進）付く附く衝く撞く突く着く吐く憑く潰く就く搗く点く

　列車が吹雪の為立往生する（列車因暴風雪而抛錨）

吹かす〔他五〕噴（煙）。〔轉〕吸煙、使（引擎）快轉、（在人前）顯擺，炫示，擺架子

　煙草を吹かす（抽香煙）

　只吹かす丈で吸い込まない（只往外噴不往裡吸）

　葉巻を吹かし乍話す（一邊抽著雪茄一邊說話）

　エンジンを吹かす（使發動機快轉）

　役人風を吹かす（擺官架子）

　先輩風を吹かす（擺老資格、以老資格自居）

更かす、深かす〔他五〕（以夜を更かす的形式）熬夜

　読書に夜を更かす（看書看到深夜）夜夜夜

　歌留多で夜を更かす（玩了大半夜紙牌）吹かす蒸かす

蒸かす〔他五〕蒸

　薩摩芋を蒸かす（蒸白薯）

　御飯を蒸かす（蒸飯）

炊（ㄔㄨㄟ）

炊〔漢造〕做飯

　一炊（一炊、〔轉〕一瞬）

　雑炊（菜粥、雜燴粥）

　自炊（自炊、自己做飯）

炊煙〔名〕炊煙

　炊煙が立ち上る（炊煙升起）

炊具〔名〕炊具、炊事道具

炊爨〔名、自サ〕炊事、做飯

　飯盒炊爨（用飯盒做飯、〔喻〕野外生活）

炊事〔名、自サ〕炊事，烹調、伙食

　自分で炊事を遣る（自己做飯）

　台所で炊事を為る（在廚房做飯）

　炊事員（炊事員、廚師）

　炊事婦（女炊事員）

　炊事道具（炊事用具）

　炊事係（伙食管理員）

　炊事当番（伙食值班員）

　炊事場（廚房）

炊夫〔名〕男炊事員（＝飯炊き男）

炊婦〔名〕女炊事員（＝飯炊き女、炊事婦）

炊飯器〔名〕（自動控制時間調整火力的）燒飯機、自動飯鍋

　電気炊飯器（電鍋）

ガス炊飯器（煤氣鍋）

炊ぐ、爨ぐ〔他五〕炊、燒飯

飯を炊ぐ（燒飯）傾ぐ

炊ぎ〔名〕煮、煮飯（的人）

炊ぎの煙を上げる（升起炊煙、開始燒飯）
炊ぎ傾ぎ煙煙上げる揚げる挙げる

炊く、焚く、炷く、薫く〔他五〕燒、焚（寫作焚く）、煮（寫作炊く）、薰（寫作炷く、薰く）

薪を焚く（燒柴火）

ストーブを焚く（燒爐子、生爐子）

火を焚く（燒火）

火を焚いて暖を取る（燒火取暖）

風呂を焚く（燒洗澡水）

風呂が温ければ焚きましょ（洗澡水不熱就燒一燒吧！）

飯を炊く（煮飯、燒飯）

御菜を炊く（煮菜、燉菜）

香を薫く（焚香、燒香、點香、薰香）

炊き上げる〔自五〕（米飯）煮好、（飯菜）做好

炊き合わせ、炊合せ〔名〕（魚類和飯菜的）拼盤（把分別做好的魚和青菜裝在一個容器裡）

炊き込む〔他五〕把魚肉蔬菜加在米裡煮

炊き出し，炊出し、焚き出し、焚出し〔名、自サ〕燒飯賑濟災民

焼け出された人達に焚き出しを為る（向遭火災的人舍飯）

焚き出しの御握りを配る（分發賑濟災民的飯糰）

炊き殖え、炊殖え〔名、自サ〕煮後量增多

米が炊き殖えする（米煮後膨脹變多）

炊ける〔自下一〕煮成飯、做成飯

長ける、闌ける〔自下一〕擅長、年老、（寫作闌ける）高升、（寫作闌ける）正盛,旺盛,過盛,盛期已過

彼は中国語に闌けている（他擅長華語）闌ける長ける炊ける焚ける猛る哮る

彼は音楽に闌けている（他擅長音樂）

彼は語学の才に闌けている（他擅長外語）

世故に闌ける（老於世故）

彼は世故に闌けている（他老於世故）

世才に闌けた人（長於世故的人）

齢闌けて後（老後）後後

年が闌けている（年華正茂）

年闌けた人（上了年紀的人）

日が闌けて起きる（紅日高升才起床）

夜が闌ける（夜深了）

秋も闌けた（秋色已濃）

山里の秋も闌けた（山村的秋色已濃）

春が闌けた（春意闌珊）

春闌けて鶯が鳴く（春意深黃鶯啼）鳴く泣く無く啼く

猛る〔自五〕激昂（=勇み立つ）、狂暴（=暴れ回る、荒れ狂う）

スタート前に猛る心を鎮める（在開跑之前鎮定雀躍的心情）鎮める沈める静める

猛る獅子（發兇的獅子）猛る哮る焚ける長ける闌ける

猛り狂う荒波（洶湧的波濤）

海は猛り狂っている（大海在狂吼著）

哮る〔自五〕咆哮、怒吼、大吼大叫

猛虎の哮る声（猛虎的吼聲）哮る猛る炊ける焚ける長ける

声高く哮る（大聲吼叫）

垂（ㄔㄨㄟˊ）

垂〔漢造〕垂，下垂、邊遠地帶、即將

懸垂（懸垂，下垂、〔器械體操的〕引體向上練習）

胃下垂（〔醫〕胃下垂）

口蓋垂（〔解〕懸雍垂）

辺垂（邊陲、偏遠地方）

垂涎、垂涎，垂涎〔名、自サ〕垂涎、愛慕、非常羨慕

垂涎の的と為る（成為愛慕的目標）
彼の才能は人人の垂涎する処であった（人們都非常羨慕他的才能）人人人人
垂涎三尺（垂涎三尺）

垂下〔名、自他サ〕垂下、下垂（＝垂れ下がる、垂れ下げる、垂らす）
両手を垂下して佇む（垂手站立）

垂れ下がる〔自五〕下垂、垂了下來
幕が垂れ下がっている（幕下垂著）
両頬に肉が垂れ下がっている（腮幫子墜著兩塊肉）
胸元迄垂れ下がった白鬚（垂到胸前的白鬍鬚）
地面擦れ擦れ迄垂れ下がっている柳の枝（幾乎垂到地面的柳樹枝）枝枝

垂教〔名〕垂教、賜教
此の点に就いて御垂教を賜り度い（請就此點賜予教導）

垂曲線〔名〕〔數〕懸鏈線、懸索線

垂訓〔名〕訓詞、訓示（宗教家或政治家就重大問題給予的指示）

垂示、垂示〔名、他サ〕垂示、垂教、指示、教導

垂死〔名〕垂死、垂危（＝瀕死）

垂迹〔名〕〔佛〕垂迹（佛或菩薩為普渡眾生而現身）

垂心〔名〕〔數〕垂心（從三角形各頂點向對邊所畫的垂線的交點）

垂線〔名〕〔數〕垂線、垂直線
頂点から底辺に下ろした垂線（由頂點垂直底邊的垂線）

垂足〔名〕〔數〕垂足
垂足三角形（垂足三角形）
垂足曲線（垂足曲線）

垂直〔名、形動〕〔數〕垂直、（與地心）垂直←→水平
二線が垂直に交わる（兩線垂直相交）
A点から直線BCに垂直な線を引く（從A向直線BC畫一條垂直線）
垂直力（〔建、機〕正交力）

垂直線（垂直線）
垂直二等分線（垂直平分線）
垂直跳び（飛び）（〔體〕垂直跳）
垂直に落下する（垂直落下）
其の壁は床に垂直ではなかった（那堵牆與地板不垂直、那堵牆歪斜）床床
垂直離着陸機（垂直起降飛機）
垂直分布（〔生〕垂直分布）
垂直思考（直線思考－沿襲常規進行邏輯思考以得出結論）←→水平思考

垂髪〔名〕〔佛〕佛像等肩上垂下的頭髮

垂れ髪〔名〕（女孩等）垂散的頭髮

垂範〔名、自サ〕垂範、示範
率先垂範する（帶頭示範、帶頭作出榜樣）

垂幕〔名〕垂幕

垂れ幕、垂幕〔名〕垂幕，垂下的簾幕、從高大建築物上垂下的巨幅標語
交通安全運動の垂れ幕（交通安全運動的懸掛標語）

垂柳〔名〕垂柳（＝枝垂れ柳）

垂簾〔名〕垂掛的竹簾、〔古〕垂簾
垂簾の政（垂簾聽政）

垂露〔名〕垂露，滴下露水、（書法）垂露（豎末端頓住的運筆法）←→懸針

垂木、椽〔名〕〔建〕椽

垂れ木〔名〕〔海〕繫纜樁、繫纜浮標

垂氷〔名〕〔古〕冰柱、冰溜（＝氷柱）←→立氷

垂水〔名〕瀑布（＝滝）

垂れる〔自下一〕懸垂，下垂、滴，流，滴答
〔他下一〕垂，使下垂，懸掛、垂，示
耳の垂れた犬（耳朵下垂的狗）
雲は低く垂れている（烏雲低垂）
実が沢山為って枝が垂れている（果實累累樹枝低垂著）枝枝
眉が垂れ下がる（眉梢下垂）
雫が垂れる（往下滴水）

雨滴が軒から垂れていた（雨水從屋簷往下滴下）

鼻水が垂れる（流鼻水）

犬が舌を垂れる（狗伸長著舌頭）

幕を垂れる（懸掛幕幔）

糸を垂れる（垂釣）

頭を垂れる（垂著頭）

範を垂れる（垂範）

教えを垂れる（垂訓）

名を竹帛に垂れる（名垂青史）

憐れを垂れる（垂憐）

垂れる、放れる〔他下一〕大小便、放屁

小便を垂れる（撒尿）

屁を垂れる（放屁）

悪垂れる（胡鬧、說髒話）

垂れ、垂〔名〕（麵條、雞素燒等用的）作料，調料汁，下垂部分，下垂的東西，轎簾，（漢字構成上之名稱之一）由上向左下方垂斜的字形，偏厂字（如厂、广等）

洟垂れ小僧（愛流鼻涕的小孩、流鼻涕鬼）

テーブルクロスの垂れは何方側も同じで無ければ行けない（桌布的下垂部分無論哪一邊都要一樣）

垂れ板〔名〕（桌子等的）活動翻板

垂れ板テーブル（桌面可以折疊的桌子）

垂駕籠〔名〕左右掛席簾的小轎子

垂れ飾り〔名〕垂飾、懸飾

垂れ絹〔名〕（古代用來間隔室內的）帳紗、簾幕（＝帳）

垂れ込める、垂れ籠める〔自下一〕低垂密布、垂簾不外出，閉戶不出

雲が低く垂れ込めた空（幕下垂著）

空に黒雲が垂れ込める（空中烏雲密布）黒雲

只一間にのみ垂れ込めて、用事が無ければ下へも降りて来ず（沒事情就不下樓來只在一間房子裡閉門不出）

垂れ流し、垂流し〔名〕大小便失禁，隨地便溺。〔轉〕隨便排出污水

猫が小便を垂れ流しに為る（貓隨地小便）

其の工場はカドミウムを含んだ廃水を川に垂れ流しに為ていた（那個工廠隨地向河裡排出含鎘的廢水）

垂れ肉〔名〕（牛等動物頸部）下垂的皮肉、垂肉

垂れ味噌〔名〕（調味用的）大醬汁

垂れ耳〔名〕肥大下垂的耳朵

垂れ目、垂目〔名〕外眼角下垂（的眼睛）

垂らす〔他五〕滴，流，淌、垂，拖，搭拉

洟を垂らす（流鼻涕）

目薬を垂らす（點眼藥）

涎を垂らす（垂涎、流口水）

尾を垂らす（拖著尾巴）

幕を垂らす（放下幕）

髪を背に垂らして置く（把頭髮披散在背後）

垂乳根〔名〕母親、父母，雙親

垂乳根の慈愛（父母的慈愛）

垂穂〔名〕（稻子等成熟後）下垂的穗

垂、四手〔名〕（神前所掛常綠樹枝或稻草繩上的）裝飾用紙條（古時用布條）、（茅、槍上的）纓。〔植〕一種樺木科落葉喬木

垂んとする〔連語、自サ〕垂、將及

三時間に垂んとする試合（將達三小時的比賽）

三千に垂んとする聴衆（將近三千的聽眾）

五十歳に垂んとする（快到五十歲）

死に垂んとする（垂死）

槌（ㄔㄨㄟˊ）

槌〔漢造〕鐵錘

鉄槌（大鐵錘、〔體〕鏈球〔＝ハンマー〕、〔喻〕堅決措施，嚴厲禁止〔處罰、打擊〕）

槌骨〔名〕〔解〕（中耳的）錘骨

槌骨柄（錘骨柄）

槌〔名〕槌、錘子、椰頭（＝ハンマー）

蒸気槌（蒸氣錘）

空気槌（氣錘）

金槌（鐵錘）

木槌（木槌）
槌で釘を打ち込む（用錘子釘釘子）
議長が槌で机を叩く（主席用槌子敲桌子-警告維持會場次序）叩く敲く
槌を打つ（用錘子打）打つ撃つ討つ
槌で庭を掃く（趕快準備款待貴賓、恭維，說奉承話）掃く吐く佩く履く刷く

土〔名〕土、土地、土壤、土質、地面，地表
　祖国の土を踏む（踏上祖國的土地）
　黒い土（黑土）
　良く肥えた土（肥沃的土壤）
　土を盛って田畑を造る（墊土造田）
　土を掛ける（蓋土、培土）
　土を搔いて見る（扒開土看）
　土の匂いに溢れる（鄉土氣息十足）
　土の中に埋める（埋在土裡）
　土の様な顔色（面如土色）
　土を掘る（掘地）
　土を起こす（翻地）
　蔓草が土を這う（蔓草爬地）
　稲の穂が垂れて土に付き然うだ（稻穗垂得快要觸地了）
　土一升（に）金一升（寸土千金、喻地價昂貴）
　土が付く（〔相撲〕輸、敗）
　土積りて山と為る（積土成山、滴水成池、集腋成裘）
　土に帰る（歸土、入土、死）
　土に灸（白費力）
　土に（と）為る（死）
　異郷の土と為る（死於他鄉）

錘（ㄔㄨㄟˊ）

錘〔名〕秤鉈，砝碼（=錘、分銅）、紗錠（=錘）
〔接尾〕（助數詞用法）計算紗錠的單位
　紡錘（紗錘）
　五万錘（五萬個紗錠）

錘鉛〔名〕（測深儀或垂直儀的）鉛錘
錘状〔名〕紡錘狀
錘、紡錘〔名〕紡錘、錠子
錘、重り〔名〕秤陀，秤錘，砝碼（=分銅）、（釣絲、漁網等的）鉛墜、（壓東西用的）重物，壓鐵（=重し）
　釣り糸に錘を付ける（釣線上栓上鉛墜）付ける附ける搗ける漬ける憑ける着ける突ける
　小石を錘に為る（用小石頭壓東西）擦る磨る掏る刷る摺る摩る擂る

川（ㄔㄨㄢ）

川〔漢造〕川、河川
　山川（山川、河山）
　山川（山川，山與河、〔古〕山神和河神）
　山川（〔古〕山中的河川）
　大川（大川、大河）
　河川（河川）
　巨川（大河）
　百川（百川）
　支川（支流）

川、河〔名〕河、河川
　大きな川（大河、大川）
　小さい川（小河）
　川の向こう（河對岸）
　川を渡る（渡河、過河）渡る涉る亘る
　川を下る（順流而下）
　川を溯る（逆流而上）
　川が干上がる（河水乾了）

皮〔名〕（生物的）皮，外皮、（東西的）表皮，外皮、毛皮、偽裝、外衣、畫皮
　林檎の皮（蘋果皮）河川革側側
　胡桃の皮（胡桃殼）
　蜜柑の皮を剝く（剝桔子皮）剝く向く

イ

木の皮を剝く（剝樹皮）

木の皮を剝ぐ（剝樹皮）剝ぐ接ぐ短ぐ

虎の皮を剝ぐ（剝虎皮）

骨と皮許りに痩せ痩けた（痩得只剩皮和骨、骨瘦如柴）痩せ癠せ痩ける

饅頭の皮（豆沙包皮）

布団の皮（被套）

熊の皮の敷物（熊皮墊子）

嘘の皮を剝ぐ（揭穿謊言）

化けの皮を剝ぐ（剝去畫皮）

化けの皮が剝げる（原形畢露）剝げる禿げる接げる短げる

皮か身か（〔喩〕難以分辨）

革 〔名〕皮革

革の靴（皮鞋）川河側靴履沓

革のバンド（皮帶）

革製品（皮革製品）

側、側 〔名〕側，邊、方面（＝一方、一面），旁邊，周圍（周り、側）

〔漢造〕側，邊、方面、（錶的）殼、列，行，排

川の向こう側に在る（在河的對岸）

箱の此方の側には絵が書いてある（盒子的這一面畫著畫）

消費者の側（消費者方面）

敵の側に付く（站在敵人方面）

教える側も教えられる側も熱心でした（教的方面和學的方面都很熱心）

井戸の側（井的周圍）

側の人が煩い（周圍的人說長話短）

当人よりも側の者が騒ぐ（本人沒什麼周圍的人倒是鬧得凶）

側から口を利く（從旁搭話）

両側（兩側）

通りの右側（道路的右側）

南側に工場が有る（南側有工廠）

労働者側の要求（工人方面的要求）

私の右側に御座り下さい（請坐在我的右邊）

金側の腕時計（金殼的手錶）

二側に並ぶ（排成兩行）

二側目（第二列）

川合い 〔名〕（河的）會合處、會流處

川明かり、川明り 〔名〕（天黑後）河面的亮光

川明き 〔名〕（禁止渡河的）解禁

川遊び 〔名，自サ〕（乘船或捕魚等）在河上玩、河上泛舟、河上捕魚玩

夏に為ると川遊びが盛んである（一到夏天舟遊很盛）

川獺、獺 〔名〕〔動〕水獺、水獺皮

川獺のオーバー（水獺皮大衣）

川音 〔名〕河川的流水聲、河流的聲音

川風、河風 〔名〕河風、由河上吹來的風

時時鋭い夜の川風が吹き抜けた（不時吹過夜晚劇烈的河風）

川上 〔名〕（河的）上游、上流←→川下

川上から材木を流す（從上流往下流流放木材）

川上から筏が流れて来た（木筏從上游流下來了）

川上三ミイルの処に村が有る（上游三英里處有個村莊）

川下 〔名〕下游、下流←→川上

川下に筏を流す（向河的下游流放木筏）

川下に行く程川幅が広く為る（越往河的下游去河深越寬）

川烏、河烏 〔名〕〔動〕河烏、水老鴉

川狩り、川狩 〔名〕（在河上）捕魚、打魚（＝川猟）

川狩りを為る（在河裡打魚）摩る摺る刷る掏る磨る擦る擂る

川猟 〔名〕在河裡捕魚（＝川狩り、川狩）

川猟に出掛ける（在河裡捕魚）

川岸、河岸 〔名〕河岸（＝川辺）

川岸の風景（河岸的風景）

舟を川岸に繋ぐ（把船繋在河邊）

川辺〔名〕河邊、河濱（＝川端）

川端〔名〕河邊、河畔、河濱（＝川辺、川の辺）

　川端柳（川柳、河邊柳）

川沿い〔名〕沿河、河沿、河邊（＝川辺）

　川沿いに住む（住在河邊）住む棲む澄む清む済む

川縁、川縁〔名〕河邊、河畔（＝川の縁）

川霧〔名〕川霧、河上的霧

　川霧が立つ（下河霧）立つ裁つ経つ発つ絶つ截つ断つ建つ起つ

　川霧に濡れる（被河霧弄濕）

川口、河口〔名〕（河流）入海處、河口（＝河口）

　川口の港（河口港、江灣港）

　川口に洲が出来る（河口形成了一個沙洲）

　川口で船を破る（功虧一簣、出師不利）

川越し〔名〕涉水過河，徒步過河，隔河（＝川の向う川、対岸）、揹人渡河（為職業）的人（＝川越し人足）

　川越しに声を掛ける（隔著河喊話〔吆喝〕）掛ける書ける欠ける駈ける駆ける画ける懸ける

川魚、川魚〔名〕河魚、淡水魚

　川魚料理の専門店（專賣淡水魚的菜市場）

川尻〔名〕（河的）下游（＝川下）、河口（＝川口、河口）

　川尻では三角洲を造る（在河口形成一個三角洲）造る作る創る

川筋〔名〕河流，水路、沿河的流域，沿河地帶

　川筋に沿うで歩く（沿著河走）沿う添う副う

　川筋が幾つにも分れ、海に注ぐ（河流分成多條入海）注ぐ灌ぐ濯ぐ雪ぐ

　川筋の村（沿河的村莊）

川瀬〔名〕河中水流湍急的淺灘河底淺而流急的地方

　川瀬に足を浸す（把腳浸在河中水流湍急的淺處）浸す漬す

川施餓鬼〔名〕〔佛〕（在船上或岸上舉行法會）超渡溺死者之亡魂

川蟬、翡翠〔名〕〔動〕翠鳥、魚狗（常棲小溪附近的樹上、捕食水中的魚蝦等）

川底〔名〕河底←→川面、川面

　川底に沈む（沉於河底）

川面〔名〕河面，河的水面（＝川面）、河畔，河邊（＝川辺）

川面〔名〕河面（＝川面）←→川底

川太郎、河太郎〔名〕河童的別稱（＝河童）

川竹、河竹〔名〕長在河邊的竹子。〔古〕〔植〕山竹（＝雌竹、雌竹）、妓女的身世

　浮き川竹の流れの身（漂浮不定的〔妓女的〕身世）

川立ち〔名〕生長在河邊（的人）、諳水的人，善於游泳的人

　川立ちは川で果てる（淹死諳水的）

川千鳥〔名〕聚集在河邊的鷗（千鳥）

川伝い〔名〕順河走、沿著河走、沿岸邊走

　川伝いに山を下りる（沿著河岸走下山）下りる降りる

川釣り、川釣〔名〕在河裡釣魚

川床、河床〔名〕河床、河身、河槽（＝河床）

　川床の砂を浚う（淘河床的泥沙）浚う攫う

　流れて来る土砂で川床が高く為る（由於流來的泥沙河床增高）為る成る鳴る生る

川止め、川留め〔名〕（江戶時代）（因漲水等）禁止渡河←→川明き

　川止めに為った（禁止渡河了）

川中〔名〕河的中央、中流

川流れ〔名〕被河水沖走、（在河裡）淹死，溺死（的人）

　昨日川流れが有った（昨天淹死了人）昨日昨日有る在る或る

　河童の川流れ（淹死諳水的）

川波〔名〕河浪、河上的浪花

川幅〔名〕河的寬窄、河的寬度

　川幅は約二十メートル（河寬約二十公尺）二十二十歳

川開き〔名〕（每年）初夏河上納涼開始的焰火大會

両国の川開き（隅田川兩國橋下每年舉行的初夏納涼焰火大會）

今年は七月十日に川開きを為る（今年於七月十日舉行初夏河上的納涼開始呢焰火大會）

川船、川舟〔名〕江船，江輪，河船，河輪，在江河湖等行駛的船

川水〔名〕河水

隅田の川水は青黒く輝いている（隅田川的河水青黑發亮）輝く 耀く

川向かい、川向い〔名〕（河的）對岸、彼岸（=川向こう、川向う）

川向こう、川向う〔名〕（河的）對岸、彼岸（=川向かい、川向い）

川向こうの火事（隔岸觀火、事不關己）

川藻〔名〕（池、沼、湖、河等淡水中的）水草、河藻

川柳〔名〕川柳，河邊柳，上等番茶（粗茶）

川柳〔名〕川柳（由十七個假名組成的詼諧、諷刺短詩）

川淀〔名〕河塘、河流淤塞處、河流緩滯處（=淀み）

川原、河原〔名〕河灘。〔地〕（江戸時代）（京都的）四條河源

川原石（河灘石）

川原乞食（〔蔑〕歌舞伎演員〔=川原者〕）

川原者（〔古、俗〕乞丐，賤民〔的總稱〕、〔蔑〕〔江戸時代〕歌舞伎演員〔=川原乞食〕）

川原撫子（〔植〕瞿麥〔=撫子〕）

穿（イ×ㄢ）

穿〔漢造〕穿、著衣、通過、挖掘、物體破壞有孔

穿孔〔名、自他サ〕穿孔、鑽孔、釘孔、打孔、打洞、鑽眼

盲腸に穿孔が生じた（盲腸上穿孔了）

穿孔機で穿孔する（用鑽床鑽孔）

穿孔カード（〔計〕穿孔卡片）

穿孔型（沖模）

穿孔機（鑽床、穿孔機、穿軋機）

穿孔紙テープ（穿孔紙帶）紙紙

穿孔性腹膜炎（〔醫〕穿孔性腹膜炎）

穿溝〔名〕〔醫〕穿通、造管術

穿鑿〔名、他サ〕鑿孔，鑿洞（=穿ち掘る）、探求，探索，仔細調查，詳盡研究（=詮索）、穿鑿附會，探聽（別人私事）

岩石を穿鑿する（鑿岩石）

底の底迄穿鑿する（鑽研到底、徹底仔細調查）

他人の事を穿鑿しても仕方が無い（老探聽別人的事情並沒有什麼好處）

穿鑿好き（包打聽、好管閒事、愛評論別人私事〔的人〕）

穿山甲〔名〕〔動〕穿山甲

穿刺培養、線刺培養〔名〕〔生〕穿刺培養（細菌）

穿つ〔自、他五〕穿，挖。〔舊〕穿（=穿く）、說穿，道破

壁に穴を穿つ（在牆上挖洞）穴孔

トンネルを穿つ（挖掘隧道）

虫が木に穴を穿つ（蟲在樹上蛀洞）

袴を穿つ（穿和服裙子）

穿った言葉（一針見血的話、中肯的話）

中中穿った事を言う（說得真透徹）言う調う云う

真を穿つ（說得中肯）真 真

人情の機微を穿っている（說穿了人情的微妙之處）

其は些か穿ち過ぎた言葉だ（那話有點過於清楚了）

穿ち〔名〕道破人情世故

穿ち過ぎ、穿過ぎ〔名〕過於穿鑿臆測（反而有失真相）

穿く、履く、佩く、帶く、著く〔他五〕穿

靴を履く（穿鞋）履く 穿く 吐く 掃く 刷く 佩く

スリッパを履く（穿拖鞋）

雨靴を履く（穿雨鞋）

下駄を履く（穿木屐）

此の靴は履き心地が良い（這雙鞋穿起來很舒服）心地心地良い善い好い

此の皮靴は少なくとも一年履ける（這雙皮鞋至少能穿一年）

靴下を穿く（穿襪子）

ズボンを穿く（穿褲子）

スカートを穿く（穿裙子）

佩く〔他五〕佩帶（＝帶びる）

剣を佩く（佩劍）穿く履く吐く掃く

吐く〔他五〕吐出、吐露，說出、冒出，噴出

血を吐く（吐血）

痰を吐く（吐痰）

息を吐く（吐氣、忽氣）

彼は食べた物を皆吐いて終った（他把吃的東西全都吐了出來）

ゲエゲエするだけて吐けない（只是乾嘔吐不出來）

彼は指を二本喉に突っ込んで吐こうと為た（他把兩根手指頭伸到喉嚨裡想要吐出來）

意見を吐く（說出意見）

大言を吐く（說大話）

彼も遂に本音を吐いた（他也終於說出了真心話）

真黒な煙を吐いて、汽車が走って行った（火車冒著黑煙駛去）煙煙

遥か彼方に浅間山が煙を吐いていた（遠方的淺間山正在冒著煙）

泥を吐く（供出罪狀）

泥を吐かせる（勒令坦白）

泥を吐いて終え（老實交代！）

掃く〔他五〕打掃、（用刷子等）輕塗。〔農〕掃集（幼蠶）

箒で庭を掃く（用掃帚掃院子）吐く履く佩く穿く排く

部屋を掃いて綺麗に為る（把屋子打掃乾淨）

眉を掃く（畫眉）

薄く掃いた様な雲（一抹薄雲）

穿き捨てる、履き捨てる〔他下一〕（鞋襪木屐等）穿破。〔舊〕扔掉，（脫掉的鞋子等）亂扔在地上、（鞋襪等）只穿一次就扔掉

履き捨てた藁草履（扔掉的舊草鞋）

穿き捨て、履き捨て〔名〕扔掉穿舊的鞋襪、（鞋襪等）只穿一次就扔掉

穿る〔他五〕〔俗〕挖，抽。〔轉〕追根究底

砂を穿ると貝が沢山出て来た（一挖砂子挖出了很多貝殼）

鼻を穿る（挖鼻子）

君は何でも穿って聞きたがる男だな（你真是個凡事都愛追根究底的人）

人の粗を穿る（揭人家的短處、斤斤計較地找別人的毛病）

穿り返す〔他五〕〔俗〕挖出來、抽出來、翻出來

昔の醜聞を穿り返す（翻出過去的醜事）

穿り出す〔他五〕〔俗〕挖出來、抽出來

鼻糞を穿り出す（挖出鼻屎）鼻糞鼻屎

過去を穿り出す（翻老底）

人の粗許り穿り出すのは悪趣味だ（老斤斤計較地挑別人的毛病是個低級趣味）

穿り屋〔名〕〔俗〕愛追根究底的人、愛打破砂鍋問到底的人、愛斤斤計較的人

伝（傳）（ㄔㄨㄢˊ）

伝〔名〕〔俗〕手法，作法、傳，傳記

〔漢造〕傳、傳授、傳播、傳記、經書注釋、驛站

又何時もの伝か（又玩弄老手法、又是那一套）何時何時

新旧の唐書に伝が見えない（在新舊唐書上都不見傳記）

口伝（口頭傳達、口授〔某種行業或技術上的秘訣〕、傳授秘訣的繕本）

秘伝（秘傳）

家伝（家傳）

虚伝（虛傳、謠傳、無稽傳言）

直伝（直接傳授）

遺伝（遺傳）

イ

別伝（特別的傳授、另外的傳說）
一子相伝（單傳-把個人的技術只傳授給自己的一個兒子）
免許皆伝（傳授一切拿手技藝）
宣伝（宣傳、吹噓，鼓吹，誇大宣傳）
史伝（歷史和傳記、史傳-根據歷史上事實記錄的傳記）
師伝（師傅的傳授）
自伝（自傳＝自叙伝）
列伝（列傳）
自叙伝（自傳＝自伝）
義民伝（義民傳）
経伝（經傳）
古事記伝（古事記傳）
春秋左氏伝（春秋左氏傳）
駅伝（〔古〕驛傳、〔古〕驛馬，驛站車馬、接力長跑，長距離接力賽跑）
伝家〔名〕傳家
　伝家宝刀（傳家寶刀）
　伝家の宝刀（傳家寶刀、最後的絕招）
　伝家の宝刀を抜く（使出最後的絕招、攤出最後的王牌）抜く貫く貫く
　組合が伝家の宝刀を抜いてストライキを決行する（工會使出最後的手段決定進行罷工）
伝火薬〔名〕起（引）爆炸藥
伝奇〔名〕傳奇、奇談
　何時の時代にも伝奇物語は好まれる（不論什麼時代傳奇小說很受歡迎）
　彼の伝奇的生涯を小説に脚色する（把他那傳奇的一生寫成小說）
　伝奇小説（傳奇小說）
伝記〔名〕傳記
　伝記を書く（寫傳記）書く画く斯く欠く搔く
　マルクスの伝記を読む（讀馬克思傳記）読む詠む
　伝記作者（傳記作者）

伝記小説（傳記小說）
伝響盤〔名〕〔理〕共鳴板
伝言〔名、自他サ〕傳話，口信、帶口信（＝言付、言伝）
　友人に伝言した事は先方に通じたらしい（託朋友帶的口信好像傳到對方了）
　先生からの伝言を父に伝える（把老師託帶的口信傳達給父親）
　電話で伝言を頼む（用電話託帶口信）頼む恃む
　会への欠席を伝言する（帶口信說不能出席會議）
伝写〔名、他サ〕（印刷術不發達時代的）傳抄、輾轉謄錄（抄寫）
　源氏物語は伝写する間に誤脱が生じた（源氏物語在輾轉抄寫中發生了錯誤）
伝受〔名、他サ〕接受傳授←→伝授
伝授〔名、他サ〕傳授←→伝受
　剣道の奥義に就いて伝授を受ける（接受劍術秘訣的傳授）
　茶の湯な作法を弟子に伝授する（把茶道禮節傳授給弟子）弟子弟子
伝習〔名、他サ〕傳習、講習、傳授
　多年の伝習が実を結んだ（多年的傳授有了收穫）結ぶ掬ぶ
　伝習所（講習所）所所
伝書〔名〕世代相傳的書籍、傳授祕法的書籍、傳遞書信
　和歌の伝書を伝授する（傳授和歌的秘本）
　友人の伝書を受け取った（收到朋友的書信）
　伝書鳩（傳信鴿）
伝承〔名、他サ〕（制度、信仰、習俗、口碑、傳說等）口傳、代代相傳
　田舎には昔から伝承されている話が多い（鄉間有很多早年前口傳下來的故事）
　民間に残っている伝承を採集する（蒐集留在民間的傳說）
　伝承文学（口傳文學、民間傳說）
伝助〔名〕日本式的輪盤賭（＝伝助賭博）。〔俗〕小型手提錄音機

伝声管〔名〕傳聲筒、通話管

伝説〔名〕傳說、口傳

　伝説に拠ると富士は一夜に為て出来たのだ然うだ（據傳說富士山是在一夜之間形成的）

　村村には森や山に就いて伝説を伝わっている（在鄉間流傳著關於森林和深山的傳說）

伝染〔名、自サ〕（病菌的）傳染、（惡習的）傳染

　空気伝染（空氣傳染）

　接触伝染（接觸傳染）

　此の病気は伝染に由って起こる（這種病是由傳染引起的）起る興る熾る怒る

　此の病気は伝染するから危険だ（這種病會傳染很危險）

　彼の病気は子供から伝染したのだ（他的病是從孩子那裏傳染的）

　伝染病（傳染病）

　伝染病患者（傳染病患者）

　欠伸が伝染する（打哈欠傳人）

　悪い習慣が伝染する（壞習慣傳染人）

伝線〔名、自サ〕綻線、（襪子）跳線、（女絲襪）一直往上綻線

　ストッキングが又伝線しちゃったわ（女絲襪又綻線了）

伝送〔名、他サ〕（依次）傳送、傳遞

　伝送線（傳輸線）

伝奏、伝奏〔名、他サ〕（向權貴、天皇、太上皇）傳奏、轉奏

伝達〔名、他サ〕傳達、轉達

　此の指令は文書で伝達した（這項命令已用書面傳達了）

　命令が次から次へ伝達された（命令順序地傳達了）

　音響の伝達は光より遅い（聲音的傳達比光慢）遅い晩い襲い

　伝達事項（傳達事項）

伝単〔名〕（中國的）傳單（=ビラ）

　伝単を落とす（撒傳單）

伝灯、伝燈〔名〕〔佛〕傳授佛法、傳授法燈（佛法能照亮黑暗故喻為〝燈〞）

伝統〔名、他サ〕傳統

　古来の伝統を守る（遵守古來的傳統）守る護る守る盛る洩る漏る

　伝統を誇る学校（具有光輝傳統的學校）

　言語は伝統を離れては有り得ない（語言是離不開傳統的）

　伝統に縛られる（為傳統所束縛）

　伝統を破る（打破傳統）

伝動〔名、他サ〕〔機〕傳動

　伝動装置（傳動裝置）

伝道〔名、自他サ〕（主要指基督教）傳道、傳教

　農村に伝道（を）為て歩く（到農村各地傳道）

　キリスト教を伝道する（傳基督教）

　キリスト基督

　伝道（事業）に携わる（從事傳教）

　伝道師（傳教士）

　伝道学校（教會學校）

伝導〔名、他サ〕〔理〕傳導

　綿、毛糸は熱を伝導する速度が遅い（棉毛線傳熱的速度慢）遅い晩い襲い

　伝導体（〔理〕導體）

　伝導率（導電率、導電性）

　伝導帯（〔半導體的〕導帶）

　伝導伝熱（傳導傳熱）

　伝導電流（傳導電流）

伝熱〔名〕傳熱

　伝熱係数（傳熱係數）

　伝熱媒体（載熱體）

　伝熱砂盤（〔化〕沙浴器）

伝播、伝播〔名、自サ〕流傳，傳布。〔理〕傳播，傳導

此の病原菌は急速に伝播する危険が有る（這種病菌有迅速傳布的危險）

悪質なデマが国民の間に伝播している（惡性謠傳流傳在民間）

熱の伝播（熱的傳導）

音響の伝播（音響的傳播）

伝搬〔名〕〔理〕傳播

伝爆薬〔名〕〔軍〕助爆藥

伝票〔名〕（商店等的）傳票、發票、寄帳單

振替伝票（轉帳傳票）

伝票を切る（開傳票）切る伐る斬る着る

御買い上げ伝票を何卒（請收下發票）

納品の伝票を書いて先方へ送る（開交貨的傳票送給對方）送る贈る

支払伝票を出して会計で金を受け取る（拿出付款憑單在會計科領款）

伝聞〔名、自サ〕傳聞、傳說

伝聞する処に拠れば（據傳聞…）

伝聞する処に拠ると（據傳聞…）拠る由依る寄る縁る縒る撚る因る選る

伝聞した事を話す（談傳聞的事情）話す離す放す

伝聞に拠る情報（根據傳說的情報）

伝え聞く〔他五〕傳聞、聽說（=人から聞く）

伝え聞く処に拠れば（據說）

伝法〔名、自サ〕傳授佛法

〔形動〕流氓，耍無賴、（女人的）俠氣，豪俠氣概

伝法肌（〔女人的〕俠氣，豪俠氣概）

伝法肌の女（有豪俠氣概的婦女、潑辣的女人）

伝法な男（耍無賴的人）

伝法な口を利く（說話有豪俠氣概）利く効く聞く聴く訊く

伝来〔名、自サ〕（從外國）傳來、傳入、祖傳、世傳

仏教は六世紀に日本に伝来した（佛教在六世紀傳入日本）

父祖伝来の名刀（祖傳的寶刀）

此は我が家伝来の秘法です（這是我家的祖傳秘方）

伝令〔名〕傳令（兵）、傳達（者）

司令部からの伝令が命令を持って来た（從司令部來的傳令兵帶來了命令）

報告の為伝令を出す（為了報告派出通信員）

伝馬〔名〕驛馬、（運貨用的）大舢舨，小船（=伝馬船、伝馬船）

伝馬船（運貨用的大舢舨）

伝馬（船）で石炭を運ぶ（用舢舨運煤）

伝、伝手〔名〕門路，引線，媒介（=手引き、手蔓）、間接，通過別人（=言伝、人伝）。〔古〕就便，順便

伝を求める（找門路）

良い伝が無い（沒有好引線）

伝に聞く（據聞、聽旁人說）利く効く聞く聴く訊く

伝う〔自五〕順、沿

伝って上がる（順著向上爬）

屋根を伝って逃げる（順著屋頂逃跑）

雨水が樋を伝う（雨水順著導水管流下）雨水雨水

此の川を伝って行けば駅に出られる（沿著這條河走去就會走到車站）

伝える〔他下一〕傳達，告訴，轉告、傳授、傳給，讓給、（從海外）傳入、傳來、傳播

伝える所に拠れば（據傳說、據透露）

命令を伝える（傳達命令）

宜しく伝えて下さい（請代為問候）

国内の事情を海外に伝える（把國內情況傳播到國外）

嬉しい知らせが伝えられた（傳來了振奮人心的消息）

秘伝を伝える（傳授秘傳）

弟子に技術を伝える（把技術傳授給學徒）弟子弟子

コーチやベテラン選手達はトレーニングの中で、青少年選手に優れた思想、作風、

技術を伝える（教練和老運動員在訓練過程中向青少年運動員傳授好思想好作風好技術）

位を伝える（傳位、讓位）

名を後世に伝える（傳名於後世）

振動を伝える（傳導振動）

熱を伝える金属（傳熱的金屬）

鉄や銅は電気を伝える（鐵銅導電）鉄 鉄 銅 銅

漢字が日本に伝えられた（漢字傳到日本）

仏教を日本に伝える（把佛教傳到日本）

外国通信の伝える処に拠れば（據國外通訊傳播）

伝え〔名〕傳話，口信，通知，傳說，傳聞

急病の伝えを聞いて駈け付ける（得到患了疾病的通知急忙趕去）

昔の伝えに拠れば（據古代傳說）

伝え受ける〔他下一〕傳授、繼承（=受け継ぐ）

奥義を伝え受ける（傳授秘訣）

伝え話〔名〕據說、傳奇

伝い〔接尾〕順著、沿著

海岸伝い（沿著海岸）

線路伝い（順著鐵路）

川伝いの道を行くと駅の前に出る（順著河往前走就會走到車站）行く往く逝く行く往く逝く

伝い歩き〔名〕（嬰兒）扶著牆等走

赤ん坊が伝い歩きを始める（嬰兒開始學走路）始める創める

伝わる〔自五〕傳，流傳，傳說，傳播，傳布。〔理〕傳導、沿、順、傳來、傳入

代代伝わる（代代相傳）

家に伝わる宝物（傳家寶）家家家家家 宝物 宝物

此の地方に伝わる伝説（此地流傳的傳說）

噂が口から口へと伝わる（風聲口耳相傳）

花の香りが風を乗って伝わって来た（風裡傳來了花香）

名声天下に伝わる（聲名傳播天下）

海外から新技術がどんどん伝わって来る（從國外接二連三地傳來新技術）来る来る

電流が伝わる（傳電）

振動が伝わる（傳動）

屋根を伝わって逃げる（順著屋頂逃跑）

枝を伝わって谷に下りる（順著樹枝下到山谷）枝枝下りる降りる

漢字が日本に伝わった頃（漢字傳到日本的時候）

仏教は中国から日本に伝わったのだ（佛教是從中國傳到日本的）

伝わり〔名〕〔理〕傳播

伝わり速度（傳播速度）

船（ㄔㄨㄢˊ）

船〔漢造〕船

乗船（乘船，搭船←→下船、搭乘的船）

上船（上船＝乗船）

下船（下船）←→乗船

客船（客船、客輪）←→貨物船

商船（商船）

漁船（漁船）

巨船（大船＝大船）

貨物船（貨船）

連絡船（渡輪）

汽船（輪船）

帰船（回到船上）

機船（內燃機船、柴油發動機船）

機帆船（機帆船、機動帆船）

和船（日本老式木船）

艦船（軍艦和船隻）

難破船（遇難船隻）

沈船（沈船）

八幡船、八幡船（〔史〕〔十六世紀在朝鮮、中國一帶進行掠奪的〕倭寇船）八幡

船医〔名〕船上的醫生、隨船醫師

船位推算（法）〔名〕〔船〕船位推算法

船員〔名〕船員、海員、水手
 船員に為る（當水手）為る成る鳴る生る
 船員保険（海員保險）

船影〔名〕船影
 船影を認めず（看不見船影）認める 認める

船価〔名〕船價（船的建造費）
 船価償却（船價折舊）

船架〔名〕〔船〕（船塢中的）船台、滑台（=船台）

船台〔名〕〔船〕船台、滑台
 船台傾斜（船台傾斜）
 船台組立（船台的組裝）

船外〔名〕船外
 船外に落ちる（掉在船外）
 船外に捨てる（扔到船外）捨てる 棄てる
 船外発動機船（發動機在船外的船）

船客〔名〕乘船的旅客、船上乘客
 一等船客（一等艙的船客）
 二等船客（二等艙的船客）

船級〔名〕（作為保險或買賣的國際標準的）船級、船的級別
 船級協会（船級協會）

船渠〔名〕船塢（=ドック）
 湿船渠（船塢、繫船船塢）
 浮き船渠（浮塢）

船橋〔名〕浮橋（=船橋）、（船上的）駕駛台，橋樓（=ブリッジ）

船橋〔名〕浮橋、浮橋船（=浮橋）

船具、船具〔名〕船具（指舵、櫓、帆、錨等）
 船具問屋（船具批發店）
 船具を修理する（修理船具）
 船具一式（一套船具）

船工〔名〕船工、船匠（=船大工）

船大工〔名〕船工、船匠、造（木）船的工人

船匠〔名〕船匠、船工（=船大工）

船骨〔名〕〔船〕船骨、龍骨

船材〔名〕〔船〕船材（造船的材料）

船室〔名〕客艙（=キャビン）
 一等船室（一等艙）
 豪華な船室（豪華的客艙）
 船室を予約する（預定客艙）
 時化続きで船室に閉じ籠もる（海上連續壞天氣故悶在客艙裡）

船車〔名〕車船、車和船
 船車券（車船票）

船主、船主〔名〕船主

船首、船首，舳〔名〕船首、船頭（=舳先）←→艫（船尾）
 船首から船尾迄（從船頭到船尾）
 船首水切り（船頭分水裝置）
 船首喫水（船頭吃水）

船尾〔名〕船尾（=艫）←→船首、船首，舳
 船尾には舵が有る（船尾上有舵）
 船尾から沈む（從船尾向下沉沒）
 船首から船尾迄（從船首到船尾）
 船尾舫い綱（船尾纜）
 船尾灯（船尾燈）
 船尾楼（船尾樓）
 船尾展望台（船尾瞭望台）

艫座、艫座〔名〕〔天〕船尾座（南天星座之一）

船尻〔名〕船尾、船的尾部（=船尾）

船檣〔名〕檣、桅桿（=帆柱）

船上〔名〕船上（=船の上）
 船上に居る（在船上）居る 入る 炒る 煎る 鋳る 射る 要る

船籍〔名〕船籍
 船籍不明の船（船籍不明的船隻）
 船籍を登記する（登記船籍）
 其の船は中国の船籍を持っている（那條船持有中國船籍）

船籍港（船籍港）港 港
リベリア船籍の船（持有利比亞船籍的船）
船籍を中国に移す（把船籍改為中國的）移す 遷す 映す 写す

船倉、船艙、船倉、船蔵〔名〕船艙
中部船艙（中艙、中部船艙）
船艙に積み込む（裝艙、裝入船艙）
船艙に隠れて密航する（藏在船艙裡偷渡）

船倉、船蔵〔名〕船艙、船塢

船窓、船窓〔名〕船窗、舷窗

船装〔名〕裝備船艦、給船艦裝配航海或戰鬥上必要的裝備（=艤装、船飾り、船装い）

船側〔名〕船側（=船端、船縁）、船邊
船側梯子（舷梯）
船側渡し（〔商〕船邊交貨）
船側渡し値段（〔商〕船邊交貨價格）

船端、舷〔名〕〔海〕船邊、船舷（=船縁、舷）
船端を踏み外す（踩空船邊〔滑下去〕）

船縁、舷〔名〕〔海〕船邊、船舷（=船端、舷）

船体〔名〕船體、船身
船体が真二つに為った（船體碎成兩半）
船体が大きく揺れている（船體搖晃得很厲害）
船体鋼材（船體鋼材）
船体保険（船體保險）

船隊〔名〕船隊
輸送船隊（運輸船隊）
捕鯨船は船隊を組んで南氷洋に向かった（捕鯨船組成船隊到南冰洋去了）

船団〔名〕〔海〕船隊
出漁船団（出海捕魚船隊）出漁 出漁
輸送船団（運輸船隊）

船中〔名〕船中、船裡、船上
船中の生活（船上的生活）
香港に行く船中で会った（在開往香港的船上相遇了）行く 行く 会う 遇う 遭う 逢う 合う

船中り〔名〕暈船（=船酔い、船暈）

船酔い、船暈〔名,自サ〕暈船
波が荒く、皆船酔いに悩まされた（波浪很大大家都苦於暈船）
船酔いしない人（不暈船的人）
私は良く船酔いする（我經常暈船）

船長〔名〕船長、船的長度
船長免状（船長執照）
船長室（船長室）室室

船長〔名〕〔古〕船長、水手長

船底〔名〕船底（=船底）
船底を掃除する（清掃船底）
船底検査（檢查船底）
船底抵当貸借（船隻抵押借貸）
船底塗料（船底漆）
船底復水器（船底冷凝器、沉漬式冷凝器）

船底〔名〕船底、底部成弓形的器具
船底枕（底部弓形的木枕頭）

船燈〔名〕船燈

船頭〔名〕船老大（=船長）、船夫（=船子、船乗り、水夫）
船頭馬方御乳の人（乘人之危百般刁難勒索的人、專作趁火打劫的人）
船頭多くして船山に上る（木匠多了蓋歪了房子，廚房多了燒壞了湯-喻指揮的人多了反而誤事）

船方〔名〕船夫、船員、水手、海員（=船乗り、船頭）

船子〔名〕船員、船夫、水手（=船方）

船乗り〔名〕船員，海員，水手、乘船

船内〔名〕船內、船上
船内を捜査する（搜查船內）
船内石炭庫渡し（船上煤倉交貨）
船内側面図（船內側面圖）

船難〔名〕船難，海難、在船中的災難

船場〔名〕大阪市北浜堺筋一帶繁華區的俗稱

船舶〔名〕船舶、船隻（=船）

一万トン級以上の船舶（萬噸級以上的船舶）
船舶建造の年平均トン数（年平均造船噸位）
船舶修理用ドック（修船用船塢）
船舶入港届（船舶進港報告書）
船舶無線局（船舶無線電台）

船便〔名〕舟楫之便，通航、船運（=船便）
船便〔名〕通航，通船、便船、海運、海上運輸、用船郵寄
船便の有り次第送る（一有船就運去）
次の船便を待つ（等下一次船）
其の島へは船便が無い（那個島嶼不通船）
船便で送る（用船郵去）送る贈る

船幅〔名〕船幅、船寬
船幅が広い（船幅寬）

船腹〔名〕（船舶的總稱）船隻、船艙、艙位，船隻的裝載量、船的腹部
船腹不足（船隻不足）
船腹の過剰（船隻過剩）
輸出は通例自国船腹に由る（按慣例輸出使用本國船隻）由る拠る因る依る寄る撚る縒る
船腹を契約する（簽訂艙位合約）
船腹不足（艙位不足）
船腹過剰（艙位過剩、不滿載）
船腹を確保する（掌握足夠的艙位）
船腹仲買人（艙位經紀人）
船腹取り決め（訂艙位）
船腹に穴を開けられた（船的腹部開了一個洞）開ける空ける明ける厭ける飽ける

船名〔名〕船名
船名録（船名錄）

船用〔名〕船用
船用品（船用品）品品な
船用検流計（船用檢流計）
船用蒸気タービン（船舶汽輪機）

船齢〔名〕船齡

船楼〔名〕（木帆船上的）船艙、（輪船甲板上的）上層結構（包括客艙或機器房等）

船、舟、槽〔名〕舟，船、（盛水酒的）槽，盆、火箭，太空船、盛蛤蜊肉等用的淺底箱、棺木
船が港を出る（船出航）
船をチャーターする（租船）
船に乗る（乘船）
船に酔う（暈船）
船に強い（不暈船）
船で行く（坐船去）
船を造る（造船）
小舟（小船）
湯船（熱水槽、澡盆）
酒槽（盛酒槽）
刺身の船（生魚片的淺底箱）
船頭多くして船山に登る（木匠多了蓋歪了房子、廚師多了燒壞了湯、指揮的人多了反而誤事）
船が坐る（穩坐不動、久坐不歸）
船に刻して剣を求む（刻舟求劍-呂氏春秋）
船に乗り掛かった（騎虎難下）
船を漕ぐ（打瞌睡）

船、舟〔造語〕船
船荷（船貨）
船火事（船上火災）
船方（船員）
船会社（船公司）
船形（船形）

船淦〔名〕〔海〕艙水、船底積水

船商人、船商人〔名〕在船上做買賣的人、以船客為對象的商人

船足，船脚、船脚〔名〕船速、（船的）吃水（線）（=喫水）
船足が速い（船速快）速い早い
船足を速める（提高船速）

船足が捗る（船起得快起來）
船足の浅い船（吃水淺的船）
船足一杯に荷を積む（把貨裝到整個吃水線）
船足を浮き上がる（吃水線露出水面）

船遊び、舟遊び〔名〕乘船遊玩
　湖で舟遊びを為る（在湖裡乘船遊玩）
　舟遊びに行く（乘船遊玩去）

船跡〔名〕（水面上的）船跡、航跡

船軍〔名〕〔古〕海戰，水戰，水軍，海軍

船板〔名〕船中的蓋板（可取下來存取東西）、（造木船用的）木板

船板塀〔名〕用舊船板做的院牆

船歌、舟歌、舟唄〔名〕船歌（船夫一邊駕船一邊唱的歌曲）

船卸し〔名、他サ〕（新船）下水、卸下船貨
　船卸しを為る（〔新船〕下水）磨る掏る刷る摩る擦る擂る
　荷物を船卸しする（卸下〔船上的〕貨物）

船火事〔名〕船上火災
　船火事を起こす（船舶失火、船上發生火災）起す興す熾す

船会社〔名〕輪船公司

船繋り〔名、自サ〕船停泊、停泊處

船形、舟形〔名〕船形
　船形の鞦韆（船形鞦韆）鞦韆ブランコ

船型〔名〕船型、船模型

船喰虫〔名〕〔動〕船蛆、鑿船蟲

船虫〔名〕〔動〕海蛆

船繰り〔名〕配船、調配船隻

船小屋〔名〕艇庫、小船塢

船棹〔名〕篙、撐船用的桿子

船路〔名〕航路，船的航程、船的旅程
　三日の船路（三天的航程）
　危険な船路（危險的航道）
　遥かな船路（遙遠的航路）

船路、舩路〔名〕航路（＝船道）

船道〔名〕航路（＝船路）

船印、船標〔名〕船舶的標誌（表示船主等的標誌）

船棚〔名〕木船兩側的踏板（行人走動或搖櫓撐船用）、製造船腹的木板

船旅〔名〕坐船旅行、海上旅行、海上航行
　船旅も亦楽しい（坐船旅行也很愉快）

船霊、船魂、船玉〔名〕（船上祭的）船神、護航神、保護航海安全的神

船溜まり〔名〕（船避風的）停泊處

船賃〔名〕乘船費，船票錢、船貨的運費、租船費

船着き（場）〔名〕（船的）停泊處、碼頭、港口
　船着き（場）の良い港（良港、碼頭好的港口）良い好い佳い善い良い好い佳い善い

船積み〔名、他サ〕裝船，往船上裝貨、船貨，船裝載的貨物
　注文品を船積みで発送する（把訂貨裝船運出）
　船積み港（裝運港）港 港
　船積み荷物（船上的貨物）
　船積み案内状（裝船通知單）
　船積み指図書（裝船指示單）

船出〔名、自サ〕開船（＝出船）。〔喻〕初進社會，開始（辦某種事業）
　神戸を船出する（從神戸開船）
　社会に船出する人々（初進社會的人們）
　人生に船出する（開始走上人生的旅程）

船問屋、船問屋〔名〕辦理海上運輸業者（租船、裝卸貨物等）

船床〔名〕舖在船裡的竹蓆

船止め、船留め〔名〕禁止開船，禁止船通行、讓船停泊

船成金〔名〕靠船發大財的人、海運暴發戶

船荷〔名〕船貨、船裝運的貨物
　未着船荷（未到的船貨）
　船荷を積む（裝貨）積む詰む摘む抓む
　船荷を卸す（卸貨）卸す下す降ろす
　船荷証券（運貨單、裝船提單＝B/L）

船梁〔名〕〔船〕船的橫梁

船曳き〔名〕拉縴，縴夫、拖航

船曳き道（縴路）
船曳き料（拉縴費）
船人、舟人〔名〕船客，乘船人，船夫，水手
船待ち〔名〕等船、等開船
船回し〔名〕海運、航運、漕運
船守、舟守〔名〕看守船（的人）
船宿〔名〕（漁港等的）船員旅館（有的還供應漁具、糧食、借給資金、資料等）、水路運輸業者、出租遊船業者
船幽霊〔名〕溺死鬼
船渡し〔名，自サ〕港口、港船、擺渡。〔經〕離岸（價格）（＝エフ、オー、ビー）（FOB=freeonboard 船上交貨價格）
船渡しを渡る（渡過渡口）渡る亘る
神戸港船渡し値段（神戸港離岸價格）
船渡し一トン八万円（離岸價每噸八萬日元）

椽（ㄔㄨㄢˊ）

椽〔漢造〕〔建〕椽（架於樑上拖住瓦片的圓柱）（＝榱、垂木）
椽大〔名〕（筆）大如椽
椽大の筆（大筆如椽）
椽大の筆を揮う（揮如椽大筆、寫大塊文章）揮う震う奮う振う篩う
椽柱〔名〕廊簷外側的柱子

喘（ㄔㄨㄢˇ）

喘〔漢造〕呼吸急促
余喘（殘喘、餘生＝虫の息）
余喘を保つ（苟延殘喘）
インフレの下で余喘を保つ中小企業（在通貨膨脹下苟延殘喘的中小企業）
喘息〔名〕〔醫〕喘息、哮喘
喘息ワクチン（哮喘疫苗）
喘鳴〔名〕〔醫〕喘鳴
喘ぐ〔自五〕喘、喘氣。〔轉〕苦於，掙扎
喘ぎ乍物を言う（喘著說）

喘ぎ喘ぎ山を登る（喘著上山）登る上る昇る
窮乏に喘ぐ（苦於貧困）
資金の調達に喘ぐ（為籌措資金而掙扎）
依然と為て長期不況に喘いでいる（仍舊苦於長期蕭條）
喘ぎ〔名〕喘、喘聲、痛苦爭扎

串（ㄔㄨㄢˋ）

串〔漢造〕穿貫
串〔名〕（串食物用的）竹籤，鐵籤、串子
魚を串に刺して焼く（把魚串在籤子上烤）串髮櫛 魚 魚魚魚刺す差す射す鎖す注す指す挿す
団子を串に為る（把年糕糰穿成串子）擂る擦る摩る刷る掏る摺る磨る
櫛〔名〕梳子
櫛で髪を梳く（用梳子梳頭）
櫛で髪を梳る（用梳子梳頭）
髪に櫛を入れる（梳頭）
日本髪に綺麗な櫛を挿す（在日本式髮型的頭髮上戴上美麗的梳子）
櫛の目が細かい（梳子齒密）
櫛の目が荒い（梳子齒稀）
髪〔名〕頭髮（＝御髪、髪）
御髪〔名〕（對別人頭髮的尊稱）頭髮（＝髪）
良い御髪です事（您的頭髮長得真好！）
串柿〔名〕（穿成串的）柿餅
串カツ〔名〕炸豬肉串（把切成小塊的豬肉和葱交錯在竹籤上用油炸的食品）、炸菜串（把切成塊的魚肉貝青菜等穿在竹籤上裹麵後炸熟的食品）（＝串揚げ）
串刺し、串刺〔名〕用籤穿（的東西）。〔轉〕（像穿東西似的）刺殺，刺死、梟首示眾，用釘子把砍下的人頭釘起來示眾
串刺しに為った魚（用籤穿起來的魚）
槍で串刺しに為る（用扎槍刺殺）

串縫い、串縫〔名〕〔縫紉〕拱，織（=運針縫い）、最普通的針法

串焼き、串焼〔名〕〔烹〕烤雞肉串、烤魚肉串

釧（ㄔㄨㄢˋ）

釧〔漢造〕手鐲
釧〔名〕〔古〕釧、鐲子、手鐲
釧路〔名〕（北海道地名）釧路

春（ㄔㄨㄣ）

春〔漢造〕春季、正月、情慾
　早春（早春、初春）←→晚春
　晚春（晚春，暮春-陰曆三月）←→早春
　立春（立春-二十四節氣之一）
　孟春（孟春、初春-陰曆正月）
　季春（季春、晚春、暮春-陰曆三月）
　陽春（陽春，春天，陰曆正月的別稱）
　暮春（暮春）
　新春（新春、新年、正月）
　賀春（恭賀新春、祝賀新年=頌春）
　迎春（迎春、迎接新春、迎接新年）
　思春期（思春期、青春發動期）
　青春（青春）
春雨、春雨〔名〕春雨
　春雨そぼ降る街（春雨濛濛的街道）
春雲〔名〕春天的雲、茶的異稱
春雨〔名〕春雨、粉絲
　春雨に濡れる（被春雨淋濕）
　春雨を使って料理を作る（用粉絲做菜）使う遣う造る作る創る
春化〔名〕〔植〕春化（作用）
　春化処理（春化處理）
春歌〔名〕春歌、情歌
春画〔名〕春畫、春宮畫（=枕絵、スプリング）
　春画家（春畫畫家）

春花秋月〔名〕春天的花秋天的月亮-喻自然界之美
春夏秋冬〔名〕四季、一年
　春夏秋冬の自然の移り変り（春夏秋冬的自然變遷）自然自然
春寒〔名〕（主要用於書信）春寒
　春寒の候御変り有りませんか（春寒季節身體安否）
　春寒料峭の候（春寒料峭的季節）
春季〔名〕春季
　春季運動会（春季運動會）
　春季大売出し（春季大減價）
春季皇霊祭〔名〕〔舊〕春季皇靈祭（每年春分日皇祭祖之日、現為春分假日）
春期〔名〕春天時期
　春期演奏会（春季演奏會）
春機発動期〔名〕思春期（十四歲至十八歲）
春菊〔名〕〔植〕茼蒿
春窮〔名〕春荒、青黃不接
　春窮期（青黃不接期）
春暁〔名〕春曉
　春暁の鳥の声（春小鳥聲）
春景〔名〕春色、春天的景緻
　海辺の春景を賞する（觀賞海邊的春色）賞する証する称する消する
春景色〔名〕春色、春光、春天的景色
春慶塗〔名〕（塗上紅漆後仍能看見木紋的）春慶塗漆法、春慶漆器（春慶為十五世紀和泉國〔大阪府〕漆工名）
春慶焼〔名〕春慶陶（褐色質地上點黃釉的一種陶器）（春慶為尾張國的陶業始祖〝加藤景正〞的別號）
春月〔名〕春夜之月
春光〔名〕春光，春色、春天的陽光
　南国の春光を探る（探尋南國的春色）
春郊〔名〕風和日麗的春季郊外
春耕〔名〕春耕←→秋耕
　春耕に取り組んでいる（投入春耕）

4225

春材〔名〕〔建〕春材（木料）

春蚕、春蚕〔名〕〔農〕春蠶←→秋蚕、秋蚕、夏蚕、夏蚕

春日〔名〕（風和日麗的）春日、春天、春天的陽光

　　春日遅遅（春日遲遲）

春日造り〔名〕〔建〕春日造（以奈良的春日神社為代表的神社的本殿的建築樣式）

春日燈籠〔名〕春日燈籠（一種裝飾與照明用高腳六角石燈籠）

春社〔名〕春的社日（接近春分、秋分的戌日，古時在這天祭土地神、春天祈禱穀物的生長、秋天祈禱豐收）

春愁〔名〕春愁←→秋思

春秋〔名〕春和秋、年月，歲月，一年、年齡、（五經之一）春秋

　　春秋二季に運動会を催す（在春秋兩季舉辦運動會）

　　幾春秋を経た事ぞ（經過了許多年啊！）

　　七十の春秋を重ねる（年已七十）七十

　　春秋の筆法（春秋的筆法、嚴正的批判態度）

　　春秋の筆法に習って其の遠く由って来る所を見る（仿春秋的筆法來看它的遠因）

　　春秋高し（上了年紀）

　　春秋に富む（年紀還輕、前途有為）

　　春秋に富む青年（前途無量的青年）

　　春秋鼎に盛ん也（春秋鼎盛、正當壯年）正に当に将に

春秋〔名〕春天和秋天、春秋，歲月、年齡

春宵〔名〕春宵←→秋宵

　　春宵一刻値千金（春宵一刻值千金）

春情〔名〕春情、春心、性慾（=色気）

　　春情を催す（引起春心）

　　春情をそそる（挑動春心）

春色〔名〕春色、春光

　　春色正に酣である（春益正濃）正に当に将に

山国の春色を賞する（欣賞山國的春色）賞する証する称する消する

春心〔名〕春思、春情

春信〔名〕春天來臨、花信（花已開放的信息）

春尽〔名〕春末

春水〔名〕春天冰融的流水

春雪〔名〕春雪

春前〔名〕春初

春先〔名〕初春、早春、春初

　　此のセーターは春先に良い（這件毛線衣適合初春穿）

春草、春草〔名〕春草

　　春草の緑（春草的綠色）

春暖〔名〕（主要用於書信）春暖

　　春暖の候（春暖時節）

春鳥〔名〕鶯的別名

春潮〔名〕春潮

春泥〔名〕（因春雨或雪融的）春天的泥濘

　　春泥の道を歩く（走在春天的泥路上）

春灯〔名〕春天的燈火

春闘〔名〕春天要求提高工資的鬥爭（=春季闘争）

春肥、春肥〔名〕〔農〕春肥、春季施肥

春風、春風〔名〕春風

　　春風駘蕩（春風駘盪）

　　春風秋雨二十幾年（春風秋雨二十多年）

　　暖かい春風がそよそよと吹く（徐徐吹起和煦的春風）吹く噴く拭く葺く

春服〔名〕春衣

春分〔名〕春分（二十四節氣之一）←→秋分

　　春分を過ぎると春らしく為る（一過春分就像春天了）

　　春分点（春分點）

春本〔名〕淫書、黃色書

春眠〔名〕春眠

　　春眠暁を覚えず（春眠不覺曉）

春夜〔名〕春夜

春陽〔名〕春日、春天的陽光

春陽の候（陽春季節）
春雷〔名〕春雷
春嵐〔名〕春天風暴、春天山野壟罩的雲氣
春蘭〔名〕〔植〕春蘭
春霖〔名〕春天三，四月時下的霪雨（＝菜種梅雨）
春宮、東宮〔名〕皇太子、皇太子的宮殿
　東宮妃（皇太子妃）妃妃
春〔名〕春，春天。〔轉〕青春期，極盛時期。〔轉〕春情，春心
　春に為ると花が咲く（一到春天花就開了）咲く裂く割く
　冬が終り、春が来た（冬盡春來）
　春の柔らかい日差し（春天和煦的陽光）
　長閑な春の日に、芝居で日向ぼっこを為る（暖和的春天裡在草坪上曬太陽）
　人生の春（人生最美好的時期、人生的青春時代）
　家に再び春が来た（家道中興、家道復興）
　彼女は二十歳の春を迎えた（她芳齡二十）二十歳二十歳
　春に目覚める（春情發動）
　春を鬻ぐ（賣淫）
春荒、春暴〔名〕初春的暴風雨
春一番〔名〕冬末春初第一次刮來的較強南風（預示春天的來臨）
春霞〔名〕春霞
春着〔名〕春裝，春天穿的衣服、新年穿的衣服
春曇〔名〕春天微陰的天氣
春子〔名〕春蕈（春天採集的香菇、香菌）
春駒〔名〕春天在野外尋找嫩草的馬、頂端為馬頭形的竹馬（兒童初春的玩具）
春作〔名〕〔農〕春天播種或收穫的農作物←→秋作
春女苑〔名〕〔植〕（美國）費城蒿
春蟬〔名〕〔動〕（日本）春蟬
春告げ魚〔名〕〔動〕報春魚、鯡（＝鯡）
春告げ鳥、春告鳥〔名〕〔動〕報春鳥、黃鶯（＝鶯）

春の七草〔名〕春季的七草（春天有代表性的七種花草-芹菜、薺菜、鼠曲草、繁縷、佛座、蔓菁、蘿蔔）←→秋の七草
春の目覚〔連語〕春情發動
春場所〔名〕〔相撲〕春季賽會（每年三月在大阪舉行的大規模相撲比賽）
春巻き、春巻〔名〕〔烹〕（中國菜）炸春捲
春蒔き、春蒔〔名〕〔農〕春播←→秋蒔き
春めく〔自五〕有春意、有春色
　一雨毎に春めく（一場春雨一場春意）
　段段春めいて来た（春色漸濃）
春物〔名〕春季商品
春休み〔名〕春假

椿（ㄔㄨㄣˊ）

椿〔漢造〕落葉喬木花白色木材堅實可製器具、長壽、父親、偶發事故
　香椿（〔中國語〕〔植〕香椿）
椿事〔名〕偶發事故、非常事件、奇禍
　椿事が起きる（發生奇禍）起きる熾きる
　鉄道の大椿事が起こった（發生了嚴重的鐵路事故）起る興る熾る怒る
　自動車の三重衝突と言う椿事が起きた（發生了汽車三輛連撞的奇禍）言う謂う云う
椿庭〔名〕父親的尊稱
椿堂〔名〕父親的房屋。〔轉〕父親
椿、山茶、海石榴〔名〕〔植〕山茶
　椿姫（茶花女-法國小仲馬的作品）
椿油〔名〕山茶油（用作髮油或食用）
椿桃、油桃〔名〕〔植〕油桃、光桃
椿象、椿象〔名〕〔動〕椿象、放屁蟲、臭大姐（＝屁放り虫）

鰆（ㄔㄨㄣ）

鰆〔漢造〕硬骨魚名、體狹長、常群棲深海中
鰆〔名〕〔動〕鱅魚、北椿、馬鮫、燕魚、青箭魚、藍點馬鮫

唇（ㄔㄨㄣˊ）

唇、脣 〔漢造〕唇

    口唇（唇＝唇）

    朱唇（朱唇、〔抹了口紅的〕紅唇）

    紅唇（紅嘴唇、塗口紅的嘴唇）

    丹唇（朱唇）

唇音 〔名〕〔語〕唇音

    唇音化（唇音化）

唇脚類 〔名〕〔動〕唇足類

唇形 〔名〕唇形

    唇形花（唇形花）花花

    唇形科（〔植〕唇形科）

唇歯 〔名〕唇和齒、休戚與共的關係

    唇歯の国（唇齒關係的國家）

    唇歯音（〔語〕唇齒音）

    唇歯輔車（唇齒相依）

    互いに唇歯輔車の関係に在る（相互處於唇齒相依的關係）有る在る或る

唇状 〔名〕唇狀、唇形

唇弁 〔名〕〔植〕唇瓣

唇、脣、吻 〔名〕嘴唇

    唇が荒れる（嘴唇乾裂）

    残念がって唇を噛む（悔恨得咬嘴唇）

    唇が薄い（話多、愛說話）

    唇亡び歯寒し（唇亡齒寒）

    唇を反す（反唇相譏）

    唇を翻す（反唇相譏）

    唇を噛む（抑制悔恨）

    唇を尖らす（噘嘴、抱怨、不滿意）

純（ㄔㄨㄣˊ）

純 〔名ナ〕純粹、純潔、純真

〔漢造〕純淨、純粹

    純日本風の建築（純日本式的建築）

    純な少女（天真的少女）少女少女

    彼の心は純だ（他的心是純潔的）

    不純（不純、不純真）

    清純（純潔、清秀）

純愛 〔名〕純潔的愛情

    純愛を捧げる（獻出純潔的愛情）

純アルコール 〔名〕純酒精、無水酒精

純一 〔名、形動〕純淨、純粹、清一色

    純一の芸術愛（純粹的藝術愛）

    純一の（な）生活（樸素的生活）

    純一発生（〔生〕純一生殖）

    純一無雑の心境（純淨無染的心境）

純益（金） 〔名〕純益、純利

    一日で十万円の純益を上げる（一天獲得十萬日元的純利）一日一日一日一日

    其の取引で可也の純益が有った（那筆交易淨賺很多）上げる揚げる挙げる

純音 〔名〕〔樂〕純音

純化 〔名、自他サ〕純化、純粹化、純潔化

    思想を純化する（純化思想）

    生徒の気風を純化する（純化學生的風氣）

    フランスドイツ（除去法語詞彙純化德語）ドイツドイツ独逸

純我 〔名〕純我、純粹的自我

純義 〔名〕純粹意義

純虚数 〔名〕〔數〕純虛數

純金 〔名〕純金、足赤（＝金無垢）

    純金の指輪（純金的戒指）

純銀 〔名〕純銀（＝銀無垢）

    純銀製の匙（純銀的匙）

純系 〔名〕〔生〕純系、純種←→雜種

    純系説（純系說）

純計 〔名〕（除去重複部分的）純淨的統計、淨計

純芸術 〔名〕（為藝術而藝術的）純藝術

純血 〔名〕〔生〕純血統←→混血

純血のArabia馬（純血統的阿拉伯馬）

純潔〔名、形動〕純潔、純貞，貞節
　純潔な関係を保つ（保持純潔的關係）
　心の純潔な人（心地純潔的人）
　純潔な処女（貞潔的處女）
　純潔を汚す（沾汙貞操）
　純潔を守る（守貞節）守る護る守る盛る洩る漏る
　純潔教育（純貞教育-對青少年授以正確的性教育、以保持身心的純潔）

純絹〔名〕純絲
　純絹の靴下（純絲的襪子）

純減〔名、自サ〕純減少、淨減←→純増

純増〔名〕淨増
　所得の純増（收入的淨増）

純乎、醇乎〔形動タルト〕純粹
　醇乎たる日本人（純粹的日本人）
　醇乎たる民族文化を発揚する（發揚純粹的民族文化）

純国産〔名〕純國貨

純種〔名〕（家畜等的）純種

純収益〔名〕純益（＝純益）

純重量〔名〕淨重

純情〔名ナ〕純情、天真
　純情な少女（天真的少女）少女乙女少女
　純情無垢の青年（天真浪漫的青年）
　純情物語（初戀故事）
　純情可憐（天真可愛）

純色〔名〕純色

純真〔名ナ〕純真、純潔
　子供の純真な気持（兒童的純潔心情）
　純真な乙女（純潔的少女）少女乙女少女
　純真な愛（純潔的愛情）

純水〔名〕純水

純粋〔名、形動〕純粹，地道、純真、無私心雜念
　純粋の水（純淨的水）

彼は純粋の江戸っ子だ（他是道地的東京人）
　純粋数学（純理論數學）
　純粋な若者（純真的年輕人）
　純粋に国の為を思う（一心一意為國家著想）
　純粋に真理を追求する（一心追求真理）
　純粋培養（〔生〕純粹培養）

純正〔名ナ〕純正、純理論研究
　純正な中立を守る（保持嚴正中立）守る護る守る盛る洩る漏る
　純正化学（純理論化學）

純然〔形動タルト〕純粹、確屬，純屬、徹底，完全
　純然たる芸術作品（純粹的藝術作品）
　純然たる違法行為だ（純屬犯法行為）
　純然たる共産主義者（徹底的共産主義者）

純損〔名〕淨損

純炭〔名〕純煤

純断面〔名〕純斷面、淨斷面
　純断面積（淨斷面積）

純忠〔名〕誠忠、（沒有私慾）純粹的忠義

純鉄〔名〕純鐵、鍛鐵、展性鑄鐵

純度〔名〕純度
　金純度（金純度）
　ガスの純度（氣體的純度）
　此のアルコールは純度が高い（此種酒精純度高）

純白〔名、形動〕純白
　純白の（な）シーツ（純白的床單）
　純白に光っている（發出銀白色的光）

純美、醇美〔名ナ〕完整無缺、甘美
　醇美な建築（完美無缺的建築）

純分〔名〕（金銀的）成色、純度
　銀の純分は多くない（純銀含量不多）銀銀

純文学〔名〕純文學←→通俗文学、大衆文学
　純文学の作品（純文學作品）

純文学を愛好する（愛好純文學）

純文学小説（純文學小說）

純朴、淳朴、醇朴〔名、形動〕淳樸、淳厚

淳朴な人柄（為人淳厚）

淳朴な田舎の老人（淳樸的農村老人）浪人

純無所属〔名〕純無黨派

純無所属議員（純無黨派議員）

純綿〔名〕純棉

純綿の浴衣（純棉的御醫）

純綿物（純棉織品）

純毛〔名〕純毛

純毛品（純毛製品）品品

純毛sweater（純毛毛衣）

純利〔名〕純利、純益、淨賺

一日に僅かな純利を上げる（一天淨賺不多）

一日一日一日一日上げる揚げる挙げる

純理〔名〕純理論、純邏輯

純理論〔名〕〔哲〕唯理論

純理論家（唯理論家）

純良〔形動〕（食品等）純淨、純正

純良な牛乳（純牛奶）

純良バター（純質奶油）

純量〔名〕淨重

純麗〔名ナ〕純潔美

淳（ㄔㄨㄣˊ）

淳〔漢造〕樸實、厚道

至淳（至淳）

深淳（深淳）

淳化、醇化〔名、自他サ〕醇化、純熟化、純化，純粹化（＝淳化）

淳化した芸術（醇化的藝術、爐火純青的藝術）

淳風美俗、醇風美俗〔名〕淳風美俗

戰前の淳風美俗（戰前的淳風美俗）

淳朴、醇朴、純朴〔名、形動〕淳樸、淳厚

淳朴な人柄（為人淳厚）

淳朴な田舎の老人（淳樸的農村老人）浪人

淳良〔形動〕純樸善良

淳良な農村の青年（純樸善良的農村青年）

脣（ㄔㄨㄣˊ）

脣、唇〔漢造〕唇

口唇（唇＝脣）

朱唇（朱唇、〔抹了口紅的〕紅唇）

紅唇（紅嘴唇、塗口紅的嘴唇）

丹唇（朱唇）

脣、唇、吻〔名〕嘴唇

唇が荒れる（嘴唇乾裂）

残念がって唇を噛む（悔恨得咬嘴唇）

唇が薄い（話多、愛說話）

唇亡び歯寒し（唇亡齒寒）

唇を反す（反唇相譏）

唇を翻す（反唇相譏）

唇を噛む（抑制悔恨）

唇を尖らす（噘嘴、抱怨、不滿意）

蓴（ㄔㄨㄣˊ）

蓴〔漢造〕蓴菜（蔬類植物、產在江南湖澤中、葉莖有黏液、可做湯吃）

蓴菜〔名〕〔植〕蓴菜

蓴沼縄〔名〕蓴菜的古名

醇（ㄔㄨㄣˊ）

醇〔漢造〕醇、樸實，厚道

芳醇（芳醇）

清醇（清醇）

醇化、淳化〔名、自他サ〕醇化、純熟化、純化，純粹化（＝淳化）

淳化した芸術（醇化的藝術、爐火純青的藝術）

醇乎、純乎 〔形動タルト〕純粹
　醇乎たる日本人（純粹的日本人）
　醇乎たる民族文化を発揚する（發揚純粹的民族文化）

醇厚 〔名ナ〕淳厚、淳樸
　醇厚な人柄（為人淳厚）
　今猶醇厚の美俗を有する（現在仍有純樸的美俗）

醇正 〔名ナ〕純正
　人柄の（な）人柄（為人純正）

醇美、純美 〔名ナ〕完整無缺、甘美
　醇美な建築（完美無缺的建築）

醇風美俗、淳風美俗 〔名〕淳風美俗
　戰前の淳風美俗（戰前的淳風美俗）

醇朴、淳朴、純朴 〔名、形動〕淳樸、淳厚
　淳朴な人柄（為人淳厚）
　淳朴な田舎の老人（淳樸的農村老人）浪人

鶉（ㄔㄨㄣˊ）

鶉 〔漢造〕〔動〕鵪鶉、補綴的破衣服、星座名

鶉衣 〔名〕補綴的破衣服

鶉鷄類 〔名〕〔動〕鶉雞類（包括野雞、火雞、鵪鶉等）

鶉 〔名〕〔動〕鵪鶉、舊時戲院樓下兩側的看台
　一群の鶉（一群鵪鶉）一群一群一群
　鶉の卵（鵪鶉蛋）卵 玉子

鶉斑 〔名〕鵪鶉斑紋（赤褐色摻雜黑白色斑紋）

鶉豆 〔名〕〔植〕斑豆（菜豆的一種、種子腎臟形、白色而有紅斑點）

鶉木 〔名〕像鵪鶉羽毛斑蚊的木紋

鶉燒き 〔名〕焦皮鹹燒餅（=鶉餅）

蠢（ㄔㄨㄣˇ）

蠢 〔漢造〕蟲蠕動

蠢動 〔名、自サ〕蠢動、策動
　不平分子の蠢動（不滿份子的蠢動）

蠢く 〔自五〕蠢動、蠕動、扭動
　蚯蚓が蠢いている（蚯蚓在蠕動）
　蠢き乍前に出る（向前扭動身子）
　蠢く死の商人（蠢蠢欲動的軍火商）商人商人商人

蠢かす 〔他五〕扭動（身體）
　得意然うに鼻を蠢かす（洋洋得意地扭動鼻子）
　鼻を蠢かして得意がる（趾高氣揚、得意洋洋）
　体を蠢かして小さい穴から出る（扭動身體從小洞裡鑽出來）

窓（窗）（ㄔㄨㄤ）

窓 〔漢造〕窗戶、室，書房
　車窓（車窗）
　明窓淨机（〔書齋〕窗明几淨）
　蛍窓（囊螢映雪，勤奮苦學〔=蛍雪〕、書齋的窗）
　学窓（〔與大家共同學習過的〕學校）
　同窓（同窗、同學=クラス、メート）
　深窓（深宅、深閨）
　獄窓（獄窗、牢獄）

窓外 〔名〕窗外、車窗外
　窓外の景色を眺める（眺望窗外的景色）眺める長める

窓間壁 〔名〕〔建〕窗間壁、戶間壁

窓前 〔名〕窗前
　静かに窓前の竹の清韻を聴く（靜聽窗前竹叢的清韻）聴く聞く訊く効く利く

窓、窗、牖 〔名〕窗，窗子，窗戶。〔轉〕（連接內外的）窗孔

〔解、動〕窗（如中耳內壁上的窗狀小孔），膜孔、透明斑點（如某些昆蟲羽翼上的）
　ガラス窓（玻璃窗）硝子ガラス
　明かり窓（採光窗）
　天窓（天窗）

フランス窓（〔對開的〕落地〔玻璃〕窗）
フレンチ窓（〔對開的〕落地〔玻璃〕窗）
窓を開ける（打開窗戸）開ける明ける空ける厭ける飽ける
窓を閉める（關上窗戸）閉める締める占める絞める染める湿る
窓を透かして見る（透過窗子看）透かす空かす剝かす漉かす鋤かす
窓ガラスを毀す（打碎窗玻璃）毀す壞す
此の壁に窓を開けた方が良い（這堵牆上開個窗子好）
商品を窓に陳列する（在櫥窗陳列商品）
窓に凭れる（倚靠窗檻）凭れる靠れる
窓から体を乗り出す（探身窗外）
窓は往来に向かっている（窗戸向街）
目は心の窓（眼睛反映出内心活動、眼斜心不正）
彼に取って、テレビは世界を見る窓であった（對他來說電視機是觀察世界的窗戸）
社会の窓（〔報刊的專欄〕社會縮影、〔轉〕男褲的前扣）

窓明かり、窓明り〔名〕由窗戸射進的光線
窓貝〔名〕〔動〕海月
窓掛け、窓掛〔名〕窗簾（=カーテン）
窓掛けを引く（拉開窗簾）引く退く曳く惹く挽く轢く牽く弾く
窓掛けを下す（放下窗簾）下す卸す降ろす
窓硝子〔名〕窗玻璃
窓硝子を嵌める（安裝窗玻璃）嵌める填める食める硝子ガラス
窓硝子を割る（打碎窗玻璃）
窓際〔名〕窗前、窗邊
窓際に坐る（坐在窗前）坐る座る据わる
窓際の席（靠窗的座位）
窓際族（靠邊站的幹部）
窓口〔名〕（銀行或機關等辦理業務的）窗口

出納窓口（出納窗口）
切符売りの窓口（售票窗口）
預金は三番の窓口へ（何卒）（存款請到三號窗口）
窓口で事務を取る（在窗口辦理業務）取る撮る捕る獲る採る盗る執る摂る
窓の蛍〔名〕〔喻〕勤學，苦學，刻苦學習（來自中國的〝囊螢映雪〞的故事）。〔轉〕學問（=蛍雪）
窓の雪〔名〕〔喻〕勤學，苦學，刻苦學習（來自中國的〝囊螢映雪〞的故事）。〔轉〕學問（=蛍雪）
窓枠〔名〕窗框

瘡（ㄔㄨㄤ）

瘡〔漢造〕腫瘤，膿包、刀傷
痘瘡（〔醫〕天花=疱瘡、天然痘）
凍瘡（凍瘡=凍傷、霜焼）
唐瘡（梅毒）
疱瘡（〔舊〕〔醫〕天花）
金瘡（刀傷）
瘡痕、創痕〔名〕傷痕
瘡毒〔名〕梅毒（=梅毒、瘡）
瘡〔名〕瘡（=出来物）。〔俗〕梅毒，大瘡（=梅毒）
瘡が出来る（生瘡）
瘡を掻く（長瘡、患梅毒）掻く書く欠く斯く画く

傘〔名〕傘
傘を差す（打傘、撐傘）傘笠嵩瘡暈量
傘を差して歩く（打著傘走）
傘を差さずに行く（不打傘去）
風で傘が御猪口に為る（風把傘吹翻過去）
傘を広げる（撐開傘）
傘を畳む（把傘折起）
傘を窄める（把傘折起）
傘の柄（傘柄、傘柄）
傘一本（一把傘）
傘の骨（傘骨）

雨傘（雨傘）
傘一張、傘一張（一把油紙傘）
晴雨兼用の傘（晴雨傘）
日傘（洋傘）
蝙蝠傘（洋傘、旱傘）
唐傘（油紙傘）
折り畳傘（折疊傘）
傘〔名〕紙傘、雨傘
　傘を広げる（撐開傘）
　傘を窄める（折起傘）
　傘を差す（撐傘、打傘）
　傘番組（〔電視、廣播的〕預備節目）
笠〔名〕笠、草帽、傘狀物
　田植えの人達は皆笠を被っている（插秧的人們都戴著草帽）
　蓑と笠（蓑衣和斗笠）
　ランプの笠（燈罩）
　電燈の笠（燈罩）
　茸の笠（菌傘）
　松茸の笠（松蘑菇的菌傘）
　笠に着る（依仗…的勢力〔地位〕）
　親の威光を笠に着て威張る（依仗父親的勢力逞威風）
　職権を笠を着て不正を働く（利用職權做壞事）
　笠の台が飛ぶ（被斬首、被解雇）
暈〔名〕〔天〕（日月等的）暈，暈輪，風圈、模糊不清的光環
　日暈（日暈、日光環）
　月暈（月暈、月暈圈）
　月に暈が掛かっている（月亮有暈圈）
　月は暈を被り、明日の雨を知らせていた（月亮周圍出現風圈預兆第二天要下雨）
　じっと見詰めると、其の電灯の明るみは七色の暈に包まれている（目不轉睛地一看那電燈的亮光周圍包著七色的模糊光環）
嵩〔名〕體積、容積、數量。〔古〕威勢

嵩（が）高い（體積大）
嵩の大きい品（體積大的東西）
車内に持ち込める荷物の嵩には制限が有る（能攜帶到車裡的行李體積是有限制的）
川の水（の）嵩が増す（河水的水量增加）
川の水（の）嵩が増える（河水的水量增加）
嵩に掛かる（蠻橫, 跋扈, 威壓, 盛氣凌人、乘優勢而壓倒對方）
語気鋭く嵩に掛かった口調で言った（以語氣尖銳壓倒對方的口吻說）
毬〔名〕（橡樹、松樹等的）果實殼
　松毬（松果、松塔）
毬、鞠〔名〕（用橡膠、皮革、布等做的）球
　毬投げを為る（投球、扔球）
　毬を蹴る（踢球）
　毬を突く（拍球）
瘡掻き〔名〕梅毒病人、患梅毒的人
瘡気〔名〕梅毒的徵兆
　自惚れと瘡気の無い者は無い（人沒有不自負的）
瘡蓋、痂〔名〕瘡痂
　傷口に瘡蓋が出来る（傷口結成瘡痂）
こせ瘡〔名〕濕疹
瘡〔名〕濕疹、胎毒

床（ㄔㄨㄤˊ）

床〔漢造〕床、基礎、坐榻
　起床（起床）←→就床、就寝
　就床（就寝、上床睡覺）
　臥床（床〔=寝床〕、臥床）
　火床（〔鍋爐的〕爐膛）
　花床（〔植〕花托）
　病床（病床）
　氷床（〔地〕冰承、冰蓋）
　臨床（〔醫〕臨床）

イ

温床（〔農〕温床，苗床〔=フレーム〕〔轉〕〔喻醸成壊事的環境或條件〕温床，淵薮）

銃床（槍托）

河床、河床（河床、河底）

鉱床（〔礦〕礦床）

床岩〔名〕〔地〕基岩

床几、床机〔名〕（以帆布為面的）凳子、折疊椅

床几を畳む（把折疊椅折起來）

床几に腰を下す（坐在凳子上）下す卸す降ろす

床上〔名〕床上、凳子上、地板上

床上げ、床上〔名〕（病癒或産後）起床、離床、下床

医者から許しが出て床上げを為る（經醫師許可而下床）

床上げの祝いに赤飯を配る（祝産後下床分送紅豆飯）

床上〔名〕地板上、地板以上

床上に浸水する（水没到地板上）

床上スタンド（落地燈）

床離れ〔名、自サ〕起床、（病癒後）下床（=床上げ、床上）、（夫婦）不同床，分居

床離れが良い（起得快）良い好い佳い善い良い好い佳い善い

床離れの悪い子（懶得起床的孩子）

病人が床離れする（病人下床）

床払い〔名、自サ〕（病癒後）下床（=床上げ、床上）

床〔名〕床鋪，被窩，被褥，地板（=床）、草蓆的襯墊（=畳の芯）↔畳表、河床、苗床（=苗床）、壁龕（=床の間）、理髪店、理髪師（=床屋）

床に就く（就寝、臥病）就く搗く潰く憑く吐く着く突く撞く衝く

床を敷く（鋪被褥）敷く如く若く

床を取る（鋪被褥）取る執る盗る採る獲る捕る撮る摂る

床を畳む（畳被）

床を上げる（畳被）上げる揚げる挙げる

床を入ると直ぐ眠って終った（一上床就睡著了）入る入る

風邪を引いたので早く床に潜り込んだ（因為感冒了老早就鑽進被窩裡了）

床を掃く（掃地板）掃く佩く履く吐く刷く

此の畳は床が悪い（這個蓆子的襯墊不好）

川の床を掘り下げる（挖河床）

苗床（〔農〕苗床）

床を作って種籾を播く（做好苗床播稲種）作る造る創る播く巻く撒く捲く蒔く

床板〔名〕鋪在日本式客廳壁龕裡的地板。〔機〕基板，底板，墊板，座板，護壁板

床板〔名〕地板

床板を張る（鋪地板）張る貼る

床板を上げる（揭開地板）上げる挙げる揚げる

床入り、床入〔名、自サ〕就寝、（新婚夫婦）入洞房

床置（物）〔名〕（擺在）壁龕的装飾品

床反り、床反〔名、自サ〕（躺在床上）翻來覆去、輾轉反側（=寝返り）

床飾り、床飾〔名〕（日本式客廳内）壁龕的装飾（條幅、盆景、鮮花等）

床框〔名〕（鑲在日本式客廳的）壁龕前面邊緣的横木

床縁〔名〕壁龕框（=床框）

床杯、床盃〔名〕交杯酒

床杯を取り交わす（喝交杯酒）

床擦れ、床擦〔名、自サ〕〔醫〕褥瘡

腰が床擦れして痛い（腰上長了褥瘡很痛）

床擦れが出来る（長了褥瘡）

床畳〔名〕（日本式客廳的）壁龕鋪的草蓆

床棚〔名〕（日本式客廳的）壁龕旁邊床脇棚

床脇〔名〕（日本式客廳的）壁龕旁邊的架子

床脇棚（日本式客廳壁龕旁邊的架子=床棚）

床土〔名〕（日本式客廳的）壁龕等用的上等土、苗床用良好條件的土

床詰〔名〕臥床不起（的病人）、褥瘡（=床擦れ、床擦）

床の間 [名]（日.本式客廳的）凹間、壁龕（裡面靠牆較房間蓆地略高、用柱隔開、用來掛畫和陳設花瓶等裝飾的一塊地方）
　床の間に菊を生ける（在壁龕裡擺上菊花的插花）生ける 活ける 行ける 往ける 埋ける
　床の間の置き物（壁龕裡的陳設品）

床柱 [名] 壁龕的柱子
　床柱を背に為て坐る（背靠壁龕立柱坐著）

床万力 [名]〔機〕（裝在工作台上的）老虎鉗子、老虎鉗

床店 [名] 不住人的小商店、攤販，售貨攤（=屋台店）

床屋 [名]〔舊、俗〕理髮店（=理容店）、理髮師（=理容師）
　床屋へ散髮に行く（到理髮店去理髮）行く 往く 逝く 行く 往く 逝く

床山 [名]（專給演員或相撲選手）梳頭的人
　床山に髮を梳かせる（讓梳頭員梳頭）髮紙上守梳く 剥く 透く 空く 好く 酸く 漉く 剥く 鋤く

床、牀 [名] 地板←→天井、演唱〝淨琉璃〞所設的高台
　床を張る（鋪地板）張る 貼る
　床を掃く（掃地）掃く 履く 佩く 吐く 刷く
　床を剥がす（拆開地板）剥がす 接がす
　床が落ちた（地板塌陷）
　床の上迄で浸水する（水漫到地板上了）

床しい、懷しい [形] 高尚典雅的、令人懷念的，令人眷戀的、津津誘人的（=奥床しい）
　懷しい人柄（溫文爾雅的品格）
　古式懷しい催し（令人懷古的集會、古色古香使人懷古的活動）
　昔懷しい思い出の映画（令人懷念過去的電影）
　懷しい物語（誘人的故事）

床運動 [名]〔體〕（音樂伴奏）自由體操（體操比賽項目之一）

床下 [名] 地板下面
　床下迄浸水する（水漫到地板下面）
　床下に炭俵を入れる（把炭包放在地板下面）

床張り [名、他サ] 鋪地板

床本 [名]（在台上說唱〝淨琉璃〞時用的）腳本

闖（ㄔㄨㄤˇ）

闖 〔漢造〕任意走進去、出頭的樣子

闖入 [名、自サ] 闖入、闖進
　会議室に闖入する（闖進會議室）
　賊が裏口から闖入した（賊從後門闖進來了）

創（ㄔㄨㄤˋ）

創 〔漢造〕創傷、創始
　金創（刀傷）
　刀創（刀傷）
　絆創膏（橡皮膏、醫用貼布）
　草創（草創，初創，創始、〔寺院等〕初建）
　独創（獨創）

創案 [名、他サ] 發明、首創
　新製品を創案する（發明新產品）
　此は彼の創案です（這是他發明的）
　創案者（創始人、發明者）者者

創痍 [名] 刀傷，創傷，創痍。〔轉〕損害，損傷，創傷
　満身創痍（全身創傷）
　戦争の創痍未だ癒えず（戰爭的創傷還沒治好）

創意 [名] 創意、獨創的見解
　創意に満ちた作品（充滿獨創見解的作品）
　創意工夫を凝らす（別出心裁）凝らす 懲らす
　全然創意の無い論文（毫無創見的論文）
　創意を重んじる（重視創見）
　此の方法は全く彼の創意に成った物である（這個方法完全是由他獨創的）

創意曲（〔樂〕創意曲）

創刊〔名、他サ〕創刊←→廃刊

其の雑誌は創刊以来二十年に為る（那雜誌創刊以來已經二十年了）

其の新聞は明治三十年に創刊された（那報紙是明治三十年創刊的）

創刊号（創刊號）

創業〔名、自サ〕創業、創立、創建

創業五十周年記念（創立五十周年紀念）

弊社は創業以来三十年に為ります（弊社創立以來已經三十年）

創業は安く守成は難い（創業容易守業難）難い堅い硬い固い難い憎い悪い

創業者（創業者）者者

創見〔名〕創見、獨到的見解、創新的見解

創見に富む（富於創見、很有獨到的見解）

其は全く氏の創見に掛かる（那全靠他的創見）掛る繋る係る罹る懸る架る

創建〔名、他サ〕創建、創設

医療センターを創建する（創建醫療中心）

創痕〔名〕創痕、傷痕（＝傷痕）

創痕を残す（留下傷痕）残す遺す

創作〔名、他サ〕創作，創造，製作、創作，作品（特指小說）

便利な家庭用器具を創作する（創造方便的家庭用具）

創作力（創造力）

創作に従事する（從事寫作）

創作の筆を断つ（停止寫作）断つ裁つ截つ建つ絶つ発つ経つ

創作欲（創作慾）

創作家（作家、小說家、藝術家）

創始〔名、他サ〕創始首創、

創始者は並並為らぬ苦労を為る（創始人歷盡千辛萬苦）為る為る

其は田中氏の創始した物だ（那是田中創始的）

創始者（首創者、發明者）者者

創唱〔名、他サ〕首倡，首次倡導、首次唱

創傷〔名〕創傷、外傷，損傷

創傷学（〔醫〕外傷學）

創世〔名〕創世、世界的創始

創世記（〔舊約的〕創世紀）

創成〔名〕開創、創始、創建

経営学の創成期（經營學的創始期）

創製〔名、他サ〕創製

特効薬を創製する（創製特效藥）

宝永元年創製（寶永元年創製）

創設〔名、他サ〕創設、創立（＝創立）

学校を創設する（創辦學校）

創造〔名、他サ〕創造←→模倣

天地を創造する（創造天地）

真似るのは易しい創造が難しい（模仿容易創造難）

創造力（創造力）

創造性（創造性）

創面〔名〕傷面、傷口的表面

創立〔名、他サ〕創立、創建、創辦

専門学校を創造する（創辦專門學校）

創立者（創立者）者者

創立記念日（創立紀念日）

創立趣意書（創建發起書）

充（ㄔㄨㄥ）

充〔漢造〕滿、填充

拡充（擴充、擴大、擴建）

補充（補充）

充溢〔名、自サ〕充滿、充沛

気力充溢（精力充沛）

敢闘精神が充溢している（充滿著鬥志）

充員〔名、他サ〕補充人員

不足数を充員する（補充不足人員）

充員召集（徵集補充人員）

充血〔名、自サ〕〔醫〕充血
脳充血（腦充血）
目が充血する（眼睛充血）
充血を取る（消除充血）取る撮る捕る獲る採る盗る執る摂る

充実〔名、自サ〕充實
気力充実（精力充沛）
内容が充実している（內容充實）
チームのメンバーが充実している（球隊的成員很充實）
国防の充実を図る（設法充實國防）図る謀る諮る計る測る量る
充実した知識（豐富的知識）
充実した生活を送る（過有意義的生活）送る贈る

充水〔名〕〔機〕注水

充足〔名、自他サ〕充足、充裕、補充
欲望の充足（滿足慾望）
条件を充足する（具備條件）
欠員を充足する（補充缺額）
充足した生活（充裕的生活）

充塞〔名、自他サ〕充塞、填滿
小石で瓶を充塞する（瓶裡填滿了小石頭）

充填〔名、他サ〕填充、填補
歯虫にセメントを充填する（給蛀牙填上填充材料）
充填剤（填料、填充物）
充填物（填充物）物物
充填細胞（〔生〕侵填體）
充填塔（充填塔-有充填物的蒸餾塔）

充電〔名、自サ〕充電←→放電
蓄電池に充電する（給電池充電）
自ずから再充電する太陽電池（自動再充電的太陽電池）
充電器（充電器）

充当〔名、他サ〕充當、撥出、填補
利益金は昨年度の赤字に充当する事に為た（收益決定用來填補去年的赤字）
其の仕事に二千万円を充当する事に為た（決定給那項工作撥出兩千萬日元）
利益は施設費に充当する（利潤撥充設施費）

充備〔名〕齊備、完備

充分、十分〔副、形動〕十分、充分、足夠
金は十分有る（有足夠的錢）
五人で十分だ（有五個人足夠）
十分な理由（充分的理由）
十分（に）頂きました（吃飽了）
十分成功の見込みが有る（成功有足夠的把握）
汽車には未だ十分時間が有る（離上火車還有的是時間）
十分に休む（充分休息）
水を十分に遣る（澆足水）

充放電〔名〕充放電
充放電盤（充放電〔配電〕盤）

充満〔名、自サ〕充滿
ガスが坑内に充満した（坑內充滿了瓦斯）
精力が充満している（精力充沛）
彼の頭には重苦しい憂鬱が充満した（他的頭腦裡充滿了沉重的憂鬱）
充満帯（〔理〕滿充帶）

充用〔名、他サ〕充作…使用、撥到…使用
余った人員を臨時の業務に充用する（把多餘人員撥到臨時業務方面使用）

充てる、当てる、宛てる〔他下一〕碰，撞，接觸、安，放，貼近，曬，烤，吹，淋，適用，指名，給，發，分配，撥給，充作，猜（中），推測（正確）。〔柔道〕擊（要害處）

〔自下一〕（投機）成功、得利
ボールを窓硝子に当てた（把球打在玻璃窗上了）ガラス
ズボンに継ぎを当てる（給褲子補釘）

イ

物差を当てる（用尺量）
座布団を当てる（鋪上坐墊）
耳元に口を当てて話す（貼著耳朵說）
火に当てる（烤火）
風に当てると早く乾く（讓風吹吹乾得快）
漢字に仮名を当てる（把漢字標上假名）
生徒に当てて答えさせる（指名叫學生回答）
母に当てて手紙を書く（給母親寫信）
教育費に当てる（撥作教育費）
旨く当ててた（猜對了）
中に何が入っているか当てて御覧（裡面有什麼你猜猜看）
籤を当てる（抽籤）

充て，充，当て，当，宛て，宛〔造語〕寄給，匯給，致、每，平均，分攤

中央図書館当ての手紙（寄給中央圖書館的信）
林さん当てに為替手形を送る（寄給林先生匯票）
一人当て千円（每人一千日元）

充たす，充す，満たす，満す〔他五〕弄滿、充滿、填滿、滿足

腹を満たす（吃飽）
雑炊で腹を満たす（吃菜粥填飽肚子）
杯に酒を満たす（在杯裡斟滿酒）杯盃
コップに水を満たす（杯中倒滿水）
長い間の希望を満たす（滿足多年來的希望）希望冀望
需要を満たす（滿足需求）須要（必要）
人民の要求を満たす（滿足人民的需求）
一人一人の要求を満たす事は出来ない（不能滿足每個人的要求）
此丈の条件を満たす人は中中居ない（能夠滿足這些條件的人少有）

何か満たされない気持だ（心裡總覺得得不到滿足）

充ちる、満ちる〔自上一〕滿，充滿、（月）圓、（潮）漲、（期限）滿←→欠ける、余る、残す

自信に満ちた顔を為て居る（臉上充滿自信）
ユーモアに満ちた話（充滿幽默的話）
会場は友好的雰囲気に満ちて居た（會場充滿著友好的氣氛）
希望に満ちた時代（充滿希望的時代）希望冀望
希望が満ちる（達到希望）
香気は室内に満ちる（香味飄滿在室內）
観衆が堂に満ちる（觀眾滿堂）
腹が満ちる（肚子吃飽）
月が満ちる（月圓）月（月亮）月（星期一）
潮が満ちる（潮漲）潮塩汐
任期が満ちる（任期屆滿）
国会議員の任期が満ちる（國會議員任期屆滿）
月満ちて玉の様な男児が生まれる（足月生下一個白胖的男孩）玉珠球弾霊魂

充つ、満つ、盈つ〔自五〕滿、充足（=満ちる）

百人に満たない会員（不滿百人的會員）
十三歳に満たざる者（不滿十三歲者）
盈つれば虧く（月盈則虧）

沖（ㄔㄨㄥ）

沖〔漢造〕沖、衝、向上高飛

沖する、冲する〔自サ〕衝上（天空）
天に冲する原子雲（衝天的蘑菇雲）冲する、沖する注する、註する誅する
黒煙天に冲する（黑煙衝天）黒煙黑煙

沖天、冲天〔名〕沖天
今や冲天の勢いだ（現在氣勢沖天）
冲天する噴煙（沖天的噴煙）

沖（ㄔㄨㄥ）

冲〔漢造〕向上高飛、謙冲、沖積世

冲する、沖する〔自サ〕衝上（天空）
　天に冲する原子雲（衝天的蘑菇雲）冲する、沖する注する、註する諜する
　黒煙天に冲する（黒煙衝天）黒煙黒煙

冲積〔名、自サ〕〔地〕沖積
　冲積土（沖積土）土
　冲積層（沖積層）
　冲積期（沖積期）
　冲積平野（沖積平原）
　冲積世（〔地〕沖積世）

冲天、沖天〔名〕沖天
　今や冲天の勢いだ（現在氣勢沖天）
　冲天する噴煙（沖天的噴煙）

沖〔名〕（離岸不太遠的）海上，洋面，湖心。〔方〕開闊的原野遠處
　船で沖に出る（坐船出海）
　沖の船（海面上的船）
　沖の小島（海上的小島）
　船を沖へ漕ぎ出す（把船划到海上去）
　船が五百マイル沖に居る（船在離岸五百里的海上）
　沖に持つかず磯に持つか無い（前不著村後不著店、進退兩難、採取騎牆態度）
　沖を超える（技藝超群、出類拔萃）超える越える

熾、燠〔名〕炭火、餘燼
　真っ赤な熾（通紅的炭火）
　熾を掻き立てる（拔起餘燼）
　熾を起す（使餘燼復燃）

沖つ、奥つ、沖津〔連語〕（つ是相當於の的文語助詞）海洋的、海上的
　沖つ風（海風）
　沖つ白波（海上的浪花）

沖合〔名〕海上（方面）、海面上、洋面上、湖裡面、湖心、漁船的船夫

　沖合に汽船が停泊している（輪船停泊在海面上）
　太平洋の沖合遥かに（在太平洋的遙遠海面上）
　約六十海里の沖合に（在離陸地約六十海浬的洋面上）
　沖合漁業（近海漁業）

沖鯵〔名〕〔動〕雷魚

沖醬蝦〔名〕沖醬蝦（甲殼類海產，作為魚餌和食用）

沖魚〔名〕在海洋裡捕撈的魚←→磯魚

沖掛かり、沖繋り〔名〕〔船〕停在海面上、停在港口外
　沖掛かりの大船（停泊在海面上的大船）
　沖掛かり貨物（在航運中的貨物）

沖鱚〔名〕〔動〕船丁魚、白丁魚（＝鱚）

沖言葉〔名〕（船員或漁民等）在海上的專用語（如蛇忌諱用蛇而用蛇、鯨忌諱用鯨而叫鯨）

沖釣り、沖釣〔名〕（坐船到）海面上釣魚←→磯釣り

沖取り〔名、他サ〕〔商〕從船上起貨、港口外交貨
　沖取り値段（港口外交貨價格）
　沖取り人足（起貨的工人）人足人足

沖取漁業〔名〕海洋漁業（每年五月到八月在日本北方公海上用流網進行大量捕魚的各種漁業的總稱）

沖仲仕〔名〕（在大船和舢舨之間裝卸貨物的）碼頭裝卸工人、海上搬運工人

沖荷役〔名〕碼頭裝卸工人、海上搬運工人（＝沖仲仕）

沖値〔名〕〔商〕目的港船邊交貨價格
　神戸沖値一トン三百円（神戸港船邊交貨價格每噸三百萬日元）

沖漁〔名〕近海捕魚
　沖漁に出る（出近海捕魚）

沖渡し〔名、他サ〕〔商〕目的港船邊交貨
　沖渡し値段（目的港船邊交貨價格）

舂（ㄔㄨㄥ）

舂〔漢造〕用杵在臼裡搗米

イ

舂く、搗く〔他五〕搗、舂
- 米を搗く（舂米）
- 餅を搗く（舂年糕）
- 搗いた餅より心持ち（禮輕情意重）

付く、附く〔自五〕附著，沾上，帶有，配有，增加，增添，伴同，隨從，偏袒，向著，設有，連接，生根、扎根。（也寫作奌く）點著，燃起，值、相當於，染上，染到，印上，留下，感到，妥當，一定，結實，走運。（也寫作就く）順著，附加，（看來）是
- 泥がズボンに付く（泥沾到褲子上）
- 血の付いた着物（沾上血的衣服）
- 鮑は岩に付く（鮑魚附著在岩石上）
- 甘い物に蟻が付く（甜東西招螞蟻）
- 肉が付く（長肉）
- 智慧が付く（長智慧）
- 力が付く（有了勁、力量大起來）
- 利子が付く（生息）
- 精が付く（有了精力）
- 虫が付く（生蟲）
- 錆が付く（生銹）
- 親に付いて旅行する（跟著父母旅行）
- 護衛が付く（有護衛跟著）
- 他人の後からのろのろ付いて行く（跟在別人後面慢騰騰地走）
- 君には迚も付いて行けない（我怎麼也跟不上你）
- 不運が付いて回る（厄運纏身）
- 人の下に付く事を好まない（不願甘居人下）
- あんな奴の下に付くのは嫌だ（我不願意聽他的）
- 彼の人に付いて居れば損は無い（聽他的話沒錯）
- 娘は母に付く（女兒向著媽媽）
- 弱い方に付く（偏袒軟弱的一方）
- 味方に付く（偏袒我方）
- 敵に付く（倒向敵方）
- 何方にも付かない（不偏袒任何一方）
- 引き出しの付いた机（帶抽屜的桌子）
- 此の列車には食堂車が付いている（這次列車掛著餐車）
- 此の町に鉄道が付いた（這個城鎮通火車了）
- 谷へ下りる道が付いている（有一條通往山谷的路）
- 種痘が付いた（種痘發了）
- 挿し木が付く（插枝扎根）
- 電灯が付いた（電燈亮了）
- もう明かりが付く頃だ（該點燈的時候了）
- ライターが付かない（打火機打不著）
- 此の煙草には火が付かない（這個煙點不著）
- 隣の家に火が付いた（鄰家失火了）
- 一個百円に付く（一個合一百日元）
- 全部で一万円に付く（總共值一萬日元）
- 高い物に付く（花大價錢、價錢較貴）
- 一年が十年に付く（一年頂十年）
- 値が付く（有價錢、標出價錢）值
- 然うする方が安く付く（那麼做便宜）
- 色が付く（染上顏色）
- 鼻緒の色が足袋に付いた（木屐帶的顏色染到布襪上了）
- 足跡が付く（印上腳印、留下足跡）
- 帳面に付いている（帳上記著）
- 染みが付く（印上污痕）汚点
- 跡が付く（留下痕跡）
- 目に付く（看見）
- 鼻に付く（嗅到、刺鼻）
- 耳に付く（聽見）
- 気が付く（注意到、察覺出來、清醒過來）
- 目に付かない所で悪戯を為る（在看不見的地方淘氣）

目鼻が付く（有眉目）

凡そのけんとう見当が付いた（大致有了眉目）

見込みが付いた（有了希望）

判断が付く（判斷出來）

思案が付く（想了出來）

判断が付かない（眉下定決心）

話が付く（說定、談妥）

決心が付く（下定決心）

始末が付かない（不好收拾、沒法善後）

方が付く（得到解決、了結）

けりが付く（完結）

収拾が付かなく為る（不可收拾）

彼の話は未だ目鼻が付かない（那件事還沒有頭緒）

御燗が付いた（酒燙好了）

実が付く（結實）

牡丹に蕾が付いた（牡丹打苞了）

彼は近頃付いている（他近來運氣好）

今日は馬鹿に付いている（今天運氣好得很）

ゲームは最初から此方に付いていた（比賽一開始我方就占了優勢）

川に付いて行く（順著河走）

塀に付いて曲がる（順著牆拐彎）

付録が付いている（附加附錄）

条件が付く（附帶條件）

朝飯とも昼飯とも付かぬ食事（既不是早飯也不是午飯的飯食、早午餐）

シルクハットとも山高帽とも付かない物（既不是大禮帽也不是常禮帽）

板に付く（純熟，老練，貼附，適當）

手に付かない（心不在焉，不能專心從事）

役が付く（當官、有職銜）

付く、点く〔自五〕點著、燃起

電灯が付いた（電燈亮了）

もう明かりが付く頃だ（該點燈的時候了）

ライターが付かない（打火機打不著）

此の煙草には火が付かない（這個煙點不著）

隣の家に火が付いた（鄰家失火了）

付く、就く〔自五〕沿著、順著、跟隨

川に付いて行く（順著河走）

塀に付いて曲がる（順著牆拐彎）

就く〔自五〕就座，登上、就職、從事、就師，師事，就道，首途

席に就く（就席）

床に就く（就寢）床

塒に就く（就巢）

緒に就く（就緒）

食卓に就く（就餐）

講壇に就く（登上講壇）

職に就く（就職）

任に就く（就任）

実業に就く（從事實業工作）

働ける者は皆仕事に就いている（有勞動能力的都參加了工作）

師に就く（就師）

日本人に就いて日本語を学ぶ（跟日本人學日語）習う

帰途を就く（就歸途）

世界一周の途に就く（起程做環球旅行）

壮途に就く（踏上征途）

突く〔他五〕支撐、拄著

杖を突いて歩く（撐著拐杖走）

頬杖を突いて本を読む（用手托著下巴看書）

手を突いて身を起こす（用手撐著身體起來）

がっくり膝を突いて終った（癱軟地跪下去）

突く、衝く〔他五〕刺，戳、冒，衝，攻，抓，乘

槍で突く（用長槍刺）

針で指先を突いた（針扎了指頭）

イ

棒で地面を突く（用棍子戳地）

鳩尾を突かれて気絶した（被擊中了胸口昏倒了）

判を突く（打戳、蓋章）

意気天を突く（幹勁衝天）

雲を突く許りの大男（頂天大漢）

つんと鼻を突く臭いが為る（聞到一股嗆鼻的味道）

風雨を突いて進む（冒著風雨前進）

不意を突く（出其不意）

相手の弱点を突く（攻擊對方的弱點）

足元を突く（找毛病）

突く、撞く〔他五〕撞、敲、拍

毬を突いて遊ぶ（拍皮球玩）

鐘を突く（敲鐘）

玉を突く（撞球）

吐く、突く〔他五〕吐（=吐く）、說出（=言う）、呼吸，出氣（=吹き出す）

反吐を吐く（嘔吐）

嘘を吐く（說謊）

息を吐く（出氣）

溜息を吐く（嘆氣）

即く〔自五〕即位、靠近

位に即く（即位）

王位に即かせる（使即王位）

即かず離れずの態度を取る（採取不即不離的態度）

漬く、浸く〔自五〕淹、浸

床迄水が漬く（水浸到地板上）

漬く〔自五〕醃好、醃透（=漬かる）

此の胡瓜は良く漬いている（這個黃瓜醃透了）

着く〔自五〕到達（=到着する）、寄到，運到（=届く）、達到，夠著（=触れる）

汽車が着いた（火車到了）

最初に着いた人（最先到的人）

朝台北を立てば昼東京に着く（早晨從台北動身午間就到東京）

手紙が着く（信寄到）

荷物が着いた（行李運到了）

体を前に折り曲げると手が地面に着く（一彎腰手夠著地）

頭が鴨居に着く（頭夠著門楣）

憑く〔自五〕（妖狐魔鬼等）附體

狐が憑く（狐狸附體）

築く〔他五〕修築（=築く）

周囲に石垣を築く（四周砌起石牆）

小山を築く（砌假山）

舂き臼、搗き臼〔名〕搗米臼

舂き減り，舂減，搗き減り，搗減〔名、自サ〕（米等）搗時的損耗（傷耗）

舂き減りが酷い（消耗太大）

彼の米屋に頼むと酷く舂き減りする（託那個米店搗米損耗太大）

舂く，舂く，臼搗く，臼搗く〔自五〕（用搗杵在臼中）舂，搗、夕陽下山，日薄西山

憧、(ィㄨㄥˊ)

憧、憧〔漢造〕心意不定

憧憬、憧憬〔名、自他サ〕憧憬、嚮往（=憧れ、憬れ）

もう農村に住み着いて都会生活を憧憬する心は無い（已在農村安家落戶不嚮往城市生活）

憧れる、憬れる〔自下一〕憧憬、嚮往

舞台生活に憧れている（嚮往舞台生活）

地方の人は皆東京に憧れている（外地人都嚮往東京）捨てる棄てる

都市に憧れ、農村を軽視する古い考え方を捨てる（丟掉留戀城市輕視農村的舊想法）

憧れ、憬れ〔名〕憧憬、嚮往

憧れの的（仰慕的對象）

幸福な生活への憧れ（對美好生活的憧憬）

憧れの人に会えた（見到了仰慕已久的人）
会う逢う遭う遇う合う

衝 (ㄔㄨㄙ)

衝〔名〕衝、要衝、要道。〔天〕衝

〔漢造〕衝、中樞

衝に当たる（首當其衝）当る中る

攻撃の衝に当たる（攻擊的重點）

責任の衝に当たる（肩負重任）

要衝（〔交通和軍事上的〕重要地點、要塞）

緩衝（緩衝）

折衝（折衝、交涉、談判）

衝撃〔名〕（精神上的）打擊，衝動。〔理〕衝擊，衝撞。〔醫〕休克，震盪

其の言葉は彼に衝撃を与えた（那句話給他很大的打擊）

父の死を聞いて彼は大いに衝撃を受けた（他聽說父親死了受到了很大的打擊）

烈しい衝撃を受けて気絶した（受到沉痛打擊而暈厥了）

粒子の衝撃（粒子的衝擊）

爆風の衝撃でガラスが破れる（由於爆炸氣浪的衝擊玻璃破碎了）破れる敗れる

電気の衝撃で死ぬ（因電擊而死）

衝撃電流（衝擊電流）

衝撃検流計（衝擊檢流計）

衝撃試験（衝擊試驗）

衝撃波（衝擊波）

ジェット機の衝撃波（噴射機的衝擊波）

衝上〔名〕〔地〕衝斷層、逆斷層

衝心〔名、自サ〕〔醫〕心臟型脚氣病（=脚気衝心）

脚気衝心で死ぬ（因心臟型脚氣病而死亡）

衝程〔名〕〔機〕衝程

圧縮衝程（壓縮衝程）

ピストン衝程（活塞衝程）

衝天〔名〕衝天

意気衝天（意氣衝天）

衝天の意気（沖天的氣概）

衝動〔名、他サ〕衝動、（精神上的）打擊，震驚

衝動を抑制する（抑制衝動）

一時の衝動に駆られて（出於一時的衝動）

衝動的に人を殴る（一時衝動地動手打人）殴る撲る

衝動を受ける（精神上受打擊〔受震驚〕）

此の言葉は彼に非常な衝動を与えた（這話給予他很大的打擊）

衝突〔名、自サ〕衝撞，撞上，碰撞，矛盾，不一致，衝突，接觸

バスが列車に衝突した（公車衝撞了火車）

電柱に衝突する（撞到電桿上了）

衝突事故（撞車意外）

武力衝突（武裝衝突）

意見が衝突する（意見不合）

彼は父と衝突して家出した（他與父親發生矛盾走出家門）

彼我の利益が衝突する（彼此利益發生矛盾）

学生と警官との間に流血の衝突が有った（在學生和警察之間發生了流血衝突）

此の侭では両国間の衝突は避けられ然うも無い（照這種情況看來兩國間的衝突恐怕避免不了）

衝風炉〔名〕〔冶〕鼓風爐、高爐

衝く、突く〔他五〕扎，刺，戮，冒，不顧，衝、沖天、刺激、刺鼻、攻擊、打中

槍で突く（用長槍刺）

棒で突く（用棍子戳）

棒で地面を突く（用棍子戳地）

針で指先を突いた（針扎了指頭）

判を突く（打戳、蓋章）

短刀で喉を突く（用短刀刺喉嚨）

鳩尾を突かれて気絶した（被擊中胸口昏倒了）

吹雪を突いて進む（冒著風雪前進）

風雨を突いて出掛ける（冒著風雨出門）

濃霧を突いて登山する（冒著濃霧登山）
激しい浪が天を突く（巨浪沖天）
意気天を突く（氣勢衝天）
雲を突く許りの大男（頂天大漢）
富士山が雲を突いて聳える（富士山聳立雲上）
鼻を突く臭い（衝鼻的氣味）匂い
つんと鼻を突く臭いが為る
胸を突く急坂（令人窒息的陡坡）
敵陣を突く（攻擊敵陣）
不意を突く（出其不意）
足元を突く（找毛病）
相手の弱点を突く（攻擊對方的弱點）
議論の矛盾を突く（駁斥議論的前後矛盾）
急所を突く（打中要害）

衝羽根〔名〕毽子（=羽子）、〔植〕撞羽，胡鬼子（=羽子の木）
　衝羽根を突く（拍毽子）
衝羽根朝顔〔名〕〔植〕紫花矮牽牛花
衝羽根樫〔名〕〔植〕柔毛櫟
衝羽根草〔名〕〔植〕四葉王孫
衝立〔名〕屏風（=衝立障子）
　衝立を立てる（立屏風）
　衝立で仕切る（用屏風隔開）

突く〔他五〕支撐、拄著
　肘を突いて本を読む（支著肘看書、手托著腮看書）
　頰杖を突いて本を読む（用手托著下巴看書）
　手を突いて身を起こす（用手撐著身體起來）
　杖を突く（拄拐杖）
　杖を突いて歩く（拄著枴杖走）
　手を突いて謝る（兩手拄在草蓆上低頭認錯）
　がっくり膝を突いて終った（癱軟地跪下去）

突く、撞く〔他五〕撞、敲、拍、頂
　玉を突く（撞球、打台球）
　鐘を突く（敲鐘、撞鐘）
　角で突く（用角頂）
　毬を突く（拍球、打球）
　毬を突いて遊ぶ（拍球玩、打球玩）

突く、吐く〔他五〕嘆氣，呼吸，說，漏，吐
　息を突く（出氣）
　溜息を突く（嘆氣）
　此の金が入れば一息突く事が出来る（進這一筆錢就能喘一口氣了）
　嘘を突く（說謊）
　悪態を突くな（不要說別人壞話）
　反吐を突く（嘔吐）吐く 穿く 佩く 履く 掃く

付く、附く〔自五〕附著，沾上。帶有，配有。增加，增添。伴同，隨從。偏袒，向著。設有，連接。生根。扎根
（也寫作炎く）點著，燃起。值。相當於。染上。染到。印上，留下。感到。妥當，一定、結實。走運
（也寫作就く）順著。附加。（看來）是
　泥がズボンに付く（泥沾到褲子上）
　血の付いた着物（沾上血的衣服）
　鮑は岩に付く（鮑魚附著在岩石上）
　甘い物に蟻が付く（甜東西招螞蟻）
　肉が付く（長肉）
　智慧が付く（長智慧）
　力が付く（有了勁、力量大起來）
　利子が付く（生息）
　精が付く（有了精力）
　虫が付く（生蟲）
　錆が付く（生銹）
　親に付いて旅行する（跟著父母旅行）
　護衛が付く（有護衛跟著）
　他人の後からのろのろ付いて行く（跟在別人後面慢騰騰地走）
　君には迚も付いて行けない（我怎麼也跟不上你）

不運が付いて回る（厄運纏身）
人の下に付く事を好まない（不願甘居人下）
あんな奴の下に付くのは嫌だ（我不願意聽他的）
彼の人に付いて居れば損は無い（聽他的話沒錯）
娘は母に付く（女兒向著媽媽）
弱い方に付く（偏袒軟弱的一方）
味方に付く（偏袒我方）
敵に付く（倒向敵方）
何方にも付かない（不偏袒任何一方）
引き出しの付いた机（帶抽屜的桌子）
此の列車には食堂車が付いている（這次列車掛著餐車）
此の町に鉄道が付いた（這個城鎮通火車了）
谷へ下りる道が付いている（有一條通往山谷的路）
種痘が付いた（種痘發了）
挿し木が付く（插枝扎根）
電灯が付いた（電燈亮了）
もう明かりが付く頃だ（該點燈的時候了）
ライター(lighter)が付かない（打火機打不著）
此の煙草には火が付かない（這個煙點不著）
隣の家に火が付いた（鄰家失火了）
一個百円に付く（一個合一百日元）
全部で一万円に付く（總共值一萬日元）
高い物に付く（花大價錢、價錢較貴）
一年が十年に付く（一年頂十年）
値が付く（有價錢、標出價錢）値
然うする方が安く付く（那麼做便宜）
色が付く（染上顏色）
鼻緒の色が足袋に付いた（木屐帶的顏色染到布襪上了）
足跡が付く（印上腳印、留下足跡）
帳面に付いている（帳上記著）

染みが付く（印上污痕）污点
跡が付く（留下痕跡）
目に付く（看見）
鼻に付く（嗅到、刺鼻）
耳に付く（聽見）
気が付く（注意到、察覺出來、清醒過來）
目に付かない所で悪戯を為る（在看不見的地方淘氣）
目鼻が付く（有眉目）
凡その見当が付いた（大致有了眉目）
見込みが付いた（有了希望）
判断が付く（判斷出來）
思案が付く（響了出來）
判断が付かない（眉下定決心）
話が付く（說定、談妥）
決心が付く（下定決心）
始末が付かない（不好收拾、沒法善後）
方が付く（得到解決、了結）
けり(結尾)が付く（完結）
収拾が付かなく為る（不可收拾）
彼の話は未だ目鼻が付かない（那件事還沒有頭緒）
御燗が付いた（酒燙好了）
実が付く（結實）
牡丹に蕾が付いた（牡丹打苞了）
彼は近頃付いている（他近來運氣好）
今日は馬鹿に付いている（今天運氣好得很）
ゲーム(game)は最初から此方に付いていた（比賽一開始我方就占了優勢）
川に付いて行く（順著河走）
塀に付いて曲がる（順著牆拐彎）
付録が付いている（附加附錄）
条件が付く（附帶條件）

イ

ツ

朝飯とも昼飯とも付かぬ食事（既不是早飯也不是午飯的飯食、早午餐）

シルクハットとも山高帽とも付かない物（既不是大禮帽也不是常禮帽）

板に付く（純熟、老練、貼附，適當）

手に付かない（心不在焉、不能專心從事）

役が付く（當官、有職銜）

付く〔接尾、五型〕（接擬聲、擬態詞之下）表示具有該詞的聲音、作用狀態

がた付く（咯噔咯噔響）

べた付く（發黏）

ぶら付く（幌動）

付く、点く〔自五〕點著、燃起

電灯が付いた（電燈亮了）

もう明かりが付く頃だ（該點燈的時候了）

ライターが付かない（打火機打不著）

此の煙草には火が付かない（這個煙點不著）

隣の家に火が付いた（鄰家失火了）

付く、就く〔自五〕沿著、順著、跟隨

川に付いて行く（順著河走）

塀に付いて曲がる（順著牆拐彎）

就く〔自五〕就座，登上、就職，從事、就師、師事，就道，首途

席に就く（就席）

床に就く（就寢）床

塒に就く（就巢）

緒に就く（就緒）

食卓に就く（就餐）

講壇に就く（登上講壇）

職に就く（就職）

任に就く（就任）

実業に就く（從事實業工作）

働ける者は皆仕事に就いている（有勞動能力的都參加了工作）

師に就く（就師）

日本人に就いて日本語を学ぶ（跟日本人學日語）習う

帰途を就く（就歸途）

世界一周の途に就く（起程做環球旅行）

壮途に就く（踏上征途）

即く〔自五〕即位、靠近

位に即く（即位）

王位に即かせる（使即王位）

即かず離れずの態度を取る（採取不即不離的態度）

漬く、浸く〔自五〕淹、浸

床迄水が漬く（水浸到地板上）

漬く〔自五〕醃好、醃透（=漬かる）

此の胡瓜は良く漬いている（這個黃瓜醃透了）

着く〔自五〕到達（=到着する）、寄到，運到（=届く）、達到，夠著（=触れる）

汽車が着いた（火車到了）

最初に着いた人（最先到的人）

朝台北を立てば昼東京に着く（早晨從台北動身午間就到東京）

手紙が着く（信寄到）

荷物が着いた（行李運到了）

体を前に折り曲げると手が地面に着く（一彎腰手夠著地）

頭が鴨居に着く（頭夠著門楣）

搗く、舂く〔他五〕搗、舂

米を搗く（舂米）

餅を搗く（舂年糕）

搗いた餅より心持ち（禮輕情意重）

憑く〔自五〕（妖狐魔鬼等）附體

狐が憑く（狐狸附體）

築く〔他五〕修築（=築く）

周囲に石垣を築く（四周砌起石牆）

小山を築く（砌假山）

虫（蟲）（ㄔㄨㄥˊ）

虫〔漢造〕蟲

 回虫、蛔虫（蛔蟲）
 昆虫（昆蟲）
 幼虫（幼蟲）
 蛹虫（蛹）
 成虫（成蟲）
 精虫（精蟲）
 益虫（益蟲）
 害虫（害蟲）
 寄生虫（寄生蟲、〔轉〕靠別人養活的人）
 鳥獣虫魚（鳥獸蟲魚）

虫害〔名〕蟲害
 虫害を受ける（遭受蟲害）
 麦の虫害を予防する（預防麥子的蟲害）

虫魚〔名〕蟲和魚

虫室〔名〕〔生〕蟲室（苔蘚）

虫垂〔名〕〔醫〕闌尾、蚓突
 虫垂炎（〔醫〕闌尾炎）

虫舌〔名〕〔動〕中唇舌（昆蟲）

虫媒花〔名〕〔動〕蟲媒花←→風媒花、水媒花、鳥媒花

虫様〔名〕〔解〕蚓狀、蠕蟲狀
 虫様筋（蚓狀肌）
 虫様垂（〔解〕蚓突、闌尾＝虫様突起）
 虫様突起（〔解〕蚓突、闌尾）

虫〔名〕蟲，昆蟲，害蟲，寄生蟲。（小孩）體弱，常生病，疳積，抽筋。（影響情緒的原因）怒氣，氣憤。鬱悶。熱衷，專心一志。（做複合名詞用）好…（的人）。易…（的人）
 虫が鳴く（蟲鳴）鳴く啼く泣く無く
 虫を食う鳥（吃蟲的鳥）
 虫の音（蟲聲）
 虫に刺される（被蟲咬）刺す差す射す挿す鎖す注す指す
 虫の声の美しい秋と為った（已到了蟲聲唧唧的秋天了）為る成る鳴る生る
 農薬の為に虫が少なく為った（由於農藥昆蟲減少）
 芥溜めに虫が湧いた（垃圾堆裡長蛆了）湧く沸く涌く
 虫下しを飲む（吃驅蟲藥）飲む吞む
 彼の子は虫が湧いたらしく、此の頃顔色が悪い（那孩子像是長了蟲最近臉色不好）顔色顔色
 着物が虫に食われた（衣服被蟲蛀了）
 虫の食った本（被蛀蟲咬壞了的書）
 又虫が起こったの（怎麼！小孩又抽筋了）起る興る熾る怒る
 虫が起る（抽筋、疳積）
 塞ぎの虫（精神鬱悶）
 虫の居所が悪い（情緒不好、心情不順）
 腹の虫が収まらない（怒氣難消、不平）収まる治まる修まる納まる
 虫を殺して我慢する（忍氣吞聲、忍住怒氣）
 こんな物では腹の虫が承知しない（這樣東西可消不了我心頭的怒火）
 彼の人は本の虫で、何時行っても本許り読んでいます（他可真是個書迷無論什麼時候去他都在看書）
 僕は文学の虫に為り度くない（我並不想專攻文學）
 泣き虫（愛哭的人）
 怒り虫（愛生氣的人）
 弱虫（膽小鬼、體弱者）
 男の子がそんな弱虫では駄目ですよ（一個男孩子膽子那麼小怎麼可以呢？）
 一寸の虫にも五分の魂（麻雀雖小五臟俱全、匹夫不可奪其志、弱小者不可侮）一寸一寸

小の虫を殺して、大の虫を助ける（生かす）（犧牲小者以救大者）

蓼食う虫も好き好き（人各有所好）

飛んで火に入る夏の虫（飛蛾撲火、自投羅網）

虫が良い（自顧自己、自私自利、打如意算盤）

虫が納まらぬ（怒氣難消、心裡忍著怒氣、不解氣、沒出氣）

虫が納まる（消氣、息怒、解氣、出氣）

虫が被る（肚子痛、產前陣痛）

虫が知らせる（預感、事前感到）

虫が好かぬ（嫌う）（不知為什麼總覺得討厭）

虫が付く（生蟲，長蟲，〔姑娘〕有情夫，有情人）

虫の息（奄奄一息）

虫の居所が悪い（心情不順、很不高興）

虫も殺さぬ（非常仁慈、心腸軟）

虫を起こす（小孩抽筋）起す 興す 熾す

虫を殺す（死なす）（克制感情、忍住氣憤）

虫を患う（小孩因體弱而生病）患う 煩う

虫売り〔名〕（夏天）賣蟋蟀等能鳴叫的昆蟲的人

虫送り〔名〕（農村中聚集眾人夜間點燃火把，敲鼓擊鐘）驅趕害蟲的儀式（=実盛送り）

虫押さえ、虫押え〔名〕（給小孩吃的）防蟲鎮靜藥、（餓時吃一點東西）壓壓飢，壓飢的食物

虫籠〔名〕（飼養蟋蟀、金龜子、螢火蟲、獨角仙等的）蟲籠

虫籠〔名〕蟲籠（=虫籠）、小眼框（木條縱橫）格子（=虫籠格子）、小眼框窗格子（=虫籠窓）

虫鰈〔名〕〔動〕蟲鰈（俗稱〝偏口魚〞的海魚）

虫食う、虫喰う〔他五〕蟲蛀、蟲咬

虫食い、虫喰い〔名〕蟲蛀、蟲蛀過的東西或痕跡、（上釉不好像蟲蛀過似的）蟲眼碗（明末這類瓷器很多，別有情趣，後來特地仿製，作為手工藝品）（=虫食い茶碗）。〔動〕老黃鶯的異稱

虫食いの予防を為る（預防蟲蛀）

虫食いの着物（被蟲蛀了的衣服）

此の着物は虫食い許りだ（這件和服全是蟲蛀的痕跡）

虫食む、蝕む〔自他〕蟲蛀，蟲咬、侵蝕，腐蝕

蝕まれて板に穴が一つ空いた（蟲把木板蛀了個洞）空く 開く 明く 厭く 飽く

本が酷く蝕まれている（書被蟲蛀得很嚴重）

大分蝕んでいる（蟲蛀得很嚴重）

細菌に蝕まれる（受細菌侵蝕）

結核菌に蝕まれて、肺結核に罹った（受結核菌侵蝕而得了肺結核）

悪い思想に蝕まれて罪を犯した（受壞思想腐蝕而犯了罪）犯す 侵す 冒す

童心を蝕む（腐蝕童心）

悪に蝕まれる（被邪惡腐蝕）

心を蝕む憂い（憂心如焚）憂い 憂え 憂い

虫草〔名〕〔植〕蚊母草

虫薬〔名〕醫治小孩疳積或抽筋的藥

虫下し〔名〕（治寄生蟲-如蛔蟲等的）驅蟲藥、打蟲藥

虫下しを飲む（吃打蟲藥）飲む 呑む

虫気〔名〕（小孩因蛔蟲或消化不良而）體弱多病，疳積，抽筋、婦女臨產的預感（=産気）

彼の子は虫気が有る（那個小孩有疳積）有る 在る 或る

虫気も無く育つ（從小到大沒生什麼病）

虫螻〔名〕對各種蟲類的蔑稱，（不足一提的）小蟲、〔轉〕不足道的人，螻蟻之輩，鼠輩

彼奴は虫螻同然だ（他簡直像螻蟻一般）

あんな虫螻どもの相手に為るな（不要理那些無名鼠輩）

虫拳〔名〕蟲拳（划拳遊戲的一種-拇指表示青蛙、食指表示蛇、小指表示蛞蝓、互爭勝負）

虫瘤〔名〕〔植〕蟲瘤，五倍子、〔動〕五倍子蟲

虫唾、虫酸〔名〕（噁心或反胃時冒出的）胃酸、酸水

虫唾が走る（噁心，吐酸水、非常討厭，討厭得使人噁心）

彼奴の顔を見た丈で虫唾が走る（我一看見那傢伙就噁心）

虫取り〔名〕捉蟲（的工具）、〔計〕程序調整，消除（計算機的）故障，修正（程序中的）錯誤

虫取り菫（〔植〕補蟲菫屬植物）

虫取り撫子（〔植〕補蟲瞿麥、捕蠅草）

虫の息〔名〕奄奄一息

病院に運び込んだ時には既に虫の息であった（送到醫院時已是奄奄一息了）

もう虫の息だ（已是奄奄一息了、就剩一口氣了）

虫の音〔名〕蟲鳴叫聲、日本箏曲之一

虫歯、齲歯〔名〕〔醫〕齲齒、蛀牙

虫歯に為る（長牙蟲）為る成る鳴る生る

虫歯が痛む（蛀牙痛）痛む傷む悼む

虫歯を抜く（拔蛀牙）抜く貫く

虫歯を治す（補牙）治す直す

甘い物を食べ過ぎると虫歯に為り易い（甜東西吃多了容易蛀牙）

虫腹〔名〕因長蛔蟲而肚子痛

虫腹が痛む（長蛔蟲肚子痛）痛む傷む悼む

虫払い〔名〕（立秋前十八天左右為防蟲蛀而）曬乾衣服或書籍等（＝虫干し）

虫干し〔名〕（立秋前十八天左右為防蟲蛀而）曬乾衣服或書籍等

虫干しを為る（曝曬衣服書籍等）為る為す

虫曳蛇〔名〕〔動〕食蟲蛇

虫ピン〔名〕大頭針

虫ピンで止める（用大頭針別上）止める留める停める泊める

虫封じ〔名〕祈禱神佛保佑小孩免於疳積等（的護符）

虫笛〔名〕〔樂〕蟲笛（歌舞伎中用來模仿蟲叫的笛子）

虫偏〔名〕（漢字部首）蟲字旁

虫眼鏡〔名〕〔光〕凸透鏡、放大鏡

虫眼鏡で見る（用放大鏡看）

君の字は虫眼鏡で見なくちゃ分からない（你寫的字若不用放大鏡看是看不清的）分る解る判る

虫屋〔名〕蟲籠，裝蟲的盒子、（出售玩賞昆蟲-如蟋蟀等的）蟲店，賣蟲人

虫除〔名〕防治害蟲、除蟲的器械及藥品、避蟲符

虫白蠟、水蠟樹蠟〔名〕白蠟

水蠟樹蠟虫〔名〕〔動〕白蠟蟲

崇（ㄔㄨㄥˊ）

崇〔漢造〕高、尊敬

尊崇（尊崇、尊敬）

崇敬〔名、他サ〕崇敬、崇拜

我我の崇敬する人物（我們所崇拜的人物）

崇高〔名ナ〕崇高、高尚

崇高の（な）人格を持っている人（人格高尚的人）

崇高の感に打たれる（覺得很崇高）打つ撃つ討つ

崇信〔名、他サ〕崇信

崇拝〔名、他サ〕崇拜

個人崇拝（個人崇拜）

英雄崇拝（英雄崇拜）

偶像崇拝（偶像崇拜）

私の崇拝している人物（我所崇拜的人物）

魯迅先生の崇拝者（崇拜魯迅先生的人）者者

崇拝の的（崇拜的目標）

盲目的に崇拝する（盲目地崇拜）

崇める〔他下一〕崇敬、崇拜、尊敬（＝敬う、尊敬する）←→蔑む

神と崇める（當神仙來崇拜）

死後英雄と崇められた（死後被尊為英雄）

寵（ㄔㄨㄥˇ）

寵〔名、漢造〕寵愛、寵幸、優遇

上役の寵を得る（得到上司的寵愛）得る得る売る

イ

国王の寵を欲しい儘に為る（集國王寵幸於一身）

恩寵（〔封建君主或神的〕恩寵、寵愛）

君寵（君主的寵愛）

寵する〔他サ〕寵愛

寵愛〔名、他サ〕寵愛

親の寵愛を受ける（受到父母寵愛）

長男を寵愛する（寵愛長子）

寵愛を求める（邀寵）

寵愛を失う（失寵）

寵姫〔名〕寵姬、愛妾

玄宗の寵姫楊貴妃（唐玄宗的寵姬楊貴妃）

寵遇〔名、他サ〕寵遇、厚待

寵遇を受ける（受到寵遇）

寵幸〔名〕寵幸、寵愛

寵児〔名〕寵兒，溺愛的孩子（＝愛子）、寵兒，紅人

末子は我が家の寵児である（最小的兒子是我們家裡最寵愛的孩子）

文壇の寵児（文壇的紅人）

喜劇界の寵児（喜劇界的紅人）

時代の寵児（時代的寵兒）

運命の寵児（命運的寵兒、走好運的人）

寵妾〔名〕寵妾、愛妾

寵臣〔名〕寵臣

銃（ㄔㄨㄥˋ）

銃〔名、漢造〕槍、步槍

銃を担う（扛槍）

銃を構える（持槍）

銃を組む（把槍架在一起）

銃を執れ（〔口號〕操槍）

銃を肩に掛けて猟に出る（扛槍去打獵）

銃に剣を着ける（上刺刀）

小銃（步槍、來福槍）

短銃（手槍＝ピストル）

拳銃（手槍＝ピストル）

猟銃（獵槍）

機関銃（機關槍）

空気銃（氣槍）

カービン銃（卡賓槍）

銃火〔名〕（步槍或機槍的）火力

敵の銃火を冒して突進する（冒著敵人的砲火前進）

敵と銃火を交える（向敵人開火）

敵に銃火を浴びせる（向敵人射擊）

銃架〔名〕槍架

銃を銃架に載せて点検する（把槍放在槍架上檢查）

銃丸〔名〕（步槍）子彈

銃丸が雨霰と飛んで来る（槍彈雨點似地飛來）

銃眼〔名〕〔軍〕槍眼、射擊口

銃眼から機銃で掃射する（從槍口用機槍掃射）

銃器〔名〕槍械

銃器を所持する（持有槍械）

刀剣、銃器を不法所持した廉で起訴される（因非法持有刀槍而被起訴）

銃器室（槍械室）

銃刑〔名〕槍斃

銃刑に処する（處於槍決）

軍事裁判に由って銃刑に処せられる（根據軍事審判被處於槍決）

銃撃〔名、他サ〕用槍射擊

飛行機が急降下し乍ら銃撃して来た（飛機一邊俯衝下來一邊用槍射擊）

銃剣〔名〕槍和劍、刺刀，上刺刀的槍

銃剣を付ける（上刺刀）

銃剣で刺す（用刺刀扎）刺す指す注す鎖す射す差す挿す

銃剣術（刺槍術）

銃後〔名〕槍柄、後方，不参加戰鬥的一般國民←→前線

前線と銃後（前線和後方）

銃後を護る（保衛後方）護る守る

銃後の担架隊（後方擔架隊）

銃口〔名〕槍口、槍嘴

銃口を向ける（把槍口指向〔某人〕）

銃口を突き付ける（把槍口對準〔某人〕）

銃工〔名〕軍械工人

銃座〔名〕〔軍〕（架槍的）依托物

山の頂上に銃座を設けて立て篭もる（堆起依拖物據守山頂）設ける儲ける

銃殺〔名、他サ〕槍斃、槍決

銃殺の刑に処せられる（被處於槍決）

銃士〔名〕火槍手

三銃士（三個火槍手）

銃床〔名〕槍托、槍把

銃床で殴る（用槍托毆打）殴る撲る

銃傷〔名〕槍傷

銃傷を負う（受槍傷）負う追う

銃身〔名〕槍身

銃声〔名〕槍聲

銃声が聞える（聽到槍聲）

裏山で銃声が為た（後山響起了槍聲）

銃創〔名〕槍傷

銃創を負う（負槍傷）

左腕に貫通銃創を負う（左臂被子彈打穿而受傷）

銃槍〔名〕上刺刀的步槍

銃卒〔名〕步槍兵

銃弾〔名〕槍彈

銃弾に倒れる（被槍彈打死）

銃弾と砲弾の飛び交う戦場（槍砲子彈交織的戰場）

銃刀法〔名〕〔法〕槍刀取締法（＝銃砲刀剣類等所持取締法）

銃刀法違反（違反槍刀取締法）

銃把〔名〕槍把

銃把を挙げる（擧起槍把）挙げる上げる揚げる

銃尾〔名〕槍尾

銃包〔名〕彈藥筒、子彈

銃砲〔名〕槍械，槍枝、槍砲

銃砲を大量に持っている部隊（擁有大量槍砲的部隊）

銃砲店（〔賣獵槍和氣槍等的〕槍枝店）

銃猟〔名〕用槍打獵

銃猟に出掛ける（荷槍出去打獵）

銃猟を禁ず（〔牌示〕禁止打獵）

銃猟期（獵期）

國家圖書館出版品預行編目資料

日華大辭典(六) / 林茂編修.
-- 初版. -- 臺北市：蘭臺，2020.07-
ISBN 978-986-9913-79-9(全套：平裝)

1.日語 2.詞典

803.132　　　　　　　　　　　　　　109003783

日華大辭典 (六)

編　　修：林茂(編修)
編　　輯：塗宇樵、塗語嫻
美　　編：塗宇樵、塗語嫻
封面設計：塗宇樵
出　版　者：蘭臺出版社
發　　行：蘭臺出版社
地　　址：台北市中正區重慶南路1段121號8樓之14
電　　話：(02)2331-1675或(02)2331-1691
傳　　真：(02)2382-6225
E—MAIL：books5w@gmail.com或books5w@yahoo.com.tw
網路書店：http://5w.com.tw/
　　　　　https://www.pcstore.com.tw/yesbooks/
　　　　　https://shopee.tw/books5w
　　　　　博客來網路書店、博客思網路書店
　　　　　三民書局、金石堂書店
總　經　銷：聯合發行股份有限公司
電　　話：(02) 2917-8022　　傳　真：(02) 2915-7212
劃撥戶名：蘭臺出版社　帳號：18995335
香港代理：香港聯合零售有限公司
電　　話：(852)2150-2100　　傳真：(852)2356-0735
出版日期：2020年7月 初版
定　　價：新臺幣12000元整（全套不分售）
ISBN： 978-986-9913-79-9

版權所有・翻印必究